LES MISÉRABLES

**

VICTOR HUGO

Les Misérables

✳✳

PRÉFACE ET ANNOTATION DE GUY ROSA

COMMENTAIRES PAR NICOLE SAVY

LE LIVRE DE POCHE

classique

Nicole Savy est chef du service culturel du musée d'Orsay ; professeur agrégé de lettres modernes, auteur d'un doctorat sur *Les Misérables* effectué sous la direction du professeur Jacques Seebacher à l'Université Paris 7, coauteur de *Lire « Les Misérables »* (José Corti, 1985) et de l'édition des *Œuvres* de Hugo (Laffont, 1985), et membre du Groupe interuniversitaire de travail sur Victor Hugo.

Guy Rosa, ancien élève de l'ENS, professeur à l'Université Paris 7-Denis Diderot. Auteur d'articles spécialisés et éditeur, seul ou en collaboration, de plusieurs œuvres de Hugo, en particulier au Livre de Poche et dans la collection « Bouquins » des *Œuvres complètes*. Anime, à Jussieu, le Groupe interuniversitaire de travail sur Victor Hugo.

LIVRE SEPTIÈME

PATRON-MINETTE

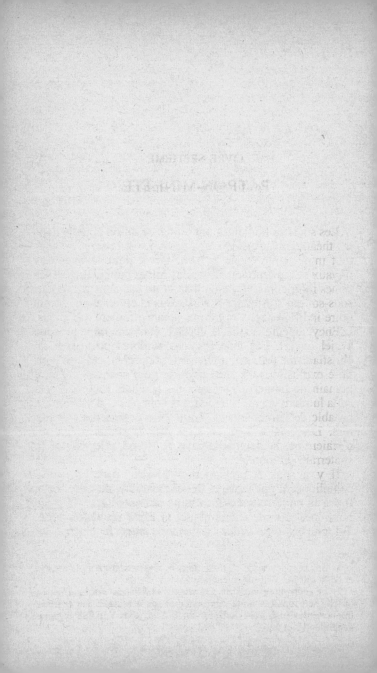

I

LES MINES ET LES MINEURS [1]

Les sociétés humaines ont toutes ce qu'on appelle dans les théâtres *un troisième dessous* [2]. Le sol social est partout miné, tantôt pour le bien, tantôt pour le mal. Ces travaux se superposent. Il y a les mines supérieures et les mines inférieures. Il y a un haut et un bas dans cet obscur sous-sol qui s'effondre parfois sous la civilisation, et que notre indifférence et notre insouciance foulent aux pieds. L'Encyclopédie, au siècle dernier, était une mine presque à ciel ouvert. Les ténèbres, ces sombres couveuses du christianisme primitif, n'attendaient qu'une occasion pour faire explosion sous les Césars et pour inonder le genre humain de lumière. Car dans les ténèbres sacrées il y a de la lumière latente. Les volcans sont pleins d'une ombre capable de flamboiement. Toute lave commence par être nuit. Les catacombes, où s'est dite la première messe, n'étaient pas seulement la cave de Rome, elles étaient le souterrain du monde.

Il y a sous la construction sociale, cette merveille compliquée d'une masure, des excavations de toute sorte. Il y a la mine religieuse, la mine philosophique, la mine politique, la mine économique, la mine révolutionnaire. Tel pioche avec l'idée, tel pioche avec le chiffre, tel

_____

1. Sur la fonction de ce texte dans la représentation de la société et de la misère, voir note générale 15.
2. La métaphore vient de *Splendeurs et Misères des courtisanes* où elle sert une tout autre représentation de la société. Sur le débat implicite de Hugo avec Balzac, voir I, 5, 1, note 3, p 238 et notes générales 12 et 13.

pioche avec la colère. On s'appelle et on se répond d'une catacombe à l'autre. Les utopies cheminent sous terre dans les conduits. Elles s'y ramifient en tous sens. Elles s'y rencontrent parfois, et y fraternisent. Jean-Jacques prête son pic à Diogène qui lui prête sa lanterne. Quelquefois elles s'y combattent. Calvin prend Socin aux cheveux. Mais rien n'arrête ni n'interrompt la tension de toutes ces énergies vers le but et la vaste activité simultanée, qui va et vient, monte, descend et remonte dans ces obscurités, et qui transforme lentement le dessus par le dessous et le dehors par le dedans ; immense fourmillement inconnu. La société se doute à peine de ce creusement qui lui laisse sa surface et lui change les entrailles. Autant d'étages souterrains, autant de travaux différents, autant d'extractions diverses. Que sort-il de toutes ces fouilles profondes ? L'avenir.

Plus on s'enfonce, plus les travailleurs sont mystérieux. Jusqu'à un degré que le philosophe social sait reconnaître, le travail est bon ; au delà de ce degré, il est douteux et mixte ; plus bas, il devient terrible. À une certaine profondeur, les excavations ne sont plus pénétrables à l'esprit de civilisation, la limite respirable à l'homme est dépassée ; un commencement de monstres est possible.

L'échelle descendante est étrange ; et chacun de ces échelons correspond à un étage où la philosophie peut prendre pied, et où l'on rencontre un de ses ouvriers, quelquefois divins, quelquefois difformes. Au-dessous de Jean Huss, il y a Luther ; au-dessous de Luther, il y a Descartes ; au-dessous de Descartes, il y a Voltaire ; au-dessous de Voltaire, il y a Condorcet ; au-dessous de Condorcet, il y a Robespierre ; au-dessous de Robespierre, il y a Marat ; au-dessous de Marat, il y a Babeuf. Et cela continue. Plus bas, confusément, à la limite qui sépare l'indistinct de l'invisible, on aperçoit d'autres hommes sombres, qui peut-être n'existent pas encore. Ceux d'hier sont des spectres ; ceux de demain sont des larves. L'œil de l'esprit les distingue obscurément. Le travail embryonnaire de l'avenir est une des visions du philosophe.

Un monde dans les limbes à l'état de fœtus, quelle silhouette inouïe !

Saint-Simon, Owen, Fourier, sont là aussi, dans des sapes latérales[3].

Certes, quoiqu'une divine chaîne invisible lie entre eux à leur insu tous ces pionniers souterrains qui, presque toujours, se croient isolés, et qui ne le sont pas, leurs travaux sont bien divers et la lumière des uns contraste avec le flamboiement des autres. Les uns sont paradisiaques, les autres sont tragiques. Pourtant, quel que soit le contraste, tous ces travailleurs, depuis le plus haut jusqu'au plus nocturne, depuis le plus sage jusqu'au plus fou, ont une similitude, et la voici : le désintéressement. Marat s'oublie comme Jésus. Ils se laissent de côté, ils s'omettent, ils ne songent point à eux. Ils voient autre chose qu'eux-mêmes. Ils ont un regard, et ce regard cherche l'absolu. Le premier a tout le ciel dans les yeux ; le dernier, si énigmatique qu'il soit, a encore sous le sourcil la pâle clarté de l'infini. Vénérez, quoi qu'il fasse, quiconque a ce signe, la prunelle étoile.

La prunelle ombre est l'autre signe.

À elle commence le mal. Devant qui n'a pas de regard, songez et tremblez. L'ordre social a ses mineurs noirs.

Il y a un point où l'approfondissement est de l'ensevelissement, et où la lumière s'éteint.

Au-dessous de toutes ces mines que nous venons d'indiquer, au-dessous de toutes ces galeries, au-dessous de tout cet immense système veineux[4] souterrain du progrès et de l'utopie, bien plus avant dans la terre, plus bas que Marat, plus bas que Babeuf, plus bas, beaucoup plus bas,

---

3. Manière élégante et désinvolte, mais non fausse, de régler la question du « socialisme utopique ».

4. La métaphore de la mine — elle-même complexe : à la fois militaire et industrielle, et Hugo n'ignore pas que le charbon et le fer ont réuni les grandes concentrations industrielles — se double ici de celle de la circulation sanguine qui prépare celle de l'égout et souligne comme elle l'unité de la structure où l'humanité et la société prennent place.

Plus bas : *Inferi* : « Les Enfers » et littéralement : « ceux qui sont au-dessous ». Le mot renvoie à Dante (voir note suivante).

et sans relation aucune avec les étages supérieurs, il y a la dernière sape. Lieu formidable. C'est ce que nous avons nommé le troisième dessous. C'est la fosse des ténèbres. C'est la cave des aveugles. *Inferi*.

Ceci communique aux abîmes.

II

LE BAS-FOND

Là le désintéressement s'évanouit. Le démon s'ébauche vaguement ; chacun pour soi. Le moi sans yeux hurle [1], cherche, tâtonne et ronge. L'Ugolin social est dans ce gouffre.

Les silhouettes farouches qui rôdent dans cette fosse, presque bêtes, presque fantômes, ne s'occupent pas du progrès universel, elles ignorent l'idée et le mot, elles n'ont souci que de l'assouvissement individuel. Elles sont presque inconscientes, et il y a au dedans d'elles une sorte d'effacement effrayant. Elles ont deux mères, toutes deux marâtres, l'ignorance et la misère. Elles ont un guide, le besoin ; et, pour toutes les formes de la satisfaction, l'appétit. Elles sont brutalement voraces, c'est-à-dire féroces,

---

1. Comparer à « Buvard, bavard » (IV, 15, 1 ; p. 1554) : « Il sentit jusque dans la racine de ses cheveux l'immense réveil de l'égoïsme, et le moi hurla dans l'abîme de cet homme. »

Ugolin est un sinistre tyran italien du XIIIᵉ siècle. Dante le rencontre aux Enfers : il dévore, par-derrière, le cerveau d'un autre damné. Punition d'un crime identique. Car, enfermé par son ennemi avec ses trois enfants, il avait mangé leurs corps épuisés par la faim.

Ce destin et ce nom — où Hugo doit reconnaître le sien (voir note générale 4) — concentrent avec violence plusieurs de ses fantasmes les plus profonds : culpabilité de la paternité (voir note générale 36), « complexe du front » ou du crâne (voir Baudouin), horreur fascinée de la voration (voir 1, 5, 13, note 2, p. 280) et de l'enfouissement, c'est-à-dire de l'indistinction entre soi et autrui (voir note générale 16) que réalise aussi, par inversion, la hantise du mort saisissant le vif.

non à la façon du tyran, mais à la façon du tigre. De la souffrance ces larves passent au crime ; filiation fatale, engendrement vertigineux, logique de l'ombre. Ce qui rampe dans le troisième dessous social, ce n'est plus la réclamation étouffée de l'absolu ; c'est la protestation de la matière. L'homme y devient dragon. Avoir faim, avoir soif, c'est le point de départ ; être Satan, c'est le point d'arrivée. De cette cave sort Lacenaire[2].

On vient de voir tout à l'heure, au livre quatrième, un des compartiments de la mine supérieure, de la grande sape politique, révolutionnaire et philosophique. Là, nous venons de le dire, tout est noble, pur, digne, honnête. Là, certes, on peut se tromper, et l'on se trompe ; mais l'erreur y est vénérable tant elle implique d'héroïsme. L'ensemble du travail qui se fait là a un nom, le Progrès.

Le moment est venu d'entrevoir d'autres profondeurs, les profondeurs hideuses.

Il y a sous la société, insistons-y, et, jusqu'au jour où l'ignorance sera dissipée, il y aura la grande caverne du mal.

Cette cave est au-dessous de toutes et est l'ennemie de toutes. C'est la haine sans exception. Cette cave ne connaît pas de philosophes. Son poignard n'a jamais taillé de plume. Sa noirceur n'a aucun rapport avec la noirceur sublime de l'écritoire[3]. Jamais les doigts de la nuit qui se crispent sous ce plafond asphyxiant n'ont feuilleté un livre ni déplié un journal. Babeuf est un exploiteur pour Cartouche ; Marat est un aristocrate pour Schinderhannes. Cette cave a pour but l'effondrement de tout.

De tout. Y compris les sapes supérieures, qu'elle exècre. Elle ne mine pas seulement, dans son fourmillement hideux, l'ordre social actuel ; elle mine la philosophie, elle mine la science, elle mine le droit, elle mine la

---

2. Voir note 2 en III, 1, 7 ; p. 805.
3. La répétition suffit à montrer ce qu'il y a de dénégation dans la distinction entre les mines lumineuses et les mines obscures, voir note générale 15. On appréciera, plus loin, le cousinage — par filiation shakespearienne — entre Hugo et Marx : « Bien joué, vieille taupe ! »

pensée humaine, elle mine la civilisation, elle mine la révolution, elle mine le progrès. Elle s'appelle tout simplement vol, prostitution, meurtre et assassinat. Elle est ténèbres, et elle veut le chaos. Sa voûte est faite d'ignorance.

Toutes les autres, celles d'en haut, n'ont qu'un but, la supprimer. C'est là que tendent, par tous leurs organes à la fois, par l'amélioration du réel comme par la contemplation de l'absolu, la philosophie et le progrès. Détruisez la cave Ignorance, vous détruisez la taupe Crime.

Condensons en quelques mots une partie de ce que nous venons d'écrire. L'unique péril social, c'est l'Ombre.

Humanité, c'est identité. Tous les hommes sont la même argile. Nulle différence, ici-bas du moins, dans la prédestination. Même ombre avant, même chair pendant, même cendre après. Mais l'ignorance mêlée à la pâte humaine, la noircit. Cette incurable noirceur gagne le dedans de l'homme et y devient le Mal.

III

BABET, GUEULEMER, CLAQUESOUS
ET MONTPARNASSE

Un quatuor de bandits, Claquesous, Gueulemer, Babet et Montparnasse, gouvernait de 1830 à 1835 le troisième dessous de Paris[1].

---

1. La viande de Gueulemer correspond à celle de Mme Thénardier, la « diaphanéité » de Babet et l'évanescence de Claquesous au « manque » inhérent à Thénardier, la vanité de Montparnasse à celle de Tholomyès ou de Bamatabois. Mais on peut organiser autrement — corps, esprit, âme, « moi », par exemple — ce quadrige de la misère comparable au quatuor de « L'année 1817 ». C'est également une « troupe » de théâtre qui a son Hercule (Gueulemer), son pitre (Babet), son ventriloque (Claquesous) et son jeune premier (Montparnasse), et dont les « auteurs » et « acteurs » des « tragédies des caver-

Gueulemer était un Hercule déclassé. Il avait pour antre l'égout de l'Arche-Marion. Il avait six pieds de haut, des pectoraux de marbre, des biceps d'airain, une respiration de caverne, le torse d'un colosse, un crâne d'oiseau. On croyait voir l'Hercule Farnèse vêtu d'un pantalon de coutil et d'une veste de velours de coton. Gueulemer, bâti de cette façon sculpturale, aurait pu dompter les monstres ; il avait trouvé plus court d'en être un. Front bas, tempes larges, moins de quarante ans et la patte d'oie, le poil rude et court, la joue en brosse, une barbe sanglière ; on voit d'ici l'homme. Ses muscles sollicitaient le travail, sa stupidité n'en voulait pas. C'était une grosse force paresseuse. Il était assassin par nonchalance. On le croyait créole. Il avait probablement un peu touché au maréchal Brune, ayant été portefaix à Avignon en 1815. Après ce stage, il était passé bandit.

La diaphanéité de Babet contrastait avec la viande de Gueulemer. Babet était maigre et savant. Il était transparent, mais impénétrable. On voyait le jour à travers les os, mais rien à travers la prunelle. Il se déclarait chimiste. Il avait été pitre chez Bobèche et paillasse chez Bobino[2]. Il avait joué le vaudeville à Saint-Mihiel. C'était un homme à intentions, beau parleur, qui soulignait ses sourires et guillemettait ses gestes. Son industrie était de vendre en plein vent des bustes de plâtre et des portraits du « chef de l'état ». De plus, il arrachait les dents. Il avait montré des phénomènes dans les foires, et possédé une baraque avec trompette et cette affiche : — Babet, artiste dentiste[3],

nes » « travaillent sur scénario » — *commedia dell'arte*. Cet art du crime rapproche subrepticement leur mine de celles où œuvrent artistes et penseurs.

2. Bobèche : pitre célèbre sous l'Empire et la Restauration ; Bobino : théâtre de pantomime, puis de vaudeville.

3. Ce « beau parleur » pourrait bien être le « professeur dentiste » de Montreuil-sur-Mer, qui émettait une « harangue où il y avait de l'argot pour la canaille et du jargon pour les gens comme il faut ». Pauvre Fantine !

Le texte ne souligne pas, tant c'est d'expérience courante au XIXᵉ siècle (voir I, 2, 2, note 2, p. 113), que la dégradation physique des misérables a pour premier indice la mauvaise qualité de leurs dents. Et jusque dans le couvent. Un agent actif de la misère membre des académies, fait des expériences physiques sur métaux et métalloïdes, extirpe les dents, entreprend les chicots abandonnés par ses confrères. Prix : une dent, un franc cinquante centimes ; deux dents, deux francs ; trois dents, deux francs cinquante. Profitez de l'occasion. — (Ce « profitez de l'occasion » signifiait : faites-vous-en arracher le plus possible.) Il avait été marié et avait eu des enfants. Il ne savait pas ce que sa femme et ses enfants étaient devenus. Il les avait perdus comme on perd son mouchoir[4]. Haute exception dans le monde obscur dont il était, Babet lisait les journaux. Un jour, du temps qu'il avait sa famille avec lui dans sa baraque roulante, il avait lu dans le *Messager* qu'une femme venait d'accoucher d'un enfant suffisamment viable, ayant un mufle de veau, et il s'était écrié : *Voilà une fortune ! ce n'est pas ma femme qui aurait l'esprit de me faire un enfant comme cela !*

Depuis, il avait tout quitté pour « entreprendre Paris ». Expression de lui.

Qu'était-ce que Claquesous ? C'était la nuit. Il attendait pour se montrer que le ciel se fût barbouillé de noir. Le soir il sortait d'un trou où il rentrait avant le jour. Où était ce trou ? Personne ne le savait. Dans la plus complète obscurité, à ses complices, il ne parlait qu'en tournant le dos. S'appelait-il Claquesous ? non. Il disait : Je m'appelle Pas-du-tout. Si une chandelle survenait, il mettait un masque. Il était ventriloque. Babet disait : *Claquesous est un nocturne à deux voix.* Claquesous était vague, errant, terrible. On n'était pas sûr qu'il eût un nom, Claquesous étant un sobriquet ; on n'était pas sûr qu'il eût une voix, son ventre parlant plus souvent que sa bouche ; on n'était pas sûr qu'il eût un visage, personne n'ayant jamais vu que son masque. Il

---

devait s'en mêler par profession. En ce sens, l'assassinat lui-même n'est qu'une collaboration accélérée offerte a la misère ; Éponine le dira à Montparnasse (IV, 8, 4, texte annoté 3, p. 1375).

4. Comme celle de Jean Valjean — qui vient de perdre son mouchoir, pas sa fille encore — et comme celle de Gavroche, cette famille n'existe que pour disparaître, voir I, 2, 6, note 4, p. 129.

disparaissait comme un évanouissement ; ses apparitions étaient des sorties de terre[5].

Un être lugubre, c'était Montparnasse[6]. Montparnasse était un enfant ; moins de vingt ans, un joli visage, des lèvres qui ressemblaient à des cerises, de charmants cheveux noirs, la clarté du printemps dans les yeux ; il avait tous les vices et aspirait à tous les crimes. La digestion du mal le mettait en appétit du pire. C'était le gamin tourné voyou, et le voyou devenu escarpe. Il était gentil, efféminé, gracieux, robuste, mou, féroce. Il avait le bord du chapeau relevé à gauche pour faire place à la touffe de cheveux, selon le style de 1829. Il vivait de voler violemment. Sa redingote était de la meilleure coupe, mais râpée. Montparnasse, c'était une gravure de modes ayant de la misère et commettant des meurtres. La cause de tous les attentats de cet adolescent était l'envie d'être bien mis. La première grisette qui lui avait dit : Tu es beau, lui avait jeté la tache de ténèbres dans le cœur, et avait fait un Caïn de cet Abel. Se trouvant joli, il avait voulu être élégant ; or, la première élégance, c'est l'oisiveté ; l'oisiveté d'un pauvre, c'est le crime. Peu de rôdeurs étaient aussi redoutés que Montparnasse. À dix-huit ans, il avait déjà plusieurs cadavres derrière lui. Plus d'un passant les bras étendus gisait dans l'ombre de ce misérable, la face dans une mare de sang.

---

5. Sans visage, sans nom, sans âge, sans corps même, mort-vivant au sens propre, fantôme, Claquesous est la misère-mort en personne, le crime désincarné. On le retrouvera en IV, 12, 8 ; p. 1502.

6. « Charmant » comme Enjolras, il en est l'antithèse. Ses cheveux noirs répondent à la blondeur d'Enjolras. Face à l'ange de la liberté, il est ange de la mort, Muse du crime et fleur du mal. Avenir possible de Gavroche — « gamin tourné voyou, [...] voyou devenu escarpe », il incarne la misère comme perversion : beauté pervertie, fraternité pervertie (« avait fait un Caïn de cet Abel »), virilité pervertie.

Il est victime pourtant aussi : des fausses valeurs de la bourgeoisie et de ses modèles complaisamment étalés sur les boulevards — gravures de mode, élégances, oisiveté. Un Théodule réformé, un Tholomyès sans « parents ».

Comme tous les misérables il n'a pas de nom mais un sobriquet, né peut-être du croisement de son territoire de chasse (la barrière Montparnasse) avec celui de l'auteur (habitué du mont des Muses) et sûrement du tout neuf cimetière Montparnasse, ouvert en 1824.

Frisé, pommadé, pincé à la taille, des hanches de femme, un buste d'officier prussien, le murmure d'admiration des filles du boulevard autour de lui, la cravate savamment nouée, un casse-tête dans sa poche, une fleur à sa boutonnière ; tel était ce mirliflore du sépulcre.

IV

COMPOSITION DE LA TROUPE

À eux quatre, ces bandits formaient une sorte de Protée, serpentant à travers la police et s'efforçant d'échapper aux regards indiscrets de Vidocq « sous diverse figure, arbre, flamme, fontaine », s'entre-prêtant leurs noms et leurs trucs, se dérobant dans leur propre ombre, boîtes à secrets et asiles les uns pour les autres, défaisant leurs personnalités comme on ôte son faux nez au bal masqué, parfois se simplifiant au point de ne plus être qu'un, parfois se multipliant au point que Coco-Lacour lui-même les prenait pour une foule.

Ces quatre hommes n'étaient point quatre hommes ; c'était une sorte de mystérieux voleur à quatre têtes travaillant en grand sur Paris ; c'était le polype monstrueux du mal habitant la crypte de la société.

Grâce à leurs ramifications, et au réseau sous-jacent de leurs relations, Babet, Gueulemer, Claquesous et Montparnasse avaient l'entreprise générale des guets-apens du département de la Seine. Ils faisaient sur le passant le coup d'état d'en bas. Les trouveurs d'idées en ce genre, les hommes à imagination nocturne, s'adressaient à eux pour l'exécution. On fournissait aux quatre coquins le canevas, ils se chargeaient de la mise en scène. Ils travaillaient sur scenario. Ils étaient toujours en situation de prêter un personnel proportionné et convenable à tous les attentats ayant besoin d'un coup d'épaule et suffisamment lucratifs. Un crime étant en quête de bras, ils lui sous-louaient des complices. Ils avaient une troupe d'acteurs de ténèbres à la disposition de toutes les tragédies de cavernes.

Ils se réunissaient habituellement à la nuit tombante, heure de leur réveil, dans les steppes qui avoisinent la Salpêtrière[1]. Là, ils conféraient. Ils avaient les douze heures noires devant eux ; ils en réglaient l'emploi.

Patron-Minette, tel était le nom qu'on donnait dans la circulation souterraine à l'association de ces quatre hommes. Dans la vieille langue populaire fantasque qui va s'effaçant tous les jours, *Patron-Minette* signifie le matin, de même que *Entre chien et loup* signifie le soir. Cette appellation, Patron-Minette, venait probablement de l'heure à laquelle leur besogne finissait, l'aube étant l'instant de l'évanouissement des fantômes et de la séparation des bandits. Ces quatre hommes étaient connus sous cette rubrique. Quand le président des assises visita Lacenaire dans sa prison, il le questionna sur un méfait que Lacenaire niait. — Qui a fait cela ? demanda le président. Lacenaire fit cette réponse, énigmatique pour le magistrat, mais claire pour la police : — C'est peut-être Patron-Minette.

On devine parfois une pièce sur l'énoncé des personnages ; on peut de même presque apprécier une bande sur la liste des bandits. Voici, car ces noms-là surnagent dans les mémoires spéciales, à quelles appellations répondaient les principaux affiliés de Patron-Minette[2] :

Panchaud, dit Printanier, dit Bigrenaille.

Brujon. (Il y avait une dynastie de Brujon ; nous ne renonçons pas à en dire un mot.)

Boulatruelle, le cantonnier déjà entrevu.

Laveuve.

---

1. Voir III, 5, 4, note 5, p. 948.
2. Poursuivant la métaphore théâtrale, Hugo achève l'évocation de Patron-Minette par une « distribution » à la fois sinistre et drôle, parallèle à l'innocente et conventionnelle liste des apprentis vaudevillistes du café Musain (III, 4, 4 ; p. 919). Les « fragments dramatiques » de Hugo regorgent de listes de personnages tout aussi inventives. Sur les noms, voir note générale 2 et, sur la présence du théâtre dans le roman, l'étude d'A. Ubersfeld (Bibliographie).

Finistère.

Homère Hogu, nègre[3].

Mardisoir.

Dépêche.

Fauntleroy, dit Bouquetière.

Glorieux, forçat libéré.

Barrecarrosse, dit monsieur Dupont.

Lesplanade-du-Sud.

Poussagrive.

Carmagnolet.

Kruideniers, dit Bizarro.

Mangedentelle.

Les-pieds-en-l'air.

Demi-liard, dit Deux-milliards.

Etc., etc.

Nous en passons, et non des pires[4]. Ces noms ont des figures. Ils n'expriment pas seulement des êtres, mais des espèces[5]. Chacun de ces noms répond à une variété de ces difformes champignons du dessous de la civilisation.

Ces êtres, peu prodigues de leurs visages, n'étaient pas de ceux qu'on voit passer dans les rues. Le jour, fatigués des nuits farouches qu'ils avaient, ils s'en allaient dormir, tantôt dans les fours à plâtre, tantôt dans les carrières abandonnées de Montmartre ou de Montrouge, parfois dans les égouts. Ils se terraient.

Que sont devenus ces hommes ? Ils existent toujours. Ils ont toujours existé. Horace en parle. *Ambubaiarum collegia, pharmacopolæ, mendici, mimæ*[6] ; et, tant que la société sera ce qu'elle est, ils seront ce qu'ils sont. Sous l'obscur plafond de leur cave, ils renaissent à jamais du

---

3. Voir note générale 4.

4. Par cette auto-citation d'*Hernani* — « J'en passe et des meilleurs » —, Hugo signale que cette galerie de noms vaut bien la liste des portraits de l'acte III. Cette sur-signature allusive, désinvolte et glorieuse, contribue à la construction-ruine de la figure de l'auteur.

5. Non sans « effet de réel », Hugo retourne en commentaire de la réalité ce qui est la clef de l'invention. Clef valable pour tous les noms du roman.

6. « Troupes de joueuses de flûte, marchands de drogues, mendiants, comédiennes » (Horace, *Satires*).

suintement social. Ils reviennent, spectres, toujours identiques ; seulement ils ne portent plus les mêmes noms et ils ne sont plus dans les mêmes peaux.

Les individus extirpés, la tribu subsiste.

Ils ont toujours les mêmes facultés. Du truand au rôdeur, la race se maintient pure. Ils devinent les bourses dans les poches, ils flairent les montres dans les goussets. L'or et l'argent ont pour eux une odeur. Il y a des bourgeois naïfs dont on pourrait dire qu'ils ont l'air volables. Ces hommes suivent patiemment ces bourgeois. Au passage d'un étranger ou d'un provincial, ils ont des tressaillements d'araignée.

Ces hommes-là, quand, vers minuit, sur un boulevard désert, on les rencontre ou on les entrevoit, sont effrayants. Ils ne semblent pas des hommes, mais des formes faites de brume vivante ; on dirait qu'ils font habituellement bloc avec les ténèbres, qu'ils n'en sont pas distincts, qu'ils n'ont pas d'autre âme que l'ombre, et que c'est momentanément, et pour vivre pendant quelques minutes d'une vie monstrueuse, qu'ils se sont désagrégés de la nuit.

Que faut-il pour faire évanouir ces larves ? De la lumière. De la lumière à flots. Pas une chauve-souris ne résiste à l'aube. Éclairez la société en dessous.

LIVRE HUITIÈME

LE MAUVAIS PAUVRE [1]

1. Ce titre choque. Il se comprend par référence à « Marius indigent », « Marius pauvre » et à « Pauvreté bonne voisine de Misère ». Thénardier, « bourgeois manqué », n'est pas plus que Marius un prolétaire.

Ce livre est celui qui s'apparente le plus au « roman du judiciaire et du policier » tel que le pratiquent, peu avant, *Les Mystères de Paris* et *Splendeurs et Misères des courtisanes*. « Patron-Minette », ajouté en 1860-1862, l'entrelacement du roman d'amour avec le roman policier — genres convenus et peu compatibles —, l'écho que le mélodrame de la masure Gorbeau aura dans l'histoire de la barricade — mêmes rencontres pour le crime privé et pour les crimes publics —, doivent corriger les significations conservatrices que l'on est tenté de lire dans cet épisode.

I

MARIUS, CHERCHANT UNE FILLE EN CHAPEAU, RENCONTRE UN HOMME EN CASQUETTE

L'été passa, puis l'automne ; l'hiver vint. Ni M. Leblanc ni la jeune fille n'avaient remis les pieds au Luxembourg. Marius n'avait plus qu'une pensée, revoir ce doux et adorable visage. Il cherchait toujours, il cherchait partout ; il ne trouvait rien. Ce n'était plus Marius le rêveur enthousiaste, l'homme résolu, ardent et ferme, le hardi provocateur de la destinée, le cerveau qui échafaudait avenir sur avenir, le jeune esprit encombré de plans, de projets, de fiertés, d'idées et de volontés ; c'était un chien perdu. Il tomba dans une tristesse noire. C'était fini ; le travail le rebutait, la promenade le fatiguait, la solitude l'ennuyait ; la vaste nature, si remplie autrefois de formes, de clartés, de voix, de conseils, de perspectives, d'horizons, d'enseignements, était maintenant vide devant lui. Il lui semblait que tout avait disparu.

Il pensait toujours, car il ne pouvait faire autrement ; mais il ne se plaisait plus dans ses pensées. À tout ce qu'elles lui proposaient tout bas sans cesse, il répondait dans l'ombre : À quoi bon ?

Il se faisait cent reproches. Pourquoi l'ai-je suivie ? J'étais si heureux rien que de la voir ! Elle me regardait ; est-ce que ce n'était pas immense ? Elle avait l'air de m'aimer. Est-ce que ce n'était pas tout ? J'ai voulu avoir quoi ? Il n'y a rien après cela. J'ai été absurde. C'est ma faute, etc., etc. Courfeyrac, auquel il ne confiait rien, c'était sa nature, mais qui devinait un peu tout, c'était sa nature aussi, avait commencé par le féliciter d'être amou-

reux, en s'en ébahissant d'ailleurs ; puis, voyant Marius tombé dans cette mélancolie, il avait fini par lui dire :
— Je vois que tu as été simplement un animal. Tiens, viens à la Chaumière [1].

Une fois, ayant confiance dans un beau soleil de septembre, Marius s'était laissé mener au bal de Sceaux par Courfeyrac, Bossuet et Grantaire, espérant, quel rêve ! qu'il la retrouverait peut-être là. Bien entendu, il n'y vit pas celle qu'il cherchait. — C'est pourtant ici qu'on trouve toutes les femmes perdues, grommelait Grantaire en aparté. Marius laissa ses amis au bal, et s'en retourna à pied, seul, las, fiévreux, les yeux troubles et tristes dans la nuit, ahuri de bruit et de poussière par les joyeux coucous pleins d'êtres chantants qui revenaient de la fête et passaient à côté de lui, découragé, aspirant pour se rafraîchir la tête l'âcre senteur des noyers de la route [2].

Il se remit à vivre de plus en plus seul, égaré, accablé, tout à son angoisse intérieure, allant et venant dans sa douleur comme le loup dans le piège, quêtant partout l'absente, abruti d'amour.

Une autre fois, il avait fait une rencontre qui lui avait produit un effet singulier. Il avait croisé dans les petites rues qui avoisinent le boulevard des Invalides un homme vêtu comme un ouvrier et coiffé d'une casquette à longue visière qui laissait passer des mèches de cheveux très blancs. Marius fut frappé de la beauté de ces cheveux blancs et considéra cet homme qui marchait à pas lents et comme absorbé dans une méditation douloureuse. Chose étrange, il lui parut reconnaître M. Leblanc. C'étaient les mêmes cheveux, le même profil, autant que la casquette le laissait voir, la même allure, seulement plus triste. Mais pourquoi ces habits d'ouvrier ? qu'est-ce que cela voulait dire ? que signifiait ce déguisement ? Marius fut très étonné. Quand il revint à lui, son premier mouvement fut de se mettre à suivre cet homme ; qui sait s'il ne tenait

---

1. Bal public du boulevard Montparnasse.
2. Souvenir tenace de Hugo, dont la haine des bals date du jour de 1820 où il vit « son » Adèle dansant avec d'autres, au bal de Sceaux.

point enfin la trace qu'il cherchait ? En tout cas, il fallait revoir l'homme de près et éclaircir l'énigme. Mais il s'avisa de cette idée trop tard, l'homme n'était déjà plus là. Il avait pris quelque petite rue latérale, et Marius ne put le retrouver. Cette rencontre le préoccupa quelques jours, puis s'effaça. — Après tout, se dit-il, ce n'est probablement qu'une ressemblance.

II

TROUVAILLE

Marius n'avait pas cessé d'habiter la masure Gorbeau. Il n'y faisait attention à personne.

À cette époque, à la vérité, il n'y avait plus dans cette masure d'autres habitants que lui et ces Jondrette dont il avait une fois acquitté le loyer, sans avoir du reste jamais parlé ni au père, ni à la mère, ni aux filles. Les autres locataires étaient déménagés ou morts, ou avaient été expulsés faute de payement.

Un jour de cet hiver-là, le soleil s'était un peu montré dans l'après-midi, mais c'était le 2 février, cet antique jour de la Chandeleur dont le soleil traître, précurseur d'un froid de six semaines, a inspiré à Mathieu Laensberg ces deux vers restés justement classiques :

> Qu'il luise ou qu'il luiserne,
> L'ours rentre en sa caverne [1].

---

1. Une pénétrante intuition de J. Maurel — développée dans une communication orale — propose de reconnaître dans de nombreux éléments du roman des traces de la mythologie populaire de l'ours (voir C. Gaignebet, *Le Carnaval*, Payot, 1974), telle en particulier que la reflète le conte de *Jean l'Ours* lu aux enfants des Feuillantines dans des circonstances dramatiquement liées à la mort de Lahorie (voir le *Victor Hugo raconté*).
Mathieu Laensberg est l'inventeur, plus ou moins légendaire, du premier almanach (1635), l'*Almanach liégeois*, qui contenait des proverbes, des prophéties et de la météorologie.

Marius venait de sortir de la sienne. La nuit tombait. C'était l'heure d'aller dîner ; car il avait bien fallu se remettre à dîner, hélas ! ô infirmités des passions idéales !

Il venait de franchir le seuil de sa porte que mame Bougon balayait en ce moment-là même tout en prononçant ce mémorable monologue :

— Qu'est-ce qui est bon marché à présent ? tout est cher. Il n'y a que la peine du monde qui est bon marché ; elle est pour rien, la peine du monde ! [2]

Marius montait à pas lents le boulevard vers la barrière afin de gagner la rue Saint-Jacques. Il marchait pensif, la tête baissée.

Tout à coup il se sentit coudoyé dans la brume ; il se retourna, et vit deux jeunes filles en haillons, l'une longue et mince, l'autre un peu moins grande, qui passaient rapidement, essoufflées, effarouchées, et comme ayant l'air de s'enfuir ; elles venaient à sa rencontre, ne l'avaient pas vu, et l'avaient heurté en passant. Marius distinguait dans le crépuscule leurs figures livides, leurs têtes décoiffées, leurs cheveux épars, leurs affreux bonnets, leurs jupes en guenilles et leurs pieds nus. Tout en courant, elles se parlaient. La plus grande disait d'une voix très basse :

— Les cognes sont venus. Ils ont manqué me pincer au demi-cercle.

L'autre répondait : — Je les ai vus. J'ai cavalé, cavalé, cavalé !

Marius comprit, à travers cet argot sinistre, que les gendarmes ou les sergents de ville avaient failli saisir ces deux enfants, et que ces enfants s'étaient échappés.

Elles s'enfoncèrent sous les arbres du boulevard derrière lui, et y firent pendant quelques instants dans l'obscurité une espèce de blancheur vague qui s'effaça.

Marius s'était arrêté un moment.

Il allait continuer son chemin lorsqu'il aperçut un petit paquet grisâtre à terre à ses pieds. Il se baissa et le ramassa. C'était une façon d'enveloppe qui paraissait contenir des papiers.

---

2. Annonce d'un des thèmes du discours de Thénardier, chapitres 9, 19 et 20.

— Bon, dit-il, ces malheureuses auront laissé tomber cela !

Il revint sur ses pas, il appela, il ne les retrouva plus ; il pensa qu'elles étaient déjà loin, mit le paquet dans sa poche, et s'en alla dîner.

Chemin faisant, il vit dans une allée de la rue Mouffetard une bière d'enfant couverte d'un drap noir, posée sur trois chaises et éclairée par une chandelle. Les deux filles du crépuscule lui revinrent à l'esprit.

— Pauvres mères ! pensa-t-il. Il y a une chose plus triste que de voir ses enfants mourir, c'est de les voir mal vivre.

Puis ces ombres qui variaient sa tristesse lui sortirent de la pensée, et il retomba dans ses préoccupations habituelles. Il se remit à songer à ses six mois d'amour et de bonheur en plein air et en pleine lumière sous les beaux arbres du Luxembourg.

— Comme ma vie est devenue sombre ! se disait-il. Les jeunes filles m'apparaissent toujours. Seulement autrefois c'étaient les anges ; maintenant ce sont les goules.

III

QUADRIFRONS [1]

Le soir, comme il se déshabillait pour se coucher, sa main rencontra dans la poche de son habit le paquet qu'il avait ramassé sur le boulevard. Il l'avait oublié. Il songea qu'il serait utile de l'ouvrir, et que ce paquet contenait peut-

---

1. « Qui a quatre visages », deux fois plus que le dieu latin Janus qui est *bifrons*. Le nombre fait du seul Thénardier un quatuor semblable à celui des bandits du livre précédent.

Sur ces lettres, documents fictifs authentifiés par les fautes d'orthographe, voir note générale 1. Le génie de Hugo dans l'invention de ces écrits invraisemblables — voir note générale 3 — fut secouru par les lettres que sa réputation d'« homme charitable » lui attirait depuis longtemps ; certaines sont ici reproduites presque textuellement.

être l'adresse de ces jeunes filles, si, en réalité, il leur appartenait, et dans tous les cas les renseignements nécessaires pour le restituer à la personne qui l'avait perdu.

Il défit l'enveloppe.

Elle n'était pas cachetée et contenait quatre lettres, non cachetées également.

Les adresses y étaient mises.

Toutes quatre exhalaient une odeur d'affreux tabac.

La première lettre était adressée : *à Madame, madame la marquise de Grucheray, place vis-à-vis la chambre des députés, n*° ...

Marius se dit qu'il trouverait probablement là les indications qu'il cherchait, et que d'ailleurs la lettre n'étant pas fermée, il était vraisemblable qu'elle pouvait être lue sans inconvénient.

Elle était ainsi conçue :

« Madame la marquise,

« La vertu de la clémence et piété est celle qui unit plus étroitement la société. Promenez votre sentiment chrétien, et faites un regard de compassion sur cette infortuné español victime de la loyauté et d'attachement à la cause sacrée de la légitimité, qu'il a payé de son sang, consacrée sa fortune, toutte, pour défendre cette cause, et aujourd'hui se trouve dans la plus grande misère. Il ne doute point que votre honorable personne l'accordera un secours pour conserver une existence éxtremement penible pour un militaire d'éducation et d'honneur plein de blessures. Compte d'avance sur l'humanité qui vous animé et sur l'intérêt que Madame la marquise porte à une nation aussi malheureuse. Leur priere ne sera pas en vaine, et leur reconnaissance conservera sont charmant souvenir.

« De mes sentiments respectueux avec lesquelles j'ai l'honneur d'être,

« Madame,

« Don Alvarès, capitaine español de caballerie, royaliste refugié en France que se trouve en voyagé pour sa patrie et le manquent les réssources pour continuer son voyagé. »

Aucune adresse n'était jointe à la signature. Marius espéra trouver l'adresse dans la deuxième lettre dont la suscription portait : *à Madame, madame la comtesse de Montvernet, rue Cassette, n° 9.*

Voici ce que Marius y lut :

« Madame la comtesse,

« C'est une malheureusse meré de famille de six enfants dont le dernier n'a que huit mois. Moi malade depuis ma dernière couche, abandonnée de mon mari depuis cinq mois n'aiyant aucune réssource au monde dans la plus affreuse indigence.

« Dans l'espoir de Madame la comtesse, elle a l'honneur d'être, madame, avec un profond respect,

« Femme BALIZARD. »

Marius passa à la troisième lettre, qui était comme les précédentes une supplique ; on y lisait :

« Monsieur Pabourgeot, électeur, négociant-bonnetier en gros, rue Saint-Denis au coin de la rue aux Fers.

« Je me permets de vous adresser cette lettre pour vous prier de m'accorder la faveur prétieuse de vos simpaties et de vous intéresser à un homme de lettres qui vient d'envoyer un drame au théâtre-français. Le sujet en est historique, et l'action se passe en Auvergne du temps de l'empire. Le style, je crois, en est naturel, laconique, et peut avoir quelque mérite. Il y a des couplets a chanter a quatre endroits. Le comique, le sérieux, l'imprévu, s'y mèlent à la variété des caractères et a une teinte de romantisme répandue légèrement dans toute l'intrigue qui marche mistérieusement, et va, par des péripessies frappantes, se denouer au milieu de plusieurs coups de scènes éclatants.

« Mon but principal est de satisfère le desir qui anime progressivement l'homme de notre siècle, c'est à dire, la mode, cette caprisieuse et bizarre girouette qui change presque à chaque nouveau vent.

« Malgré ces qualités j'ai lieu de craindre que la jalousie, l'égoïsme des auteurs privilégiés, obtienne mon exclusion du théâtre, car je n'ignore pas les déboires dont on abreuve les nouveaux venus.

« Monsieur Pabourgeot, votre juste réputation de protecteur éclairé des gants de lettres m'enhardit à vous envoyer ma fille qui vous exposera notre situation indigante, manquant de pain et de feu dans cette saison d'hyver. Vous dire que je vous prie d'agreer l'hommage que je désire vous faire de mon drame et de tous ceux que je ferai, c'est vous prouver combien j'ambicionne l'honneur de m'abriter sous votre égide, et de parer mes écrits de votre nom. Si vous daignez m'honorer de la plus modeste offrande, je m'occuperai aussitôt à faire une pièsse de vers pour vous payer mon tribu de reconnaissance. Cette pièsse, que je tacherai de rendre aussi parfaite que possible, vous sera envoyée avant d'être insérée au commencement du drame et débitée sur la scène.

> « À Monsieur,
> « Et Madame Pabourgeot,
> « Mes hommages les plus respectueux.
> « GENFLOT, homme de lettres.

« *P. S.* Ne serait-ce que quarante sous.

« Excusez-moi d'envoyer ma fille et de ne pas me présenter moi-même, mais de tristes motifs de toilette ne me permettent pas, hélas ! de sortir... »

Marius ouvrit enfin la quatrième lettre. Il y avait sur l'adresse : *Au monsieur bienfaisant de l'église Saint-Jacques-du-Haut-Pas.* Elle contenait ces quelques lignes :

« Homme bienfaisant,

« Si vous daignez accompagner ma fille, vous verrez une calamité missérable, et je vous montrerai mes certificats.

« À l'aspect de ces écrits votre âme généreuse sera mue d'un sentiment de sensible bienveillance, car les vrais philosophes éprouvent toujours de vives émotions.

« Convenez, homme compatissant, qu'il faut éprouver le plus cruel besoin, et qu'il est bien douloureux, pour obtenir quelque soulagement, de le faire attester par l'autorité comme si l'on n'était pas libre de souffrir et de mourir d'inanition en attendant que l'on soulage notre misère. Les destins sont bien fatals pour d'aucuns et trop prodigue ou trop protecteur pour d'autres.

« J'attends votre présence ou votre offrande, si vous daignez la faire, et je vous prie de vouloir bien agréer les sentiments respectueux avec lesquels je m'honore d'être,

« homme vraiment magnanime,
« votre très humble
« et très obéissant serviteur,
« P. FABANTOU, artiste dramatique. »

Après avoir lu ces quatre lettres, Marius ne se trouva pas beaucoup plus avancé qu'auparavant.

D'abord aucun des signataires ne donnait son adresse.

Ensuite elles semblaient venir de quatre individus différents, don Alvarès, la femme Balizard, le poëte Genflot et l'artiste dramatique Fabantou ; mais ces lettres offraient ceci d'étrange qu'elles étaient écrites toutes quatre de la même écriture.

Que conclure de là, sinon qu'elles venaient de la même personne ?

En outre, et cela rendait la conjecture encore plus vraisemblable, le papier, grossier et jauni, était le même pour les quatre, l'odeur de tabac était la même, et, quoiqu'on eût évidemment cherché à varier le style, les mêmes fautes d'orthographe s'y reproduisaient avec une tranquillité profonde, et l'homme de lettres Genflot n'en était pas plus exempt que le capitaine español.

S'évertuer à deviner ce petit mystère était peine inutile. Si ce n'eût pas été une trouvaille, cela eût eu l'air d'une mystification. Marius était trop triste pour bien prendre même une plaisanterie du hasard et pour se prêter au jeu que paraissait vouloir jouer avec lui le pavé de la rue. Il lui semblait qu'il était à colin-maillard entre ces quatre lettres qui se moquaient de lui.

Rien n'indiquait d'ailleurs que ces lettres appartinssent aux jeunes filles que Marius avait rencontrées sur le boulevard. Après tout, c'étaient des paperasses évidemment sans aucune valeur.

Marius les remit dans l'enveloppe, jeta le tout dans un coin, et se coucha.

Vers sept heures du matin, il venait de se lever et de déjeuner, et il essayait de se mettre au travail lorsqu'on frappa doucement à sa porte.

Comme il ne possédait rien, il n'ôtait jamais sa clef, si ce n'est quelquefois, fort rarement, lorsqu'il travaillait à quelque travail pressé. Du reste, même absent, il laissait sa clef à sa serrure. — On vous volera, disait mame Bougon. — Quoi ? disait Marius. — Le fait est pourtant qu'un jour on lui avait volé une vieille paire de bottes, au grand triomphe de mame Bougon.

On frappa un second coup, très doux comme le premier.

— Entrez, dit Marius.

La porte s'ouvrit.

— Qu'est-ce que vous voulez, mame Bougon ? reprit Marius sans quitter des yeux les livres et les manuscrits qu'il avait sur sa table.

Une voix, qui n'était pas celle de mame Bougon, répondit :

— Pardon, monsieur...

C'était une voix sourde, cassée, étranglée, éraillée, une voix de vieux homme enroué d'eau-de-vie et de rogome.

Marius se tourna vivement, et vit une jeune fille.

IV

UNE ROSE DANS LA MISÈRE [1]

Une toute jeune fille était debout dans la porte entre-
bâillée. La lucarne du galetas où le jour paraissait était
précisément en face de la porte et éclairait cette figure
d'une lumière blafarde. C'était une créature hâve, chétive,
décharnée ; rien qu'une chemise et une jupe sur une
nudité frissonnante et glacée. Pour ceinture une ficelle,
pour coiffure une ficelle, des épaules pointues sortant de
la chemise, une pâleur blonde et lymphatique, des clavicules terreuses, des mains rouges, la bouche entr'ouverte
et dégradée, des dents de moins, l'œil terne, hardi et bas,
les formes d'une jeune fille avortée et le regard d'une
vieille femme corrompue ; cinquante ans mêlés à quinze
ans ; un de ces êtres qui sont tout ensemble faibles et
horribles et qui font frémir ceux qu'ils ne font pas pleurer.

Marius s'était levé et considérait avec une sorte de stupeur cet être, presque pareil aux formes de l'ombre qui
traversent les rêves.

Ce qui était poignant surtout, c'est que cette jeune fille
n'était pas venue au monde pour être laide. Dans sa première enfance, elle avait dû même être jolie. La grâce de
l'âge luttait encore contre la hideuse vieillesse anticipée
de la débauche et de la pauvreté. Un reste de beauté se
mourait sur ce visage de seize ans, comme ce pâle soleil
qui s'éteint sous d'affreuses nuées à l'aube d'une journée
d'hiver.

Ce visage n'était pas absolument inconnu à Marius. Il
croyait se rappeler l'avoir vu quelque part.

— Que voulez-vous, mademoiselle ? demanda-t-il.

La jeune fille répondit avec sa voix de galérien ivre :

— C'est une lettre pour vous, monsieur Marius.

Elle appelait Marius par son nom ; il ne pouvait douter

---

1. Voir I, 3, 8, note 6, p. 210 ainsi que texte et note 4 en I, 4, 1 ;
p. 218.

que ce ne fût à lui qu'elle eût affaire ; mais qu'était-ce que cette fille ? comment savait-elle son nom ?

Sans attendre qu'il lui dît d'avancer, elle entra. Elle entra résolûment, regardant avec une sorte d'assurance qui serrait le cœur toute la chambre et le lit défait. Elle avait les pieds nus. De larges trous à son jupon laissaient voir ses longues jambes et ses genoux maigres. Elle grelottait.

Elle tenait en effet une lettre à la main qu'elle présenta à Marius.

Marius en ouvrant cette lettre remarqua que le pain à cacheter large et énorme était encore mouillé. Le message ne pouvait venir de bien loin. Il lut :

> « Mon aimable voisin, jeune homme !

« J'ai apris vos bontés pour moi, que vous avez payé mon terme il y a six mois. Je vous bénis, jeune homme. Ma fille aînée vous dira que nous sommes sans un morceau de pain depuis deux jours, quatre personnes, et mon épouse malade. Si je ne suis point dessu dans ma pensée, je crois devoir espérer que votre cœur généreux s'humanisera à cet exposé et vous subjuguera le désir de m'être propice en daignant me prodiguer un léger bienfait.

« Je suis avec la considération distinguée qu'on doit aux bienfaiteurs de l'humanité,

JONDRETTE.

« *P. S.* — Ma fille attendra vos ordres, cher monsieur Marius. »

Cette lettre, au milieu de l'aventure obscure qui occupait Marius depuis la veille au soir, c'était une chandelle dans une cave. Tout fut brusquement éclairé.

Cette lettre venait d'où venaient les quatre autres. C'était la même écriture, le même style, la même orthographe, le même papier, la même odeur de tabac.

Il y avait cinq missives, cinq histoires, cinq noms, cinq signatures, et un seul signataire. Le capitaine español don

Alvarès, la malheureuse mère Balizard, le poëte dramatique Genflot, le vieux comédien Fabantou se nommaient
tous les quatre Jondrette, si toutefois Jondrette lui-même
s'appelait Jondrette.

Depuis assez longtemps déjà que Marius habitait la
masure, il n'avait eu, nous l'avons dit, que de bien rares
occasions de voir, d'entrevoir même son très infime voisinage. Il avait l'esprit ailleurs, et où est l'esprit est le
regard. Il avait dû plus d'une fois croiser les Jondrette
dans le corridor et dans l'escalier ; mais ce n'étaient pour
lui que des silhouettes ; il y avait pris si peu garde que la
veille au soir il avait heurté sur le boulevard sans les
reconnaître les filles Jondrette, car c'était évidemment
elles, et que c'était à grand'peine que celle-ci, qui venait
d'entrer dans sa chambre, avait éveillé en lui, à travers le
dégoût et la pitié, un vague souvenir de l'avoir rencontrée
ailleurs.

Maintenant il voyait clairement tout. Il comprenait que
son voisin Jondrette avait pour industrie dans sa détresse
d'exploiter la charité des personnes bienfaisantes, qu'il se
procurait des adresses, et qu'il écrivait sous des noms
supposés à des gens qu'il jugeait riches et pitoyables des
lettres que ses filles portaient, à leurs risques et périls, car
ce père en était là qu'il risquait ses filles ; il jouait une
partie avec la destinée et il les mettait au jeu. Marius
comprenait que probablement, à en juger par leur fuite de
la veille, par leur essoufflement, par leur terreur, et par
ces mots d'argot qu'il avait entendus, ces infortunées faisaient encore on ne sait quels métiers sombres, et que de
tout cela il en était résulté, au milieu de la société
humaine telle qu'elle est faite, deux misérables êtres qui
n'étaient ni des enfants, ni des filles, ni des femmes,
espèces de monstres impurs et innocents produits par la
misère.

Tristes créatures sans nom, sans âge, sans sexe, auxquelles ni le bien, ni le mal ne sont plus possibles, et qui,
en sortant de l'enfance, n'ont déjà plus rien dans ce
monde, ni la liberté, ni la vertu, ni la responsabilité[2].

---

2. Voir note générale 9.

Âmes écloses hier, fanées aujourd'hui, pareilles à ces fleurs tombées dans la rue que toutes les boues flétrissent en attendant qu'une roue les écrase.

Cependant, tandis que Marius attachait sur elle un regard étonné et douloureux, la jeune fille allait et venait dans la mansarde avec une audace de spectre. Elle se démenait sans se préoccuper de sa nudité. Par instants, sa chemise défaite et déchirée lui tombait presque à la ceinture[3]. Elle remuait les chaises, elle dérangeait les objets de toilette posés sur la commode, elle touchait aux vêtements de Marius, elle furetait ce qu'il y avait dans les coins.

— Tiens, dit-elle, vous avez un miroir !

Et elle fredonnait, comme si elle eût été seule, des bribes de vaudeville, des refrains folâtres que sa voix gutturale et rauque faisait lugubres. Sous cette hardiesse perçait je ne sais quoi de contraint, d'inquiet et d'humilié. L'effronterie est une honte.

Rien n'était plus morne que de la voir s'ébattre et pour ainsi dire voleter dans la chambre avec des mouvements d'oiseau que le jour effare, ou qui a l'aile cassée. On sentait qu'avec d'autres conditions d'éducation et de destinée, l'allure gaie et libre de cette jeune fille eût pu être quelque chose de doux et de charmant. Jamais parmi les animaux la créature née pour être une colombe ne se change en une orfraie. Cela ne se voit que parmi les hommes[4].

Marius songeait, et la laissait faire.

Elle s'approcha de la table.

— Ah ! dit-elle, des livres !

Une lueur traversa son œil vitreux. Elle reprit, et son accent exprimait le bonheur de se vanter de quelque chose, auquel nulle créature humaine n'est insensible :

— Je sais lire, moi.

---

3. Voir de la même manière le texte annoté 9 en I, 5, 13 ; p. 286.

4. Comparer au nom de Cosette — l'Alouette —, au titre du chapitre « Nid pour hibou et fauvette », aux premières lignes de « Paris étudié dans son atome » (III, 1, 1 ; p. 793), à la mort de Gavroche (V, 1, 15 ; p. 1634).

Elle saisit vivement le livre ouvert sur la table, et lut assez couramment :

« ... Le général Bauduin reçut l'ordre d'enlever avec les cinq bataillons de sa brigade le château de Hougomont qui est au milieu de la plaine de Waterloo...[5] »

Elle s'interrompit :

— Ah ! Waterloo ! Je connais ça. C'est une bataille dans les temps. Mon père y était. Mon père a servi dans les armées. Nous sommes joliment bonapartistes chez nous, allez ! C'est contre les anglais Waterloo.

Elle posa le livre, prit une plume, et s'écria :

— Et je sais écrire aussi !

Elle trempa la plume dans l'encre, et se tournant vers Marius :

— Voulez-vous voir ? Tenez, je vais écrire un mot pour voir.

Et avant qu'il eût eu le temps de répondre, elle écrivit sur une feuille de papier blanc qui était au milieu de la table : *Les cognes sont là.*

Puis jetant la plume :

— Il n'y a pas de fautes d'orthographe. Vous pouvez regarder. Nous avons reçu de l'éducation, ma sœur et moi. Nous n'avons pas toujours été comme nous sommes. Nous n'étions pas faites...

Ici elle s'arrêta, fixa sa prunelle éteinte sur Marius, et éclata de rire en disant avec une intonation qui contenait toutes les angoisses étouffées par tous les cynismes :

— Bah !

Et elle se mit à fredonner ces paroles sur un air gai :

> J'ai faim, mon père,
> Pas de fricot.
> J'ai froid, ma mère.
> Pas de tricot.

5. La rencontre avec le nom de l'auteur et avec Waterloo serait, pour Éponine, salvatrice, si elle n'était immédiatement dégradée par la contre-épopée paternelle. L'écriture connaîtra la même perversion : voir texte et note 12 en III, 8, 20 ; p. 1101.

> Grelotte,
> Lolotte !
> Sanglote,
> Jacquot ![6]

À peine eut-elle achevé ce couplet qu'elle s'écria :

— Allez-vous quelquefois au spectacle, monsieur Marius ? Moi, j'y vais. J'ai un petit frère qui est ami avec des artistes et qui me donne des fois des billets[7]. Par exemple, je n'aime pas les banquettes de galeries. On y est gêné, on y est mal. Il y a quelquefois du gros monde ; il y a aussi du monde qui sent mauvais.

Puis elle considéra Marius, prit un air étrange, et lui dit :

— Savez-vous, monsieur Marius, que vous êtes très joli garçon ?

Et en même temps il leur vint à tous les deux la même pensée, qui la fit sourire et qui le fit rougir[8].

Elle s'approcha de lui, et lui posa une main sur l'épaule.

— Vous ne faites pas attention à moi, mais je vous connais, monsieur Marius. Je vous rencontre ici dans l'escalier, et puis je vous vois entrer chez un appelé le père Mabeuf qui demeure du côté d'Austerlitz, des fois, quand je me promène par là. Cela vous va très bien, vos cheveux ébouriffés.

Sa voix cherchait à être très douce et ne parvenait qu'à être très basse. Une partie des mots se perdait dans le trajet du larynx aux lèvres comme sur un clavier où il manque des notes.

Marius s'était reculé doucement.

— Mademoiselle, dit-il avec sa gravité froide, j'ai là un paquet qui est, je crois, à vous. Permettez-moi de vous le remettre.

---

6. Voir note générale 27.
7. Voir texte annoté IV, 6, 2 ; p. 1302.
8. Belle interversion. Touche de pudeur et de réalisme par litote (voir I, 2, 2, note 2, p. 113). L'auteur sera moins discret pour Cosette (voir IV, 3, 6 ; p. 1215).

Et il lui tendit l'enveloppe qui renfermait les quatre lettres.

Elle frappa dans ses deux mains, et s'écria :

— Nous avons cherché partout !

Puis elle saisit vivement le paquet, et défit l'enveloppe, tout en disant :

— Dieu de Dieu ! avons-nous cherché, ma sœur et moi ! Et c'est vous qui l'aviez trouvé ! Sur le boulevard, n'est-ce pas ? ce doit être sur le boulevard ? Voyez-vous, ça a tombé quand nous avons couru. C'est ma mioche de sœur qui a fait la bêtise. En rentrant nous ne l'avons plus trouvé. Comme nous ne voulions pas être battues, que cela est inutile, que cela est entièrement inutile, que cela est absolument inutile, nous avons dit chez nous que nous avions porté les lettres chez les personnes et qu'on nous avait dit nix ! Les voilà, ces pauvres lettres ! Et à quoi avez-vous vu qu'elles étaient à moi ? Ah ! oui, à l'écriture ! C'est donc vous que nous avons cogné en passant hier au soir. On n'y voyait pas, quoi ! J'ai dit à ma sœur : Est-ce que c'est un monsieur ? Ma sœur m'a dit : Je crois que c'est un monsieur.

Cependant, elle avait déplié la supplique adressée « au monsieur bienfaisant de l'église Saint-Jacques-du-Haut-Pas ».

— Tiens ! dit-elle, c'est celle pour ce vieux qui va à la messe. Au fait, c'est l'heure. Je vais lui porter. Il nous donnera peut-être de quoi déjeuner.

Puis elle se remit à rire, et ajouta :

— Savez-vous ce que cela fera si nous déjeunons aujourd'hui ? Cela fera que nous aurons eu notre déjeuner d'avant-hier, notre dîner d'avant-hier, notre déjeuner d'hier, notre dîner d'hier, tout ça en une fois, ce matin. Tiens ! parbleu ! si vous n'êtes pas contents, crevez, chiens.

Ceci fit souvenir Marius de ce que la malheureuse venait chercher chez lui.

Il fouilla dans son gilet, il n'y trouva rien.

La jeune fille continuait, et semblait parler comme si elle n'avait plus conscience que Marius fût là.

— Des fois je m'en vais le soir. Des fois je ne rentre

pas. Avant d'être ici, l'autre hiver, nous demeurions sous
les arches des ponts. On se serrait pour ne pas geler. Ma
petite sœur pleurait. L'eau, comme c'est triste ! Quand je
pensais à me noyer, je disais : Non, c'est trop froid. Je
vais toute seule quand je veux, je dors des fois dans les
fossés. Savez-vous, la nuit, quand je marche sur le boulevard, je vois les arbres comme des fourches, je vois des
maisons toutes noires grosses comme les tours de Notre-
Dame, je me figure que les murs blancs sont la rivière, je
me dis : Tiens, il y a de l'eau là ! Les étoiles sont comme
des lampions d'illuminations, on dirait qu'elles fument et
que le vent les éteint, je suis ahurie, comme si j'avais des
chevaux qui me soufflent dans l'oreille ; quoique ce soit
la nuit, j'entends des orgues de Barbarie et les méca-
niques des filatures, est-ce que je sais, moi ? Je crois
qu'on me jette des pierres, je me sauve sans savoir, tout
tourne, tout tourne. Quand on n'a pas mangé, c'est très
drôle [9].

Et elle le regarda d'un air égaré.

À force de creuser et d'approfondir ses poches, Marius
avait fini par réunir cinq francs seize sous. C'était en ce
moment tout ce qu'il possédait au monde. — Voilà toujours mon dîner d'aujourd'hui, pensa-t-il, demain nous
verrons. — Il prit les seize sous et donna les cinq francs
à la fille.

Elle saisit la pièce.

— Bon, dit-elle, il y a du soleil !

Et comme si ce soleil eût eu la propriété de faire fondre
dans son cerveau des avalanches d'argot, elle poursuivit :

— Cinque francs ! du luisant ! un monarque ! dans
cette piolle ! c'est chenâtre ! Vous êtes un bon mion. Je
vous fonce mon palpitant. Bravo les fanandels ! deux
jours de pivois ! et de la viandemuche ! et du fricotmar !
on pitancera chenument ! et de la bonne mouise !

Elle ramena sa chemise sur ses épaules, fit un profond

---

9. Même l'ultime antiphrase participe, sous la description clinique
d'une hallucination hypoglycémique, à une étrange poétique de la
misère. Sur le motif de l'extinction des étoiles, voir III, 5, 4, note 6,
p. 950.

salut à Marius, puis un signe familier de la main, et se
dirigea vers la porte en disant :

— Bonjour, monsieur. C'est égal. Je vas trouver mon
vieux.

En passant, elle aperçut sur la commode une croûte de
pain desséchée qui y moisissait dans la poussière, elle se
jeta dessus et y mordit en grommelant :

— C'est bon ! c'est dur ! ça me casse les dents ![10]

Puis elle sortit.

V

LE JUDAS DE LA PROVIDENCE[1]

Marius depuis cinq ans avait vécu dans la pauvreté,
dans le dénûment, dans la détresse même, mais il s'aperçut qu'il n'avait point connu la vraie misère. La vraie
misère, il venait de la voir. C'était cette larve qui venait
de passer sous ses yeux. C'est qu'en effet qui n'a vu que
la misère de l'homme n'a rien vu, il faut voir la misère
de la femme ; qui n'a vu que la misère de la femme n'a
rien vu, il faut voir la misère de l'enfant[2].

Quand l'homme est arrivé aux dernières extrémités, il

---

10. Un miroir — et symboliquement une sorte de conscience —,
une lecture — de Waterloo et de Hugo —, un regard de Marius
— quelque chose qui ressemble à de l'amour : cela suffit pour que
l'âme soit produite, donc sauvée, en Éponine, comme en Jean Valjean par Myriel. Il ne lui manque, comme à Gavroche et à Fantine,
que quelqu'un capable de préserver sa vie. Le pain de Marius nourrit,
mais casse les dents, comme le dentiste de Fantine.

---

1. Aux deux sens : du nom de l'apôtre qui trahit le Christ et du
nom de l'ouverture pratiquée — dans les portes de prison en particulier — pour voir sans être vu. Sur l'ambiguïté de ce geste d'épier,
voir texte et note 6 en III, 3, 2 ; p. 852.
2. Les chapitres de Gavroche (III, 8, 22 ; p. 1107 et IV, 6 ;
p. 1275) exécuteront ce programme annoncé par III, 1, 13 et qui est
celui de la *Préface* du roman.

arrive en même temps aux dernières ressources. Malheur aux êtres sans défense qui l'entourent ! Le travail, le salaire, le pain, le feu, le courage, la bonne volonté, tout lui manque à la fois. La clarté du jour semble s'éteindre au dehors, la lumière morale s'éteint au dedans ; dans ces ombres, l'homme rencontre la faiblesse de la femme et de l'enfant, et les ploie violemment aux ignominies.

Alors toutes les horreurs sont possibles. Le désespoir est entouré de cloisons fragiles qui donnent toutes sur le vice ou sur le crime.

La santé, la jeunesse, l'honneur, les saintes et farouches délicatesses de la chair encore neuve, le cœur, la virginité, la pudeur, cet épiderme de l'âme, sont sinistrement maniés par ce tâtonnement qui cherche des ressources, qui rencontre l'opprobre, et qui s'en accommode. Pères, mères, enfants, frères, sœurs, hommes, femmes, filles, adhèrent, et s'agrégent presque comme une formation minérale, dans cette brumeuse promiscuité de sexes, de parentés, d'âges, d'infamies, d'innocences. Ils s'accroupissent, adossés les uns aux autres, dans une espèce de destin taudis. Ils s'entre-regardent lamentablement. Ô les infortunés ! comme ils sont pâles ! comme ils ont froid ! Il semble qu'ils soient dans une planète bien plus loin du soleil que nous.

Cette jeune fille fut pour Marius une sorte d'envoyée des ténèbres.

Elle lui révéla tout un côté hideux de la nuit.

Marius se reprocha presque les préoccupations de rêverie et de passion qui l'avaient empêché jusqu'à ce jour de jeter un coup d'œil sur ses voisins. Avoir payé leur loyer, c'était un mouvement machinal, tout le monde eût eu ce mouvement ; mais lui Marius eût dû faire mieux. Quoi ! un mur seulement le séparait de ces êtres abandonnés, qui vivaient à tâtons dans la nuit, en dehors du reste des vivants, il les coudoyait, il était en quelque sorte, lui, le dernier chaînon du genre humain qu'ils touchassent, il les entendait vivre ou plutôt râler à côté de lui, et il n'y prenait point garde ! tous les jours à chaque instant, à travers la muraille, il les entendait marcher, aller, venir, parler, et il ne prêtait pas l'oreille ! et dans ces paroles il y avait des gémissements, et il ne les écoutait même pas ! sa pensée était ailleurs, à des songes, à des rayonnements impossibles, à des amours en l'air, à des folies ; et cependant des créatures humaines, ses frères en Jésus-Christ, ses frères dans le peuple, agonisaient à côté de lui ! agonisaient inutilement ! Il faisait même partie de leur malheur, et il l'aggravait. Car s'ils avaient eu un autre voisin, un voisin moins chimérique et plus attentif, un homme ordinaire et charitable, évidemment leur indigence eût été remarquée, leurs signaux de détresse eussent été aperçus, et depuis longtemps déjà peut-être ils eussent été recueillis et sauvés ! Sans doute ils paraissaient bien dépravés, bien corrompus, bien avilis, bien odieux même, mais ils sont rares, ceux qui sont tombés sans être dégradés ; d'ailleurs il y a un point où les infortunés et les infâmes se mêlent et se confondent dans un seul mot, mot fatal, les misérables ; de qui est-ce la faute ? Et puis, est-ce que ce n'est pas quand la chute est plus profonde que la charité doit être plus grande ?

Tout en se faisant cette morale, car il y avait des occasions où Marius, comme tous les cœurs vraiment honnêtes, était à lui-même son propre pédagogue et se grondait plus qu'il ne le méritait, il considérait le mur qui le séparait des Jondrette, comme s'il eût pu faire passer à travers cette cloison son regard plein de pitié et en aller réchauffer ces malheureux. Le mur était une mince lame de plâtre soutenue par des lattes et des solives, et qui, comme on vient de le lire, laissait parfaitement distinguer le bruit des paroles et des voix. Il fallait être le songeur Marius pour ne pas s'en être encore aperçu. Aucun papier n'était collé sur ce mur ni du côté des Jondrette, ni du côté de Marius ; on en voyait à nu la grossière construction. Sans presque en avoir conscience, Marius examinait cette cloison ; quelquefois la rêverie examine, observe et scrute comme ferait la pensée. Tout à coup, il se leva, il venait de remarquer vers le haut, près du plafond, un trou triangulaire résultant de trois lattes qui laissaient un vide entre elles. Le plâtras qui avait dû boucher ce vide était absent, et en montant sur la commode on pouvait voir par cette ouverture dans le galetas des Jondrette. La commisération a et doit avoir sa curiosité. Ce trou faisait une

espèce de judas. Il est permis de regarder l'infortune en
traître pour la secourir. — Voyons un peu ce que c'est
que ces gens-là, pensa Marius, et où ils en sont.

Il escalada la commode, approcha sa prunelle de la crevasse et regarda.

VI

L'HOMME FAUVE AU GÎTE

Les villes, comme les forêts, ont leurs antres où se
cachent tout ce qu'elles ont de plus méchant et de plus
redoutable. Seulement, dans les villes, ce qui se cache
ainsi est féroce, immonde et petit, c'est-à-dire laid ; dans
les forêts, ce qui se cache est féroce, sauvage et grand,
c'est-à-dire beau. Repaires pour repaires, ceux des bêtes
sont préférables à ceux des hommes. Les cavernes valent
mieux que les bouges.

Ce que Marius voyait était un bouge.

Marius était pauvre et sa chambre était indigente ;
mais, de même que sa pauvreté était noble, son grenier
était propre. Le taudis où son regard plongeait en ce
moment était abject, sale, fétide, infect, ténébreux, sordide. Pour tous meubles, une chaise de paille, une table
infirme, quelques vieux tessons, et dans deux coins deux
grabats indescriptibles ; pour toute clarté, une fenêtre-
mansarde à quatre carreaux, drapée de toiles d'araignée.
Il venait par cette lucarne juste assez de jour pour qu'une
face d'homme parût une face de fantôme. Les murs
avaient un aspect lépreux, et étaient couverts de coutures
et de cicatrices comme un visage défiguré par quelque
horrible maladie. Une humidité chassieuse y suintait. On
y distinguait des dessins obscènes grossièrement char-
bonnés.

La chambre que Marius occupait avait un pavage de
briques délabré ; celle-ci n'était ni carrelée, ni plan-

chéiée ; on y marchait à cru sur l'antique plâtre de la
masure devenu noir sous les pieds. Sur ce sol inégal, où
la poussière était comme incrustée et qui n'avait qu'une
virginité, celle du balai, se groupaient capricieusement
des constellations de vieux chaussons, de savates et de
chiffons affreux ; du reste cette chambre avait une cheminée ; aussi la louait-on quarante francs par an. Il y avait
de tout dans cette cheminée, un réchaud, une marmite,
des planches cassées, des loques pendues à des clous, une
cage d'oiseau, de la cendre, et même un peu de feu. Deux
tisons y fumaient tristement.

Une chose qui ajoutait encore à l'horreur de ce galetas,
c'est que c'était grand. Cela avait des saillies, des angles,
des trous noirs, des dessous de toits, des baies et des promontoires. De là d'affreux coins insondables où il semblait que devaient se blottir des araignées grosses comme
le poing, des cloportes larges comme le pied, et peut-être
même on ne sait quels êtres humains monstrueux [1].

L'un des grabats était près de la porte, l'autre près de
la fenêtre. Tous deux touchaient par une extrémité à la
cheminée et faisaient face à Marius.

Dans un angle voisin de l'ouverture par où Marius
regardait, était accrochée au mur dans un cadre de bois
noir une gravure coloriée au bas de laquelle était écrit en
grosses lettres : LE SONGE. Cela représentait une femme
endormie et un enfant endormi, l'enfant sur les genoux
de la femme, un aigle dans un nuage avec une couronne
dans le bas, et la femme écartant la couronne de la tête
de l'enfant, sans se réveiller d'ailleurs ; au fond Napoléon
dans une gloire s'appuyant sur une colonne gros bleu à
chapiteau jaune ornée de cette inscription :

---

1. Indistinction du vivant et du mort (fantôme), indétermination
des limites, dénaturation, franchissement des ordres de grandeur et
des classes zoologiques, confusion ou transgression des règnes
(minéral, végétal, animal, humain), invisibilité et déroute de la nomination : cette description, faite selon le point de vue du personnage
mais dans le langage de l'auteur, réunit tous les caractères de la
misère, colorés de ses fantasmes : araignées, humidité, promiscuité,
etc.

MARINGO
AUSTERLITS
IENA
WAGRAMME
ELOT

Au-dessus de ce cadre, une espèce de panneau de bois plus long que large était posé à terre et appuyé en plan incliné contre le mur. Cela avait l'air d'un tableau retourné, d'un châssis probablement barbouillé de l'autre côté, de quelque trumeau détaché d'une muraille et oublié là en attendant qu'on le raccroche.

Près de la table, sur laquelle Marius apercevait une plume, de l'encre et du papier, était assis un homme d'environ soixante ans, petit, maigre, livide, hagard, l'air fin, cruel et inquiet ; un gredin hideux.

Lavater, s'il eût considéré ce visage, y eût trouvé le vautour mêlé au procureur ; l'oiseau de proie et l'homme de chicane s'enlaidissant et se complétant l'un par l'autre, l'homme de chicane faisant l'oiseau de proie ignoble, l'oiseau de proie faisant l'homme de chicane horrible.

Cet homme avait une longue barbe grise. Il était vêtu d'une chemise de femme qui laissait voir sa poitrine velue et ses bras nus hérissés de poils gris. Sous cette chemise, on voyait passer un pantalon boueux et des bottes dont sortaient les doigts de ses pieds.

Il avait une pipe à la bouche et il fumait. Il n'y avait plus de pain dans le taudis, mais il y avait encore du tabac.

Il écrivait, probablement quelque lettre comme celles que Marius avait lues.

Sur un coin de la table on apercevait un vieux volume rougeâtre dépareillé, et le format, qui était l'ancien in-12 des cabinets de lecture, révélait un roman. Sur la couverture, s'étalait ce titre imprimé en grosses majuscules : DIEU, LE ROI, L'HONNEUR ET LES DAMES[2], PAR DUCRAY-DUMINIL. 1814.

---

2. Tout ce que Thénardier ignore. Titre exact : *L'Hermitage Saint-Jacques ou Dieu, le Roi et la Patrie*. Le livre, publié en 1815, fait la

Tout en écrivant, l'homme parlait haut, et Marius entendait ses paroles :

— Dire qu'il n'y a pas d'égalité, même quand on est mort ! Voyez un peu le Père-Lachaise ! Les grands, ceux qui sont riches, sont en haut, dans l'allée des acacias, qui est pavée. Ils peuvent y arriver en voiture. Les petits, les pauvres gens, les malheureux, quoi ! on les met dans le bas, où il y a de la boue jusqu'aux genoux, dans les trous, dans l'humidité. On les met là pour qu'ils soient plus vite gâtés ! On ne peut pas aller les voir sans enfoncer dans la terre[3].

Ici il s'arrêta, frappa du poing sur la table, et ajouta en grinçant des dents :

— Oh ! je mangerais le monde !

---

synthèse des lectures de Thénardier, de sa femme — et de Hugo enfant ; voir I, 4, 2, note 3, p. 229.

3. C'est-à-dire sans mourir. Toute l'histoire de Jean Valjean ne dit rien d'autre. Et l'auteur lui-même place une observation analogue au début du dernier chapitre (V, 9, 6 ; p. 1946). C'est indiquer la pertinence de la formidable récrimination dont Thénardier remplit les chapitres suivants. Elle pose problème. Pourquoi Hugo met-il la plus exacte dénonciation de l'inégalité sociale et de son injustice dans la bouche du plus vil de ses personnages, l'un des seuls qu'il condamne sans nuance, semblant ainsi démentir ou affaiblir ce que par ailleurs il sait vrai ?

Comportement rigoureux pourtant. Exact d'abord : l'ignorance réciproque des classes, explicitement dénoncée en III, 8, 5 ; p. 1020, interdit à chacune de prendre la mesure de l'inégalité entre elles. Sauf exception : celle de Thénardier — hybride — et, par accident, de Marius. De là les deux discours à la charnière desquels nous sommes. Si le second est plus violent, c'est qu'il est animé non par le sentiment de la justice, mais par sa caricature, l'envie. Hugo l'en condamne d'autant plus fermement.

De là un dispositif complexe qui non seulement dit le vrai, mais aussi interroge ses conditions de connaissance et d'énonciation. Il présente au lecteur cette question décisive : que penser d'un état de la société non seulement injuste, mais méconnu, et tel que sa dénonciation est elle-même nécessairement injuste : trop faible si elle est prononcée par ceux qui en bénéficient, envieuse si c'est par les victimes ?

Car Thénardier — faux héros des guerres de l'Empire dont l'image est ici symboliquement retournée contre le mur — atteint une singulière grandeur, épique et abjecte.

Une grosse femme qui pouvait avoir quarante ans ou cent ans était accroupie près de la cheminée sur ses talons nus.

Elle n'était vêtue, elle aussi, que d'une chemise, et d'un jupon de tricot rapiécé avec des morceaux de vieux drap. Un tablier de grosse toile cachait la moitié du jupon. Quoique cette femme fût pliée et ramassée sur elle-même, on voyait qu'elle était de très haute taille. C'était une espèce de géante à côté de son mari. Elle avait d'affreux cheveux d'un blond roux grisonnants qu'elle remuait de temps en temps avec ses énormes mains luisantes à ongles plats.

A côté d'elle était posé à terre, tout grand ouvert, un volume du même format que l'autre, et probablement du même roman.

Sur un des grabats, Marius entrevoyait une espèce de longue petite fille blême assise, presque nue et les pieds pendants, n'ayant l'air ni d'écouter, ni de voir, ni de vivre.

La sœur cadette sans doute de celle qui était venue chez lui.

Elle paraissait onze ou douze ans. En l'examinant avec attention, on reconnaissait qu'elle en avait bien quatorze [4]. C'était l'enfant qui disait la veille au soir sur le boulevard : *J'ai cavalé ! cavalé ! cavalé !*

Elle était de cette espèce malingre qui reste longtemps en retard, puis pousse vite et tout à coup. C'est l'indigence qui fait ces tristes plantes humaines. Ces créatures n'ont ni enfance ni adolescence. À quinze ans, elles en paraissent douze, à seize ans, elles en paraissent vingt. Aujourd'hui petites filles, demain femmes. On dirait qu'elles enjambent la vie, pour avoir fini plus vite [5].

En ce moment, cet être avait l'air d'un enfant.

Du reste, il ne se révélait dans ce logis la présence d'aucun travail ; pas un métier, pas un rouet, pas un outil. Dans un coin quelques ferrailles d'un aspect douteux. C'était cette morne paresse qui suit le désespoir et qui précède l'agonie.

---

4. De même Cosette — voir II, 3, 8, texte annoté 4, p. 559.
5. Voir IV, 8, 4, note 3, p. 1375.

Marius considéra quelque temps cet intérieur funèbre plus effrayant que l'intérieur d'une tombe, car on y sentait remuer l'âme humaine et palpiter la vie.

Le galetas, la cave, la basse fosse où de certains indigents rampent au plus bas de l'édifice social, n'est pas tout à fait le sépulcre, c'en est l'antichambre ; mais, comme ces riches qui étalent leurs plus grandes magnificences à l'entrée de leur palais, il semble que la mort, qui est tout à côté, mette ses plus grandes misères dans ce vestibule [6].

L'homme s'était tu, la femme ne parlait pas, la jeune fille ne semblait pas respirer. On entendait crier la plume sur le papier.

L'homme grommela, sans cesser d'écrire :

— Canaille ! canaille ! tout est canaille !

Cette variante à l'épiphonème de Salomon [7] arracha un soupir à la femme.

— Petit ami, calme-toi, dit-elle. Ne te fais pas de mal, chéri. Tu es trop bon d'écrire à tous ces gens-là, mon homme.

Dans la misère, les corps se serrent les uns contre les autres, comme dans le froid, mais les cœurs s'éloignent. Cette femme, selon toute apparence, avait dû aimer cet homme de la quantité d'amour qui était en elle ; mais probablement, dans les reproches quotidiens et réciproques d'une affreuse détresse pesant sur tout le groupe, cela s'était éteint. Il n'y avait plus en elle pour son mari que de la cendre d'affection. Pourtant les appellations caressantes, comme cela arrive souvent [8], avaient survécu. Elle lui disait : *Chéri, petit ami, mon homme*, etc., de bouche, le cœur se taisant.

L'homme s'était remis à écrire.

---

6. Voir note générale 24.

7. « Vanité des vanités et tout est vanité », dit la Bible (Ecclésiaste). Sans s'en douter, Thénardier prononce que sa propre vanité l'a fait canaille.

8. Autre forme de la misère du cœur qui assimile tout un chacun aux Thénardier. Il y aura d'autres invitations à cette douloureuse identification.

VII

STRATÉGIE ET TACTIQUE

Marius, la poitrine oppressée, allait redescendre de l'espèce d'observatoire qu'il s'était improvisé, quand un bruit attira son attention et le fit rester à sa place.

La porte du galetas venait de s'ouvrir brusquement.

La fille aînée parut sur le seuil.

Elle avait aux pieds de gros souliers d'homme tachés de boue qui avait jailli jusque sur ses chevilles rouges, et elle était couverte d'une vieille mante en lambeaux que Marius ne lui avait pas vue une heure auparavant, mais qu'elle avait probablement déposée à sa porte afin d'inspirer plus de pitié, et qu'elle avait dû reprendre en sortant. Elle entra, repoussa la porte derrière elle, s'arrêta pour reprendre haleine, car elle était tout essoufflée, puis cria avec une expression de triomphe et de joie :

— Il vient !

Le père tourna les yeux, la femme tourna la tête, la petite sœur ne bougea pas.

— Qui ? demanda le père.

— Le monsieur !

— Le philanthrope ?

— Oui.

— De l'église Saint-Jacques ?

— Oui.

— Ce vieux ?

— Oui.

— Et il va venir ?

— Il me suit.

— Tu es sûre ?

— Je suis sûre.

— La, vrai, il vient ?

— Il vient en fiacre.

— En fiacre. C'est Rothschild !

Le père se leva.

— Comment es-tu sûre ? s'il vient en fiacre, comment

se fait-il que tu arrives avant lui ? Lui as-tu bien donné l'adresse au moins ? lui as-tu bien dit la dernière porte au fond du corridor à droite ? Pourvu qu'il ne se trompe pas ! Tu l'as donc trouvé à l'église ? a-t-il lu ma lettre ? qu'est-ce qu'il t'a dit ?

— Ta, ta, ta ! dit la fille, comme tu galopes, bonhomme ! Voici : je suis entrée dans l'église, il était à sa place d'habitude, je lui ai fait la révérence, et je lui ai remis la lettre, il a lu, et il m'a dit : Où demeurez-vous, mon enfant ? J'ai dit : Monsieur, je vas vous mener. Il m'a dit : Non, donnez-moi votre adresse, ma fille a des emplettes à faire, je vais prendre une voiture et j'arriverai chez vous en même temps que vous. Je lui ai donné l'adresse. Quand je lui ai dit la maison, il a paru surpris et qu'il hésitait un instant, puis il a dit : C'est égal, j'irai. La messe finie, je l'ai vu sortir de l'église avec sa fille, je les ai vus monter en fiacre. Et je lui ai bien dit la dernière porte au fond du corridor à droite.

— Et qu'est-ce qui te dit qu'il viendra ?

— Je viens de voir le fiacre qui arrivait rue du Petit-Banquier. C'est ce qui fait que j'ai couru.

— Comment sais-tu que c'est le même fiacre ?

— Parce que j'en avais remarqué le numéro donc !

— Quel est ce numéro ?

— 440 [1].

— Bien, tu es une fille d'esprit.

La fille regarda hardiment son père, et, montrant les chaussures qu'elle avait aux pieds :

— Une fille d'esprit, c'est possible, mais je dis que je ne mettrai plus ces souliers-là, et que je n'en veux plus, pour la santé d'abord, et pour la propreté ensuite. Je ne connais rien de plus agaçant que des semelles qui jutent et qui font ghi, ghi, ghi, tout le long du chemin. J'aime mieux aller nu-pieds.

— Tu as raison, répondit le père d'un ton de douceur

---

1. On peut y lire, répété, le jour de la mort de Léopoldine (4 septembre) suivi du signe du néant. Voir de même II, 2, 1, note 3, p. 505. De fait, ce fiacre — une des nombreuses voitures maléfiques — rend Cosette à Marius et en prive Jean Valjean.

qui contrastait avec la rudesse de la jeune fille, mais c'est qu'on ne te laisserait pas entrer dans les églises. Il faut que les pauvres aient des souliers. On ne va pas pieds nus chez le bon Dieu, ajouta-t-il amèrement. Puis revenant à l'objet qui le préoccupait : — Et tu es sûre, là, sûre qu'il vient ?

— Il est derrière mes talons, dit-elle.

L'homme se dressa. Il y avait une sorte d'illumination sur son visage.

— Ma femme ! cria-t-il, tu entends. Voilà le philanthrope. Éteins le feu.

La mère stupéfaite ne bougea pas.

Le père, avec l'agilité d'un saltimbanque, saisit un pot égueulé qui était sur la cheminée et jeta de l'eau sur les tisons.

Puis s'adressant à sa fille aînée :

— Toi ! dépaille la chaise !

Sa fille ne comprenait point.

Il empoigna la chaise et d'un coup de talon il en fit une chaise dépaillée. Sa jambe passa au travers[2].

Tout en retirant la jambe, il demanda à sa fille :

— Fait-il froid ?

— Très froid. Il neige.

Le père se tourna vers la cadette qui était sur le grabat près de la fenêtre et lui cria d'une voix tonnante :

— Vite ! à bas du lit, fainéante ! tu ne feras donc jamais rien ! Casse un carreau !

La petite se jeta à bas du lit en frissonnant.

— Casse un carreau ! reprit-il.

L'enfant demeura interdite.

— M'entends-tu ? répéta le père, je te dis de casser un carreau !

L'enfant, avec une sorte d'obéissance terrifiée, se dressa sur la pointe du pied, et donna un coup de poing dans un carreau. La vitre se brisa et tomba à grand bruit.

---

2. Homme de la valeur et du capital (voir notes générales 10 et 30), Thénardier se met à « investir ». Investissement destructeur, qui donc ne rapporte rien.

— Bien, dit le père.

Il était grave et brusque. Son regard parcourait rapidement tous les recoins du galetas.

On eût dit un général qui fait les derniers préparatifs au moment où la bataille va commencer.

La mère, qui n'avait pas encore dit un mot, se souleva et demanda d'une voix lente et sourde et dont les paroles semblaient sortir comme figées :

— Chéri, qu'est-ce que tu veux faire ?

— Mets-toi au lit, répondit l'homme.

L'intonation n'admettait pas de délibération. La mère obéit et se jeta lourdement sur un des grabats.

Cependant on entendait un sanglot dans un coin.

— Qu'est-ce que c'est ? cria le père.

La fille cadette, sans sortir de l'ombre où elle s'était blottie, montra son poing ensanglanté. En brisant la vitre elle s'était blessée ; elle s'en était allée près du grabat de sa mère, et elle pleurait silencieusement.

Ce fut le tour de la mère de se dresser et de crier :

— Tu vois bien ! les bêtises que tu fais ! en cassant ton carreau, elle s'est coupée !

— Tant mieux ! dit l'homme, c'était prévu.

— Comment ? tant mieux ? reprit la femme.

— Paix ! répliqua le père, je supprime la liberté de la presse.

Puis, déchirant la chemise de femme qu'il avait sur le corps, il fit un lambeau de toile dont il enveloppa vivement le poignet sanglant de la petite.

Cela fait, son œil s'abaissa sur la chemise déchirée avec satisfaction.

— Et la chemise aussi, dit-il. Tout cela a bon air.

Une bise glacée sifflait à la vitre et entrait dans la chambre. La brume du dehors y pénétrait et s'y dilatait comme une ouate blanchâtre vaguement démêlée par des doigts invisibles. À travers le carreau cassé, on voyait tomber la neige. Le froid promis la veille par le soleil de la Chandeleur était en effet venu.

Le père promena un coup d'œil autour de lui comme pour s'assurer qu'il n'avait rien oublié. Il prit une vieille pelle et répandit de la cendre sur les tisons mouillés de façon à les cacher complètement.

Puis se relevant et s'adossant à la cheminée :

— Maintenant, dit-il, nous pouvons recevoir le philanthrope.

VIII

LE RAYON DANS LE BOUGE

La grande fille s'approcha et posa sa main sur celle de son père.

— Tâte comme j'ai froid, dit-elle.

— Bah ! répondit le père, j'ai bien plus froid que cela.

La mère cria impétueusement :

— Tu as toujours tout mieux que les autres, toi ! même le mal.

— À bas ! dit l'homme.

La mère, regardée d'une certaine façon, se tut.

Il y eut dans le bouge un moment de silence. La fille aînée décrottait d'un air insouciant le bas de sa mante, la jeune sœur continuait de sangloter ; la mère lui avait pris la tête dans ses deux mains et la couvrait de baisers en lui disant tout bas :

— Mon trésor, je t'en prie, ce ne sera rien, ne pleure pas, tu vas fâcher ton père.

— Non ! cria le père, au contraire ! sanglote ! sanglote ! cela fait bien.

Puis revenant à l'aînée :

— Ah çà, mais ! il n'arrive pas ! S'il allait ne pas venir ! j'aurais éteint mon feu, défoncé ma chaise, déchiré ma chemise et cassé mon carreau pour rien !

— Et blessé la petite ! murmura la mère.

— Savez-vous, reprit le père, qu'il fait un froid de chien dans ce galetas du diable ? Si cet homme ne venait pas ! Oh ! voilà ! il se fait attendre ! il se dit : Eh bien !

ils m'attendront ! ils sont là pour cela ! — Oh ! que je les hais, et comme je les étranglerais avec jubilation, joie, enthousiasme et satisfaction, ces riches ! tous ces riches ! ces prétendus hommes charitables, qui font les conflits, qui vont à la messe, qui donnent dans la prêtraille, prêchi, prêcha, dans les calottes, et qui se croient au-dessus de nous, et qui viennent nous humilier, et nous apporter des vêtements ! comme ils disent ! des nippes qui ne valent pas quatre sous, et du pain ! Ce n'est pas cela que je veux, tas de canailles ! c'est de l'argent ! Ah ! de l'argent ! jamais ! parce qu'ils disent que nous l'irions boire, et que nous sommes des ivrognes et des fainéants ! Et eux ! qu'est-ce qu'ils sont donc, et qu'est-ce qu'ils ont été dans leur temps ? les voleurs ! ils ne se seraient pas enrichis sans cela ! Oh ! l'on devrait prendre la société par les quatre coins de la nappe et tout jeter en l'air ! tout se casserait, c'est possible, mais au moins personne n'aurait rien, ce serait cela de gagné ! — Mais qu'est-ce qu'il fait donc, ton mufle de monsieur bienfaisant ? viendra-t-il ? L'animal a peut-être oublié l'adresse ! Gageons que cette vieille bête...

En ce moment on frappa un léger coup à la porte, l'homme s'y précipita et l'ouvrit en s'écriant avec des salutations profondes et des sourires d'adoration :

— Entrez, monsieur ! daignez entrer, mon respectable bienfaiteur, ainsi que votre charmante demoiselle.

Un homme d'un âge mûr et une jeune fille parurent sur le seuil du galetas.

Marius n'avait pas quitté sa place. Ce qu'il éprouva en ce moment échappe à la langue humaine.

C'était Elle[1].

Quiconque a aimé sait tous les sens rayonnants que contiennent les quatre lettres de ce mot : Elle.

C'était bien elle. C'est à peine si Marius la distinguait à travers la vapeur lumineuse qui s'était subitement répandue sur ses yeux. C'était ce doux être absent, cet astre qui lui avait lui pendant six mois, c'était cette prunelle, ce front, cette bouche, ce beau visage évanoui qui

---

1. Voir note générale 37 — seconde partie.

avait fait la nuit en s'en allant. La vision s'était éclipsée, elle reparaissait !

Elle reparaissait dans cette ombre, dans ce galetas, dans ce bouge difforme, dans cette horreur !

Marius frémissait éperdument. Quoi ! c'était elle ! les palpitations de son cœur lui troublaient la vue. Il se sentait prêt à fondre en larmes. Quoi ! il la revoyait enfin après l'avoir cherchée si longtemps ! il lui semblait qu'il avait perdu son âme et qu'il venait de la retrouver.

Elle était toujours la même, un peu pâle seulement ; sa délicate figure s'encadrait dans un chapeau de velours violet, sa taille se dérobait sous une pelisse de satin noir. On entrevoyait sous sa longue robe son petit pied serré dans un brodequin de soie.

Elle était toujours accompagnée de M. Leblanc.

Elle avait fait quelques pas dans la chambre et avait déposé un assez gros paquet sur la table.

La Jondrette aînée s'était retirée derrière la porte et regardait d'un œil sombre ce chapeau de velours, cette mante de soie, et ce charmant visage heureux.

IX

JONDRETTE PLEURE PRESQUE

Le taudis était tellement obscur que les gens qui venaient du dehors éprouvaient en y pénétrant un effet d'entrée de cave. Les deux nouveaux venus avancèrent donc avec une certaine hésitation, distinguant à peine des formes vagues autour d'eux, tandis qu'ils étaient parfaitement vus et examinés par les yeux des habitants du galetas, accoutumés à ce crépuscule.

M. Leblanc s'approcha avec son regard bon et triste, et dit au père Jondrette :

— Monsieur, vous trouverez dans ce paquet des hardes neuves, des bas et des couvertures de laine.

— Notre angélique bienfaiteur nous comble, dit Jondrette en s'inclinant jusqu'à terre. — Puis, se penchant à l'oreille de sa fille aînée, pendant que les deux visiteurs examinaient cet intérieur lamentable, il ajouta bas et rapidement :

— Hein ? qu'est-ce que je disais ? des nippes ! pas d'argent. Ils sont tous les mêmes ! A propos, comment la lettre à cette vieille ganache était-elle signée ?

— Fabantou, répondit la fille.

— L'artiste dramatique, bon.

Bien en prit à Jondrette, car en ce moment-là même M. Leblanc se retournait vers lui, et lui disait de cet air de quelqu'un qui cherche le nom :

— Je vois que vous êtes bien à plaindre, monsieur...

— Fabantou, répondit vivement Jondrette.

— Monsieur Fabantou, oui, c'est cela, je me rappelle.

— Artiste dramatique, monsieur, et qui a eu des succès.

Ici Jondrette crut évidemment le moment venu de s'emparer du « philanthrope ». Il s'écria avec un son de voix qui tenait tout à la fois de la gloriole du bateleur dans les foires et de l'humilité du mendiant sur les grandes routes : — Élève de Talma, monsieur ! je suis élève de Talma ! La fortune m'a souri jadis. Hélas ! maintenant c'est le tour du malheur. Voyez, mon bienfaiteur, pas de pain, pas de feu. Mes pauvres mômes n'ont pas de feu ! Mon unique chaise dépaillée ! Un carreau cassé ! par le temps qu'il fait ! Mon épouse au lit ! malade !

— Pauvre femme ! dit M. Leblanc.

— Mon enfant blessé ! ajouta Jondrette.

L'enfant, distraite par l'arrivée des étrangers, s'était mise à contempler « la demoiselle », et avait cessé de sangloter.

— Pleure donc ! braille donc ! lui dit Jondrette bas.

En même temps il lui pinça sa main malade. Tout cela avec un talent d'escamoteur.

La petite jeta les hauts cris.

L'adorable jeune fille que Marius nommait dans son cœur « son Ursule » s'approcha vivement :

— Pauvre chère enfant ! dit-elle.

— Voyez, ma belle demoiselle, poursuivit Jondrette, son poignet ensanglanté ! C'est un accident qui est arrivé en travaillant sous une mécanique pour gagner six sous par jour. On sera peut-être obligé de lui couper le bras !

— Vraiment ? dit le vieux monsieur alarmé.

La petite fille, prenant cette parole au sérieux, se remit à sangloter de plus belle.

— Hélas, oui, mon bienfaiteur ! répondit le père.

Depuis quelques instants, Jondrette considérait « le philanthrope » d'une manière bizarre. Tout en parlant, il semblait le scruter avec attention comme s'il cherchait à recueillir des souvenirs. Tout à coup, profitant d'un moment où les nouveaux venus questionnaient avec intérêt la petite sur sa main blessée, il passa près de sa femme qui était dans son lit avec un air accablé et stupide, et lui dit vivement et très bas :

— Regarde donc cet homme-là !

Puis se retournant vers M. Leblanc, et continuant sa lamentation :

— Voyez, monsieur ! je n'ai, moi, pour tout vêtement qu'une chemise de ma femme ! et toute déchirée ! au cœur de l'hiver. Je ne puis sortir faute d'un habit. Si j'avais le moindre habit, j'irais voir mademoiselle Mars qui me connaît et qui m'aime beaucoup. Ne demeure-t-elle pas toujours rue de la Tour-des-Dames ? Savez-vous, monsieur ? nous avons joué ensemble en province. J'ai partagé ses lauriers. Célimène viendrait à mon secours, monsieur ! Elmire ferait l'aumône à Bélisaire ! Mais non, rien ! Et pas un sou dans la maison ! Ma femme malade, pas un sou ! Ma fille dangereusement blessée, pas un sou ! Mon épouse a des étouffements. C'est son âge, et puis le système nerveux s'en est mêlé. Il lui faudrait des secours, et à ma fille aussi ! Mais le médecin ! mais le pharmacien ! comment payer ? pas un liard ! Je m'agenouillerais devant un décime, monsieur ! Voilà où les arts en sont réduits ! Et savez-vous, ma charmante demoiselle, et vous, mon généreux protecteur, savez-vous, vous qui respirez la vertu et la bonté, et qui parfumez cette église où ma pauvre fille en venant faire sa prière vous aperçoit tous les jours ?... Car j'élève mes filles dans la religion, monsieur. Je n'ai pas voulu qu'elles pris-

sent le théâtre. Ah ! les drôlesses ! que je les voie bron-
cher ! Je ne badine pas, moi ! Je leur flanque des bouzins
sur l'honneur, sur la morale, sur la vertu ! Demandez-leur.
Il faut que ça marche droit. Elles ont un père. Ce ne sont
pas de ces malheureuses qui commencent par n'avoir pas
de famille et qui finissent par épouser le public. On est
mamselle Personne, on devient madame Tout-le-monde.
Crebleur ! pas de ça dans la famille Fabantou ! J'entends
les éduquer vertueusement, et que ça soit honnête, et que ça
soit gentil, et que ça croie en Dieu ! sacré nom ! — Eh bien,
monsieur, mon digne monsieur, savez-vous ce qui va se
passer demain ? Demain, c'est le 4 février, le jour fatal, le
dernier délai que m'a donné mon propriétaire ; si ce soir je
ne l'ai pas payé, demain ma fille aînée, moi, mon épouse
avec sa fièvre, mon enfant avec sa blessure, nous serons
tous quatre chassés d'ici, et jetés dehors, dans la rue, sur
le boulevard, sans abri, sous la pluie, sur la neige. Voilà,
monsieur. Je dois quatre termes, une année ! c'est-à-dire
une soixantaine de francs.

Jondrette mentait. Quatre termes n'eussent fait que
quarante francs, et il n'en pouvait devoir quatre, puisqu'il
n'y avait pas six mois que Marius en avait payé deux.

M. Leblanc tira cinq francs de sa poche et les jeta sur
la table.

Jondrette eut le temps de grommeler à l'oreille de sa
grande fille :

— Gredin ! que veut-il que je fasse avec ses cinq
francs ? Cela ne me paye pas ma chaise et mon carreau !
Faites donc des frais !

Cependant, M. Leblanc avait quitté une grande redingote brune qu'il portait par-dessus sa redingote bleue et
l'avait jetée sur le dos de la chaise.

— Monsieur Fabantou, dit-il, je n'ai plus que ces cinq
francs sur moi, mais je vais reconduire ma fille à la maison et je reviendrai ce soir ; n'est-ce pas ce soir que vous
devez payer ?...

Le visage de Jondrette s'éclaira d'une expression
étrange. Il répondit vivement :

— Oui, mon respectable monsieur. À huit heures je
dois être chez mon propriétaire.

— Je serai ici à six heures, et je vous apporterai les soixante francs.

— Mon bienfaiteur ! cria Jondrette éperdu.

Et il ajouta tout bas :

— Regarde-le bien, ma femme !

M. Leblanc avait repris le bras de la belle jeune fille et se tournait vers la porte.

— À ce soir, mes amis, dit-il.

— Six heures ? fit Jondrette.

— Six heures précises.

En ce moment le pardessus resté sur la chaise frappa les yeux de la Jondrette aînée.

— Monsieur, dit-elle, vous oubliez votre redingote.

Jondrette dirigea vers sa fille un regard foudroyant accompagné d'un haussement d'épaules formidable.

M. Leblanc se retourna et répondit avec un sourire :

— Je ne l'oublie pas, je la laisse.

— Ô mon protecteur, dit Jondrette, mon auguste bienfaiteur, je fonds en larmes ! Souffrez que je vous reconduise jusqu'à votre fiacre.

— Si vous sortez, repartit M. Leblanc, mettez ce pardessus. Il fait vraiment très froid.

Jondrette ne se le fit pas dire deux fois. Il endossa vivement la redingote brune.

Et ils sortirent tous les trois, Jondrette précédant les deux étrangers.

X

TARIF DES CABRIOLETS DE RÉGIE :
DEUX FRANCS L'HEURE

Marius n'avait rien perdu de toute cette scène, et pourtant en réalité il n'en avait rien vu. Ses yeux étaient restés fixés sur la jeune fille, son cœur l'avait pour ainsi dire saisie et enveloppée tout entière dès son premier pas dans

le galetas. Pendant tout le temps qu'elle avait été là, il
avait vécu de cette vie de l'extase qui suspend les percep-
tions matérielles et précipite toute l'âme sur un seul point.
Il contemplait, non pas cette fille, mais cette lumière qui
avait une pelisse de satin et un chapeau de velours.
L'étoile Sirius fût entrée dans la chambre qu'il n'eût pas
été plus ébloui.

Tandis que la jeune fille ouvrait le paquet, dépliait les
hardes et les couvertures, questionnait la mère malade
avec bonté et la petite blessée avec attendrissement, il
épiait tous ses mouvements, il tâchait d'écouter ses
paroles. Il connaissait ses yeux, son front, sa beauté, sa
taille, sa démarche, il ne connaissait pas le son de sa voix.
Il avait cru en saisir quelques mots une fois au Luxembourg, mais il n'en était pas absolument sûr. Il eût donné
dix ans de sa vie pour l'entendre, pour pouvoir emporter
dans son âme un peu de cette musique. Mais tout se perdait dans les étalages lamentables et les éclats de trompette de Jondrette. Cela mêlait une vraie colère au
ravissement de Marius. Il la couvait des yeux. Il ne pouvait s'imaginer que ce fût vraiment cette créature divine
qu'il apercevait au milieu de ces êtres immondes dans ce
taudis monstrueux. Il lui semblait voir un colibri parmi
des crapauds.

Quand elle sortit, il n'eut qu'une pensée, la suivre, s'attacher à sa trace, ne la quitter que sachant où elle demeurait, ne pas la reperdre au moins après l'avoir si
miraculeusement retrouvée ! Il sauta à bas de la commode
et prit son chapeau. Comme il mettait la main au pêne de
la serrure, et allait sortir, une réflexion l'arrêta. Le corridor était long, l'escalier roide, le Jondrette bavard,
M. Leblanc n'était sans doute pas encore remonté en voiture ; si, en se retournant dans le corridor, ou dans l'escalier, ou sur le seuil, il l'apercevait lui, Marius, dans cette
maison, évidemment il s'alarmerait et trouverait moyen
de lui échapper de nouveau, et ce serait encore une fois
fini. Que faire ? Attendre un peu ? mais pendant cette
attente, la voiture pouvait partir. Marius était perplexe.
Enfin il se risqua, et sortit de sa chambre.

Il n'y avait plus personne dans le corridor. Il courut à

l'escalier. Il n'y avait personne dans l'escalier. Il descendit en hâte, et il arriva sur le boulevard à temps pour voir un fiacre tourner le coin de la rue du Petit-Banquier et rentrer dans Paris.

Marius se précipita dans cette direction. Parvenu à l'angle du boulevard, il revit le fiacre qui descendait rapidement la rue Mouffetard ; le fiacre était déjà très loin, aucun moyen de le rejoindre ; quoi ? courir après ? impossible ; et d'ailleurs de la voiture on remarquerait certainement un individu courant à toutes jambes à la poursuite du fiacre, et le père le reconnaîtrait. En ce moment, hasard inouï et merveilleux, Marius aperçut un cabriolet de régie qui passait à vide sur le boulevard. Il n'y avait qu'un parti à prendre, monter dans ce cabriolet et suivre le fiacre. Cela était sûr, efficace et sans danger.

Marius fit signe au cocher d'arrêter, et lui cria :

— À l'heure !

Marius était sans cravate, il avait son vieil habit de travail auquel des boutons manquaient, sa chemise était déchirée à l'un des plis de la poitrine.

Le cocher s'arrêta, cligna de l'œil et étendit vers Marius sa main gauche en frottant doucement son index avec son pouce.

— Quoi ? dit Marius.

— Payez d'avance, dit le cocher.

Marius se souvint qu'il n'avait sur lui que seize sous.

— Combien ? demanda-t-il.

— Quarante sous.

— Je payerai en revenant.

Le cocher, pour toute réponse, siffla l'air de La Palisse et fouetta son cheval.

Marius regarda le cabriolet s'éloigner d'un air égaré. Pour vingt-quatre sous qui lui manquaient, il perdait sa joie, son bonheur, son amour ! il retombait dans la nuit ! il avait vu et il redevenait aveugle ! Il songea amèrement et, il faut bien le dire, avec un regret profond, aux cinq francs qu'il avait donnés le matin même à cette misérable fille. S'il avait eu ces cinq francs, il était sauvé, il renaissait, il sortait des limbes et des ténèbres, il sortait de l'isolement, du spleen, du veuvage ; il renouait le fil noir de sa destinée à ce beau fil d'or qui venait de flotter devant ses yeux et de se casser encore une fois. Il rentra dans la masure désespéré.

Il aurait pu se dire que M. Leblanc avait promis de revenir le soir, et qu'il n'y aurait qu'à s'y mieux prendre cette fois pour le suivre ; mais, dans sa contemplation, c'est à peine s'il avait entendu.

Au moment de monter l'escalier, il aperçut de l'autre côté du boulevard, le long du mur désert de la rue de la Barrière des Gobelins, Jondrette enveloppé du pardessus du « philanthrope », qui parlait à un de ces hommes de mine inquiétante qu'on est convenu d'appeler *rôdeurs de barrières* [1] ; gens à figures équivoques, à monologues suspects, qui ont un air de mauvaise pensée, et qui dorment assez habituellement le jour, ce qui fait supposer qu'ils travaillent la nuit.

Ces deux hommes, causant immobiles sous la neige qui tombait par tourbillons, faisaient un groupe qu'un sergent de ville eût à coup sûr observé, mais que Marius remarqua à peine.

Cependant, quelle que fût sa préoccupation douloureuse, il ne put s'empêcher de se dire que ce rôdeur de barrières à qui Jondrette parlait ressemblait à un certain Panchaud, dit Printanier, dit Bigrenaille, que Courfeyrac lui avait montré une fois et qui passait dans le quartier pour un promeneur nocturne assez dangereux. On a vu, dans le livre précédent, le nom de cet homme. Ce Panchaud, dit Printanier, dit Bigrenaille, a figuré plus tard dans plusieurs procès criminels et est devenu depuis un coquin célèbre. Il n'était encore alors qu'un fameux coquin. Aujourd'hui il est à l'état de tradition parmi les bandits et les escarpes. Il faisait école vers la fin du dernier règne. Et le soir, à la nuit tombante, à l'heure où les groupes se forment et se parlent bas, on en causait à la Force dans la fosse-aux-lions. On pouvait même, dans cette prison, précisément à l'endroit où passait sous le chemin de ronde ce canal des latrines qui servit à la fuite inouïe en plein jour de trente détenus en 1843, on pouvait,

---

1. Voir III, 1, 5, note 2, p. 799.

au-dessus de la dalle de ces latrines, lire son nom, PAN-
CHAUD, audacieusement gravé par lui sur le mur de ronde
dans une de ses tentatives d'évasion. En 1832, la police
le surveillait déjà, mais il n'avait pas encore sérieusement
débuté.

XI

OFFRES DE SERVICE DE LA MISÈRE À LA DOULEUR [1]

Marius monta l'escalier de la masure à pas lents ; à
l'instant où il allait rentrer dans sa cellule, il aperçut derrière lui dans le corridor la Jondrette aînée qui le suivait.
Cette fille lui fut odieuse à voir, c'était elle qui avait ses
cinq francs, il était trop tard pour les lui redemander, le
cabriolet n'était plus là, le fiacre était bien loin. D'ailleurs
elle ne les lui rendrait pas. Quant à la questionner sur la
demeure des gens qui étaient venus tout à l'heure, cela
était inutile, il était évident qu'elle ne la savait point,
puisque la lettre signée Fabantou était adressée *au monsieur bienfaisant de l'église Saint-Jacques-du-Haut-Pas*.
    Marius entra dans sa chambre et poussa sa porte der-
rière lui.
    Elle ne se ferma pas ; il se retourna et vit une main qui
retenait la porte entr'ouverte.
    — Qu'est-ce que c'est ? demanda-t-il, qui est là ?
    C'était la fille Jondrette.
    — C'est vous ? reprit Marius presque durement, tou-
jours vous donc ! Que me voulez-vous ?
    Elle semblait pensive et ne regardait pas. Elle n'avait
plus son assurance du matin. Elle n'était pas entrée et se
tenait dans l'ombre du corridor, où Marius l'apercevait
par la porte entrebâillée.

---

1. Une offre de service de la misère ne peut aboutir qu'au sacrifice : voir note générale 22 et II, 8, 1, note 4, p. 727. Éponine en fait
immédiatement l'expérience.

— Ah çà, répondrez-vous ? fit Marius. Qu'est-ce que vous me voulez ?

Elle leva sur lui son œil morne où une espèce de clarté semblait s'allumer vaguement, et lui dit :

— Monsieur Marius, vous avez l'air triste. Qu'est-ce que vous avez ?

— Moi ! dit Marius.

— Oui, vous.

— Je n'ai rien.

— Si !

— Non.

— Je vous dis que si.

— Laissez-moi tranquille !

Marius poussa de nouveau la porte, elle continua de la retenir.

— Tenez, dit-elle, vous avez tort. Quoique vous ne soyez pas riche, vous avez été bon ce matin. Soyez-le encore à présent. Vous m'avez donné de quoi manger, dites-moi maintenant ce que vous avez. Vous avez du chagrin, cela se voit. Je ne voudrais pas que vous eussiez du chagrin. Qu'est-ce qu'il faut faire pour cela ? Puis-je servir à quelque chose ? Employez-moi. Je ne vous demande pas vos secrets, vous n'aurez pas besoin de me dire, mais enfin je peux être utile. Je peux bien vous aider, puisque j'aide mon père. Quand il faut porter des lettres, aller dans les maisons, demander de porte en porte, trouver une adresse, suivre quelqu'un, moi je sers à ça. Eh bien, vous pouvez bien me dire ce que vous avez, j'irai parler aux personnes. Quelquefois quelqu'un qui parle aux personnes, ça suffit pour qu'on sache les choses, et tout s'arrange. Servez-vous de moi.

Une idée traversa l'esprit de Marius. Quelle branche dédaigne-t-on quand on se sent tomber ?

Il s'approcha de la Jondrette.

— Écoute... lui dit-il.

Elle l'interrompit avec un éclair de joie dans les yeux.

— Oh ! oui, tutoyez-moi ! j'aime mieux cela.

— Eh bien, reprit-il, tu as amené ici ce vieux monsieur avec sa fille...

— Oui.

— Sais-tu leur adresse ?

— Non.

— Trouve-la-moi.

L'œil de la Jondrette, de morne, était devenu joyeux, de joyeux il devint sombre.

— C'est là ce que vous voulez ? demanda-t-elle.

— Oui.

— Est-ce que vous les connaissez ?

— Non.

— C'est-à-dire, reprit-elle vivement, vous ne la connaissez pas, mais vous voulez la connaître.

Ce *les* qui était devenu *la* avait je ne sais quoi de significatif et d'amer.

— Enfin, peux-tu ? dit Marius.

— Vous aurez l'adresse de la belle demoiselle.

Il y avait encore dans ces mots « la belle demoiselle » une nuance qui importuna Marius. Il reprit :

— Enfin n'importe ! l'adresse du père et de la fille. Leur adresse, quoi !

Elle le regarda fixement.

— Qu'est-ce que vous me donnerez ?

— Tout ce que tu voudras !

— Tout ce que je voudrai ?

— Oui.

— Vous aurez l'adresse.

Elle baissa la tête, puis d'un mouvement brusque elle tira la porte qui se referma.

Marius se retrouva seul.

Il se laissa tomber sur une chaise, la tête et les deux coudes sur son lit, abîmé dans des pensées qu'il ne pouvait saisir et comme en proie à un vertige. Tout ce qui s'était passé depuis le matin, l'apparition de l'ange, sa disparition, ce que cette créature venait de lui dire, une lueur d'espérance flottant dans un désespoir immense, voilà ce qui emplissait confusément son cerveau.

Tout à coup il fut violemment arraché à sa rêverie.

Il entendit la voix haute et dure de Jondrette prononcer ces paroles pleines du plus étrange intérêt pour lui :

— Je te dis que j'en suis sûr et que je l'ai reconnu.

De qui parlait Jondrette ? il avait reconnu qui ?

M. Leblanc ? le père de « son Ursule » ? quoi ! est-ce que Jondrette le connaissait ? Marius allait-il avoir de cette façon brusque et inattendue tous les renseignements sans lesquels sa vie était obscure pour lui-même ? allait-il savoir enfin qui il aimait, qui était cette jeune fille ? qui était son père ? l'ombre si épaisse qui les couvrait était-elle au moment de s'éclaircir ? le voile allait-il se déchirer ? Ah ! ciel !

Il bondit, plutôt qu'il ne monta, sur la commode, et reprit sa place près de la petite lucarne de la cloison.

Il revoyait l'intérieur du bouge Jondrette.

XII

EMPLOI DE LA PIÈCE DE CINQ FRANCS
DE M. LEBLANC

Rien n'était changé dans l'aspect de la famille, sinon que la femme et les filles avaient puisé dans le paquet, et mis des bas et des camisoles de laine. Deux couvertures neuves étaient jetées sur les deux lits.

Le Jondrette venait évidemment de rentrer. Il avait encore l'essoufflement du dehors. Ses filles étaient près de la cheminée, assises à terre, l'aînée pansant la main de la cadette. Sa femme était comme affaissée sur le grabat voisin de la cheminée avec un visage étonné. Jondrette marchait dans le galetas de long en large à grands pas. Il avait les yeux extraordinaires.

La femme, qui semblait timide et frappée de stupeur devant son mari, se hasarda à lui dire :

— Quoi, vraiment ? tu es sûr ?

— Sûr ! Il y a huit ans ! mais je le reconnais ! Ah ! je le reconnais ! je l'ai reconnu tout de suite ! Quoi, cela ne t'a pas sauté aux yeux ?

— Non.

— Mais je t'ai dit pourtant : fais attention ! mais c'est

la taille, c'est le visage, à peine plus vieux, il y a des gens qui ne vieillissent pas, je ne sais pas comment ils font, c'est le son de voix. Il est mieux mis, voilà tout ! Ah ! vieux mystérieux du diable, je te tiens, va !

Il s'arrêta et dit à ses filles :

— Allez-vous-en, vous autres ! — C'est drôle que cela ne t'ait pas sauté aux yeux.

Elles se levèrent pour obéir.

La mère balbutia :

— Avec sa main malade ?

— L'air lui fera du bien, dit Jondrette. Allez.

Il était visible que cet homme était de ceux auxquels on ne réplique pas. Les deux filles sortirent.

Au moment où elles allaient passer la porte, le père retint l'aînée par le bras et dit avec un accent particulier :

— Vous serez ici à cinq heures précises. Toutes les deux. J'aurai besoin de vous.

Marius redoubla d'attention.

Demeuré seul avec sa femme, Jondrette se remit à marcher dans la chambre et en fit deux ou trois fois le tour en silence. Puis il passa quelques minutes à faire rentrer et à enfoncer dans la ceinture de son pantalon le bas de la chemise de femme qu'il portait.

Tout à coup il se tourna vers la Jondrette, croisa les bras, et s'écria :

— Et veux-tu que je te dise une chose ? La demoiselle...

— Eh bien quoi ? repartit la femme, la demoiselle ?

Marius n'en pouvait douter, c'était bien d'elle qu'on parlait. Il écoutait avec une anxiété ardente. Toute sa vie était dans ses oreilles.

Mais le Jondrette s'était penché, et avait parlé bas à sa femme. Puis il se releva et termina tout haut :

— C'est elle !

— Ça ? dit la femme.

— Ça ! dit le mari.

Aucune expression ne saurait rendre ce qu'il y avait dans le *ça* de la mère. C'était la surprise, la rage, la haine, la colère, mêlées et combinées dans une intonation monstrueuse. Il avait suffi de quelques mots prononcés, du nom sans doute, que son mari lui avait dit à l'oreille, pour que cette grosse femme assoupie se réveillât, et de repoussante devînt effroyable.

— Pas possible ! s'écria-t-elle. Quand je pense que mes filles vont nu-pieds et n'ont pas une robe à mettre ! Comment ! une pelisse de satin, un chapeau de velours, des brodequins, et tout ! pour plus de deux cents francs d'effets ! qu'on croirait que c'est une dame ! Non, tu te trompes ! Mais d'abord l'autre était affreuse, celle-ci n'est pas mal ! elle n'est vraiment pas mal ! ce ne peut pas être elle !

— Je te dis que c'est elle. Tu verras.

À cette affirmation si absolue, la Jondrette leva sa large face rouge et blonde et regarda le plafond avec une expression difforme. En ce moment elle parut à Marius plus redoutable encore que son mari. C'était une truie avec le regard d'une tigresse.

— Quoi ! reprit-elle, cette horrible belle demoiselle qui regardait mes filles d'un air de pitié, ce serait cette gueuse ! Oh ! je voudrais lui crever le ventre à coups de sabot !

Elle sauta à bas du lit, et resta un moment debout, décoiffée, les narines gonflées, la bouche entr'ouverte, les poings crispés et rejetés en arrière. Puis elle se laissa retomber sur le grabat. L'homme allait et venait sans faire attention à sa femme.

Après quelques instants de silence, il s'approcha de la Jondrette et s'arrêta devant elle, les bras croisés, comme le moment d'auparavant.

— Et veux-tu que je te dise encore une chose ?

— Quoi ? demanda-t-elle.

Il répondit d'une voix brève et basse :

— C'est que ma fortune est faite.

La Jondrette le considéra de ce regard qui veut dire : Est-ce que celui qui me parle deviendrait fou ?

Lui continua :

— Tonnerre ! voilà pas mal longtemps déjà que je suis paroissien de la paroisse-meurs-de-faim-si-tu-as-du-feu, -meurs-de-froid-si-tu-as-du-pain ! j'en ai assez eu de la misère ! ma charge et la charge des autres ! Je ne plaisante plus, je ne trouve plus ça comique, assez de calembours, bon Dieu ! plus de farces, père éternel ! Je veux manger à ma faim, je veux boire à ma soif ! bâfrer ! dormir ! ne rien faire ! je veux avoir mon tour, moi, tiens ! avant de crever ! je veux être un peu millionnaire !

Il fit le tour du bouge et ajouta :

— Comme les autres.

— Qu'est-ce que tu veux dire ? demanda la femme.

Il secoua la tête, cligna de l'œil et haussa la voix comme un physicien de carrefour qui va faire une démonstration :

— Ce que je veux dire ? écoute !

— Chut ! grommela la Jondrette, pas si haut ! si ce sont des affaires qu'il ne faut pas qu'on entende.

— Bah ! qui ça ? le voisin ? je l'ai vu sortir tout à l'heure. D'ailleurs est-ce qu'il entend, ce grand bêta ? Et puis je te dis que je l'ai vu sortir.

Cependant, par une sorte d'instinct, Jondrette baissa la voix, pas assez pourtant pour que ses paroles échappassent à Marius. Une circonstance favorable, et qui avait permis à Marius de ne rien perdre de cette conversation, c'est que la neige tombée assourdissait le bruit des voitures sur le boulevard.

Voici ce que Marius entendit :

— Écoute bien. Il est pris, le crésus ! C'est tout comme. C'est déjà fait. Tout est arrangé. J'ai vu des gens. Il viendra ce soir à six heures. Apporter ses soixante francs, canaille ! As-tu vu comme je vous ai débagoulé ça, mes soixante francs, mon propriétaire, mon 4 février ! ce n'est seulement pas un terme ! était-ce bête ! Il viendra donc à six heures ! c'est l'heure où le voisin est allé dîner. La mère Burgon lave la vaisselle en ville. Il n'y a personne dans la maison. Le voisin ne rentre jamais avant onze heures. Les petites feront le guet. Tu nous aideras. Il s'exécutera.

— Et s'il ne s'exécute pas ? demanda la femme.

Jondrette fit un geste sinistre et dit :

— Nous l'exécuterons.

Et il éclata de rire.

C'était la première fois que Marius le voyait rire. Ce rire était froid et doux, et faisait frissonner.

Jondrette ouvrit un placard près de la cheminée et en tira une vieille casquette qu'il mit sur sa tête après l'avoir brossée avec sa manche.

— Maintenant, fit-il, je sors. J'ai encore des gens à voir. Des bons. Tu verras comme ça va marcher. Je serai dehors le moins longtemps possible. C'est un beau coup à jouer. Garde la maison.

Et, les deux poings dans les deux goussets de son pantalon, il resta un moment pensif, puis s'écria :

— Sais-tu qu'il est tout de même bien heureux qu'il ne m'ait pas reconnu, lui ! S'il m'avait reconnu de son côté, il ne serait pas revenu. Il nous échappait ! C'est ma barbe qui m'a sauvé ! ma barbiche romantique ! ma jolie petite barbiche romantique !

Et il se remit à rire.

Il alla à la fenêtre. La neige tombait toujours et rayait le gris du ciel.

— Quel chien de temps ! dit-il.

Puis croisant la redingote :

— La pelure est trop large. — C'est égal, ajouta-t-il, il a diablement bien fait de me la laisser, le vieux coquin ! Sans cela je n'aurais pas pu sortir et tout aurait encore manqué ! À quoi les choses tiennent pourtant !

Et, enfonçant la casquette sur ses yeux, il sortit.

À peine avait-il eu le temps de faire quelques pas dehors que la porte se rouvrit et que son profil fauve et intelligent reparut par l'ouverture.

— J'oubliais, dit-il. Tu auras un réchaud de charbon.

Et il jeta dans le tablier de sa femme la pièce de cinq francs que lui avait laissée le « philanthrope » [1].

— Un réchaud de charbon ? demanda la femme.

— Oui.

---

1. Ce détournement de la charité par le crime — répété au chapitre 17 et souligné par l'identité de leurs titres — appartient au système Thénardier (voir II, 3, 2, note 2, pp. 530-531), mais le déborde : la charité et le crime font système dans *Les Misérables* ; voir note générale 34.

— Combien de boisseaux ?

— Deux bons.

— Cela fera trente sous. Avec le reste, j'achèterai de quoi dîner.

— Diable, non.

— Pourquoi ?

— Ne va pas dépenser la pièce-cent-sous.

— Pourquoi ?

— Parce que j'aurai quelque chose à acheter de mon côté.

— Quoi ?

— Quelque chose.

— Combien te faudra-t-il ?

— Où y a-t-il un quincaillier par ici ?

— Rue Mouffetard.

— Ah ! oui, au coin d'une rue ; je vois la boutique.

— Mais dis-moi donc combien il te faudra pour ce que tu as à acheter ?

— Cinquante sous-trois francs.

— Il ne restera pas gras pour le dîner.

— Aujourd'hui il ne s'agit pas de manger. Il y a mieux à faire[2].

— Ça suffit, mon bijou.

Sur ce mot de sa femme, Jondrette referma la porte, et cette fois Marius entendit son pas s'éloigner dans le corridor de la masure et descendre rapidement l'escalier.

Une heure sonnait en cet instant à Saint-Médard.

_____

2. Voir déjà III, 8, 7, texte et note 2, p. 1030.

XIII

SOLUS CUM SOLO, IN LOCO REMOTO, NON COGITABUNTUR ORARE PATER NOSTER[1]

Marius, tout songeur qu'il était, était, nous l'avons dit, une nature ferme et énergique. Les habitudes de recueillement solitaire, en développant en lui la sympathie et la compassion, avaient diminué peut-être la faculté de s'irriter, mais laissé intacte la faculté de s'indigner ; il avait la bienveillance d'un brahme et la sévérité d'un juge ; il avait pitié d'un crapaud, mais il écrasait une vipère. Or, c'était dans un trou de vipères que son regard venait de plonger ; c'était un nid de monstres qu'il avait sous les yeux.

— Il faut mettre le pied sur ces misérables, dit-il.

Aucune des énigmes qu'il espérait voir dissiper ne s'était éclaircie ; au contraire, toutes s'étaient épaissies peut-être ; il ne savait rien de plus sur la belle enfant du Luxembourg et sur l'homme qu'il appelait M. Leblanc, sinon que Jondrette les connaissait. À travers les paroles ténébreuses qui avaient été dites, il n'entrevoyait distinctement qu'une chose, c'est qu'un guet-apens se préparait, un guet-apens obscur, mais terrible ; c'est qu'ils couraient tous les deux un grand danger, elle probablement, son père à coup sûr ; c'est qu'il fallait les sauver ; c'est qu'il fallait déjouer les combinaisons hideuses des Jondrette et rompre la toile de ces araignées.

Il observa un moment la Jondrette. Elle avait tiré d'un coin un vieux fourneau de tôle et elle fouillait dans des ferrailles.

Il descendit de la commode le plus doucement qu'il put et en ayant soin de ne faire aucun bruit.

Dans son effroi de ce qui s'apprêtait et dans l'horreur dont les Jondrette l'avaient pénétré, il sentait une sorte de

1. « Seul à seul dans un lieu écarté, on ne s'imaginera pas qu'ils disent leur Notre-Père. » Hugo affectionne cette formule, qu'il écrit d'habitude un peu autrement : *Solus cum sola...* : « Seul à seule... ».

joie à l'idée qu'il lui serait peut-être donné de rendre un tel service à celle qu'il aimait.

Mais comment faire ? Avertir les personnes menacées ? où les trouver ? Il ne savait pas leur adresse. Elles avaient reparu un instant à ses yeux, puis elles s'étaient replongées dans les immenses profondeurs de Paris. Attendre M. Leblanc à la porte le soir à six heures, au moment où il arriverait, et le prévenir du piége ? Mais Jondrette et ses gens le verraient guetter, le lieu était désert, ils seraient plus forts que lui, ils trouveraient moyen de le saisir ou de l'éloigner, et celui que Marius voulait sauver serait perdu. Une heure venait de sonner, le guet-apens devait s'accomplir à six heures. Marius avait cinq heures devant lui.

Il n'y avait qu'une chose à faire.

Il mit son habit passable, se noua un foulard au cou, prit son chapeau, et sortit, sans faire plus de bruit que s'il eût marché sur de la mousse avec des pieds nus.

D'ailleurs la Jondrette continuait de fourgonner dans ses ferrailles.

Une fois hors de la maison, il gagna la rue du Petit-Banquier.

Il était vers le milieu de cette rue près d'un mur très bas qu'on peut enjamber à de certains endroits et qui donne dans un terrain vague, il marchait lentement, préoccupé qu'il était, la neige assourdissait ses pas ; tout à coup il entendit des voix qui parlaient tout près de lui. Il tourna la tête, la rue était déserte, il n'y avait personne, c'était en plein jour, et cependant il entendait distinctement des voix.

Il eut l'idée de regarder par-dessus le mur qu'il côtoyait.

Il y avait là en effet deux hommes adossés à la muraille, assis dans la neige et se parlant bas.

Ces deux figures lui étaient inconnues. L'un était un homme barbu en blouse et l'autre un homme chevelu en guenilles. Le barbu avait une calotte grecque, l'autre la tête nue et de la neige dans les cheveux.

En avançant la tête au-dessus d'eux, Marius pouvait entendre.

Le chevelu poussait l'autre du coude et disait :

— Avec Patron-Minette, ça ne peut pas manquer.

— Crois-tu ? dit le barbu ; et le chevelu repartit :

— Ce sera pour chacun un fafiot de cinq cents balles, et, le pire qui puisse arriver, cinq ans, six ans, dix ans au plus !

L'autre répondit avec quelque hésitation et en grelottant sous son bonnet grec :

— Ça, c'est une chose réelle. On ne peut pas aller à l'encontre de ces choses-là.

— Je te dis que l'affaire ne peut pas manquer, reprit le chevelu. La maringotte du père Chose sera attelée.

Puis ils se mirent à parler d'un mélodrame qu'ils avaient vu la veille à la Gaîté.

Marius continua son chemin.

Il lui semblait que les paroles obscures de ces hommes, si étrangement cachés derrière ce mur et accroupis dans la neige, n'étaient pas peut-être sans quelque rapport avec les abominables projets de Jondrette. Ce devait être là *l'affaire.*

Il se dirigea vers le faubourg Saint-Marceau et demanda à la première boutique qu'il rencontra où il y avait un commissaire de police.

On lui indiqua la rue de Pontoise et le numéro 14.

Marius s'y rendit.

En passant devant un boulanger, il acheta un pain de deux sous et le mangea, prévoyant qu'il ne dînerait pas.

Chemin faisant, il rendit justice à la providence. Il songea que, s'il n'avait pas donné ses cinq francs le matin à la fille Jondrette, il aurait suivi le fiacre de M. Leblanc, et par conséquent tout ignoré, que rien n'aurait fait obstacle au guet-apens des Jondrette, et que M. Leblanc était perdu, et sans doute sa fille avec lui.

XIV

OÙ UN AGENT DE POLICE DONNE DEUX
COUPS DE POING À UN AVOCAT

Arrivé au numéro 14 de la rue de Pontoise, il monta au premier et demanda le commissaire de police.

— Monsieur le commissaire de police n'y est pas, dit un garçon de bureau quelconque ; mais il y a un inspecteur qui le remplace. Voulez-vous lui parler ? est-ce pressé ?

— Oui, dit Marius.

Le garçon de bureau l'introduisit dans le cabinet du commissaire. Un homme de haute taille s'y tenait debout, derrière une grille, appuyé à un poêle, et relevant de ses deux mains les pans d'un vaste carrick à trois collets. C'était une figure carrée, une bouche mince et ferme, d'épais favoris grisonnants très farouches, un regard à retourner vos poches. On eût pu dire de ce regard, non qu'il pénétrait, mais qu'il fouillait.

Cet homme n'avait pas l'air beaucoup moins féroce ni beaucoup moins redoutable que Jondrette ; le dogue quelquefois n'est pas moins inquiétant à rencontrer que le loup[1].

— Que voulez-vous ? dit-il à Marius, sans ajouter monsieur.

— Monsieur le commissaire de police ?

— Il est absent. Je le remplace.

— C'est pour une affaire très secrète.

— Alors parlez.

— Et très pressée.

— Alors parlez vite.

Cet homme, calme et brusque, était tout à la fois effrayant et rassurant. Il inspirait la crainte et la confiance. Marius lui conta l'aventure. — Qu'une personne qu'il ne connaissait que de vue devait être attirée

---

1. Voir I, 5, 5, texte et note 2, p. 251.

le soir même dans un guet-apens ; — qu'habitant la chambre voisine du repaire il avait, lui Marius Pontmercy, avocat, entendu tout le complot à travers la cloison ; — que le scélérat qui avait imaginé le piège était un nommé Jondrette ; — qu'il aurait des complices, probablement des rôdeurs de barrières, entre autres un certain Panchaud, dit Printanier, dit Bigrenaille ; — que les filles de Jondrette feraient le guet ; — qu'il n'existait aucun moyen de prévenir l'homme menacé, attendu qu'on ne savait même pas son nom ; — et qu'enfin tout cela devait s'exécuter à six heures du soir au point le plus désert du boulevard de l'Hôpital, dans la maison du numéro 50-52.

À ce numéro, l'inspecteur leva la tête, et dit froidement :

— C'est donc dans la chambre du fond du corridor ?

— Précisément, fit Marius, et il ajouta : — Est-ce que vous connaissez cette maison ?

L'inspecteur resta un moment silencieux, puis répondit en chauffant le talon de sa botte à la bouche du poêle :

— Apparemment.

Il continua dans ses dents, parlant moins à Marius qu'à sa cravate :

— Il doit y avoir un peu de Patron-Minette là-dedans.

Ce mot frappa Marius.

— Patron-Minette, dit-il. J'ai en effet entendu prononcer ce mot-là.

Et il raconta à l'inspecteur le dialogue de l'homme chevelu et de l'homme barbu dans la neige derrière le mur de la rue du Petit-Banquier.

L'inspecteur grommela :

— Le chevelu doit être Brujon, et le barbu doit être Demi-Liard, dit Deux-Milliards.

Il avait de nouveau baissé les paupières, et il méditait.

— Quant au père Chose, je l'entrevois. Voilà que j'ai brûlé mon carrick. Ils font toujours trop de feu dans ces maudits poêles. Le numéro 50-52. Ancienne propriété Gorbeau.

Puis il regarda Marius.

— Vous n'avez vu que ce barbu et ce chevelu ?

— Et Panchaud.

— Vous n'avez pas vu rôdailler par là une espèce de petit muscadin du diable ?

— Non.

— Ni un grand gros massif matériel qui ressemble à l'éléphant du Jardin des Plantes ?

— Non.

— Ni un malin qui a l'air d'une ancienne queue-rouge ?

— Non.

— Quant au quatrième, personne ne le voit, pas même ses adjudants, commis et employés. Il est peu surprenant que vous ne l'ayez pas aperçu.

— Non. Qu'est-ce que c'est, demanda Marius, que tous ces êtres-là ?

L'inspecteur répondit :

— D'ailleurs ce n'est pas leur heure [2].

Il retomba dans son silence, puis reprit :

— 50-52. Je connais la baraque. Impossible de nous cacher dans l'intérieur sans que les artistes s'en aperçoivent. Alors ils en seraient quittes pour décommander le vaudeville. Ils sont si modestes ! le public les gêne. Pas de ça, pas de ça. Je veux les entendre chanter et les faire danser.

Ce monologue terminé, il se tourna vers Marius et lui demanda en le regardant fixement :

— Aurez-vous peur ?

— De quoi ? dit Marius.

— De ces hommes ?

— Pas plus que de vous ! répliqua rudement Marius qui commençait à remarquer que ce mouchard ne lui avait pas encore dit monsieur.

L'inspecteur regarda Marius plus fixement encore et reprit avec une sorte de solennité sentencieuse :

— Vous parlez là comme un homme brave et comme

---

2. Le lecteur entre dans une curieuse complicité avec Javert : il a lu « Composition de la troupe » (III, 7, 4 ; pp. 995-996) et identifie sans peine Montparnasse, Gueulemer, Babet et Claquesous. Effet remarquable de « stéréophonie discursive » — voir note générale 26.

un homme honnête. Le courage ne craint pas le crime, et l'honnêteté ne craint pas l'autorité.

Marius l'interrompit :

— C'est bon ; mais que comptez-vous faire ?

L'inspecteur se borna à lui répondre :

— Les locataires de cette maison-là ont des passe-partout pour rentrer la nuit chez eux. Vous devez en avoir un ?

— Oui, dit Marius.

— L'avez-vous sur vous ?

— Oui.

— Donnez-le-moi, dit l'inspecteur.

Marius prit sa clef dans son gilet, la remit à l'inspecteur, et ajouta :

— Si vous m'en croyez, vous viendrez en force.

L'inspecteur jeta sur Marius le coup d'œil de Voltaire à un académicien de province qui lui eût proposé une rime ; il plongea d'un seul mouvement ses deux mains, qui étaient énormes, dans les deux immenses poches de son carrick, et en tira deux petits pistolets d'acier, de ces pistolets qu'on appelle coups de poing. Il les présenta à Marius en disant vivement et d'un ton bref :

— Prenez ceci. Rentrez chez vous. Cachez-vous dans votre chambre. Qu'on vous croie sorti. Ils sont chargés. Chacun de deux balles. Vous observerez, il y a un trou au mur, comme vous me l'avez dit. Les gens viendront. Laissez-les aller un peu. Quand vous jugerez la chose à point, et qu'il sera temps de l'arrêter, vous tirerez un coup de pistolet. Pas trop tôt. Le reste me regarde. Un coup de pistolet en l'air, au plafond, n'importe où. Surtout pas trop tôt. Attendez qu'il y ait commencement d'exécution ; vous êtes avocat, vous savez ce que c'est.

Marius prit les pistolets et les mit dans la poche de côté de son habit.

— Cela fait une bosse comme cela, cela se voit, dit l'inspecteur. Mettez-les plutôt dans vos goussets.

Marius cacha les pistolets dans ses goussets.

— Maintenant, poursuivit l'inspecteur, il n'y a plus une minute à perdre pour personne. Quelle heure est-il ? Deux heures et demie. C'est pour sept heures ?

— Six heures, dit Marius.

— J'ai le temps, reprit l'inspecteur, mais je n'ai que le temps. N'oubliez rien de ce que je vous ai dit. Pan. Un coup de pistolet.

— Soyez tranquille, répondit Marius.

Et comme Marius mettait la main au loquet de la porte pour sortir, l'inspecteur lui cria :

— À propos, si vous aviez besoin de moi d'ici là, venez ou envoyez ici. Vous feriez demander l'inspecteur Javert [3].

XV

JONDRETTE FAIT SON EMPLETTE

Quelques instants après, vers trois heures, Courfeyrac passait par aventure rue Mouffetard en compagnie de Bossuet. La neige redoublait et emplissait l'espace. Bossuet était en train de dire à Courfeyrac :

— À voir tomber tous ces flocons de neige, on dirait qu'il y a au ciel une peste de papillons blancs. — Tout à coup, Bossuet aperçut Marius qui remontait la rue vers la barrière et avait un air particulier.

— Tiens ! s'exclama Bossuet, Marius !

— Je l'ai vu, dit Courfeyrac. Ne lui parlons pas.

— Pourquoi ?

— Il est occupé.

— À quoi ?

— Tu ne vois donc pas la mine qu'il a ?

— Quelle mine ?

— Il a l'air de quelqu'un qui suit quelqu'un.

— C'est vrai, dit Bossuet.

---

3. Le texte ici comporte juste les indications nécessaires pour que le lecteur ait reconnu Javert sans tout à fait l'identifier. Sur l'effet de cette incertitude — et sur la rencontre elle-même —, voir note générale 37.

— Vois donc les yeux qu'il fait ! reprit Courfeyrac.

— Mais qui diable suit-il ?

— Quelque mimi-goton-bonnet-fleuri ! il est amoureux.

— Mais, observa Bossuet, c'est que je ne vois pas de mimi, ni de goton, ni de bonnet-fleuri dans la rue. Il n'y a pas une femme.

Courfeyrac regarda, et s'écria :

— Il suit un homme !

Un homme en effet, coiffé d'une casquette, et dont on distinguait la barbe grise quoiqu'on ne le vît que de dos, marchait à une vingtaine de pas en avant de Marius.

Cet homme était vêtu d'une redingote toute neuve trop grande pour lui et d'un épouvantable pantalon en loques tout noirci par la boue.

Bossuet éclata de rire.

— Qu'est-ce que c'est que cet homme-là ?

— Ça ? reprit Courfeyrac, c'est un poëte. Les poëtes portent assez volontiers des pantalons de marchands de peaux de lapin et des redingotes de pairs de France [1].

— Voyons où va Marius, fit Bossuet, voyons où va cet homme, suivons-les, hein ?

— Bossuet ! s'écria Courfeyrac, aigle de Meaux ! vous êtes une prodigieuse brute. Suivre un homme qui suit un homme !

Ils rebroussèrent chemin.

Marius en effet avait vu passer Jondrette rue Mouffetard, et l'épiait.

Jondrette allait devant lui sans se douter qu'il y eût déjà un regard qui le tenait.

Il quitta la rue Mouffetard, et Marius le vit entrer dans une des plus affreuses bicoques de la rue Gracieuse, il y resta un quart d'heure environ, puis revint rue Mouffetard. Il s'arrêta chez un quincaillier qu'il y avait à cette

---

1. Curieuse ressemblance, mais fondée : en matière d'habillement, V. Hugo, pair de France depuis 1845, pratiquait volontiers d'audacieux écarts. Sur l'affinité de l'auteur avec Thénardier — dont on notera la « barbiche romantique », le goût du théâtre, la qualité usurpée d'« homme de lettres » — et sur l'image de l'auteur à laquelle elle contribue, voir note générale 4.

époque au coin de la rue Pierre-Lombard, et, quelques minutes après, Marius le vit sortir de la boutique, tenant à la main un grand ciseau à froid emmanché de bois blanc qu'il cacha sous sa redingote. À la hauteur de la rue du Petit-Gentilly, il tourna à gauche et gagna rapidement la rue du Petit-Banquier. Le jour tombait, la neige qui avait cessé un moment venait de recommencer, Marius s'embusqua au coin même de la rue du Petit-Banquier qui était déserte comme toujours, et il n'y suivit pas Jondrette. Bien lui en prit, car, parvenu près du mur bas où Marius avait entendu parler l'homme chevelu et l'homme barbu, Jondrette se retourna, s'assura que personne ne le suivait et ne le voyait, puis enjamba le mur et disparut.

Le terrain vague que ce mur bordait communiquait avec l'arrière-cour d'un ancien loueur de voitures mal famé, qui avait fait faillite et qui avait encore quelques vieux berlingots sous des hangars.

Marius pensa qu'il était sage de profiter de l'absence de Jondrette pour rentrer ; d'ailleurs l'heure avançait ; tous les soirs mame Burgon, en partant pour aller laver la vaisselle en ville, avait coutume de fermer la porte de la maison qui était toujours close à la brune ; Marius avait donné sa clef à l'inspecteur de police ; il était donc important qu'il se hâtât.

Le soir était venu ; la nuit était à peu près fermée, il n'y avait plus sur l'horizon et dans l'immensité qu'un point éclairé par le soleil, c'était la lune.

Elle se levait rouge derrière le dôme bas de la Salpêtrière.

Marius regagna à grands pas le n° 50-52. La porte était encore ouverte quand il arriva. Il monta l'escalier sur la pointe du pied et se glissa le long du mur du corridor jusqu'à sa chambre. Ce corridor, on s'en souvient, était bordé des deux côtés de galetas en ce moment tous à louer et vides. Mame Burgon en laissait habituellement les portes ouvertes. En passant devant une de ces portes, Marius crut apercevoir dans la cellule inhabitée quatre têtes d'hommes immobiles que blanchissait vaguement un reste de jour tombant par une lucarne. Marius ne chercha pas à voir, ne voulant pas

être vu. Il parvint à rentrer dans sa chambre sans être
aperçu et sans bruit. Il était temps. Un moment après,
il entendit mame Burgon qui s'en allait et la porte de
la maison qui se fermait.

XVI

OÙ L'ON RETROUVERA LA CHANSON SUR UN AIR ANGLAIS À LA MODE EN 1832

Marius s'assit sur son lit. Il pouvait être cinq heures et
demie. Une demi-heure seulement le séparait de ce qui
allait arriver. Il entendait battre ses artères comme on
entend le battement d'une montre dans l'obscurité. Il songeait à cette double marche qui se faisait en ce moment
dans les ténèbres, le crime s'avançant d'un côté, la justice
venant de l'autre. Il n'avait pas peur, mais il ne pouvait
penser sans un certain tressaillement aux choses qui
allaient se passer. Comme à tous ceux que vient assaillir
soudainement une aventure surprenante, cette journée
entière lui faisait l'effet d'un rêve, et, pour ne point se
croire en proie à un cauchemar, il avait besoin de sentir
dans ses goussets le froid des deux pistolets d'acier.

Il ne neigeait plus ; la lune, de plus en plus claire, se
dégageait des brumes, et sa lueur mêlée au reflet blanc
de la neige tombée donnait à la chambre un aspect crépusculaire.

Il y avait de la lumière dans le taudis Jondrette. Marius
voyait le trou de la cloison briller d'une clarté rouge qui
lui paraissait sanglante.

Il était réel que cette clarté ne pouvait guère être produite par une chandelle. Du reste, aucun mouvement chez
les Jondrette, personne n'y bougeait, personne n'y parlait,
pas un souffle, le silence y était glacial et profond, et sans
cette lumière on se fût cru à côté d'un sépulcre.

Marius ôta doucement ses bottes et les poussa sous son lit.

Quelques minutes s'écoulèrent. Marius entendit la porte d'en bas tourner sur ses gonds, un pas lourd et rapide monta l'escalier et parcourut le corridor, le loquet du bouge se souleva avec bruit ; c'était Jondrette qui rentrait.

Tout de suite plusieurs voix s'élevèrent. Toute la famille était dans le galetas. Seulement elle se taisait en l'absence du maître comme les louveteaux en l'absence du loup.

— C'est moi, dit-il.

— Bonsoir, pèremuche ! glapirent les filles.

— Eh bien ? dit la mère.

— Tout va à la papa, répondit Jondrette, mais j'ai un froid de chien aux pieds. Bon, c'est cela, tu t'es habillée. Il faudra que tu puisses inspirer de la confiance.

— Toute prête à sortir.

— Tu n'oublieras rien de ce que je t'ai dit ? tu feras bien tout ?

— Sois tranquille.

— C'est que... dit Jondrette. Et il n'acheva pas sa phrase.

Marius l'entendit poser quelque chose de lourd sur la table, probablement le ciseau qu'il avait acheté.

— Ah çà, reprit Jondrette, a-t-on mangé ici ?

— Oui, dit la mère, j'ai eu trois grosses pommes de terre et du sel. J'ai profité du feu pour les faire cuire.

— Bon, repartit Jondrette. Demain je vous mène dîner avec moi. Il y aura un canard et des accessoires. Vous dînerez comme des Charles-Dix. Tout va bien !

Puis il ajouta en baissant la voix :

— La souricière est ouverte. Les chats sont là.

Il baissa encore la voix et dit :

— Mets ça dans le feu.

Marius entendit un cliquetis de charbon qu'on heurtait avec une pincette ou un outil en fer, et Jondrette continua :

— As-tu suifé les gonds de la porte pour qu'ils ne fassent pas de bruit ?

— Oui, répondit la mère.

— Quelle heure est-il ?

— Six heures bientôt. La demie vient de sonner à Saint-Médard.

— Diable ! fit Jondrette. Il faut que les petites aillent faire le guet. Venez, vous autres, écoutez ici.

Il y eut un chuchotement.

La voix de Jondrette s'éleva encore :

— La Burgon est-elle partie ?

— Oui, dit la mère.

— Es-tu sûre qu'il n'y a personne chez le voisin ?

— Il n'est pas rentré de la journée, et tu sais bien que c'est l'heure de son dîner.

— Tu es sûre ?

— Sûre.

— C'est égal, reprit Jondrette, il n'y a pas de mal à aller voir chez lui s'il y est. Ma fille, prends la chandelle et vas-y.

Marius se laissa tomber sur ses mains et ses genoux et rampa silencieusement sous son lit.

À peine y était-il blotti qu'il aperçut une lumière à travers les fentes de sa porte.

— P'pa, cria une voix, il est sorti.

Il reconnut la voix de la fille aînée.

— Es-tu entrée ? demanda le père.

— Non, répondit la fille, mais puisque sa clef est à sa porte, il est sorti.

Le père cria :

— Entre tout de même.

La porte s'ouvrit, et Marius vit entrer la grande Jondrette, une chandelle à la main. Elle était comme le matin, seulement plus effrayante encore à cette clarté.

Elle marcha droit au lit, Marius eut un inexprimable moment d'anxiété, mais il y avait près du lit un miroir cloué au mur, c'était là qu'elle allait. Elle se haussa sur la pointe des pieds et s'y regarda. On entendait un bruit de ferrailles remuées dans la pièce voisine.

Elle lissa ses cheveux avec la paume de sa main et fit des sourires au miroir tout en chantonnant de sa voix cassée et sépulcrale :

Nos amours ont duré toute une semaine.
Ah ! que du bonheur les instants sont courts !
S'adorer huit jours, c'était bien la peine !
Le temps des amours devrait durer toujours !
Devrait durer toujours ! devrait durer toujours !

Cependant Marius tremblait. Il lui semblait impossible qu'elle n'entendît pas sa respiration.

Elle se dirigea vers la fenêtre et regarda dehors en parlant haut avec cet air à demi fou qu'elle avait.

— Comme Paris est laid quand il a mis une chemise blanche ! dit-elle.

Elle revint au miroir et se fit de nouveau des mines, se contemplant successivement de face et de trois quarts.

— Eh bien ! cria le père, qu'est-ce que tu fais donc ?

— Je regarde sous le lit et sous les meubles, répondit-elle en continuant d'arranger ses cheveux, il n'y a personne.

— Cruche ! hurla le père. Ici tout de suite ! et ne perdons pas le temps.

— J'y vas ! j'y vas ! dit-elle. On n'a le temps de rien dans leur baraque !

Elle fredonna :

Vous me quittez pour aller à la gloire,
Mon triste cœur suivra partout vos pas [1].

Elle jeta un dernier coup d'œil au miroir et sortit en refermant la porte sur elle.

Un moment après, Marius entendit le bruit des pieds nus des deux jeunes filles dans le corridor et la voix de Jondrette qui leur criait :

— Faites bien attention ! l'une du côté de la barrière, l'autre au coin de la rue du Petit-Banquier. Ne perdez pas de vue une minute la porte de la maison, et pour peu que

---

1. La chanson d'Éponine, sans qu'elle le sache, dit vrai. Mais ses amours avec Marius n'ont pas duré aussi longtemps. Voir aussi note générale 27.

vous voyiez quelque chose, tout de suite ici ! quatre à
quatre ! Vous avez une clef pour rentrer.

La fille aînée grommela :

— Faire faction nu-pieds dans la neige !

— Demain, vous aurez des bottines de soie couleur
scarabée ! dit le père.

Elles descendirent l'escalier, et, quelques secondes
après, le choc de la porte d'en bas qui se refermait
annonça qu'elles étaient dehors.

Il n'y avait plus dans la maison que Marius et les Jondrette, et probablement aussi les êtres mystérieux entrevus par Marius dans le crépuscule derrière la porte du
galetas inhabité.

XVII

EMPLOI DE LA PIÈCE DE CINQ FRANCS DE MARIUS [1]

Marius jugea que le moment était venu de reprendre sa
place à son observatoire. En un clin d'œil, et avec la souplesse de son âge, il fut près du trou de la cloison.

Il regarda.

L'intérieur du logis Jondrette offrait un aspect singulier, et Marius s'expliqua la clarté étrange qu'il y avait
remarquée. Une chandelle y brûlait dans un chandelier
vert-de-grisé, mais ce n'était pas elle qui éclairait réellement la chambre. Le taudis tout entier était comme illuminé par la réverbération d'un assez grand réchaud de
tôle placé dans la cheminée et rempli de charbon allumé.
Le réchaud que la Jondrette avait préparé le matin. Le
charbon était ardent et le réchaud était rouge, une flamme
bleue y dansait et aidait à distinguer la forme du ciseau
acheté par Jondrette rue Pierre-Lombard, qui rougissait
enfoncé dans la braise. On voyait dans un coin près de la

1. Voir III, 8, 12, note 1, p. 1049 et notes générales 33 et 34.

porte, et comme disposés pour un usage prévu, deux tas qui paraissaient être l'un un tas de ferrailles, l'autre un tas de cordes. Tout cela, pour quelqu'un qui n'eût rien su de ce qui s'apprêtait, eût fait flotter l'esprit entre une idée très sinistre et une idée très simple. Le bouge ainsi éclairé ressemblait plutôt à une forge qu'à une bouche de l'enfer, mais Jondrette, à cette lueur, avait plutôt l'air d'un démon que d'un forgeron.

La chaleur du brasier était telle que la chandelle sur la table fondait du côté du réchaud et se consumait en biseau. Une vieille lanterne sourde en cuivre, digne de Diogène devenu Cartouche, était posée sur la cheminée.

Le réchaud, placé dans le foyer même, à côté des tisons à peu près éteints, envoyait sa vapeur dans le tuyau de la cheminée et ne répandait pas d'odeur.

La lune, entrant par les quatre carreaux de la fenêtre, jetait sa blancheur dans le galetas pourpre et flamboyant, et pour le poétique esprit de Marius, songeur même au moment de l'action, c'était comme une pensée du ciel mêlée aux rêves difformes de la terre.

Un souffle d'air, pénétrant par le carreau cassé, contribuait à dissiper l'odeur du charbon et à dissimuler le réchaud.

Le repaire Jondrette était, si l'on se rappelle ce que nous avons dit de la masure Gorbeau, admirablement choisi pour servir de théâtre à un fait violent et sombre et d'enveloppe à un crime. C'était la chambre la plus reculée de la maison la plus isolée du boulevard le plus désert de Paris. Si le guet-apens n'existait pas, on l'y eût inventé[2].

Toute l'épaisseur d'une maison et une foule de chambres inhabitées séparaient ce bouge du boulevard, et la seule fenêtre qu'il y eût donnait sur des terrains vagues enclos de murailles et de palissades.

Jondrette avait allumé sa pipe, s'était assis sur la chaise dépaillée, et fumait. Sa femme lui parlait bas.

---

2. L'inverse est évidemment plus exact. Comme pour les poétiques réflexions de Marius, l'effet du réel touche à l'ironie. Hugo détend le suspens pour mieux l'employer ensuite.

Si Marius eût été Courfeyrac, c'est-à-dire un de ces hommes qui rient dans toutes les occasions de la vie, il eût éclaté de rire quand son regard tomba sur la Jondrette. Elle avait un chapeau noir avec des plumes assez semblable aux chapeaux des hérauts d'armes du sacre de Charles X, un immense châle tartan sur son jupon de tricot, et les souliers d'homme que sa fille avait dédaignés le matin. C'était cette toilette qui avait arraché à Jondrette l'exclamation : *Bon ! tu t'es habillée ! tu as bien fait. Il faut que tu puisses inspirer de la confiance !*

Quant à Jondrette, il n'avait pas quitté le surtout neuf et trop large pour lui que M. Leblanc lui avait donné, et son costume continuait d'offrir ce contraste de la redingote et du pantalon qui constituait aux yeux de Courfeyrac l'idéal du poëte.

Tout à coup Jondrette haussa la voix.

— À propos ! j'y songe. Par le temps qu'il fait il va venir en fiacre. Allume la lanterne, prends-la, et descends. Tu te tiendras derrière la porte en bas. Au moment où tu entendras la voiture s'arrêter, tu ouvriras tout de suite, il montera, tu l'éclaireras dans l'escalier et dans le corridor, et pendant qu'il entrera ici, tu redescendras bien vite, tu payeras le cocher et tu renverras le fiacre.

— Et de l'argent ? demanda la femme.

Jondrette fouilla dans son pantalon, et lui remit cinq francs.

— Qu'est-ce que c'est que ça ? s'écria-t-elle.

Jondrette répondit avec dignité :

— C'est le monarque que le voisin a donné ce matin.

Et il ajouta :

— Sais-tu ? il faudrait ici deux chaises.

— Pourquoi ?

— Pour s'asseoir.

Marius sentit un frisson lui courir dans les reins en entendant la Jondrette faire cette réponse paisible :

— Pardieu ! je vais t'aller chercher celles du voisin.

Et d'un mouvement rapide elle ouvrit la porte du bouge et sortit dans le corridor.

Marius n'avait pas matériellement le temps de descendre de la commode, d'aller jusqu'à son lit et de s'y cacher.

— Prends la chandelle, cria Jondrette.

— Non, dit-elle, cela m'embarrasserait, j'ai les deux chaises à porter. Il fait clair de lune.

Marius entendit la lourde main de la mère Jondrette chercher en tâtonnant sa clef dans l'obscurité. La porte s'ouvrit. Il resta cloué à sa place par le saisissement et la stupeur.

La Jondrette entra.

La lucarne mansardée laissait passer un rayon de lune entre deux grands pans d'ombre. Un de ces pans d'ombre couvrait entièrement le mur auquel était adossé Marius, de sorte qu'il y disparaissait.

La mère Jondrette leva les yeux, ne vit pas Marius, prit les deux chaises, les seules que Marius possédât, et s'en alla, en laissant la porte retomber bruyamment derrière elle.

Elle rentra dans le bouge.

— Voici les deux chaises.

— Et voilà la lanterne, dit le mari. Descends bien vite.

Elle obéit en hâte, et Jondrette resta seul.

Il disposa les deux chaises des deux côtés de la table, retourna le ciseau dans le brasier, mit devant la cheminée un vieux paravent, qui masquait le réchaud, puis alla au coin où était le tas de cordes et se baissa comme pour y examiner quelque chose. Marius reconnut alors que ce qu'il avait pris pour un tas informe était une échelle de corde très bien faite avec des échelons de bois et deux crampons pour l'accrocher.

Cette échelle et quelques gros outils, véritables masses de fer, qui étaient mêlés au monceau de ferrailles entassé derrière la porte, n'étaient point le matin dans le bouge Jondrette et y avaient été évidemment apportés dans l'après-midi, pendant l'absence de Marius.

— Ce sont des outils de taillandier, pensa Marius.

Si Marius eût été un peu plus lettré en ce genre, il eût reconnu, dans ce qu'il prenait pour des engins de taillandier, de certains instruments pouvant forcer une serrure ou crocheter une porte et d'autres pouvant couper ou trancher, les deux familles d'outils sinistres que les voleurs appellent *les cadets* et *les fauchants*.

La cheminée et la table avec les deux chaises étaient précisément en face de Marius. Le réchaud étant caché, la chambre n'était plus éclairée que par la chandelle ; le moindre tesson sur la table ou sur la cheminée faisait une grande ombre. Un pot à l'eau égueulé masquait la moitié d'un mur. Il y avait dans cette chambre je ne sais quel calme hideux et menaçant. On y sentait l'attente de quelque chose d'épouvantable.

Jondrette avait laissé sa pipe s'éteindre, grave signe de préoccupation, et était venu se rasseoir. La chandelle faisait saillir les angles farouches et fins de son visage. Il avait des froncements de sourcils et de brusques épanouissements de la main droite comme s'il répondait aux derniers conseils d'un sombre monologue intérieur. Dans une de ces obscures répliques qu'il se faisait à lui-même, il amena vivement à lui le tiroir de la table, y prit un long couteau de cuisine qui y était caché et en essaya le tranchant sur son ongle. Cela fait, il remit le couteau dans le tiroir, qu'il repoussa.

Marius de son côté saisit le pistolet qui était dans son gousset droit, l'en retira et l'arma.

Le pistolet en s'armant fit un petit bruit clair et sec.

Jondrette tressaillit et se souleva à demi sur sa chaise :

— Qui est là ? cria-t-il.

Marius suspendit son haleine, Jondrette écouta un instant, puis se mit à rire en disant :

— Suis-je bête ! C'est la cloison qui craque.

Marius garda le pistolet à sa main.

XVIII

LES DEUX CHAISES DE MARIUS SE FONT VIS-À-VIS

Tout à coup la vibration lointaine et mélancolique d'une cloche ébranla les vitres. Six heures sonnaient à Saint-Médard.

Jondrette marqua chaque coup d'un hochement de tête. Le sixième sonné, il moucha la chandelle avec ses doigts.

Puis il se mit à marcher dans la chambre, écouta dans le corridor, marcha, écouta encore : — Pourvu qu'il vienne ! grommela-t-il ; puis il revint à sa chaise.

Il se rasseyait à peine que la porte s'ouvrit.

La mère Jondrette l'avait ouverte et restait dans le corridor faisant une horrible grimace aimable qu'un des trous de la lanterne sourde éclairait d'en bas.

— Entrez, monsieur, dit-elle.

— Entrez, mon bienfaiteur, répéta Jondrette se levant précipitamment.

M. Leblanc parut.

Il avait un air de sérénité qui le faisait singulièrement vénérable.

Il posa sur la table quatre louis.

— Monsieur Fabantou, dit-il, voici pour votre loyer et vos premiers besoins. Nous verrons ensuite.

— Dieu vous le rende, mon généreux bienfaiteur ! dit Jondrette ; et, s'approchant rapidement de sa femme :

— Renvoie le fiacre !

Elle s'esquiva pendant que son mari prodiguait les saluts et offrait une chaise à M. Leblanc. Un instant après elle revint et lui dit bas à l'oreille :

— C'est fait.

La neige qui n'avait cessé de tomber depuis le matin était tellement épaisse qu'on n'avait point entendu le fiacre arriver, et qu'on ne l'entendit pas s'en aller.

Cependant M. Leblanc s'était assis.

Jondrette avait pris possession de l'autre chaise en face de M. Leblanc.

Maintenant, pour se faire une idée de la scène qui va suivre, que le lecteur se figure dans son esprit la nuit glacée, les solitudes de la Salpêtrière couvertes de neige, et blanches au clair dc lune comme d'immenses linceuls, la clarté de veilleuse des réverbères rougissant çà et là ces boulevards tragiques et les longues rangées des ormes noirs, pas un passant peut-être à un quart de lieue à la ronde, la masure Gorbeau à son plus haut point de silence, d'horreur et de nuit, dans cette masure, au milieu de ces solitudes, au milieu de cette ombre, le vaste galetas Jondrette éclairé d'une chandelle, et dans ce bouge deux hommes assis à une table, M. Leblanc tranquille, Jondrette souriant et effroyable, la Jondrette, la mère louve, dans un coin, et, derrière la cloison, Marius, invisible, debout, ne perdant pas une parole, ne perdant pas un mouvement, l'œil au guet, le pistolet au poing.

Marius du reste n'éprouvait qu'une émotion d'horreur, mais aucune crainte. Il étreignait la crosse du pistolet et se sentait rassuré. — J'arrêterai ce misérable quand je voudrai, pensait-il.

Il sentait la police quelque part par là en embuscade, attendant le signal convenu et toute prête à étendre le bras.

Il espérait du reste que de cette violente rencontre de Jondrette et de M. Leblanc quelque lumière jaillirait sur tout ce qu'il avait intérêt à connaître.

XIX

SE PRÉOCCUPER DES FONDS OBSCURS

À peine assis, M. Leblanc tourna les yeux vers les grabats qui étaient vides.

— Comment va la pauvre petite blessée ? demanda-t-il ?

— Mal, répondit Jondrette avec un sourire navré et

reconnaissant, très mal, mon digne monsieur. Sa sœur
aînée l'a menée à la Bourbe¹ se faire panser. Vous allez
les voir, elles vont rentrer tout à l'heure.

— Madame Fabantou me paraît mieux portante ?
reprit M. Leblanc en jetant les yeux sur le bizarre accou-
trement de la Jondrette, qui, debout entre lui et la porte,
comme si elle gardait déjà l'issue, le considérait dans une
posture de menace et presque de combat.

— Elle est mourante, dit Jondrette. Mais que voulez-
vous, monsieur ? elle a tant de courage, cette femme-là !
Ce n'est pas une femme, c'est un bœuf.

La Jondrette, touchée du compliment, se récria avec
une minauderie de monstre flatté :

— Tu es toujours trop bon pour moi, monsieur Jondrette !

— Jondrette, dit M. Leblanc, je croyais que vous vous
appeliez Fabantou ?

— Fabantou dit Jondrette ! reprit vivement le mari.
Sobriquet d'artiste !

Et, jetant à sa femme un haussement d'épaules que
M. Leblanc ne vit pas, il poursuivit avec une inflexion de
voix emphatique et caressante :

— Ah ! c'est que nous avons toujours fait bon
ménage, cette pauvre chérie et moi ! Qu'est-ce qu'il nous
resterait, si nous n'avions pas cela ? Nous sommes si malheureux, mon respectable monsieur ! On a des bras, pas
de travail ! On a du cœur, pas d'ouvrage ! Je ne sais pas
comment le gouvernement arrange cela, mais, ma parole
d'honneur, monsieur, je ne suis pas jacobin, monsieur, je
ne suis pas bousingot², je ne lui veux pas de mal, mais si
j'étais les ministres, ma parole la plus sacrée, cela irait
autrement. Tenez, exemple, j'ai voulu faire apprendre le
métier du cartonnage à mes filles. Vous me direz : Quoi !

---

1. Nom familier de l'Hôpital de la Maternité, rue de la Bourbe,
aujourd'hui hôpital Baudelocque.
2. Nom donné aux jeunes romantiques républicains d'après 1830
qui portaient volontiers un chapeau de marins appelé « bousingot ».
Synonyme, pour les bien-pensants, d'anarchiste. Bahorel n'en est pas
loin. Les « jeune France » étaient politiquement plus modérés.

un métier ? Oui ! un métier ! un simple métier ! un gagne-pain ! Quelle chute, mon bienfaiteur ! Quelle dégradation quand on a été ce que nous étions ! Hélas ! il ne nous reste rien de notre temps de prospérité ! Rien qu'une seule chose, un tableau auquel je tiens, mais dont je me déferais pourtant, car il faut vivre ! item, il faut vivre !

Pendant que Jondrette parlait, avec une sorte de désordre apparent qui n'ôtait rien à l'expression réfléchie et sagace de sa physionomie, Marius leva les yeux et aperçut au fond de la chambre quelqu'un qu'il n'avait pas encore vu. Un homme venait d'entrer, si doucement qu'on n'avait pas entendu tourner les gonds de la porte. Cet homme avait un gilet de tricot violet, vieux, usé, taché, coupé et faisant des bouches ouvertes à tous ses plis, un large pantalon de velours de coton, des chaussons à sabots aux pieds, pas de chemise, le cou nu, les bras nus et tatoués, et le visage barbouillé de noir. Il s'était assis en silence et les bras croisés sur le lit le plus voisin, et, comme il se tenait derrière la Jondrette, on ne le distinguait que confusément.

Cette espèce d'instinct magnétique qui avertit le regard fit que M. Leblanc se tourna presque en même temps que Marius. Il ne put se défendre d'un mouvement de surprise qui n'échappa point à Jondrette.

— Ah ! je vois ! s'écria Jondrette en se boutonnant d'un air de complaisance, vous regardez votre redingote ? Elle me va ! ma foi, elle me va !

— Qu'est-ce que c'est que cet homme ? dit M. Leblanc.

— Ça ? fit Jondrette, c'est un voisin. Ne faites pas attention.

Le voisin était d'un aspect singulier. Cependant les fabriques de produits chimiques abondent dans le faubourg Saint-Marceau. Beaucoup d'ouvriers d'usines peuvent avoir le visage noir. Toute la personne de M. Leblanc respirait d'ailleurs une confiance candide et intrépide. Il reprit :

— Pardon, que me disiez-vous donc, monsieur Fabantou ?

— Je vous disais, monsieur et cher protecteur, repartit

Jondrette, en s'accoudant sur la table et en contemplant M. Leblanc avec des yeux fixes et tendres assez semblables aux yeux d'un serpent boa, je vous disais que j'avais un tableau à vendre.

Un léger bruit se fit à la porte. Un second homme venait d'entrer et de s'asseoir sur le lit, derrière la Jondrette. Il avait, comme le premier, les bras nus et un masque d'encre ou de suie.

Quoique cet homme se fût, à la lettre, glissé dans la chambre, il ne put faire que M. Leblanc ne l'aperçût.

— Ne prenez pas garde, dit Jondrette. Ce sont des gens de la maison. Je disais donc qu'il me restait un tableau précieux... — Tenez, monsieur, voyez.

Il se leva, alla à la muraille au bas de laquelle était posé le panneau dont nous avons parlé, et le retourna, tout en le laissant appuyé au mur. C'était quelque chose en effet qui ressemblait à un tableau et que la chandelle éclairait à peu près. Marius n'en pouvait rien distinguer, Jondrette étant placé entre le tableau et lui, seulement il entrevoyait un barbouillage grossier, et une espèce de personnage principal enluminé avec la crudité criarde des toiles foraines et des peintures de paravent.

— Qu'est-ce que c'est que cela ? demanda M. Leblanc.

Jondrette s'exclama :

— Une peinture de maître, un tableau d'un grand prix, mon bienfaiteur ! J'y tiens comme à mes deux filles, il me rappelle des souvenirs ! mais, je vous l'ai dit et je ne m'en dédis pas, je suis si malheureux que je m'en déferais.

Soit hasard, soit qu'il y eût quelque commencement d'inquiétude, tout en examinant le tableau, le regard de M. Leblanc revint vers le fond de la chambre. Il y avait maintenant quatre hommes, trois assis sur le lit, un debout près du chambranle de la porte, tous quatre bras nus, immobiles, le visage barbouillé de noir. Un de ceux qui étaient sur le lit s'appuyait au mur, les yeux fermés, et l'on eût dit qu'il dormait. Celui-là était vieux, ses cheveux blancs sur son visage noir étaient horribles. Les deux autres semblaient jeunes. L'un était barbu, l'autre chevelu. Aucun n'avait de souliers ; ceux qui n'avaient pas de chaussons étaient pieds nus.

Jondrette remarqua que l'œil de M. Leblanc s'attachait à ces hommes.

— C'est des amis. Ça voisine, dit-il. C'est barbouillé parce que ça travaille dans le charbon. Ce sont des fumistes. Ne vous en occupez pas, mon bienfaiteur, mais achetez-moi mon tableau. Ayez pitié de ma misère. Je ne vous le vendrai pas cher. Combien l'estimez-vous ?

— Mais, dit M. Leblanc en regardant Jondrette entre les deux yeux et comme un homme qui se met sur ses gardes, c'est quelque enseigne de cabaret, cela vaut bien trois francs.

Jondrette répondit avec douceur :

— Avez-vous votre portefeuille là ? je me contenterais de mille écus.

M. Leblanc se leva debout, s'adossa à la muraille et promena rapidement son regard dans la chambre. Il avait Jondrette à sa gauche du côté de la fenêtre et la Jondrette et les quatre hommes à sa droite du côté de la porte. Les quatre hommes ne bougeaient pas et n'avaient pas même l'air de le voir ; Jondrette s'était remis à parler d'un accent plaintif, avec la prunelle si vague et l'intonation si lamentable que M. Leblanc pouvait croire que c'était tout simplement un homme devenu fou de misère qu'il avait devant les yeux.

— Si vous ne m'achetez pas mon tableau, cher bienfaiteur, disait Jondrette, je suis sans ressource, je n'ai plus qu'à me jeter à même la rivière. Quand je pense que j'ai voulu faire apprendre à mes deux filles le cartonnage demi-fin, le cartonnage des boîtes d'étrennes. Eh bien ! il faut une table avec une planche au fond pour que les verres ne tombent pas par terre, il faut un fourneau fait exprès, un pot à trois compartiments pour les différents degrés de force que doit avoir la colle selon qu'on l'emploie pour le bois, pour le papier, ou pour les étoffes, un tranchet pour couper le carton, un moule pour l'ajuster, un marteau pour clouer les aciers, des pinceaux, le diable, est-ce que je sais, moi ? et tout cela pour gagner quatre sous par jour ! et on travaille quatorze heures ! et chaque boîte passe treize fois dans les mains de l'ouvrière ! et mouiller le papier ! et ne rien tacher ! et tenir la colle chaude ! le diable ! je vous dis ! quatre sous par jour ! comment voulez-vous qu'on vive ?

Tout en parlant, Jondrette ne regardait pas M. Leblanc qui l'observait. L'œil de M. Leblanc était fixé sur Jondrette et l'œil de Jondrette sur la porte. L'attention haletante de Marius allait de l'un à l'autre. M. Leblanc paraissait se demander : Est-ce un idiot ? Jondrette répéta deux ou trois fois avec toutes sortes d'inflexions variées dans le genre traînant et suppliant : Je n'ai plus qu'à me jeter à la rivière ! j'ai descendu l'autre jour trois marches pour cela du côté du pont d'Austerlitz !

Tout à coup sa prunelle éteinte s'illumina d'un flamboiement hideux, ce petit homme se dressa et devint effrayant, il fit un pas vers M. Leblanc, et lui cria d'une voix tonnante :

— Il ne s'agit pas de tout cela ! me reconnaissez-vous ?

XX

LE GUET-APENS

La porte du galetas venait de s'ouvrir brusquement, et laissait voir trois hommes en blouse de toile bleue, masqués de masques de papier noir. Le premier était maigre et avait une longue trique ferrée, le second, qui était une espèce de colosse, portait, par le milieu du manche et la cognée en bas, un merlin à assommer les bœufs. Le troisième, homme aux épaules trapues, moins maigre que le premier, moins massif que le second, tenait à plein poing une énorme clef volée à quelque porte de prison.

Il paraît que c'était l'arrivée de ces hommes que Jondrette attendait. Un dialogue rapide s'engagea entre lui et l'homme à la trique, le maigre.

— Tout est-il prêt ? dit Jondrette.

— Oui, répondit l'homme maigre.

— Où donc est Montparnasse ?

— Le jeune premier s'est arrêté pour causer avec ta fille.

— Laquelle ?

— L'aînée.

— Y a-t-il un fiacre en bas ?

— Oui.

— La maringotte est attelée ?

— Attelée.

— De deux bons chevaux ?

— Excellents.

— Elle attend où j'ai dit qu'elle attendît ?

— Oui.

— Bien, dit Jondrette.

M. Leblanc était très pâle. Il considérait tout dans le bouge autour de lui comme un homme qui comprend où il est tombé, et sa tête, tour à tour dirigée vers toutes les têtes qui l'entouraient, se mouvait sur son cou avec une lenteur attentive et étonnée, mais il n'y avait dans son air rien qui ressemblât à la peur. Il s'était fait de la table un retranchement improvisé ; et cet homme qui, le moment d'auparavant, n'avait l'air que d'un bon vieux homme, était devenu subitement une sorte d'athlète, et posait son poing robuste sur le dossier de sa chaise avec un geste redoutable et surprenant.

Ce vieillard, si ferme et si brave devant un tel danger, semblait être de ces natures qui sont courageuses comme elles sont bonnes, aisément et simplement [1]. Le père d'une femme qu'on aime n'est jamais un étranger pour nous. Marius se sentit fier de cet inconnu.

Trois des hommes aux bras nus dont Jondrette avait dit : *ce sont des fumistes*, avaient pris dans le tas de ferrailles, l'un une grande cisaille, l'autre une pince à faire des pesées, le troisième un marteau, et s'étaient mis en travers de la porte sans prononcer une parole. Le vieux

---

1. Voir II, 3, 8, note 18, p. 573.

était resté sur le lit, et avait seulement ouvert les yeux. La Jondrette s'était assise à côté de lui.

Marius pensa qu'avant quelques secondes le moment d'intervenir serait arrivé, et il éleva sa main droite vers le plafond, dans la direction du corridor, prêt à lâcher son coup de pistolet.

Jondrette, son colloque avec l'homme à la trique terminé, se tourna de nouveau vers M. Leblanc et répéta sa question en l'accompagnant de ce rire bas, contenu et terrible qu'il avait :

— Vous ne me reconnaissez donc pas ?

M. Leblanc le regarda en face et répondit :

— Non.

Alors Jondrette vint jusqu'à la table. Il se pencha par-dessus la chandelle, croisant les bras, approchant sa mâchoire anguleuse et féroce du visage calme de M. Leblanc, et avançant le plus qu'il pouvait sans que M. Leblanc reculât, et, dans cette posture de bête fauve qui va mordre, il cria :

— Je ne m'appelle pas Fabantou, je ne m'appelle pas Jondrette, je me nomme Thénardier ! je suis l'aubergiste de Montfermeil ! entendez-vous bien ? Thénardier ! Maintenant me reconnaissez-vous ?

Une imperceptible rougeur passa sur le front de M. Leblanc, et il répondit sans que sa voix tremblât, ni s'élevât, avec sa placidité ordinaire :

— Pas davantage.

Marius n'entendit pas cette réponse. Qui l'eût vu en ce moment dans cette obscurité l'eût vu hagard, stupide et foudroyé. Au moment où Jondrette avait dit : *Je me nomme Thénardier*[2], Marius avait tremblé de tous ses membres et s'était appuyé au mur comme s'il eût senti le froid d'une lame d'épée à travers son cœur. Puis son bras droit, prêt à lâcher le coup de signal, s'était abaissé lentement, et au moment où Jondrette avait répété : *Entendez-*

---

2. L'action dramatique entre Jean Valjean et Thénardier se double maintenant de la contradiction des devoirs en Marius : petite tempête sous un crâne qui, pas plus que la grande, n'aboutit à une résolution du conflit.

vous bien, Thénardier ? les doigts défaillants de Marius
avaient manqué laisser tomber le pistolet. Jondrette, en
dévoilant qui il était, n'avait pas ému M. Leblanc, mais
il avait bouleversé Marius. Ce nom de Thénardier, que
M. Leblanc ne semblait pas connaître, Marius le connaissait. Qu'on se rappelle ce que ce nom était pour lui ! Ce
nom, il l'avait porté sur son cœur, écrit dans le testament
de son père ! il le portait au fond de sa pensée, au fond
de sa mémoire, dans cette recommandation sacrée : « Un
nommé Thénardier m'a sauvé la vie. Si mon fils le rencontre, il lui fera tout le bien qu'il pourra. » Ce nom, on
s'en souvient, était une des piétés de son âme ; il le mêlait
au nom de son père dans son culte. Quoi ! c'était là ce
Thénardier, c'était là cet aubergiste de Montfermeil qu'il
avait vainement et si longtemps cherché ! Il le trouvait
enfin, et comment ! ce sauveur de son père était un bandit ! cet homme, auquel lui Marius brûlait de se dévouer,
était un monstre ! ce libérateur du colonel Pontmercy était
en train de commettre un attentat dont Marius ne voyait
pas encore bien distinctement la forme, mais qui ressemblait à un assassinat ! et sur qui, grand Dieu ! Quelle fatalité ! quelle amère moquerie du sort ! Son père lui
ordonnait du fond de son cercueil de faire tout le bien
possible à Thénardier, depuis quatre ans Marius n'avait
pas d'autre idée que d'acquitter cette dette de son père,
et, au moment où il allait faire saisir par la justice un
brigand au milieu d'un crime, la destinée lui criait : C'est
Thénardier ! La vie de son père, sauvée dans une grêle
de mitraille sur le champ héroïque de Waterloo, il allait
enfin la payer à cet homme et la payer de l'échafaud ! Il
s'était promis, si jamais il retrouvait ce Thénardier, de ne
l'aborder qu'en se jetant à ses pieds, et il le retrouvait en
effet, mais pour le livrer au bourreau ! Son père lui disait :
Secours Thénardier ! et il répondait à cette voix adorée et
sainte en écrasant Thénardier ! Donner pour spectacle à
son père dans son tombeau l'homme qui l'avait arraché à
la mort au péril de sa vie, exécuté place Saint-Jacques par
le fait de son fils, de ce Marius à qui il avait légué cet
homme ! et quelle dérision que d'avoir si longtemps porté
sur sa poitrine les dernières volontés de son père écrites

de sa main pour faire affreusement tout le contraire ! Mais, d'un autre côté, assister à ce guet-apens et ne pas l'empêcher ! quoi ! condamner la victime et épargner l'assassin ! est-ce qu'on pouvait être tenu à quelque reconnaissance envers un pareil misérable ? Toutes les idées que Marius avait depuis quatre ans étaient comme traversées de part en part par ce coup inattendu. Il frémissait. Tout dépendait de lui. Il tenait dans sa main à leur insu ces êtres qui s'agitaient là sous ses yeux. S'il tirait le coup de pistolet, M. Leblanc était sauvé et Thénardier était perdu ; s'il ne le tirait pas, M. Leblanc était sacrifié et, qui sait ? Thénardier échappait. Précipiter l'un ou laisser tomber l'autre ! remords des deux côtés. Que faire ? que choisir ? manquer aux souvenirs les plus impérieux, à tant d'engagements profonds pris avec lui-même, au devoir le plus saint, au texte le plus vénéré ! manquer au testament de son père, ou laisser s'accomplir un crime ! Il lui semblait d'un côté entendre « son Ursule » le supplier pour son père, et de l'autre le colonel lui recommander Thénardier. Il se sentait fou. Ses genoux se dérobaient sous lui. Et il n'avait pas même le temps de délibérer, tant la scène qu'il avait sous les yeux se précipitait avec furie. C'était comme un tourbillon dont il s'était cru maître et qui l'emportait. Il fut au moment de s'évanouir.

Cependant Thénardier, nous ne le nommerons plus autrement désormais[3], se promenait de long en large devant la table dans une sorte d'égarement et de triomphe frénétique.

Il prit à plein poing la chandelle et la posa sur la cheminée avec un frappement si violent que la mèche faillit s'éteindre et que le suif éclaboussa le mur.

Puis il se tourna vers M. Leblanc, effroyable, et cracha ceci :

— Flambé ! fumé ! fricassé ! à la crapaudine !

Et il se remit à marcher en pleine explosion.

— Ah ! criait-il, je vous retrouve enfin, monsieur le philanthrope ! monsieur le millionnaire râpé ! monsieur le donneur de poupées ! vieux Jocrisse ! Ah ! vous ne me

---

3. Sur ce retard du narrateur, voir note générale 37.

reconnaissez pas ! Non, ce n'est pas vous qui êtes venu à Montfermeil, à mon auberge, il y a huit ans, la nuit de Noël 1823 ! ce n'est pas vous qui avez emmené de chez moi l'enfant de la Fantine, l'Alouette ! ce n'est pas vous qui aviez un carrick jaune ! non ! et un paquet plein de nippes à la main comme ce matin chez moi ! Dis donc, ma femme ! c'est sa manie, à ce qu'il paraît, de porter dans les maisons des paquets pleins de bas de laine ! vieux charitable, va ! Est-ce que vous êtes bonnetier, monsieur le millionnaire ? vous donnez aux pauvres votre fonds de boutique, saint homme ! quel funambule ! Ah ! vous ne me reconnaissez pas ? Eh bien, je vous reconnais, moi ! je vous ai reconnu tout de suite dès que vous avez fourré votre mufle ici. Ah ! on va voir enfin que ce n'est pas tout roses d'aller comme cela dans les maisons des gens, sous prétexte que ce sont des auberges, avec des habits minables, avec l'air d'un pauvre, qu'on lui aurait donné un sou, tromper les personnes, faire le généreux, leur prendre leur gagne-pain, et menacer dans les bois, et qu'on n'en est pas quitte pour rapporter après, quand les gens sont ruinés, une redingote trop large et deux méchantes couvertures d'hôpital, vieux gueux, voleur d'enfants !

Il s'arrêta, et parut un moment se parler à lui-même. On eût dit que sa fureur tombait comme le Rhône dans quelque trou ; puis, comme s'il achevait tout haut des choses qu'il venait de se dire tout bas, il frappa un coup de poing sur la table et cria :

— Avec son air bonasse !

Et apostrophant M. Leblanc :

— Parbleu ! vous vous êtes moqué de moi autrefois ! Vous êtes cause de tous mes malheurs ! Vous avez eu pour quinze cents francs une fille que j'avais, et qui était certainement à des riches, et qui m'avait déjà rapporté beaucoup d'argent, et dont je devais tirer de quoi vivre toute ma vie ! une fille qui m'aurait dédommagé de tout ce que j'ai perdu dans cette abominable gargote où l'on faisait des sabbats sterlings et où j'ai mangé comme un imbécile tout mon saint-frusquin ! Oh ! je voudrais que tout le vin qu'on a bu chez moi fût du poison à ceux qui l'ont bu ! Enfin, n'importe ! Dites donc ! vous avez dû me trouver farce quand vous vous en êtes allé avec l'Alouette ! Vous aviez votre gourdin dans la forêt. Vous étiez le plus fort. Revanche. C'est moi qui ai l'atout aujourd'hui ! Vous êtes fichu, mon bonhomme ! Oh ! mais, je ris. Vrai, je ris ! Est-il tombé dans le panneau ! Je lui ai dit que j'étais acteur, que je m'appelais Fabantou, que j'avais joué la comédie avec mamselle Mars, avec mamselle Muche, que mon propriétaire voulait être payé demain 4 février, et il n'a même pas vu que c'est le 8 janvier et non le 4 février qui est un terme ! Absurde crétin ! Et ces quatre méchants philippes[4] qu'il m'apporte ! Canaille ! Il n'a même pas eu le cœur d'aller jusqu'à cent francs ! Et comme il donnait dans mes platitudes ! Ça m'amusait. Je me disais : Ganache ! Va, je te tiens. Je te lèche les pattes ce matin ! Je te rongerai le cœur ce soir !

Thénardier cessa. Il était essoufflé. Sa petite poitrine étroite haletait comme un soufflet de forge. Son œil était plein de cet ignoble bonheur d'une créature faible, cruelle et lâche, qui peut enfin terrasser ce qu'elle a redouté et insulter ce qu'elle a flatté, joie d'un nain qui mettrait le talon sur la tête de Goliath, joie d'un chacal qui commence à déchirer un taureau malade, assez mort pour ne plus se défendre, assez vivant pour souffrir encore.

M. Leblanc ne l'interrompit pas, mais lui dit lorsqu'il s'interrompit :

— Je ne sais ce que vous voulez dire. Vous vous méprenez. Je suis un homme très pauvre et rien moins qu'un millionnaire. Je ne vous connais pas. Vous me prenez pour un autre.

— Ah ! râla Thénardier, la bonne balançoire ! Vous tenez à cette plaisanterie ! Vous pataugez, mon vieux ! Ah ! vous ne vous souvenez pas ? Vous ne voyez pas qui je suis ?

— Pardon, monsieur, répondit M. Leblanc avec un accent de politesse qui avait en un pareil moment quelque

---

4. Le vocabulaire de Thénardier est riche, en matière d'argent. Un argot de fantaisie, mais employé par Vidocq dans ses *Mémoires*, semble ici combiner le terme de numismatique grecque et l'effigie du roi Louis-Philippe.

chose d'étrange et de puissant, je vois que vous êtes un bandit.

Qui ne l'a remarqué, les êtres odieux ont leur susceptibilité, les monstres sont chatouilleux. À ce mot de bandit, la femme Thénardier se jeta à bas du lit, Thénardier saisit sa chaise comme s'il allait la briser dans ses mains. — Ne bouge pas, toi ! cria-t-il à sa femme ; et, se tournant vers M. Leblanc :

— Bandit ! oui, je sais que vous nous appelez comme cela, messieurs les gens riches ! Tiens ! c'est vrai, j'ai fait faillite, je me cache, je n'ai pas de pain, je n'ai pas le sou, je suis un bandit ! Voilà trois jours que je n'ai mangé, je suis un bandit ! Ah ! vous vous chauffez les pieds vous autres, vous avez des escarpins de Sakoski [5], vous avez des redingotes ouatées, comme des archevêques, vous logez au premier dans des maisons à portier, vous mangez des truffes, vous mangez des bottes d'asperges à quarante francs au mois de janvier, des petits pois, vous vous gavez, et, quand vous voulez savoir s'il fait froid, vous regardez dans le journal ce que marque le thermomètre de l'ingénieur Chevallier. Nous ! c'est nous qui sommes les thermomètres ! nous n'avons pas besoin d'aller voir sur le quai au coin de la tour de l'Horloge combien il y a de degrés de froid, nous sentons le sang se figer dans nos veines et la glace nous arriver au cœur, et nous disons : Il n'y a pas de Dieu ! Et vous venez dans nos cavernes, oui, dans nos cavernes, nous appeler bandits ! Mais nous vous mangerons ! mais nous vous dévorerons, pauvres petits ! Monsieur le millionnaire ! sachez ceci : J'ai été un homme établi, j'ai été patenté, j'ai été électeur, je suis un bourgeois, moi ! et vous n'en êtes peut-être pas un, vous !

Ici Thénardier fit un pas vers les hommes qui étaient près de la porte, et ajouta avec un frémissement :

— Quand je pense qu'il ose venir me parler comme à un savetier ! [6]

---

5. Bottier célèbre du Palais-Royal.
6. Le plus beau de l'indignation de Thénardier est sa sincérité : l'égoïsme, la vanité et l'envie ont emporté en lui le sens du réel, outre celui des valeurs qui, retournées, servent un discours essentiellement protestataire et moralisateur.

Puis s'adressant à M. Leblanc avec une recrudescence de frénésie :

— Et sachez encore ceci, monsieur le philanthrope ! je ne suis pas un homme louche, moi ! je ne suis pas un homme dont on ne sait point le nom et qui vient enlever des enfants dans les maisons ! Je suis un ancien soldat français, je devrais être décoré ! J'étais à Waterloo, moi ! et j'ai sauvé dans la bataille un général appelé le comte de je ne sais quoi ! Il m'a dit son nom ; mais sa chienne de voix était si faible que je ne l'ai pas entendu. Je n'ai entendu que *Merci*. J'aurais mieux aimé son nom que son remercîment. Cela m'aurait aidé à le retrouver. Ce tableau que vous voyez, et qui a été peint par David à Bruqueselles, savez-vous qui il représente ? il représente moi. David a voulu immortaliser ce fait d'armes. J'ai ce général sur mon dos, et je l'emporte à travers la mitraille. Voilà l'histoire. Il n'a même jamais rien fait pour moi, ce général-là, il ne valait pas mieux que les autres ! Je ne lui en ai pas moins sauvé la vie au danger de la mienne, et j'en ai les certificats plein mes poches ! Je suis un soldat de Waterloo, mille noms de noms ! Et maintenant que j'ai eu la bonté de vous dire tout ça, finissons, il me faut de l'argent, il me faut beaucoup d'argent, il me faut énormément d'argent, ou je vous extermine, tonnerre du bon Dieu !

Marius avait repris quelque empire sur ses angoisses, et écoutait. La dernière possibilité de doute venait de s'évanouir. C'était bien le Thénardier du testament. Marius frissonna à ce reproche d'ingratitude adressé à son père et qu'il était sur le point de justifier si fatalement. Ses perplexités en redoublèrent. Du reste il y avait dans toutes ces paroles de Thénardier, dans l'accent, dans le geste, dans le regard qui faisait jaillir des flammes de chaque mot, il y avait dans cette explosion d'une mauvaise nature montrant tout, dans ce mélange de fanfaronnade et d'abjection, d'orgueil et de petitesse, de rage et de sottise, dans ce chaos de griefs réels et de sentiments faux, dans cette impudeur d'un méchant homme savourant la volupté de la violence, dans cette nudité effrontée d'une âme laide, dans cette conflagration de toutes les souffrances combinées avec toutes les haines, quelque chose qui était hideux comme le mal et poignant comme le vrai.

Le tableau de maître, la peinture de David dont il avait proposé l'achat à M. Leblanc, n'était, le lecteur l'a deviné, autre chose que l'enseigne de sa gargote, peinte, on s'en souvient, par lui-même, seul débris qu'il eût conservé de son naufrage de Montfermeil.

Comme il avait cessé d'intercepter le rayon visuel de Marius, Marius maintenant pouvait considérer cette chose, et dans ce badigeonnage il reconnaissait réellement une bataille, un fond de fumée, et un homme qui en portait un autre. C'était le groupe de Thénardier et de Pontmercy, le sergent sauveur, le colonel sauvé. Marius était comme ivre, ce tableau faisait en quelque sorte son père vivant, ce n'était plus l'enseigne du cabaret de Montfermeil, c'était une résurrection, une tombe s'y entr'ouvrait, un fantôme s'y dressait. Marius entendait son cœur tinter à ses tempes, il avait le canon de Waterloo dans les oreilles, son père sanglant vaguement peint sur ce panneau sinistre l'effarait, et il lui semblait que cette silhouette informe le regardait fixement.

Quand Thénardier eut repris haleine, il attacha sur M. Leblanc ses prunelles sanglantes, et lui dit d'une voix basse et brève :

— Qu'as-tu à dire avant qu'on te mette en brindesingues ?

M. Leblanc se taisait. Au milieu de ce silence une voix éraillée lança du corridor ce sarcasme lugubre :

— S'il faut fendre du bois, je suis là, moi !

C'était l'homme au merlin qui s'égayait.

En même temps une énorme face hérissée et terreuse parut à la porte avec un affreux rire qui montrait non des dents, mais des crocs.

C'était la face de l'homme au merlin.

— Pourquoi as-tu ôté ton masque ? lui cria Thénardier avec fureur.

— Pour rire, répliqua l'homme.

Depuis quelques instants, M. Leblanc semblait suivre et guetter tous les mouvements de Thénardier, qui, aveuglé et ébloui par sa propre rage, allait et venait dans le repaire avec la confiance de sentir la porte gardée, de tenir, armé, un homme désarmé, et d'être neuf contre un, en supposant que la Thénardier ne comptât que pour un homme. Dans son apostrophe à l'homme au merlin, il tournait le dos à M. Leblanc.

M. Leblanc saisit ce moment, repoussa du pied la chaise, du poing la table, et d'un bond, avec une agilité prodigieuse, avant que Thénardier eût eu le temps de se retourner, il était à la fenêtre. L'ouvrir, escalader l'appui, l'enjamber, ce fut une seconde. Il était à moitié dehors quand six poings robustes le saisirent et le ramenèrent énergiquement dans le bouge. C'étaient les trois « fumistes » qui s'étaient élancés sur lui. En même temps, la Thénardier l'avait empoigné aux cheveux.

Au piétinement qui se fit, les autres bandits accoururent du corridor. Le vieux qui était sur le lit et qui semblait pris de vin, descendit du grabat et arriva en chancelant, un marteau de cantonnier à la main.

Un des « fumistes » dont la chandelle éclairait le visage barbouillé, et dans lequel Marius, malgré ce barbouillage, reconnut Panchaud, dit Printanier, dit Bigrenaille, levait au-dessus de la tête de M. Leblanc une espèce d'assommoir fait de deux pommes de plomb aux deux bouts d'une barre de fer.

Marius ne put résister à ce spectacle. — Mon père, pensa-t-il, pardonne-moi ! — Et son doigt chercha la détente du pistolet. Le coup allait partir lorsque la voix de Thénardier cria :

— Ne lui faites pas de mal !

Cette tentative désespérée de la victime, loin d'exaspérer Thénardier, l'avait calmé. Il y avait deux hommes en lui, l'homme féroce et l'homme adroit. Jusqu'à cet instant, dans le débordement du triomphe, devant la proie abattue et ne bougeant pas, l'homme féroce avait dominé ; quand la victime se débattit et parut vouloir lutter, l'homme adroit reparut et prit le dessus.

— Ne lui faites pas de mal ! répéta-t-il. Et, sans s'en douter, pour premier succès, il arrêta le pistolet prêt à partir et paralysa Marius pour lequel l'urgence disparut, et qui, devant cette phase nouvelle, ne vit point d'inconvénient à attendre encore. Qui sait si quelque chance ne surgirait pas qui le délivrerait de l'affreuse alternative de laisser périr le père d'Ursule ou de perdre le sauveur du colonel ?

Une lutte herculéenne s'était engagée. D'un coup de poing en plein torse M. Leblanc avait envoyé le vieux rouler au milieu de la chambre, puis de deux revers de main avait terrassé deux autres assaillants, et il en tenait un sous chacun de ses genoux ; les misérables râlaient sous cette pression comme sous une meule de granit ; mais les quatre autres avaient saisi le redoutable vieillard aux deux bras et à la nuque et le tenaient accroupi sur les deux « fumistes » terrassés. Ainsi, maître des uns et maîtrisé par les autres, écrasant ceux d'en bas et étouffant sous ceux d'en haut, secouant vainement tous les efforts qui s'entassaient sur lui, M. Leblanc disparaissait sous le groupe horrible des bandits comme un sanglier sous un monceau hurlant de dogues et de limiers[7].

Ils parvinrent à le renverser sur le lit le plus proche de la croisée et l'y tinrent en respect. La Thénardier ne lui avait pas lâché les cheveux.

— Toi, dit Thénardier, ne t'en mêle pas. Tu vas déchirer ton châle.

La Thénardier obéit, comme la louve obéit au loup, avec un grondement.

— Vous autres, reprit Thénardier, fouillez-le.

M. Leblanc semblait avoir renoncé à la résistance. On le fouilla. Il n'avait rien sur lui qu'une bourse en cuir qui contenait six francs, et son mouchoir.

Thénardier mit le mouchoir dans sa poche.

— Quoi ! pas de portefeuille ? demanda-t-il.

— Ni de montre, répondit un des « fumistes ».

— C'est égal, murmura avec une voix de ventriloque l'homme masqué qui tenait la grosse clef, c'est un vieux rude !

Thénardier alla au coin de la porte et y prit un paquet de cordes, qu'il leur jeta.

— Attachez-le au pied du lit, dit-il. Et, apercevant le

_____

7. Voir I, 8, 4, note 5, p. 418.

vieux qui était resté étendu à travers la chambre du coup
de poing de M. Leblanc et qui ne bougeait pas :

— Est-ce que Boulatruelle est mort ? demanda-t-il.

— Non, répondit Bigrenaille, il est ivre.

— Balayez-le dans un coin, dit Thénardier.

Deux des « fumistes » poussèrent l'ivrogne avec le
pied près du tas de ferrailles.

— Babet, pourquoi en as-tu amené tant ? dit Thénardier bas à l'homme à la trique, c'était inutile.

— Que veux-tu ? répliqua l'homme à la trique, ils ont
tous voulu en être. La saison est mauvaise. Il ne se fait
pas d'affaires.

Le grabat où M. Leblanc avait été renversé était une
façon de lit d'hôpital porté sur quatre montants grossiers
en bois à peine équarri. M. Leblanc se laissa faire. Les
brigands le lièrent solidement, debout et les pieds posant
à terre, au montant du lit le plus éloigné de la fenêtre et
le plus proche de la cheminée.

Quand le dernier nœud fut serré, Thénardier prit une
chaise et vint s'asseoir presque en face de M. Leblanc.
Thénardier ne se ressemblait plus, en quelques instants sa
physionomie avait passé de la violence effrénée à la douceur tranquille et rusée. Marius avait peine à reconnaître
dans ce sourire poli d'homme de bureau la bouche
presque bestiale qui écumait le moment d'auparavant, il
considérait avec stupeur cette métamorphose fantastique
et inquiétante, et il éprouvait ce qu'éprouverait un homme
qui verrait un tigre se changer en un avoué [8].

— Monsieur... fit Thénardier.

Et écartant du geste les brigands qui avaient encore la
main sur M. Leblanc :

— Éloignez-vous un peu, et laissez-moi causer avec
monsieur.

Tous se retirèrent vers la porte. Il reprit :

— Monsieur, vous avez eu tort de vouloir sauter par

---

8. Ici Hugo écrit comme Balzac — non sans amusement, je crois.
De même, à la page précédente, aux dépens de Corneille : « l'affreuse
alternative de laisser périr le père d'Ursule ou de perdre le sauveur
du colonel ».

la fenêtre. Vous auriez pu vous casser une jambe. Maintenant, si vous le permettez, nous allons causer tranquillement. Il faut d'abord que je vous communique une remarque que j'ai faite, c'est que vous n'avez pas encore poussé le moindre cri.

Thénardier avait raison, ce détail était réel, quoiqu'il eût échappé à Marius dans son trouble [9]. M. Leblanc avait à peine prononcé quelques paroles sans hausser la voix, et, même dans sa lutte près de la fenêtre avec les six bandits, il avait gardé le plus profond et le plus singulier silence. Thénardier poursuivit :

— Mon Dieu ! vous auriez un peu crié au voleur, que je ne l'aurais pas trouvé inconvenant. À l'assassin ! cela se dit dans l'occasion, et, quant à moi, je ne l'aurais point pris en mauvaise part. Il est tout simple qu'on fasse un peu de vacarme quand on se trouve avec des personnes qui ne vous inspirent pas suffisamment de confiance. Vous l'auriez fait qu'on ne vous aurait pas dérangé. On ne vous aurait même pas bâillonné. Et je vais vous dire pourquoi. C'est que cette chambre-ci est très sourde. Elle n'a que cela pour elle, mais elle a cela. C'est une cave. On y tirerait une bombe que cela ferait pour le corps de garde le plus prochain le bruit d'un ronflement d'ivrogne. Ici le canon ferait boum et le tonnerre ferait pouf. C'est un logement commode. Mais enfin vous n'avez pas crié, c'est mieux, je vous en fais mon compliment, et je vais vous dire ce que j'en conclus. Mon cher monsieur, quand on crie, qu'est-ce qui vient ? la police. Et après la police ? la justice. Eh bien, vous n'avez pas crié, c'est que vous ne vous souciez pas plus que nous de voir arriver la justice et la police. C'est que, — il y a longtemps que je m'en doute, — vous avez un intérêt quelconque à cacher quelque chose. De notre côté nous avons le même intérêt. Donc nous pouvons nous entendre.

Tout en parlant ainsi, il semblait que Thénardier, la prunelle attachée sur M. Leblanc, cherchât à enfoncer les pointes aiguës qui sortaient de ses yeux jusque dans la

9. Et au lecteur, paternellement excusé par un narrateur décidément plus fort que lui.

conscience de son prisonnier. Du reste son langage, empreint d'une sorte d'insolence modérée et sournoise, était réservé et presque choisi, et dans ce misérable qui n'était tout à l'heure qu'un brigand on sentait maintenant « l'homme qui a étudié pour être prêtre ».

Le silence qu'avait gardé le prisonnier, cette précaution qui allait jusqu'à l'oubli même du soin de sa vie, cette résistance opposée au premier mouvement de la nature, qui est de jeter un cri, tout cela, il faut le dire, depuis que la remarque en avait été faite, était importun à Marius, et l'étonnait péniblement.

L'observation si fondée de Thénardier obscurcissait encore pour Marius les épaisseurs mystérieuses sous lesquelles se dérobait cette figure grave et étrange à laquelle Courfeyrac avait jeté le sobriquet de monsieur Leblanc. Mais quel qu'il fût, lié de cordes, entouré de bourreaux, à demi plongé, pour ainsi dire, dans une fosse qui s'enfonçait sous lui d'un degré à chaque instant, devant la fureur comme devant la douceur de Thénardier, cet homme demeurait impassible ; et Marius ne pouvait s'empêcher d'admirer en un pareil moment ce visage superbement mélancolique.

C'était évidemment une âme inaccessible à l'épouvante et ne sachant pas ce que c'est que d'être éperdue. C'était un de ces hommes qui dominent l'étonnement des situations désespérées. Si extrême que fût la crise, si inévitable que fût la catastrophe, il n'y avait rien là de l'agonie du noyé ouvrant sous l'eau des yeux horribles.

Thénardier se leva sans affectation, alla à la cheminée, déplaça le paravent qu'il appuya au grabat voisin, et démasqua ainsi le réchaud plein de braise ardente dans laquelle le prisonnier pouvait parfaitement voir le ciseau rougi à blanc et piqué çà et là de petites étoiles écarlates.

Puis Thénardier vint se rasseoir près de M. Leblanc.

— Je continue, dit-il. Nous pouvons nous entendre. Arrangeons ceci à l'amiable. J'ai eu tort de m'emporter tout à l'heure, je ne sais où j'avais l'esprit, j'ai été beaucoup trop loin, j'ai dit des extravagances. Par exemple, parce que vous êtes millionnaire, je vous ai dit que j'exigeais de l'argent, beaucoup d'argent, immensément d'argent. Cela ne serait pas raisonnable. Mon Dieu, vous avez beau être riche, vous avez vos charges, qui n'a pas les siennes ? Je ne veux pas vous ruiner, je ne suis pas un happe-chair, après tout. Je ne suis pas de ces gens qui, parce qu'ils ont l'avantage de la position, profitent de cela pour être ridicules. Tenez, j'y mets du mien et je fais un sacrifice de mon côté. Il me faut simplement deux cent mille francs.

M. Leblanc ne souffla pas un mot. Thénardier poursuivit :

— Vous voyez que je ne mets pas mal d'eau dans mon vin. Je ne connais pas l'état de votre fortune, mais je sais que vous ne regardez pas à l'argent, et un homme bienfaisant comme vous peut bien donner deux cent mille francs à un père de famille qui n'est pas heureux. Certainement vous êtes raisonnable aussi, vous ne vous êtes pas figuré que je me donnerais de la peine comme aujourd'hui, et que j'organiserais la chose de ce soir, qui est un travail bien fait, de l'aveu de ces messieurs, pour aboutir à vous demander de quoi aller boire du rouge à quinze et manger du veau chez Desnoyers. Deux cent mille francs, ça vaut ça. Une fois cette bagatelle sortie de votre poche, je vous réponds que tout est dit et que vous n'avez pas à craindre une pichenette. Vous me direz : Mais je n'ai pas deux cent mille francs sur moi. Oh ! je ne suis pas exagéré. Je n'exige pas cela. Je ne vous demande qu'une chose. Ayez la bonté d'écrire ce que je vais vous dicter.

Ici Thénardier s'interrompit, puis il ajouta en appuyant sur les mots et en jetant un sourire du côté du réchaud :

— Je vous préviens que je n'admettrais pas que vous ne sachiez pas écrire.

Un grand inquisiteur eût pu envier ce sourire.

Thénardier poussa la table tout près de M. Leblanc, et prit l'encrier, une plume et une feuille de papier dans le tiroir qu'il laissa entr'ouvert et où luisait la longue lame du couteau.

Il posa la feuille de papier devant M. Leblanc.

— Écrivez, dit-il.

Le prisonnier parla enfin.

— Comment voulez-vous que j'écrive ? je suis attaché.

— C'est vrai, pardon ! fit Thénardier, vous avez bien raison.

Et se tournant vers Bigrenaille :

— Déliez le bras droit de monsieur.

Panchaud, dit Printanier, dit Bigrenaille, exécuta l'ordre de Thénardier. Quand la main droite du prisonnier fut libre, Thénardier trempa la plume dans l'encre et la lui présenta.

— Remarquez bien, monsieur, que vous êtes en notre pouvoir, à notre discrétion, qu'aucune puissance humaine ne peut vous tirer d'ici, et que nous serions vraiment désolés d'être contraints d'en venir à des extrémités désagréables. Je ne sais ni votre nom, ni votre adresse ; mais je vous préviens que vous resterez attaché jusqu'à ce que la personne chargée de porter la lettre que vous allez écrire soit revenue. Maintenant veuillez écrire.

— Quoi ? demanda le prisonnier.

— Je dicte.

M. Leblanc prit la plume.

Thénardier commença à dicter :

— « Ma fille... »

Le prisonnier tressaillit et leva les yeux sur Thénardier.

— Mettez « ma chère fille », dit Thénardier. M. Leblanc obéit. Thénardier continua :

— « Viens sur-le-champ... »

Il s'interrompit.

— Vous la tutoyez, n'est-ce pas ?

— Qui ? demanda M. Leblanc.

— Parbleu ! dit Thénardier, la petite, l'Alouette.

M. Leblanc répondit sans la moindre émotion apparente :

— Je ne sais ce que vous voulez dire.

— Allez toujours, fit Thénardier ; et il se remit à dicter.

— « Viens sur-le-champ. J'ai absolument besoin de toi. La personne qui te remettra ce billet est chargée de t'amener près de moi. Je t'attends. Viens avec confiance. »

M. Leblanc avait tout écrit. Thénardier reprit :

— Ah ! effacez *viens avec confiance* ; cela pourrait faire supposer que la chose n'est pas toute simple et que la défiance est possible.

M. Leblanc ratura les trois mots.

— À présent, poursuivit Thénardier, signez. Comment vous appelez-vous ?

Le prisonnier posa la plume et demanda :

— Pour qui est cette lettre ?

— Vous le savez bien, répondit Thénardier. Pour la petite. Je viens de vous le dire.

Il était évident que Thénardier évitait de nommer la jeune fille dont il était question. Il disait « l'Alouette », il disait « la petite », mais il ne prononçait pas le nom. Précaution d'habile homme gardant son secret devant ses complices. Dire le nom, c'eût été leur livrer toute « l'affaire », et leur en apprendre plus qu'ils n'avaient besoin d'en savoir.

Il reprit :

— Signez. Quel est votre nom ?

— Urbain Fabre, dit le prisonnier.

Thénardier, avec le mouvement d'un chat, précipita sa main dans sa poche et en tira le mouchoir saisi sur M. Leblanc. Il en chercha la marque et l'approcha de la chandelle.

— U. F. C'est cela. Urbain Fabre. Eh bien, signez U. F.

Le prisonnier signa.

— Comme il faut les deux mains pour plier la lettre, donnez, je vais la plier.

Cela fait, Thénardier reprit :

— Mettez l'adresse. *Mademoiselle Fabre*, chez vous. Je sais que vous demeurez pas très loin d'ici, aux environs de Saint-Jacques-du-Haut-Pas, puisque c'est là que vous allez à la messe tous les jours, mais je ne sais pas dans quelle rue. Je vois que vous comprenez votre situation. Comme vous n'avez pas menti pour votre nom, vous ne mentirez pas pour votre adresse. Mettez-la vous-même.

Le prisonnier resta un moment pensif, puis il prit la plume et écrivit :

— Mademoiselle Fabre, chez monsieur Urbain Fabre, rue Saint-Dominique-d'Enfer, nº 17.

Thénardier saisit la lettre avec une sorte de convulsion fébrile.

— Ma femme ! cria-t-il.

La Thénardier accourut.

— Voici la lettre. Tu sais ce que tu as à faire. Un fiacre est en bas. Pars tout de suite, et reviens idem.

Et s'adressant à l'homme au merlin :

— Toi, puisque tu as ôté ton cache-nez, accompagne la bourgeoise. Tu monteras derrière le fiacre. Tu sais où tu as laissé la maringotte ?

— Oui, dit l'homme.

Et, déposant son merlin dans un coin, il suivit la Thénardier.

Comme ils s'en allaient, Thénardier passa sa tête par la porte entre-bâillée et cria dans le corridor :

— Surtout ne perds pas la lettre ! songe que tu as deux cent mille francs sur toi.

La voix rauque de la Thénardier répondit :

— Sois tranquille. Je l'ai mise dans mon estomac.

Une minute ne s'était pas écoulée qu'on entendit le claquement d'un fouet qui décrut et s'éteignit rapidement.

— Bien ! grommela Thénardier. Ils vont bon train. De ce galop-là la bourgeoise sera de retour dans trois quarts d'heure.

Il approcha une chaise de la cheminée et s'assit en se croisant les bras et en présentant ses bottes boueuses au réchaud.

— J'ai froid aux pieds, dit-il.

Il ne restait plus dans le bouge avec Thénardier et le prisonnier que cinq bandits. Ces hommes, à travers les masques ou la glu noire qui leur couvrait la face et en faisait, au choix de la peur, des charbonniers, des nègres ou des démons, avaient des airs engourdis et mornes, et l'on sentait qu'ils exécutaient un crime comme une besogne, tranquillement, sans colère et sans pitié, avec une sorte d'ennui. Ils étaient dans un coin entassés comme des brutes et se taisaient. Thénardier se chauffait les pieds. Le prisonnier était retombé dans sa taciturnité. Un calme sombre avait succédé au vacarme farouche qui remplissait le galetas quelques instants auparavant.

La chandelle, où un large champignon s'était formé, éclairait à peine l'immense taudis, le brasier s'était terni, et toutes ces têtes monstrueuses faisaient des ombres difformes sur les murs et au plafond.

On n'entendait d'autre bruit que la respiration paisible du vieillard ivre qui dormait.

Marius attendait, dans une anxiété que tout accroissait. L'énigme était plus impénétrable que jamais. Qu'était-ce que cette « petite » que Thénardier avait aussi nommée l'Alouette ? était-ce son « Ursule » ? Le prisonnier n'avait pas paru ému à ce mot, l'Alouette, et avait répondu le plus naturellement du monde : Je ne sais ce que vous voulez dire. D'un autre côté, les deux lettres U. F. étaient expliquées, c'était Urbain Fabre, et Ursule ne s'appelait plus Ursule. C'est là ce que Marius voyait le plus clairement. Une sorte de fascination affreuse le retenait cloué à la place d'où il observait et dominait toute cette scène. Il était là, presque incapable de réflexion et de mouvement, comme anéanti par de si abominables choses vues de près. Il attendait, espérant quelque incident, n'importe quoi, ne pouvant rassembler ses idées et ne sachant quel parti prendre.

— Dans tous les cas, disait-il, si l'Alouette, c'est elle, je le verrai bien, car la Thénardier va l'amener ici. Alors tout sera dit, je donnerai ma vie et mon sang s'il le faut, mais je la délivrerai ! Rien ne m'arrêtera.

Près d'une demi-heure passa ainsi. Thénardier paraissait absorbé par une méditation ténébreuse. Le prisonnier ne bougeait pas. Cependant Marius croyait par intervalles et depuis quelques instants entendre un petit bruit sourd du côté du prisonnier.

Tout à coup Thénardier apostropha le prisonnier :

— Monsieur Fabre, tenez, autant que je vous dise tout de suite.

Ces quelques mots semblaient commencer un éclaircissement. Marius prêta l'oreille. Thénardier continua :

— Mon épouse va revenir, ne vous impatientez pas. Je pense que l'Alouette est véritablement votre fille, et je trouve tout simple que vous la gardiez. Seulement, écoutez un peu. Avec votre lettre, ma femme ira la trouver. J'ai dit à ma femme de s'habiller, comme vous avez vu, de façon que votre demoiselle la suive sans difficulté.

Elles monteront toutes deux dans le fiacre avec mon
camarade derrière. Il y a quelque part en dehors d'une
barrière une maringotte attelée de deux très bons chevaux.
On y conduira votre demoiselle. Elle descendra du fiacre.
Mon camarade montera avec elle dans la maringotte, et
ma femme reviendra ici nous dire : C'est fait. Quant à
votre demoiselle, on ne lui fera pas de mal, la maringotte
la mènera dans un endroit où elle sera tranquille, et, dès
que vous m'aurez donné les petits deux cent mille francs,
on vous la rendra. Si vous me faites arrêter, mon camarade donnera le coup de pouce à l'Alouette. Voilà.

Le prisonnier n'articula pas une parole. Après une
pause, Thénardier poursuivit :

— C'est simple, comme vous voyez. Il n'y aura pas
de mal si vous ne voulez pas qu'il y ait du mal. Je vous
conte la chose. Je vous préviens pour que vous sachiez.

Il s'arrêta, le prisonnier ne rompit pas le silence, et
Thénardier reprit :

— Dès que mon épouse sera revenue et qu'elle m'aura
dit : L'Alouette est en route, nous vous lâcherons, et vous
serez libre d'aller coucher chez vous. Vous voyez que
nous n'avions pas de mauvaises intentions.

Des images épouvantables passèrent devant la pensée
de Marius. Quoi ! cette jeune fille qu'on enlevait, on n'allait pas la ramener ? un de ces monstres allait l'emporter
dans l'ombre ? où ?... Et si c'était elle ! Et il était clair
que c'était elle. Marius sentait les battements de son cœur
s'arrêter. Que faire ? Tirer le coup de pistolet ? mettre
aux mains de la justice tous ces misérables ? Mais l'affreux homme au merlin n'en serait pas moins hors de
toute atteinte avec la jeune fille, et Marius songeait à ces
mots de Thénardier dont il entrevoyait la signification
sanglante : *Si vous me faites arrêter, mon camarade donnera le coup de pouce à l'Alouette.*

Maintenant ce n'était pas seulement par le testament
du colonel, c'était par son amour même, par le péril de
celle qu'il aimait, qu'il se sentait retenu.

Cette effroyable situation, qui durait déjà depuis plus
d'une heure, changeait d'aspect à chaque instant. Marius
eut la force de passer successivement en revue toutes les

plus poignantes conjectures, cherchant une espérance et ne la trouvant pas. Le tumulte de ses pensées contrastait avec le silence funèbre du repaire.

Au milieu de ce silence on entendit le bruit de la porte de l'escalier qui s'ouvrait, puis se fermait.

Le prisonnier fit un mouvement dans ses liens.

— Voici la bourgeoise, dit Thénardier.

Il achevait à peine qu'en effet la Thénardier se précipita dans la chambre, rouge, essoufflée, haletante, les yeux flambants, et cria en frappant de ses grosses mains sur ses deux cuisses à la fois :

— Fausse adresse !

Le bandit qu'elle avait emmené avec elle, parut derrière elle et vint reprendre son merlin.

— Fausse adresse ? répéta Thénardier.

Elle reprit :

— Personne ! Rue Saint-Dominique, numéro dix-sept, pas de monsieur Urbain Fabre ! On ne sait pas ce que c'est !

Elle s'arrêta suffoquée, puis continua :

— Monsieur Thénardier ! ce vieux t'a fait poser ! tu es trop bon, vois-tu ! Moi, je te vous lui aurais coupé la margoulette en quatre pour commencer ! et s'il avait fait le méchant, je l'aurais fait cuire tout vivant ! Il aurait bien fallu qu'il parle, et qu'il dise où est la fille, et qu'il dise où est le magot ! Voilà comment j'aurais mené cela, moi ! On a bien raison de dire que les hommes sont plus bêtes que les femmes ! Personne numéro dix-sept ! C'est une grande porte cochère ! Pas de monsieur Fabre, rue Saint-Dominique ! et ventre à terre, et pourboire au cocher, et tout ! J'ai parlé au portier et à la portière, qui est une belle forte femme, ils ne connaissent pas ça !

Marius respira. Elle, Ursule ou l'Alouette, celle qu'il ne savait plus comment nommer, était sauvée.

Pendant que sa femme exaspérée vociférait, Thénardier s'était assis sur la table ; il resta quelques instants sans prononcer une parole, balançant sa jambe droite qui pendait et considérant le réchaud d'un air de rêverie sauvage.

Enfin il dit au prisonnier avec une inflexion lente et singulièrement féroce :

— Une fausse adresse ? qu'est-ce que tu as donc espéré ?

— Gagner du temps ! cria le prisonnier d'une voix éclatante.

Et au même instant il secoua ses liens ; ils étaient coupés. Le prisonnier n'était plus attaché au lit que par une jambe.

Avant que les sept hommes eussent eu le temps de se reconnaître et de s'élancer, lui s'était penché sous la cheminée, avait étendu la main vers le réchaud, puis s'était redressé, et maintenant Thénardier, la Thénardier et les bandits, refoulés par le saisissement au fond du bouge, le regardaient avec stupeur élevant au-dessus de sa tête le ciseau rouge d'où tombait une lueur sinistre, presque libre et dans une attitude formidable.

L'enquête judiciaire, à laquelle le guet-apens de la masure Gorbeau donna lieu par la suite, a constaté qu'un gros sou, coupé et travaillé d'une façon particulière, fut trouvé dans le galetas, quand la police y fit une descente ; ce gros sou était une de ces merveilles d'industrie que la patience du bagne engendre dans les ténèbres et pour les ténèbres, merveilles qui ne sont autre chose que des instruments d'évasion. Ces produits hideux et délicats d'un art prodigieux sont dans la bijouterie ce que les métaphores de l'argot sont dans la poésie[10]. Il y a des Benvenuto Cellini au bagne, de même que dans la langue il y a des Villon. Le malheureux qui aspire à la délivrance trouve moyen, quelquefois sans outils, avec un eustache, avec un vieux couteau, de scier un sou en deux lames minces, de creuser ces deux lames sans toucher aux empreintes monétaires, et de pratiquer un pas de vis sur la tranche du sou de manière à faire adhérer les lames de nouveau. Cela se visse et se dévisse à volonté ; c'est une boîte. Dans cette boîte, on cache un ressort de montre, et ce ressort de montre bien manié coupe des manilles de calibre et des barreaux de fer. On croit que ce malheureux forçat ne possède qu'un sou ; point, il possède la liberté. C'est un gros sou de ce genre qui, dans des perquisitions

---

10. Sou symbolique : l'argent des misérables, à la différence de celui des bourgeois que convoite Thénardier, n'a pas de valeur monétaire, mais concentre en lui l'art, le travail et la liberté. Voir note générale 11.

de police ultérieures, fut trouvé ouvert et en deux morceaux dans le bouge sous le grabat près de la fenêtre. On découvrit également une petite scie en acier bleu qui pouvait se cacher dans le gros sou. Il est probable qu'au moment où les bandits fouillèrent le prisonnier, il avait sur lui ce gros sou qu'il réussit à cacher dans sa main, et qu'ensuite, ayant la main droite libre, il le dévissa, et se servit de la scie pour couper les cordes qui l'attachaient, ce qui expliquerait le bruit léger et les mouvements imperceptibles que Marius avait remarqués.

N'ayant pu se baisser de peur de se trahir, il n'avait point coupé les liens de sa jambe gauche.

Les bandits étaient revenus de leur première surprise.

— Sois tranquille, dit Bigrenaille à Thénardier. Il tient encore par une jambe, et il ne s'en ira pas. J'en réponds. C'est moi qui lui ai ficelé cette patte-là.

Cependant le prisonnier éleva la voix.

— Vous êtes des malheureux, mais ma vie ne vaut pas la peine d'être tant défendue. Quant à vous imaginer que vous me feriez parler, que vous me feriez écrire ce que je ne veux pas écrire, que vous me feriez dire ce que je ne veux pas dire...

Il releva la manche de son bras gauche et ajouta :

— Tenez.

En même temps il tendit son bras et posa sur la chair nue le ciseau ardent qu'il tenait dans sa main droite par le manche de bois.

On entendit le frémissement de la chair brûlée, l'odeur propre aux chambres de torture se répandit dans le taudis, Marius chancela éperdu d'horreur, les brigands eux-mêmes eurent un frisson, le visage de l'étrange vieillard se contracta à peine, et, tandis que le fer rouge s'enfonçait dans la plaie fumante, impassible et presque auguste, il attachait sur Thénardier son beau regard sans haine où la souffrance s'évanouissait dans une majesté sereine [11].

Chez les grandes et hautes natures les révoltes de la chair et des sens en proie à la douleur physique font sortir

---

11. Ce geste revendique et retourne en sublime l'infamie de la marque des galériens.

l'âme et la font apparaître sur le front, de même que les rébellions de la soldatesque forcent le capitaine à se montrer.

— Misérables, dit-il, n'ayez pas plus peur de moi que je n'ai peur de vous.

Et arrachant le ciseau de la plaie, il le lança par la fenêtre qui était restée ouverte, l'horrible outil embrasé disparut dans la nuit en tournoyant et alla tomber au loin et s'éteindre dans la neige.

Le prisonnier reprit :

— Faites de moi ce que vous voudrez.

Il était désarmé.

— Empoignez-le ! dit Thénardier.

Deux des brigands lui posèrent la main sur l'épaule, et l'homme masqué à voix de ventriloque se tint en face de lui, prêt à lui faire sauter le crâne d'un coup de clef au moindre mouvement.

En même temps Marius entendit au-dessous de lui, au bas de la cloison, mais tellement près qu'il ne pouvait voir ceux qui parlaient, ce colloque échangé à voix basse :

— Il n'y a plus qu'une chose à faire.

— L'escarper !

— C'est cela.

C'était le mari et la femme qui tenaient conseil.

Thénardier marcha à pas lents vers la table, ouvrit le tiroir et y prit le couteau.

Marius tourmentait le pommeau du pistolet. Perplexité inouïe. Depuis une heure il y avait deux voix dans sa conscience, l'une lui disait de respecter le testament de son père, l'autre lui criait de secourir le prisonnier. Ces deux voix continuaient sans interruption leur lutte qui le mettait à l'agonie. Il avait vaguement espéré jusqu'à ce moment trouver un moyen de concilier ces deux devoirs, mais rien de possible n'avait surgi. Cependant le péril pressait, la dernière limite de l'attente était dépassée, à quelques pas du prisonnier Thénardier songeait, le couteau à la main.

Marius égaré promenait ses yeux autour de lui, dernière ressource machinale du désespoir.

Tout à coup il tressaillit.

À ses pieds, sur la table, un vif rayon de pleine lune éclairait et semblait lui montrer une feuille de papier. Sur cette feuille il lut cette ligne écrite en grosses lettres le matin même par l'aînée des filles Thénardier :

— LES COGNES SONT LÀ [12].

Une idée, une clarté traversa l'esprit de Marius ; c'était le moyen qu'il cherchait, la solution de cet affreux problème qui le torturait, épargner l'assassin et sauver la victime. Il s'agenouilla sur sa commode, étendit le bras, saisit la feuille de papier, détacha doucement un morceau de plâtre de la cloison, l'enveloppa dans le papier, et jeta le tout par la crevasse au milieu du bouge.

Il était temps. Thénardier avait vaincu ses dernières craintes ou ses derniers scrupules et se dirigeait vers le prisonnier.

— Quelque chose qui tombe ! cria la Thénardier.

— Qu'est-ce ? dit le mari.

La femme s'était élancée et avait ramassé le plâtras enveloppé du papier. Elle le remit à son mari.

— Par où cela est-il venu ? demanda Thénardier.

— Pardié ! fit la femme, par où veux-tu que cela soit entré ? C'est venu par la fenêtre.

— Je l'ai vu passer, dit Bigrenaille.

Thénardier déplia rapidement le papier et l'approcha de la chandelle.

— C'est de l'écriture d'Éponine. Diable !

Il fit signe à sa femme, qui s'approcha vivement, et il lui montra la ligne écrite sur la feuille de papier, puis il ajouta d'une voix sourde :

— Vite ! l'échelle ! laissons le lard dans la souricière et fichons le camp !

— Sans couper le cou à l'homme ? demanda la Thénardier.

---

12. L'écriture d'Éponine — désormais nommée par son nom — est donc moyen de salut pour Jean Valjean, Cosette et, en un sens, pour Marius, mais non pour elle-même. Son destin est dès lors placé sous le signe du dévouement, ici fortuit, mais déjà volontaire en III, 8, 11 (p. 1042) et progressivement accompli en sacrifice. Chaque apparition d'Éponine en sera une étape, jusqu'à sa mort.

— Nous n'avons pas le temps.

— Par où ? reprit Bigrenaille.

— Par la fenêtre, répondit Thénardier. Puisque Ponine a jeté la pierre par la fenêtre, c'est que la maison n'est pas cernée de ce côté-là.

Le masque à voix de ventriloque posa à terre sa grosse clef, éleva ses deux bras en l'air et ferma trois fois rapidement ses mains sans dire un mot. Ce fut comme le signal du branle-bas dans un équipage. Les brigands qui tenaient le prisonnier le lâchèrent ; en un clin d'œil l'échelle de corde fut déroulée hors de la fenêtre et attachée solidement au rebord par les deux crampons de fer.

Le prisonnier ne faisait pas attention à ce qui se passait autour de lui. Il semblait rêver ou prier.

Sitôt l'échelle fixée, Thénardier cria :

— Viens ! la bourgeoise !

Et il se précipita vers la croisée.

Mais comme il allait enjamber, Bigrenaille le saisit rudement au collet.

— Non pas, dis donc, vieux farceur ! après nous !

— Après nous ! hurlèrent les bandits.

— Vous êtes des enfants, dit Thénardier, nous perdons le temps. Les railles sont sur nos talons.

— Eh bien, dit un des bandits, tirons au sort à qui passera le premier.

Thénardier s'exclama :

— Êtes-vous fous ! êtes-vous toqués ! en voilà-t-il un tas de jobards ! perdre le temps, n'est-ce pas ? tirer au sort, n'est-ce pas ? au doigt mouillé ! à la courte paille ! écrire nos noms ! les mettre dans un bonnet !...

— Voulez-vous mon chapeau ? cria une voix du seuil de la porte.

Tous se retournèrent. C'était Javert.

Il tenait son chapeau à la main, et le tendait en souriant.

XXI

ON DEVRAIT TOUJOURS COMMENCER PAR ARRÊTER LES VICTIMES

Javert, à la nuit tombante, avait aposté des hommes et s'était embusqué lui-même derrière les arbres de la rue de la Barrière des Gobelins qui fait face à la masure Gorbeau de l'autre côté du boulevard. Il avait commencé par ouvrir « sa poche » pour y fourrer les deux jeunes filles chargées de surveiller les abords du bouge. Mais il n'avait « coffré » qu'Azelma. Quant à Éponine, elle n'était pas à son poste, elle avait disparu, et il n'avait pu la saisir. Puis Javert s'était mis en arrêt, prêtant l'oreille au signal convenu. Les allées et venues du fiacre l'avaient fort agité. Enfin, il s'était impatienté, et, *sûr qu'il y avait un nid-là*, sûr d'être *en bonne fortune*, ayant reconnu plusieurs des bandits qui étaient entrés, il avait fini par se décider à monter sans attendre le coup de pistolet.

On se souvient qu'il avait le passe-partout de Marius.

Il était arrivé à point.

Les bandits effarés se jetèrent sur les armes qu'ils avaient abandonnées dans tous les coins au moment de s'évader. En moins d'une seconde, ces sept hommes, épouvantables à voir, se groupèrent dans une posture de défense, l'un avec son merlin, l'autre avec sa clef, l'autre avec son assommoir, les autres avec les cisailles, les pinces et les marteaux, Thénardier son couteau au poing. La Thénardier saisit un énorme pavé qui était dans l'angle de la fenêtre et qui servait à ses filles de tabouret.

Javert remit son chapeau sur sa tête, et fit deux pas dans la chambre, les bras croisés, la canne sous le bras, l'épée dans le fourreau.

— Halte-là ! dit-il. Vous ne passerez pas par la fenêtre, vous passerez par la porte. C'est moins malsain. Vous êtes sept, nous sommes quinze. Ne nous colletons pas comme des auvergnats. Soyons gentils.

Bigrenaille prit un pistolet qu'il tenait caché sous sa

blouse et le mit dans la main de Thénardier en lui disant à l'oreille :

— C'est Javert. Je n'ose pas tirer sur cet homme-là. Oses-tu, toi ?

— Parbleu ! répondit Thénardier.

— Eh bien, tire.

Thénardier prit le pistolet, et ajusta Javert.

Javert, qui était à trois pas, le regarda fixement et se contenta de dire :

— Ne tire pas, va ! ton coup va rater.

Thénardier pressa la détente. Le coup rata.

— Quand je te le disais ! fit Javert.

Bigrenaille jeta son casse-tête aux pieds de Javert.

— Tu es l'empereur des diables ! je me rends.

— Et vous ? demanda Javert aux autres bandits.

Ils répondirent :

— Nous aussi.

Javert repartit avec calme :

— C'est ça, c'est bon, je le disais, on est gentil.

— Je ne demande qu'une chose, reprit le Bigrenaille, c'est qu'on ne me refuse pas du tabac pendant que je serai au secret.

— Accordé, dit Javert.

Et se retournant et appelant derrière lui :

— Entrez maintenant !

Une escouade de sergents de ville l'épée au poing et d'agents armés de casse-tête et de gourdins se rua à l'appel de Javert. On garrotta les bandits. Cette foule d'hommes à peine éclairés d'une chandelle emplissait d'ombre le repaire.

— Les poucettes à tous ! cria Javert.

— Approchez donc un peu ! cria une voix qui n'était pas une voix d'homme, mais dont personne n'eût pu dire : c'est une voix de femme.

La Thénardier s'était retranchée dans un des angles de la fenêtre, et c'était elle qui venait de pousser ce rugissement.

Les sergents de ville et les agents reculèrent.

Elle avait jeté son châle et gardé son chapeau ; son mari, accroupi derrière elle, disparaissait presque sous le châle tombé, et elle le couvrait de son corps, élevant le pavé des deux mains au-dessus de sa tête avec le balancement d'une géante qui va lancer un rocher.

— Gare ! cria-t-elle.

Tous se refoulèrent vers le corridor. Un large vide se fit au milieu du galetas.

La Thénardier jeta un regard aux bandits qui s'étaient laissé garrotter et murmura d'un accent guttural et rauque :

— Les lâches !

Javert sourit et s'avança dans l'espace vide que la Thénardier couvait de ses deux prunelles.

— N'approche pas, va-t'en, cria-t-elle, ou je t'écroule !

— Quel grenadier ! fit Javert ; la mère ! tu as de la barbe comme un homme, mais j'ai des griffes comme une femme.

Et il continua de s'avancer.

La Thénardier, échevelée et terrible, écarta les jambes, se cambra en arrière et jeta éperdument le pavé à la tête de Javert. Javert se courba. Le pavé passa au-dessus de lui, heurta la muraille du fond dont il fit tomber un vaste plâtras et revint, en ricochant d'angle en angle à travers le bouge, heureusement presque vide, mourir sur les talons de Javert.

Au même instant Javert arrivait au couple Thénardier. Une de ses larges mains s'abattit sur l'épaule de la femme et l'autre sur la tête du mari.

— Les poucettes ! cria-t-il.

Les hommes de police rentrèrent en foule, et en quelques secondes l'ordre de Javert fut exécuté.

La Thénardier, brisée, regarda ses mains garrottées et celles de son mari, se laissa tomber à terre, et s'écria en pleurant :

— Mes filles !

— Elles sont à l'ombre, dit Javert.

Cependant les agents avaient avisé l'ivrogne endormi derrière la porte et le secouaient. Il s'éveilla en balbutiant :

— Est-ce fini, Jondrette ?

— Oui, répondit Javert.

Les six bandits garrottés étaient debout ; du reste, ils

avaient encore leurs mines de spectres ; trois barbouillés de noir, trois masqués.

— Gardez vos masques, dit Javert.

Et, les passant en revue avec le regard d'un Frédéric II à la parade de Potsdam, il dit aux trois « fumistes » :

— Bonjour, Bigrenaille. Bonjour, Brujon. Bonjour, Deux-Milliards.

Puis, se tournant vers les trois masques, il dit à l'homme au merlin :

— Bonjour, Gueulemer.

Et à l'homme à la trique :

— Bonjour, Babet.

Et au ventriloque :

— Salut, Claquesous.

En ce moment, il aperçut le prisonnier des bandits qui, depuis l'entrée des agents de police, n'avait pas prononcé une parole et tenait sa tête baissée.

— Déliez monsieur ! dit Javert, et que personne ne sorte !

Cela dit, il s'assit souverainement devant la table, où étaient restées la chandelle et l'écritoire, tira un papier timbré de sa poche et commença son procès-verbal.

Quand il eut écrit les premières lignes, qui ne sont que des formules toujours les mêmes, il leva les yeux.

— Faites approcher ce monsieur que ces messieurs avaient attaché.

Les agents regardèrent autour d'eux.

— Eh bien, demanda Javert, où est-il donc ?

Le prisonnier des bandits, M. Leblanc, M. Urbain Fabre, le père d'Ursule ou de l'Alouette, avait disparu.

La porte était gardée, mais la croisée ne l'était pas. Sitôt qu'il s'était vu délié, et pendant que Javert verbalisait, il avait profité du trouble, du tumulte, de l'encombrement, de l'obscurité, et d'un moment où l'attention n'était pas fixée sur lui, pour s'élancer par la fenêtre.

Un agent courut à la lucarne, et regarda. On ne voyait personne dehors.

L'échelle de corde tremblait encore.

— Diable ! fit Javert entre ses dents, ce devait être le meilleur !

XXII

LE PETIT QUI CRIAIT AU TOME II [1]

Le lendemain du jour où ces événements s'étaient accomplis dans la maison du boulevard de l'Hôpital, un enfant, qui semblait venir du côté du pont d'Austerlitz, montait par la contre-allée de droite dans la direction de la barrière de Fontainebleau. Il était nuit close. Cet enfant était pâle, maigre, vêtu de loques, avec un pantalon de toile au mois de février, et chantait à tue-tête.

Au coin de la rue du Petit-Banquier, une vieille courbée fouillait dans un tas d'ordures à la lueur du réverbère ; l'enfant la heurta en passant, puis recula en s'écriant :

— Tiens ! moi qui avais pris ça pour un énorme, un énorme chien !

Il prononça le mot énorme pour la seconde fois avec un renflement de voix goguenarde que des majuscules exprimeraient assez bien ; un énorme, un ÉNORME chien !

La vieille se redressa furieuse.

— Carcan de moutard ! grommela-t-elle. Si je n'avais

---

1. Combiné à celui du chapitre « Le petit Gavroche », III, 1, 13 (p. 818) ce titre — et non le texte — rend à Gavroche son identité au moment où la prison lui prend ses parents. Il a fallu la charité de Jean Valjean et l'intervention de la pénalité — Javert — pour qu'on identifie avec certitude le garçon dont on n'entendait que les cris en II, 3, 1 (pp. 528-529) : au deuxième tome de l'édition de référence. Frère de Cosette dont il a partagé l'abandon et les angoisses, frère de Hugo, troisième enfant lui aussi, il a « crié dans les ténèbres » durant toute la nuit de Noël où Jean Valjean adoptait Cosette et, silencieusement, jusqu'à maintenant. Abandonné de tous, même de Jean Valjean, il n'a d'autre ressource que d'être à lui-même son propre Jean Valjean. Ce qu'il entreprend en se donnant un père et des enfants — ses frères — (IV, 6 ; pp. 1277 et suiv.) puis en participant, aux côtés de sa sœur et de Jean Valjean, au grand dévouement collectif qui sauve Cosette et Marius.
Le chapitre — et le livre — s'achève sur la dispersion d'une famille et sur la composition ébauchée d'une autre.

pas été penchée, je sais bien où je t'aurais flanqué mon pied !

L'enfant était déjà à distance.

— Kisss ! kisss ! fit-il. Après ça, je ne me suis peut-être pas trompé[2].

La vieille, suffoquée d'indignation, se dressa tout à fait, et le rougeoiement de la lanterne éclaira en plein sa face livide, toute creusée d'angles et de rides, avec des pattes d'oie rejoignant les coins de la bouche. Le corps se perdait dans l'ombre et l'on ne voyait que la tête. On eût dit le masque de la Décrépitude découpé par une lueur dans de la nuit. L'enfant la considéra.

— Madame, dit-il, n'a pas le genre de beauté qui me conviendrait.

Il poursuivit son chemin et se remit à chanter :

> Le roi Coupdesabot
> S'en allait à la chasse,
> À la chasse aux corbeaux...

Au bout de ces trois vers, il s'interrompit. Il était arrivé devant le numéro 50-52, et, trouvant la porte fermée, il avait commencé à la battre à coups de pied, coups de pied retentissants et héroïques, lesquels décelaient plutôt les souliers d'homme qu'il portait que les pieds d'enfant qu'il avait.

Cependant cette même vieille qu'il avait rencontrée au coin de la rue du Petit-Banquier accourait derrière lui poussant des clameurs et prodiguant des gestes démesurés.

— Qu'est-ce que c'est ? qu'est-ce que c'est ? Dieu Seigneur ! on enfonce la porte ! on défonce la maison !

Les coups de pied continuaient.

La vieille s'époumonnait.

— Est-ce qu'on arrange les bâtiments comme ça à présent !

---

2. Hugo emploie une « chose vue » et entendue par lui, rue du Palais-Royal, le 17 décembre 1846, qu'il a notée presque sous la même forme.

Tout à coup elle s'arrêta. Elle avait reconnu le gamin.

— Quoi ! c'est ce satan !

— Tiens, c'est la vieille, dit l'enfant. Bonjour, la Burgonmuche. Je viens voir mes ancêtres.

La vieille répondit, avec une grimace composite, admirable improvisation de la haine tirant parti de la caducité et de la laideur, qui fut malheureusement perdue dans l'obscurité :

— Il n'y a personne, mufle.

— Bah ! reprit l'enfant, où donc est mon père ?

— À la Force.

— Tiens ! et ma mère ?

— À Saint-Lazare.

— Eh bien ! et mes sœurs ?

— Aux Madelonnettes.

L'enfant se gratta le derrière de l'oreille, regarda mame Burgon, et dit :

— Ah !

Puis il pirouetta sur ses talons, et, un moment après, la vieille restée sur le pas de la porte l'entendit qui chantait de sa voix claire et jeune en s'enfonçant sous les ormes noirs frissonnant au vent d'hiver :

> Le roi Coupdesabot
> S'en allait à la chasse,
> À la chasse aux corbeaux,
> Monté sur des échasses.
> Quand on passait dessous,
> On lui payait deux sous[3].

---

3. Sur les poèmes du roman, voir note générale 27. On ignore l'origine, s'il en a une, de celui-ci.

QUATRIÈME PARTIE

L'IDYLLE RUE PLUMET
ET L'ÉPOPÉE RUE SAINT-DENIS [1]

---

1. Conformément à son titre, cette partie tisse le récit des destins individuels avec celui des événements historiques. Elle met en évidence la causalité réciproque qui unit l'individuel au collectif et leur égale dignité.

LIVRE PREMIER

QUELQUES PAGES D'HISTOIRE [1]

---

1. Sur la contribution de ce livre à l'histoire du siècle inscrite dans *Les Misérables*, voir note générale 31.

I

BIEN COUPÉ

1831 et 1832, les deux années qui se rattachent immédiatement à la révolution de juillet, sont un des moments les plus particuliers et les plus frappants de l'histoire. Ces deux années au milieu de celles qui les précèdent et qui les suivent sont comme deux montagnes. Elles ont la grandeur révolutionnaire. On y distingue des précipices. Les masses sociales, les assises mêmes de la civilisation, le groupe solide des intérêts superposés et adhérents, les profils séculaires de l'antique formation française, y apparaissent et y disparaissent à chaque instant à travers les nuages orageux des systèmes, des passions et des théories. Ces apparitions et ces disparitions ont été nommées la résistance et le mouvement [1]. Par intervalles on y voit luire la vérité, ce jour de l'âme humaine.

Cette remarquable époque est assez circonscrite et commence à s'éloigner assez de nous pour qu'on puisse en saisir dès à présent les lignes principales.

Nous allons l'essayer.

La restauration avait été une de ces phases intermédiaires difficiles à définir, où il y a de la fatigue, du bourdonnement, des murmures, du sommeil, du tumulte, et qui ne sont autre chose que l'arrivée d'une grande nation

---

1. Noms donnés aux orientations politiques — centre gauche (Lafitte) et centre droit (Casimir Perier) — après la révolution de Juillet. Mais Hugo étend la signification de ces termes et représente l'époque comme un temps de contradiction, de tension, comparable aux premières années de la Restauration — voir texte IV, 1, 2 ; p. 1124 ainsi que texte et note 5 en III, 3, 3 ; p. 858.

à une étape. Ces époques sont singulières et trompent les politiques qui veulent les exploiter. Au début, la nation ne demande que le repos ; on n'a qu'une soif, la paix ; on n'a qu'une ambition, être petit. Ce qui est la traduction de rester tranquille. Les grands événements, les grands hasards, les grandes aventures, les grands hommes, Dieu merci, on en a assez vu, on en a par-dessus la tête. On donnerait César pour Prusias et Napoléon pour le roi d'Yvetot. « Quel bon petit roi c'était là ![2] » On a marché depuis le point du jour, on est au soir d'une longue et rude journée ; on a fait le premier relais avec Mirabeau, le second avec Robespierre, le troisième avec Bonaparte, on est éreinté. Chacun demande un lit.

Les dévouements las, les héroïsmes vieillis, les ambitions repues, les fortunes faites cherchent, réclament, implorent, sollicitent, quoi ? Un gîte. Ils l'ont. Ils prennent possession de la paix, de la tranquillité, du loisir ; les voilà contents. Cependant en même temps de certains faits surgissent, se font reconnaître et frappent à la porte de leur côté. Ces faits sont sortis des révolutions et des guerres, ils sont, ils vivent, ils ont droit de s'installer dans la société et ils s'y installent ; et la plupart du temps les faits sont des maréchaux des logis et des fourriers qui ne font que préparer le logement aux principes.

Alors voici ce qui apparaît aux philosophes politiques.

En même temps que les hommes fatigués demandent le repos, les faits accomplis demandent des garanties. Les garanties pour les faits, c'est la même chose que le repos pour les hommes.

C'est ce que l'Angleterre demandait aux Stuarts après le protecteur ; c'est ce que la France demandait aux Bourbons après l'empire[3].

Ces garanties sont une nécessité des temps. Il faut bien

---

2. Refrain d'une chanson de Béranger (1813) hostile à Napoléon. Il s'agit de Prusias II — non du personnage de *Nicomède* —, roi incapable : « Nuit et jour il vivait en vrai Sardanapale » (P. Larousse).

3. Le parallèle entre la Révolution anglaise et la française, entre Cromwell — le Protecteur — et Napoléon était déjà banal lorsque Hugo l'emploie, en 1827, dans son *Cromwell*.

les accorder. Les princes les « octroient », mais en réalité c'est la force des choses qui les donne. Vérité profonde et utile à savoir, dont les Stuarts ne se doutèrent pas en 1660, que les Bourbons n'entrevirent même pas en 1814.

La famille prédestinée qui revint en France quand Napoléon s'écroula eut la simplicité fatale de croire que c'était elle qui donnait, et que ce qu'elle avait donné elle pouvait le reprendre ; que la maison de Bourbon possédait le droit divin, que la France ne possédait rien ; et que le droit politique concédé dans la charte de Louis XVIII n'était autre chose qu'une branche du droit divin, détachée par la maison de Bourbon et gracieusement donnée au peuple jusqu'au jour où il plairait au roi de s'en ressaisir. Cependant, au déplaisir que le don lui faisait, la maison de Bourbon aurait dû sentir qu'il ne venait pas d'elle.

Elle fut hargneuse au dix-neuvième siècle. Elle fit mauvaise mine à chaque épanouissement de la nation. Pour nous servir du mot trivial, c'est-à-dire populaire et vrai, elle rechigna. Le peuple le vit.

Elle crut qu'elle avait de la force parce que l'empire avait été emporté devant elle comme un châssis de théâtre. Elle ne s'aperçut pas qu'elle avait été apportée elle-même de la même façon. Elle ne vit pas qu'elle aussi était dans cette main qui avait ôté de là Napoléon.

Elle crut qu'elle avait des racines parce qu'elle était le passé. Elle se trompait ; elle faisait partie du passé, mais tout le passé c'était la France. Les racines de la société française n'étaient point dans les Bourbons, mais dans la nation. Ces obscures et vivaces racines ne constituaient point le droit d'une famille, mais l'histoire d'un peuple. Elles étaient partout, excepté sous le trône.

La maison de Bourbon était pour la France le nœud illustre et sanglant de son histoire, mais n'était plus l'élément principal de sa destinée et la base nécessaire de sa politique. On pouvait se passer des Bourbons ; on s'en était passé vingt-deux ans ; il y avait eu solution de continuité ; ils ne s'en doutaient pas. Et comment s'en seraient-ils doutés, eux qui se figuraient que Louis XVII régnait le 9 thermidor et que Louis XVIII régnait le jour de Marengo ? Jamais, depuis l'origine de l'histoire, les princes n'avaient été si aveugles en présence des faits et de la portion d'autorité divine que les faits contiennent et promulguent. Jamais cette prétention d'en bas qu'on appelle le droit des rois n'avait nié à ce point le droit d'en haut.

Erreur capitale, qui amena cette famille à remettre la main sur les garanties « octroyées » en 1814, sur les concessions, comme elle les qualifiait. Chose triste ! ce qu'elle nommait ses concessions, c'étaient nos conquêtes ; ce qu'elle appelait nos empiétements, c'étaient nos droits.

Lorsque l'heure lui sembla venue, la restauration, se supposant victorieuse de Bonaparte et enracinée dans le pays, c'est-à-dire se croyant forte et se croyant profonde, prit brusquement son parti et risqua son coup. Un matin elle se dressa en face de la France, et, élevant la voix, elle contesta le titre collectif et le titre individuel, à la nation la souveraineté, au citoyen la liberté. En d'autres termes, elle nia à la nation ce qui la faisait nation et au citoyen ce qui le faisait citoyen.

C'est là le fond de ces actes fameux qu'on appelle les ordonnances de juillet.

La restauration tomba.

Elle tomba justement. Cependant, disons-le, elle n'avait pas été absolument hostile à toutes les formes du progrès. De grandes choses s'étaient faites, elle étant à côté.

Sous la restauration la nation s'était habituée à la discussion dans le calme, ce qui avait manqué à la république, et à la grandeur dans la paix, ce qui avait manqué à l'empire. La France libre et forte avait été un spectacle encourageant pour les autres peuples de l'Europe. La révolution avait eu la parole sous Robespierre ; le canon avait eu la parole sous Bonaparte ; c'est sous Louis XVIII et Charles X que vint le tour de parole de l'intelligence. Le vent cessa, le flambeau se ralluma. On vit frissonner sur les cimes sereines la pure lumière des esprits. Spectacle magnifique, utile et charmant. On vit travailler pendant quinze ans, en pleine paix, en pleine place publique, ces grands principes, si vieux pour le penseur, si nouveau pour l'homme d'état : l'égalité devant la loi, la liberté de la conscience, la liberté de la parole, la liberté de la presse, l'accessibilité de toutes les aptitudes à toutes les fonctions. Cela alla ainsi jusqu'en 1830. Les Bourbons furent un instrument de civilisation qui cassa dans les mains de la providence.

La chute des Bourbons fut pleine de grandeur, non de leur côté, mais du côté de la nation. Eux quittèrent le trône avec gravité, mais sans autorité ; leur descente dans la nuit ne fut pas une de ces disparitions solennelles qui laissent une sombre émotion à l'histoire ; ce ne fut ni le calme spectral de Charles Iᵉʳ, ni le cri d'aigle de Napoléon. Ils s'en allèrent, voilà tout. Ils déposèrent la couronne et ne gardèrent pas d'auréole. Ils furent dignes, mais ils ne furent pas augustes. Ils manquèrent dans une certaine mesure à la majesté de leur malheur. Charles X, pendant le voyage de Cherbourg, faisant couper une table ronde en table carrée, parut plus soucieux de l'étiquette en péril que de la monarchie croulante. Cette diminution attrista les hommes dévoués qui aimaient leurs personnes et les hommes sérieux qui honoraient leur race [4]. Le peuple, lui, fut admirable. La nation, attaquée un matin à main armée par une sorte d'insurrection royale, se sentit tant de force qu'elle n'eut pas de colère. Elle se défendit, se contint, remit les choses à leur place, le gouvernement dans la loi, les Bourbons dans l'exil, hélas ! et s'arrêta. Elle prit le vieux roi Charles X sous ce dais qui avait abrité Louis XIV, et le posa à terre doucement. Elle ne toucha aux personnes royales qu'avec tristesse et précaution. Ce ne fut pas un homme, ce ne furent pas quelques hommes, ce fut la France, la France entière, la France victorieuse et enivrée de sa victoire, qui sembla se rappeler et qui pratiqua aux yeux du monde entier ces graves paroles de Guillaume du Vair après la journée des barricades [5] : — « Il est aysé à ceux qui ont accoutumé d'effleurer les faveurs des grands et saulter, comme un oyseau de branche en branche, d'une fortune affligée à une florissante, de se montrer hardis contre leur prince en son

---

4. Victor Hugo fut de ces hommes, comme le laisse entendre le ton.
5. En mai 1588, au temps de la Ligue révoltée contre Henri III.

adversité ; mais pour moy la fortune de mes roys me sera toujours vénérable, et principalement des affligés. »

Les Bourbons emportèrent le respect, mais non le regret. Comme nous venons de le dire, leur malheur fut plus grand qu'eux. Ils s'effacèrent à l'horizon.

La révolution de juillet eut tout de suite des amis et des ennemis dans le monde entier. Les uns se précipitèrent vers elle avec enthousiasme et joie, les autres s'en détournèrent, chacun selon sa nature. Les princes de l'Europe, au premier moment, hiboux de cette aube, fermèrent les yeux, blessés et stupéfaits, et ne les rouvrirent que pour menacer. Effroi qui se comprend, colère qui s'excuse. Cette étrange révolution avait à peine été un choc ; elle n'avait pas même fait à la royauté vaincue l'honneur de la traiter en ennemie et de verser son sang. Aux yeux des gouvernements despotiques toujours intéressés à ce que la liberté se calomnie elle-même, la révolution de juillet avait le tort d'être formidable et de rester douce. Rien du reste ne fut tenté ni machiné contre elle. Les plus mécontents, les plus irrités, les plus frémissants, la saluaient ; quels que soient nos égoïsmes et nos rancunes, un respect mystérieux sort des événements dans lesquels on sent la collaboration de quelqu'un qui travaille plus haut que l'homme.

La révolution de juillet est le triomphe du droit terrassant le fait. Chose pleine de splendeur.

Le droit terrassant le fait. De là l'éclat de la révolution de 1830, de là sa mansuétude aussi. Le droit qui triomphe n'a nul besoin d'être violent.

Le droit, c'est le juste et le vrai[6].

---

6. Dans la pensée de Hugo, le droit n'est rien d'autre que l'autonomie de l'individu et de la communauté, leur statut de sujets : sujets de leur histoire et de leurs relations — voir note générale 7. Il s'oppose à la fois au fait, qui est au droit ce que le réel est à l'idéal, et à la loi, qui n'est que l'arrangement abstrait du fait. Le droit est donc non pas même le Bien, mais simplement l'attribut de l'humanité conçue comme sujette d'elle-même. En un sens, il n'y a pas d'autre droit que cette souveraineté des hommes sur eux-mêmes dont l'autre nom est la liberté. Voir aussi II, 7, 5, note 2, p. 715, et V, 1, 5 ; p. 1604.

Le propre du droit, c'est de rester éternellement beau et pur. Le fait, même le plus nécessaire en apparence, même le mieux accepté des contemporains, s'il n'existe que comme fait et s'il ne contient que trop peu de droit ou point du tout de droit, est destiné infailliblement à devenir, avec la durée du temps, difforme, immonde, peut-être même monstrueux. Si l'on veut constater d'un coup à quel degré de laideur le fait peut arriver, vu à la distance des siècles, qu'on regarde Machiavel. Machiavel, ce n'est point un mauvais génie, ni un démon, ni un écrivain lâche et misérable ; ce n'est rien que le fait. Et ce n'est pas seulement le fait italien, c'est le fait européen, le fait du seizième siècle. Il semble hideux, et il l'est, en présence de l'idée morale du dix-neuvième.

Cette lutte du droit et du fait dure depuis l'origine des sociétés. Terminer le duel, amalgamer l'idée pure avec la réalité humaine, faire pénétrer pacifiquement le droit dans le fait et le fait dans le droit, voilà le travail des sages.

II

MAL COUSU

Mais autre est le travail des sages, autre est le travail des habiles.

La révolution de 1830 s'était vite arrêtée.

Sitôt qu'une révolution a fait côte, les habiles dépècent l'échouement.

Les habiles, dans notre siècle, se sont décerné à eux-mêmes la qualification d'hommes d'état ; si bien que ce mot, homme d'état, a fini par être un peu un mot d'argot. Qu'on ne l'oublie pas en effet, là où il n'y a qu'habileté, il y a nécessairement petitesse. Dire : les habiles, cela revient à dire : les médiocres.

De même que dire : les hommes d'état, cela équivaut quelquefois à dire : les traîtres.

À en croire les habiles donc, les révolutions comme la révolution de juillet sont des artères coupées ; il faut une prompte ligature. Le droit, trop grandement proclamé, ébranle. Aussi, une fois le droit affirmé, il faut raffermir l'état. La liberté assurée, il faut songer au pouvoir.

Ici les sages ne se séparent pas encore des habiles, mais ils commencent à se défier. Le pouvoir, soit. Mais, premièrement, qu'est-ce que le pouvoir ? deuxièmement, d'où vient-il ?

Les habiles semblent ne pas entendre l'objection murmurée, et ils continuent leur manœuvre.

Selon ces politiques, ingénieux à mettre aux fictions profitables un masque de nécessité, le premier besoin d'un peuple après une révolution, quand ce peuple fait partie d'un continent monarchique, c'est de se procurer une dynastie. De cette façon, disent-ils, il peut avoir la paix après sa révolution, c'est-à-dire le temps de panser ses plaies et de réparer sa maison. La dynastie cache l'échafaudage et couvre l'ambulance.

Or il n'est pas toujours facile de se procurer une dynastie.

À la rigueur, le premier homme de génie ou même le premier homme de fortune venu suffit pour faire un roi. Vous avez dans le premier cas Bonaparte et dans le second Iturbide [1].

Mais la première famille venue ne suffit pas pour faire une dynastie. Il y a nécessairement une certaine quantité d'ancienneté dans une race, et la ride des siècles ne s'improvise pas.

Si l'on se place au point de vue des « hommes d'état », sous toutes réserves bien entendu, après une révolution, quelles sont les qualités du roi qui en sort ? Il peut être et il est utile qu'il soit révolutionnaire, c'est-à-dire participant de sa personne à cette révolution, qu'il y ait mis la main, qu'il s'y soit compromis ou illustré, qu'il en ait touché la hache ou manié l'épée.

---

1. Empereur fantoche du Mexique entre 1821 et 1823. Son nom, comme dans *Châtiments*, remplace ici celui de Louis-Napoléon Bonaparte.

Quelles sont les qualités d'une dynastie ? Elle doit être nationale, c'est-à-dire révolutionnaire à distance, non par des actes commis, mais par les idées acceptées. Elle doit se composer de passé et être historique, se composer d'avenir et être sympathique.

Tout ceci explique pourquoi les premières révolutions se contentent de trouver un homme, Cromwell ou Napoléon ; et pourquoi les deuxièmes veulent absolument trouver une famille, la maison de Brunswick[2] ou la maison d'Orléans.

Les maisons royales ressemblent à ces figuiers de l'Inde dont chaque rameau, en se courbant jusqu'à terre, y prend racine et devient un figuier. Chaque branche peut devenir une dynastie. À la seule condition de se courber jusqu'au peuple.

Telle est la théorie des habiles.

Voici donc le grand art : faire un peu rendre à un succès le son d'une catastrophe afin que ceux qui en profitent en tremblent aussi, assaisonner de peur un pas de fait, augmenter la courbe de la transition jusqu'au ralentissement du progrès, affadir cette aurore, dénoncer et retrancher les âpretés de l'enthousiasme, couper les angles et les ongles, ouater le triomphe, emmitoufler le droit, envelopper le géant peuple de flanelle et le coucher bien vite, imposer la diète à cet excès de santé, mettre Hercule en traitement de convalescence, délayer l'événement dans l'expédient, offrir aux esprits altérés d'idéal ce nectar étendu de tisane, prendre ses précautions contre le trop de réussite, garnir la révolution d'un abat-jour.

1830 pratiqua cette théorie, déjà appliquée à l'Angleterre par 1688.

1830 est une révolution arrêtée à mi-côte. Moitié de progrès ; quasi-droit. Or la logique ignore l'à peu près ; absolument comme le soleil ignore la chandelle.

Qui arrête les révolutions à mi-côte ? La bourgeoisie.

Pourquoi ?

Parce que la bourgeoisie est l'intérêt arrivé à satisfac-

---

2. Ou plutôt la maison d'Orange, qui accède au trône en 1688.

tion. Hier c'était l'appétit, aujourd'hui c'est la plénitude, demain ce sera la satiété.

Le phénomène de 1814 après Napoléon se reproduisit en 1830 après Charles X.

On a voulu, à tort, faire de la bourgeoisie une classe. La bourgeoisie est tout simplement la portion contentée du peuple. Le bourgeois, c'est l'homme qui a maintenant le temps de s'asseoir. Une chaise n'est pas une caste.

Mais, pour vouloir s'asseoir trop tôt, on peut arrêter la marche même du genre humain. Cela a été souvent la faute de la bourgeoisie.

On n'est pas une classe parce qu'on fait une faute. L'égoïsme n'est pas une des divisions de l'ordre social.

Du reste, il faut être juste même envers l'égoïsme, l'état auquel aspirait, après la secousse de 1830, cette partie de la nation qu'on nomme la bourgeoisie, ce n'était pas l'inertie, qui se complique d'indifférence et de paresse et qui contient un peu de honte, ce n'était pas le sommeil, qui suppose un oubli momentané accessible aux songes ; c'était la halte.

La halte est un mot formé d'un double sens singulier et presque contradictoire : troupe en marche, c'est-à-dire mouvement ; station, c'est-à-dire repos.

La halte, c'est la réparation des forces ; c'est le repos armé et éveillé ; c'est le fait accompli qui pose des sentinelles et se tient sur ses gardes. La halte suppose le combat hier et le combat demain.

C'est l'entre-deux de 1830 et de 1848.

Ce que nous appelons ici combat peut aussi s'appeler progrès.

Il fallait donc à la bourgeoisie, comme aux hommes d'état, un homme qui exprimât ce mot : halte. Un Quoique Parce que[3]. Une individualité composite, signifiant révolution et signifiant stabilité, en d'autres termes affermissant le présent par la compatibilité évidente du passé avec l'avenir.

---

3. Formule couramment appliquée à Louis-Philippe, fait roi quoique Bourbon et parce que Bourbon.

Cet homme était « tout trouvé ». Il s'appelait Louis-Philippe d'Orléans.

Les 221 firent Louis-Philippe roi. Lafayette se chargea du sacre. Il le nomma *la meilleure des républiques*. L'hôtel de ville de Paris remplaça la cathédrale de Reims[4].

Cette substitution d'un demi-trône au trône complet fut « l'œuvre de 1830 ».

Quand les habiles eurent fini, le vice immense de leur solution apparut. Tout cela était fait en dehors du droit absolu. Le droit absolu cria : Je proteste ! puis, chose redoutable, il rentra dans l'ombre.

III

LOUIS-PHILIPPE

Les révolutions ont le bras terrible et la main heureuse ; elles frappent ferme et choisissent bien. Même incomplètes, même abâtardies et mâtinées, et réduites à l'état de révolution cadette, comme la révolution de 1830, il leur reste presque toujours assez de lucidité providentielle pour qu'elles ne puissent mal tomber. Leur éclipse n'est jamais une abdication.

Pourtant, ne nous vantons pas trop haut, les révolutions, elles aussi, se trompent, et de graves méprises se sont vues.

Revenons à 1830. 1830, dans sa déviation, eut du bonheur. Dans l'établissement qui s'appela l'ordre après la

---

4. L'Adresse au Roi des 221 députés libéraux entraîna la dissolution de la Chambre, puis, les élections ayant reconduit la même majorité, les ordonnances de Charles X. Le 31 juillet 1830, La Fayette reçut Louis-Philippe à l'Hôtel de Ville et le fit acclamer au peuple parisien.

révolution coupée court, le roi valait mieux que la royauté. Louis-Philippe était un homme rare[1].

Fils d'un père auquel l'histoire accordera certainement les circonstances atténuantes, mais aussi digne d'estime que ce père avait été digne de blâme ; ayant toutes les vertus privées et plusieurs des vertus publiques ; soigneux de sa santé, de sa fortune, de sa personne, de ses affaires ; connaissant le prix d'une minute et pas toujours le prix d'une année ; sobre, serein, paisible, patient ; bonhomme et bon prince ; couchant avec sa femme, et ayant dans son palais des laquais chargés de faire voir le lit conjugal aux bourgeois, ostentation d'alcôve régulière devenue utile après les anciens étalages illégitimes de la branche aînée ; sachant toutes les langues de l'Europe et, ce qui est plus rare, tous les langages de tous les intérêts, et les parlant ; admirable représentant de « la classe moyenne », mais la dépassant, et de toutes les façons plus grand qu'elle ; ayant l'excellent esprit, tout en appréciant le sang dont il sortait, de se compter surtout pour sa valeur intrinsèque, et, sur la question même de sa race, très particulier, se déclarant Orléans et non Bourbon ; très premier prince du sang tant qu'il n'avait été qu'altesse sérénissime, mais franc bourgeois le jour où il fut majesté ; diffus en public, concis dans l'intimité ; avare signalé, mais non prouvé ; au fond, un de ces économes aisément prodigues pour leur fantaisie ou leur devoir ; lettré, et peu sensible aux lettres ; gentilhomme, mais non chevalier ; simple, calme et fort ; adoré de sa famille et de sa maison ; causeur séduisant, homme d'état désabusé, intérieurement froid, dominé par l'intérêt immédiat, gouvernant toujours au plus près, incapable de rancune et de reconnaissance, usant sans pitié les supériorités sur les médiocrités, habile à faire donner tort par les majorités

---

1. À la parution des *Misérables*, le chef de la maison d'Orléans, le duc d'Aumale, remercia Hugo de ce portrait mesuré. Matière délicate pour Hugo qui avait été l'intime du roi, lui devait beaucoup (l'Académie et la pairie), mais n'approuvait guère sa politique en 1845-1848 et plus du tout en 1860-1862. Il faut le lire en parallèle avec celui de Gillenormand, avec l'image de Napoléon et avec celle, implicite, de Louis-Napoléon Bonaparte.

parlementaires à ces unanimités mystérieuses qui grondent sourdement sous les trônes ; expansif, parfois imprudent dans son expansion, mais d'une merveilleuse adresse dans cette imprudence ; fertile en expédients, en visages, en masques ; faisant peur à la France de l'Europe et à l'Europe de la France ; aimant incontestablement son pays, mais préférant sa famille ; prisant plus la domination que l'autorité et l'autorité que la dignité, disposition qui a cela de funeste que, tournant tout au succès, elle admet la ruse et ne répudie pas absolument la bassesse, mais qui a cela de profitable qu'elle préserve la politique des chocs violents, l'état des fractures et la société des catastrophes ; minutieux, correct vigilant, attentif, sagace, infatigable, se contredisant quelquefois, et se démentant ; hardi contre l'Autriche à Ancône, opiniâtre contre l'Angleterre en Espagne, bombardant Anvers et payant Pritchard ; chantant avec conviction la Marseillaise ; inaccessible à l'abattement, aux lassitudes, au goût du beau et de l'idéal, aux générosités téméraires, à l'utopie, à la chimère, à la colère, à la vanité, à la crainte ; ayant toutes les formes de l'intrépidité personnelle ; général à Valmy, soldat à Jemmapes ; tâté huit fois par le régicide, et toujours souriant ; brave comme un grenadier, courageux comme un penseur ; inquiet seulement devant les chances d'un ébranlement européen, et impropre aux grandes aventures politiques ; toujours prêt à risquer sa vie, jamais son œuvre ; déguisant sa volonté en influence afin d'être plutôt obéi comme intelligence que comme roi ; doué d'observation et non de divination ; peu attentif aux esprits, mais se connaissant en hommes, c'est-à-dire ayant besoin de voir pour juger ; bon sens prompt et pénétrant, sagesse pratique, parole facile, mémoire prodigieuse ; puisant sans cesse dans cette mémoire, son unique point de ressemblance avec César, Alexandre et Napoléon ; sachant les faits, les détails, les dates, les noms propres, ignorant les tendances, les passions, les génies divers de la foule, les aspirations intérieures, les soulèvements cachés et obscurs des âmes, en un mot, tout ce qu'on pourrait appeler les courants invisibles des consciences ; accepté par la surface, mais peu d'accord avec la France de dessous ; s'en tirant par la finesse ; gouvernant trop et ne régnant pas assez ; son premier ministre à lui-même ; excellant à faire de la petitesse des réalités un obstacle à l'immensité des idées ; mêlant à une vraie faculté créatrice de civilisation, d'ordre et d'organisation on ne sait quel esprit de procédure et de chicane ; fondateur et procureur d'une dynastie ; ayant quelque chose de Charlemagne et quelque chose d'un avoué ; en somme, figure haute et originale, prince qui sut faire du pouvoir malgré l'inquiétude de la France, et de la puissance malgré la jalousie de l'Europe, Louis-Philippe sera classé parmi les hommes éminents de son siècle, et serait rangé parmi les gouvernants les plus illustres de l'histoire, s'il eût un peu aimé la gloire et s'il eût eu le sentiment de ce qui est grand au même degré que le sentiment de ce qui est utile.

Louis-Philippe avait été beau, et, vieilli, était resté gracieux ; pas toujours agréé de la nation, il l'était toujours de la foule ; il plaisait. Il avait ce don, le charme. La majesté lui faisait défaut ; il ne portait ni la couronne, quoique roi, ni les cheveux blancs, quoique vieillard. Ses manières étaient du vieux régime et ses habitudes du nouveau, mélange du noble et du bourgeois qui convenait à 1830 ; Louis-Philippe était la transition régnante ; il avait conservé l'ancienne prononciation et l'ancienne orthographe qu'il mettait au service des opinions modernes ; il aimait la Pologne et la Hongrie, mais il écrivait *les polonois* et prononçait *les hongrais*. Il portait l'habit de la garde nationale comme Charles X, et le cordon de la légion d'honneur comme Napoléon.

Il allait peu à la chapelle, point à la chasse, jamais à l'opéra. Incorruptible aux sacristains, aux valets de chiens et aux danseuses ; cela entrait dans sa popularité bourgeoise. Il n'avait point de cour. Il sortait avec son parapluie sous son bras, et ce parapluie a longtemps fait partie de son auréole. Il était un peu maçon, un peu jardinier et un peu médecin ; il saignait un postillon tombé de cheval ; Louis-Philippe n'allait pas plus sans sa lancette que Henri III sans son poignard. Les royalistes raillaient ce roi ridicule, le premier qui ait versé le sang pour guérir.

Dans les griefs de l'histoire contre Louis-Philippe, il y a une défalcation à faire ; il y a ce qui accuse la royauté, ce qui accuse le règne, et ce qui accuse le roi ; trois colonnes qui donnent chacune un total différent. Le droit démocratique confisqué, le progrès devenu le deuxième intérêt, les protestations de la rue réprimées violemment, l'exécution militaire des insurrections, l'émeute passée par les armes, la rue Transnonain[2], les conseils de guerre, l'absorption du pays réel par le pays légal, le gouvernement de compte à demi avec trois cent mille privilégiés, sont le fait de la royauté ; la Belgique refusée, l'Algérie trop durement conquise, et, comme l'Inde par les anglais, avec plus de barbarie que de civilisation, le manque de foi à Abd-el-Kader, Blaye, Deutz acheté, Pritchard payé, sont le fait du règne ; la politique plus familiale que nationale est le fait du roi.

Comme on voit, le décompte opéré, la charge du roi s'amoindrit.

Sa grande faute, la voici : il a été modeste au nom de la France.

D'où vient cette faute ?

Disons-le.

Louis-Philippe a été un roi trop père ; cette incubation d'une famille qu'on veut faire éclore dynastie a peur de tout et n'entend pas être dérangée ; de là des timidités excessives, importunes au peuple qui a le 14 juillet dans sa tradition civile et Austerlitz dans sa tradition militaire.

Du reste, si l'on fait abstraction des devoirs publics, qui veulent être remplis les premiers, cette profonde ten-

---

2. Les dix premières années du règne de Louis-Philippe furent marquées par une série de manifestations politiques républicaines et de soulèvements ouvriers, parfois mêlés : sac de l'archevêché de Paris (février 1831) ; émeute à Paris et surtout à Lyon (canuts) de novembre 1831, répétée en avril 1834, et dont le massacre de la rue Transnonain fut l'épisode le plus sanglant ; émeute dite des Saisons, animée par Blanqui et Barbès, en mai 1839.

Les barricades des 5 et 6 juin 1832 sont dans *Les Misérables* la figure métonymique de ces tumultes, sanglants prolégomènes à la révolution de 1848, aux journées de Juin 48 et, pour en finir, au coup d'État de 1851. Voir IV, 10, 2 ; p. 1424.

dresse de Louis-Philippe pour sa famille, la famille la méritait. Ce groupe domestique était admirable. Les vertus y coudoyaient les talents. Une des filles de Louis-Philippe, Marie d'Orléans, mettait le nom de sa race parmi les artistes comme Charles d'Orléans l'avait mis parmi les poëtes. Elle avait fait de son âme un marbre qu'elle avait nommé Jeanne d'Arc. Deux des fils de Louis-Philippe avaient arraché à Metternich cet éloge démagogique : *Ce sont des jeunes gens comme on n'en voit guère et des princes comme on n'en voit pas.*

Voilà, sans rien dissimuler, mais aussi sans rien aggraver, le vrai sur Louis-Philippe.

Être le prince égalité, porter en soi la contradiction de la restauration et de la révolution, avoir ce côté inquiétant du révolutionnaire qui devient rassurant dans le gouvernant, ce fut là la fortune de Louis-Philippe en 1830 ; jamais il n'y eut adaptation plus complète d'un homme à un événement ; l'un entra dans l'autre, et l'incarnation se fit. Louis-Philippe, c'est 1830 fait homme. De plus il avait pour lui cette grande désignation au trône, l'exil. Il avait été proscrit, errant, pauvre. Il avait vécu de son travail. En Suisse, cet apanagiste des plus riches domaines princiers de France avait vendu un vieux cheval pour manger. À Reichenau, il avait donné des leçons de mathématiques pendant que sa sœur Adélaïde faisait de la broderie et cousait. Ces souvenirs mêlés à un roi enthousiasmaient la bourgeoisie. Il avait démoli de ses propres mains la dernière cage de fer du Mont Saint-Michel, bâtie par Louis XI et utilisée par Louis XV. C'était le compagnon de Dumouriez, c'était l'ami de Lafayette ; il avait été du club des jacobins ; Mirabeau lui avait frappé sur l'épaule ; Danton lui avait dit : Jeune homme ! À vingt-quatre ans, en 93, étant M. de Chartres, du fond d'une logette obscure de la Convention, il avait assisté au procès de Louis XVI, si bien nommé *ce pauvre tyran*. La clairvoyance aveugle de la révolution, brisant la royauté dans le roi et le roi avec la royauté, sans presque remarquer l'homme dans le farouche écrasement de l'idée, le vaste orage de l'assemblée tribunal, la colère publique interrogeant, Capet ne sachant que répondre, l'effrayante vacillation stupéfaite de cette tête royale sous ce souffle sombre, l'innocence relative de tous dans cette catastrophe, de ceux qui condamnaient comme de celui qui était condamné, il avait regardé ces choses, il avait contemplé ces vertiges ; il avait vu les siècles comparaître à la barre de la Convention ; il avait vu, derrière Louis XVI, cet infortuné passant responsable, se dresser dans les ténèbres la formidable accusée, la monarchie ; et il lui était resté dans l'âme l'épouvante respectueuse de ces immenses justices du peuple presque aussi impersonnelles que la justice de Dieu.

La trace que la révolution avait laissée en lui était prodigieuse. Son souvenir était comme une empreinte vivante de ces grandes années minute par minute. Un jour, devant un témoin dont il nous est impossible de douter[3], il rectifia de mémoire toute la lettre A de la liste alphabétique de l'assemblée constituante.

Louis-Philippe a été un roi de plein jour. Lui régnant, la presse a été libre, la tribune a été libre, la conscience et la parole ont été libres. Les lois de septembre sont à claire-voie. Bien que sachant le pouvoir rongeur de la lumière sur les priviléges, il a laissé son trône exposé à la lumière. L'histoire lui tiendra compte de cette loyauté.

Louis-Philippe, comme tous les hommes historiques sortis de scène, est aujourd'hui mis en jugement par la conscience humaine. Son procès n'est encore qu'en première instance.

L'heure où l'histoire parle avec son accent vénérable et libre n'a pas encore sonné pour lui ; le moment n'est pas venu de prononcer sur ce roi le jugement définitif ; l'austère et illustre historien Louis Blanc a lui-même récemment adouci son premier verdict ; Louis-Philippe a été l'élu de ces deux à peu près qu'on appelle les 221 et 1830, c'est-à-dire d'un demi-parlement et d'une demi-révolution ; et dans tous les cas, au point de vue supérieur où doit se placer la philosophie, nous ne pourrions le juger ici, comme on a pu l'entrevoir plus haut, qu'avec

---

3. Ce témoin est l'auteur lui-même, ainsi qu'à la page suivante. Nouvelle touche au portrait de l'auteur, voir note générale 4.

de certaines réserves au nom du principe démocratique absolu ; aux yeux de l'absolu, en dehors de ces deux droits, le droit de l'homme d'abord, le droit du peuple ensuite, tout est usurpation ; mais ce que nous pouvons dire dès à présent, ces réserves faites, c'est que, somme toute et de quelque façon qu'on le considère, Louis-Philippe, pris en lui-même et au point de vue de la bonté humaine, demeurera, pour nous servir du vieux langage de l'ancienne histoire, un des meilleurs princes qui aient passé sur un trône.

Qu'a-t-il contre lui ? Ce trône. Otez de Louis-Philippe le roi, il reste l'homme. Et l'homme est bon. Il est bon parfois jusqu'à être admirable. Souvent, au milieu des plus graves soucis, après une journée de lutte contre toute la diplomatie du continent, il rentrait le soir dans son appartement, et là, épuisé de fatigue, accablé de sommeil, que faisait-il ? il prenait un dossier, et il passait sa nuit à réviser un procès criminel, trouvant que c'était quelque chose de tenir tête à l'Europe, mais que c'était une plus grande affaire encore d'arracher un homme au bourreau. Il s'opiniâtrait contre son garde des sceaux ; il disputait pied à pied le terrain de la guillotine aux procureurs généraux, *ces bavards de la loi*, comme il les appelait. Quelquefois les dossiers empilés couvraient sa table ; il les examinait tous ; c'était une angoisse pour lui d'abandonner ces misérables têtes condamnées. Un jour il disait au même témoin que nous avons indiqué tout à l'heure : *Cette nuit, j'en ai gagné sept.* Pendant les premières années de son règne, la peine de mort fut comme abolie, et l'échafaud relevé fut une violence faite au roi. La Grève ayant disparu avec la branche aînée, une Grève bourgeoise fut instituée sous le nom de Barrière Saint-Jacques ; les « hommes pratiques » sentirent le besoin d'une guillotine quasi légitime ; et ce fut là une des victoires de Casimir Perier, qui représentait les côtés étroits de la bourgeoisie, sur Louis-Philippe, qui en représentait les côtés libéraux. Louis-Philippe avait annoté de sa main Beccaria. Après la machine Fieschi, il s'écriait : *Quel dommage que je n'aie pas été blessé ! j'aurais pu faire grâce.* Une autre fois, faisant allusion aux résistances de ses ministres, il écrivait à propos d'un condamné politique qui est une des plus généreuses figures de notre temps : *Sa grâce est accordée, il ne me reste plus qu'à l'obtenir* [4]. Louis-Philippe était doux comme Louis IX et bon comme Henri IV.

Or, pour nous, dans l'histoire où la bonté est la perle rare, qui a été bon passe presque avant qui a été grand.

Louis-Philippe ayant été apprécié sévèrement par les uns, durement peut-être par les autres, il est tout simple qu'un homme, fantôme [5] lui-même aujourd'hui, qui a connu ce roi, vienne déposer pour lui devant l'histoire ; cette déposition, quelle qu'elle soit, est évidemment et avant tout désintéressée ; une épitaphe écrite par un mort est sincère ; une ombre peut consoler une autre ombre ; le partage des mêmes ténèbres donne le droit de louange ; et il est peu à craindre qu'on dise jamais de deux tombeaux dans l'exil : Celui-ci a flatté l'autre.

IV

LÉZARDES SOUS LA FONDATION

Au moment où le drame que nous racontons va pénétrer dans l'épaisseur d'un des nuages tragiques qui couvrent les commencements du règne de Louis-Philippe, il

---

4. Il s'agissait de Barbès, condamné à mort — voir IV, 1, 3, note 2, p. 1129. Hugo avait demandé sa grâce au roi par un quatrain, ensuite publié dans *Les Rayons et les Ombres* mais sans aucune explication. Un an après la publication des *Misérables*, le *Victor Hugo raconté* donne leur valeur autobiographique — voir note générale 38 — à ces lignes énigmatiques en retraçant toute l'histoire et en publiant la lettre de remerciement adressée à Hugo par Barbès qui s'était reconnu.

5. Ce « fantôme » sait que sa parole n'est pas seulement amplifiée et authentifiée par cette présence-absence, mais qu'elle y trouve exactement le statut qu'exige son objet — voir note générale 4 et P. Albouy (Bibliographie).

ne fallait pas d'équivoque, et il était nécessaire que ce livre s'expliquât sur ce roi.

Louis-Philippe était entré dans l'autorité royale sans violence, sans action directe de sa part, par le fait d'un virement révolutionnaire, évidemment fort distinct du but réel de la révolution, mais dans lequel lui, duc d'Orléans, n'avait aucune initiative personnelle. Il était né prince et se croyait élu roi. Il ne s'était point donné à lui-même ce mandat ; il ne l'avait point pris ; on le lui avait offert et il l'avait accepté ; convaincu, à tort certes, mais convaincu que l'offre était selon le droit et que l'acceptation était selon le devoir. De là une possession de bonne foi. Or, nous le disons en toute conscience, Louis-Philippe étant de bonne foi dans sa possession, et la démocratie étant de bonne foi dans son attaque, la quantité d'épouvante qui se dégage des luttes sociales ne charge ni le roi, ni la démocratie. Un choc de principes ressemble à un choc d'éléments. L'océan défend l'eau, l'ouragan défend l'air ; le roi défend la royauté, la démocratie défend le peuple ; le relatif, qui est la monarchie, résiste à l'absolu, qui est la république ; la société saigne sous ce conflit, mais ce qui est sa souffrance aujourd'hui sera plus tard son salut ; et, dans tous les cas, il n'y a point à blâmer ceux qui luttent ; un des deux partis évidemment se trompe ; le droit n'est pas, comme le colosse de Rhodes, sur deux rivages à la fois, un pied dans la république, un pied dans la royauté ; il est indivisible, et tout d'un côté ; mais ceux qui se trompent se trompent sincèrement ; un aveugle n'est pas plus un coupable qu'un vendéen n'est un brigand. N'imputons donc qu'à la fatalité des choses ces collisions redoutables. Quelles que soient ces tempêtes, l'irresponsabilité humaine y est mêlée.

Achevons cet exposé.

Le gouvernement de 1830 eut tout de suite la vie dure. Il dut, né d'hier, combattre aujourd'hui.

À peine installé, il sentait déjà partout de vagues mouvements de traction sur l'appareil de juillet encore si fraîchement posé et si peu solide.

La résistance naquit le lendemain ; peut-être même était-elle née la veille.

De mois en mois, l'hostilité grandit, et de sourde devint patente.

La révolution de juillet, peu acceptée hors de France par les rois, nous l'avons dit, avait été en France diversement interprétée.

Dieu livre aux hommes ses volontés visibles dans les événements, texte obscur écrit dans une langue mystérieuse. Les hommes en font sur-le-champ des traductions ; traductions hâtives, incorrectes, pleines de fautes, de lacunes et de contre-sens. Bien peu d'esprits comprennent la langue divine. Les plus sagaces, les plus calmes, les plus profonds, déchiffrent lentement, et, quand ils arrivent avec leur texte, la besogne est faite depuis longtemps ; il y a déjà vingt traductions sur la place publique. De chaque traduction naît un parti, et de chaque contre-sens une faction ; et chaque parti croit avoir le seul vrai texte, et chaque faction croit posséder la lumière.

Souvent le pouvoir lui-même est une faction.

Il y a dans les révolutions des nageurs à contre-courant, ce sont les vieux partis.

Pour les vieux partis qui se rattachent à l'hérédité par la grâce de Dieu, les révolutions étant sorties du droit de révolte, on a droit de révolte contre elles. Erreur. Car dans les révolutions le révolté, ce n'est pas le peuple, c'est le roi. Révolution est précisément le contraire de révolte. Toute révolution, étant un accomplissement normal, contient en elle sa légitimité, que de faux révolutionnaires déshonorent quelquefois, mais qui persiste, même souillée, qui survit, même ensanglantée. Les révolutions sortent, non d'un accident, mais de la nécessité. Une révolution est un retour du factice au réel [1]. Elle est parce qu'il faut qu'elle soit.

Les vieux partis légitimistes n'en assaillaient pas moins la révolution de 1830 avec toutes les violences qui jaillissent du faux raisonnement. Les erreurs sont d'excellents projectiles. Ils la frappaient savamment là où elle était

---

1. Cette formule contient un article essentiel de la pensée politique de Hugo et de sa vision de l'histoire, voir IV, 10, 2, note 1, p. 1417 et note générale 31.

vulnérable, au défaut de sa cuirasse, à son manque de logique ; ils attaquaient cette révolution dans sa royauté. Ils lui criaient : Révolution, pourquoi ce roi ? Les factions sont des aveugles qui visent juste.

Ce cri, les républicains le poussaient également. Mais, venant d'eux, ce cri était logique. Ce qui était cécité chez les légitimistes était clairvoyance chez les démocrates. 1830 avait fait banqueroute au peuple. La démocratie indignée le lui reprochait.

Entre l'attaque du passé et l'attaque de l'avenir l'établissement de juillet se débattait. Il représentait la minute, aux prises d'une part avec les siècles monarchiques, d'autre part avec le droit éternel.

En outre, au dehors, n'étant plus la révolution et devenant la monarchie, 1830 était obligé de prendre le pas de l'Europe. Garder la paix, surcroît de complication. Une harmonie voulue à contre-sens est souvent plus onéreuse qu'une guerre. De ce sourd conflit, toujours muselé, mais toujours grondant, naquit la paix armée, ce ruineux expédient de la civilisation suspecte à elle-même. La royauté de juillet se cabrait, malgré qu'elle en eût, dans l'attelage des cabinets européens. Metternich l'eût volontiers mise à la plate-longe. Poussée en France par le progrès, elle poussait en Europe les monarchies, ces tardigrades. Remorquée, elle remorquait.

Cependant, à l'intérieur, paupérisme, prolétariat, salaire, éducation, pénalité, prostitution, sort de la femme, richesse, misère, production, consommation, répartition, échange, monnaie, crédit, droit du capital, droit du travail, toutes ces questions se multipliaient au-dessus de la société ; surplomb terrible.

En dehors des partis politiques proprement dits, un autre mouvement se manifestait. À la fermentation démocratique répondait la fermentation philosophique. L'élite se sentait troublée comme la foule ; autrement, mais autant.

Des penseurs méditaient, tandis que le sol, c'est-à-dire le peuple, traversé par les courants révolutionnaires, tremblait sous eux avec je ne sais quelles vagues secousses épileptiques. Ces songeurs, les uns isolés, les autres réunis en familles et presque en communions, remuaient les questions sociales, pacifiquement, mais profondément ; mineurs impassibles, qui poussaient tranquillement leurs galeries dans les profondeurs d'un volcan, à peine dérangés par les commotions sourdes et par les fournaises entrevues [2].

Cette tranquillité n'était pas le moins beau spectacle de cette époque agitée.

Ces hommes laissaient aux partis politiques la question des droits, ils s'occupaient de la question du bonheur.

Le bien-être de l'homme, voilà ce qu'ils voulaient extraire de la société.

Ils élevaient les questions matérielles, les questions d'agriculture, d'industrie, de commerce, presque à la dignité d'une religion. Dans la civilisation telle qu'elle se fait, un peu par Dieu, beaucoup par l'homme, les intérêts se combinent, s'agrégent et s'amalgament de manière à former une véritable roche dure, selon une loi dynamique patiemment étudiée par les économistes, ces géologues de la politique.

Ces hommes qui se groupaient sous des appellations différentes, mais qu'on peut désigner tous par le titre générique de socialistes, tâchaient de percer cette roche et d'en faire jaillir les eaux vives de la félicité humaine.

Depuis la question de l'échafaud [3] jusqu'à la question de la guerre, leurs travaux embrassaient tout. Au droit de l'homme, proclamé par la révolution française, ils ajoutaient le droit de la femme et le droit de l'enfant.

On ne s'étonnera pas que, pour des raisons diverses, nous ne traitions pas ici à fond, au point de vue théorique,

---

2. Emploi et complication de la métaphore des mines — voir note générale 15.

3. Hugo a toujours daté son « socialisme » de 1828 : du *Dernier Jour d'un condamné*. Le droit de vie et de mort de la société sur l'individu est pour lui la première des questions sociales, non seulement parce qu'elle régit logiquement la question de leurs rapports, mais aussi parce que, en assistant au spectacle d'une exécution, la foule ne fait que regarder et accepter sa propre privation du droit à la vie, s'interdisant ainsi de se former en peuple. De là que *Les Misérables* commencent par la rencontre de Myriel avec la guillotine.

les questions soulevées par le socialisme. Nous nous bornons à les indiquer.

Tous les problèmes que les socialistes se proposaient, les visions cosmogoniques, la rêverie et le mysticisme écartés, peuvent être ramenés à deux problèmes principaux.

Premier problème :

Produire la richesse.

Deuxième problème :

La répartir.

Le premier problème contient la question du travail.

Le deuxième contient la question du salaire.

Dans le premier problème il s'agit de l'emploi des forces.

Dans le second de la distribution des jouissances.

Du bon emploi des forces résulte la puissance publique.

De la bonne distribution des jouissances résulte le bonheur individuel.

Par bonne distribution, il faut entendre non distribution égale, mais distribution équitable. La première égalité, c'est l'équité.

De ces deux choses combinées, puissance publique au dehors, bonheur individuel au dedans, résulte la prospérité sociale.

Prospérité sociale, cela veut dire l'homme heureux, le citoyen libre, la nation grande.

L'Angleterre résout le premier de ces deux problèmes. Elle crée admirablement la richesse ; elle la répartit mal. Cette solution qui n'est complète que d'un côté la mène fatalement à ces deux extrêmes : opulence monstrueuse, misère monstrueuse. Toutes les jouissances à quelques-uns, toutes les privations aux autres, c'est-à-dire au peuple ; le privilège, l'exception, le monopole, la féodalité, naissant du travail même. Situation fausse et dangereuse qui assoit la puissance publique sur la misère privée, qui enracine la grandeur de l'état dans les souffrances de l'individu. Grandeur mal composée où se combinent tous les éléments matériels et dans laquelle n'entre aucun élément moral.

Le communisme et la loi agraire croient résoudre le

deuxième problème. Ils se trompent. Leur répartition tue la production. Le partage égal abolit l'émulation. Et par conséquent le travail. C'est une répartition faite par le boucher, qui tue ce qu'il partage. Il est donc impossible de s'arrêter à ces prétendues solutions. Tuer la richesse, ce n'est pas la répartir.

Les deux problèmes veulent être résolus ensemble pour être bien résolus. Les deux solutions veulent être combinées et n'en faire qu'une.

Ne résolvez que le premier des deux problèmes, vous serez Venise, vous serez l'Angleterre. Vous aurez comme Venise une puissance artificielle, ou comme l'Angleterre une puissance matérielle ; vous serez le mauvais riche. Vous périrez par une voie de fait, comme est morte Venise, ou par une banqueroute, comme tombera l'Angleterre. Et le monde vous laissera mourir et tomber, parce que le monde laisse tomber et mourir tout ce qui n'est que l'égoïsme, tout ce qui ne représente pas pour le genre humain une vertu ou une idée.

Il est bien entendu ici que par ces mots, Venise, l'Angleterre, nous désignons non des peuples, mais des constructions sociales, les oligarchies superposées aux nations, et non les nations elles-mêmes. Les nations ont toujours notre respect et notre sympathie. Venise, peuple, renaîtra ; l'Angleterre, aristocratie, tombera, mais l'Angleterre, nation, est immortelle. Cela dit, nous poursuivons.

Résolvez les deux problèmes, encouragez le riche et protégez le pauvre, supprimez la misère, mettez un terme à l'exploitation injuste du faible par le fort, mettez un frein à la jalousie inique de celui qui est en route contre celui qui est arrivé, ajustez mathématiquement et fraternellement le salaire au travail, mêlez l'enseignement gratuit et obligatoire à la croissance de l'enfance et faites de la science la base de la virilité, développez les intelligences tout en occupant les bras, soyez à la fois un peuple puissant et une famille d'hommes heureux, démocratisez la propriété, non en l'abolissant, mais en l'universalisant, de façon que tout citoyen sans exception soit propriétaire, chose plus facile qu'on ne croit, en deux mots sachez produire la richesse et sachez la répartir ; et vous aurez tout ensemble la grandeur matérielle et la grandeur morale ; et vous serez dignes de vous appeler la France.

Voilà, en dehors et au-dessus de quelques sectes qui s'égaraient, ce que disait le socialisme ; voilà ce qu'il cherchait dans les faits, voilà ce qu'il ébauchait dans les esprits.

Efforts admirables ! tentatives sacrées !

Ces doctrines, ces théories, ces résistances, la nécessité inattendue pour l'homme d'état de compter avec les philosophes, de confuses évidences entrevues, une politique nouvelle à créer, d'accord avec le vieux monde sans trop de désaccord avec l'idéal révolutionnaire, une situation dans laquelle il fallait user Lafayette à défendre Polignac, l'intuition du progrès transparent sous l'émeute, les chambres et la rue, les compétitions à équilibrer autour de lui, sa foi dans la révolution, peut-être on ne sait quelle résignation éventuelle née de la vague acceptation d'un droit définitif supérieur, sa volonté de rester de sa race, son esprit de famille, son sincère respect du peuple, sa propre honnêteté, préoccupaient Louis-Philippe presque douloureusement, et par instants, si fort et si courageux qu'il fût, l'accablaient sous la difficulté d'être roi.

Il sentait sous ses pieds une désagrégation redoutable, qui n'était pourtant pas une mise en poussière, la France étant plus France que jamais.

De ténébreux amoncellements couvraient l'horizon. Une ombre étrange gagnant de proche en proche s'étendait peu à peu sur les hommes, sur les choses, sur les idées ; ombre qui venait des colères et des systèmes. Tout ce qui avait été hâtivement étouffé remuait et fermentait. Parfois la conscience de l'honnête homme reprenait sa respiration tant il y avait de malaise dans cet air où les sophismes se mêlaient aux vérités. Les esprits tremblaient dans l'anxiété sociale comme les feuilles à l'approche de l'orage. La tension électrique était telle qu'à de certains instants le premier venu, un inconnu, éclairait. Puis l'obscurité crépusculaire retombait. Par intervalles, de profonds et sourds grondements pouvaient faire juger de la quantité de foudre qu'il y avait dans la nuée.

Vingt mois à peine s'étaient écoulés depuis la révolution de juillet, l'année 1832 s'était ouverte avec un aspect d'imminence et de menace. La détresse du peuple, les travailleurs sans pain, le dernier prince de Condé disparu dans les ténèbres, Bruxelles chassant les Nassau comme Paris les Bourbons, la Belgique s'offrant à un prince français et donnée à un prince anglais, la haine russe de Nicolas, derrière nous deux démons du midi, Ferdinand en Espagne, Miguel en Portugal, la terre tremblant en Italie, Metternich étendant la main sur Bologne, la France brusquant l'Autriche à Ancône, au nord on ne sait quel sinistre bruit de marteau reclouant la Pologne dans son cercueil, dans toute l'Europe des regards irrités guettant la France, l'Angleterre, alliée suspecte, prête à pousser ce qui pencherait et à se jeter sur ce qui tomberait, la pairie s'abritant derrière Beccaria pour refuser quatre têtes à la loi, les fleurs de lys raturées sur la voiture du roi, la croix arrachée de Notre-Dame, Lafayette amoindri, Laffitte ruiné, Benjamin Constant mort dans l'indigence, Casimir Perier mort dans l'épuisement du pouvoir ; la maladie politique et la maladie sociale se déclarant à la fois dans les deux capitales du royaume, l'une la ville de la pensée, l'autre la ville du travail ; à Paris la guerre civile, à Lyon la guerre servile ; dans les deux cités la même lueur de fournaise ; une pourpre de cratère au front du peuple ; le midi fanatisé, l'ouest troublé, la duchesse de Berry dans la Vendée, les complots, les conspirations, les soulèvements, le choléra, ajoutaient à la sombre rumeur des idées le sombre tumulte des événements.

V

FAITS D'OÙ L'HISTOIRE SORT
ET QUE L'HISTOIRE IGNORE [1]

Vers la fin d'avril, tout s'était aggravé. La fermentation devenait du bouillonnement. Depuis 1830, il y avait eu çà et là de petites émeutes partielles, vite comprimées, mais renaissantes, signe d'une vaste conflagration sous-jacente. Quelque chose de terrible couvait. On entrevoyait les linéaments encore peu distincts et mal éclairés d'une révolution possible. La France regardait Paris ; Paris regardait le faubourg Saint-Antoine.

Le faubourg Saint-Antoine, sourdement chauffé, entrait en ébullition.

Les cabarets de la rue de Charonne étaient, quoique la jonction de ces deux épithètes semble singulière appliquée à des cabarets, graves et orageux.

Le gouvernement y était purement et simplement mis en question. On y discutait publiquement *la chose pour se battre ou pour rester tranquille*. Il y avait des arrière-boutiques où l'on faisait jurer à des ouvriers qu'ils se trouveraient dans la rue au premier cri d'alarme, et « qu'ils se battraient sans compter le nombre des ennemis ». Une fois l'engagement pris, un homme assis dans un coin du cabaret « faisait une voix sonore » et disait : *Tu l'entends ! tu l'as juré !* Quelquefois on montait au premier étage dans une chambre close, et là il se passait des scènes presque maçonniques. On faisait prêter à l'ini-

---

1. Comme celui de la Restauration (voir II, 1, 19, note 1, p. 492), le tableau de la monarchie de Juillet est divisé en trois volets : analyse historique générale (ch. 1 à 4), collection de petits faits concrets maintenant, individualisation dans la fiction (ch. 6).
Tout le chapitre saisit les linéaments de l'émeute dans ce qui lui est accessible : un langage dont la reproduction fait de lui une sorte d'émeute parlée. Elle progresse des propos aux citations et culmine dans l'insurrection littéraire qu'est la reproduction du document p. 1147. Sur ce procédé, voir aussi notes générales 1 et 3.

tié des serments *pour lui rendre service ainsi qu'aux pères de famille.* C'était la formule.

Dans les salles basses on lisait des brochures « subversives ». *Ils crossaient le gouvernement,* dit un rapport secret du temps.

On y entendait des paroles comme celles-ci : — *Je ne sais pas les noms des chefs. Nous autres, nous ne saurons le jour que deux heures d'avance.* — Un ouvrier disait : — *Nous sommes trois cents, mettons chacun dix sous, cela fera cent cinquante francs pour fabriquer des balles et de la poudre.* — Un autre disait : — *Je ne demande pas six mois, je n'en demande pas deux. Avant quinze jours nous serons en parallèle avec le gouvernement. Avec vingt-cinq mille hommes on peut se mettre en face.* — Un autre disait : — *Je ne me couche pas parce que je fais des cartouches la nuit.* — De temps en temps des hommes « en bourgeois et en beaux habits » venaient, « faisant des embarras », et ayant l'air « de commander », donnaient des poignées de mains *aux plus importants,* et s'en allaient. Ils ne restaient jamais plus de dix minutes. On échangeait à voix basse des propos significatifs : — *Le complot est mûr, la chose est comble.* — « C'était bourdonné par tous ceux qui étaient là », pour emprunter l'expression même d'un des assistants. L'exaltation était telle qu'un jour, en plein cabaret, un ouvrier s'écria : *Nous n'avons pas d'armes !* — Un de ses camarades répondit : — *Les soldats en ont !* — parodiant ainsi, sans s'en douter, la proclamation de Bonaparte à l'armée d'Italie. — « Quand ils avaient quelque chose de plus secret, ajoute un rapport, ils ne se le communiquaient pas là. » On ne comprend guère ce qu'ils pouvaient cacher après avoir dit ce qu'ils disaient.

Les réunions étaient quelquefois périodiques. À de certaines, on n'était jamais plus de huit ou dix, et toujours les mêmes. Dans d'autres, entrait qui voulait, et la salle était si pleine qu'on était forcé de se tenir debout. Les uns s'y trouvaient par enthousiasme et passion ; les autres parce que *c'était leur chemin pour aller au travail.* Comme pendant la révolution, il y avait dans ces cabarets des femmes patriotes qui embrassaient les nouveaux venus.

D'autres faits expressifs se faisaient jour.

Un homme entrait dans un cabaret, buvait et sortait en disant : *Marchand de vin, ce qui est dû, la révolution le payera.*

Chez un cabaretier en face de la rue de Charonne on nommait des agents révolutionnaires. Le scrutin se faisait dans des casquettes.

Des ouvriers se réunissaient chez un maître d'escrime qui donnait des assauts rue de Cotte. Il y avait là un trophée d'armes formé d'espadons en bois, de cannes, de bâtons et de fleurets. Un jour on démoucheta les fleurets. Un ouvrier disait : — *Nous sommes vingt-cinq, mais on ne compte pas sur moi, parce qu'on me regarde comme une machine.* — Cette machine a été plus tard Quénisset[2].

Les choses quelconques qui se préméditaient prenaient peu à peu on ne sait quelle étrange notoriété. Une femme balayant sa porte disait à une autre femme : — *Depuis longtemps on travaille à force à faire des cartouches.* — On lisait en pleine rue des proclamations adressées aux gardes nationales des départements. Une de ces proclamations était signée : *Burtot, marchand de vin.*

Un jour, à la porte d'un liquoriste du marché Lenoir, un homme ayant un collier de barbe et l'accent italien montait sur une borne et lisait à haute voix un écrit singulier qui semblait émaner d'un pouvoir occulte. Des groupes s'étaient formés autour de lui et applaudissaient. Les passages qui remuaient le plus la foule ont été recueillis et notés. — « ... Nos doctrines sont entravées, nos proclamations sont déchirées, nos afficheurs sont guettés et jetés en prison... ». « La débâcle qui vient d'avoir lieu dans les cotons nous a converti plusieurs juste-milieu. » — « ... L'avenir des peuples s'élabore dans nos rangs obscurs. » — « ... Voici les termes posés : action ou réaction, révolution ou contre-révolution. Car,

---

2. Cas remarquable du mélange de la fiction et de l'histoire : en 1841, Quénisset, ouvrier du faubourg Saint-Antoine, tenta d'assassiner deux princes de la famille royale.

à notre époque, on ne croit plus à l'inertie ni à l'immobilité. Pour le peuple ou contre le peuple, c'est la question.
Il n'y en a pas d'autre. » « ... Le jour où nous ne vous
conviendrons plus, cassez-nous, mais jusque-là aidez-
nous à marcher. » Tout cela en plein jour.

D'autres faits, plus audacieux encore, étaient suspects
au peuple à cause de leur audace même. Le 4 avril 1832,
un passant montait sur la borne qui fait l'angle de la rue
Sainte-Marguerite et criait : *Je suis babouviste !* Mais
sous Babeuf le peuple flairait Gisquet[3].

Entre autres choses, ce passant disait :

— « À bas la propriété ! L'opposition de gauche est
lâche et traître. Quand elle veut avoir raison, elle prêche
la révolution. Elle est démocrate pour n'être pas battue,
et royaliste pour ne pas combattre. Les républicains sont
des bêtes à plumes. Défiez-vous des républicains,
citoyens travailleurs. »

— Silence, citoyen mouchard ! cria un ouvrier.

Ce cri mit fin au discours.

Des incidents mystérieux se produisaient.

À la chute du jour, un ouvrier rencontrait près du canal
« un homme bien mis » qui lui disait : — Où vas-tu,
citoyen ? — Monsieur, répondait l'ouvrier, je n'ai pas
l'honneur de vous connaître. — Je te connais bien, moi.
Et l'homme ajoutait : Ne crains pas. Je suis l'agent du
comité. On te soupçonne de n'être pas bien sûr. Tu sais
que si tu révélais quelque chose, on a l'œil sur toi. — Puis
il donnait à l'ouvrier une poignée de main et s'en allait
en disant : — Nous nous reverrons bientôt.

La police, aux écoutes, recueillait, non plus seulement
dans les cabarets, mais dans la rue, des dialogues singuliers : — Fais-toi recevoir bien vite, disait un tisserand à
un ébéniste.

— Pourquoi ?

— Il va y avoir un coup de feu à faire.

Deux passants en haillons échangeaient ces répliques
remarquables, grosses d'une apparente jacquerie :

---

3. Préfet de police entre 1831 et 1836. En écho à ce minuscule
épisode, voir les derniers chapitres de IV, 12 ; pp. 1492 et suiv.

— Qui nous gouverne ?

— C'est monsieur Philippe.

— Non, c'est la bourgeoisie.

On se tromperait si l'on croyait que nous prenons le mot jacquerie en mauvaise part. Les jacques, c'étaient les pauvres.

Une autre fois, on entendait passer deux hommes dont l'un disait à l'autre : — Nous avons un bon plan d'attaque.

D'une conversation intime entre quatre hommes accroupis dans un fossé du rond-point de la barrière du Trône, on ne saisissait que ceci :

— On fera le possible pour qu'il ne se promène plus dans Paris.

Qui, *il ?* Obscurité menaçante.

« Les principaux chefs », comme on disait dans le faubourg, se tenaient à l'écart. On croyait qu'ils se réunissaient, pour se concerter, dans un cabaret près de la pointe Saint-Eustache. Un nommé Aug. —, chef de la société des Secours pour les tailleurs, rue Mondétour, passait pour servir d'intermédiaire central entre les chefs et le faubourg Saint-Antoine. Néanmoins, il y eut toujours beaucoup d'ombre sur ces chefs, et aucun fait certain ne put infirmer la fierté singulière de cette réponse faite plus tard par un accusé devant la Cour des pairs :

— Quel était votre chef ?

— *Je n'en connaissais pas, et je n'en reconnaissais pas.*

Ce n'étaient guère encore que des paroles, transparentes, mais vagues ; quelquefois des propos en l'air, des on-dit, des ouï-dire. D'autres indices survenaient.

Un charpentier, occupé rue de Reuilly à clouer les planches d'une palissade autour d'un terrain où s'élevait une maison en construction, trouvait dans ce terrain un fragment de lettre déchirée où étaient encore lisibles les lignes que voici :

— « ... Il faut que le comité prenne des mesures pour empêcher le recrutement dans les sections pour les différentes sociétés... »

Et en post-scriptum :

« Nous avons appris qu'il y avait des fusils rue du Faubourg-Poissonnière, n° 5 (bis), au nombre de cinq ou six mille, chez un armurier, dans une cour. La section ne possède point d'armes. »

Ce qui fit que le charpentier s'émut et montra la chose à ses voisins, c'est qu'à quelques pas plus loin il ramassa un autre papier également déchiré et plus significatif encore, dont nous reproduisons la configuration à cause de l'intérêt historique de ces étranges documents[4] :

Q	C	D	E	*Apprenez cette liste par cœur. Après, vous la déchirerez. Les hommes admis en feront autant lorsque vous leur aurez transmis des ordres.*
				Salut et fraternité.
				L.
				u og a¹ fe

Les personnes qui furent alors dans le secret de cette trouvaille n'ont connu que plus tard le sous-entendu de ces quatre majuscules : *quinturions, centurions, décurions, éclaireurs*, et le sens de ces lettres : *u og a¹ fe* qui était une date et qui voulait dire *ce 15 avril 1832*[5]. Sous chaque majuscule étaient inscrits des noms suivis d'indications très caractéristiques. Ainsi : — Q. *Bannerel.* 8 fusils. 83 cartouches. Homme sûr. — C. *Boubière.*1 pistolet. 40 cartouches. — D. *Rollet.* 1 fleuret. 1 pistolet. 1 livre de poudre. — E. *Teissier.* 1 sabre. 1 giberne. Exact. — *Terreur.* 8 fusils, Brave, etc.

Enfin ce charpentier trouva, toujours dans le même enclos, un troisième papier sur lequel était écrite au crayon, mais très lisiblement, cette espèce de liste énigmatique :

---

4. Voir II, 8, 9, note 5, p. 779 et note générale 1.

5. On voit très mal comment. Mais on voit très bien que les deux dernières lignes se lisent : u go L'a fe = Hugo l'a fait. Les majuscules en sont la preuve : C Q D E = c'est *quod demonstrandum erat.* C.Q.F.D.

À société secrète, signature cryptée : Hugo s'inscrit dans la liste « énigmatique » et théâtrale des conspirateurs comme dans celle de Patron-Minette (voir note générale 4). À « Carmagnolet » dans cette dernière correspond ici « Marseillaise ».

Unité. Blanchard. Arbre-sec. 6.
Barra. Soize. Salle-au-Comte.
Kosciusko. Aubry le boucher ?
J. J. R.
Caïus Gracchus.
Droit de révision. Dufond. Four.
Chute des Girondins. Derbac. Maubuée.
Washington. Pinson. 1 pist. 86 cart.
Marseillaise.
Souver. du peuple. Michel. Quincampoix. Sabre.
Hoche.
Marceau. Platon. Arbre-sec.
Varsovie. Tilly, crieur du *Populaire*[6].

L'honnête bourgeois entre les mains duquel cette liste était demeurée en sut la signification. Il paraît que cette liste était la nomenclature complète des sections du quatrième arrondissement de la société des Droits de l'Homme, avec les noms et les demeures des chefs de sections. Aujourd'hui que tous ces faits restés dans l'ombre ne sont plus que de l'histoire, on peut les publier. Il faut ajouter que la fondation de la société des Droits de l'Homme semble avoir été postérieure à la date où ce papier fut trouvé. Peut-être n'était-ce qu'une ébauche.

Cependant, après les propos et les paroles, après les indices écrits, des faits matériels commençaient à percer.

Rue Popincourt, chez un marchand de bric-à-brac, on saisissait dans le tiroir d'une commode sept feuilles de papier gris toutes également pliées en long et en quatre ; ces feuilles recouvraient vingt-six carrés de ce même papier gris pliés en forme de cartouche, et une carte sur laquelle on lisait ceci :

Salpêtre	12 onces.
Soufre	2 onces.
Charbon	2 onces et demie.
Eau	2 onces.

6. Journal du communiste Cabet ; avec un léger décalage chronologique puisqu'il ne parut qu'en 1833.

Le procès-verbal de saisie constatait que le tiroir exhalait une forte odeur de poudre[7].

Un maçon revenant, sa journée faite, oubliait un petit paquet sur un banc près du pont d'Austerlitz. Ce paquet était porté au corps de garde. On l'ouvrait et l'on y trouvait deux dialogues imprimés, signés *Lahautière*, une chanson intitulée : *Ouvriers, associez-vous*, et une boîte de fer-blanc pleine de cartouches.

Un ouvrier buvant avec un camarade lui faisait tâter comme il avait chaud ; l'autre sentait un pistolet sous sa veste.

Dans un fossé sur le boulevard, entre le Père-Lachaise et la barrière du Trône, à l'endroit le plus désert, des enfants, en jouant, découvraient sous un tas de copeaux et d'épluchures un sac qui contenait un moule à balles, un mandrin en bois à faire des cartouches, une sébile dans laquelle il y avait des grains de poudre de chasse, et une petite marmite en fonte dont l'intérieur offrait des traces évidentes de plomb fondu.

Des agents de police, pénétrant à l'improviste à cinq heures du matin chez un nommé Pardon, qui fut plus tard sectionnaire de la section Barricade-Merry et se fit tuer dans l'insurrection d'avril 1834, le trouvaient debout près de son lit, tenant à la main des cartouches qu'il était en train de faire.

Vers l'heure où les ouvriers se reposent, deux hommes étaient vus se rencontrant entre la barrière Picpus et la barrière Charenton dans un petit chemin de ronde entre deux murs près d'un cabaretier qui a un jeu de Siam devant sa porte. L'un tirait de dessous sa blouse et remettait à l'autre un pistolet. Au moment de le lui remettre il s'apercevait que la transpiration de sa poitrine avait communiqué quelque humidité à la poudre. Il amorçait le pistolet et ajoutait de la poudre à celle qui était déjà dans le bassinet. Puis les deux hommes se quittaient.

Un nommé Gallais, tué plus tard rue Beaubourg dans l'affaire d'avril, se vantait d'avoir chez lui sept cents cartouches et vingt-quatre pierres à fusil.

---

7. La formule qui précède est évidemment celle de la composition de la poudre.

Le gouvernement reçut un jour l'avis qu'il venait d'être distribué des armes aux faubourgs et deux cent mille cartouches. La semaine d'après trente mille cartouches furent distribuées. Chose remarquable, la police n'en put saisir aucune. Une lettre interceptée portait : — « Le jour n'est pas loin où en quatre heures d'horloge quatre-vingt mille patriotes seront sous les armes. »

Toute cette fermentation était publique, on pourrait presque dire tranquille. L'insurrection imminente apprêtait son orage avec calme en face du gouvernement. Aucune singularité ne manquait à cette crise encore souterraine, mais déjà perceptible. Les bourgeois parlaient paisiblement aux ouvriers de ce qui se préparait. On disait : Comment va l'émeute ? du ton dont on eût dit : Comment va votre femme ?

Un marchand de meubles, rue Moreau, demandait :

— Eh bien, quand attaquez-vous ?

Un autre boutiquier disait :

— On attaquera bientôt, je le sais. Il y a un mois vous étiez quinze mille, maintenant vous êtes vingt-cinq mille. — Il offrait son fusil, et un voisin offrait un petit pistolet qu'il voulait vendre sept francs.

Du reste, la fièvre révolutionnaire gagnait. Aucun point de Paris ni de la France n'en était exempt. L'artère battait partout. Comme ces membranes qui naissent de certaines inflammations et se forment dans le corps humain, le réseau des sociétés secrètes commençait à s'étendre sur le pays. De l'association des Amis du peuple, publique et secrète tout à la fois, naissait la société des Droits de l'Homme, qui datait ainsi un de ses ordres du jour : *Pluviôse, an* 40 *de l'ère républicaine*, qui devait survivre même à des arrêts de cour d'assises prononçant sa dissolution, et qui n'hésitait pas à donner à ses sections des noms significatifs tels que ceux-ci :

> *Des piques.*
> *Tocsin.*
> *Canon d'alarme.*
> *Bonnet phrygien.*

21 *janvier*[8].
Des Gueux.
Des Truands.
Marche en avant.
Robespierre.
Niveau.
Ça ira.

La société des Droits de l'Homme engendrait la société d'Action. C'étaient les impatients qui se détachaient et couraient devant. D'autres associations cherchaient à se recruter dans les grandes sociétés mères. Les sectionnaires se plaignaient d'être tiraillés. Ainsi *la société Gauloise* et *le Comité organisateur des municipalités*. Ainsi les associations pour *la liberté de la presse*, pour *la liberté individuelle*, pour *l'instruction du peuple, contre les impôts indirects*. Puis la société des Ouvriers égalitaires, qui se divisait en trois fractions, les égalitaires, les communistes, les réformistes. Puis l'Armée des Bastilles, une espèce de cohorte organisée militairement, quatre hommes commandés par un caporal, dix par un sergent, vingt par un sous-lieutenant, quarante par un lieutenant ; il n'y avait jamais plus de cinq hommes qui se connussent. Création où la précaution est combinée avec l'audace et qui semble empreinte du génie de Venise. Le comité central qui était la tête, avait deux bras, la société d'Action et l'Armée des Bastilles. Une association légitimiste, les Chevaliers de la Fidélité, remuait parmi ces affiliations républicaines. Elle y était dénoncée et répudiée.

Les sociétés parisiennes se ramifiaient dans les principales villes. Lyon, Nantes, Lille et Marseille avaient leur société des Droits de l'Homme, la Charbonnière, les Hommes libres. Aix avait une société révolutionnaire qu'on appelait la Cougourde. Nous avons déjà prononcé ce mot[9].

---

8. Jour de la mort de Louis XVI : anniversaire longtemps célébré chez les républicains en mangeant de la tête de veau.

9. En III, 4, 1 ; p. 892. Ce rappel prépare celui, peu après, du café Musain.

À Paris, le faubourg Saint-Marceau n'était guère moins bourdonnant que le faubourg Saint-Antoine, et les écoles pas moins émues que les faubourgs. Un café de la rue Saint-Hyacinthe et l'estaminet des Sept-Billards, rue des Mathurins-Saint-Jacques, servaient de lieux de ralliement aux étudiants. La société des Amis de l'A B C, affiliée aux mutuellistes d'Angers et à la Cougourde d'Aix, se réunissait, on l'a vu, au café Musain. Ces mêmes jeunes gens se retrouvaient aussi, nous l'avons dit, dans un restaurant cabaret près de la rue Mondétour qu'on appelait Corinthe. Ces réunions étaient secrètes. D'autres étaient aussi publiques que possible, et l'on peut juger de ces hardiesses par ce fragment d'un interrogatoire subi dans un des procès ultérieurs : — Où se tint cette réunion ? — Rue de la Paix. — Chez qui ? — Dans la rue. — Quelles sections étaient là ? — Une seule. — Laquelle ? — La section Manuel. — Qui était le chef ? — Moi. — Vous êtes trop jeune pour avoir pris tout seul ce grave parti d'attaquer le gouvernement. D'où vous venaient vos instructions ? — Du comité central.

L'armée était minée en même temps que la population, comme le prouvèrent plus tard les mouvements de Belfort, de Lunéville et d'Épinal. On comptait sur le cinquante-deuxième régiment, sur le cinquième, sur le huitième, sur le trente-septième, et sur le vingtième léger. En Bourgogne et dans les villes du midi on plantait *l'arbre de la Liberté*, c'est-à-dire un mât surmonté d'un bonnet rouge.

Telle était la situation.

Cette situation, le faubourg Saint-Antoine, plus que tout autre groupe de population, comme nous l'avons dit en commençant, la rendait sensible et l'accentuait. C'est là qu'était le point de côté.

Ce vieux faubourg, peuplé comme une fourmilière, laborieux, courageux et colère comme une ruche, frémissait dans l'attente et dans le désir d'une commotion. Tout s'y agitait sans que le travail fût pour cela interrompu. Rien ne saurait donner l'idée de cette physionomie vive et sombre. Il y a dans ce faubourg de poignantes détresses cachées sous le toit des mansardes ; il y a là aussi des intelligences ardentes et rares. C'est surtout en fait de détresse et d'intelligence qu'il est dangereux que les extrêmes se touchent.

Le faubourg Saint-Antoine avait encore d'autres causes de tressaillement ; car il reçoit le contre-coup des crises commerciales, des faillites, des grèves, des chômages, inhérents aux grands ébranlements politiques. En temps de révolution la misère est à la fois cause et effet. Le coup qu'elle frappe lui revient. Cette population, pleine de vertu fière, capable au plus haut point de calorique latent, toujours prête aux prises d'armes, prompte aux explosions, irritée, profonde, minée, semblait n'attendre que la chute d'une flammèche. Toutes les fois que de certaines étincelles flottent sur l'horizon, chassées par le vent des événements, on ne peut s'empêcher de songer au faubourg Saint-Antoine et au redoutable hasard qui a placé aux portes de Paris cette poudrière de souffrances et d'idées [10].

Les cabarets du *faubourg Antoine*, qui se sont plus d'une fois dessinés dans l'esquisse qu'on vient de lire, ont une notoriété historique. En temps de troubles on s'y enivre de paroles plus que de vin. Une sorte d'esprit prophétique et une effluve d'avenir y circule, enflant les cœurs et grandissant les âmes. Les cabarets du faubourg Antoine ressemblent à ces tavernes du mont Aventin bâties sur l'antre de la sibylle et communiquant avec les profonds souffles sacrés ; tavernes dont les tables étaient presque des trépieds, et où l'on buvait ce qu'Ennius appelle *le vin sibyllin*.

Le faubourg Saint-Antoine est un réservoir de peuple. L'ébranlement révolutionnaire y fait des fissures par où coule la souveraineté populaire. Cette souveraineté peut mal faire ; elle se trompe comme toute autre ; mais, même

---

10. Hugo connaissait bien ce faubourg dont sa demeure était proche. Cette page prépare la description de la grande barricade de 1848 en V, 1, 1 (p. 1577).

fourvoyée, elle reste grande. On peut dire d'elle comme du cyclope aveugle, *Ingens* [11].

En 93, selon que l'idée qui flottait était bonne ou mauvaise, selon que c'était le jour du fanatisme ou de l'enthousiasme, il partait du faubourg Saint-Antoine tantôt des légions sauvages, tantôt des bandes héroïques.

Sauvages. Expliquons-nous sur ce mot. Ces hommes hérissés qui, dans les jours génésiaques du chaos révolutionnaire, déguenillés, hurlants, farouches, le casse-tête levé, la pique haute, se ruaient sur le vieux Paris bouleversé, que voulaient-ils ? Ils voulaient la fin des oppressions, la fin des tyrannies, la fin du glaive, le travail pour l'homme, l'instruction pour l'enfant, la douceur sociale pour la femme, la liberté, l'égalité, la fraternité, le pain pour tous, l'idée pour tous, l'édénisation du monde, le Progrès ; et cette chose sainte, bonne et douce, le progrès, poussés à bout, hors d'eux-mêmes, ils la réclamaient terribles, demi-nus, la massue au poing, le rugissement à la bouche. C'étaient les sauvages, oui ; mais les sauvages de la civilisation.

Ils proclamaient avec furie le droit ; ils voulaient, fût-ce par le tremblement et l'épouvante, forcer le genre humain au paradis. Ils semblaient des barbares et ils étaient des sauveurs. Ils réclamaient la lumière avec le masque de la nuit [12].

En regard de ces hommes, farouches, nous en convenons, et effrayants, mais farouches et effrayants pour le bien, il y a d'autres hommes, souriants, brodés, dorés, enrubannés, constellés, en bas de soie, en plumes blanches, en gants jaunes, en souliers vernis, qui, accoudés à une table de velours au coin d'une cheminée de marbre, insistent doucement pour le maintien et la conservation du passé, du moyen âge, du droit divin, du fanatisme, de l'ignorance, de l'esclavage, de la peine de mort, de la guerre, glorifiant à demi-voix et avec politesse le sabre, le bûcher et l'échafaud. Quant à nous, si nous

---

11. « [Monstre horrible, informe] colossal, [aveugle] » (Virgile, *Énéide*).

12. Ainsi, religieusement, les sœurs du Petit-Picpus.

étions forcé à l'option entre les barbares de la civilisation et les civilisés de la barbarie, nous choisirions les barbares.

Mais, grâce au ciel, un autre choix est possible. Aucune chute à pic n'est nécessaire, pas plus en avant qu'en arrière. Ni despotisme, ni terrorisme. Nous voulons le progrès en pente douce [13].

Dieu y pourvoit. L'adoucissement des pentes, c'est là toute la politique de Dieu.

VI

ENJOLRAS ET SES LIEUTENANTS

À peu près vers cette époque, Enjolras, en vue de l'événement possible, fit une sorte de recensement mystérieux.

Tous étaient en conciliabule au café Musain.

Enjolras dit, en mêlant à ses paroles quelques métaphores demi-énigmatiques, mais significatives :

— Il convient de savoir où l'on en est et sur qui l'on peut compter. Si l'on veut des combattants, il faut en faire. Avoir de quoi frapper. Cela ne peut nuire. Ceux qui passent ont toujours plus de chance d'attraper des coups de corne quand il y a des bœufs sur la route que lorsqu'il n'y en a pas. Donc comptons un peu le troupeau. Combien sommes-nous ? Il ne s'agit pas de remettre ce travail-là à demain. Les révolutionnaires doivent toujours être pressés ; le progrès n'a pas de temps à perdre. Défions-nous de l'inattendu. Ne nous laissons pas prendre au dépourvu. Il s'agit de repasser sur toutes les coutures que nous avons faites et de voir si elles tiennent. Cette affaire doit être coulée à fond aujourd'hui. Courfeyrac, tu verras les polytechniciens. C'est leur jour de sortie. Aujourd'hui mercredi. Feuilly, n'est-ce pas ? vous verrez

---

13. Voir IV, 1, 4, note 1, p. 1135.

ceux de la Glacière. Combeferre m'a promis d'aller à Picpus. Il y a là tout un fourmillement excellent[1]. Bahorel
visitera l'Estrapade. Prouvaire, les maçons s'attiédissent ;
tu nous rapporteras des nouvelles de la loge de la rue de
Grenelle-Saint-Honoré. Joly ira à la clinique de Dupuy-
tren, et tâtera le pouls à l'école de médecine. Bossuet fera
un petit tour au palais et causera avec les stagiaires. Moi,
je me charge de la Cougourde.

— Voilà tout réglé, dit Courfeyrac.

— Non.

— Qu'y a-t-il donc encore ?

— Une chose très importante.

— Qu'est-ce ? demanda Combeferre.

— La barrière du Maine, répondit Enjolras.

Enjolras resta un moment comme absorbé dans ses
réflexions, puis reprit :

— Barrière du Maine il y a des marbriers, des peintres,
les praticiens des ateliers de sculpture. C'est une famille
enthousiaste, mais sujette à refroidissement. Je ne sais pas
ce qu'ils ont depuis quelque temps. Ils pensent à autre
chose. Ils s'éteignent. Ils passent leur temps à jouer aux
dominos. Il serait urgent d'aller leur parler un peu et
ferme. C'est chez Richefeu qu'ils se réunissent. On les y
trouverait entre midi et une heure. Il faudrait souffler sur
ces cendres-là. J'avais compté pour cela sur ce distrait de
Marius, qui en somme est bon, mais il ne vient plus. Il
me faudrait quelqu'un pour la barrière du Maine. Je n'ai
plus personne.

— Et moi, dit Grantaire, je suis là.

— Toi ?

— Moi.

— Toi, endoctriner des républicains ! toi, réchauffer,
au nom des principes, des cœurs refroidis !

— Pourquoi pas ?

— Est-ce que tu peux être bon à quelque chose ?

— Mais j'en ai la vague ambition, dit Grantaire.

— Tu ne crois à rien.

---

1. De religieuses et de prisonniers, du moins à s'en tenir au texte
du roman.

— Je crois à toi.

— Grantaire, veux-tu me rendre un service ?

— Tous. Cirer tes bottes.

— Eh bien, ne te mêle pas de nos affaires. Cuve ton absinthe.

— Tu es un ingrat, Enjolras.

— Tu serais homme à aller barrière du Maine ! tu en serais capable !

— Je suis capable de descendre rue des Grès, de traverser la place Saint-Michel, d'obliquer par la rue Monsieur-le-Prince, de prendre la rue de Vaugirard, de dépasser les Carmes, de tourner rue d'Assas, d'arriver rue du Cherche-Midi, de laisser derrière moi le Conseil de guerre, d'arpenter la rue des Vieilles-Tuileries [2], d'enjamber le boulevard, de suivre la chaussée du Maine, de franchir la barrière, et d'entrer chez Richefeu. Je suis capable de cela. Mes souliers en sont capables.

— Connais-tu un peu ces camarades-là de chez Richefeu ?

— Pas beaucoup. Nous nous tutoyons seulement.

— Qu'est-ce que tu leur diras ?

— Je leur parlerai de Robespierre, pardi. De Danton. Des principes.

— Toi !

— Moi. Mais on ne me rend pas justice. Quand je m'y mets, je suis terrible. J'ai lu Prud'homme, je connais le Contrat social, je sais par cœur ma constitution de l'an Deux. « La liberté du citoyen finit où la liberté d'un autre citoyen commence. » Est-ce que tu me prends pour une brute ? J'ai un vieil assignat dans mon tiroir [3]. Les droits de l'Homme, la souveraineté du peuple, sapristi ! Je suis même un peu hébertiste. Je puis rabâcher, pendant six heures d'horloge, montre en main, des choses superbes.

2. Trajet familier à Hugo qui avait habité cette rue, avec sa mère et Eugène en 1814, à proximité du bâtiment du Conseil de guerre où demeuraient Adèle et sa famille.

3. Le fondateur du journal *Les Révolutions de Paris* (1789-1794) est l'homonyme du personnage de bourgeois caricaturé par Monnier. La constitution citée n'est pas de l'an II, mais de l'an I. Grantaire s'amuse. Sur son assignat, voir texte et note 5 en II, 8, 9 ; p. 779.

— Sois sérieux, dit Enjolras.

— Je suis farouche, répondit Grantaire.

Enjolras pensa quelques secondes, et fit le geste d'un homme qui prend son parti.

— Grantaire, dit-il gravement, je consens à t'essayer. Tu iras barrière du Maine.

Grantaire logeait dans un garni tout voisin du café Musain. Il sortit, et revint cinq minutes après. Il était allé chez lui mettre un gilet à la Robespierre.

— Rouge [4], dit-il en entrant, et en regardant fixement Enjolras.

Puis, d'un plat de main énergique, il appuya sur sa poitrine les deux pointes écarlates du gilet.

Et, s'approchant d'Enjolras, il lui dit à l'oreille :

— Sois tranquille.

Il enfonça son chapeau résolûment, et partit.

Un quart d'heure après, l'arrière-salle du café Musain était déserte. Tous les Amis de l'A B C étaient allés, chacun de leur côté, à leur besogne. Enjolras, qui s'était réservé la Cougourde, sortit le dernier.

Ceux de la Cougourde d'Aix qui étaient à Paris se réunissaient alors plaine d'Issy, dans une des carrières abandonnées si nombreuses de ce côté de Paris.

Enjolras, tout en cheminant vers ce lieu de rendez-vous, passait en lui-même la revue de la situation. La gravité des événements était visible. Quand les faits, prodromes d'une espèce de maladie sociale latente, se meuvent lourdement, la moindre complication les arrête et les enchevêtre. Phénomène d'où sortent les écroulements et les renaissances. Enjolras entrevoyait un soulèvement lumineux sous les pans ténébreux de l'avenir. Qui sait ? le moment approchait peut-être. Le peuple ressaisissant le droit, quel beau spectacle ! la révolution reprenant majestueusement possession de la France, et disant au

---

4. Ce gilet rappelle évidemment celui de Théophile Gautier, qui se donne beaucoup de mal dans ses « souvenirs » pour démontrer qu'il était *cerise* et non écarlate, pourpoint et non gilet. Mais les manuscrits du *Victor Hugo raconté* parlent bien d'un « gilet à la Robespierre ».

monde : La suite à demain ! Enjolras était content. La fournaise chauffait. Il avait, dans ce même instant-là, une traînée de poudre d'amis éparse sur Paris. Il composait, dans sa pensée, avec l'éloquence philosophique et pénétrante de Combeferre, l'enthousiasme cosmopolite de Feuilly, la verve de Courfeyrac, le rire de Bahorel, la mélancolie de Jean Prouvaire, la science de Joly, les sarcasmes de Bossuet, une sorte de pétillement électrique prenant feu à la fois un peu partout. Tous à l'œuvre. À coup sûr le résultat répondrait à l'effort. C'était bien. Ceci le fit penser à Grantaire. — Tiens, se dit-il, la barrière du Maine me détourne à peine de mon chemin. Si je poussais jusque chez Richefeu ? Voyons un peu ce que fait Grantaire, et où il en est.

Une heure sonnait au clocher de Vaugirard quand Enjolras arriva à la tabagie Richefeu. Il poussa la porte, entra, croisa les bras, laissant retomber la porte qui vint lui heurter les épaules, et regarda dans la salle pleine de tables, d'hommes et de fumée.

Une voix éclatait dans cette brume, vivement coupée par une autre voix. C'était Grantaire dialoguant avec un adversaire qu'il avait.

Grantaire était assis, vis-à-vis d'une autre figure, à une table de marbre Sainte-Anne semée de grains de son et constellée de dominos, il frappait ce marbre du poing, et voici ce qu'Enjolras entendit :

— Double-six.
— Du quatre.
— Le porc ! je n'en ai plus.
— Tu es mort. Du deux.
— Du six.
— Du trois.
— De l'as.
— À moi la pose.
— Quatre points.
— Péniblement.
— À toi.
— J'ai fait une faute énorme.
— Tu vas bien.
— Quinze.

— Sept de plus.

— Cela me fait vingt-deux. (Rêvant.) Vingt-deux !

— Tu ne t'attendais pas au double-six. Si je l'avais mis au commencement, cela changeait tout le jeu.

— Du deux même.

— De l'as.

— De l'as ! Eh bien, du cinq.

— Je n'en ai pas.

— C'est toi qui as posé, je crois ?

— Oui.

— Du blanc.

— A-t-il de la chance ! Ah ! tu as une chance ! (Longue rêverie.) Du deux.

— De l'as.

— Ni cinq, ni as. C'est embêtant pour toi.

— Domino.

— Nom d'un caniche ![5]

---

5. Cette profession de foi de Grantaire rejoint le « nom d'unch »
de Gavroche. On peut rêver sur la longueur insolite de ce dialogue
codé remplaçant l'échange politique attendu. Fascinante par son éso-
térique poésie, la partie de dominos, dérision de l'idéal d'Enjolras,
fait effet de réel, par son étrangeté même. Voir note générale 3.

LIVRE DEUXIÈME

ÉPONINE

I

LE CHAMP DE L'ALOUETTE

Marius avait assisté au dénouement inattendu du guet-apens sur la trace duquel il avait mis Javert ; mais à peine Javert eut-il quitté la masure, emmenant ses prisonniers dans trois fiacres, que Marius de son côté se glissa hors de la maison. Il n'était encore que neuf heures du soir. Marius alla chez Courfeyrac. Courfeyrac n'était plus l'imperturbable habitant du quartier latin ; il était allé demeurer rue de la Verrerie « pour des raisons politiques » ; ce quartier était de ceux où l'insurrection dans ce temps-là s'installait volontiers. Marius dit à Courfeyrac : Je viens coucher chez toi. Courfeyrac tira un matelas de son lit qui en avait deux, l'étendit à terre, et dit : Voilà.

Le lendemain, dès sept heures du matin, Marius revint à la masure, paya le terme et ce qu'il devait à mame Bougon, fit charger sur une charrette à bras ses livres, son lit, sa table, sa commode et ses deux chaises, et s'en alla sans laisser son adresse, si bien que, lorsque Javert revint dans la matinée afin de questionner Marius sur les événements de la veille, il ne trouva que mame Bougon qui lui répondit : Déménagé !

Mame Bougon fut convaincue que Marius était un peu complice des voleurs saisis dans la nuit. — Qui aurait dit cela ? s'écriait-elle chez les portières du quartier, un jeune homme, que ça vous avait l'air d'une fille !

Marius avait eu deux raisons pour ce déménagement si prompt. La première, c'est qu'il avait horreur maintenant de cette maison où il avait vu, de si près et dans tout son développement le plus repoussant et le plus féroce, une laideur sociale plus affreuse peut-être encore que le mauvais riche, le mauvais pauvre. La deuxième, c'est qu'il ne voulait pas figurer dans le procès quelconque qui s'ensuivrait probablement, et être amené à déposer contre Thénardier.

Javert crut que le jeune homme, dont il n'avait pas retenu le nom, avait eu peur et s'était sauvé ou n'était peut-être même pas rentré chez lui au moment du guet-apens ; il fit pourtant quelques efforts pour le retrouver, mais il n'y parvint pas[1].

Un mois s'écoula, puis un autre. Marius était toujours chez Courfeyrac. Il avait su par un avocat stagiaire, promeneur habituel de la salle des pas perdus, que Thénardier était au secret. Tous les lundis, Marius faisait remettre au greffe de la Force cinq francs pour Thénardier.

Marius, n'ayant plus d'argent, empruntait les cinq francs à Courfeyrac. C'était la première fois de sa vie qu'il empruntait de l'argent. Ces cinq francs périodiques étaient une double énigme pour Courfeyrac qui les donnait et pour Thénardier qui les recevait[2]. — À qui cela peut-il aller ? songeait Courfeyrac. — D'où cela peut-il me venir ? se demandait Thénardier.

Marius du reste était navré. Tout était de nouveau rentré dans une trappe. Il ne voyait plus rien devant lui ; sa vie était replongée dans ce mystère où il errait à tâtons. Il avait un moment revu de très près dans cette obscurité la jeune fille qu'il aimait, le vieillard qui semblait son père, ces êtres inconnus qui étaient son seul intérêt et sa seule espérance en ce monde ; et au moment où il avait cru les saisir, un souffle avait emporté toutes ces ombres. Pas une étincelle de certitude et de vérité n'avait jailli même du choc le plus effrayant. Aucune conjecture possible. Il ne savait même plus le nom qu'il avait cru savoir. À coup sûr ce n'était plus

---

1. Ce déménagement évite opportunément que Javert ne retrouve par Marius la piste de Jean Valjean. Il exige aussi la rencontre d'Éponine et de Mabeuf.

2. Sur la valeur, romanesque, de la pièce de 5 F dans le livre, voir note générale 33.

Ursule. Et l'Alouette était un sobriquet. Et que penser du vieillard ? Se cachait-il en effet de la police ? L'ouvrier à cheveux blancs que Marius avait rencontré aux environs des Invalides lui était revenu à l'esprit. Il devenait probable maintenant que cet ouvrier et M. Leblanc étaient le même homme. Il se déguisait donc ? Cet homme avait des côtés héroïques et des côtés équivoques. Pourquoi n'avait-il pas appelé au secours ? pourquoi s'était-il enfui ? était-il, oui ou non, le père de la jeune fille ? enfin était-il réellement l'homme que Thénardier avait cru reconnaître ? Thénardier avait pu se méprendre ? Autant de problèmes sans issue. Tout ceci, il est vrai, n'ôtait rien au charme angélique de la jeune fille du Luxembourg. Détresse poignante ; Marius avait une passion dans le cœur, et la nuit sur les yeux. Il était poussé, il était attiré, et il ne pouvait bouger. Tout s'était évanoui, excepté l'amour. De l'amour même, il avait perdu les instincts et les illuminations subites. Ordinairement cette flamme qui nous brûle nous éclaire aussi un peu, et nous jette quelque lueur utile au dehors. Ces sourds conseils de la passion, Marius ne les entendait même plus. Jamais il ne se disait : Si j'allais là ? si j'essayais ceci ? Celle qu'il ne pouvait plus nommer Ursule était évidemment quelque part ; rien n'avertissait Marius du côté où il fallait chercher. Toute sa vie se résumait maintenant en deux mots : une incertitude absolue dans une brume impénétrable. La revoir, elle ; il y aspirait toujours, il ne l'espérait plus.

Pour comble, la misère revenait. Il sentait tout près de lui, derrière lui, ce souffle glacé. Dans toutes ces tourmentes, et depuis longtemps déjà, il avait discontinué son travail, et rien n'est plus dangereux que le travail discontinué ; c'est une habitude qui s'en va. Habitude facile à quitter, difficile à reprendre.

Une certaine quantité de rêverie est bonne, comme un narcotique à dose discrète. Cela endort les fièvres, quelquefois dures, de l'intelligence en travail, et fait naître dans l'esprit une vapeur molle et fraîche qui corrige les contours trop âpres de la pensée pure, comble çà et là des lacunes et des intervalles, lie les ensembles et estompe les angles des idées. Mais trop de rêverie submerge et noie. Malheur au travailleur par l'esprit qui se laisse tomber tout entier de la pensée dans la rêverie ! Il croit qu'il remontera aisément, et il se dit qu'après tout c'est la même chose. Erreur !

La pensée est le labeur de l'intelligence, la rêverie en est la volupté. Remplacer la pensée par la rêverie, c'est confondre un poison avec une nourriture.

Marius, on s'en souvient, avait commencé par là. La passion était survenue et avait achevé de le précipiter dans les chimères sans objet et sans fond. On ne sort plus de chez soi que pour aller songer. Enfantement paresseux. Gouffre tumultueux et stagnant. Et, à mesure que le travail diminuait, les besoins croissaient. Ceci est une loi. L'homme, à l'état rêveur, est naturellement prodigue et mou ; l'esprit détendu ne peut pas tenir la vie serrée. Il y a, dans cette façon de vivre, du bien mêlé au mal, car si l'amollissement est funeste, la générosité est saine et bonne. Mais l'homme pauvre, généreux et noble, qui ne travaille pas, est perdu. Les ressources tarissent, les nécessités surgissent.

Pente fatale où les plus honnêtes et les plus fermes sont entraînés comme les plus faibles et les plus vicieux, et qui aboutit à l'un de ces deux trous, le suicide ou le crime.

À force de sortir pour aller songer, il vient un jour où l'on sort pour aller se jeter à l'eau.

L'excès de songe fait les Escousse et les Lebras[3].

Marius descendait cette pente à pas lents, les yeux fixés sur celle qu'il ne voyait plus. Ce que nous venons d'écrire semble étrange et pourtant est vrai. Le souvenir d'un être absent s'allume dans les ténèbres du cœur ; plus il a dis-

---

3. Escousse et Lebras se suicidèrent, en 1832, après l'échec d'une pièce qu'ils avaient écrite. Au-delà d'eux, Hugo songe sans doute à toute la génération de 1830 résumée dans le *Chatterton* de Vigny. Surtout, l'activité de l'esprit elle-même, sous ses deux faces : pensée et rêverie, revêt ici la contradiction de la misère et de l'amour, sublime et destructeur. Rappelant la « descente » de Fantine, voisine de celle de Mabeuf, cette noyade dans l'idée fixe anticipe celle de Jean Valjean (V, 8 ; pp. 1887 et suiv.).

paru, plus il rayonne[4] ; l'âme désespérée et obscure voit
cette lumière à son horizon ; étoile de la nuit intérieure.
Elle, c'était là toute la pensée de Marius. Il ne songeait
pas à autre chose ; il sentait confusément que son vieux
habit devenait un habit impossible et que son habit neuf
devenait un vieux habit, que ses chemises s'usaient, que
son chapeau s'usait, que ses bottes s'usaient, c'est-à-dire
que sa vie s'usait, et il se disait : Si je pouvais seulement
la revoir avant de mourir !

Une seule idée douce lui restait, c'est qu'Elle l'avait
aimé, que son regard le lui avait dit, qu'elle ne connaissait
pas son nom, mais qu'elle connaissait son âme, et que
peut-être là où elle était, quel que fût ce lieu mystérieux,
elle l'aimait encore. Qui sait si elle ne songeait pas à lui
comme lui songeait à elle ? Quelquefois, dans des heures
inexplicables comme en a tout cœur qui aime, n'ayant
que des raisons de douleur et se sentant pourtant un obscur tressaillement de joie, il se disait : Ce sont ses pensées
qui viennent à moi ! — Puis il ajoutait : Mes pensées lui
arrivent aussi peut-être.

Cette illusion, dont il hochait la tête le moment d'après,
réussissait pourtant à lui jeter dans l'âme des rayons qui
ressemblaient parfois à de l'espérance. De temps en
temps, surtout à cette heure du soir qui attriste le plus les
songeurs, il laissait tomber sur un cahier de papier où il
n'y avait que cela, le plus pur, le plus impersonnel, le
plus idéal des rêveries dont l'amour lui emplissait le cerveau. Il appelait cela « lui écrire ».

Il ne faut pas croire que sa raison fût en désordre. Au
contraire. Il avait perdu la faculté de travailler et de se
mouvoir fermement vers un but déterminé, mais il avait
plus que jamais la clairvoyance et la rectitude. Marius
voyait à un jour calme et réel, quoique singulier, ce qui
passait sous ses yeux, même les faits ou les hommes les
plus indifférents ; il disait de tout le mot juste avec une
sorte d'accablement honnête et de désintéressement can-

___

4. Comparer à Jean Valjean : « il y avait dans ce tragique regard
quelque chose qui ressemblait à l'éblouissement de l'impossible »
(V, 8, 4 ; pp. 1901-1902).

dide. Son jugement, presque détaché de l'espérance, se tenait haut et planait.

Dans cette situation d'esprit rien ne lui échappait, rien ne le trompait, et il découvrait à chaque instant le fond de la vie, de l'humanité et de la destinée. Heureux, même dans les angoisses, celui à qui Dieu a donné une âme digne de l'amour et du malheur ! Qui n'a pas vu les choses de ce monde et le cœur des hommes à cette double lumière n'a rien vu de vrai et ne sait rien.

L'âme qui aime et qui souffre est à l'état sublime[5].

Du reste les jours se succédaient et rien de nouveau ne se présentait. Il lui semblait seulement que l'espace sombre qui lui restait à parcourir se raccourcissait à chaque instant. Il croyait déjà entrevoir distinctement le bord de l'escarpement sans fond.

— Quoi ! se répétait-il, est-ce que je ne la reverrai pas auparavant !

Quand on a monté la rue Saint-Jacques, laissé de côté la barrière et suivi quelque temps à gauche l'ancien boulevard intérieur, on atteint la rue de la Santé, puis la Glacière, et, un peu avant d'arriver à la petite rivière des Gobelins, on rencontre une espèce de champ, qui est, dans la longue et monotone ceinture des boulevards de Paris, le seul endroit où Ruisdael serait tenté de s'asseoir.

Ce je ne sais quoi d'où la grâce se dégage est là, un pré vert traversé de cordes tendues où des loques sèchent au vent, une vieille ferme à maraîchers bâtie du temps de Louis XIII avec son grand toit bizarrement percé de mansardes, des palissades délabrées, un peu d'eau entre des peupliers, des femmes, des rires, des voix ; à l'horizon le Panthéon, l'arbre des Sourds-Muets, le Val-de-Grâce, noir, trapu, fantasque, amusant, magnifique[6], et au fond le sévère faîte carré des tours de Notre-Dame.

Comme le lieu vaut la peine d'être vu, personne n'y

---

5. Parce que l'amour et le malheur, d'un coup, sans effort et pour tout le monde, opèrent cette fracture du « moi » nécessaire pour que le *je* existe en tant qu'âme, « infini d'en bas ». Voir notes générales 7 et 23.

6. Cet horizon est fait des alentours immédiats des Feuillantines.

vient[7]. À peine une charrette ou un roulier tous les quarts d'heure.

Il arriva une fois que les promenades solitaires de Marius le conduisirent à ce terrain près de cette eau. Ce jour-là, il y avait sur ce boulevard une rareté, un passant. Marius, vaguement frappé du charme presque sauvage du lieu, demanda à ce passant : — Comment se nomme cet endroit-ci ?

Le passant répondit : — C'est le champ de l'Alouette.

Et il ajouta : — C'est ici qu'Ulbach a tué la bergère d'Ivry[8].

Mais après ce mot : l'Alouette, Marius n'avait plus rien entendu. Il y a de ces congélations subites dans l'état rêveur qu'un mot suffit à produire. Toute la pensée se condense brusquement autour d'une idée, et n'est plus capable d'aucune autre perception. L'Alouette, c'était l'appellation qui, dans les profondeurs de la mélancolie de Marius, avait remplacé Ursule. — Tiens, dit-il, dans l'espèce de stupeur irraisonnée propre à ces apartés mystérieux, ceci est son champ. Je saurai ici où elle demeure.

Cela était absurde, mais irrésistible.

Et il vint tous les jours à ce champ de l'Alouette.

---

7. C'est aussi ce qu'en disait la description de Balzac dans *La Femme de trente ans*.

8. Voir déjà texte annoté 6 en II, 4, 1 ; p. 601. Un jour de septembre 1827, Hugo assista à un essai du fonctionnement de la guillotine. Le bourreau « répétait » l'exécution de Louis Ulbach, décapité le lendemain. Il avait vingt ans et était l'assassin, par désespoir d'amour, d'une jeune fille de dix-huit. Ce spectacle et cette mort firent sur Hugo une impression profonde dont *Le Dernier Jour d'un condamné* garde la trace. Ici, une surdité providentielle empêche Marius d'entendre jusqu'au bout ce passant, qui pourrait bien être un démon tentateur. Suicide ou assassinat, l'amour, misère du cœur, est mortel, comme toute misère. La métaphore médicale du titre qui suit n'est pas sans rapport avec la « grande maladie » dont souffre Marius.

II

FORMATION EMBRYONNAIRE DES CRIMES DANS L'INCUBATION DES PRISONS

Le triomphe de Javert dans la masure Gorbeau avait semblé complet, mais ne l'avait pas été.

D'abord, et c'était là son principal souci, Javert n'avait point fait prisonnier le prisonnier. L'assassiné qui s'évade est plus suspect que l'assassin ; et il est probable que ce personnage, si précieuse capture pour les bandits, n'était pas de moins bonne prise pour l'autorité.

Ensuite, Montparnasse avait échappé à Javert.

Il fallait attendre à une autre occasion pour remettre la main sur ce « muscadin du diable ». Montparnasse en effet, ayant rencontré Éponine qui faisait le guet sous les arbres du boulevard, l'avait emmenée, aimant mieux être Némorin avec la fille que Schinderhannes avec le père [1]. Bien lui en avait pris. Il était libre. Quant à Éponine, Javert l'avait fait « repincer ». Consolation médiocre. Éponine avait rejoint Azelma aux Madelonnettes.

Enfin, dans le trajet de la masure Gorbeau à la Force, un des principaux arrêtés, Claquesous, s'était perdu. On ne savait comment cela s'était fait, les agents et les sergents « n'y comprenaient rien », il s'était changé en vapeur, il avait glissé entre les poucettes, il avait coulé entre les fentes de la voiture, le fiacre était fêlé et avait fui ; on ne savait que dire, sinon qu'en arrivant à la prison, plus de Claquesous. Il y avait là de la féerie, ou de la police. Claquesous avait-il fondu dans les ténèbres comme un flocon de neige dans l'eau ? Y avait-il eu connivence inavouée des agents ? Cet homme appartenait-il à la double énigme du désordre et de l'ordre ? Était-il concentrique à l'infraction et à la répression ? Ce sphinx avait-il les pattes de devant dans le crime et les

---

1. Némorin est l'amant d'Estelle dans le célèbre roman de Florian intitulé de leurs deux noms ; Schinderhannes (Jean l'Écorcheur), chef de bande, fut guillotiné en 1803.

pattes de derrière dans l'autorité ? Javert n'acceptait point ces combinaisons-là, et se fût hérissé devant de tels compromis ; mais son escouade comprenait d'autres inspecteurs que lui, plus initiés peut-être que lui-même, quoique ses subordonnés, aux secrets de la préfecture, et Claquesous était un tel scélérat qu'il pouvait être un fort bon agent. Être en de si intimes rapports d'escamotage avec la nuit, cela est excellent pour le brigandage et admirable pour la police. Il y a de ces coquins à deux tranchants. Quoi qu'il en fût, Claquesous égaré ne se retrouva pas. Javert en parut plus irrité qu'étonné.

Quant à Marius, « ce dadais d'avocat qui avait eu probablement peur », et dont Javert avait oublié le nom, Javert y tenait peu. D'ailleurs, un avocat, cela se retrouve toujours. Mais était-ce un avocat seulement ?

L'information avait commencé.

Le juge d'instruction avait trouvé utile de ne point mettre un des hommes de la bande Patron-Minette au secret, espérant quelque bavardage. Cet homme était Brujon, le chevelu de la rue du Petit-Banquier. On l'avait lâché dans la cour Charlemagne, et l'œil des surveillants était ouvert sur lui.

Ce nom, Brujon, est un des souvenirs de la Force. Dans la hideuse cour dite du Bâtiment-Neuf, que l'administration appelait cour Saint-Bernard et que les voleurs appelaient fosse-aux-lions, sur cette muraille couverte de squames et de lèpres qui montait à gauche à la hauteur des toits, près d'une vieille porte de fer rouillée qui menait à l'ancienne chapelle de l'hôtel ducal de la Force devenue un dortoir de brigands, on voyait encore il y a douze ans une espèce de bastille grossièrement sculptée au clou dans la pierre, et au-dessous cette signature :

BRUJON, 1811[2].

---

2. Même signature gravée pour Panchaud (III, 8, 10 ; p. 1042). Le condamné du *Dernier Jour* observe avec une égale fascination les graffiti de sa prison. Voir note générale 29 sur les inscriptions.

Le Brujon de 1811 était le père du Brujon de 1832.

Ce dernier, qu'on n'a pu qu'entrevoir dans le guet-apens Gorbeau, était un jeune gaillard fort rusé et fort adroit, ayant l'air ahuri et plaintif. C'est sur cet air ahuri que le juge d'instruction l'avait lâché, le croyant plus utile dans la cour Charlemagne que dans la cellule du secret.

Les voleurs ne s'interrompent pas parce qu'ils sont entre les mains de la justice. On ne se gêne point pour si peu. Être en prison pour un crime n'empêche pas de commencer un autre crime. Ce sont des artistes qui ont un tableau au Salon et qui n'en travaillent pas moins à une nouvelle œuvre dans leur atelier.

Brujon semblait stupéfié par la prison. On le voyait quelquefois des heures entières dans la cour Charlemagne, debout près de la lucarne du cantinier, et contemplant comme un idiot cette sordide pancarte des prix de la cantine qui commençait par : *ail, 62 centimes*, et finissait par : *cigare, cinq centimes*. Ou bien il passait son temps à trembler, claquant des dents, disant qu'il avait la fièvre, et s'informant si l'un des vingt-huit lits de la salle des fiévreux était vacant.

Tout à coup, vers la deuxième quinzaine de février 1832, on sut que Brujon, cet endormi, avait fait faire, par des commissionnaires de la maison, pas sous son nom, mais sous le nom de trois de ses camarades, trois commissions différentes, lesquelles lui avaient coûté en tout cinquante sous, dépense exorbitante qui attira l'attention du brigadier de la prison.

On s'informa, et en consultant le tarif des commissions affiché dans le parloir des détenus, on arriva à savoir que les cinquante sous se décomposaient ainsi : trois commissions ; une au Panthéon, dix sous ; une au Val-de-Grâce, quinze sous ; et une à la barrière de Grenelle, vingt-cinq sous. Celle-ci était la plus chère de tout le tarif. Or, au Panthéon, au Val-de-Grâce, à la barrière de Grenelle, se trouvaient précisément les domiciles de trois rôdeurs de barrières fort redoutés, Kruideniers, dit Bizarro, Glorieux, forçat libéré, et Barre-Carrosse, sur lesquels cet incident ramena le regard de la police. On croyait deviner que ces hommes étaient affiliés à Patron-Minette[3], dont on avait coffré deux chefs, Babet et Gueulemer. On supposa que dans les envois de Brujon, remis, non à des adresses de maisons, mais à des gens qui attendaient dans la rue, il devait y avoir des avis pour quelque méfait comploté. On avait d'autres indices encore ; on mit la main sur les trois rôdeurs, et l'on crut avoir éventé la machination quelconque de Brujon.

Une semaine environ après ces mesures prises, une nuit, un surveillant de ronde, qui inspectait le dortoir d'en bas du Bâtiment-Neuf, au moment de mettre son marron dans la boîte à marrons ; — c'est le moyen qu'on employait pour s'assurer que les surveillants faisaient exactement leur service ; toutes les heures un marron devait tomber dans toutes les boîtes clouées aux portes des dortoirs ; — un surveillant donc vit par le judas du dortoir Brujon sur son séant qui écrivait quelque chose dans son lit à la clarté de l'applique. Le gardien entra, on mit Brujon pour un mois au cachot, mais on ne put saisir ce qu'il avait écrit. La police n'en sut pas davantage.

Ce qui est certain, c'est que le lendemain « un postillon » fut lancé de la cour Charlemagne dans la fosse-aux-lions par-dessus le bâtiment à cinq étages qui séparait les deux cours.

Les détenus appellent postillon une boulette de pain artistement pétrie qu'on envoie *en Irlande*, c'est-à-dire par-dessus les toits d'une prison, d'une cour à l'autre. Étymologie : par-dessus l'Angleterre ; d'une terre à l'autre ; *en Irlande*. Cette boulette tombe dans la cour. Celui qui la ramasse l'ouvre et y trouve un billet adressé à quelque prisonnier de la cour. Si c'est un détenu qui fait la trouvaille, il remet le billet à sa destination ; si c'est un gardien, ou l'un de ces prisonniers secrètement vendus

---

3. Le lecteur attentif en est, lui, certain (voir III, 7, 4 ; pp. 995-996). Le texte prend ici la police en défaut — effet remarquable de « stéréophonie discursive » (voir note générale 26) renouvelé immédiatement à propos de la Magnon déjà entrevue en III, 2, 6 ; p. 832.

qu'on appelle moutons dans les prisons et renards dans les bagnes, le billet est porté au greffe et livré à la police.

Cette fois, le postillon parvint à son adresse, quoique celui auquel le message était destiné fût en ce moment *au séparé*. Ce destinataire n'était rien moins que Babet, l'une des quatre têtes de Patron-Minette.

Le postillon contenait un papier roulé sur lequel il n'y avait que ces deux lignes :

— Babet. Il y a une affaire à faire rue Plumet. Une grille sur un jardin.

C'était la chose que Brujon avait écrite dans la nuit.

En dépit des fouilleurs et des fouilleuses, Babet trouva moyen de faire passer le billet de la Force à la Salpêtrière à une « bonne amie » qu'il avait là, et qui y était enfermée. Cette fille à son tour transmit le billet à une autre qu'elle connaissait, une appelée Magnon, fort regardée par la police, mais pas encore arrêtée. Cette Magnon, dont le lecteur a déjà vu le nom, avait avec les Thénardier des relations qui seront précisées plus tard, et pouvait, en allant voir Éponine, servir de pont entre la Salpêtrière et les Madelonnettes.

Il arriva justement qu'en ce moment-là même, les preuves manquant dans l'instruction dirigée contre Thénardier à l'endroit de ses filles, Éponine et Azelma furent relâchées.

Quand Éponine sortit, Magnon, qui la guettait à la porte des Madelonnettes, lui remit le billet de Brujon à Babet en la chargeant d'*éclairer* l'affaire.

Éponine alla rue Plumet, reconnut la grille et le jardin, observa la maison, épia, guetta, et, quelques jours après, porta à Magnon, qui demeurait rue Clocheperce, un biscuit que Magnon transmit à la maîtresse de Babet à la Salpêtrière. Un biscuit, dans le ténébreux symbolisme des prisons, signifie : *rien à faire*.

Si bien qu'en moins d'une semaine de là, Babet et Brujon se croisant dans le chemin de ronde de la Force, comme l'un allait « à l'instruction » et que l'autre en revenait : — Eh bien, demanda Brujon, la rue P ? — Biscuit, répondit Babet.

Ainsi avorta ce fœtus de crime enfanté par Brujon à la Force.

Cet avortement pourtant eut des suites, parfaitement étrangères au programme de Brujon. On les verra.

Souvent en croyant nouer un fil, on en lie un autre[4].

III

APPARITION AU PÈRE MABEUF

Marius n'allait plus chez personne, seulement il lui arrivait quelquefois de rencontrer le père Mabeuf.

Pendant que Marius descendait lentement ces degrés lugubres qu'on pourrait nommer l'escalier des caves et qui mènent dans des lieux sans lumière où l'on entend les heureux marcher au-dessus de soi, M. Mabeuf descendait de son côté.

La *Flore de Cauteretz* ne se vendait absolument plus. Les expériences sur l'indigo n'avaient point réussi dans le petit jardin d'Austerlitz qui était mal exposé. M. Mabeuf n'y pouvait cultiver que quelques plantes rares qui aiment l'humidité et l'ombre. Il ne se décourageait pourtant pas. Il avait obtenu un coin de terre au Jardin des plantes, en bonne exposition, pour y faire, « à ses frais », ses essais d'indigo. Pour cela il avait mis les cuivres de sa *Flore* au mont-de-piété. Il avait réduit son déjeuner à deux œufs, et il en laissait un à sa vieille servante dont il ne payait plus les gages depuis quinze mois. Et souvent son déjeuner était son seul repas. Il ne riait plus de son rire enfantin, il était devenu morose, et ne recevait plus de visites. Marius faisait bien de ne plus songer à venir. Quelquefois, à l'heure où M. Mabeuf

4. L'intrigue des *Misérables* repose souvent sur ces effets de carambolage ou de trajectoire déviée qui sont la contrepartie des rencontres providentielles (voir note générale 37) et qui s'apparentent au schéma du retournement, voir note générale 14.

allait au Jardin des plantes, le vieillard et le jeune homme se croisaient sur le boulevard de l'Hôpital. Ils ne parlaient pas et se faisaient un signe de tête tristement. Chose poignante qu'il y ait un moment où la misère dénoue ! On était deux amis, on est deux passants.

Le libraire Royol était mort. M. Mabeuf ne connaissait plus que ses livres, son jardin et son indigo ; c'étaient les trois formes qu'avaient prises pour lui le bonheur, le plaisir et l'espérance. Cela lui suffisait pour vivre. Il se disait : — Quand j'aurai fait mes boules de bleu, je serai riche, je retirerai mes cuivres du mont-de-piété, je remettrai ma *Flore* en vogue avec du charlatanisme, de la grosse caisse et des annonces dans les journaux, et j'achèterai, je sais bien où, un exemplaire de l'*Art de Naviguer* de Pierre de Médine, avec bois, édition de 1559. — En attendant, il travaillait toute la journée à son carré d'indigo, et le soir il rentrait chez lui pour arroser son jardin, et lire ses livres. M. Mabeuf avait à cette époque fort près de quatrevingts ans.

Un soir il eut une singulière apparition.

Il était rentré qu'il faisait grand jour encore. La mère Plutarque dont la santé se dérangeait était malade et couchée. Il avait dîné d'un os où il restait un peu de viande et d'un morceau de pain qu'il avait trouvé sur la table de cuisine, et s'était assis sur une borne de pierre renversée qui tenait lieu de banc dans son jardin.

Près de ce banc se dressait, à la mode des vieux jardins vergers, une espèce de grand bahut en solives et en planches fort délabré, clapier au rez-de-chaussée, fruitier au premier étage. Il n'y avait pas de lapins dans le clapier, mais il y avait quelques pommes dans le fruitier. Reste de la provision d'hiver.

M. Mabeuf s'était mis à feuilleter et à lire, à l'aide de ses lunettes, deux livres qui le passionnaient, et même, chose plus grave à son âge, le préoccupaient. Sa timidité naturelle le rendait propre à une certaine acceptation des superstitions. Le premier de ces livres était le fameux traité du président Delancre, *De l'inconstance des démons*, l'autre était l'in-quarto de Mutor de la Rubaudière, *Sur les diables de Vauvert et les gobelins de la*

Bièvre [1]. Ce dernier bouquin l'intéressait d'autant plus que son jardin avait été un des terrains anciennement hantés par les gobelins. Le crépuscule commençait à blanchir ce qui est en haut et à noircir ce qui est en bas. Tout en lisant, et par-dessus le livre qu'il tenait à la main, le père Mabeuf considérait ses plantes et entre autres un rhododendron magnifique qui était une de ses consolations ; quatre jours de hâle, de vent et de soleil, sans une goutte de pluie, venaient de passer ; les tiges se courbaient, les boutons penchaient, les feuilles tombaient, tout cela avait besoin d'être arrosé ; le rhododendron surtout était triste. Le père Mabeuf était de ceux pour qui les plantes ont des âmes. Le vieillard avait travaillé toute la journée à son carré d'indigo, il était épuisé de fatigue, il se leva pourtant, posa ses livres sur le banc, et marcha tout courbé et à pas chancelants jusqu'au puits, mais quand il eut saisi la chaîne, il ne put même pas la tirer assez pour la décrocher. Alors il se retourna et leva un regard d'angoisse vers le ciel qui s'emplissait d'étoiles [2].

La soirée avait cette sérénité qui accable les douleurs de l'homme sous je ne sais quelle lugubre et éternelle joie. La nuit promettait d'être aussi aride que l'avait été le jour.

— Des étoiles partout ! pensait le vieillard ; pas la plus petite nuée ! pas une larme d'eau !

Et sa tête, qui s'était soulevée un moment, retomba sur sa poitrine.

Il la releva et regarda encore le ciel en murmurant :

---

1. Le château de Vauvert passait pour hanté au Moyen Âge. Les gobelins sont des lutins. Le nom de la manufacture installée sur la Bièvre vient de son fondateur, Jean Gobelin (XVe siècle).

2. Ainsi déjà Cosette dans les bois (II, 3, 5 ; pp. 546-547) et Mabeuf éprouve, un peu plus loin, le même « ravissement » qu'elle. Cette répétition inversée a sa poésie propre ; elle tend aussi à briser l'isolement du héros et à montrer la mystérieuse prolifération de la solidarité (voir note générale 22). Éponine se fait payer son service, mais c'est pour en rendre un qui est un sacrifice.

L'évanescence des misérables, leur mode fantomatique d'existence, qui vient de se concrétiser en disparition pour Claquesous, se résout ici en une « apparition » qui, pour Marius, sera bientôt une annonciation.

— Une larme de rosée ! un peu de pitié !

Il essaya encore une fois de décrocher la chaîne du puits, et ne put.

En ce moment il entendit une voix qui disait :

— Père Mabeuf, voulez-vous que je vous arrose votre jardin ?

En même temps un bruit de bête fauve qui passe se fit dans la haie, et il vit sortir de la broussaille une espèce de grande fille maigre qui se dressa devant lui en le regardant hardiment. Cela avait moins l'air d'un être humain que d'une forme qui venait d'éclore au crépuscule.

Avant que le père Mabeuf, qui s'effarait aisément et qui avait, comme nous avons dit, l'effroi facile, eût pu répondre une syllabe, cet être, dont les mouvements avaient dans l'obscurité une sorte de brusquerie bizarre, avait décroché la chaîne, plongé et retiré le seau, et rempli l'arrosoir, et le bonhomme voyait cette apparition qui avait les pieds nus et une jupe en guenilles courir dans les plates-bandes en distribuant la vie autour d'elle. Le bruit de l'arrosoir sur les feuilles remplissait l'âme du père Mabeuf de ravissement. Il lui semblait que maintenant le rhododendron était heureux.

Le premier seau vidé, la fille en tira un second, puis un troisième. Elle arrosa tout le jardin.

À la voir marcher ainsi dans les allées où sa silhouette apparaissait toute noire, agitant sur ses grands bras anguleux son fichu tout déchiqueté, elle avait je ne sais quoi d'une chauve-souris.

Quand elle eut fini, le père Mabeuf s'approcha les larmes aux yeux, et lui posa la main sur le front.

— Dieu vous bénira, dit-il, vous êtes un ange puisque vous avez soin des fleurs.

— Non, répondit-elle, je suis le diable, mais ça m'est égal.

Le vieillard s'écria, sans attendre et sans entendre sa réponse :

— Quel dommage que je sois si malheureux et si pauvre, et que je ne puisse rien faire pour vous !

— Vous pouvez quelque chose, dit-elle.

— Quoi ?

— Me dire où demeure M. Marius.

Le vieillard ne comprit point.

— Quel monsieur Marius ?

Il leva son regard vitreux et parut chercher quelque chose d'évanoui.

— Un jeune homme qui venait ici dans les temps.

Cependant M. Mabeuf avait fouillé dans sa mémoire.

— Ah ! oui,... s'écria-t-il, je sais ce que vous voulez dire. Attendez donc ! monsieur Marius... le baron Marius Pontmercy, parbleu ! Il demeure... ou plutôt il ne demeure plus... Ah bien, je ne sais pas.

Tout en parlant, il s'était courbé pour assujettir une branche du rhododendron, et il continuait :

— Tenez, je me souviens à présent. Il passe très souvent sur le boulevard et va du côté de la Glacière. Rue Croulebarbe. Le champ de l'Alouette. Allez par là. Il n'est pas difficile à rencontrer.

Quand M. Mabeuf se releva, il n'y avait plus personne, la fille avait disparu.

Il eut décidément un peu peur.

— Vrai, pensa-t-il, si mon jardin n'était pas arrosé, je croirais que c'est un esprit.

Une heure plus tard, quand il fut couché, cela lui revint, et, en s'endormant, à cet instant trouble où la pensée, pareille à cet oiseau fabuleux qui se change en poisson pour passer la mer, prend peu à peu la forme du songe pour traverser le sommeil, il se disait confusément :

— Au fait, cela ressemble beaucoup à ce que la Rubaudière raconte des gobelins. Serait-ce un gobelin ?

IV

APPARITION À MARIUS

Quelques jours après cette visite d'un « esprit » au père Mabeuf, un matin, — c'était un lundi, le jour de la pièce de cent sous que Marius empruntait à Courfeyrac pour

Thénardier, — Marius avait mis cette pièce de cent sous dans sa poche, et, avant de la porter au greffe, il était allé « se promener un peu », espérant qu'à son retour cela le ferait travailler. C'était d'ailleurs éternellement ainsi. Sitôt levé, il s'asseyait devant un livre et une feuille de papier pour bâcler quelque traduction ; il avait à cette époque-là pour besogne la translation en français d'une célèbre querelle d'allemands, la controverse de Gans et de Savigny[1] ; il prenait Savigny, il prenait Gans, lisait quatre lignes, essayait d'en écrire une, ne pouvait, voyait une étoile entre son papier et lui, et se levait de sa chaise en disant : — Je vais sortir. Cela me mettra en train.

Et il allait au champ de l'Alouette,

Là il voyait plus que jamais l'étoile, et moins que jamais Savigny et Gans.

Il rentrait, essayait de reprendre son labeur, et n'y parvenait point ; pas moyen de renouer un seul des fils cassés dans son cerveau ; alors il disait : — Je ne sortirai pas demain. Cela m'empêche de travailler. — Et il sortait tous les jours.

Il habitait le champ de l'Alouette plus que le logis de Courfeyrac. Sa véritable adresse était celle-ci : boulevard de la Santé, au septième arbre après la rue Croulebarbe.

Ce matin-là, il avait quitté ce septième arbre, et s'était assis sur le parapet de la rivière des Gobelins. Un gai soleil pénétrait les feuilles fraîches épanouies et toutes lumineuses.

Il songeait à « Elle ». Et sa songerie, devenant reproche, retombait sur lui ; il pensait douloureusement à la paresse, paralysie de l'âme, qui le gagnait, et à cette nuit qui s'épaississait d'instant en instant devant lui au point qu'il ne voyait même déjà plus le soleil.

Cependant, à travers ce pénible dégagement d'idées

---

1. Célèbres historiens et philosophes du droit, effectivement allemands, de la fin du XVIIIe siècle et du début du XIXe. Hugo doit savoir que la querelle opposait à Gans non seulement Savigny, mais aussi Gustave Hugo. Marius ne quitte le colonel et le général Hugo (III, 3, 2 ; p. 849 et III, 3, 6 ; p. 869) que pour tomber sur leur savant homonyme.

indistinctes qui n'étaient pas même un monologue tant l'action s'affaiblissait en lui, et il n'avait plus même la force de vouloir se désoler, à travers cette absorption mélancolique, les sensations du dehors lui arrivaient. Il entendait derrière lui, au-dessous de lui, sur les deux bords de la rivière, les laveuses des Gobelins battre leur linge, et, au-dessus de sa tête, les oiseaux jaser et chanter dans les ormes. D'un côté le bruit de la liberté, de l'insouciance heureuse, du loisir qui a des ailes ; de l'autre le bruit du travail. Chose qui le faisait rêver profondément, et presque réfléchir, c'étaient deux bruits joyeux.

Tout à coup au milieu de son extase accablée il entendit une voix connue qui disait :

— Tiens ! le voilà !

Il leva les yeux, et reconnut cette malheureuse enfant qui était venue un matin chez lui, l'aînée des filles Thénardier, Éponine ; il savait maintenant comment elle se nommait. Chose étrange, elle était appauvrie et embellie, deux pas qu'il ne semblait point qu'elle pût faire. Elle avait accompli un double progrès, vers la lumière et vers la détresse[2]. Elle était pieds nus et en haillons comme le jour où elle était entrée si résolûment dans sa chambre, seulement ses haillons avaient deux mois de plus ; les trous étaient plus larges, les guenilles plus sordides. C'était cette même voix enrouée, ce même front terni et ridé par le hâle, ce même regard libre, égaré et vacillant. Elle avait de plus qu'autrefois dans la physionomie ce je ne sais quoi d'effrayé et de lamentable que la prison traversée ajoute à la misère.

Elle avait des brins de paille et de foin dans les cheveux, non comme Ophélia pour être devenue folle à la contagion de la folie d'Hamlet, mais parce qu'elle avait couché dans quelque grenier d'écurie.

Et avec tout cela elle était belle. Quel astre vous êtes, ô jeunesse !

Cependant elle était arrêtée devant Marius avec un peu

---

2. Cette double incorporation de la misère atteint aussi Fantine, d'abord devant Javert (texte annoté 6 en I, 5, 13 ; p. 282), puis à sa mort (I, 8, 1 ; p. 403).

de joie sur son visage livide et quelque chose qui ressemblait à un sourire.

Elle fut quelques moments comme si elle ne pouvait parler.

— Je vous rencontre donc ! dit-elle enfin. Le père Mabeuf avait raison, c'était sur ce boulevard-ci ! Comme je vous ai cherché ! si vous saviez ! Savez-vous cela ? j'ai été au bloc. Quinze jours ! Ils m'ont lâchée ! vu qu'il n'y avait rien sur moi et que d'ailleurs je n'avais pas l'âge du discernement. Il s'en fallait de deux mois. Oh ! comme je vous ai cherché ! Voilà six semaines. Vous ne demeurez donc plus là-bas ?

— Non, dit Marius.

— Oh ! je comprends. À cause de la chose. C'est désagréable ces esbrouffes-là. Vous avez déménagé. Tiens ! pourquoi donc portez-vous des vieux chapeaux comme ça ? Un jeune homme comme vous, ça doit avoir de beaux habits. Savez-vous, monsieur Marius ? le père Mabeuf vous appelle le baron Marius je ne sais plus quoi. Pas vrai que vous n'êtes pas baron ? Les barons c'est des vieux, ça va au Luxembourg devant le château où il y a le plus de soleil, ça lit la *Quotidienne* pour un sou. J'ai été une fois porter une lettre chez un baron qui était comme ça. Il avait plus de cent ans. Dites donc, où est-ce que vous demeurez à présent ?

Marius ne répondit pas.

— Ah ! continua-t-elle, vous avez un trou à votre chemise. Il faudra que je vous recouse cela [3].

Elle reprit avec une expression qui s'assombrissait peu à peu : — Vous n'avez pas l'air content de me voir ?

Marius se taisait ; elle garda elle-même un instant le silence, puis s'écria :

— Si je voulais pourtant, je vous forcerais bien à avoir l'air content !

— Quoi ? demanda Marius. Que voulez-vous dire ?

— Ah ! vous me disiez tu ! reprit-elle.

_____

3. La litote réaliste (voir I, 2, 2, note 2, p. 113) rejoint la réserve — pudeur, sauvagerie, incapacité à parler — caractéristique d'Éponine.

— Eh bien, que veux-tu dire ?

Elle se mordit la lèvre ; elle semblait hésiter comme en proie à une sorte de combat intérieur. Enfin elle parut prendre son parti.

— Tant pis, c'est égal. Vous avez l'air triste, je veux que vous soyez content. Promettez-moi seulement que vous allez rire. Je veux vous voir rire et vous voir dire : Ah bien ! c'est bon. Pauvre monsieur Marius ! vous savez ! vous m'avez promis que vous me donneriez tout ce que je voudrais...

— Oui ! mais parle donc !

Elle regarda Marius dans le blanc des yeux et lui dit :

— J'ai l'adresse.

Marius pâlit. Tout son sang reflua à son cœur.

— Quelle adresse ?

— L'adresse que vous m'avez demandée !

Elle ajouta comme si elle faisait effort.

— L'adresse... vous savez bien ?

— Oui ! bégaya Marius.

— De la demoiselle !

Ce mot prononcé, elle soupira profondément.

Marius sauta du parapet où il était assis et lui prit éperdument la main.

— Oh ! eh bien ! conduis-moi ! dis-moi ! demande-moi tout ce que tu voudras ! Où est-ce ?

— Venez avec moi, répondit-elle. Je ne sais pas bien la rue et le numéro ; c'est tout de l'autre côté d'ici, mais je connais bien la maison, je vais vous conduire.

Elle retira sa main et reprit, d'un ton qui eût navré un observateur, mais qui n'effleura même pas Marius ivre et transporté :

— Oh ! comme vous êtes content !

Un nuage passa sur le front de Marius. Il saisit Éponine par le bras.

— Jure-moi une chose !

— Jurer ? dit-elle, qu'est-ce que cela veut dire ? Tiens ! vous voulez que je jure ?

Et elle rit.

— Ton père ! promets-moi, Éponine ! jure-moi que tu ne diras pas cette adresse à ton père !

Elle se tourna vers lui d'un air stupéfait.

— Éponine ! Comment savez-vous que je m'appelle
Éponine ?

— Promets-moi ce que je te dis !

Mais elle semblait ne pas l'entendre.

— C'est gentil ça ! vous m'avez appelée Éponine !

Marius lui prit les deux bras à la fois.

— Mais réponds-moi donc, au nom du ciel ! fais attention à ce que je te dis, jure-moi que tu ne diras pas
l'adresse que tu sais à ton père !

— Mon père ? dit-elle. Ah oui, mon père ! Soyez donc
tranquille. Il est au secret. D'ailleurs est-ce que je m'occupe de mon père !

— Mais tu ne me promets pas ! s'écria Marius.

— Mais lâchez-moi donc ! dit-elle en éclatant de rire,
comme vous me secouez ! Si ! si ! je vous promets ça !
je vous jure ça ! qu'est-ce que cela me fait ? je ne dirai
pas l'adresse à mon père. Là ! ça va-t-il ? c'est-il ça ?

— Ni à personne ? fit Marius.

— Ni à personne.

— À présent, reprit Marius, conduis-moi.

— Tout de suite ?

— Tout de suite.

— Venez. — Oh ! comme il est content ! dit-elle.

Après quelques pas, elle s'arrêta.

— Vous me suivez de trop près, monsieur Marius.
Laissez-moi aller devant, et suivez-moi comme cela, sans
faire semblant. Il ne faut pas qu'on voie un jeune homme
bien, comme vous, avec une femme comme moi.

Aucune langue ne saurait dire tout ce qu'il y avait dans
ce mot, femme, ainsi prononcé par cette enfant [4].

Elle fit une dizaine de pas, et s'arrêta encore ; Marius
la rejoignit. Elle lui adressa la parole de côté et sans se
tourner vers lui :

---

4. Nous n'essaierons pas de le dire non plus. Mais il faut avouer
que le malentendu de cette conversation — juste contraire à la fluidité du dialogue entre Jean Valjean et Cosette dans le bois de Montfermeil (II, 3, 7 ; pp. 553 et suiv.) — est une des plus belles choses
du roman.

— À propos, vous savez que vous m'avez promis quelque chose ?

Marius fouilla dans sa poche. Il ne possédait au monde que les cinq francs destinés au père Thénardier. Il les prit, et les mit dans la main d'Éponine.

Elle ouvrit les doigts et laissa tomber la pièce à terre, et le regardant d'un air sombre :

— Je ne veux pas de votre argent, dit-elle[5].

---

5. On retrouvera cette pièce : voir IV, 14, 6 ; texte et note 1, p. 1537.

LIVRE TROISIÈME

LA MAISON DE LA RUE PLUMET [1]

---

1. La convergence de ce titre avec celui de la partie dit qu'on arrive au cœur du livre.

LA MAISON À SECRET

Vers le milieu du siècle dernier, un président à mortier au parlement de Paris ayant une maîtresse et s'en cachant, car à cette époque les grands seigneurs montraient leurs maîtresses et les bourgeois les cachaient, fit construire « une petite maison » faubourg Saint-Germain, dans la rue déserte de Blomet, qu'on nomme aujourd'hui rue Plumet, non loin de l'endroit qu'on appelait alors le *Combat des Animaux*.

Cette maison se composait d'un pavillon à un seul étage ; deux salles au rez-de-chaussée, deux chambres au premier, en bas une cuisine, en haut un boudoir, sous le toit un grenier, le tout précédé d'un jardin avec large grille donnant sur la rue. Ce jardin avait environ un arpent. C'était là tout ce que les passants pouvaient entrevoir ; mais en arrière du pavillon il y avait une cour étroite et au fond de la cour un logis bas de deux pièces sur cave, espèce d'en-cas destiné à dissimuler au besoin un enfant et une nourrice. Ce logis communiquait, par derrière, par une porte masquée et ouvrant à secret, avec un long couloir étroit, pavé, sinueux, à ciel ouvert, bordé de deux hautes murailles, lequel, caché avec un art prodigieux et comme perdu entre les clôtures des jardins et des cultures dont il suivait tous les angles et tous les détours, allait aboutir à une autre porte également à secret qui s'ouvrait à un demi-quart de lieue de là, presque dans un autre quartier, à l'extrémité solitaire de la rue de Babylone.

M. le président s'introduisait par là, si bien que ceux-là mêmes qui l'eussent épié et suivi et qui eussent observé que M. le président se rendait tous les jours mystérieusement quelque part, n'eussent pu se douter qu'aller rue de Babylone c'était aller rue Blomet. Grâce à d'habiles achats de terrains, l'ingénieux magistrat avait pu faire ce travail de voirie secrète chez lui, sur sa propre terre, et par conséquent sans contrôle. Plus tard il avait revendu par petites parcelles pour jardins et cultures les lots de terre riverains du corridor, et les propriétaires de ces lots de terre croyaient des deux côtés avoir devant les yeux un mur mitoyen, et ne soupçonnaient pas même l'existence de ce long ruban de pavé serpentant entre deux murailles parmi leurs plates-bandes et leurs vergers. Les oiseaux seuls voyaient cette curiosité. Il est probable que les fauvettes et les mésanges du siècle dernier avaient fort jasé sur le compte de M. le président.

Le pavillon, bâti en pierre dans le goût Mansard, lambrissé et meublé dans le goût Watteau, rocaille au dedans, perruque au dehors, muré d'une triple haie de fleurs, avait quelque chose de discret, de coquet et de solennel, comme il sied à un caprice de l'amour et de la magistrature [1].

Cette maison et ce couloir, qui ont disparu aujourd'hui, existaient encore il y a une quinzaine d'années. En 93, un chaudronnier avait acheté la maison pour la démolir, mais n'ayant pu en payer le prix, la nation le mit en faillite. De sorte que ce fut la maison qui démolit le chaudronnier. Depuis, la maison resta inhabitée, et tomba lentement en ruine, comme toute demeure à laquelle la présence de l'homme ne communique plus la vie. Elle était restée meublée de ses vieux meubles et toujours à vendre ou à louer, et les dix ou douze personnes qui passent par an

---

1. La maison des « mystères libertins » d'un juge contemporain de Gillenormand (un fermier général dans la réalité) convient bien — et mal — aux « mystères chastes » du petit-fils de ce dernier aimant la fille d'un bagnard. Comparer à l'historique symbolique de la demeure de Myriel (I, 1, 6 ; p. 49), du tribunal d'Arras (I, 7, 7 ; p. 368), de la masure Gorbeau (II, 4, 1 ; p. 601). Ces récits de la vie des lieux depuis les origines contribuent beaucoup à l'allure épique du livre.

rue Plumet en étaient averties par un écriteau jaune et illisible accroché à la grille du jardin depuis 1810.

Vers la fin de la restauration, ces mêmes passants purent remarquer que l'écriteau avait disparu, et que, même, les volets du premier étage étaient ouverts. La maison en effet était occupée. Les fenêtres avaient « des petits rideaux », signe qu'il y avait une femme.

Au mois d'octobre 1829, un homme d'un certain âge s'était présenté et avait loué la maison telle qu'elle était, y compris, bien entendu, l'arrière-corps de logis et le couloir qui allait aboutir à la rue de Babylone. Il avait fait rétablir les ouvertures à secret des deux portes de ce passage. La maison, nous venons de le dire, était encore à peu près meublée des vieux ameublements du président, le nouveau locataire avait ordonné quelques réparations, ajouté çà et là ce qui manquait, remis des pavés à la cour, des briques aux carrelages, des marches à l'escalier, des feuilles aux parquets et des vitres aux croisées, et enfin était venu s'installer avec une jeune fille et une servante âgée, sans bruit, plutôt comme quelqu'un qui se glisse que comme quelqu'un qui entre chez soi. Les voisins n'en jasèrent point, par la raison qu'il n'y avait pas de voisins.

Ce locataire peu à effet était Jean Valjean, la jeune fille était Cosette. La servante était une fille appelée Toussaint que Jean Valjean avait sauvée de l'hôpital et de la misère et qui était vieille, provinciale et bègue, trois qualités qui avaient déterminé Jean Valjean à la prendre avec lui. Il avait loué la maison sous le nom de M. Fauchelevent, rentier. Dans tout ce qui a été raconté plus haut, le lecteur a sans doute moins tardé encore que Thénardier à reconnaître Jean Valjean[2].

Pourquoi Jean Valjean avait-il quitté le couvent du Petit-Picpus ? Que s'était-il passé ?

Il ne s'était rien passé.

On s'en souvient, Jean Valjean était heureux dans le couvent, si heureux que sa conscience finit par s'inquiéter. Il voyait Cosette tous les jours, il sentait la paternité naître et se développer en lui de plus en plus, il couvait

---

2. Voir III, 6, 1, note 2, p. 964 et note générale 37.

de l'âme cette enfant, il se disait qu'elle était à lui, que rien ne pouvait la lui enlever, que cela serait ainsi indéfiniment, que certainement elle se ferait religieuse, y étant chaque jour doucement provoquée, qu'ainsi le couvent était désormais l'univers pour elle comme pour lui, qu'il y vieillirait et qu'elle y grandirait, qu'elle y vieillirait et qu'il y mourrait, qu'enfin, ravissante espérance, aucune séparation n'était possible[3]. En réfléchissant à ceci, il en vint à tomber dans des perplexités. Il s'interrogea. Il se demandait si tout ce bonheur était bien à lui, s'il ne se composait pas du bonheur d'un autre, du bonheur de cette enfant qu'il confisquait et qu'il dérobait, lui vieillard ; si ce n'était point là un vol ? Il se disait que cette enfant avait le droit de connaître la vie avant d'y renoncer, que lui retrancher, d'avance et en quelque sorte sans la consulter, toutes les joies sous prétexte de lui sauver toutes les épreuves, profiter de son ignorance et de son isolement pour lui faire germer une vocation artificielle, c'était dénaturer une créature humaine et mentir à Dieu. Et qui sait si, se rendant compte un jour de tout cela et religieuse à regret, Cosette n'en viendrait pas à le haïr ? Dernière pensée, presque égoïste et moins héroïque que les autres, mais qui lui était insupportable. Il résolut de quitter le couvent.

Il le résolut, il reconnut avec désolation qu'il le fallait. Quant aux objections, il n'y en avait pas. Cinq ans de séjour entre ces quatre murs et de disparition avaient nécessairement détruit ou dispersé les éléments de crainte. Il pouvait rentrer parmi les hommes tranquillement. Il avait vieilli, et tout avait changé. Qui le reconnaîtrait maintenant ? Et puis, à voir le pire, il n'y avait de danger que pour lui-même, et il n'avait pas le droit de condamner Cosette au cloître par la raison qu'il avait été condamné au bagne[4]. D'ailleurs, qu'est-ce que le danger

---

3. Rêve paradoxal d'une union à la fois chaste et conjugale, interrompue par la mort seule, grâce à la clôture du couvent.

4. Aboutissement, pour l'intrigue, de la grande méditation de Jean Valjean — voir texte II, 8, 9 et note 9, p. 782.

devant le devoir ? Enfin, rien ne l'empêchait d'être prudent et de prendre ses précautions.

Quant à l'éducation de Cosette, elle était à peu près terminée et complète.

Une fois sa détermination arrêtée, il attendit l'occasion. Elle ne tarda pas à se présenter. Le vieux Fauchelevent mourut.

Jean Valjean demanda audience à la révérende prieure et lui dit qu'ayant fait à la mort de son frère un petit héritage qui lui permettait de vivre désormais sans travailler, il quittait le service du couvent, et emmenait sa fille ; mais que, comme il n'était pas juste que Cosette, ne prononçant point ses vœux, eût été élevée gratuitement, il suppliait humblement la révérende prieure de trouver bon qu'il offrît à la communauté, comme indemnité des cinq années que Cosette y avait passées, une somme de cinq mille francs.

C'est ainsi que Jean Valjean sortit du couvent de l'adoration perpétuelle.

En quittant le couvent, il prit lui-même dans ses bras et ne voulut confier à aucun commissionnaire la petite valise dont il avait toujours la clef sur lui. Cette valise intriguait Cosette, à cause de l'odeur d'embaumement qui en sortait [5].

Disons tout de suite que désormais cette malle ne le quitta plus. Il l'avait toujours dans sa chambre. C'était la première et quelquefois l'unique chose qu'il emportait dans ses déménagements. Cosette en riait et appelait cette valise *l'inséparable*, disant : J'en suis jalouse.

Jean Valjean du reste ne reparut pas à l'air libre sans une profonde anxiété.

Il découvrit la maison de la rue Plumet et s'y blottit. Il était désormais en possession du nom d'Ultime Fauchelevent.

En même temps il loua deux autres appartements dans Paris, afin de moins attirer l'attention que s'il fût toujours resté dans le même quartier, de pouvoir faire au besoin des absences à la moindre inquiétude qui le prendrait, et

---

5. Voir II, 8, 9, note 2, p. 778.

enfin de ne plus se trouver au dépourvu comme la nuit
où il avait si miraculeusement échappé à Javert. Ces deux
appartements étaient deux logis fort chétifs et d'apparence pauvre, dans deux quartiers très éloignés l'un de
l'autre, l'un rue de l'Ouest, l'autre rue de l'Homme-
Armé.

Il allait de temps en temps, tantôt rue de l'Homme-
Armé, tantôt rue de l'Ouest, passer un mois ou six
semaines avec Cosette sans emmener Toussaint. Il s'y
faisait servir par les portiers et s'y donnait pour un rentier
de la banlieue ayant un pied-à-terre en ville. Cette haute
vertu avait trois domiciles dans Paris pour échapper à la
police[6].

II

JEAN VALJEAN GARDE NATIONAL

Du reste, à proprement parler, il vivait rue Plumet et il
y avait arrangé son existence de la façon que voici :

Cosette avec la servante occupait le pavillon ; elle avait
la grande chambre à coucher aux trumeaux peints, le boudoir aux baguettes dorées, le salon du président meublé
de tapisseries et de vastes fauteuils ; elle avait le jardin.

---

6. La multiplication des domiciles, utile à l'action, est une forme
d'anonymat. On ne peut pas ne pas y voir aussi une ironique allusion
autobiographique (voir note générale 38) : lorsqu'il commence *Les
Misérables*, Hugo a lui aussi trois domiciles : le sien, celui de Juliette
et celui de Léonie.

Les trois adresses ont valeur : le père de Hugo logeait rue Plumet
au moment du retour vers lui de son fils et il y mourut (voir III, 3,
4, note 1, p. 862) ; la rue de l'Ouest (rue d'Assas actuelle) était
parallèle à la rue Notre-Dame-des-Champs où les Hugo habitèrent et
voisine de la maison d'Adèle au temps de leur jeunesse ; la rue de
l'Homme-Armé passait pour le plus misérable de Paris. La section
parisienne du quartier, pendant la Révolution, avait pris le nom éloquent de cette rue.

Jean Valjean avait fait mettre dans la chambre de Cosette
un lit à baldaquin d'ancien damas à trois couleurs, et un
vieux et beau tapis de Perse acheté rue du Figuier-Saint-
Paul chez la mère Gaucher, et, pour corriger la sévérité de
ces vieilleries magnifiques, il avait amalgamé à ce bric-à-
brac tous les petits meubles gais et gracieux des jeunes
filles, l'étagère, la bibliothèque et les livres dorés, la
papeterie, le buvard[1], la table à ouvrage incrustée de
nacre, le nécessaire de vermeil, la toilette en porcelaine
du Japon. De longs rideaux de damas fond rouge à trois
couleurs pareils au lit pendaient aux fenêtres du premier
étage. Au rez-de-chaussée, des rideaux de tapisserie. Tout
l'hiver la petite maison de Cosette était chauffée du haut
en bas. Lui, il habitait l'espèce de loge de portier qui était
dans la cour du fond, avec un matelas sur un lit de sangle[2], une table de bois blanc, deux chaises de paille, un
pot à l'eau de faïence, quelques bouquins sur une planche,
sa chère valise dans un coin, jamais de feu. Il dînait avec
Cosette, et il y avait un pain bis pour lui sur la table. Il
avait dit à Toussaint lorsqu'elle était entrée : — C'est
mademoiselle qui est la maîtresse de la maison. — Et
vous, mo-onsieur ? avait répliqué Toussaint stupéfaite.
— Moi, je suis bien mieux que le maître, je suis le père.

Cosette au couvent avait été dressée au ménage et
réglait la dépense qui était fort modeste. Tous les jours
Jean Valjean prenait le bras de Cosette et la menait promener. Il la conduisait au Luxembourg, dans l'allée la
moins fréquentée, et tous les dimanches à la messe, toujours à Saint-Jacques-du-Haut-Pas, parce que c'était fort
loin[3]. Comme c'est un quartier très pauvre, il y faisait
beaucoup l'aumône, et les malheureux l'entouraient dans

---

1. Ce buvard servira en IV, 15, I (p. 1547)

2. Si l'ameublement de Cosette est typiquement hugolien (lit à
baldaquin et damas rouge se retrouvent dans toutes les demeures de
Hugo, de la place Royale à l'avenue d'Eylau), le lit de sangle et le
logis de Jean Valjean, ici comme au couvent, répètent l'asile de
Lahorie aux Feuillantines décrit dans *Le Droit et la Loi*.

3. Peut-être aussi parce que cette église, toute proche des Feuillantines, était restée dans la mémoire de Hugo : enfant, il y avait vu les
affiches collées annonçant la condamnation à mort de Lahorie.

l'église, ce qui lui avait valu l'épître des Thénardier : *Au monsieur bienfaisant de l'église Saint-Jacques-du-Haut-Pas*. Il menait volontiers Cosette visiter les indigents et les malades. Aucun étranger n'entrait dans la maison de la rue Plumet. Toussaint apportait les provisions, et Jean Valjean allait lui-même chercher l'eau à une prise d'eau qui était tout proche sur le boulevard. On mettait le bois et le vin dans une espèce de renfoncement demi-souterrain tapissé de rocailles qui avoisinait la porte de la rue de Babylone et qui autrefois avait servi de grotte à M. le président ; car au temps des Folies et des Petites-Maisons, il n'y avait pas d'amour sans grotte.

Il y avait dans la porte bâtarde de la rue de Babylone une de ces boîtes-tirelires destinées aux lettres et aux journaux ; seulement, les trois habitants du pavillon de la rue Plumet ne recevant ni journaux ni lettres, toute l'utilité de la boîte, jadis entremetteuse d'amourettes et confidente d'un robin dameret, était maintenant limitée aux avis du percepteur des contributions et aux billets de garde. Car M. Fauchelevent, rentier, était de la garde nationale ; il n'avait pu échapper aux mailles étroites du recensement de 1831. Les renseignements municipaux pris à cette époque étaient remontés jusqu'au couvent du Petit-Picpus, sorte de nuée impénétrable et sainte d'où Jean Valjean était sorti vénérable aux yeux de sa mairie, et, par conséquent, digne de monter sa garde.

Trois ou quatre fois l'an, Jean Valjean endossait son uniforme[4] et faisait sa faction ; très volontiers d'ailleurs ; c'était pour lui un déguisement correct qui le mêlait à tout le monde en le laissant solitaire. Jean Valjean venait d'atteindre ses soixante ans, âge de l'exemption légale ; mais il n'en paraissait pas plus de cinquante ; d'ailleurs, il n'avait aucune envie de se soustraire à son sergent-major et de chicaner le comte de Lobau[5] ; il n'avait pas d'état civil ; il cachait son nom, il cachait son identité, il

_____

4. L'utilité de ce détail se trouve en V, 1, 4 (p. 1592).

5. Chef de la garde nationale de Paris, milice bourgeoise qui fut le rempart de la monarchie de Juillet, jusqu'à sa défection en février 1848.

cachait son âge, il cachait tout ; et, nous venons de le dire, c'était un garde national de bonne volonté. Ressembler au premier venu qui paye ses contributions, c'était là toute son ambition. Cet homme avait pour idéal, au dedans, l'ange, au dehors, le bourgeois.

Notons un détail pourtant. Quand Jean Valjean sortait avec Cosette, il s'habillait comme on l'a vu et avait assez l'air d'un ancien officier. Lorsqu'il sortait seul, et c'était le plus habituellement le soir, il était toujours vêtu d'une veste et d'un pantalon d'ouvrier, et coiffé d'une casquette qui lui cachait le visage. Était-ce précaution, ou humilité ? Les deux à la fois. Cosette était accoutumée au côté énigmatique de sa destinée et remarquait à peine les singularités de son père. Quant à Toussaint, elle vénérait Jean Valjean, et trouvait bon tout ce qu'il faisait. — Un jour, son boucher, qui avait entrevu Jean Valjean, lui dit : C'est un drôle de corps. Elle répondit : C'est un-un saint[6].

Ni Jean Valjean, ni Cosette, ni Toussaint n'entraient et ne sortaient jamais que par la porte de la rue de Babylone. À moins de les apercevoir par la grille du jardin, il était difficile de deviner qu'ils demeuraient rue Plumet. Cette grille restait toujours fermée. Jean Valjean avait laissé le jardin inculte, afin qu'il n'attirât pas l'attention.

En cela il se trompait peut-être.

---

6. La formule explique peut-être le nom de celle qui la prononce.

III

FOLIIS AC FRONDIBUS [1]

Ce jardin ainsi livré à lui-même depuis plus d'un demi-siècle était devenu extraordinaire et charmant. Les passants d'il y a quarante ans [2] s'arrêtaient dans cette rue pour le contempler, sans se douter des secrets qu'il dérobait derrière ses épaisseurs fraîches et vertes. Plus d'un songeur à cette époque a laissé bien des fois ses yeux et sa pensée pénétrer indiscrètement à travers les barreaux de l'antique grille cadenassée, tordue, branlante, scellée à deux piliers verdis et moussus, bizarrement couronnée d'un fronton d'arabesques indéchiffrables.

Il y avait un banc de pierre dans un coin, une ou deux statues moisies, quelques treillages décloués par le temps pourrissant sur le mur ; du reste plus d'allées ni de gazon ; du chiendent partout. Le jardinage était parti, et la nature était revenue. Les mauvaises herbes abondaient, aventure admirable pour un pauvre coin de terre. La fête des giro-

---

1. D'un vers de Lucrèce (*De natura rerum*) : « [... s'enveloppant] de feuilles et de branches ». Du parc des Feuillantines, découvert « inculte, sauvage... forêt vierge », Hugo garda sans doute le goût des jardins livrés au désordre et aux forces de la nature. Préférence contraire à la passion de sa mère pour le jardinage régulier. De là peut-être l'ambiguïté du thème dans le roman : « Un jardinier est un peu fossoyeur », dit Fauchelevent (p. 733). Le jardin de Myriel est un Éden (I, 1, 6 ; pp. 50-51 et I, 1, 13, pp. 90-91) ; celui du Luxembourg est un paradis pour Marius et Cosette (III, 6, 1 ; pp. 961 et suiv.), mais on y entend le canon de la barricade (V, 1, 16 ; pp. 1639-1641), et les parcs des banlieues sont l'antichambre de Bombarda (I, 3, 4 ; p. 193). Le verger de Hougomont cache la mort (II, 1, 2 ; pp. 436-438) ; Jean Valjean ne devient pas jardinier, au couvent, avant d'avoir été enterré. Mabeuf, Myriel, le colonel Pontmercy, Fauchelevent, grands jardiniers, sont des virilités sans fruit, ou qui en ont été dépossédés. Maintenant que leur installation rue Plumet rend Cosette à Jean Valjean, celui-ci laisse son jardin dans un bel abandon. Et il s'épanouit dans la virginité d'un érotisme innocent et sauvage.

2. Moyenne entre le moment où Hugo allait chaque jour rendre visite à son père rue Plumet (1827-1828) et celui (1812) où il habitait les Feuillantines.

flées y était splendide. Rien dans ce jardin ne contrariait l'effort sacré des choses vers la vie ; la croissance vénérable était là chez elle. Les arbres s'étaient baissés vers les ronces, les ronces étaient montées vers les arbres, la plante avait grimpé, la branche avait fléchi, ce qui rampe sur la terre avait été trouver ce qui s'épanouit dans l'air, ce qui flotte au vent s'était penché vers ce qui se traîne dans la mousse ; troncs, rameaux, feuilles, fibres, touffes, vrilles, sarments, épines, s'étaient mêlés, traversés, mariés, confondus ; la végétation, dans un embrassement étroit et profond, avait célébré et accompli là, sous l'œil satisfait du créateur, en cet enclos de trois cents pieds carrés, le saint mystère de sa fraternité, symbole de la fraternité humaine. Ce jardin n'était plus un jardin, c'était une broussaille colossale ; c'est-à-dire quelque chose qui est impénétrable comme une forêt, peuplé comme une ville, frissonnant comme un nid, sombre comme une cathédrale, odorant comme un bouquet, solitaire comme une tombe, vivant comme une foule.

En floréal, cet énorme buisson, libre derrière sa grille et dans ses quatre murs, entrait en rut dans le sourd travail de la germination universelle, tressaillait au soleil levant presque comme une bête qui aspire les effluves de l'amour cosmique et qui sent la sève d'avril monter et bouillonner dans ses veines, et, secouant au vent sa prodigieuse chevelure verte, semait sur la terre humide, sur les statues frustes, sur le perron croulant du pavillon et jusque sur le pavé de la rue déserte, les fleurs en étoiles, la rosée en perles, la fécondité, la beauté, la vie, la joie, les parfums. À midi mille papillons blancs s'y réfugiaient, et c'était un spectacle divin de voir là tourbillonner en flocons dans l'ombre cette neige vivante de l'été. Là, dans ces gaies ténèbres de la verdure, une foule de voix innocentes parlaient doucement à l'âme, et ce que les gazouillements avaient oublié de dire, les bourdonnements le complétaient. Le soir une vapeur de rêverie se dégageait du jardin et l'enveloppait ; un linceul de brume, une tristesse céleste et calme, le couvraient ; l'odeur si enivrante des chèvrefeuilles et des liserons en sortait de toute part comme un poison exquis et subtil ; on entendait les derniers appels des grimpereaux et des bergeronnettes s'assoupissant sous les branchages ; on y sentait cette intimité sacrée de l'oiseau et de l'arbre ; le jour les ailes réjouissent les feuilles, la nuit les feuilles protègent les ailes.

L'hiver, la broussaille était noire, mouillée, hérissée, grelottante, et laissait un peu voir la maison. On apercevait, au lieu de fleurs dans les rameaux et de rosée dans les fleurs, les longs rubans d'argent des limaces sur le froid et épais tapis des feuilles jaunes ; mais de toute façon, sous tout aspect, en toute saison, printemps, hiver, été, automne, ce petit enclos respirait la mélancolie, la contemplation, la solitude, la liberté, l'absence de l'homme, la présence de Dieu ; et la vieille grille rouillée avait l'air de dire : ce jardin est à moi.

Le pavé de Paris avait beau être là tout autour, les hôtels classiques et splendides de la rue de Varennes à deux pas, le dôme des Invalides tout près, la chambre des députés pas loin ; les carrosses de la rue de Bourgogne et de la rue Saint-Dominique avaient beau rouler fastueusement dans le voisinage, les omnibus jaunes, bruns, blancs, rouges avaient beau se croiser dans le carrefour prochain, le désert était rue Plumet ; et la mort des anciens propriétaires, une révolution qui avait passé, l'écroulement des antiques fortunes, l'absence, l'oubli, quarante ans d'abandon et de viduité, avaient suffi pour ramener dans ce lieu privilégié les fougères, les bouillons-blancs, les ciguës, les achillées, les hautes herbes, les grandes plantes gaufrées aux larges feuilles de drap vert pâle, les lézards, les scarabées, les insectes inquiets et rapides ; pour faire sortir des profondeurs de la terre et reparaître entre ces quatre murs je ne sais quelle grandeur sauvage et farouche ; et pour que la nature, qui déconcerte les arrangements mesquins de l'homme et qui se répand toujours tout entière là où elle se répand, aussi bien dans la fourmi que dans l'aigle, en vînt à s'épanouir dans un méchant petit jardin parisien avec autant de rudesse et de majesté que dans une forêt vierge du Nouveau Monde.

Rien n'est petit en effet ; quiconque est sujet aux pénétrations profondes de la nature, le sait. Bien qu'aucune satisfaction absolue ne soit donnée à la philosophie, pas plus de circonscrire la cause que de limiter l'effet, le contemplateur tombe dans des extases sans fond à cause de toutes ces décompositions de forces aboutissant à l'unité. Tout travaille à tout [3].

L'algèbre s'applique aux nuages ; l'irradiation de l'astre profite à la rose ; aucun penseur n'oserait dire que le parfum de l'aubépine est inutile aux constellations. Qui donc peut calculer le trajet d'une molécule ? que savons-nous si des créations de mondes ne sont point déterminées par des chutes de grains de sable ? qui donc connaît les flux et les reflux réciproques de l'infiniment grand et de l'infiniment petit, le retentissement des causes dans les précipices de l'être, et les avalanches de la création ? Un ciron importe ; le petit est grand, le grand est petit ; tout est en équilibre dans la nécessité ; effrayante vision pour l'esprit. Il y a entre les êtres et les choses des relations de prodige ; dans cet inépuisable ensemble, de soleil à puceron, on ne se méprise pas ; on a besoin les uns des autres. La lumière n'emporte pas dans l'azur les parfums terrestres sans savoir ce qu'elle en fait ; la nuit fait des distributions d'essence stellaire aux fleurs endormies. Tous les oiseaux qui volent ont à la patte le fil de l'infini. La germination se complique de l'éclosion d'un météore et du coup de bec de l'hirondelle brisant l'œuf, et elle mène de front la naissance d'un ver de terre et l'avénement de Socrate. Où finit le télescope, le microscope commence. Lequel des deux a la vue la plus grande ? Choisissez. Une moisissure est une pléiade de fleurs ; une nébuleuse est une fourmilière d'étoiles. Même promis-

---

3. Le principe de l'unité du monde naturel — unité structurale de composition et, matérielle, d'interaction — est l'une des bases de la pensée de Hugo et de sa poétique. Il fonde l'identité de l'infini d'en haut, Dieu, et de l'infini d'en bas, l'âme, ainsi que celle de l'historique et de l'individuel. Il ouvre la voie à une éthique historique, ignorante du changement d'échelle et de la raison d'État (voir IV, 15, 1, note 2, p. 1547).

Il est lié d'une autre manière, troublante, aux *Misérables* puisque c'est à Montreuil-sur-Mer, un 4 septembre (le 4 septembre 1837) que Hugo en eut la première intuition, brièvement mais précisément développée dans une lettre de ce voyage.

cuité, et plus inouïe encore, des choses de l'intelligence et des faits de la substance. Les éléments et les principes se mêlent, se combinent, s'épousent, se multiplient les uns par les autres, au point de faire aboutir le monde matériel et le monde moral à la même clarté. Le phénomène est en perpétuel repli sur lui-même. Dans les vastes échanges cosmiques, la vie universelle va et vient en quantités inconnues, roulant tout dans l'invisible mystère des effluves, employant tout, ne perdant pas un rêve de pas un sommeil, semant un animalcule ici, émiettant un astre là, oscillant et serpentant, faisant de la lumière une force et de la pensée un élément, disséminée et indivisible, dissolvant tout, excepté ce point géométrique, le moi ; ramenant tout à l'âme atome ; épanouissant tout en Dieu ; enchevêtrant, depuis la plus haute jusqu'à la plus basse, toutes les activités dans l'obscurité d'un mécanisme vertigineux, rattachant le vol d'un insecte au mouvement de la terre, subordonnant, qui sait ? ne fût-ce que par l'identité de la loi, l'évolution de la comète dans le firmament au tournoiement de l'infusoire dans la goutte d'eau. Machine faite d'esprit. Engrenage énorme dont le premier moteur est le moucheron et dont la dernière roue est le zodiaque.

IV

CHANGEMENT DE GRILLE

Il semblait que ce jardin, créé autrefois pour cacher les mystères libertins, se fût transformé et fût devenu propre à abriter les mystères chastes. Il n'avait plus ni berceaux, ni boulingrins, ni tonnelles, ni grottes ; il avait une magnifique obscurité échevelée tombant comme un voile de toutes parts. Paphos s'était refait Éden. On ne sait quoi de repentant avait assaini cette retraite. Cette bouquetière offrait maintenant ses fleurs à l'âme. Ce coquet jardin, jadis fort compromis, était rentré dans la virginité et la pudeur. Un président assisté d'un jardinier, un bonhomme qui croyait continuer Lamoignon et un autre bonhomme qui croyait continuer Le Nôtre, l'avaient contourné, taillé, chiffonné, attifé, façonné pour la galanterie ; la nature l'avait ressaisi, l'avait rempli d'ombre, et l'avait arrangé pour l'amour.

Il y avait aussi dans cette solitude un cœur qui était tout prêt. L'amour n'avait qu'à se montrer ; il avait là un temple composé de verdures, d'herbe, de mousse, de soupirs d'oiseaux, de molles ténèbres, de branches agitées, et une âme faite de douceur, de foi, de candeur, d'espoir, d'aspiration et d'illusion.

Cosette était sortie du couvent encore presque enfant ; elle avait un peu plus de quatorze ans, et elle était « dans l'âge ingrat » ; nous l'avons dit, à part les yeux, elle semblait plutôt laide que jolie ; elle n'avait cependant aucun trait disgracieux, mais elle était gauche, maigre, timide et hardie à la fois, une grande petite fille enfin.

Son éducation était terminée ; c'est-à-dire on lui avait appris la religion, et même, et surtout la dévotion ; puis « l'histoire », c'est-à-dire la chose qu'on appelle ainsi au couvent, la géographie, la grammaire, les participes, les rois de France, un peu de musique, à faire un nez, etc., mais du reste elle ignorait tout, ce qui est un charme et un péril. L'âme d'une jeune fille ne doit pas être laissée obscure ; plus tard, il s'y fait des mirages trop brusques et trop vifs comme dans une chambre noire. Elle doit être doucement et discrètement éclairée, plutôt du reflet des réalités que de leur lumière directe et dure. Demi-jour utile et gracieusement austère qui dissipe les peurs puériles et empêche les chutes. Il n'y a que l'instinct maternel, intuition admirable où entrent les souvenirs de la vierge et l'expérience de la femme, qui sache comment et de quoi doit être fait ce demi-jour. Rien ne supplée à cet instinct. Pour former l'âme d'une jeune fille, toutes les religieuses du monde ne valent pas une mère.

Cosette n'avait pas eu de mère. Elle n'avait eu que beaucoup de mères, au pluriel.

Quant à Jean Valjean, il y avait bien en lui toutes les

tendresses à la fois, et toutes les sollicitudes ; mais ce n'était qu'un vieux homme qui ne savait rien du tout.

Or, dans cette œuvre de l'éducation, dans cette grave affaire de la préparation d'une femme à la vie, que de science il faut pour lutter contre cette grande ignorance qu'on appelle l'innocence !

Rien ne prépare une jeune fille aux passions comme le couvent. Le couvent tourne la pensée du côté de l'inconnu. Le cœur, replié sur lui-même, se creuse, ne pouvant s'épancher, et s'approfondit, ne pouvant s'épanouir. De là des visions, des suppositions, des conjectures, des romans ébauchés, des aventures souhaitées, des constructions fantastiques, des édifices tout entiers bâtis dans l'obscurité intérieure de l'esprit, sombres et secrètes demeures où les passions trouvent tout de suite à se loger dès que la grille franchie leur permet d'entrer. Le couvent est une compression qui, pour triompher du cœur humain, doit durer toute la vie [1].

En quittant le couvent, Cosette ne pouvait rien trouver de plus doux et de plus dangereux que la maison de la rue Plumet. C'était la continuation de la solitude avec le commencement de la liberté ; un jardin fermé, mais une nature âcre, riche, voluptueuse et odorante ; les mêmes songes que dans le couvent, mais de jeunes hommes entrevus ; une grille, mais sur la rue.

Cependant, nous le répétons, quand elle y arriva, elle n'était encore qu'un enfant. Jean Valjean lui livra ce jardin inculte. — Fais-y tout ce que tu voudras, lui disait-il. Cela amusait Cosette ; elle en remuait toutes les touffes et toutes les pierres, elle y cherchait « des bêtes » ; elle y jouait, en attendant qu'elle y rêvât ; elle aimait ce jardin pour les insectes qu'elle y trouvait sous ses pieds à travers

---

1. Aboutissement de l'analogie entre le bagne et le couvent : le cloître prépare aux passions comme « les galères font le galérien » (I, 7, 11 ; p. 395). D'autant plus que « compression » est souvent employé au XIXe siècle dans le sens technique de notre actuel « répression ». Notre moderne « refoulement » n'aurait pas la même pertinente ambiguïté.

l'herbe, en attendant qu'elle l'aimât pour les étoiles qu'elle y verrait dans les branches au-dessus de sa tête.

Et puis, elle aimait son père, c'est-à-dire Jean Valjean, de toute son âme, avec une naïve passion filiale qui lui faisait du bonhomme un compagnon désiré et charmant. On se souvient que M. Madeleine lisait beaucoup, Jean Valjean avait continué ; il en était venu à causer bien ; il avait la richesse secrète et l'éloquence d'une intelligence humble et vraie qui s'est spontanément cultivée. Il lui était resté juste assez d'âpreté pour assaisonner sa bonté ; c'était un esprit rude et un cœur doux. Au Luxembourg, dans leurs tête-à-tête, il faisait de longues explications de tout, puisant dans ce qu'il avait lu, puisant aussi dans ce qu'il avait souffert. Tout en l'écoutant, les yeux de Cosette erraient vaguement.

Cet homme simple suffisait à la pensée de Cosette, de même que ce jardin sauvage à ses yeux. Quand elle avait bien poursuivi les papillons, elle arrivait près de lui essoufflée et disait : Ah ! comme j'ai couru ! Il la baisait au front[2].

Cosette adorait le bonhomme. Elle était toujours sur ses talons. Là où était Jean Valjean était le bien-être. Comme Jean Valjean n'habitait ni le pavillon, ni le jardin, elle se plaisait mieux dans l'arrière-cour pavée que dans l'enclos plein de fleurs, et dans la petite loge meublée de chaises de paille que dans le grand salon tendu de tapisseries où s'adossaient des fauteuils capitonnés. Jean Valjean lui disait quelquefois en souriant du bonheur d'être importuné : — Mais va-t'en chez toi ! laisse-moi donc un peu seul !

Elle lui faisait de ces charmantes gronderies tendres qui ont tant de grâce remontant de la fille au père.

— Père, j'ai très froid chez vous ; pourquoi ne mettez-vous pas ici un tapis et un poêle ?

— Chère enfant, il y a tant de gens qui valent mieux que moi et qui n'ont même pas un toit sur leur tête.

---

2. Hugo a déjà donné cette course, cet essoufflement, ce baiser, cette phrase à un autre personnage, le condamné du *Dernier Jour*, dont c'est le premier et le seul souvenir amoureux.

— Alors pourquoi y a-t-il du feu chez moi et tout ce qu'il faut ?

— Parce que tu es une femme et un enfant.

— Bah ! les hommes doivent donc avoir froid et être mal ?

— Certains hommes.

— C'est bon, je viendrai si souvent ici que vous serez bien obligé d'y faire du feu.

Elle lui disait encore :

— Père, pourquoi mangez-vous du vilain pain comme cela ?

— Parce que..., ma fille.

— Eh bien, si vous en mangez, j'en mangerai.

Alors, pour que Cosette ne mangeât pas de pain noir, Jean Valjean mangeait du pain blanc.

Cosette ne se rappelait que confusément son enfance. Elle priait matin et soir pour sa mère qu'elle n'avait pas connue. Les Thénardier lui étaient restés comme deux figures hideuses à l'état de rêve. Elle se rappelait qu'elle avait été « un jour, la nuit » chercher de l'eau dans un bois. Elle croyait que c'était très loin de Paris. Il lui semblait qu'elle avait commencé à vivre dans un abîme et que c'était Jean Valjean qui l'en avait tirée. Son enfance lui faisait l'effet d'un temps où il n'y avait autour d'elle que des mille-pieds, des araignées et des serpents. Quand elle songeait le soir avant de s'endormir, comme elle n'avait pas une idée très nette d'être la fille de Jean Valjean et qu'il fût son père, elle s'imaginait que l'âme de sa mère avait passé dans ce bonhomme et était venue demeurer auprès d'elle.

Lorsqu'il était assis, elle appuyait sa joue sur ses cheveux blancs et y laissait silencieusement tomber une larme en se disant : C'est peut-être ma mère, cet homme-là ![3]

---

3. Il y a d'autres indices de la maternité de Jean Valjean. Elle relève à la fois de l'ambition narcissique du « moi » de fondre en lui les deux sexes, de l'ambition amoureuse d'être toute l'humanité pour la femme aimée, de l'indistinction sexuelle ordinaire à la misère, et de la misère propre à la paternité. Voir aussi note 7, p. 781.

Cosette, quoique ceci soit étrange à énoncer, dans sa profonde ignorance de fille élevée au couvent, la maternité d'ailleurs étant absolument inintelligible à la virginité, avait fini par se figurer qu'elle avait eu aussi peu de mère que possible. Cette mère, elle ne savait pas même son nom. Toutes les fois qu'il lui arrivait de le demander à Jean Valjean, Jean Valjean se taisait. Si elle répétait sa question, il répondait par un sourire. Une fois elle insista ; le sourire s'acheva par une larme.

Ce silence de Jean Valjean couvrait de nuit Fantine.

Était-ce prudence ? était-ce respect ? était-ce crainte de livrer ce nom aux hasards d'une autre mémoire que la sienne ?[4]

Tant que Cosette avait été petite, Jean Valjean lui avait volontiers parlé de sa mère ; quand elle fut jeune fille, cela lui fut impossible. Il lui sembla qu'il n'osait plus. Était-ce à cause de Cosette ? était-ce à cause de Fantine ? il éprouvait une sorte d'horreur religieuse à faire entrer cette ombre dans la pensée de Cosette, et à mettre la morte en tiers dans leur destinée. Plus cette ombre lui était sacrée, plus elle lui semblait redoutable. Il songeait à Fantine et se sentait accablé de silence. Il voyait vaguement dans les ténèbres quelque chose qui ressemblait à un doigt sur une bouche. Toute cette pudeur qui avait été dans Fantine et qui, pendant sa vie, était sortie d'elle violemment, était-elle revenue après sa mort se poser sur elle, veiller, indignée, sur la paix de cette morte, et, farouche, la garder dans sa tombe ? Jean Valjean, à son insu, en subissait-il la pression ? Nous qui croyons en la mort, nous ne sommes pas de ceux qui rejetteraient cette explication mystérieuse. De là l'impossibilité de prononcer, même pour Cosette, ce nom : Fantine.

Un jour Cosette lui dit :

— Père, j'ai vu cette nuit ma mère en songe. Elle avait deux grandes ailes. Ma mère dans sa vie doit avoir touché à la sainteté.

---

4. Cette indécision du narrateur accrédite le personnage : parce qu'il lui échappe et parce que chacun reconnaît en soi, s'il s'imagine à la place du héros, cette zone d'ombre.

— Par le martyre[5], répondit Jean Valjean.

Du reste, Jean Valjean était heureux.

Quand Cosette sortait avec lui, elle s'appuyait sur son bras, fière, heureuse, dans la plénitude du cœur. Jean Valjean, à toutes ces marques d'une tendresse si exclusive et si satisfaite de lui seul, sentait sa pensée se fondre en délices. Le pauvre homme tressaillait inondé d'une joie angélique ; il s'affirmait avec transport que cela durerait toute la vie ; il se disait qu'il n'avait vraiment pas assez souffert pour mériter un si radieux bonheur, et il remerciait Dieu, dans les profondeurs de son âme, d'avoir permis qu'il fût ainsi aimé, lui misérable, par cet être innocent.

V

LA ROSE S'APERÇOIT QU'ELLE EST UNE MACHINE DE GUERRE[1]

Un jour Cosette se regarda par hasard dans son miroir et se dit : tiens ! Il lui semblait presque qu'elle était jolie. Ceci la jeta dans un trouble singulier. Jusqu'à ce moment elle n'avait point songé à sa figure. Elle se voyait dans son miroir, mais elle ne s'y regardait pas. Et puis, on lui avait souvent dit qu'elle était laide ; Jean Valjean seul disait doucement : Mais non ! mais non ! Quoi qu'il en fût, Cosette s'était toujours crue laide, et avait grandi dans cette idée avec la résignation facile de l'enfance. Voici que tout d'un coup son miroir lui disait comme Jean Valjean : Mais non ! Elle ne dormit pas de la nuit. — Si j'étais jolie ? pensait-elle, comme cela serait drôle que je fusse jolie ! — Et elle se rappelait celles de ses compagnes dont la beauté faisait effet dans le couvent, et elle se disait : Comment ! je serais comme mademoiselle une telle !

---

5. Sur le motif de l'ange, qui associe ici de manière un peu menaçante Fantine et Jean Valjean, voir note générale 21.

---

1. Voir références en III, 8, 4, note 1, p. 1011.

Le lendemain elle se regarda, mais non par hasard, et elle douta : — Où avais-je l'esprit ? dit-elle, non, je suis laide. — Elle avait tout simplement mal dormi, elle avait les yeux battus et elle était pâle. Elle ne s'était pas sentie très joyeuse la veille de croire à sa beauté, mais elle fut triste de n'y plus croire. Elle ne se regarda plus, et pendant plus de quinze jours elle tâcha de se coiffer tournant le dos au miroir.

Le soir, après le dîner, elle faisait assez habituellement de la tapisserie dans le salon ou quelque ouvrage de couvent, et Jean Valjean lisait à côté d'elle. Une fois elle leva les yeux de son ouvrage et elle fut toute surprise de la façon inquiète dont son père la regardait.

Une autre fois, elle passait dans la rue, et il lui sembla que quelqu'un qu'elle ne vit pas disait derrière elle : Jolie femme ! mais mal mise. — Bah ! pensa-t-elle, ce n'est pas moi. Je suis bien mise et laide. — Elle avait alors son chapeau de peluche et sa robe de mérinos.

Un jour enfin, elle était dans le jardin, et elle entendit la pauvre vieille Toussaint qui disait : Monsieur, remarquez-vous comme mademoiselle devient jolie ? Cosette n'entendit pas ce que son père répondit, les paroles de Toussaint furent pour elle une sorte de commotion. Elle s'échappa du jardin, monta à sa chambre, courut à la glace, il y avait trois mois qu'elle ne s'était regardée, et poussa un cri. Elle venait de s'éblouir elle-même.

Elle était belle et jolie ; elle ne pouvait s'empêcher d'être de l'avis de Toussaint et de son miroir. Sa taille s'était faite, sa peau avait blanchi, ses cheveux s'étaient lustrés, une splendeur inconnue s'était allumée dans ses prunelles bleues. La conscience de sa beauté lui vint tout entière, en une minute, comme un grand jour qui se fait, les autres la remarquaient d'ailleurs, Toussaint le disait, c'était d'elle évidemment que le passant avait parlé, il n'y avait plus à douter ; elle redescendit au jardin, se croyant reine[2], entendant les oiseaux chanter, c'était en hiver,

---

2. Voir déjà II, 3, 8 ; p. 571. Don d'une poupée-enfant, beauté : il ne manquait que l'amour pour achever en Cosette le « sacre de la femme ».

voyant le ciel doré, le soleil dans les arbres, des fleurs dans les buissons, éperdue, folle, dans un ravissement inexprimable.

De son côté, Jean Valjean éprouvait un profond et indéfinissable serrement de cœur.

C'est qu'en effet, depuis quelque temps, il contemplait avec terreur cette beauté qui apparaissait chaque jour plus rayonnante sur le doux visage de Cosette. Aube riante pour tous, lugubre pour lui.

Cosette avait été belle assez longtemps avant de s'en apercevoir. Mais, du premier jour, cette lumière inattendue qui se levait lentement et enveloppait par degrés toute la personne de la jeune fille blessa la paupière sombre de Jean Valjean. Il sentit que c'était un changement dans une vie heureuse, si heureuse qu'il n'osait y remuer dans la crainte d'y déranger quelque chose. Cet homme qui avait passé par toutes les détresses, qui était encore tout saignant des meurtrissures de sa destinée, qui avait été presque méchant et qui était devenu presque saint, qui, après avoir traîné la chaîne du bagne, traînait maintenant la chaîne invisible, mais pesante, de l'infamie indéfinie, cet homme que la loi n'avait pas lâché et qui pouvait être à chaque instant ressaisi et ramené de l'obscurité de sa vertu au grand jour de l'opprobre public, cet homme acceptait tout, excusait tout, pardonnait tout, bénissait tout, voulait bien tout, et ne demandait à la providence, aux hommes, aux lois, à la société, à la nature, au monde, qu'une chose, que Cosette l'aimât !

Que Cosette continuât de l'aimer ! que Dieu n'empêchât pas le cœur de cet enfant de venir à lui, et de rester à lui ! Aimé de Cosette, il se trouvait guéri, reposé, apaisé, comblé, récompensé, couronné. Aimé de Cosette, il était bien ! il n'en demandait pas davantage. On lui eût dit : Veux-tu être mieux ? Il eût répondu : Non. Dieu lui eût dit : Veux-tu le ciel ? il eût répondu : J'y perdrais.

Tout ce qui pouvait effleurer cette situation, ne fût-ce qu'à la surface, le faisait frémir comme le commencement d'autre chose. Il n'avait jamais trop su ce que c'était que la beauté d'une femme ; mais, par instinct, il comprenait que c'était terrible.

Cette beauté qui s'épanouissait de plus en plus triomphante et superbe à côté de lui, sous ses yeux, sur le front ingénu et redoutable de l'enfant, du fond de sa laideur, de sa vieillesse, de sa misère, de sa réprobation, de son accablement, il la regardait effaré.

Il se disait : Comme elle est belle ! Qu'est-ce que je vais devenir, moi ?

Là du reste était la différence entre sa tendresse et la tendresse d'une mère. Ce qu'il voyait avec angoisse, une mère l'eût vu avec joie.

Les premiers symptômes ne tardèrent pas à se manifester.

Dès le lendemain du jour où elle s'était dit : Décidément, je suis belle ! Cosette fit attention à sa toilette. Elle se rappela le mot du passant : — Jolie, mais mal mise, — souffle d'oracle qui avait passé à côté d'elle et s'était évanoui après avoir déposé dans son cœur un des deux germes qui doivent plus tard emplir toute la vie de la femme, la coquetterie. L'amour est l'autre[3].

Avec la foi en sa beauté, toute l'âme féminine s'épanouit en elle. Elle eut horreur du mérinos et honte de la peluche. Son père ne lui avait jamais rien refusé. Elle sut tout de suite toute la science du chapeau, de la robe, du mantelet, du brodequin, de la manchette, de l'étoffe qui va, de la couleur qui sied, cette science qui fait de la femme parisienne quelque chose de si charmant, de si profond et de si dangereux. Le mot *femme capiteuse* a été inventé pour la parisienne.

En moins d'un mois la petite Cosette fut dans cette thébaïde de la rue de Babylone une des femmes, non seulement les plus jolies, ce qui est quelque chose, mais « les mieux mises » de Paris, ce qui est bien davantage. Elle eût voulu rencontrer « son passant » pour voir ce qu'il dirait, et « pour lui apprendre ! » Le fait est qu'elle était ravissante de tout point, et qu'elle distinguait à merveille un chapeau de Gérard d'un chapeau d'Herbaut[4].

Jean Valjean considérait ces ravages avec anxiété. Lui

___
3. Voir note générale 41.
4. Marchands de mode alors en vogue.

qui sentait qu'il ne pourrait jamais que ramper, marcher tout au plus, il voyait des ailes venir à Cosette[5].

Du reste, rien qu'à la simple inspection de la toilette de Cosette, une femme eût reconnu qu'elle n'avait pas de mère. Certaines petites bienséances, certaines conventions spéciales, n'étaient point observées par Cosette. Une mère, par exemple, lui eût dit qu'une jeune fille ne s'habille point en damas.

Le premier jour que Cosette sortit avec sa robe et son camail de damas noir et son chapeau de crêpe blanc, elle vint prendre le bras de Jean Valjean, gaie, radieuse, rose, fière, éclatante. — Père, dit-elle, comment me trouvez-vous ainsi ? Jean Valjean répondit d'une voix qui ressemblait à la voix amère d'un envieux : — Charmante ! — Il fut dans la promenade comme à l'ordinaire. En rentrant il demanda à Cosette :

— Est-ce que tu ne remettras plus ta robe et ton chapeau, tu sais ?

Ceci se passait dans la chambre de Cosette. Cosette se tourna vers le porte-manteau de la garde-robe où sa défroque de pensionnaire était accrochée.

— Ce déguisement ! dit-elle. Père, que voulez-vous que j'en fasse ? Oh ! par exemple, non, je ne remettrai jamais ces horreurs. Avec ce machin-là sur la tête, j'ai l'air de madame Chien-fou.

Jean Valjean soupira profondément.

À partir de ce moment, il remarqua que Cosette, qui autrefois demandait toujours à rester, disant : Père, je m'amuse mieux ici avec vous, demandait maintenant toujours à sortir. En effet, à quoi bon avoir une jolie figure et une délicieuse toilette, si on ne les montre pas ?

Il remarqua aussi que Cosette n'avait plus le même goût pour l'arrière-cour. À présent, elle se tenait plus volontiers au jardin, se promenant sans déplaisir devant la grille. Jean Valjean, farouche, ne mettait pas les pieds dans le jardin. Il restait dans son arrière-cour, comme le chien.

---

5. Ailes de l'ange (note générale 21) et de l'oiseau prenant son vol.

Cosette, à se savoir belle, perdit la grâce de l'ignorer ; grâce exquise, car la beauté rehaussée de naïveté est ineffable, et rien n'est adorable comme une innocente éblouissante qui marche tenant en main, sans le savoir, la clef d'un paradis. Mais ce qu'elle perdit en grâce ingénue, elle le regagna en charme pensif et sérieux. Toute sa personne, pénétrée des joies de la jeunesse, de l'innocence et de la beauté, respirait une mélancolie splendide.

Ce fut à cette époque que Marius, après six mois écoulés, la revit au Luxembourg.

VI

LA BATAILLE COMMENCE

Cosette était dans son ombre, comme Marius dans la sienne, toute disposée pour l'embrasement. La destinée, avec sa patience mystérieuse et fatale, approchait lentement l'un de l'autre ces deux êtres tout chargés et tout languissants des orageuses électricités de la passion, ces deux âmes qui portaient l'amour comme deux nuages portent la foudre, et qui devaient s'aborder et se mêler dans un regard comme les nuages dans un éclair.

On a tant abusé du regard dans les romans d'amour qu'on a fini par le déconsidérer. C'est à peine si l'on ose dire maintenant que deux êtres se sont aimés parce qu'ils se sont regardés. C'est pourtant comme cela qu'on s'aime et uniquement comme cela. Le reste n'est que le reste, et vient après. Rien n'est plus réel que ces grandes secousses que deux âmes se donnent en échangeant cette étincelle [1].

À cette certaine heure où Cosette eut sans le savoir ce

---

1. Sur un tel effet de « dénudation du procédé », répété un peu plus loin : « le rêve des nuits devenu roman », voir I, 7, 3, note 17, p. 334. Le texte signale son appartenance au genre — le roman d'amour — qu'il accomplit (on devrait relire ces pages avant de dire que Hugo n'est pas, aussi, « psychologue ») et dépasse.

regard qui troubla Marius, Marius ne se douta pas que lui aussi eut un regard qui troubla Cosette.

Il lui fit le même mal et le même bien.

Depuis longtemps déjà elle le voyait et elle l'examinait comme les filles examinent et voient, en regardant ailleurs. Marius trouvait encore Cosette laide que déjà Cosette trouvait Marius beau. Mais comme il ne prenait point garde à elle, ce jeune homme lui était bien égal[2].

Cependant elle ne pouvait s'empêcher de se dire qu'il avait de beaux cheveux, de beaux yeux, de belles dents, un charmant son de voix, quand elle l'entendait causer avec ses camarades, qu'il marchait en se tenant mal, si l'on veut, mais avec une grâce à lui, qu'il ne paraissait pas bête du tout, que toute sa personne était noble, douce, simple et fière, et qu'enfin il avait l'air pauvre, mais qu'il avait bon air.

Le jour où leurs yeux se rencontrèrent et se dirent enfin brusquement ces premières choses obscures et ineffables que le regard balbutie, Cosette ne comprit pas d'abord. Elle rentra pensive à la maison de la rue de l'Ouest où Jean Valjean, selon son habitude, était venu passer six semaines. Le lendemain, en s'éveillant, elle songea à ce jeune homme inconnu, si longtemps indifférent et glacé, qui semblait maintenant faire attention à elle, et il ne lui sembla pas le moins du monde que cette attention lui fût agréable. Elle avait plutôt un peu de colère contre ce beau dédaigneux. Un fond de guerre remua en elle. Il lui sembla, et elle en éprouvait une joie encore tout enfantine, qu'elle allait enfin se venger.

Se sachant belle, elle sentait bien, quoique d'une façon indistincte, qu'elle avait une arme. Les femmes jouent

---

2. Tout au long du récit des amours de Cosette et de Marius, le narrateur plie souvent de la sorte sa phrase au langage des personnages en un quasi-discours indirect. Il en résulte un surprenant effet de tendresse ironique. Et, ainsi confondu avec le narrateur et les personnages dans l'identité de toutes les amours, le lecteur objective ses souvenirs autant qu'il intériorise l'aventure fictive, devenant lui-même ce sujet multiple que le roman représente et qu'il produit (voir note générale 7).

avec leur beauté comme les enfants avec leur couteau. Elles s'y blessent.

On se rappelle les hésitations de Marius, ses palpitations, ses terreurs. Il restait sur son banc et n'approchait pas. Ce qui dépitait Cosette. Un jour elle dit à Jean Valjean : — Père, promenons-nous donc un peu de ce côté-là. — Voyant que Marius ne venait point à elle, elle alla à lui. En pareil cas, toute femme ressemble à Mahomet[3]. Et puis, chose bizarre, le premier symptôme de l'amour vrai chez un jeune homme, c'est la timidité, chez une jeune fille, c'est la hardiesse. Ceci étonne, et rien n'est plus simple pourtant. Ce sont les deux sexes qui tendent à se rapprocher et qui prennent les qualités l'un de l'autre.

Ce jour-là, le regard de Cosette rendit Marius fou, le regard de Marius rendit Cosette tremblante. Marius s'en alla confiant, et Cosette inquiète. À partir de ce jour, ils s'adorèrent.

La première chose que Cosette éprouva, ce fut une tristesse confuse et profonde. Il lui sembla que, du jour au lendemain, son âme était devenue noire. Elle ne la reconnaissait plus. La blancheur de l'âme des jeunes filles, qui se compose de froideur et de gaîté, ressemble à la neige. Elle fond à l'amour qui est son soleil.

Cosette ne savait pas ce que c'était que l'amour. Elle n'avait jamais entendu prononcer ce mot dans le sens terrestre. Sur les livres de musique profane qui entraient dans le couvent, *amour* était remplacé par *tambour* ou *pandour*. Cela faisait des énigmes qui exerçaient l'imagination des *grandes*, comme : *Ah ! que le tambour est agréable !* ou : *La pitié n'est pas un pandour !* Mais Cosette était sortie encore trop jeune pour s'être beaucoup préoccupée du « tambour ». Elle n'eût donc su quel nom donner à ce qu'elle éprouvait maintenant. Est-on moins malade pour ignorer le nom de sa maladie ?

Elle aimait avec d'autant plus de passion qu'elle aimait avec ignorance. Elle ne savait pas si cela est bon ou mauvais, utile ou dangereux, nécessaire ou mortel, éternel ou

---

3. Lequel, selon le dicton, ne pouvant faire venir à lui une montagne, alla à elle.

passager, permis ou prohibé ; elle aimait. On l'eût bien
étonnée si on lui eût dit : Vous ne dormez pas ? mais
c'est défendu ! Vous ne mangez pas ? mais c'est fort
mal ! Vous avez des oppressions et des battements de
cœur ? mais cela ne se fait pas ! Vous rougissez et vous
pâlissez quand un certain être vêtu de noir paraît au bout
d'une certaine allée verte ? mais c'est abominable ! Elle
n'eût pas compris, et elle eût répondu : Comment peut-il
y avoir de ma faute dans une chose où je ne puis rien et
où je ne sais rien ?

Il se trouva que l'amour qui se présenta était précisément celui qui convenait le mieux à l'état de son âme.
C'était une sorte d'adoration à distance, une contemplation muette, la déification d'un inconnu. C'était l'apparition de l'adolescence à l'adolescence, le rêve des nuits
devenu roman et resté rêve, le fantôme souhaité enfin
réalisé et fait chair, mais n'ayant pas encore de nom, ni
de tort, ni de tache, ni d'exigence, ni de défaut ; en un
mot, l'amant lointain et demeuré dans l'idéal, une chimère ayant une forme. Toute rencontre plus palpable et
plus proche eût à cette première époque effarouché
Cosette, encore à demi plongée dans la brume grossis-
sante du cloître. Elle avait toutes les peurs des enfants et
toutes les peurs des religieuses mêlées. L'esprit du couvent, dont elle s'était pénétrée pendant cinq ans, s'évapo-
rait encore lentement de toute sa personne et faisait tout
trembler autour d'elle. Dans cette situation, ce n'était pas
un amant qu'il lui fallait, ce n'était pas même un amoureux, c'était une vision. Elle se mit à adorer Marius
comme quelque chose de charmant, de lumineux et d'impossible.

Comme l'extrême naïveté touche à l'extrême coquetterie, elle lui souriait, tout franchement.

Elle attendait tous les jours l'heure de la promenade
avec impatience, elle y trouvait Marius, se sentait indici-
blement heureuse, et croyait sincèrement exprimer toute
sa pensée en disant à Jean Valjean : — Quel délicieux
jardin que le Luxembourg !

Marius et Cosette étaient dans la nuit l'un pour l'autre.
Ils ne se parlaient pas, ils ne se saluaient pas, ils ne se

connaissaient pas ; ils se voyaient ; et comme les astres dans le ciel que des millions de lieues séparent, ils vivaient de se regarder.

C'est ainsi que Cosette devenait peu à peu une femme et se développait, belle et amoureuse, avec la conscience de sa beauté et l'ignorance de son amour. Coquette pardessus le marché, par innocence.

VII

À TRISTESSE, TRISTESSE ET DEMIE

Toutes les situations ont leurs instincts[1]. La vieille et éternelle mère nature avertissait sourdement Jean Valjean de la présence de Marius. Jean Valjean tressaillait dans le plus obscur de sa pensée. Jean Valjean ne voyait rien, ne savait rien, et considérait pourtant avec une attention opiniâtre les ténèbres où il était, comme s'il sentait d'un côté quelque chose qui se construisait, et de l'autre quelque chose qui s'écroulait. Marius, averti aussi, et, ce qui est la profonde loi du bon Dieu, par cette même mère nature, faisait tout ce qu'il pouvait pour se dérober au « père ». Il arrivait cependant que Jean Valjean l'apercevait quelquefois. Les allures de Marius n'étaient plus du tout naturelles. Il avait des prudences louches et des témérités gauches. Il ne venait plus tout près comme autrefois ; il s'asseyait loin et restait en extase ; il avait un livre et faisait semblant de lire ; pourquoi faisait-il semblant ? Autrefois il venait avec son vieux habit, maintenant il avait tous les jours son habit neuf ; il n'était pas bien sûr qu'il ne se fît point friser, il avait des yeux tout drôles, il

---

1. Lorsque Jean Valjean avait saisi l'anse du seau de Cosette (II, 3, 5 ; p. 547), le narrateur avait commenté : « Il y a des instincts pour toutes les rencontres de la vie. L'enfant n'eut pas peur. » La répétition n'est pas fortuite, maintenant que Cosette s'éloigne.

mettait des gants ; bref, Jean Valjean détestait cordiale-
ment ce jeune homme.

Cosette ne laissait rien deviner. Sans savoir au juste ce
qu'elle avait, elle avait bien le sentiment que c'était
quelque chose et qu'il fallait le cacher.

Il y avait entre le goût de toilette qui était venu à
Cosette et l'habitude d'habits neufs qui était poussée à
cet inconnu un parallélisme importun à Jean Valjean.
C'était un hasard peut-être, sans doute, à coup sûr, mais
un hasard menaçant.

Jamais il n'ouvrait la bouche à Cosette de cet inconnu.
Un jour cependant, il ne put s'en tenir, et avec ce vague
désespoir qui jette brusquement la sonde dans son malheur, il lui dit : — Que voilà un jeune homme qui a l'air
pédant !

Cosette l'année d'auparavant, petite fille indifférente,
eût répondu : — Mais non, il est charmant. Dix ans plus
tard, avec l'amour de Marius au cœur, elle eût répondu :
— Pédant et insupportable à voir ! vous avez bien raison ! — Au moment de la vie et du cœur où elle était,
elle se borna à répondre avec un calme suprême :

— Ce jeune homme-là !

Comme si elle le regardait pour la première fois de sa
vie.

— Que je suis stupide ! pensa Jean Valjean. Elle ne
l'avait pas encore remarqué. C'est moi qui le lui montre.
Ô simplicité des vieux ! profondeur des enfants !

C'est encore une loi de ces fraîches années de souffrance et de souci de ces vives luttes du premier amour
contre les premiers obstacles, la jeune fille ne se laisse
prendre à aucun piège, le jeune homme tombe dans tous.
Jean Valjean avait commencé contre Marius une sourde
guerre que Marius, avec la bêtise sublime de sa passion
et de son âge, ne devina point. Jean Valjean lui tendit
une foule d'embûches ; il changea d'heures, il changea de
banc, il oublia son mouchoir, il vint seul au Luxembourg ;
Marius donna tête baissée dans tous les panneaux ; et à
tous ces points d'interrogation plantés sur sa route par
Jean Valjean, il répondit ingénument oui. Cependant
Cosette restait murée dans son insouciance apparente et

dans sa tranquillité imperturbable, si bien que Jean Valjean arriva à cette conclusion : Ce dadais est amoureux
fou de Cosette, mais Cosette ne sait seulement pas qu'il
existe.

Il n'en avait pas moins dans le cœur un tremblement
douloureux. La minute où Cosette aimerait pouvait sonner d'un instant à l'autre. Tout ne commence-t-il pas par
l'indifférence ?

Une seule fois Cosette fit une faute et l'effraya. Il se
levait du banc pour partir après trois heures de station,
elle dit : — Déjà !

Jean Valjean n'avait pas discontinué les promenades
au Luxembourg, ne voulant rien faire de singulier et par-
dessus tout redoutant de donner l'éveil à Cosette ; mais
pendant ces heures si douces pour les deux amoureux,
tandis que Cosette envoyait son sourire à Marius enivré
qui ne s'apercevait que de cela et maintenant ne voyait
plus rien dans ce monde qu'un radieux visage adoré, Jean
Valjean fixait sur Marius des yeux étincelants et terribles.
Lui qui avait fini par ne plus se croire capable d'un sentiment malveillant, il y avait des instants où, quand Marius
était là, il croyait redevenir sauvage et féroce, et il sentait
se rouvrir et se soulever contre ce jeune homme ces
vieilles profondeurs de son âme où il avait eu jadis tant
de colère. Il lui semblait presque qu'il se reformait en lui
des cratères inconnus.

Quoi ! il était là, cet être ! que venait-il faire ? il venait
tourner, flairer, examiner, essayer ! il venait dire : hein ?
pourquoi pas ? il venait rôder autour de son bonheur, pour
le prendre et l'emporter !

Jean Valjean ajoutait : — Oui, c'est cela ! que vient-il
chercher ? une aventure ! que veut-il ? une amourette !
Une amourette ! et moi ! Quoi ! j'aurai été d'abord le plus
misérable des hommes, et puis le plus malheureux, j'aurai
fait soixante ans de la vie sur les genoux, j'aurai souffert
tout ce qu'on peut souffrir, j'aurai vieilli sans avoir été
jeune, j'aurai vécu sans famille, sans parents, sans amis,
sans femme, sans enfants, j'aurai laissé de mon sang sur
toutes les pierres, sur toutes les ronces, à toutes les
bornes, le long de tous les murs, j'aurai été doux quoi-

qu'on fût dur pour moi et bon quoiqu'on fût méchant, je serai redevenu honnête homme malgré tout, je me serai repenti du mal que j'ai fait et j'aurai pardonné le mal qu'on m'a fait, et au moment où je suis récompensé, au moment où c'est fini, au moment où je touche au but, au moment où j'ai ce que je veux, c'est bon, c'est bien, je l'ai payé, je l'ai gagné, tout cela s'en ira, tout cela s'évanouira, et je perdrai Cosette, et je perdrai ma vie, ma joie, mon âme, parce qu'il aura plu à un grand niais de venir flâner au Luxembourg !

Alors ses prunelles s'emplissaient d'une clarté lugubre et extraordinaire. Ce n'était plus un homme qui regarde un homme ; ce n'était pas un ennemi qui regarde un ennemi. C'était un dogue qui regarde un voleur[2].

On sait le reste. Marius continua d'être insensé. Un jour il suivit Cosette rue de l'Ouest. Un autre jour il parla au portier. Le portier de son côté parla, et dit à Jean Valjean : — Monsieur, qu'est-ce que c'est donc qu'un jeune homme curieux qui vous a demandé ? — Le lendemain Jean Valjean jeta à Marius ce coup d'œil dont Marius s'aperçut enfin. Huit jours après, Jean Valjean avait déménagé. Il se jura qu'il ne remettrait plus les pieds ni au Luxembourg, ni rue de l'Ouest. Il retourna rue Plumet.

Cosette ne se plaignit pas, elle ne dit rien, elle ne fit pas de questions, elle ne chercha à savoir aucun pourquoi ; elle en était déjà à la période où l'on craint d'être pénétré et de se trahir. Jean Valjean n'avait aucune expérience de ces misères, les seules qui soient charmantes et

---

2. D'autres circonstances ont déjà montré que la bonté n'est pas plus naturelle à Jean Valjean qu'à qui que ce soit, et que le bien commence par le mal. Sur cette logique qui exploite une vérité « psychologique », voir V, 3, 4, note 2, p. 1725.

Cette analyse brillante et éloquente des mouvements du cœur en Jean Valjean sera reprise dans le chapitre « Buvard, bavard », mais à un autre niveau du « moi » et des exigences de la conscience. Progression qui associe l'approfondissement de la crise et une pédagogie de la lecture. Pour le lecteur et pour Jean Valjean, il ne s'agit encore que d'une propédeutique de la souffrance comme Marius et Cosette n'en sont qu'aux premières lueurs de l'amour.

les seules qu'il ne connût pas ; cela fit qu'il ne comprit point la grave signification du silence de Cosette. Seulement il remarqua qu'elle était devenue triste, et il devint sombre. C'étaient de part et d'autre des inexpériences aux prises.

Une fois il fit un essai. Il demanda à Cosette :

— Veux-tu venir au Luxembourg ?

Un rayon illumina le visage pâle de Cosette.

— Oui, dit-elle.

Ils y allèrent. Trois mois s'étaient écoulés. Marius n'y allait plus. Marius n'y était pas.

Le lendemain Jean Valjean redemanda à Cosette :

— Veux-tu venir au Luxembourg ?

Elle répondit tristement et doucement :

— Non.

Jean Valjean fut froissé de cette tristesse et navré de cette douceur.

Que se passait-il dans cet esprit si jeune et déjà si impénétrable ? Qu'est-ce qui était en train de s'y accomplir ? qu'arrivait-il à l'âme de Cosette ? Quelquefois, au lieu de se coucher, Jean Valjean restait assis près de son grabat la tête dans ses mains, et il passait des nuits entières à se demander : Qu'y a-t-il dans la pensée de Cosette ? et à songer aux choses auxquelles elle pouvait songer.

Oh ! dans ces moments-là, quels regards douloureux il tournait vers le cloître, ce sommet chaste, ce lieu des anges, cet inaccessible glacier de la vertu ! Comme il contemplait avec un ravissement désespéré ce jardin du couvent, plein de fleurs ignorées et de vierges enfermées, où tous les parfums et toutes les âmes montent droit vers le ciel ! Comme il adorait cet éden refermé à jamais, dont il était sorti volontairement et follement descendu ! Comme il regrettait son abnégation et sa démence d'avoir ramené Cosette au monde, pauvre héros du sacrifice, saisi et terrassé par son dévouement même ! comme il se disait : Qu'ai-je fait ?

Du reste rien de ceci ne perçait pour Cosette. Ni humeur, ni rudesse. Toujours la même figure sereine et bonne. Les manières de Jean Valjean étaient plus

tendres et plus paternelles que jamais. Si quelque chose
eût pu faire deviner moins de joie, c'était plus de
mansuétude.

De son côté, Cosette languissait. Elle souffrait de
l'absence de Marius comme elle avait joui de sa présence, singulièrement, sans savoir au juste. Quand Jean
Valjean avait cessé de la conduire aux promenades
habituelles, un instinct de femme lui avait confusément
murmuré au fond du cœur qu'il ne fallait pas paraître
tenir au Luxembourg, et que si cela lui était indifférent,
son père l'y ramènerait. Mais les jours, les semaines et
les mois se succédèrent. Jean Valjean avait accepté
tacitement le consentement tacite de Cosette. Elle le
regretta. Il était trop tard. Le jour où elle retourna au
Luxembourg, Marius n'y était plus. Marius avait donc
disparu ; c'était fini, que faire ? le retrouverait-elle
jamais ? Elle se sentit un serrement de cœur que rien
ne dilatait et qui s'accroissait chaque jour ; elle ne sut
plus si c'était l'hiver ou l'été, le soleil ou la pluie, si
les oiseaux chantaient, si l'on était aux dahlias ou aux
pâquerettes, si le Luxembourg était plus charmant que
les Tuileries, si le linge que rapportait la blanchisseuse
était trop empesé ou pas assez, si Toussaint avait fait
bien ou mal « son marché », et elle resta accablée,
absorbée, attentive à une seule pensée, l'œil vague et
fixe, comme lorsqu'on regarde dans la nuit la place
noire et profonde où une apparition s'est évanouie.

Du reste elle non plus ne laissa rien voir à Jean Valjean, que sa pâleur. Elle lui continua son doux visage.

Cette pâleur ne suffisait que trop pour occuper Jean
Valjean. Quelquefois il lui demandait :

— Qu'as-tu ?

Elle répondait :

— Je n'ai rien.

Et après un silence, comme elle le devinait triste aussi,
elle reprenait :

— Et vous, père, est-ce que vous avez quelque chose ?

— Moi ? rien, disait-il.

Ces deux êtres qui s'étaient si exclusivement aimés, et
d'un si touchant amour, et qui avaient vécu si longtemps

l'un par l'autre, souffraient maintenant l'un à côté de l'autre, l'un à cause de l'autre, sans se le dire, sans s'en vouloir, et en souriant[3].

VIII

LA CADÈNE[1]

Le plus malheureux des deux, c'était Jean Valjean. La jeunesse, même dans ses chagrins, a toujours une clarté à elle.

À de certains moments, Jean Valjean souffrait tant qu'il devenait puéril. C'est le propre de la douleur de faire reparaître le côté enfant de l'homme. Il sentait invinciblement que Cosette lui échappait. Il eût voulu lutter, la retenir, l'enthousiasmer par quelque chose d'extérieur et d'éclatant. Ces idées, puériles, nous venons de le dire, et en même temps séniles, lui donnèrent, par leur enfantil-

---

3. Est-ce auprès d'Adèle que Hugo apprit l'impuissance de l'affection sur les irréparables blessures de l'amour ? L'amenuisement du rythme, l'amuïssement du ton et le contraste entre l'ampleur numérique de la phrase et la simplicité de son langage font sa beauté, car ils miment la répression des violences intérieures par la régularité de la vie quotidienne, le démenti désolé que la tendresse inflige à l'amour, l'impossible explosion des mots et du moi.

---

1. Ce chapitre rappelle l'identité et l'histoire de Jean Valjean au moment où on le confondrait trop aisément avec le bourgeois qu'il joue. Il corrige une fausse lecture du « désamour » entre lui et Cosette, moins séparés par Marius que par la misère du cœur, de la paternité, et par la misère sociale à laquelle Jean Valjean se voit renvoyé.

La naïveté crucifiante de Cosette ne tient pas à son caractère, elle souligne la contradiction inhérente à l'entreprise du héros — contradiction mortelle, dit la marguerite effeuillée. C'est pourquoi le souvenir de la rencontre de la cadène — et de ce mot — conclura la confession à Marius (V, 7, 1 ; p. 1873).

V. Hugo, qui avait visité Toulon, Brest et Bicêtre, connaissait bien les choses du bagne. *Le Dernier Jour d'un condamné* décrit longuement le ferrement de la chaîne à Bicêtre.

lage même, une notion assez juste de l'influence de la passementerie sur l'imagination des jeunes filles. Il lui arriva une fois de voir passer dans la rue un général à cheval en grand uniforme, le comte Coutard, commandant de Paris. Il envia cet homme doré ; il se dit quel bonheur ce serait de pouvoir mettre cet habit-là qui était une chose incontestable, que si Cosette le voyait ainsi, cela l'éblouirait, que lorsqu'il donnerait le bras à Cosette et qu'il passerait devant la grille des Tuileries, on lui présenterait les armes, et que cela suffirait à Cosette et lui ôterait l'idée de regarder les jeunes gens[2].

Une secousse inattendue vint se mêler à ces pensées tristes.

Dans la vie isolée qu'ils menaient, et depuis qu'ils étaient venus se loger rue Plumet, ils avaient une habitude. Ils faisaient quelquefois la partie de plaisir d'aller voir se lever le soleil, genre de joie douce qui convient à ceux qui entrent dans la vie et à ceux qui en sortent.

Se promener de grand matin, pour qui aime la solitude, équivaut à se promener la nuit, avec la gaîté de la nature de plus. Les rues sont désertes et les oiseaux chantent. Cosette, oiseau elle-même, s'éveillait volontiers de bonne heure. Ces excursions matinales se préparaient la veille. Il proposait, elle acceptait. Cela s'arrangeait comme un complot, on sortait avant le jour, et c'était autant de petits bonheurs pour Cosette. Ces excentricités innocentes plaisent à la jeunesse.

La pente de Jean Valjean était, on le sait, d'aller aux endroits peu fréquentés, aux recoins solitaires, aux lieux d'oubli. Il y avait alors aux environs des barrières de Paris des espèces de champs pauvres, presque mêlés à la ville, où il poussait, l'été, un blé maigre, et qui, l'automne, après la récolte faite, n'avaient pas l'air moissonnés, mais pelés. Jean Valjean les hantait avec prédilection. Cosette ne s'y ennuyait point. C'était la solitude pour lui, la liberté pour elle. Là, elle redevenait petite fille, elle pou-

---

2. De même Marius rêvait-il d'avoir la croix. Comme la misère, l'amour brise cet élément de l'individualité qu'est l'âge. De là des puérilités sublimes.

vait courir et presque jouer, elle ôtait son chapeau, le posait sur les genoux de Jean Valjean, et cueillait des bouquets. Elle regardait les papillons sur les fleurs, mais ne les prenait pas ; les mansuétudes et les attendrissements naissent avec l'amour, et la jeune fille, qui a en elle un idéal tremblant et fragile, a pitié de l'aile du papillon. Elle tressait en guirlandes des coquelicots qu'elle mettait sur sa tête, et qui, traversés et pénétrés de soleil, empourprés jusqu'au flamboiement, faisaient à ce frais visage rose une couronne de braises.

Même après que leur vie avait été attristée, ils avaient conservé leur habitude de promenades matinales.

Donc un matin d'octobre, tentés par la sérénité parfaite de l'automne de 1831, ils étaient sortis, et ils se trouvaient au petit jour près de la barrière du Maine. Ce n'était pas l'aurore, c'était l'aube ; minute ravissante et farouche. Quelques constellations çà et là dans l'azur pâle et profond, la terre toute noire, le ciel tout blanc, un frisson dans les brins d'herbe, partout le mystérieux saisissement du crépuscule. Une alouette, qui semblait mêlée aux étoiles, chantait à une hauteur prodigieuse, et l'on eût dit que cet hymne de la petitesse à l'infini calmait l'immensité. À l'orient, le Val-de-Grâce découpait, sur l'horizon clair d'une clarté d'acier, sa masse obscure ; Vénus éblouissante montait derrière ce dôme et avait l'air d'une âme qui s'évade d'un édifice ténébreux.

Tout était paix et silence ; personne sur la chaussée ; dans les bas côtés, quelques rares ouvriers, à peine entrevus, se rendant à leur travail.

Jean Valjean s'était assis dans la contre-allée sur des charpentes déposées à la porte d'un chantier. Il avait le visage tourné vers la route, et le dos tourné au jour ; il oubliait le soleil qui allait se lever ; il était tombé dans une de ces absorptions profondes où tout l'esprit se concentre, qui emprisonnent même le regard et qui équivalent à quatre murs. Il y a des méditations qu'on pourrait nommer verticales ; quand on est au fond, il faut du temps pour revenir sur la terre. Jean Valjean était descendu dans une de ces songeries-là. Il pensait à Cosette, au bonheur possible si rien ne se mettait entre elle et lui, à cette lumière dont elle remplissait sa vie, lumière qui était la respiration de son âme. Il était presque heureux dans cette rêverie. Cosette, debout près de lui, regardait les nuages devenir roses.

Tout à coup, Cosette s'écria : Père, on dirait qu'on vient là-bas. Jean Valjean leva les yeux.

Cosette avait raison.

La chaussée qui mène à l'ancienne barrière du Maine prolonge, comme on sait, la rue de Sèvres, et est coupée à angle droit par le boulevard intérieur. Au coude de la chaussée et du boulevard, à l'endroit où se fait l'embranchement, on entendait un bruit difficile à expliquer à pareille heure, et une sorte d'encombrement confus apparaissait. On ne sait quoi d'informe, qui venait du boulevard, entrait dans la chaussée.

Cela grandissait, cela semblait se mouvoir avec ordre, pourtant c'était hérissé et frémissant ; cela semblait une voiture, mais on n'en pouvait distinguer le chargement. Il y avait des chevaux, des roues, des cris ; des fouets claquaient. Par degrés les linéaments se fixèrent, quoique noyés de ténèbres. C'était une voiture, en effet, qui venait de tourner du boulevard sur la route et qui se dirigeait vers la barrière près de laquelle était Jean Valjean ; une deuxième, du même aspect, la suivit, puis une troisième, puis une quatrième ; sept chariots débouchèrent successivement, la tête des chevaux touchant l'arrière des voitures. Des silhouettes s'agitaient sur ces chariots, on voyait des étincelles dans le crépuscule comme s'il y avait des sabres nus, on entendait un cliquetis qui ressemblait à des chaînes remuées, cela avançait, les voix grossissaient, et c'était une chose formidable comme il en sort de la caverne des songes.

En approchant, cela prit forme, et s'ébaucha derrière les arbres avec le blêmissement de l'apparition ; la masse blanchit ; le jour qui se levait peu à peu plaquait une lueur blafarde sur ce fourmillement à la fois sépulcral et vivant, les têtes de silhouettes devinrent des faces de cadavres, et voici ce que c'était :

Sept voitures marchaient à la file sur la route. Les six premières avaient une structure singulière. Elles ressem-

blaient à des haquets de tonneliers ; c'étaient des espèces
de longues échelles posées sur deux roues et formant
brancard à leur extrémité antérieure. Chaque haquet,
disons mieux, chaque échelle était attelée de quatre chevaux bout à bout. Sur ces échelles étaient traînées
d'étranges grappes d'hommes. Dans le peu de jour qu'il
faisait, on ne voyait pas ces hommes, on les devinait.
Vingt-quatre sur chaque voiture, douze de chaque côté,
adossés les uns aux autres, faisant face aux passants, les
jambes dans le vide, ces hommes cheminaient ainsi ; et
ils avaient derrière le dos quelque chose qui sonnait et
qui était une chaîne et au cou quelque chose qui brillait
et qui était un carcan. Chacun avait son carcan, mais la
chaîne était pour tous ; de façon que ces vingt-quatre
hommes, s'il leur arrivait de descendre du haquet et de
marcher, étaient saisis par une sorte d'unité inexorable et
devaient serpenter sur le sol avec la chaîne pour vertèbre
à peu près comme le mille-pieds. À l'avant et à l'arrière
de chaque voiture, deux hommes, armés de fusils, se
tenaient debout, ayant chacun une des extrémités de la
chaîne sous son pied. Les carcans étaient carrés. La septième voiture, vaste fourgon à ridelles, mais sans capote,
avait quatre roues et six chevaux, et portait un tas sonore
de chaudières de fer, de marmites de fonte, de réchauds
et de chaînes, où étaient mêlés quelques hommes garrottés et couchés tout de leur long, qui paraissaient
malades. Ce fourgon, tout à claire-voie, était garni de
claies délabrées qui semblaient avoir servi aux vieux supplices.

Ces voitures tenaient le milieu de pavé. Des deux côtés
marchaient en double haie des gardes d'un aspect infâme,
coiffés de tricornes claques comme les soldats du directoire, tachés, troués, sordides, affublés d'uniformes d'invalides et de pantalons de croque-morts, mi-partis gris et
bleus, presque en lambeaux, avec des épaulettes rouges,
des bandoulières jaunes, des coupe-choux, des fusils et
des bâtons ; espèces de soldats goujats. Ces sbires semblaient composés de l'abjection du mendiant et de l'autorité du bourreau. Celui qui paraissait leur chef tenait à la
main un fouet de poste. Tous ces détails, estompés par le

crépuscule, se dessinaient de plus en plus dans le jour grandissant. En tête et en queue du convoi, marchaient des gendarmes à cheval, graves, le sabre au poing.

Ce cortège était si long qu'au moment où la première voiture atteignait la barrière, la dernière débouchait à peine du boulevard.

Une foule, sortie on ne sait d'où et formée en un clin d'œil, comme cela est fréquent à Paris, se pressait des deux côtés de la chaussée et regardait. On entendait dans les ruelles voisines des cris de gens qui s'appelaient et les sabots des maraîchers qui accouraient pour voir.

Les hommes entassés sur les haquets se laissaient cahoter en silence. Ils étaient livides du frisson du matin. Ils avaient tous des pantalons de toile et les pieds nus dans des sabots. Le reste du costume était à la fantaisie de la misère. Leurs accoutrements étaient hideusement disparates ; rien n'est plus funèbre que l'arlequin des guenilles. Feutres défoncés, casquettes goudronnées, d'affreux bonnets de laine, et, près du bourgeron, l'habit noir crevé aux coudes ; plusieurs avaient des chapeaux de femme ; d'autres étaient coiffés d'un panier ; on voyait des poitrines velues, et à travers les déchirures des vêtements on distinguait des tatouages, des temples de l'amour, des cœurs enflammés, des Cupidons. On apercevait aussi des dartres et des rougeurs malsaines. Deux ou trois avaient une corde de paille fixée aux traverses du haquet, et suspendue au-dessous d'eux comme un étrier, qui leur soutenait les pieds. L'un d'eux tenait à la main et portait à sa bouche quelque chose qui avait l'air d'une pierre noire et qu'il semblait mordre ; c'était du pain qu'il mangeait. Il n'y avait là que des yeux secs, éteints, ou lumineux d'une mauvaise lumière. La troupe d'escorte maugréait, les enchaînés ne soufflaient pas ; de temps en temps on entendait le bruit d'un coup de bâton sur les omoplates ou sur les têtes ; quelques-uns de ces hommes bâillaient ; les haillons étaient terribles ; les pieds pendaient, les épaules oscillaient, les têtes s'entre-heurtaient, les fers tintaient, les prunelles flambaient férocement, les poings se crispaient ou s'ouvraient inertes comme des mains de morts ; derrière le convoi, une troupe d'enfants éclatait de rire.

Cette file de voitures, quelle qu'elle fût, était lugubre. Il était évident que demain, que dans une heure, une averse pouvait éclater, qu'elle serait suivie d'une autre, et d'une autre, et que les vêtements délabrés seraient traversés, qu'une fois mouillés, ces hommes ne se sécheraient plus, qu'une fois glacés, ils ne se réchaufferaient plus, que leurs pantalons de toile seraient collés par l'ondée sur leurs os, que l'eau emplirait leurs sabots, que les coups de fouet ne pourraient empêcher le claquement des mâchoires, que la chaîne continuerait de les tenir par le cou, que leurs pieds continueraient de pendre ; et il était impossible de ne pas frémir en voyant ces créatures humaines liées ainsi et passives sous les froides nuées d'automne, et livrées à la pluie, à la bise, à toutes les furies de l'air, comme des arbres et comme des pierres.

Les coups de bâton n'épargnaient pas même les malades, qui gisaient noués de cordes et sans mouvement sur la septième voiture et qu'on semblait avoir jetés là comme des sacs pleins de misère.

Brusquement, le soleil parut ; l'immense rayon de l'orient jaillit, et l'on eût dit qu'il mettait le feu à toutes ces têtes farouches. Les langues se délièrent ; un incendie de ricanements, de juremenrs et de chansons fit explosion. La large lumière horizontale coupa en deux toute la file, illuminant les têtes et les torses, laissant les pieds et les roues dans l'obscurité[3]. Les pensées apparurent sur les visages ; ce moment fut épouvantable ; des démons visibles à masques tombés, des âmes féroces toutes nues. Éclairée, cette cohue resta ténébreuse. Quelques-uns, gais, avaient à la bouche des tuyaux de plume d'où ils soufflaient de la vermine sur la foule, choisissant les femmes ; l'aurore accentuait par la noirceur des ombres ces profils lamentables ; pas un de ces êtres qui ne fût difforme à force de misère ; et c'était si monstrueux qu'on

---

3. Effet de vue partielle — voir II, 6, 1, note 4, p. 665 — mais aussi de sens dans un roman qui donne le mot d'ordre : « Éclairez la société en dessous » (III, 7, 4 ; p. 997).

eût dit que cela changeait la clarté du soleil en lueur
d'éclair. La voiturée qui ouvrait le cortège avait entonné
et psalmodiait à tue-tête avec une jovialité hagarde un
pot-pourri de Désaugiers, alors fameux, *la Vestale* ; les
arbres frémissaient lugubrement ; dans les contre-allées,
des faces de bourgeois écoutaient avec une béatitude
idiote ces gaudrioles chantées par des spectres[4].

Toutes les détresses étaient dans ce cortège comme un
chaos ; il y avait là l'angle facial de toutes les bêtes, des
vieillards, des adolescents, des crânes nus, des barbes
grises, des monstruosités cyniques, des résignations har-
gneuses, des rictus sauvages, des attitudes insensées, des
groins coiffés de casquettes, des espèces de têtes de
jeunes filles avec des tire-bouchons sur les tempes, des
visages enfantins et, à cause de cela, horribles, de maigres
faces de squelettes auxquelles il ne manquait que la mort.
On voyait sur la première voiture un nègre, qui, peut-
être, avait été esclave et qui pouvait comparer les chaînes.
L'effrayant niveau d'en bas, la honte, avait passé sur ces
fronts ; à ce degré d'abaissement, les dernières transfor-
mations étaient subies par tous dans les dernières profondeurs ; et l'ignorance changée en hébétement était l'égale
de l'intelligence changée en désespoir. Pas de choix possible entre ces hommes qui apparaissaient aux regards
comme l'élite de la boue. Il était clair que l'ordonnateur
quelconque de cette procession immonde ne les avait pas
classés. Ces êtres avaient été liés et accouplés pêle-mêle,
dans le désordre alphabétique probablement, et chargés
au hasard sur ces voitures. Cependant des horreurs grou-
pées finissent toujours par dégager une résultante ; toute
addition de malheureux donne un total ; il sortait de
chaque chaîne une âme commune, et chaque charretée

---

4. Plusieurs détails — « l'arlequin des guenilles », le rire et le
mépris réciproque entre la charretée et son public — assimilent le
défilé des forçats à celui du carnaval (V, 6, 1 ; pp. 1824-1825) : deux
remontées à la surface des dessous enfouis de la société.

La Vestale est là par dérision : sa première représentation date de
1807.

À la fin du chapitre, tous les spectacles de la société n'effaceront
pas l'effet de leur envers misérable.

avait sa physionomie. À côté de celle qui chantait, il y en avait une qui hurlait ; une troisième mendiait ; on en voyait une qui grinçait des dents ; une autre menaçait les passants, une autre blasphémait Dieu ; la dernière se taisait comme la tombe. Dante eût cru voir les sept cercles de l'enfer en marche.

Marche des damnations vers les supplices, faite sinistrement, non sur le formidable char fulgurant de l'apocalypse, mais, chose plus sombre, sur la charrette des gémonies.

Un des gardes, qui avait un crochet au bout de son bâton, faisait de temps en temps mine de remuer ces tas d'ordure humains. Une vieille femme dans la foule les montrait du doigt à un petit garçon de cinq ans, et lui disait : *Gredin, cela t'apprendra !*

Comme les chants et les blasphèmes grossissaient, celui qui semblait le capitaine de l'escorte fit claquer son fouet, et, à ce signal, une effroyable bastonnade sourde et aveugle qui faisait le bruit de la grêle tomba sur les sept voiturées ; beaucoup rugirent et écumèrent ; ce qui redoubla la joie des gamins accourus, nuée de mouches sur ces plaies.

L'œil de Jean Valjean était devenu effrayant. Ce n'était plus une prunelle ; c'était cette vitre profonde qui remplace le regard chez certains infortunés, qui semble inconsciente de la réalité, et où flamboie la réverbération des épouvantes et des catastrophes. Il ne regardait pas un spectacle ; il subissait une vision. Il voulut se lever, fuir, échapper ; il ne put remuer un pied. Quelquefois les choses qu'on voit vous saisissent, et vous tiennent. Il demeura cloué, pétrifié, stupide, se demandant, à travers une confuse angoisse inexprimable, ce que signifiait cette persécution sépulcrale, et d'où sortait ce pandémonium qui le poursuivait. Tout à coup il porta la main à son front, geste habituel de ceux auxquels la mémoire revient subitement ; il se souvint que c'était là l'itinéraire en effet, que ce détour était d'usage pour éviter les rencontres royales toujours possibles sur la route de Fontainebleau, et que, trente-cinq ans auparavant, il avait passé par cette barrière-là.

Cosette, autrement épouvantée, ne l'était pas moins. Elle ne comprenait pas ; le souffle lui manquait ; ce qu'elle voyait ne lui semblait pas possible ; enfin elle s'écria :

— Père ! qu'est-ce qu'il y a donc dans ces voitures-là ?

Jean Valjean répondit :

— Des forçats.

— Où donc est-ce qu'ils vont ?

— Aux galères.

En ce moment la bastonnade, multipliée par cent mains, fit du zèle, les coups de plat de sabre s'en mêlèrent, ce fut comme une rage de fouets et de bâtons ; les galériens se courbèrent, une obéissance hideuse se dégagea du supplice, et tous se turent avec des regards de loups enchaînés. Cosette tremblait de tous ses membres ; elle reprit :

— Père, est-ce que ce sont encore des hommes ?

— Quelquefois, dit le misérable.

C'était la Chaîne en effet qui, partie avant le jour de Bicêtre, prenait la route du Mans pour éviter Fontainebleau où était alors le roi. Ce détour faisait durer l'épouvantable voyage trois ou quatre jours de plus ; mais, pour épargner à la personne royale la vue d'un supplice, on peut bien le prolonger.

Jean Valjean rentra accablé. De telles rencontres sont des chocs et le souvenir qu'elles laissent ressemble à un ébranlement [5].

Pourtant Jean Valjean, en regagnant avec Cosette la rue de Babylone, ne remarqua point qu'elle lui fît d'autres questions au sujet de ce qu'ils venaient de voir ; peut-être était-il trop absorbé lui-même dans son accablement pour percevoir ses paroles et pour lui répondre. Seulement le soir, comme Cosette le quittait pour s'aller coucher, il l'entendit qui disait à demi-voix et comme se parlant à elle-même : — Il me semble que si je trouvais sur mon chemin un de ces hommes-là, ô mon Dieu, je mourrais rien que de le voir de près !

---

5. Voir texte et note en III, 4, 3, note 1, p. 912.

Heureusement le hasard fit que le lendemain de ce jour tragique il y eut, à propos de je ne sais plus quelle solennité officielle, des fêtes dans Paris, revue au Champ de Mars, joutes sur la Seine, théâtres aux Champs-Élysées, feu d'artifice à l'Étoile, illuminations partout. Jean Valjean, faisant violence à ses habitudes, conduisit Cosette à ces réjouissances, afin de la distraire du souvenir de la veille et d'effacer sous le riant tumulte de tout Paris la chose abominable qui avait passé devant elle. La revue, qui assaisonnait la fête, faisait toute naturelle la circulation des uniformes ; Jean Valjean mit son habit de garde national avec le vague sentiment intérieur d'un homme qui se réfugie. Du reste, le but de cette promenade sembla atteint. Cosette, qui se faisait une loi de complaire à son père et pour qui d'ailleurs tout spectacle était nouveau, accepta la distraction avec la bonne grâce facile et légère de l'adolescence, et ne fit pas une moue trop dédaigneuse devant cette gamelle de joie qu'on appelle une fête publique ; si bien que Jean Valjean put croire qu'il avait réussi, et qu'il ne restait plus trace de la hideuse vision.

Quelques jours après, un matin, comme il faisait beau soleil et qu'ils étaient tous deux sur le perron du jardin, autre infraction aux règles que semblait s'être imposées Jean Valjean, et à l'habitude de rester dans sa chambre que la tristesse avait fait prendre à Cosette, Cosette, en peignoir, se tenait debout dans ce négligé de la première heure qui enveloppe adorablement les jeunes filles et qui a l'air du nuage sur l'astre ; et, la tête dans la lumière, rose d'avoir bien dormi, regardée doucement par le bonhomme attendri, elle effeuillait une pâquerette. Cosette ignorait la ravissante légende *je t'aime un peu, passionnément*, etc. ; qui la lui eût apprise ? Elle maniait cette fleur, d'instinct, innocemment, sans se douter qu'effeuiller une pâquerette, c'est éplucher un cœur. S'il y avait une quatrième Grâce appelée la Mélancolie, et souriante, elle eût eu l'air de cette Grâce-là. Jean Valjean était fasciné par la contemplation de ces petits doigts sur cette fleur, oubliant tout dans le rayonnement que cette enfant avait. Un rouge-gorge chuchotait dans la broussaille d'à côté. Des nuées blanches traversaient le ciel si gaîment qu'on eût dit qu'elles venaient d'être mises en liberté. Cosette continuait d'effeuiller sa fleur attentivement ; elle semblait songer à quelque chose ; mais cela devait être charmant ; tout à coup elle tourna la tête sur son épaule avec la lenteur délicate du cygne, et dit à Jean Valjean : Père, qu'est-ce que c'est donc que cela, les galères ?

LIVRE QUATRIÈME

SECOURS D'EN BAS PEUT ÊTRE SECOURS D'EN HAUT

BLESSURE AU DEHORS, GUÉRISON AU DEDANS

Leur vie s'assombrissait ainsi par degrés [1].

Il ne leur restait plus qu'une distraction qui avait été autrefois un bonheur, c'était d'aller porter du pain à ceux qui avaient faim et des vêtements à ceux qui avaient froid. Dans ces visites aux pauvres, où Cosette accompagnait souvent Jean Valjean, ils retrouvaient quelque reste de leur ancien épanchement ; et, parfois, quand la journée avait été bonne, quand il y avait eu beaucoup de détresses secourues et beaucoup de petits enfants ranimés et réchauffés, Cosette, le soir, était un peu gaie. Ce fut à cette époque qu'ils firent visite au bouge Jondrette.

Le lendemain même de cette visite, Jean Valjean parut le matin dans le pavillon, calme comme à l'ordinaire, mais avec une large blessure au bras gauche, fort enflammée, fort venimeuse, qui ressemblait à une brûlure et qu'il expliqua d'une façon quelconque. Cette blessure fit qu'il fut plus d'un mois avec la fièvre sans sortir. Il ne voulut voir aucun médecin. Quand Cosette l'en pressait : Appelle le médecin des chiens, disait-il.

Cosette le pansait matin et soir avec un air si divin et un si angélique bonheur de lui être utile, que Jean Valjean sentait toute sa vieille joie lui revenir, ses craintes et ses

----

1. La même « descente » entraîne donc Cosette et Jean Valjean en même temps que Marius, Mabeuf, Gillenormand, Éponine, comme enchaînés les uns aux autres et s'attirant vers le bas. À peu près contemporain du guet-apens, le spectacle de la cadène marque le point le plus bas de cette désespérance d'où le roman s'extrait par les héroïsmes : Jean Valjean, Éponine, Gavroche.

anxiétés se dissiper, et contemplait Cosette en disant :
Oh ! la bonne blessure ! Oh ! le bon mal !

Cosette, voyant son père malade, avait déserté le pavillon et avait repris goût à la petite logette et à l'arrière-
cour. Elle passait presque toutes les journées près de Jean
Valjean, et lui lisait les livres qu'il voulait. En général,
des livres de voyages. Jean Valjean renaissait ; son bonheur revivait avec des rayons ineffables ; le Luxembourg,
le jeune rôdeur inconnu, le refroidissement de Cosette,
toutes ces nuées de son âme s'effaçaient. Il en venait à se
dire : J'ai imaginé tout cela. Je suis un vieux fou.

Son bonheur était tel, que l'affreuse trouvaille des Thénardier, faite au bouge Jondrette, et si inattendue, avait
en quelque sorte glissé sur lui. Il avait réussi à s'échapper,
sa piste, à lui, était perdue, que lui importait le reste ! il
n'y songeait que pour plaindre ces misérables. Les voilà
en prison, et désormais hors d'état de nuire, pensait-il,
mais quelle lamentable famille en détresse !

Quant à la hideuse vision de la barrière du Maine,
Cosette n'en avait plus reparlé.

Au couvent, sœur Sainte-Mechtilde avait appris la
musique à Cosette. Cosette avait la voix d'une fauvette
qui aurait une âme, et quelquefois le soir, dans l'humble
logis du blessé, elle chantait des chansons tristes qui
réjouissaient Jean Valjean [2].

Le printemps arrivait, le jardin était si admirable dans
cette saison de l'année, que Jean Valjean dit à Cosette :
— Tu n'y vas jamais, je veux que tu t'y promènes.
— Comme vous voudrez, père, dit Cosette.

Et, pour obéir à son père, elle reprit ses promenades
dans son jardin, le plus souvent seule, car, comme nous
l'avons indiqué, Jean Valjean, qui probablement craignait
d'être aperçu par la grille, n'y venait presque jamais.

La blessure de Jean Valjean avait été une diversion.

Quand Cosette vit que son père souffrait moins, et qu'il
guérissait, et qu'il semblait heureux, elle eut un contentement qu'elle ne remarqua même pas, tant il vint douce-

---

2. Sur ce paralogisme, déjà à l'œuvre dans les chapitres précédents, voir II, 6, 1, note 5, p. 666 et note générale 14.

ment et naturellement. Puis c'était le mois de mars, les jours allongeaient, l'hiver s'en allait, l'hiver emporte toujours avec lui quelque chose de nos tristesses ; puis vint avril, ce point du jour de l'été, frais comme toutes les aubes, gai comme toutes les enfances ; un peu pleureur parfois comme un nouveau-né qu'il est. La nature en ce mois-là a des lueurs charmantes qui passent du ciel, des nuages, des arbres, des prairies et des fleurs, au cœur de l'homme.

Cosette était trop jeune encore pour que cette joie d'avril qui lui ressemblait ne la pénétrât pas. Insensiblement, et sans qu'elle s'en doutât, le noir s'en alla de son esprit. Au printemps, il fait clair dans les âmes tristes, comme à midi il fait clair dans les caves. Cosette même n'était déjà plus très triste. Du reste, cela était ainsi, mais elle ne s'en rendait pas compte. Le matin, vers dix heures, après déjeuner, lorsqu'elle avait réussi à entraîner son père pour un quart d'heure dans le jardin, et qu'elle le promenait au soleil devant le perron en lui soutenant son bras malade, elle ne s'apercevait point qu'elle riait à chaque instant et qu'elle était heureuse.

Jean Valjean, enivré, la voyait redevenir vermeille et fraîche.

— Oh ! la bonne blessure ! répétait-il tout bas.

Et il était reconnaissant aux Thénardier.

Une fois sa blessure guérie, il avait repris ses promenades solitaires et crépusculaires.

Ce serait une erreur de croire qu'on peut se promener de la sorte seul dans les régions inhabitées de Paris sans rencontrer quelque aventure.

II

LA MÈRE PLUTARQUE N'EST PAS EMBARRASSÉE
POUR EXPLIQUER UN PHÉNOMÈNE

Un soir le petit Gavroche n'avait point mangé ; il se souvint qu'il n'avait pas non plus dîné la veille ; cela devenait fatigant. Il prit la résolution d'essayer de souper. Il s'en alla rôder au delà de la Salpêtrière, dans les lieux déserts ; c'est là que sont les aubaines ; où il n'y a personne, on trouve quelque chose. Il parvint jusqu'à une peuplade qui lui parut être le village d'Austerlitz.

Dans une de ses précédentes flâneries, il avait remarqué là un vieux jardin hanté d'un vieux homme et d'une vieille femme, et dans ce jardin un pommier passable. À côté de ce pommier, il y avait une espèce de fruitier mal clos où l'on pouvait conquérir une pomme. Une pomme, c'est un souper ; une pomme, c'est la vie. Ce qui a perdu Adam pouvait sauver Gavroche. Le jardin côtoyait une ruelle solitaire non pavée et bordée de broussailles en attendant les maisons ; une haie l'en séparait.

Gavroche se dirigea vers le jardin, il retrouva la ruelle, il reconnut le pommier, il constata le fruitier, il examina la haie ; une haie, c'est une enjambée. Le jour déclinait, pas un chat dans la ruelle, l'heure était bonne. Gavroche ébaucha l'escalade, puis s'arrêta tout à coup [1]. On parlait dans le jardin. Gavroche regarda par une des claires-voies de la haie.

À deux pas de lui, au pied de la haie et de l'autre côté, précisément au point où l'eût fait déboucher la trouée qu'il méditait, il y avait une pierre couchée qui faisait une espèce de banc, et sur ce banc était assis le vieux homme du jardin, ayant devant lui la vieille femme debout. La vieille bougonnait. Gavroche, peu discret, écouta.

— Monsieur Mabeuf ! disait la vieille.

---

1. Gavroche ne commettra pas le vol de pommes qui avait failli envoyer Champmathieu au bagne. Mais il va manger d'une autre manière le fruit de l'arbre de la connaissance du bien et du mal.

— Mabeuf ! pensa Gavroche, ce nom est farce[2].

Le vieillard interpellé ne bougeait point. La vieille répéta :

— Monsieur Mabeuf !

Le vieillard, sans quitter la terre des yeux, se décida à répondre :

— Quoi, mère Plutarque ?

— Mère Plutarque ! pensa Gavroche, autre nom farce.

La mère Plutarque reprit, et force fut au vieillard d'accepter la conversation.

— Le propriétaire n'est pas content.

— Pourquoi ?

— On lui doit trois termes.

— Dans trois mois on lui en devra quatre.

— Il dit qu'il vous enverra coucher dehors.

— J'irai.

— La fruitière veut qu'on la paye. Elle ne lâche plus ses falourdes. Avec quoi vous chaufferez-vous cet hiver ? Nous n'aurons point de bois.

— Il y a le soleil.

— Le boucher refuse crédit, il ne veut plus donner de viande.

— Cela se trouve bien. Je digère mal la viande. C'est trop lourd.

— Qu'est-ce qu'on aura pour dîner ?

— Du pain.

— Le boulanger exige un à-compte, et dit que pas d'argent, pas de pain.

— C'est bon.

— Qu'est-ce que vous mangerez ?

— Nous avons les pommes du pommier.

— Mais, monsieur, on ne peut pourtant pas vivre comme ça sans argent.

— Je n'en ai pas.

La vieille s'en alla, le vieillard resta seul. Il se mit à songer. Gavroche songeait de son côté. Il faisait presque nuit.

Le premier résultat de la songerie de Gavroche, ce fut

---

2. Voir de manière comparable, I, 7, 3, note 17, p. 334.

qu'au lieu d'escalader la haie il s'accroupit dessous. Les branches s'écartaient un peu au bas de la broussaille.

— Tiens, s'écria intérieurement Gavroche, une alcôve ! et il s'y blottit. Il était presque adossé au banc du père Mabeuf. Il entendait l'octogénaire respirer.

Alors, pour dîner, il tâcha de dormir.

Sommeil de chat, sommeil d'un œil. Tout en s'assoupissant, Gavroche guettait.

La blancheur du ciel crépusculaire blanchissait la terre, et la ruelle faisait une ligne livide entre deux rangées de buissons obscurs.

Tout à coup, sur cette bande blanchâtre deux silhouettes parurent. L'une venait devant, l'autre, à quelque distance, derrière.

— Voilà deux êtres, grommela Gavroche.

La première silhouette semblait quelque vieux bourgeois courbé et pensif, vêtu plus que simplement, marchant lentement à cause de l'âge, et flânant le soir aux étoiles.

La seconde était droite, ferme, mince. Elle réglait son pas sur le pas de la première ; mais dans la lenteur volontaire de l'allure on sentait de la souplesse et de l'agilité. Cette silhouette avait, avec on ne sait quoi de farouche et d'inquiétant, toute la tournure de ce qu'on appelait alors un élégant ; le chapeau était d'une bonne forme, la redingote était noire, bien coupée, probablement de beau drap, et serrée à la taille. La tête se dressait avec une sorte de grâce robuste, et, sous le chapeau, on entrevoyait dans le crépuscule un pâle profil d'adolescent. Ce profil avait une rose à la bouche. Cette seconde silhouette était bien connue de Gavroche[3] ; c'était Montparnasse.

Quant à l'autre, il n'en eût rien pu dire, sinon que c'était un vieux bonhomme.

Gavroche entra sur-le-champ en observation.

L'un de ces deux passants avait évidemment des projets sur l'autre. Gavroche était bien situé pour voir la suite. L'alcôve était fort à propos devenue cachette.

---

3. Et du lecteur, qui a lu III, 7, 3 ; p. 993.

Montparnasse à la chasse, à une pareille heure, en un pareil lieu, cela était menaçant. Gavroche sentait ses entrailles de gamin s'émouvoir de pitié pour le vieux.

Que faire ? intervenir ? une faiblesse en secourant une autre ! C'était de quoi rire pour Montparnasse. Gavroche ne se dissimulait pas que, pour ce redoutable bandit de dix-huit ans, le vieillard d'abord, l'enfant ensuite, c'étaient deux bouchées.

Pendant que Gavroche délibérait, l'attaque eut lieu, brusque et hideuse. Attaque de tigre à l'onagre, attaque d'araignée à la mouche. Montparnasse, à l'improviste, jeta la rose, bondit sur le vieillard, le colleta, l'empoigna et s'y cramponna, et Gavroche eut de la peine à retenir un cri. Un moment après, l'un de ces hommes était sous l'autre, accablé, râlant, se débattant, avec un genou de marbre sur la poitrine. Seulement ce n'était pas tout à fait ce à quoi Gavroche s'était attendu. Celui qui était à terre, c'était Montparnasse ; celui qui était dessus, c'était le bonhomme.

Tout ceci se passait à quelques pas de Gavroche.

Le vieillard avait reçu le choc, et l'avait rendu, et rendu si terriblement qu'en un clin d'œil l'assaillant et l'assailli avaient changé de rôle.

— Voilà un fier invalide ! pensa Gavroche.

Et il ne put s'empêcher de battre des mains. Mais ce fut un battement de mains perdu. Il n'arriva pas jusqu'aux deux combattants, absorbés et assourdis l'un par l'autre et mêlant leurs souffles dans la lutte.

Le silence se fit. Montparnasse cessa de se débattre. Gavroche eut cet aparté : Est-ce qu'il est mort ?

Le bonhomme n'avait pas prononcé un mot ni jeté un cri. Il se redressa, et Gavroche l'entendit qui disait à Montparnasse :

— Relève-toi.

Montparnasse se releva, mais le bonhomme le tenait. Montparnasse avait l'attitude humiliée et furieuse d'un loup qui serait happé par un mouton.

Gavroche regardait et écoutait, faisant effort pour doubler ses yeux par ses oreilles. Il s'amusait énormément.

Il fut récompensé de sa consciencieuse anxiété de spectateur[4]. Il put saisir au vol ce dialogue qui empruntait à l'obscurité on ne sait quel accent tragique. Le bonhomme questionnait. Montparnasse répondait.

— Quel âge as-tu ?

— Dix-neuf ans.

— Tu es fort et bien portant. Pourquoi ne travailles-tu pas ?

— Ça m'ennuie.

— Quel est ton état ?

— Fainéant.

— Parle sérieusement. Peut-on faire quelque chose pour toi ? Qu'est-ce que tu veux être ?

— Voleur.

Il y eut un silence. Le vieillard semblait profondément pensif. Il était immobile et ne lâchait point Montparnasse.

De moment en moment, le jeune bandit, vigoureux et leste, avait des soubresauts de bête prise au piège. Il donnait une secousse, essayait un croc-en-jambe, tordait éperdument ses membres, tâchait de s'échapper. Le vieillard n'avait pas l'air de s'en apercevoir, et lui tenait les deux bras d'une seule main avec l'indifférence souveraine d'une force absolue.

La rêverie du vieillard dura quelque temps, puis, regardant fixement Montparnasse, il éleva doucement la voix, et lui adressa, dans cette ombre où ils étaient, une sorte d'allocution solennelle[5] dont Gavroche ne perdit pas une syllabe :

---

4. Transcription ironique de l'effet du texte sur le lecteur, selon un procédé déjà plusieurs fois rencontré.

5. Ce discours, qui met en œuvre un vaste effet de « stéréophonie discursive » (note générale 26), serait péniblement moralisateur si la situation ne lui donnait un singulier relief : Montparnasse a beau jeter le « Ganache ! » de la vengeance impuissante, il en reste songeur. Le lecteur aussi, qui voit se reproduire l'épisode initial de Mgr Myriel.
Surtout la rencontre recommence, mais sur le mode du triomphe, l'attentat de la masure Gorbeau en même temps que la vision de la cadène. Triomphe achevé — « on a toujours besoin... » — par l'intervention d'un Gavroche aussi secourable que sa sœur (ils resteront les seuls à se préoccuper de Mabeuf, abandonné par Marius comme plus tard Jean Valjean) et qui, faisant tourner le crime de

— Mon enfant, tu entres par paresse dans la plus laborieuse des existences. Ah ! tu te déclares fainéant ! prépare-toi à travailler. As-tu vu une machine qui est redoutable ? cela s'appelle le laminoir. Il faut y prendre garde, c'est une chose sournoise et féroce ; si elle vous attrape le pan de votre habit, vous y passez tout entier. Cette machine, c'est l'oisiveté. Arrête-toi, pendant qu'il en est temps encore, et sauve-toi ! Autrement, c'est fini ; avant peu tu seras dans l'engrenage. Une fois pris, n'espère plus rien. À la fatigue, paresseux ! plus de repos. La main de fer du travail implacable t'a saisi. Gagner ta vie, avoir une tâche, accomplir un devoir, tu ne veux pas ! être comme les autres, cela t'ennuie ! Eh bien ! tu seras autrement. Le travail est la loi ; qui le repousse ennui, l'aura supplice. Tu ne veux pas être ouvrier, tu seras esclave. Le travail ne vous lâche d'un côté que pour vous reprendre de l'autre ; tu ne veux pas être son ami, tu seras son nègre. Ah ! tu n'as pas voulu de la lassitude honnête des hommes, tu vas avoir la sueur des damnés. Où les autres chantent, tu râleras. Tu verras de loin, d'en bas, les autres hommes travailler ; il te semblera qu'ils se reposent. Le laboureur, le moissonneur, le matelot, le forgeron, t'apparaîtront dans la lumière comme les bienheureux d'un paradis. Quel rayonnement dans l'enclume ! Mener la charrue, lier la gerbe, c'est de la joie. La barque en liberté dans le vent, quelle fête ! Toi, paresseux, pioche, traîne, roule, marche ! Tire ton licou, te voilà bête de somme dans l'attelage de l'enfer ! Ah ! ne rien faire, c'était ton but. Eh bien ! pas une semaine, pas une journée, pas une heure sans accablement. Tu ne pourras rien soulever qu'avec angoisse. Toutes les minutes qui passeront feront craquer tes muscles. Ce qui sera plume pour les autres sera pour toi rocher. Les choses les plus simples s'escarperont. La vie se fera monstre autour de toi. Aller, venir, respirer, autant de travaux terribles. Ton poumon te fera l'effet d'un poids de cent livres. Marcher ici plutôt que là, ce sera un problème à résoudre. Le premier venu qui

l'un et la supériorité excessivement généreuse de l'autre en bonne action, venge pleinement Petit-Gervais.

veut sortir pousse sa porte, c'est fait, le voilà dehors. Toi, si tu veux sortir, il te faudra percer ton mur. Pour aller dans la rue, qu'est-ce que tout le monde fait ? Tout le monde descend l'escalier ; toi, tu déchireras tes draps de lit, tu en feras brin à brin une corde, puis tu passeras par ta fenêtre et tu te suspendras à ce fil sur un abîme, et ce sera la nuit, dans l'orage, dans la pluie, dans l'ouragan, et, si la corde est trop courte, tu n'auras plus qu'une manière de descendre, tomber. Tomber au hasard, dans le gouffre, d'une hauteur quelconque, sur quoi ? Sur ce qui est en bas, sur l'inconnu. Ou tu grimperas par un tuyau de cheminée, au risque de t'y brûler ; ou tu ramperas par un conduit de latrines, au risque de t'y noyer. Je ne te parle pas des trous qu'il faut masquer, des pierres qu'il faut ôter et remettre vingt fois par jour, des plâtras qu'il faut cacher dans sa paillasse. Une serrure se présente ; le bourgeois a dans sa poche sa clef fabriquée par un serrurier. Toi, si tu veux passer outre, tu es condamné à faire un chef-d'œuvre effrayant ; tu prendras un gros sou, tu le couperas en deux lames ; avec quels outils ? tu les inventeras. Cela te regarde. Puis tu creuseras l'intérieur de ces deux lames, en ménageant soigneusement le dehors, et tu pratiqueras sur le bord tout autour un pas de vis, de façon qu'elles s'ajustent étroitement l'une sur l'autre comme un fond et comme un couvercle. Le dessous et le dessus ainsi vissés, on n'y devinera rien. Pour les surveillants, car tu seras guetté, ce sera un gros sou ; pour toi, ce sera une boîte. Que mettras-tu dans cette boîte ? Un petit morceau d'acier. Un ressort de montre auquel tu auras fait des dents et qui sera une scie. Avec cette scie, longue comme une épingle et cachée dans un sou, tu devras couper le pêne de la serrure, la mèche du verrou, l'anse du cadenas, et le barreau que tu auras à ta fenêtre, et la manille que tu auras à ta jambe. Ce chef-d'œuvre fait, ce prodige accompli, tous ces miracles d'art, d'adresse, d'habileté, de patience, exécutés, si l'on vient à savoir que tu en es l'auteur, quelle sera ta récompense ? le cachot. Voilà l'avenir. La paresse, le plaisir, quels précipices ! Ne rien faire, c'est un lugubre parti pris, sais-tu bien ? Vivre oisif de la substance sociale ! être inutile, c'est-à-dire nuisible !

cela mène droit au fond de la misère. Malheur à qui veut être parasite ! il sera vermine. Ah ! il ne te plaît pas de travailler ? Ah ! tu n'as qu'une pensée, bien boire, bien manger, bien dormir. Tu boiras de l'eau, tu mangeras du pain noir, tu dormiras sur une planche avec une ferraille rivée à tes membres et dont tu sentiras la nuit le froid sur ta chair ! Tu briseras cette ferraille, tu t'enfuiras. C'est bon. Tu te traîneras sur le ventre dans les broussailles et tu mangeras de l'herbe comme les brutes des bois. Et tu seras repris. Et alors tu passeras des années dans une basse-fosse, scellé à une muraille, tâtonnant pour boire à ta cruche, mordant dans un affreux pain de ténèbres dont les chiens ne voudraient pas, mangeant des fèves que les vers auront mangées avant toi. Tu seras cloporte dans une cave. Ah ! aie pitié de toi-même, misérable enfant, tout jeune, qui tétais ta nourrice il n'y a pas vingt ans, et qui as sans doute encore ta mère ! je t'en conjure, écoute-moi. Tu veux de fin drap noir, des escarpins vernis, te friser, te mettre dans tes boucles de l'huile qui sent bon, plaire aux créatures, être joli. Tu seras tondu ras avec une casaque rouge et des sabots. Tu veux une bague au doigt, tu auras un carcan au cou. Et si tu regardes une femme, un coup de bâton. Et tu entreras là à vingt ans, et tu en sortiras à cinquante ! Tu entreras jeune, rose, frais, avec tes yeux brillants et toutes tes dents blanches, et ta belle chevelure d'adolescent, tu sortiras cassé, courbé, ridé, édenté, horrible, en cheveux blancs ! Ah ! mon pauvre enfant, tu fais fausse route, la fainéantise te conseille mal ; le plus rude des travaux, c'est le vol. Crois-moi, n'entreprends pas cette pénible besogne d'être un paresseux. Devenir un coquin, ce n'est pas commode. Il est moins malaisé d'être honnête homme. Va maintenant, et pense à ce que je t'ai dit. À propos, que voulais-tu de moi ? Ma bourse ? La voici.

Et le vieillard, lâchant Montparnasse, lui mit dans la main sa bourse, que Montparnasse soupesa un moment ; après quoi, avec la même précaution machinale que s'il l'eût volée, Montparnasse la laissa glisser doucement dans la poche de derrière de sa redingote.

Tout cela dit et fait, le bonhomme tourna le dos et reprit tranquillement sa promenade.

— Ganache ! murmura Montparnasse.

Qui était ce bonhomme ? le lecteur l'a sans doute deviné.

Montparnasse, stupéfait, le regarda disparaître dans le crépuscule. Cette contemplation lui fut fatale.

Tandis que le vieillard s'éloignait, Gavroche s'approchait.

Gavroche, d'un coup d'œil de côté, s'était assuré que le père Mabeuf, endormi peut-être, était toujours assis sur le banc. Puis le gamin était sorti de sa broussaille, et s'était mis à ramper dans l'ombre en arrière de Montparnasse immobile. Il parvint ainsi jusqu'à Montparnasse sans en être vu ni entendu, insinua doucement sa main dans la poche de derrière de la redingote de fin drap noir, saisit la bourse, retira sa main, et, se remettant à ramper, fit une évasion de couleuvre dans les ténèbres. Montparnasse, qui n'avait aucune raison d'être sur ses gardes et qui songeait pour la première fois de sa vie, ne s'aperçut de rien. Gavroche, quand il fut revenu au point où était le père Mabeuf, jeta la bourse par-dessus la haie, et s'enfuit à toutes jambes.

La bourse tomba sur le pied du père Mabeuf. Cette commotion le réveilla. Il se pencha, et ramassa la bourse. Il n'y comprit rien et l'ouvrit. C'était une bourse à deux compartiments ; dans l'un, il y avait quelque monnaie ; dans l'autre, il y avait six napoléons.

M. Mabeuf, fort effaré, porta la chose à sa gouvernante.

— Cela tombe du ciel, dit la mère Plutarque [6].

---

6. Un détournement ajouté à un retournement ne peut, de fait, venir que du ciel — voir IV, 2, 2, note 4, p. 1175.

Plutarque est un historien grec particulièrement crédule.

DONT LA FIN NE RESSEMBLE PAS AU COMMENCEMENT

I

LA SOLITUDE ET LA CASERNE COMBINÉES

La douleur de Cosette, si poignante encore et si vive quatre ou cinq mois auparavant, était, à son insu même, entrée en convalescence. La nature, le printemps, la jeunesse, l'amour pour son père, la gaîté des oiseaux et des fleurs faisaient filtrer peu à peu, jour à jour, goutte à goutte, dans cette âme si vierge et si jeune, on ne sait quoi qui ressemblait presque à l'oubli. Le feu s'y éteignait-il tout à fait ? ou s'y formait-il seulement des couches de cendres ? Le fait est qu'elle ne sentait presque plus de point douloureux et brûlant.

Un jour elle pensa tout à coup à Marius : — Tiens ! dit-elle, je n'y pense plus.

Dans cette même semaine elle remarqua, passant devant la grille du jardin, un fort bel officier de lanciers, taille de guêpe, ravissant uniforme, joues de jeune fille, sabre sous le bras, moustaches cirées, schapska verni. Du reste cheveux blonds, yeux bleus à fleur de tête, figure ronde, vaine, insolente et jolie ; tout le contraire de Marius. Un cigare à la bouche[1]. — Cosette songea que cet officier était sans doute du régiment caserné rue de Babylone.

Le lendemain, elle le vit encore passer. Elle remarqua l'heure.

À dater de ce moment, était-ce le hasard ? presque tous les jours elle le vit passer.

---

1. V. Hugo condamnait l'usage du tabac, considéré alors avec une réprobation presque égale à celle que rencontrent aujourd'hui les drogues dites douces. Sur Théodule, voir III, 5, 6, note 1, p. 953.

Les camarades de l'officier s'aperçurent qu'il y avait là, dans ce jardin « mal tenu », derrière cette méchante grille rococo, une assez jolie créature qui se trouvait presque toujours là au passage du beau lieutenant, lequel n'est point inconnu du lecteur et s'appelait Théodule Gillenormand.

— Tiens ! lui disaient-ils. Il y a une petite qui te fait l'œil, regarde donc.

— Est-ce que j'ai le temps, répondait le lancier, de regarder toutes les filles qui me regardent !

C'était précisément l'instant où Marius descendait gravement vers l'agonie et disait : — Si je pouvais seulement la revoir avant de mourir ! — Si son souhait eût été réalisé, s'il eût vu en ce moment-là Cosette regardant un lancier, il n'eût pas pu prononcer une parole et il eût expiré de douleur.

À qui la faute ? À personne.

Marius était de ces tempéraments qui s'enfoncent dans le chagrin et qui y séjournent ; Cosette était de ceux qui s'y plongent et qui en sortent.

Cosette du reste traversait ce moment dangereux, phase fatale de la rêverie féminine abandonnée à elle-même, où le cœur d'une jeune fille isolée ressemble à ces vrilles de la vigne qui s'accrochent, selon le hasard, au chapiteau d'une colonne de marbre ou au poteau d'un cabaret[2]. Moment rapide et décisif, critique pour toute orpheline, qu'elle soit pauvre ou qu'elle soit riche, car la richesse ne défend pas du mauvais choix ; on se mésallie très haut ; la vraie mésalliance est celle des âmes ; et, de même que plus d'un jeune homme inconnu, sans nom, sans naissance, sans fortune, est un chapiteau de marbre qui soutient un temple de grands sentiments et de grandes idées, de même tel homme du monde satisfait et opulent, qui a

---

2. Ce paragraphe transforme en métaphore morale — et indirectement sexuelle — l'expression « pilier de cabaret ». L'aimable portrait du personnage est motivé : il n'y a que trois « méchants » dans *Les Misérables* parce qu'il n'y a que trois grandes formes de la méchanceté qui est la propriété du « moi » : l'égoïsme — Tholomyès —, l'envie — Thénardier — et la vanité — Théodule. L'avidité est commune aux trois. Voir aussi note générale 7.

des bottes polies et des paroles vernies, si l'on regarde, non le dehors, mais le dedans, c'est-à-dire ce qui est réservé à la femme, n'est autre chose qu'un soliveau stupide obscurément hanté par les passions violentes, immondes et avinées ; le poteau d'un cabaret.

Qu'y avait-il dans l'âme de Cosette ? De la passion calmée ou endormie ; de l'amour à l'état flottant ; quelque chose qui était limpide, brillant, trouble à une certaine profondeur, sombre plus bas. L'image du bel officier se reflétait à la surface. Y avait-il un souvenir au fond ? — tout au fond ? — Peut-être. Cosette ne savait pas.

Il survint un incident singulier.

II

PEURS DE COSETTE

Dans la première quinzaine d'avril, Jean Valjean fit un voyage. Cela, on le sait, lui arrivait de temps en temps, à de très longs intervalles. Il restait absent un ou deux jours au plus. Où allait-il ? personne ne le savait, pas même Cosette. Une fois seulement, à un de ces départs, elle l'avait accompagné en fiacre jusqu'au coin d'un petit cul-de-sac sur l'angle duquel elle avait lu : *Impasse de la Planchette* [1]. Là il était descendu, et le fiacre avait ramené Cosette rue de Babylone. C'était en général quand l'argent manquait à la maison que Jean Valjean faisait ces petits voyages.

Jean Valjean était donc absent. Il avait dit : Je reviendrai dans trois jours.

Le soir, Cosette était seule dans le salon. Pour se désennuyer, elle avait ouvert son piano-orgue et elle s'était mise à chanter, en s'accompagnant, le chœur d'Euryan-

---

1. Voir II, 3, 6 ; p. 550.

the[2] : *Chasseurs égarés dans les bois !* qui est peut-être ce qu'il y a de plus beau dans toute la musique. Quand elle eut fini, elle demeura pensive.

Tout à coup il lui sembla qu'elle entendait marcher dans le jardin.

Ce ne pouvait être son père, il était absent ; ce ne pouvait être Toussaint, elle était couchée. Il était dix heures du soir.

Elle alla près du volet du salon qui était fermé et y colla son oreille.

Il lui parut que c'était le pas d'un homme, et qu'on marchait très doucement.

Elle monta rapidement au premier, dans sa chambre, ouvrit un vasistas percé dans son volet, et regarda dans le jardin. C'était le moment de la pleine lune. On y voyait comme s'il eût fait jour.

Il n'y avait personne.

Elle ouvrit la fenêtre. Le jardin était absolument calme, et tout ce qu'on apercevait de la rue était désert comme toujours.

Cosette pensa qu'elle s'était trompée. Elle avait cru entendre ce bruit. C'était une hallucination produite par le sombre et prodigieux chœur de Weber qui ouvre devant l'esprit des profondeurs effarées, qui tremble au regard comme une forêt vertigineuse, et où l'on entend le craquement des branches mortes sous le pas inquiet des chasseurs entrevus dans le crépuscule.

Elle n'y songea plus.

D'ailleurs Cosette de sa nature n'était pas très effrayée. Il y avait dans ses veines du sang de bohémienne et d'aventurière qui va pieds nus. On s'en souvient, elle était plutôt alouette que colombe. Elle avait un fond farouche et brave.

Le lendemain, moins tard, à la tombée de la nuit, elle se promenait dans le jardin. Au milieu des pensées confuses qui l'occupaient, elle croyait bien percevoir par instant un bruit pareil au bruit de la veille, comme de

---

2. Opéra de Weber, joué à Paris en 1831, entendu par Hugo en 1835 ou 1836 et dont il appréciait ce morceau.

quelqu'un qui marcherait dans l'obscurité sous les arbres pas très loin d'elle, mais elle se disait que rien ne ressemble à un pas qui marche dans l'herbe comme le froissement de deux branches qui se déplacent d'elles-mêmes, et elle n'y prenait pas garde. Elle ne voyait rien d'ailleurs.

Elle sortit de « la broussaille » ; il lui restait à traverser une petite pelouse verte pour regagner le perron. La lune qui venait de se lever derrière elle, projeta, comme Cosette sortait du massif, son ombre devant elle sur cette pelouse.

Cosette s'arrêta terrifiée.

À côté de son ombre, la lune découpait distinctement sur le gazon une autre ombre singulièrement effrayante et terrible, une ombre qui avait un chapeau rond.

C'était comme l'ombre d'un homme qui eût été debout sur la lisière du massif à quelques pas en arrière de Cosette.

Elle fut une minute sans pouvoir parler, ni crier, ni appeler, ni bouger, ni tourner la tête.

Enfin elle rassembla tout son courage et se retourna résolûment.

Il n'y avait personne.

Elle regarda à terre. L'ombre avait disparu.

Elle rentra dans la broussaille, fureta hardiment dans les coins, alla jusqu'à la grille, et ne trouva rien.

Elle se sentit vraiment glacée. Était-ce encore une hallucination ? Quoi ! deux jours de suite ! Une hallucination, passe, mais deux hallucinations ? Ce qui était inquiétant, c'est que l'ombre n'était assurément pas un fantôme. Les fantômes ne portent guère de chapeaux ronds.

Le lendemain Jean Valjean revint. Cosette lui conta ce qu'elle avait cru entendre et voir. Elle s'attendait à être rassurée et que son père hausserait les épaules et lui dirait : Tu es une petite folle.

Jean Valjean devint soucieux.

— Ce ne peut être rien, lui dit-il.

Il la quitta sous un prétexte et alla dans le jardin, et elle l'aperçut qui examinait la grille avec beaucoup d'attention.

Dans la nuit elle se réveilla ; cette fois elle était sûre, elle entendait distinctement marcher tout près du perron au-dessous de sa fenêtre. Elle courut à son vasistas et l'ouvrit. Il y avait en effet dans le jardin un homme qui tenait un gros bâton à la main. Au moment où elle allait crier, la lune éclaira le profil de l'homme. C'était son père.

Elle se recoucha en se disant : — Il est donc bien inquiet !

Jean Valjean passa dans le jardin cette nuit-là et les deux nuits qui suivirent. Cosette le vit par le trou de son volet.

La troisième nuit, la lune décroissait et commençait à se lever plus tard, il pouvait être une heure du matin, elle entendit un grand éclat de rire et la voix de son père qui l'appelait :

— Cosette !

Elle se jeta à bas du lit, passa sa robe de chambre et ouvrit sa fenêtre.

Son père était en bas sur la pelouse.

— Je te réveille pour te rassurer, dit-il, regarde. Voici ton ombre en chapeau rond.

Et il lui montrait sur le gazon une ombre portée que la lune dessinait et qui ressemblait en effet assez bien au spectre d'un homme qui eût un chapeau rond. C'était une silhouette produite par un tuyau de cheminée en tôle, à chapiteau, qui s'élevait au-dessus d'un toit voisin.

Cosette aussi se mit à rire, toutes ses suppositions lugubres tombèrent, et le lendemain, en déjeunant avec son père, elle s'égaya du sinistre jardin hanté par des ombres de tuyaux de poêle.

Jean Valjean redevint tout à fait tranquille ; quant à Cosette, elle ne remarqua pas beaucoup si le tuyau de poêle était bien dans la direction de l'ombre qu'elle avait vue ou cru voir, et si la lune se trouvait au même point du ciel. Elle ne s'interrogea point sur cette singularité d'un tuyau de poêle qui craint d'être pris en flagrant délit et qui se retire quand on regarde son ombre, car l'ombre s'était effacée quand Cosette s'était retournée et Cosette avait bien cru en être sûre. Cosette se rasséréna pleinement. La démonstration lui parut complète, et qu'il pût y avoir quelqu'un qui marchait le soir ou la nuit dans le jardin, ceci lui sortit de la tête.

À quelques jours de là cependant un nouvel incident se produisit.

III

ENRICHIES DES COMMENTAIRES DE TOUSSAINT

Dans le jardin, près de la grille sur la rue, il y avait un banc de pierre défendu par une charmille du regard des curieux, mais auquel pourtant, à la rigueur, le bras d'un passant pouvait atteindre à travers la grille et la charmille.

Un soir de ce même mois d'avril, Jean Valjean était sorti, Cosette, après le soleil couché, s'était assise sur ce banc. Le vent fraîchissait dans les arbres, Cosette songeait ; une tristesse sans objet la gagnait peu à peu, cette tristesse invincible que donne le soir et qui vient peut-être, qui sait ? du mystère de la tombe entr'ouvert à cette heure-là.

Fantine était peut-être dans cette ombre.

Cosette se leva, fit lentement le tour du jardin, marchant dans l'herbe inondée de rosée et se disant à travers l'espèce de somnanbulisme mélancolique où elle était plongée : — Il faudrait vraiment des sabots pour le jardin à cette heure-ci. On s'enrhume.

Elle revint au banc.

Au moment de s'y rasseoir, elle remarqua à la place qu'elle avait quittée une assez grosse pierre qui n'y était évidemment pas l'instant d'auparavant.

Cosette considéra cette pierre, se demandant ce que cela voulait dire. Tout à coup l'idée que cette pierre n'était point venue sur ce banc toute seule, que quelqu'un l'avait mise là, qu'un bras avait passé à travers cette grille, cette idée lui apparut et lui fit peur. Cette

fois ce fut une vraie peur ; la pierre était là. Pas de
doute possible ; elle n'y toucha pas, s'enfuit sans oser
regarder derrière elle, se réfugia dans la maison, et
ferma tout de suite au volet, à la barre et au verrou la
porte-fenêtre du perron. Elle demanda à Toussaint :

— Mon père est-il rentré ?

— Pas encore, mademoiselle.

(Nous avons indiqué une fois pour toutes le
bégayement de Toussaint. Qu'on nous permette de ne
plus l'accentuer. Nous répugnons à la notation musicale
d'une infirmité.)

Jean Valjean, homme pensif et promeneur nocturne, ne
rentrait souvent qu'assez tard dans la nuit.

— Toussaint, reprit Cosette, vous avez soin de bien
barricader le soir les volets sur le jardin au moins, avec
les barres, et de bien mettre les petites choses en fer dans
les petits anneaux qui ferment ?

— Oh ! soyez tranquille, mademoiselle.

Toussaint n'y manquait pas, et Cosette le savait bien,
mais elle ne put s'empêcher d'ajouter :

— C'est que c'est si désert par ici !

— Pour ça, dit Toussaint, c'est vrai. On serait assassiné avant d'avoir le temps de dire ouf ! Avec cela que
monsieur ne couche pas dans la maison. Mais ne craignez
rien, mademoiselle, je ferme les fenêtres comme des bastilles. Des femmes seules ! je crois bien que cela fait frémir ! Vous figurez-vous ? voir entrer la nuit des hommes
dans la chambre qui vous disent : — tais-toi ! et qui se
mettent à vous couper le cou. Ce n'est pas tant de mourir,
on meurt, c'est bon, on sait bien qu'il faut qu'on meure,
mais c'est l'abomination de sentir ces gens-là vous toucher. Et puis leurs couteaux, ça doit mal couper ! Ah
Dieu !

— Taisez-vous, dit Cosette. Fermez bien tout.

Cosette, épouvantée du mélodrame improvisé par
Toussaint et peut-être aussi du souvenir des apparitions
de l'autre semaine qui lui revenaient, n'osa même pas
lui dire : — Allez donc voir la pierre qu'on a mise
sur le banc ! de peur de rouvrir la porte du jardin, et
que « les hommes » n'entrassent. Elle fit clore soigneu-

sement partout les portes et fenêtres, fit visiter par Toussaint toute la maison de la cave au grenier, s'enferma dans sa chambre, mit ses verrous, regarda sous son lit, se coucha, et dormit mal. Toute la nuit elle vit la pierre grosse comme une montagne et pleine de cavernes [1].

Au soleil levant, — le propre du soleil levant est de nous faire rire de toutes nos terreurs de la nuit, et le rire qu'on a est toujours proportionné à la peur qu'on a eue, — au soleil levant Cosette, en s'éveillant, vit son effroi comme un cauchemar, et se dit : — À quoi ai-je été songer ? C'est comme ces pas que j'avais cru entendre l'autre semaine dans le jardin la nuit ! c'est comme l'ombre du tuyau de poêle ! Est-ce que je vais devenir poltronne à présent ? — Le soleil, qui rutilait aux fentes de ses volets et faisait de pourpre les rideaux de damas, la rassura tellement que tout s'évanouit dans sa pensée, même la pierre.

— Il n'y avait pas plus de pierre sur le banc qu'il n'y avait d'homme en chapeau rond dans le jardin ; j'ai rêvé la pierre comme le reste.

Elle s'habilla, descendit au jardin, courut au banc, et se sentit une sueur froide. La pierre y était.

Mais ce ne fut qu'un moment. Ce qui est frayeur la nuit est curiosité le jour.

— Bah ! dit-elle, voyons donc.

Elle souleva cette pierre qui était assez grosse. Il y avait dessous quelque chose qui ressemblait à une lettre.

C'était une enveloppe de papier blanc. Cosette s'en saisit. Il n'y avait pas d'adresse d'un côté, pas de cachet de l'autre. Cependant l'enveloppe, quoique ouverte, n'était point vide. On entrevoyait des papiers dans l'intérieur.

Cosette fouilla. Ce n'était plus de la frayeur, ce n'était plus de la curiosité ; c'était un commencement d'anxiété.

Cosette tira de l'enveloppe ce qu'elle contenait, un petit cahier de papier, dont chaque page était numérotée et portait quelques lignes écrites d'une écriture assez jolie, pensa Cosette, et très fine.

---

1. Songe prémonitoire. Noter comment l'attention est mobilisée pour la lecture du texte, ardu, de Marius.

Cosette chercha un nom, il n'y en avait pas ; une signature, il n'y en avait pas. À qui cela était-il adressé ? À elle probablement, puisqu'une main avait déposé le paquet sur son banc. De qui cela venait-il ? Une fascination irrésistible s'empara d'elle, elle essaya de détourner ses yeux de ces feuillets qui tremblaient dans sa main, elle regarda le ciel, la rue, les acacias tout trempés de lumière, des pigeons qui volaient sur un toit voisin, puis tout à coup son regard s'abaissa vivement sur le manuscrit, et elle se dit qu'il fallait qu'elle sût ce qu'il y avait là-dedans.

Voici ce qu'elle lut :

IV

UN CŒUR SOUS UNE PIERRE [1]

La réduction de l'univers à un seul être, la dilatation d'un seul être jusqu'à Dieu, voilà l'amour.

———

L'amour, c'est la salutation des anges aux astres.

———

1. Ces versets d'un moderne *Cantique des cantiques* ne doivent pas être lus comme l'expression très idéalisée du sentiment amoureux, mais pris au pied de la lettre. Hugo y énonce les articles d'une doctrine de l'amour qu'il partage avec les romantiques, mais dont il explore plus rigoureusement la logique et qu'il conduit seul jusqu'à ses aboutissements. L'idée centrale en est que l'amour arrache le *je* à ses déterminations et transfigure le « moi » individuel en « moi de l'infini ». Il répète l'expérience de la conscience, celles aussi de la contemplation et de la prière, mais dans une altérité réelle et vivante. Son caractère religieux n'est nullement figuré et l'inverse serait plus vrai : s'il est une religion chez Hugo, c'est celle de l'amour. Les misérables la partagent et même Cosette quoiqu'elle soit assez prompte à changer de paroisse ou peu encline au monothéisme.

Comme l'âme est triste quand elle est triste par l'amour !

Quel vide que l'absence de l'être qui à lui seul remplit le monde ! Oh ! comme il est vrai que l'être aimé devient Dieu. On comprendrait que Dieu en fût jaloux si le Père de tout n'avait pas évidemment fait la création pour l'âme, et l'âme pour l'amour.

———

Il suffit d'un sourire entrevu là-bas sous un chapeau de crêpe blanc à bavolet lilas, pour que l'âme entre dans le palais des rêves.

———

Dieu est derrière tout, mais tout cache Dieu. Les choses sont noires, les créatures sont opaques. Aimer un être, c'est le rendre transparent.

———

De certaines pensées sont des prières. Il y a des moments où, quelle que soit l'attitude du corps, l'âme est à genoux [2].

———

Ceci rend compte de la forme du texte. Le titre désignerait aussi bien une tombe : l'illimitation de l'âme amoureuse ne se retrouve que dans la mort. De là aussi l'impersonnel. Le lyrisme d'un *je* désarrimé du « moi », dilaté aux dimensions du monde, est celui-là même de l'œuvre de Hugo, des *Contemplations* et des *Misérables* eux-mêmes. La lettre de Marius doit, elle aussi, être lue « comme on lirait le livre d'un mort ».

De là, enfin, le statut de ce texte qui réalise littérairement l'indi-vidualisation forcenée et l'impersonnalité absolue du sujet amoureux et du sujet poétique. Dans la réalité, c'est, pour beaucoup, la trans-cription des sentences adressées par Hugo à l'Adèle des *Lettres à la fiancée* ou à Juliette ; dans la fiction, c'est un document que le narra-teur ne prend pas en charge et que le lecteur lit par-dessus l'épaule de Cosette ; dans le roman, le texte adressé à Cosette sans lui être pourtant destiné est un poème à la bien-aimée.

2. Voir note générale 21 sur la valeur de ce geste.

———

Les amants séparés trompent l'absence par mille choses chimériques qui ont pourtant leur réalité. On les empêche de se voir, ils ne peuvent s'écrire ; ils trouvent une foule de moyens mystérieux de correspondre. Ils s'envoient le chant des oiseaux, le parfum des fleurs, le rire des enfants, la lumière du soleil, les soupirs du vent, les rayons des étoiles, toute la création. Et pourquoi non ? Toutes les œuvres de Dieu sont faites pour servir l'amour. L'amour est assez puissant pour charger la nature entière de ses messages.

Ô printemps ! tu es une lettre que je lui écris.

———

L'avenir appartient encore bien plus aux cœurs qu'aux esprits. Aimer, voilà la seule chose qui puisse occuper et remplir l'éternité. À l'infini, il faut l'inépuisable.

———

L'amour participe de l'âme même. Il est de même nature qu'elle. Comme elle il est étincelle divine, comme elle il est incorruptible, indivisible, impérissable. C'est un point de feu qui est en nous, qui est immortel et infini, que rien ne peut borner et que rien ne peut éteindre. On le sent brûler jusque dans la moelle des os et on le voit rayonner jusqu'au fond du ciel.

———

Ô amour ! adorations ! volupté de deux esprits qui se comprennent, de deux cœurs qui s'échangent, de deux regards qui se pénètrent ? Vous me viendrez, n'est-ce pas, bonheurs ! Promenades à deux dans les solitudes ! journées bénies et rayonnantes ! J'ai quelquefois rêvé que de temps en temps des heures se détachaient de la vie des anges et venaient ici-bas traverser la destinée des hommes.

Dieu ne peut rien ajouter au bonheur de ceux qui s'aiment que de leur donner la durée sans fin. Après une vie d'amour, une éternité d'amour, c'est une augmentation en effet ; mais accroître en son intensité même la félicité ineffable que l'amour donne à l'âme dès ce monde, c'est impossible, même à Dieu. Dieu, c'est la plénitude du ciel ; l'amour, c'est la plénitude de l'homme.

———

Vous regardez une étoile pour deux motifs, parce qu'elle est lumineuse et parce qu'elle est impénétrable. Vous avez auprès de vous un plus doux rayonnement et un plus grand mystère, la femme.

———

Tous, qui que nous soyons, nous avons nos êtres respirables. S'ils nous manquent, l'air nous manque, nous étouffons. Alors on meurt. Mourir par manque d'amour, c'est affreux. L'asphyxie de l'âme.

———

Quand l'amour a fondu et mêlé deux êtres dans une unité angélique et sacrée, le secret de la vie est trouvé pour eux ; ils ne sont plus que les deux termes d'une même destinée ; ils ne sont plus que les deux ailes d'un même esprit. Aimez, planez !

———

Le jour où une femme qui passe devant vous dégage de la lumière en marchant, vous êtes perdu, vous aimez [3]. Vous

————

3. Ceci résume une intervention du narrateur présentée sous la même forme d'une adresse impersonnelle au lecteur en III, 6, 6 ; pp. 975-976. Double paradoxe que cette disparition du *je* au moment où il est le plus attendu et que cette assimilation du personnage incandescent au narrateur distant. Paradoxe apparent : l'amour fait de

n'avez plus qu'une chose à faire, penser à elle si fixement qu'elle soit contrainte de penser à vous.

———

Ce que l'amour commence ne peut être achevé que par Dieu.

———

L'amour vrai se désole et s'enchante pour un gant perdu ou pour un mouchoir trouvé, et il a besoin de l'éternité pour son dévouement et ses espérances. Il se compose à la fois de l'infiniment grand et de l'infiniment petit [4].

———

Si vous êtes pierre, soyez aimant, si vous êtes plante, soyez sensitive, si vous êtes homme, soyez amour.

———

Rien ne suffit à l'amour. On a le bonheur, on veut le paradis ; on a le paradis, on veut le ciel.

Ô vous qui vous aimez, tout cela est dans l'amour. Sachez l'y trouver. L'amour a autant que le ciel, la contemplation, et de plus que le ciel, la volupté.

———

— Vient-elle encore au Luxembourg ? — Non, monsieur. — C'est dans cette église qu'elle entend la messe, n'est-ce pas ? — Elle n'y vient plus. — Habite-t-elle toujours cette maison ? — Elle est déménagée. — Où est-elle allée demeurer ? — Elle ne l'a pas dit.

———

Marius, de Hugo, de vous, de moi, le même homme parce qu'il fait vivre l'autre en chacun.

4. Autocommentaire des chapitres III, 6, 7 et 8 (pp. 976 et suiv.) et réalisation dans l'amour d'un principe universel — voir IV, 3, 3, note 3, p. 1201.

Quelle chose sombre de ne pas savoir l'adresse de son âme ![5]

————

L'amour a des enfantillages, les autres passions ont des petitesses. Honte aux passions qui rendent l'homme petit ! Honneur à celle qui le fait enfant ![6]

————

C'est une chose étrange, savez-vous cela ? Je suis dans la nuit. Il y a un être qui en s'en allant a emporté le ciel.

————

Oh ! être couchés côte à côte dans le même tombeau la main dans la main, et de temps en temps, dans les ténèbres, nous caresser doucement un doigt, cela suffirait à mon éternité.

————

Vous qui souffrez parce que vous aimez, aimez plus encore. Mourir d'amour, c'est en vivre.

————

Aimez. Une sombre transfiguration étoilée est mêlée à ce supplice. Il y a de l'extase dans l'agonie.

————

Ô joie des oiseaux ! c'est parce qu'ils ont le nid qu'ils ont le chant.

————

5. Comme plusieurs autres, ce verset renvoie à une situation déjà prise en charge par le narrateur (III, 6, 9 ; pp. 981-982 ; IV, 2, 1 ; pp. 1163 et suiv. ; et IV, 2, 4 ; p. 1180) et assumée maintenant par le personnage. Sur cet effet de « stéréophonie discursive », voir note générale 26.

6. Voir note générale 18.

L'amour est une respiration céleste de l'air du paradis.

———

Cœurs profonds, esprits sages, prenez la vie comme Dieu l'a faite ; c'est une longue épreuve, une préparation inintelligible à la destinée inconnue. Cette destinée, la vraie, commence pour l'homme à la première marche de l'intérieur du tombeau. Alors il lui apparaît quelque chose, et il commence à distinguer le définitif. Le définitif, songez à ce mot. Les vivants voient l'infini, le définitif ne se laisse voir qu'aux morts. En attendant, aimez et souffrez, espérez et contemplez. Malheur, hélas ! à qui n'aura aimé que des corps, des formes, des apparences ! La mort lui ôtera tout. Tâchez d'aimer des âmes, vous les retrouverez.

———

J'ai rencontré dans la rue un jeune homme très pauvre qui aimait. Son chapeau était vieux, son habit était usé ; il avait les coudes troués ; l'eau passait à travers ses souliers et les astres à travers son âme.

———

Quelle grande chose, être aimé ! Quelle chose plus grande encore, aimer ! Le cœur devient héroïque à force de passion. Il ne se compose plus de rien que de pur ; il ne s'appuie plus sur rien que d'élevé et de grand. Une pensée indigne n'y peut pas plus germer qu'une ortie sur un glacier. L'âme haute et sereine, inaccessible aux passions et aux émotions vulgaires, dominant les nuées et les ombres de ce monde, les folies, les mensonges, les haines, les vanités, les misères, habite le bleu du ciel, et ne sent plus que les ébranlements profonds et souterrains de la destinée, comme le haut des montagnes sent les tremblements de terre.

S'il n'y avait pas quelqu'un qui aime, le soleil s'éteindrait[7].

V

COSETTE APRÈS LA LETTRE

Pendant cette lecture, Cosette entrait peu à peu en rêverie. Au moment où elle levait les yeux de la dernière ligne du cahier, le bel officier, c'était son heure, passa triomphant devant la grille. Cosette le trouva hideux.

Elle se remit à contempler le cahier. Il était écrit d'une écriture ravissante, pensa Cosette ; de la même main, mais avec des encres diverses, tantôt très noires, tantôt blanchâtres, comme lorsqu'on met de l'encre dans l'encrier, et par conséquent à des jours différents. C'était donc une pensée qui s'était épanchée là, soupir à soupir, irrégulièrement, sans ordre, sans choix, sans but, au hasard. Cosette n'avait jamais rien lu de pareil. Ce manuscrit, où elle voyait plus de clarté encore que d'obscurité, lui faisait l'effet d'un sanctuaire entr'ouvert. Chacune de ces lignes mystérieuses resplendissait à ses yeux et lui inondait le cœur d'une lumière étrange. L'éducation qu'elle avait reçue lui avait parlé toujours de l'âme et jamais de l'amour, à peu près comme qui parlerait du tison et point de la flamme. Ce manuscrit de quinze pages lui révélait brusquement et doucement tout l'amour, la douleur, la destinée, la vie, l'éternité, le commencement, la fin. C'était comme une main qui se serait ouverte et

---

7. Voici la création divine continuée et soutenue par le seul amour d'un homme. Dans cette phrase, l'amant est au cosmos ce que le poète exilé est à la société et aux valeurs dans le dernier poème, « *Ultima verba* », des *Châtiments* : « Et s'il n'en reste qu'un, je serai celui-là. »

lui aurait jeté subitement une poignée de rayons. Elle sentait dans ces quelques lignes une nature passionnée, ardente, généreuse, honnête, une volonté sacrée, une immense douleur et un espoir immense, un cœur serré, une extase épanouie. Qu'était-ce que ce manuscrit ? Une lettre. Lettre sans adresse, sans nom, sans date, sans signature, pressante et désintéressée, énigme composée de vérités, message d'amour fait pour être apporté par un ange et lu par une vierge, rendez-vous donné hors de la terre, billet doux d'un fantôme à une ombre. C'était un absent tranquille et accablé qui semblait prêt à se réfugier dans la mort et qui envoyait à l'absente le secret de la destinée, la clef de la vie, l'amour. Cela avait été écrit le pied dans le tombeau et le doigt dans le ciel. Ces lignes, tombées une à une sur le papier, étaient ce qu'on pourrait appeler des gouttes d'âme.

Maintenant ces pages, de qui pouvaient-elles venir ? qui pouvait les avoir écrites ?

Cosette n'hésita pas une minute. Un seul homme.

Lui ! [1]

Le jour s'était refait dans son esprit. Tout avait reparu. Elle éprouvait une joie inouïe et une angoisse profonde. C'était lui ! lui qui lui écrivait ! lui qui était là ! lui dont le bras avait passé à travers cette grille ! Pendant qu'elle l'oubliait, il l'avait retrouvée ! Mais est-ce qu'elle l'avait oublié ? Non, jamais ! Elle était folle d'avoir cru cela un moment. Elle l'avait toujours aimé, toujours adoré. Le feu s'était couvert et avait couvé quelque temps, mais, elle le voyait bien, il n'avait fait que creuser plus avant, et maintenant il éclatait de nouveau et l'embrasait tout entière. Ce cahier était comme une flammèche tombée de cette autre âme dans la sienne. Elle sentait recommencer l'incendie. Elle se pénétrait de chaque mot du manuscrit.

---

1. Cette explication de texte s'applique à la lettre de Marius, mais surtout au texte de Hugo — celui-là et les autres, au-delà même des *Misérables*.

« Lui », pour Cosette, c'est Marius. Pour nous, c'est Hugo, c'est-à-dire aussi Marius mais également Jean Valjean, Cosette, Gavroche, Myriel, toutes les vieilles femmes et toutes les portières, Navet aussi et « le On qui est dans les ténèbres ».

— Oh ! oui ! disait-elle, comme je reconnais tout cela ! C'est tout ce que j'avais déjà lu dans ses yeux.

Comme elle l'achevait pour la troisième fois, le lieutenant Théodule revint devant la grille et fit sonner ses éperons sur le pavé. Force fut à Cosette de lever les yeux. Elle le trouva fade, niais, sot, inutile, fat, déplaisant, impertinent et très laid. L'officier crut devoir lui sourire. Elle se détourna honteuse et indignée. Elle lui aurait volontiers jeté quelque chose à la tête.

Elle s'enfuit, rentra dans la maison et s'enferma dans sa chambre pour relire le manuscrit, pour l'apprendre par cœur, et pour songer. Quand elle l'eut bien lu, elle le baisa et le mit dans son corset.

C'en était fait, Cosette était retombée dans le profond amour séraphique. L'abîme Éden venait de se rouvrir.

Toute la journée, Cosette fut dans une sorte d'étourdissement. Elle pensait à peine, ses idées étaient à l'état d'écheveau brouillé dans son cerveau, elle ne parvenait à rien conjecturer, elle espérait à travers un tremblement, quoi ? des choses vagues. Elle n'osait rien se promettre, et ne voulait rien se refuser. Des pâleurs lui passaient sur le visage et des frissons sur le corps. Il lui semblait par moments qu'elle entrait dans le chimérique ; elle se disait : est-ce réel ? alors elle tâtait le papier bien-aimé sous sa robe, elle le pressait contre son cœur, elle en sentait les angles sur sa chair, et si Jean Valjean l'eût vue en ce moment, il eût frémi devant cette joie lumineuse et inconnue qui lui débordait des paupières. — Oh ! oui ! pensait-elle. C'est bien lui ! ceci vient de lui pour moi !

Et elle se disait qu'une intervention des anges, qu'un hasard céleste, le lui avait rendu.

Ô transfigurations de l'amour ! ô rêves ! ce hasard céleste, cette intervention des anges, c'était cette boulette de pain lancée par un voleur à un autre voleur, de la cour Charlemagne à la fosse-aux-lions, par-dessus les toits de la Force[2].

---

2. Pour l'intrigue, voir IV, 2, 2 à 4 ; p. 1174, 1179, 1183 ; pour la dramaturgie, note générale 37 et, pour le principe du retournement, note générale 14.

VI

LES VIEUX SONT FAITS POUR SORTIR À PROPOS

Le soir venu, Jean Valjean sortit, Cosette s'habilla. Elle arrangea ses cheveux de la manière qui lui allait le mieux, et elle mit une robe dont le corsage, qui avait reçu un coup de ciseau de trop, et qui, par cette échancrure, laissait voir la naissance du cou, était, comme disent les jeunes filles, « un peu indécent ». Ce n'était pas le moins du monde indécent, mais c'était plus joli qu'autrement. Elle fit toute cette toilette sans savoir pourquoi.

Voulait-elle sortir ? non.

Attendait-elle une visite ? non.

À la brune, elle descendit au jardin. Toussaint était occupée à sa cuisine qui donnait sur l'arrière-cour.

Elle se mit à marcher sous les branches, les écartant de temps en temps avec la main, parce qu'il y en avait de très basses.

Elle arriva ainsi au banc.

La pierre y était restée.

Elle s'assit, et posa sa douce main blanche sur cette pierre comme si elle voulait la caresser et la remercier.

Tout à coup, elle eut cette impression indéfinissable qu'on éprouve, même sans voir, lorsqu'on a quelqu'un debout derrière soi.

Elle tourna la tête et se dressa.

C'était lui.

Il était tête nue. Il paraissait pâle et amaigri. On distinguait à peine son vêtement noir. Le crépuscule blêmissait son beau front et couvrait ses yeux de ténèbres. Il avait, sous un voile d'incomparable douceur, quelque chose de la mort et de la nuit. Son visage était éclairé par la clarté du jour qui se meurt et par la pensée d'une âme qui s'en va.

Il semblait que ce n'était pas encore le fantôme et que ce n'était déjà plus l'homme.

Son chapeau était jeté à quelques pas dans les broussailles.

Cosette, prête à défaillir, ne poussa pas un cri. Elle
reculait lentement, car elle se sentait attirée. Lui ne bougeait point. À je ne sais quoi d'ineffable et de triste qui
l'enveloppait, elle sentait le regard de ses yeux qu'elle ne
voyait pas.

Cosette, en reculant, rencontra un arbre et s'y adossa.
Sans cet arbre, elle fût tombée.

Alors elle entendit sa voix, cette voix qu'elle n'avait
vraiment jamais entendue, qui s'élevait à peine au-dessus
du frémissement des feuilles, et qui murmurait :

— Pardonnez-moi, je suis là. J'ai le cœur gonflé, je ne
pouvais pas vivre comme j'étais, je suis venu. Avez-vous
lu ce que j'avais mis là, sur ce banc ? Me reconnaissez-
vous un peu ? N'ayez pas peur de moi. Voilà du temps
déjà, vous rappelez-vous le jour où vous m'avez regardé ?
c'était dans le Luxembourg, près du gladiateur. Et le jour
où vous avez passé devant moi ? C'était le 16 juin et le
2 juillet. Il va y avoir un an. Depuis bien longtemps, je
ne vous ai plus vue. J'ai demandé à la loueuse de chaises,
elle m'a dit qu'elle ne vous voyait plus. Vous demeuriez
rue de l'Ouest au troisième sur le devant dans une maison
neuve, vous voyez que je sais. Je vous suivais, moi.
Qu'est-ce que j'avais à faire ? Et puis vous avez disparu.
J'ai cru vous voir passer une fois que je lisais les journaux
sous les arcades de l'Odéon. J'ai couru. Mais non. C'était
une personne qui avait un chapeau comme vous. La nuit,
je viens ici. Ne craignez pas, personne ne me voit. Je
viens regarder vos fenêtres de près. Je marche bien doucement pour que vous n'entendiez pas, car vous auriez peut-
être peur. L'autre soir j'étais derrière vous, vous vous êtes
retournée, je me suis enfui. Une fois je vous ai entendue
chanter. J'étais heureux. Est-ce que cela vous fait quelque
chose que je vous entende chanter à travers le volet ? cela
ne peut rien vous faire. Non, n'est-ce pas ? Voyez-vous,
vous êtes mon ange, laissez-moi venir un peu. Je crois
que je vais mourir. Si vous saviez ! je vous adore, moi !
Pardonnez-moi, je vous parle, je ne sais pas ce que je

vous dis, je vous fâche peut-être ; est-ce que je vous fâche ?

— Ô ma mère ! dit-elle.

Et elle s'affaissa sur elle-même comme si elle se mourait.

Il la prit, elle tombait, il la prit dans ses bras, il la serra étroitement sans avoir conscience de ce qu'il faisait. Il la soutenait tout en chancelant. Il était comme s'il avait la tête pleine de fumée ; des éclairs lui passaient entre les cils ; ses idées s'évanouissaient ; il lui semblait qu'il accomplissait un acte religieux et qu'il commettait une profanation. Du reste il n'avait pas le moindre désir de cette femme ravissante dont il sentait la forme contre sa poitrine. Il était éperdu d'amour.

Elle lui prit une main et la posa sur son cœur. Il sentit le papier qui y était, il balbutia :

— Vous m'aimez donc ?

Elle répondit d'une voix si basse que ce n'était plus qu'un souffle qu'on entendait à peine :

— Tais-toi ! tu le sais !

Et elle cacha sa tête rouge dans le sein du jeune homme superbe et enivré.

Il tomba sur le banc, elle près de lui. Ils n'avaient plus de paroles. Les étoiles commençaient à rayonner. Comment se fit-il que leurs lèvres se rencontrèrent ? Comment se fait-il que l'oiseau chante, que la neige fonde, que la rose s'ouvre, que mai s'épanouisse, que l'aube blanchisse derrière les arbres noirs au sommet frissonnant des collines ?

Un baiser, et ce fut tout [1].

Tous deux tressaillirent, et ils se regardèrent dans l'ombre avec des yeux éclatants.

Ils ne sentaient ni la nuit fraîche, ni la pierre froide, ni la terre humide, ni l'herbe mouillée, ils se regardaient et ils avaient le cœur plein de pensées. Ils s'étaient pris les mains, sans savoir.

Elle ne lui demandait pas, elle n'y songeait pas même,

---

1. Un seul baiser et un seul mot : « tout », pour dire à la fois que ce fut le seul et que ce fut l'infini.

par où il était entré et comment il avait pénétré dans le jardin. Cela lui paraissait si simple qu'il fût là !

De temps en temps le genou de Marius touchait le genou de Cosette, et tous deux frémissaient.

Par intervalles, Cosette bégayait une parole. Son âme tremblait à ses lèvres comme une goutte de rosée à une fleur.

Peu à peu ils se parlèrent. L'épanchement succéda au silence qui est la plénitude. La nuit était sereine et splendide au-dessus de leur tête. Ces deux êtres, purs comme des esprits, se dirent tout, leurs songes, leurs ivresses, leurs extases, leurs chimères, leurs défaillances, comme ils s'étaient adorés de loin, comme ils s'étaient souhaités, leur désespoir quand ils avaient cessé de s'apercevoir. Ils se confièrent dans une intimité idéale, que rien déjà ne pouvait plus accroître, ce qu'ils avaient de plus caché et de plus mystérieux. Ils se racontèrent, avec une foi candide dans leurs illusions, tout ce que l'amour, la jeunesse et ce reste d'enfance qu'ils avaient leur mettaient dans la pensée. Ces deux cœurs se versèrent l'un dans l'autre, de sorte qu'au bout d'une heure, c'était le jeune homme qui avait l'âme de la jeune fille et la jeune fille qui avait l'âme du jeune homme. Ils se pénétrèrent, ils s'enchantèrent, ils s'éblouirent.

Quand ils eurent fini, quand ils se furent tout dit, elle posa sa tête sur son épaule et lui demanda :

— Comment vous appelez-vous ?

— Je m'appelle Marius, dit-il. Et vous ?

— Je m'appelle Cosette.

LIVRE SIXIÈME

LE PETIT GAVROCHE

MÉCHANTE ESPIÈGLERIE DU VENT

Depuis 1823, tandis que la gargote de Montfermeil sombrait et s'engloutissait peu à peu, non dans l'abîme d'une banqueroute, mais dans le cloaque des petites dettes, les mariés Thénardier avaient eu deux autres enfants, mâles tous deux. Cela faisait cinq ; deux filles et trois garçons. C'était beaucoup.

La Thénardier s'était débarrassée des deux derniers, encore en bas âge et tout petits, avec un bonheur singulier.

Débarrassée est le mot. Il n'y avait chez cette femme qu'un fragment de nature. Phénomène dont il y a du reste plus d'un exemple. Comme la maréchale de La Mothe-Houdancourt, la Thénardier n'était mère que jusqu'à ses filles. Sa maternité finissait là. Sa haine du genre humain commençait à ses garçons. Du côté de ses fils sa méchanceté était à pic, et son cœur avait à cet endroit un lugubre escarpement. Comme on l'a vu, elle détestait l'aîné ; elle exécrait les deux autres. Pourquoi ? Parce que. Le plus terrible des motifs et la plus indiscutable des réponses : Parce que. — Je n'ai pas besoin d'une tiaulée d'enfants, disait cette mère.

Expliquons comment les Thénardier étaient parvenus à s'exonérer de leurs deux derniers enfants, et même à en tirer profit [1].

---

1. L'histoire qui va suivre inverse celle de Cosette. Fantine payait pour que les Thénardier exploitent sa fille ; ils sont payés par Gille-normand pour que leurs fils soient correctement élevés. La reproduction — vraie misère de l'humanité — est en cause dans les deux cas

Cette fille Magnon, dont il a été question quelques pages plus haut, était la même qui avait réussi à faire renter par le bonhomme Gillenormand les deux enfants qu'elle avait. Elle demeurait quai des Célestins, à l'angle de cette antique rue du Petit-Musc qui a fait ce qu'elle a pu pour changer en bonne odeur sa mauvaise renommée[2]. On se souvient de la grande épidémie de croup qui désola, il y a trente-cinq ans, les quartiers riverains de la Seine à Paris, et dont la science profita pour expérimenter sur une large échelle l'efficacité des insufflations d'alun, si utilement remplacées aujourd'hui par la teinture externe d'iode. Dans cette épidémie, la Magnon perdit, le même jour, l'un le matin, l'autre le soir, ses deux garçons, encore en très bas âge. Ce fut un coup. Ces enfants étaient précieux à leur mère ; ils représentaient quatre-vingts francs par mois. Ces quatre-vingts francs étaient fort exactement soldés, au nom de M. Gillenormand, par son receveur de rentes, M. Barge, huissier retiré, rue du Roi-de-Sicile. Les enfants morts, la rente était enterrée. La Magnon chercha un expédient. Dans cette ténébreuse maçonnerie du mal dont elle faisait partie, on sait tout, on se garde le secret, et l'on s'entr'aide. Il fallait deux enfants à la Magnon ; la Thénardier en avait deux. Même sexe, même âge. Bon arrangement pour l'une, bon placement pour l'autre. Les petits Thénardier devinrent les petits Magnon. La Magnon quitta le quai des Célestins et alla demeurer rue Clocheperce. À Paris, l'identité qui lie un individu à lui-même se rompt d'une rue à l'autre.

L'état civil, n'étant averti par rien, ne réclama pas, et la substitution se fit le plus simplement du monde. Seulement le Thénardier exigea, pour ce prêt d'enfants, dix francs par mois que la Magnon promit, et même paya. Il

---

ou, plus exactement, les formes sociales de l'amour : la mauvaise réputation de Fantine vient de ce qui fait la « royale renommée » de Gillenormand.

On notera que les femmes — Fantine et Cosette — sont les victimes de ce qui bénéficie aux hommes — Gillenormand et les deux garçons. Autre forme du féminisme hugolien (note générale 41).

2. Parce que l'ancienne fréquentation de cette rue par des femmes galantes expliquerait son nom : « la pute y musse » ou « y muse ».

va sans dire que M. Gillenormand continua de s'exécuter. Il venait tous les six mois voir les petits. Il ne s'aperçut pas du changement. — Monsieur, lui disait la Magnon, comme ils vous ressemblent !

Thénardier, à qui les avatars étaient aisés, saisit cette occasion de devenir Jondrette. Ses deux filles et Gavroche avaient à peine eu le temps de s'apercevoir qu'ils avaient deux petits frères. À un certain degré de misère, on est gagné par une sorte d'indifférence spectrale, et l'on voit les êtres comme des larves. Vos plus proches ne sont souvent pour vous que de vagues formes de l'ombre, à peine distinctes du fond nébuleux de la vie et facilement remêlées à l'invisible.

Le soir du jour où elle avait fait livraison de ses deux petits à la Magnon, avec la volonté bien expresse d'y renoncer à jamais, la Thénardier avait eu, ou fait semblant d'avoir, un scrupule. Elle avait dit à son mari : — Mais c'est abandonner ses enfants, cela ! Thénardier, magistral et flegmatique, cautérisa le scrupule avec ce mot : Jean-Jacques Rousseau a fait mieux ![3] Du scrupule la mère avait passé à l'inquiétude : — Mais si la police allait nous tourmenter ? Ce que nous avons fait là, monsieur Thénardier, dis donc, est-ce que c'est permis ? — Thénardier répondit : — Tout est permis. Personne n'y verra que de l'azur. D'ailleurs, dans des enfants qui n'ont pas le sou, nul n'a intérêt à y regarder de près.

La Magnon était une sorte d'élégante du crime. Elle faisait de la toilette. Elle partageait son logis, meublé d'une façon maniérée et misérable, avec une savante voleuse anglaise francisée. Cette anglaise naturalisée parisienne, recommandable par des relations fort riches, intimement liée avec les médailles de la bibliothèque et les diamants de Mlle Mars, fut plus tard célèbre dans les sommiers judiciaires. On l'appelait *mamselle Miss*[4].

---

3. Déjà Courfeyrac avait dit. : « Thérèse les enfantait, Jean-Jacques les enfantrouvait » (III, 4, 3 ; p. 913). Ces allusions donnent par avance un de ses sens au « C'est la faute à Rousseau » de Gavroche.

4. Ce petit roman — voir note générale 20 — autorise le jeu de mots de Gavroche, IV, 6, 2 ; pp. 1285-1286.

Les deux petits échus à la Magnon n'eurent pas à se plaindre. Recommandés par les quatre-vingts francs, ils étaient ménagés, comme tout ce qui est exploité ; point mal vêtus, point mal nourris, traités presque comme de « petits messieurs », mieux avec la fausse mère qu'avec la vraie. La Magnon faisait la dame et ne parlait pas argot devant eux.

Ils passèrent ainsi quelques années. Le Thénardier en augurait bien. Il lui arriva un jour de dire à la Magnon qui lui remettait ses dix francs mensuels : — Il faudra que « le père » leur donne de l'éducation.

Tout à coup, ces deux pauvres enfants, jusque-là assez protégés, même par leur mauvais sort, furent brusquement jetés dans la vie, et forcés de la commencer.

Une arrestation en masse de malfaiteurs comme celle du galetas Jondrette, nécessairement compliquée de perquisitions et d'incarcérations ultérieures, est un véritable désastre pour cette hideuse contre-société occulte qui vit sous la société publique ; une aventure de ce genre entraîne toutes sortes d'écroulements dans ce monde sombre. La catastrophe des Thénardier produisit la catastrophe de la Magnon.

Un jour, peu de temps après que la Magnon eut remis à Éponine le billet relatif à la rue Plumet, il se fit rue Clocheperce une subite descente de police ; la Magnon fut saisie, ainsi que mamselle Miss, et toute la maisonnée, qui était suspecte, passa dans le coup de filet. Les deux petits garçons jouaient pendant ce temps-là dans une arrière-cour et ne virent rien de la razzia. Quand ils voulurent rentrer, ils trouvèrent la porte fermée et la maison vide. Un savetier d'une échoppe en face les appela et leur remit un papier que « leur mère » avait laissé pour eux. Sur le papier il y avait une adresse : M. Barge, receveur de rentes, rue du Roi-de-Sicile, nº 8. L'homme de l'échoppe leur dit : — Vous ne demeurez plus ici. Allez là. C'est tout près. La première rue à gauche. Demandez votre chemin avec ce papier-ci.

Les enfants partirent, l'aîné menant le cadet, et tenant à la main le papier qui devait les guider. Il avait froid, et ses petits doigts engourdis serraient peu et tenaient mal ce papier. Au détour de la rue Clocheperce, un coup de vent le lui arracha, et, comme la nuit tombait, l'enfant ne put le retrouver.

Ils se mirent à errer au hasard dans les rues.

II

OÙ LE PETIT GAVROCHE TIRE PARTI
DE NAPOLÉON LE GRAND

Le printemps à Paris est assez souvent traversé par des bises aigres et dures dont on est, non pas précisément glacé, mais gelé ; ces bises qui attristent les plus belles journées, font exactement l'effet de ces souffles d'air froid qui entrent dans une chambre chaude par les fentes d'une fenêtre ou d'une porte mal fermée. Il semble que la sombre porte de l'hiver soit restée entrebâillée et qu'il vienne du vent par là. Au printemps de 1832, époque où éclata la première grande épidémie de ce siècle en Europe, ces bises étaient plus âpres et plus poignantes que jamais. C'était une porte plus glaciale encore que celle de l'hiver qui était entr'ouverte. C'était la porte du sépulcre. On sentait dans ces bises le souffle du choléra [1].

Au point de vue météorologique, ces vents froids avaient cela de particulier qu'ils n'excluaient point une forte tension électrique. De fréquents orages, accompagnés d'éclairs et de tonnerres, éclatèrent à cette époque.

Un soir que ces bises soufflaient rudement, au point que janvier semblait revenu et que les bourgeois avaient repris les manteaux, le petit Gavroche, toujours grelottant gaîment sous ses loques, se tenait debout et comme en

---

1. L'épidémie de choléra de 1832 fut effectivement la première du siècle à Paris — et la dernière. Le premier ministre Casimir Perier en mourut ; l'un des fils de V. Hugo, François-Victor, en fut atteint. Elle fit, bien sûr, ses pires ravages dans les îlots et quartiers pauvres.

extase devant la boutique d'un perruquier des environs de l'Orme-Saint-Gervais[2]. Il était orné d'un châle de femme en laine, cueilli on ne sait où, dont il s'était fait un cachenez. Le petit Gavroche avait l'air d'admirer profondément une mariée en cire, décolletée et coiffée de fleurs d'oranger, qui tournait derrière la vitre, montrant, entre deux quinquets, son sourire aux passants ; mais en réalité il observait la boutique afin de voir s'il ne pourrait pas « chiper » dans la devanture un pain de savon, qu'il irait ensuite revendre un sou à un « coiffeur » de la banlieue. Il lui arrivait souvent de déjeuner d'un de ces pains-là. Il appelait ce genre de travail, pour lequel il avait du talent, « faire la barbe aux barbiers »[3].

Tout en contemplant la mariée et tout en lorgnant le pain de savon, il grommelait entre ses dents ceci : — Mardi. — Ce n'est pas mardi. — Est-ce mardi ? — C'est peut-être mardi. — Oui, c'est mardi.

On n'a jamais su à quoi avait trait ce monologue.

Si, par hasard, ce monologue se rapportait à la dernière fois où il avait dîné, il y avait trois jours, car on était au vendredi.

Le barbier, dans sa boutique chauffée d'un bon poêle, rasait une pratique et jetait de temps en temps un regard de côté à cet ennemi, à ce gamin gelé et effronté qui avait les deux mains dans ses poches, mais l'esprit évidemment hors du fourreau.

Pendant que Gavroche examinait la mariée, le vitrage et les Windsor-soap, deux enfants de taille inégale, assez proprement vêtus, et encore plus petits que lui, paraissant l'un sept ans, l'autre cinq, tournèrent timidement le bec de canne et entrèrent dans la boutique en demandant on ne sait quoi, la charité peut-être, dans un murmure plaintif et qui ressemblait plutôt à un gémissement qu'à une

2. Carrefour nommé par l'orme qui y avait été planté, devant l'église, mais qui avait alors disparu.
3. Le nom du pain blanc, « larton savonné » (IV, 6, 2 ; p. 1287), l'homonymie des deux sortes de pain, la formule populaire, naturalisent ce vol qui accomplit l'ordre langagier des choses. Et l'ordre moral aussi comme le prouve la suite. Sur le motif du pain, voir I, 4, 1, note 1, p. 217 et II, 3, 5, note 3, p. 543.

prière. Ils parlaient tous deux à la fois, et leurs paroles étaient inintelligibles parce que les sanglots coupaient la voix du plus jeune et que le froid faisait claquer les dents de l'aîné. Le barbier se tourna avec un visage furieux, et sans quitter son rasoir, refoulant l'aîné de la main gauche et le petit du genou, les poussa dans la rue, et referma sa porte en disant :

— Venir refroidir le monde pour rien !

Les deux enfants se remirent en marche en pleurant. Cependant une nuée était venue, il commençait à pleuvoir.

Le petit Gavroche courut après eux et les aborda :

— Qu'est-ce que vous avez donc, moutards ?

— Nous ne savons pas où coucher, répondit l'aîné.

— C'est ça ? dit Gavroche. Voilà grand'chose. Est-ce qu'on pleure pour ça ? Sont-ils serins donc !

Et prenant, à travers sa supériorité un peu goguenarde, un accent d'autorité attendrie et de protection douce :

— Momacques, venez avec moi.

— Oui, monsieur, fit l'aîné.

Et les deux enfants le suivirent comme ils auraient suivi un archevêque. Ils avaient cessé de pleurer.

Gavroche leur fit monter la rue Saint-Antoine dans la direction de la Bastille.

Gavroche, tout en cheminant, jeta un coup d'œil indigné et rétrospectif à la boutique du barbier.

— Ça n'a pas de cœur, ce merlan-là, grommela-t-il. C'est un angliche.

Une fille, les voyant marcher à la file tous les trois, Gavroche en tête, partit d'un rire bruyant. Ce rire manquait de respect au groupe.

— Bonjour, mamselle Omnibus [4], lui dit Gavroche.

Un instant après, le perruquier lui revenant, il ajouta :

— Je me trompe de bête ; ce n'est pas un merlan, c'est un serpent. Perruquier, j'irai chercher un serrurier, et je te ferai mettre une sonnette à la queue.

---

4. *Omnibus* : pour tous. Connaissance du latin tout de même surprenante chez Gavroche ; à moins qu'elle ne soit relayée par les chemins de fer et transports en commun.

Ce perruquier l'avait rendu agressif. Il apostropha, en enjambant un ruisseau, une portière barbue et digne de rencontrer Faust sur le Brocken, laquelle avait son balai à la main.

— Madame, lui dit-il, vous sortez donc avec votre cheval ?

Et sur ce, il éclaboussa les bottes vernies d'un passant.

— Drôle ! cria le passant furieux.

Gavroche leva le nez par-dessus son châle.

— Monsieur se plaint ?

— De toi ! fit le passant.

— Le bureau est fermé, dit Gavroche, je ne reçois plus de plaintes.

Cependant, en continuant de monter la rue, il avisa, toute glacée sous une porte cochère, une mendiante de treize ou quatorze ans, si court-vêtue qu'on voyait ses genoux. La petite commençait à être trop grande fille pour cela. La croissance vous joue de ces tours[5]. La jupe devient courte au moment où la nudité devient indécente.

— Pauvre fille ! dit Gavroche. Ça n'a même pas de culotte. Tiens, prends toujours ça.

Et, défaisant toute cette bonne laine qu'il avait autour du cou, il la jeta sur les épaules maigres et violettes de la mendiante, où le cache-nez redevint châle.

La petite le considéra d'un air étonné et reçut le châle en silence. À un certain degré de détresse, le pauvre, dans sa stupeur, ne gémit plus du mal et ne remercie plus du bien.

Cela fait :

— Brrr ! dit Gavroche plus frissonnant que saint Martin qui, lui du moins, avait gardé la moitié de son manteau.

Sur ce brrr ! l'averse, redoublant d'humeur, fit rage. Ces mauvais ciels-là punissent les bonnes actions.

— Ah çà, s'écria Gavroche, qu'est-ce que cela signifie ? Il repleut ! Bon Dieu, si cela continue, je me désabonne.

Et il se remit en marche.

---

5. L'esprit et le ton de Gavroche gagnent subrepticement le narrateur.

— C'est égal, reprit-il en jetant un coup d'œil à la mendiante qui se pelotonnait sous le châle, en voilà une qui a une fameuse pelure.

Et, regardant la nuée, il cria :

— Attrapé !

Les deux enfants emboîtaient le pas derrière lui.

Comme ils passaient devant un de ces épais treillis grillés qui indiquent la boutique d'un boulanger, car on met le pain comme l'or derrière des grillages de fer, Gavroche se tourna :

— Ah çà, mômes, avons-nous dîné ?

— Monsieur, répondit l'aîné, nous n'avons pas mangé depuis tantôt ce matin.

— Vous êtes donc sans père ni mère ? reprit majestueusement Gavroche.

— Faites excuse, monsieur, nous avons papa et maman, mais nous ne savons pas où ils sont.

— Des fois, cela vaut mieux que de le savoir, dit Gavroche qui était un penseur.

— Voilà, continua l'aîné, deux heures que nous marchons, nous avons cherché des choses au coin des bornes, mais nous ne trouvons rien.

— Je sais, fit Gavroche. C'est les chiens qui mangent tout.

Il reprit après un silence :

— Ah ! nous avons perdu nos auteurs. Nous ne savons plus ce que nous en avons fait. Ça ne se doit pas, gamins. C'est bête d'égarer comme ça des gens d'âge. Ah çà ! il faut licher pourtant.

Du reste il ne leur fit pas de questions. Être sans domicile, quoi de plus simple ?

L'aîné des deux mômes, presque entièrement revenu à la prompte insouciance de l'enfance, fit cette exclamation :

— C'est drôle tout de même. Maman qui avait dit qu'elle nous mènerait chercher du buis bénit le dimanche des rameaux.

— Neurs, répondit Gavroche.

— Maman, reprit l'aîné, est une dame qui demeure avec mamselle Miss.

— Tanflûte, repartit Gavroche.

Cependant il s'était arrêté, et depuis quelques minutes il tâtait et fouillait toutes sortes de recoins qu'il avait dans ses haillons.

Enfin il releva la tête d'un air qui ne voulait qu'être satisfait, mais qui était en réalité triomphant.

— Calmons-nous, les momignards. Voici de quoi souper pour trois.

Et il tira d'une de ses poches un sou.

Sans laisser aux deux petits le temps de s'ébahir, il les poussa tous deux devant lui dans la boutique du boulanger, et mit son sou sur le comptoir en criant :

— Garçon ! cinque centimes de pain.

Le boulanger, qui était le maître en personne, prit un pain et un couteau.

— En trois morceaux, garçon ! reprit Gavroche, et il ajouta avec dignité :

— Nous sommes trois.

Et voyant que le boulanger, après avoir examiné les trois soupeurs, avait pris un pain bis, il plongea profondément son doigt dans son nez avec une aspiration aussi impérieuse que s'il eût eu au bout du pouce la prise de tabac du grand Frédéric, et jeta au boulanger en plein visage cette apostrophe indignée :

— Keksekça ?

Ceux de nos lecteurs qui seraient tentés de voir dans cette interpellation de Gavroche au boulanger un mot russe ou polonais, ou l'un de ces cris sauvages que les Yoways et les Botocudos se lancent du bord d'un fleuve à l'autre à travers les solitudes, sont prévenus que c'est un mot qu'ils disent tous les jours (eux nos lecteurs) et qui tient lieu de cette phrase : qu'est-ce que c'est que cela ?[6] Le boulanger comprit parfaitement et répondit :

------

6. Le texte dénonçait déjà implicitement l'impropriété de la littérature — et du langage de ses lecteurs — en s'abstenant de traduire Gavroche, sinon en note, comme on fait des citations latines. Sur la mise en scène générale des langages, voir notes générales 3 et 40. Dès ici — et explicitement p. 1292 — commence la confrontation de l'argot et de la poésie développée au livre 7 (p. 1327) mais déjà suggérée en III, 8, 20 ; p. 1098.

— Eh mais ! c'est du pain, du très bon pain de deuxième qualité.

— Vous voulez dire du larton brutal*, reprit Gavroche, calme et froidement dédaigneux. Du pain blanc, garçon ! du larton savonné ! je régale.

Le boulanger ne put s'empêcher de sourire, et tout en coupant le pain blanc, il les considérait d'une façon compatissante qui choqua Gavroche.

— Ah çà, mitron ! dit-il, qu'est-ce que vous avez donc à nous toiser comme ça ?

Mis tous trois bout à bout, ils auraient à peine fait une toise.

Quand le pain fut coupé, le boulanger encaissa le sou, et Gavroche dit aux deux enfants :

— Morfilez.

Les petits garçons le regardèrent interdits.

Gavroche se mit à rire :

— Ah ! tiens, c'est vrai, ça ne sait pas encore, c'est si petit.

Et il reprit :

— Mangez.

En même temps, il leur tendait à chacun un morceau de pain.

Et, pensant que l'aîné, qui lui paraissait plus digne de sa conversation, méritait quelque encouragement spécial et devait être débarrassé de toute hésitation à satisfaire son appétit, il ajouta en lui donnant la plus grosse part :

— Colle-toi ça dans le fusil [7].

Il y avait un morceau plus petit que les deux autres ; il le prit pour lui.

Les pauvres enfants étaient affamés, y compris Gavroche. Tout en arrachant leur pain à belles dents, ils encombraient la boutique du boulanger qui, maintenant qu'il était payé, les regardait avec humeur.

---

* Pain noir.

---

7. Ce mot ne sera pas oublié (V, 1, 16 ; p. 1644) mais il faudra que l'action de Gavroche lui donne tout son sens.

— Rentrons dans la rue[8], dit Gavroche.

Ils reprirent la direction de la Bastille.

De temps en temps, quand ils passaient devant les devantures de boutiques éclairées, le plus petit s'arrêtait pour regarder l'heure à une montre en plomb suspendue à son cou par une ficelle.

— Voilà décidément un fort serin, disait Gavroche.

Puis, pensif, il grommelait entre ses dents :

— C'est égal, si j'avais des mômes, je les serrerais mieux que ça.

Comme ils achevaient leur morceau de pain et atteignaient l'angle de cette morose rue des Ballets au fond de laquelle on aperçoit le guichet bas et hostile de la Force :

— Tiens, c'est toi, Gavroche ? dit quelqu'un.

— Tiens, c'est toi, Montparnasse ? dit Gavroche.

C'était un homme qui venait d'aborder le gamin, et cet homme n'était autre que Montparnasse déguisé, avec des besicles bleues, mais reconnaissable pour Gavroche.

— Mâtin ! poursuivit Gavroche, tu as une pelure couleur cataplasme de graine de lin et des lunettes bleues comme un médecin. Tu as du style, parole de vieux !

— Chut, fit Montparnasse, pas si haut !

Et il entraîna vivement Gavroche hors de la lumière des boutiques.

Les deux petits suivaient machinalement en se tenant par la main.

Quand ils furent sous l'archivolte noire d'une porte cochère, à l'abri des regards et de la pluie :

— Sais-tu où je vais ? demanda Montparnasse.

— À l'abbaye de Monte-à-Regret *, dit Gavroche.

— Farceur !

Et Montparnasse reprit :

— Je vas retrouver Babet.

— Ah ! fit Gavroche, elle s'appelle Babet.

Montparnasse baissa la voix.

* À l'échafaud.

8. Ce paralogisme est logique dans la « contre-société » de la misère. En ce sens on peut dire que Gavroche meurt dans son lit.

— Pas elle, lui.

— Ah, Babet !

— Oui, Babet.

— Je le croyais bouclé.

— Il a défait la boucle, répondit Montparnasse.

Et il conta rapidement au gamin que, le matin de ce même jour où ils étaient, Babet, ayant été transféré à la Conciergerie, s'était évadé en prenant à gauche au lieu de prendre à droite dans « le corridor de l'instruction ».

Gavroche admira l'habileté.

— Quel dentiste ! dit-il.

Montparnasse ajouta quelques détails sur l'évasion de Babet et termina par :

— Oh ! ce n'est pas tout.

Gavroche, tout en écoutant, s'était saisi d'une canne que Montparnasse tenait à la main, il en avait machinalement tiré la partie supérieure, et la lame d'un poignard avait apparu.

— Ah ! fit-il en repoussant vivement le poignard, tu as emmené ton gendarme déguisé en bourgeois.

Montparnasse cligna de l'œil.

— Fichtre ! reprit Gavroche, tu vas donc te colleter avec les cognes ?

— On ne sait pas, répondit Montparnasse d'un air indifférent. Il est toujours bon d'avoir une épingle sur soi.

Gavroche insista :

— Qu'est-ce que tu vas donc faire cette nuit ?

Montparnasse prit de nouveau la corde grave et dit en mangeant les syllabes :

— Des choses.

Et changeant brusquement de conversation :

— À propos !

— Quoi ?

— Une histoire de l'autre jour. Figure-toi. Je rencontre un bourgeois. Il me fait cadeau d'un sermon et de sa bourse. Je mets ça dans ma poche. Une minute après, je fouille dans ma poche. Il n'y avait plus rien.

— Que le sermon, fit Gavroche.

— Mais toi, reprit Montparnasse, où vas-tu donc maintenant ?

Gavroche montra ses deux protégés et dit :

— Je vas coucher ces enfants-là.

— Où ça coucher ?

— Chez moi.

— Où ça chez toi ?

— Chez moi.

— Tu loges donc ?

— Oui, je loge.

— Et où loges-tu ?

— Dans l'éléphant, dit Gavroche.

Montparnasse, quoique de sa nature peu étonné, ne put retenir une exclamation :

— Dans l'éléphant !

— Eh bien oui, dans l'éléphant ! repartit Gavroche. Kekçaa ?

Ceci est encore un mot de la langue que personne n'écrit et que tout le monde parle. Kekçaa, signifie : qu'est-ce que cela a ?

L'observation profonde du gamin ramena Montparnasse au calme et au bon sens. Il parut revenir à de meilleurs sentiments pour le logis de Gavroche.

— Au fait ! dit-il, oui, l'éléphant. Y est-on bien ?

— Très bien, fit Gavroche. La, vrai, chenument. Il n'y a pas de vents coulis comme sous les ponts.

— Comment y entres-tu ?

— J'entre.

— Il y a donc un trou ? demanda Montparnasse.

— Parbleu ! Mais il ne faut pas le dire. C'est entre les jambes de devant. Les coqueurs * ne l'ont pas vu.

— Et tu grimpes ? Oui, je comprends.

— Un tour de main, cric, crac, c'est fait, plus personne.

Après un silence, Gavroche ajouta :

— Pour ces petits j'aurai une échelle.

Montparnasse se mit à rire.

— Où diable as-tu pris ces mions-là ?

Gavroche répondit avec simplicité :

---

* Mouchards, gens de police.

— C'est des momichards dont un perruquier m'a fait cadeau.

Cependant Montparnasse était devenu pensif.

— Tu m'as reconnu bien aisément, murmura-t-il.

Il prit dans sa poche deux petits objets qui n'étaient autre chose que deux tuyaux de plume enveloppés de coton et s'en introduisit un dans chaque narine. Ceci lui faisait un autre nez.

— Ça te change, dit Gavroche, tu es moins laid, tu devrais garder toujours ça.

Montparnasse était joli garçon, mais Gavroche était railleur.

— Sans rire, demanda Montparnasse, comment me trouves-tu ?

C'était aussi un autre son de voix. En un clin d'œil, Montparnasse était devenu méconnaissable.

— Oh ! fais-nous Porrichinelle ! s'écria Gavroche.

Les deux petits, qui n'avaient rien écouté jusque-là, occupés qu'ils étaient eux-mêmes à fourrer leurs doigts dans leur nez, s'approchèrent à ce nom et regardèrent Montparnasse avec un commencement de joie et d'admiration.

Malheureusement Montparnasse était soucieux.

Il posa sa main sur l'épaule de Gavroche et lui dit en appuyant sur les mots :

— Écoute ce que je te dis, garçon, si j'étais sur la place, avec mon dogue, ma dague et ma digue, et si vous me prodiguiez dix gros sous, je ne refuserais pas d'y goupiner *, mais nous ne sommes pas le mardi gras.

Cette phrase bizarre produisit sur le gamin un effet singulier. Il se retourna vivement, promena avec une attention profonde ses petits yeux brillants autour de lui, et aperçut, à quelques pas, un sergent de ville qui leur tournait le dos. Gavroche laissa échapper un : ah, bon ! qu'il réprima sur-le-champ, et, secouant la main de Montparnasse :

— Eh bien, bonsoir, fit-il, je m'en vas à mon éléphant avec mes mômes. Une supposition que tu aurais besoin

---

* Travailler.

de moi une nuit, tu viendrais me trouver là. Je loge à l'entre-sol. Il n'y a pas de portier. Tu demanderais monsieur Gavroche.

— C'est bon, dit Montparnasse.

Et ils se séparèrent, Montparnasse cheminant vers la Grève et Gavroche vers la Bastille. Le petit de cinq ans, traîné par son frère que traînait Gavroche, tourna plusieurs fois la tête en arrière pour voir s'en aller « Porrichinelle ».

La phrase amphigourique par laquelle Montparnasse avait averti Gavroche de la présence du sergent de ville ne contenait pas d'autre talisman que l'assonance *dig* répétée cinq ou six fois sous des formes variées. Cette syllabe *dig*, non prononcée isolément, mais artistement mêlée aux mots d'une phrase, veut dire : — *Prenons garde, on ne peut pas parler librement.* — Il y avait en outre dans la phrase de Montparnasse une beauté littéraire qui échappa à Gavroche, c'est *mon dogue, ma dague et ma digue*, locution de l'argot du Temple qui signifie, *mon chien, mon couteau et ma femme*, fort usité parmi les pitres et les queues rouges du grand siècle où Molière écrivait et où Callot dessinait.

Il y a vingt ans, on voyait encore dans l'angle sud-est de la place de la Bastille près de la gare du canal creusée dans l'ancien fossé de la prison-citadelle, un monument bizarre qui s'est effacé déjà de la mémoire des parisiens, et qui méritait d'y laisser quelque trace, car c'était une pensée du « membre de l'Institut, général en chef de l'armée d'Égypte ».

Nous disons monument, quoique ce ne fût qu'une maquette. Mais cette maquette elle-même, ébauche prodigieuse, cadavre grandiose d'une idée de Napoléon que deux ou trois coups de vent successifs avaient emportée et jetée à chaque fois plus loin de nous[9], était devenue historique, et avait pris je ne sais quoi de définitif qui contrastait avec son aspect provisoire. C'était un éléphant de quarante pieds de haut, construit en charpente et en maçonnerie, portant sur son dos sa tour qui ressemblait

---

9. Autre « méchante espièglerie du vent » indifférent aux mesures humaines.

à une maison, jadis peint en vert par un badigeonneur quelconque, maintenant peint en noir par le ciel, la pluie et le temps. Dans cet angle désert et découvert de la place, le large front du colosse, sa trompe, ses défenses, sa tour, sa croupe énorme, ses quatre pieds pareils à des colonnes faisaient, la nuit, sur le ciel étoilé, une silhouette surprenante et terrible. On ne savait ce que cela voulait dire. C'était une sorte de symbole de la force populaire. C'était sombre, énigmatique et immense. C'était on ne sait quel fantôme puissant, visible et debout à côté du spectre invisible de la Bastille.

Peu d'étrangers visitaient cet édifice, aucun passant ne le regardait. Il tombait en ruine ; à chaque saison, des plâtras qui se détachaient de ses flancs lui faisaient des plaies hideuses. Les « édiles », comme on dit en patois élégant, l'avaient oublié depuis 1814. Il était là dans son coin, morne, malade, croulant, entouré d'une palissade pourrie, souillée à chaque instant par des cochers ivres ; des crevasses lui lézardaient le ventre, une latte lui sortait de la queue, les hautes herbes lui poussaient entre les jambes ; et comme le niveau de la place s'élevait depuis trente ans tout autour par ce mouvement lent et continu qui exhausse insensiblement le sol des grandes villes, il était dans un creux et il semblait que la terre s'enfonçât sous lui [10]. Il était immonde, méprisé, repoussant et superbe, laid aux yeux du bourgeois, mélancolique aux yeux du penseur. Il avait quelque chose d'une ordure qu'on va balayer et quelque chose d'une majesté qu'on va décapiter.

Comme nous l'avons dit, la nuit, l'aspect changeait. La nuit est le véritable milieu de tout ce qui est ombre. Dès que tombait le crépuscule, le vieil éléphant se transfigurait ; il prenait une figure tranquille et redoutable dans la formidable sérénité des ténèbres. Étant du passé, il était de la nuit ; et cette obscurité allait à sa grandeur [11].

---

10. Ainsi déjà du couvent.
11. Le texte énonce lui-même la signification de l'éléphant et de l'asile qu'y trouvent Gavroche et ses frères. Mais, dans ce roman où Paris tient une si grande place, il est curieux que le seul monument décrit soit une négation de monument : maquette ruinée d'un édifice futur et déjà passé, invisible derrière sa palissade et disparue au

Ce monument, rude, trapu, pesant, âpre, austère, presque difforme, mais à coup sûr majestueux et empreint d'une sorte de gravité magnifique et sauvage, a disparu pour laisser régner en paix l'espèce de poêle gigantesque, orné de son tuyau, qui a remplacé la sombre forteresse à neuf tours, à peu près comme la bourgeoisie remplace la féodalité [12]. Il est tout simple qu'un poêle soit le symbole d'une époque dont une marmite contient la puissance. Cette époque passera, elle passe déjà ; on commence à comprendre que, s'il peut y avoir de la force dans une chaudière, il ne peut y avoir de puissance que dans un cerveau ; en d'autres termes, que ce qui mène et entraîne le monde, ce ne sont pas les locomotives, ce sont les idées. Attelez les locomotives aux idées, c'est bien ; mais ne prenez pas le cheval pour le cavalier.

Quoi qu'il en soit, pour revenir à la place de la Bastille, l'architecte de l'éléphant avec du plâtre était parvenu à faire du grand ; l'architecte du tuyau de poêle a réussi à faire du petit avec du bronze.

Ce tuyau de poêle, qu'on a baptisé d'un nom sonore et nommé la colonne de Juillet, ce monument manqué d'une révolution avortée, était encore enveloppé en 1832 d'une immense chemise en charpente que nous regrettons pour notre part, et d'un vaste enclos en planches, qui achevait d'isoler l'éléphant.

Ce fut vers ce coin de la place, à peine éclairé du reflet

---

moment où l'on en parle — elle fut détruite en 1846 et Hugo en avait conservé un morceau. L'autre « architecture » est la barricade, dont une est implantée place de la Bastille en 1848, deux ans après la disparition de l'éléphant. Toutes deux sont des monuments de la misère comme l'argot en est la poésie.

Monuments éphémères mais utiles, pliés à l'histoire et historiques pour cette raison. Pour une autre également. Hugo, qui avait fait de Notre-Dame de Paris « sa » cathédrale, devait savoir et vouloir que, dans l'imaginaire de beaucoup de lecteurs, l'éléphant se dresse encore aujourd'hui sur la place, avec plus de présence et de réalité que bien des « monuments de Paris ».

12. Le roman ajoutera la barricade (V, 1, 1 ; p. 1579), intermittente et durable, pour compléter l'histoire symbolique de l'ère moderne — voir note générale 31.

d'un réverbère éloigné, que le gamin dirigea les deux « mômes ».

Qu'on nous permette de nous interrompre ici et de rappeler que nous sommes dans la simple réalité, et qu'il y a vingt ans les tribunaux correctionnels eurent à juger, sous prévention de vagabondage et de bris d'un monument public, un enfant qui avait été surpris couché dans l'intérieur même de l'éléphant de la Bastille[13].

Ce fait constaté, nous continuons.

En arrivant près du colosse, Gavroche comprit l'effet que l'infiniment grand peut produire sur l'infiniment petit, et dit :

— Moutards ! n'ayez pas peur.

Puis il entra par une lacune de la palissade dans l'enceinte de l'éléphant et aida les mômes à enjamber la brèche. Les deux enfants, un peu effrayés, suivaient sans dire mot Gavroche et se confiaient à cette petite providence en guenilles qui leur avait donné du pain et leur avait promis un gîte.

Il y avait là, couchée le long de la palissade, une échelle qui servait le jour aux ouvriers du chantier voisin. Gavroche la souleva avec une singulière vigueur, et l'appliqua contre une des jambes de devant de l'éléphant. Vers le point où l'échelle allait aboutir, on distinguait une espèce de trou noir dans le ventre du colosse[14].

---

13. Dans le portrait de Jean Valjean (I, 2, 6 ; pp. 135-136), puis à nouveau dans celui de Cosette (I, 4, 1 ; p. 232), une intervention de l'auteur avait déjà de la sorte cassé et réassuré la fiction par le vrai. Sur ce rapport du texte au réel, voir note générale 13.

14. Escalade comparable à celle qui conduit Jean Valjean au couvent et, dans les deux cas, inversion du mouvement ordinaire : on tombe dans les trous et l'on est perdu, ici on y monte et on est sauvé. Voir note générale 14.
Quoiqu'il s'agisse des jambes de devant, le geste de Gavroche logeant ses frères dans ce ventre est bien un réengendrement (voir note générale 36). Avec pour père Gavroche, pour mère la force populaire et pour grand-père Napoléon, rien d'étonnant si ces enfants mal adoptés par Gillenormand auront un autre avenir que Cosette (voir p. 1644). De Jean Valjean à Gavroche, il y a le même écart historique qu'entre le couvent-prison du Petit-Picpus et l'éléphant de la Bastille.

Gavroche montra l'échelle et le trou à ses hôtes et leur dit :

— Montez et entrez.

Les deux petits garçons se regardèrent terrifiés.

— Vous avez peur, mômes ! s'écria Gavroche.

Et il ajouta :

— Vous allez voir.

Il étreignit le pied rugueux de l'éléphant, et en un clin d'œil, sans daigner se servir de l'échelle, il arriva à la crevasse. Il y entra comme une couleuvre qui se glisse dans une fente, et s'y enfonça, et un moment après les deux enfants virent vaguement apparaître, comme une forme blanchâtre et blafarde, sa tête pâle au bord du trou plein de ténèbres.

— Eh bien, cria-t-il, montez donc, les momignards ! vous allez voir comme on est bien ! — Monte, toi ! dit-il à l'aîné, je te tends la main.

Les petits se poussèrent de l'épaule, le gamin leur faisait peur et les rassurait à la fois, et puis il pleuvait bien fort. L'aîné se risqua. Le plus jeune, en voyant monter son frère et lui resté tout seul entre les pattes de cette grosse bête, avait bien envie de pleurer, mais il n'osait.

L'aîné gravissait, tout en chancelant, les barreaux de l'échelle ; Gavroche, chemin faisant, l'encourageait par des exclamations de maître d'armes à ses écoliers ou de muletier à ses mules :

— Aye pas peur !

— C'est ça !

— Va toujours !

— Mets ton pied là !

— Ta main ici.

— Hardi !

Et quand il fut à sa portée, il l'empoigna brusquement et vigoureusement par le bras et le tira à lui.

— Gobé ! dit-il.

Le môme avait franchi la crevasse.

— Maintenant, fit Gavroche, attends-moi. Monsieur, prenez la peine de vous asseoir.

Et, sortant de la crevasse comme il y était entré, il se laissa glisser avec l'agilité d'un ouistiti le long de la

jambe de l'éléphant, il tomba debout sur ses pieds dans
l'herbe, saisit le petit de cinq ans à bras-le-corps et le
planta au beau milieu de l'échelle, puis il se mit à monter
derrière lui en criant à l'aîné :

— Je vas le pousser, tu vas le tirer.

En un instant le petit fut monté, poussé, traîné, tiré,
bourré, fourré dans le trou sans avoir eu le temps de se
reconnaître, et Gavroche, entrant après lui, repoussant
d'un coup de talon l'échelle qui tomba sur le gazon, se
mit à battre des mains et cria :

— Nous y v'là ! Vive le général Lafayette !

Cette explosion passée, il ajouta :

— Les mioches, vous êtes chez moi.

Gavroche était en effet chez lui.

Ô utilité inattendue de l'inutile ! charité des grandes
choses ! bonté des géants ! Ce monument démesuré qui
avait contenu une pensée de l'empereur était devenu la
boîte d'un gamin. Le môme avait été accepté et abrité
par le colosse. Les bourgeois endimanchés qui passaient
devant l'éléphant de la Bastille disaient volontiers en le
toisant d'un air de mépris avec leurs yeux à fleur de tête :
— À quoi cela sert-il ? — Cela servait à sauver du froid,
du givre, de la grêle, de la pluie, à garantir du vent d'hiver, à préserver du sommeil dans la boue qui donne la
fièvre et du sommeil dans la neige qui donne la mort, un
petit être sans père ni mère, sans pain, sans vêtements,
sans asile. Cela servait à recueillir l'innocent que la
société repoussait. Cela servait à diminuer la faute
publique. C'était une tanière ouverte à celui auquel toutes
les portes étaient fermées. Il semblait que le vieux masto-
donte misérable, envahi par la vermine et par l'oubli, couvert de verrues, de moisissures et d'ulcères, chancelant,
vermoulu, abandonné, condamné, espèce de mendiant
colossal demandant en vain l'aumône d'un regard bienveillant au milieu du carrefour, avait eu pitié, lui, de cet
autre mendiant, du pauvre pygmée qui s'en allait sans
souliers aux pieds, sans plafond sur la tête, soufflant dans
ses doigts, vêtu de chiffons, nourri de ce qu'on jette.
Voilà à quoi servait l'éléphant de la Bastille. Cette idée
de Napoléon, dédaignée par les hommes, avait été reprise

par Dieu. Ce qui n'eût été qu'illustre était devenu auguste. Il eût fallu à l'empereur, pour réaliser ce qu'il méditait, le porphyre, l'airain, le fer, l'or, le marbre ; à Dieu le vieil assemblage de planches, de solives et de plâtras suffisait. L'empereur avait eu un rêve de génie ; dans cet éléphant titanique, armé, prodigieux, dressant sa trompe, portant sa tour, et faisant jaillir de toute part autour de lui des eaux joyeuses et vivifiantes, il voulait incarner le peuple ; Dieu en avait fait une chose plus grande, il y logeait un enfant[15].

Le trou par où Gavroche était entré était une brèche à peine visible du dehors, cachée qu'elle était, nous l'avons dit, sous le ventre de l'éléphant, et si étroite qu'il n'y avait guère que des chats et des mômes qui pussent y passer.

— Commençons, dit Gavroche, par dire au portier que nous n'y sommes pas.

Et plongeant dans l'obscurité avec certitude comme quelqu'un qui connaît son appartement, il prit une planche et en boucha le trou.

Gavroche replongea dans l'obscurité. Les enfants entendirent le reniflement de l'allumette enfoncée dans la bouteille phosphorique. L'allumette chimique n'existait pas encore ; le briquet Fumade représentait à cette époque le progrès[16].

Une clarté subite leur fit cligner les yeux ; Gavroche venait d'allumer un de ces bouts de ficelle trempés dans la résine qu'on appelle rats de cave. Le rat de cave, qui fumait plus qu'il n'éclairait, rendait confusément visible le dedans de l'éléphant.

Les deux hôtes de Gavroche regardèrent autour d'eux et éprouvèrent quelque chose de pareil à ce qu'éprouverait quelqu'un qui serait enfermé dans la grosse tonne de Heidelberg, ou mieux encore, à ce que dut éprouver Jonas

---

15. Il tuera le même enfant sur la barricade, autre grande chose où s'incarne le peuple.

16. Avant l'allumage par la chaleur d'une friction, on a utilisé diverses réactions chimiques entre le corps déposé sur l'allumette et celui contenu dans une petite bouteille où on la plongeait.

dans le ventre biblique de la baleine. Tout un squelette gigantesque leur apparaissait et les enveloppait. En haut, une longue poutre brune d'où partaient de distance en distance de massives membrures cintrées figurait la colonne vertébrale avec les côtes, des stalactites de plâtre y pendaient comme des viscères, et d'une côte à l'autre de vastes toiles d'araignée faisaient des diaphragmes poudreux. On voyait çà et là dans les coins de grosses taches noirâtres qui avaient l'air de vivre et qui se déplaçaient rapidement avec un mouvement brusque et effaré.

Les débris tombés du dos de l'éléphant sur son ventre en avaient comblé la concavité, de sorte qu'on pouvait y marcher comme sur un plancher.

Le plus petit se rencogna contre son frère et dit à demi-voix :

— C'est noir.

Ce mot fit exclamer Gavroche. L'air pétrifié des deux mômes rendait une secousse nécessaire.

— Qu'est-ce que vous me fichez ? s'écria-t-il. Blaguons-nous ? faisons-nous les dégoûtés ? vous faut-il pas les Tuileries ? Seriez-vous des brutes ? Dites-le. Je vous préviens que je ne suis pas du régiment des godiches. Ah çà, est-ce que vous êtes les moutards du moutardier du pape ?

Un peu de rudoiement est bon dans l'épouvante. Cela rassure. Les deux enfants se rapprochèrent de Gavroche.

Gavroche, paternellement attendri de cette confiance, passa « du grave au doux » [17] et s'adressant au plus petit :

— Bêta, lui dit-il en accentuant l'injure d'une nuance caressante, c'est dehors que c'est noir. Dehors il pleut, ici il ne pleut pas ; dehors il fait froid, ici il n'y a pas une miette de vent ; dehors il y a des tas de monde, ici il n'y a personne ; dehors il n'y a pas même la lune, ici il y a ma chandelle, nom d'unch !

Les deux enfants commençaient à regarder l'appartement avec moins d'effroi ; mais Gavroche ne leur laissa pas plus longtemps le loisir de la contemplation.

---

17. Selon le précepte de Boileau (*Art poétique*) : « Passer du grave au doux, du plaisant au sévère ».

— Vite, dit-il.

Et il les poussa vers ce que nous sommes très heureux de pouvoir appeler le fond de la chambre.

Là était son lit.

Le lit de Gavroche était complet. C'est-à-dire qu'il y avait un matelas, une couverture et une alcôve avec rideaux.

Le matelas était une natte de paille, la couverture un assez vaste pagne de grosse laine grise fort chaude et presque neuve. Voici ce que c'était que l'alcôve.

Trois échalas assez longs enfoncés et consolidés dans les gravois du sol, c'est-à-dire du ventre de l'éléphant, deux en avant, un en arrière, et réunis par une corde à leur sommet, de manière à former un faisceau pyramidal. Ce faisceau supportait un treillage de fil de laiton qui était simplement posé dessus, mais artistement appliqué et maintenu par des attaches de fil de fer, de sorte qu'il enveloppait entièrement les trois échalas. Un cordon de grosses pierres fixait tout autour ce treillage sur le sol, de manière à ne rien laisser passer. Ce treillage n'était autre chose qu'un morceau de ces grillages de cuivre dont on revêt les volières dans les ménageries. Le lit de Gavroche était sous ce grillage comme dans une cage. L'ensemble ressemblait à une tente d'esquimau.

C'est ce grillage qui tenait lieu de rideaux.

Gavroche dérangea un peu les pierres qui assujettissaient le grillage par devant, les deux pans du treillage qui retombaient l'un sur l'autre s'écartèrent.

— Mômes, à quatre pattes ! dit Gavroche.

Il fit entrer avec précaution ses hôtes dans la cage, puis il y entra après eux, en rampant, rapprocha les pierres et referma hermétiquement l'ouverture.

Ils s'étaient étendus tous trois sur la natte.

Si petits qu'ils fussent, aucun d'eux n'eût pu se tenir debout dans l'alcôve. Gavroche avait toujours le rat de cave à sa main.

— Maintenant, dit-il, pioncez ! Je vas supprimer le candélabre.

— Monsieur, demanda l'aîné des deux frères à Gavroche en montrant le grillage, qu'est-ce que c'est donc que ça ?

— Ça, dit Gavroche gravement, c'est pour les rats.
— Pioncez !

Cependant il se crut obligé d'ajouter quelques paroles pour l'instruction de ces êtres en bas âge, et il continua :

— C'est des choses du Jardin des plantes. Ça sert aux animaux féroces. Gniena (il y en a) plein un magasin. Gnia (il n'y a) qu'à monter par-dessus un mur, qu'à grimper par une fenêtre et qu'à passer sous une porte. On en a tant qu'on veut.

Tout en parlant, il enveloppait d'un pan de la couverture le tout petit qui murmura :

— Oh ! c'est bon ! c'est chaud !

Gavroche fixa un œil satisfait sur la couverture.

— C'est encore du Jardin des plantes, dit-il. J'ai pris ça aux singes.

Et montrant à l'aîné la natte sur laquelle il était couché, natte fort épaisse et admirablement travaillée, il ajouta :

— Ça, c'était à la girafe.

Après une pause, il poursuivit :

— Les bêtes avaient tout ça. Je le leur ai pris. Ça ne les a pas fâchées. Je leur ai dit : C'est pour l'éléphant.

Il fit encore un silence et reprit :

— On passe par-dessus les murs et on se fiche du gouvernement. V'là.

Les deux enfants considéraient avec un respect craintif et stupéfait cet être intrépide et inventif, vagabond comme eux, isolé comme eux, chétif comme eux, qui avait quelque chose d'admirable et de tout-puissant, qui leur semblait surnaturel, et dont la physionomie se composait de toutes les grimaces d'un vieux saltimbanque mêlées au plus naïf et au plus charmant sourire.

— Monsieur, fit timidement l'aîné, vous n'avez donc pas peur des sergents de ville ?

Gavroche se borna à répondre :

— Môme ! on ne dit pas les sergents de ville, on dit les cognes.

Le tout petit avait les yeux ouverts, mais il ne disait rien. Comme il était au bord de la natte, l'aîné étant au milieu, Gavroche lui borda la couverture comme eût fait une mère et exhaussa la natte sous sa tête avec de vieux chiffons de manière à faire au môme un oreiller. Puis il se tourna vers l'aîné.

— Hein ? on est joliment bien ici !

— Ah oui ! répondit l'aîné en regardant Gavroche avec une expression d'ange sauvé.

Les deux pauvres petits enfants tout mouillés commençaient à se réchauffer.

— Ah çà, continua Gavroche, pourquoi donc est-ce que vous pleuriez ?

Et montrant le petit à son frère :

— Un mioche comme ça, je ne dis pas ; mais un grand comme toi, pleurer, c'est crétin ; on a l'air d'un veau.

— Dame, fit l'enfant, nous n'avions plus du tout de logement où aller.

— Moutard ! reprit Gavroche, on ne dit pas un logement, on dit une piolle.

— Et puis nous avions peur d'être tout seuls comme ça la nuit.

— On ne dit pas la nuit, on dit la sorgue.

— Merci, monsieur, dit l'enfant.

— Écoute, repartit Gavroche, il ne faut plus geindre jamais pour rien. J'aurai soin de vous. Tu verras comme on s'amuse. L'été, nous irons à la Glacière avec Navet, un camarade à moi, nous nous baignerons à la gare, nous courrons tout nus sur les trains devant le pont d'Austerlitz, ça fait rager les blanchisseuses. Elles crient, elles bisquent, si tu savais comme elles sont farces ! Nous irons voir l'homme squelette. Il est en vie. Aux Champs-Élysées. Il est maigre comme tout, ce paroissien-là. Et puis je vous conduirai au spectacle. Je vous mènerai à Frédérick-Lemaître. J'ai des billets, je connais des acteurs, j'ai même joué une fois dans une pièce[18]. Nous étions des mômes comme ça, on courait sous une toile, ça faisait la

---

18. Voir déjà III, 1, 3 ; p. 796, et III, 8, 4 ; p. 1016. Le gamin, dont le spectacle est bref comme une illusion et qui a « le cœur absolument sombre et vide », est un être de théâtre. Voir A. Ubersfeld (Bibliographie). Phrase suivante : effectivement, les décorateurs de théâtre figuraient alors la mer en faisant courir des enfants sous une toile peinte.

mer. Je vous ferai engager à mon théâtre. Nous irons voir
les sauvages. Ce n'est pas vrai, ces sauvages-là. Ils ont
des maillots roses qui font des plis, et on leur voit aux
coudes des reprises en fil blanc [19]. Après ça, nous irons à
l'Opéra. Nous entrerons avec les claqueurs. La claque à
l'Opéra est très bien composée. Je n'irais pas avec la
claque sur les boulevards. À l'Opéra, figure-toi, il y en a
qui payent vingt sous, mais c'est des bêtas. On les appelle
des lavettes. — Et puis nous irons voir guillotiner. Je
vous ferai voir le bourreau. Il demeure rue des Marais.
Monsieur Sanson. Il y a une boîte aux lettres à la porte [20].
Ah ! on s'amuse fameusement !

En ce moment, une goutte de cire tomba sur le doigt
de Gavroche et le rappela aux réalités de la vie.

— Bigre ! dit-il, v'là la mèche qui s'use. Attention ! je
ne peux pas mettre plus d'un sou par mois à mon éclairage. Quand on se couche, il faut dormir. Nous n'avons
pas le temps de lire des romans de monsieur Paul de
Kock [21]. Avec ça que la lumière pourrait passer par les
fentes de la porte cochère, et les cognes n'auraient qu'à
voir.

— Et puis, observa timidement l'aîné qui seul osait
causer avec Gavroche et lui donnait la réplique, un fume-
ron pourrait tomber dans la paille, il faut prendre garde
de brûler la maison.

— On ne dit pas brûler la maison, fit Gavroche, on dit
riffauder le bocard.

L'orage redoublait. On entendait, à travers des roulements de tonnerre, l'averse battre le dos du colosse.

— Enfoncé, la pluie ! dit Gavroche. Ça m'amuse d'en-

---

19. Il y eut, sous la monarchie de Juillet, une mode des « tableaux
vivants », souvent prétexte au spectacle de « nus » — en maillots
couleur chair cependant.

20. On avait décrit à Hugo, lors de sa visite à la Conciergerie en
1846, la maison et les habitudes du bourreau Sanson ; mais le récit
de Hugo ne mentionne pas la « boîte aux lettres ».

21. Romancier en vogue sous la Restauration et la monarchie de
Juillet dont on appréciait la curiosité pittoresque, les bons sentiments
et la gaieté. Hugo doit peut-être quelque chose au titre de l'un de ses
romans, *La Laitière de Montfermeil*.

tendre couler la carafe le long des jambes de la maison. L'hiver est une bête ; il perd sa marchandise, il perd sa peine, il ne peut pas nous mouiller, et ça le fait bougonner, ce vieux porteur d'eau-là.

Cette allusion au tonnerre, dont Gavroche, en sa qualité de philosophe du dix-neuvième siècle, acceptait toutes les conséquences, fut suivie d'un large éclair, si éblouissant que quelque chose en entra par la crevasse dans le ventre de l'éléphant. Presque en même temps la foudre gronda, et très furieusement. Les deux petits poussèrent un cri, et se soulevèrent si vivement que le treillage en fut presque écarté ; mais Gavroche tourna vers eux sa face hardie et profita du coup de tonnerre pour éclater de rire.

— Du calme, enfants. Ne bousculons pas l'édifice. Voilà du beau tonnerre, à la bonne heure ! Ce n'est pas là de la gnognotte d'éclair. Bravo le bon Dieu ! nom d'unch ! c'est presque aussi bien qu'à l'Ambigu.

Cela dit, il refit l'ordre dans le treillage, poussa doucement les deux enfants sur le chevet du lit, pressa leurs genoux pour les bien étendre tout de leur long et s'écria :

— Puisque le bon Dieu allume sa chandelle, je peux souffler la mienne. Les enfants, il faut dormir, mes jeunes humains. C'est très mauvais de ne pas dormir. Ça vous ferait schlinguer du couloir, ou, comme on dit dans le grand monde, puer de la gueule. Entortillez-vous bien de la pelure ! je vais éteindre. Y êtes-vous ?

— Oui, murmura l'aîné, je suis bien. J'ai comme de la plume sous la tête.

— On ne dit pas la tête, cria Gavroche, on dit la tronche.

Les deux enfants se serrèrent l'un contre l'autre. Gavroche acheva de les arranger sur la natte et leur monta la couverture jusqu'aux oreilles, puis répéta pour la troisième fois l'injonction en langue hiératique[22] :

_____

22. Gavroche ajoute la pédagogie à la paternité. En enseignant ainsi l'argot — ce qu'il est seul à faire dans le roman —, il en modifie la fonction : destiné à n'être pas compris, il est ici traduit et transmis, légué peut-être, par Gavroche à ses frères comme une sorte de passeport qui les protégera dans la misère, et comme un usage qui a sa beauté. En cela Gavroche entreprend ce que Hugo effectue ici par

— Pioncez !

Et il souffla le lumignon.

À peine la lumière était-elle éteinte qu'un tremblement singulier commença à ébranler le treillage sous lequel les trois enfants étaient couchés. C'était une multitude de frottements sourds qui rendaient un son métallique, comme si des griffes et des dents grinçaient sur le fil de cuivre. Cela était accompagné de toutes sortes de petits cris aigus.

Le petit garçon de cinq ans, entendant ce vacarme au-dessus de sa tête et glacé d'épouvante, poussa du coude son frère aîné, mais le frère aîné « pionçait » déjà, comme Gavroche le lui avait ordonné. Alors le petit, n'en pouvant plus de peur, osa interpeller Gavroche, mais tout bas, en retenant son haleine :

— Monsieur ?

— Hein ? fit Gavroche qui venait de fermer les paupières.

— Qu'est-ce que c'est donc que ça ?

— C'est les rats, répondit Gavroche.

Et il remit sa tête sur la natte.

Les rats en effet, qui pullulaient par milliers dans la carcasse de l'éléphant et qui étaient ces taches noires vivantes dont nous avons parlé, avaient été tenus en respect par la flamme de la bougie tant qu'elle avait brillé, mais dès que cette caverne, qui était comme leur cité, avait été rendue à la nuit, sentant là ce que le bon conteur Perrault appelle « de la chair fraîche », ils s'étaient rués en foule sur la tente de Gavroche, avaient grimpé jusqu'au sommet, et en mordaient les mailles comme s'ils cherchaient à percer cette zinzelière [23] d'un nouveau genre.

Cependant le petit ne dormait pas.

— Monsieur ! reprit-il.

— Hein ? fit Gavroche.

---

son entremise avant d'en faire la théorie au livre 7 (p. 1327). Mais l'argot est aussi la langue du crime et de l'ignorance : la misère pervertit cet enseignement et cette paternité — voir note générale 40. De là le ton de tout l'épisode, navrant et gai.

23. Moustiquaire.

— Qu'est-ce que c'est donc que les rats ?

— C'est des souris.

Cette explication rassura un peu l'enfant. Il avait vu dans sa vie des souris blanches et il n'en avait pas eu peur. Pourtant il éleva encore la voix :

— Monsieur ?

— Hein ? reprit Gavroche.

— Pourquoi n'avez-vous pas un chat ?

— J'en ai eu un, répondit Gavroche, j'en ai apporté un, mais ils me l'ont mangé.

Cette seconde explication défit l'œuvre de la première, et le petit recommença à trembler. Le dialogue entre lui et Gavroche reprit pour la quatrième fois.

— Monsieur !

— Hein ?

— Qui ça qui a été mangé ?

— Le chat.

— Qui ça qui a mangé le chat ?

— Les rats.

— Les souris ?

— Oui, les rats [24].

L'enfant, consterné de ces souris qui mangent les chats, poursuivit :

— Monsieur, est-ce qu'elles nous mangeraient, ces souris-là ?

— Pardi ! fit Gavroche.

La terreur de l'enfant était au comble. Mais Gavroche ajouta :

— N'eïlle pas peur ! ils ne peuvent pas entrer. Et puis je suis là ! Tiens, prends ma main. Tais-toi, et pionce !

Gavroche en même temps prit la main du petit par-dessus son frère. L'enfant serra cette main contre lui et se sentit rassuré. Le courage et la force ont de ces communications mystérieuses. Le silence s'était refait autour d'eux, le bruit des

---

24. Note générale qui complète le système de l'éléphant comme monde à l'envers : inutile devenu utile, débris devenu maison, trou aérien, carcasse devenue ventre, et où l'animalité fait vivre l'humanité. Et voici que Gavroche, de frère devenu père, se fait, lui aussi, maternel.

voix avait effrayé et éloigné les rats ; au bout de quelques minutes ils eurent beau revenir et faire rage, les trois mômes, plongés dans le sommeil, n'entendaient plus rien.

Les heures de la nuit s'écoulèrent. L'ombre couvrait l'immense place de la Bastille, un vent d'hiver qui se mêlait à la pluie soufflait par bouffées, les patrouilles furetaient les portes, les allées, les enclos, les coins obscurs, et, cherchant les vagabonds nocturnes, passaient silencieusement devant l'éléphant ; le monstre, debout, immobile, les yeux ouverts dans les ténèbres, avait l'air de rêver comme satisfait de sa bonne action, et abritait du ciel et des hommes les trois pauvres enfants endormis.

Pour comprendre ce qui va suivre, il faut se souvenir qu'à cette époque le corps de garde de la Bastille était situé à l'autre extrémité de la place, et que ce qui se passait près de l'éléphant ne pouvait être ni aperçu, ni entendu par la sentinelle.

Vers la fin de cette heure qui précède immédiatement le point du jour, un homme déboucha de la rue Saint-Antoine en courant, traversa la place, tourna le grand enclos de la colonne de Juillet, et se glissa entre les palissades jusque sous le ventre de l'éléphant. Si une lumière quelconque eût éclairé cet homme, à la manière profonde dont il était mouillé, on eût deviné qu'il avait passé la nuit sous la pluie. Arrivé sous l'éléphant, il fit entendre un cri bizarre qui n'appartient à aucune langue humaine et qu'une perruche seule pourrait reproduire. Il répéta deux fois ce cri dont l'orthographe que voici donne à peine quelque idée:

— Kirikikiou!

Au second cri, une voix claire, gaie et jeune, répondit du ventre de l'éléphant:

— Oui.

Presque immédiatement, la planche qui fermait le trou se dérangea et donna passage à un enfant qui descendit le long du pied de l'éléphant et vint lestement tomber près de l'homme. C'était Gavroche. L'homme était Montparnasse.

Quant à ce cri, *kirikikiou*, c'était là sans doute ce que l'enfant voulait dire par : *Tu demanderas monsieur Gavroche.*

En l'entendant, il s'était réveillé en sursaut, avait

rampé hors de son « alcôve », en écartant un peu le grillage qu'il avait ensuite refermé soigneusement, puis il avait ouvert la trappe et était descendu.

L'homme et l'enfant se reconnurent silencieusement dans la nuit ; Montparnasse se borna à dire :

— Nous avons besoin de toi. Viens nous donner un coup de main.

Le gamin ne demanda pas d'autre éclaircissement.

— Me v'là, dit-il.

Et tous deux se dirigèrent vers la rue Saint-Antoine d'où sortait Montparnasse, serpentant rapidement à travers la longue file des charrettes de maraîchers qui descendent à cette heure-là vers la halle.

Les maraîchers, accroupis dans leurs voitures parmi les salades et les légumes, à demi assoupis, enfouis jusqu'aux yeux dans leurs roulières à cause de la pluie battante, ne regardaient même pas ces étranges passants.

III

LES PÉRIPÉTIES DE L'ÉVASION [1]

Voici ce qui avait eu lieu cette même nuit à la Force :

Une évasion avait été concertée entre Babet, Brujon, Gueulemer et Thénardier, quoique Thénardier fût au secret. Babet avait fait l'affaire pour son compte, le jour même, comme on a vu d'après le récit de Montparnasse à Gavroche. Montparnasse devait les aider du dehors.

Brujon, ayant passé un mois dans une chambre de punition, avait eu le temps, premièrement d'y tresser une corde, deuxièmement, d'y mûrir un plan. Autrefois ces lieux sévères où la discipline de la prison livre le condamné à lui-même, se composaient de quatre murs de

---

1. Avec le même héros virtuose de l'ascension, l'évasion de la prison recommence à l'envers l'accession à l'éléphant : double nature de la misère.

pierre, d'un plafond de pierre, d'un pavé de dalles, d'un lit de camp, d'une lucarne grillée, d'une porte doublée de fer, et s'appelaient *cachots* ; mais le cachot a été jugé trop horrible ; maintenant cela se compose d'une porte de fer, d'une lucarne grillée, d'un lit de camp, d'un pavé de dalles, d'un plafond de pierre, de quatre murs de pierre, et cela s'appelle *chambre de punition*. Il y fait un peu jour vers midi. L'inconvénient de ces chambres qui, comme on voit, ne sont pas des cachots, c'est de laisser songer des êtres qu'il faudrait faire travailler.

Brujon donc avait songé, et il était sorti de la chambre de punition avec une corde. Comme on le réputait fort dangereux dans la cour Charlemagne, on le mit dans le Bâtiment-Neuf. La première chose qu'il trouva dans le Bâtiment-Neuf, ce fut Gueulemer, la seconde, ce fut un clou ; Gueulemer, c'est-à-dire le crime, un clou, c'est-à-dire la liberté.

Brujon, dont il est temps de se faire une idée complète, était, avec une apparence de complexion délicate et une langueur profondément préméditée, un gaillard poli, intelligent et voleur qui avait le regard caressant et le sourire atroce. Son regard résultait de sa volonté et son sourire résultait de sa nature. Ses premières études dans son art s'étaient dirigées vers les toits ; il avait fait faire de grands progrès à l'industrie des arracheurs de plomb qui dépouillent les toitures et dépiautent les gouttières par le procédé dit *au gras-double*.

Ce qui achevait de rendre l'instant favorable pour une tentative d'évasion, c'est que les couvreurs remaniaient et rejointoyaient, en ce moment-là même, une partie des ardoises de la prison. La cour Saint-Bernard n'était plus absolument isolée de la cour Charlemagne et de la cour Saint-Louis. Il y avait par là-haut des échafaudages et des échelles ; en d'autres termes, des ponts et des escaliers du côté de la délivrance.

Le Bâtiment-Neuf, qui était tout ce qu'on pouvait voir au monde de plus lézardé et de plus décrépit, était le point faible de la prison. Les murs en étaient à ce point rongés par le salpêtre qu'on avait été obligé de revêtir d'un parement de bois les voûtes des dortoirs, parce qu'il s'en détachait des pierres qui tombaient sur les prisonniers dans leurs lits. Malgré cette vétusté, on faisait la faute d'enfermer dans le Bâtiment-Neuf les accusés les plus inquiétants, d'y mettre « les fortes causes », comme on dit en langage de prison.

Le Bâtiment-Neuf contenait quatre dortoirs superposés et un comble qu'on appelait le Bel-Air. Un large tuyau de cheminée, probablement de quelque ancienne cuisine des ducs de La Force, partait du rez-de-chaussée, traversait les quatre étages, coupait en deux tous les dortoirs où il figurait une façon de pilier aplati, et allait trouer le toit.

Gueulemer et Brujon étaient dans le même dortoir. On les avait mis par précaution dans l'étage d'en bas. Le hasard faisait que la tête de leurs lits s'appuyait au tuyau de la cheminée.

Thénardier se trouvait précisément au-dessus de leur tête dans ce comble qualifié le Bel-Air.

Le passant qui s'arrête rue Culture-Sainte-Catherine, après la caserne des pompiers, devant la porte cochère de la maison des bains, voit une cour pleine de fleurs et d'arbustes en caisses, au fond de laquelle se développe, avec deux ailes, une petite rotonde blanche égayée par des contrevents verts, le rêve bucolique de Jean-Jacques. Il n'y a pas plus de dix ans, au-dessus de cette rotonde s'élevait un mur noir, énorme, affreux, nu, auquel elle était adossée. C'était le mur du chemin de ronde de la Force.

Ce mur derrière cette rotonde, c'était Milton entrevu derrière Berquin[2].

Si haut qu'il fût, ce mur était dépassé par un toit plus noir encore qu'on apercevait au delà. C'était le toit du Bâtiment-Neuf. On y remarquait quatre lucarnes-mansardes armées de barreaux, c'étaient les fenêtres du Bel-Air. Une cheminée perçait le toit ; c'était la cheminée qui traversait les dortoirs.

Le Bel-Air, ce comble du Bâtiment-Neuf, était une espèce de grande halle mansardée, fermée de triples

---

2. L'un des premiers auteurs, au XVIIIᵉ siècle, de livres pour enfants.

grilles et de portes doublées de tôle que constellaient des clous démesurés. Quand on y entrait par l'extrémité nord, on avait à sa gauche les quatre lucarnes, et à sa droite, faisant face aux lucarnes, quatre cages carrées assez vastes, espacées, séparées par des couloirs étroits, construites jusqu'à hauteur d'appui en maçonnerie et le reste jusqu'au toit en barreaux de fer.

Thénardier était au secret dans une de ces cages, depuis la nuit du 3 février. On n'a jamais pu découvrir comment, et par quelle connivence, il avait réussi à s'y procurer et à y cacher une bouteille de ce vin inventé, dit-on, par Desrues, auquel se mêle un narcotique et que la bande des *Endormeurs* a rendu célèbre.

Il y a dans beaucoup de prisons des employés traîtres, mi-partis geôliers et voleurs, qui aident aux évasions, qui vendent à la police une domesticité infidèle, et qui font danser l'anse du panier à salade.

Dans cette même nuit donc, où le petit Gavroche avait recueilli les deux enfants errants, Brujon et Gueulemer, qui savaient que Babet, évadé le matin même, les attendait dans la rue ainsi que Montparnasse, se levèrent doucement et se mirent à percer avec le clou que Brujon avait trouvé le tuyau de cheminée auquel leurs lits touchaient. Les gravois tombaient sur le lit de Brujon, de sorte qu'on ne les entendait pas. Les giboulées mêlées de tonnerre ébranlaient les portes sur leurs gonds et faisaient dans la prison un vacarme affreux et utile. Ceux des prisonniers qui se réveillèrent firent semblant de se rendormir et laissèrent faire Gueulemer et Brujon. Brujon était adroit ; Gueulemer était vigoureux. Avant qu'aucun bruit fût parvenu au surveillant couché dans la cellule grillée qui avait jour sur le dortoir, le mur était percé, la cheminée escaladée, le treillis de fer qui fermait l'orifice supérieur du tuyau forcé, et les deux redoutables bandits sur le toit. La pluie et le vent redoublaient, le toit glissait.

— Quelle bonne sorgue pour une crampe * ! dit Brujon.

Un abîme de six pieds de large et de quatrevingts pieds de profondeur les séparait du mur de ronde. Au fond de

* Quelle bonne nuit pour une évasion !

cet abîme ils voyaient reluire dans l'obscurité le fusil d'un factionnaire. Ils attachèrent par un bout aux tronçons des barreaux de la cheminée qu'ils venaient de tordre la corde que Brujon avait filée dans son cachot, lancèrent l'autre bout par-dessus le mur de ronde, franchirent d'un bond l'abîme, se cramponnèrent au chevron du mur, l'enjambèrent, se laissèrent glisser l'un après l'autre le long de la corde sur un petit toit qui touche à la maison des bains, ramenèrent leur corde à eux, sautèrent dans la cour des bains, la traversèrent, poussèrent le vasistas du portier, auprès duquel pendait son cordon, tirèrent le cordon, ouvrirent la porte cochère, et se trouvèrent dans la rue.

Il n'y avait pas trois quarts d'heure qu'ils s'étaient levés debout sur leurs lits dans les ténèbres, leur clou à la main, leur projet dans la tête.

Quelques instants après ils avaient rejoint Babet et Montparnasse qui rôdaient dans les environs.

En tirant la corde à eux, ils l'avaient cassée, et il en était resté un morceau attaché à la cheminée sur le toit. Ils n'avaient du reste d'autre avarie que de s'être à peu près entièrement enlevé la peau des mains.

Cette nuit-là, Thénardier était prévenu, sans qu'on ait pu éclaircir de quelle façon, et ne dormait pas.

Vers une heure du matin, la nuit étant très noire, il vit passer sur le toit, dans la pluie et dans la bourrasque, devant la lucarne qui était vis-à-vis de sa cage, deux ombres. L'une s'arrêta à la lucarne le temps d'un regard. C'était Brujon. Thénardier le reconnut, et comprit. Cela lui suffit.

Thénardier, signalé comme escarpe et détenu sous prévention de guet-apens nocturne à main armée, était gardé à vue. Un factionnaire, qu'on relevait de deux heures en deux heures, se promenait le fusil chargé devant sa cage. Le Bel-Air était éclairé par une applique. Le prisonnier avait aux pieds une paire de fers du poids de cinquante livres. Tous les jours à quatre heures de l'après-midi, un gardien escorté de deux dogues, — cela se faisait encore ainsi à cette époque, — entrait dans sa cage, déposait près de son lit un pain noir de deux livres, une cruche d'eau et une écuelle pleine d'un bouillon assez maigre où nageaient quelques gourganes [3], visitait ses fers et frappait sur les barreaux. Cet homme avec ses dogues revenait deux fois dans la nuit.

Thénardier avait obtenu la permission de conserver une espèce de cheville en fer dont il se servait pour clouer son pain dans une fente de la muraille, « afin, disait-il, de le préserver des rats ». Comme on gardait Thénardier à vue, on n'avait point trouvé d'inconvénient à cette cheville. Cependant on se souvint plus tard qu'un gardien avait dit : — Il vaudrait mieux ne lui laisser qu'une cheville en bois.

À deux heures du matin on vint changer le factionnaire qui était un vieux soldat, et on le remplaça par un conscrit. Quelques instants après, l'homme aux chiens fit sa visite, et s'en alla sans avoir rien remarqué, si ce n'est la trop grande jeunesse et « l'air paysan » du « tourlou-rou ». Deux heures après, à quatre heures, quand on vint relever le conscrit, on le trouva endormi et tombé à terre comme un bloc près de la cage de Thénardier. Quant à Thénardier, il n'y était plus. Ses fers brisés étaient sur le carreau. Il y avait un trou au plafond de sa cage, et, au-dessus, un autre trou dans le toit. Une planche de son lit avait été arrachée et sans doute emportée, car on ne la retrouva point. On saisit aussi dans la cellule une bouteille à moitié vidée qui contenait le reste du vin stupéfiant avec lequel le soldat avait été endormi. La bayonnette du soldat avait disparu.

Au moment où ceci fut découvert, on crut Thénardier hors de toute atteinte. La réalité est qu'il n'était plus dans le Bâtiment-Neuf, mais qu'il était encore fort en danger.

Thénardier, en arrivant sur le toit du Bâtiment-Neuf, avait trouvé le reste de la corde de Brujon qui pendait aux barreaux de la trappe supérieure de la cheminée, mais ce bout cassé étant beaucoup trop court, il n'avait pu s'évader par-dessus le chemin de ronde comme avaient fait Brujon et Gueulemer.

Quand on détourne de la rue des Ballets dans la rue du Roi-de-Sicile, on rencontre presque tout de suite à droite

---

3. Fèves.

un enfoncement sordide. Il y avait là au siècle dernier une maison dont il ne reste plus que le mur de fond, véritable mur de masure qui s'élève à la hauteur d'un troisième étage entre les bâtiments voisins. Cette ruine est reconnaissable à deux grandes fenêtres carrées qu'on y voit encore ; celle du milieu, la plus proche du pignon de droite, est barrée d'une solive vermoulue ajustée en chevron d'étai. À travers ces fenêtres on distinguait autrefois une haute muraille lugubre qui était un morceau de l'enceinte du chemin de ronde de la Force.

Le vide que la maison démolie a laissé sur la rue est à moitié rempli par une palissade en planches pourries contre-butée de cinq bornes de pierre. Dans cette clôture se cache une petite baraque appuyée à la ruine restée debout. La palissade a une porte qui, il y a quelques années, n'était fermée que d'un loquet.

C'est sur la crête de cette ruine que Thénardier était parvenu un peu après trois heures du matin.

Comment était-il arrivé là ? C'est ce qu'on n'a jamais pu expliquer ni comprendre. Les éclairs avaient dû tout ensemble le gêner et l'aider. S'était-il servi des échelles et des échafaudages des couvreurs pour gagner de toit en toit, de clôture en clôture, de compartiment en compartiment, les bâtiments de la cour Charlemagne, puis les bâtiments de la cour Saint-Louis, le mur de ronde, et de là la masure sur la rue du Roi-de-Sicile ? Mais il y avait dans ce trajet des solutions de continuité qui semblaient le rendre impossible. Avait-il posé la planche de son lit comme un pont du toit du Bel-Air au mur du chemin de ronde, et s'était-il mis à ramper à plat ventre sur le chevron du mur de ronde tout autour de la prison jusqu'à la masure ? Mais le mur du chemin de ronde de la Force dessinait une ligne crénelée et inégale, il montait et descendait, il s'abaissait à la caserne des pompiers, il se relevait à la maison des bains, il était coupé par des constructions, il n'avait pas la même hauteur sur l'hôtel Lamoignon que sur la rue Pavée, il avait partout des chutes et des angles droits ; et puis les sentinelles auraient dû voir la sombre silhouette du fugitif ; de cette façon encore le chemin fait par Thénardier reste à peu près inexplicable. Des deux manières, fuite impossible. Thénardier, illuminé par cette effrayante soif de la liberté qui change les précipices en fossés, les grilles de fer en claies d'osier, un cul-de-jatte en athlète, un podagre en oiseau, la stupidité en instinct, l'instinct en intelligence, et l'intelligence en génie, Thénardier avait-il inventé et improvisé une troisième manière ? On ne l'a jamais su.

On ne peut pas toujours se rendre compte des merveilles de l'évasion. L'homme qui s'échappe, répétons-le, est un inspiré ; il y a de l'étoile et de l'éclair dans la mystérieuse lueur de la fuite ; l'effort vers la délivrance n'est pas moins surprenant que le coup d'aile vers le sublime ; et l'on dit d'un voleur évadé : Comment a-t-il fait pour escalader ce toit ? de même qu'on dit de Corneille : Où a-t-il trouvé *Qu'il mourût* ?

Quoi qu'il en soit, ruisselant de sueur, trempé par la pluie, les vêtements en lambeaux, les mains écorchées, les coudes en sang, les genoux déchirés, Thénardier était arrivé sur ce que les enfants, dans leur langue figurée, appellent *le coupant* du mur de la ruine, il s'y était couché tout de son long, et là, la force lui avait manqué. Un escarpement à pic de la hauteur d'un troisième étage le séparait du pavé de la rue.

La corde qu'il avait était trop courte.

Il attendait là, pâle, épuisé, désespéré de tout l'espoir qu'il avait eu, encore couvert par la nuit, mais se disant que le jour allait venir, épouvanté de l'idée d'entendre avant quelques instants sonner à l'horloge voisine de Saint-Paul quatre heures, heure où l'on viendrait relever la sentinelle et où on la trouverait endormie sous le toit percé, regardant avec stupeur, à une profondeur terrible, à la lueur des réverbères, le pavé mouillé et noir, ce pavé désiré et effroyable qui était la mort et qui était la liberté[4].

Il se demandait si ses trois complices d'évasion avaient réussi, s'ils l'avaient entendu, et s'ils viendraient à son aide. Il écoutait. Excepté une patrouille, personne n'avait

---

4. C. Baudouin a analysé cette angoisse de la chute, omniprésente chez Hugo et qu'on a vue s'emparer du marin sauvé par Jean Valjean (II, 2, 3 ; p. 518).

passé dans la rue depuis qu'il était là. Presque toute la descente des maraîchers de Montreuil, de Charonne, de Vincennes et de Bercy à la halle se fait par la rue Saint-Antoine.

Quatre heures sonnèrent. Thénardier tressaillit. Peu d'instants après, cette rumeur effarée et confuse qui suit une évasion découverte éclata dans la prison. Le bruit des portes qu'on ouvre et qu'on ferme, le grincement des grilles sur leurs gonds, le tumulte du corps de garde, les appels rauques des guichetiers, le choc des crosses de fusil sur le pavé des cours, arrivaient jusqu'à lui. Des lumières montaient et descendaient aux fenêtres grillées des dortoirs, une torche courait sur le comble du Bâtiment-Neuf, les pompiers de la caserne d'à côté avaient été appelés. Leurs casques, que la torche éclairait dans la pluie, allaient et venaient le long des toits. En même temps Thénardier voyait du côté de la Bastille une nuance blafarde blanchir lugubrement le bas du ciel.

Lui était sur le haut d'un mur de dix pouces de large, étendu sous l'averse, avec deux gouffres à droite et à gauche, ne pouvant bouger, en proie au vertige d'une chute possible et à l'horreur d'une arrestation certaine, et sa pensée, comme le battant d'une cloche, allait de l'une de ces idées à l'autre : — Mort si je tombe, pris si je reste.

Dans cette angoisse, il vit tout à coup, la rue étant encore tout à fait obscure, un homme qui se glissait le long des murailles et qui venait du côté de la rue Pavée s'arrêter dans le renfoncement au-dessus duquel Thénardier était comme suspendu. Cet homme fut rejoint par un second qui marchait avec la même précaution, puis par un troisième, puis par un quatrième. Quand ces hommes furent réunis, l'un d'eux souleva le loquet de la porte de la palissade, et ils entrèrent tous quatre dans l'enceinte où est la baraque. Ils se trouvaient précisément au-dessous de Thénardier. Ces hommes avaient évidemment choisi ce renfoncement pour pouvoir causer sans être vus des passants ni de la sentinelle qui garde le guichet de la Force à quelques pas de là. Il faut dire aussi que la pluie tenait cette sentinelle bloquée dans sa guérite. Thénardier, ne pouvant distinguer leurs visages, prêta l'oreille à leurs paroles avec l'attention désespérée d'un misérable qui se sent perdu.

Thénardier vit passer devant ses yeux quelque chose qui ressemblait à l'espérance, ces hommes parlaient argot.

Le premier disait bas, mais distinctement :

— Décarrons. Qu'est-ce que nous maquillons icigo * ?

Le second répondit :

— Il lansquine à éteindre le riffe du rabouin. Et puis les coqueurs vont passer, il y a là un grivier qui porte gaffe, nous allons nous faire emballer icicaille ** ?

Ces deux mots, *icigo* et *icicaille*, qui tous deux veulent dire *ici*, et qui appartiennent, le premier à l'argot des barrières, le second à l'argot du Temple, furent des traits de lumière pour Thénardier. À icigo il reconnut Brujon, qui était rôdeur de barrières, et à icicaille Babet, qui, parmi tous ses métiers, avait été revendeur au Temple.

L'antique argot du grand siècle ne se parle plus qu'au Temple, et Babet était le seul même qui le parlât bien purement. Sans *icicaille*, Thénardier ne l'aurait point reconnu, car il avait tout à fait dénaturé sa voix.

Cependant le troisième était intervenu.

— Rien ne presse encore, attendons un peu. Qu'est-ce qui nous dit qu'il n'a pas besoin de nous ?

À ceci, qui n'était que du français, Thénardier reconnut Montparnasse, lequel mettait son élégance à entendre tous les argots et à n'en parler aucun[5].

Quant au quatrième, il se taisait, mais ses vastes épaules le dénonçaient. Thénardier n'hésita pas. C'était Gueulemer.

---

* Allons-nous-en. Qu'est-ce que nous faisons ici ?

** Il pleut à éteindre le feu du diable. Et puis les gens de police vont passer. Il y a là un soldat qui fait sentinelle. Nous allons nous faire arrêter ici.

---

5. L'auteur n'est pas si snob. Mais lorsqu'il passe de l'argot du dévouement à celui du crime, le roman tend à devenir impossible, écartelé qu'on le voit entre deux textes dont l'un est inintelligible et l'autre impropre (note générale 40).

Brujon répliqua presque impétueusement, mais toujours à voix basse :

— Qu'est-ce que tu nous bonis là ? Le tapissier n'aura pas pu tirer sa crampe. Il ne sait pas le truc, quoi ! Bouliner sa limace et faucher ses empaffes pour maquiller une tortouse, caler des boulins aux lourdes, braser des faffes, maquiller des caroubles, faucher les durs, balancer sa tortouse dehors, se planquer, se camouffler, il faut être mariol ! Le vieux n'aura pas pu, il ne sait pas goupiner * !

Babet ajouta, toujours dans ce sage argot classique que parlaient Poulailler et Cartouche, et qui est à l'argot hardi, nouveau, coloré et risqué dont usait Brujon ce que la langue de Racine est à la langue d'André Chénier :

— Ton orgue tapissier aura été fait marron dans l'escalier. Il faut être arcasien. C'est un galifard. Il se sera laissé jouer l'harnache par un roussin, peut-être même par un roussi, qui lui aura battu comtois. Prête l'oche, Montparnasse, entends-tu ces criblements dans le collége ? Tu as vu toutes ces camoufles. Il est tombé, va ! Il en sera quitte pour tirer ses vingt longes. Je n'ai pas taf, je ne suis pas un taffeur, c'est colombé, mais il n'y a plus qu'à faire les lézards, ou autrement on nous la fera gambiller. Ne renaude pas, viens avec nousiergue. Allons picter une rouillarde encible **.

— On ne laisse pas les amis dans l'embarras, grommela Montparnasse.

— Je te bonis qu'il est malade, reprit Brujon ! À

---

* Qu'est-ce que tu nous dis là ? L'aubergiste n'a pas pu s'évader. Il ne sait pas le métier, quoi ! Déchirer sa chemise et couper ses draps de lit pour faire une corde, faire des trous aux portes, fabriquer des faux papiers, faire des fausses clefs, couper ses fers, suspendre sa corde dehors, se cacher, se déguiser, il faut être malin. Le vieux n'aura pas pu, il ne sait pas travailler.

** Ton aubergiste aura été pris sur le fait. Il faut être malin. C'est un apprenti. Il se sera laissé duper par un mouchard, peut-être même par un mouton, qui aura fait le compère. Écoute, Montparnasse, entends-tu ces cris dans la prison ? Tu as vu toutes ces chandelles. Il est repris, va ! Il en sera quitte pour faire ses vingt ans. Je n'ai pas peur, je ne suis pas un poltron, c'est connu, mais il n'y a plus qu'à fuir, ou autrement on nous la fera danser. Ne te fâche pas, viens avec nous, allons boire une bouteille de vieux vin ensemble.

l'heure qui toque, le tapissier ne vaut pas une broque ! Nous n'y pouvons rien. Décarrons. Je crois à tout moment qu'un cogne me cintre en pogne * !

Montparnasse ne résistait plus que faiblement ; le fait est que ces quatre hommes, avec cette fidélité qu'ont les bandits de ne jamais s'abandonner entre eux, avaient rôdé toute la nuit autour de la Force, quel que fût le péril, dans l'espérance de voir surgir au haut de quelque muraille Thénardier. Mais la nuit qui devenait vraiment trop belle, c'était une averse à rendre toutes les rues désertes, le froid qui les gagnait, leurs vêtements trempés, leurs chaussures percées, le bruit inquiétant qui venait d'éclater dans la prison, les heures écoulées, les patrouilles rencontrées, l'espoir qui s'en allait, la peur qui revenait, tout cela les poussait à la retraite. Montparnasse lui-même, qui était peut-être un peu le gendre de Thénardier, cédait[6]. Un moment de plus, ils étaient partis. Thénardier haletait sur son mur comme les naufragés de la *Méduse* sur leur radeau en voyant le navire apparu s'évanouir à l'horizon.

Il n'osait les appeler, un cri entendu pouvait tout perdre, il eut une idée, une dernière, une lueur ; il prit dans sa poche le bout de la corde de Brujon qu'il avait détaché de la cheminée du Bâtiment-Neuf, et le jeta dans l'enceinte de la palissade.

Cette corde tomba à leurs pieds.

— Une veuve ** ! dit Babet.

— Ma tortouse *** ! dit Brujon.

— L'aubergiste est là, dit Montparnasse.

Ils levèrent les yeux. Thénardier avança un peu la tête.

— Vite ! dit Montparnasse, as-tu l'autre bout de la corde, Brujon ?

---

* Je te dis qu'il est repris. À l'heure qu'il est, l'aubergiste ne vaut pas un liard. Nous n'y pouvons rien. Allons-nous-en. Je crois à tout moment qu'un sergent de ville me tient dans sa main.
** Une corde (argot du Temple).
*** Ma corde (argot des barrières).

---

6. Une des rares et inquiétantes indications sur les relations d'Éponine et de Montparnasse : petit roman de la misère qu'on ne saura jamais, voir note générale 20.

— Oui.

— Noue les deux bouts ensemble, nous lui jetterons la corde, il la fixera au mur, il en aura assez pour descendre.

Thénardier se risqua à élever la voix.

— Je suis transi.

— On te réchauffera.

— Je ne puis plus bouger.

— Tu te laisseras glisser, nous te recevrons.

— J'ai les mains gourdes.

— Noue seulement la corde au mur.

— Je ne pourrai pas.

— Il faut que l'un de nous monte, dit Montparnasse.

— Trois étages ! fit Brujon.

Un ancien conduit en plâtre, lequel avait servi à un poêle qu'on allumait jadis dans la baraque, rampait le long du mur et montait presque jusqu'à l'endroit où l'on apercevait Thénardier. Ce tuyau, alors fort lézardé et tout crevassé, est tombé depuis, mais on en voit encore les traces. Il était fort étroit.

— On pourrait monter par là, fit Montparnasse.

— Par ce tuyau ? s'écria Babet, un orgue * jamais ! il faudrait un mion **.

— Il faudrait un môme ***, reprit Brujon.

— Où trouver un moucheron ? dit Gueulemer.

— Attendez, dit Montparnasse. J'ai l'affaire.

Il entr'ouvrit doucement la porte de la palissade, s'assura qu'aucun passant ne traversait la rue, sortit avec précaution, referma la porte derrière lui, et partit en courant dans la direction de la Bastille.

Sept ou huit minutes s'écoulèrent, huit mille siècles, pour Thénardier ; Babet, Brujon et Gueulemer ne desserraient pas les dents ; la porte se rouvrit enfin, et Montparnasse parut, essoufflé, et amenant Gavroche. La pluie continuait de faire la rue complétement déserte.

Le petit Gavroche entra dans l'enceinte et regarda ces

---

* Un homme.
** Un enfant (argot du Temple).
*** Un enfant (argot des barrières).

figures de bandits d'un air tranquille. L'eau lui dégouttait des cheveux. Gueulemer lui adressa la parole.

— Mioche, es-tu un homme ?

Gavroche haussa les épaules et répondit :

— Un môme comme mézig est un orgue, et des orgues comme vousailles sont des mômes *.

— Comme le mion joue du crachoir ** ! s'écria Babet.

— Le môme pantinois n'est pas maquillé de fertile lansquinée ***, ajouta Brujon.

— Qu'est-ce qu'il vous faut ? dit Gavroche.

Montparnasse répondit :

— Grimper par ce tuyau.

— Avec cette veuve ****, fit Babet.

— Et ligoter la tortouse *****, continua Brujon.

— Au monté du montant ******, reprit Babet.

— Au pieu de la vanterne *******, ajouta Bruchon.

— Et puis ? dit Gavroche.

— Voilà ! dit Gueulemer.

Le gamin examina la corde, le tuyau, le mur, les fenêtres, et fit cet inexprimable et dédaigneux bruit des lèvres qui signifie :

— Que ça !

— Il y a un homme là-haut que tu sauveras, reprit Montparnasse.

— Veux-tu ? reprit Brujon,

— Serin ! répondit l'enfant comme si la question lui paraissait inouïe ; et il ôta ses souliers.

Gueulemer saisit Gavroche d'un bras, le posa sur le toit de la baraque, dont les planches vermoulues pliaient sous le poids de l'enfant, et lui remit la corde que Brujon avait renouée pendant l'absence de Montparnasse. Le gamin se dirigea vers le tuyau où il était facile d'entrer

---

* Un enfant comme moi est un homme et des hommes comme vous sont des enfants.
** Comme l'enfant a la langue bien pendue !
*** L'enfant de Paris n'est pas fait en paille mouillée.
**** Cette corde.
***** Attacher la corde.
****** Au haut du mur.
******* À la traverse de la fenêtre.

grâce à une large crevasse qui touchait au toit. Au moment où il allait monter, Thénardier, qui voyait le salut et la vie s'approcher, se pencha au bord du mur ; la première lueur du jour blanchissait son front inondé de sueur, ses pommettes livides, son nez effilé et sauvage, sa barbe grise toute hérissée, et Gavroche le reconnut.

— Tiens ! dit-il, c'est mon père !... Oh ! cela n'empêche pas [7].

Et prenant la corde dans ses dents, il commença résolûment l'escalade.

Il parvint au haut de la masure, enfourcha le vieux mur comme un cheval, et noua solidement la corde à la traverse supérieure de la fenêtre.

Un moment après, Thénardier était dans la rue.

Dès qu'il eut touché le pavé, dès qu'il se sentit hors de danger, il ne fut plus ni fatigué, ni transi, ni tremblant ; les choses terribles dont il sortait s'évanouirent comme une fumée, toute cette étrange et féroce intelligence se réveilla, et se trouva debout et libre, prête à marcher devant elle. Voici quel fut le premier mot de cet homme :

— Maintenant, qui allons-nous manger ?

Il est inutile d'expliquer le sens de ce mot affreusement transparent qui signifie tout à la fois tuer, assassiner et dévaliser. *Manger*, sens vrai : *dévorer*.

— Rencognons-nous bien, dit Brujon. Finissons en trois mots, et nous nous séparerons tout de suite. Il y avait une affaire qui avait l'air bonne rue Plumet, une rue déserte, une maison isolée, une vieille grille pourrie sur un jardin, des femmes seules.

---

7. Ce mot d'auteur est profond, parce qu'on ignore où s'arrête l'antiphrase. Il met en question la paternité (voir note générale 36) mais aussi l'entraide elle-même. Est-ce la solidarité humaine qui, pour Gavroche, doit l'emporter sur les obstacles que le lien familial lui oppose ? ou la solidarité des misérables ? Ou est-ce celle du crime ?

Ni l'une ni l'autre sans doute : cela se fait « simplement ». Gavroche agit, comme Jean Valjean envers ses neveux (I, 2, 6 ; pp. 130-131), sans complicité ni condamnation, avec la non-responsabilité de l'enfance (voir note générale 18) et de la misère (voir III, 1, 7, note 2, p. 805 et note générale 9).

— Eh bien ! pourquoi pas ? demanda Thénardier.

— Ta fée *, Éponine, a été voir la chose, répondit Babet.

— Et elle a apporté un biscuit à Magnon, ajouta Gueulemer. Rien à maquiller là **.

— La fée n'est pas loffe ***, fit Thénardier. Pourtant il faudra voir.

— Oui, oui, dit Brujon, il faudra voir.

Cependant aucun de ces hommes n'avait plus l'air de voir Gavroche qui, pendant ce colloque, s'était assis sur une des bornes de la palissade ; il attendit quelques instants, peut-être que son père se tournât vers lui, puis il remit ses souliers, et dit :

— C'est fini ? vous n'avez plus besoin de moi, les hommes ? vous voilà tirés d'affaire. Je m'en vas. Il faut que j'aille lever mes mômes.

Et il s'en alla.

Les cinq hommes sortirent l'un après l'autre de la palissade.

Quand Gavroche eut disparu au tournant de la rue des Ballets, Babet prit Thénardier à part.

— As-tu regardé ce mion ? lui demanda-t-il.

— Quel mion ?

— Le mion qui a grimpé au mur et t'a porté la corde.

— Pas trop.

— Eh bien, je ne sais pas, mais il me semble que c'est ton fils.

— Bah ! dit Thénardier, crois-tu ?

* Ta fille.
** Rien à faire là.
*** Bête.

LIVRE SEPTIÈME

L'ARGOT [1]

---

1. Sur ce livre et sur la valeur de l'argot, voir note générale 40 et Bibliographie.

I

ORIGINE [1]

Pigritia [2] est un mot terrible.

Il engendre un monde, *la pègre*, lisez *le vol*, et un enfer, *la pégrenne*, lisez *la faim*.

Ainsi la paresse est mère.

Elle a un fils, le vol, et une fille, la faim.

Où sommes-nous en ce moment ? Dans l'argot.

Qu'est-ce que l'argot ? C'est tout à la fois la nation et l'idiome ; c'est le vol sous ses deux espèces, peuple et langue.

Lorsqu'il y a trente-quatre ans le narrateur de cette grave et sombre histoire introduisait au milieu d'un ouvrage écrit dans le même but que celui-ci * un voleur parlant argot, il y eut ébahissement et clameur.

— Quoi ! comment ! l'argot ? Mais l'argot est affreux ! mais c'est la langue des chiourmes, des bagnes, des prisons, de tout ce que la société a de plus abominable ! etc., etc., etc.

Nous n'avons jamais compris ce genre d'objections.

Depuis, deux puissants romanciers, dont l'un est un profond observateur du cœur humain, l'autre un intrépide

---

* *Le Dernier Jour d'un condamné.*

---

1. La documentation de Hugo est faite, pour l'essentiel, des livres de Vidocq (*Mémoires* et *Les Voleurs*) et des *Mémoires d'un forban philosophe*, ouvrage anonyme paru en 1829 et dépouillé pour lui par Léonie. Mais beaucoup de notes (Carnets, *Choses vues*) témoignent de son intérêt pour la langue populaire et de son attention auditive.

2. Paresse, en latin.

ami du peuple, Balzac et Eugène Sue[3], ayant fait parler des bandits dans leur langue naturelle comme l'avait fait en 1828 l'auteur du *Dernier Jour d'un condamné*, les mêmes réclamations se sont élevées. On a répété : — Que nous veulent les écrivains avec ce révoltant patois ? l'argot est odieux ! l'argot fait frémir !

Qui le nie ? Sans doute.

Lorsqu'il s'agit de sonder une plaie, un gouffre ou une société, depuis quand est-ce un tort de descendre trop avant, d'aller au fond ? Nous avions toujours pensé que c'était quelquefois un acte de courage, et tout au moins une action simple et utile, digne de l'attention sympathique que mérite le devoir accepté et accompli. Ne pas tout explorer, ne pas tout étudier, s'arrêter en chemin, pourquoi ? S'arrêter est le fait de la sonde et non du sondeur.

Certes, aller chercher dans les bas-fonds de l'ordre social, là où la terre finit et où la boue commence, fouiller dans ces vagues épaisses, poursuivre, saisir et jeter tout palpitant sur le pavé cet idiome abject qui ruisselle de fange ainsi tiré au jour, ce vocabulaire pustuleux dont chaque mot semble un anneau immonde d'un monstre de la vase et des ténèbres, ce n'est ni une tâche attrayante ni une tâche aisée. Rien n'est plus lugubre que de contempler ainsi à nu, à la lumière de la pensée, le fourmillement effroyable de l'argot. Il semble en effet que ce soit une sorte d'horrible bête faite pour la nuit qu'on vient d'arracher de son cloaque. On croit voir une affreuse broussaille vivante et hérissée qui tressaille, se meut, s'agite, redemande l'ombre, menace et regarde. Tel mot ressemble à une griffe, tel autre à un œil éteint et sanglant ; telle phrase semble remuer comme une pince de crabe. Tout cela vit de cette vitalité hideuse des choses qui se sont organisées dans la désorganisation.

Maintenant, depuis quand l'horreur exclut-elle l'étude ?

---

3. Balzac dans *Splendeurs et Misères des courtisanes* en particulier, qui contient une digression analogue à celle-ci, quoique moins vaste, sur l'argot (voir Bibliographie) ; E. Sue dans *Les Mystères de Paris*.

depuis quand la maladie chasse-t-elle le médecin ? Se
figure-t-on un naturaliste qui refuserait d'étudier la vipère,
la chauve-souris, le scorpion, la scolopendre, la tarentule,
et qui les rejetterait dans leurs ténèbres en disant : Oh ! que
c'est laid ! Le penseur qui se détournerait de l'argot res-
semblerait à un chirurgien qui se détournerait d'un ulcère
ou d'une verrue. Ce serait un philologue hésitant à examiner un fait de la langue, un philosophe hésitant à scruter un
fait de l'humanité. Car, il faut bien le dire à ceux qui l'ignorent, l'argot est tout ensemble un phénomène littéraire et
un résultat social [4]. Qu'est-ce que l'argot proprement dit ?
L'argot est la langue de la misère.

   Ici on peut nous arrêter, on peut généraliser le fait, ce
qui est quelquefois une manière de l'atténuer, on peut
nous dire que tous les métiers, toutes les professions, on
pourrait presque ajouter tous les accidents de la hiérarchie
sociale et toutes les formes de l'intelligence, ont leur
argot. Le marchand qui dit : *Montpellier disponible ;
Marseille belle qualité*, l'agent de change qui dit : *report,
prime, fin courant*, le joueur qui dit : *tiers et tout, refait de
pique*, l'huissier des îles normandes qui dit : *l'affieffeur
s'arrêtant à son fonds ne peut clâmer les fruits de ce
fonds pendant la saisie héréditale des immeubles du
renonciateur*, le vaudevilliste qui dit : *on a égayé
l'ours* *, le comédien qui dit : *j'ai fait four*, le philosophe
qui dit : *triplicité phénoménale*, le chasseur qui dit : *voileci allais, voileci fuyant*, le phrénologue qui dit : *amati-
vité, combativité, sécrétivité*, le fantassin qui dit : *ma
clarinette*, le cavalier qui dit : *mon poulet d'Inde*, le
maître d'armes qui dit : *tierce, quarte, rompez*, l'imprimeur qui dit : *parlons batio*, tous, imprimeur, maître

---

* On a sifflé la pièce.

---

   4. Médecine, philologie, philosophie : le roman se définit ici, et
plus loin pp. 1350-1354, comme un savoir, mais pluriel et inclas-
sable, et comme un savoir actif. Retour, après correction, à la première définition qu'il donne de lui et préparation, après une
caractérisation apparemment spiritualiste, d'une conclusion militante.
Comparer les textes I, 2, 7 et I, 7, 3 ; pp. 139-140 et 320-321 ; II, 7,
1 ; p. 705 et, ci-dessous, V, 1, 20 ; pp. 1663-1664.

d'armes, cavalier, fantassin, phrénologue, chasseur, philosophe, comédien, vaudevilliste, huissier, joueur, agent de
change, marchand, parlent argot. Le peintre qui dit : *mon
rapin*, le notaire qui dit : *mon saute-ruisseau*, le perruquier qui dit : *mon commis*, le savetier qui dit : *mon gniaf*,
parlent argot. À la rigueur, et si on le veut absolument,
toutes ces façons diverses de dire la droite et la gauche,
le matelot *bâbord* et *tribord*, le machiniste, *côté-cour* et
côté-jardin, le bedeau, *côté de l'épître* et *côté de l'évangile*, sont de l'argot. Il y a l'argot des mijaurées comme
il y a eu l'argot des précieuses. L'hôtel de Rambouillet
confinait quelque peu à la Cour des Miracles. Il y a l'argot des duchesses, témoin cette phrase écrite dans un billet doux par une très grande dame et très jolie femme de
la restauration : « Vous trouverez dans ces potains-là une
foultitude de raisons pour que je me libertise * » Les
chiffres diplomatiques sont de l'argot ; la chancellerie
pontificale, en disant 26 pour *Rome, grkzintgzyal* pour
envoi et *abfxustgrnogrkzu tu* XI pour *duc de Modène*,
parle argot. Les médecins du moyen âge qui, pour dire
carotte, radis et navet, disaient : *opoponach, perfroschi-
num, reptitalmus, dracatholicum angelorum, postmego-
rum*, parlaient argot. Le fabricant de sucre qui dit :
*vergeoise, tête, claircé, tape, lumps, mélis, bâtarde,
commun, brûlé, plaque*, cet honnête manufacturier parle
argot. Une certaine école de critique d'il y a vingt ans qui
disait : — *La moitié de Shakspeare est jeux de mots et
calembours*, — parlait argot. Le poëte et l'artiste qui,
avec un sens profond, qualifieront M. de Montmorency
« un bourgeois », s'il ne se connaît pas en vers et en statues, parlent argot. L'académicien classique qui appelle
les fleurs *Flore*, les fruits *Pomone*, la mer *Neptune*,
l'amour *les feux*, la beauté *les appas*, un cheval *un cour-
sier*, la cocarde blanche ou tricolore *la rose de Bellone*, le
chapeau à trois cornes *le triangle de Mars*, l'académicien
classique parle argot. L'algèbre, la médecine, la bota-
nique, ont leur argot. La langue qu'on emploie à bord,

---

* Vous trouverez dans ces commérages-là une multitude de raisons pour que je prenne ma liberté.

cette admirable langue de la mer, si complète et si pittoresque, qu'ont parlée Jean Bart, Duquesne, Suffren et Duperré, qui se mêle au sifflement des agrès, au bruit des porte-voix, au choc des haches d'abordage, au roulis, au vent, à la rafale, au canon, est tout un argot héroïque et éclatant qui est au farouche argot de la pègre ce que le lion est au chacal.

Sans doute. Mais, quoi qu'on en puisse dire, cette façon de comprendre le mot argot est une extension, que tout le monde même n'admettra pas. Quant à nous, nous conservons à ce mot sa vieille acception précise, circonscrite et déterminée, et nous restreignons l'argot à l'argot. L'argot véritable, l'argot par excellence, si ces deux mots peuvent s'accoupler, l'immémorial argot qui était un royaume, n'est autre chose, nous le répétons, que la langue laide, inquiète, sournoise, traître, venimeuse, cruelle, louche, vile, profonde, fatale, de la misère. Il y a, à l'extrémité de tous les abaissements et de toutes les infortunes, une dernière misère qui se révolte et qui se décide à entrer en lutte contre l'ensemble des faits heureux et des droits régnants ; lutte affreuse où, tantôt rusée, tantôt violente, à la fois malsaine et féroce, elle attaque l'ordre social à coups d'épingle par le vice et à coups de massue par le crime. Pour les besoins de cette lutte, la misère a inventé une langue de combat qui est l'argot.

Faire surnager et soutenir au-dessus de l'oubli, au-dessus du gouffre, ne fût-ce qu'un fragment d'une langue quelconque que l'homme a parlée et qui se perdrait, c'est-à-dire un des éléments, bons ou mauvais, dont la civilisation se compose ou se complique, c'est étendre les données de l'observation sociale, c'est servir la civilisation même. Ce service, Plaute l'a rendu, le voulant ou ne le voulant pas, en faisant parler le phénicien à deux soldats carthaginois[5] ; ce service, Molière l'a rendu, en faisant parler le levantin et toutes sortes de patois à tant de ses personnages. Ici les objections se raniment. Le phénicien, à merveille ! le levantin, à la bonne heure ! même le patois, passe ! ce sont des langues qui ont appartenu à des

---

5. Dans la comédie *Poenulus* : « Le Carthaginois ».

nations ou à des provinces ; mais l'argot ? à quoi bon conserver l'argot ? à quoi bon « faire surnager » l'argot ?

À cela nous ne répondrons qu'un mot. Certes, si la langue qu'a parlée une nation ou une province est digne d'intérêt, il est une chose plus digne encore d'attention et d'étude, c'est la langue qu'a parlée une misère.

C'est la langue qu'a parlée en France, par exemple, depuis plus de quatre siècles, non seulement une misère, mais la misère, toute la misère humaine possible.

Et puis, nous y insistons, étudier les difformités et les infirmités sociales et les signaler pour les guérir, ce n'est point une besogne où le choix soit permis. L'historien des mœurs et des idées n'a pas une mission moins austère que l'historien des événements. Celui-ci a la surface de la civilisation, les luttes des couronnes, les naissances de princes, les mariages de rois, les batailles, les assemblées, les grands hommes publics, les révolutions au soleil, tout le dehors ; l'autre historien à l'intérieur, le fond, le peuple qui travaille, qui souffre et qui attend, la femme accablée, l'enfant qui agonise, les guerres sourdes d'homme à homme, les férocités obscures, les préjugés, les iniquités convenues, les contre-coups souterrains de la loi, les évolutions secrètes des âmes, les tressaillements indistincts des multitudes, les meurt-de-faim, les va-nu-pieds, les bras-nus, les déshérités, les orphelins, les malheureux et les infâmes, toutes les larves qui errent dans l'obscurité. Il faut qu'il descende, le cœur plein de charité et de sévérité à la fois, comme un frère et comme un juge, jusqu'à ces casemates impénétrables où rampent pêle-mêle ceux qui saignent et ceux qui frappent, ceux qui pleurent et ceux qui maudissent, ceux qui jeûnent et ceux qui dévorent, ceux qui endurent le mal et ceux qui le font. Ces historiens des cœurs et des âmes ont-ils des devoirs moindres que les historiens des faits extérieurs ? Croit-on qu'Alighieri ait moins de choses à dire que Machiavel ? Le dessous de la civilisation, pour être plus profond et plus sombre, est-il moins important que le dessus ? Connaît-on bien la montagne quand on ne connaît pas la caverne ?

Disons-le du reste en passant, de quelques mots de ce

qui précède on pourrait inférer entre les deux classes d'historiens une séparation tranchée qui n'existe pas dans notre esprit. Nul n'est bon historien de la vie patente, visible, éclatante et publique des peuples s'il n'est en même temps, dans une certaine mesure, historien de leur vie profonde et cachée ; et nul n'est bon historien du dedans s'il ne sait être, toutes les fois que besoin est, historien du dehors. L'histoire des mœurs et des idées pénètre l'histoire des événements, et réciproquement. Ce sont deux ordres de faits différents qui se répondent, qui s'enchaînent toujours et s'engendrent souvent. Tous les linéaments que la providence trace à la surface d'une nation ont leurs parallèles sombres, mais distincts, dans le fond, et toutes les convulsions du fond produisent des soulèvements à la surface. La vraie histoire étant mêlée à tout, le véritable historien se mêle de tout.

L'homme n'est pas un cercle à un seul centre ; c'est une ellipse à deux foyers [6]. Les faits sont l'un, les idées sont l'autre.

L'argot n'est autre chose qu'un vestiaire où la langue, ayant quelque mauvaise action à faire, se déguise. Elle s'y revêt de mots masques et de métaphores haillons.

De la sorte elle devient horrible.

On a peine à la reconnaître. Est-ce bien la langue française, la grande langue humaine ? La voilà prête à entrer en scène et à donner au crime la réplique, et propre à tous les emplois du répertoire du mal. Elle ne marche plus, elle clopine ; elle boite sur la béquille de la Cour des miracles, béquille métamorphosable en massue ; elle se nomme truanderie ; tous les spectres, ses habilleurs, l'ont grimée ; elle se traîne et se dresse, double allure du reptile. Elle est apte à tous les rôles désormais, faite louche par le faussaire, vert-de-grisée par l'empoisonneur, charbonnée de la suie de l'incendiaire ; et le meurtrier lui met son rouge.

Quand on écoute, du côté des honnêtes gens, à la porte de la société, on surprend le dialogue de ceux qui sont

---

6. Cette définition de l'ubiquité de l'homme est aussi la meilleure qu'on puisse donner de la conscience (voir note générale 23).

dehors. On distingue des demandes et des réponses. On perçoit, sans le comprendre, un murmure hideux, sonnant presque comme l'accent humain, mais plus voisin du hurlement que de la parole. C'est l'argot. Les mots sont difformes, et empreints d'on ne sait quelle bestialité fantastique. On croit entendre des hydres parler.

C'est l'inintelligible dans le ténébreux. Cela grince et cela chuchote, complétant le crépuscule par l'énigme. Il fait noir dans le malheur, il fait plus noir encore dans le crime ; ces deux noirceurs amalgamées composent l'argot. Obscurité dans l'atmosphère, obscurité dans les actes, obscurité dans les voix. Épouvantable langue crapaude qui va, vient, sautèle, rampe, bave, et se meut monstrueusement dans cette immense brume grise faite de pluie, de nuit, de faim, de vice, de mensonge, d'injustice, de nudité, d'asphyxie et d'hiver, plein midi des misérables.

Ayons compassion des châtiés. Hélas ! qui sommes-nous nous-mêmes ? qui suis-je, moi qui vous parle ? qui êtes-vous, vous qui m'écoutez ? d'où venons-nous ? et est-il bien sûr que nous n'ayons rien fait avant d'être nés ? La terre n'est point sans ressemblance avec une geôle. Qui sait si l'homme n'est pas un repris de justice divine ?[7]

Regardez la vie de près. Elle est ainsi faite qu'on y sent partout de la punition.

Êtes-vous ce qu'on appelle un heureux ? Eh bien, vous êtes triste tous les jours. Chaque jour a son grand chagrin ou son petit souci. Hier, vous trembliez pour une santé qui vous est chère, aujourd'hui vous craignez pour la vôtre ; demain ce sera une inquiétude d'argent, après-demain la diatribe d'un calomniateur, l'autre après-demain le malheur d'un ami ; puis le temps qu'il fait, puis quelque chose de cassé ou de perdu, puis un plaisir que la

---

7. Ceci, qui donne valeur allégorique à l'histoire de Jean Valjean, rejoint la théorie hugolienne de l'enfance — voir note générale 18 — mais aussi une image du destin des hommes souvent formulée par Hugo : dans *Ce que dit la bouche d'ombre* ou dans l'inscription de Hauteville-House, *Exilium vita est* : « La vie est un exil. »

conscience et la colonne vertébrale vous reprochent ; une autre fois, la marche des affaires publiques. Sans compter les peines de cœur. Et ainsi de suite. Un nuage se dissipe, un autre se reforme. À peine un jour sur cent de pleine joie et de plein soleil. Et vous êtes de ce petit nombre qui a le bonheur ! Quant aux autres hommes, la nuit stagnante est sur eux.

Les esprits réfléchis usent peu de cette locution : les heureux et les malheureux. Dans ce monde, vestibule d'un autre évidemment, il n'y a pas d'heureux.

La vraie division humaine est celle-ci : les lumineux et les ténébreux [8].

Diminuer le nombre des ténébreux, augmenter le nombre des lumineux, voilà le but. C'est pourquoi nous crions : enseignement ! science ! Apprendre à lire, c'est allumer du feu ; toute syllabe épelée étincelle.

Du reste qui dit lumière ne dit pas nécessairement joie. On souffre dans la lumière ; l'excès brûle. La flamme est ennemie de l'aile. Brûler sans cesser de voler, c'est là le prodige du génie.

Quand vous connaîtrez et quand vous aimerez, vous souffrirez encore. Le jour naît en larmes. Les lumineux pleurent, ne fût-ce que sur les ténébreux.

II

RACINES

L'argot, c'est la langue des ténébreux.

La pensée est émue dans ses plus sombres profondeurs, la philosophie sociale est sollicitée à ses méditations les plus poignantes, en présence de cet énigmatique dialecte

---

8. La substitution de ce couple au précédent permet de refuser la bipartition riches/pauvres ou société/misère et, en la conservant pourtant, d'aboutir à une tripartition : heureux ténébreux (la société) / ténébreux malheureux / lumineux souffrant avec ces derniers.

à la fois flétri et révolté. C'est là qu'il y a du châtiment visible. Chaque syllabe y a l'air marquée. Les mots de la langue vulgaire y apparaissent comme froncés et racornis sous le fer rouge du bourreau. Quelques-uns semblent fumer encore. Telle phrase vous fait l'effet de l'épaule fleurdelysée d'un voleur brusquement mise à nu. L'idée refuse presque de se laisser exprimer par ces substantifs repris de justice. La métaphore y est parfois si effrontée qu'on sent qu'elle a été au carcan.

Du reste, malgré tout cela et à cause de tout cela, ce patois étrange a de droit son compartiment dans ce grand casier impartial où il y a place pour le liard oxydé comme pour la médaille d'or, et qu'on nomme la littérature. L'argot, qu'on y consente ou non, a sa syntaxe et sa poésie[1]. C'est une langue. Si, à la difformité de certains vocables, on reconnaît qu'elle a été mâchée par Mandrin, à la splendeur de certaines métonymies, on sent que Villon l'a parlée.

Ce vers si exquis et si célèbre :

Mais où sont les neiges d'antan ?

est un vers d'argot. Antan — *ante annum* — est un mot de l'argot de Thunes qui signifiait *l'an passé* et par extension *autrefois*[2]. On pouvait encore lire il y a trente-cinq ans, à l'époque du départ de la grande chaîne de 1827, dans un des cachots de Bicêtre, cette maxime gravée au clou sur le mur par un roi de Thunes condamné aux galères : *Les dabs d'antan trimaient siempre pour la pierre du coësre*. Ce qui veut dire : *Les rois d'autrefois allaient toujours se faire sacrer*. Dans la pensée de ce roi-là, le sacre c'était le bagne.

Le mot *décarade*, qui exprime le départ d'une lourde voiture au galop, est attribué à Villon[3], et il en est digne.

---

1. On glisse dès lors de la poésie en argot à la poésie de l'argot (note générale 40).

2. Quoiqu'il soit employé à la même époque — Hugo le sait sans doute — par Froissart, peu suspect d'écrire l'argot.

3. Référence non retrouvée, jusqu'à présent.

Ce mot, qui fait feu des quatre pieds, résume dans une onomatopée magistrale tout l'admirable vers de La Fontaine :

　　　　Six forts chevaux tiraient un coche.

Au point de vue purement littéraire, peu d'études seraient plus curieuses et plus fécondes que celle de l'argot. C'est toute une langue dans la langue, une sorte d'excroissance maladive, une greffe malsaine qui a produit une végétation, un parasite qui a ses racines dans le vieux tronc gaulois et dont le feuillage sinistre rampe sur tout un côté de la langue. Ceci est ce qu'on pourrait appeler le premier aspect, l'aspect vulgaire de l'argot. Mais, pour ceux qui étudient la langue ainsi qu'il faut l'étudier, c'est-à-dire comme les géologues étudient la terre, l'argot apparaît comme une véritable alluvion. Selon qu'on y creuse plus ou moins avant, on trouve dans l'argot, au-dessous du vieux français populaire, le provençal, l'espagnol, de l'italien, du levantin, cette langue des ports de la Méditerranée, de l'anglais et de l'allemand, du roman dans ses trois variétés, roman français, roman italien, roman roman, du latin, enfin du basque et du celte. Formation profonde et bizarre. Édifice souterrain bâti en commun par tous les misérables. Chaque race maudite a déposé sa couche, chaque souffrance a laissé tomber sa pierre, chaque cœur a donné son caillou. Une foule d'âmes mauvaises, basses ou irritées, qui ont traversé la vie et sont allées s'évanouir dans l'éternité, sont là presque entières et en quelque sorte visibles encore sous la forme d'un mot monstrueux.

Veut-on de l'espagnol ? le vieil argot gothique en fourmille. Voici *boffette*, soufflet, qui vient de *bofeton* ; *vantane*, fenêtre (plus tard vanterne), qui vient de *vantana* ; *gat*, chat, qui vient de *gato* ; *acite*, huile, qui vient de *aceyte*. Veut-on de l'italien ? Voici *spade*, épée, qui vient de *spada* ; *carvel*, bateau, qui vient de *caravella*. Veut-on de l'anglais ? Voici le *bichot*, l'évêque, qui vient de *bishop* ; *raille*, espion, qui vient de *rascal, rascalion*, coquin ; *pilche*, étui, qui vient de *pilcher*, fourreau. Veut-on de l'allemand ? Voici le *caleur*, le garçon, *kellner* ; le *hers*, le maître, *herzog* (duc). Veut-on du latin ? Voici *frangir*, casser, *frangere* ; *affurer*, voler, *fur* ; *cadène*, chaîne, *catena*. Il y a un mot qui reparaît dans toutes les langues du continent avec une sorte de puissance et d'autorité mystérieuse, c'est le mot *magnus* ; l'Écosse en fait son *mac*, qui désigne le chef du clan, Mac-Farlane, Mac-Callummore, le grand Farlane, le grand Callummore * ; l'argot en fait le *meck*, et plus tard, le *meg*, c'est-à-dire Dieu. Veut-on du basque ? Voici *gahisto*, le diable, qui vient de *gaïztoa*, mauvais ; *sorgabon*, bonne nuit, qui vient de *gabon*, bonsoir. Veut-on du celte ? Voici *blavin*, mouchoir, qui vient de *blavet*, eau jaillissante ; *ménesse*, femme (en mauvaise part), qui vient de *meinec*, plein de pierres ; *barant*, ruisseau, de *baranton*, fontaine ; *goffeur*, serrurier, de *goff*, forgeron ; la *guédouze*, la mort, qui vient de *guenn-du*, blanche-noire. Veut-on de l'histoire enfin ? L'argot appelle les écus *les maltèses*, souvenir de la monnaie qui avait cours sur les galères de Malte.

Outre les origines philologiques qui viennent d'être indiquées, l'argot a d'autres racines plus naturelles encore et qui sortent pour ainsi dire de l'esprit même de l'homme.

Premièrement, la création directe des mots. Là est le mystère des langues. Peindre par des mots qui ont, on ne sait comment ni pourquoi, des figures. Ceci est le fond primitif de tout langage humain, ce qu'on en pourrait nommer le granit. L'argot pullule de mots de ce genre, mots immédiats, créés de toute pièce on ne sait où ni par qui, sans étymologies, sans analogies, sans dérivés, mots solitaires, barbares, quelquefois hideux, qui ont une singulière puissance d'expression et qui vivent. — Le bourreau, *le taule* ; — la forêt, *le sabri* ; — la peur, la fuite, *taf* ; — le laquais, *le larbin* ; — le général, le préfet, le ministre, *pharos* ; — le diable, *le rabouin*. Rien n'est plus étrange que ces mots qui masquent et qui montrent. Quelques-uns, *le rabouin* par exemple, sont en même

---

* Il faut observer pourtant que *mac* en celte veut dire fils.

temps grotesques et terribles, et vous font l'effet d'une grimace cyclopéenne.

Deuxièmement, la métaphore. Le propre d'une langue qui veut tout dire et tout cacher, c'est d'abonder en figures. La métaphore est une énigme où se réfugie le voleur qui complote un coup, le prisonnier qui combine une évasion. Aucun idiome n'est plus métaphorique que l'argot. — *Dévisser le coco*, tordre le cou ; — *tortiller*, manger ; — *être gerbé*, être jugé ; — *un rat*, un voleur de pain ; — *il lansquine*, il pleut, vieille figure frappante, qui porte en quelque sorte sa date avec elle, qui assimile les longues lignes obliques de la pluie aux piques épaisses et penchées des lansquenets, et qui fait tenir dans un seul mot la métonymie populaire : *il pleut des hallebardes*. Quelquefois, à mesure que l'argot va de la première époque à la seconde, des mots passent de l'état sauvage et primitif au sens métaphorique. Le diable cesse d'être *le rabouin* et devient *le boulanger*, celui qui enfourne [4]. C'est plus spirituel, mais moins grand ; quelque chose comme Racine après Corneille, comme Euripide après Eschyle. Certaines phrases d'argot, qui participent des deux époques et ont à la fois le caractère barbare et le caractère métaphorique, ressemblent à des fantasmagories. — *Les sorgueurs vont solliceur des gails à la lune* (les rôdeurs vont voler des chevaux la nuit). — Cela passe devant l'esprit comme un groupe de spectres. On ne sait ce qu'on voit.

Troisièmement, l'expédient. L'argot vit sur la langue. Il en use à sa fantaisie, il y puise au hasard, et il se borne souvent, quand le besoin surgit, à la dénaturer sommairement et grossièrement. Parfois, avec les mots usuels ainsi déformés, et compliqués de mots d'argot pur, il compose des locutions pittoresques où l'on sent le mélange des deux éléments précédents, la création directe et la métaphore : — *Le cab jaspine, je marronne que la roulotte de Pantin trime dans le sabri*, le chien aboie, je soupçonne que la diligence de Paris passe dans le bois. — *Le dab*

---

4. Ce qui propose une autre lecture de l'adresse des Thénardier à Montfermeil — voir I, 4, 1, texte annoté 1 ; p. 217.

est sinve, la dabuge est merloussière, la fée est bative, le bourgeois est bête, la bourgeoise est rusée, la fille est jolie. — Le plus souvent, afin de dérouter les écouteurs, l'argot se borne à ajouter indistinctement à tous les mots de la langue une sorte de queue ignoble, une terminaison en aille, en orgue, en iergue, ou en uche. Ainsi : *Vouziergue trouvaille bonorgue ce gigotmuche ?* Trouvez-vous ce gigot bon ? Phrase adressée par Cartouche à un guichetier, afin de savoir si la somme offerte pour l'évasion lui convenait. — La terminaison en *mar* a été ajoutée assez récemment.

L'argot étant l'idiome de la corruption, se corrompt vite. En outre, comme il cherche toujours à se dérober, sitôt qu'il se sent compris, il se transforme. Au rebours de toute autre végétation, tout rayon de jour y tue ce qu'il touche. Aussi l'argot va-t-il se décomposant et se recomposant sans cesse ; travail obscur et rapide qui ne s'arrête jamais. Il fait plus de chemin en dix ans que la langue en dix siècles. Ainsi le larton * devient le lartif ; le gail ** devient le gaye ; la fertanche ***, la fertille ; le momignard, le momacque ; les siques ****, les frusques ; la chique *****, l'égrugeoir ; le colabre ******, le colas. Le diable est d'abord gahisto, puis le rabouin, puis le boulanger ; le prêtre est le ratichon, puis le sanglier ; le poignard est le vingt-deux, puis le surin, puis le lingre ; les gens de police sont des railles, puis des roussins, puis des rousses, puis des marchands de lacets, puis des coqueurs, puis des cognes ; le bourreau est le taule, puis Charlot, puis l'atigeur, puis le becquillard. Au dix-septième siècle, se battre, c'était *se donner du tabac* ; au dix-neuvième, c'est *se chiquer la gueule.* Vingt locutions différentes ont passé entre ces deux extrêmes. Cartouche parlerait hébreu pour Lacenaire. Tous les mots de cette langue sont perpé-

----

* Pain.
** Cheval.
*** Paille.
**** Hardes.
***** L'église.
****** Le cou.

tuellement en fuite comme les hommes qui les pro-
noncent.

Cependant, de temps en temps, et à cause de ce mouvement même, l'ancien argot reparaît et redevient nouveau.
Il a ses chefs-lieux où il se maintient. Le Temple conservait l'argot du dix-septième siècle ; Bicêtre, lorsqu'il était
prison, conservait l'argot de Thunes. On y entendait la
terminaison en *anche* des vieux thuneurs. *Boyanches-tu*
(bois-tu ?) ? *il croyanche* (il croit). Mais le mouvement
perpétuel n'en reste pas moins la loi.

Si le philosophe parvient à fixer un moment, pour l'observer, cette langue qui s'évapore sans cesse, il tombe
dans de douloureuses et utiles méditations. Aucune étude
n'est plus efficace et plus féconde en enseignements. Pas
une métaphore, pas une étymologie de l'argot qui ne
contienne une leçon. — Parmi ces hommes, *battre* veut
dire *feindre* ; on *bat* une maladie ; la ruse est leur force.

Pour eux l'idée de l'homme ne se sépare pas de l'idée
de l'ombre. La nuit se dit *la sorgue* ; l'homme, *l'orgue*.
L'homme est un dérivé de la nuit.

Ils ont pris l'habitude de considérer la société comme
une atmosphère qui les tue, comme une force fatale, et
ils parlent de leur liberté comme on parlerait de sa santé.
Un homme arrêté est un *malade* ; un homme condamné
est un *mort*.

Ce qu'il y a de plus terrible pour le prisonnier dans les
quatre murs de pierre qui l'ensevelissent, c'est une sorte
de chasteté glaciale ; il appelle le cachot, le *castus*.
— Dans ce lieu funèbre, c'est toujours sous son aspect le
plus riant que la vie extérieure apparaît. Le prisonnier a
des fers aux pieds ; vous croyez peut-être qu'il songe que
c'est avec les pieds qu'on marche ? non, il songe que
c'est avec les pieds qu'on danse ; aussi, qu'il parvienne à
scier ses fers, sa première idée est que maintenant il peut
danser, et il appelle la scie un *bastringue*. — Un *nom* est
un *centre* ; profonde assimilation. — Le bandit a deux
têtes, l'une qui raisonne ses actions et le mène pendant
toute sa vie, l'autre qu'il a sur ses épaules le jour de sa
mort ; il appelle la tête qui lui conseille le crime, la *sorbonne*, et la tête qui l'expie, la *tronche*. — Quand un

homme n'a plus que des guenilles sur le corps et des vices dans le cœur, quand il est arrivé à cette double dégradation matérielle et morale que caractérise dans ses deux acceptions le mot *gueux*, il est à point pour le crime, il est comme un couteau bien affilé, il a deux tranchants, sa détresse et sa méchanceté ; aussi l'argot ne dit pas « un gueux », il dit un *réguisé*. — Qu'est-ce que le bagne ? un brasier de damnation, un enfer. Le forçat s'appelle *un fagot*. — Enfin, quel nom les malfaiteurs donnent-ils à la prison ? *le collége*. Tout un système pénitentiaire peut sortir de ce mot.

Le voleur a lui aussi sa chair à canon, la matière volable, vous, moi, quiconque passe ; le *pantre*. (*Pan*, tout le monde.)

Veut-on savoir où sont écloses la plupart des chansons de bagne, ces refrains appelés dans le vocabulaire spécial les *lirlonfa* ?[5] Qu'on écoute ceci.

Il y avait au Châtelet de Paris une grande cave longue. Cette cave était à huit pieds en contre-bas au-dessous du niveau de la Seine. Elle n'avait ni fenêtres ni soupiraux, l'unique ouverture était la porte ; les hommes pouvaient y entrer, l'air non. Cette cave avait pour plafond une voûte de pierre et pour plancher dix pouces de boue. Elle avait été dallée ; mais, sous le suintement des eaux, le dallage s'était pourri et crevassé. À huit pieds au-dessus du sol, une longue poutre massive traversait ce souterrain de part en part ; de cette poutre tombaient, de distance en distance, des chaînes de trois pieds de long, et à l'extrémité de ces chaînes il y avait des carcans. On mettait dans cette cave les hommes condamnés aux galères jusqu'au jour du départ pour Toulon. On les poussait sous cette poutre où chacun avait son ferrement oscillant dans les ténèbres, qui l'attendait. Les chaînes, ces bras pendants, et les carcans, ces mains ouvertes, prenaient ces misé-

---

5. *Le Dernier Jour d'un condamné* contenait le commentaire et la transcription (ch. 16) d'une de ces chansons, et aussi la reproduction en fac-similé de son texte manuscrit par une main anonyme, regrettant de ne pouvoir reproduire « l'aspect du papier de la copie, qui est jaune, sordide, et rompu à ses plis ».

rables par le cou. On les rivait, et on les laissait là. La chaîne étant trop courte, ils ne pouvaient se coucher. Ils restaient immobiles dans cette cave, dans cette nuit, sous cette poutre, presque pendus, obligés à des efforts inouïs pour atteindre au pain ou à la cruche, la voûte sur la tête, la boue jusqu'à mi-jambe, leurs excréments coulant sur leurs jarrets, écartelés de fatigue, ployant aux hanches et aux genoux, s'accrochant par les mains à la chaîne pour se reposer, ne pouvant dormir que debout, et réveillés à chaque instant par l'étranglement du carcan ; quelques-uns ne se réveillaient pas. Pour manger, ils faisaient monter avec leur talon le long de leur tibia jusqu'à leur main leur pain qu'on leur jetait dans la boue. Combien de temps demeuraient-ils ainsi ? Un mois, deux mois, six mois quelquefois ; un resta une année. C'était l'anti-chambre des galères. On était mis là pour un lièvre volé au roi. Dans ce sépulcre enfer, que faisaient-ils ? Ce qu'on peut faire dans un sépulcre, ils agonisaient, et ce qu'on peut faire dans un enfer, ils chantaient. Car où il n'y a plus l'espérance, le chant reste. Dans les eaux de Malte, quand une galère approchait, on entendait le chant avant d'entendre les rames. Le pauvre braconnier Survincent qui avait traversé la prison-cave du Châtelet disait : *Ce sont les rimes qui m'ont soutenu.* Inutilité de la poésie. À quoi bon la rime ? C'est dans cette cave que sont nées presque toutes les chansons d'argot. C'est du cachot du Grand-Châtelet de Paris que vient le mélancolique refrain de la galère de Montgomery : *Timaloumisaine, timoulamison.* La plupart de ces chansons sont lugubres ; quelques-unes sont gaies ; une est tendre :

> Icicaille est le théâtre
> Du petit dardant *.

Vous aurez beau faire, vous n'anéantirez pas cet éternel reste du cœur de l'homme, l'amour.

Dans ce monde des actions sombres, on se garde le secret. Le secret, c'est la chose de tous. Le secret, pour

---

* Archer. Cupidon.

ces misérables, c'est l'unité qui sert de base à l'union. Rompre le secret, c'est arracher à chaque membre de cette communauté farouche quelque chose de lui-même. Dénoncer, dans l'énergique langue d'argot, cela se dit : *manger le morceau*. Comme si le dénonciateur tirait à lui un peu de la substance de tous et se nourrissait d'un morceau de la chair de chacun.

Qu'est-ce que recevoir un soufflet ? La métaphore banale répond : *C'est voir trente-six chandelles*. Ici l'argot intervient, et reprend : *Chandelle, camoufle*. Sur ce, le langage usuel donne au soufflet pour synonyme *camouflet*. Ainsi, par une sorte de pénétration de bas en haut, la métaphore, cette trajectoire incalculable, aidant, l'argot monte de la caverne à l'académie, et Poulailler disant : *J'allume ma camoufle*, fait écrire à Voltaire : *Langleviel La Beaumelle mérite cent camouflets*.

Une fouille dans l'argot, c'est la découverte à chaque pas. L'étude et l'approfondissement de cet étrange idiome mènent au mystérieux point d'intersection de la société régulière avec la société maudite.

L'argot, c'est le verbe devenu forçat.

Que le principe pensant de l'homme puisse être refoulé si bas, qu'il puisse être traîné et garrotté là par les obscures tyrannies de la fatalité, qu'il puisse être lié à on ne sait quelles attaches dans ce précipice, cela consterne.

Ô pauvre pensée des misérables ![6]

Hélas ! personne ne viendra-t-il au secours de l'âme humaine dans cette ombre ? Sa destinée est-elle d'y attendre à jamais l'esprit, le libérateur, l'immense chevaucheur des pégases et des hippogriffes, le combattant couleur d'aurore qui descend de l'azur entre deux ailes, le radieux chevalier de l'avenir ? Appellera-t-elle toujours en vain à son secours la lance de lumière de l'idéal ? Est-elle condamnée à entendre venir épouvantablement dans l'épaisseur du gouffre le Mal, et à entrevoir, de plus en plus près d'elle, sous l'eau hideuse, cette terre draconienne, cette gueule mâchant l'écume, et cette ondulation serpentante de griffes, de gonflements et d'anneaux ?

---

6. Voir note générale 9.

Faut-il qu'elle reste là, sans une lueur, sans espoir, livrée à cette approche formidable, vaguement flairée du monstre, frissonnante, échevelée, se tordant les bras, à jamais enchaînée au rocher de la nuit, sombre Andromède blanche et nue dans les ténèbres !

III

ARGOT QUI PLEURE ET ARGOT QUI RIT

Comme on le voit, l'argot tout entier, l'argot d'il y a quatre cents ans comme l'argot d'aujourd'hui, est pénétré de ce sombre esprit symbolique qui donne à tous les mots tantôt une allure dolente, tantôt un air menaçant. On y sent la vieille tristesse farouche de ces truands de la Cour des Miracles qui jouaient aux cartes avec des jeux à eux, dont quelques-uns nous ont été conservés. Le huit de trèfle, par exemple, représentait un grand arbre portant huit énormes feuilles de trèfle, sorte de personnification fantastique de la forêt. Au pied de cet arbre on voyait un feu allumé où trois lièvres faisaient rôtir un chasseur à la broche, et derrière, sur un autre feu, une marmite fumante d'où sortait la tête d'un chien. Rien de plus lugubre que ces représailles en peinture, sur un jeu de cartes, en présence des bûchers à rôtir les contrebandiers et de la chaudière à bouillir les faux monnayeurs. Les diverses formes que prenait la pensée dans le royaume d'argot, même la chanson, même la raillerie, même la menace, avaient toutes ce caractère impuissant et accablé. Tous les chants, dont quelques mélodies ont été recueillies, étaient humbles et lamentables à pleurer. Le pègre s'appelle *le pauvre pègre*, et il est toujours le lièvre qui se cache, la souris qui se sauve, l'oiseau qui s'enfuit. À peine réclame-t-il, il se borne à soupirer ; un de ses gémissements est venu jusqu'à nous : — *Je n'entrave que le dail comment meck, le daron des orgues, peut atiger ses* *mômes et ses momignards et les locher criblant sans être atigé lui-même* *. — Le misérable, toutes les fois qu'il a le temps de penser, se fait petit devant la loi et chétif devant la société ; il se couche à plat ventre, il supplie, il se tourne du côté de la pitié ; on sent qu'il se sait dans son tort.

Vers le milieu du dernier siècle, un changement se fit. Les chants de prisons, les ritournelles de voleurs prirent, pour ainsi parler, un geste insolent et jovial. Le plaintif *maluré* fut remplacé par *larifla*. On retrouve au dix-huitième siècle, dans presque toutes les chansons des galères, des bagnes et des chiourmes, une gaîté diabolique et énigmatique. On y entend ce refrain strident et sautant qu'on dirait éclairé d'une lueur phosphorescente et qui semble jeté dans la forêt par un feu follet jouant du fifre :

> Mirlababi surlababo,
>   Mirliton ribon ribette,
> Surlababi mirlababo,
>   Mirliton ribon ribo.

Cela se chantait en égorgeant un homme dans une cave ou au coin d'un bois.

Symptôme sérieux. Au dix-huitième siècle l'antique mélancolie de ces classes mornes se dissipe. Elles se mettent à rire. Elles raillent le grand meg et le grand dab. Louis XV étant donné, elles appellent le roi de France « le marquis de Pantin ». Les voilà presque gaies. Une sorte de lumière légère sort de ces misérables comme si la conscience ne leur pesait plus. Ces lamentables tribus de l'ombre n'ont plus seulement l'audace désespérée des actions, elles ont l'audace insouciante de l'esprit. Indice qu'elles perdent le sentiment de leur criminalité, et qu'elles se sentent jusque parmi les penseurs et les son-

---

* Je ne comprends pas comment Dieu, le père des hommes, peut torturer ses enfants et ses petits-enfants et les entendre crier sans être torturé lui-même.

geurs je ne sais quels appuis qui s'ignorent eux-mêmes. Indice que le vol et le pillage commencent à s'infiltrer jusque dans des doctrines et des sophismes, de manière à perdre un peu de leur laideur en en donnant beaucoup aux sophismes et aux doctrines. Indice enfin, si aucune diversion ne surgit, de quelque éclosion prodigieuse et prochaine.

Arrêtons-nous un moment. Qui accusons-nous ici ? est-ce le dix-huitième siècle ? est-ce sa philosophie ? Non certes. L'œuvre du dix-huitième siècle est saine et bonne. Les encyclopédistes, Diderot en tête, les physiocrates, Turgot en tête, les philosophes, Voltaire en tête, les utopistes, Rousseau en tête, ce sont là quatre légions sacrées. L'immense avance de l'humanité vers la lumière leur est due. Ce sont les quatre avant-gardes du genre humain allant aux quatre points cardinaux du progrès, Diderot vers le beau, Turgot vers l'utile, Voltaire vers le vrai, Rousseau vers le juste. Mais, à côté et au-dessous des philosophes, il y avait les sophistes, végétation vénéneuse mêlée à la croissance salubre, ciguë dans la forêt vierge. Pendant que le bourreau brûlait sur le maître-escalier du palais de justice les grands livres libérateurs du siècle, des écrivains aujourd'hui oubliés publiaient, avec privilége du roi, on ne sait quels écrits étrangement désorganisateurs, avidement lus des misérables. Quelques-unes de ces publications, détail bizarre, patronnées par un prince, se retrouvent dans la *Bibliothèque secrète*. Ces faits, profonds mais ignorés, étaient inaperçus à la surface. Parfois c'est l'obscurité même d'un fait qui est son danger. Il est obscur parce qu'il est souterrain. De tous les écrivains, celui peut-être qui creusa alors dans les masses la galerie la plus malsaine, c'est Restif de La Bretonne [1].

Ce travail, propre à toute l'Europe, fit plus de ravage en Allemagne que partout ailleurs. En Allemagne, pendant une certaine période, résumée par Schiller dans son drame fameux *les Brigands*, le vol et le pillage s'érigeaient en protestation contre la propriété et le travail,

---

1. Auteur, entre beaucoup d'autres livres, du *Paysan perverti* et surnommé « le Rousseau du ruisseau ».

s'assimilaient de certaines idées élémentaires, spécieuses et fausses, justes en apparence, absurdes en réalité, s'enveloppaient de ces idées, y disparaissaient en quelque sorte, prenaient un nom abstrait et passaient à l'état de théorie, et de cette façon circulaient dans les foules laborieuses, souffrantes et honnêtes, à l'insu même des chimistes imprudents qui avaient préparé la mixture, à l'insu même des masses qui l'acceptaient. Toutes les fois qu'un fait de ce genre se produit, il est grave. La souffrance engendre la colère ; et tandis que les classes prospères s'aveuglent, ou s'endorment, ce qui est toujours fermer les yeux, la haine des classes malheureuses allume sa torche à quelque esprit chagrin ou mal fait qui rêve dans un coin, et elle se met à examiner la société. L'examen de la haine, chose terrible !

De là, si le malheur des temps le veut, ces effrayantes commotions qu'on nommait jadis *jacqueries*, près desquelles les agitations purement politiques sont jeux d'enfants, qui ne sont plus la lutte de l'opprimé contre l'oppresseur, mais la révolte du malaise contre le bienêtre. Tout s'écroule alors.

Les jacqueries sont des tremblements de peuple.

C'est à ce péril, imminent peut-être en Europe vers la fin du dix-huitième siècle, que vint couper court la révolution française, cet immense acte de probité.

La révolution française, qui n'est pas autre chose que l'idéal armé du glaive, se dressa, et, du même mouvement brusque, ferma la porte du mal et ouvrit la porte du bien.

Elle dégagea la question, promulgua la vérité, chassa le miasme, assainit le siècle, couronna le peuple.

On peut dire d'elle qu'elle a créé l'homme une deuxième fois, en lui donnant une seconde âme, le droit.

Le dix-neuvième siècle hérite et profite de son œuvre, et aujourd'hui la catastrophe sociale que nous indiquions tout à l'heure est simplement impossible. Aveugle qui la dénonce ! niais qui la redoute ! la révolution est la vaccine de la jacquerie.

Grâce à la révolution, les conditions sociales sont changées. Les maladies féodales et monarchiques ne sont plus dans notre sang. Il n'y a plus de moyen âge dans notre constitution. Nous ne sommes plus aux temps où d'effroyables fourmillements intérieurs faisaient irruption, où l'on entendait sous ses pieds la course obscure d'un bruit sourd, où apparaissaient à la surface de la civilisation on ne sait quels soulèvements de galeries de taupes, où le sol se crevassait, où le dessus des cavernes s'ouvrait, et où l'on voyait tout à coup sortir de terre des têtes monstrueuses.

Le sens révolutionnaire est un sens moral. Le sentiment du droit, développé, développe le sentiment du devoir. La loi de tous, c'est la liberté, qui finit où commence la liberté d'autrui, selon l'admirable définition de Robespierre. Depuis 89, le peuple tout entier se dilate dans l'individu sublimé ; il n'y a pas de pauvre qui, ayant son droit, n'ait son rayon ; le meurt-de-faim sent en lui l'honnêteté de la France ; la dignité du citoyen est une armure intérieure ; qui est libre est scrupuleux ; qui vote règne. De là l'incorruptibilité ; de là l'avortement des convoitises malsaines ; de là les yeux héroïquement baissés devant les tentations. L'assainissement révolutionnaire est tel qu'un jour de délivrance, un 14 juillet, un 10 août, il n'y a plus de populace. Le premier cri des foules illuminées et grandissantes c'est : mort aux voleurs ! Le progrès est honnête homme ; l'idéal et l'absolu ne font pas le mouchoir. Par qui furent escortés en 1848 les fourgons qui contenaient les richesses des Tuileries ? par les chiffonniers du faubourg Saint-Antoine. Le haillon monta la garde devant le trésor. La vertu fit ces déguenillés resplendissants. Il y avait là, dans ces fourgons, dans des caisses à peine fermées, quelques-unes même entr'ouvertes, parmi cent écrins éblouissants, cette vieille couronne de France toute en diamants, surmontée de l'escarboucle de la royauté, du régent, qui valait trente millions. Ils gardaient, pieds nus, cette couronne.

Donc plus de jacquerie. J'en suis fâché pour les habiles. C'est là de la vieille peur qui a fait son dernier effet et qui ne pourrait plus désormais être employée en politique. Le grand ressort du spectre rouge est cassé[2].

---

2. Voir titre et note 1 en III, 3, 2 ; p. 845.

Tout le monde le sait maintenant. L'épouvantail n'épouvante plus. Les oiseaux prennent des familiarités avec le mannequin, les stercoraires s'y posent, les bourgeois rient dessus.

IV

LES DEUX DEVOIRS : VEILLER ET ESPÉRER

Cela étant, tout danger social est-il dissipé ? non certes. Point de jacquerie. La société peut se rassurer de ce côté, le sang ne lui portera plus à la tête ; mais qu'elle se préoccupe de la façon dont elle respire. L'apoplexie n'est plus à craindre, mais la phthisie est là. La phthisie sociale s'appelle misère.

On meurt miné aussi bien que foudroyé.

Ne nous lassons pas de le répéter, songer avant tout aux foules déshéritées et douloureuses, les soulager, les aérer, les éclairer, les aimer, leur élargir magnifiquement l'horizon, leur prodiguer sous toutes les formes l'éducation, leur offrir l'exemple du labeur, jamais l'exemple de l'oisiveté, amoindrir le poids du fardeau individuel en accroissant la notion du but universel, limiter la pauvreté sans limiter la richesse, créer de vastes champs d'activité publique et populaire, avoir comme Briarée cent mains à tendre de toutes parts aux accablés et aux faibles, employer la puissance collective à ce grand devoir d'ouvrir des ateliers à tous les bras, des écoles à toutes les aptitudes et des laboratoires à toutes les intelligences, augmenter le salaire, diminuer la peine, balancer le doit et l'avoir, c'est-à-dire proportionner la jouissance à l'effort et l'assouvissement au besoin, en un mot, faire dégager à l'appareil social, au profit de ceux qui souffrent et de ceux qui ignorent, plus de clarté et plus de bien-être, c'est là, que les âmes sympathiques ne l'oublient pas, la première des obligations fraternelles, c'est là, que les cœurs égoïstes le sachent, la première des nécessités politiques.

Et, disons-le, tout cela, ce n'est encore qu'un commencement. La vraie question, c'est celle-ci : le travail ne peut être une loi sans être un droit.

Nous n'insistons pas, ce n'est point ici le lieu.

Si la nature s'appelle providence, la société doit s'appeler prévoyance.

La croissance intellectuelle et morale n'est pas moins indispensable que l'amélioration matérielle. Savoir est un viatique, penser est de première nécessité, la vérité est nourriture comme le froment. Une raison, à jeun de science et de sagesse, maigrit. Plaignons, à l'égal des estomacs, les esprits qui ne mangent pas. S'il y a quelque chose de plus poignant qu'un corps agonisant faute de pain, c'est une âme qui meurt de la faim de la lumière.

Le progrès tout entier tend du côté de la solution. Un jour on sera stupéfait. Le genre humain montant, les couches profondes sortiront tout naturellement de la zone de détresse. L'effacement de la misère se fera par une simple élévation de niveau.

Cette solution bénie, on aurait tort d'en douter

Le passé, il est vrai, est très fort à l'heure où nous sommes. Il reprend. Ce rajeunissement d'un cadavre est surprenant. Le voici qui marche et qui vient. Il semble vainqueur ; ce mort est un conquérant. Il arrive avec sa légion, les superstitions, avec son épée, le despotisme, avec son drapeau, l'ignorance ; depuis quelque temps il a gagné dix batailles. Il avance, il menace, il rit, il est à nos portes. Quant à nous, ne désespérons pas. Vendons le champ où campe Annibal.

Nous qui croyons, que pouvons-nous craindre ?

Il n'y a pas plus de reculs d'idées que de reculs de fleuves.

Mais que ceux qui ne veulent pas de l'avenir y réfléchissent. En disant non au progrès, ce n'est point l'avenir qu'ils condamnent, c'est eux-mêmes. Ils se donnent une maladie sombre ; ils s'inoculent le passé. Il n'y a qu'une manière de refuser Demain, c'est de mourir.

Or, aucune mort, celle du corps le plus tard possible, celle de l'âme jamais, c'est là ce que nous voulons.

Oui, l'énigme dira son mot, le sphinx parlera, le problème sera résolu. Oui, le peuple, ébauché par le dix-huitième siècle, sera achevé par le dix-neuvième. Idiot qui en douterait ! L'éclosion future, l'éclosion prochaine du bien-être universel, est un phénomène divinement fatal.

D'immenses poussées d'ensemble régissent les faits humains et les amènent tous dans un temps donné à l'état logique, c'est-à-dire à l'équilibre, c'est-à-dire à l'équité. Une force composée de terre et de ciel résulte de l'humanité et la gouverne ; cette force-là est une faiseuse de miracles ; les dénoûments merveilleux ne lui sont pas plus difficiles que les péripéties extraordinaires. Aidée de la science qui vient de l'homme et de l'événement qui vient d'un autre, elle s'épouvante peu de ces contradictions dans la pose des problèmes, qui semblent au vulgaire impossibilités. Elle n'est pas moins habile à faire jaillir une solution du rapprochement des idées qu'un enseignement du rapprochement des faits, et l'on peut s'attendre à tout de la part de cette mystérieuse puissance du progrès qui, un beau jour, confronte l'orient et l'occident au fond d'un sépulcre et fait dialoguer les imans avec Bonaparte dans l'intérieur de la grande pyramide.

En attendant, pas de halte, pas d'hésitation, pas de temps d'arrêt dans la grandiose marche en avant des esprits. La philosophie sociale est essentiellement la science et la paix. Elle a pour but et doit avoir pour résultat de dissoudre les colères par l'étude des antagonismes. Elle examine, elle scrute, elle analyse ; puis elle recompose. Elle procède par voie de réduction, retranchant de tout la haine.

Qu'une société s'abîme au vent qui se déchaîne sur les hommes, cela s'est vu plus d'une fois ; l'histoire est pleine de naufrages de peuples et d'empires ; mœurs, lois, religions, un beau jour, cet inconnu, l'ouragan, passe et emporte tout cela. Les civilisations de l'Inde, de la Chaldée, de la Perse, de l'Assyrie, de l'Égypte, ont disparu l'une après l'autre. Pourquoi ? nous l'ignorons. Quelles

sont les causes de ces désastres ? nous ne le savons pas.
Ces sociétés auraient-elles pu être sauvées ? y a-t-il de
leur faute ? se sont-elles obstinées dans quelque vice fatal
qui les a perdues ? quelle quantité de suicide y a-t-il dans
ces morts terribles d'une nation et d'une race ? Questions
sans réponse. L'ombre couvre les civilisations condamnées. Elles faisaient eau puisqu'elles s'engloutissent ;
nous n'avons rien de plus à dire ; et c'est avec une sorte
d'effarement que nous regardons, au fond de cette mer
qu'on appelle le passé, derrière ces vagues colossales, les
siècles, sombrer ces immenses navires, Babylone, Ninive,
Tarse, Thèbes, Rome, sous le souffle effrayant qui sort
de toutes les bouches des ténèbres. Mais ténèbres là,
clarté ici. Nous ignorons les maladies des civilisations
antiques, nous connaissons les infirmités de la nôtre.
Nous avons partout sur elle le droit de lumière ; nous
contemplons ses beautés et nous mettons à nu ses difformités. Là où elle a mal, nous sondons ; et, une fois la
souffrance constatée, l'étude de la cause mène à la découverte du remède. Notre civilisation, œuvre de vingt
siècles, en est à la fois le monstre et le prodige ; elle vaut
la peine d'être sauvée. Elle le sera. La soulager, c'est déjà
beaucoup ; l'éclairer, c'est encore quelque chose. Tous
les travaux de la philosophie sociale moderne doivent
converger vers ce but. Le penseur aujourd'hui a un grand
devoir, ausculter la civilisation.

Nous le répétons, cette auscultation encourage ; et c'est
par cette insistance dans l'encouragement que nous voulons finir ces quelques pages, entr'acte austère d'un
drame douloureux. Sous la mortalité sociale on sent l'im-
périssabilité humaine. Pour avoir çà et là ces plaies, les
cratères, et ces dartres, les solfatares, pour un volcan qui
aboutit et qui jette son pus, le globe ne meurt pas. Des
maladies de peuple ne tuent pas l'homme.

Et néanmoins, quiconque suit la clinique sociale hoche
la tête par instants. Les plus forts, les plus tendres, les
plus logiques ont leurs heures de défaillance.

L'avenir arrivera-t-il ? il semble qu'on peut presque se
faire cette question quand on voit tant d'ombre terrible.
Sombre face-à-face des égoïstes et des misérables. Chez

les égoïstes, les préjugés, les ténèbres de l'éducation riche, l'appétit croissant par l'enivrement, un étourdissement de prospérité qui assourdit, la crainte de souffrir qui, dans quelques-uns, va jusqu'à l'aversion des souffrants, une satisfaction implacable, le moi si enflé qu'il ferme l'âme ; chez les misérables, la convoitise, l'envie, la haine de voir les autres jouir, les profondes secousses de la bête humaine vers les assouvissements, les cœurs pleins de brume, la tristesse, le besoin, la fatalité, l'ignorance impure et simple.

Faut-il continuer de lever les yeux vers le ciel ? le point lumineux qu'on y distingue est-il de ceux qui s'éteignent ? L'idéal est effrayant à voir ainsi perdu dans les profondeurs, petit, isolé, imperceptible, brillant, mais entouré de toutes ces grandes menaces noires monstrueusement amoncelées autour de lui ; pourtant pas plus en danger qu'une étoile dans les gueules des nuages.

LIVRE HUITIÈME

LES ENCHANTEMENTS
ET LES DÉSOLATIONS

I

PLEINE LUMIÈRE

Le lecteur a compris qu'Éponine, ayant reconnu à travers la grille l'habitante de cette rue Plumet où Magnon l'avait envoyée, avait commencé par écarter les bandits de la rue Plumet, puis y avait conduit Marius, et qu'après plusieurs jours d'extase devant cette grille, Marius, entraîné par cette force qui pousse le fer vers l'aimant et l'amoureux vers les pierres dont est faite la maison de celle qu'il aime, avait fini par entrer dans le jardin de Cosette comme Roméo dans le jardin de Juliette. Cela même lui avait été plus facile qu'à Roméo ; Roméo était obligé d'escalader un mur, Marius n'eut qu'à forcer un peu un des barreaux de la grille décrépite qui vacillait dans son alvéole rouillée, à la manière des dents des vieilles gens. Marius était mince et passa aisément.

Comme il n'y avait jamais personne dans la rue et que d'ailleurs Marius ne pénétrait dans le jardin que la nuit, il ne risquait pas d'être vu.

À partir de cette heure bénie et sainte où un baiser fiança ces deux âmes, Marius vint là tous les soirs. Si, à ce moment de sa vie, Cosette était tombée dans l'amour d'un homme peu scrupuleux et libertin, elle était perdue ; car il y a des natures généreuses qui se livrent, et Cosette en était une. Une des magnanimités de la femme, c'est de céder. L'amour, à cette hauteur où il est absolu, se complique d'on ne sait quel céleste aveuglement de la pudeur. Mais que de dangers vous courez, ô nobles âmes ! Souvent, vous donnez le cœur, nous prenons le corps. Votre cœur vous reste, et vous le regardez dans l'ombre en frémissant. L'amour n'a point de moyen terme ; ou il perd, ou il sauve. Toute la destinée humaine est ce dilemme-là. Ce dilemme, perte ou salut, aucune fatalité ne le pose plus inexorablement que l'amour. L'amour est la vie, s'il n'est pas la mort. Berceau ; cercueil aussi. Le même sentiment dit oui et non dans le cœur humain. De toutes les choses que Dieu a faites, le cœur humain est celle qui dégage le plus de lumière, hélas ! et le plus de nuit [1].

Dieu voulut que l'amour que Cosette rencontra fût un de ces amours qui sauvent.

Tant que dura le mois de mai de cette année 1832, il y eut là, toutes les nuits, dans ce pauvre jardin sauvage, sous cette broussaille chaque jour plus odorante et plus épaissie, deux êtres composés de toutes les chastetés et de toutes les innocences, débordant de toutes les félicités du ciel, plus voisins des archanges que des hommes, purs, honnêtes, enivrés, rayonnants, qui resplendissaient l'un pour l'autre dans les ténèbres. Il semblait à Cosette que Marius avait une couronne et à Marius que Cosette avait un nimbe. Ils se touchaient, ils se regardaient, ils se prenaient les mains, ils se serraient l'un contre l'autre ; mais il y avait une distance qu'ils ne franchissaient pas. Non qu'ils la respectassent ; ils l'ignoraient. Marius sentait une barrière, la pureté de Cosette, et Cosette sentait un appui, la loyauté de Marius. Le premier baiser avait été aussi le dernier. Marius, depuis, n'était pas allé au delà d'effleurer de ses lèvres la main, ou le fichu, ou une boucle de cheveux de Cosette. Cosette était pour lui un parfum et non une femme. Il la respirait. Elle ne refusait rien et il ne demandait rien. Cosette était heureuse, et Marius était satisfait. Ils vivaient dans ce ravissant état qu'on pourrait appeler l'éblouissement d'une âme par une âme. C'était cet ineffable premier embrassement de deux virginités dans l'idéal. Deux cygnes se rencontrant sur la Jungfrau.

À cette heure-là de l'amour, heure où la volupté se tait

---

1. Voir déjà texte III, 6, 3 et note 1 ; p. 968. La métaphore — lumineux/ténébreux — assimile explicitement maintenant la misère de l'amour à la misère sociale.

absolument sous la toute-puissance de l'extase, Marius,
le pur et séraphique Marius eût été plutôt capable de monter chez une fille publique que de soulever la robe de
Cosette à la hauteur de la cheville. Une fois, à un clair de
lune, Cosette se pencha pour ramasser quelque chose à
terre, son corsage s'entr'ouvrit et laissa voir la naissance
de sa gorge. Marius détourna les yeux.

Que se passait-il entre ces deux êtres ? Rien. Ils s'ado-
raient.

La nuit, quand ils étaient là, ce jardin semblait un lieu
vivant et sacré. Toutes les fleurs s'ouvraient autour d'eux
et leur envoyaient de l'encens ; eux, ils ouvraient leurs
âmes et les répandaient dans les fleurs. La végétation las-
cive et vigoureuse tressaillait pleine de séve et d'ivresse
autour de ces deux innocents, et ils disaient des paroles
d'amour dont les arbres frissonnaient.

Qu'étaient-ce que ces paroles ? Des souffles. Rien de
plus. Ces souffles suffisaient pour troubler et pour émouvoir toute cette nature. Puissance magique qu'on aurait
peine à comprendre si on lisait dans un livre ces causeries
faites pour être emportées et dissipées comme des fumées
par le vent sous les feuilles. Ôtez à ces murmures de deux
amants cette mélodie qui sort de l'âme et qui les accompagne comme une lyre, ce qui reste n'est plus qu'une
ombre ; vous dites : Quoi ! ce n'est que cela ! Eh oui, des
enfantillages, des redites, des rires pour rien, des inuti-
lités, des niaiseries, tout ce qu'il y a au monde de plus
sublime et de plus profond ! les seules choses qui vaillent
la peine d'être dites et d'être écoutées !

Ces niaiseries-là, ces pauvretés-là, l'homme qui ne les
a jamais entendues, l'homme qui ne les a jamais prononcées, est un imbécile et un méchant homme.

Cosette disait à Marius :

— Sais-tu ?...

(Dans tout cela, et à travers cette céleste virginité, et
sans qu'il fût possible à l'un et à l'autre de dire comment,
le tutoiement était venu.)

— Sais-tu ? Je m'appelle Euphrasie.

— Euphrasie ? Mais non, tu t'appelles Cosette.

— Oh ! Cosette est un assez vilain nom qu'on m'a

donné comme cela quand j'étais petite. Mais mon vrai nom est Euphrasie. Est-ce que tu n'aimes pas ce nom-là, Euphrasie ?

— Si... — Mais Cosette n'est pas vilain.

— Est-ce que tu l'aimes mieux qu'Euphrasie ?

— Mais... — oui.

— Alors je l'aime mieux aussi. C'est vrai, c'est joli, Cosette. Appelle-moi Cosette[2].

Et le sourire qu'elle ajoutait faisait de ce dialogue une idylle digne d'un bois qui serait dans le ciel.

Une autre fois elle le regardait fixement et s'écriait :

— Monsieur, vous êtes beau, vous êtes joli, vous avez de l'esprit, vous n'êtes pas bête du tout, vous êtes bien plus savant que moi, mais je vous défie à ce mot-là : je t'aime !

Et Marius, en plein azur, croyait entendre une strophe chantée par une étoile.

Ou bien, elle lui donnait une petite tape parce qu'il toussait, et elle lui disait :

— Ne toussez pas, monsieur. Je ne veux pas qu'on tousse chez moi sans ma permission. C'est très laid de tousser et de m'inquiéter. Je veux que tu te portes bien, parce que d'abord, moi, si tu ne te portais pas bien, je serais très malheureuse. Qu'est-ce que tu veux que je fasse ?

Et cela était tout simplement divin.

Une fois Marius dit à Cosette :

— Figure-toi, j'ai cru un temps que tu t'appelais Ursule.

Ceci les fit rire toute la soirée.

Au milieu d'une autre causerie, il lui arriva de s'écrier :

— Oh ! un jour, au Luxembourg, j'ai eu envie d'achever de casser un invalide ![3]

Mais il s'arrêta court et n'alla pas plus loin. Il aurait fallu parler à Cosette de sa jarretière, et cela lui était

---

2. Voir note 9, en I, 4, 1 ; p. 225, mais comprendre aussi que, dans la seconde naissance qu'est l'amour, Cosette demande à Marius un second baptême.

3. Voir III, 6, 8 ; p. 980.

impossible. Il y avait là un côtoiement inconnu, la chair, devant lequel reculait, avec une sorte d'effroi sacré, cet immense amour innocent.

Marius se figurait la vie avec Cosette comme cela, sans autre chose ; venir tous les soirs rue Plumet, déranger le vieux barreau complaisant de la grille du président, s'asseoir coude à coude sur ce banc, regarder à travers les arbres la scintillation de la nuit commençante, faire cohabiter le pli du genou de son pantalon avec l'ampleur de la robe de Cosette, lui caresser l'ongle du pouce, lui dire tu, respirer l'un après l'autre la même fleur, à jamais, indéfiniment. Pendant ce temps-là les nuages passaient au-dessus de leur tête. Chaque fois que le vent souffle, il emporte plus de rêves de l'homme que de nuées du ciel.

Que ce chaste amour presque farouche fût absolument sans galanterie, non. « Faire des compliments » à celle qu'on aime est la première façon de faire des caresses, demi-audace qui s'essaye. Le compliment, c'est quelque chose comme le baiser à travers le voile. La volupté y met sa douce pointe, tout en se cachant. Devant la volupté le cœur recule, pour mieux aimer. Les cajoleries de Marius, toutes saturées de chimère, étaient, pour ainsi dire, azurées. Les oiseaux, quand ils volent là-haut du côté des anges, doivent entendre de ces paroles-là. Il s'y mêlait pourtant la vie, l'humanité, toute la quantité de positif dont Marius était capable. C'était ce qui se dit dans la grotte, prélude de ce qui se dira dans l'alcôve ; une effusion lyrique, la strophe et le sonnet mêlés, les gentilles hyperboles du roucoulement, tous les raffinements de l'adoration arrangés en bouquet et exhalant un subtil parfum céleste, un ineffable gazouillement de cœur à cœur.

— Oh ! murmurait Marius, que tu es belle ! Je n'ose pas te regarder. C'est ce qui fait que je te contemple. Tu es une grâce. Je ne sais pas ce que j'ai. Le bas de ta robe, quand le bout de ton soulier passe, me bouleverse. Et puis quelle lueur enchantée quand ta pensée s'entr'ouvre ! Tu parles raison étonnamment. Il me semble par moments que tu es un songe. Parle, je t'écoute, je t'admire. Ô Cosette ! comme c'est étrange et charmant ! Je suis vraiment fou. Vous êtes adorable, mademoiselle. J'étudie tes pieds au microscope et ton âme au télescope.

Et Cosette répondait :

— Je t'aime un peu plus de tout le temps qui s'est écoulé depuis ce matin.

Demandes et réponses allaient comme elles pouvaient dans ce dialogue, tombant toujours d'accord, sur l'amour, comme les figurines de sureau sur le clou.

Toute la personne de Cosette était naïveté, ingénuité, transparence, blancheur, candeur, rayon. On eût pu dire de Cosette qu'elle était claire. Elle faisait à qui la voyait une sensation d'avril et de point du jour. Il y avait de la rosée dans ses yeux. Cosette était une condensation de lumière aurorale en forme de femme.

Il était tout simple que Marius, l'adorant, l'admirât. Mais la vérité est que cette petite pensionnaire, fraîche émoulue du couvent, causait avec une pénétration exquise et disait par moments toutes sortes de paroles vraies et délicates. Son babil était de la conversation. Elle ne se trompait sur rien, et voyait juste. La femme sent et parle avec le tendre instinct du cœur, cette infaillibilité. Personne ne sait comme une femme dire des choses à la fois douces et profondes. La douceur et la profondeur, c'est là toute la femme ; c'est là tout le ciel.

En cette pleine félicité, il leur venait à chaque instant des larmes aux yeux. Une bête à bon Dieu écrasée, une plume tombée d'un nid, une branche d'aubépine cassée, les apitoyait, et leur extase, doucement noyée de mélancolie, semblait ne demander pas mieux que de pleurer. Le plus souverain symptôme de l'amour, c'est un attendrissement parfois presque insupportable.

Et, à côté de cela, — toutes ces contradictions sont le jeu d'éclairs de l'amour, — ils riaient volontiers, et avec une liberté ravissante, et si familièrement qu'ils avaient parfois presque l'air de deux garçons. Cependant, à l'insu même des cœurs ivres de chasteté, la nature inoubliable est toujours là. Elle est là, avec son but brutal et sublime, et, quelle que soit l'innocence des âmes, on sent, dans le tête-à-tête le plus pudique, l'adorable et mystérieuse nuance qui sépare un couple d'amants d'une paire d'amis.

Ils s'idolâtraient.

Le permanent et l'immuable subsistent. On s'aime, on se sourit, on se rit, on se fait des petites moues avec le bout des lèvres, on s'entrelace les doigts des mains, on se tutoie, et cela n'empêche pas l'éternité. Deux amants se cachent dans le soir, dans le crépuscule, dans l'invisible, avec les oiseaux, avec les roses, ils se fascinent l'un l'autre dans l'ombre avec leurs cœurs qu'ils mettent dans leurs yeux, ils murmurent, ils chuchotent, et pendant ce temps-là d'immenses balancements d'astres emplissent l'infini.

II

L'ÉTOURDISSEMENT DU BONHEUR COMPLET

Ils existaient vaguement, effarés de bonheur. Ils ne s'apercevaient pas du choléra qui décimait Paris précisément en ce mois-là. Ils s'étaient fait le plus de confidences qu'ils avaient pu, mais cela n'avait pas été bien loin au delà de leurs noms. Marius avait dit à Cosette qu'il était orphelin, qu'il s'appelait Marius Pontmercy, qu'il était avocat, qu'il vivait d'écrire des choses pour les libraires, que son père était colonel, que c'était un héros, et que lui Marius était brouillé avec son grand-père qui était riche. Il lui avait aussi un peu dit qu'il était baron ; mais cela n'avait fait aucun effet à Cosette. Marius baron ? elle n'avait pas compris. Elle ne savait pas ce que ce mot voulait dire. Marius était Marius. De son côté elle lui avait confié qu'elle avait été élevée au couvent du Petit-Picpus, que sa mère était morte comme à lui, que son père s'appelait M. Fauchelevent, qu'il était très bon, qu'il donnait beaucoup aux pauvres, mais qu'il était pauvre lui-même, et qu'il se privait de tout en ne la privant de rien.

Chose bizarre, dans l'espèce de symphonie où Marius

vivait depuis qu'il voyait Cosette, le passé, même le plus récent, était devenu tellement confus et lointain pour lui que ce que Cosette lui conta le satisfit pleinement. Il ne songea même pas à lui parler de l'aventure nocturne de la masure, des Thénardier, de la brûlure, et de l'étrange attitude et de la singulière fuite de son père. Marius avait momentanément oublié tout cela ; il ne savait même pas le soir ce qu'il avait fait le matin, ni où il avait déjeuné, ni qui lui avait parlé ; il avait des chants dans l'oreille qui le rendaient sourd à toute autre pensée, il n'existait qu'aux heures où il voyait Cosette. Alors, comme il était dans le ciel, il était tout simple qu'il oubliât la terre. Tous deux portaient avec langueur le poids indéfinissable des voluptés immatérielles. Ainsi vivent ces somnambules qu'on appelle les amoureux.

Hélas ! qui n'a éprouvé toutes ces choses ? pourquoi vient-il une heure où l'on sort de cet azur, et pourquoi la vie continue-t-elle après ?

Aimer remplace presque penser. L'amour est un ardent oubli du reste. Demandez donc de la logique à la passion. Il n'y a pas plus d'enchaînement logique absolu dans le cœur humain qu'il n'y a de figure géométrique parfaite dans la mécanique céleste. Pour Cosette et Marius rien n'existait plus que Marius et Cosette. L'univers autour d'eux était tombé dans un trou. Ils vivaient dans une minute d'or. Il n'y avait rien devant, rien derrière. C'est à peine si Marius songeait que Cosette avait un père. Il y avait dans son cerveau l'effacement de l'éblouissement. De quoi donc parlaient-ils, ces amants ? On l'a vu, des fleurs, des hirondelles, du soleil couchant, du lever de la lune, de toutes les choses importantes. Ils s'étaient dit tout, excepté tout. Le tout des amoureux, c'est le rien. Mais le père, les réalités, ce bouge, ces bandits, cette aventure, à quoi bon ? et était-il bien sûr que ce cauchemar eût existé ? On était deux, on s'adorait, il n'y avait que cela. Toute autre chose n'était pas. Il est probable que cet évanouissement de l'enfer derrière nous est inhérent à l'arrivée au paradis. Est-ce qu'on a vu des démons ? est-ce qu'il y en a ? est-ce qu'on a tremblé ? est-ce qu'on a souffert ? On n'en sait plus rien. Une nuée rose est là-dessus.

Donc ces deux êtres vivaient ainsi, très haut, avec toute l'invraisemblance qui est dans la nature ; ni au nadir, ni au zénith, entre l'homme et le séraphin, au-dessus de la fange, au-dessous de l'éther, dans le nuage ; à peine os et chair, âme et extase de la tête aux pieds ; déjà trop sublimés pour marcher à terre, encore trop chargés d'humanité pour disparaître dans le bleu, en suspension comme des atomes qui attendent le précipité ; en apparence hors du destin ; ignorant cette ornière, hier, aujourd'hui, demain ; émerveillés, pâmés, flottants ; par moments, assez allégés pour la fuite dans l'infini ; presque prêts à l'envolement éternel.

Ils dormaient éveillés dans ce bercement. Ô léthargie splendide du réel accablé d'idéal !

Quelquefois, si belle que fût Cosette, Marius fermait les yeux devant elle. Les yeux fermés, c'est la meilleure manière de regarder l'âme.

Marius et Cosette ne se demandaient pas où cela les conduirait. Ils se regardaient comme arrivés. C'est une étrange prétention des hommes de vouloir que l'amour conduise quelque part.

III

COMMENCEMENT D'OMBRE

Jean Valjean, lui, ne se doutait de rien.

Cosette, un peu moins rêveuse que Marius, était gaie, et cela suffisait à Jean Valjean pour être heureux. Les pensées que Cosette avait, ses préoccupations tendres, l'image de Marius qui lui remplissait l'âme, n'ôtaient rien à la pureté incomparable de son beau front chaste et souriant. Elle était dans l'âge où la vierge porte son amour comme l'ange porte son lys. Jean Valjean était donc tranquille. Et puis, quand deux amants s'entendent, cela va toujours très bien, le tiers quelconque qui pourrait troubler leur amour est maintenu dans un parfait aveuglement par un petit nombre de précautions toujours les mêmes pour tous les amoureux. Ainsi jamais d'objections de Cosette à Jean Valjean. Voulait-il promener ? Oui, mon petit père. Voulait-il rester ? Très bien. Voulait-il passer la soirée près de Cosette ? Elle était ravie. Comme il se retirait toujours à dix heures du soir, ces fois-là Marius ne venait au jardin que passé cette heure, lorsqu'il entendait de la rue Cosette ouvrir la porte-fenêtre du perron. Il va sans dire que le jour on ne rencontrait jamais Marius. Jean Valjean ne songeait même plus que Marius existât. Une fois seulement, un matin, il lui arriva de dire à Cosette : — Tiens, comme tu as du blanc derrière le dos ! La veille au soir, Marius, dans un transport, avait pressé Cosette contre le mur.

La vieille Toussaint, qui se couchait de bonne heure, ne songeait qu'à dormir, une fois sa besogne faite, et ignorait tout comme Jean Valjean.

Jamais Marius ne mettait le pied dans la maison. Quand il était avec Cosette, ils se cachaient dans un enfoncement près du perron afin de ne pouvoir être vus ni entendus de la rue, et s'asseyaient là, se contentant souvent, pour toute conversation, de se presser les mains vingt fois par minute en regardant les branches des arbres. Dans ces instants-là, le tonnerre fût tombé à trente pas d'eux qu'ils ne s'en fussent pas doutés, tant la rêverie de l'un s'absorbait et plongeait profondément dans la rêverie de l'autre.

Puretés limpides. Heures toutes blanches ; presque toutes pareilles. Ce genre d'amours-là est une collection de feuilles de lys et de plumes de colombe.

Tout le jardin était entre eux et la rue. Chaque fois que Marius entrait et sortait, il rajustait soigneusement le barreau de la grille de manière qu'aucun dérangement ne fût visible.

Il s'en allait habituellement vers minuit, et s'en retournait chez Courfeyrac. Courfeyrac disait à Bahorel :

— Croirais-tu ? Marius rentre à présent à des une heure du matin.

Bahorel répondait :

— Que veux-tu ? il y a toujours un pétard dans un séminariste.

Par moments Courfeyrac croisait les bras, prenait un air sérieux, et disait à Marius :

— Vous vous dérangez, jeune homme !

Courfeyrac, homme pratique, ne prenait pas en bonne part ce reflet d'un paradis invisible sur Marius ; il avait peu l'habitude des passions inédites, il s'en impatientait, et il faisait par instants à Marius des sommations de rentrer dans le réel.

Un matin, il lui jeta cette admonition :

— Mon cher, tu me fais l'effet pour le moment d'être situé dans la lune, royaume du rêve, province de l'illusion, capitale Bulle de Savon. Voyons, sois bon enfant, comment s'appelle-t-elle ?

Mais rien ne pouvait « faire parler » Marius. On lui eût arraché les ongles plutôt qu'une des trois syllabes sacrées dont se composait ce nom ineffable, *Cosette*. L'amour vrai est lumineux comme l'aurore et silencieux comme la tombe. Seulement il y avait, pour Courfeyrac, ceci de changé en Marius, qu'il avait une taciturnité rayonnante.

Pendant ce doux mois de mai Marius et Cosette connurent ces immenses bonheurs :

Se quereller et se dire vous, uniquement pour mieux se dire tu ensuite ;

Se parler longuement, et dans les plus minutieux détails, de gens qui ne les intéressaient pas le moins du monde ; preuve de plus que, dans ce ravissant opéra qu'on appelle l'amour, le libretto n'est presque rien ;

Pour Marius, écouter Cosette parler chiffons ;

Pour Cosette, écouter Marius parler politique ;

Entendre, genou contre genou, rouler les voitures rue de Babylone ;

Considérer la même planète dans l'espace ou le même ver luisant dans l'herbe ;

Se taire ensemble ; douceur plus grande encore que causer ;

Etc., etc.

Cependant diverses complications approchaient.

Un soir, Marius s'acheminait au rendez-vous par le boulevard des Invalides ; il marchait habituellement le front baissé ; comme il allait tourner l'angle de la rue Plumet, il entendit qu'on disait tout près de lui :

— Bonsoir, monsieur Marius.

Il leva la tête, et reconnut Éponine.

Cela lui fit un effet singulier. Il n'avait pas songé une seule fois à cette fille depuis le jour où elle l'avait amené rue Plumet, il ne l'avait point revue, et elle lui était complétement sortie de l'esprit. Il n'avait que des motifs de reconnaissance pour elle, il lui devait son bonheur présent, et pourtant il lui était gênant de la rencontrer.

C'est une erreur de croire que la passion, quand elle est heureuse et pure, conduit l'homme à un état de perfection ; elle le conduit simplement, nous l'avons constaté, à un état d'oubli. Dans cette situation, l'homme oublie d'être mauvais, mais il oublie aussi d'être bon. La reconnaissance, le devoir, les souvenirs essentiels et importuns, s'évanouissent. En tout autre temps Marius eût été bien autre pour Éponine. Absorbé par Cosette, il ne s'était même pas clairement rendu compte que cette Éponine s'appelait Éponine Thénardier, et qu'elle portait un nom écrit dans le testament de son père, ce nom pour lequel il se serait, quelques mois auparavant, si ardemment dévoué. Nous montrons Marius tel qu'il était. Son père lui-même disparaissait un peu dans son âme sous la splendeur de son amour.

Il répondit avec quelque embarras :

— Ah ! c'est vous, Éponine ?

— Pourquoi me dites-vous vous ? Est-ce que je vous ai fait quelque chose ?

— Non, répondit-il.

Certes, il n'avait rien contre elle. Loin de là. Seulement, il sentait qu'il ne pouvait faire autrement, maintenant qu'il disait tu à Cosette, que de dire vous à Éponine.

Comme il se taisait, elle s'écria :

— Dites donc...

Puis elle s'arrêta. Il semblait que les paroles manquaient à cette créature autrefois si insouciante et si hardie. Elle essaya de sourire et ne put. Elle reprit.

— Eh bien !...

Puis elle se tut encore et resta les yeux baissés.

— Bonsoir, monsieur Marius, dit-elle tout à coup brusquement, et elle s'en alla.

IV

CAB [1] ROULE EN ANGLAIS ET JAPPE EN ARGOT

Le lendemain, c'était le 3 juin, le 3 juin 1832, date qu'il faut indiquer à cause des événements graves qui étaient à cette époque suspendus sur l'horizon de Paris à l'état de nuages chargés. Marius à la nuit tombante suivait le même chemin que la veille avec les mêmes pensées de ravissement dans le cœur, lorsqu'il aperçut, entre les arbres du boulevard, Éponine qui venait à lui. Deux jours de suite, c'était trop. Il se détourna vivement, quitta le boulevard, changea de route, et s'en alla rue Plumet par la rue Monsieur.

Cela fit qu'Éponine le suivit jusqu'à la rue Plumet, chose qu'elle n'avait point faite encore. Elle s'était contentée jusque-là de l'apercevoir à son passage sur le boulevard sans même chercher à le rencontrer. La veille seulement, elle avait essayé de lui parler.

Éponine le suivit donc, sans qu'il s'en doutât. Elle le vit déranger le barreau de la grille, et se glisser dans le jardin.

— Tiens ! dit-elle, il entre dans la maison !

Elle s'approcha de la grille, tâta les barreaux l'un après l'autre et reconnut facilement celui que Marius avait dérangé.

Elle murmura à demi-voix, avec un accent lugubre :

— Pas de ça, Lisette !

Elle s'assit sur le soubassement de la grille, tout à côté

---

1. Cette voiture anglaise fut introduite en France en 1852. L'insistance sur le mot oblige à noter qu'il est l'anagramme de A B C.

du barreau, comme si elle le gardait. C'était précisément le point où la grille venait toucher le mur voisin. Il y avait là un angle obscur où Éponine disparaissait entièrement.

Elle demeura ainsi plus d'une heure sans bouger et sans souffler, en proie à ses idées.

Vers dix heures du soir, un des deux ou trois passants de la rue Plumet, vieux bourgeois attardé qui se hâtait dans ce lieu désert et mal famé, côtoyant la grille du jardin, et arrivé à l'angle que la grille faisait avec le mur, entendit une voix sourde et menaçante qui disait :

— Je ne m'étonne plus s'il vient tous les soirs !

Le passant promena ses yeux autour de lui, ne vit personne, n'osa pas regarder dans ce coin noir et eut grand'peur. Il doubla le pas.

Ce passant eut raison de se hâter, car, très peu d'instants après, six hommes qui marchaient séparés et à quelque distance les uns des autres, le long du mur, et qu'on eût pu prendre pour une patrouille grise, entrèrent dans la rue Plumet.

Le premier qui arriva à la grille du jardin s'arrêta, et attendit les autres ; une seconde après, ils étaient tous les six réunis.

Ces hommes se mirent à parler à voix basse.

— C'est icicaille, dit l'un d'eux.

— Y a-t-il un cab * dans le jardin ? demanda un autre.

— Je ne sais pas. En tout cas j'ai levé ** une boulette que nous lui ferons morfiler ***.

— As-tu du mastic pour frangir la vanterne **** ?

— Oui.

— La grille est vieille, reprit un cinquième qui avait une voix de ventriloque.

— Tant mieux, dit le second qui avait parlé. Elle ne

---

* Chien.
** Apporté. De l'espagnol *llevar*.
*** Manger.
**** *Casser un carreau* au moyen d'un emplâtre de mastic, qui, appuyé sur la vitre, retient les morceaux de verre et empêche le bruit.

criblera * pas sous la bastringue ** et ne sera pas si dure
à faucher ***.

Le sixième, qui n'avait pas encore ouvert la bouche, se
mit à visiter la grille comme avait fait Éponine une heure
auparavant, empoignant successivement chaque barreau
et les ébranlant avec précaution. Il arriva ainsi au barreau
que Marius avait descellé. Comme il allait saisir ce barreau, une main sortant brusquement de l'ombre s'abattit
sur son bras, il se sentit vivement repoussé par le milieu
de la poitrine, et une voix enrouée lui dit sans crier :

— Il y a un cab.

En même temps il vit une fille pâle debout devant lui.

L'homme eut cette commotion que donne toujours
l'inattendu. Il se hérissa hideusement ; rien n'est formidable à voir comme les bêtes féroces inquiètes ; leur air
effrayé est effrayant. Il recula, et bégaya :

— Quelle est cette drôlesse ?

— Votre fille.

C'était en effet Éponine qui parlait à Thénardier.

À l'apparition d'Éponine, les cinq autres, c'est-à-dire
Claquesous, Gueulemer, Babet, Montparnasse et Brujon,
s'étaient approchés sans bruit, sans précipitation, sans
dire une parole, avec la lenteur sinistre propre à ces
hommes de nuit.

On leur distinguait je ne sais quels hideux outils à la
main. Gueulemer tenait une de ces pinces courbes que les
rôdeurs appellent fanchons.

— Ah çà, qu'est-ce que tu fais là ? qu'est-ce que tu
nous veux ? es-tu folle ? s'écria Thénardier, autant qu'on
peut s'écrier en parlant bas. Qu'est-ce que tu viens nous
empêcher de travailler ?

Éponine se mit à rire et lui sauta au cou.

— Je suis là, mon petit père, parce que je suis là. Est-
ce qu'il n'est pas permis de s'asseoir sur les pierres, à
présent ? C'est vous qui ne devriez pas y être. Qu'est-ce
que vous venez y faire, puisque c'est un biscuit ? Je

---

* Criera.
** La scie.
*** Couper.

l'avais dit à Magnon. Il n'y a rien à faire ici. Mais embrassez-moi donc, mon bon petit père ! Comme il y a longtemps que je ne vous ai vu ! Vous êtes dehors, donc ?

Le Thénardier essaya de se débarrasser des bras d'Éponine et grommela :

— C'est bon. Tu m'as embrassé. Oui, je suis dehors. Je ne suis pas dedans. À présent, va-t'en.

Mais Éponine ne lâchait pas prise et redoublait ses caresses.

— Mon petit père, comment avez-vous donc fait ? Il faut que vous ayez bien de l'esprit pour vous être tiré de là. Contez-moi ça ! Et ma mère ? où est ma mère ? Donnez-moi donc des nouvelles de maman.

Thénardier répondit :

— Elle va bien, je ne sais pas, laisse-moi, je te dis, va-t'en.

— Je ne veux pas m'en aller justement, fit Éponine avec une minauderie d'enfant gâté, vous me renvoyez que voilà quatre mois que je ne vous ai vu et que j'ai à peine eu le temps de vous embrasser.

Et elle reprit son père par le cou.

— Ah çà mais, c'est bête ! dit Babet.

— Dépêchons ! dit Gueulemer, les coqueurs peuvent passer.

La voix de ventriloque scanda ce distique :

> Nous n' sommes pas le jour de l'an,
> À bécoter papa maman.

Éponine se tourna vers les cinq bandits.

— Tiens, c'est monsieur Brujon. — Bonjour, monsieur Babet. Bonjour, monsieur Claquesous. — Est-ce que vous ne me reconnaissez pas, monsieur Gueulemer ? — Comment ça va, Montparnasse ?

— Si, on te reconnaît ! fit Thénardier. Mais bonjour, bonsoir, au large ! laisse-nous tranquilles.

— C'est l'heure des renards, et pas des poules, dit Montparnasse.

— Tu vois bien que nous avons à goupiner icigo *, ajouta Babet.

Éponine prit la main de Montparnasse.

— Prends garde ! dit-il, tu vas te couper, j'ai un lingre ouvert **.

— Mon petit Montparnasse, répondit Éponine très doucement, il faut avoir confiance dans les gens. Je suis la fille de mon père peut-être. Monsieur Babet, monsieur Gueulemer, c'est moi qu'on a chargée d'éclairer l'affaire.

Il est remarquable qu'Éponine ne parlait pas argot. Depuis qu'elle connaissait Marius, cette affreuse langue lui était devenue impossible.

Elle pressa dans sa petite main osseuse et faible comme la main d'un squelette les gros doigts rudes de Gueulemer et continua :

— Vous savez bien que je ne suis pas sotte. Ordinairement on me croit. Je vous ai rendu service dans les occasions. Eh bien, j'ai pris des renseignements, vous vous exposeriez inutilement, voyez-vous. Je vous jure qu'il n'y a rien à faire dans cette maison-ci.

— Il y a des femmes seules, dit Gueulemer.

— Non. Les personnes sont déménagées.

— Les chandelles ne le sont pas toujours ! fit Babet.

Et il montra à Éponine, à travers le haut des arbres, une lumière qui se promenait dans la mansarde du pavillon. C'était Toussaint qui avait veillé pour étendre du linge à sécher.

Éponine tenta un dernier effort.

— Eh bien, dit-elle, c'est du monde très pauvre, et une baraque où ils n'ont pas le sou.

— Va-t'en au diable ! cria Thénardier. Quand nous aurons retourné la maison, et que nous aurons mis la cave en haut et le grenier en bas, nous te dirons ce qu'il y a dedans et si ce sont des balles, des ronds ou des broques ***.

Et il la poussa pour passer outre.

---

* Travailler ici.
** Couteau.
*** Des francs, des sous ou des liards.

— Mon bon ami monsieur Montparnasse, dit Éponine, je vous en prie, vous qui êtes bon enfant, n'entrez pas !

— Prends donc garde, tu vas te couper ! répliqua Montparnasse.

Thénardier reprit avec l'accent décisif qu'il avait :

— Décampe, la fée, et laisse les hommes faire leurs affaires.

Éponine lâcha la main de Montparnasse qu'elle avait ressaisie, et dit :

— Vous voulez donc entrer dans cette maison ?

— Un peu ! fit le ventriloque en ricanant.

Alors elle s'adossa à la grille, fit face aux six bandits armés jusqu'aux dents et à qui la nuit donnait des visages de démons, et dit d'une voix ferme et basse :

— Eh bien, moi, je ne veux pas.

Ils s'arrêtèrent stupéfaits. Le ventriloque pourtant acheva son ricanement. Elle reprit :

— Les amis ! écoutez bien. Ce n'est pas ça. Maintenant je parle. D'abord, si vous entrez dans le jardin, si vous touchez à cette grille, je crie, je cogne aux portes, je réveille le monde, je vous fais empoigner tous les six, j'appelle les sergents de ville.

— Elle le ferait, dit Thénardier bas à Brujon et au ventriloque.

Elle secoua la tête et ajouta :

— À commencer par mon père.

Thénardier s'approcha.

— Pas si près, bonhomme ! dit-elle.

Il recula en grommelant dans ses dents : — Mais qu'est-ce qu'elle a donc ? Et il ajouta :

— Chienne !

Elle se mit à rire d'une façon terrible.

— Comme vous voudrez, vous n'entrerez pas. Je ne suis pas la fille au chien, puisque je suis la fille au loup. Vous êtes six, qu'est-ce que cela me fait ? Vous êtes des hommes. Eh bien, je suis une femme. Vous ne me faites pas peur, allez. Je vous dis que vous n'entrerez pas dans cette maison, parce que cela ne me plaît pas. Si vous approchez, j'aboie. Je vous l'ai dit, le cab c'est moi. Je me fiche pas mal de vous. Passez votre chemin, vous m'ennuyez ! Allez où vous voudrez, mais ne venez pas ici, je vous le défends ! Vous à coups de couteau, moi à coups de savate, ça m'est égal, avancez donc !

Elle fit un pas vers les bandits, elle était effrayante, elle se mit à rire.

— Pardine ! je n'ai pas peur. Cet été, j'aurai faim, cet hiver, j'aurai froid. Sont-ils farces, ces bêtas d'hommes de croire qu'ils font peur à une fille ! De quoi ! peur ? Ah ouiche, joliment ! Parce que vous avez des chipies de maîtresses qui se cachent sous le lit quand vous faites la grosse voix, voilà-t-il pas ! Moi, je n'ai peur de rien ![2]

Elle appuya sur Thénardier son regard fixe, et dit :

— Pas même de vous, mon père !

Puis elle poursuivit en promenant sur les bandits ses sanglantes prunelles de spectre :

— Qu'est-ce que ça me fait à moi qu'on me ramasse demain rue Plumet sur le pavé, tuée à coups de surin par mon père, ou bien qu'on me trouve dans un an dans les filets de Saint-Cloud ou à l'île des Cygnes au milieu des vieux bouchons pourris et des chiens noyés ![3]

Force lui fut de s'interrompre, une toux sèche la prit, son souffle sortait comme un râle de sa poitrine étroite et débile.

Elle reprit :

— Je n'ai qu'à crier, on vient, patatras. Vous êtes six ; moi je suis tout le monde[4].

---

2. C'est la seconde fois qu'Éponine sauve Marius : la première fois en lui trouvant l'adresse de Cosette (IV, 2, 3 et 4 ; pp. 1175 et suiv.) ; ici en risquant le « coup de pouce » ; à la troisième, elle mourra en recevant la balle qui lui était destinée (IV, 14, 4 ; p. 1529 ; et IV, 14, 6 ; p. 1534).

3. Éponine n'a pas tort : que la mort lui soit donnée par Montparnasse, par la faim et la maladie ou par le coup de fusil d'un soldat, elle lui est promise à brève échéance (voir aussi texte III, 8, 6, annoté 5 ; p. 1026). En ceci d'abord les misérables sont des morts-vivants, au pied de la lettre (voir note générale 24).

À Saint-Cloud, un filet en travers de la Seine retenait les cadavres.

4. Affirmation qui s'oppose fortement à celle de Cosette : « Est-ce que je suis quelqu'un ? » (V, 7, 1 ; p. 1870). Elles se rejoignent pourtant : tout le monde ou personne, le misérable n'est pas une « personne », un « moi ».

Thénardier fit un mouvement vers elle.

— Prochez pas ! cria-t-elle.

Il s'arrêta, et lui dit avec douceur :

— Eh bien non. Je n'approcherai pas, mais ne parle pas si haut. Ma fille, tu veux donc nous empêcher de travailler ? Il faut pourtant que nous gagnions notre vie. Tu n'as donc plus d'amitié pour ton père ?

— Vous m'embêtez, dit Éponine.

— Il faut pourtant que nous vivions, que nous mangions...

— Crevez.

Cela dit, elle s'assit sur le soubassement de la grille en chantonnant :

> Mon bras si dodu,
> Ma jambe bien faite,
> Et le temps perdu [5].

Elle avait le coude sur le genou et le menton dans sa main, et elle balançait son pied d'un air d'indifférence. Sa robe trouée laissait voir ses clavicules maigres. Le réverbère voisin éclairait son profil et son attitude. On ne pouvait rien voir de plus résolu et de plus surprenant.

Les six escarpes, interdits et sombres d'être tenus en échec par une fille, allèrent sous l'ombre portée de la lanterne, et tinrent conseil avec des haussements d'épaule humiliés et furieux.

Elle cependant les regardait d'un air paisible et farouche.

— Elle a quelque chose, dit Babet. Une raison. Est-ce qu'elle est amoureuse du cab ? C'est pourtant dommage de manquer ça. Deux femmes, un vieux qui loge dans une arrière-cour ; il y a des rideaux pas mal aux fenêtres. Le vieux doit être un guinal *. Je crois l'affaire bonne.

— Eh bien, entrez, vous autres, s'écria Montparnasse.

---

* Un juif.

---

5. Le premier vers de cette chanson de Béranger (*Ma grand'mère*) est : « Combien je regrette... » Sur la présence de poèmes dans le roman, voir note générale 27.

Faites l'affaire. Je resterai là avec la fille, et si elle bronche...

Il fit reluire au réverbère le couteau qu'il tenait ouvert dans sa manche.

Thénardier ne disait mot et semblait prêt à ce qu'on voudrait.

Brujon, qui était un peu oracle et qui avait, comme on sait, « donné l'affaire », n'avait pas encore parlé. Il paraissait pensif. Il passait pour ne reculer devant rien, et l'on savait qu'il avait dévalisé, rien que par bravade, un poste de sergents de ville. En outre il faisait des vers et des chansons, ce qui lui donnait une grande autorité.

Babet le questionna.

— Tu ne dis rien, Brujon ?

Brujon resta encore un instant silencieux, puis il hocha la tête de plusieurs façons variées, et se décida enfin à élever la voix.

— Voici : j'ai rencontré ce matin deux moineaux qui se battaient ; ce soir, je me cogne à une femme qui querelle. Tout ça est mauvais. Allons-nous-en.

Ils s'en allèrent.

Tout en s'en allant, Montparnasse murmura :

— C'est égal, si on avait voulu, j'aurais donné le coup de pouce.

Babet répondit :

— Moi pas. Je ne tape pas une dame.

Au coin de la rue, ils s'arrêtèrent et échangèrent à voix sourde ce dialogue énigmatique :

— Où irons-nous coucher ce soir ?

— Sous Pantin *.

— As-tu sur toi la clef de la grille, Thénardier ?

— Pardi.

Éponine, qui ne les quittait pas des yeux, les vit reprendre le chemin par où ils étaient venus. Elle se leva et se mit à ramper derrière eux le long des murailles et des maisons. Elle les suivit ainsi jusqu'au boulevard. Là, ils se séparèrent, et elle vit ces six hommes s'enfoncer dans l'obscurité où ils semblèrent fondre.

---

* *Pantin*, Paris.

V

CHOSES DE LA NUIT [1]

Après le départ des bandits, la rue Plumet reprit son tranquille aspect nocturne.

Ce qui venait de se passer dans cette rue n'eût point étonné une forêt. Les futaies, les taillis, les bruyères, les branches âprement entre-croisées, les hautes herbes, existent d'une manière sombre ; le fourmillement sauvage entrevoit là les subites apparitions de l'invisible ; ce qui est au-dessous de l'homme y distingue à travers la brume ce qui est au delà de l'homme ; et les choses ignorées de nous vivants s'y confrontent dans la nuit. La nature hérissée et fauve s'effare à de certaines approches où elle croit sentir le surnaturel. Les forces de l'ombre se connaissent, et ont entre elles de mystérieux équilibres. Les dents et les griffes redoutent l'insaisissable. La bestialité buveuse de sang, les voraces appétits affamés en quête de la proie, les instincts armés d'ongles et de mâchoires qui ont pour source et pour but le ventre, regardent et flairent avec inquiétude l'impassible linéament spectral rôdant sous un suaire, debout dans sa vague robe frissonnante, et qui leur semble vivre d'une vie morte et terrible. Ces brutalités, qui ne sont que matière, craignent confusément d'avoir affaire à l'immense obscurité condensée dans un être inconnu. Une figure noire barrant le passage arrête net la bête farouche. Ce qui sort du cimetière intimide et déconcerte ce qui sort de l'antre ; le féroce a peur du sinistre ; les loups reculent devant une goule rencontrée.

---

1. Commentaire et extension du récit, ce chapitre est à l'épisode qui précède ce que « L'Onde et l'Ombre » est à l'histoire de Jean Valjean (I, 2, 8 ; p. 145) et « *Christus nos liberavit* » à celle de Fantine (I, 5, 11 ; p. 274). Voir note générale 8.

Dans l'idée d'une supériorité de l'esprit sur le corps et de la misère d'en haut sur celle d'en bas, il répond aux questions initiales du roman (voir note générale 13), mais de manière inquiétante : seule la mort en nous — le « non-moi » plus que le « sur-moi » — moralise nos actions.

VI

MARIUS REDEVIENT RÉEL AU POINT DE DONNER
SON ADRESSE À COSETTE

Pendant que cette espèce de chienne à figure humaine montait la garde contre la grille et que les six bandits lâchaient pied devant une fille, Marius était près de Cosette.

Jamais le ciel n'avait été plus constellé et plus charmant, les arbres plus tremblants, la senteur des herbes plus pénétrante ; jamais les oiseaux ne s'étaient endormis dans les feuilles avec un bruit plus doux ; jamais toutes les harmonies de la sérénité universelle n'avaient mieux répondu aux musiques intérieures de l'amour ; jamais Marius n'avait été plus épris, plus heureux, plus extasié. Mais il avait trouvé Cosette triste. Cosette avait pleuré. Elle avait les yeux rouges.

C'était le premier nuage dans cet admirable rêve.

Le premier mot de Marius avait été :

— Qu'as-tu ?

Et elle avait répondu :

— Voilà.

Puis elle s'était assise sur le banc près du perron, et pendant qu'il prenait place tout tremblant auprès d'elle, elle avait poursuivi :

— Mon père m'a dit ce matin de me tenir prête, qu'il avait des affaires, et que nous allions peut-être partir.

Marius frissonna de la tête aux pieds.

Quand on est à la fin de la vie, mourir, cela veut dire partir ; quand on est au commencement, partir, cela veut dire mourir.

Depuis six semaines, Marius, peu à peu, lentement, par degrés, prenait chaque jour possession de Cosette. Possession tout idéale, mais profonde. Comme nous l'avons expliqué déjà, dans le premier amour, on prend l'âme bien avant le corps ; plus tard on prend le corps bien avant l'âme, quelquefois on ne prend pas l'âme du tout ; les

Faublas et les Prudhomme ajoutent : parce qu'il n'y en a pas ; mais ce sarcasme est par bonheur un blasphème. Marius donc possédait Cosette, comme les esprits possèdent ; mais il l'enveloppait de toute son âme et la saisissait jalousement avec une incroyable conviction. Il possédait son sourire, son haleine, son parfum, le rayonnement profond de ses prunelles bleues, la douceur de sa peau quand il lui touchait la main, le charmant signe qu'elle avait au cou, toutes ses pensées. Ils étaient convenus de ne jamais dormir sans rêver l'un de l'autre, et ils s'étaient tenu parole. Il possédait donc tous les rêves de Cosette. Il regardait sans cesse et il effleurait quelquefois de son souffle les petits cheveux qu'elle avait à la nuque et il se déclarait qu'il n'y avait pas un de ces petits cheveux qui ne lui appartînt à lui Marius. Il contemplait et il adorait les choses qu'elle mettait, son nœud de ruban, ses gants, ses manchettes, ses brodequins, comme des objets sacrés dont il était le maître. Il songeait qu'il était le seigneur de ces jolis peignes d'écaille qu'elle avait dans ses cheveux, et il se disait même, sourds et confus bégayements de la volupté qui se faisait jour, qu'il n'y avait pas un cordon de sa robe, pas une maille de ses bas, pas un pli de son corset, qui ne fût à lui. À côté de Cosette, il se sentait près de son bien, près de sa chose, près de son despote et de son esclave. Il semblait qu'ils eussent tellement mêlé leurs âmes que, s'ils eussent voulu les reprendre, il leur eût été impossible de les reconnaître. — Celle-ci est la mienne. — Non, c'est la mienne. — Je t'assure que tu te trompes. Voilà bien moi. — Ce que tu prends pour toi, c'est moi. — Marius était quelque chose qui faisait partie de Cosette et Cosette était quelque chose qui faisait partie de Marius. Marius sentait Cosette vivre en lui. Avoir Cosette, posséder Cosette, cela pour lui n'était pas distinct de respirer. Ce fut au milieu de cette foi, de cet enivrement, de cette possession virginale, inouïe et absolue, de cette souveraineté, que ces mots : « Nous allons partir », tombèrent tout à coup, et que la voix brusque de la réalité lui cria : Cosette n'est pas à toi !

Marius se réveilla. Depuis six semaines, Marius vivait,

nous l'avons dit, hors de la vie ; ce mot, partir ! l'y fit
rentrer durement.

Il ne trouva pas une parole. Cosette sentit seulement
que sa main était très froide. Elle lui dit à son tour :

— Qu'as-tu ?

Il répondit, si bas que Cosette l'entendait à peine :

— Je ne comprends pas ce que tu as dit.

Elle reprit :

— Ce matin mon père m'a dit de préparer toutes mes
petites affaires et de me tenir prête, qu'il me donnerait
son linge pour le mettre dans une malle, qu'il était obligé
de faire un voyage, que nous allions partir, qu'il faudrait
avoir une grande malle pour moi et une petite pour lui,
de préparer tout cela d'ici à une semaine, et que nous
irions peut-être en Angleterre.

— Mais c'est monstrueux ! s'écria Marius.

Il est certain qu'en ce moment, dans l'esprit de Marius,
aucun abus de pouvoir, aucune violence, aucune abomination des tyrans les plus prodigieux, aucune action de
Busiris, de Tibère ou de Henri VIII n'égalait en férocité
celle-ci : M. Fauchelevent emmenant sa fille en Angleterre parce qu'il a des affaires.

Il demanda d'une voix faible :

— Et quand partirais-tu ?

— Il n'a pas dit quand.

— Et quand reviendrais-tu ?

— Il n'a pas dit quand.

Marius se leva, et dit froidement :

— Cosette, irez-vous ?

Cosette tourna vers lui ses beaux yeux pleins d'angoisse et répondit avec une sorte d'égarement :

— Où ?

— En Angleterre ? irez-vous ?

— Pourquoi me dis-tu vous ?

— Je vous demande si vous irez ?

— Comment veux-tu que je fasse ? dit-elle en joignant
les mains.

— Ainsi, vous irez ?

— Si mon père y va ?

— Ainsi, vous irez ?

Cosette prit la main de Marius et l'étreignit sans répondre.

— C'est bon, dit Marius. Alors j'irai ailleurs.

Cosette sentit le sens de ce mot plus encore qu'elle ne le comprit. Elle pâlit tellement que sa figure devint blanche dans l'obscurité. Elle balbutia :

— Que veux-tu dire ?

Marius la regarda, puis éleva lentement ses yeux vers le ciel et répondit :

— Rien.

Quand sa paupière s'abaissa, il vit Cosette qui lui souriait. Le sourire d'une femme qu'on aime a une clarté qu'on voit la nuit.

— Que nous sommes bêtes ! Marius, j'ai une idée.

— Quoi ?

— Pars si nous partons ! Je te dirai où. Viens me rejoindre où je serai !

Marius était maintenant un homme tout à fait réveillé. Il était retombé dans la réalité. Il cria à Cosette :

— Partir avec vous ! es-tu folle ! Mais il faut de l'argent, et je n'en ai pas ! Aller en Angleterre ? Mais je dois maintenant, je ne sais pas, plus de dix louis à Courfeyrac, un de mes amis que tu ne connais pas ! Mais j'ai un vieux chapeau qui ne vaut pas trois francs, j'ai un habit où il manque des boutons par devant, ma chemise est toute déchirée, j'ai les coudes percés, mes bottes prennent l'eau ; depuis six semaines je n'y pense plus, et je ne te l'ai pas dit. Cosette ! je suis un misérable. Tu ne me vois que la nuit, et tu me donnes ton amour ; si tu me voyais le jour, tu me donnerais un sou ! Aller en Angleterre ! Eh je n'ai pas de quoi payer le passeport !

Il se jeta contre un arbre qui était là, debout, les deux bras au-dessus de sa tête, le front contre l'écorce, ne sentant ni le bois qui lui écorchait la peau ni la fièvre qui lui martelait les tempes, immobile, et prêt à tomber, comme la statue du désespoir.

Il demeura longtemps ainsi. On resterait l'éternité dans ces abîmes-là. Enfin il se retourna. Il entendait derrière lui un petit bruit étouffé, doux et triste.

C'était Cosette qui sanglotait.

Elle pleurait depuis plus de deux heures à côté de Marius qui songeait.

Il vint à elle, tomba à genoux, et, se prosternant lentement, il prit le bout de son pied qui passait sous sa robe et le baisa.

Elle le laissa faire en silence. Il y a des moments où la femme accepte, comme une déesse sombre et résignée, la religion de l'amour[1].

— Ne pleure pas, dit-il.

Elle murmura :

— Puisque je vais peut-être m'en aller, et que tu ne peux pas venir !

Lui reprit :

— M'aimes-tu ?

Elle lui répondit en sanglotant ce mot du paradis qui n'est jamais plus charmant qu'à travers les larmes :

— Je t'adore !

Il poursuivit avec un son de voix qui était une inexprimable caresse :

— Ne pleure pas. Dis, veux-tu faire cela pour moi de ne pas pleurer ?

— M'aimes-tu, toi ? dit-elle.

Il lui prit la main.

— Cosette, je n'ai jamais donné ma parole d'honneur à personne, parce que ma parole d'honneur me fait peur. Je sens que mon père est à côté. Eh bien, je te donne ma parole d'honneur la plus sacrée que, si tu t'en vas, je mourrai.

Il y eut dans l'accent dont il prononça ces paroles une mélancolie si solennelle et si tranquille que Cosette trembla. Elle sentit ce froid que donne une chose sombre et vraie qui passe. De saisissement elle cessa de pleurer.

— Maintenant écoute, dit-il. Ne m'attends pas demain.

— Pourquoi ?

— Ne m'attends qu'après-demain.

— Oh ! pourquoi ?

---

1. Pourquoi ? parce qu'elle se sait, ou se devine, victime de ce culte ? parce qu'elle le comprend sans pouvoir le partager, ni le rendre ? Avouons ici que nous ne saurions dire pourquoi cette image, cette femme et cette phrase sont si belles.

— Tu verras.

— Un jour sans te voir ! mais c'est impossible.

— Sacrifions un jour pour avoir peut-être toute la vie.

Et Marius ajouta à demi-voix et en aparté :

— C'est un homme qui ne change rien à ses habitudes, et il n'a jamais reçu personne que le soir.

— De quel homme parles-tu ? demanda Cosette.

— Moi ? je n'ai rien dit.

— Qu'est-ce que tu espères donc ?

— Attends jusqu'à après-demain.

— Tu le veux ?

— Oui, Cosette.

Elle lui prit la tête dans ses deux mains, se haussant sur la pointe des pieds pour être à sa taille, et cherchant à voir dans ses yeux son espérance.

Marius reprit :

— J'y songe, il faut que tu saches mon adresse, il peut arriver des choses, on ne sait pas, je demeure chez cet ami appelé Courfeyrac, rue de la Verrerie, numéro 16.

Il fouilla dans sa poche, en tira un couteau-canif, et avec la lame écrivit sur le plâtre du mur :

16, rue de la Verrerie.

Cosette cependant s'était remise à lui regarder dans les yeux.

— Dis-moi ta pensée. Marius, tu as une pensée. Dis-la-moi. Oh ! dis-la-moi pour que je passe une bonne nuit !

— Ma pensée, la voici : c'est qu'il est impossible que Dieu veuille nous séparer. Attends-moi après-demain.

— Qu'est-ce que je ferai jusque-là ? dit Cosette. Toi tu es dehors, tu vas, tu viens. Comme c'est heureux les hommes ! Moi, je vais rester toute seule. Oh ! que je vais être triste ! Qu'est-ce que tu feras donc demain soir, dis ?

— J'essayerai une chose.

— Alors je prierai Dieu et je penserai à toi d'ici là pour que tu réussisses. Je ne te questionne plus, puisque tu ne veux pas. Tu es mon maître. Je passerai ma soirée demain à chanter cette musique d'*Euryanthe* que tu aimes et que tu es venu entendre un soir derrière mon volet [2].

---

2. Voir texte IV, 5, 2 et note 2, p. 1254.

Mais après-demain tu viendras de bonne heure. Je t'attendrai à la nuit, à neuf heures précises, je t'en préviens. Mon Dieu ! que c'est triste que les jours soient longs ! Tu entends, à neuf heures sonnant je serai dans le jardin.

— Et moi aussi.

Et sans se l'être dit, mus par la même pensée, entraînés par ces courants électriques qui mettent deux amants en communication continuelle, tous deux enivrés de volupté jusque dans leur douleur, ils tombèrent dans les bras l'un de l'autre, sans s'apercevoir que leurs lèvres s'étaient jointes pendant que leurs regards levés, débordant d'extase et pleins de larmes, contemplaient les étoiles.

Quand Marius sortit, la rue était déserte. C'était le moment où Éponine suivait les bandits jusque sur le boulevard.

Tandis que Marius rêvait, la tête appuyée contre l'arbre, une idée lui avait traversé l'esprit ; une idée, hélas ! qu'il jugeait lui-même insensée et impossible. Il avait pris un parti violent.

VII

LE VIEUX CŒUR ET LE JEUNE CŒUR EN PRÉSENCE

Le père Gillenormand avait à cette époque ses quatre-vingt-onze ans bien sonnés. Il demeurait toujours avec mademoiselle Gillenormand rue des Filles-du-Calvaire, n° 6, dans cette vieille maison qui était à lui. C'était, on s'en souvient, un de ces vieillards antiques qui attendent la mort tout droits, que l'âge charge sans les faire plier, et que le chagrin même ne courbe pas.

Cependant, depuis quelque temps, sa fille disait : mon père baisse. Il ne souffletait plus les servantes ; il ne frappait plus de sa canne avec autant de verve le palier de l'escalier quand Basque tardait à lui ouvrir. La révolution de Juillet l'avait à peine exaspéré pendant six mois. Il avait vu presque avec tranquillité dans le *Moniteur* cet accouplement de mots : M. Humblot-Conté, pair de France. Le fait est que le vieillard était rempli d'accablement. Il ne fléchissait pas, il ne se rendait pas, ce n'était pas plus dans sa nature physique que dans sa nature morale ; mais il se sentait intérieurement défaillir. Depuis quatre ans il attendait Marius, de pied ferme, c'est bien le mot, avec la conviction que ce mauvais petit garnement sonnerait à la porte un jour ou l'autre ; maintenant il en venait, dans de certaines heures mornes, à se dire que pour peu que Marius se fit encore attendre... — Ce n'était pas la mort qui lui était insupportable, c'était l'idée que peut-être il ne reverrait plus Marius. Ne plus revoir Marius, ceci n'était pas même entré un instant dans son cerveau jusqu'à ce jour ; à présent cette idée commençait à lui apparaître, et le glaçait. L'absence, comme il arrive toujours dans les sentiments naturels et vrais, n'avait fait qu'accroître son amour de grand-père pour l'enfant ingrat qui s'en était allé comme cela. C'est dans les nuits de décembre, par dix degrés de froid, qu'on pense le plus au soleil. M. Gillenormand était, ou se croyait, par-dessus tout incapable de faire un pas, lui l'aïeul, vers son petit-fils ; — je crèverai plutôt, disait-il. Il ne se trouvait aucun tort, mais il ne songeait à Marius qu'avec un attendrissement profond et le muet désespoir d'un vieux bonhomme qui s'en va dans les ténèbres.

Il commençait à perdre ses dents, ce qui s'ajoutait à sa tristesse.

M. Gillenormand, sans pourtant se l'avouer à lui-même, car il en eût été furieux et honteux, n'avait jamais aimé une maîtresse comme il aimait Marius.

Il avait fait placer dans sa chambre, devant le chevet de son lit, comme la première chose qu'il voulait voir en s'éveillant, un ancien portrait de son autre fille, celle qui était morte, madame Pontmercy, portrait fait lors qu'elle avait dix-huit ans. Il regardait sans cesse ce portrait. Il lui arriva un jour de dire en le considérant :

— Je trouve qu'il lui ressemble.

— À ma sœur ? reprit mademoiselle Gillenormand. Mais oui.

Le vieillard ajouta :

— Et à lui aussi.

Une fois, comme il était assis, les deux genoux l'un contre l'autre et l'œil presque fermé, dans une posture d'abattement, sa fille se risqua à lui dire :

— Mon père, est-ce que vous en voulez toujours autant ?...

Elle s'arrêta, n'osant aller plus loin.

— À qui ? demanda-t-il.

— À ce pauvre Marius ?

Il souleva sa vieille tête, posa son poing amaigri et ridé sur la table, et cria de son accent le plus irrité et le plus vibrant :

— Pauvre Marius, vous dites ! Ce monsieur est un drôle, un mauvais gueux, un petit vaniteux ingrat, sans cœur, sans âme, un orgueilleux, un méchant homme !

Et il se détourna pour que sa fille ne vît pas une larme qu'il avait dans les yeux.

Trois jours après, il sortit d'un silence qui durait depuis quatre heures pour dire à sa fille à brûle-pourpoint :

— J'avais eu l'honneur de prier mademoiselle Gillenormand de ne jamais m'en parler.

La tante Gillenormand renonça à toute tentative et porta ce diagnostic profond : — Mon père n'a jamais beaucoup aimé ma sœur depuis sa sottise. Il est clair qu'il déteste Marius.

« Depuis sa sottise » signifiait : depuis qu'elle avait épousé le colonel.

Du reste, comme on a pu le conjecturer, mademoiselle Gillenormand avait échoué dans sa tentative de substituer son favori, l'officier de lanciers, à Marius. Le remplaçant Théodule n'avait point réussi. M. Gillenormand n'avait pas accepté le quiproquo. Le vide du cœur ne s'accommode point d'un bouche-trou. Théodule, de son côté, tout en flairant l'héritage, répugnait à la corvée de plaire. Le bonhomme ennuyait le lancier, et le lancier choquait le bonhomme. Le lieutenant Théodule était gai sans doute, mais bavard ; frivole, mais vulgaire ; bon vivant, mais de mauvaise compagnie ; il avait des maîtresses, c'est vrai, et il en parlait beaucoup, c'est vrai encore ; mais il en parlait mal. Toutes ses qualités avaient un défaut. M. Gillenormand était excédé de l'entendre conter les bonnes fortunes quelconques qu'il avait autour de sa caserne, rue de Babylone. Et puis le lieutenant Gillenormand venait quelquefois en uniforme avec la cocarde tricolore. Ceci le rendait tout bonnement impossible. Le père Gillenormand avait fini par dire à sa fille : — J'en ai assez, du Théodule. J'ai peu de goût pour les gens de guerre en temps de paix. Reçois-le si tu veux. Je ne sais pas si je n'aime pas mieux encore les sabreurs que les traîneurs de sabre. Le cliquetis des lames dans la bataille est moins misérable, après tout, que le tapage des fourreaux sur le pavé. Et puis, se cambrer comme un matamore et se sangler comme une femmelette, avoir un corset sous une cuirasse, c'est être ridicule deux fois. Quand on est un véritable homme, on se tient à égale distance de la fanfaronnade et de la miévrerie. Ni fier-à-bras, ni joli cœur. Garde ton Théodule pour toi.

Sa fille eut beau lui dire : — C'est pourtant votre petit-neveu, — il se trouva que M. Gillenormand, qui était grand-père jusqu'au bout des ongles, n'était pas grand-oncle du tout.

Au fond, comme il avait de l'esprit et qu'il comparait, Théodule n'avait servi qu'à lui faire mieux regretter Marius.

Un soir, c'était le 4 juin, ce qui n'empêchait pas que le père Gillenormand n'eût un très bon feu dans sa cheminée, il avait congédié sa fille qui cousait dans la pièce voisine. Il était seul dans sa chambre à bergerades, les pieds sur ses chenets, à demi enveloppé dans son vaste paravent de coromandel à neuf feuilles, accoudé à sa table où brûlaient deux bougies sous un abat-jour vert, englouti dans son fauteuil de tapisserie, un livre à la main, mais ne lisant pas. Il était vêtu, selon sa mode, en *incroyable*, et ressemblait à un antique portrait de Garat. Cela l'eût fait suivre dans les rues, mais sa fille le couvrait toujours, lorsqu'il sortait, d'une vaste douillette d'évêque, qui cachait ses vêtements. Chez lui, excepté pour se lever et se coucher, il ne portait jamais de robe de chambre. — *Cela donne l'air vieux*, disait-il.

Le père Gillenormand songeait à Marius amoureusement et amèrement, et, comme d'ordinaire, l'amertume dominait. Sa tendresse aigrie finissait toujours par bouillonner et par tourner en indignation. Il en était à ce point où l'on cherche à prendre son parti et à accepter ce qui déchire. Il était en train de s'expliquer qu'il n'y avait maintenant plus de raison pour que Marius revînt, que s'il avait dû revenir, il l'aurait déjà fait, qu'il fallait y renoncer. Il essayait de s'habituer à l'idée que c'était fini, et qu'il mourrait sans revoir « ce monsieur ». Mais toute sa nature se révoltait ; sa vieille paternité n'y pouvait consentir. — Quoi ! disait-il, c'était son refrain douloureux, il ne reviendra pas ! — Sa tête chauve était tombée sur sa poitrine, et il fixait vaguement sur la cendre de son foyer un regard lamentable et irrité.

Au plus profond de cette rêverie, son vieux domestique, Basque, entra et demanda :

— Monsieur peut-il recevoir monsieur Marius ?

Le vieillard se dressa sur son séant, blême et pareil à un cadavre qui se lève sous une secousse galvanique. Tout son sang avait reflué à son cœur. Il bégaya :

— Monsieur Marius quoi ?

— Je ne sais pas, répondit Basque intimidé et décontenancé par l'air du maître, je ne l'ai pas vu. C'est Nicolette qui vient de me dire : Il y a là un jeune homme, dites que c'est monsieur Marius.

Le père Gillenormand balbutia à voix basse :

— Faites entrer.

Et il resta dans la même attitude, la tête branlante, l'œil fixé sur la porte. Elle se rouvrit. Un jeune homme entra. C'était Marius.

Marius s'arrêta à la porte comme attendant qu'on lui dit d'entrer.

Son vêtement presque misérable ne s'apercevait pas dans l'obscurité que faisait l'abat-jour. On ne distinguait que son visage calme et grave, mais étrangement triste.

Le père Gillenormand, hébété de stupeur et de joie, resta quelques instants sans voir autre chose qu'une clarté comme lorsqu'on est devant une apparition. Il était prêt à défaillir ; il apercevait Marius à travers un éblouissement. C'était bien lui, c'était bien Marius !

Enfin ! après quatre ans ! Il le saisit, pour ainsi dire, tout entier d'un coup d'œil. Il le trouva beau, noble, distingué, grandi, homme fait, l'attitude convenable, l'air charmant. Il eut envie d'ouvrir les bras, de l'appeler, de se précipiter, ses entrailles se fondirent en ravissement, les paroles affectueuses le gonflaient et débordaient de sa poitrine ; enfin toute cette tendresse se fit jour et lui arriva aux lèvres, et, par le contraste qui était le fond de sa nature, il en sortit une dureté. Il dit brusquement :

— Qu'est-ce que vous venez faire ici ?

Marius répondit avec embarras :

— Monsieur...

M. Gillenormand eût voulu que Marius se jetât dans ses bras. Il fut mécontent de Marius et de lui-même. Il sentit qu'il était brusque et que Marius était froid. C'était pour le bonhomme une insupportable et irritante anxiété de se sentir si tendre et si éploré au dedans et de ne pouvoir être que dur au dehors. L'amertume lui revint. Il interrompit Marius avec un accent bourru :

— Alors pourquoi venez-vous ?

Cet « alors » signifiait : *si vous ne venez pas m'embrasser.* Marius regarda son aïeul à qui la pâleur faisait un visage de marbre.

— Monsieur...

Le vieillard reprit d'une voix sévère :

— Venez-vous me demander pardon ? avez-vous reconnu vos torts ?

Il croyait mettre Marius sur la voie et que « l'enfant » allait fléchir. Marius frissonna ; c'était le désaveu de son père qu'on lui demandait ; il baissa les yeux et répondit :

— Non, monsieur.

— Et alors, s'écria impétueusement le vieillard avec une douleur poignante et pleine de colère, qu'est-ce que vous me voulez ?

Marius joignit les mains, fit un pas et dit d'une voix faible et qui tremblait :

— Monsieur, ayez pitié de moi.

Ce mot remua M. Gillenormand ; dit plus tôt, il l'eût

attendri, mais il venait trop tard. L'aïeul se leva ; il s'appuyait sur sa canne de ses deux mains, ses lèvres étaient blanches, son front vacillait, mais sa haute taille dominait Marius incliné.

— Pitié de vous, monsieur ! C'est l'adolescent qui demande de la pitié au vieillard de quatrevingt-onze ans ! Vous entrez dans la vie, j'en sors ; vous allez au spectacle, au bal, au café, au billard, vous avez de l'esprit, vous plaisez aux femmes, vous êtes joli garçon ; moi je crache en plein été sur mes tisons ; vous êtes riche des seules richesses qu'il y ait, moi j'ai toutes les pauvretés de la vieillesse, l'infirmité, l'isolement ! vous avez vos trente-deux dents, un bon estomac, l'œil vif, la force, l'appétit, la santé, la gaîté, une forêt de cheveux noirs ; moi je n'ai même plus de cheveux blancs, j'ai perdu mes dents, je perds mes jambes, je perds la mémoire, il y a trois noms de rues que je confonds sans cesse, la rue Charlot, la rue du Chaume et la rue Saint-Claude, j'en suis là ; vous avez devant vous tout l'avenir plein de soleil, moi je commence à n'y plus voir goutte, tant j'avance dans la nuit ; vous êtes amoureux, ça va sans dire, moi je ne suis aimé de personne au monde, et vous me demandez de la pitié ! Parbleu, Molière a oublié ceci. Si c'est comme cela que vous plaisantez au palais, messieurs les avocats, je vous fais mon sincère compliment. Vous êtes drôles.

Et l'octogénaire reprit d'une voix courroucée et grave :

— Ah çà, qu'est-ce que vous me voulez ?

— Monsieur, dit Marius, je sais que ma présence vous déplaît, mais je viens seulement pour vous demander une chose, et puis je vais m'en aller tout de suite.

— Vous êtes un sot ! dit le vieillard. Qui est-ce qui vous dit de vous en aller ?

Ceci était la traduction de cette parole tendre qu'il avait au fond du cœur : *Mais demande-moi donc pardon ! Jette-toi donc à mon cou !* M. Gillenormand sentait que Marius allait dans quelques instants le quitter, que son mauvais accueil le rebutait, que sa dureté le chassait, il se disait tout cela, et sa douleur s'en accroissait, et comme sa douleur se tournait immédiatement en colère, sa dureté en augmentait. Il eût voulu que Marius comprit, et Marius ne comprenait pas ; ce qui rendait le bonhomme furieux. Il reprit :

— Comment ! vous m'avez manqué, à moi, votre grand-père, vous avez quitté ma maison pour aller on ne sait où, vous avez désolé votre tante, vous avez été, cela se devine, c'est plus commode, mener la vie de garçon, faire le muscadin, rentrer à toutes les heures, vous amuser, vous ne m'avez pas donné signe de vie, vous avez fait des dettes sans même me dire de les payer, vous vous êtes fait casseur de vitres et tapageur, et, au bout de quatre ans, vous venez chez moi, et vous n'avez pas autre chose à me dire que cela !

Cette façon violente de pousser le petit-fils à la tendresse ne produisit que le silence de Marius. M. Gillenormand croisa les bras, geste qui, chez lui, était particulièrement impérieux, et apostropha Marius amèrement :

— Finissons. Vous venez me demander quelque chose, dites-vous ? Eh bien quoi ? qu'est-ce ? Parlez.

— Monsieur, dit Marius avec le regard d'un homme qui sent qu'il va tomber dans un précipice, je viens vous demander la permission de me marier.

M. Gillenormand sonna. Basque entr'ouvrit la porte.

— Faites venir ma fille.

Une seconde après, la porte se rouvrit, mademoiselle Gillenormand n'entra pas, mais se montra ; Marius était debout, muet, les bras pendants, avec une figure de criminel ; M. Gillenormand allait et venait en long et en large dans la chambre. Il se tourna vers sa fille et lui dit :

— Rien. C'est monsieur Marius. Dites-lui bonjour. Monsieur veut se marier. Voilà. Allez-vous-en.

Le son de voix bref et rauque du vieillard annonçait une étrange plénitude d'emportement. La tante regarda Marius d'un air effaré, parut à peine le reconnaître, ne laissa pas échapper un geste ni une syllabe, et disparut au souffle de son père plus vite qu'un fétu devant l'ouragan.

Cependant le père Gillenormand était revenu s'adosser à la cheminée.

— Vous marier ! à vingt et un ans ! Vous avez arrangé

cela ! Vous n'avez plus qu'une permission à demander !
une formalité. Asseyez-vous, monsieur. Eh bien, vous avez
eu une révolution depuis que je n'ai eu l'honneur de vous
voir. Les jacobins ont eu le dessus. Vous avez dû être
content. N'êtes-vous pas républicain depuis que vous êtes
baron ? Vous accommodez cela. La république fait une
sauce à la baronnie. Êtes-vous décoré de Juillet ? avez-vous
un peu pris le Louvre, monsieur ? Il y a ici tout près, rue
Saint-Antoine, vis-à-vis la rue des Nonaindières, un boulet
incrusté dans le mur au troisième étage d'une maison avec
cette inscription : 28 juillet 1830. Allez voir cela. Cela fait
bon effet. Ah ! ils font de jolies choses, vos amis ! À propos,
ne font-ils pas une fontaine à la place du monument de M. le
duc de Berry ?[1] Ainsi vous voulez vous marier ? à qui ?
peut-on sans indiscrétion demander à qui ?

Il s'arrêta, et, avant que Marius eût eu le temps de
répondre, il ajouta violemment :

— Ah çà, vous avez un état ? une fortune faite ?
combien gagnez-vous dans votre métier d'avocat ?

— Rien, dit Marius avec une sorte de fermeté et de
résolution presque farouche.

— Rien ? vous n'avez pour vivre que les douze cents
livres que je vous fais ?

Marius ne répondit point. M. Gillenormand continua :

— Alors, je comprends, c'est que la fille est riche ?

— Comme moi.

— Quoi ! pas de dot ?

— Non.

— Des espérances ?

— Je ne crois pas.

— Toute nue ! et qu'est-ce que c'est que le père ?

— Je ne sais pas.

— Et comment s'appelle-t-elle ?

— Mademoiselle Fauchelevent.

— Fauchequoi ?

— Fauchelevent.

---

1. Effectivement, mais en 1844 seulement, une fontaine remplaça
le monument expiatoire élevé sur le lieu (square Louvois) de l'attentat dont le duc de Berry avait été victime.

— Pttt ! fit le vieillard.

— Monsieur ! s'écria Marius.

M. Gillenormand l'interrompit du ton d'un homme qui se parle à lui-même.

— C'est cela, vingt et un ans, pas d'état, douze cents livres par an, madame la baronne Pontmercy ira acheter deux sous de persil chez la fruitière.

— Monsieur, reprit Marius dans l'égarement de la dernière espérance qui s'évanouit, je vous en supplie ! je vous en conjure, au nom du ciel, à mains jointes, monsieur, je me mets à vos pieds, permettez-moi de l'épouser.

Le vieillard poussa un éclat de rire strident et lugubre à travers lequel il toussait et parlait.

— Ah ! ah ! ah ! vous vous êtes dit : Pardine ! je vais aller trouver cette vieille perruque, cette absurde ganache ! Quel dommage que je n'aie pas mes vingt-cinq ans ! comme je te vous lui flanquerais une bonne sommation respectueuse ! comme je me passerais de lui ! C'est égal, je lui dirai : Vieux crétin, tu es trop heureux de me voir, j'ai envie de me marier, j'ai envie d'épouser mamselle n'importe qui, fille de monsieur n'importe quoi, je n'ai pas de souliers, elle n'a pas de chemise, ça va, j'ai envie de jeter à l'eau ma carrière, mon avenir, ma jeunesse, ma vie, j'ai envie de faire un plongeon dans la misère avec une femme au cou, c'est mon idée, il faut que tu y consentes ! et le vieux fossile consentira. Va, mon garçon, comme tu voudras, attache-toi ton pavé, épouse ta Pousselevent, ta Coupelevent... — Jamais, monsieur ! jamais !

— Mon père !

— Jamais !

À l'accent dont ce « jamais » fut prononcé, Marius perdit tout espoir. Il traversa la chambre à pas lents, la tête ployée, chancelant, plus semblable encore à quelqu'un qui se meurt qu'à quelqu'un qui s'en va. M. Gillenormand le suivait des yeux, et au moment où la porte s'ouvrait et où Marius allait sortir, il fit quatre pas avec cette vivacité sénile des vieillards impétueux et gâtés, saisit Marius au collet, le ramena énergiquement dans la chambre, le jeta dans un fauteuil, et lui dit :

— Conte-moi ça !

C'était ce seul mot, *mon père*, échappé à Marius, qui avait fait cette révolution.

Marius le regarda égaré. Le visage mobile de M. Gillenormand n'exprimait plus rien qu'une rude et ineffable bonhomie. L'aïeul avait fait place au grand-père.

— Allons, voyons, parle, conte-moi tes amourettes, jabote, dis-moi tout ! Sapristi ! que les jeunes gens sont bêtes !

— Mon père, reprit Marius.

Toute la face du vieillard s'illumina d'un indicible rayonnement.

— Oui, c'est ça ! appelle-moi ton père, et tu verras !

Il y avait maintenant quelque chose de si bon, de si doux, de si ouvert, de si paternel en cette brusquerie, que Marius, dans ce passage subit du découragement à l'espérance, en fut comme étourdi et enivré. Il était assis près de la table, la lumière des bougies faisait saillir le délabrement de son costume, que le père Gillenormand considérait avec étonnement.

— Eh bien, mon père, dit Marius.

— Ah çà, interrompit M. Gillenormand, tu n'as donc vraiment pas le sou ? Tu es mis comme un voleur.

Il fouilla dans un tiroir, et y prit une bourse qu'il posa sur la table :

— Tiens, voilà cent louis, achète-toi un chapeau.

— Mon père, poursuivit Marius, mon bon père, si vous saviez ! je l'aime. Vous ne vous figurez pas, la première fois que je l'ai vue, c'était au Luxembourg, elle y venait ; au commencement je n'y faisais pas grande attention, et puis je ne sais pas comment cela s'est fait, j'en suis devenu amoureux. Oh ! comme cela m'a rendu malheureux ! Enfin je la vois maintenant, tous les jours, chez elle, son père ne sait pas, imaginez qu'ils vont partir, c'est dans le jardin que nous nous voyons, le soir, son père veut l'emmener en Angleterre, alors je me suis dit : je vais aller voir mon grand-père et lui conter la chose. Je deviendrais fou d'abord, je mourrais, je ferais une maladie, je me jetterais à l'eau. Il faut absolument que je l'épouse, puisque je deviendrais fou. Enfin voilà toute la vérité, je ne crois pas que j'aie oublié quelque chose. Elle demeure dans un jardin où il y a une grille, rue Plumet. C'est du côté des Invalides.

Le père Gillenormand s'était assis radieux près de Marius. Tout en l'écoutant et en savourant le son de sa voix, il savourait en même temps une longue prise de tabac. À ce mot, rue Plumet, il interrompit son aspiration et laissa tomber le reste de son tabac sur ses genoux.

— Rue Plumet ! tu dis rue Plumet ? — Voyons donc ! — N'y a-t-il pas une caserne par là ? — Mais oui, c'est ça. Ton cousin Théodule m'en a parlé. Le lancier, l'officier. — Une fillette, mon bon ami, une fillette ! — Pardieu oui, rue Plumet. C'est ce qu'on appelait autrefois la rue Blomet. — Voilà que ça me revient. J'en ai entendu parler de cette petite de la grille de la rue Plumet. Dans un jardin. Une Paméla. Tu n'as pas mauvais goût. On la dit proprette. Entre nous, je crois que ce dadais de lancier lui a un peu fait la cour. Je ne sais pas jusqu'où cela a été. Enfin ça ne fait rien. D'ailleurs il ne faut pas le croire. Il se vante[2]. Marius ! je trouve ça très bien qu'un jeune homme comme toi soit amoureux. C'est de ton âge. Je t'aime mieux amoureux que jacobin. Je t'aime mieux épris d'un cotillon, sapristi ! de vingt cotillons que de monsieur de Robespierre. Pour ma part, je me rends cette justice qu'en fait de sans-culottes, je n'ai jamais aimé que les femmes. Les jolies filles sont les jolies filles, que diable ! il n'y a pas d'objection à ça. Quant à la petite, elle te reçoit en cachette du papa. C'est dans l'ordre. J'ai eu des histoires comme ça, moi aussi. Plus d'une. Sais-tu ce qu'on fait ? on ne prend pas la chose avec férocité ; on ne se précipite pas dans le tragique ; on ne conclut pas au mariage et à monsieur le maire avec son écharpe. On est tout bêtement un garçon d'esprit. On a du bon sens. Glissez, mortels, n'épousez pas. On vient trouver le grand-père qui est bonhomme au fond, et qui a bien toujours quelques rouleaux de louis dans un vieux tiroir ; on lui dit : Grand-père, voilà. Et le grand-père dit : C'est tout simple. Il faut que jeunesse se passe et que vieillesse

---

2. Belle méchanceté, peut-être en partie involontaire ou jalouse, mais inutile — voir texte IV, 9, 2 annoté 1 ; p. 1403.

se casse. J'ai été jeune, tu seras vieux. Va, mon garçon, tu rendras ça à ton petit-fils. Voilà deux cents pistoles. Amuse-toi, mordi ! Rien de mieux ! C'est ainsi que l'affaire doit se passer. On n'épouse point, mais ça n'empêche pas. Tu me comprends ?

Marius, pétrifié et hors d'état d'articuler une parole, fit de la tête signe que non.

Le bonhomme éclata de rire, cligna sa vieille paupière, lui donna une tape sur le genou, le regarda entre deux yeux d'un air mystérieux et rayonnant, et lui dit avec le plus tendre des haussements d'épaules :

— Bêta ! fais-en ta maîtresse.

Marius pâlit. Il n'avait rien compris à tout ce que venait de dire son grand-père. Ce rabâchage de rue Blomet, de Paméla, de caserne, de lancier, avait passé devant Marius comme une fantasmagorie. Rien de tout cela ne pouvait se rapporter à Cosette qui était un lys. Le bonhomme divaguait. Mais cette divagation avait abouti à un mot que Marius avait compris et qui était une mortelle injure à Cosette. Ce mot, *fais-en ta maîtresse*, entra dans le cœur du sévère jeune homme comme une épée.

Il se leva, ramassa son chapeau qui était à terre, et marcha vers la porte d'un pas assuré et ferme. Là il se retourna, s'inclina profondément devant son grand-père, redressa la tête, et dit :

— Il y a cinq ans, vous avez outragé mon père ; aujourd'hui, vous outragez ma femme. Je ne vous demande plus rien, monsieur. Adieu.

Le père Gillenormand, stupéfait, ouvrit la bouche, étendit les bras, essaya de se lever, et avant qu'il eût pu prononcer un mot, la porte s'était refermée et Marius avait disparu.

Le vieillard resta quelques instants immobile et comme foudroyé, sans pouvoir parler ni respirer, comme si un poing fermé lui serrait le gosier. Enfin il s'arracha de son fanteuil, courut à la porte autant qu'on peut courir à quatrevingt-onze ans, l'ouvrit, et cria :

— Au secours ! au secours !

Sa fille parut, puis les domestiques. Il reprit avec un râle lamentable :

— Courez après lui rattrapez-le ! Qu'est-ce que je lui ai fait ? Il est fou ! il s'en va ! Ah ! mon Dieu ! ah ! mon Dieu ! cette fois il ne reviendra plus !

Il alla à la fenêtre qui donnait sur la rue, l'ouvrit de ses vieilles mains chevrotantes, se pencha plus d'à mi-corps pendant que Basque et Nicolette le retenaient par derrière, et cria :

— Marius ! Marius ! Marius ! Marius !

Mais Marius ne pouvait déjà plus entendre, et tournait en ce moment-là même l'angle de la rue Saint-Louis.

L'octogénaire porta deux ou trois fois ses deux mains à ses tempes avec une expression d'angoisse, recula en chancelant et s'affaissa sur un fauteuil, sans pouls, sans voix, sans larmes, branlant la tête et agitant les lèvres d'un air stupide, n'ayant plus rien dans les yeux et dans le cœur que quelque chose de morne et de profond qui ressemblait à la nuit.

LIVRE NEUVIÈME

OÙ VONT-ILS ? [1]

1. Ce titre manifeste la structure et le sens de la quatrième partie : la convergence et l'identité profonde de toutes les misères. Car tous les héros du roman — Cosette et Thénardier exceptés — se rejoignent sur la barricade, soit en personne, soit par leurs représentants : Myriel, le conventionnel G., Gillenormand peut-être, sont présents en Mabeuf, tous les gamins en Gavroche, tous les bourgeois dans les gardes nationaux. Trois groupes : les politiques — Amis de l'A B C, Javert —, les « amoureux » — Jean Valjean, Marius, Éponine — qui se montreront les plus utiles combattants ; enfin les misérables proprement dits, ceux qui sont au-delà ou en deçà de l'âge des passions, privés de tout, y compris de motifs — mais non de raisons — pour combattre et qui, étant la commune vérité de la barricade, en deviennent les symboles : Mabeuf et Gavroche.

I

JEAN VALJEAN

Ce même jour, vers quatre heures de l'après-midi, Jean Valjean était assis seul sur le revers de l'un des talus les plus solitaires du Champ de Mars. Soit prudence, soit désir de se recueillir, soit tout simplement par suite d'un de ces insensibles changements d'habitudes qui s'introduisent peu à peu dans toutes les existences, il sortait maintenant assez rarement avec Cosette. Il avait sa veste d'ouvrier et un pantalon de toile grise, et sa casquette à longue visière lui cachait le visage. Il était à présent calme et heureux du côté de Cosette ; ce qui l'avait quelque temps effrayé et troublé s'était dissipé ; mais, depuis une semaine ou deux, des anxiétés d'une autre nature lui étaient venues. Un jour, en se promenant sur le boulevard, il avait aperçu Thénardier ; grâce à son déguisement, Thénardier ne l'avait point reconnu ; mais depuis lors Jean Valjean l'avait revu plusieurs fois, et il avait maintenant la certitude que Thénardier rôdait dans le quartier. Ceci avait suffi pour lui faire prendre un grand parti. Thénardier là, c'étaient tous les périls à la fois. En outre Paris n'était pas tranquille ; les troubles politiques offraient cet inconvénient pour quiconque avait quelque chose à cacher dans sa vie que la police était devenue très inquiète et très ombrageuse, et qu'en cherchant à dépister un homme comme Pépin ou Morey [1], elle pouvait fort bien découvrir un homme comme Jean Valjean. Jean Val-

1. Futurs complices de Fieschi dans sa tentative d'assassinat du roi, en juillet 1835.

jean s'était décidé à quitter Paris, et même la France, et à passer en Angleterre. Il avait prévenu Cosette. Avant huit jours il voulait être parti. Il s'était assis sur le talus du Champ de Mars, roulant dans son esprit toutes sortes de pensées, Thénardier, la police, le voyage, et la difficulté de se procurer un passeport.

À tous ces points de vue, il était soucieux.

Enfin, un fait inexplicable qui venait de le frapper, et dont il était encore tout chaud, avait ajouté à son éveil. Le matin de ce même jour, seul levé dans la maison, et se promenant dans le jardin avant que les volets de Cosette fussent ouverts, il avait aperçu tout à coup cette ligne gravée sur la muraille, probablement avec un clou :

16, rue de la Verrerie.

Cela était tout récent, les entailles étaient blanches dans le vieux mortier noir, une touffe d'ortie au pied du mur était poudrée de fin plâtre frais. Cela probablement avait été écrit là dans la nuit. Qu'était-ce ? une adresse ? un signal pour d'autres ? un avertissement pour lui ? Dans tous les cas, il était évident que le jardin était violé, et que des inconnus y pénétraient. Il se rappela les incidents bizarres qui avaient déjà alarmé la maison. Son esprit travailla sur ce canevas. Il se garda bien de parler à Cosette de la ligne écrite sur le mur, de peur de l'effrayer.

Au milieu de ces préoccupations, il s'aperçut, à une ombre que le soleil projetait, que quelqu'un venait de s'arrêter sur la crête du talus immédiatement derrière lui. Il allait se retourner, lorsqu'un papier plié en quatre tomba sur ses genoux, comme si une main l'eût lâché au-dessus de sa tête. Il prit le papier, le déplia, et y lut ce mot écrit en grosses lettres au crayon :

Déménagez[2].

Jean Valjean se leva vivement, il n'y avait plus per-

---

2. La circonstance, expliquée en IV, 14, 7 (p. 1540), expose Marius et Cosette à une séparation utile à toutes les scènes dramatiques qui suivront. Elle correspond, en Éponine qu'on reconnaît à peine — voir note générale 37 —, au même mouvement qui a fait prendre à Jean Valjean ses mesures pour éviter que Cosette ne rencontre le « jeune homme ». Leur sacrifice n'a rien d'automatique ni de « naturel ».

sonne sur le talus ; il chercha autour de lui et aperçut une espèce d'être plus grand qu'un enfant, plus petit qu'un homme, vêtu d'une blouse grise et d'un pantalon de velours de coton couleur poussière, qui enjambait le parapet et se laissait glisser dans le fossé du Champ de Mars.

Jean Valjean rentra chez lui sur-le-champ, tout pensif.

II

MARIUS

Marius était parti désolé de chez M. Gillenormand. Il y était entré avec une espérance bien petite ; il en sortait avec un désespoir immense.

Du reste, et ceux qui ont observé les commencements du cœur humain le comprendront, le lancier, l'officier, le dadais, le cousin Théodule, n'avait laissé aucune ombre dans son esprit. Pas la moindre. Le poëte dramatique pourrait en apparence espérer quelques complications de cette révélation faite à brûle-pourpoint au petit-fils par le grand-père. Mais ce que le drame y gagnerait, la vérité le perdrait[1]. Marius était dans l'âge où, en fait de mal, on ne croit rien ; plus tard vient l'âge où l'on croit tout. Les soupçons ne sont autre chose que des rides. La première jeunesse n'en a pas. Ce qui bouleverse Othello, glisse sur Candide. Soupçonner Cosette ! il y a une foule de crimes que Marius eût faits plus aisément.

Il se mit à marcher dans les rues, ressource de ceux qui souffrent. Il ne pensa à rien dont il pût se souvenir. À deux heures du matin il rentra chez Courfeyrac et se jeta tout habillé sur son matelas. Il faisait grand soleil lorsqu'il s'endormit de cet affreux sommeil pesant qui laisse aller et venir les idées dans le cerveau. Quand il se réveilla, il vit debout dans la chambre, le chapeau sur la

---

1. Voir I, 7, 3 et note 17 ; p. 334.

tête, tout prêts à sortir et très affairés, Courfeyrac, Enjolras, Feuilly et Combeferre.

Courfeyrac lui dit :

— Viens-tu à l'enterrement du général Lamarque ?

Il lui sembla que Courfeyrac parlait chinois.

Il sortit quelque temps après eux. Il mit dans sa poche les pistolets que Javert lui avait confiés lors de l'aventure du 3 février et qui étaient restés entre ses mains. Ces pistolets étaient encore chargés. Il serait difficile de dire quelle pensée obscure il avait dans l'esprit en les emportant.

Toute la journée il rôda sans savoir où ; il pleuvait par instants, il ne s'en apercevait point ; il acheta pour son dîner une flûte d'un sou chez un boulanger, la mit dans sa poche et l'oublia. Il paraît qu'il prit un bain dans la Seine sans en avoir conscience. Il y a des moments où l'on a une fournaise sous le crâne. Marius était dans un de ces moments-là. Il n'espérait plus rien, il ne craignait plus rien ; il avait fait ce pas depuis la veille. Il attendait le soir avec une impatience fiévreuse, il n'avait plus qu'une idée claire, — c'est qu'à neuf heures il verrait Cosette. Ce dernier bonheur était maintenant tout son avenir ; après, l'ombre. Par intervalles, tout en marchant sur les boulevards les plus déserts, il lui semblait entendre dans Paris des bruits étranges. Il sortait la tête hors de sa rêverie et disait : Est-ce qu'on se bat ?

À la nuit tombante, à neuf heures précises, comme il l'avait promis à Cosette, il était rue Plumet. Quand il approcha de la grille, il oublia tout. Il y avait quarante-huit heures qu'il n'avait vu Cosette, il allait la revoir ; toute autre pensée s'effaça et il n'eut plus qu'une joie inouïe et profonde. Ces minutes où l'on vit des siècles ont toujours cela de souverain et d'admirable qu'au moment où elles passent elles emplissent entièrement le cœur.

Marius dérangea la grille et se précipita dans le jardin. Cosette n'était pas à la place où elle l'attendait d'ordinaire. Il traversa le fourré et alla à l'enfoncement près du perron.

— Elle m'attend là, dit-il. — Cosette n'y était pas. Il leva les yeux, et vit que les volets de la maison étaient fermés. Il fit le tour du jardin, le jardin était désert. Alors il revint à la maison, et, insensé d'amour, ivre, épouvanté, exaspéré de douleur et d'inquiétude, comme un maître qui rentre chez lui à une mauvaise heure, il frappa aux volets. Il frappa, il frappa encore, au risque de voir la fenêtre s'ouvrir et la face sombre du père apparaître et lui demander : Que voulez-vous ? Ceci n'était plus rien auprès de ce qu'il entrevoyait. Quand il eut frappé, il éleva la voix et appela Cosette.

— Cosette ! cria-t-il. Cosette ! répéta-t-il impérieusement. On ne répondit pas. C'était fini. Personne dans le jardin ; personne dans la maison.

Marius fixa ses yeux désespérés sur cette maison lugubre, aussi noire, aussi silencieuse et plus vide qu'une tombe. Il regarda le banc de pierre où il avait passé tant d'adorables heures près de Cosette. Alors il s'assit sur les marches du perron, le cœur plein de douceur et de résolution, il bénit son amour dans le fond de sa pensée, et il se dit que, puisque Cosette était partie, il n'avait plus qu'à mourir.

Tout à coup il entendit une voix qui paraissait venir de la rue et qui criait à travers les arbres :

— Monsieur Marius !

Il se dressa.

— Hein ? dit-il.

— Monsieur Marius, êtes-vous là ?

— Oui.

— Monsieur Marius, reprit la voix, vos amis vous attendent à la barricade de la rue de la Chanvrerie.

Cette voix ne lui était pas entièrement inconnue. Elle ressemblait à la voix enrouée et rude d'Éponine. Marius courut à la grille, écarta le barreau mobile, passa sa tête au travers et vit quelqu'un, qui lui parut être un jeune homme, s'enfoncer en courant dans le crépuscule.

III

M. MABEUF

La bourse de Jean Valjean fut inutile à M. Mabeuf. M. Mabeuf, dans sa vénérable austérité enfantine, n'avait point accepté le cadeau des astres ; il n'avait point admis qu'une étoile pût se monnayer en louis d'or. Il n'avait pas deviné que ce qui tombait du ciel venait de Gavroche. Il avait porté la bourse au commissaire de police du quartier, comme objet perdu mis par le trouveur à la disposition des réclamants. La bourse fut perdue en effet. Il va sans dire que personne ne la réclama, et elle ne secourut point M. Mabeuf.

Du reste, M. Mabeuf avait continué de descendre.

Les expériences sur l'indigo n'avaient pas mieux réussi au Jardin des plantes que dans son jardin d'Austerlitz. L'année d'auparavant, il devait les gages de sa gouvernante ; maintenant, on l'a vu, il devait les termes de son loyer. Le mont-de-piété, au bout de treize mois écoulés, avait vendu les cuivres de sa *Flore*. Quelque chaudronnier en avait fait des casseroles. Ses cuivres disparus, ne pouvant plus compléter même les exemplaires dépareillés de sa *Flore* qu'il possédait encore, il avait cédé à vil prix à un libraire-brocanteur planches et texte, comme *défets*. Il ne lui était plus rien resté de l'œuvre de toute sa vie. Il se mit à manger l'argent de ces exemplaires. Quand il vit que cette chétive ressource s'épuisait, il renonça à son jardin et le laissa en friche. Auparavant, et longtemps auparavant, il avait renoncé aux deux œufs et au morceau de bœuf qu'il mangeait de temps de temps. Il dînait avec du pain et des pommes de terre. Il avait vendu ses derniers meubles, puis tout ce qu'il avait en double en fait de literie, de vêtements et de couvertures, puis ses herbiers et ses estampes ; mais il avait encore ses livres les plus précieux, parmi lesquels plusieurs d'une haute rareté, entre autres *les Quadrains historiques de la Bible*, édition de 1560, *la Concordance des Bibles* de Pierre de Besse, *les*

Marguerites de la Marguerite de Jean de La Haye avec dédicace à la reine de Navarre, le livre *de la Charge et dignité de l'ambassadeur* par le sieur de Villiers-Hotman, un *Florilegium rabbinicum* de 1644, un Tibulle de 1567 avec cette splendide inscription : *Venetiis, in aedibus Manutianis* ; enfin un Diogène Laërce[1], imprimé à Lyon en 1644, et où se trouvaient les fameuses variantes du manuscrit 411, treizième siècle, du Vatican, et celles des deux manuscrits de Venise, 393 et 394, si fructueusement consultés par Henri Estienne, et tous les passages en dialecte dorique qui ne se trouvent que dans le célèbre manuscrit du douzième siècle de la bibliothèque de Naples. M. Mabeuf ne faisait jamais de feu dans sa chambre et se couchait avec le jour pour ne pas brûler de chandelle. Il semblait qu'il n'eût plus de voisins, on l'évitait quand il sortait, il s'en apercevait. La misère d'un enfant intéresse une mère, la misère d'un jeune homme intéresse une jeune fille, la misère d'un vieillard n'intéresse personne. C'est de toutes les détresses la plus froide. Cependant le père Mabeuf n'avait pas entièrement perdu sa sérénité d'enfant. Sa prunelle prenait quelque vivacité lorsqu'elle se fixait sur ses livres, et il souriait lorsqu'il considérait le Diogène Laërce, qui était un exemplaire unique. Son armoire vitrée était le seul meuble qu'il eût conservé en dehors de l'indispensable.

Un jour la mère Plutarque lui dit :

— Je n'ai pas de quoi acheter le dîner.

Ce qu'elle appelait le dîner, c'était un pain et quatre ou cinq pommes de terre.

— À crédit ? fit M. Mabeuf.

— Vous savez bien qu'on me refuse.

M. Mabeuf ouvrit sa bibliothèque, regarda longtemps tous ses livres l'un après l'autre, comme un père, obligé de décimer ses enfants, les regarderait avant de choisir, puis en prit un vivement, le mit sous son bras, et sortit. Il rentra deux heures après n'ayant plus rien sous le bras, posa trente sous sur la table et dit :

---

1. Ouvrage si précieux qu'il est inconnu, à la différence des autres. Hugo n'était pas bibliophile.

— Vous ferez à dîner.

À partir de ce moment, la mère Plutarque vit s'abaisser sur le candide visage du vieillard un voile sombre qui ne se releva plus.

Le lendemain, le surlendemain, tous les jours, il fallut recommencer, M. Mabeuf sortait avec un livre et rentrait avec une pièce d'argent. Comme les libraires-brocanteurs le voyaient forcé de vendre, ils lui rachetaient vingt sous ce qu'il avait payé vingt francs, quelquefois aux mêmes libraires[2]. Volume à volume, toute la bibliothèque y passait. Il disait par moments : J'ai pourtant quatrevingts ans, comme s'il avait je ne sais quelle arrière-espérance d'arriver à la fin de ses jours avant d'arriver à la fin de ses livres. Sa tristesse croissait. Une fois pourtant il eut une joie. Il sortit avec un Robert Estienne qu'il vendit trentecinq sous quai Malaquais et revint avec un Alde qu'il avait acheté quarante sous rue des Grès. — Je dois cinq sous, dit-il tout rayonnant à la mère Plutarque. Ce jour-là il ne dîna point.

Il était de la Société d'horticulture. On y savait son dénuement. Le président de cette société le vint voir, lui promit de parler de lui au ministre de l'agriculture et du commerce, et le fit. — Mais, comment donc ! s'écria le ministre. Je crois bien ! Un vieux savant ! un botaniste ! un homme inoffensif ! Il faut faire quelque chose pour lui ! Le lendemain M. Mabeuf reçut une invitation à dîner chez le ministre. Il montra en tremblant de joie la lettre à la mère Plutarque. — Nous sommes sauvés ! dit-il. Au jour fixé, il alla chez le ministre. Il s'aperçut que sa cravate chiffonnée, son grand vieil habit carré et ses souliers cirés à l'œuf étonnaient les huissiers. Personne ne lui parla, pas même le ministre. Vers dix heures du soir, comme il attendait toujours une parole, il entendit la femme du ministre, belle dame décolletée dont il n'avait osé s'approcher, qui demandait : Quel est donc ce vieux monsieur ? Il s'en retourna chez lui à pied, à minuit, par

---

2. Ils ne font là qu'appliquer, dans sa rigueur, la « loi de l'offre et de la demande ». Sur l'économie des *Misérables*, voir note générale 10.

une pluie battante. Il avait vendu un Elzévir pour payer son fiacre en allant.

Tous les soirs avant de se coucher il avait pris l'habitude de lire quelques pages de son Diogène Laërce. Il savait assez de grec pour jouir des particularités du texte qu'il possédait. Il n'avait plus maintenant d'autre joie. Quelques semaines s'écoulèrent. Tout à coup la mère Plutarque tomba malade. Il est une chose plus triste que de n'avoir pas de quoi acheter du pain chez le boulanger, c'est de n'avoir pas de quoi acheter des drogues chez l'apothicaire. Un soir, le médecin avait ordonné une potion fort chère. Et puis, la maladie s'aggravait, il fallait une garde. M. Mabeuf ouvrit sa bibliothèque, il n'y avait plus rien. Le dernier volume était parti. Il ne lui restait que le Diogène Laërce.

Il mit l'exemplaire unique sous son bras et sortit, c'était le 4 juin 1832 ; il alla porte Saint-Jacques chez le successeur de Royol, et revint avec cent francs. Il posa la pile de pièces de cinq francs sur la table de nuit de la vieille servante et rentra dans sa chambre sans dire une parole.

Le lendemain, dès l'aube, il s'assit sur la borne renversée dans son jardin, et par-dessus la haie on put le voir toute la matinée immobile, le front baissé, l'œil vaguement fixé sur ses plates-bandes flétries. Il pleuvait par instants, le vieillard ne semblait pas s'en apercevoir. Dans l'après-midi, des bruits extraordinaires éclatèrent dans Paris. Cela ressemblait à des coups de fusil et aux clameurs d'une multitude.

Le père Mabeuf leva la tête. Il aperçut un jardinier qui passait, et demanda :

— Qu'est-ce que c'est ?

Le jardinier répondit, sa bêche sur le dos, et de l'accent le plus paisible :

— Ce sont des émeutes.

— Comment des émeutes ?

— Oui. On se bat.

— Pourquoi se bat-on ?

— Ah ! dame ! fit le jardinier.

— De quel côté ? reprit M. Mabeuf.

— Du côté de l'Arsenal.

Le père Mabeuf rentra chez lui, prit son chapeau, chercha machinalement un livre pour le mettre sous son bras,
n'en trouva point, dit : Ah ! c'est vrai ! et s'en alla d'un
air égaré.

LIVRE DIXIÈME

LE 5 JUIN 1832

I

LA SURFACE DE LA QUESTION

De quoi se compose l'émeute ? De rien et de tout.
D'une électricité dégagée peu à peu, d'une flamme subitement jaillie, d'une force qui erre, d'un souffle qui passe.
Ce souffle rencontre des têtes qui parlent, des cerveaux
qui rêvent, des âmes qui souffrent, des passions qui brûlent, des misères qui hurlent, et les emporte.

Où ?

Au hasard. À travers l'état, à travers les lois, à travers
la prospérité et l'insolence des autres.

Les convictions irritées, les enthousiasmes aigris, les
indignations émues, les instincts de guerre comprimés, les
jeunes courages exaltés, les aveuglements généreux ; la
curiosité, le goût du changement, la soif de l'inattendu,
le sentiment qui fait qu'on se plaît à lire l'affiche d'un
nouveau spectacle et qu'on aime au théâtre le coup de
sifflet du machiniste ; les haines vagues, les rancunes, les
désappointements, toute vanité qui croit que la destinée
lui a fait faillite ; les malaises, les songes creux, les ambitions entourées d'escarpements, quiconque espère d'un
écroulement une issue ; enfin, au plus bas, la tourbe, cette
boue qui prend feu, tels sont les éléments de l'émeute.

Ce qu'il y a de plus grand et ce qu'il y a de plus infime ; les êtres qui rôdent en dehors de tout, attendant une
occasion, bohèmes, gens sans aveu, vagabonds de carrefours, ceux qui dorment la nuit dans un désert de maisons
sans autre toit que les froides nuées du ciel, ceux qui
demandent chaque jour leur pain au hasard et non au tra-

vail, les inconnus de la misère et du néant, les bras nus, les pieds nus, appartiennent à l'émeute.

Quiconque a dans l'âme une révolte secrète contre un fait quelconque de l'état, de la vie ou du sort, confine à l'émeute, et, dès qu'elle paraît, commence à frissonner et à se sentir soulevé par le tourbillon.

L'émeute est une sorte de trombe de l'atmosphère sociale qui se forme brusquement dans de certaines conditions de température, et qui, dans son tournoiement, monte, court, tonne, arrache, rase, écrase, démolit, déracine, entraînant avec elle les grandes natures et les chétives, l'homme fort et l'esprit faible, le tronc d'arbre et le brin de paille.

Malheur à celui qu'elle emporte comme à celui qu'elle vient heurter ! Elle les brise l'un contre l'autre.

Elle communique à ceux qu'elle saisit on ne sait quelle puissance extraordinaire. Elle emplit le premier venu de la force des événements ; elle fait de tout des projectiles. Elle fait d'un moellon un boulet et d'un portefaix un général.

Si l'on en croit de certains oracles de la politique sournoise, au point de vue du pouvoir, un peu d'émeute est souhaitable. Système : l'émeute raffermit les gouvernements qu'elle ne renverse pas. Elle éprouve l'armée ; elle concentre la bourgeoisie ; elle étire les muscles de la police ; elle constate la force de l'ossature sociale. C'est une gymnastique ; c'est presque de l'hygiène. Le pouvoir se porte mieux après une émeute comme l'homme après une friction.

L'émeute, il y a trente ans, était envisagée à d'autres points de vue encore.

Il y a pour toute chose une théorie qui se proclame elle-même « le bon sens » ; Philinte contre Alceste ; médiation offerte entre le vrai et le faux ; explication, admonition, atténuation un peu hautaine qui, parce qu'elle est mélangée de blâme et d'excuse, se croit la sagesse et n'est souvent que la pédanterie. Toute une école politique, appelée juste milieu, est sortie de là. Entre l'eau froide et l'eau chaude, c'est le parti de l'eau tiède. Cette école, avec sa fausse profondeur, toute de surface, qui dissèque les effets sans remonter aux causes, gourmande, du haut d'une demi-science, les agitations de la place publique.

À entendre cette école : « Les émeutes qui compliquèrent le fait de 1830 ôtèrent à ce grand événement une partie de sa pureté. La révolution de Juillet avait été un beau coup de vent populaire, brusquement suivi du ciel bleu. Elles firent reparaître le ciel nébuleux. Elles firent dégénérer en querelle cette révolution d'abord si remarquable par l'unanimité. Dans la révolution de Juillet, comme dans tout progrès par saccades, il y avait eu des fractures secrètes ; l'émeute les rendit sensibles. On put dire : Ah ! ceci est cassé. Après la révolution de Juillet, on ne sentait que la délivrance ; après les émeutes, on sentit la catastrophe.

« Toute émeute ferme les boutiques, déprime les fonds, consterne la bourse, suspend le commerce, entrave les affaires, précipite les faillites ; plus d'argent ; les fortunes privées inquiètes, le crédit public ébranlé, l'industrie déconcertée, les capitaux reculant, le travail au rabais, partout la peur ; des contre-coups dans toutes les villes. De là des gouffres. On a calculé que le premier jour d'émeute coûte à la France vingt millions, le deuxième quarante, le troisième soixante. Une émeute de trois jours coûte cent vingt millions, c'est-à-dire, à ne voir que le résultat financier, équivaut à un désastre, naufrage ou bataille perdue, qui anéantirait une flotte de soixante vaisseaux de ligne [1].

« Sans doute, historiquement, les émeutes eurent leur beauté ; la guerre des pavés n'est pas moins grandiose et pas moins pathétique que la guerre des buissons ; dans l'une il y a l'âme des forêts, dans l'autre le cœur des villes ; l'une a Jean Chouan, l'autre a Jeanne. Les émeutes éclairèrent en rouge, mais splendidement, toutes les saillies les plus originales du caractère parisien, la générosité, le dévouement, la gaîté orageuse, les étudiants prouvant que la bravoure fait partie de l'intelligence, la garde nationale

---

1. La comparaison s'enrichit des valeurs déjà accordées à cet objet : symbolique dans « L'Onde et l'Ombre » (I, 2, 8 ; p. 145), historique et symbolique dans « Le Vaisseau l'Orion » (II, 2 ; p. 501) Le nom de Jeanne, au paragraphe suivant, ouvrier, héros de l'insurrection de 1832, reviendra p. 1434.

inébranlable, des bivouacs de boutiquiers, des forteresses de gamins, le mépris de la mort chez des passants. Écoles et légions se heurtaient. Après tout, entre les combattants, il n'y avait qu'une différence d'âge ; c'est la même race ; ce sont les mêmes hommes stoïques qui meurent à vingt ans pour leurs idées, à quarante ans pour leurs familles. L'armée, toujours triste dans les guerres civiles, opposait la prudence à l'audace. Les émeutes, en même temps qu'elles manifestèrent l'intrépidité populaire, firent l'éducation du courage bourgeois.

« C'est bien. Mais tout cela vaut-il le sang versé ? Et au sang versé ajoutez l'avenir assombri, le progrès compromis, l'inquiétude parmi les meilleurs, les libéraux honnêtes désespérant, l'absolutisme étranger heureux de ces blessures faites à la révolution par elle-même, les vaincus de 1830 triomphant et disant : Nous l'avions bien dit ! Ajoutez Paris grandi peut-être, mais à coup sûr la France diminuée. Ajoutez, car il faut tout dire, les massacres qui déshonoraient trop souvent la victoire de l'ordre devenu féroce sur la liberté devenue folle. Somme toute, les émeutes ont été funestes. »

Ainsi parle cet à peu près de sagesse dont la bourgeoisie, cet à peu près de peuple, se contente si volontiers.

Quant à nous, nous rejetons ce mot trop large et par conséquent trop commode : les émeutes. Entre un mouvement populaire et un mouvement populaire, nous distinguons. Nous ne nous demandons pas si une émeute coûte autant qu'une bataille. D'abord pourquoi une bataille ? Ici la question de la guerre surgit. La guerre est-elle moins fléau que l'émeute n'est calamité ? Et quand le 14 juillet coûterait cent vingt millions ? L'établissement de Philippe V en Espagne a coûté à la France deux milliards. Même à prix égal, nous préférerions le 14 juillet. D'ailleurs nous repoussons ces chiffres, qui semblent des raisons et qui ne sont que des mots[2]. Une émeute étant donnée, nous l'examinons en elle-même. Dans tout ce

---

2. Sur la critique des échanges, voir note générale 10 et sur celle de la valeur note générale 11, car les chiffres repoussés comme argument ne sont pourtant pas sans signification.

que dit l'objection doctrinaire exposée plus haut, il n'est question que de l'effet, nous cherchons la cause.
Nous précisons.

II

LE FOND DE LA QUESTION [1]

Il y a l'émeute, et il y a l'insurrection ; ce sont deux colères ; l'une a tort, l'autre a droit. Dans les états démocratiques, les seuls fondés en justice, il arrive quelquefois que la fraction usurpe ; alors le tout se lève, et la nécessaire revendication de son droit peut aller jusqu'à la prise

---

1. Toute la question est, en effet, celle du fond : du réel. « Une révolution est un retour du factice au réel », dit Hugo (IV, 1, 4 ; p. 1135) ; sa pensée politique et sa vision de l'histoire reposent sur cette idée.
L'histoire réelle est celle par laquelle l'humanité réalise progressivement son essence, dont elle est elle-même l'auteur. Il y a donc une histoire irréelle : les moments où elle stagne ou recule, ramenant l'individu et la collectivité à un point qu'ils avaient déjà dépassé. Le coup d'État de 1851 est un de ces « trous » de l'histoire — la féodalité en plein XXᵉ siècle aussi. Inversement, il arrive qu'une avancée du progrès trop rapide, localisée, isole et sacrifie son auteur. C'est le cas de l'insurrection de 1832, sursaut historique prophétique, car le flot humain montera un jour jusqu'au point qu'elle a indiqué, et faux pourtant, mais seulement en ceci qu'il s'est rapproché trop vite de l'idéal, qu'il est trop vrai. Voir aussi note générale 31.
Dans l'action humaine quelques conduites échappent à cette progressivité : la prière, l'amour, l'art, qui réalisent d'emblée toute la perfection humaine possible. De là que l'art soit « la région des égaux » et que le poète soit nécessairement prophète. Son œuvre appartient à son temps mais aussi à tous les temps, et à la fin des temps, parce qu'elle est une parole pure : une parole dont il est, absolument, le sujet.
En ce sens, la parole géniale est par elle-même insurrectionnelle plus encore que révolutionnaire et l'on s'explique que le discours glisse ici à l'image que le poète des *Châtiments* donnait de ses prédécesseurs : Juvénal, Tacite. Prophète, le poète se substitue à l'histoire défaillante ; son œuvre est un pont jeté sur le trou de l'histoire, permettant au progrès de poursuivre sa route.

d'armes. Dans toutes les questions qui ressortissent à la souveraineté collective, la guerre du tout contre la fraction est insurrection, l'attaque de la fraction contre le tout est émeute ; selon que les Tuileries contiennent le roi ou contiennent la Convention, elles sont justement ou injustement attaquées. Le même canon braqué contre la foule a tort le 10 août et raison le 14 vendémiaire[2]. Apparence semblable, fond différent ; les suisses défendent le faux, Bonaparte défend le vrai. Ce que le suffrage universel a fait dans sa liberté et dans sa souveraineté, ne peut être défait par la rue. De même dans les choses de pure civilisation ; l'instinct des masses, hier clairvoyant, peut demain être trouble. La même furie est légitime contre Terray et absurde contre Turgot. Les bris de machines, les pillages d'entrepôts, les ruptures de rails, les démolitions de docks, les fausses routes des multitudes, les dénis de justice du peuple au progrès, Ramus assassiné par les écoliers, Rousseau chassé de Suisse à coups de pierres, c'est l'émeute. Israël contre Moïse, Athènes contre Phocion, Rome contre Scipion, c'est l'émeute ; Paris contre la Bastille, c'est l'insurrection. Les soldats contre Alexandre, les matelots contre Christophe Colomb, c'est la même révolte ; révolte impie ; pourquoi ? C'est qu'Alexandre fait pour l'Asie avec l'épée ce que Christophe Colomb fait pour l'Amérique avec la boussole ; Alexandre, comme Colomb, trouve un monde. Ces dons d'un monde à la civilisation sont de tels accroissements de lumière que toute résistance, là, est coupable. Quelquefois le peuple se fausse fidélité à lui-même. La foule est traître au peuple. Est-il, par exemple, rien de plus étrange que cette longue et sanglante protestation des faux saulniers, légitime révolte chronique, qui, au moment décisif,

---

2. 10 août 1792 : prise des Tuileries défendues par des gardes suisses, qui décide de l'abolition de la royauté ; 13 vendémiaire (4 octobre 1795) : défaite, sous l'artillerie de Bonaparte, d'un coup d'État royaliste à Paris. Plus bas : Ramus, humaniste protestant, fut tué à la Saint-Barthélemy. L'abbé Terray, ministre des Finances honni, fut remplacé en 1774 par Turgot. Après la lapidation de Môtiers (1765), Rousseau resta pourtant en Suisse, mais dans une sorte d'exil intérieur à l'île Saint-Pierre.

au jour du salut, à l'heure de la victoire populaire, épouse le trône, tourne chouannerie, et d'insurrection contre se fait émeute pour ! Sombres chefs-d'œuvre de l'ignorance ! Le faux saulnier échappe aux potences royales, et, un reste de corde au cou, arbore la cocarde blanche. Mort aux gabelles accouche de Vive le roi. Tueurs de la Saint-Barthélemy, égorgeurs de Septembre, massacreurs d'Avignon, assassins de Coligny, assassins de madame de Lamballe, assassins de Brune, miquelets, verdets, cadenettes, compagnons de Jéhu, chevaliers du brassard, voilà l'émeute[3]. La Vendée est une grande émeute catholique. Le bruit du droit en mouvement se reconnaît, il ne sort pas toujours du tremblement des masses bouleversées ; il y a des rages folles, il y a des cloches fêlées ; tous les tocsins ne sonnent pas le son du bronze. Le branle des passions et des ignorances est autre que la secousse du progrès. Levez-vous, soit, mais pour grandir. Montrez-moi de quel côté vous allez. Il n'y a d'insurrection qu'en avant. Toute autre levée est mauvaise. Tout pas violent en arrière est émeute ; reculer est une voie de fait contre le genre humain. L'insurrection est l'accès de fureur de la vérité ; les pavés que l'insurrection remue jettent l'étincelle du droit. Ces pavés ne laissent à l'émeute que leur boue. Danton contre Louis XVI, c'est l'insurrection ; Hébert contre Danton, c'est l'émeute.

De là vient que, si l'insurrection, dans des cas donnés, peut être, comme a dit Lafayette, le plus saint des devoirs[4], l'émeute peut être le plus fatal des attentats.

Il y a aussi quelque différence dans l'intensité de calo-

---

3. Miquelets : maquisards espagnols ; verdets : royalistes responsables de la Terreur blanche dans le Midi après Thermidor et, à nouveau, en 1815-1816 ; cadenettes : élégants de la réaction thermidorienne (1794) dont les compagnons de Jéhu, célébrés par Dumas (1861), furent les militants dans la région d'Avignon ; chevaliers du brassard : les plus exaltés des compagnons du duc d'Angoulême en 1815.
4. La Fayette l'a peut-être dit, mais c'est le texte même de la Constitution de 1793 : « Quand le pouvoir viole les droits du peuple, l'insurrection est pour le peuple [...] le plus sacré des droits et le plus indispensable des devoirs. »

rique ; l'insurrection est souvent volcan, l'émeute est souvent feu de paille.

La révolte, nous l'avons dit, est quelquefois dans le pouvoir. Polignac est un émeutier ; Camille Desmoulins est un gouvernant.

Parfois, insurrection, c'est résurrection.

La solution de tout par le suffrage universel étant un fait absolument moderne, et toute l'histoire antérieure à ce fait étant, depuis quatre mille ans, remplie du droit violé et de la souffrance des peuples, chaque époque de l'histoire apporte avec elle la protestation qui lui est possible. Sous les Césars, il n'y avait pas d'insurrection, mais il y avait Juvénal.

Le *facit indignatio*[5] remplace les Gracques.

Sous les Césars il y a l'exilé de Syène ; il y a aussi l'homme des *Annales*.

Nous ne parlons pas de l'immense exilé de Patmos qui, lui aussi, accable le monde réel d'une protestation au nom du monde idéal, fait de la vision une satire énorme, et jette sur Rome-Ninive, sur Rome-Babylone, sur Rome-Sodome, la flamboyante réverbération de l'Apocalypse.

Jean sur son rocher, c'est le sphinx sur son piédestal ; on peut ne pas le comprendre ; c'est un juif, et c'est de l'hébreu ; mais l'homme qui écrit les *Annales* est un latin ; disons mieux, c'est un romain.

Comme les nérons règnent à la manière noire, ils doivent être peints de même. Le travail au burin tout seul serait pâle ; il faut verser dans l'entaille une prose concentrée qui morde.

Les despotes sont pour quelque chose dans les penseurs. Parole enchaînée, c'est parole terrible L'écrivain

---

5. « L'indignation fait (le vers) » : extrait d'un vers où Juvénal (*Satires*) dit que l'indignation peut suppléer au talent. Saint Jean, retiré (ou exilé ?) à Patmos, y composa l'Apocalypse, prophétie du Jugement dernier — de la fin de l'histoire. Les figures de Juvénal, exilé à Syène, et de Tacite, l'auteur des *Annales*, sont celles que Hugo se donne en modèle dans *Châtiments*. Le recueil est intégré au roman par ce rappel et par cette magistrale explication de texte. Sur l'image de l'auteur à laquelle cette page concourt, voir note générale 4.

double et triple son style quand le silence est imposé par un maître au peuple. Il sort de ce silence une certaine plénitude mystérieuse qui filtre et se fige en airain dans la pensée. La compression dans l'histoire produit la concision dans l'historien. La solidité granitique de telle prose célèbre n'est autre chose qu'un tassement fait par le tyran.

La tyrannie contraint l'écrivain à des rétrécissements de diamètre qui sont des accroissements de force. La période cicéronienne, à peine suffisante sur Verrès, s'émousserait sur Caligula. Moins d'envergure dans la phrase, plus d'intensité dans le coup. Tacite pense à bras raccourci.

L'honnêteté d'un grand cœur, condensée en justice et en vérité, foudroie.

Soit dit en passant, il est à remarquer que Tacite n'est pas historiquement superposé à César. Les Tibères lui sont réservés. César et Tacite sont deux phénomènes successifs dont la rencontre semble mystérieusement évitée par celui qui, dans la mise en scène des siècles, règle les entrées et les sorties. César est grand, Tacite est grand ; Dieu épargne ces deux grandeurs en ne les heurtant pas l'une contre l'autre. Le justicier, frappant César, pouvait frapper trop, et être injuste. Dieu ne veut pas. Les grandes guerres d'Afrique et d'Espagne, les pirates de Cilicie détruits, la civilisation introduite en Gaule, en Bretagne, en Germanie, toute cette gloire couvre le Rubicon. Il y a là une sorte de délicatesse de la justice divine, hésitant à lâcher sur l'usurpateur illustre l'historien formidable, faisant à César grâce de Tacite, et accordant les circonstances atténuantes au génie.

Certes, le despotisme reste le despotisme, même sous le despote de génie. Il y a corruption sous les tyrans illustres, mais la peste morale est plus hideuse encore sous les tyrans infâmes. Dans ces règnes-là rien ne voile la honte ; et les faiseurs d'exemples, Tacite comme Juvénal, soufflettent plus utilement, en présence du genre humain, cette ignominie sans réplique.

Rome sent plus mauvais sous Vitellius que sous Sylla. Sous Claude et sous Domitien, il y a une difformité de bassesse correspondante à la laideur du tyran. La vilenie des esclaves est un produit direct du despote ; un miasme s'exhale de ces consciences croupies où se reflète le maître ; les pouvoirs publics sont immondes ; les cœurs sont petits, les consciences sont plates, les âmes sont punaises ; cela est ainsi sous Caracalla, cela est ainsi sous Commode, cela est ainsi sous Héliogabale, tandis qu'il ne sort du sénat romain sous César que l'odeur de fiente propre aux aires d'aigle.

De là la venue, en apparence tardive, des Tacite et des Juvénal ; c'est à l'heure de l'évidence que le démonstrateur paraît.

Mais Juvénal et Tacite, de même qu'Isaïe aux temps bibliques, de même que Dante au moyen âge, c'est l'homme ; l'émeute et l'insurrection, c'est la multitude, qui tantôt a tort, tantôt a raison.

Dans les cas les plus généraux, l'émeute sort d'un fait matériel ; l'insurrection est toujours un phénomène moral. L'émeute, c'est Masaniello ; l'insurrection, c'est Spartacus. L'insurrection confine à l'esprit, l'émeute à l'estomac. Gaster s'irrite ; mais Gaster, certes, n'a pas toujours tort. Dans les questions de famine, l'émeute, Buzançais[6], par exemple, a un point de départ vrai, pathétique et juste. Pourtant elle reste émeute. Pourquoi ? c'est qu'ayant raison au fond, elle a eu tort dans la forme. Farouche, quoique ayant droit, violente, quoique forte, elle a frappé au hasard ; elle a marché comme l'éléphant aveugle, en écrasant ; elle a laissé derrière elle des cadavres de vieillards, de femmes et d'enfants ; elle a versé, sans savoir pourquoi, le sang des inoffensifs et des innocents. Nourrir le peuple est un bon but, le massacrer est un mauvais moyen.

Toutes les protestations armées, même les plus légitimes, même le 10 août, même le 14 juillet, débutent par le même trouble. Avant que le droit se dégage, il y a

---

6. En janvier 1847, à Buzançais dans l'Indre, des paysans avaient tué un propriétaire qui spéculait sur le blé. Trois furent condamnés à mort et exécutés. C'est une des dernières « émeutes frumentaires » en France.

tumulte et écume. Au commencement l'insurrection est émeute, de même que le fleuve est torrent. Ordinairement elle aboutit à cet océan : révolution. Quelquefois pourtant, venue de ces hautes montagnes qui dominent l'horizon moral, la justice, la sagesse, la raison, le droit, faite de la plus pure neige de l'idéal, après une longue chute de roche en roche, après avoir reflété le ciel dans sa transparence et s'être grossie de cent affluents dans la majestueuse allure du triomphe, l'insurrection se perd tout à coup dans quelque fondrière bourgeoise, comme le Rhin dans un marais.

Tout ceci est du passé, l'avenir est autre. Le suffrage universel a cela d'admirable qu'il dissout l'émeute dans son principe, et qu'en donnant le vote à l'insurrection, il lui ôte l'arme. L'évanouissement des guerres, de la guerre des rues comme de la guerre des frontières, tel est l'inévitable progrès. Quel que soit aujourd'hui, la paix, c'est Demain.

Du reste, insurrection, émeute, en quoi la première diffère de la seconde, le bourgeois, proprement dit, connaît peu ces nuances. Pour lui tout est sédition, rébellion pure et simple, révolte du dogue contre le maître, essai de morsure qu'il faut punir de la chaîne et de la niche, aboiement, jappement ; jusqu'au jour où la tête du chien, grossie tout à coup, s'ébauche vaguement dans l'ombre en face de lion.

Alors le bourgeois crie : Vive le peuple ! [7]

Cette explication donnée, qu'est-ce pour l'histoire que le mouvement de juin 1832 ? est-ce une émeute ? est-ce une insurrection ?

C'est une insurrection.

Il pourra nous arriver, dans cette mise en scène d'un événement redoutable, de dire parfois l'émeute, mais seulement pour qualifier les faits de surface, et en maintenant toujours la distinction entre la forme émeute et le fond insurrection.

Ce mouvement de 1832 a eu, dans son explosion rapide et dans son extinction lugubre, tant de grandeur que ceux-

---

7. C'est ce qui se passe en février 1848, souvenir cuisant pour nombre de « bourgeois ».

là mêmes qui n'y voient qu'une émeute n'en parlent pas sans respect. Pour eux, c'est comme un reste de 1830. Les imaginations émues, disent-ils, ne se calment pas en un jour. Une révolution ne se coupe pas à pic. Elle a toujours nécessairement quelques ondulations avant de revenir à l'état de paix comme une montagne en redescendant vers la plaine. Il n'y a point d'Alpes sans Jura, ni de Pyrénées sans Asturies.

Cette crise pathétique de l'histoire contemporaine que la mémoire des parisiens appelle *l'époque des émeutes*[8], est à coup sûr une heure caractéristique parmi les heures orageuses de ce siècle.

Un dernier mot avant d'entrer dans le récit.

Les faits qui vont être racontés appartiennent à cette réalité dramatique et vivante que l'histoire néglige quelquefois, faute de temps et d'espace. Là pourtant, nous y insistons, là est la vie, la palpitation, le frémissement humain. Les petits détails, nous croyons l'avoir dit, sont, pour ainsi parler, le feuillage des grands événements et se perdent dans le lointain de l'histoire. L'époque dite *des émeutes* abonde en détails de ce genre. Les instructions judiciaires, par d'autres raisons que l'histoire, n'ont pas tout révélé, ni peut-être tout approfondi. Nous allons donc mettre en lumière, parmi les particularités connues et publiées, des choses qu'on n'a point sues, des faits sur lesquels a passé l'oubli des uns, la mort des autres. La plupart des acteurs de ces scènes gigantesques ont disparu ; dès le lendemain ils se taisaient ; mais ce que nous raconterons, nous pouvons dire : nous l'avons vu. Nous changerons quelques noms, car l'histoire raconte et ne dénonce pas, mais nous peindrons des choses vraies. Dans les conditions du livre que nous écrivons, nous ne montrerons qu'un côté et qu'un épisode, et à coup sûr le moins connu, des journées des 5 et 6 juin 1832 ; mais nous ferons en sorte que le lecteur entrevoie, sous le sombre voile que nous allons soulever, la figure réelle de cette effrayante aventure publique.

---

8. Voir IV, 1, 3, note 2, p. 1129.

III

UN ENTERREMENT : OCCASION DE RENAÎTRE [1]

Au printemps de 1832, quoique depuis trois mois le choléra eût glacé les esprits et jeté sur leur agitation je ne sais quel morne apaisement, Paris était dès longtemps prêt pour une commotion. Ainsi que nous l'avons dit, la grande ville ressemble à une pièce de canon ; quand elle est chargée, il suffit d'une étincelle qui tombe, le coup part. En juin 1832, l'étincelle fut la mort du général Lamarque.

Lamarque était un homme de renommée et d'action. Il avait eu successivement, sous l'empire et sous la restauration, les deux bravoures nécessaires aux deux époques, la bravoure des champs de bataille et la bravoure de la tribune. Il était éloquent comme il avait été vaillant ; on sentait une épée dans sa parole. Comme Foy, son devancier, après avoir tenu haut le commandement, il tenait haut la liberté [2]. Il siégeait entre la gauche et l'extrême gauche, aimé du peuple parce qu'il acceptait les chances de l'avenir, aimé de la foule parce qu'il avait bien servi l'empereur. Il était, avec les comtes Gérard et Drouet, un

---

1. La référence à l'enterrement de Jean Valjean (II, 8 ; pp. 725 et suiv.) associe les destins individuels et l'histoire sous le même schéma de la résurrection — voir note générale 24. Mais, pour les amis de l'A B C, cette renaissance sera l'occasion de mourir.

2. Voir II, 1, 17 et note 3, p. 487. Dès à présent la barricade est construite en référence à Napoléon et plusieurs autres indices feront d'elle un Waterloo populaire.

Jean Valjean sera du nombre des combattants : le système de parallèle inverse entre lui et Napoléon (voir note générale 28) et celui, analogue, entre la barricade et Waterloo se confirment et s'enrichissent réciproquement.

Tout le récit qui suit a été inspiré à Hugo, grand amateur d'histoire vue au jour le jour, par ses propres observations (voir, p. 1435, un épisode repris dans le *Victor Hugo raconté*), mais enrichies des documents et des récits historiques, celui de Louis Blanc en particulier, *Histoire de dix ans* (1843).

des maréchaux *in petto* de Napoléon[3]. Les traités de 1815
le soulevaient comme une offense personnelle. Il haïssait
Wellington d'une haine directe qui plaisait à la multitude ; et depuis dix-sept ans, à peine attentif aux événements intermédiaires, il avait majestueusement gardé la
tristesse de Waterloo. Dans son agonie, à sa dernière
heure, il avait serré contre sa poitrine une épée que lui
avaient décernée les officiers des Cent-jours. Napoléon
était mort en prononçant le mot *armée*, Lamarque en prononçant le mot *patrie*.

Sa mort, prévue, était redoutée du peuple comme une
perte et du gouvernement comme une occasion[4]. Cette
mort fut un deuil. Comme tout ce qui est amer, le deuil
peut se tourner en révolte. C'est ce qui arriva.

La veille et le matin du 5 juin, jour fixé pour l'enterrement de Lamarque, le faubourg Saint-Antoine, que le
convoi devait venir toucher, prit un aspect redoutable. Ce
tumultueux réseau de rues s'emplit de rumeurs. On s'y
armait comme on pouvait. Des menuisiers emportaient le
valet de leur établi « pour enfoncer les portes ». Un d'eux
s'était fait un poignard d'un crochet de chaussonnier en
cassant le crochet et en aiguisant le tronçon. Un autre,
dans la fièvre « d'attaquer », couchait depuis trois jours
tout habillé. Un charpentier nommé Lombier rencontrait
un camarade qui lui demandait : Où vas-tu ? — Eh bien !
je n'ai pas d'armes. — Et puis ? — Je vais à mon chantier
chercher mon compas. — Pourquoi faire ? — Je ne sais
pas, disait Lombier. Un nommé Jacqueline, homme d'ex-
pédition, abordait les ouvriers quelconques qui passaient :
— Viens, toi ! — Il payait dix sous de vin, et disait :
— As-tu de l'ouvrage ? — Non. — Va chez Filspierre,
entre la barrière Montreuil et la barrière Charonne, tu
trouveras de l'ouvrage. — On trouvait chez Filspierre des
cartouches et des armes. Certains chefs connus *faisaient*

---

3. Sont cardinaux *in petto* (« dans le cœur ») les personnages dont
le pape a décidé la nomination sans l'avoir publiée.

4. Comme une occasion que pouvaient saisir, et que saisirent
effectivement, les composantes de l'opposition pour mener à bien la
révolution avortée de 1830.

la poste, c'est-à-dire couraient chez l'un et chez l'autre pour rassembler leur monde. Chez Barthélemy, près la barrière du Trône, chez Capel, au Petit-Chapeau, les buveurs s'accostaient d'un air grave. On les entendait se dire : — *Où as-tu ton pistolet ? — Sous ma blouse. Et toi ? — Sous ma chemise.* Rue Traversière devant l'atelier Roland, et cour de la Maison-Brûlée devant l'atelier de l'outilleur Bernier, des groupes chuchotaient. On y remarquait, comme le plus ardent, un certain Mavot, qui ne faisait jamais plus d'une semaine dans un atelier, les maîtres le renvoyant « parce qu'il fallait tous les jours se disputer avec lui ». Mavot fut tué le lendemain dans la barricade de la rue Ménilmontant. Pretot, qui devait mourir aussi dans la lutte, secondait Mavot, et à cette question : Quel est ton but ? répondait : — *L'insurrection.* Des ouvriers rassemblés au coin de la rue de Bercy attendaient un nommé Lemarin, agent révolutionnaire pour le faubourg Saint-Marceau. Des mots d'ordre s'échangeaient presque publiquement.

Le 5 juin donc, par une journée mêlée de pluie et de soleil, le convoi du général Lamarque traversa Paris avec la pompe militaire officielle, un peu accrue par les précautions. Deux bataillons, tambours drapés, fusils renversés, dix mille gardes nationaux, le sabre au côté, les batteries de l'artillerie de la garde nationale, escortaient le cercueil. Le corbillard était traîné par des jeunes gens. Les officiers des Invalides le suivaient immédiatement, portant des branches de laurier. Puis venait une multitude innombrable, agitée, étrange, les sectionnaires des Amis du Peuple, l'école de droit, l'école de médecine, les réfugiés de toutes les nations, drapeaux espagnols, italiens, allemands, polonais, drapeaux tricolores horizontaux, toutes les bannières possibles, des enfants agitant des branches vertes, des tailleurs de pierre et des charpentiers qui faisaient grève en ce moment-là même, des imprimeurs reconnaissables à leur bonnet de papier, marchant deux par deux, trois par trois, poussant des cris, agitant presque tous des bâtons, quelques-uns des sabres, sans ordre et pourtant avec une seule âme, tantôt une cohue, tantôt une colonne. Des pelotons se choisissaient des chefs ; un homme, armé d'une paire de pistolets parfaitement visibles, semblait en passer d'autres en revue dont les files s'écartaient devant lui. Sur les contre-allées des boulevards, dans les branches des arbres, aux balcons, aux fenêtres, sur les toits, les têtes fourmillaient, hommes, femmes, enfants ; les yeux étaient pleins d'anxiété. Une foule armée passait, une foule effarée regardait.

De son côté le gouvernement observait. Il observait, la main sur la poignée de l'épée. On pouvait voir, tout prêts à marcher, gibernes pleines, fusils et mousquetons chargés, place Louis XV, quatre escadrons de carabiniers, en selle et clairons en tête, dans le pays latin et au Jardin des plantes, la garde municipale, échelonnée de rue en rue, à la Halle-aux-vins un escadron de dragons, à la Grève une moitié du 12e léger, l'autre moitié à la Bastille, le 6e dragons aux Célestins, de l'artillerie plein la cour du Louvre. Le reste des troupes était consigné dans les casernes, sans compter les régiments des environs de Paris. Le pouvoir inquiet tenait suspendus sur la multitude menaçante vingt-quatre mille soldats dans la ville et trente mille dans la banlieue.

Divers bruits circulaient dans le cortége. On parlait de menées légitimistes ; on parlait du duc de Reichstadt, que Dieu marquait pour la mort à cette minute même où la foule le désignait pour l'empire[5]. Un personnage resté inconnu annonçait qu'à l'heure dite deux contre-maîtres gagnés ouvriraient au peuple les portes d'une fabrique d'armes. Ce qui dominait sur les fronts découverts de la plupart des assistants, c'était un enthousiasme mêlé d'accablement. On voyait aussi çà et là, dans cette multitude en proie à tant d'émotions violentes, mais nobles, de vrais visages de malfaiteurs et des bouches ignobles qui disaient : pillons ! Il y a de certaines agitations qui remuent le fond des marais et qui font monter dans l'eau des nuages de boue. Phénomène auquel ne sont point étrangères les polices « bien faites ».

Le cortége chemina, avec une lenteur fébrile, de la maison mortuaire par les boulevards jusqu'à la Bastille. Il

---

5. Il mourut peu après : le 22 juillet 1832.

pleuvait de temps en temps ; la pluie ne faisait rien à cette foule. Plusieurs incidents, le cercueil promené autour de la colonne Vendôme, des pierres jetées au duc de Fitz-James aperçu à un balcon le chapeau sur la tête, le coq gaulois[6] arraché d'un drapeau populaire et traîné dans la boue, un sergent de ville blessé d'un coup d'épée à la porte Saint-Martin, un officier du 12e léger disant tout haut : Je suis républicain, l'école polytechnique survenant après sa consigne forcée[7], les cris : vive l'école polytechnique ! vive la république ! marquèrent le trajet du convoi. À la Bastille, les longues files de curieux redoutables qui descendaient du faubourg Saint-Antoine firent leur jonction avec le cortége et un certain bouillonnement terrible commença à soulever la foule.

On entendit un homme qui disait à un autre : — Tu vois bien celui-là avec sa barbiche rouge, c'est lui qui dira quand il faudra tirer. Il paraît que cette même barbiche rouge s'est retrouvée plus tard avec la même fonction dans une autre émeute, l'affaire Quénisset[8].

Le corbillard dépassa la Bastille, suivit le canal, traversa le petit pont et atteignit l'esplanade du pont d'Austerlitz. Là il s'arrêta. En ce moment cette foule vue à vol d'oiseau eût offert l'aspect d'une comète dont la tête était à l'esplanade et dont la queue développée sur le quai Bourdon couvrait la Bastille et se prolongeait sur le boulevard jusqu'à la porte Saint-Martin. Un cercle se traça autour du corbillard. La vaste cohue fit silence. Lafayette parla et dit adieu à Lamarque. Ce fut un instant touchant et auguste, toutes les têtes se découvrirent, tous les cœurs battaient. Tout à coup un homme à cheval, vêtu de noir, parut au milieu du groupe avec un drapeau rouge, d'autres

---

6. En 1830, le coq remplaça la fleur de lis comme emblème national.

7. L'École avait joué un rôle important en 1830 ; Stendhal se souvient de son insubordination en 1832, motif du renvoi de Lucien Leuwen.

8. Sur ce personnage, voir note 2, p. 1144 en IV, I, au chapitre 5 dont celui-ci reprend la technique et le récit, après une longue interruption.

disent avec une pique surmontée d'un bonnet rouge[9]. Lafayette détourna la tête. Excelmans quitta le cortége.

Ce drapeau rouge souleva un orage et y disparut. Du boulevard Bourdon au pont d'Austerlitz une de ces clameurs qui ressemblent à des houles remua la multitude. Deux cris prodigieux s'élevèrent : — *Lamarque au panthéon ! — Lafayette à l'hôtel de ville !* — Des jeunes gens, aux acclamations de la foule, s'attelèrent et se mirent à traîner Lamarque dans le corbillard par le pont d'Austerlitz et Lafayette dans un fiacre par le quai Morland.

Dans la foule qui entourait et acclamait Lafayette, on remarquait et l'on se montrait un allemand nommé Ludwig Snyder, mort centenaire depuis, qui avait fait lui aussi la guerre de 1776, et qui avait combattu à Trenton sous Washington, et sous Lafayette à Brandywine.

Cependant sur la rive gauche la cavalerie municipale s'ébranlait et venait barrer le pont, sur la rive droite les dragons sortaient des Célestins et se déployaient le long du quai Morland. Le peuple qui traînait Lafayette les aperçut brusquement au coude du quai et cria : les dragons ! Les dragons s'avançaient au pas, en silence, pistolets dans les fontes, sabres aux fourreaux, mousquetons aux porte-crosse, avec un air d'attente sombre.

À deux cents pas du petit pont, ils firent halte. Le fiacre où était Lafayette chemina jusqu'à eux, ils ouvrirent les rangs, le laissèrent passer, et se refermèrent sur lui. En ce moment les dragons et la foule se touchaient. Les femmes s'enfuyaient avec terreur.

Que se passa-t-il dans cette minute fatale ? personne ne saurait le dire. C'est le moment ténébreux où deux nuées se mêlent. Les uns racontent qu'une fanfare sonnant la charge fut entendue du côté de l'Arsenal, les autres qu'un coup de poignard fut donné par un enfant à un dragon.

---

9. Détail authentique et noté par plusieurs témoins. Beaucoup virent dans ce drapeau, alors insigne d'une sédition violente comme le serait le drapeau noir aujourd'hui, une provocation de la police. En 1848, dans un discours prononcé au balcon de l'Hôtel de Ville et demeuré célèbre, Lamartine n'eut pas grand-peine à faire adopter par les militants en armes le drapeau tricolore, de préférence au drapeau rouge.

Le fait est que trois coups de feu partirent subitement, le premier tua le chef d'escadron Cholet, le second tua une vieille sourde qui fermait sa fenêtre rue Contrescarpe, le troisième brûla l'épaulette d'un officier ; une femme cria : On commence trop tôt ! et tout à coup on vit du côté opposé au quai Morland un escadron de dragons qui était resté dans la caserne déboucher au galop, le sabre nu, par la rue Bassompierre et le boulevard Bourdon, et balayer tout devant lui.

Alors tout est dit, la tempête se déchaîne, les pierres pleuvent, la fusillade éclate, beaucoup se précipitent au bas de la berge et passent le petit bras de la Seine aujourd'hui comblé ; les chantiers de l'île Louviers, cette vaste citadelle toute faite, se hérissent de combattants ; on arrache des pieux, on tire des coups de pistolet, une barricade s'ébauche, les jeunes gens refoulés passent le pont d'Austerlitz avec le corbillard au pas de course et chargent la garde municipale, les carabiniers accourent, les dragons sabrent, la foule se disperse dans tous les sens, une rumeur de guerre vole aux quatre coins de Paris, on crie : aux armes ! on court, on culbute, on fuit, on résiste. La colère emporte l'émeute comme le vent emporte le feu.

IV

LES BOUILLONNEMENTS D'AUTREFOIS

Rien n'est plus extraordinaire que le premier fourmillement d'une émeute. Tout éclate partout à la fois. Était-ce prévu ? oui. Était-ce préparé ? non. D'où cela sort-il ? des pavés. D'où cela tombe-t-il ? des nues. Ici l'insurrection a le caractère d'un complot ; là d'une improvisation. Le premier venu s'empare d'un courant de la foule et le mène où il veut. Début plein d'épouvante où se mêle une sorte de gaîté formidable. Ce sont d'abord des clameurs, les magasins se ferment, les étalages des marchands disparaissent ; puis des coups de feu isolés ; des gens s'enfuient ; des coups de crosse heurtent les portes cochères ; on entend les servantes rire dans les cours des maisons et dire : *Il va y avoir du train !*

Un quart d'heure n'était pas écoulé, voici ce qui se passait presque en même temps sur vingt points de Paris différents.

Rue Sainte-Croix-de-la-Bretonnerie, une vingtaine de jeunes gens, à barbes et à cheveux longs, entraient dans un estaminet et en ressortaient un moment après, portant un drapeau tricolore horizontal couvert d'un crêpe et ayant à leur tête trois hommes armés, l'un d'un sabre, l'autre d'un fusil, le troisième d'une pique.

Rue des Nonaindières, un bourgeois bien vêtu, qui avait du ventre, la voix sonore, le crâne chauve, le front élevé, la barbe noire et une de ces moustaches rudes qui ne peuvent se rabattre, offrait publiquement des cartouches aux passants.

Rue Saint-Pierre-Montmartre, des hommes aux bras nus promenaient un drapeau noir où on lisait ces mots en lettres blanches : *République ou la mort*. Rue des Jeûneurs, rue du Cadran, rue Montorgueil, rue Mandar, apparaissaient des groupes agitant des drapeaux sur lesquels on distinguait des lettres d'or, le mot *section* avec un numéro. Un de ces drapeaux était rouge et bleu avec un imperceptible entre-deux blanc.

On pillait une fabrique d'armes, boulevard Saint-Martin, et trois boutiques d'armuriers, la première rue Beaubourg, la deuxième rue Michel-le-Comte, l'autre, rue du Temple. En quelques minutes les mille mains de la foule saisissaient et emportaient deux cent trente fusils, presque tous à deux coups, soixante-quatre sabres, quatrevingt-trois pistolets. Afin d'armer plus de monde, l'un prenait le fusil, l'autre la bayonnette.

Vis-à-vis le quai de la Grève, des jeunes gens armés de mousquets s'installaient chez des femmes pour tirer. L'un d'eux avait un mousquet à rouet. Ils sonnaient, entraient, et se mettaient à faire des cartouches. Une de ces femmes a raconté : *Je ne savais pas ce que c'était que des cartouches, c'est mon mari qui me l'a dit.*

Un rassemblement enfonçait une boutique de curiosités rue des Vieilles-Haudriettes et y prenait des yatagans et des armes turques.

Le cadavre d'un maçon tué d'un coup de fusil gisait rue de la Perle[1].

Et puis, rive droite, rive gauche, sur les quais, sur les boulevards, dans le pays latin, dans le quartier des halles, des hommes haletants, ouvriers, étudiants, sectionnaires, lisaient des proclamations, criaient : aux armes ! brisaient les réverbères, dételaient les voitures, dépavaient les rues, enfonçaient les portes des maisons, déracinaient les arbres, fouillaient les caves, roulaient des tonneaux, entassaient pavés, moellons, meubles, planches, faisaient des barricades.

On forçait les bourgeois d'y aider. On entrait chez les femmes, on leur faisait donner le sabre et le fusil des maris absents, et l'on écrivait avec du blanc d'Espagne sur la porte : *les armes sont livrées*. Quelques-uns signaient « de leurs noms » des reçus du fusil et du sabre, et disaient : *envoyez-les chercher demain à la mairie*. On désarmait dans les rues les sentinelles isolées et les gardes nationaux allant à leur municipalité. On arrachait les épaulettes aux officiers. Rue du Cimetière-Saint-Nicolas, un officier de la garde nationale, poursuivi par une troupe armée de bâtons et de fleurets, se réfugia à grand'peine dans une maison d'où il ne put sortir qu'à la nuit, et déguisé.

Dans le quartier Saint-Jacques, les étudiants sortaient par essaims de leurs hôtels, et montaient rue Saint-Hyacinthe au café du Progrès ou descendaient au café des Sept-Billards, rue des Mathurins. Là, devant les portes, des jeunes gens debout sur des bornes distribuaient des armes. On pillait le chantier de la rue Transnonain pour faire des barricades. Sur un seul point, les habitants résistaient, à l'angle des rues Sainte-Avoye et Simon-le-Franc où ils détruisaient eux-mêmes la barricade. Sur un seul point, les insurgés pliaient ; ils abandonnaient une barri-

---

1. Chose vue, et notée, par Hugo, mais lors de l'insurrection de 1839, selon une méthode de transposition dont ce n'est pas l'unique exemple.

cade commencée rue du Temple après avoir fait feu sur
un détachement de garde nationale, et s'enfuyaient par la
rue de la Corderie. Le détachement ramassa dans la barricade un drapeau rouge, un paquet de cartouches et trois
cents balles de pistolet. Les gardes nationaux déchirèrent
le drapeau et en remportèrent les lambeaux à la pointe de
leurs bayonnettes.

Tout ce que nous racontons ici lentement et successivement se faisait à la fois sur tous les points de la ville au
milieu d'un vaste tumulte, comme une foule d'éclairs
dans un seul roulement de tonnerre.

En moins d'une heure, vingt-sept barricades sortirent
de terre dans le seul quartier des halles. Au centre était
cette fameuse maison n° 50, qui fut la forteresse de Jeanne[2] et de ses cent six compagnons, et qui, flanquée d'un
côté par une barricade à Saint-Merry, et de l'autre par
une barricade à la rue Maubuée, commandait trois rues,
la rue des Arcis, la rue Saint-Martin, et la rue Aubry-
le-Boucher qu'elle prenait de front. Deux barricades en
équerre se repliaient l'une de la rue Montorgueil sur la
Grande-Truanderie, l'autre de la rue Geoffroy-Langevin
sur la rue Sainte-Avoye. Sans compter d'innombrables
barricades dans vingt autres quartiers de Paris, au Marais,
à la montagne Sainte-Geneviève ; une, rue Ménilmontant,
où l'on voyait une porte cochère arrachée de ses gonds ;
une autre près du petit pont de l'Hôtel-Dieu faite avec
une écossaise dételée et renversée, à trois cents pas de la
préfecture de police.

A la barricade de la rue des Ménétriers, un homme bien
mis distribuait de l'argent aux travailleurs. A la barricade
de la rue Greneta un cavalier parut et remit à celui qui
paraissait le chef de la barricade un rouleau qui avait l'air
d'un rouleau d'argent. — *Voilà*, dit-il, *pour payer les
dépenses, le vin, et caetera.* Un jeune homme blond, sans
cravate, allait d'une barricade à l'autre portant des mots
d'ordre. Un autre, le sabre nu, un bonnet de police bleu
sur la tête, posait des sentinelles. Dans l'intérieur, en deçà
des barricades, les cabarets et les loges de portiers étaient

---

2. Voir IV, 12, 1 ; p. 1462 et note 2.

convertis en corps de garde. Du reste l'émeute se comportait selon la plus savante tactique militaire. Les rues étroites, inégales, sinueuses, pleines d'angles et de tournants, étaient admirablement choisies ; les environs des halles en particulier, réseau de rues plus embrouillé qu'une forêt. La société des Amis du Peuple avait, disait-on, pris la direction de l'insurrection dans le quartier Sainte-Avoye. Un homme tué rue du Ponceau qu'on fouilla avait sur lui un plan de Paris.

Ce qui avait réellement pris la direction de l'émeute, c'était une sorte d'impétuosité inconnue qui était dans l'air. L'insurrection, brusquement, avait bâti les barricades d'une main et de l'autre saisi presque tous les postes de la garnison. En moins de trois heures, comme une traînée de poudre qui s'allume, les insurgés avaient envahi et occupé, sur la rive droite, l'Arsenal, la mairie de la place Royale, tout le Marais, la fabrique d'armes Popincourt, la Galiote, le Château-d'Eau, toutes les rues près les halles ; sur la rive gauche, la caserne des Vétérans, Sainte-Pélagie, la place Maubert, la poudrière des Deux-Moulins, toutes les barrières. À cinq heures du soir ils étaient maîtres de la Bastille, de la Lingerie, des Blancs-Manteaux ; leurs éclaireurs touchaient la place des Victoires, et menaçaient la Banque, la caserne des Petits-Pères, l'hôtel des Postes. Le tiers de Paris était à l'émeute.

Sur tous les points la lutte était gigantesquement engagée ; et, des désarmements, des visites domiciliaires, des boutiques d'armuriers vivement envahies, il résultait ceci que le combat commencé à coups de pierres continuait à coups de fusil.

Vers six heures du soir, le passage du Saumon devenait champ de bataille. L'émeute était à un bout, la troupe au bout opposé. On se fusillait d'une grille à l'autre. Un observateur, un rêveur, l'auteur de ce livre, qui était allé voir le volcan de près, se trouva dans le passage pris entre deux feux. Il n'avait pour se garantir des balles que le renflement des demi-colonnes qui séparent les boutiques ; il fut près d'une demi-heure dans cette situation délicate [3].

---

3. Épisode confirmé par le *Victor Hugo raconté.*

Cependant le rappel battait, les gardes nationaux s'habillaient et s'armaient en hâte, les légions sortaient des mairies, les régiments sortaient des casernes. Vis-à-vis le passage de l'Ancre un tambour recevait un coup de poignard. Un autre, rue du Cygne, était assailli par une trentaine de jeunes gens qui lui crevaient sa caisse et lui prenaient son sabre. Un autre était tué rue Grenier-Saint-Lazare. Rue Michel-le-Comte, trois officiers tombaient morts l'un après l'autre. Plusieurs gardes municipaux, blessés rue des Lombards, rétrogradaient.

Devant la Cour-Batave, un détachement de gardes nationaux trouvait un drapeau rouge portant cette inscription : *Révolution républicaine, n° 127.* Était-ce une révolution en effet ?

L'insurrection s'était fait du centre de Paris une sorte de citadelle inextricable, tortueuse, colossale.

Là était le foyer, là était évidemment la question. Tout le reste n'était qu'escarmouches. Ce qui prouvait que tout se déciderait là, c'est qu'on ne s'y battait pas encore.

Dans quelques régiments, les soldats étaient incertains, ce qui ajoutait à l'obscurité effrayante de la crise. Ils se rappelaient l'ovation populaire qui avait accueilli en juillet 1830 la neutralité du 53ᵉ de ligne. Deux hommes intrépides et éprouvés par les grandes guerres, le maréchal de Lobau et le général Bugeaud, commandaient, Bugeaud sous Lobau. D'énormes patrouilles, composées de bataillons de la ligne enfermés dans des compagnies entières de la garde nationale, et précédées d'un commissaire de police en écharpe, allaient reconnaître les rues insurgées. De leur côté, les insurgés posaient des vedettes au coin des carrefours et envoyaient audacieusement des patrouilles hors des barricades. On s'observait des deux parts. Le gouvernement, avec une armée dans la main, hésitait ; la nuit allait venir et l'on commençait à entendre le tocsin de Saint-Merry. Le ministre de la guerre d'alors, le maréchal Soult, qui avait vu Austerlitz, regardait cela d'un air sombre [4].

_____

4. Cet Austerlitz appelle « d'un air sombre » son envers : Waterloo, voir note générale 28. Soult réapparaît, dans un contexte analogue, p. 1626.

Ces vieux matelots-là, habitués à la manœuvre correcte et n'ayant pour ressource et pour guide que la tactique, cette boussole des batailles, sont tout désorientés en présence de cette immense écume qu'on appelle la colère publique. Le vent des révolutions n'est pas maniable[5].

Les gardes nationales de la banlieue accouraient en hâte et en désordre. Un bataillon du 12e léger venait au pas de course de Saint-Denis, le 14e de ligne arrivait de Courbevoie, les batteries de l'école militaire avaient pris position au Carrousel ; des canons descendaient de Vincennes.

La solitude se faisait aux Tuileries, Louis-Philippe était plein de sérénité.

V

ORIGINALITÉ DE PARIS

Depuis deux ans, nous l'avons dit, Paris avait vu plus d'une insurrection. Hors des quartiers insurgés, rien n'est d'ordinaire plus étrangement calme que la physionomie de Paris pendant une émeute. Paris s'accoutume très vite à tout, — ce n'est qu'une émeute, — et Paris a tant d'affaires qu'il ne se dérange pas pour si peu. Ces villes colossales peuvent seules donner de tels spectacles. Ces enceintes immenses peuvent seules contenir en même temps la guerre civile et on ne sait quelle bizarre tranquillité. D'habitude, quand l'insurrection commence, quand on entend le tambour, le rappel, la générale, le boutiquier se borne à dire :

— Il paraît qu'il y a du grabuge rue Saint-Martin.

Ou :

— Faubourg Saint-Antoine.

---

5. Cette image concrétise et naturalise souvent chez Hugo la parole évangélique *Spiritus flat ubi vult* : « L'esprit souffle où il veut » ; voir déjà texte en IV, 6, 2 annoté 9 ; p. 1292.

Souvent il ajoute avec insouciance :

— Quelque part par là.

Plus tard, quand on distingue le vacarme déchirant et lugubre de la mousqueterie et des feux de peloton, le boutiquier dit :

— Ça chauffe donc ? Tiens, ça chauffe !

Un moment après, si l'émeute approche et gagne, il ferme précipitamment sa boutique et endosse rapidement son uniforme, c'est-à-dire met ses marchandises en sûreté et risque sa personne.

On se fusille dans un carrefour, dans un passage, dans un cul-de-sac ; on prend, perd et reprend des barricades ; le sang coule, la mitraille crible les façades des maisons, les balles tuent les gens dans leur alcôve, les cadavres encombrent le pavé. À quelques rues de là, on entend le choc des billes de billard dans les cafés.

Les théâtres ouvrent leurs portes [1] et jouent des vaudevilles ; les curieux causent et rient à deux pas de ces rues pleines de guerre. Les fiacres cheminent ; les passants vont dîner en ville. Quelquefois dans le quartier même où l'on se bat. En 1831, une fusillade s'interrompit pour laisser passer une noce.

Lors de l'insurrection du 12 mai 1839, rue Saint-Martin, un petit vieux homme infirme traînant une charrette à bras surmontée d'un chiffon tricolore dans laquelle il y avait des carafes remplies d'un liquide quelconque, allait et venait de la barricade à la troupe et de la troupe à la barricade, offrant impartialement des verres de coco — tantôt au gouvernement, tantôt à l'anarchie [2].

Rien n'est plus étrange ; et c'est là le caractère propre des émeutes de Paris qui ne se retrouve dans aucune autre

---

1. À nouveau, chose vue et notée par Hugo, mais en 1839. La fin du paragraphe est devenue, pour nous, une singulière prophétie autobiographique : le 18 mars 1871, au premier jour de la Commune, les fédérés présentèrent les armes, tout le long de son parcours, au cortège des funérailles de Charles Hugo, conduit par son père.

2. Il y a là, comme le fait remarquer J. Neefs, un ton étrangement flaubertien. Peut-être parce que Hugo reprend telle quelle, une fois encore, une notation rédigée en 1839.

capitale. Il faut pour cela deux choses, la grandeur de Paris et sa gaîté. Il faut la ville de Voltaire et de Napoléon.

Cette fois, cependant, dans la prise d'armes du 5 juin 1832, la grande ville sentit quelque chose qui était peut-être plus fort qu'elle. Elle eut peur. On vit partout, dans les quartiers les plus lointains et les plus « désintéressés », les portes, les fenêtres et les volets fermés en plein jour. Les courageux s'armèrent, les poltrons se cachèrent. Le passant insouciant et affairé disparut. Beaucoup de rues étaient vides comme à quatre heures du matin. On colportait des détails alarmants, on répandait des nouvelles fatales. — Qu'*ils* étaient maîtres de la Banque ; — que, rien qu'au cloître de Saint-Merry, ils étaient six cents, retranchés et crénelés dans l'église ; — que la ligne n'était pas sûre ; — qu'Armand Carrel avait été voir le maréchal Clausel et que le maréchal avait dit : *Ayez d'abord un régiment*[3] ; — que Lafayette était malade, mais qu'il leur avait dit pourtant : *Je suis à vous. Je vous suivrai partout où il y aura place pour une chaise* ; — qu'il fallait se tenir sur ses gardes ; qu'à la nuit il y aurait des gens qui pilleraient les maisons isolées dans les coins déserts de Paris (ici on reconnaissait l'imagination de la police, cette Anne Radcliffe mêlée au gouvernement) ; — qu'une batterie avait été établie rue Aubry-le-Boucher ; — que Lobau et Bugeaud se concertaient et qu'à minuit, ou au point du jour au plus tard, quatre colonnes marcheraient à la fois sur le centre de l'émeute, la première venant de la Bastille, la deuxième de la porte Saint-Martin, la troisième de la Grève, la quatrième des halles ; — que peut-être aussi les troupes évacueraient Paris et se retireraient au Champ de Mars ; — qu'on ne savait ce qui arriverait, mais qu'à coup sûr, cette fois, c'était grave. — On se préoccupait des hésitations du maréchal Soult.

---

3. Aux funérailles de Lamarque, La Fayette, les députés Lafitte et Mauguin et le général Clauzel tenaient les coins du drap mortuaire. Ce dernier avait pris la parole après La Fayette. Armand Carrel, écrivain et journaliste, l'un des chefs de file des républicains, était opposé à l'émeute ; il est peu probable que le mot de Clauzel lui ait été adressé ; on rapporte qu'il le fut à un artilleur de la garde nationale pressant le général d'entrer dans l'insurrection.

— Pourquoi n'attaquait-il pas tout de suite ? — Il est certain qu'il était profondément absorbé. Le vieux lion semblait flairer dans cette ombre un monstre inconnu.

Le soir vint, les théâtres n'ouvrirent pas ; les patrouilles circulaient d'un air irrité ; on fouillait les passants ; on arrêtait les suspects. Il y avait à neuf heures plus de huit cents personnes arrêtées ; la préfecture de police était encombrée, la Conciergerie encombrée, la Force encombrée. À la Conciergerie, en particulier, le long souterrain qu'on nomme la rue de Paris était jonché de bottes de paille sur lesquelles gisait un entassement de prisonniers, que l'homme de Lyon, Lagrange, haranguait avec vaillance[4]. Toute cette paille, remuée par tous ces hommes, faisait le bruit d'une averse. Ailleurs les prisonniers couchaient en plein air dans les préaux les uns sur les autres. L'anxiété était partout, et un certain tremblement, peu habituel à Paris.

On se barricadait dans les maisons ; les femmes et les mères s'inquiétaient ; on n'entendait que ceci : *Ah mon Dieu ! il n'est pas rentré !* Il y avait à peine au loin quelques rares roulements de voitures. On écoutait, sur le pas des portes, les rumeurs, les cris, les tumultes, les bruits sourds et indistincts des choses dont on disait : *C'est la cavalerie*, ou : *Ce sont des caissons qui galopent*, les clairons, les tambours, la fusillade, et surtout ce lamentable tocsin de Saint-Merry. On attendait le premier coup de canon. Des hommes surgissaient au coin des rues et disparaissaient en criant : Rentrez chez vous ! Et l'on se hâtait de verrouiller les portes. On disait : Comment cela finira-t-il ? D'instant en instant, à mesure que la nuit tombait, Paris semblait se colorer plus lugubrement du flamboiement formidable de l'émeute.

---

4. Détails rapportés à Hugo lors de sa visite à la Conciergerie, en 1846, par son directeur.

LIVRE ONZIÈME

L'ATOME FRATERNISE AVEC L'OURAGAN

I

QUELQUES ÉCLAIRCISSEMENTS
SUR LES ORIGINES DE LA POÉSIE DE GAVROCHE.
INFLUENCE D'UN ACADÉMICIEN
SUR CETTE POÉSIE

À l'instant où l'insurrection, surgissant du choc du peuple et de la troupe devant l'Arsenal, détermina un mouvement d'avant en arrière dans la multitude qui suivait le corbillard et qui, de toute la longueur des boulevards, pesait, pour ainsi dire, sur la tête du convoi, ce fut un effrayant reflux. La cohue s'ébranla, les rangs se rompirent, tous coururent, partirent, s'échappèrent, les uns avec les cris de l'attaque, les autres avec la pâleur de la fuite. Le grand fleuve qui couvrait les boulevards se divisa en un clin d'œil, déborda à droite et à gauche et se répandit en torrents dans deux cents rues à la fois avec le ruissellement d'une écluse lâchée. En ce moment un enfant déguenillé qui descendait par la rue Ménilmontant, tenant à la main une branche de faux-ébénier en fleur qu'il venait de cueillir sur les hauteurs de Belleville, avisa dans la devanture de boutique d'une marchande de bric-à-brac un vieux pistolet d'arçon. Il jeta sa branche fleurie sur le pavé, et cria :

— Mère chose, je vous emprunte votre machin.

Et il se sauva avec le pistolet.

Deux minutes après, un flot de bourgeois épouvantés qui s'enfuyait par la rue Amelot et la rue Basse, rencontra l'enfant qui brandissait son pistolet et qui chantait :

> La nuit on ne voit rien,
> Le jour on voit très bien,
> D'un écrit apocryphe
> Le bourgeois s'ébouriffe,
> Pratiquez la vertu,
> Tutu chapeau pointu !

C'était le petit Gavroche qui s'en allait en guerre.

Sur le boulevard il s'aperçut que le pistolet n'avait pas de chien.

De qui était ce couplet qui lui servait à ponctuer sa marche, et toutes les autres chansons que, dans l'occasion, il chantait volontiers ? nous l'ignorons. Qui sait ? de lui peut-être [1]. Gavroche d'ailleurs était au courant de tout le fredonnement populaire en circulation, et il y mêlait son propre gazouillement. Farfadet et galopin, il faisait un pot-pourri des voix de la nature et des voix de Paris. Il combinait le répertoire des oiseaux avec le répertoire des ateliers. Il connaissait des rapins, tribu contiguë à la sienne. Il avait, à ce qu'il paraît, été trois mois apprenti imprimeur. Il avait fait un jour une commission pour monsieur Baour-Lormian, l'un des quarante [2]. Gavroche était un gamin de lettres.

Gavroche du reste ne se doutait pas que dans cette vilaine nuit pluvieuse où il avait offert à deux mioches l'hospitalité de son éléphant, c'était pour ses propres frères qu'il avait fait office de providence. Ses frères le soir, son père le matin ; voilà quelle avait été sa nuit. En quittant la rue des Ballets au petit jour, il était retourné

---

1. Cette provocation ne peut conduire le lecteur qu'à une conclusion : Hugo est l'autre nom de Gavroche — ou l'inverse. Conclusion justifiée depuis longtemps (voir les trois notes des chapitres III, 1, 2 et 3 ; pp. 794-796), maintenant étayée par cette affinité du gamin avec le papier imprimé partagée avec Fantine et Jean Valjean (voir I, 2, 1 et note 5 ; p. 110). Elle prendra une autre forme dans « L'attaque du poste de l'Imprimerie royale », p. 1567. Dans la bouche d'Éponine et de Gavroche, la chanson double l'argot et le sublime en poésie — voir notes générales 27 et 40.

2. Et l'une des têtes de Turc du jeune Hugo ; il n'était pas le seul, ni l'inventeur de son surnom, Balourd dormant.

en hâte à l'éléphant, en avait artistement extrait les deux
mômes, avait partagé avec eux le déjeuner quelconque
qu'il avait inventé, puis s'en était allé, les confiant à cette
bonne mère la rue qui l'avait à peu près élevé lui-même.
En les quittant, il leur avait donné rendez-vous pour le
soir au même endroit, et leur avait laissé pour adieu ce
discours : — *Je casse une canne, autrement dit je m'es-
bigne, ou, comme on dit à la cour, je file. Les mioches,
si vous ne retrouvez pas papa maman, revenez ici ce soir.
Je vous ficherai à souper et je vous coucherai.* Les deux
enfants, ramassés par quelque sergent de ville et mis au
dépôt, ou volés par quelque saltimbanque, ou simplement
égarés dans l'immense casse-tête chinois parisien,
n'étaient pas revenus. Les bas-fonds du monde social
actuel sont pleins de ces traces perdues. Gavroche ne les
avait pas revus. Dix ou douze semaines s'étaient écoulées
depuis cette nuit-là. Il lui était arrivé plus d'une fois de
se gratter le dessus de la tête et de dire : Où diable sont
mes deux enfants ?

Cependant, il était parvenu, son pistolet au poing,
rue du Pont-aux-Choux. Il remarqua qu'il n'y avait
plus, dans cette rue, qu'une boutique ouverte, et, chose
digne de réflexion, une boutique de pâtissier. C'était
une occasion providentielle de manger encore un chausson aux pommes avant d'entrer dans l'inconnu.
Gavroche s'arrêta, tâta ses flancs, fouilla son gousset,
retourna ses poches, n'y trouva rien, pas un sou, et se
mit à crier : Au secours !

Il est dur de manquer le gâteau suprême.

Gavroche n'en continua pas moins son chemin.

Deux minutes après, il était rue Saint-Louis. En traver-
sant la rue du Parc-Royal il sentit le besoin de se dédommager du chausson de pommes impossible, et il se donna
l'immense volupté de déchirer en plein jour les affiches
de spectacle.

Un peu plus loin, voyant passer un groupe d'êtres bien
portants qui lui parurent des propriétaires, il haussa les
épaules et cracha au hasard devant lui cette gorgée de bile
philosophique :

— Ces rentiers, comme c'est gras ! Ça se gave. Ça

patauge dans les bons dîners. Demandez-leur ce qu'ils font de leur argent. Ils n'en savent rien. Ils le mangent, quoi ! Autant en emporte le ventre[3].

II

GAVROCHE EN MARCHE

L'agitation d'un pistolet sans chien qu'on tient à la main en pleine rue est une telle fonction publique que Gavroche sentait croître sa verve à chaque pas. Il criait, parmi des bribes de la Marseillaise qu'il chantait :

— Tout va bien. Je souffre beaucoup de la patte gauche, je me suis cassé mon rhumatisme, mais je suis content, citoyens. Les bourgeois n'ont qu'à se bien tenir, je vas leur éternuer des couplets subversifs. Qu'est-ce que c'est que les mouchards ? c'est des chiens. Nom d'unch ! ne manquons pas de respect aux chiens. Avec ça que je voudrais bien en avoir un à mon pistolet[1]. Je viens du boulevard, mes amis, ça chauffe, ça jette un petit bouillon, ça mijote. Il est temps d'écumer le pot. En avant les hommes ! qu'un sang impur inonde les sillons ! Je donne mes jours pour la patrie, je ne reverrai plus ma concubine, n-i-ni, fini, oui, Nini ! mais c'est égal, vive la joie ! Battons-nous, crebleu ! j'en ai assez du despotisme.

En cet instant, le cheval d'un garde national lancier qui passait s'étant abattu, Gavroche posa son pistolet sur le pavé, et releva l'homme, puis il aida à relever le cheval. Après quoi il ramassa son pistolet et reprit son chemin.

Rue de Thorigny, tout était paix et silence. Cette apa-

---

3. Les frères de Gavroche justifieront cette « sortie » en V, I, 16 ; pp. 1642 et suiv.

Sur la valeur de la formule finale dans la philosophie des *Misérables*, voir V, 4, note 4, p. 1769.

---

1. Voir V, 1, 14, note 2, p. 1629.

thie, propre au Marais, contrastait avec la vaste rumeur environnante. Quatre commères causaient sur le pas d'une porte. L'Écosse a des trios de sorcières, mais Paris a des quatuor de commères ; et le « tu seras roi » serait tout aussi lugubrement jeté à Bonaparte dans le carrefour Baudoyer qu'à Macbeth dans la bruyère d'Armuyr. Ce serait à peu près le même croassement.

Les commères de la rue de Thorigny ne s'occupaient que de leurs affaires. C'étaient trois portières et une chiffonnière avec sa hotte et son crochet.

Elles semblaient debout toutes les quatre aux quatre coins de la vieillesse qui sont la caducité, la décrépitude, la ruine et la tristesse.

La chiffonnière était humble. Dans ce monde en plein vent, la chiffonnière salue, la portière protège. Cela tient au coin de la borne qui est ce que veulent les concierges, gras ou maigre, selon la fantaisie de celui qui fait le tas. Il peut y avoir de la bonté dans le balai.

Cette chiffonnière était une hotte reconnaissante, et elle souriait, quel sourire ! aux trois portières. Il se disait des choses comme ceci :

— Ah çà, votre chat est donc toujours méchant ?

— Mon Dieu, les chats, vous le savez, naturellement sont l'ennemi des chiens. C'est les chiens qui se plaignent.

— Et le monde aussi.

— Pourtant les puces de chat ne vont pas après le monde.

— Ce n'est pas l'embarras, les chiens, c'est dangereux. Je me rappelle une année où il y avait tant de chiens qu'on a été obligé de le mettre dans les journaux. C'était du temps qu'il y avait aux Tuileries de grands moutons qui traînaient la petite voiture du roi de Rome. Vous rappelez-vous le roi de Rome ?

— Moi, j'aimais bien le duc de Bordeaux.

— Moi, j'ai connu Louis XVII. J'aime mieux Louis XVII.

— C'est la viande qui est chère, mame Patagon !

— Ah ! ne m'en parlez pas, la boucherie est une horreur. Une horreur horrible. On n'a plus que de la réjouissance.

Ici la chiffonnière intervint :

— Mesdames, le commerce ne va pas. Les tas d'ordures sont minables. On ne jette plus rien. On mange tout.

— Il y en a de plus pauvres que vous, la Vargoulême.

— Ah, ça c'est vrai, répondit la chiffonnière avec déférence, moi j'ai un état.

Il y eut une pause, et la chiffonnière, cédant à ce besoin d'étalage qui est le fond de l'homme, ajouta :

— Le matin en rentrant j'épluche l'hotte, je fais mon treillage (probablement triage). Ça fait des tas dans ma chambre. Je mets les chiffons dans un panier, les trognons dans un baquet, les linges dans mon placard, les lainages dans ma commode, les vieux papiers dans le coin de la fenêtre, les choses bonnes à manger dans mon écuelle, les morceaux de verre dans la cheminée, les savates derrière la porte, et les os sous mon lit.

Gavroche, arrêté derrière, écoutait.

— Les vieilles, dit-il, qu'est-ce que vous avez donc à parler politique ?

Une bordée l'assaillit, composée d'une huée quadruple.

— En voilà encore un scélérat !

— Qu'est-ce qu'il a donc à son moignon ? Un pistolet ?

— Je vous demande un peu, ce gueux de môme !

— Ça n'est pas tranquille si ça ne renverse pas l'autorité.

Gavroche, dédaigneux, se borna, pour toute représaille, à soulever le bout de son nez avec son pouce en ouvrant sa main toute grande.

La chiffonnière cria :

— Méchant va-nu-pattes !

Celle qui répondait au nom de mame Patagon frappa ses deux mains l'une contre l'autre avec scandale :

— Il va y avoir des malheurs, c'est sûr. Le galopin d'à côté qui a une barbiche, je le voyais passer tous les matins avec une jeunesse en bonnet rose sous le bras, aujourd'hui je l'ai vu passer, il donnait le bras à un fusil. Mame Bacheux dit qu'il y a eu la semaine passée une révolution à... à... à... — où est le veau ! — à Pontoise. Et puis le voyez-vous là avec son pistolet, cette horreur de polis-

son ! Il paraît qu'il y a des canons tout plein les Célestins.
Comment voulez-vous que fasse le gouvernement avec
des garnements qui ne savent qu'inventer pour déranger
le monde, quand on commençait à être un peu tranquille
après tous les malheurs qu'il y a eu, bon Dieu Seigneur,
cette pauvre reine que j'ai vue passer dans la charrette !
Et tout ça va encore faire renchérir le tabac. C'est une
infamie ! Et certainement, j'irai te voir guillotiner, malfaiteur.

— Tu reniffles, mon ancienne, dit Gavroche. Mouche
ton promontoire.

Et il passa outre.

Quand il fut rue Pavée, la chiffonnière lui revint à l'esprit et il eut ce soliloque :

— Tu as tort d'insulter les révolutionnaires, mère
Coin-de-la-Borne. Ce pistolet-là, c'est dans ton intérêt.
C'est pour que tu aies dans ta hotte plus de choses bonnes
à manger.

Tout à coup il entendit du bruit derrière lui ; c'était la
portière Patagon qui l'avait suivi, et qui, de loin, lui montrait le poing en criant :

— Tu n'es qu'un bâtard !

— Ça, dit Gavroche, je m'en fiche d'une manière profonde.

Peu après, il passait devant l'hôtel Lamoignon. Là il
poussa cet appel :

— En route pour la bataille !

Et il fut pris d'un accès de mélancolie. Il regarda son
pistolet d'un air de reproche qui semblait essayer de l'attendrir.

— Je pars, lui dit-il, mais toi tu ne pars pas.

Un chien peut distraire d'un autre. Un caniche très
maigre vint à passer. Gavroche s'apitoya.

— Mon pauvre toutou, lui dit-il, tu as donc avalé un
tonneau qu'on te voit tous les cerceaux.

Puis il se dirigea vers l'Orme-Saint-Gervais.

III

JUSTE INDIGNATION D'UN PERRUQUIER

Le digne perruquier qui avait chassé les deux petits auxquels Gavroche avait ouvert l'intestin paternel de l'éléphant, était en ce moment dans sa boutique occupé à raser un vieux soldat légionnaire qui avait servi sous l'empire [1]. On causait. Le perruquier avait naturellement parlé au vétéran de l'émeute, puis du général Lamarque, et de Lamarque on était venu à l'empereur. De là une conversation de barbier à soldat, que Prudhomme, s'il eût été présent, eût enrichie d'arabesques, et qu'il eût intitulée : *Dialogue du rasoir et du sabre.*

— Monsieur, disait le perruquier, comment l'empereur montait-il à cheval ?

— Mal. Il ne savait pas tomber. Aussi il ne tombait jamais.

— Avait-il de beaux chevaux ? il devait avoir de beaux chevaux ?

— Le jour où il m'a donné la croix, j'ai remarqué sa bête. C'était une jument coureuse, toute blanche. Elle avait les oreilles très écartées, la selle profonde, une fine tête marquée d'une étoile noire, le cou très long, les genoux fortement articulés, les côtes saillantes, les épaules obliques, l'arrière-main puissante. Un peu plus de quinze palmes de haut.

— Joli cheval, fit le perruquier.

— C'était la bête de sa majesté.

Le perruquier sentit qu'après ce mot, un peu de silence était convenable, il s'y conforma, puis reprit :

---

1. Ce client bonapartiste du perruquier déjà rencontré en IV, 6, 2 (p. 1282) répond à la portière royaliste du chapitre précédent. L'épisode appartient au réseau tissé entre la barricade et l'Empire, voir IV, 10, 3 annoté 2, p. 1425, et note générale 28. Déjà « L'Année 1817 » (I, 3, 1 ; p. 175) avait noté la versatilité intéressée des perruquiers.

— L'empereur n'a été blessé qu'une fois, n'est-ce pas, monsieur ?

Le vieux soldat répondit avec l'accent calme et souverain de l'homme qui y a été :

— Au talon. À Ratisbonne. Je ne l'ai jamais vu si bien mis que ce jour-là. Il était propre comme un sou.

— Et vous, monsieur le vétéran, vous avez dû être souvent blessé ?

— Moi ? dit le soldat, ah ! pas grand'chose. J'ai reçu à Marengo deux coups de sabre sur la nuque, une balle dans le bras droit à Austerlitz, une autre dans la hanche gauche à Iéna, à Friedland un coup de bayonnette — là, — à la Moskowa sept ou huit coups de lance n'importe où, à Lutzen un éclat d'obus qui m'a écrasé un doigt... — Ah ! et puis à Waterloo un biscaïen dans la cuisse. Voilà tout.

— Comme c'est beau, s'écria le perruquier avec un accent pindarique, de mourir sur le champ de bataille ! Moi ! parole d'honneur, plutôt que de crever sur le grabat, de maladie, lentement, un peu tous les jours, avec les drogues, les cataplasmes, la seringue et la médecine, j'aimerais mieux recevoir dans le ventre un boulet de canon !

— Vous n'êtes pas dégoûté, fit le soldat.

Il achevait à peine qu'un effroyable fracas ébranla la boutique. Une vitre de la devanture venait de s'étoiler brusquement.

Le perruquier devint blême.

— Ah Dieu ! cria-t-il, c'en est un !

— Quoi ?

— Un boulet de canon.

— Le voici, dit le soldat.

Et il ramassa quelque chose qui roulait à terre. C'était un caillou.

Le perruquier courut à la vitre brisée et vit Gavroche qui s'enfuyait à toutes jambes vers le marché Saint-Jean. En passant devant la boutique du perruquier, Gavroche, qui avait les deux mômes sur le cœur, n'avait pu résister au désir de lui dire bonjour, et lui avait jeté une pierre dans ses carreaux.

— Voyez-vous ! hurla le perruquier qui de blanc était devenu bleu, cela fait le mal pour le mal. Qu'est-ce qu'on lui a fait à ce gamin-là ?

IV

L'ENFANT S'ÉTONNE DU VIEILLARD

Cependant Gavroche au marché Saint-Jean, dont le poste était déjà désarmé, venait — d'opérer sa jonction — avec une bande conduite par Enjolras, Courfeyrac, Combeferre et Feuilly. Ils étaient à peu près armés. Bahorel et Jean Prouvaire les avaient retrouvés et grossissaient le groupe. Enjolras avait un fusil de chasse à deux coups, Combeferre un fusil de garde national portant un numéro de légion, et dans sa ceinture deux pistolets que sa redingote déboutonnée laissait voir, Jean Prouvaire un vieux mousqueton de cavalerie, Bahorel une carabine ; Courfeyrac agitait une canne à épée dégaînée. Feuilly, un sabre nu au poing, marchait en avant en criant : Vive la Pologne !

Ils arrivaient du quai Morland, sans cravates, sans chapeaux, essoufflés, mouillés par la pluie, l'éclair dans les yeux. Gavroche les aborda avec calme.

— Où allons-nous ?

— Viens, dit Courfeyrac.

Derrière Feuilly marchait, ou plutôt bondissait Bahorel, poisson dans l'eau de l'émeute. Il avait un gilet cramoisi et de ces mots qui cassent tout. Son gilet bouleversa un passant qui cria tout éperdu :

— Voilà les rouges !

— Le rouge, les rouges ! répliqua Bahorel. Drôle de peur, bourgeois. Quant à moi, je ne tremble point devant un coquelicot, le petit chaperon rouge ne m'inspire aucune épouvante. Bourgeois, croyez-moi, laissons la peur du rouge aux bêtes à cornes[1].

Il avisa un coin de mur où était placardée la plus pacifique feuille de papier du monde, une permission de manger des œufs, un mandement de carême adressé par l'archevêque de Paris à ses « ouailles ».

Bahorel s'écria :

— Ouailles ; manière polie de dire oies.

Et il arracha du mur le mandement. Ceci conquit Gavroche. À partir de cet instant, Gavroche se mit à étudier Bahorel.

— Bahorel, observa Enjolras, tu as tort. Tu aurais dû laisser ce mandement tranquille, ce n'est pas à lui que nous avons affaire, tu dépenses inutilement de la colère. Garde ta provision. On ne fait pas feu hors des rangs, pas plus avec l'âme qu'avec le fusil.

— Chacun son genre, Enjolras, riposta Bahorel. Cette prose d'évêque me choque, je veux manger des œufs sans qu'on me le permette. Toi tu as le genre froid brûlant ; moi je m'amuse. D'ailleurs je ne me dépense pas, je prends de l'élan ; et si j'ai déchiré ce mandement, Hercle ! c'est pour me mettre en appétit.

Ce mot, *Hercle*, frappa Gavroche. Il cherchait toutes les occasions de s'instruire, et ce déchireur d'affiches-là avait son estime. Il lui demanda :

— Qu'est-ce que cela veut dire, *Hercle ?*

Bahorel répondit :

— Cela veut dire sacré nom d'un chien en latin.

Ici Bahorel reconnut à une fenêtre un jeune homme pâle à barbe noire qui les regardait passer, probablement un Ami de l'A B C. Il lui cria :

— Vite, des cartouches ! *para bellum*[2].

---

1. Les gilets rouges n'intéressent plus que ceux qui aiment Théophile Gautier — voir III, 4, 1 et note 16 ; p. 901. Mais des murs et des affiches portaient cette inscription en mai 1968, prouvant que si ce mot n'était pas historique en 1832, il pouvait le devenir.

2. *Si vis pacem, para bellum* — « si tu veux la paix, prépare la guerre » —, dit l'adage latin.

Plus haut, la traduction de *Hercle* est exacte ; mais, littéralement : « par Hercule ».

— Bel homme ! c'est vrai, dit Gavroche, qui maintenant comprenait le latin.

Un cortége tumultueux les accompagnait, étudiants, artistes, jeunes gens affiliés à la Cougourde d'Aix, ouvriers, gens du port, armés de bâtons et de bayonnettes, quelques-uns, comme Combeferre, avec des pistolets entrés dans leurs pantalons. Un vieillard, qui paraissait très vieux, marchait dans cette bande. Il n'avait point d'arme, et se hâtait pour ne point rester en arrière, quoiqu'il eût l'air pensif. Gavroche l'aperçut.

— Keksekça ? dit-il à Courfeyrac.

— C'est un vieux.

C'était M. Mabeuf.

V

LE VIEILLARD

Disons ce qui s'était passé.

Enjolras et ses amis étaient sur le boulevard Bourdon près des greniers d'abondance au moment où les dragons avaient chargé. Enjolras, Courfeyrac et Combeferre étaient de ceux qui avaient pris par la rue Bassompierre en criant : Aux barricades ! Rue Lesdiguières ils avaient rencontré un vieillard qui cheminait.

Ce qui avait appelé leur attention, c'est que ce bonhomme marchait en zigzag comme s'il était ivre. En outre il avait son chapeau à la main, quoiqu'il eût plu toute la matinée et qu'il plût assez fort en ce moment-là même. Courfeyrac avait reconnu le père Mabeuf. Il le connaissait pour avoir maintes fois accompagné Marius jusqu'à sa porte. Sachant les habitudes paisibles et plus que timides du vieux marguillier bouquiniste, et stupéfait de le voir au milieu de ce tumulte, à deux pas des charges de cavalerie, presque au milieu d'une fusillade, décoiffé sous la pluie et se promenant parmi les balles, il l'avait abordé, et l'émeutier de vingt-cinq ans et l'octogénaire avaient échangé ce dialogue :

— Monsieur Mabeuf, rentrez chez vous.

— Pourquoi ?

— Il va y avoir du tapage.

— C'est bon.

— Des coups de sabre, des coups de fusil, monsieur Mabeuf.

— C'est bon.

— Des coups de canon.

— C'est bon. Où allez-vous, vous autres ?

— Nous allons flanquer le gouvernement par terre.

— C'est bon.

Et il s'était mis à les suivre. Depuis ce moment-là, il n'avait pas prononcé une parole. Son pas était devenu ferme tout à coup, des ouvriers lui avaient offert le bras, il avait refusé d'un signe de tête. Il s'avançait presque au premier rang de la colonne, ayant tout à la fois le mouvement d'un homme qui marche et le visage d'un homme qui dort.

— Quel bonhomme enragé ! murmuraient les étudiants. Le bruit courait dans l'attroupement que c'était — un ancien conventionnel, — un vieux régicide [1].

Le rassemblement avait pris par la rue de la Verrerie. Le petit Gavroche marchait en avant avec ce chant à tue-tête qui faisait de lui une espèce de clairon. Il chantait :

> Voici la lune qui paraît,
> Quand irons-nous dans la forêt ?
> Demandait Charlot à Charlotte.

---

1. Dans un autre livre, la présence de Mabeuf sur la barricade porterait condamnation de l'insurrection. C'est tout le contraire. Elle résout dans le bon sens l'affrontement entre le conventionnel G. et Myriel, aussi apolitique que Mabeuf. Et tout le roman permet d'en saisir la vérité et la valeur : Mabeuf ne sait pas pourquoi il est là, mais le lecteur sait très bien qu'il n'a pas tort d'y être. En combattant avec les républicains, il fait, lui aussi, une chose dont il n'est pas encore capable — voir I, 2, 13, note 8, p. 168.

Tou tou tou
Pour Chatou.
Je n'ai qu'un Dieu, qu'un roi, qu'un liard et qu'une botte.

Pour avoir bu de grand matin
La rosée à même le thym,
Deux moineaux étaient en ribote.

Zi zi zi
Pour Passy.
Je n'ai qu'un Dieu, qu'un roi, qu'un liard et qu'une botte.

Et ces deux pauvres petits loups
Comme deux grives étaient soûls ;
Un tigre en riait dans sa grotte.

Don don don
Pour Meudon.
Je n'ai qu'un Dieu, qu'un roi, qu'un liard et qu'une botte.

L'un jurait et l'autre sacrait.
Quand irons-nous dans la forêt ?
Demandait Charlot à Charlotte.

Tin tin tin
Pour Pantin.
Je n'ai qu'un Dieu, qu'un roi, qu'un liard et qu'une botte.

Ils se dirigeaient vers Saint-Merry.

VI

RECRUES

La bande grossissait à chaque instant. Vers la rue des Billettes, un homme de haute taille, grisonnant, dont Courfeyrac, Enjolras et Combeferre remarquèrent la mine rude et hardie, mais qu'aucun d'eux ne connaissait, se joignit à eux. Gavroche occupé de chanter, de siffler, de bourdonner, d'aller en avant, et de cogner aux volets de boutiques avec la crosse de son pistolet sans chien, ne fit pas attention à cet homme.

Il se trouva que, rue de la Verrerie, ils passèrent devant la porte de Courfeyrac.

— Cela se trouve bien, dit Courfeyrac, j'ai oublié ma bourse, et j'ai perdu mon chapeau. Il quitta l'attroupement et monta chez lui quatre à quatre. Il prit un vieux chapeau et sa bourse. Il prit aussi un assez grand coffre carré de la dimension d'une grosse valise qui était caché dans son linge sale. Comme il redescendait en courant, la portière le héla.

— Monsieur de Courfeyrac !

— Portière, comment vous appelez-vous ? riposta Courfeyrac.

La portière demeura ébahie.

— Mais vous le savez bien, je suis la concierge, je me nomme la mère Veuvain.

— Eh bien, si vous m'appelez encore monsieur de Courfeyrac, je vous appelle mère de Veuvain. Maintenant, parlez, qu'y a-t-il ? qu'est-ce ?

— Il y a quelqu'un qui veut vous parler.

— Qui ça ?

— Je ne sais pas.

— Où ça ?

— Dans ma loge.

— Au diable ! fit Courfeyrac.

— Mais ça attend depuis plus d'une heure que vous rentriez ! reprit la portière.

En même temps, une espèce de jeune ouvrier, maigre, blême, petit, marqué de taches de rousseur, vêtu d'une blouse trouée et d'un pantalon de velours à côtes rapiécé, et qui avait plutôt l'air d'une fille accoutrée en garçon que d'un homme, sortit de la loge et dit à Courfeyrac d'une voix qui, par exemple, n'était pas le moins du monde une voix de femme :

— Monsieur Marius, s'il vous plaît ?

— Il n'y est pas.

— Rentrera-t-il ce soir ?

— Je n'en sais rien.

Et Courfeyrac ajouta : — Quant à moi, je ne rentrerai pas.

Le jeune homme le regarda fixement et lui demanda :

— Pourquoi cela ?

— Parce que.

— Où allez-vous donc ?

— Qu'est-ce que cela te fait ?

— Voulez-vous que je vous porte votre coffre ?

— Je vais aux barricades.

— Voulez-vous que j'aille avec vous ?

— Si tu veux ! répondit Courfeyrac. La rue est libre, les pavés sont à tout le monde.

Et il s'échappa en courant pour rejoindre ses amis. Quand il les eut rejoints, il donna le coffre à porter à l'un d'eux. Ce ne fut qu'un quart d'heure après qu'il s'aperçut que le jeune homme les avait en effet suivis.

Un attroupement ne va pas précisément où il veut. Nous avons expliqué que c'est un coup de vent qui l'emporte. Ils dépassèrent Saint-Merry et se trouvèrent, sans trop savoir comment, rue Saint-Denis.

LIVRE DOUZIÈME

CORINTHE

I

HISTOIRE DE CORINTHE DEPUIS SA FONDATION

Les parisiens, qui, aujourd'hui, en entrant dans la rue Rambuteau du côté des halles, remarquent à leur droite, vis-à-vis la rue Mondétour, une boutique de vannier ayant pour enseigne un panier qui a la forme de l'empereur Napoléon le Grand avec cette inscription :

> NAPOLÉON EST FAIT
> TOUT EN OSIER [1]

ne se doutent guère des scènes terribles que ce même emplacement a vues il y a à peine trente ans.

C'est là qu'étaient la rue de la Chanvrerie, que les anciens titres écrivent Chanverrerie, et le cabaret célèbre appelé Corinthe.

On se rappelle tout ce qui a été dit sur la barricade élevée en cet endroit et éclipsée d'ailleurs par la barricade

---

1. Cette inscription — voir note générale 29 —, dont l'objet serait à une statue ce que l'éléphant est à un monument, complète l'équivalence entre l'insurrection et Waterloo — voir ci-dessus p. 1425. D'autant mieux que l'enseigne désigne le nom caché sous la lettre N employée peu après. Le plan de la barricade des amis de l'A B C et celui de Waterloo, dessiné selon la forme d'un A (II, 1, 4 ; p. 442), échangent les initiales de leurs héros. Ce signe de la continuité d'un progrès allant de la défaite de l'un au sacrifice des autres joue énigmatiquement avec le Y du couvent — voir II, 5, 3, note 1, p. 627.

Saint-Merry[2]. C'est sur cette fameuse barricade de la rue de la Chanvrerie, aujourd'hui tombée dans une nuit profonde, que nous allons jeter un peu de lumière.

Qu'on nous permette de recourir, pour la clarté du récit, au moyen simple déjà employé par nous pour Waterloo. Les personnes qui voudront se représenter d'une manière assez exacte les pâtés de maisons qui se dressaient à cette époque près la pointe Saint-Eustache, à l'angle nord-est des halles de Paris, où est aujourd'hui l'embouchure de la rue de Rambuteau, n'ont qu'à se figurer, touchant la rue Saint-Denis par le sommet et par la base les halles, une N dont les deux jambages verticaux seraient la rue de la Grande-Truanderie et la rue de la Chanvrerie et dont la rue de la Petite-Truanderie ferait le jambage transversal. La vieille rue Mondétour coupait les trois jambages selon les angles les plus tortus. Si bien que l'enchevêtrement dédaléen de ces quatre rues suffisait pour faire, sur un espace de cent toises carrées, entre les halles et la rue Saint-Denis d'une part, entre la rue du Cygne et la rue des Prêcheurs d'autre part, sept îlots de maisons, bizarrement taillés, de grandeurs diverses, posés de travers et comme au hasard, et séparés à peine, ainsi que les blocs de pierre dans le chantier, par des fentes étroites.

---

2. En réalité, selon un procédé exactement identique à celui adopté pour le couvent, Hugo transpose sur une barricade fictive et sur le cabaret Corinthe ce qui fut l'histoire de Jeanne et de ses compagnons au cloître Saint-Merry et à la maison du 50, rue Saint-Martin, déjà évoquée (IV, 10, 1 et 4 ; pp. 1415 et 1434). La fiction peut ainsi être vraie sans avoir à être exacte et le halo d'irréalité qui l'entoure la plonge dans l'ombre lumineuse de la misère.

Le choix du nom de Corinthe reste mystérieux. Connue par la richesse de ses arts et le luxe de ses plaisirs, Corinthe fut assiégée et prise par Sparte (244 av. J.-C.), puis par Rome (146 av. J.-C., la même année que Carthage). L'adage latin cité (IV, 12, 3 ; p. 1480) — *Non licet omnibus adire Corinthum* : « Il n'est pas permis à tous d'aller à Corinthe » — y est peut-être pour quelque chose, démenti qu'il est par la rencontre de tous les misérables au cabaret Corinthe. Démenti d'autant plus ironique qu'il rencontre les deux significations ordinairement données à la formule : ville inabordable au plus grand nombre en raison du coût élevé de son droit de cité — ou de ses plaisirs.

Nous disons fentes étroites, et nous ne pouvons pas donner une plus juste idée de ces ruelles obscures, resserrées, anguleuses, bordées de masures à huit étages. Ces masures étaient si décrépites que, dans les rues de la Chanvrerie et de la Petite-Truanderie, les façades s'étayaient de poutres allant d'une maison à l'autre. La rue était étroite et le ruisseau large, le passant y cheminait sur le pavé toujours mouillé, côtoyant des boutiques pareilles à des caves, de grosses bornes cerclées de fer, des tas d'ordures excessifs, des portes d'allées armées d'énormes grilles séculaires. La rue Rambuteau a dévasté tout cela.

Le nom Mondétour peint à merveille les sinuosités de toute cette voirie. Un peu plus loin, on les trouvait encore mieux exprimées par la *rue Pirouette* qui se jetait dans la rue Mondétour.

Le passant qui s'engageait de la rue Saint-Denis dans la rue de la Chanvrerie la voyait peu à peu se rétrécir devant lui, comme s'il fût entré dans un entonnoir allongé. Au bout de la rue, qui était fort courte, il trouvait le passage barré du côté des halles par une haute rangée de maisons, et il se fût cru dans un cul-de-sac, s'il n'eût aperçu à droite et à gauche deux tranchées noires par où il pouvait s'échapper. C'était la rue Mondétour, laquelle allait rejoindre d'un côté la rue des Prêcheurs, de l'autre la rue du Cygne et la Petite-Truanderie. Au fond de cette espèce de cul-de-sac, à l'angle de la tranchée de droite, on remarquait une maison moins élevée que les autres et formant une sorte de cap sur la rue.

C'est dans cette maison, de deux étages seulement, qu'était allègrement installé depuis trois cents ans un cabaret illustre. Ce cabaret faisait un bruit de joie au lieu même que le vieux Théophile a signalé dans ces deux vers :

> Là branle le squelette horrible
> D'un pauvre amant qui se pendit [3].

---

3. Saint-Amant (*La Solitude*), et non Théophile, qui désigne ainsi un château en ruine, et non le cabaret Corinthe. Ce ne sont probablement pas des inadvertances de la part de Hugo.

L'endroit était bon, les cabaretiers s'y succédaient de père en fils.

Du temps de Mathurin Régnier, ce cabaret s'appelait le *Pot-aux-Roses*, et comme la mode était aux rébus, il avait pour enseigne un poteau peint en rose. Au siècle dernier, le digne Natoire, l'un des maîtres fantasques aujourd'hui dédaignés par l'école roide, s'étant grisé plusieurs fois dans ce cabaret à la table même où s'était soûlé Régnier, avait peint par reconnaissance une grappe de raisin de Corinthe sur le poteau rose. Le cabaretier, de joie, en avait changé son enseigne et avait fait dorer au-dessous de la grappe ces mots : *au Raisin de Corinthe*. De là ce nom, *Corinthe*. Rien n'est plus naturel aux ivrognes que les ellipses. L'ellipse est le zigzag de la phrase. Corinthe avait peu à peu détrôné le Pot-aux-Roses. Le dernier cabaretier de la dynastie, le père Hucheloup, ne sachant même plus la tradition, avait fait peindre le poteau en bleu.

Une salle en bas où était le comptoir, une salle au premier où était le billard, un escalier de bois en spirale perçant le plafond, le vin sur les tables, la fumée sur les murs, des chandelles en plein jour, voilà quel était le cabaret. Un escalier à trappe dans la salle d'en bas conduisait à la cave. Au second était le logis des Hucheloup. On y montait par un escalier, échelle plutôt qu'escalier, n'ayant pour entrée qu'une porte dérobée dans la grande salle du premier. Sous le toit, deux greniers mansardes, nids de servantes. La cuisine partageait le rez-de-chaussée avec la salle du comptoir.

Le père Hucheloup était peut-être né chimiste, le fait est qu'il fut cuisinier ; on ne buvait pas seulement dans son cabaret, on y mangeait. Hucheloup avait inventé une chose excellente qu'on ne mangeait que chez lui, c'étaient des carpes farcies qu'il appelait *carpes au gras*. On mangeait cela à la lueur d'une chandelle de suif ou d'un quinquet du temps de Louis XVI sur des tables où était clouée une toile cirée en guise de nappe. On y venait de loin. Hucheloup avait, un beau matin, jugé à propos d'avertir les passants de sa « spécialité » ; il avait trempé un pinceau dans un pot de noir, et comme il avait une orthographe à lui, de même qu'une cuisine à lui, il avait improvisé sur son mur cette inscription remarquable :

CARPES HO GRAS

Un hiver, les averses et les giboulées avaient eu la fantaisie d'effacer l'S qui terminait le premier mot et le G qui commençait le troisième ; il était resté ceci :

CARPE HO RAS

Le temps et la pluie aidant, une humble annonce gastronomique était devenue un conseil profond [4].

De la sorte il s'était trouvé que, ne sachant pas le français, le père Hucheloup avait su le latin, qu'il avait fait sortir de la cuisine la philosophie, et que, voulant simplement effacer Carême, il avait égalé Horace. Et ce qui était frappant, c'est que cela aussi voulait dire : entrez dans mon cabaret.

Rien de tout cela n'existe aujourd'hui. Le dédale Mondétour était éventré et largement ouvert dès 1847, et probablement n'est plus à l'heure qu'il est. La rue de la Chanvrerie et Corinthe ont disparu sous le pavé de la rue Rambuteau.

Comme nous l'avons dit, Corinthe était un des lieux de réunion, sinon de ralliement, de Courfeyrac et de ses amis. C'est Grantaire qui avait découvert Corinthe. Il y était entré à cause de *Carpe Horas* et y était retourné à cause des *Carpes au Gras*. On y buvait, on y mangeait, on y criait ; on y payait peu, on y payait mal, on n'y payait pas, on était toujours bienvenu. Le père Hucheloup était un bonhomme.

Hucheloup, bonhomme, nous venons de le dire, était un gargotier à moustaches ; variété amusante. Il avait toujours la mine de mauvaise humeur, semblait vouloir

---

4. D'autant plus profond que l'injonction « Cueille les heures » — celles qui restent à vivre aux insurgés — joue cruellement avec l'aphorisme célèbre d'Horace, « *Carpe diem* » : « Cueille les jours ». Voir note générale 29.

intimider ses pratiques, bougonnait les gens qui entraient chez lui, et avait l'air plus disposé à leur chercher querelle qu'à leur servir la soupe. Et pourtant, nous maintenons le mot, on était toujours le bienvenu. Cette bizarrerie avait achalandé sa boutique, et lui amenait des jeunes gens se disant : Viens donc voir *marronner* le père Hucheloup. Il avait été maître d'armes. Tout à coup il éclatait de rire. Grosse voix, bon diable. C'était un fond comique avec une apparence tragique ; il ne demandait pas mieux que de vous faire peur ; à peu près comme ces tabatières qui ont la forme d'un pistolet. La détonation éternue.

Il avait pour femme la mère Hucheloup, un être barbu, fort laid.

Vers 1830 le père Hucheloup mourut. Avec lui disparut le secret des carpes au gras. Sa veuve, peu consolable, continua le cabaret. Mais la cuisine dégénéra et devint exécrable, le vin, qui avait toujours été mauvais, fut affreux. Courfeyrac et ses amis continuèrent pourtant d'aller à Corinthe, — par pitié, disait Bossuet.

La veuve Hucheloup était essoufflée et difforme avec des souvenirs champêtres. Elle leur ôtait la fadeur par la prononciation. Elle avait une façon à elle de dire les choses qui assaisonnait ses réminiscences villageoises et printanières. Ç'avait été jadis son bonheur, affirmait-elle, d'entendre « les loups-de-gorge chanter dans les ogrépines ».

La salle du premier, où était « le restaurant », était une grande et longue pièce encombrée de tabourets, d'escabeaux, de chaises, de bancs et de tables, et d'un vieux billard boiteux. On y arrivait par l'escalier en spirale qui aboutissait dans l'angle de la salle à un trou carré pareil à une écoutille de navire.

Cette salle, éclairée d'une seule fenêtre étroite et d'un quinquet toujours allumé, avait un air de galetas. Tous les meubles à quatre pieds se comportaient comme s'ils en avaient trois. Les murs blanchis à la chaux n'avaient pour tout ornement que ce quatrain en l'honneur de mame Hucheloup.

Elle étonne à dix pas, elle épouvante à deux,
Une verrue habite en son nez hasardeux ;
On tremble à chaque instant qu'elle ne vous la mouche,
Et qu'un beau jour son nez ne tombe dans sa bouche.

Cela était charbonné sur la muraille.

Mame Hucheloup, ressemblante, allait et venait du matin au soir devant ce quatrain, avec une parfaite tranquillité. Deux servantes, appelées Matelote et Gibelotte, et auxquelles on n'a jamais connu d'autres noms, aidaient mame Hucheloup à poser sur les tables les cruchons de vin bleu et les brouets variés qu'on servait aux affamés dans des écuelles de poterie. Matelote, grosse, ronde, rousse et criarde, ancienne sultane favorite du défunt Hucheloup, était laide plus que n'importe quel monstre mythologique ; pourtant, comme il sied que la servante se tienne toujours en arrière de la maîtresse, elle était moins laide que mame Hucheloup. Gibelotte, longue, délicate, blanche d'une blancheur lymphatique, les yeux cernés, les paupières tombantes, toujours épuisée et accablée, atteinte de ce qu'on pourrait appeler la lassitude chronique, levée la première, couchée la dernière, servait tout le monde, même l'autre servante, en silence et avec douceur, en souriant sous la fatigue d'une sorte de vague sourire endormi.

Avant d'entrer dans la salle-restaurant, on lisait sur la porte ce vers écrit à la craie par Courfeyrac :

Régale si tu peux et mange si tu l'oses[5].

---

5. Parodie de Corneille : « Devine si tu peux et choisis si tu l'oses » (*Héraclius*).

II

GAÎTÉS PRÉALABLES

Laigle de Meaux, on le sait, demeurait plutôt chez Joly qu'ailleurs. Il avait un logis comme l'oiseau a une branche. Les deux amis vivaient ensemble, mangeaient ensemble, dormaient ensemble. Tout leur était commun, même un peu Musichetta. Ils étaient ce que, chez les frères chapeaux, on appelle *bini*[1]. Le matin du 5 juin, ils s'en allèrent déjeuner à Corinthe. Joly, enchifrené, avait un fort coryza que Laigle commençait à partager. L'habit de Laigle était râpé, mais Joly était bien mis.

Il était environ neuf heures du matin quand ils poussèrent la porte de Corinthe.

Ils montèrent au premier.

Matelote et Gibelotte les reçurent.

— Huîtres[2], fromage et jambon, dit Laigle.

Et ils s'attablèrent.

Le cabaret était vide ; il n'y avait qu'eux deux.

Gibelotte, reconnaissant Joly et Laigle, mit une bouteille de vin sur la table.

Comme ils étaient aux premières huîtres, une tête apparut à l'écoutille de l'escalier, et une voix dit :

— Je passais. J'ai senti, de la rue, une délicieuse odeur de fromage de Brie. J'entre.

C'était Grantaire.

Grantaire prit un tabouret et s'attabla.

Gibelotte, voyant Grantaire, mit deux bouteilles de vin sur la table.

Cela fit trois.

---

1. Frère chapeau : religieux non ordonné, portant donc chapeau et non capuchon, attaché au service d'un père de son ordre. D'où *bini* : en binôme.

2. À la remarque qu'on ne mangeait pas d'huîtres en juin, Hugo répondit : « C'est une bourriche qui restait du mois précédent » et maintint son texte. Pour quelle raison les huîtres devaient-elles participer aux enchantements et aux désolations ?

— Est-ce que tu vas boire ces deux bouteilles ? demanda Laigle à Grantaire.

Grantaire répondit :

— Tous sont ingénieux, toi seul es ingénu. Deux bouteilles n'ont jamais étonné un homme.

Les autres avaient commencé par manger, Grantaire commença par boire. Une demi-bouteille fut vivement engloutie.

— Tu as donc un trou à l'estomac ? reprit Laigle.

— Tu en as bien un au coude, dit Grantaire.

Et, après avoir vidé son verre, il ajouta :

— Ah çà, Laigle des oraisons funèbres, ton habit est vieux.

— Je l'espère, repartit Laigle. Cela fait que nous faisons bon ménage, mon habit est moi. Il a pris tous mes plis, il ne me gêne en rien, il s'est moulé sur mes difformités, il est complaisant à tous mes mouvements ; je ne le sens que parce qu'il me tient chaud. Les vieux habits, c'est la même chose que les vieux amis.

— C'est vrai, s'écria Joly entrant dans le dialogue, un vieil habit est un vieil abi.

— Surtout, dit Grantaire, dans la bouche d'un homme enchifrené.

— Grantaire, demanda Laigle, viens-tu du boulevard ?

— Non.

— Nous venons de voir passer la tête du cortége, Joly et moi.

— C'est un spectacle berveilleux, dit Joly.

— Comme cette rue est tranquille ! s'écria Laigle. Qui est-ce qui se douterait que Paris est sens dessus dessous ? Comme on voit que c'était jadis tout couvents par ici ! Du Breul et Sauval en donnent la liste, et l'abbé Lebeuf[3]. Il y en avait tout autour, ça fourmillait, des chaussés, des déchaussés, des tondus, des barbus, des gris, des noirs, des blancs, des franciscains, des minimes, des capucins, des carmes, des petits augustins, des grands augustins, des vieux augustins... — Ça pullulait.

_____

3. Ces trois auteurs avaient été les principales sources documentaires de Hugo pour *Notre-Dame de Paris*.

— Ne parlons pas de moines, interrompit Grantaire, cela donne envie de se gratter.

Puis il s'exclama :

— Bouh ! je viens d'avaler une mauvaise huître. Voilà l'hypocondrie qui me reprend. Les huîtres sont gâtées, les servantes sont laides. Je hais l'espèce humaine. J'ai passé tout à l'heure rue Richelieu devant la grosse librairie publique[4]. Ce tas d'écailles d'huîtres qu'on appelle une bibliothèque me dégoûte de penser. Que de papier ! que d'encre ! que de griffonnage ! On a écrit tout ça ! Quel maroufle a donc dit que l'homme était un bipède sans plume ? Et puis, j'ai rencontré une jolie fille que je connais, belle comme le printemps, digne de s'appeler Floréal, et ravie, transportée, heureuse, aux anges, la misérable, parce que hier un épouvantable banquier tigré de petite vérole a daigné vouloir d'elle ! Hélas ! la femme guette le traitant non moins que le muguet ; les chattes chassent aux souris comme aux oiseaux. Cette donzelle, il n'y a pas deux mois qu'elle était sage dans une mansarde, elle ajustait des petits ronds de cuivre à des œillets de corset, comment appelez-vous ça ? elle cousait, elle avait un lit de sangle, elle demeurait auprès d'un pot de fleurs, elle était contente. La voilà banquière. Cette transformation s'est faite cette nuit. J'ai rencontré cette victime ce matin, toute joyeuse. Ce qui est hideux, c'est que la drôlesse était tout aussi jolie aujourd'hui qu'hier. Son financier ne paraissait pas sur sa figure. Les roses ont ceci de plus ou de moins que les femmes, que les traces que leur laissent les chenilles sont visibles. Ah ! il n'y a pas de morale sur la terre, j'en atteste le myrte, symbole de l'amour, le laurier, symbole de la guerre, l'olivier, ce bêta, symbole de la paix, le pommier, qui a failli étrangler Adam avec son pepin, et le figuier, grand-père des jupons. Quant au droit, voulez-vous savoir ce que c'est que le droit ? Les gaulois convoitent Cluse, Rome protége Cluse, et leur demande quel tort Cluse leur a fait. Brennus répond : — Le tort que vous a fait Albe, le tort que vous a fait Fidène, le tort que vous ont fait les èques, les

---

4. La Bibliothèque nationale, alors « royale ».

volsques et les sabins. Ils étaient vos voisins. Les clusiens sont les nôtres. Nous entendons le voisinage comme vous. Vous avez volé Albe, nous prenons Cluse. Rome dit : Vous ne prendrez pas Cluse. Brennus prit Rome. Puis il cria : *Vae victis !*[5] Voilà ce que c'est que le droit. Ah ! dans ce monde, que de bêtes de proie ! que d'aigles ! J'en ai la chair de poule.

Il tendit son verre à Joly qui le remplit, puis il but, et poursuivit, sans presque avoir été interrompu par ce verre de vin dont personne ne s'aperçut, pas même lui :

— Brennus, qui prend Rome, est un aigle ; le banquier, qui prend la grisette, est un aigle. Pas plus de pudeur ici que là. Donc ne croyons à rien. Il n'y a qu'une réalité : boire. Quelle que soit votre opinion, soyez pour le coq maigre comme le canton d'Uri ou pour le coq gras comme le canton de Glaris, peu importe, buvez. Vous me parlez du boulevard, du cortège, et cætera. Ah çà, il va donc encore y avoir une révolution ? Cette indigence de moyens m'étonne de la part du bon Dieu. Il faut qu'à tout moment il se remette à suifer la rainure des événements. Ça accroche, ça ne marche pas. Vite une révolution. Le bon Dieu a toujours les mains noires de ce vilain cambouis-là. À sa place, je serais plus simple, je ne remonterais pas à chaque instant ma mécanique, je mènerais le genre humain rondement, je tricoterais les faits maille à maille, sans casser le fil, je n'aurais point d'en-cas, je n'aurais pas de répertoire extraordinaire. Ce que vous autres appelez le progrès marche par deux moteurs, les hommes et les événements. Mais, chose triste, de temps en temps, l'exceptionnel est nécessaire. Pour les événements comme pour les hommes, la troupe ordinaire ne suffit pas ; il faut parmi les hommes des génies, et parmi les événements des révolutions. Les grands accidents sont la loi ; l'ordre des choses ne peut s'en passer ; et, à voir les apparitions de comètes, on serait tenté de croire que le ciel lui-même a besoin d'acteurs en représentation. Au moment où l'on s'y attend le moins, Dieu placarde un

---

5. « Malheur aux vaincus » (Tite-Live, *Histoire romaine*), c'est-à-dire : tant pis pour eux.

météore sur la muraille du firmament. Quelque étoile
bizarre survient, soulignée par une queue énorme. Et cela
fait mourir César[6]. Brutus lui donne un coup de couteau,
et Dieu un coup de comète. Crac, voilà une aurore
boréale, voilà une révolution, voilà un grand homme ; 93
en grosses lettres, Napoléon en vedette, la comète de
1811 au haut de l'affiche. Ah ! la belle affiche bleue,
toute constellée de flamboiements inattendus ! Boum !
boum ! spectacle extraordinaire. Levez les yeux, badauds.
Tout est échevelé, l'astre comme le drame. Bon Dieu,
c'est trop, et ce n'est pas assez. Ces ressources, prises
dans l'exception, semblent magnificence et sont pauvreté.
Mes amis, la providence en est aux expédients. Une révolution, qu'est-ce que cela prouve ? Que Dieu est à court.
Il fait un coup d'état, parce qu'il y a solution de continuité
entre le présent et l'avenir, et parce que, lui Dieu, il n'a
pas pu joindre les deux bouts. Au fait, cela me confirme
dans mes conjectures sur la situation de fortune de Jého-
vah ; et à voir tant de malaise en haut et en bas, tant de
mesquinerie et de pingrerie et de ladrerie et de détresse
au ciel et sur la terre, depuis l'oiseau qui n'a pas un grain
de mil jusqu'à moi qui n'ai pas cent mille livres de rente,
à voir la destinée humaine, qui est fort usée, et même la
destinée royale, qui montre la corde, témoin le prince de
Condé pendu, à voir l'hiver, qui n'est pas autre chose
qu'une déchirure au zénith par où le vent souffle, à voir
tant de haillons même dans la pourpre toute neuve du
matin au sommet des collines, à voir les gouttes de rosée,
ces perles fausses, à voir le givre, ce strass, à voir l'humanité décousue et les événements rapiécés, et tant de taches
au soleil, et tant de trous à la lune, à voir tant de misère
partout, je soupçonne que Dieu n'est pas riche. Il a de
l'apparence, c'est vrai, mais je sens la gêne. Il donne une

6. Le passage d'une comète avait « annoncé » l'assassinat de
César par Brutus et ses conjurés.
    Plus bas, la comète de 1811 est un souvenir d'enfance : Hugo
l'avait vue en Espagne (voir le *Victor Hugo raconté* et « Napoléon II » dans *Les Chants du crépuscule*). Il la revoit en juillet 1861,
à Waterloo, et note : « Un paysan disait en la regardant terrifié : "Elle
est vivante !". »

révolution, comme un négociant dont la caisse est vide donne un bal. Il ne faut pas juger des dieux sur l'apparence. Sous la dorure du ciel j'entrevois un univers pauvre. Dans la création il y a de la faillite. C'est pourquoi je suis mécontent. Voyez, c'est le cinq juin, il fait presque nuit ; depuis ce matin j'attends que le jour vienne, il n'est pas venu, et je gage qu'il ne viendra pas de la journée. C'est une inexactitude de commis mal payé. Oui, tout est mal arrangé, rien ne s'ajuste à rien, ce vieux monde est tout déjeté, je me range dans l'opposition. Tout va de guingois ; l'univers est taquinant. C'est comme les enfants, ceux qui en désirent n'en ont pas, ceux qui n'en désirent pas en ont. Total : je bisque. En outre, Laigle de Meaux, ce chauve, m'afflige à voir. Cela m'humilie de penser que je suis du même âge que ce genou. Du reste, je critique, mais je n'insulte pas. L'univers est ce qu'il est. Je parle ici sans méchante intention et pour l'acquit de ma conscience. Recevez, Père éternel, l'assurance de ma considération distinguée. Ah ! par tous les saints de l'Olympe et par tous les dieux du paradis, je n'étais pas fait pour être parisien, c'est-à-dire pour ricocher à jamais, comme un volant entre deux raquettes, du groupe des flâneurs au groupe des tapageurs ! J'étais fait pour être turc, regardant toute la journée des péronnelles orientales exécuter ces exquises danses d'Égypte lubriques comme les songes d'un homme chaste, ou paysan beauceron, ou gentilhomme vénitien entouré de gentilles-donnes, ou petit prince allemand fournissant la moitié d'un fantassin à la confédération germanique, et occupant ses loisirs à faire sécher ses chaussettes sur sa haie, c'est-à-dire sur sa frontière ! Voilà pour quels destins j'étais né ! Oui, j'ai dit turc, et je ne m'en dédis point. Je ne comprends pas qu'on prenne habituellement les turcs en mauvaise part ; Mahom a du bon ; respect à l'inventeur des sérails à houris et des paradis à odalisques ! N'insultons pas le mahométisme, la seule religion qui soit ornée d'un poulailler ! Sur ce, j'insiste pour boire. La terre est une grosse bêtise. Et il paraît qu'ils vont se battre, tous ces imbéciles, se faire casser le profil, se massacrer, en plein été, au mois de juin, quand ils pourraient s'en aller, avec une créature sous le bras, respirer dans les champs l'immense tasse de thé des foins coupés ! Vraiment, on fait trop de sottises. Une vieille lanterne cassée que j'ai vue tout à l'heure chez un marchand de bric-à-brac me suggère une réflexion : Il serait temps d'éclairer le genre humain. Oui, me revoilà triste ! Ce que c'est que d'avaler une huître et une révolution de travers ! Je redeviens lugubre. Oh ! l'affreux vieux monde ! On s'y évertue, on s'y destitue, on s'y prostitue, on s'y tue, on s'y habitue !

Et Grantaire, après cette quinte d'éloquence, eut une quinte de toux, méritée.

— À propos de révolution [7], dit Joly, il paraît que décidébent Barius est aboureux.

— Sait-on de qui ? demanda Laigle.

— Don.

— Non ?

— Don ! je te dis.

— Les amours de Marius ! s'écria Grantaire. Je vois ça d'ici. Marius est un brouillard, et il aura trouvé une vapeur. Marius est de la race poëte. Qui dit poëte, dit fou. *Tymbraeus Apollo* [8]. Marius et sa Marie, ou sa Maria, ou sa Mariette, ou sa Marion, cela doit faire de drôles d'amants. Je me rends compte de ce que cela est. Des extases où l'on oublie le baiser. Chastes sur la terre, mais s'accouplant dans l'infini. Ce sont des âmes qui ont des sens. Ils couchent ensemble dans les étoiles.

Grantaire entamait sa seconde bouteille et peut-être sa seconde harangue quand un nouvel être émergea du trou carré de l'escalier. C'était un garçon de moins de dix ans, déguenillé, très petit, jaune, le visage en museau, l'œil vif, énormément chevelu, mouillé de pluie, l'air content.

L'enfant, choisissant sans hésiter parmi les trois, quoiqu'il n'en connût évidemment aucun, s'adressa à Laigle de Meaux.

— Est-ce vous qui êtes monsieur Bossuet ? demanda-t-il.

---

7. Tout le texte rend sa pertinence à cet apparent coq-à-l'âne.

8. Calembour sur Thymbrée, ville où le dieu de la poésie, Apollon, avait un temple (Virgile, *Géorgiques*).

— C'est mon petit nom, répondit Laigle. Que me veux-tu ?

— Voilà. Un grand blond sur le boulevard m'a dit : Connais-tu la mère Hucheloup ? J'ai dit : Oui, rue Chanvrerie, la veuve au vieux. Il m'a dit : Vas-y. Tu y trouveras monsieur Bossuet, et tu lui diras de ma part : A — B — C. C'est une farce qu'on vous fait, n'est-ce pas ? Il m'a donné dix sous.

— Joly, prête-moi dix sous, dit Laigle ; et se tournant vers Grantaire : Grantaire, prête-moi dix sous.

Cela fit vingt sous que Laigle donna à l'enfant.

— Merci, monsieur, dit le petit garçon.

— Comment t'appelles-tu ? demanda Laigle.

— Navet, l'ami à Gavroche[9].

— Reste avec nous, dit Laigle.

— Déjeune avec nous, dit Grantaire.

L'enfant répondit :

— Je ne peux pas, je suis du cortége, c'est moi qui crie à bas Polignac.

Et tirant le pied longuement derrière lui, ce qui est le plus respectueux des saluts possibles, il s'en alla.

L'enfant parti, Grantaire prit la parole :

— Ceci est le gamin pur. Il y a beaucoup de variétés dans le genre gamin[10]. Le gamin notaire s'appelle sauteruisseau, le gamin cuisinier s'appelle marmiton, le gamin boulanger s'appelle mitron, le gamin laquais s'appelle groom, le gamin marin s'appelle mousse, le gamin soldat s'appelle tapin, le gamin peintre s'appelle rapin, le gamin négociant s'appelle trottin, le gamin courtisan s'appelle menin, le gamin roi s'appelle dauphin, le gamin dieu s'appelle bambino.

---

9. Cet « ami à Gavroche » est l'une des innombrables silhouettes, souvent anonymes, que le texte consomme à l'image du monde qu'il décrit : « O marche implacable des sociétés humaines ! Pertes d'hommes et d'âmes chemin faisant ! » (I, 2, 8 ; p. 147). Voir note générale 12.

10. La distinction faite par Grantaire entre le gamin pur — la misère enfant — et les avatars sociaux du gamin recoupe celle faite par l'auteur (p. 1329), sur le même exemple, entre l'argot et les langages spécialisés. Cas de « stéréophonie discursive » (note générale 26).

Cependant Laigle méditait ; il dit à demi-voix :

— A — B — C, c'est-à-dire : Enterrement de Lamarque.

— Le grand blond, observa Grantaire, c'est Enjolras qui te fait avertir.

— Irons-nous ? fit Bossuet.

— Il pleut, dit Joly. J'ai juré d'aller au feu, pas à l'eau. Je de veux pas b'enrhuber.

— Je reste ici, dit Grantaire. Je préfère un déjeuner à un corbillard.

— Conclusion : nous restons, reprit Laigle. Eh bien, buvons alors. D'ailleurs on peut manquer l'enterrement, sans manquer l'émeute.

— Ah ! l'ébeute, j'en suis, s'écria Joly.

Laigle se frotta les mains :

— Voilà donc qu'on va retoucher à la révolution de 1830. Au fait elle gêne le peuple aux entournures.

— Cela m'est à peu près égal, votre révolution, dit Grantaire. Je n'exècre pas ce gouvernement-ci. C'est la couronne tempérée par le bonnet de coton. C'est un sceptre terminé en parapluie. Au fait, aujourd'hui, j'y songe, par le temps qu'il fait, Louis-Philippe pourra utiliser sa royauté à deux fins, étendre le bout sceptre contre le peuple et ouvrir le bout parapluie contre le ciel.

La salle était obscure, de grosses nuées achevaient de supprimer le jour. Il n'y avait personne dans le cabaret, ni dans la rue, tout le monde étant allé « voir les événements ».

— Est-il midi ou minuit ? cria Bossuet. On n'y voit goutte. Gibelotte, de la lumière !

Grantaire, triste, buvait.

— Enjolras me dédaigne, murmura-t-il. Enjolras a dit : Joly est malade. Grantaire est ivre. C'est à Bossuet qu'il a envoyé Navet. S'il était venu me prendre, je l'aurais suivi. Tant pis pour Enjolras ! je n'irai pas à son enterrement [11].

Cette résolution prise, Bossuet, Joly et Grantaire ne bougèrent plus du cabaret. Vers deux heures de l'après-

---

11. Promesse d'ivrogne — voir V, 1, 23 ; pp. 1672 et suiv.

midi, la table où ils s'accoudaient était couverte de bouteilles vides. Deux chandelles y brûlaient, l'une dans un bougeoir de cuivre parfaitement vert, l'autre dans le goulot d'une carafe fêlée. Grantaire avait entraîné Joly et Bossuet vers le vin ; Bossuet et Joly avaient ramené Grantaire vers la joie.

Quant à Grantaire, depuis midi, il avait dépassé le vin, médiocre source de rêves. Le vin, près des ivrognes sérieux, n'a qu'un succès d'estime. Il y a, en fait d'ébriété, la magie noire et la magie blanche ; le vin n'est que la magie blanche. Grantaire était un aventureux buveur de songes. La noirceur d'une ivresse redoutable entr'ouverte devant lui, loin de l'arrêter, l'attirait. Il avait laissé là les bouteilles et pris la chope. La chope, c'est le gouffre. N'ayant sous la main ni opium, ni haschich, et voulant s'emplir le cerveau de crépuscule, il avait eu recours à cet effrayant mélange d'eau-de-vie, de stout et d'absinthe qui produit des léthargies si terribles. C'est de ces trois vapeurs, bière, eau-de-vie, absinthe, qu'est fait le plomb de l'âme. Ce sont trois ténèbres ; le papillon céleste s'y noie ; et il s'y forme, dans une fumée membraneuse vaguement condensée en aile de chauve-souris, trois furies muettes, le cauchemar, la nuit, la mort, voletant au-dessus de Psyché endormie.

Grantaire n'en était point encore à cette phase lugubre ; loin de là. Il était prodigieusement gai, et Bossuet et Joly lui donnaient la réplique. Ils trinquaient. Grantaire ajoutait à l'accentuation excentrique des mots et des idées la divagation du geste, il appuyait avec dignité son poing gauche sur son genou, son bras faisant l'équerre, et, la cravate défaite, à cheval sur un tabouret, son verre plein dans sa main droite, il jetait à la grosse servante Matelote ces paroles solennelles :

— Qu'on ouvre les portes du palais ! que tout le monde soit de l'académie française, et ait le droit d'embrasser madame Hucheloup ! Buvons.

Et se tournant vers mame Hucheloup, il ajoutait :

— Femme antique et consacrée par l'usage, approche que je te contemple !

Et Joly s'écriait :

— Batelote et Gibelotte, de doddez plus à boire à Grantaire. Il bange des argents fous. Il a déjà dévoré depuis ce batin en prodigalités éperdues deux francs quatrevingt-quinze centibes.

Et Grantaire reprenait :

— Qui donc a décroché les étoiles sans ma permission pour les mettre sur la table en guise de chandelles ?

Bossuet, fort ivre, avait conservé son calme.

Il s'était assis sur l'appui de la fenêtre ouverte, mouillant son dos à la pluie qui tombait, et il contemplait ses deux amis.

Tout à coup il entendit derrière lui un tumulte, des pas précipités, des cris *aux armes !* Il se retourna, et aperçut, rue Saint-Denis, au bout de la rue de la Chanvrerie, Enjolras qui passait, la carabine à la main, et Gavroche avec son pistolet, Feuilly avec son sabre, Courfeyrac avec son épée, Jean Prouvaire avec son mousqueton, Combeferre avec son fusil, Bahorel avec son fusil, et tout le rassemblement armé et orageux qui les suivait.

La rue de la Chanvrerie n'était guère longue que d'une portée de carabine. Bossuet improvisa avec ses deux mains un porte-voix autour de sa bouche, et cria :

— Courfeyrac ! Courfeyrac ! hohée !

Courfeyrac entendit l'appel, aperçut Bossuet, et fit quelques pas dans la rue de la Chanvrerie, en criant un : que veux-tu ? qui se croisa avec un : où vas-tu ?

— Faire une barricade, répondit Courfeyrac.

— Eh bien, ici ! la place est bonne ! fais-la ici !

— C'est vrai, Aigle, dit Courfeyrac.

Et sur un signe de Courfeyrac, l'attroupement se précipita rue de la Chanvrerie.

III

LA NUIT COMMENCE À SE FAIRE SUR GRANTAIRE

La place était en effet admirablement indiquée, l'entrée de la rue évasée, le fond rétréci et en cul-de-sac, Corinthe y faisant un étranglement, la rue Mondétour facile à barrer à droite et à gauche, aucune attaque possible que par la rue Saint-Denis, c'est-à-dire de front et à découvert. Bossuet gris avait eu le coup d'œil d'Annibal à jeun.

À l'irruption du rassemblement, l'épouvante avait pris toute la rue. Pas un passant qui ne se fût éclipsé. Le temps d'un éclair, au fond, à droite, à gauche, boutiques, établis, portes d'allées, fenêtres, persiennes, mansardes, volets de toute dimension, s'étaient fermés depuis les rez-de-chaussée jusque sur les toits. Une vieille femme effrayée avait fixé un matelas devant sa fenêtre à deux perches à sécher le linge, afin d'amortir la mousqueterie. La maison du cabaret était seule restée ouverte ; et cela par une bonne raison, c'est que l'attroupement s'y était rué. — Ah mon Dieu ! ah mon Dieu ! soupirait mame Hucheloup.

Bossuet était descendu au-devant de Courfeyrac.

Joly, qui s'était mis à la fenêtre, cria :

— Courfeyrac, tu aurais dû prendre un parapluie. Tu vas t'enrhuber.

Cependant, en quelques minutes, vingt barres de fer avaient été arrachées de la devanture grillée du cabaret, dix toises de rue avaient été dépavées ; Gavroche et Bahorel avaient saisi au passage et renversé le haquet d'un fabricant de chaux appelé Anceau, ce haquet contenait trois barriques pleines de chaux qu'ils avaient placées sous des piles de pavés ; Enjolras avait levé la trappe de la cave, et toutes les futailles vides de la veuve Hucheloup étaient allées flanquer les barriques de chaux ; Feuilly, avec ses doigts habitués à enluminer les lames délicates des éventails, avait contre-buté les barriques et le haquet de deux massives piles de moellons. Moellons improvisés comme le reste, et pris on ne sait où. Des poutres d'étai avaient été arrachées à la façade d'une maison voisine et couchées sur les futailles. Quand Bossuet et Courfeyrac se retournèrent, la moitié de la rue était déjà barrée d'un rempart plus haut qu'un homme. Rien n'est tel que la main populaire pour bâtir tout ce qui se bâtit en démolissant.

Matelote et Gibelotte s'étaient mêlées aux travailleurs. Gibelotte allait et venait chargée de gravats. Sa lassitude aidait à la barricade. Elle servait des pavés comme elle eût servi du vin, l'air endormi.

Un omnibus qui avait deux chevaux blancs passa au bout de la rue.

Bossuet enjamba les pavés, courut, arrêta le cocher, fit descendre les voyageurs, donna la main « aux dames », congédia le conducteur, et revint ramenant voiture et chevaux par la bride.

— Les omnibus, dit-il, ne passent pas devant Corinthe. *Non licet omnibus adire Corinthum* [1].

Un instant après, les chevaux dételés s'en allaient au hasard par la rue Mondétour et l'omnibus couché sur le flanc complétait le barrage de la rue.

Mame Hucheloup, bouleversée, s'était réfugiée au premier étage.

Elle avait l'œil vague et regardait sans voir, criant tout bas. Ses cris épouvantés n'osaient sortir de son gosier.

— C'est la fin du monde, murmurait-elle.

Joly déposait un baiser sur le gros cou rouge et ridé de mame Hucheloup et disait à Grantaire : — Mon cher, j'ai toujours considéré le cou d'une femme comme une chose infiniment délicate.

Mais Grantaire atteignait les plus hautes régions du dithyrambe. Matelote étant remontée au premier, Grantaire l'avait saisie par la taille et poussait à la fenêtre de longs éclats de rire.

— Matelote est laide ! criait-il, Matelote est la laideur rêve ! Matelote est une chimère. Voici le secret de sa naissance : un pygmalion gothique qui faisait des gargouilles de cathédrales tomba un beau matin amoureux

---

1. Voir IV, 12, 1, note 2, p. 1462.

de l'une d'elles, la plus horrible. Il supplia l'amour de l'animer, et cela fit Matelote. Regardez-la, citoyens ! elle a les cheveux couleur chromate de plomb comme la maîtresse du Titien, et c'est une bonne fille. Je vous réponds qu'elle se battra bien. Toute bonne fille contient un héros. Quant à la mère Hucheloup, c'est une vieille brave. Voyez les moustaches qu'elle a ! elle les a héritées de son mari. Une housarde, quoi ! Elle se battra aussi. À elles deux elles feront peur à la banlieue. Camarades, nous renverserons le gouvernement, vrai comme il est vrai qu'il existe quinze acides intermédiaires entre l'acide margarique et l'acide formique. Du reste cela m'est parfaitement égal. Messieurs, mon père m'a toujours détesté parce que je ne pouvais comprendre les mathématiques. Je ne comprends que l'amour et la liberté. Je suis Grantaire le bon enfant ! N'ayant jamais eu d'argent, je n'en ai pas pris l'habitude, ce qui fait que je n'en ai jamais manqué ; mais si j'avais été riche, il n'y aurait plus eu de pauvres ! on aurait vu ! Oh ! si les bons cœurs avaient les grosses bourses ! comme tout irait mieux ! Je me figure Jésus-Christ avec la fortune de Rothschild ! Que de bien il ferait ! Matelote, embrassez-moi ! Vous êtes voluptueuse et timide ! vous avez des joues qui appellent le baiser d'une sœur, et des lèvres qui réclament le baiser d'un amant !

— Tais-toi, futaille ! dit Courfeyrac.

Grantaire répondit :

— Je suis capitoul et maître ès jeux floraux ![2]

Enjolras qui était debout sur la crête du barrage, le fusil au poing, leva son beau visage austère. Enjolras, on le sait, tenait du spartiate et du puritain. Il fût mort aux Thermopyles avec Léonidas et eût brûlé Drogheda avec Cromwell.

— Grantaire ! cria-t-il, va-t'en cuver ton vin hors d'ici.

---

2. En 1820, V. Hugo avait reçu ce dernier titre de l'Académie de Toulouse ; les mathématiques l'avaient aussi opposé à son père et, sans ses échos donjuanesques, il aurait pu adopter la devise de Grantaire : l'amour et la liberté.

C'est la place de l'ivresse et non de l'ivrognerie. Ne déshonore pas la barricade !

Cette parole irritée produisit sur Grantaire un effet singulier. On eût dit qu'il recevait un verre d'eau froide à travers le visage. Il parut subitement dégrisé. Il s'assit, s'accouda sur une table près de la croisée, regarda Enjolras avec une inexprimable douceur, et lui dit :

— Laisse-moi dormir ici.

— Va dormir ailleurs, cria Enjolras.

Mais Grantaire, fixant toujours sur lui ses yeux tendres et troubles, répondit :

— Laisse-moi y dormir — jusqu'à ce que j'y meure.

Enjolras le considéra d'un œil dédaigneux :

— Grantaire, tu es incapable de croire, de penser, de vouloir, de vivre, et de mourir.

Grantaire répliqua d'une voix grave :

— Tu verras.

Il bégaya encore quelques mots inintelligibles, puis sa tête tomba pesamment sur la table, et, ce qui est un effet assez habituel de la seconde période de l'ébriété où Enjolras l'avait rudement et brusquement poussé, un instant après il était endormi.

IV

ESSAI DE CONSOLATION SUR LA VEUVE HUCHELOUP

Bahorel, extasié de la barricade, criait :

— Voilà la rue décolletée ! comme cela fait bien !

Courfeyrac, tout en démolissant un peu le cabaret, cherchait à consoler la veuve cabaretière.

— Mère Hucheloup, ne vous plaigniez-vous pas l'autre jour qu'on vous avait signifié procès-verbal et mise en contravention parce que Gibelotte avait secoué un tapis de lit par votre fenêtre ?

— Oui, mon bon monsieur Courfeyrac. Ah ! mon

Dieu, est-ce que vous allez me mettre aussi cette table-là dans votre horreur ? Et même que, pour le tapis, et aussi pour un pot de fleurs qui était tombé de la mansarde dans la rue, le gouvernement m'a pris cent francs d'amende. Si ce n'est pas une abomination !

— Eh bien ! mère Hucheloup, nous vous vengeons.

La mère Hucheloup, dans cette réparation qu'on lui faisait, ne semblait pas comprendre beaucoup son bénéfice. Elle était satisfaite à la manière de cette femme arabe qui, ayant reçu un soufflet de son mari, s'alla plaindre à son père, criant vengeance et disant :

— Père, tu dois à mon mari affront pour affront. Le père demanda : — Sur quelle joue as-tu reçu le soufflet ? — Sur la joue gauche. Le père souffleta la joue droite et dit : — Te voilà contente. Va dire à ton mari qu'il a souffleté ma fille, mais que j'ai souffleté sa femme.

La pluie avait cessé. Des recrues étaient arrivées. Des ouvriers avaient apporté sous leurs blouses un baril de poudre, un panier contenant des bouteilles de vitriol, deux ou trois torches de carnaval et une bourriche pleine de lampions « restés de la fête du roi ». Laquelle fête était toute récente, ayant eu lieu le 1er mai. On disait que ces munitions venaient de la part d'un épicier du faubourg Saint-Antoine nommé Pépin. On brisait l'unique réverbère de la rue de la Chanvrerie, la lanterne correspondante de la rue Saint-Denis, et toutes les lanternes des rues circonvoisines, de Mondétour, du Cygne, des Prêcheurs, et de la Grande et de la Petite-Truanderie.

Enjolras, Combeferre et Courfeyrac dirigeaient tout. Maintenant deux barricades se construisaient en même temps, toutes deux appuyées à la maison de Corinthe et faisant équerre ; la plus grande fermait la rue de la Chanvrerie, l'autre fermait la rue Mondétour du côté de la rue du Cygne. Cette dernière barricade, très étroite, n'était construite que de tonneaux et de pavés. Ils étaient là environ cinquante travailleurs ; une trentaine armés de fusils ; car, chemin faisant, ils avaient fait un emprunt en bloc à une boutique d'armurier.

Rien de plus bizarre et de plus bigarré que cette troupe. L'un avait un habit veste, un sabre de cavalerie et deux

pistolets d'arçon, un autre était en manches de chemises
avec un chapeau rond et une poire à poudre pendue au
côté, un troisième était plastronné de neuf feuilles de
papier gris et armé d'une alêne de sellier. Il y en avait un
qui criait : *Exterminons jusqu'au dernier et mourons au
bout de notre bayonnette !* Celui-là n'avait pas de bayonnette. Un autre étalait par-dessus sa redingote une buffle-
terie et une giberne de garde national avec le couvre-
giberne orné de cette inscription en laine rouge : *Ordre
public.* Force fusils portant des numéros de légions, peu
de chapeaux, point de cravates, beaucoup de bras nus,
quelques piques. Ajoutez à cela tous les âges, tous les
visages, de petits jeunes gens pâles, des ouvriers du port
bronzés. Tous se hâtaient, et, tout en s'entr'aidant, on
causait des chances possibles, — qu'on aurait des secours
vers trois heures du matin, — qu'on était sûr d'un régiment, — que Paris se soulèverait. Propos terribles auxquels se mêlait une sorte de jovialité cordiale. On eût dit
des frères ; ils ne savaient pas les noms les uns des autres.
Les grands périls ont cela de beau qu'ils mettent en
lumière la fraternité des inconnus.

Un feu avait été allumé dans la cuisine et l'on y fondait
dans un moule à balles brocs, cuillers, fourchettes, toute
l'argenterie d'étain du cabaret. On buvait à travers tout
cela. Les capsules et les chevrotines traînaient pêle-mêle
sur les tables avec les verres de vin. Dans la salle de
billard, mame Hucheloup, Matelote et Gibelotte, diversement modifiées par la terreur, dont l'une était abrutie,
l'autre essoufflée, l'autre éveillée, déchiraient de vieux
torchons et faisaient de la charpie ; trois insurgés les
assistaient, trois gaillards chevelus, barbus et moustachus,
qui épluchaient la toile avec des doigts de lingère et qui
les faisaient trembler.

L'homme de haute stature que Courfeyrac, Combeferre
et Enjolras avaient remarqué, à l'instant où il abordait
l'attroupement au coin de la rue des Billettes, travaillait
à la petite barricade et s'y rendait utile. Gavroche travaillait à la grande. Quant au jeune homme qui avait attendu
Courfeyrac chez lui et lui avait demandé monsieur

Marius, il avait disparu à peu près vers le moment où l'on avait renversé l'omnibus.

Gavroche, complètement envolé et radieux, s'était chargé de la mise en train. Il allait, venait, montait, descendait, remontait, bruissait, étincelait. Il semblait être là pour l'encouragement de tous. Avait-il un aiguillon ? oui certes, sa misère ; avait-il des ailes ? oui certes, sa joie. Gavroche était un tourbillonnement. On le voyait sans cesse, on l'entendait toujours. Il remplissait l'air, étant partout à la fois. C'était une espèce d'ubiquité presque irritante ; pas d'arrêt possible avec lui. L'énorme barricade le sentait sur sa croupe. Il gênait les flâneurs, il excitait les paresseux, il ranimait les fatigués, il impatientait les pensifs, mettait les uns en gaîté, les autres en haleine, les autres en colère, tous en mouvement, piquait un étudiant, mordait un ouvrier ; se posait, s'arrêtait, repartait, volait au-dessus du tumulte et de l'effort, sautait de ceux-ci à ceux-là, murmurait, bourdonnait, et harcelait tout l'attelage ; mouche de l'immense Coche révolutionnaire.

Le mouvement perpétuel était dans ses petits bras et la clameur perpétuelle dans ses petits poumons :

— Hardi ! encore des pavés ! encore des tonneaux ! encore des machins ! où y en a-t-il ? Une hottée de plâtras pour me boucher ce trou-là. C'est tout petit, votre barricade. Il faut que ça monte. Mettez-y tout, flanquez-y tout, fichez-y tout. Cassez la maison. Une barricade, c'est le thé de la mère Gibou[1]. Tenez, voilà une porte vitrée.

Ceci fit exclamer les travailleurs.

— Une porte vitrée ! qu'est-ce que tu veux qu'on fasse d'une porte vitrée, tubercule ?

— Hercules vous-mêmes ! riposta Gavroche. Une porte vitrée dans une barricade, c'est excellent. Ça n'empêche pas de l'attaquer, mais ça gêne pour la prendre. Vous n'avez donc jamais chipé des pommes par-dessus un mur où il y avait des culs de bouteilles ? Une porte

---

1. *Gibou et madame Pochet ou Le Thé chez la ravaudeuse*, farce jouée aux Variétés en février 1832, avait eu un énorme succès. Cela tournait autour d'un thé fait de vinaigre, huile, poivre, œuf, farine, etc. L'expression était devenue proverbiale.

vitrée, ça coupe les cors aux pieds de la garde nationale quand elle veut monter sur la barricade. Pardi ! le verre est traître. Ah çà, vous n'avez pas une imagination effrénée, mes camarades.

Du reste, il était furieux de son pistolet sans chien. Il allait de l'un à l'autre, réclamant : — Un fusil ! je veux un fusil ! Pourquoi ne me donne-t-on pas un fusil ?

— Un fusil à toi ! dit Combeferre.

— Tiens ! répliqua Gavroche, pourquoi pas ? J'en ai bien eu un en 1830 quand on s'est disputé avec Charles X ! [2]

Enjolras haussa les épaules.

— Quand il y en aura pour les hommes, on en donnera aux enfants.

Gavroche se tourna fièrement, et lui répondit :

— Si tu es tué avant moi, je te prends le tien.

— Gamin ! dit Enjolras.

— Blanc-bec ! dit Gavroche.

Un élégant fourvoyé qui flânait au bout de la rue, fit diversion.

Gavroche lui cria :

— Venez avec nous, jeune homme ! Eh bien, cette vieille patrie, on ne fait donc rien pour elle ?

L'élégant s'enfuit.

---

2. Les contemporains avaient tous remarqué la part prise par les gamins de Paris dans les combats de 1830. Delacroix l'a immortalisée — et Hugo songe peut-être au pistolet que brandit le gamin du premier plan. Mais on avait également noté, non sans inquiétude, que les gamins parisiens, au mépris des lois de la guerre (qui furent alors respectées des deux côtés), tiraient en visant et pour tuer. Voir également ment V, 1, 8, note 1, p. 1614.

V

LES PRÉPARATIFS

Les journaux du temps qui ont dit que la barricade de la rue de la Chanvrerie, cette *construction presque inexpugnable*, comme ils l'appellent, atteignait au niveau d'un premier étage, se sont trompés. Le fait est qu'elle ne dépassait pas une hauteur moyenne de six ou sept pieds. Elle était bâtie de manière que les combattants pouvaient, à volonté, ou disparaître derrière, ou dominer le barrage et même en escalader la crête au moyen d'une quadruple rangée de pavés superposés et arrangés en gradins à l'intérieur. Au dehors le front de la barricade, composé de piles de pavés et de tonneaux reliés par des poutres et des planches qui s'enchevêtraient dans les roues de la charrette Anceau et de l'omnibus renversé, avait un aspect hérissé et inextricable. Une coupure suffisante pour qu'un homme y pût passer avait été ménagée entre le mur des maisons et l'extrémité de la barricade la plus éloignée du cabaret, de façon qu'une sortie était possible. La flèche de l'omnibus était dressée droite et maintenue avec des cordes, et un drapeau rouge, fixé à cette flèche, flottait sur la barricade.

La petite barricade Mondétour, cachée derrière la maison du cabaret, ne s'apercevait pas. Les deux barricades réunies formaient une véritable redoute. Enjolras et Courfeyrac n'avaient pas jugé à propos de barricader l'autre tronçon de la rue Mondétour qui ouvre par la rue des Prêcheurs une issue sur les halles, voulant sans doute conserver une communication possible avec le dehors et redoutant peu d'être attaqués par la dangereuse et difficile ruelle des Prêcheurs.

À cela près de cette issue restée libre, qui constituait ce que Folard [1], dans son style stratégique, eût appelé un

---

1. Écrivain militaire contemporain, auteur d'une *Dissertation sur Polybe* et d'un *Traité de la défense des places* ; déjà mentionné en II, 1, 5.

boyau, et en tenant compte aussi de la coupure exiguë ménagée sur la rue de la Chanvrerie, l'intérieur de la barricade, où le cabaret faisait un angle saillant, présentait un quadrilatère irrégulier fermé de toutes parts. Il y avait une vingtaine de pas d'intervalle entre le grand barrage et les hautes maisons qui formaient le fond de la rue, en sorte qu'on pouvait dire que la barricade était adossée à ces maisons, toutes habitées, mais closes du haut en bas.

Tout ce travail se fit sans empêchement en moins d'une heure et sans que cette poignée d'hommes hardis vit surgir un bonnet à poil ni une bayonnette. Les bourgeois peu fréquents qui se hasardaient encore à ce moment de l'émeute dans la rue Saint-Denis jetaient un coup d'œil rue de la Chanvrerie, apercevaient la barricade, et doublaient le pas.

Les deux barricades terminées, le drapeau arboré, on traîna une table hors du cabaret, et Courfeyrac monta sur la table. Enjolras apporta le coffre carré et Courfeyrac l'ouvrit. Ce coffre était rempli de cartouches. Quand on vit les cartouches, il y eut un tressaillement parmi les plus braves et un moment de silence.

Courfeyrac les distribua en souriant.

Chacun reçut trente cartouches. Beaucoup avaient de la poudre et se mirent à en faire d'autres avec les balles qu'on fondait. Quant au baril de poudre, il était sur une table à part, près de la porte, et on le réserva.

Le rappel, qui parcourait tout Paris, ne discontinuait pas, mais cela avait fini par ne plus être qu'un bruit monotone auquel ils ne faisaient plus attention. Ce bruit tantôt s'éloignait, tantôt s'approchait, avec des ondulations lugubres.

On chargea les fusils et les carabines, tous ensemble, sans précipitation, avec une gravité solennelle. Enjolras alla placer trois sentinelles hors des barricades, l'une rue de la Chanvrerie, la seconde rue des Prêcheurs, la troisième au coin de la Petite-Truanderie.

Puis, les barricades bâties, les postes assignés, les fusils chargés, les vedettes posées, seuls dans ces rues redoutables où personne ne passait plus, entourés de ces maisons muettes et comme mortes où ne palpitait aucun mouvement humain, enveloppés des ombres croissantes du crépuscule qui commençait, au milieu de cette obscurité et de ce silence où l'on sentait s'avancer quelque chose et qui avait je ne sais quoi de tragique et de terrifiant, isolés, armés, déterminés, tranquilles, ils attendirent.

VI

EN ATTENDANT

Dans ces heures d'attente, que firent-ils ?

Il faut bien que nous le disions, puisque ceci est de l'histoire.

Tandis que les hommes faisaient des cartouches et les femmes de la charpie, tandis qu'une large casserole, pleine d'étain et de plomb fondu destiné au moule à balles, fumait sur un réchaud ardent, pendant que les vedettes veillaient l'arme au bras sur la barricade, pendant qu'Enjolras, impossible à distraire, veillait sur les vedettes, Combeferre, Courfeyrac, Jean Prouvaire, Feuilly, Bossuet, Joly, Bahorel, quelques autres encore, se cherchèrent et se réunirent, comme aux plus paisibles jours de leurs causeries d'écoliers, et dans un coin de ce cabaret changé en casemate, à deux pas de la redoute qu'ils avaient élevée, leurs carabines amorcées et chargées appuyées au dossier de leur chaise, ces beaux jeunes gens, si voisins d'une heure suprême, se mirent à dire des vers d'amour.

Quels vers ? Les voici [1] :

Vous rappelez-vous notre douce vie,
Lorsque nous étions si jeunes tous deux,
Et que nous n'avions au cœur d'autre envie
Que d'être bien mis et d'être amoureux !

---

1. Sur les poèmes inclus dans le roman, voir note générale 27. Celui-ci chante l'identité de l'amour et de la liberté.

Lorsqu'en ajoutant votre âge à mon âge,
Nous ne comptions pas à deux quarante ans,
Et que, dans notre humble et petit ménage,
Tout, même l'hiver, nous était printemps !

Beaux jours ! Manuel était fier et sage,
Paris s'asseyait à de saints banquets,
Foy lançait la foudre, et votre corsage
Avait une épingle où je me piquais.

Tout vous contemplait. Avocat sans causes,
Quand je vous menais au Prado dîner,
Vous étiez jolie au point que les roses
Me faisaient l'effet de se retourner.

Je les entendais dire : Est-elle belle !
Comme elle sent bon ! quels cheveux à flots !
Sous son mantelet elle cache une aile ;
Son bonnet charmant est à peine éclos.

J'errais avec toi, pressant ton bras souple.
Les passants croyaient que l'amour charmé
Avait marié, dans notre heureux couple,
Le doux mois d'avril au beau mois de mai.

Nous vivions cachés, contents, porte close,
Dévorant l'amour, bon fruit défendu ;
Ma bouche n'avait pas dit une chose
Que déjà ton cœur avait répondu.

La Sorbonne était l'endroit bucolique
Où je t'adorais du soir au matin.
C'est ainsi qu'une âme amoureuse applique
La carte du Tendre au pays latin.

Ô place Maubert ! Ô place Dauphine !
Quand, dans le taudis frais et printanier,
Tu tirais ton bas sur ta jambe fine,
Je voyais un astre au fond du grenier.

J'ai fort lu Platon, mais rien ne m'en reste ;
Mieux que Malebranche et que Lamennais
Tu me démontrais la bonté céleste
Avec une fleur que tu me donnais.

Je t'obéissais, tu m'étais soumise.
Ô grenier doré ! te lacer ! te voir
Aller et venir dès l'aube en chemise,
Mirant ton front jeune à ton vieux miroir !

Et qui donc pourrait perdre la mémoire
De ces temps d'aurore et de firmament,
De rubans, de fleurs, de gaze et de moire,
Où l'amour bégaye un argot charmant ?

Nos jardins étaient un pot de tulipe ;
Tu masquais la vitre avec un jupon ;
Je prenais le bol de terre de pipe,
Et je te donnais la tasse en japon.

Et ces grands malheurs qui nous faisaient rire !
Ton manchon brûlé, ton boa perdu !
Et ce cher portrait du divin Shakspeare
Qu'un soir pour souper nous avons vendu !

J'étais mendiant, et toi charitable.
Je baisais au vol tes bras frais et ronds.
Dante in-folio nous servait de table
Pour manger gaîment un cent de marrons.

La première fois qu'en mon joyeux bouge
Je pris un baiser à ta lèvre en feu,
Quand tu t'en allas décoiffée et rouge,
Je restai tout pâle et je crus en Dieu !

Te rappelles-tu nos bonheurs sans nombre,
Et tous ces fichus changés en chiffons ?
Oh ! que de soupirs, de nos cœurs pleins d'ombre,
Se sont envolés dans les cieux profonds !

L'heure, le lieu, ces souvenirs de jeunesse rappelés, quelques étoiles qui commençaient à briller au ciel, le repos funèbre de ces rues désertes, l'imminence de l'aventure inexorable qui se préparait, donnaient un charme pathétique à ces vers murmurés à demi-voix dans le crépuscule par Jean Prouvaire qui, nous l'avons dit, était un doux poète.

Cependant on avait allumé un lampion dans la petite barricade, et, dans la grande, une de ces torches de cire comme on en rencontre le mardi gras en avant des voitures chargées de masques qui vont à la Courtille. Ces torches, on l'a vu, venaient du faubourg Saint-Antoine.

La torche avait été placée dans une espèce de cage de pavés fermée de trois côtés pour l'abriter du vent, et disposée de façon que toute la lumière tombait sur le drapeau. La rue et la barricade restaient plongées dans l'obscurité, et l'on ne voyait rien que le drapeau rouge formidablement éclairé comme par une énorme lanterne sourde.

Cette lumière ajoutait à l'écarlate du drapeau je ne sais quelle pourpre terrible.

VII

L'HOMME RECRUTÉ RUE DES BILLETTES

La nuit était tout à fait tombée, rien ne venait. On n'entendait que des rumeurs confuses, et par instants des fusillades, mais rares, peu nourries et lointaines. Ce répit, qui se prolongeait, était signe que le gouvernement prenait son temps et ramassait ses forces. Ces cinquante hommes en attendaient soixante mille.

Enjolras se sentit pris de cette impatience qui saisit les âmes fortes au seuil des événements redoutables. Il alla trouver Gavroche qui s'était mis à fabriquer des cartouches dans la salle basse à la clarté douteuse de deux chandelles, posées sur le comptoir par précaution à cause de la poudre répandue sur les tables. Ces deux chandelles ne jetaient aucun rayonnement au dehors. Les insurgés en outre avaient eu soin de ne point allumer de lumière dans les étages supérieurs.

Gavroche en ce moment était fort préoccupé, non pas précisément de ses cartouches.

L'homme de la rue des Billettes venait d'entrer dans la salle basse et était allé s'asseoir à la table la moins éclairée. Il lui était échu un fusil de munition grand modèle, qu'il tenait entre ses jambes. Gavroche jusqu'à cet instant, distrait par cent choses « amusantes », n'avait pas même vu cet homme.

Lorsqu'il entra, Gavroche le suivit machinalement des yeux, admirant son fusil, puis, brusquement, quand l'homme fut assis, le gamin se leva. Ceux qui auraient épié l'homme jusqu'à ce moment l'auraient vu tout observer dans la barricade et dans la bande des insurgés avec une attention singulière ; mais depuis qu'il était entré dans la salle, il avait été pris d'une sorte de recueillement et semblait ne plus rien voir de ce qui se passait. Le gamin s'approcha de ce personnage pensif et se mit à tourner autour de lui sur la pointe du pied comme on marche auprès de quelqu'un qu'on craint de réveiller. En même temps, sur son visage enfantin, à la fois si effronté et si sérieux, si évaporé et si profond, si gai et si navrant, passaient toutes ces grimaces de vieux qui signifient : — Ah bah ! — pas possible ! — j'ai la berlue ! — je rêve ! — est-ce que ce serait ?... — non, ce n'est pas ! — mais si ! — mais non ! etc. Gavroche se balançait sur ses talons, crispait ses deux poings dans ses poches, remuait le cou comme un oiseau, dépensait en une lippe démesurée toute la sagacité de sa lèvre inférieure. Il était stupéfait, incertain, incrédule, convaincu, ébloui. Il avait la mine du chef des eunuques au marché des esclaves découvrant une Vénus parmi des dondons, et l'air d'un amateur reconnaissant un Raphaël dans un tas de croûtes. Tout chez lui était en travail, l'instinct qui flaire et l'intelligence qui combine. Il était évident qu'il arrivait un événement à Gavroche.

C'est au plus fort de cette préoccupation qu'Enjolras l'aborda.

— Tu es petit, dit Enjolras, on ne te verra pas. Sors des barricades, glisse-toi le long des maisons, va un peu partout par les rues, et reviens me dire ce qui se passe.

Gavroche se haussa sur ses hanches.

— Les petits sont donc bons à quelque chose ! c'est bien heureux ! J'y vas. En attendant fiez-vous aux petits, méfiez-vous des grands... — Et Gavroche, levant la tête et baissant la voix, ajouta, en désignant l'homme de la rue des Billettes :

— Vous voyez bien ce grand-là ?

— Eh bien ?

— C'est un mouchard.

— Tu es sûr ?

— Il n'y a pas quinze jours qu'il m'a enlevé par l'oreille de la corniche du pont Royal où je prenais l'air [1].

Enjolras quitta vivement le gamin et murmura quelques mots très bas à un ouvrier du port aux vins qui se trouvait là. L'ouvrier sortit de la salle et y rentra presque tout de suite accompagné de trois autres. Les quatre hommes, quatre portefaix aux larges épaules, allèrent se placer, sans rien faire qui pût attirer son attention, derrière la table où était accoudé l'homme de la rue des Billettes. Ils étaient visiblement prêts à se jeter sur lui.

Alors Enjolras s'approcha de l'homme et lui demanda :

— Qui êtes-vous ?

À cette question brusque, l'homme eut un soubresaut. Il plongea son regard jusqu'au fond de la prunelle candide d'Enjolras et parut y saisir sa pensée. Il sourit d'un sourire qui était tout ce qu'on peut voir au monde de plus

---

1. Pour le plaisir attaché au schéma des fables : David et Goliath, « Le Roi est nu », Hugo donne à Gavroche le mérite — bien préparé, voir texte III, 1, 8 et note 2 ; p. 808 — de reconnaître Javert. À cet acte de purification, il fallait un agent lui-même innocent ; de même que seule l'innocence de Petit-Gervais peut révéler sa méchanceté à Jean Valjean. De plus, Gavroche venge de la sorte, sans même le savoir, tous les siens, mis en prison par l'inspecteur.

dédaigneux, de plus énergique et de plus résolu, et répondit avec une gravité hautaine :

— Je vois ce que c'est... Eh bien, oui !

— Vous êtes mouchard ?

— Je suis agent de l'autorité.

— Vous vous appelez ?

— Javert[2].

Enjolras fit signe aux quatre hommes. En un clin d'œil, avant que Javert eût eu le temps de se retourner, il fut colleté, terrassé, garrotté, fouillé.

On trouva sur lui une petite carte ronde collée entre deux verres et portant d'un côté les armes de France, gravées, avec cette légende : *Surveillance et vigilance*, et de l'autre côté cette mention : JAVERT, inspecteur de police, âgé de cinquante-deux ans ; et la signature du préfet de police d'alors, M. Gisquet.

Il avait en outre sa montre et sa bourse, qui contenait quelques pièces d'or. On lui laissa la bourse et la montre. Derrière la montre, au fond du gousset, on tâta et l'on saisit un papier sous enveloppe qu'Enjolras déplia et où il lut ces cinq lignes écrites de la main même du préfet de police :

« Sitôt sa mission politique remplie, l'inspecteur Javert s'assurera, par une surveillance spéciale, s'il est vrai que

---

2. La présence de Javert dans la barricade n'a pas seulement valeur anecdotique ou historique ; Javert est le représentant du grand travail social qui tente de figer dans une forme stable le rapport de l'humanité à la société — voir V, 1, 5, note 1, p. 1600. Travail double : celui de la pénalité et de la charité (voir note générale 34) vis-à-vis des individus, celui de l'État contre le mouvement populaire. Mais c'est bien le même, et la confusion de ses deux formes en Javert recoupe toutes les analogies entre les quatre quatuors du roman : celui de « L'Année 1817 » et, en face, ceux de Patron-Minette, des amis de l'A B C et celui que forme à lui seul Thénardier (voir textes et notes 1 en III, 4, III, 7, 3 et III, 8, 3 ; pp. 889, 990, 1005).

En forgeant le concept d'appareil répressif d'État, Althusser a donné leur forme théorique aux intuitions hugoliennes : intuition de l'unité des institutions, et de leur fonctionnement concrétisé dans l'aspect mécanique ou zoologique du personnage, véritable animal-machine au service d'un État cartésien.

des malfaiteurs aient des allures sur la berge de la rive droite de la Seine, près le pont d'Iéna. »

Le fouillage terminé, on redressa Javert, ou lui noua les bras derrière le dos et on l'attacha au milieu de la salle basse à ce poteau célèbre qui avait jadis donné son nom au cabaret.

Gavroche, qui avait assisté à toute la scène et tout approuvé d'un hochement de tête silencieux, s'approcha de Javert et lui dit :

— C'est la souris qui a pris le chat.

Tout cela s'était exécuté si rapidement que c'était fini quand on s'en aperçut autour du cabaret. Javert n'avait pas jeté un cri. En voyant Javert lié au poteau, Courfeyrac, Bossuet, Joly, Combeferre, et les hommes dispersés dans les deux barricades, accoururent.

Javert, adossé au poteau, et si entouré de cordes qu'il ne pouvait faire un mouvement, levait la tête avec la sérénité intrépide de l'homme qui n'a jamais menti.

— C'est un mouchard, dit Enjolras.

Et se tournant vers Javert :

— Vous serez fusillé dix minutes avant que la barricade soit prise.

Javert répliqua de son accent le plus impérieux :

— Pourquoi pas tout de suite ?

— Nous ménageons la poudre.

— Alors finissez-en d'un coup de couteau.

— Mouchard, dit le bel Enjolras, nous sommes des juges et non des assassins.

Puis il appela Gavroche.

— Toi ! va à ton affaire ! Fais ce que je t'ai dit.

— J'y vas, cria Gavroche.

Et s'arrêtant au moment de partir :

— À propos, vous me donnerez son fusil ! Et il ajouta : Je vous laisse le musicien, mais je veux la clarinette [3].

---

3. *Histoire d'un crime* note cette métaphore, entendue sur une barricade dans la nuit du 4 décembre 1851. Le même ouvrage enregistre deux arrestations de mouchards, dans la même journée du 4 ; l'un est libéré sur l'ordre de Hugo lui-même ; quant à l'autre, « un enfant indigné lui tire un coup de pistolet qui rate ».

Le gamin fit le salut militaire et franchit gaîment la coupure de la grande barricade.

VIII

PLUSIEURS POINTS D'INTERROGATION
À PROPOS D'UN NOMMÉ LE CABUC
QUI NE SE NOMMAIT PEUT-ÊTRE PAS LE CABUC

La peinture tragique que nous avons entreprise ne serait pas complète, le lecteur ne verrait pas dans leur relief exact et réel ces grandes minutes de gésine sociale et d'enfantement révolutionnaire où il y a de la convulsion mêlée à l'effort, si nous omettions, dans l'esquisse ébauchée ici, un incident plein d'une horreur épique et farouche qui survint presque aussitôt après le départ de Gavroche [1].

Les attroupements, comme on sait, font boule de neige et agglomèrent en roulant un tas d'hommes tumultueux. Ces hommes ne se demandent pas entre eux d'où ils viennent. Parmi les passants qui s'étaient réunis au rassemblement conduit par Enjolras, Combeferre et Courfeyrac, il y avait un être portant la veste du portefaix usée aux épaules, qui gesticulait et vociférait et avait la mine d'une espèce d'ivrogne sauvage. Cet homme, un nommé ou surnommé Le Cabuc, et du reste tout à fait inconnu de ceux qui prétendaient le connaître, très ivre, ou faisant sem-

---

1. L'épisode à venir complète le précédent et l'ajuste. Recommencé sur un personnage secondaire, il perd tout aspect romanesque ; il s'aggrave aussi, le meurtre étant mis du côté de l'ordre ; il est corrigé enfin dans un sens réaliste : la police ne devait guère, effectivement, employer ses agents officiels à ces tâches. Du même coup est suggérée la solidarité, au sein de la pénalité, entre l'autorité et le crime, qui n'est que la socialisation d'une partie de la misère. En ceci le couple de ces deux chapitres anticipe sur la rencontre successive de Thénardier et de Javert faite par Jean Valjean dans l'égout — V, 3, 8, note 4, p. 1741.

blant, s'était attablé avec quelques autres à une table qu'ils avaient tirée en dehors du cabaret. Ce Cabuc, tout en faisant boire ceux qui lui tenaient tête, semblait considérer d'un air de réflexion la grande maison du fond de la barricade dont les cinq étages dominaient toute la rue et faisaient face à la rue Saint-Denis. Tout à coup il s'écria :

— Camarades, savez-vous ? c'est de cette maison-là qu'il faudrait tirer. Quand nous serons là aux croisées, du diable si quelqu'un avance dans la rue !

— Oui, mais la maison est fermée, dit un des buveurs.

— Cognons !

— On n'ouvrira pas.

— Enfonçons la porte !

Le Cabuc court à la porte qui avait un marteau fort massif, et frappe. La porte ne s'ouvre pas. Il frappe un second coup. Personne ne répond. Un troisième coup. Même silence.

— Y a-t-il quelqu'un ici ? crie Le Cabuc.

Rien ne bouge.

Alors il saisit un fusil et commence à battre la porte à coups de crosse. C'était une vieille porte d'allée, cintrée, basse, étroite, solide, toute en chêne, doublée à l'intérieur d'une feuille de tôle et d'une armature de fer, une vraie poterne de bastille. Les coups de crosse faisaient trembler la maison, mais n'ébranlaient pas la porte.

Toutefois il est probable que les habitants s'étaient émus, car on vit enfin s'éclairer et s'ouvrir une petite lucarne carrée au troisième étage, et apparaître à cette lucarne une chandelle et la tête béate et effrayée d'un bonhomme en cheveux gris qui était le portier.

L'homme qui cognait s'interrompit.

— Messieurs, demanda le portier, que désirez-vous ?

— Ouvre ! dit Le Cabuc.

— Messieurs, cela ne se peut pas.

— Ouvre toujours !

— Impossible, messieurs !

Le Cabuc prit son fusil et coucha en joue le portier ; mais comme il était en bas, et qu'il faisait très noir, le portier ne le vit point.

— Oui ou non, veux-tu ouvrir ?

— Non, messieurs !

— Tu dis non ?

— Je dis non, mes bons...

Le portier n'acheva pas. Le coup de fusil était lâché ; la balle lui était entrée sous le menton et était sortie par la nuque après avoir traversé la jugulaire. Le vieillard s'affaissa sur lui-même sans pousser un soupir. La chandelle tomba et s'éteignit, et l'on ne vit plus rien qu'une tête immobile posée au bord de la lucarne et un peu de fumée blanchâtre qui s'en allait vers le toit.

— Voilà ! dit Le Cabuc en laissant retomber sur le pavé la crosse de son fusil.

Il avait à peine prononcé ce mot qu'il sentit une main qui se posait sur son épaule avec la pesanteur d'une serre d'aigle, et il entendit une voix qui lui disait :

— A genoux.

Le meurtrier se retourna et vit devant lui la figure blanche et froide d'Enjolras. Enjolras avait un pistolet à la main.

À la détonation, il était arrivé.

Il avait empoigné de sa main gauche le collet, la blouse, la chemise et la bretelle du Cabuc.

— A genoux, répéta-t-il.

Et d'un mouvement souverain le frêle jeune homme de vingt ans plia comme un roseau le crocheteur trapu et robuste et l'agenouilla dans la boue. Le Cabuc essaya de résister, mais il semblait qu'il eût été saisi par un poing surhumain.

Pâle, le cou nu, les cheveux épars, Enjolras, avec son visage de femme, avait en ce moment je ne sais quoi de la Thémis antique. Ses narines gonflées, ses yeux baissés donnaient à son implacable profil grec cette expression de colère et cette expression de chasteté qui, au point de vue de l'ancien monde, conviennent à la justice.

Toute la barricade était accourue, puis tous s'étaient rangés en cercle à distance, sentant qu'il était impossible de prononcer une parole devant la chose qu'ils allaient voir.

Le Cabuc, vaincu, n'essayait plus de se débattre et

tremblait de tous ses membres. Enjolras le lâcha et tira sa
montre.

— Recueille-toi, dit-il. Prie ou pense. Tu as une
minute.

— Grâce ! murmura le meurtrier ; puis il baissa la tête
et balbutia quelques jurements inarticulés.

Enjolras ne quitta pas la montre des yeux ; il laissa
passer la minute, puis il remit la montre dans son gousset.
Cela fait, il prit par les cheveux Le Cabuc qui se pelotonnait contre ses genoux en hurlant et lui appuya sur
l'oreille le canon de son pistolet. Beaucoup de ces
hommes intrépides, qui étaient si tranquillement entrés
dans la plus effrayante des aventures, détournèrent la tête.

On entendit l'explosion, l'assassin tomba sur le pavé
le front en avant, et Enjolras se redressa et promena
autour de lui son regard convaincu et sévère.

Puis il poussa du pied le cadavre et dit :

— Jetez cela dehors.

Trois hommes soulevèrent le corps du misérable
qu'agitaient les dernières convulsions machinales de la
vie expirée, et le jetèrent par-dessus la petite barricade
dans la ruelle Mondétour.

Enjolras était demeuré pensif. On ne sait quelles
ténèbres grandioses se répandaient lentement sur sa
redoutable sérénité. Tout à coup il éleva la voix. On fit
silence.

— Citoyens, dit Enjolras, ce que cet homme a fait est
effroyable et ce que j'ai fait est horrible. Il a tué, c'est
pourquoi je l'ai tué. J'ai dû le faire, car l'insurrection doit
avoir sa discipline. L'assassinat est encore plus un crime
ici qu'ailleurs ; nous sommes sous le regard de la révolution, nous sommes les prêtres de la république, nous
sommes les hosties du devoir, et il ne faut pas qu'on
puisse calomnier notre combat. J'ai donc jugé et
condamné à mort cet homme. Quant à moi, contraint de
faire ce que j'ai fait, mais l'abhorrant, je me suis jugé
aussi, et vous verrez tout à l'heure à quoi je me suis
condamné.

Ceux qui écoutaient tressaillirent.

— Nous partagerons ton sort, cria Combeferre.

— Soit, reprit Enjolras. Encore un mot. En exécutant cet homme, j'ai obéi à la nécessité ; mais la nécessité est un monstre du vieux monde ; la nécessité s'appelle Fatalité. Or, la loi du progrès, c'est que les monstres disparaissent devant les anges, et que la Fatalité s'évanouisse devant la fraternité. C'est un mauvais moment pour prononcer le mot amour. N'importe, je le prononce, et je le glorifie. Amour, tu as l'avenir. Mort, je me sers de toi, mais je te hais. Citoyens, il n'y aura dans l'avenir ni ténèbres, ni coups de foudre, ni ignorance féroce, ni talion sanglant. Comme il n'y aura plus de Satan, il n'y aura plus de Michel[2]. Dans l'avenir personne ne tuera personne, la terre rayonnera, le genre humain aimera. Il viendra, citoyens, ce jour où tout sera concorde, harmonie, lumière, joie et vie, il viendra. Et c'est pour qu'il vienne que nous allons mourir.

Enjolras se tut. Ses lèvres de vierge se refermèrent ; et il resta quelque temps debout à l'endroit où il avait versé le sang, dans une immobilité de marbre. Son œil fixe faisait qu'on parlait bas autour de lui.

Jean Prouvaire et Combeferre se serraient la main silencieusement, et, appuyés l'un sur l'autre dans l'angle de la barricade, considéraient avec une admiration où il y avait de la compassion ce grave jeune homme, bourreau et prêtre, de lumière comme le cristal, et de roche aussi[3].

Disons tout de suite que plus tard, après l'action, quand les cadavres furent portés à la morgue et fouillés, on trouva sur Le Cabuc une carte d'agent de police. L'auteur

---

2. Dans la mythologie chrétienne, Michel est l'archange qui terrasse le démon, mais aussi celui qui chasse Adam et Ève du paradis. Cette formule et le portrait de Javert en « saint Michel monstrueux » (I, 8, 3 ; p. 412) s'étaient réciproquement.

3. Enjolras condense en lui les deux aspects de la Révolution que *Quatrevingt-treize* distribuera sur Gauvain — le jeune homme prophète de la conversion de la société en communauté effervescente et amoureuse — et Cimourdain — le bourreau-prêtre, ministre des nécessités inexorables.

L'image du cristal est une nouvelle variation sur le thème de la pétrification — voir I, 2, 6, note 3, p. 129.

de ce livre a eu entre les mains, en 1848, le rapport spécial fait à ce sujet au préfet de police de 1832[4].

Ajoutons que, s'il faut en croire une tradition de police étrange, mais probablement fondée, le Cabuc, c'était Claquesous. Le fait est qu'à partir de la mort du Cabuc, il ne fut plus question de Claquesous. Claquesous n'a laissé nulle trace de sa disparition ; il semblerait s'être amalgamé à l'invisible. Sa vie avait été ténèbres, sa fin fut nuit.

Tout le groupe insurgé était encore dans l'émotion de ce procès tragique si vite instruit et vite terminé, quand Courfeyrac revit dans la barricade le petit jeune homme qui le matin avait demandé chez lui Marius.

Ce garçon, qui avait l'air hardi et insouciant, était venu à la nuit rejoindre les insurgés.

---

4. Sur les documents invoqués comme ici ou reproduits par le livre, voir note générale 1.

MARIUS ENTRE DANS L'OMBRE

I

DE LA RUE PLUMET AU QUARTIER SAINT-DENIS

Cette voix qui à travers le crépuscule avait appelé Marius à la barricade de la rue de la Chanvrerie lui avait fait l'effet de la voix de la destinée. Il voulait mourir, l'occasion s'offrait ; il frappait à la porte du tombeau, une main dans l'ombre lui en tendait la clef. Ces lugubres ouvertures qui se font dans les ténèbres devant le désespoir sont tentantes. Marius écarta la grille qui l'avait tant de fois laissé passer, sortit du jardin, et dit : allons !

Fou de douleur, ne se sentant plus rien de fixe et de solide dans le cerveau, incapable de rien accepter désormais du sort après ces deux mois passés dans les enivrements de la jeunesse et de l'amour, accablé à la fois par toutes les rêveries du désespoir, il n'avait plus qu'un désir, en finir bien vite.

Il se mit à marcher rapidement. Il se trouvait précisément qu'il était armé, ayant sur lui les pistolets de Javert.

Le jeune homme qu'il avait cru apercevoir s'était perdu à ses yeux dans les rues.

Marius, qui était sorti de la rue Plumet par le boulevard, traversa l'Esplanade et le pont des Invalides, les Champs-Élysées, la place Louis XV [1], et gagna la rue de Rivoli. Les magasins y étaient ouverts, le gaz y brûlait sous les arcades, les femmes achetaient dans les boutiques, on prenait des glaces au café Laiter, on mangeait

---

1. Hugo choisit l'ancien nom, resté en usage, de cette place rebaptisée de la Révolution en 1792, de la Concorde en 1795, Louis XV à nouveau en 1814, Louis XVI — qui y avait été exécuté — en 1823 et redevenue place de la Concorde en 1830.

des petits gâteaux à la pâtisserie anglaise. Seulement quelques chaises de poste partaient au galop de l'hôtel des Princes et de l'hôtel Meurice.

Marius entra par le passage Delorme dans la rue Saint-Honoré. Les boutiques y étaient fermées, les marchands causaient, devant leurs portes entr'ouvertes, les passants circulaient, les réverbères étaient allumés, à partir du premier étage toutes les croisées étaient éclairées comme à l'ordinaire. Il y avait de la cavalerie sur la place du Palais-Royal.

Marius suivit la rue Saint-Honoré. À mesure qu'il s'éloignait du Palais-Royal, il y avait moins de fenêtres éclairées ; les boutiques étaient tout à fait closes, personne ne causait sur les seuils, la rue s'assombrissait et en même temps la foule s'épaississait. Car les passants maintenant étaient une foule. On ne voyait personne parler dans cette foule, et pourtant il en sortait un bourdonnement sourd et profond.

Vers la fontaine de l'Arbre-Sec, il y avait « des rassemblements », espèces de groupes immobiles et sombres qui étaient parmi les allants et venants comme des pierres au milieu d'une eau courante.

À l'entrée de la rue des Prouvaires, la foule ne marchait plus. C'était un bloc résistant, massif, solide, compacte, presque impénétrable, de gens entassés qui s'entretenaient tout bas. Il n'y avait là presque plus d'habits noirs ni de chapeaux ronds. Des sarraus, des blouses, des casquettes, des têtes hérissées et terreuses. Cette multitude ondulait confusément dans la brume nocturne. Son chuchotement avait l'accent rauque d'un frémissement. Quoique pas un ne marchât, on entendait un piétinement dans la boue. Au delà de cette épaisseur de foule, dans la rue du Roule, dans la rue des Prouvaires, et dans le prolongement de la rue Saint-Honoré, il n'y avait plus une seule vitre où brillât une chandelle. On voyait s'enfoncer dans ces rues les files solitaires et décroissantes des lanternes. Les lanternes de ce temps-là ressemblaient à de grosses étoiles rouges pendues à des cordes et jetaient sur le pavé une ombre qui avait la forme d'une grande araignée. Ces rues n'étaient pas désertes. On y distinguait des fusils en fais-

ceaux, des bayonnettes remuées et des troupes bivoua-
quant. Aucun curieux ne dépassait cette limite. Là cessait
la circulation. Là finissait la foule et commençait l'armée.

Marius voulait avec la volonté de l'homme qui n'espère plus. On l'avait appelé, il fallait qu'il allât. Il trouva
le moyen de traverser la foule et de traverser le bivouac
des troupes, il se déroba aux patrouilles, il évita les sentinelles. Il fit un détour, gagna la rue de Béthisy, et se
dirigea vers les halles. Au coin de la rue des Bourdonnais
il n'y avait plus de lanternes.

Après avoir franchi la zone de la foule, il avait dépassé
la lisière des troupes ; il se trouvait dans quelque chose
d'effrayant. Plus un passant, plus un soldat, plus une
lumière ; personne. La solitude, le silence, la nuit ; je ne
sais quel froid qui saisissait. Entrer dans une rue, c'était
entrer dans une cave.

Il continua d'avancer.

Il fit quelques pas. Quelqu'un passa près de lui en courant. Était-ce un homme ? une femme ? étaient-ils plusieurs ? Il n'eût pu le dire. Cela avait passé et s'était
évanoui.

De circuit en circuit, il arriva dans une ruelle qu'il
jugea être la rue de la Poterie ; vers le milieu de cette
ruelle il se heurta à un obstacle. Il étendit les mains.
C'était une charrette renversée ; son pied reconnut des
flaques d'eau, des fondrières, des pavés épars et amon-
celés. Il y avait là une barricade ébauchée et abandonnée.
Il escalada les pavés et se trouva de l'autre côté du barrage. Il marchait très près des bornes et se guidait sur le
mur des maisons. Un peu au delà de la barricade, il lui
sembla entrevoir devant lui quelque chose de blanc. Il
approcha, cela prit une forme. C'étaient deux chevaux
blancs ; les chevaux de l'omnibus dételé le matin par
Bossuet, qui avaient erré au hasard de rue en rue toute la
journée et avaient fini par s'arrêter là, avec cette patience
accablée des brutes qui ne comprennent pas plus les
actions de l'homme que l'homme ne comprend les
actions de la providence.

Marius laissa les chevaux derrière lui. Comme il abordait une rue qui lui faisait l'effet d'être la rue du Contrat-

Social, un coup de fusil, venu on ne sait d'où et qui traversait l'obscurité au hasard, siffla tout près de lui, et la balle perça au-dessus de sa tête un plat à barbe de cuivre suspendu à la boutique d'un coiffeur. On voyait encore, en 1846, rue du Contrat-Social, au coin des piliers des halles, ce plat à barbe troué.

Ce coup de fusil, c'était encore de la vie. À partir de cet instant, il ne rencontra plus rien.

Tout cet itinéraire ressemblait à une descente de marches noires.

Marius n'en alla pas moins en avant.

II

PARIS À VOL DE HIBOU [1]

Un être qui eût plané sur Paris en ce moment avec l'aile de la chauve-souris ou de la chouette, eût eu sous les yeux un spectacle morne.

Tout ce vieux quartier des halles, qui est comme une ville dans la ville, que traversent les rues Saint-Denis et Saint-Martin, où se croisent mille ruelles et dont les insurgés avaient fait leur redoute et leur place d'armes, lui eût apparu comme un énorme trou sombre creusé au centre de Paris. Là le regard tombait dans un abîme.

Grâce aux réverbères brisés, grâce aux fenêtres fermées, là cessait tout rayonnement, toute vie, toute rumeur, tout mouvement. L'invisible police de l'émeute veillait partout, et maintenait l'ordre, c'est-à-dire la nuit. Noyer le petit nombre dans une vaste obscurité, multiplier chaque combattant par les possibilités que cette obscurité contient, c'est la tactique nécessaire de l'insurrection. À la chute du jour, toute croisée où une chandelle s'allumait avait reçu une balle. La lumière était éteinte, quelquefois

---

1. Signature (voir note générale 4) de l'auteur du célèbre chapitre « Paris à vol d'oiseau », dans *Notre-Dame de Paris*.

l'habitant tué. Aussi rien ne bougeait. Il n'y avait rien là que l'effroi, le deuil, la stupeur dans les maisons ; dans les rues une sorte d'horreur sacrée. On n'y apercevait même pas les longues rangées de fenêtres et d'étages, les dentelures des cheminées et des toits, les reflets vagues qui luisent sur le pavé boueux et mouillé. L'œil qui eût regardé d'en haut dans cet amas d'ombre eût entrevu peut-être çà et là, de distance en distance, des clartés indistinctes faisant saillir des lignes brisées et bizarres, des profils de constructions singulières, quelque chose de pareil à des lueurs allant et venant dans des ruines ; c'est là qu'étaient les barricades. Le reste était un lac d'obscurité, brumeux, pesant, funèbre, au-dessus duquel se dressaient, silhouettes immobiles et lugubres, la tour Saint-Jacques, l'église Saint-Merry, et deux ou trois autres de ces grands édifices dont l'homme fait des géants et dont la nuit fait des fantômes.

Tout autour de ce labyrinthe désert et inquiétant, dans les quartiers où la circulation parisienne n'était pas anéantie et où quelques rares réverbères brillaient, l'observateur aérien eût pu distinguer la scintillation métallique des sabres et des bayonnettes, le roulement sourd de l'artillerie, et le fourmillement des bataillons silencieux grossissant de minute en minute ; ceinture formidable qui se serrait et se fermait lentement autour de l'émeute.

Le quartier investi n'était plus qu'une sorte de monstrueuse caverne ; tout y paraissait endormi ou immobile, et, comme on vient de le voir, chacune des rues où l'on pouvait arriver n'offrait rien que de l'ombre.

Ombre farouche, pleine de piéges, pleine de chocs inconnus et redoutables, où il était effrayant de pénétrer et épouvantable de séjourner, où ceux qui entraient frissonnaient devant ceux qui les attendaient, où ceux qui attendaient tressaillaient devant ceux qui allaient venir. Des combattants invisibles retranchés à chaque coin de rue ; les embûches du sépulcre cachées dans les épaisseurs de la nuit. C'était fini. Plus d'autre clarté à espérer là désormais que l'éclair des fusils, plus d'autre rencontre que l'apparition brusque et rapide de la mort. Où ? comment ? quand ? On ne savait, mais c'était certain et inévitable. Là, dans ce lieu marqué pour la lutte, le gouvernement et l'insurrection, la garde nationale et les sociétés populaires, la bourgeoisie et l'émeute, allaient s'aborder à tâtons. Pour les uns comme pour les autres, la nécessité était la même. Sortir de là tués ou vainqueurs, seule issue possible désormais. Situation tellement extrême, obscurité tellement puissante, que les plus timides s'y sentaient pris de résolution et les plus hardis de terreur.

Du reste, des deux côtés, furie, acharnement, détermination égale. Pour les uns, avancer, c'était mourir, et personne ne songeait à reculer ; pour les autres, rester, c'était mourir, et personne ne songeait à fuir.

Il était nécessaire que le lendemain tout fût terminé, que le triomphe fût ici ou là, que l'insurrection fût une révolution ou une échauffourée. Le gouvernement le comprenait comme les partis ; le moindre bourgeois le sentait. De là une pensée d'angoisse qui se mêlait à l'ombre impénétrable de ce quartier où tout allait se décider ; de là un redoublement d'anxiété autour de ce silence d'où allait sortir une catastrophe. On n'y entendait qu'un seul bruit, bruit déchirant comme un râle, menaçant comme une malédiction, le tocsin de Saint-Merry. Rien n'était glaçant comme la clameur de cette cloche éperdue et désespérée se lamentant dans les ténèbres.

Comme il arrive souvent, la nature semblait s'être mise d'accord avec ce que les hommes allaient faire. Rien ne dérangeait les funestes harmonies de cet ensemble. Les étoiles avaient disparu ; des nuages lourds emplissaient tout l'horizon de leurs plis mélancoliques. Il y avait un ciel noir sur ces rues mortes, comme si un immense linceul se déployait sur cet immense tombeau.

Tandis qu'une bataille encore toute politique se préparait dans ce même emplacement qui avait vu déjà tant d'événements révolutionnaires, tandis que la jeunesse, les associations secrètes, les écoles, au nom des principes, et la classe moyenne, au nom des intérêts, s'approchaient pour se heurter, s'étreindre et se terrasser, tandis que chacun hâtait et appelait l'heure dernière et décisive de la crise, au loin et en dehors de ce quartier fatal, au plus profond des cavités insondables de ce vieux Paris misérable qui disparaît sous la splendeur du Paris heureux et opulent, on entendait gronder sourdement la sombre voix du peuple.

Voix effrayante et sacrée qui se compose du rugissement de la brute et de la parole de Dieu, qui terrifie les faibles et qui avertit les sages, qui vient tout à la fois d'en bas comme la voix du lion et d'en haut comme la voix du tonnerre.

III

L'EXTRÊME BORD

Marius était arrivé aux halles.

Là tout était plus calme, plus obscur et plus immobile encore que dans les rues voisines. On eût dit que la paix glaciale du sépulcre était sortie de terre et s'était répandue sous le ciel.

Une rougeur pourtant découpait sur ce fond noir la haute toiture des maisons qui barraient la rue de la Chanvrerie du côté de Saint-Eustache. C'était le reflet de la torche qui brûlait dans la barricade de Corinthe. Marius s'était dirigé sur cette rougeur. Elle l'avait amené au Marché-aux-poirées, et il entrevoyait l'embouchure ténébreuse de la rue des Prêcheurs. Il y entra. La vedette des insurgés qui guettait à l'autre bout ne l'aperçut pas. Il se sentait tout près de ce qu'il était venu chercher, et il marchait sur la pointe du pied. Il arriva ainsi au coude de ce court tronçon de la ruelle Mondétour qui était, on s'en souvient, la seule communication conservée par Enjolras avec le dehors. Au coin de la dernière maison, à sa gauche, il avança la tête, et regarda dans le tronçon Mondétour.

Un peu au delà de l'angle noir de la ruelle et de la rue de la Chanvrerie qui jetait une large nappe d'ombre où il était lui-même enseveli, il aperçut quelque lueur sur les pavés, un peu du cabaret, et, derrière, un lampion clignotant dans une espèce de muraille informe, et des hommes accroupis ayant des fusils sur leurs genoux. Tout cela était à dix toises de lui. C'était l'intérieur de la barricade.

Les maisons qui bordaient la ruelle à droite lui cachaient le reste du cabaret, la grande barricade et le drapeau.

Marius n'avait plus qu'un pas à faire.

Alors le malheureux jeune homme s'assit sur une borne, croisa les bras, et songea à son père.

Il songea à cet héroïque colonel Pontmercy qui avait été un si fier soldat, qui avait gardé sous la république la frontière de France et touché sous l'empereur la frontière d'Asie, qui avait vu Gênes, Alexandrie, Milan, Turin, Madrid, Vienne, Dresde, Berlin, Moscou, qui avait laissé sur tous les champs de victoire de l'Europe des gouttes de ce même sang que lui Marius avait dans les veines, qui avait blanchi avant l'âge dans la discipline et le commandement, qui avait vécu le ceinturon bouclé, les épaulettes tombant sur la poitrine, la cocarde noircie par la poudre, le front plissé par le casque, sous la baraque, au camp, au bivouac, aux ambulances, et qui au bout de vingt ans était revenu des grandes guerres la joue balafrée, le visage souriant, simple, tranquille, admirable, pur comme un enfant, ayant tout fait pour la France et rien contre elle.

Il se dit que son jour à lui était venu aussi, que son heure avait enfin sonné, qu'après son père, il allait, lui aussi, être brave, intrépide, hardi, courir au-devant des balles, offrir sa poitrine aux bayonnettes, verser son sang, chercher l'ennemi, chercher la mort, qu'il allait faire la guerre à son tour et descendre sur le champ de bataille, et que ce champ de bataille où il allait descendre, c'était la rue, et que cette guerre qu'il allait faire, c'était la guerre civile !

Il vit la guerre civile ouverte comme un gouffre devant lui et que c'était là qu'il allait tomber.

Alors il frissonna.

Il songea à cette épée de son père que son aïeul avait

vendue à un brocanteur, et qu'il avait, lui, si douloureusement regrettée. Il se dit qu'elle avait bien fait, cette vaillante et chaste épée, de lui échapper et de s'en aller irritée
dans les ténèbres ; que si elle s'était enfuie ainsi, c'est
qu'elle était intelligente et qu'elle prévoyait l'avenir ;
c'est qu'elle pressentait l'émeute, la guerre des ruisseaux,
la guerre des pavés, les fusillades par les soupiraux des
caves, les coups donnés et reçus par derrière ; c'est que,
venant de Marengo et de Friedland, elle ne voulait pas
aller rue de la Chanvrerie, c'est qu'après ce qu'elle avait
fait avec le père, elle ne voulait pas faire cela avec le
fils ! Il se dit que si cette épée était là, si, l'ayant recueillie
au chevet de son père mort, il avait osé la prendre et
l'emporter pour ce combat de nuit entre français dans un
carrefour, à coup sûr elle lui brûlerait les mains et se
mettrait à flamboyer devant lui comme l'épée de l'ange !
Il se dit qu'il était heureux qu'elle n'y fût pas et qu'elle
eût disparu, que cela était bien, que cela était juste, que
son aïeul avait été le vrai gardien de la gloire de son père,
et qu'il valait mieux que l'épée du colonel eût été criée à
l'encan, vendue au fripier, jetée aux ferrailles, que de
faire aujourd'hui saigner le flanc de la patrie.

Et puis il se mit à pleurer amèrement.

Cela était horrible. Mais que faire ? Vivre sans Cosette,
il ne le pouvait. Puisqu'elle était partie, il fallait bien qu'il
mourût. Ne lui avait-il pas donné sa parole d'honneur
qu'il mourrait ? Elle était partie sachant cela ; c'est qu'il
lui plaisait que Marius mourût. Et puis il était clair qu'elle
ne l'aimait plus, puisqu'elle s'en était allée ainsi, sans
l'avertir, sans un mot, sans une lettre, et elle savait son
adresse ! À quoi bon vivre et pourquoi vivre à présent ?
Et puis, quoi ! être venu jusque-là, et reculer ! s'être
approché du danger, et s'enfuir ! être venu regarder dans
la barricade, et s'esquiver ! s'esquiver tout tremblant en
disant : au fait, j'en ai assez comme cela, j'ai vu, cela
suffit, c'est la guerre civile, je m'en vais ! Abandonner
ses amis qui l'attendaient ! qui avaient peut-être besoin
de lui ! qui étaient une poignée contre une armée ! Manquer à tout à la fois, à l'amour, à l'amitié, à sa parole !
Donner à sa poltronnerie le prétexte du patriotisme ! Mais

cela était impossible, et si le fantôme de son père était là dans l'ombre et le voyait reculer, il lui fouetterait les reins du plat de son épée et lui crierait : Marche donc, lâche !

En proie au va-et-vient de ses pensées, il baissait la tête.

Tout à coup il la redressa. Une sorte de rectification splendide venait de se faire dans son esprit. Il y a une dilatation de pensée propre au voisinage de la tombe ; être près de la mort, cela fait voir vrai. La vision de l'action dans laquelle il se sentait peut-être sur le point d'entrer lui apparut, non plus lamentable, mais superbe. La guerre de la rue se transfigura subitement, par on ne sait quel travail d'âme intérieur, devant l'œil de sa pensée. Tous les tumultueux points d'interrogation de la rêverie lui revinrent en foule, mais sans le troubler. Il n'en laisse aucun sans réponse.

Voyons, pourquoi son père s'indignerait-il ? est-ce qu'il n'y aurait point des cas où l'insurrection monte à la dignité de devoir ? qu'y aurait-il donc de diminuant pour le fils du colonel Pontmercy dans le combat qui s'engage ? Ce n'est plus Montmirail ni Champaubert ; c'est autre chose. Il ne s'agit plus d'un territoire sacré, mais d'une idée sainte. La patrie se plaint, soit ; mais l'humanité applaudit. Est-il vrai d'ailleurs que la patrie se plaigne ? La France saigne, mais la liberté sourit ; et devant le sourire de la liberté, la France oublie sa plaie. Et puis, à voir les choses de plus haut encore, que viendrait-on parler de guerre civile ?

La guerre civile ? qu'est-ce à dire ? Est-ce qu'il y a une guerre étrangère ? Est-ce que toute guerre entre hommes n'est pas la guerre entre frères ? La guerre ne se qualifie que par son but. Il n'y a ni guerre étrangère, ni guerre civile ; il n'y a que la guerre injuste et la guerre juste. Jusqu'au jour où le grand concordat humain sera conclu, la guerre, celle du moins qui est l'effort de l'avenir qui se hâte contre le passé qui s'attarde, peut être nécessaire. Qu'a-t-on à reprocher à cette guerre-là ? La guerre ne devient honte, l'épée ne devient poignard que lorsqu'elle assassine le droit, le progrès, la raison, la civilisation, la vérité. Alors, guerre civile ou guerre étrangère, elle est

inique ; elle s'appelle le crime. En dehors de cette chose
sainte, la justice, de quel droit une forme de la guerre en
mépriserait-elle une autre ? de quel droit l'épée de
Washington renierait-elle la pique de Camille Desmoulins ? Léonidas contre l'étranger, Timoléon contre le
tyran, lequel est le plus grand ? l'un est le défenseur,
l'autre est le libérateur. Flétrira-t-on, sans s'inquiéter du
but, toute prise d'armes dans l'intérieur de la cité ? alors
notez d'infamie Brutus, Marcel, Arnould de Blan-
kenheim, Coligny. Guerre de buissons ? guerre de rues ?
Pourquoi pas ? c'était la guerre d'Ambiorix, d'Artevelde,
de Marnix, de Pélage. Mais Ambiorix luttait contre
Rome, Artevelde contre la France, Marnix contre l'Espagne, Pélage contre les Maures ; tous contre l'étranger.
Eh bien, la monarchie, c'est l'étranger ; l'oppression,
c'est l'étranger ; le droit divin, c'est l'étranger. Le despotisme viole la frontière morale, comme l'invasion viole la
frontière géographique. Chasser le tyran ou chasser l'anglais, c'est, dans les deux cas, reprendre son territoire.
Il vient une heure où protester ne suffit plus ; après la
philosophie il faut l'action ; la vive force achève ce que
l'idée a ébauché ; *Prométhée enchaîné* commence, Aristogiton finit ; l'Encyclopédie éclaire les âmes, le 10 août
les électrise. Après Eschyle, Thrasybule ; après Diderot,
Danton. Les multitudes ont une tendance à accepter le
maître. Leur masse dépose de l'apathie. Une foule se tota-
lise aisément en obéissance. Il faut les remuer, les pousser, rudoyer les hommes par le bienfait même de leur
délivrance, leur blesser les yeux par le vrai, leur jeter la
lumière à poignées terribles. Il faut qu'ils soient eux-
mêmes un peu foudroyés par leur propre salut ; cet
éblouissement les réveille. De là la nécessité des tocsins
et des guerres. Il faut que de grands combattants se lèvent,
illuminent les nations par l'audace, et secouent cette triste
humanité que couvrent d'ombre le droit divin, la gloire
césarienne, la force, le fanatisme, le pouvoir irresponsable
et les majestés absolues ; cohue stupidement occupée à
contempler, dans leur splendeur crépusculaire, ces
sombres triomphes de la nuit. À bas le tyran ! Mais quoi ?
de qui parlez-vous ? appelez-vous Louis-Philippe le

tyran ? Non ; pas plus que Louis XVI. Ils sont tous deux
ce que l'histoire a coutume de nommer de bons rois ;
mais les principes ne se morcellent pas, la logique du vrai
est rectiligne, le propre de la vérité c'est de manquer de
complaisance ; pas de concession donc ; tout empiéte-
ment sur l'homme doit être réprimé ; il y a le droit divin
dans Louis XVI, il y a *parce que Bourbon* dans Louis-
Philippe ; tous deux représentent dans une certaine
mesure la confiscation du droit, et pour déblayer l'usurpation universelle, il faut les combattre ; il le faut, la France
étant toujours ce qui commence. Quand le maître tombe
en France, il tombe partout. En somme, rétablir la vérité
sociale, rendre son trône à la liberté, rendre le peuple
au peuple, rendre à l'homme la souveraineté, replacer la
pourpre sur la tête de la France, restaurer dans leur plénitude la raison et l'équité, supprimer tout germe d'antago-
nisme en restituant chacun à lui-même, anéantir l'obstacle
que la royauté fait à l'immense concorde universelle,
remettre le genre humain de niveau avec le droit, quelle
cause plus juste, et, par conséquent, quelle guerre plus
grande ? Ces guerres-là construisent la paix. Une énorme
forteresse de préjugés, de privilèges, de superstitions, de
mensonges, d'exactions, d'abus, de violences, d'iniquités,
de ténèbres, est encore debout sur le monde avec ses tours
de haine. Il faut la jeter bas. Il faut faire crouler cette
masse monstrueuse. Vaincre à Austerlitz, c'est grand,
prendre la Bastille, c'est immense.

Il n'est personne qui ne l'ait remarqué sur soi-même,
l'âme, et c'est là la merveille de son unité compliquée
d'ubiquité, a cette aptitude étrange de raisonner presque
froidement dans les extrémités les plus violentes, et il
arrive souvent que la passion désolée et le profond désespoir, dans l'agonie même de leurs monologues les plus
noirs, traitent des sujets et discutent des thèses. La
logique se mêle à la convulsion, et le fil du syllogisme
flotte sans se casser dans l'orage lugubre de la pensée.
C'était là la situation d'esprit de Marius [1].

---

1. Monologue intérieur ayant tourné au discours construit et
comme énoncé par l'auteur en même temps que par le personnage,

Tout en songeant ainsi, accablé, mais résolu, hésitant pourtant, et, en somme, frémissant devant ce qu'il allait faire, son regard errait dans l'intérieur de la barricade. Les insurgés y causaient à demi-voix, sans remuer, et l'on y sentait ce quasi-silence qui marque la dernière phase de l'attente. Au-dessus d'eux, à une lucarne d'un troisième étage, Marius distinguait une espèce de spectateur ou de témoin qui lui semblait singulièrement attentif. C'était le portier tué par Le Cabuc. D'en bas, à la réverbération de la torche enfouie dans les pavés, on apercevait cette tête vaguement. Rien n'était plus étrange, à cette clarté sombre et incertaine, que cette face livide, immobile, étonnée, avec ses cheveux hérissés, ses yeux ouverts et fixes et sa bouche béante, penchée sur la rue dans une attitude de curiosité. On eût dit que celui qui était mort considérait ceux qui allaient mourir. Une longue traînée de sang qui avait coulé de cette tête descendait en filets rougeâtres de la lucarne jusqu'à la hauteur du premier étage où elle s'arrêtait.

---

puis intervention de l'auteur, maintenant report du récit sur le narra- teur redevenu omniscient, bientôt restriction du champ de son regard à celui du personnage : ce texte est un bel exemple du polymor- phisme général de la narration — voir note générale 8.

LIVRE QUATORZIÈME

LES GRANDEURS DU DÉSESPOIR

LIVRE CINQUIÈME

LE ORINARRE DU DÉSESPOIR

I

LE DRAPEAU. — PREMIER ACTE[1]

Rien ne venait encore. Dix heures avaient sonné à Saint-Merry. Enjolras et Combeferre étaient allés s'asseoir, la carabine à la main, près de la coupure de la grande barricade. Ils ne se parlaient pas ; ils écoutaient, cherchant à saisir même le bruit de marche le plus sourd et le plus lointain.

Subitement, au milieu de ce calme lugubre, une voix claire, jeune, gaie, qui semblait venir de la rue Saint-Denis, s'éleva et se mit à chanter distinctement sur le vieil air populaire *Au clair de la lune* cette poésie terminée par une sorte de cri pareil au chant du coq :

> Mon nez est en larmes.
> Mon ami Bugeaud,
> Prêt'-moi tes gendarmes
> Pour leur dire un mot.
> En capote bleue,
> La poule[2] au shako,
> Voici la banlieue !
> Co-cocorico !

Ils se serrèrent la main.

---

1. Ce titre signale — et produit — l'appartenance du livre à un genre autre que le sien, voir note précédente.
2. Version injurieuse du coq gaulois (voir IV, 10, 3, note 6, p. 1429). « La banlieue » est la métonymie de la garde nationale venue de la banlieue, qui, alors, était plus bourgeoise et plus réactionnaire que Paris lui-même.

— C'est Gavroche, dit Enjolras.

— Il nous avertit, dit Combeferre.

Une course précipitée troubla la rue déserte, on vit un être plus agile qu'un clown grimper par-dessus l'omnibus, et Gavroche bondit dans la barricade tout essoufflé, en disant :

— Mon fusil ! Les voici.

Un frisson électrique parcourut toute la barricade, et l'on entendit le mouvement des mains cherchant les fusils.

— Veux-tu ma carabine ? dit Enjolras au gamin.

— Je veux le grand fusil, répondit Gavroche.

Et il prit le fusil de Javert.

Deux sentinelles s'étaient repliées et étaient rentrées presque en même temps que Gavroche. C'était la sentinelle du bout de la rue et la vedette de la Petite-Truanderie. La vedette de la ruelle des Prêcheurs était restée à son poste, ce qui indiquait que rien ne venait du côté des ponts et des halles.

La rue de la Chanvrerie, dont quelques pavés à peine étaient visibles au reflet de la lumière qui se projetait sur le drapeau, offrait aux insurgés l'aspect d'un grand porche noir vaguement ouvert dans une fumée.

Chacun avait pris son poste de combat.

Quarante-trois[3] insurgés, parmi lesquels Enjolras, Combeferre, Courfeyrac, Bossuet, Joly, Bahorel et Gavroche, étaient agenouillés dans la grande barricade, les têtes à fleur de la crête du barrage, les canons des fusils et des carabines braqués sur les pavés comme à des meurtrières, attentifs, muets, prêts à faire feu. Six, commandés par Feuilly, s'étaient installés, le fusil en joue, aux fenêtres des deux étages de Corinthe.

Quelques instants s'écoulèrent encore, puis un bruit de pas, mesuré, pesant, nombreux, se fit entendre distinctement du côté de Saint-Leu. Ce bruit, d'abord faible, puis précis, puis lourd et sonore, s'approchait lentement, sans halte, sans interruption, avec une continuité tranquille et terrible. On n'entendait rien que cela. C'était tout

---

3. Voir II, 1, 2, note 8, p. 437, pour la valeur de ce chiffre.

ensemble le silence et le bruit de la statue du commandeur, mais ce pas de pierre avait on ne sait quoi d'énorme et de multiple qui éveillait l'idée d'une foule en même temps que l'idée d'un spectre. On croyait entendre marcher l'effrayante statue Légion. Ce pas approcha ; il approcha encore, et s'arrêta. Il sembla qu'on entendît au bout de la rue le souffle de beaucoup d'hommes. On ne voyait rien pourtant, seulement on distinguait tout au fond, dans cette épaisse obscurité, une multitude de fils métalliques, fins comme des aiguilles et presque imperceptibles, qui s'agitaient, pareils à ces indescriptibles réseaux phosphoriques qu'au moment de s'endormir on aperçoit, sous ses paupières fermées, dans les premiers brouillards du sommeil. C'étaient les bayonnettes et les canons de fusil confusément éclairés par la réverbération lointaine de la torche.

Il y eut encore une pause, comme si des deux côtés on attendait. Tout à coup, du fond de cette ombre, une voix, d'autant plus sinistre qu'on ne voyait personne, et qu'il semblait que c'était l'obscurité elle-même qui parlait, cria :

— Qui vive ?

En même temps on entendit le cliquetis des fusils qui s'abattent.

Enjolras répondit d'un accent vibrant et altier :

— Révolution française.

— Feu ! dit la voix.

Un éclair empourpra toutes les façades de la rue comme si la porte d'une fournaise s'ouvrait et se fermait brusquement.

Une effroyable détonation éclata sur la barricade. Le drapeau rouge tomba. La décharge avait été si violente et si dense qu'elle en avait coupé la hampe ; c'est-à-dire la pointe même du timon de l'omnibus. Des balles, qui avaient ricoché sur les corniches des maisons, pénétrèrent dans la barricade et blessèrent plusieurs hommes.

L'impression de cette première décharge fut glaçante. L'attaque était rude et de nature à faire songer les plus hardis. Il était évident qu'on avait au moins affaire à un régiment tout entier.

— Camarades, cria Courfeyrac, ne perdons pas la poudre. Attendons pour riposter qu'ils soient engagés dans la rue.

— Et, avant tout, dit Enjolras, relevons le drapeau !

Il ramassa le drapeau qui était précisément tombé à ses pieds.

On entendait au dehors le choc des baguettes dans les fusils ; la troupe rechargeait les armes.

Enjolras reprit :

— Qui est-ce qui a du cœur ici ? qui est-ce qui replante le drapeau sur la barricade ?

Pas un ne répondit. Monter sur la barricade au moment où sans doute elle était couchée en joue de nouveau, c'était simplement la mort. Le plus brave hésite à se condamner. Enjolras lui-même avait un frémissement. Il répéta :

— Personne ne se présente ?

II

LE DRAPEAU. — DEUXIÈME ACTE

Depuis qu'on était arrivé à Corinthe et qu'on avait commencé à construire la barricade, on n'avait plus guère fait attention au père Mabeuf. M. Mabeuf pourtant n'avait pas quitté l'attroupement. Il était entré dans le rez-de-chaussée du cabaret et s'était assis derrière le comptoir. Là, il s'était pour ainsi dire anéanti en lui-même. Il semblait ne plus regarder et ne plus penser. Courfeyrac et d'autres l'avaient deux ou trois fois accosté, l'avertissant du péril, l'engageant à se retirer, sans qu'il parût les entendre. Quand on ne lui parlait pas, sa bouche remuait comme s'il répondait à quelqu'un, et, dès qu'on lui adressait la parole, ses lèvres devenaient immobiles et ses yeux n'avaient plus l'air vivants. Quelques heures avant que la barricade fût attaquée, il avait pris une posture qu'il n'avait plus quittée, les deux poings sur ses deux genoux et la tête penchée en avant comme s'il regardait dans un précipice. Rien n'avait pu le tirer de cette attitude ; il ne paraissait pas que son esprit fût dans la barricade. Quand chacun était allé prendre sa place de combat, il n'était plus resté dans la salle basse que Javert lié au poteau, un insurgé le sabre nu veillant sur Javert, et lui, Mabeuf. Au moment de l'attaque, à la détonation, la secousse physique l'avait atteint et comme réveillé, il s'était levé brusquement, il avait traversé la salle, et à l'instant où Enjolras répéta son appel : — Personne ne se présente ? on vit le vieillard apparaître sur le seuil du cabaret.

Sa présence fit une sorte de commotion dans les groupes. Un cri s'éleva :

— C'est le votant ! c'est le conventionnel ! c'est le représentant du peuple !

Il est probable qu'il n'entendait pas.

Il marcha droit à Enjolras, les insurgés s'écartaient devant lui avec une crainte religieuse, il arracha le drapeau à Enjolras, qui reculait pétrifié, et alors, sans que personne osât ni l'arrêter ni l'aider, ce vieillard de quatre-vingts ans, la tête branlante, le pied ferme, se mit à gravir lentement l'escalier de pavés pratiqué dans la barricade. Cela était si sombre et si grand que tous autour de lui crièrent : Chapeau bas ! À chaque marche qu'il montait, c'était effrayant, ses cheveux blancs, sa face décrépite, son grand front chauve et ridé, ses yeux caves, sa bouche étonnée et ouverte, son vieux bras levant la bannière rouge, surgissaient de l'ombre et grandissaient dans la clarté sanglante de la torche, et l'on croyait voir le spectre de 93 sortir de terre, le drapeau de la terreur à la main.

Quand il fut au haut de la dernière marche, quand ce fantôme tremblant et terrible, debout sur ce monceau de décombres en présence de douze cents fusils invisibles, se dressa, en face de la mort et comme s'il était plus fort qu'elle, toute la barricade eut dans les ténèbres une figure surnaturelle et colossale.

Il y eut un de ces silences qui ne se font qu'autour des prodiges.

Au milieu de ce silence le vieillard agita le drapeau rouge et cria :

— Vive la révolution ! vive la république ! Fraternité ! égalité ! et la mort !

On entendit de la barricade un chuchotement bas et rapide pareil au murmure d'un prêtre pressé qui dépêche une prière. C'était probablement le commissaire de police qui faisait les sommations légales à l'autre bout de la rue.

Puis la même voix éclatante qui avait crié : qui vive ? cria :

— Retirez-vous !

M. Mabeuf, blême, hagard, les prunelles illuminées des lugubres flammes de l'égarement, leva le drapeau au-dessus de son front et répéta :

— Vive la république !

— Feu ! dit la voix.

Une seconde décharge, pareille à une mitraille, s'abattit sur la barricade.

Le vieillard fléchit sur ses genoux, puis se redressa, laissa échapper le drapeau et tomba en arrière à la renverse sur le pavé, comme une planche, tout de son long et les bras en croix.

Des ruisseaux de sang coulèrent de dessous lui. Sa vieille tête, pâle et triste, semblait regarder le ciel.

Une de ces émotions supérieures à l'homme qui font qu'on oublie même de se défendre, saisit les insurgés, et ils s'approchèrent du cadavre avec une épouvante respectueuse.

— Quels hommes que ces régicides ! dit Enjolras.

Courfeyrac se pencha à l'oreille d'Enjolras :

— Ceci n'est que pour toi, et je ne veux pas diminuer l'enthousiasme. Mais ce n'était rien moins qu'un régicide. Je l'ai connu. Il s'appelait le père Mabeuf. Je ne sais pas ce qu'il avait aujourd'hui. Mais c'était une brave ganache. Regarde-moi sa tête.

— Tête de ganache et cœur de Brutus, répondit Enjolras.

Puis il éleva la voix :

— Citoyens ! ceci est l'exemple que les vieux donnent aux jeunes. Nous hésitions, il est venu ! nous reculions, il a avancé ! Voilà ce que ceux qui tremblent de vieillesse enseignent à ceux qui tremblent de peur ! Cet aïeul est auguste devant la patrie. Il a eu une longue vie et une magnifique mort ! Maintenant abritons le cadavre, que chacun de nous défende ce vieillard mort comme il défendrait son père vivant, et que sa présence au milieu de nous fasse la barricade imprenable !

Un murmure d'adhésion morne et énergique suivit ces paroles.

Enjolras se courba, souleva la tête du vieillard, et, farouche, le baisa au front, puis, lui écartant les bras, et maniant ce mort avec une précaution tendre, comme s'il eût craint de lui faire du mal, il lui ôta son habit, en montra à tous les trous sanglants, et dit :

— Voilà maintenant notre drapeau.

III

GAVROCHE AURAIT MIEUX FAIT D'ACCEPTER LA CARABINE D'ENJOLRAS

On jeta sur le père Mabeuf un long châle noir de la veuve Hucheloup. Six hommes firent de leurs fusils une civière, on y posa le cadavre, et on le porta, têtes nues, avec une lenteur solennelle, sur la grande table de la salle basse.

Ces hommes, tout entiers à la chose grave et sacrée qu'ils faisaient, ne songeaient plus à la situation périlleuse où ils étaient.

Quand le cadavre passa près de Javert toujours impassible, Enjolras dit à l'espion :

— Toi ! tout à l'heure.

Pendant ce temps-là, le petit Gavroche, qui seul n'avait pas quitté son poste et était resté en observation, croyait

voir des hommes s'approcher à pas de loup de la barricade. Tout à coup il cria :

— Méfiez-vous !

Courfeyrac, Enjolras, Jean Prouvaire, Combeferre,
Joly, Bahorel, Bossuet, tous sortirent en tumulte du cabaret. Il n'était déjà presque plus temps. On apercevait une
étincelante épaisseur de bayonnettes ondulant au-dessus
de la barricade. Des gardes municipaux de haute taille,
pénétraient, les uns en enjambant l'omnibus, les autres
par la coupure, poussant devant eux le gamin qui reculait,
mais ne fuyait pas.

L'instant était critique. C'était cette première redoutable minute de l'inondation, quand le fleuve se soulève
au niveau de la levée et que l'eau commence à s'infiltrer
par les fissures de la digue. Une seconde encore, et la
barricade était prise.

Bahorel s'élança sur le premier garde municipal qui
entrait et le tua à bout portant d'un coup de carabine ; le
second tua Bahorel d'un coup de bayonnette. Un autre
avait déjà terrassé Courfeyrac qui criait : À moi ! Le plus
grand de tous, une espèce de colosse, marchait sur
Gavroche la bayonnette en avant. Le gamin prit dans ses
petits bras l'énorme fusil de Javert, coucha résolûment en
joue le géant, et lâcha son coup. Rien ne partit. Javert
n'avait pas chargé son fusil. Le garde municipal éclata de
rire et leva la bayonnette sur l'enfant.

Avant que la bayonnette eût touché Gavroche, le fusil
échappait des mains du soldat, une balle avait frappé le
garde municipal au milieu du front et il tombait sur le
dos. Une seconde balle frappait en pleine poitrine l'autre
garde qui avait assailli Courfeyrac, et le jetait sur le pavé.

C'était Marius qui venait d'entrer dans la barricade.

IV

LE BARIL DE POUDRE

Marius, toujours caché dans le coude de la rue Mondétour, avait assisté à la première phase du combat, irrésolu et frissonnant. Cependant il n'avait pu résister longtemps à ce vertige mystérieux et souverain qu'on pourrait nommer l'appel de l'abîme. Devant l'imminence du péril, devant la mort de M. Mabeuf, cette funèbre énigme, devant Bahorel tué, Courfeyrac criant : à moi ! cet enfant menacé, ses amis à secourir ou à venger, toute hésitation s'était évanouie, et il s'était rué dans la mêlée ses deux pistolets à la main. Du premier coup il avait sauvé Gavroche et du second délivré Courfeyrac [1].

Aux coups de feu, aux cris des gardes frappés, les assaillants avaient gravi le retranchement, sur le sommet duquel on voyait maintenant se dresser plus d'à mi-corps, et en foule, des gardes municipaux, des soldats de la ligne, des gardes nationaux de la banlieue, le fusil au poing. Ils couvraient déjà plus des deux tiers du barrage, mais ils ne sautaient pas dans l'enceinte, comme s'ils balançaient, craignant quelque piège. Ils regardaient dans la barricade obscure comme on regarderait dans une tanière de lions. La lueur de la torche n'éclairait que les bayonnettes, les bonnets à poil et le haut des visages inquiets et irrités.

Marius n'avait plus d'armes, il avait jeté ses pistolets déchargés, mais il avait aperçu le baril de poudre dans la salle basse près de la porte.

Comme il se tournait à demi, regardant de ce côté, un soldat le coucha en joue. Au moment où le soldat ajustait Marius, une main se posa sur le bout du canon du fusil,

---

1. Tout se passe comme si les deux coups de pistolet que Marius n'a pas tirés pour protéger Thénardier avaient été économisés afin de payer à l'ami la dette contractée pour secourir les Thénardier (IV, 2, 1 ; p. 1164) et, surtout, afin de sauver Gavroche, rendant au fils Thénardier la vie du colonel Pontmercy.

et le boucha. C'était quelqu'un qui s'était élancé, le jeune ouvrier au pantalon de velours. Le coup partit, traversa la main, et peut-être aussi l'ouvrier, car il tomba, mais la balle n'atteignit pas Marius. Tout cela dans la fumée, plutôt entrevu que vu. Marius, qui entrait dans la salle basse, s'en aperçut à peine. Cependant il avait confusément vu ce canon de fusil dirigé sur lui et cette main qui l'avait bouché, et il avait entendu le coup. Mais dans des minutes comme celle-là, les choses qu'on voit vacillent et se précipitent, et l'on ne s'arrête à rien. On se sent obscurément poussé vers plus d'ombre encore, et tout est nuage.

Les insurgés, surpris, mais non effrayés, s'étaient ralliés. Enjolras avait crié : Attendez ! ne tirez pas au hasard ! Dans la première confusion en effet ils pouvaient se blesser les uns les autres. La plupart étaient montés à la fenêtre du premier étage et aux mansardes d'où ils dominaient les assaillants. Les plus déterminés, avec Enjolras, Courfeyrac, Jean Prouvaire et Combeferre, s'étaient fièrement adossés aux maisons du fond, à découvert et faisant face aux rangées de soldats et de gardes qui couronnaient la barricade.

Tout cela s'accomplit sans précipitation, avec cette gravité étrange et menaçante qui précède les mêlées. Des deux parts on se couchait en joue, à bout portant, on était si près qu'on pouvait se parler à portée de voix. Quand on fut à ce point où l'étincelle va jaillir, un officier en hausse-col et à grosses épaulettes étendit son épée et dit :

— Bas les armes !

— Feu ! dit Enjolras.

Les deux détonations partirent en même temps, et tout disparut dans la fumée.

Fumée âcre et étouffante où se traînaient, avec des gémissements faibles et sourds, des mourants et des blessés.

Quand la fumée se dissipa, on vit des deux côtés les combattants, éclaircis, mais toujours aux mêmes places, qui rechargeaient les armes en silence.

Tout à coup, on entendit une voix tonnante qui criait :

— Allez-vous-en, ou je fais sauter la barricade !

Tous se retournèrent du côté d'où venait la voix.

Marius était entré dans la salle basse, et y avait pris le baril de poudre, puis il avait profité de la fumée et de l'espèce de brouillard obscur qui emplissait l'enceinte retranchée, pour se glisser le long de la barricade jusqu'à cette cage de pavés où était fixée la torche. En arracher la torche, y mettre le baril de poudre, pousser la pile de pavés sous le baril, qui s'était sur-le-champ défoncé, avec une sorte d'obéissance terrible, tout cela avait été pour Marius le temps de se baisser et de se relever ; et maintenant tous, gardes nationaux, gardes municipaux, officiers, soldats, pelotonnés à l'autre extrémité de la barricade, le regardaient avec stupeur le pied sur les pavés, la torche à la main, son fier visage éclairé par une résolution fatale, penchant la flamme de la torche vers ce monceau redoutable où l'on distinguait le baril de poudre brisé, et poussant ce cri terrifiant :

— Allez-vous-en, ou je fais sauter la barricade !

Marius sur cette barricade après l'octogénaire, c'était la vision de la jeune révolution après l'apparition de la vieille.

— Sauter la barricade ! dit un sergent, et toi aussi !

Marius répondit :

— Et moi aussi.

Et il approcha la torche du baril de poudre.

Mais il n'y avait déjà plus personne sur le barrage. Les assaillants, laissant leurs morts et leurs blessés, refluaient pêle-mêle et en désordre vers l'extrémité de la rue et s'y perdaient de nouveau dans la nuit. Ce fut un sauve-qui-peut.

La barricade était dégagée.

V

FIN DES VERS DE JEAN PROUVAIRE

Tous entourèrent Marius. Courfeyrac lui sauta au cou.

— Te voilà !

— Quel bonheur ! dit Combeferre.

— Tu es venu à propos ! fit Bossuet.

— Sans toi j'étais mort ! reprit Courfeyrac.

— Sans vous j'étais gobé ! ajouta Gavroche.

Marius demanda :

— Où est le chef ?

— C'est toi, dit Enjolras.

Marius avait eu toute la journée une fournaise dans le cerveau, maintenant c'était un tourbillon. Ce tourbillon qui était en lui lui faisait l'effet d'être hors de lui et de l'emporter. Il lui semblait qu'il était déjà à une distance immense de la vie. Ses deux lumineux mois de joie et d'amour aboutissant brusquement à cet effroyable précipice, Cosette perdue pour lui, cette barricade, M. Mabeuf se faisant tuer pour la république, lui-même chef d'insurgés, toutes ces choses lui paraissaient un cauchemar monstrueux. Il était obligé de faire un effort d'esprit pour se rappeler que tout ce qui l'entourait était réel. Marius avait trop peu vécu encore pour savoir que rien n'est plus imminent que l'impossible, et que ce qu'il faut toujours prévoir, c'est l'imprévu. Il assistait à son propre drame comme à une pièce qu'on ne comprend pas.

Dans cette brume où était sa pensée, il ne reconnut pas Javert qui, lié à son poteau, n'avait pas fait un mouvement de tête pendant l'attaque de la barricade et qui regardait s'agiter autour de lui la révolte avec la résignation d'un martyr et la majesté d'un juge. Marius ne l'aperçut même pas.

Cependant les assaillants ne bougeaient plus, on les entendait marcher et fourmiller au bout de la rue, mais ils ne s'y aventuraient pas, soit qu'ils attendissent des ordres, soit qu'avant de se ruer de nouveau sur cette imprenable redoute, ils attendissent des renforts. Les insurgés avaient posé des sentinelles, et quelques-uns qui étaient étudiants en médecine s'étaient mis à panser les blessés.

On avait jeté les tables hors du cabaret à l'exception de deux tables réservées à la charpie et aux cartouches, et de la table où gisait le père Mabeuf ; on les avait ajoutées à la barricade, et on les avait remplacées dans la salle basse par les matelas des lits de la veuve Hucheloup et des servantes. Sur ces matelas on avait étendu les blessés. Quant aux trois pauvres créatures qui habitaient Corinthe, on ne savait ce qu'elles étaient devenues. On finit pourtant par les retrouver cachées dans la cave.

Une émotion poignante vint assombrir la joie de la barricade dégagée.

On fit l'appel, un des insurgés manquait. Et qui ? Un des plus chers, un des plus vaillants. Jean Prouvaire. On le chercha parmi les blessés, il n'y était pas. On le chercha parmi les morts, il n'y était pas. Il était évidemment prisonnier.

Combeferre dit à Enjolras :

— Ils ont notre ami ; nous avons leur agent. Tiens-tu à la mort de ce mouchard ?

— Oui, répondit Enjolras, mais moins qu'à la vie de Jean Prouvaire.

Ceci se passait dans la salle basse près du poteau de Javert.

— Eh bien, reprit Combeferre, je vais attacher mon mouchoir à ma canne, et aller en parlementaire leur offrir de leur donner leur homme pour le nôtre.

— Écoute, dit Enjolras en posant sa main sur le bras de Combeferre.

Il y avait au bout de la rue un cliquetis d'armes significatif.

On entendit une voix mâle crier :

— Vive la France ! vive l'avenir !

On reconnut la voix de Prouvaire.

Un éclair passa et une détonation éclata.

Le silence se refit.

— Ils l'ont tué, s'écria Combeferre.

Enjolras regarda Javert et lui dit :

— Tes amis viennent de te fusiller.

VI

L'AGONIE DE LA MORT APRÈS L'AGONIE DE LA VIE

Une singularité de ce genre de guerre, c'est que l'attaque des barricades se fait presque toujours de front, et qu'en général les assaillants s'abstiennent de tourner les positions, soit qu'ils redoutent des embuscades, soit qu'ils craignent de s'engager dans des rues tortueuses. Toute l'attention des insurgés se portait donc du côté de la grande barricade qui était évidemment le point toujours menacé et où devait recommencer infailliblement la lutte. Marius pourtant songea à la petite barricade et y alla. Elle était déserte et n'était gardée que par le lampion qui tremblait entre les pavés. Du reste la ruelle Mondétour et les embranchements de la Petite-Truanderie et du Cygne étaient profondément calmes.

Comme Marius, l'inspection faite, se retirait, il entendit son nom prononcé faiblement dans l'obscurité :

— Monsieur Marius !

Il tressaillit, car il reconnut la voix qui l'avait appelé deux heures auparavant à travers la grille de la rue Plumet.

Seulement cette voix maintenant semblait n'être plus qu'un souffle.

Il regarda autour de lui et ne vit personne.

Marius crut s'être trompé, et que c'était une illusion ajoutée par son esprit aux réalités extraordinaires qui se heurtaient autour de lui. Il fit un pas pour sortir de l'enfoncement reculé où était la barricade.

— Monsieur Marius ! répéta la voix.

Cette fois il ne pouvait douter, il avait distinctement entendu ; il regarda, et ne vit rien.

— À vos pieds, dit la voix.

Il se courba et vit dans l'ombre une forme qui se traînait vers lui. Cela rampait sur le pavé. C'était cela qui lui parlait.

Le lampion permettait de distinguer une blouse, un

pantalon de gros velours déchiré, des pieds nus, et quelque chose qui ressemblait à une mare de sang. Marius entrevit une tête pâle qui se dressait vers lui et qui lui dit :

— Vous ne me reconnaissez pas ?

— Non.

— Éponine.

Marius se baissa vivement. C'était en effet cette malheureuse enfant. Elle était habillée en homme.

— Comment êtes-vous ici ? que faites-vous là ?

— Je meurs, lui dit-elle.

Il y a des mots et des incidents qui réveillent les êtres accablés. Marius s'écria comme en sursaut :

— Vous êtes blessée ! Attendez, je vais vous porter dans la salle. On va vous panser. Est-ce grave ? comment faut-il vous prendre pour ne pas vous faire de mal ? où souffrez-vous ? Du secours ! mon Dieu ! Mais qu'êtes-vous venue faire ici ?

Et il essaya de passer son bras sous elle pour la soulever.

En la soulevant il rencontra sa main.

Elle poussa un cri faible.

— Vous ai-je fait mal ? demanda Marius.

— Un peu.

— Mais je n'ai touché que votre main.

Elle leva sa main vers le regard de Marius, et Marius au milieu de cette main vit un trou noir.

— Qu'avez-vous donc à la main ? dit-il.

— Elle est percée.

— Percée !

— Oui.

— De quoi ?

— D'une balle.

— Comment ?

— Avez-vous vu un fusil qui vous couchait en joue ?

— Oui, et une main qui l'a bouché.

— C'était la mienne.

Marius eut un frémissement.

— Quelle folie ! Pauvre enfant ! Mais tant mieux, si c'est cela, ce n'est rien. Laissez-moi vous porter sur un lit. On va vous panser, on ne meurt pas d'une main percée.

Elle murmura :

— La balle a traversé la main, mais elle est sortie par le dos. C'est inutile de m'ôter d'ici. Je vais vous dire comment vous pouvez me panser, mieux qu'un chirurgien. Asseyez-vous près de moi sur cette pierre.

Il obéit ; elle posa sa tête sur les genoux de Marius, et, sans le regarder, elle dit :

— Oh ! que c'est bon ! Comme on est bien ! Voilà ! Je ne souffre plus.

Elle demeura un moment en silence, puis elle tourna son visage avec effort et regarda Marius.

— Savez-vous cela, monsieur Marius ? Cela me taquinait que vous entriez dans ce jardin, c'était bête, puisque c'était moi qui vous avais montré la maison, et puis enfin je devais bien me dire qu'un jeune homme comme vous...

Elle s'interrompit et, franchissant les sombres transitions qui étaient sans doute dans son esprit, elle reprit avec un déchirant sourire :

— Vous me trouviez laide, n'est-ce pas ?

Elle continua :

— Voyez-vous, vous êtes perdu ! Maintenant personne ne sortira de la barricade. C'est moi qui vous ai amené ici, tiens ! Vous allez mourir, j'y compte bien. Et pourtant, quand j'ai vu qu'on vous visait, j'ai mis la main sur la bouche du canon de fusil. Comme c'est drôle ! Mais c'est que je voulais mourir avant vous. Quand j'ai reçu cette balle, je me suis traînée ici, on ne m'a pas vue, on ne m'a pas ramassée. Je vous attendais, je disais : Il ne viendra donc pas ? Oh ! si vous saviez, je mordais ma blouse, je souffrais tant ! Maintenant je suis bien. Vous rappelez-vous le jour où je suis entrée dans votre chambre et où je me suis mirée dans votre miroir, et le jour où je vous ai rencontré sur le boulevard près des femmes en journée ? Comme les oiseaux chantaient ! Il n'y a pas bien longtemps. Vous m'avez donné cent sous, et je vous ai dit : Je ne veux pas de votre argent. Avez-vous ramassé votre pièce au moins ? Vous n'êtes pas riche. Je n'ai pas pensé à vous dire de la ramasser. Il faisait beau soleil, on n'avait pas froid. Vous souvenez-vous, monsieur Marius ? Oh ! je suis heureuse ! Tout le monde va mourir.

Elle avait un air insensé, grave et navrant. Sa blouse déchirée montrait sa gorge nue. Elle appuyait en parlant sa main percée sur sa poitrine où il y avait un autre trou, et d'où il sortait par instant un flot de sang comme le jet de vin d'une bonde ouverte [1].

Marius considérait cette créature infortunée avec une profonde compassion.

— Oh ! reprit-elle tout à coup, cela revient. J'étouffe !

Elle prit sa blouse et la mordit, et ses jambes se raidissaient sur le pavé.

En ce moment la voix de jeune coq du petit Gavroche retentit dans la barricade. L'enfant était monté sur une table pour charger son fusil et chantait gaîment la chanson alors si populaire :

> En voyant Lafayette,
> Le gendarme répète :
> Sauvons-nous ! sauvons-nous ! sauvons-nous !

Éponine se souleva, et écouta, puis elle murmura :

— C'est lui.

Et se tournant vers Marius :

— Mon frère est là. Il ne faut pas qu'il me voie. Il me gronderait.

— Votre frère ! demanda Marius qui songeait dans le plus amer et le plus douloureux de son cœur aux devoirs que son père lui avait légués envers les Thénardier, qui est votre frère ?

— Ce petit.

— Celui qui chante ?

— Oui.

Marius fit un mouvement.

---

1. Ce rappel de la pièce refusée à Marius (IV, 2, 4 ; p. 1185) et l'emplacement de la blessure font songer que la pièce a troué la main, et la peine le cœur. Le flot de sang comparé au flot de vin transfigure ces trous en vrais stigmates d'un nouveau Christ.

— Oh ! ne vous en allez pas ! dit-elle, cela ne sera pas long à présent !

Elle était presque sur son séant, mais sa voix était très basse et coupée de hoquets. Par intervalles le râle l'interrompait. Elle approchait le plus qu'elle pouvait son visage du visage de Marius. Elle ajouta avec une expression étrange :

— Écoutez, je ne veux pas vous faire une farce. J'ai dans ma poche une lettre pour vous. Depuis hier. On m'avait dit de la mettre à la poste. Je l'ai gardée. Je ne voulais pas qu'elle vous parvînt. Mais vous m'en voudriez peut-être quand nous allons nous revoir tout à l'heure. On se revoit, n'est-ce pas ?[2] Prenez votre lettre.

Elle saisit convulsivement la main de Marius avec sa main trouée, mais elle semblait ne plus percevoir la souffrance. Elle mit la main de Marius dans la poche de sa blouse. Marius y sentit en effet un papier.

— Prenez, dit-elle.

Marius prit la lettre.

Elle fit un signe de satisfaction et de consentement.

— Maintenant pour ma peine, promettez-moi...

Et elle s'arrêta.

— Quoi ? demanda Marius.

— Promettez-moi !

— Je vous promets.

— Promettez-moi de me donner un baiser sur le front quand je serai morte. — Je le sentirai.

Elle laissa retomber sa tête sur les genoux de Marius et ses paupières se fermèrent. Il crut cette pauvre âme partie. Éponine restait immobile ; tout à coup, à l'instant où Marius la croyait à jamais endormie, elle ouvrit lente-

---

2. Éponine est, je crois, le seul personnage des *Misérables* qui ait cette confiance dans l'au-delà. Mais ce que la phrase a de bouleversant et de beau tient à la familiarité de ce rendez-vous d'outre-tombe. Cette fin, navrante de pudeur, dit aussi bien d'autres choses : que la misère du cœur, la misère sociale et la misère de notre condition sont sœurs ; qu'il faut l'égalité de la mort pour que l'amour puisse transgresser l'abîme entre les classes ; que l'amour ouvre l'infini aux riches et qu'il faut l'infini de la mort pour ouvrir l'amour aux pauvres. En cela Éponine préfigure Gavroche et Jean Valjean.

ment ses yeux où apparaissait la sombre profondeur de la mort, et lui dit avec un accent dont la douceur semblait déjà venir d'un autre monde :

— Et puis, tenez, monsieur Marius, je crois que j'étais un peu amoureuse de vous.

Elle essaya encore de sourire et expira.

VII

GAVROCHE PROFOND CALCULATEUR DES DISTANCES

Marius tint sa promesse. Il déposa un baiser sur ce front livide où perlait une sueur glacée. Ce n'était pas une infidélité à Cosette ; c'était un adieu pensif et doux à une malheureuse âme.

Il n'avait pas pris sans un tressaillement la lettre qu'Éponine lui avait donnée. Il avait tout de suite senti là un événement. Il était impatient de la lire. Le cœur de l'homme est ainsi fait, l'infortunée enfant avait à peine fermé les yeux que Marius songeait à déplier ce papier. Il la reposa doucement sur la terre et s'en alla. Quelque chose lui disait qu'il ne pouvait lire cette lettre devant ce cadavre.

Il s'approcha d'une chandelle dans la salle basse. C'était un petit billet plié et cacheté avec ce soin élégant des femmes. L'adresse était d'une écriture de femme et portait :

— À monsieur, monsieur Marius Pontmercy, chez M. Courfeyrac, rue de la Verrerie, n° 16.

Il défit le cachet et lut :

« Mon bien-aimé, hélas ! mon père veut que nous partions tout de suite. Nous serons ce soir rue de l'Homme-Armé, n° 7. Dans huit jours nous serons en Angleterre. COSETTE. 4 juin. »

Telle était l'innocence de ces amours que Marius ne connaissait même pas l'écriture de Cosette.

Ce qui s'était passé peut être dit en quelques mots. Éponine avait tout fait. Après la soirée du 3 juin, elle avait eu une double pensée, déjouer les projets de son père et des bandits sur la maison de la rue Plumet, et séparer Marius de Cosette. Elle avait changé de guenilles avec le premier jeune drôle venu qui avait trouvé amusant de s'habiller en femme pendant qu'Éponine se déguisait en homme. C'était elle qui au Champ de Mars avait donné à Jean Valjean l'avertissement expressif : *Déménagez*. Jean Valjean était rentré en effet et avait dit à Cosette : *Nous partons ce soir et nous allons rue de l'Homme-Armé avec Toussaint. La semaine prochaine nous serons à Londres*. Cosette, atterrée de ce coup inattendu, avait écrit en hâte deux lignes à Marius. Mais comment faire mettre la lettre à la poste ? Elle ne sortait pas seule, et Toussaint, surprise d'une telle commission, eût à coup sûr montré la lettre à M. Fauchelevent. Dans cette anxiété, Cosette avait aperçu à travers la grille Éponine en habits d'homme, qui rôdait maintenant sans cesse autour du jardin. Cosette avait appelé « ce jeune ouvrier » et lui avait remis cinq francs et la lettre, en lui disant : Portez cette lettre tout de suite à son adresse. Éponine avait mis la lettre dans sa poche. Le lendemain 5 juin, elle était allée chez Courfeyrac demander Marius, non pour lui remettre la lettre, mais, chose que toute âme jalouse et aimante comprendra, « pour voir ». Là elle avait attendu Marius, ou au moins Courfeyrac, — toujours pour voir. — Quand Courfeyrac lui avait dit : nous allons aux barricades, une idée lui avait traversé l'esprit. Se jeter dans cette mort-là comme elle se serait jetée dans toute autre, et y pousser Marius. Elle avait suivi Courfeyrac, s'était assurée de l'endroit où l'on construisait la barricade ; et bien sûre, puisque Marius n'avait reçu aucun avis et qu'elle avait intercepté la lettre, qu'il serait à la nuit tombante au rendez-vous de tous les soirs, elle était allée rue Plumet, y avait attendu Marius, et lui avait envoyé, au nom de ses amis, cet appel qui devait, pensait-elle, l'amener à la barricade. Elle comptait sur le désespoir de Marius quand il ne trouverait pas Cosette ; elle ne se trompait pas. Elle était retournée de son côté rue de la Chanvrerie. On vient de voir ce qu'elle y avait fait. Elle était morte avec cette joie tragique des cœurs jaloux qui entraînent l'être aimé dans leur mort, et qui disent : personne ne l'aura ![1]

Marius couvrit de baisers la lettre de Cosette. Elle l'aimait donc ! Il eut un instant l'idée qu'il ne devait plus mourir. Puis il se dit : Elle part. Son père l'emmène en Angleterre et mon grand-père se refuse au mariage. Rien n'est changé dans la fatalité. Les rêveurs comme Marius ont de ces accablements suprêmes, et il en sort des partis pris désespérés. La fatigue de vivre est insupportable ; la mort, c'est plus tôt fait.

Alors il songea qu'il lui restait deux devoirs à accomplir : informer Cosette de sa mort et lui envoyer un suprême adieu, et sauver de la catastrophe imminente qui se préparait ce pauvre enfant, frère d'Éponine et fils de Thénardier.

Il avait sur lui un portefeuille ; le même qui avait contenu le cahier où il avait écrit tant de pensées d'amour pour Cosette. Il en arracha une feuille et écrivit au crayon ces quelques lignes :

« Notre mariage était impossible. J'ai demandé à mon grand-père, il a refusé ; je suis sans fortune, et toi aussi. J'ai couru chez toi, je ne t'ai plus trouvée, tu sais la parole que je t'avais donnée, je la tiens. Je meurs. Je t'aime. Quand tu liras ceci, mon âme sera près de toi, et te sourira. »

N'ayant rien pour cacheter cette lettre, il se borna à plier le papier en quatre et y mit cette adresse :

À Mademoiselle Cosette Fauchelevent, chez M. Fauchelevent, rue de l'Homme-Armé, n° 7.

La lettre pliée, il demeura un moment pensif, reprit son

---

1. La confusion des événements et la rapidité désinvolte du récit contribuent à un aspect important de la dramaturgie hugolienne : le privilège donné aux grandes scènes mémorables sur le tissu interstitiel de l'enchaînement des faits. C'est un des traits qui apparentent *Les Misérables* au théâtre et à la nouvelle.

portefeuille, l'ouvrit et écrivit avec le même crayon sur la première page ces quatre lignes :

« Je m'appelle Marius Pontmercy. Porter mon cadavre chez mon grand-père, M. Gillenormand, rue des Filles-du-Calvaire, n° 6, au Marais. »

Il remit le portefeuille dans la poche de son habit, puis il appela Gavroche. Le gamin, à la voix de Marius, accourut avec sa mine joyeuse et dévouée.

— Veux-tu faire quelque chose pour moi ?

— Tout, dit Gavroche. Dieu du bon Dieu ! sans vous, vrai, j'étais cuit.

— Tu vois bien cette lettre ?

— Oui.

— Prends-la. Sors de la barricade sur-le-champ (Gavroche, inquiet, commença à se gratter l'oreille), et demain matin tu la remettras à son adresse, à mademoiselle Cosette, chez M. Fauchelevent, rue de l'Homme-Armé, n° 7.

L'héroïque enfant répondit :

— Ah ! bien, mais ! pendant ce temps-là, on prendra la barricade, et je n'y serai pas.

— La barricade ne sera plus attaquée qu'au point du jour selon toute apparence et ne sera pas prise avant demain midi.

Le nouveau répit que les assaillants laissaient à la barricade se prolongeait en effet. C'était une de ces intermittences, fréquentes dans les combats nocturnes, qui sont toujours suivies d'un redoublement d'acharnement.

— Eh bien, dit Gavroche, si j'allais porter votre lettre demain matin ?

— Il sera trop tard. La barricade sera probablement bloquée, toutes les rues seront gardées, et tu ne pourras sortir. Va tout de suite.

Gavroche ne trouva rien à répliquer, il restait là, indécis, et se grattant l'oreille tristement. Tout à coup, avec un de ces mouvements d'oiseau qu'il avait, il prit la lettre.

— C'est bon, dit-il.

Et il partit en courant par la ruelle Mondétour.

Gavroche avait eu une idée qui l'avait déterminé, mais

qu'il n'avait pas dite, de peur que Marius n'y fît quelque objection.

Cette idée, la voici :

— Il est à peine minuit, la rue de l'Homme-Armé n'est pas loin, je vais porter la lettre tout de suite, et je serai revenu à temps.

LIVRE QUINZIÈME

LA RUE DE L'HOMME-ARMÉ

I

BUVARD, BAVARD [1]

Qu'est-ce que les convulsions d'une ville auprès des émeutes de l'âme ? [2] L'homme est une profondeur plus grande encore que le peuple. Jean Valjean, en ce moment-là même, était en proie à un soulèvement effrayant. Tous les gouffres s'étaient rouverts en lui. Lui aussi frissonnait, comme Paris, au seuil d'une révolution formidable et obscure. Quelques heures avaient suffi. Sa destinée et sa conscience s'étaient brusquement couvertes d'ombres. De lui aussi, comme de Paris, on pouvait dire : les deux principes sont en présence. L'ange blanc et l'ange noir vont se saisir corps à corps sur le pont de l'abîme. Lequel des deux précipitera l'autre ? Qui l'emportera ?

La veille de ce même jour, 5 juin, Jean Valjean, accompagné de Cosette et de Toussaint, s'était installé rue de l'Homme-Armé. Une péripétie l'y attendait.

Cosette n'avait pas quitté la rue Plumet sans un essai de résistance. Pour la première fois depuis qu'ils existaient côte à côte, la volonté de Cosette et la volonté de Jean Valjean s'étaient montrées distinctes, et s'étaient, sinon heurtées, du moins contredites. Il y avait eu objection d'un côté et inflexibilité de l'autre. Le brusque

---

1. Sur cette rime, sur le sens de ce chapitre et sur le fait que la première rédaction — de 1845 à 1848 — s'y soit arrêtée, voir J. Seebacher (Bibliographie).

2. Formule scandaleuse, surtout en nos temps où la statistique envahit la morale. Elle est la clef de l'éthique des *Misérables* (voir II, 5, 10, note 4, p. 658, et IV, 3, 3 ; p. 1201) et de leur intrication systématique de l'individuel et du collectif.

conseil : *déménagez*, jeté par un inconnu à Jean Valjean l'avait alarmé au point de le rendre absolu. Il se croyait dépisté et poursuivi. Cosette avait dû céder.

Tous deux étaient arrivés rue de l'Homme-Armé sans desserrer les dents et sans se dire un mot, absorbés chacun dans leur préoccupation personnelle ; Jean Valjean si inquiet qu'il ne voyait pas la tristesse de Cosette, Cosette si triste qu'elle ne voyait pas l'inquiétude de Jean Valjean.

Jean Valjean avait emmené Toussaint, ce qu'il n'avait jamais fait dans ses précédentes absences. Il entrevoyait qu'il ne reviendrait peut-être pas rue Plumet, et il ne pouvait ni laisser Toussaint derrière lui, ni lui dire son secret. D'ailleurs il la sentait dévouée et sûre. De domestique à maître, la trahison commence par la curiosité. Or Toussaint, comme si elle eût été prédestinée à être la servante de Jean Valjean, n'était pas curieuse. Elle disait à travers son bégayement, dans son parler de paysanne de Barneville : Je suis de même de même ; je chose mon fait ; le demeurant n'est pas mon travail. (Je suis ainsi ; je fais ma besogne ; le reste n'est pas mon affaire.)

Dans ce départ de la rue Plumet, qui avait été presque une fuite, Jean Valjean n'avait rien emporté que la petite valise embaumée baptisée par Cosette l'*inséparable*. Des malles pleines eussent exigé des commissionnaires, et des commissionnaires sont des témoins. On avait fait venir un fiacre à la porte de la rue de Babylone, et l'on s'en était allé.

C'est à grand'peine que Toussaint avait obtenu la permission d'empaqueter un peu de linge et de vêtements et quelques objets de toilette. Cosette, elle, n'avait emporté que sa papeterie et son buvard.

Jean Valjean, pour accroître la solitude et l'ombre de cette disparition, s'était arrangé de façon à ne quitter le pavillon de la rue Plumet qu'à la chute du jour, ce qui avait laissé à Cosette le temps d'écrire son billet à Marius. On était arrivé rue de l'Homme-Armé à la nuit close.

On s'était couché silencieusement.

Le logement de la rue de l'Homme-Armé était situé dans une arrière-cour, à un deuxième étage, et composé de deux chambres à coucher, d'une salle à manger et d'une cuisine attenante à la salle à manger, avec soupente où il y avait un lit de sangle qui échut à Toussaint. La salle à manger était en même temps l'antichambre et séparait les deux chambres à coucher. L'appartement était pourvu des ustensiles nécessaires.

On se rassure presque aussi follement qu'on s'inquiète ; la nature humaine est ainsi. À peine Jean Valjean fut-il rue de l'Homme-Armé que son anxiété s'éclaircit et, par degrés, se dissipa. Il y a des lieux calmants qui agissent en quelque sorte mécaniquement sur l'esprit. Rue obscure, habitants paisibles. Jean Valjean sentit on ne sait quelle contagion de tranquillité dans cette ruelle de l'ancien Paris, si étroite qu'elle est barrée aux voitures par un madrier transversal posé sur deux poteaux, muette et sourde au milieu de la ville en rumeur, crépusculaire en plein jour, et, pour ainsi dire, incapable d'émotions entre ses deux rangées de hautes maisons centenaires qui se taisent comme des vieillards qu'elles sont. Il y a dans cette rue de l'oubli stagnant. Jean Valjean y respira. Le moyen qu'on pût le trouver là ?

Son premier soin fut de mettre l'*inséparable* à côté de lui.

Il dormit bien. La nuit conseille, on peut ajouter : la nuit apaise. Le lendemain matin, il s'éveilla presque gai. Il trouva charmante la salle à manger qui était hideuse, meublée d'une vieille table ronde, d'un buffet bas que surmontait un miroir penché, d'un fauteuil vermoulu et de quelques chaises encombrées des paquets de Toussaint. Dans un de ces paquets, on apercevait par un hiatus l'uniforme de garde national de Jean Valjean.

Quant à Cosette, elle s'était fait apporter par Toussaint un bouillon dans sa chambre, et ne parut que le soir.

Vers cinq heures, Toussaint, qui allait et venait très occupée de ce petit emménagement, avait mis sur la table de la salle à manger une volaille froide que Cosette, par déférence pour son père, avait consenti à regarder.

Cela fait, Cosette, prétextant une migraine persistante, avait dit bonsoir à Jean Valjean et s'était enfermée dans sa chambre à coucher. Jean Valjean avait mangé une aile de poulet avec appétit, et, accoudé sur la table, rasséréné peu à peu, rentrait en possession de sa sécurité.

Pendant qu'il faisait ce sobre dîner, il avait perçu confusément, à deux ou trois reprises, le bégayement de Toussaint qui lui disait : — Monsieur, il y a du train, on se bat dans Paris. Mais, absorbé dans une foule de combinaisons intérieures, il n'y avait point pris garde. À vrai dire, il n'avait pas entendu.

Il se leva, et se mit à marcher de la fenêtre à la porte et de la porte à la fenêtre, de plus en plus apaisé.

Avec le calme, Cosette, sa préoccupation unique, revenait dans sa pensée. Non qu'il s'émût de cette migraine, petite crise de nerfs, bouderie de jeune fille, nuage d'un moment, il n'y paraîtrait pas dans un jour ou deux ; mais il songeait à l'avenir, et, comme d'habitude, il y songeait avec douceur. Après tout, il ne voyait aucun obstacle à ce que la vie heureuse reprît son cours. À de certaines heures, tout semble impossible ; à d'autres heures, tout paraît aisé ; Jean Valjean était dans une de ces bonnes heures. Elles viennent d'ordinaire après les mauvaises, comme le jour après la nuit, par cette loi de succession et de contraste qui est le fond même de la nature et que les esprits superficiels appellent antithèse. Dans cette paisible rue où il se réfugiait, Jean Valjean se dégageait de tout ce qui l'avait troublé depuis quelque temps. Par cela même qu'il avait vu beaucoup de ténèbres, il commençait à apercevoir un peu d'azur. Avoir quitté la rue Plumet sans complication et sans incident, c'était déjà un bon pas de fait. Peut-être serait-il sage de se dépayser, ne fût-ce que pour quelques mois, et d'aller à Londres. Eh bien, on irait. Être en France, être en Angleterre, qu'est-ce que cela faisait, pourvu qu'il eût près de lui Cosette ? Cosette était sa nation. Cosette suffisait à son bonheur ; l'idée qu'il ne suffisait peut-être pas, lui, au bonheur de Cosette, cette idée, qui avait été autrefois sa fièvre et son insomnie, ne se présentait même pas à son esprit. Il était dans le collapsus de toutes ses douleurs passées, et en plein optimisme. Cosette, étant près de lui, lui semblait à lui ; effet d'optique que tout le monde a éprouvé. Il arrangeait en lui-même, et avec toutes sortes de facilités, le départ pour l'Angleterre avec Cosette, et il voyait sa félicité se reconstruire n'importe où dans les perspectives de sa rêverie.

Tout en marchant de long en large à pas lents, son regard rencontra tout à coup quelque chose d'étrange.

Il aperçut en face de lui, dans le miroir incliné qui surmontait le buffet, et il lut distinctement les quatre lignes que voici :

« Mon bien-aimé, hélas ! mon père veut que nous partions tout de suite. Nous serons ce soir rue de l'Homme-Armé, n° 7. Dans huit jours nous serons à Londres. — COSETTE. 4 juin. »[3]

Jean Valjean s'arrêta hagard.

Cosette en arrivant avait posé son buvard sur le buffet devant le miroir, et, toute à sa douloureuse angoisse, l'avait oublié là, sans même remarquer qu'elle le laissait tout ouvert, et ouvert précisément à la page sur laquelle elle avait appuyé, pour les sécher, les quatre lignes écrites par elle et dont elle avait chargé le jeune ouvrier passant rue Plumet. L'écriture s'était imprimée sur le buvard.

Le miroir reflétait l'écriture.

Il en résultait ce qu'on appelle en géométrie l'image symétrique ; de telle sorte que l'écriture renversée sur le buvard s'offrait redressée dans le miroir et présentait son sens naturel ; et Jean Valjean avait sous les yeux la lettre écrite la veille par Cosette à Marius.

C'était simple et foudroyant.

Jean Valjean alla au miroir. Il relut les quatre lignes, mais il n'y crut point. Elles lui faisaient l'effet d'apparaître dans de la lueur d'éclair. C'était une hallucination. Cela était impossible. Cela n'était pas.

Peu à peu sa perception devint plus précise ; il regarda le buvard de Cosette, et le sentiment du fait réel lui revint. Il prit le buvard et dit : Cela vient de là. Il examina fiévreusement les quatre lignes imprimées sur le buvard, le renversement des lettres en faisait un griffonnage bizarre,

---

3. Comparer au texte, très légèrement différent, reproduit IV, 14, 7 ; p. 1539. Le même procédé a déjà été employé deux fois : voir II, 3, 10, note 4, p. 589, et III, 3, 8, note 1, p. 884.

et il n'y vit aucun sens. Alors il se dit : Mais cela ne signifie rien, il n'y a rien d'écrit là. Et il respira à pleine poitrine avec un inexprimable soulagement. Qui n'a pas eu de ces joies bêtes dans les instants horribles ? L'âme ne se rend pas au désespoir sans avoir épuisé toutes les illusions.

Il tenait le buvard à la main et le contemplait, stupidement heureux, presque prêt à rire de l'hallucination dont il avait été dupe. Tout à coup ses yeux retombèrent sur le miroir, et il revit la vision. Les quatre lignes s'y dessinaient avec une netteté inexorable. Cette fois ce n'était pas un mirage. La récidive d'une vision est une réalité, c'était palpable, c'était l'écriture redressée dans le miroir. Il comprit.

Jean Valjean chancela, laissa échapper le buvard, et s'affaissa dans le vieux fauteuil à côté du buffet, la tête tombante, la prunelle vitreuse, égaré. Il se dit que c'était évident, et que la lumière du monde était à jamais éclipsée, et que Cosette avait écrit cela à quelqu'un. Alors il entendit son âme, redevenue terrible, pousser dans les ténèbres un sourd rugissement. Allez donc ôter au lion le chien qu'il a dans sa cage !

Chose bizarre et triste, en ce moment-là, Marius n'avait pas encore la lettre de Cosette ; le hasard l'avait portée en traître à Jean Valjean avant de la remettre à Marius[4].

Jean Valjean jusqu'à ce jour n'avait pas été vaincu par l'épreuve. Il avait été soumis à des essais affreux ; pas une voie de fait de la mauvaise fortune ne lui avait été épargnée ; la férocité du sort, armée de toutes les vindictes et de toutes les méprises sociales, l'avait pris pour sujet et s'était acharnée sur lui. Il n'avait reculé ni fléchi devant rien. Il avait accepté, quand il l'avait fallu, toutes les extrémités ; il avait sacrifié son inviolabilité d'homme reconquise, livré sa liberté, risqué sa tête, tout perdu, tout souffert, et il était resté désintéressé et stoïque, au point que par moments on aurait pu le croire absent de lui-même comme un martyr. Sa conscience, aguerrie à tous

---

les assauts possibles de l'adversité, pouvait sembler à jamais imprenable. Eh bien, quelqu'un qui eût vu son for intérieur eût été forcé de constater qu'à cette heure elle faiblissait.

C'est que de toutes les tortures qu'il avait subies dans cette longue question que lui donnait la destinée, celle-ci était la plus redoutable. Jamais pareille tenaille ne l'avait saisi. Il sentit le remuement mystérieux de toutes les sensibilités latentes. Il sentit le pincement de la fibre inconnue. Hélas, l'épreuve suprême, disons mieux, l'épreuve unique, c'est la perte de l'être aimé[5].

Le pauvre vieux Jean Valjean n'aimait, certes, pas Cosette autrement que comme un père ; mais, nous l'avons fait remarquer plus haut, dans cette paternité la viduité même de sa vie avait introduit tous les amours ; il aimait Cosette comme sa fille, et il l'aimait comme sa mère, et il l'aimait comme sa sœur ; et, comme il n'avait jamais eu ni amante ni épouse, comme la nature est un créancier qui n'accepte aucun protêt, ce sentiment-là aussi, le plus imperdable de tous, était mêlé aux autres, vague, ignorant, pur de la pureté de l'aveuglement,

---

5. Ce moment, point culminant et abîme de l'histoire de Jean Valjean, emploie l'effet de « stéréophonie discursive » (note générale 26) à porter à leur plus grande intensité une série de notations comparables disposées tout au long du roman. La découverte du lecteur — qui pourtant savait tout — rejoint celle du héros. De même l'accumulation des textes qui reçoivent maintenant leur résolution violente exerce une ultime et décisive poussée sur le lecteur, analogue à celle qui pèse sur le cœur de Jean Valjean, lézardé depuis longtemps, en ruine maintenant. Quoique les objets ne soient pas les mêmes — le lecteur découvre cet amour dont Jean Valjean éprouve la perte —, cette révélation commune identifie profondément le lecteur au héros.

Comparable, mais au niveau de la phrase, est l'effet du mouvement de longue houle de cette prose — les grandes vagues répétées du ressassement désespérant.

Leur rythme et leur structure font agir ces pages selon le schéma de la transformation du quantitatif en qualitatif. Un au-delà de la douleur, tout à fait ineffable et moins exprimé qu'indiqué par le cri ou le sanglot, est atteint au bout de la répétition de ses motifs ; une autre région de l'âme — non pas celle des fantasmes, toujours racontables, mais de leur source obscure — s'ouvre derrière les barrières brisées du « moi ».

inconscient, céleste, angélique, divin ; moins comme un sentiment que comme un instinct, moins comme un instinct que comme un attrait, imperceptible et invisible, mais réel ; et l'amour proprement dit était dans sa tendresse énorme pour Cosette comme le filon d'or est dans la montagne, ténébreux et vierge.

Qu'on se rappelle cette situation de cœur que nous avons indiquée déjà. Aucun mariage n'était possible entre eux ; pas même celui des âmes ; et cependant il est certain que leurs destinées s'étaient épousées. Excepté Cosette, c'est-à-dire excepté une enfance, Jean Valjean n'avait, dans toute sa longue vie, rien connu de ce qu'on peut aimer. Les passions et les amours qui se succèdent n'avaient point fait en lui de ces verts successifs, vert tendre sur vert sombre, qu'on remarque sur les feuillages qui passent l'hiver et sur les hommes qui passent la cinquantaine. En somme, et nous y avons plus d'une fois insisté, toute cette fusion intérieure, tout cet ensemble, dont la résultante était une haute vertu, aboutissait à faire de Jean Valjean un père pour Cosette. Père étrange forgé de l'aïeul, du fils, du frère et du mari qu'il y avait dans Jean Valjean ; père dans lequel il y avait même une mère ; père qui aimait Cosette et qui l'adorait, et qui avait cette enfant pour lumière, pour demeure, pour famille, pour patrie, pour paradis.

Aussi, quand il vit que c'était décidément fini, qu'elle lui échappait, qu'elle glissait de ses mains, qu'elle se dérobait, que c'était du nuage, que c'était de l'eau, quand il eut devant les yeux cette évidence écrasante : un autre est le but de son cœur, un autre est le souhait de sa vie ; il y a le bien-aimé, je ne suis que le père ; je n'existe plus ; quand il ne put plus douter, quand il se dit : Elle s'en va hors de moi ! la douleur qu'il éprouva dépassa le possible. Avoir fait tout ce qu'il avait fait pour en venir là ! et, quoi donc ! n'être rien ! Alors, comme nous venons de le dire, il eut de la tête aux pieds un frémissement de révolte. Il sentit jusque dans la racine de ses cheveux l'immense réveil de l'égoïsme, et le moi hurla dans l'abîme de cet homme.

Il y a des effondrements intérieurs. La pénétration

d'une certitude désespérante dans l'homme ne se fait point sans écarter et rompre de certains éléments profonds qui sont quelquefois l'homme lui-même. La douleur, quand elle arrive à ce degré, est un sauve-qui-peut de toutes les forces de la conscience. Ce sont là des crises fatales. Peu d'entre nous en sortent semblables à eux-mêmes et fermes dans le devoir. Quand la limite de la souffrance est débordée, la vertu la plus imperturbable se déconcerte. Jean Valjean reprit le buvard, et se convainquit de nouveau ; il resta penché et comme pétrifié sur les quatre lignes irrécusables, l'œil fixe ; et il se fit en lui un tel nuage qu'on eût pu croire que tout le dedans de cette âme s'écroulait[6].

Il examina cette révélation, à travers les grossissements de la rêverie, avec un calme apparent et effrayant, car c'est une chose redoutable quand le calme de l'homme arrive à la froideur de la statue.

Il mesura le pas épouvantable que sa destinée avait fait sans qu'il s'en doutât ; il se rappela ses craintes de l'autre été, si follement dissipées ; il reconnut le précipice ; c'était toujours le même ; seulement Jean Valjean n'était plus au seuil, il était au fond.

Chose inouïe et poignante, il était tombé sans s'en apercevoir. Toute la lumière de sa vie s'en était allée, lui croyant voir toujours le soleil.

Son instinct n'hésita point. Il rapprocha certaines circonstances, certaines dates, certaines rougeurs et certaines pâleurs de Cosette, et il se dit : C'est lui. La divination du désespoir est une sorte d'arc mystérieux qui ne manque jamais son coup. Dès sa première conjecture, il atteignit Marius. Il ne savait pas le nom, mais il trouva tout de suite l'homme. Il aperçut distinctement, au fond de l'implacable évocation du souvenir, le rôdeur inconnu du Luxembourg, ce misérable chercheur d'amourettes, ce fainéant de romance, cet imbécile, ce lâche, car c'est une lâcheté de venir faire les yeux doux à des filles qui ont à côté d'elles leur père qui les aime.

------

6. Cette page fait pleurer, mais elle n'est pas sentimentale — voir note générale 7.

Après qu'il eut bien constaté qu'au fond de cette situation il y avait ce jeune homme, et que tout venait de là, lui, Jean Valjean, l'homme régénéré, l'homme qui avait tant travaillé à son âme, l'homme qui avait fait tant d'efforts pour résoudre toute la vie, toute la misère et tout le malheur en amour, il regarda en lui-même et il y vit un spectre, la Haine[7].

Les grandes douleurs contiennent de l'accablement. Elles découragent d'être. L'homme chez lequel elles entrent sent quelque chose se retirer de lui. Dans la jeunesse, leur visite est lugubre ; plus tard, elle est sinistre. Hélas, quand le sang est chaud, quand les cheveux sont noirs, quand la tête est droite sur le corps comme la flamme sur le flambeau, quand le rouleau de la destinée a encore presque toute son épaisseur, quand le cœur, plein d'un amour désirable, a encore des battements qu'on peut lui rendre, quand on a devant soi le temps de réparer, quand toutes les femmes sont là, et tous les sourires, et tout l'avenir, et tout l'horizon, quand la force de la vie est complète, si c'est une chose effroyable que le désespoir, qu'est-ce donc dans la vieillesse, quand les années se précipitent de plus en plus blémissantes, à cette heure crépusculaire où l'on commence à voir les étoiles de la tombe !

Tandis qu'il songeait, Toussaint entra. Jean Valjean se leva, et lui demanda :

— De quel côté est-ce ? savez-vous ?

Toussaint, stupéfaite, ne put que lui répondre :

— Plaît-il ?

Jean Valjean reprit :

— Ne m'avez-vous pas dit tout à l'heure qu'on se bat ?

---

7. Dans la première partie, le passage par l'attentat sur Petit-Gervais était nécessaire à la transformation du bagnard en M. Madeleine ; de même ici la haine de Marius initie le retour de M. Leblanc-Fauchelevent-Fabre à son identité. Le nom de Jean Valjean, titre du chapitre I, 2, 6 (p. 129), intitule la dernière partie du roman : cette transfiguration revient aux origines, cette assomption est une descente aux enfers. Voir aussi V, 3, 4, note 2, p. 1725.

— Ah ! oui, monsieur, répondit Toussaint. C'est du côté de Saint-Merry.

Il y a tel mouvement machinal qui nous vient, à notre insu même, de notre pensée la plus profonde. Ce fut sans doute sous l'impulsion d'un mouvement de ce genre, et dont il avait à peine conscience, que Jean Valjean se trouva cinq minutes après dans la rue [8].

Il était nu-tête, assis sur la borne de la porte de sa maison. Il semblait écouter.

La nuit était venue.

II

LE GAMIN ENNEMI DES LUMIÈRES [1]

Combien de temps passa-t-il ainsi ? Quels furent les flux et les reflux de cette méditation tragique ? se redressa-t-il ? resta-t-il ployé ? avait-il été courbé jusqu'à être brisé ? pouvait-il se redresser encore et reprendre pied dans sa conscience sur quelque chose de solide ? Il n'aurait probablement pu le dire lui-même.

La rue était déserte. Quelques bourgeois inquiets qui rentraient rapidement chez eux l'aperçurent à peine. Chacun pour soi dans les temps de péril. L'allumeur de nuit vint comme à l'ordinaire allumer le réverbère qui était précisément placé en face de la porte du nº 7, et s'en alla. Jean Valjean, à qui l'eût examiné dans cette ombre, n'eût pas semblé un homme vivant. Il était là, assis sur la borne de sa porte, immobile comme une larve de glace. Il y a

---

8. Déjà dans la rencontre de Petit-Gervais et dans l'affaire Champmathieu, Jean Valjean agissait ainsi, machinalement. Le beau, ici, est que le lecteur et le narrateur ignorent autant que le personnage la fin visée par ce mouvement vers le carnage : aller mourir sur la barricade ? y chercher Marius pour le tuer ?

1. Titre prophétique de la chanson de Gavroche, quoiqu'il soit « gamin de lettres ». *La* lumière n'est pas *les* Lumières.

de la congélation dans le désespoir[2]. On entendait le tocsin et de vagues rumeurs orageuses. Au milieu de toutes
ces convulsions de la cloche mêlée à l'émeute, l'horloge
de Saint-Paul sonna onze heures, gravement et sans se
hâter ; car le tocsin, c'est l'homme ; l'heure, c'est Dieu.
Le passage de l'heure ne fit rien à Jean Valjean ; Jean
Valjean ne remua pas. Cependant, à peu près vers ce
moment-là, une brusque détonation éclata du côté des
halles, une seconde la suivit, plus violente encore ; c'était
probablement cette attaque de la barricade de la rue de la
Chanvrerie que nous venons de voir repoussée par
Marius. À cette double décharge, dont la furie semblait
accrue par la stupeur de la nuit, Jean Valjean tressaillit ;
il se dressa du côté d'où le bruit venait ; puis il retomba
sur la borne, il croisa les bras, et sa tête revint lentement
se poser sur sa poitrine.

Il reprit son ténébreux dialogue avec lui-même.

Tout à coup il leva les yeux, on marchait dans la rue,
il entendait des pas près de lui, il regarda, et, à la lueur
du réverbère, du côté de la rue qui aboutit aux Archives,
il aperçut une figure livide, jeune et radieuse.

Gavroche venait d'arriver rue de l'Homme-Armé.

Gavroche regardait en l'air, et paraissait chercher. Il
voyait parfaitement Jean Valjean, mais il ne s'en apercevait
pas[3].

Gavroche, après avoir regardé en l'air, regardait en
bas ; il se haussait sur la pointe des pieds et tâtait les
portes et les fenêtres des rez-de-chaussée ; elles étaient
toutes fermées, verrouillées et cadenassées. Après avoir
constaté cinq ou six devantures de maisons barricadées

---

2. Sur la pétrification par la misère, voir I, 2, 6, note 3, p. 129.
Ici l'image de la rigidité cadavérique varie celle de la statue, p. 1555.
Mutisme et immobilité caractérisent le héros depuis longtemps,
voir II, 3, 6, note 5, p. 551.

3. Dès ici la rencontre entre Jean Valjean et Gavroche inverse
systématiquement celle de Petit-Gervais (I, 2, 13 ; p. 160). Elle joue
le même rôle : la bonté machinale envers l'enfant, comme le crime
envers lui, met le héros sur le chemin d'un bien encore ignoré. Voir
note générale 17.

de la sorte, le gamin haussa les épaules, et entra en matière avec lui-même en ces termes :

— Pardi !

Puis il se remit à regarder en l'air.

Jean Valjean, qui, l'instant, d'auparavant, dans la situation d'âme où il était, n'eût parlé ni même répondu à personne, se sentit irrésistiblement poussé à adresser la parole à cet enfant.

— Petit, dit-il, qu'est-ce que tu as ?

— J'ai que j'ai faim, répondit Gavroche nettement. Et il ajouta : Petit vous-même.

Jean Valjean fouilla dans son gousset et en tira une pièce de cinq francs.

Mais Gavroche, qui était de l'espèce du hochequeue et qui passait vite d'un geste à l'autre, venait de ramasser une pierre. Il avait aperçu le réverbère.

— Tiens, dit-il, vous avez encore vos lanternes ici. Vous n'êtes pas en règle, mes amis. C'est du désordre. Cassez-moi ça.

Et il jeta la pierre dans le réverbère dont la vitre tomba avec un tel fracas que des bourgeois, blottis sous leurs rideaux dans la maison d'en face, crièrent : Voilà Quatre-vingt-treize !

Le réverbère oscilla violemment et s'éteignit. La rue devint brusquement noire.

— C'est ça, la vieille rue, fit Gavroche, mets ton bonnet de nuit.

Et se tournant vers Jean Valjean :

— Comment est-ce que vous appelez ce monument gigantesque que vous avez là au bout de la rue ? C'est les Archives, pas vrai ? Il faudrait me chiffonner un peu ces grosses bêtes de colonnes-là, et en faire gentiment une barricade.

Jean Valjean s'approcha de Gavroche.

— Pauvre être, dit-il à demi-voix et se parlant à lui-même, il a faim.

Et il lui mit la pièce de cent sous dans la main.

Gavroche leva le nez, étonné de la grandeur de ce gros sou ; il le regarda dans l'obscurité, et la blancheur du gros sou l'éblouit. Il connaissait les pièces de cinq francs par

ouï-dire ; leur réputation lui était agréable ; il fut charmé
d'en voir une de près. Il dit : contemplons le tigre.

Il le considéra quelques instants avec extase ; puis, se
retournant vers Jean Valjean, il lui tendit la pièce et lui
dit majestueusement :

— Bourgeois, j'aime mieux casser les lanternes.
Reprenez votre bête féroce. On ne me corrompt point. Ça
a cinq griffes ; mais ça ne m'égratigne pas.

— As-tu une mère ? demanda Jean Valjean.

Gavroche répondit :

— Peut-être plus que vous.

— Eh bien, reprit Jean Valjean, garde cet argent pour
ta mère.

Gavroche se sentit remué. D'ailleurs il venait de remarquer que l'homme qui lui parlait n'avait pas de chapeau,
et cela lui inspirait confiance.

— Vrai, dit-il, ce n'est pas pour m'empêcher de casser
les réverbères ?

— Casse tout ce que tu voudras [4].

— Vous êtes un brave homme, dit Gavroche.

Et il mit la pièce de cinq francs dans une de ses poches.
Sa confiance croissant, il ajouta :

— Êtes-vous de la rue ?

— Oui, pourquoi ?

— Pourriez-vous m'indiquer le numéro 7 ?

— Pourquoi faire le numéro 7 ?

Ici l'enfant s'arrêta, il craignit d'en avoir trop dit, il
plongea énergiquement ses ongles dans ses cheveux, et
se borna à répondre :

— Ah ! voilà.

Une idée traversa l'esprit de Jean Valjean. L'angoisse
a de ces lucidités-là. Il dit à l'enfant :

— Est-ce que c'est toi qui m'apportes la lettre que j'attends ?

— Vous ? dit Gavroche. Vous n'êtes pas une femme.

— La lettre est pour mademoiselle Cosette, n'est-ce
pas ?

---

4. Conduite typiquement grand-paternelle — voir note générale 36.

— Cosette ? grommela Gavroche. Oui, je crois que c'est ce drôle de nom-là.

— Eh bien, reprit Jean Valjean, c'est moi qui dois lui remettre la lettre. Donne.

— En ce cas, vous devez savoir que je suis envoyé de la barricade ?

— Sans doute, dit Jean Valjean.

Gavroche engloutit son poing dans une autre de ses poches et en tira un papier plié en quatre.

Puis il fit le salut militaire.

— Respect à la dépêche, dit-il. Elle vient du gouvernement provisoire.

— Donne, dit Jean Valjean.

Gavroche tenait le papier élevé au-dessus de sa tête.

— Ne vous imaginez pas que c'est là un billet doux. C'est pour une femme, mais c'est pour le peuple. Nous autres, nous nous battons, et nous respectons le sexe. Nous ne sommes pas comme dans le grand monde où il y a des lions qui envoient des poulets à des chameaux.

— Donne.

— Au fait, continua Gavroche, vous m'avez l'air d'un brave homme.

— Donne vite.

— Tenez.

Et il remit le papier à Jean Valjean.

— Et dépêchez-vous, monsieur Chose, puisque mamselle Cosette attend.

Gavroche fut satisfait d'avoir produit ce mot[5].

---

5. Partageant l'instinct poétique du peuple en matière de nomination (I, 4, 1, note 9, p. 225), Gavroche a de quoi être satisfait d'expliquer le nom de Cosette. Il indique la réification de la misère ; surtout, conformément au plus ancien plan connu des *Misérables* réduit à quatre lignes : « Histoire d'un saint / Histoire d'un homme / Histoire d'une femme / Histoire d'une poupée », le roman montre en Cosette, « petite chose, fétiche, objet, poupée » habillée par Jean Valjean, « l'objet réifié du mortel désir », de la misère du cœur (A. Ubersfeld, voir Bibliographie). Est-ce pour cela qu'elle n'aime pas ce nom dont elle accepte pourtant que Marius la rebaptise (IV, 8, 1 ; p. 1360) ? Misère aussi de la féminité, incompatible avec le statut de sujet — voir note générale 41.

De là sans doute que les noms des héroïnes renvoient à la parole :

Jean Valjean reprit :

— Est-ce à Saint-Merry qu'il faudra porter la réponse ?

— Vous feriez là, s'écria Gavroche, une de ces pâtisseries vulgairement nommées brioches[6]. Cette lettre vient de la barricade de la rue de la Chanvrerie, et j'y retourne. Bonsoir, citoyen.

Cela dit, Gavroche s'en alla, ou, pour mieux dire, reprit vers le lieu d'où il venait son vol d'oiseau échappé. Il se replongea dans l'obscurité comme s'il y faisait un trou, avec la rapidité rigide d'un projectile ; la ruelle de l'Homme-Armé redevint silencieuse et solitaire ; en un clin d'œil, cet étrange enfant, qui avait de l'ombre et du rêve en lui, s'était enfoncé dans la brume de ces rangées de maisons noires, et s'y était perdu comme de la fumée dans des ténèbres ; et l'on eût pu le croire dissipé et évanoui, si, quelques minutes après sa disparition, une éclatante cassure de vitre et le patatras splendide d'un réverbère croulant sur le pavé n'eussent brusquement réveillé de nouveau les bourgeois indignés. C'était Gavroche qui passait rue du Chaume.

_____

par étymologie grecque (Éponine, *épos* = parole ; Euphrasie = qui parle bien), latine (Fantine, *fari* = parler / *infans* = qui ne parle pas encore), ou française (Cosette = causette), et par antiphrase pour des personnages qui parlent si peu, partageant le mutisme du peuple. Antiphrase partielle pourtant, car leur être est une parole — protestation, mot d'amour et poésie — que le poète entend et fait entendre. D'ailleurs Cosette est bavarde.

Ajoutons que la rime n'est pas seule à apparenter Éponine à Fantine — victime comme elle — et toutes deux à Léopoldine.

6. Au sens figuré de bévue, l'expression appartenait originairement au jargon des gens de théâtre, volontiers fréquentés par Gavroche. Son passage dans le langage commun est attesté par le titre d'un vaudeville joué en 1830, *Les Brioches à la mode*, qui parodiait le langage des romantiques.

III

PENDANT QUE COSETTE ET TOUSSAINT DORMENT

Jean Valjean rentra avec la lettre de Marius.

Il monta l'escalier à tâtons, satisfait des ténèbres comme le hibou qui tient sa proie, ouvrit et referma doucement sa porte, écouta s'il n'entendait aucun bruit, constata que, selon toute apparence, Cosette et Toussaint dormaient, plongea dans la bouteille du briquet Fumade trois ou quatre allumettes avant de pouvoir faire jaillir l'étincelle, tant sa main tremblait ; il y avait du vol dans ce qu'il venait de faire. Enfin, sa chandelle fut allumée, il s'accouda sur la table, déplia le papier, et lut.

Dans les émotions violentes, on ne lit pas, on terrasse pour ainsi dire le papier qu'on tient, on l'étreint comme une victime, on le froisse, on enfonce dedans les ongles de sa colère ou de son allégresse ; on court à la fin, on saute au commencement ; l'attention a la fièvre ; elle comprend en gros, à peu près, l'essentiel ; elle saisit un point, et tout le reste disparaît. Dans le billet de Marius à Cosette, Jean Valjean ne vit que ces mots :

« ... Je meurs. Quand tu liras ceci, mon âme sera près de toi. »

En présence de ces deux lignes, il eut un éblouissement horrible ; il resta un moment comme écrasé du changement d'émotion qui se faisait en lui, il regardait le billet de Marius avec une sorte d'étonnement ivre ; il avait devant les yeux cette splendeur, la mort de l'être haï.

Il poussa un affreux cri de joie intérieure. — Ainsi, c'était fini. Le dénouement arrivait plus vite qu'on n'eût osé l'espérer. L'être qui encombrait sa destinée disparaissait. Il s'en allait de lui-même, librement, de bonne volonté. Sans que lui, Jean Valjean, eût rien fait pour cela, sans qu'il y eût de sa faute, « cet homme » allait mourir. Peut-être même était-il déjà mort. — Ici sa fièvre fit des calculs. — Non. Il n'est pas encore mort. La lettre a été visiblement écrite pour être lue par Cosette le lende-

main matin ; depuis ces deux décharges qu'on a entendues entre onze heures et minuit, il n'y a rien eu ; la
barricade ne sera sérieusement attaquée qu'au point du
jour ; mais c'est égal, du moment où « cet homme » est
mêlé à cette guerre, il est perdu ; il est pris dans l'engrenage. — Jean Valjean se sentait délivré. Il allait donc, lui,
se retrouver seul avec Cosette. La concurrence cessait ;
l'avenir recommençait. Il n'avait qu'à garder ce billet
dans sa poche. Cosette ne saurait jamais ce que « cet
homme » était devenu. « Il n'y a qu'à laisser les choses
s'accomplir. Cet homme ne peut échapper. S'il n'est pas
mort encore, il est sûr qu'il va mourir. Quel bonheur ! »

Tout cela dit en lui-même, il devint sombre [1].

Puis il descendit et réveilla le portier.

Environ une heure après, Jean Valjean sortait en habit
complet de garde national et en armes. Le portier lui avait
aisément trouvé dans le voisinage de quoi compléter son
équipement. Il avait un fusil chargé et une giberne pleine
de cartouches. Il se dirigea du côté des balles.

IV

LES EXCÈS DE ZÈLE DE GAVROCHE

Cependant il venait d'arriver une aventure à Gavroche.

Gavroche, après avoir consciencieusement lapidé le
réverbère de la rue du Chaume, aborda la rue des Vieilles-
Haudriettes, et n'y voyant pas « un chat », trouva l'occasion bonne pour entonner toute la chanson dont il était
capable. Sa marche, loin de se ralentir par le chant, s'en

---

1. Le progrès — du héros, du livre, du lecteur — se lit dans l'ellipse de toute délibération. Le roman peut maintenant faire l'économie d'une « tempête sous un crâne ».

accélérait. Il se mit à semer le long des maisons endormies ou terrifiées ces couplets incendiaires [1] :

> L'oiseau médit dans les charmilles
> Et prétend qu'hier Atala
> Avec un russe s'en alla.

> Où vont les belles filles,
>   Lon la.

> Mon ami pierrot, tu babilles,
> Parce que l'autre jour Mila
> Cogna sa vitre, et m'appela.

> Où vont les belles filles,
>   Lon la.

> Les drôlesses sont fort gentilles :
> Leur poison qui m'ensorcela
> Griserait monsieur Orfila.

> Où vont les belles filles,
>   Lon la.

> J'aime l'amour et ses bisbilles,
> J'aime Agnès, j'aime Paméla,
> Lise en m'allumant se brûla.

> Où vont les belles filles,
>   Lon la.

---

1. Gavroche, poète, n'agresse pas par hasard le poste de l'Imprimerie royale (voir IV, 11, 1, note 1, p. 1444) : sa chanson (de la
même veine que les *Chansons des rues et des bois*) est machine de
guerre contre la littérature officielle (il faut être irresponsable pour
faire rimer Bastille avec charmille) autant que la charrette contre
l'ordre établi.

Jadis, quand je vis les mantilles
De Suzette et de Zélia,
Mon âme à leurs plis se mêla.

Où vont les belles filles
Lon la.

Amour, quand, dans l'ombre où tu brilles,
Tu coiffes de roses Lola,
Je me damnerais pour cela.

Où vont les belles filles,
Lon la.

Jeanne, à ton miroir tu t'habilles !
Mon cœur un beau jour s'envola ;
Je crois que c'est Jeanne qui l'a.

Où vont les belles filles.
Lon la.

Le soir, en sortant des quadrilles,
Je montre aux étoiles Stella
Et je leur dis : regardez-la.

Où vont les belles filles,
Lon la.

Gavroche, tout en chantant, prodiguait la pantomime.
Le geste est le point d'appui du refrain. Son visage, inépuisable répertoire de masques, faisait des grimaces plus
convulsives et plus fantasques que les bouches d'un linge
troué dans un grand vent. Malheureusement, comme il
était seul et dans la nuit, cela n'était ni vu, ni visible. Il
y a de ces richesses perdues[2].

Soudain il s'arrêta court.

----

2. Comparer aux derniers paragraphes du chapitre V, 6, 4 ;
pp. 1851-1852.

— Interrompons la romance, dit-il.

Sa prunelle féline venait de distinguer dans le renfoncement d'une porte cochère ce qu'on appelle en peinture un ensemble ; c'est-à-dire un être et une chose ; la chose était une charrette à bras, l'être était un auvergnat qui dormait dedans.

Les bras de la charrette s'appuyaient sur le pavé et la tête de l'auvergnat s'appuyait sur le tablier de la charrette. Son corps se pelotonnait sur ce plan incliné et ses pieds touchaient la terre.

Gavroche, avec son expérience des choses de ce monde, reconnut un ivrogne.

C'était quelque commissionnaire du coin qui avait trop bu et qui dormait trop.

— Voilà, pensa Gavroche, à quoi servent les nuits d'été. L'auvergnat s'endort dans sa charrette. On prend la charrette pour la république et on laisse l'auvergnat à la monarchie.

Son esprit venait d'être illuminé par la clarté que voici :

— Cette charrette ferait joliment bien sur notre barricade.

L'auvergnat ronflait.

Gavroche tira doucement la charrette par l'arrière et l'auvergnat par l'avant, c'est-à-dire par les pieds, et, au bout d'une minute, l'auvergnat, imperturbable, reposait à plat sur le pavé.

La charrette était délivrée.

Gavroche, habitué à faire face de toutes parts à l'imprévu, avait toujours tout sur lui. Il fouilla dans une de ses poches, et en tira un chiffon de papier et un bout de crayon rouge chipé à quelque charpentier.

Il écrivit :

« *République française.*

« Reçu ta charrette. »

Et il signa : « GAVROCHE. »

Cela fait, il mit le papier dans la poche du gilet de velours de l'auvergnat toujours ronflant, saisit le brancard dans ses deux poings, et partit, dans la direction des halles, poussant devant lui la charrette au grand galop avec un glorieux tapage triomphal.

Ceci était périlleux. Il y avait un poste à l'Imprimerie royale. Gavroche n'y songeait pas. Ce poste était occupé par des gardes nationaux de la banlieue. Un certain éveil commençait à émouvoir l'escouade, et les têtes se soulevaient sur les lits de camp. Deux réverbères brisés coup sur coup, cette chanson chantée à tue-tête, cela était beaucoup pour des rues si poltronnes, qui ont envie de dormir au coucher du soleil, et qui mettent de si bonne heure leur éteignoir sur leur chandelle. Depuis une heure le gamin faisait dans cet arrondissement paisible le vacarme d'un moucheron dans une bouteille. Le sergent de la banlieue écoutait. Il attendait. C'était un homme prudent.

Le roulement forcené de la charrette combla la mesure de l'attente possible, et détermina le sergent à tenter une reconnaissance.

— Ils sont là toute une bande ! dit-il, allons doucement.

Il était clair que l'hydre de l'anarchie était sortie de sa boîte et qu'elle se démenait dans le quartier.

Et le sergent se hasarda hors du poste à pas sourds.

Tout à coup, Gavroche, poussant sa charrette, au moment où il allait déboucher de la rue des Vieilles-Haudriettes, se trouva face à face avec un uniforme, un shako, un plumet et un fusil.

Pour la seconde fois, il s'arrêta net.

— Tiens, dit-il, c'est lui. Bonjour, l'ordre public.

Les étonnements de Gavroche étaient courts et dégelaient vite.

— Où vas-tu, voyou ? cria le sergent.

— Citoyen, dit Gavroche, je ne vous ai pas encore appelé bourgeois. Pourquoi m'insultez-vous ?

— Où vas-tu, drôle ?

— Monsieur, reprit Gavroche, vous étiez peut-être hier un homme d'esprit, mais vous avez été destitué ce matin.

— Je te demande où tu vas, gredin ?

Gavroche répondit :

— Vous parlez gentiment. Vrai, on ne vous donnerait pas votre âge. Vous devriez vendre tous vos cheveux cent francs la pièce. Cela vous ferait cinq cents francs.

— Où vas-tu ? où vas-tu ? où vas-tu, bandit ?

Gavroche repartit :

— Voilà de vilains mots. La première fois qu'on vous donnera à téter, il faudra qu'on vous essuie mieux la bouche.

Le sergent croisa la bayonnette.

— Me diras-tu où tu vas, à la fin, misérable ?

— Mon général, dit Gavroche, je vas chercher le médecin pour mon épouse qui est en couches.

— Aux armes ! cria le sergent.

Se sauver par ce qui vous a perdu, c'est là le chef-d'œuvre des hommes forts ; Gavroche mesura d'un coup d'œil toute la situation. C'était la charrette qui l'avait compromis, c'était à la charrette de le protéger.

Au moment où le sergent allait fondre sur Gavroche, la charrette, devenue projectile et lancée à tour de bras, roulait sur lui avec furie, et le sergent, atteint en plein ventre, tombait à la renverse dans le ruisseau pendant que son fusil partait en l'air.

Au cri du sergent, les hommes du poste étaient sortis pêle-mêle ; le coup de fusil détermina une décharge générale au hasard, après laquelle on rechargea les armes et l'on recommença.

Cette mousquetade à colin-maillard dura un bon quart d'heure, et tua quelques carreaux de vitre.

Cependant Gavroche, qui avait éperdument rebroussé chemin, s'arrêtait à cinq ou six rues de là, et s'asseyait haletant sur la borne qui fait le coin des Enfants-Rouges.

Il prêtait l'oreille.

Après avoir soufflé quelques instants, il se tourna du côté où la fusillade faisait rage, éleva sa main gauche à la hauteur de son nez, et la lança trois fois en avant en se frappant de la main droite le derrière de la tête ; geste souverain dans lequel la gaminerie parisienne a condensé

l'ironie française, et qui est évidemment efficace, puisqu'il a déjà duré un demi-siècle.

Cette gaîté fut troublée par une réflexion amère.

— Oui, dit-il, je pouffe, je me tords, j'abonde en joie,
mais je perds ma route, il va falloir faire un détour.
Pourvu que j'arrive à temps à la barricade !

Là-dessus, il reprit sa course.

Et tout en courant :

— Ah çà, où en étais-je donc ? dit-il.

Il se remit à chanter sa chanson en s'enfonçant rapidement dans les rues, et ceci décrut dans les ténèbres :

> Mais il reste encor des bastilles,
> Et je vais mettre le holà
> Dans l'ordre public que voilà.
>
>> Où vont les belles filles,
>>   Lon la.
>
> Quelqu'un veut-il jouer aux quilles ?
> Tout l'ancien monde s'écroula
> Quand la grosse boule roula.
>
>> Où vont les belles filles,
>>   Lon la.
>
> Vieux bon peuple, à coups de béquilles.
> Cassons ce Louvre où s'étala
> La monarchie en falbala.
>
>> Où vont les belles filles,
>>   Lon la.
>
> Nous en avons forcé les grilles ;
> Le roi Charles Dix ce jour-là
> Tenait mal et se décolla.
>
>> Où vont les belles filles,
>>   Lon la.

La prise d'armes du poste ne fut point sans résultat. La charrette fut conquise, l'ivrogne fut fait prisonnier. L'une fut mise en fourrière ; l'autre fut plus tard un peu poursuivi devant les conseils de guerre comme complice. Le ministre public d'alors fit preuve en cette circonstance de son zèle infatigable pour la défense de la société.

L'aventure de Gavroche, restée dans la tradition du quartier du Temple, est un des souvenirs les plus terribles des vieux bourgeois du Marais, et est intitulée dans leur mémoire : Attaque nocturne du poste de l'Imprimerie royale[3].

---

3. Gavroche entre donc comme Gillenormand (voir texte III, 2, 1 annoté 1 ; p. 825), mais pas de la même manière, dans la mémoire collective, virtuellement source et témoin pour le roman (note générale 1).

CINQUIÈME PARTIE

JEAN VALJEAN

LIVRE PREMIER

LA GUERRE ENTRE QUATRE MURS

I

LA CHARYBDE DU FAUBOURG SAINT-ANTOINE
ET LA SCYLLA DU FAUBOURG DU TEMPLE

Les deux plus mémorables barricades que l'observateur des maladies sociales puisse mentionner n'appartiennent point à la période où est placée l'action de ce livre. Ces deux barricades, symboles toutes les deux, sous deux aspects différents, d'une situation redoutable, sortirent de terre lors de la fatale insurrection de juin 1848, la plus grande guerre des rues qu'ait vue l'histoire [1].

Il arrive quelquefois que, même contre les principes, même contre la liberté, l'égalité et la fraternité, même contre le vote universel, même contre le gouvernement de tous par tous, du fond de ses angoisses, de ses découragements, de ses dénûments, de ses fièvres, de ses détresses, de ses miasmes, de ses ignorances, de ses ténèbres, cette grande désespérée, la canaille, proteste, et que la populace livre bataille au peuple.

Les gueux attaquent le droit commun ; l'ochlocratie s'insurge contre le démos.

Ce sont là des journées lugubres ; car il y a toujours une certaine quantité de droit même dans cette démence, il y a du suicide dans ce duel, et ces mots, qui veulent

1. Sur la nécessaire présence de 1848 dans l'histoire du siècle tracée par le roman, voir J. Delabroy (Bibliographie), IV, 10, 2, note 1, p. 1417 et notes générales 28 et 31. Le texte qui suit est, à notre connaissance, le seul où Hugo dit sinon le remords, du moins la perplexité d'avoir, en juin 1848, conduit l'assaut aux barricades ouvrières conformément au mandat donné par l'Assemblée à une soixantaine de députés dont il était.

être des injures, gueux, canailles, ochlocratie[2], populace, constatent, hélas ! plutôt la faute de ceux qui règnent que la faute de ceux qui souffrent ; plutôt la faute des privilégiés que la faute des déshérités.

Quant à nous, ces mots-là, nous ne les prononçons jamais sans douleur et sans respect, car, lorsque la philosophie sonde les faits auxquels ils correspondent, elle y trouve souvent bien des grandeurs à côté des misères. Athènes était une ochlocratie ; les gueux ont fait la Hollande ; la populace a plus d'une fois sauvé Rome ; et la canaille suivait Jésus-Christ.

Il n'est pas de penseur qui n'ait parfois contemplé les magnificences d'en bas.

C'est à cette canaille que songeait sans doute saint Jérôme, et à tous ces pauvres gens, et à tous ces vagabonds, et à tous ces misérables d'où sont sortis les apôtres et les martyrs, quand il disait cette parole mystérieuse : *Fex urbis, lex orbis*[3].

Les exaspérations de cette foule qui souffre et qui saigne, ses violences à contre-sens sur les principes qui sont sa vie, ses voies de fait contre le droit, sont des coups d'état populaires, et doivent être réprimés. L'homme probe s'y dévoue, et, par amour même pour cette foule, il la combat. Mais comme il la sent excusable tout en lui tenant tête ! comme il la vénère tout en lui résistant ! C'est là un de ces moments rares où, en faisant ce qu'on doit faire, on sent quelque chose qui déconcerte et qui déconseillerait presque d'aller plus loin ; on persiste, il le faut ; mais la conscience satisfaite est triste, et l'accomplissement du devoir se complique d'un serrement de cœur.

Juin 1848 fut, hâtons-nous de le dire, un fait à part, et presque impossible à classer dans la philosophie de l'histoire. Tous les mots que nous venons de prononcer doivent être écartés quand il s'agit de cette émeute extraordinaire où l'on sentit la sainte anxiété du travail récla-

---

2. Du grec *ochlos* : populace.
3. « Boue de la ville, loi du monde ». Voir III, 1, 12 et note 1, p. 817.

mant ses droits. Il fallut la combattre, et c'était le devoir, car elle attaquait la république. Mais, au fond, que fut juin 1848 ? Une révolte du peuple contre lui-même.

Là où le sujet n'est point perdu de vue, il n'y a point de digression ; qu'il nous soit donc permis d'arrêter un moment l'attention du lecteur sur les deux barricades absolument uniques dont nous venons de parler et qui ont caractérisé cette insurrection.

L'une encombrait l'entrée du faubourg Saint-Antoine ; l'autre défendait l'approche du faubourg du Temple ; ceux devant qui se sont dressés, sous l'éclatant ciel bleu de juin, ces deux effrayants chefs-d'œuvre de la guerre civile, ne les oublieront jamais.

La barricade Saint-Antoine était monstrueuse ; elle était haute de trois étages et large de sept cents pieds. Elle barrait d'un angle à l'autre la vaste embouchure du faubourg, c'est-à-dire trois rues ; ravinée, déchiquetée, dentelée, hachée, crénelée d'une immense déchirure, contre-butée de monceaux qui étaient eux-mêmes des bastions, poussant des caps çà et là, puissamment adossée aux deux grands promontoires de maisons du faubourg, elle surgissait comme une levée cyclopéenne au fond de la redoutable place qui a vu le 14 juillet. Dix-neuf barricades s'étageaient dans la profondeur des rues derrière cette barricade mère. Rien qu'à la voir, on sentait dans le faubourg l'immense souffrance agonisante, arrivée à cette minute extrême où une détresse veut devenir une catastrophe. De quoi était faite cette barricade ? De l'écroulement de trois maisons à six étages, démolies exprès, disaient les uns. Du prodige de toutes les colères, disaient les autres. Elle avait l'aspect lamentable de toutes les constructions de la haine, la ruine. On pouvait dire : qui a bâti cela ? On pouvait dire aussi : qui a détruit cela ? C'était l'improvisation du bouillonnement. Tiens ! cette porte ! cette grille ! cet auvent ! ce chambranle ! ce réchaud brisé ! cette marmite fêlée ! Donnez tout ! jetez tout ! poussez, roulez, piochez, démantelez, bouleversez, écroulez tout ! C'était la collaboration du pavé, du moellon, de la poutre, de la barre de fer, du chiffon, du carreau défoncé, de la chaise dépaillée, du trognon de chou, de la

loque, de la guenille et de la malédiction[4]. C'était grand
et c'était petit. C'était l'abîme parodié sur place par le
tohu-bohu. La masse près de l'atome ; le pan de mur
arraché et l'écuelle cassée ; une fraternisation menaçante
de tous les débris ; Sisyphe avait jeté là son rocher et Job
son tesson. En somme, terrible. C'était l'acropole des va-
nu-pieds. Des charrettes renversées accidentaient le talus ;
un immense haquet y était étalé, en travers, l'essieu vers
le ciel, et semblait une balafre sur cette façade tumul-
tueuse ; un omnibus, hissé gaîment à force de bras tout
au sommet de l'entassement, comme si les architectes de
cette sauvagerie eussent voulu ajouter la gaminerie à
l'épouvante, offrait son timon dételé à on ne sait quels
chevaux de l'air. Cet amas gigantesque, alluvion de
l'émeute, figurait à l'esprit un Ossa sur Pélion de toutes
les révolutions ; 93 sur 89, le 9 thermidor sur le 10 août,
le 18 brumaire sur le 21 janvier, vendémiaire sur prairial,
1848 sur 1830. La place en valait la peine, et cette barricade était digne d'apparaître à l'endroit même où la Bastille avait disparu. Si l'océan faisait des digues, c'est ainsi
qu'il les bâtirait. La furie du flot était empreinte sur cet
encombrement difforme. Quel flot ? La foule. On croyait
voir du vacarme pétrifié. On croyait entendre bourdonner,
au-dessus de cette barricade, comme si elles eussent été
là sur leur ruche, les énormes abeilles ténébreuses du progrès violent. Était-ce une broussaille ? était-ce une bacchanale ? était-ce une forteresse ? Le vertige semblait
avoir construit cela à coups d'aile. Il y avait du cloaque
dans cette redoute et quelque chose d'olympien dans ce
fouillis. On y voyait, dans un pêle-mêle plein de désespoir, des chevrons de toits, des morceaux de mansardes
avec leur papier peint, des châssis de fenêtres avec toutes
leurs vitres plantées dans les décombres, attendant le

---

4. Ce sont à peu près les instruments du guet-apens de la masure
Gorbeau : retournement des armes du crime en insurrection de la
misère. Cette barricade prend la succession historique de l'éléphant
de la Bastille (voir texte IV, 6, 2 et notes 11 et 12 ; pp. 1293-1294).
Celle des amis de l'A B C offre la synthèse des deux ici décrites. Les
noms et les biographies des chefs, Barthélemy et Cournet (p. 1585),
éminemment romanesques, sont pourtant historiquement exacts.

canon, des cheminées descellées, des armoires, des tables, des bancs, un sens dessus dessous hurlant, et ces mille choses indigentes, rebuts même du mendiant, qui contiennent à la fois de la fureur et du néant. On eût dit que c'était le haillon d'un peuple, haillon de bois, de fer, de bronze, de pierre, et que le faubourg Saint-Antoine l'avait poussé là à sa porte d'un colossal coup de balai, faisant de sa misère sa barricade. Des blocs pareils à des billots, des chaînes disloquées, des charpentes à tasseaux ayant forme de potences, des roues horizontales sortant des décombres, amalgamaient à cet édifice de l'anarchie la sombre figure des vieux supplices soufferts par le peuple. La barricade Saint-Antoine faisait arme de tout ; tout ce que la guerre civile peut jeter à la tête de la société sortait de là ; ce n'était pas du combat, c'était du paroxysme ; les carabines qui défendaient cette redoute, parmi lesquelles il y avait quelques espingoles, envoyaient des miettes de faïence, des osselets, des boutons d'habit, jusqu'à des roulettes de tables de nuit, projectiles dangereux à cause du cuivre. Cette barricade était forcenée ; elle jetait dans les nuées une clameur inexprimable ; à de certains moments, provoquant l'armée, elle se couvrait de foule et de tempête ; une cohue de têtes flamboyantes la couronnait ; un fourmillement l'emplissait ; elle avait une crête épineuse de fusils, de sabres, de bâtons, de haches, de piques et de bayonnettes ; un vaste drapeau rouge y claquait dans le vent ; on y entendait les cris du commandement, les chansons d'attaque, des roulements de tambour, des sanglots de femme et l'éclat de rire ténébreux des meurt-de-faim. Elle était démesurée et vivante ; et, comme du dos d'une bête électrique, il en sortait un pétillement de foudres. L'esprit de révolution couvrait de son nuage ce sommet où grondait cette voix du peuple qui ressemble à la voix de Dieu ; une majesté étrange se dégageait de cette titanique hottée de gravats. C'était un tas d'ordures et c'était le Sinaï.

Comme nous l'avons dit plus haut, elle attaquait au nom de la Révolution, quoi ? la Révolution. Elle, cette barricade, le hasard, le désordre, l'effarement, le malentendu, l'inconnu, elle avait en face d'elle l'assemblée constituante, la souveraineté du peuple, le suffrage universel, la nation, la république ; et c'était la Carmagnole défiant la Marseillaise[5].

Défi insensé, mais héroïque, car ce vieux faubourg est un héros.

Le faubourg et sa redoute se prêtaient main-forte. Le faubourg s'épaulait à la redoute, la redoute s'acculait au faubourg. La vaste barricade s'étalait comme une falaise où venait se briser la stratégie des généraux d'Afrique. Ses cavernes, ses excroissances, ses verrues, ses gibbosités, grimaçaient, pour ainsi dire, et ricanaient sous la fumée. La mitraille s'y évanouissait dans l'informe ; les obus s'y enfonçaient, s'y engloutissaient, s'y engouffraient ; les boulets n'y réussissaient qu'à trouer des trous ; à quoi bon canonner le chaos ? Et les régiments, accoutumés aux plus farouches visions de la guerre, regardaient d'un œil inquiet cette espèce de redoute bête fauve, par le hérissement sanglier, et par l'énormité montagne.

À un quart de lieue de là, de l'angle de la rue du Temple qui débouche sur le boulevard près du Château-d'Eau, si l'on avançait hardiment la tête en dehors de la pointe formée par la devanture du magasin Dallemagne, on apercevait au loin, au delà du canal, dans la rue qui monte les rampes de Belleville, au point culminant de la montée, une muraille étrange atteignant au deuxième étage des façades, sorte de trait d'union des maisons de droite aux maisons de gauche, comme si la rue avait replié d'elle-même son plus haut mur pour se fermer brusquement. Ce mur était bâti avec des pavés. Il était droit, correct, froid, perpendiculaire, nivelé à l'équerre, tiré au cordeau, aligné au fil à plomb. Le ciment y manquait sans doute, mais comme à de certains murs romains, sans troubler sa rigide architecture. À sa hauteur on devinait sa profondeur. L'entablement était mathématiquement parallèle au soubassement. On distinguait d'espace en espace, sur la surface grise, des meurtrières presque invisibles qui ressemblaient à des fils noirs. Ces meur-

5. Voir IV, 1, 5, note 5, p. 1147.

trières étaient séparées les unes des autres par des intervalles égaux. La rue était déserte à perte de vue. Toutes les fenêtres et toutes les portes fermées. Au fond se dressait ce barrage qui faisait de la rue un cul-de-sac ; mur immobile et tranquille ; on n'y voyait personne, on n'y entendait rien ; pas un cri, pas un bruit, pas un souffle. Un sépulcre.

L'éblouissant soleil de juin inondait de lumière cette chose terrible.

C'était la barricade du faubourg du Temple.

Dès qu'on arrivait sur le terrain et qu'on l'apercevait, il était impossible, même aux plus hardis, de ne pas devenir pensif devant cette apparition mystérieuse. C'était ajusté, emboîté, imbriqué, rectiligne, symétrique, et funèbre. Il y avait là de la science et des ténèbres. On sentait que le chef de cette barricade était un géomètre ou un spectre. On regardait cela et l'on parlait bas.

De temps en temps, si quelqu'un, soldat, officier ou représentant du peuple, se hasardait à traverser la chaussée solitaire, on entendait un sifflement aigu et faible, et le passant tombait blessé ou mort, ou, s'il échappait, on voyait s'enfoncer dans quelque volet fermé, dans un entre-deux de moellons, dans le plâtre d'un mur, une balle. Quelquefois un biscaïen. Car les hommes de la barricade s'étaient fait de deux tronçons de tuyaux de fonte du gaz, bouchés à un bout avec de l'étoupe et de la terre à poêle, deux petits canons. Pas de dépense de poudre inutile. Presque tout coup portait. Il y avait quelques cadavres çà et là, et des flaques de sang sur les pavés. Je[6] me souviens d'un papillon blanc qui allait et venait dans la rue. L'été n'abdique pas.

---

6. C'est, nous semble-t-il, l'unique « je » du roman qui renvoie non au narrateur mais à l'auteur. Cette signature, disproportionnée avec le témoignage infime qu'elle authentifie, concentre sur une seule phrase le traitement général de la figure de l'auteur — voir note générale 4.

Le contraste de la nature et de l'histoire est le même que dans Waterloo et, plus loin, au Luxembourg — voir V, 1, 16, note 4, p. 1637.

Aux environs, le dessous des portes cochères était encombré de blessés.

On se sentait là visé par quelqu'un qu'on ne voyait point, et l'on comprenait que toute la longueur de la rue était couchée en joue.

Massés derrière l'espèce de dos d'âne que fait à l'entrée du faubourg du Temple le pont cintré du canal, les soldats de la colonne d'attaque observaient, graves et recueillis, cette redoute lugubre, cette immobilité, cette impassibilité, d'où la mort sortait. Quelques-uns rampaient à plat ventre jusqu'au haut de la courbe du pont en ayant soin que leurs shakos ne passassent point.

Le vaillant colonel Monteynard admirait cette barricade avec un frémissement. — *Comme c'est bâti !* disait-il à un représentant. *Pas un pavé ne déborde l'autre. C'est de la porcelaine.* — En ce moment une balle lui brisa sa croix sur sa poitrine et il tomba.

— Les lâches ! disait-on. Mais qu'ils se montrent donc ! qu'on les voie ! ils n'osent pas ! ils se cachent ! — La barricade du faubourg du Temple, défendue par quatrevingts hommes, attaquée par dix mille, tint trois jours. Le quatrième, on fit comme à Zaatcha et à Constantine [7], on perça les maisons, on vint par les toits, la barricade fut prise. Pas un des quatrevingts lâches ne songea à fuir, tous y furent tués, excepté le chef, Barthélemy, dont nous parlerons tout à l'heure.

La barricade Saint-Antoine était le tumulte des tonnerres ; la barricade du Temple était le silence. Il y avait entre ces deux redoutes la différence du formidable au sinistre. L'une semblait une gueule ; l'autre un masque.

En admettant que la gigantesque et ténébreuse insurrection de juin fût composée d'une colère et d'une énigme,

---

7. Quoique Zaatcha ne fut prise qu'en 1849 — mais Constantine en 1837. Beaucoup de contemporains et Hugo également observaient que l'armée avait perdu dans les opérations d'Algérie le respect de l'honneur militaire et des lois de la guerre et que le Bugeaud de la rue Transnonnain avait ouvert la voie aux généraux du coup d'État de 1851.

on sentait dans la première barricade le dragon et derrière la seconde le sphinx.

Ces deux forteresses avaient été édifiées par deux hommes nommés, l'un Cournet, l'autre Barthélemy[8]. Cournet avait fait la barricade Saint-Antoine ; Barthélemy la barricade du Temple. Chacune d'elles était l'image de celui qui l'avait bâtie.

Cournet était un homme de haute stature ; il avait les épaules larges, la face rouge, le poing écrasant, le cœur hardi, l'âme loyale, l'œil sincère et terrible. Intrépide, énergique, irascible, orageux ; le plus cordial des hommes, le plus redoutable des combattants. La guerre, la lutte, la mêlée, étaient son air respirable et le mettaient de belle humeur. Il avait été officier de marine, et, à ses gestes et à sa voix, on devinait qu'il sortait de l'océan et qu'il venait de la tempête ; il continuait l'ouragan dans la bataille. Au génie près, il y avait en Cournet quelque chose de Danton, comme, à la divinité près, il y avait en Danton quelque chose d'Hercule.

Barthélemy, maigre, chétif, pâle, taciturne, était une espèce de gamin tragique qui, souffleté par un sergent de ville, le guetta, l'attendit et le tua, et, à dix-sept ans, fut mis au bagne. Il en sortit, et fit cette barricade.

Plus tard, chose fatale, à Londres, proscrits tous deux, Barthélemy tua Cournet. Ce fut un duel funèbre. Quelque temps après, pris dans l'engrenage d'une de ces mystérieuses aventures où la passion est mêlée, catastrophes où la justice française voit des circonstances atténuantes et où la justice anglaise ne voit que la mort, Barthélemy fut pendu. La sombre construction sociale est ainsi faite que, grâce au dénûment matériel, grâce à l'obscurité morale, ce malheureux être qui contenait une intelligence, ferme à coup sûr, grande peut-être, commença par le bagne en France et finit par le gibet en Angleterre. Barthélemy, dans les occasions, n'arborait qu'un drapeau, le drapeau noir.

---

8. Les noms et les événements sont authentiques. Dans *Histoire d'un crime*, Hugo avait déjà esquissé le portrait de Cournet sur la barricade Saint-Antoine du 3 décembre 1851, celle où Baudin fut tué.

II

QUE FAIRE DANS L'ABÎME À MOINS QUE L'ON NE CAUSE [1]

Seize ans comptent dans la souterraine éducation de l'émeute, et juin 1848 en savait plus long que juin 1832. Aussi la barricade de la rue de la Chanvrerie n'était-elle qu'une ébauche et qu'un embryon, comparée aux deux barricades colosses que nous venons d'esquisser ; mais, pour l'époque, elle était redoutable.

Les insurgés, sous l'œil d'Enjolras, car Marius ne regardait plus rien, avaient mis la nuit à profit. La barricade avait été non seulement réparée, mais augmentée. On l'avait exhaussée de deux pieds. Des barres de fer plantées dans les pavés ressemblaient à des lances en arrêt. Toutes sortes de décombres ajoutés et apportés de toutes parts compliquaient l'enchevêtrement extérieur. La redoute avait été savamment refaite en muraille au dedans et en broussaille au dehors.

On avait rétabli l'escalier de pavés qui permettait d'y monter comme à un mur de citadelle.

On avait fait le ménage de la barricade, désencombré la salle basse, pris la cuisine pour ambulance, achevé le pansement des blessés, recueilli la poudre éparse à terre et sur les tables, fondu des balles, fabriqué des cartouches, épluché de la charpie, distribué les armes tombées, nettoyé l'intérieur de la redoute, ramassé les débris, emporté les cadavres.

On déposa les morts en tas dans la ruelle Mondétour dont on était toujours maître. Le pavé a été longtemps rouge à cet endroit. Il y avait parmi les morts quatre gardes nationaux de la banlieue. Enjolras fit mettre de côté leurs uniformes.

Enjolras avait conseillé deux heures de sommeil. Un conseil d'Enjolras était une consigne. Pourtant, trois ou

_____

1. La Fontaine : « Car que faire en un gîte, à moins que l'on ne songe ? » (« Le Lièvre et les Grenouilles »).

quatre seulement en profitèrent. Feuilly employa ces deux heures à la gravure de cette inscription sur le mur qui faisait face au cabaret :

VIVENT LES PEUPLES !

Ces trois mots, creusés dans le moellon avec un clou, se lisaient encore sur cette muraille en 1848.

Les trois femmes avaient profité du répit de la nuit pour disparaître définitivement ; ce qui faisait respirer les insurgés plus à l'aise.

Elles avaient trouvé moyen de se réfugier dans quelque maison voisine.

La plupart des blessés pouvaient et voulaient encore combattre. Il y avait, sur une litière de matelas et de bottes de paille, dans la cuisine devenue l'ambulance, cinq hommes gravement atteints, dont deux gardes municipaux. Les gardes municipaux furent pansés les premiers.

Il ne resta plus dans la salle basse que Mabeuf sous son drap noir et Javert lié au poteau.

— C'est ici la salle des morts, dit Enjolras.

Dans l'intérieur de cette salle, à peine éclairée d'une chandelle, tout au fond, la table mortuaire étant derrière le poteau comme une barre horizontale, une sorte de grande croix vague résultait de Javert debout et de Mabeuf couché [2].

Le timon de l'omnibus, quoique tronqué par la fusillade, était encore assez debout pour qu'on pût y accrocher un drapeau.

Enjolras, qui avait cette qualité d'un chef, de toujours faire ce qu'il disait, attacha à cette hampe l'habit troué et sanglant du vieillard tué.

Aucun repas n'était plus possible. Il n'y avait ni pain ni viande. Les cinquante hommes de la barricade, depuis seize heures qu'ils étaient là, avaient eu vite épuisé les maigres provisions du cabaret. À un instant donné, toute

---

2. Image de la crucifixion de l'humanité dans l'histoire, voir V, 1, 5, note 1, p. 1600.

barricade qui tient devient inévitablement le radeau de la
Méduse. Il fallut se résigner à la faim. On était aux premières heures de cette journée spartiate du 6 juin où, dans
la barricade Saint-Merry, Jeanne, entouré d'insurgés qui
demandaient du pain, à tous ces combattants criant : À
manger ! répondait : Pourquoi ? il est trois heures. À
quatre heures nous serons morts.

Comme on ne pouvait plus manger, Enjolras défendit
de boire. Il interdit le vin et rationna l'eau-de-vie.

On avait trouvé dans la cave une quinzaine de bouteilles pleines, hermétiquement cachetées. Enjolras et
Combeferre les examinèrent. Combeferre en remontant
dit : — C'est du vieux fonds du père Hucheloup qui a
commencé par être épicier. — Cela doit être du vrai vin,
observa Bossuet. Il est heureux que Grantaire dorme. S'il
était debout, on aurait de la peine à sauver ces bouteilles-
là. — Enjolras, malgré les murmures, mit son veto sur
les quinze bouteilles, et afin que personne n'y touchât et
qu'elles fussent comme sacrées, il les fit placer sous la
table où gisait le père Mabeuf.

Vers deux heures du matin on se compta. Ils étaient
encore trente-sept.

Le jour commençait à paraître. On venait d'éteindre la
torche qui avait été replacée dans son alvéole de pavés.
L'intérieur de la barricade, cette espèce de petite cour
prise sur la rue, était noyé de ténèbres et ressemblait, à
travers la vague horreur crépusculaire, au pont d'un
navire désemparé. Les combattants allant et venant s'y
mouvaient comme des formes noires. Au-dessus de cet
effrayant nid d'ombre, les étages des maisons muettes
s'ébauchaient lividement ; tout en haut les cheminées blê-
missaient. Le ciel avait cette charmante nuance indécise
qui est peut-être le blanc et peut-être le bleu. Des oiseaux
y volaient avec des cris de bonheur. La haute maison qui
faisait le fond de la barricade, étant tournée vers le levant,
avait sur son toit un reflet rose. À la lucarne du troisième
étage le vent du matin agitait les cheveux gris sur la tête
de l'homme mort.

— Je suis charmé qu'on ait éteint la torche, disait
Courfeyrac à Feuilly. Cette torche effarée au vent m'en-

nuyait. Elle avait l'air d'avoir peur. La lumière des torches ressemble à la sagesse des lâches ; elle éclaire mal, parce qu'elle tremble.

L'aube éveille les esprits comme les oiseaux ; tous causaient.

Joly, voyant un chat rôder sur une gouttière, en extrayait la philosophie.

— Qu'est-ce que le chat ? s'écriait-il. C'est un correctif. Le bon Dieu, ayant fait la souris, a dit : Tiens ! j'ai fait une bêtise. Et il a fait le chat. Le chat, c'est l'erratum de la souris. La souris, plus le chat, c'est l'épreuve revue et corrigée de la création.

Combeferre, entouré d'étudiants et d'ouvriers, parlait des morts, de Jean Prouvaire, de Bahorel, de Mabeuf, et même du Cabuc, et de la tristesse sévère d'Enjolras. Il disait :

— Harmodius et Aristogiton, Brutus, Chéréas, Stephanus, Cromwell, Charlotte Corday, Sand, tous ont eu, après le coup, leur moment d'angoisse. Notre cœur est si frémissant et la vie humaine est un tel mystère que, même dans un meurtre civique, même dans un meurtre libérateur, s'il y en a, le remords d'avoir frappé un homme dépasse la joie d'avoir servi le genre humain.

Et, ce sont là les méandres de la parole échangée, une minute après, par une transition venue des vers de Jean Prouvaire, Combeferre comparait entre eux les traducteurs des Géorgiques, Raux à Cournand, Cournand à Delille, indiquant les quelques passages traduits par Malfilâtre, particulièrement les prodiges de la mort de César[3] ; et par ce mot, César, la causerie revenait à Brutus.

— César, dit Combeferre, est tombé justement. Cicéron a été sévère pour César, et il a eu raison. Cette sévérité-là n'est point la diatribe. Quand Zoïle[4] insulte

---

3. Jeune homme, Hugo avait lui aussi écrit une traduction en vers de ce passage.

4. Polygraphe grec du IVᵉ siècle av. J.-C., surnommé « le fléau d'Homère » : exemple et modèle permanent, chez Hugo, de l'impuissance critique face au génie.

Homère, quand Mævius insulte Virgile, quand Visé insulte Molière, quand Pope insulte Shakespeare, quand Fréron insulte Voltaire, c'est une vieille loi d'envie et de haine qui s'exécute ; les génies attirent l'injure, les grands hommes sont toujours plus ou moins aboyés. Mais Zoïle et Cicéron, c'est deux. Cicéron est un justicier par la pensée de même que Brutus est un justicier par l'épée. Je blâme, quant à moi, cette dernière justice-là, le glaive ; mais l'antiquité l'admettait. César, violateur du Rubicon, conférant, comme venant de lui, les dignités qui venaient du peuple, ne se levant pas à l'entrée du sénat, faisait, comme dit Eutrope, des choses de roi et presque de tyran, *regia ac pene tyrannica*[5]. C'était un grand homme ; tant pis, ou tant mieux ; la leçon est plus haute. Ses vingt-trois blessures me touchent moins que le crachat au front de Jésus-Christ. César est poignardé par les sénateurs ; Christ est souffleté par les valets. À plus d'outrage, on sent le Dieu.

Bossuet, dominant les causeurs du haut d'un tas de pavés, s'écriait, la carabine à la main :

— Ô Cydathenæum, ô Myrrhinus, ô Probalinthe[6], ô grâces de l'Æantide ! Oh ! qui me donnera de prononcer les vers d'Homère comme un grec de Laurium ou d'Édaptéon ?

III

ÉCLAIRCISSEMENT ET ASSOMBRISSEMENT

Enjolras était allé faire une reconnaissance. Il était sorti par la ruelle Mondétour en serpentant le long des maisons.

Les insurgés, disons-le, étaient pleins d'espoir. La façon dont ils avaient repoussé l'attaque de la nuit leur

---

5. Les mots qui précèdent traduisent.
6. Noms de lieux, comme ceux qui suivent, cités, voire arrangés, pour leur seule sonorité.

faisait presque dédaigner d'avance l'attaque du point du jour. Ils l'attendaient et en souriaient. Ils ne doutaient pas plus de leur succès que de leur cause. D'ailleurs un secours allait évidemment leur venir. Ils y comptaient. Avec cette facilité de prophétie triomphante qui est une des forces du français combattant, ils divisaient en trois phases certaines la journée qui allait s'ouvrir : à six heures du matin, un régiment, « qu'on avait travaillé », tournerait ; à midi, l'insurrection de tout Paris ; au coucher du soleil, la révolution.

On entendait le tocsin de Saint-Merry qui ne s'était pas tu une minute depuis la veille ; preuve que l'autre barricade, la grande, celle de Jeanne, tenait toujours.

Toutes ces espérances s'échangeaient d'un groupe à l'autre dans une sorte de chuchotement gai et redoutable qui ressemblait au bourdonnement de guerre d'une ruche d'abeilles.

Enjolras reparut. Il revenait de sa sombre promenade d'aigle dans l'obscurité extérieure. Il écouta un instant toute cette joie les bras croisés, une main sur sa bouche. Puis, frais et rose dans la blancheur grandissante du matin, il dit :

— Toute l'armée de Paris donne. Un tiers de cette armée pèse sur la barricade où vous êtes. De plus la garde nationale. J'ai distingué les shakos du cinquième de ligne et les guidons de la sixième légion. Vous serez attaqués dans une heure. Quant au peuple, il a bouillonné hier, mais ce matin il ne bouge pas. Rien à attendre, rien à espérer. Pas plus un faubourg qu'un régiment. Vous êtes abandonnés.

Ces paroles tombèrent sur le bourdonnement des groupes, et y firent l'effet que fait sur un essaim la première goutte de l'orage. Tous restèrent muets. Il y eut un moment d'inexprimable silence où l'on eût entendu voler la mort.

Ce moment fut court.

Une voix, du fond le plus obscur des groupes, cria à Enjolras :

— Soit. Élevons la barricade à vingt pieds de haut, et restons-y tous. Citoyens, faisons la protestation des cadavres. Montrons que, si le peuple abandonne les républicains, les républicains n'abandonnent pas le peuple.

Cette parole dégageait du pénible nuage des anxiétés individuelles la pensée de tous. Une acclamation enthousiaste l'accueillit.

On n'a jamais su le nom de l'homme qui avait parlé ainsi ; c'était quelque porte-blouse ignoré, un inconnu, un oublié, un passant héros, ce grand anonyme toujours mêlé aux crises humaines et aux genèses sociales qui, à un instant donné, dit d'une façon suprême le mot décisif, et qui s'évanouit dans les ténèbres après avoir représenté une minute, dans la lumière d'un éclair, le peuple et Dieu[1].

Cette résolution inexorable était tellement dans l'air du 6 juin 1832 que, presque à la même heure, dans la barricade de Saint-Merry, les insurgés poussaient cette clameur demeurée historique et consignée au procès : Qu'on vienne à notre secours ou qu'on n'y vienne pas, qu'importe ! Faisons-nous tuer ici jusqu'au dernier.

Comme on voit, les deux barricades, quoique matériellement isolées, communiquaient.

IV

CINQ DE MOINS, UN DE PLUS

Après que l'homme quelconque, qui décréta « la protestation des cadavres », eut parlé et donné la formule de l'âme commune, de toutes les bouches sortit un cri étrangement satisfait et terrible, funèbre par le sens et triomphal par l'accent :

— Vive la mort ! Restons ici tous.

---

1. Mise en scène de l'adage romain *Vox populi, vox Dei* : « La voix du Peuple est celle de Dieu », qui est la formule même de la démocratie selon Hugo et aussi de la parole poétique. Comparer au geste d'un autre anonyme inspiré en I, 7, 11 ; p. 397-398.

— Pourquoi tous ? dit Enjolras.

— Tous ! tous !

Enjolras reprit :

— La position est bonne, la barricade est belle. Trente hommes suffisent. Pourquoi en sacrifier quarante ?

Ils répliquèrent :

— Parce que pas un ne voudra s'en aller.

— Citoyens, cria Enjolras, et il y avait dans sa voix une vibration presque irritée, la république n'est pas assez riche en hommes pour faire des dépenses inutiles. La gloriole est un gaspillage. Si, pour quelques-uns, le devoir est de s'en aller, ce devoir-là doit être fait comme un autre.

Enjolras, l'homme principe, avait sur ses coreligionnaires cette sorte de toute-puissance qui se dégage de l'absolu. Cependant, quelle que fût cette omnipotence, on murmura.

Chef jusque dans le bout des ongles, Enjolras, voyant qu'on murmurait, insista. Il reprit avec hauteur :

— Que ceux qui craignent de n'être plus que trente le disent.

Les murmures redoublèrent.

— D'ailleurs, observa une voix dans un groupe, s'en aller, c'est facile à dire. La barricade est cernée.

— Pas du côté des halles, dit Enjolras. La rue Mondétour est libre, et par la rue des Prêcheurs on peut gagner le marché des Innocents.

— Et là, reprit une autre voix du groupe, on sera pris. On tombera dans quelque grand'garde de la ligne ou de la banlieue. Ils verront passer un homme en blouse et en casquette. D'où viens-tu, toi ? serais-tu pas de la barricade ? Et on vous regarde les mains. Tu sens la poudre. Fusillé.

Enjolras, sans répondre, toucha l'épaule de Combeferre, et tous deux entrèrent dans la salle basse.

Ils ressortirent un moment après. Enjolras tenait dans ses deux mains étendues les quatre uniformes qu'il avait fait réserver. Combeferre le suivait portant les buffleteries et les shakos.

— Avec cet uniforme, dit Enjolras, on se mêle aux rangs et l'on s'échappe. Voici toujours pour quatre.

Et il jeta sur le sol dépavé les quatre uniformes.

Aucun ébranlement ne se faisait dans le stoïque auditoire. Combeferre prit la parole.

— Allons, dit-il, il faut avoir un peu de pitié. Savez-vous de quoi il est question ici ? Il est question des femmes. Voyons. Y a-t-il des femmes, oui ou non ? y a-t-il des enfants, oui ou non ? y a-t-il, oui ou non, des mères, qui poussent des berceaux du pied et qui ont des tas de petits autour d'elles ? Que celui de vous qui n'a jamais vu le sein d'une nourrice lève la main. Ah ! vous voulez vous faire tuer, je le veux aussi, moi qui vous parle, mais je ne veux pas sentir des fantômes de femmes qui se tordent les bras autour de moi. Mourez, soit, mais ne faites pas mourir. Des suicides comme celui qui va s'accomplir ici sont sublimes, mais le suicide est étroit, et ne veut pas d'extension ; et dès qu'il touche à vos proches, le suicide s'appelle meurtre. Songez aux petites têtes blondes, et songez aux cheveux blancs. Écoutez, tout à l'heure Enjolras, il vient de me le dire, a vu au coin de la rue du Cygne une croisée éclairée, une chandelle à une pauvre fenêtre, au cinquième, et sur la vitre l'ombre toute branlante d'une tête de vieille femme qui avait l'air d'avoir passé la nuit et d'attendre. C'est peut-être la mère de l'un de vous. Eh bien, qu'il s'en aille, celui-là, et qu'il se dépêche d'aller dire à sa mère : Mère, me voilà ! Qu'il soit tranquille, on fera la besogne ici tout de même. Quand on soutient ses proches de son travail, on n'a plus le droit de se sacrifier. C'est déserter la famille, cela. Et ceux qui ont des filles, et ceux qui ont des sœurs ! Y pensez-vous ? Vous vous faites tuer, vous voilà morts, c'est bon, et demain ? Des jeunes filles qui n'ont pas de pain, cela est terrible. L'homme mendie, la femme vend. Ah ! ces charmants êtres si gracieux et si doux qui ont des bonnets de fleurs, qui emplissent la maison de chasteté, qui chantent, qui jasent, qui sont comme un parfum vivant, qui prouvent l'existence des anges dans le ciel par la pureté des vierges sur la terre, cette Jeanne, cette Lise, cette Mimi, ces adorables et honnêtes créatures qui sont

votre bénédiction et votre orgueil, ah, mon Dieu, elles
vont avoir faim ! Que voulez-vous que je vous dise ? Il y
a un marché de chair humaine ; et ce n'est pas avec vos
mains d'ombres, frémissantes autour d'elles, que vous les
empêcherez d'y entrer ! Songez à la rue, songez au pavé
couvert de passants, songez aux boutiques devant lesquelles des femmes vont et viennent décolletées et dans
la boue. Ces femmes-là aussi ont été pures. Songez à vos
sœurs, ceux qui en ont. La misère, la prostitution, les sergents de ville, Saint-Lazare, voilà où vont tomber ces
délicates belles filles, ces fragiles merveilles de pudeur,
de gentillesse et de beauté, plus fraîches que les lilas du
mois de mai. Ah ! vous vous êtes fait tuer ! ah ! vous
n'êtes plus là ! C'est bien ; vous avez voulu soustraire le
peuple à la royauté, vous donnez vos filles à la police.
Amis, prenez garde, ayez de la compassion. Les femmes,
les malheureuses femmes, on n'a pas l'habitude d'y songer beaucoup. On se fie sur ce que les femmes n'ont pas
reçu l'éducation des hommes, on les empêche de lire, on
les empêche de penser, on les empêche de s'occuper de
politique ; les empêcherez-vous d'aller ce soir à la
morgue et de reconnaître vos cadavres ? Voyons, il faut
que ceux qui ont des familles soient bons enfants et nous
donnent une poignée de main et s'en aillent, et nous laissent faire ici l'affaire tout seuls. Je sais bien qu'il faut du
courage pour s'en aller, c'est difficile ; mais plus c'est
difficile, plus c'est méritoire. On dit : J'ai un fusil, je suis
à la barricade, tant pis, j'y reste. Tant pis, c'est bientôt
dit. Mes amis, il y a un lendemain ; vous n'y serez pas
à ce lendemain, mais vos familles y seront. Et que de
souffrances ! Tenez, un joli enfant bien portant qui a des
joues comme une pomme, qui babille, qui jacasse, qui
jabote, qui rit, qu'on sent frais sous le baiser, savez-vous
ce que cela devient quand c'est abandonné ? J'en ai vu
un, tout petit, haut comme cela. Son père était mort. De
pauvres gens l'avaient recueilli par charité, mais ils
n'avaient pas de pain pour eux-mêmes. L'enfant avait
toujours faim. C'était l'hiver. Il ne pleurait pas. On le
voyait aller près du poêle où il n'y avait jamais de feu et
dont le tuyau, vous savez, était mastiqué avec de la terre

jaune. L'enfant détachait avec ses petits doigts un peu de cette terre et la mangeait. Il avait la respiration rauque, la face livide, les jambes molles, le ventre gros. Il ne disait rien. On lui parlait, il ne répondait pas. Il est mort. On l'a apporté mourir à l'hospice Necker, où je l'ai vu. J'étais interne à cet hospice-là. Maintenant, s'il y a des pères parmi vous, des pères qui ont pour bonheur de se promener le dimanche en tenant dans leur bonne main robuste la petite main de leur enfant, que chacun de ces pères se figure que cet enfant-là est le sien. Ce pauvre môme, je me le rappelle, il me semble que je le vois, quand il a été nu sur la table d'anatomie, ses côtes faisaient saillie sous sa peau comme les fosses sous l'herbe d'un cimetière. On lui a trouvé une espèce de boue dans l'estomac. Il avait de la cendre dans les dents. Allons, tâtons-nous en conscience et prenons conseil de notre cœur. Les statistiques constatent que la mortalité des enfants abandonnés est de cinquante-cinq pour cent. Je le répète, il s'agit des femmes, il s'agit des mères, il s'agit des jeunes filles, il s'agit des mioches. Est-ce qu'on vous parle de vous ? On sait bien ce que vous êtes ; on sait bien que vous êtes tous des braves, parbleu ! on sait bien que vous avez tous dans l'âme la joie et la gloire de donner votre vie pour la grande cause ; on sait bien que vous vous sentez élus pour mourir utilement et magnifiquement, et que chacun de vous tient à sa part du triomphe. À la bonne heure. Mais vous n'êtes pas seuls en ce monde. Il y a d'autres êtres auxquels il faut penser. Il ne faut pas être égoïstes [1].

Tous baissèrent la tête d'un air sombre.

Étranges contradictions du cœur humain à ses moments les plus sublimes ! Combeferre, qui parlait ainsi, n'était

---

1. Cette scène, comme beaucoup d'éléments de l'épisode de la barricade, fait écho à *Histoire d'un crime* et à la résistance au coup d'État, seule expérience que Hugo ait eue de l'action militante directe — et armée. Lors de la dernière réunion du groupe des députés républicains, le 6 décembre 1851, on répondit de la même manière — « Dans certains cas, n'être que des héros, c'est de l'égoïsme » à Chamaraule qui proposait, avec Hugo, d'aller au-devant d'une mort héroïque.

pas orphelin. Il se souvenait des mères des autres, et il oubliait la sienne. Il allait se faire tuer. Il était « égoïste ».

Marius, à jeun, fiévreux, successivement sorti de toutes les espérances, échoué dans la douleur, le plus sombre des naufrages, saturé d'émotions violentes, et sentant la fin venir, s'était de plus en plus enfoncé dans cette stupeur visionnaire qui précède toujours l'heure fatale volontairement acceptée.

Un physiologiste eût pu étudier sur lui les symptômes croissants de cette absorption fébrile connue et classée par la science, et qui est à la souffrance ce que la volupté est au plaisir. Le désespoir aussi a son extase. Marius en était là. Il assistait à tout comme du dehors ; ainsi que nous l'avons dit, les choses qui se passaient devant lui, lui semblaient lointaines ; il distinguait l'ensemble, mais n'apercevait point les détails. Il voyait les allants et venants à travers un flamboiement. Il entendait les voix parler comme au fond d'un abîme.

Cependant ceci l'émut. Il y avait dans cette scène une pointe qui perça jusqu'à lui, et qui le réveilla. Il n'avait plus qu'une idée, mourir, et il ne voulait pas s'en distraire ; mais il songea, dans son somnambulisme funèbre, qu'en se perdant, il n'est pas défendu de sauver quelqu'un.

Il éleva la voix :

— Enjolras et Combeferre ont raison, dit-il ; pas de sacrifice inutile. Je me joins à eux, et il faut se hâter. Combeferre vous a dit les choses décisives. Il y en a parmi vous qui ont des familles, des mères, des sœurs, des femmes, des enfants. Que ceux-là sortent des rangs.

Personne ne bougea.

— Les hommes mariés et les soutiens de famille hors des rangs ! répéta Marius.

Son autorité était grande. Enjolras était bien le chef de la barricade, mais Marius en était le sauveur.

— Je l'ordonne ! cria Enjolras.

— Je vous en prie, dit Marius.

Alors, remués par la parole de Combeferre, ébranlés par l'ordre d'Enjolras, émus par la prière de Marius, ces hommes héroïques commencèrent à se dénoncer les uns les autres. — C'est vrai, disait un jeune homme à un homme fait. Tu es père de famille. Va-t'en. — C'est plutôt toi, répondait l'homme, tu as tes deux sœurs que tu nourris. — Et une lutte inouïe éclatait. C'était à qui ne se laisserait pas mettre à la porte du tombeau.

— Dépêchons, dit Courfeyrac, dans un quart d'heure il ne serait plus temps.

— Citoyens, poursuivit Enjolras, c'est ici la république, et le suffrage universel règne. Désignez vous-mêmes ceux qui doivent s'en aller.

On obéit. Au bout de quelques minutes, cinq étaient unanimement désignés et sortaient des rangs.

— Ils sont cinq ! s'écria Marius.

Il n'y avait que quatre uniformes.

— Eh bien, reprirent les cinq, il faut qu'un reste.

Et ce fut à qui resterait, et à qui trouverait aux autres des raisons de ne pas rester. La généreuse querelle recommença.

— Toi, tu as une femme qui t'aime. — Toi, tu as ta vieille mère. — Toi, tu n'as plus ni père ni mère, qu'est-ce que tes trois petits frères vont devenir ? — Toi, tu es père de cinq enfants. — Toi, tu as le droit de vivre, tu as dix-sept ans, c'est trop tôt.

Ces grandes barricades révolutionnaires étaient des rendez-vous d'héroïsmes. L'invraisemblable y était simple. Ces hommes ne s'étonnaient pas les uns les autres.

— Faites vite, répétait Courfeyrac.

On cria des groupes à Marius :

— Désignez, vous, celui qui doit rester.

— Oui, dirent les cinq, choisissez. Nous vous obéirons.

Marius ne croyait plus à une émotion possible. Cependant à cette idée, choisir un homme pour la mort, tout son sang reflua vers son cœur. Il eût pâli, s'il eût pu pâlir encore.

Il s'avança vers les cinq qui lui souriaient, et chacun, l'œil plein de cette grande flamme qu'on voit au fond de l'histoire sur les Thermopyles, lui criait :

— Moi ! moi ! moi !

Et Marius, stupidement, les compta ; ils étaient toujours cinq ! Puis son regard s'abaissa sur les quatre uniformes.

En cet instant, un cinquième uniforme tomba, comme du ciel, sur les quatre autres.

Le cinquième homme était sauvé.

Marius leva les yeux et reconnut M. Fauchelevent.

Jean Valjean venait d'entrer dans la barricade.

Soit renseignement pris, soit instinct, soit hasard, il arrivait par la ruelle Mondétour. Grâce à son habit de garde national, il avait passé aisément.

La vedette placée par les insurgés dans la rue Mondétour, n'avait point à donner le signal d'alarme pour un garde national seul. Elle l'avait laissé s'engager dans la rue en se disant : c'est un renfort probablement, et au pis aller un prisonnier. Le moment était trop grave pour que la sentinelle pût se distraire de son devoir et de son poste d'observation.

Au moment où Jean Valjean était entré dans la redoute, personne ne l'avait remarqué, tous les yeux étant fixés sur les cinq choisis et sur les quatre uniformes. Jean Valjean, lui, avait vu et entendu, et, silencieusement, il s'était dépouillé de son habit et l'avait jeté sur le tas des autres.

L'émotion fut indescriptible.

— Quel est cet homme ? demanda Bossuet.

— C'est, répondit Combeferre, un homme qui sauve les autres.

Marius ajouta d'une voix grave :

— Je le connais.

Cette caution suffisait à tous.

Enjolras se tourna vers Jean Valjean.

— Citoyen, soyez le bienvenu.

Et il ajouta :

— Vous savez qu'on va mourir.

Jean Valjean, sans répondre, aida l'insurgé qu'il sauvait à revêtir son uniforme.

V

QUEL HORIZON ON VOIT DU HAUT
DE LA BARRICADE [1]

La situation de tous, dans cette heure fatale et dans ce lieu inexorable, avait comme résultante et comme sommet la mélancolie suprême d'Enjolras.

Enjolras avait en lui la plénitude de la révolution ; il était incomplet pourtant, autant que l'absolu peut l'être ; il tenait trop de Saint-Just, et pas assez d'Anacharsis Cloots ; cependant son esprit, dans la société des Amis de l'A B C, avait fini par subir une certaine aimantation des idées de Combeferre ; depuis quelque temps, il sortait peu à peu de la forme étroite du dogme et se laissait aller aux élargissements du progrès, et il en était venu à

---

1. Ce n'est pas sans raisons que, dans *Les Misérables*, la barricade est le point d'où l'on voit l'horizon, et l'égout la voie par laquelle on s'en approche.

Le modèle topologique de l'humanité et de la société — voir « Les mines et les mineurs », III, 7, 1 ; p. 985 et note générale 15 — implique en effet son développement dynamique. L'histoire est alors ce mouvement incessant d'édification et de ruine où les misérables sont à la fois les ouvriers, les victimes, les matériaux et l'agent destructeur du travail social par lequel l'humanité — l'idéal autant que les infortunés infâmes — s'accomplit et se nie en devenant société. Tout moment historique consacre à la fois une déchéance de l'idéal et une avancée vers lui.

Deux formes de progrès existent donc : l'écroulement du monde ancien et la reconstruction révolutionnaire d'un nouveau ; mais, dans cette conflagration, la mine s'écroule sur les mineurs et rien n'assure que le nouvel édifice ne sera pas calqué sur l'ancien ; de là la question « Faut-il trouver bon Waterloo ? » (et 93 ?). Ou bien la lente et ingénieuse résorption par la société de ses déchets, le détour et le détournement de l'égout, la correction de sa circulation et le recyclage de ses fluides.

Pour l'heure, la résistance sociale rend également irréalistes et suicidaires ces deux voies qui sont celles d'Enjolras et de Jean Valjean. Mais elles se croisent ; le coup de fusil de Jean Valjean, sans tuer personne, n'est pas inutile à la barricade. La vaste coopération entre « l'agonie des souffrances » et « l'immortalité des idées » sauvera, pour le meilleur et pour le pire, le baron Pontmercy et Cosette.

accepter, comme évolution définitive et magnifique, la transformation de la grande république française en immense république humaine. Quant aux moyens immédiats, une situation violente étant donnée, il les voulait violents ; en cela, il ne variait pas ; et il était resté de cette école épique et redoutable que résume ce mot : Quatre-vingt-treize.

Enjolras était debout sur l'escalier de pavés, un de ses coudes sur le canon de sa carabine. Il songeait ; il tressaillait, comme à des passages de souffles ; les endroits où est la mort ont de ces effets de trépieds. Il sortait de ses prunelles, pleines du regard intérieur, des espèces de feux étouffés. Tout à coup, il dressa la tête, ses cheveux blonds se renversèrent en arrière comme ceux de l'ange sur le sombre quadrige fait d'étoiles, ce fut comme une crinière de lion effarée en flamboiement d'auréole, et Enjolras s'écria[2] :

— Citoyens, vous représentez-vous l'avenir ? Les rues des villes inondées de lumières, des branches vertes sur les seuils, les nations sœurs, les hommes justes, les vieillards bénissant les enfants, le passé aimant le présent, les penseurs en pleine liberté, les croyants en pleine égalité, pour religion le ciel. Dieu prêtre direct, la conscience humaine devenue l'autel, plus de haines, la fraternité de l'atelier et de l'école, pour pénalité et pour récompense la notoriété, à tous le travail, pour tous le droit, sur tous la paix, plus de sang versé, plus de guerres, les mères heureuses ! Dompter la matière, c'est le premier pas ; réa-

---

2. Hugo confie à Enjolras, représenté en prophète — ou en oracle : trépied de la Pythie de Delphes —, les principaux articles de sa conviction politique. Le plus original concerne la République. Elle est conçue moins comme solution pacifique au conflit des classes que, selon la logique de Rousseau, comme seule forme politique réalisant l'autonomie de la conscience et du sujet individuel. Propre à Hugo en revanche, quoique Marx donne au « communisme » — fin de l'histoire comme ici la République (p. 1604) — un visage étrangement ressemblant, est l'image d'une République non plus juridique mais vécue : communauté en fusion où l'individu accède à cette identité multipersonnelle qui est la solution hugolienne à la question de l'altérité — voir note générale 7.

liser l'idéal, c'est le second. Réfléchissez à ce qu'a déjà fait le progrès. Jadis les premières races humaines voyaient avec terreur passer devant leurs yeux l'hydre qui soufflait sur les eaux, le dragon qui vomissait du feu, le griffon qui était le monstre de l'air et qui volait avec les ailes d'un aigle et les griffes d'un tigre ; bêtes effrayantes qui étaient au-dessus de l'homme. L'homme cependant a tendu ses piéges, les piéges sacrés de l'intelligence, et il a fini par y prendre les monstres. Nous avons dompté l'hydre, et elle s'appelle le steamer ; nous avons dompté le dragon, et il s'appelle la locomotive ; nous sommes sur le point de dompter le griffon, nous le tenons déjà, et il s'appelle le ballon. Le jour où cette œuvre prométhéenne sera terminée et où l'homme aura définitivement attelé à sa volonté la triple Chimère antique, l'hydre, le dragon et le griffon, il sera maître de l'eau, du feu et de l'air, et il sera pour le reste de la création animée ce que les anciens dieux étaient jadis pour lui. Courage, et en avant ! Citoyens, où allons-nous ? À la science faite gouvernement, à la force des choses devenue seule force publique, à la loi naturelle ayant sa sanction et sa pénalité en elle-même et se promulguant par l'évidence, à un lever de vérité correspondant au lever du jour. Nous allons à l'union des peuples ; nous allons à l'unité de l'homme. Plus de fictions ; plus de parasites. Le réel gouverné par le vrai, voilà le but. La civilisation tiendra ses assises au sommet de l'Europe, et plus tard au centre des continents, dans un grand parlement de l'intelligence. Quelque chose de pareil s'est vu déjà. Les amphictyons[3] avaient deux séances par an, l'une à Delphes, lieu des dieux, l'autre aux Thermopyles, lieu des héros. L'Europe aura ses amphyctions ; le globe aura ses amphictyons. La France porte cet avenir sublime dans ses flancs. C'est là la gestation du dix-neuvième siècle, ce qu'avait ébauché la Grèce est digne d'être achevé par la France. Écoute-moi, toi

---

3. Les députés des douze peuples grecs qui, réunis, décidaient des fêtes religieuses communes et jouaient un rôle comparable — selon Hugo — à celui d'un tribunal international ou d'une « société des nations ».

Feuilly, vaillant ouvrier, homme du peuple, homme des peuples[4]. Je te vénère. Oui, tu vois nettement les temps futurs, oui, tu as raison. Tu n'avais ni père ni mère, Feuilly ; tu as adopté pour mère l'humanité et pour père le droit. Tu vas mourir ici, c'est-à-dire triompher. Citoyens, quoi qu'il arrive aujourd'hui, par notre défaite aussi bien que par notre victoire, c'est une révolution que nous allons faire. De même que les incendies éclairent toute la ville, les révolutions éclairent tout le genre humain. Et quelle révolution ferons-nous ? Je viens de le dire, la révolution du Vrai. Au point de vue politique, il n'y a qu'un seul principe, la souveraineté de l'homme sur lui-même. Cette souveraineté de moi sur moi s'appelle Liberté. Là où deux ou plusieurs de ces souverainetés s'associent commence l'état. Mais dans cette association il n'y a nulle abdication. Chaque souveraineté concède une certaine quantité d'elle-même pour former le droit commun. Cette quantité est la même pour tous. Cette identité de concession que chacun fait à tous s'appelle Égalité. Le droit commun n'est pas autre chose que la protection de tous rayonnant sur le droit de chacun. Cette protection de tous sur chacun s'appelle Fraternité. Le point d'intersection de toutes ces souverainetés qui s'agrègent s'appelle Société. Cette intersection étant une jonction, ce point est un nœud. De là ce qu'on appelle le lien social. Quelques-uns disent contrat social ; ce qui est la même chose, le mot contrat étant étymologiquement formé avec l'idée de lien. Entendons-nous sur l'égalité ; car, si la liberté est le sommet, l'égalité est la base. L'égalité, citoyens, ce n'est pas toute la végétation à niveau, une société de grands brins d'herbe et de petits chênes ; un voisinage de jalousies s'entre-châtrant ; c'est, civilement, toutes les aptitudes ayant la même ouverture ; politiquement, tous les votes ayant le même poids ; religieusement, toutes les consciences ayant le même droit. L'Égalité a un organe, l'instruction gratuite et obligatoire. Le droit à l'alphabet, c'est par là qu'il faut commencer. L'école primaire imposée à tous, l'école

4. Voir III, 4, 1, notes 12 et 13, p. 899.

secondaire offerte à tous, c'est là la loi. De l'école identique sort la société égale. Oui, enseignement ! Lumière !
lumière ! tout vient de la lumière et tout y retourne.
Citoyens, le dix-neuvième siècle est grand, mais le vingtième siècle sera heureux. Alors plus rien de semblable
à la vieille histoire ; on n'aura plus à craindre, comme
aujourd'hui, une conquête, une invasion, une usurpation,
une rivalité de nations à main armée, une interruption de
civilisation dépendant d'un mariage de rois, une naissance dans les tyrannies héréditaires, un partage de
peuples par congrès, un démembrement par écroulement
de dynastie, un combat de deux religions se rencontrant
de front, comme deux boucs de l'ombre, sur le pont de
l'infini ; on n'aura plus à craindre la famine, l'exploitation, la prostitution par détresse, la misère par chômage,
et l'échafaud, et le glaive, et les batailles, et tous les bri-
gandages du hasard dans la forêt des événements. On
pourrait presque dire : il n'y aura plus d'événements. On
sera heureux. Le genre humain accomplira sa loi comme
le globe terrestre accomplit la sienne ; l'harmonie se réta-
blira entre l'âme et l'astre ; l'âme gravitera autour de la
vérité comme l'astre autour de la lumière. Amis, l'heure
où nous sommes et où je vous parle est une heure sombre ; mais ce sont là les achats terribles de l'avenir. Une
révolution est un péage. Oh ! le genre humain sera
délivré, relevé et consolé ! Nous le lui affirmons sur cette
barricade. D'où poussera-t-on le cri d'amour, si ce n'est
du haut du sacrifice ? Ô mes frères, c'est ici le lieu de
jonction de ceux qui pensent et de ceux qui souffrent ;
cette barricade n'est faite ni de pavés, ni de poutres, ni
de ferrailles ; elle est faite de deux monceaux, un monceau d'idées et un monceau de douleurs. La misère y
rencontre l'idéal. Le jour y embrasse la nuit et lui dit : Je
vais mourir avec toi et tu vas renaître avec moi. De
l'étreinte de toutes les désolations jaillit la foi. Les souffrances apportent ici leur agonie, et les idées leur immortalité. Cette agonie et cette immortalité vont se mêler et
composer notre mort. Frères, qui meurt ici meurt dans le
rayonnement de l'avenir, et nous entrons dans une tombe
toute pénétrée d'aurore.

Enjolras s'interrompit plutôt qu'il ne se tut ; ses lèvres remuaient silencieusement comme s'il continuait de se parler à lui-même, ce qui fit qu'attentifs, et pour tâcher de l'entendre encore, ils le regardèrent. Il n'y eut pas d'applaudissement ; mais on chuchota longtemps. La parole étant souffle, les frémissements d'intelligences ressemblent à des frémissements de feuilles[5].

VI

MARIUS HAGARD, JAVERT LACONIQUE

Disons ce qui se passait dans la pensée de Marius.

Qu'on se souvienne de sa situation d'âme. Nous venons de le rappeler, tout n'était plus pour lui que vision. Son appréciation était trouble. Marius, insistons-y, était sous l'ombre des grandes ailes ténébreuses ouvertes sur les agonisants. Il se sentait entré dans le tombeau, il lui semblait qu'il était déjà de l'autre côté de la muraille, et il ne voyait plus les faces des vivants qu'avec les yeux d'un mort.

Comment M. Fauchelevent était-il là ? Pourquoi y était-il ? Qu'y venait-il faire ? Marius ne s'adressa point toutes ces questions. D'ailleurs, notre désespoir ayant cela de particulier qu'il enveloppe autrui comme nous-même, il lui semblait logique que tout le monde vînt mourir.

Seulement il songea à Cosette avec un serrement de cœur.

Du reste M. Fauchelevent ne lui parla pas, ne le regarda pas, et n'eut pas même l'air d'entendre lorsque Marius éleva la voix pour dire : Je le connais.

Quant à Marius, cette attitude de M. Fauchelevent le soulageait, et si l'on pouvait employer un tel mot pour

---

5. Sur la valeur de l'image, voir IV, 10, 4, note 5, p. 1437 et, sur le suspens final de la parole — celle du personnage ici, ailleurs celle du narrateur —, voir I, 2, 11, note 3, p. 155.

de telles impressions, nous dirions, lui plaisait. Il s'était toujours senti une impossibilité absolue d'adresser la parole à cet homme énigmatique qui était à la fois pour lui équivoque et imposant. Il y avait en outre très long-temps qu'il ne l'avait vu ; ce qui, pour la nature timide et réservée de Marius, augmentait encore l'impossibilité.

Les cinq hommes désignés sortirent de la barricade par la ruelle Mondétour ; ils ressemblaient parfaitement à des gardes nationaux. Un d'eux s'en alla en pleurant. Avant de partir, ils embrassèrent ceux qui restaient.

Quand les cinq hommes renvoyés à la vie furent partis, Enjolras pensa au condamné à mort. Il entra dans la salle basse. Javert, lié au pilier, songeait.

— Te faut-il quelque chose ? lui demanda Enjolras.

Javert répondit :

— Quand me tuerez-vous ?

— Attends. Nous avons besoin de toutes nos car-touches en ce moment.

— Alors, donnez-moi à boire, dit Javert.

Enjolras lui présenta lui-même un verre d'eau, et, comme Javert était garrotté, il l'aida à boire.

— Est-ce là tout ? reprit Enjolras.

— Je suis mal à ce poteau, répondit Javert. Vous n'êtes pas tendres de m'avoir laissé passer la nuit là. Liez-moi comme il vous plaira, mais vous pouvez bien me coucher sur une table, comme l'autre.

Et d'un mouvement de tête il désignait le cadavre de M. Mabeuf.

Il y avait, on s'en souvient, au fond de la salle une grande et longue table sur laquelle on avait fondu des balles et fait des cartouches. Toutes les cartouches étant faites et toute la poudre étant employée, cette table était libre.

Sur l'ordre d'Enjolras, quatre insurgés délièrent Javert du poteau. Tandis qu'on le déliait, un cinquième lui tenait une bayonnette appuyée sur la poitrine. On lui laissa les mains attachées derrière le dos, on lui mit aux pieds une corde à fouet mince et solide qui lui permettait de faire des pas de quinze pouces comme à ceux qui vont monter à l'échafaud, et on le fit marcher jusqu'à la table au fond de la salle où on l'étendit, étroitement lié par le milieu du corps.

Pour plus de sûreté, au moyen d'une corde fixée au cou, on ajouta au système de ligatures qui lui rendaient toute évasion impossible cette espèce de lien, appelé dans les prisons martingale, qui part de la nuque, se bifurque sur l'estomac, et vient rejoindre les mains après avoir passé entre les jambes.

Pendant qu'on garrottait Javert, un homme, sur le seuil de la porte, le considérait avec une attention singulière. L'ombre que faisait cet homme fit tourner la tête à Javert. Il leva les yeux et reconnut Jean Valjean. Il ne tressaillit même pas, abaissa fièrement la paupière, et se borna à dire : C'est tout simple[1].

VII

LA SITUATION S'AGGRAVE

Le jour croissait rapidement. Mais pas une fenêtre ne s'ouvrait, pas une porte ne s'entre-bâillait ; c'était l'aurore, non le réveil. L'extrémité de la rue de la Chanvrerie opposée à la barricade avait été évacuée par les troupes, comme nous l'avons dit ; elle semblait libre et s'ouvrait aux passants avec une tranquillité sinistre. La rue Saint-Denis était muette comme l'avenue des Sphinx à Thèbes. Pas un être vivant dans les carrefours que blanchissait un reflet de soleil. Rien n'est lugubre comme cette clarté des rues désertes.

On ne voyait rien, mais on entendait. Il se faisait à

---

1. Un rapprochement analogue entre Fantine et le forçat suspecté dans M. Madeleine avait déjà (I, 5, 13 ; p. 283) fait entrevoir à Javert « je ne sais quoi de tout simple » là où, précisément, rien n'était simple. Le mot a également été celui de Thénardier, voir texte II, 3, 8 annoté 17 ; p. 573. La misère au contraire est essentiellement double et composite.

une certaine distance un mouvement mystérieux. Il était évident que l'instant critique arrivait. Comme la veille au soir les vedettes se replièrent ; mais cette fois toutes.

La barricade était plus forte que lors de la première attaque. Depuis le départ des cinq, on l'avait exhaussée encore.

Sur l'avis de la vedette qui avait observé la région des halles, Enjolras, de peur d'une surprise par derrière, prit une résolution grave. Il fit barricader le petit boyau de la ruelle Mondétour resté libre jusqu'alors. On dépava pour cela quelques longueurs de maisons de plus. De cette façon, la barricade, murée sur trois rues, en avant sur la rue de la Chanvrerie, à gauche sur la rue du Cygne et la petite-Truanderie, à droite sur la rue Mondétour, était vraiment presque inexpugnable ; il est vrai qu'on y était fatalement enfermé. Elle avait trois fronts, mais n'avait plus d'issue. — Forteresse, mais souricière, dit Courfeyrac en riant.

Enjolras fit entasser près de la porte du cabaret une trentaine de pavés, « arrachés de trop », disait Bossuet.

Le silence était maintenant si profond du côté d'où l'attaque devait venir qu'Enjolras fit reprendre à chacun le poste de combat.

On distribua à tous une ration d'eau-de-vie.

Rien n'est plus curieux qu'une barricade qui se prépare à un assaut. Chacun choisit sa place comme au spectacle. On s'accote, on s'accoude, on s'épaule. Il y en a qui se font des stalles avec des pavés. Voilà un coin de mur qui gêne, on s'en éloigne ; voici un redan qui peut protéger, on s'y abrite. Les gauchers sont précieux ; ils prennent les places incommodes aux autres. Beaucoup s'arrangent pour combattre assis. On veut être à l'aise pour tuer et confortablement pour mourir. Dans la funeste guerre de juin 1848, un insurgé qui avait un tir redoutable et qui se battait du haut d'une terrasse sur un toit, s'y était fait apporter un fauteuil Voltaire ; un coup de mitraille vint l'y trouver.

Sitôt que le chef a commandé le branle-bas de combat, tous les mouvements désordonnés cessent ; plus de tiraillements de l'un à l'autre ; plus de coteries ; plus d'aparté ;

plus de bande à part ; tout ce qui est dans les esprits converge et se change en attente de l'assaillant. Une barricade avant le danger, chaos ; dans le danger, discipline. Le péril fait l'ordre.

Dès qu'Enjolras eut pris sa carabine à deux coups et se fut placé à une espèce de créneau qu'il s'était réservé, tous se turent. Un pétillement de petits bruits secs retentit confusément le long de la muraille de pavés. C'étaient les fusils qu'on armait.

Du reste, les attitudes étaient plus fières et plus confiantes que jamais ; l'excès du sacrifice est un affermissement ; ils n'avaient plus l'espérance, mais ils avaient le désespoir. Le désespoir, dernière arme, qui donne la victoire quelquefois ; Virgile l'a dit [1]. Les ressources suprêmes sortent des résolutions extrêmes. S'embarquer dans la mort, c'est parfois le moyen d'échapper au naufrage ; et le couvercle du cercueil devient une planche de salut.

Comme la veille au soir, toutes les attentions étaient tournées, et on pourrait presque dire appuyées, sur le bout de la rue, maintenant éclairé et visible.

L'attente ne fut pas longue. Le remuement recommença distinctement du côté de Saint-Leu, mais cela ne ressemblait pas au mouvement de la première attaque. Un clapotement de chaînes, le cahotement inquiétant d'une masse, un cliquetis d'airain sautant sur le pavé, une sorte de fracas solennel, annoncèrent qu'une ferraille sinistre s'approchait. Il y eut un tressaillement dans les entrailles de ces vieilles rues paisibles, percées et bâties pour la circulation féconde des intérêts et des idées, et qui ne sont pas faites pour le roulement monstrueux des roues de la guerre.

La fixité des prunelles de tous les combattants sur l'extrémité de la rue devint farouche.

Une pièce de canon apparut.

Les artilleurs poussaient la pièce ; elle était dans son encastrement de tir ; l'avant-train avait été détaché ; deux

---

1. Dans l'*Enéide* : *Una salus victis, nullam sperare salutem* : « Pour les vaincus, le seul salut est de n'en espérer aucun ».

soutenaient l'affût, quatre étaient aux roues ; d'autres suivaient avec le caisson. On voyait fumer la mèche allumée.

— Feu ! cria Enjolras.

Toute la barricade fit feu, la détonation fut effroyable ; une avalanche de fumée couvrit et effaça la pièce et les hommes ; après quelques secondes le nuage se dissipa, et le canon et les hommes reparurent ; les servants de la pièce achevaient de la rouler en face de la barricade lentement, correctement, et sans se hâter. Pas un n'était atteint. Puis le chef de pièce pesant sur la culasse pour élever le tir, se mit à pointer le canon avec la gravité d'un astronome qui braque une lunette.

— Bravo les canonniers ! cria Bossuet.

Et toute la barricade battit des mains.

Un moment après, carrément posée au beau milieu de la rue à cheval sur le ruisseau, la pièce était en batterie. Une gueule formidable était ouverte sur la barricade.

— Allons, gai ! fit Courfeyrac. Voilà le brutal. Après la chiquenaude, le coup de poing. L'armée étend vers nous sa grosse patte. La barricade va être sérieusement secouée. La fusillade tâte, le canon prend.

— C'est une pièce de huit, nouveau modèle, en bronze, ajouta Combeferre. Ces pièces-là, pour peu qu'on dépasse la proportion de dix parties d'étain sur cent de cuivre, sont sujettes à éclater. L'excès d'étain les fait trop tendres. Il arrive alors qu'elles ont des caves et des chambres dans la lumière. Pour obvier à ce danger et pouvoir forcer la charge, il faudrait peut-être en revenir au procédé du quatorzième siècle, le cerclage, et émenaucher extérieurement la pièce d'une suite d'anneaux d'acier sans soudure, depuis la culasse jusqu'au tourillon. En attendant, on remédie comme on peut au défaut ; on parvient à reconnaître où sont les trous et les caves dans la lumière d'un canon au moyen du chat. Mais il y a un meilleur moyen, c'est l'étoile mobile de Gribeauval.

— Au seizième siècle, observa Bossuet, on rayait les canons.

— Oui, répondit Combeferre, cela augmente la puissance balistique, mais diminue la justesse de tir. Dans le tir à courte distance, la trajectoire n'a pas toute la roideur désirable, la parabole s'exagère, le chemin du projectile n'est plus assez rectiligne pour qu'il puisse frapper les objets intermédiaires, nécessité de combat pourtant, dont l'importance croît avec la proximité de l'ennemi et la précipitation du tir. Ce défaut de tension de la courbe du projectile dans les canons rayés du seizième siècle tenait à la faiblesse de la charge ; les faibles charges, pour cette espèce d'engins, sont imposées par des nécessités de balistique, telles, par exemple, que la conservation des affûts. En somme, le canon, ce despote, ne peut pas tout ce qu'il veut ; la force est une grosse faiblesse. Un boulet de canon ne fait que six cents lieues par heure ; la lumière fait soixante-dix mille lieues par seconde. Telle est la supériorité de Jésus-Christ sur Napoléon.

— Rechargez les armes, dit Enjolras.

De quelle façon le revêtement de la barricade allait-il se comporter sous le boulet ? le coup ferait-il brèche ? Là était la question. Pendant que les insurgés rechargeaient les fusils, les artilleurs chargeaient le canon.

L'anxiété était profonde dans la redoute.

Le coup partit, la détonation éclata.

— Présent ! cria une voix joyeuse.

Et en même temps que le boulet sur la barricade, Gavroche s'abattit dedans.

Il arrivait du côté de la rue du Cygne et il avait lestement enjambé la barricade accessoire qui faisait front au dédale de la Petite-Truanderie.

Gavroche fit plus d'effet dans la barricade que le boulet.

Le boulet s'était perdu dans le fouillis des décombres. Il avait tout au plus brisé une roue de l'omnibus, et achevé la vieille charrette Anceau. Ce que voyant, la barricade se mit à rire.

— Continuez, cria Bossuet aux artilleurs.

VIII

LES ARTILLEURS SE FONT PRENDRE AU SÉRIEUX

On entoura Gavroche.

Mais il n'eut le temps de rien raconter. Marius, frissonnant, le prit à part.

— Qu'est-ce que tu viens faire ici ?

— Tiens ! dit l'enfant. Et vous ?

Et il regarda fixement Marius avec son effronterie épique. Ses deux yeux s'agrandissaient de la clarté fière qui était dedans.

Ce fut avec l'accent sévère que Marius continua :

— Qui est-ce qui te disait de revenir ? As-tu au moins remis ma lettre à son adresse ?

Gavroche n'était point sans quelque remords à l'endroit de cette lettre. Dans sa hâte de revenir à la barricade, il s'en était défait plutôt qu'il ne l'avait remise. Il était forcé de s'avouer à lui-même qu'il l'avait confiée un peu légèrement à cet inconnu dont il n'avait même pu distinguer le visage. Il est vrai que cet homme était nu-tête, mais cela ne suffisait pas. En somme, il se faisait à ce sujet de petites remontrances intérieures et il craignait les reproches de Marius. Il prit, pour se tirer d'affaire, le procédé le plus simple ; il mentit abominablement.

— Citoyen, j'ai remis la lettre au portier. La dame dormait. Elle aura la lettre en se réveillant.

Marius, en envoyant cette lettre, avait deux buts, dire adieu à Cosette et sauver Gavroche. Il dut se contenter de la moitié de ce qu'il voulait.

L'envoi de sa lettre, et la présence de M. Fauchelevent dans la barricade, ce rapprochement s'offrit à son esprit. Il montra à Gavroche M. Fauchelevent.

— Connais-tu cet homme ?

— Non, dit Gavroche.

Gavroche, en effet, nous venons de le rappeler, n'avait vu Jean Valjean que la nuit.

Les conjectures troubles et maladives qui s'étaient

ébauchées dans l'esprit de Marius se dissipèrent. Connaissait-il les opinions de M. Fauchelevent ? M. Fauchelevent était républicain peut-être. De là sa présence toute simple dans ce combat.

Cependant Gavroche était déjà à l'autre bout de la barricade criant : Mon fusil !

Courfeyrac le lui fit rendre.

Gavroche prévint « les camarades », comme il les appelait, que la barricade était bloquée. Il avait eu grand' peine à arriver. Un bataillon de ligne, dont les faisceaux étaient dans la Petite-Truanderie, observait le côté de la rue du Cygne ; du côté opposé, la garde municipale occupait la rue des Prêcheurs. En face, on avait le gros de l'armée.

Ce renseignement donné, Gavroche ajouta :

— Je vous autorise à leur flanquer une pile indigne.

Cependant Enjolras à son créneau, l'oreille tendue, épiait.

Les assaillants, peu contents sans doute du coup à boulet, ne l'avaient pas répété.

Une compagnie d'infanterie de ligne était venue occuper l'extrémité de la rue, en arrière de la pièce. Les soldats dépavaient la chaussée et y construisaient avec les pavés une petite muraille basse, une façon d'épaulement qui n'avait guère plus de dix-huit pouces de hauteur et qui faisait front à la barricade. À l'angle de gauche de cet épaulement, on voyait la tête de colonne d'un bataillon de la banlieue, massé rue Saint-Denis.

Enjolras, au guet, crut distinguer le bruit particulier qui se fait quand on retire des caissons les boîtes à mitraille, et il vit le chef de pièce changer le pointage et incliner légèrement la bouche du canon à gauche. Puis les canonniers se mirent à charger la pièce. Le chef de pièce saisit lui-même le boute-feu et l'approcha de la lumière.

— Baissez la tête, ralliez le mur ! cria Enjolras, et tous à genoux le long de la barricade !

Les insurgés, épars devant le cabaret et qui avaient quitté leur poste de combat à l'arrivée de Gavroche, se ruèrent pêle-mêle vers la barricade ; mais avant que l'ordre d'Enjolras fût exécuté, la décharge se fit avec le

râle effrayant d'un coup de mitraille. C'en était un en
effet.

La charge avait été dirigée sur la coupure de la redoute,
y avait ricoché sur le mur, et ce ricochet épouvantable
avait fait deux morts et trois blessés.

Si cela continuait, la barricade n'était plus tenable. La
mitraille entrait.

Il y eut une rumeur de consternation.

— Empêchons toujours le second coup, dit Enjolras.

Et, abaissant sa carabine, il ajusta le chef de pièce qui,
en ce moment, penché sur la culasse du canon, rectifiait
et fixait définitivement le pointage [1].

Ce chef de pièce était un beau sergent de canonniers,
tout jeune, blond, à la figure très douce, avec l'air intelligent propre à cette arme prédestinée et redoutable qui, à
force de se perfectionner dans l'horreur, doit finir par tuer
la guerre.

Combeferre, debout près d'Enjolras, considérait ce
jeune homme.

— Quel dommage ! dit Combeferre. La hideuse chose
que ces boucheries ! Allons, quand il n'y aura plus de
rois, il n'y aura plus de guerre. Enjolras, tu vises ce sergent, tu ne le regardes pas. Figure-toi que c'est un charmant jeune homme, il est intrépide, on voit qu'il pense,
c'est très instruit, ces jeunes gens de l'artillerie ; il a un
père, une mère, une famille, il aime probablement, il a
tout au plus vingt-cinq ans, il pourrait être ton frère.

— Il l'est, dit Enjolras.

— Oui, reprit Combeferre, et le mien aussi. Eh bien,
ne le tuons pas.

— Laisse-moi. Il faut ce qu'il faut.

---

1. Ce geste, alors, ne va pas de soi. Une sorte de loi de la guerre
implicite voulait, au moins jusqu'en 1830 où elle fut respectée malgré
la violence des combats, qu'on tire sur un groupe, au jugé, et qu'on
s'interdise cette sorte de meurtre. Gavroche sera victime du même
geste, Jean Valjean s'y refuse. A l'assaut final, l'exécution sommaire
d'Enjolras (après celle de Prouvaire) répond explicitement (V, 1, 23 ;
p. 1673) au coup ajusté sur le sergent d'artillerie. Observateur très
attentif de tous les combats de rue, Hugo enregistre ici leur progressive dégradation morale, leur sauvagerie croissante.

Et une larme coula lentement sur la joue de marbre d'Enjolras.

En même temps il pressa la détente de sa carabine. L'éclair jaillit. L'artilleur tourna deux fois sur lui-même, les bras étendus devant lui et la tête levée comme pour aspirer l'air, puis se renversa le flanc sur la pièce et y resta sans mouvement. On voyait son dos du centre duquel sortait tout droit un flot de sang. La balle lui avait traversé la poitrine de part en part. Il était mort.

Il fallut l'emporter et le remplacer. C'étaient en effet quelques minutes de gagnées.

IX

EMPLOI DE CE VIEUX TALENT DE BRACONNIER ET DE CE COUP DE FUSIL INFAILLIBLE QUI A INFLUÉ SUR LA CONDAMNATION DE 1796

Les avis se croisaient dans la barricade. Le tir de la pièce allait recommencer. On n'en avait pas pour un quart d'heure avec cette mitraille. Il était absolument nécessaire d'amortir les coups.

Enjolras jeta ce commandement :

— Il faut mettre là un matelas.

— On n'en a pas, dit Combeferre, les blessés sont dessus.

Jean Valjean, assis à l'écart sur une borne, à l'angle du cabaret, son fusil entre les jambes, n'avait jusqu'à cet instant pris part à rien de ce qui se passait. Il semblait ne pas entendre les combattants dire autour de lui : Voilà un fusil qui ne fait rien.

À l'ordre donné par Enjolras, il se leva.

On se souvient qu'à l'arrivée du rassemblement rue de la Chanvrerie, une vieille femme, prévoyant les balles, avait mis son matelas devant sa fenêtre. Cette fenêtre, fenêtre de grenier, était sur le toit d'une maison à six

étages située un peu en dehors de la barricade. Le matelas, posé en travers, appuyé par le bas sur deux perches à
sécher le linge, était soutenu en haut par deux cordes qui,
de loin, semblaient deux ficelles et qui se rattachaient à
des clous plantés dans les chambranles de la mansarde.
On voyait ces deux cordes distinctement sur le ciel
comme des cheveux.

— Quelqu'un peut-il me prêter une carabine à deux
coups ? dit Jean Valjean.

Enjolras, qui venait de recharger la sienne, la lui tendit.

Jean Valjean ajusta la mansarde et tira.

Une des deux cordes du matelas était coupée.

Le matelas ne pendait plus que par un fil.

Jean Valjean lâcha le second coup. La deuxième corde
fouetta la vitre de la mansarde. Le matelas glissa entre
les deux perches et tomba dans la rue.

La barricade applaudit.

Toutes les voix crièrent :

— Voilà un matelas.

— Oui, dit Combeferre, mais qui l'ira chercher ?

Le matelas en effet était tombé en dehors de la barricade, entre les assiégés et les assiégeants. Or, la mort du
sergent de canonniers ayant exaspéré la troupe, les soldats, depuis quelques instants, s'étaient couchés à plat
ventre derrière la ligne de pavés qu'ils avaient élevée, et,
pour suppléer au silence forcé de la pièce qui se taisait
en attendant que son service fût réorganisé, ils avaient
ouvert le feu contre la barricade. Les insurgés ne répondaient pas à cette mousqueterie, pour épargner les munitions. La fusillade se brisait à la barricade ; mais la rue,
qu'elle remplissait de balles, était terrible.

Jean Valjean sortit de la coupure, entra dans la rue,
traversa l'orage de balles, alla au matelas, le ramassa, le
chargea sur son dos, et revint dans la barricade.

Lui-même mit le matelas dans la coupure. Il l'y fixa
contre le mur de façon que les artilleurs ne le vissent pas.

Cela fait, on attendit le coup de mitraille.

Il ne tarda pas.

Le canon vomit avec un rugissement son paquet de
chevrotines. Mais il n'y eut pas de ricochet. La mitraille

avorta sur le matelas. L'effet prévu était obtenu. La barricade était préservée.

— Citoyen, dit Enjolras à Jean Valjean, la république vous remercie.

Bossuet admirait et riait. Il s'écria :

— C'est immoral qu'un matelas ait tant de puissance. Triomphe de ce qui plie sur ce qui foudroie. Mais c'est égal, gloire au matelas qui annule un canon !

X

AURORE

En ce moment-là, Cosette se réveillait.

Sa chambre était étroite, propre, discrète, avec une longue croisée au levant sur l'arrière-cour de la maison.

Cosette ne savait rien de ce qui se passait dans Paris. Elle n'était point là la veille et elle était déjà rentrée dans sa chambre quand Toussaint avait dit : Il paraît qu'il y a du train.

Cosette avait dormi peu d'heures, mais bien. Elle avait eu de doux rêves, ce qui tenait peut-être un peu à ce que son petit lit était très blanc. Quelqu'un qui était Marius lui était apparu dans de la lumière. Elle se réveilla avec du soleil dans les yeux, ce qui d'abord lui fit l'effet de la continuation du songe.

Sa première pensée sortant de ce rêve fut riante. Cosette se sentit toute rassurée. Elle traversait, comme Jean Valjean quelques heures auparavant, cette réaction de l'âme qui ne veut absolument pas du malheur. Elle se mit à espérer de toutes ses forces sans savoir pourquoi. Puis un serrement de cœur lui vint. — Voilà trois jours qu'elle n'avait vu Marius. Mais elle se dit qu'il devait avoir reçu sa lettre, qu'il savait où elle était, et qu'il avait tant d'esprit, et qu'il trouverait moyen d'arriver jusqu'à elle. — Et cela certainement aujourd'hui, et peut-être ce matin même. — Il faisait grand jour, mais le rayon de lumière était très horizontal, elle pensa qu'il était de très bonne heure ; qu'il fallait se lever pourtant ; pour recevoir Marius.

Elle sentait qu'elle ne pouvait vivre sans Marius, et que par conséquent cela suffisait, et que Marius viendrait. Aucune objection n'était recevable. Tout cela était certain. C'était déjà assez monstrueux d'avoir souffert trois jours. Marius absent trois jours, c'était horrible au bon Dieu. Maintenant, cette cruelle taquinerie d'en haut était une épreuve traversée, Marius allait arriver, et apporterait une bonne nouvelle. Ainsi est faite la jeunesse ; elle essuie vite ses yeux ; elle trouve la douleur inutile et ne l'accepte pas. La jeunesse est le sourire de l'avenir devant un inconnu qui est lui-même. Il lui est naturel d'être heureuse. Il semble que sa respiration soit faite d'espérance.

Du reste, Cosette ne pouvait parvenir à se rappeler ce que Marius lui avait dit au sujet de cette absence qui ne devait durer qu'un jour, et quelle explication il lui en avait donnée. Tout le monde a remarqué avec quelle adresse une monnaie qu'on laisse tomber à terre court se cacher, et quel art elle a de se rendre introuvable. Il y a des pensées qui nous jouent le même tour ; elles se blottissent dans un coin de notre cerveau ; c'est fini ; elles sont perdues ; impossible de remettre la mémoire dessus. Cosette se dépitait quelque peu du petit effort inutile que faisait son souvenir. Elle se disait que c'était bien mal à elle et bien coupable d'avoir oublié des paroles prononcées par Marius.

Elle sortit du lit et fit les deux ablutions de l'âme et du corps, sa prière et sa toilette.

On peut à la rigueur introduire le lecteur dans une chambre nuptiale, non dans une chambre virginale. Le vers l'oserait à peine, la prose ne le doit pas.

C'est l'intérieur d'une fleur encore close, c'est une blancheur dans l'ombre, c'est la cellule intime d'un lys fermé qui ne doit pas être regardé par l'homme tant qu'il n'a pas été regardé par le soleil. La femme en bouton est sacrée. Ce lit innocent qui se découvre, cette adorable demi-nudité qui a peur d'elle-même, ce pied blanc qui se réfugie dans une pantoufle, cette gorge qui se voile devant un miroir comme si ce miroir était une prunelle, cette chemise qui se hâte de remonter et de cacher l'épaule pour un meuble qui craque ou pour une voiture qui passe, ces cordons noués, ces agrafes accrochées, ces lacets tirés, ces tressaillements, ces frissons de froid et de pudeur, cet effarouchement exquis de tous les mouvements, cette inquiétude presque ailée là où rien n'est à craindre, les phases successives du vêtement aussi charmantes que les nuages de l'aurore, il ne sied point que tout cela soit raconté, et c'est déjà trop de l'indiquer.

L'œil de l'homme doit être plus religieux encore devant le lever d'une jeune fille que devant le lever d'une étoile. La possibilité d'atteindre doit tourner en augmentation de respect. Le duvet de la pêche, la cendre de la prune, le cristal radié de la neige, l'aile du papillon poudrée de plumes, sont des choses grossières auprès de cette chasteté qui ne sait pas même qu'elle est chaste. La jeune fille n'est qu'une lueur de rêve et n'est pas encore une statue. Son alcôve est cachée dans la partie sombre de l'idéal. L'indiscret toucher du regard brutalise cette vague pénombre. Ici, contempler, c'est profaner.

Nous ne montrerons donc rien de tout ce suave petit remue-ménage du réveil de Cosette.

Un conte d'orient dit que la rose avait été faite par Dieu blanche, mais qu'Adam l'ayant regardée au moment où elle s'entr'ouvrait, elle eut honte et devint rose. Nous sommes de ceux qui se sentent interdits devant les jeunes filles et les fleurs, les trouvant vénérables.

Cosette s'habilla bien vite, se peigna, se coiffa, ce qui était fort simple en ce temps-là où les femmes n'enflaient pas leurs boucles et leurs bandeaux avec des coussinets et des tonnelets et ne mettaient point de crinolines dans leurs cheveux. Puis elle ouvrit la fenêtre et promena ses yeux partout autour d'elle, espérant découvrir quelque peu de la rue, un angle de maison, un coin de pavés, et pouvoir guetter là Marius. Mais on ne voyait rien du dehors. L'arrière-cour était enveloppée de murs assez hauts, et n'avait pour échappée que quelques jardins. Cosette déclara ces jardins hideux ; pour la première fois de sa vie elle trouva des fleurs laides. Le moindre bout de ruisseau du carrefour eût été bien mieux son affaire. Elle prit le parti de regarder le ciel, comme si elle pensait que Marius pouvait venir aussi de là.

Subitement elle fondit en larmes. Non que ce fût mobilité d'âme ; mais, des espérances coupées d'accablement, c'était sa situation. Elle sentit confusément on ne sait quoi d'horrible. Les choses passent dans l'air en effet. Elle se dit qu'elle n'était sûre de rien, que se perdre de vue, c'était se perdre ; et l'idée que Marius pourrait bien lui revenir du ciel, lui apparut, non plus charmante, mais lugubre.

Puis, tels sont ces nuages, le calme lui revint, et l'espoir, et une sorte de sourire inconscient, mais confiant en Dieu.

Tout le monde était encore couché dans la maison. Un silence provincial régnait. Aucun volet n'était poussé. La loge du portier était fermée. Toussaint n'était pas levée, et Cosette pensa tout naturellement que son père dormait. Il fallait qu'elle eût bien souffert, et qu'elle souffrit bien encore, car elle se disait que son père avait été méchant ; mais elle comptait sur Marius. L'éclipse d'une telle lumière était décidément impossible. Par instants elle entendait à une certaine distance des espèces de secousses sourdes, et elle disait : C'est singulier qu'on ouvre et qu'on ferme les portes cochères de si bonne heure. C'étaient les coups de canon qui battaient la barricade.

Il y avait, à quelques pieds au-dessous de la croisée de Cosette, dans la vieille corniche toute noire du mur, un nid de martinets ; l'encorbellement de ce nid faisait un peu saillie au delà de la corniche, si bien que d'en haut on pouvait voir le dedans de ce petit paradis. La mère y était, ouvrant ses ailes en éventail sur sa couvée ; le père voletait, s'en allait, puis revenait, rapportant dans son bec de la nourriture et des baisers. Le jour levant dorait cette chose heureuse, la grande loi Multipliez était là souriante et auguste, et ce doux mystère s'épanouissait dans la gloire du matin. Cosette, les cheveux dans le soleil, l'âme dans les chimères, éclairée par l'amour au dedans et par l'aurore au dehors, se pencha comme machinalement, et, sans presque oser s'avouer qu'elle pensait en même temps à Marius, se mit à regarder ces oiseaux, cette famille, ce mâle et cette femelle, cette mère et ces petits, avec le profond trouble qu'un nid donne à une vierge.

XI

LE COUP DE FUSIL QUI NE MANQUE RIEN
ET QUI NE TUE PERSONNE

Le feu des assaillants continuait. La mousqueterie et la mitraille alternaient, sans grand ravage à la vérité. Le haut de la façade de Corinthe souffrait seul ; la croisée du premier étage et les mansardes du toit, criblées de chevrotines et de biscaïens, se déformaient lentement. Les combattants qui s'y étaient postés avaient dû s'effacer. Du reste ceci est une tactique de l'attaque des barricades ; tirailler longtemps, afin d'épuiser les munitions des insurgés, s'ils font la faute de répliquer. Quand on s'aperçoit, au ralentissement de leur feu, qu'ils n'ont plus ni balles ni poudre, on donne l'assaut. Enjolras n'était pas tombé dans ce piége ; la barricade ne ripostait point.

À chaque feu de peloton, Gavroche se gonflait la joue avec la langue, signe de haut dédain.

— C'est bon, disait-il, déchirez de la toile. Nous avons besoin de charpie.

Courfeyrac interpellait la mitraille sur son peu d'effet et disait au canon :

— Tu deviens diffus, mon bonhomme.

Dans la bataille on s'intrigue comme au bal. Il est probable que ce silence de la redoute commençait à inquiéter les assiégeants et à leur faire craindre quelque incident inattendu, et qu'ils sentirent le besoin de voir clair à travers ce tas de pavés et de savoir ce qui se passait derrière cette muraille impassible qui recevait les coups sans y répondre. Les insurgés aperçurent subitement un casque

qui brillait au soleil sur un toit voisin. Un pompier était
adossé à une haute cheminée et semblait là en sentinelle.
Son regard plongeait à pic dans la barricade.

— Voilà un surveillant gênant, dit Enjolras.

Jean Valjean avait rendu la carabine d'Enjolras, mais
il avait son fusil.

Sans dire un mot, il ajusta le pompier, et, une seconde
après, le casque, frappé d'une balle, tombait bruyamment
dans la rue. Le soldat effaré se hâta de disparaître.

Un deuxième observateur prit sa place. Celui-ci était un
officier. Jean Valjean, qui avait rechargé son fusil, ajusta le
nouveau venu, et envoya le casque de l'officier rejoindre le
casque du soldat. L'officier n'insista pas, et se retira très
vite. Cette fois l'avis fut compris. Personne ne reparut sur
le toit ; et l'on renonça à espionner la barricade.

— Pourquoi n'avez-vous pas tué l'homme ? demanda
Bossuet à Jean Valjean.

Jean Valjean ne répondit pas.

XII

LE DÉSORDRE PARTISAN DE L'ORDRE

Bossuet murmura à l'oreille de Combeferre :

— Il n'a pas répondu à ma question.

— C'est un homme qui fait de la bonté à coups de
fusil, dit Combeferre.

Ceux qui ont gardé quelque souvenir de cette époque
déjà lointaine savent que la garde nationale de la banlieue
était vaillante contre les insurrections. Elle fut particulièrement acharnée et intrépide aux journées de juin 1832. Tel
bon cabaretier de Pantin, des Vertus [1] ou de la Cunette, dont
l'émeute faisait chômer « l'établissement », devenait léo-
nin en voyant sa salle de danse déserte, et se faisait tuer

---

1. De l'ancien nom d'Aubervilliers : Notre-Dame des Vertus.

pour sauver l'ordre représenté par la guinguette. Dans ce temps à la fois bourgeois et héroïque, en présence des idées qui avaient leurs chevaliers, les intérêts avaient leurs paladins. Le prosaïsme du mobile n'ôtait rien à la bravoure du mouvement. La décroissance d'une pile d'écus faisait chanter à des banquiers la Marseillaise. On versait lyriquement son sang pour le comptoir ; et l'on défendait avec un enthousiasme lacédémonien la boutique, cet immense diminutif de la patrie.

Au fond, disons-le, il n'y avait rien dans tout cela que de très sérieux. C'étaient les éléments sociaux qui entraient en lutte, en attendant le jour où ils entreront en équilibre.

Un autre signe de ce temps, c'était l'anarchie mêlée au gouvernementalisme (nom barbare du parti correct). On était pour l'ordre avec indiscipline. Le tambour battait inopinément, sur le commandement de tel colonel de la garde nationale, des rappels de caprice ; tel capitaine allait au feu par inspiration ; tel garde national se battait « d'idée », et pour son propre compte. Dans les minutes de crise, dans les « journées », on prenait conseil moins de ses chefs que de ses instincts. Il y avait dans l'armée de l'ordre de véritables guérilleros, les uns d'épée comme Fannicot, les autres de plume comme Henri Fonfrède.

La civilisation, malheureusement représentée à cette époque plutôt par une agrégation d'intérêts que par un groupe de principes, était ou se croyait en péril ; elle poussait le cri d'alarme ; chacun, se faisant centre, la défendait, la secourait et la protégeait, à sa tête ; et le premier venu prenait sur lui de sauver la société.

Le zèle parfois allait jusqu'à l'extermination. Tel peloton de gardes nationaux se constituait de son autorité privée conseil de guerre, et jugeait et exécutait en cinq minutes un insurgé prisonnier. C'est une improvisation de cette sorte qui avait tué Jean Prouvaire. Féroce loi de Lynch qu'aucun parti n'a le droit de reprocher aux autres, car elle est appliquée par la république en Amérique comme par la monarchie en Europe. Cette loi de Lynch se compliquait de méprises. Un jour d'émeute, un jeune poëte, nommé Paul-Aimé Garnier, fut poursuivi place Royale, la bayonnette aux reins, et n'échappa qu'en se

réfugiant sous la porte cochère du numéro 6. On criait :
— *En voilà encore un de ces Saint-Simoniens !* et l'on voulait le tuer. Or il avait sous le bras un volume des mémoires
du duc de Saint-Simon. Un garde national avait lu sur ce
livre le mot : *Saint-Simon*, et avait crié : À mort ! [2]

Le 6 juin 1832, une compagnie de gardes nationaux de
la banlieue, commandée par le capitaine Fannicot, nommé
plus haut, se fit, par fantaisie et bon plaisir, décimer rue
de la Chanvrerie. Le fait, si singulier qu'il soit, a été
constaté par l'instruction judiciaire ouverte à la suite de
l'insurrection de 1832. Le capitaine Fannicot, bourgeois
impatient et hardi, espèce de condottiere de l'ordre de
ceux que nous venons de caractériser, gouvernementaliste
fanatique et insoumis, ne put résister à l'attrait de faire
feu avant l'heure et à l'ambition de prendre la barricade
à lui tout seul, c'est-à-dire avec sa compagnie. Exaspéré
par l'apparition successive du drapeau rouge et du vieil
habit qu'il prit pour le drapeau noir, il blâmait tout haut
les généraux et les chefs de corps, lesquels tenaient
conseil, ne jugeaient pas que le moment de l'assaut décisif fût venu, et laissaient, suivant une expression célèbre
de l'un d'eux, « l'insurrection cuire dans son jus » Quant
à lui, il trouvait la barricade mûre, et, comme ce qui est
mûr doit tomber, il essaya.

Il commandait à des hommes résolus comme lui, « à
des enragés », a dit un témoin. Sa compagnie, celle-là
même qui avait fusillé le poëte Jean Prouvaire, était la
première du bataillon posté à l'angle de la rue. Au
moment où l'on s'y attendait le moins, le capitaine lança
ses hommes contre la barricade. Ce mouvement, exécuté
avec plus de bonne volonté que de stratégie, coûta cher à
la compagnie Fannicot. Avant qu'elle fût arrivée aux
deux tiers de la rue, une décharge générale de la barricade

---

2. C'est à Hugo lui-même qu'arriva cette mésaventure, dont un
texte, plus tard publié dans *Choses vues*, recueille le souvenir. Hugo
la donne à Garnier — auteur d'une parodie des *Burgraves* —, mais
aucun document n'atteste que la porte de sa maison, place Royale,
ait servi de refuge à ce poëte. L'année 1832 fut effectivement celle
de la grande offensive policière et judiciaire contre les saint-simoniens réunis à Ménilmontant.

l'accueillit. Quatre, les plus audacieux, qui couraient en tête, furent foudroyés à bout portant au pied même de la redoute, et cette courageuse cohue de gardes nationaux, gens très braves, mais qui n'avaient point la ténacité militaire, dut se replier, après quelque hésitation, en laissant quinze cadavres sur le pavé. L'instant d'hésitation donna aux insurgés le temps de recharger leurs armes, et une seconde décharge, très meurtrière, atteignit la compagnie avant qu'elle eût pu regagner l'angle de la rue, son abri. Un moment, elle fut prise entre deux mitrailles, et elle reçut la volée de la pièce en batterie qui, n'ayant pas d'ordre, n'avait pas discontinué son feu. L'intrépide et imprudent Fannicot fut un des morts de cette mitraille. Il fut tué par le canon, c'est-à-dire par l'ordre.

Cette attaque, plus furieuse que sérieuse, irrita Enjolras. — Les imbéciles, dit-il. Ils font tuer leurs hommes, et ils nous usent nos munitions, pour rien.

Enjolras parlait comme un vrai général d'émeute qu'il était. L'insurrection et la répression ne luttent point à armes égales. L'insurrection, promptement épuisable, n'a qu'un nombre de coups à tirer et qu'un nombre de combattants à dépenser. Une giberne vidée, un homme tué, ne se remplacent pas. La répression, ayant l'armée, ne compte pas les hommes, et, ayant Vincennes, ne compte pas les coups. La répression a autant de régiments que la barricade a d'hommes, et autant d'arsenaux que la barricade a de cartouchières. Aussi sont-ce là des luttes d'un contre cent, qui finissent toujours par l'écrasement des barricades ; à moins que la révolution, surgissant brusquement, ne vienne jeter dans la balance son flamboyant glaive d'archange. Cela arrive. Alors tout se lève, les pavés entrent en bouillonnement, les redoutes populaires pullulent, Paris tressaille souverainement, le *quid divinum*[3] se dégage, un 10 août est dans l'air, un 29 juillet est dans l'air, une prodigieuse lumière apparaît, la gueule béante de la force recule, et l'armée, ce lion, voit devant elle, debout et tranquille, ce prophète, la France.

---

3. Waterloo n'avait droit qu'au « *quid obscurum* des batailles » — voir titre de II, 1, 5 et note 2, p. 446.

XIII

LUEURS QUI PASSENT

Dans le chaos de sentiments et de passions qui défendent une barricade, il y a de tout ; il y a de la bravoure, de la jeunesse, du point d'honneur, de l'enthousiasme, de l'idéal, de la conviction, de l'acharnement de joueur, et surtout, des intermittences d'espoir.

Une de ces intermittences, un de ces vagues frémissements d'espérance traversa subitement, à l'instant le plus inattendu, la barricade de la Chanvrerie.

— Écoutez, s'écria brusquement Enjolras toujours aux aguets, il me semble que Paris s'éveille.

Il est certain que, dans la matinée du 6 juin, l'insurrection eut, pendant une heure ou deux, une certaine recrudescence. L'obstination du tocsin de Saint-Merry ranima quelques velléités. Rue du Poirier, rue des Gravilliers, des barricades s'ébauchèrent. Devant la porte Saint-Martin, un jeune homme, armé d'une carabine, attaqua seul un escadron de cavalerie. À découvert, en plein boulevard, il mit un genou en terre, épaula son arme, tira, tua le chef d'escadron, et se retourna en disant : *En voilà encore un qui ne nous fera plus de mal.* Il fut sabré. Rue Saint-Denis, une femme tirait sur la garde municipale de derrière une jalousie baissée. On voyait à chaque coup trembler les feuilles de la jalousie. Un enfant de quatorze ans fut arrêté rue de la Cossonnerie avec ses poches pleines de cartouches. Plusieurs postes furent attaqués. À l'entrée de la rue Bertin-Poirée, une fusillade très vive et tout à fait imprévue accueillit un régiment de cuirassiers, en tête duquel marchait le général Cavaignac de Baragne. Rue Planche-Mibray, on jeta du haut des toits sur la troupe de vieux tessons de vaisselle et des ustensiles de ménage ; mauvais signe ; et quand on rendit compte de ce fait au maréchal Soult, le vieux lieutenant de Napoléon devint rêveur, se rappelant le mot de Suchet à Saragosse : *Nous*

sommes perdus quand les vieilles femmes nous vident leur
pot de chambre sur la tête.

Ces symptômes généraux qui se manifestaient au
moment où l'on croyait l'émeute localisée, cette fièvre
de colère qui reprenait le dessus, ces flammèches qui
volaient çà et là au-dessus de ces masses profondes de
combustible qu'on nomme les faubourgs de Paris, tout
cet ensemble inquiéta les chefs militaires. On se hâta
d'éteindre ces commencements d'incendie. On retarda,
jusqu'à ce que ces pétillements fussent étouffés, l'attaque
des barricades Maubuée, de la Chanvrerie et de Saint-
Merry, afin de n'avoir plus affaire qu'à elles, et de pouvoir tout finir d'un coup. Des colonnes furent lancées
dans les rues en fermentation, balayant les grandes, son-
dant les petites, à droite, à gauche, tantôt avec précaution
et lentement, tantôt au pas de charge. La troupe enfonçait
les portes des maisons d'où l'on avait tiré ; en même
temps des manœuvres de cavalerie dispersaient les
groupes des boulevards.

Cette répression ne se fit pas sans rumeur et sans ce
fracas tumultueux propre aux chocs d'armée et de peuple.
C'était là ce qu'Enjolras, dans les intervalles de la canonnade et de la mousqueterie, saisissait. En outre, il avait
vu au bout de la rue passer des blessés sur des civières,
et il disait à Courfeyrac : — Ces blessés-là ne viennent
pas de chez nous.

L'espoir dura peu ; la lueur s'éclipsa vite. En moins
d'une demi-heure, ce qui était dans l'air s'évanouit, ce
fut comme un éclair sans foudre, et les insurgés sentirent retomber sur eux cette espèce de chape de plomb
que l'indifférence du peuple jette sur les obstinés abandonnés.

Le mouvement général qui semblait s'être vaguement
dessiné avait avorté ; et l'attention du ministre de la
guerre et la stratégie des généraux pouvaient se concen-
trer maintenant sur les trois ou quatre barricades restées
debout.

Le soleil montait sur l'horizon.

Un insurgé interpella Enjolras :

— On a faim ici. Est-ce que vraiment nous allons mourir comme ça sans manger ?

Enjolras, toujours accoudé à son créneau, sans quitter des yeux l'extrémité de la rue, fit un signe de tête affirmatif.

XIV

OÙ ON LIRA LE NOM DE LA MAÎTRESSE D'ENJOLRAS

Courfeyrac, assis sur un pavé à côté d'Enjolras, continuait d'insulter le canon, et chaque fois que passait, avec son bruit monstrueux, cette sombre nuée de projectiles qu'on appelle la mitraille, il l'accueillait par une bouffée d'ironie.

— Tu t'époumonnes, mon pauvre vieux brutal, tu me fais de la peine, tu perds ton vacarme. Ce n'est pas du tonnerre, ça, c'est de la toux.

Et l'on riait autour de lui.

Courfeyrac et Bossuet, dont la vaillante belle humeur croissait avec le péril, remplaçaient, comme madame Scarron, la nourriture par la plaisanterie, et, puisque le vin manquait, versaient à tous de la gaîté.

— J'admire Enjolras, disait Bossuet. Sa témérité impassible m'émerveille. Il vit seul, ce qui le rend peut-être un peu triste ; Enjolras se plaint de sa grandeur qui l'attache au veuvage. Nous autres, nous avons tous plus ou moins des maîtresses qui nous rendent fous, c'est-à-dire braves. Quand on est amoureux comme un tigre, c'est bien le moins qu'on se batte comme un lion. C'est une façon de nous venger des traits que nous font mesdames nos grisettes. Roland se fait tuer pour faire bisquer Angélique[1]. Tous nos héroïsmes viennent

---

1. Référence au *Roland furieux* de l'Arioste.

de nos femmes. Un homme sans femme, c'est un pistolet sans chien[2] ; c'est la femme qui fait partir l'homme. Eh bien, Enjolras n'a pas de femme. Il n'est pas amoureux, et il trouve le moyen d'être intrépide. C'est une chose inouïe qu'on puisse être froid comme la glace et hardi comme le feu.

Enjolras ne paraissait pas écouter, mais quelqu'un qui eût été près de lui l'eût entendu murmurer à demi-voix : *Patria*.

Bossuet riait encore quand Courfeyrac s'écria :

— Du nouveau !

Et, prenant une voix d'huissier qui annonce, il ajouta :

— Je m'appelle Pièce de Huit.

En effet, un nouveau personnage venait d'entrer en scène. C'était une deuxième bouche à feu.

Les artilleurs firent rapidement la manœuvre de force, et mirent cette seconde pièce en batterie près de la première.

Ceci ébauchait le dénouement.

Quelques instants après, les deux pièces, vivement servies, tiraient de front contre la redoute ; les feux de peloton de la ligne et de la banlieue soutenaient l'artillerie.

On entendait une autre canonnade à quelque distance. En même temps que deux pièces s'acharnaient sur la redoute de la rue de la Chanvrerie, deux autres bouches à feu, braquées, l'une rue Saint-Denis, l'autre rue Aubry-le-Boucher, criblaient la barricade Saint-Merry. Les quatre canons se faisaient lugubrement écho.

Les aboiements des sombres chiens de la guerre se répondaient.

Des deux pièces qui battaient maintenant la barricade de la rue de la Chanvrerie, l'une tirait à mitraille, l'autre à boulet.

La pièce qui tirait à boulet était pointée un peu haut et

---

2. Les plaintes de Gavroche (voir déjà IV, 11, 2 ; p. 1446) prennent ici — et, plus loin, dans les « aboiements des sombres chiens de la guerre », un nouveau sens. Et la virginité blême d'Enjolras se colore de l'innocence du garçon. Sur sa réponse, voir III, 3, 6, note 3, pp. 870-871.

le tir était calculé de façon que le boulet frappait le bord
extrême de l'arête supérieure de la barricade, l'écrêtait et
émiettait les pavés sur les insurgés en éclats de mitraille.

Ce procédé de tir avait pour but d'écarter les combattants du sommet de la redoute, et de les contraindre à se
pelotonner dans l'intérieur, c'est-à-dire que cela annonçait l'assaut.

Une fois les combattants chassés du haut de la barricade par le boulet et des fenêtres du cabaret par la
mitraille, les colonnes d'attaque pourraient s'aventurer
dans la rue sans être visées, peut-être même sans être
aperçues, escalader brusquement la redoute, comme la
veille au soir, et, qui sait ? la prendre par surprise.

— Il faut absolument diminuer l'incommodité de ces
pièces, dit Enjolras, et il cria : Feu sur les artilleurs !

Tous étaient prêts. La barricade, qui se taisait depuis
longtemps, fit feu éperdument, sept ou huit décharges se
succédèrent avec une sorte de rage et de joie, la rue s'emplit d'une fumée aveuglante, et, au bout de quelques
minutes, à travers cette brume toute rayée de flamme, on
put distinguer confusément les deux tiers des artilleurs
couchés sous les roues des canons. Ceux qui étaient restés
debout continuaient de servir les pièces avec une tranquillité sévère, mais le feu était ralenti.

— Voilà qui va bien, dit Bossuet à Enjolras. Succès.

Enjolras hocha la tête et répondit :

— Encore un quart d'heure de ce succès, et il n'y aura
plus dix cartouches dans la barricade.

Il paraît que Gavroche entendit ce mot.

XV

GAVROCHE DEHORS [1]

Courfeyrac tout à coup aperçut quelqu'un au bas de la barricade, dehors dans la rue, sous les balles.

Gavroche avait pris un panier à bouteilles dans le cabaret, était sorti par la coupure, et était paisiblement occupé à vider dans son panier les gibernes pleines de cartouches des gardes nationaux tués sur le talus de la redoute.

— Qu'est-ce que tu fais là ? dit Courfeyrac.

Gavroche leva le nez.

— Citoyen, j'emplis mon panier.

— Tu ne vois donc pas la mitraille ?

Gavroche répondit :

— Eh bien, il pleut. Après ?

Courfeyrac cria :

— Rentre !

— Tout à l'heure, fit Gavroche.

Et, d'un bond, il s'enfonça dans la rue.

On se souvient que la compagnie Fannicot, en se retirant, avait laissé derrière elle une traînée de cadavres.

Une vingtaine de morts gisaient çà et là dans toute la longueur de la rue sur le pavé. Une vingtaine de gibernes pour Gavroche, une provision de cartouches pour la barricade.

La fumée était dans la rue comme un brouillard. Quiconque a vu un nuage tombé dans une gorge de montagnes, entre deux escarpements à pic, peut se figurer cette fumée resserrée et comme épaissie par deux sombres lignes de hautes maisons. Elle montait lentement et se renouvelait sans cesse ; de là un obscurcissement graduel qui blêmissait même le plein jour. C'est à peine si d'un bout à l'autre de la rue, pourtant fort courte, les combattants s'apercevaient.

Cet obscurcissement, probablement voulu et calculé

---

1. Ce titre fait un écho — sinistre — au mot de Gavroche « Rentrons dans la rue » (IV, 6, 2 ; p. 1288).

par les chefs qui devaient diriger l'assaut de la barricade, fut utile à Gavroche.

Sous les plis de ce voile de fumée et grâce à sa petitesse, il put s'avancer assez loin dans la rue sans être vu. Il dévalisa les sept ou huit premières gibernes sans grand danger.

Il rampait à plat ventre, galopait à quatre pattes, prenait son panier aux dents, se tordait, glissait, ondulait, serpentait d'un mort à l'autre, et vidait la giberne ou la cartouchière comme un singe ouvre une noix.

De la barricade, dont il était encore assez près, on n'osait lui crier de revenir, de peur d'appeler l'attention sur lui.

Sur un cadavre, qui était un caporal, il trouva une poire à poudre.

— Pour la soif, dit-il, en la mettant dans sa poche.

À force d'aller en avant, il parvint au point où le brouillard de la fusillade devenait transparent.

Si bien que les tirailleurs de la ligne rangés et à l'affût derrière leur levée de pavés, et les tirailleurs de la banlieue massés à l'angle de la rue, se montrèrent soudainement quelque chose qui remuait dans la fumée.

Au moment où Gavroche débarrassait de ses cartouches un sergent gisant près d'une borne, une balle frappa le cadavre.

— Fichtre ! fit Gavroche. Voilà qu'on me tue mes morts.

Une deuxième balle fit étinceler le pavé à côté de lui. Une troisième renversa son panier.

Gavroche regarda, et vit que cela venait de la banlieue.

Il se dressa tout droit, debout, les cheveux au vent, les mains sur les hanches, l'œil fixé sur les gardes nationaux qui tiraient, et il chanta :

> On est laid à Nanterre,
> C'est la faute à Voltaire,
> Et bête à Palaiseau,
> C'est la faute à Rousseau [2].

---

2. Le texte vient d'expliquer (p. 1622) les raisons de cette hostilité envers la banlieue. En cette première moitié du xixᵉ siècle, Voltaire et Rousseau étaient la loi et les prophètes de la bourgeoisie « libé-

Puis il ramassa son panier, y remit, sans en perdre une seule, les cartouches qui en étaient tombées, et, avançant vers la fusillade, alla dépouiller une autre giberne[3]. Là une quatrième balle le manqua encore. Gavroche chanta :

> Je ne suis pas notaire,
> C'est la faute à Voltaire ;
> Je suis petit oiseau,
> C'est la faute à Rousseau.

Une cinquième balle ne réussit qu'à tirer de lui un troisième couplet :

> Joie est mon caractère,
> C'est la faute à Voltaire ;
> Misère est mon trousseau,
> C'est la faute à Rousseau.

Cela continua ainsi quelque temps.

Le spectacle était épouvantable et charmant. Gavroche, fusillé, taquinait la fusillade. Il avait l'air de s'amuser beaucoup. C'était le moineau becquetant les chasseurs. Il répondait à chaque décharge par un couplet. On le visait sans cesse, on le manquait toujours. Les gardes nationaux et les soldats riaient en l'ajustant. Il se couchait, puis se redressait, s'effaçait dans un coin de porte, puis bondissait, disparaissait, reparaissait, se sauvait, revenait, ripostait à la mitraille par des pieds de nez, et cependant pillait les cartouches, vidait les gibernes et remplissait son panier. Les insurgés, haletants d'anxiété, le suivaient des yeux. La barricade tremblait ; lui, il chantait. Ce n'était

---

rale », qui soutient la monarchie de Louis-Philippe et défend elle-même ses intérêts dans les rangs de la garde nationale. Voir aussi la note 1 de IV, 15, 2 ; p. 1557. Il reste pourtant dans ces vers, créés par transformation d'une chanson de 1817 attribuée à Béranger, quelque chose qui n'est pas rationnel et qui participe à leur beauté.

3. Gavroche assume jusqu'au bout et dépasse sa filiation : père de ses frères, libérateur de son père, il vole ici les cadavres comme Thénardier à Waterloo, mais en pleine bataille et pour la liberté.

pas un enfant, ce n'était pas un homme ; c'était un étrange
gamin fée. On eût dit le nain invulnérable de la mêlée.
Les balles couraient après lui, il était plus leste qu'elles[4].
Il jouait on ne sait quel effrayant jeu de cache-cache avec
la mort ; chaque fois que la face camarde du spectre s'approchait, le gamin lui donnait une pichenette.

Une balle pourtant, mieux ajustée ou plus traître que
les autres, finit par atteindre l'enfant feu follet. On vit
Gavroche chanceler, puis il s'affaissa. Toute la barricade
poussa un cri ; mais il y avait de l'Antée dans ce pygmée ;
pour le gamin toucher le pavé, c'est comme pour le géant
toucher la terre ; Gavroche n'était tombé que pour se
redresser ; il resta assis sur son séant, un long filet de
sang rayait son visage, il éleva ses deux bras en l'air,
regarda du côté d'où était venu le coup, et se mit à
chanter :

> Je suis tombé par terre,
> C'est la faute à Voltaire,
> Le nez dans le ruisseau,
> C'est la faute à...

Il n'acheva point. Une seconde balle du même tireur
l'arrêta court. Cette fois il s'abattit la face contre le pavé,
et ne remua plus. Cette petite grande âme venait de s'envoler.

---

4. Balle au prisonnier, balle au chasseur, gendarme et voleur :
Gavroche joue un jeu devenu sérieux dans la misère. Au lieu de lire
les contes et les épopées, il en meurt.

XVI

COMMENT DE FRÈRE ON DEVIENT PÈRE [1]

Il y avait en ce moment-là même dans le jardin du Luxembourg, — car le regard du drame doit être présent partout, — deux enfants qui se tenaient par la main. L'un pouvait avoir sept ans, l'autre cinq. La pluie les ayant mouillés, ils marchaient dans les allées du côté du soleil ; l'aîné conduisait le petit ; ils étaient en haillons et pâles ; ils avaient un air d'oiseaux fauves. Le plus petit disait : J'ai bien faim.

L'aîné, déjà un peu protecteur, conduisait son frère de la main gauche et avait une baguette dans sa main droite.

Ils étaient seuls dans le jardin. Le jardin était désert, les grilles étaient fermées par mesure de police à cause de l'insurrection. Les troupes qui y avaient bivouaqué en étaient sorties pour les besoins du combat.

Comment ces enfants étaient-ils là ? Peut-être s'étaient-ils évadés de quelque corps de garde entre-bâillé ; peut-être aux environs, à la barrière d'Enfer, ou sur l'esplanade de l'Observatoire, ou dans le carrefour voisin dominé par le fronton où on lit : *invenerunt parvulum pannis involutum* [2], y avait-il quelque baraque de saltimbanques dont ils s'étaient enfuis ; peut-être avaient-ils, la veille au soir, trompé l'œil des inspecteurs du jardin à l'heure de la clôture, et avaient-ils passé la nuit dans quelqu'une de ces guérites où on lit les journaux ? Le fait est qu'ils étaient errants et qu'ils semblaient libres. Être errant et sembler libre, c'est être perdu. Ces pauvres petits étaient perdus en effet.

---

1. Ce titre vaut pour l'aîné envers son cadet mais aussi, on le verra, pour leur frère, Gavroche, qui devient leur père juste après sa mort. Bien avant Jean Valjean, Gavroche meurt de paternité (voir aussi III, 8, 22, note 1, p. 1107 et, sur la paternité, note générale 36).
2. « Ils trouvèrent un bébé emmailloté » : l'inscription, tirée de l'Evangile de la Nativité, se trouvait au fronton de l'Hospice des Enfants Assistés (ou hôpital Saint-Vincent-de-Paul).

Ces deux enfants étaient ceux-là mêmes dont Gavroche avait été en peine, et que le lecteur se rappelle. Enfants des Thénardier, en location chez la Magnon, attribués à M. Gillenormand, et maintenant feuilles tombées de toutes ces branches sans racines, et roulées sur la terre par le vent[3].

Leurs vêtements, propres du temps de la Magnon et qui lui servaient de prospectus vis-à-vis de M. Gillenormand, étaient devenus guenilles.

Ces êtres appartenaient désormais à la statistique des « Enfants Abandonnés » que la police constate, ramasse, égare et retrouve sur le pavé de Paris.

Il fallait le trouble d'un tel jour pour que ces petits misérables fussent dans ce jardin. Si les surveillants les eussent aperçus, ils eussent chassé ces haillons. Les petits pauvres n'entrent pas dans les jardins publics ; pourtant on devrait songer que, comme enfants, ils ont droit aux fleurs.

Ceux-ci étaient là, grâce aux grilles fermées. Ils étaient en contravention. Ils s'étaient glissés dans le jardin, et ils y étaient restés. Les grilles fermées ne donnent pas congé aux inspecteurs, la surveillance est censée continuer, mais elle s'amollit et se repose ; et les inspecteurs, émus eux aussi par l'anxiété publique et plus occupés du dehors que du dedans, ne regardaient plus le jardin, et n'avaient pas vu les deux délinquants.

Il avait plu la veille, et même un peu le matin. Mais en juin les ondées ne comptent pas. C'est à peine si l'on s'aperçoit, une heure après un orage, que cette belle journée blonde a pleuré. La terre en été est aussi vite sèche que la joue d'un enfant.

A cet instant du solstice, la lumière du plein midi est, pour ainsi dire, poignante. Elle prend tout. Elle s'applique et se superpose à la terre avec une sorte de succion. On dirait que le soleil a soif. Une averse est un verre d'eau ; une pluie est tout de suite bue. Le matin tout ruisselait, l'après-midi tout poudroie.

---

3. Même métaphore pour les neveux de Jean Valjean, en I, 2, 6 ; p. 133.

Rien n'est admirable comme une verdure débarbouillée par la pluie et essuyée par le rayon ; c'est de la fraîcheur chaude. Les jardins et les prairies, ayant de l'eau dans leurs racines et du soleil dans leurs fleurs, deviennent des cassolettes d'encens et fument de tous leurs parfums à la fois. Tout rit, chante et s'offre. On se sent doucement ivre. Le printemps est un paradis provisoire ; le soleil aide à faire patienter l'homme [4].

Il y a des êtres qui n'en demandent pas davantage ; vivants qui, ayant l'azur du ciel, disent : c'est assez ! songeurs absorbés dans le prodige, puisant dans l'idolâtrie de la nature l'indifférence du bien et du mal, contemplateurs du cosmos radieusement distraits de l'homme, qui ne comprennent pas qu'on s'occupe de la faim de ceux-ci, de la soif de ceux-là, de la nudité du pauvre en hiver, de la courbure lymphatique d'une petite épine dorsale, du grabat, du grenier, du cachot, et des haillons des jeunes filles grelottantes, quand on peut rêver sous les arbres ; esprits paisibles et terribles, impitoyablement satisfaits. Chose étrange, l'infini leur suffit. Ce grand besoin de l'homme, le fini, qui admet l'embrassement, ils l'ignorent. Le fini, qui admet le progrès, le travail sublime, ils n'y songent pas. L'indéfini, qui naît de la combinaison humaine et divine de l'infini et du fini, leur échappe. Pourvu qu'ils soient face à face avec l'immensité, ils sourient. Jamais la joie, toujours l'extase. S'abîmer, voilà leur vie. L'histoire de l'humanité pour eux n'est qu'un plan parcellaire ; Tout n'y est pas ; le vrai Tout reste en dehors ; à quoi bon s'occuper de ce détail, l'homme ? L'homme souffre, c'est possible ; mais regardez donc Aldebaran qui se lève ! La mère n'a plus de lait, le nou-

---

4. Le *Victor Hugo raconté* date de l'entrée des alliés à Paris, en 1815, par un magnifique été, l'origine de la sensibilité hugolienne à ce contraste entre la nature et l'histoire. Elle se comprend par le démenti infligé à l'unité du monde créé (voir IV, 3, 3, note 3, p. 1201), par la solitude et l'abandon des hommes rendus perceptibles, par l'altérité douloureuse d'un monde hostile ou indifférent aux hommes qui l'habitent. La beauté d'une nature surplombant imperturbablement les violences humaines fait partager à l'humanité entière la condition des misérables « en dehors de tout ».

veau-né se meurt, je n'en sais rien, mais considérez donc cette rosace merveilleuse que fait une rondelle de l'aubier du sapin examinée au microscope ! comparez-moi la plus belle malines à cela ! Ces penseurs oublient d'aimer. Le zodiaque réussit sur eux au point de les empêcher de voir l'enfant qui pleure. Dieu leur éclipse l'âme. C'est là une famille d'esprits, à la fois petits et grands. Horace en était, Gœthe en était, La Fontaine peut-être ; magnifiques égoïstes de l'infini, spectateurs tranquilles de la douleur, qui ne voient pas Néron s'il fait beau, auxquels le soleil cache le bûcher, qui regarderaient guillotiner en y cherchant un effet de lumière, qui n'entendent ni le cri, ni le sanglot, ni le râle, ni le tocsin, pour qui tout est bien, puisqu'il y a le mois de mai, qui, tant qu'il y aura des nuages de pourpre et d'or au-dessus de leur tête, se déclarent contents, et qui sont déterminés à être heureux jusqu'à épuisement du rayonnement des astres et du chant des oiseaux.

Ce sont de radieux ténébreux. Ils ne se doutent pas qu'ils sont à plaindre. Certes ils le sont. Qui ne pleure pas ne voit pas. Il faut les admirer et les plaindre, comme on plaindrait et comme on admirerait un être à la fois nuit et jour qui n'aurait pas d'yeux sous les sourcils et qui aurait un astre au milieu du front.

L'indifférence de ces penseurs, c'est là, selon quelques-uns, une philosophie supérieure. Soit ; mais dans cette supériorité il y a de l'infirmité. On peut être immortel et boiteux ; témoin Vulcain. On peut être plus qu'homme et moins qu'homme. L'incomplet immense est dans la nature. Qui sait si le soleil n'est pas un aveugle ?

Mais alors, quoi ! à qui se fier ? *Solem quis dicere falsum audeat ?* [5] Ainsi de certains génies eux-mêmes, de certains Très-Hauts humains, des hommes astres, pourraient se tromper ? Ce qui est là-haut, au faîte, au sommet, au zénith, ce qui envoie sur la terre tant de clarté, verrait peu, verrait mal, ne verrait pas ? Cela n'est-il pas désespé-

_____

5. « Qui oserait dire que le soleil est trompeur ? » (Virgile, *Géorgiques*).

rant ? Non. Mais qu'y a-t-il donc au-dessus du soleil ? Le dieu.

Le 6 juin 1832, vers onze heures du matin, le Luxembourg, solitaire et dépeuplé, était charmant. Les quinconces et les parterres s'envoyaient dans la lumière des baumes et des éblouissements. Les branches, folles à la clarté de midi, semblaient chercher à s'embrasser. Il y avait dans les sycomores un tintamarre de fauvettes, les passereaux triomphaient, les pique-bois grimpaient le long des marronniers en donnant de petits coups de bec dans les trous de l'écorce. Les plates-bandes acceptaient la royauté légitime des lys ; le plus auguste des parfums, c'est celui qui sort de la blancheur. On respirait l'odeur poivrée des œillets. Les vieilles corneilles de Marie de Médicis étaient amoureuses dans les grands arbres. Le soleil dorait, empourprait et allumait les tulipes, qui ne sont autre chose que toutes les variétés de la flamme, faites fleurs. Tout autour des bancs de tulipes tourbillonnaient les abeilles, étincelles de ces fleurs flammes. Tout était grâce et gaîté, même la pluie prochaine ; cette récidive, dont les muguets et les chèvrefeuilles devaient profiter, n'avait rien d'inquiétant ; les hirondelles faisaient la charmante menace de voler bas. Qui était là aspirait du bonheur ; la vie sentait bon ; toute cette nature exhalait la candeur, le secours, l'assistance, la paternité, la caresse, l'aurore. Les pensées qui tombaient du ciel étaient douces comme une petite main d'enfant qu'on baise.

Les statues sous les arbres, nues et blanches, avaient des robes d'ombre trouées de lumière ; ces déesses étaient toutes déguenillées de soleil ; il leur pendait des rayons de tous les côtés. Autour du grand bassin, la terre était déjà séchée au point d'être brûlée. Il faisait assez de vent pour soulever çà et là de petites émeutes de poussière. Quelques feuilles jaunes, restées du dernier automne, se poursuivaient joyeusement, et semblaient gaminer.

L'abondance de la clarté avait on ne sait quoi de rassurant. Vie, séve, chaleur, effluves, débordaient ; on sentait sous la création l'énormité de la source ; dans tous ces souffles pénétrés d'amour, dans ce va-et-vient de réverbérations et de reflets, dans cette prodigieuse dépense de

rayons, dans ce versement indéfini d'or fluide, on sentait
la prodigalité de l'inépuisable ; et, derrière cette splendeur
comme derrière un rideau de flamme, on entrevoyait
Dieu, ce millionnaire d'étoiles.

Grâce au sable, il n'y avait pas une tache de boue ;
grâce à la pluie, il n'y avait pas un grain de cendre. Les
bouquets venaient de se laver ; tous les velours, tous les
satins, tous les vernis, tous les ors, qui sortent de la terre
sous forme de fleurs, étaient irréprochables. Cette magnificence était propre. Le grand silence de la nature heureuse emplissait le jardin. Silence céleste compatible avec
mille musiques, roucoulements de nids, bourdonnements
d'essaims, palpitations du vent. Toute l'harmonie de la
saison s'accomplissait dans un gracieux ensemble ; les
entrées et les sorties du printemps avaient lieu dans
l'ordre voulu ; les lilas finissaient, les jasmins commençaient ; quelques fleurs étaient attardées, quelques
insectes en avance ; l'avant-garde des papillons rouges de
juin fraternisait avec l'arrière-garde des papillons blancs
de mai. Les platanes faisaient peau neuve. La brise creu-
sait des ondulations dans l'énormité magnifique des marronniers. C'était splendide. Un vétéran de la caserne
voisine qui regardait à travers la grille disait : Voilà le
printemps au port d'armes et en grande tenue.

Toute la nature déjeunait ; la création était à table ;
c'était l'heure ; la grande nappe bleue était mise au ciel
et la grand nappe verte sur la terre ; le soleil éclairait à
giorno. Dieu servait le repas universel. Chaque être avait
sa pâture ou sa pâtée. Le ramier trouvait du chènevis,
le pinson trouvait du millet, le chardonneret trouvait du
mouron, le rouge-gorge trouvait des vers, l'abeille trouvait des fleurs, la mouche trouvait des infusoires, le ver-
dier trouvait des mouches. On se mangeait bien un peu
les uns les autres, ce qui est le mystère du mal mêlé au
bien ; mais pas une bête n'avait l'estomac vide[6].

Les deux petits abandonnés étaient parvenus près du
grand bassin, et, un peu troublés par toute cette lumière,

---

6. Sur cet affleurement du mythe d'Epiméthée, voir V, 4, note 4,
p. 1769.

ils tâchaient de se cacher, instinct du pauvre et du faible devant la magnificence, même impersonnelle ; et ils se tenaient derrière la baraque des cygnes.

Çà et là, par intervalles, quand le vent donnait, on entendait confusément des cris, une rumeur, des espèces de râles tumultueux, qui étaient des fusillades et des frappements sourds, qui étaient des coups de canon. Il y avait de la fumée au-dessus des toits du côté des halles. Une cloche, qui avait l'air d'appeler, sonnait au loin.

Ces enfants ne semblaient pas percevoir ces bruits. Le petit répétait de temps en temps à demi-voix : J'ai faim.

Presque au même instant que les deux enfants, un autre couple s'approchait du grand bassin. C'était un bonhomme de cinquante ans qui menait par la main un bonhomme de six ans. Sans doute le père avec son fils. Le bonhomme de six ans tenait une grosse brioche.

À cette époque, de certaines maisons riveraines, rue Madame et rue d'Enfer, avaient une clef du Luxembourg dont jouissaient les locataires quand les grilles étaient fermées, tolérance supprimée depuis. Ce père et ce fils sortaient sans doute d'une de ces maisons-là.

Les deux petits pauvres regardèrent venir « ce monsieur », et se cachèrent un peu plus.

Celui-ci était un bourgeois. Le même peut-être qu'un jour Marius, à travers sa fièvre d'amour, avait entendu, près de ce même grand bassin, conseillant à son fils « d'éviter les excès »[7]. Il avait l'air affable et altier, et une bouche qui, ne se fermant pas, souriait toujours. Ce sourire mécanique, produit par trop de mâchoire et trop peu de peau, montre les dents plutôt que l'âme. L'enfant, avec sa brioche mordue qu'il n'achevait pas, semblait gavé. L'enfant était vêtu en garde national à cause de l'émeute, et le père était resté habillé en bourgeois à cause de la prudence.

---

7. Voir III, 6, 4 ; p. 969. Hasard trop beau pour ne pas être vrai : pour ne pas assimiler les fièvres de l'amour, les dévouements de l'insurrection et la générosité de la paternité — trois misères. Ce couple père-fils se compare à celui des enfants, père-fils également mais autrement.

Le père et le fils s'étaient arrêtés près du bassin où s'ébattaient les deux cygnes. Ce bourgeois paraissait avoir pour les cygnes une admiration spéciale. Il leur ressemblait en ce sens qu'il marchait comme eux.

Pour l'instant les cygnes nageaient, ce qui est leur talent principal, et ils étaient superbes.

Si les deux petits pauvres eussent écouté et eussent été d'âge à comprendre, ils eussent pu recueillir les paroles d'un homme grave. Le père disait au fils :

— Le sage vit content de peu. Regarde-moi, mon fils. Je n'aime pas le faste. Jamais on ne me voit avec des habits chamarrés d'or et de pierreries ; je laisse ce faux éclat aux âmes mal organisées.

Ici les cris profonds qui venaient du côté des halles éclatèrent avec un redoublement de cloche et de rumeur.

— Qu'est-ce que c'est que cela ? demanda l'enfant.

Le père répondit :

— Ce sont des saturnales [8].

Tout à coup, il aperçut les deux petits déguenillés, immobiles derrière la maisonnette verte des cygnes.

— Voilà le commencement, dit-il.

Et après un silence il ajouta :

— L'anarchie entre dans ce jardin.

Cependant le fils mordit la brioche, la recracha, et brusquement se mit à pleurer.

— Pourquoi pleures-tu ? demanda le père.

— Je n'ai plus faim, dit l'enfant.

Le sourire du père s'accentua.

— On n'a pas besoin de faim pour manger un gâteau.

— Mon gâteau m'ennuie. Il est rassis.

— Tu n'en veux plus ?

— Non.

Le père lui montra les cygnes.

— Jette-le à ces palmipèdes.

---

8. La cadène étant Carnaval (IV, 3, 8, note 4, p. 1230) et la saturnale du Mardi gras s'étant « avachie » en « chie-en-lit » (V, 6, 1 ; p. 1827), la liberté ne peut effectivement trouver sa fête que dans l'insurrection — et dans la mort.

L'enfant hésita. On ne veut plus de son gâteau ; ce n'est pas une raison pour le donner.

Le père poursuivit :

— Sois humain. Il faut avoir pitié des animaux.

Et, prenant à son fils le gâteau, il le jeta dans le bassin.

Le gâteau tomba assez près du bord.

Les cygnes étaient loin, au centre du bassin, et occupés à quelque proie. Ils n'avaient vu ni le bourgeois, ni la brioche.

Le bourgeois, sentant que le gâteau risquait de se perdre, et ému de ce naufrage inutile, se livra à une agitation télégraphique qui finit par attirer l'attention des cygnes.

Ils aperçurent quelque chose qui surnageait, virèrent de bord comme des navires qu'ils sont, et se dirigèrent vers la brioche lentement, avec la majesté béate qui convient à des bêtes blanches.

— Les cygnes comprennent les signes, dit le bourgeois, heureux d'avoir de l'esprit.

En ce moment le tumulte lointain de la ville eut encore un grossissement subit. Cette fois ce fut sinistre. Il y a des bouffées de vent qui parlent plus distinctement que d'autres. Celle qui soufflait en cet instant-là apporta nettement des roulements de tambour, des clameurs, des feux de peloton, et les répliques lugubres du tocsin et du canon. Ceci coïncida avec un nuage noir qui cacha brusquement le soleil.

Les cygnes n'étaient pas encore arrivés à la brioche.

— Rentrons, dit le père, on attaque les Tuileries.

Il ressaisit la main de son fils. Puis il continua :

— Des Tuileries au Luxembourg, il n'y a que la distance qui sépare la royauté de la pairie ; ce n'est pas loin. Les coups de fusil vont pleuvoir.

Il regarda le nuage.

— Et peut-être aussi la pluie elle-même va pleuvoir ; le ciel s'en mêle ; la branche cadette est condamnée. Rentrons vite.

— Je voudrais voir les cygnes manger la brioche, dit l'enfant.

Le père répondit :

— Ce serait une imprudence.

Et il emmena son petit bourgeois.

Le fils, regrettant les cygnes, tourna la tête vers le bassin jusqu'à ce qu'un coude des quinconces le lui eût caché.

Cependant, en même temps que les cygnes, les deux petits errants s'étaient approchés de la brioche. Elle flottait sur l'eau. Le plus petit regardait le gâteau, le plus grand regardait le bourgeois qui s'en allait.

Le père et le fils entrèrent dans le labyrinthe d'allées qui mène au grand escalier du massif d'arbres du côté de la rue Madame.

Dès qu'ils ne furent plus en vue, l'aîné se coucha vivement à plat ventre sur le rebord arrondi du bassin, et, s'y cramponnant de la main gauche, penché sur l'eau, presque prêt à y tomber, étendit avec sa main droite sa baguette vers le gâteau. Les cygnes, voyant l'ennemi, se hâtèrent et en se hâtant firent un effet de poitrail utile au petit pêcheur ; l'eau devant les cygnes reflua, et l'une de ces molles ondulations concentriques poussa doucement la brioche vers la baguette de l'enfant. Comme les cygnes arrivaient, la baguette toucha le gâteau. L'enfant donna un coup vif, ramena la brioche, effraya les cygnes, saisit le gâteau, et se redressa. Le gâteau était mouillé ; mais ils avaient faim et soif. L'aîné fit deux parts de la brioche, une grosse et une petite, prit la petite pour lui, donna la grosse à son petit frère, et lui dit :

— Colle-toi ça dans le fusil[9].

---

9. La merveille du mot tient à bien des choses : à la vérité du mimétisme enfantin par lequel l'aîné reprend pour le cadet l'injonction de Gavroche, à la crânerie fortiche de cette formule pour le don misérable de ce pain trempé, au fait qu'elle seule permet d'identifier les enfants, à ce que Gavroche, poète de l'argot, vient de donner son sens propre à la métaphore en récupérant balles perdues et poudre, surtout, à ce que cette seule phrase répare et venge la mort de Gavroche, ressuscité maintenant en ses frères.

XVII

MORTUUS PATER FILIUM MORITURUM EXPECTAT [1]

Marius s'était élancé hors de la barricade. Combeferre l'avait suivi. Mais il était trop tard. Gavroche était mort. Combeferre rapporta le panier de cartouches ; Marius rapporta l'enfant.

Hélas ! pensait-il, ce que le père avait fait pour son père, il le rendait au fils ; seulement Thénardier avait rapporté son père vivant ; lui, il rapportait l'enfant mort.

Quand Marius rentra dans la redoute avec Gavroche dans ses bras, il avait, comme l'enfant, le visage inondé de sang.

À l'instant où il s'était baissé pour ramasser Gavroche, une balle lui avait effleuré le crâne ; il ne s'en était pas aperçu.

Courfeyrac défit sa cravate et en banda le front de Marius.

On déposa Gavroche sur la même table que Mabeuf, et l'on étendit sur les deux corps le châle noir. Il y en eut assez pour le vieillard et pour l'enfant.

Combeferre distribua les cartouches du panier qu'il avait rapporté.

Cela donnait à chaque homme quinze coups à tirer.

Jean Valjean était toujours à la même place, immobile sur sa borne. Quand Combeferre lui présenta ses quinze cartouches, il secoua la tête.

— Voilà un rare excentrique, dit Combeferre bas à Enjolras. Il trouve moyen de ne pas se battre dans cette barricade.

— Ce qui ne l'empêche pas de la défendre, répondit Enjolras.

— L'héroïsme a ses originaux, reprit Combeferre.

Et Courfeyrac, qui avait entendu, ajouta :

---

1. « Le père mort attend son fils qui va mourir. » Retournement, inverse, de la paternité en fraternité — et en rivalité — entre Jean Valjean et Marius qu'attend aussi le colonel Pontmercy.

— C'est un autre genre que le père Mabeuf.

Chose qu'il faut noter, le feu qui battait la barricade en troublait à peine l'intérieur. Ceux qui n'ont jamais traversé le tourbillon de ces sortes de guerre, ne peuvent se faire aucune idée des singuliers moments de tranquillité mêlés à ces convulsions. On va et vient, on cause, on plaisante, on flâne. Quelqu'un que nous connaissons a entendu un combattant lui dire au milieu de la mitraille : *Nous sommes ici comme à un déjeuner de garçons*. La redoute de la rue de la Chanvrerie, nous le répétons, semblait au dedans fort calme. Toutes les péripéties et toutes les phases avaient été ou allaient être épuisées. La position, de critique, était devenue menaçante, et, de menaçante, allait probablement devenir désespérée. À mesure que la situation s'assombrissait, la lueur héroïque empourprait de plus en plus la barricade. Enjolras, grave, la dominait, dans l'attitude d'un jeune spartiate dévouant son glaive nu au sombre génie Épidotas.

Combeferre, le tablier sur le ventre, pansait les blessés ; Bossuet et Feuilly faisaient des cartouches avec la poire à poudre cueillie par Gavroche sur le caporal mort, et Bossuet disait à Feuilly : *Nous allons bientôt prendre la diligence pour une autre planète* ; Courfeyrac, sur les quelques pavés qu'il s'était réservés près d'Enjolras, disposait et rangeait tout un arsenal, sa canne à épée, son fusil, deux pistolets d'arçon et un coup de poing, avec le soin d'une jeune fille qui met en ordre un petit dunkerque. Jean Valjean, muet, regardait le mur en face de lui. Un ouvrier s'assujettissait sur la tête avec une ficelle un large chapeau de paille de la mère Hucheloup, *de peur des coups de soleil*, disait-il. Les jeunes gens de la Cougourde d'Aix devisaient gaîment entre eux, comme s'ils avaient hâte de parler patois une dernière fois. Joly, qui avait décroché le miroir de la veuve Hucheloup, y examinait sa langue. Quelques combattants, ayant découvert des croûtes de pain, à peu près moisies, dans un tiroir, les mangeaient avidement. Marius était inquiet de ce que son père allait lui dire.

XVIII

LE VAUTOUR DEVENU PROIE

Insistons sur un fait psychologique propre aux barricades. Rien de ce qui caractérise cette surprenante guerre des rues ne doit être omis.

Quelle que soit cette étrange tranquillité intérieure dont nous venons de parler, la barricade, pour ceux qui sont dedans, n'en reste pas moins vision.

Il y a de l'apocalypse dans la guerre civile, toutes les brumes de l'inconnu se mêlent à ces flamboiements farouches, les révolutions sont sphinx, et quiconque a traversé une barricade croit avoir traversé un songe.

Ce qu'on ressent dans ces lieux-là, nous l'avons indiqué à propos de Marius, et nous en verrons les conséquences, c'est plus et c'est moins que de la vie. Sorti d'une barricade, on ne sait plus ce qu'on y a vu. On a été terrible, on l'ignore. On y a été entouré d'idées combattantes qui avaient des faces humaines ; on a eu la tête dans de la lumière d'avenir. Il y avait des cadavres couchés et des fantômes debout. Les heures étaient colossales et semblaient des heures d'éternité. On a vécu dans la mort. Des ombres ont passé. Qu'était-ce ? On a vu des mains où il y avait du sang ; c'était un assourdissement épouvantable, c'était aussi un affreux silence ; il y avait des bouches ouvertes qui criaient, et d'autres bouches ouvertes qui se taisaient ; on était dans de la fumée, dans de la nuit peut-être. On croit avoir touché au suintement sinistre des profondeurs inconnues ; on regarde quelque chose de rouge qu'on a dans les ongles. On ne se souvient plus.

Revenons à la rue de la Chanvrerie.

Tout à coup, entre deux décharges, on entendit le son lointain d'une heure qui sonnait.

— C'est midi, dit Combeferre.

Les douze coups n'étaient pas sonnés qu'Enjolras se

dressait tout debout, et jetait du haut de la barricade cette clameur tonnante :

— Montez des pavés dans la maison. Garnissez-en le rebord de la fenêtre et des mansardes. La moitié des hommes aux fusils, l'autre moitié aux pavés. Pas une minute à perdre.

Un peloton de sapeurs-pompiers, la hache à l'épaule, venait d'apparaître en ordre de bataille à l'extrémité de la rue.

Ceci ne pouvait être qu'une tête de colonne ; et de quelle colonne ? de la colonne d'attaque évidemment ; les sapeurs-pompiers chargés de démolir la barricade devant toujours précéder les soldats chargés de l'escalader.

On touchait évidemment à l'instant que M. de Clermont-Tonnerre, en 1822, appelait « le coup de collier »[1].

L'ordre d'Enjolras fut exécuté avec la hâte correcte propre aux navires et aux barricades, les deux seuls lieux de combat d'où l'évasion soit impossible. En moins d'une minute, les deux tiers des pavés qu'Enjolras avait fait entasser à la porte de Corinthe furent montés au premier étage et au grenier, et, avant qu'une deuxième minute fût écoulée, ces pavés, artistement posés l'un sur l'autre, muraient jusqu'à moitié de la hauteur la fenêtre du premier et les lucarnes des mansardes. Quelques intervalles, ménagés soigneusement par Feuilly, principal constructeur, pouvaient laisser passer des canons de fusil. Cet armement des fenêtres put se faire d'autant plus facilement que la mitraille avait cessé. Les deux pièces tiraient maintenant à boulet sur le centre du barrage afin d'y faire une trouée, et, s'il était possible, une brèche pour l'assaut.

Quand les pavés, destinés à la défense suprême, furent en place, Enjolras fit porter au premier étage les bouteilles qu'il avait placées sous la table où était Mabeuf.

— Qui donc boira cela ? lui demanda Bossuet.

— Eux, répondit Enjolras.

Puis on barricada la fenêtre d'en bas, et l'on tint toutes

---

1. Expression et référence déjà utilisées par Hugo dans *Histoire d'un crime* (IV, 3).

prêtes les traverses de fer qui servaient à barrer intérieurement la nuit la porte du cabaret.

La forteresse était complète. La barricade était le rempart, le cabaret était le donjon.

Des pavés qui restaient, on boucha la coupure.

Comme les défenseurs d'une barricade sont toujours obligés de ménager les munitions, et que les assiégeants le savent, les assiégeants combinent leurs arrangements avec une sorte de loisir irritant, s'exposent avant l'heure au feu, mais en apparence plus qu'en réalité, et prennent leurs aises. Les apprêts d'attaque se font toujours avec une certaine lenteur méthodique ; après quoi, la foudre.

Cette lenteur permit à Enjolras de tout revoir et de tout perfectionner. Il sentait que puisque de tels hommes allaient mourir, leur mort devait être un chef-d'œuvre.

Il dit à Marius : — Nous sommes les deux chefs. Je vais donner les derniers ordres au dedans. Toi, reste dehors et observe.

Marius se posta en observation sur la crête de la barricade.

Enjolras fit clouer la porte de la cuisine qui, on s'en souvient, était l'ambulance.

— Pas d'éclaboussures sur les blessés, dit-il.

Il donna ses dernières instructions dans la salle basse d'une voix brève, mais profondément tranquille ; Feuilly écoutait et répondait au nom de tous.

— Au premier étage, tenez des haches prêtes pour couper l'escalier. Les a-t-on ?

— Oui, dit Feuilly.

— Combien ?

— Deux haches et un merlin.

— C'est bien. Nous sommes vingt-six combattants debout. Combien y a-t-il de fusils ?

— Trente-quatre.

— Huit de trop. Tenez ces huit fusils chargés comme les autres et sous la main. Aux ceintures les sabres et les pistolets. Vingt hommes à la barricade. Six embusqués aux mansardes et à la fenêtre du premier pour faire feu sur les assaillants à travers les meurtrières des pavés. Qu'il ne reste pas ici un seul travailleur inutile. Tout à

l'heure, quand le tambour battra la charge, que les vingt
d'en bas se précipitent à la barricade. Les premiers arrivés
seront les mieux placés.

Ces dispositions faites, il se tourna vers Javert, et lui
dit :

— Je ne t'oublie pas.

Et, posant sur la table un pistolet, il ajouta :

— Le dernier qui sortira d'ici cassera la tête à cet
espion.

— Ici ? demanda une voix.

— Non, ne mêlons pas ce cadavre aux nôtres. On peut
enjamber la petite barricade sur la ruelle Mondétour. Elle
n'a que quatre pieds de haut. L'homme est bien garrotté.
On l'y mènera, et on l'y exécutera.

Quelqu'un, en ce moment-là, était plus impassible
qu'Enjolras ; c'était Javert.

Ici Jean Valjean apparut.

Il était confondu dans le groupe des insurgés. Il en
sortit, et dit à Enjolras :

— Vous êtes le commandant ?

— Oui.

— Vous m'avez remercié tout à l'heure.

— Au nom de la République. La barricade a deux sauveurs, Marius Pontmercy et vous.

— Pensez-vous que je mérite une récompense ?

— Certes.

— Eh bien, j'en demande une.

— Laquelle ?

— Brûler moi-même la cervelle à cet homme-là.

Javert leva la tête, vit Jean Valjean, eut un mouvement
imperceptible, et dit :

— C'est juste.

Quant à Enjolras, il s'était mis à recharger sa carabine ;
il promena ses yeux autour de lui :

— Pas de réclamation ?

Et il se tourna vers Jean Valjean :

— Prenez le mouchard.

Jean Valjean, en effet, prit possession de Javert en s'asseyant sur l'extrémité de la table. Il saisit le pistolet, et
un faible cliquetis annonça qu'il venait de l'armer.

Presque au même instant, on entendit une sonnerie de clairons.

— Alerte ! cria Marius du haut de la barricade.

Javert se mit à rire de ce rire sans bruit qui lui était propre, et, regardant fixement les insurgés, leur dit :

— Vous n'êtes guère mieux portants que moi.

— Tous dehors ! cria Enjolras.

Les insurgés s'élancèrent en tumulte, et, en sortant, reçurent dans le dos, qu'on nous passe l'expression, cette parole de Javert :

— À tout à l'heure !

XIX

JEAN VALJEAN SE VENGE

Quand Jean Valjean fut seul avec Javert, il défit la corde qui assujettissait le prisonnier par le milieu du corps, et dont le nœud était sous la table. Après quoi, il lui fit signe de se lever.

Javert obéit, avec cet indéfinissable sourire où se condense la suprématie de l'autorité enchaînée.

Jean Valjean prit Javert par la martingale comme on prendrait une bête de somme par la bricole, et l'entraînant après lui, sortit du cabaret, lentement, car Javert, entravé aux jambes, ne pouvait faire que de très petits pas.

Jean Valjean avait le pistolet au poing.

Ils franchirent ainsi le trapèze intérieur de la barricade. Les insurgés, tout à l'attaque imminente, tournaient le dos.

Marius, seul, placé de côté à l'extrémité gauche du barrage, les vit passer. Ce groupe du patient et du bourreau s'éclaira de la lueur sépulcrale qu'il avait dans l'âme.

Jean Valjean fit escalader, avec quelque peine, à Javert garrotté, mais sans le lâcher un seul instant, le petit retranchement de la ruelle Mondétour.

Quand ils eurent enjambé ce barrage, ils se trouvèrent seuls dans la ruelle. Personne ne les voyait plus. Le coude des maisons les cachait aux insurgés. Les cadavres retirés de la barricade faisaient un monceau terrible à quelques pas.

On distinguait dans le tas des morts une face livide, une chevelure dénouée, une main percée, et un sein de femme demi-nu. C'était Éponine.

Javert considéra obliquement cette morte, et, profondément calme, dit à demi-voix :

— Il me semble que je connais cette fille-là.

Puis il se tourna vers Jean Valjean.

Jean Valjean mit le pistolet sous son bras, et fixa sur Javert un regard qui n'avait pas besoin de paroles pour dire : — Javert, c'est moi.

Javert répondit :

— Prends ta revanche.

Jean Valjean tira de son gousset un couteau, et l'ouvrit.

— Un surin ! s'écria Javert. Tu as raison. Cela te convient mieux.

Jean Valjean coupa la martingale que Javert avait au cou, puis il coupa les cordes qu'il avait aux poignets, puis, se baissant, il coupa la ficelle qu'il avait aux pieds ; et, se redressant, il lui dit :

— Vous êtes libre.

Javert n'était pas facile à étonner. Cependant, tout maître qu'il était de lui, il ne put se soustraire à une commotion. Il resta béant et immobile.

Jean Valjean poursuivit :

— Je ne crois pas que je sorte d'ici. Pourtant, si, par hasard, j'en sortais, je demeure, sous le nom de Fauchelevent, rue de l'Homme-Armé, numéro sept.

Javert eut un froncement de tigre qui lui entr'ouvrit un coin de la bouche, et il murmura entre ses dents :

— Prends garde.

— Allez, dit Jean Valjean.

Javert reprit :

— Tu as dit Fauchelevent, rue de l'Homme-Armé ?

— Numéro sept.

Javert répéta à demi-voix : — Numéro sept.

Il reboutonna sa redingote, remit de la roideur militaire entre ses deux épaules, fit demi-tour, croisa les bras en soutenant son menton dans une de ses mains, et se mit à marcher dans la direction des halles. Jean Valjean le suivait des yeux. Après quelques pas, Javert se retourna, et cria à Jean Valjean :

— Vous m'ennuyez. Tuez-moi plutôt.

Javert ne s'apercevait pas lui-même qu'il ne tutoyait plus Jean Valjean.

— Allez-vous-en, dit Jean Valjean.

Javert s'éloigna à pas lents. Un moment après, il tourna l'angle de la rue des Prêcheurs.

Quand Javert eut disparu, Jean Valjean déchargea le pistolet en l'air.

Puis il rentra dans la barricade et dit :

— C'est fait.

Cependant voici ce qui s'était passé :

Marius, plus occupé du dehors que du dedans, n'avait pas jusque-là regardé attentivement l'espion garrotté au fond obscur de la salle basse.

Quand il le vit au grand jour, enjambant la barricade pour aller mourir, il le reconnut. Un souvenir subit lui entra dans l'esprit. Il se rappela l'inspecteur de la rue de Pontoise, et les deux pistolets qu'il lui avait remis et dont il s'était servi, lui Marius, dans cette barricade même ; et non seulement il se rappela la figure, mais il se rappela le nom.

Ce souvenir pourtant était brumeux et trouble comme toutes ses idées. Ce ne fut pas une affirmation qu'il se fit, ce fut une question qu'il s'adressa : — Est-ce que ce n'est pas là cet inspecteur de police qui m'a dit s'appeler Javert ?

Peut-être était-il encore temps d'intervenir pour cet homme ? Mais il fallait d'abord savoir si c'était bien ce Javert.

Marius interpella Enjolras qui venait de se placer à l'autre bout de la barricade.

— Enjolras !

— Quoi ?

— Comment s'appelle cet homme-là ?

— Qui ?

— L'agent de police. Sais-tu son nom ?

— Sans doute. Il nous l'a dit.

— Comment s'appelle-t-il ?

— Javert.

Marius se dressa.

En ce moment on entendit le coup de pistolet. Jean Valjean reparut et cria : C'est fait. Un froid sombre traversa le cœur de Marius.

XX

LES MORTS ONT RAISON ET LES VIVANTS N'ONT PAS TORT

L'agonie de la barricade allait commencer.

Tout concourait à la majesté tragique de cette minute suprême ; mille fracas mystérieux dans l'air, le souffle des masses armées mises en mouvement dans des rues qu'on ne voyait pas, le galop intermittent de la cavalerie, le lourd ébranlement des artilleries en marche, les feux de peloton et les canonnades se croisant dans le dédale de Paris, les fumées de la bataille montant toutes dorées au-dessus des toits, on ne sait quels cris lointains vaguement terribles, des éclairs de menace partout, le tocsin de Saint-Merry qui maintenant avait l'accent du sanglot, la douceur de la saison, la splendeur du ciel plein de soleil et de nuages, la beauté du jour et l'épouvantable silence des maisons.

Car, depuis la veille, les deux rangées de maisons de la rue de la Chanvrerie étaient devenues deux murailles, murailles farouches. Portes fermées, fenêtres fermées, volets fermés.

Dans ces temps-là, si différents de ceux où nous sommes, quand l'heure était venue où le peuple voulait en finir avec une situation qui avait trop duré, avec une charte octroyée ou avec un pays légal, quand la colère universelle était diffuse dans l'atmosphère, quand la ville consentait au soulèvement de ses pavés, quand l'insurrection faisait sourire la bourgeoisie en lui chuchotant son mot d'ordre à l'oreille, alors l'habitant, pénétré d'émeute, pour ainsi dire, était l'auxiliaire du combattant, et la maison fraternisait avec la forteresse improvisée qui s'appuyait sur elle. Quand la situation n'était pas mûre, quand l'insurrection n'était décidément pas consentie, quand la masse désavouait le mouvement, c'en était fait des combattants, la ville se changeait en désert autour de la révolte, les âmes se glaçaient, les asiles se muraient, et la rue se faisait défilé pour aider l'armée à prendre la barricade.

On ne fait pas marcher un peuple par surprise plus vite qu'il ne veut. Malheur à qui tente de lui forcer la main ! Un peuple ne se laisse pas faire. Alors il abandonne l'insurrection à elle-même. Les insurgés deviennent des pestiférés. Une maison est un escarpement, une porte est un refus, une façade est un mur. Ce mur voit, entend et ne veut pas. Il pourrait s'entr'ouvrir et vous sauver. Non. Ce mur, c'est un juge. Il vous regarde et vous condamne. Quelle sombre chose que ces maisons fermées ! Elles semblent mortes, elles sont vivantes. La vie, qui y est comme suspendue, y persiste. Personne n'en est sorti depuis vingt-quatre heures, mais personne n'y manque. Dans l'intérieur de cette roche, on va, on vient, on se couche, on se lève ; on y est en famille ; on y boit et on y mange ; on y a peur, chose terrible ! La peur excuse cette inhospitalité redoutable ; elle y mêle l'effarement, circonstance atténuante. Quelquefois même, et cela s'est vu, la peur devient passion ; l'effroi peut se changer en furie, comme la prudence en rage ; de là ce mot si profond : *Les enragés de modérés*. Il y a des flamboiements d'épouvante suprême d'où sort, comme une fumée lugubre, la colère. — Que veulent ces gens-là ? ils ne sont jamais contents. Ils compromettent les hommes paisibles. Comme si l'on n'avait pas assez de révolutions comme cela ! Qu'est-ce qu'ils sont venus faire ici ? Qu'ils s'en tirent. Tant pis pour eux. C'est leur faute. Ils n'ont que

ce qu'ils méritent. Cela ne nous regarde pas. Voilà notre
pauvre rue criblée de balles. C'est un tas de vauriens.
Surtout n'ouvrez pas la porte. — Et la maison prend une
figure de tombe. L'insurgé devant cette porte agonise ; il
voit arriver la mitraille et les sabres nus ; s'il crie, il sait
qu'on l'écoute, mais qu'on ne viendra pas ; il y a là des
murs qui pourraient le protéger, il y a là des hommes qui
pourraient le sauver, et ces murs ont des oreilles de chair,
et ces hommes ont des entrailles de pierre.

Qui accuser ?

Personne, et tout le monde.

Les temps incomplets où nous vivons.

C'est toujours à ses risques et périls que l'utopie se transforme en insurrection, et se fait de protestation philosophique protestation armée, et de Minerve Pallas. L'utopie
qui s'impatiente et devient émeute sait ce qui l'attend ;
presque toujours elle arrive trop tôt. Alors elle se résigne,
et accepte stoïquement, au lieu du triomphe, la catastrophe.
Elle sert, sans se plaindre, et en les disculpant même, ceux
qui la renient, et sa magnanimité est de consentir à l'abandon. Elle est indomptable contre l'obstacle et douce envers
l'ingratitude.

Est-ce l'ingratitude d'ailleurs ?

Oui, au point de vue du genre humain.

Non, au point de vue de l'individu.

Le progrès est le mode de l'homme. La vie générale
du genre humain s'appelle le Progrès ; le pas collectif du
genre humain s'appelle le Progrès. Le progrès marche ; il
fait le grand voyage humain et terrestre vers le céleste et
le divin ; il a ses haltes où il rallie le troupeau attardé ; il a
ses stations où il médite, en présence de quelque Chanaan
splendide dévoilant tout à coup son horizon ; il a ses nuits
où il dort ; et c'est une des poignantes anxiétés du penseur
de voir l'ombre sur l'âme humaine, et de tâter dans les
ténèbres, sans pouvoir le réveiller, le progrès endormi.

— *Dieu est peut-être mort*, disait un jour à celui qui
écrit ces lignes Gérard de Nerval, confondant le progrès
avec Dieu, et prenant l'interruption du mouvement pour
la mort de l'Être.

Qui désespère a tort[1]. Le progrès se réveille infailliblement, et, en somme, on pourrait dire qu'il marche, même endormi, car il a grandi. Quand on le revoit debout, on le retrouve plus haut. Être toujours paisible, cela ne dépend pas plus du progrès que du fleuve ; n'y élevez point de barrage ; n'y jetez pas de rocher ; l'obstacle fait écumer l'eau et bouillonner l'humanité. De là des troubles ; mais, après ces troubles, on reconnaît qu'il y a du chemin de fait. Jusqu'à ce que l'ordre, qui n'est autre chose que la paix universelle, soit établi, jusqu'à ce que l'harmonie et l'unité règnent, le progrès aura pour étapes les révolutions.

Qu'est-ce donc que le progrès ? Nous venons de le dire. La vie permanente des peuples.

Or il arrive quelquefois que la vie momentanée des individus fait résistance à la vie éternelle du genre humain.

Avouons-le sans amertume, l'individu a son intérêt distinct, et peut sans forfaiture stipuler pour cet intérêt et le défendre ; le présent a sa quantité excusable d'égoïsme ; la vie momentanée a son droit, et n'est pas tenue de se sacrifier sans cesse à l'avenir. La génération qui a actuellement son droit de passage sur la terre n'est pas forcée de l'abréger pour les générations, ses égales après tout, qui auront leur tour plus tard. — J'existe, murmure ce quelqu'un qui se nomme Tous. Je suis jeune et je suis amoureux, je suis vieux et je veux me reposer, je suis père de famille, je travaille, je prospère, je fais de bonnes affaires, j'ai des maisons à louer, j'ai de l'argent sur l'état, je suis heureux, j'ai femme et enfants, j'aime tout cela, je désire vivre, laissez-moi tranquille. — De là, à de certaines heures, un froid profond sur les magnanimes avant-gardes du genre humain.

L'utopie d'ailleurs, convenons-en, sort de sa sphère radieuse en faisant la guerre. Elle, la vérité de demain,

---

1. A l'aube du 26 janvier 1855, on trouva, rue de la Vieille Lanterne, le cadavre de G. de Nerval qui s'était pendu. Plusieurs témoignages attestent cette préoccupation chez Nerval, dans les années 40, de la « mort de Dieu ».

elle emprunte son procédé, la bataille, au mensonge d'hier. Elle, l'avenir, elle agit comme le passé. Elle, l'idée pure, elle devient voie de fait. Elle complique son héroïsme d'une violence dont il est juste qu'elle réponde ; violence d'occasion et d'expédient, contraire aux principes, et dont elle est fatalement punie. L'utopie insurrection combat, le vieux code militaire au poing ; elle fusille les espions, elle exécute les traîtres, elle supprime des êtres vivants et les jette dans les ténèbres inconnues. Elle se sert de la mort, chose grave. Il semble que l'utopie n'ait plus foi dans le rayonnement, sa force irrésistible et incorruptible. Elle frappe avec le glaive. Or aucun glaive n'est simple. Toute épée a deux tranchants ; qui blesse avec l'un se blesse à l'autre.

Cette réserve faite, et faite en toute sévérité, il nous est impossible de ne pas admirer, qu'ils réussissent ou non, les glorieux combattants de l'avenir, les confesseurs de l'utopie. Même quand ils avortent, ils sont vénérables, et c'est peut-être dans l'insuccès qu'ils ont plus de majesté. La victoire, quand elle est selon le progrès, mérite l'applaudissement des peuples ; mais une défaite héroïque mérite leur attendrissement. L'une est magnifique, l'autre est sublime. Pour nous, qui préférons le martyre au succès, John Brown est plus grand que Washington, et Pisacane est plus grand que Garibaldi[2].

Il faut bien que quelqu'un soit pour les vaincus.

On est injuste pour ces grands essayeurs de l'avenir quand ils avortent.

On accuse les révolutionnaires de semer l'effroi. Toute barricade semble attentat. On incrimine leurs théories, on

---

2. John Brown, qui se consacrait depuis longtemps à la défense des Noirs et à l'abolition de leur esclavage, fut fait prisonnier dans une opération de guérilla contre les esclavagistes de Virginie. Condamné à mort, il est pendu le 2 décembre 1859, malgré une vaste campagne pour sa grâce dans les Etats du Nord. Hugo y avait participé par plusieurs écrits où il dénonce le risque que l'acharnement des Etats du Sud fait peser sur l'Union américaine. Cette affaire contribua vraisemblablement à déterminer Hugo à revenir aux *Misérables* pour les achever. Carlo Pisacane (1818-1857), officier, vécut et mourut aux côtés des patriotes républicains d'Italie.

suspecte leur but, on redoute leur arrière-pensée, on dénonce leur conscience. On leur reproche d'élever, d'échafauder et d'entasser contre le fait social régnant un monceau de misères, de douleurs, d'iniquités, de griefs, de désespoirs, et d'arracher des bas-fonds des blocs de ténèbres pour s'y créneler et y combattre. On leur crie : Vous dépavez l'enfer ! Ils pourraient répondre : C'est pour cela que notre barricade est faite de bonnes intentions.

Le mieux, certes, c'est la solution pacifique. En somme, convenons-en, lorsqu'on voit le pavé, on songe à l'ours, et c'est une bonne volonté dont la société s'inquiète. Mais il dépend de la société de se sauver elle-même ; c'est à sa propre bonne volonté que nous faisons appel. Aucun remède violent n'est nécessaire. Étudier le mal à l'amiable, le constater, puis le guérir. C'est à cela que nous la convions.

Quoi qu'il en soit, même tombés, surtout tombés, ils sont augustes, ces hommes qui, sur tous les points de l'univers, l'œil fixé sur la France, luttent pour la grande œuvre avec la logique inflexible de l'idéal ; ils donnent leur vie en pur don pour le progrès ; ils accomplissent la volonté de la providence ; ils font un acte religieux. À l'heure dite, avec autant de désintéressement qu'un acteur qui arrive à sa réplique, obéissant au scenario divin, ils entrent dans le tombeau. Et ce combat sans espérance, et cette disparition stoïque, ils l'acceptent pour amener à ses splendides et suprêmes conséquences universelles le magnifique mouvement humain irrésistiblement commencé le 14 juillet 1789. Ces soldats sont des prêtres. La révolution française est un geste de Dieu.

Du reste, il y a, et il convient d'ajouter cette distinction aux distinctions déjà indiquées dans un autre chapitre, il y a les insurrections acceptées qui s'appellent révolutions ; il y a les révolutions refusées qui s'appellent émeutes. Une insurrection qui éclate, c'est une idée qui passe son examen devant le peuple. Si le peuple laisse tomber sa boule noire, l'idée est fruit sec, l'insurrection est échauffourée.

L'entrée en guerre à toute sommation et chaque fois

que l'utopie le désire n'est pas le fait des peuples. Les nations n'ont pas toujours et à toute heure le tempérament des héros et des martyrs.

Elles sont positives. À priori, l'insurrection leur répugne ; premièrement, parce qu'elle a souvent pour résultat une catastrophe, deuxièmement, parce qu'elle a toujours pour point de départ une abstraction.

Car, et ceci est beau, c'est toujours pour l'idéal, et pour l'idéal seul que se dévouent ceux qui se dévouent. Une insurrection est un enthousiasme. L'enthousiasme peut se mettre en colère ; de là les prises d'armes. Mais toute insurrection qui couche en joue un gouvernement ou un régime vise plus haut. Ainsi, par exemple, insistons-y, ce que combattaient les chefs de l'insurrection de 1832, et en particulier les jeunes enthousiastes de la rue de la Chanvrerie, ce n'était pas précisément Louis-Philippe. La plupart, causant à cœur ouvert, rendaient justice aux qualités de ce roi mitoyen à la monarchie et à la révolution ; aucun ne le haïssait. Mais ils attaquaient la branche cadette du droit divin dans Louis-Philippe comme ils en avaient attaqué la branche aînée dans Charles X ; et ce qu'ils voulaient renverser en renversant la royauté en France, nous l'avons expliqué, c'était l'usurpation de l'homme sur l'homme et du privilège sur le droit dans l'univers entier. Paris sans roi a pour contre-coup le monde sans despotes. Ils raisonnaient de la sorte. Leur but était lointain sans doute, vague peut-être et reculant devant l'effort ; mais grand.

Cela est ainsi. Et l'on se sacrifie pour ces visions, qui, pour les sacrifiés, sont des illusions presque toujours, mais des illusions auxquelles, en somme, toute la certitude humaine est mêlée. L'insurgé poétise et dore l'insurrection. On se jette dans ces choses tragiques en se grisant de ce qu'on va faire. Qui sait ? on réussira peut-être. On est le petit nombre ; on a contre soi toute une armée ; mais on défend le droit, la loi naturelle, la souveraineté de chacun sur soi-même qui n'a pas d'abdication possible, la justice, la vérité, et au besoin on meurt comme les trois cents spartiates. On ne songe pas à Don Quichotte, mais à Léonidas. Et l'on va devant soi, et, une fois engagé, on ne recule plus, et l'on se précipite tête baissée, ayant pour espérance une victoire inouïe, la révolution complétée, le progrès remis en liberté, l'agrandissement du genre humain, la délivrance universelle, et pour pis aller les Thermopyles.

Ces passes d'armes pour le progrès échouent souvent, et nous venons de dire pourquoi. La foule est rétive à l'entraînement des paladins. Les lourdes masses, les multitudes, fragiles à cause de leur pesanteur même, craignent les aventures ; et il y a de l'aventure dans l'idéal.

D'ailleurs, qu'on ne l'oublie pas, les intérêts sont là, peu amis de l'idéal et du sentimental. Quelquefois l'estomac paralyse le cœur.

La grandeur et la beauté de la France, c'est qu'elle prend moins de ventre que les autres peuples ; elle se noue plus aisément la corde aux reins. Elle est la première éveillée, la dernière endormie. Elle va en avant. Elle est chercheuse.

Cela tient à ce qu'elle est artiste.

L'idéal n'est autre chose que le point culminant de la logique, de même que le beau n'est autre chose que la cime du vrai. Les peuples artistes sont aussi les peuples conséquents. Aimer la beauté, c'est voir la lumière. C'est ce qui fait que le flambeau de l'Europe, c'est-à-dire de la civilisation, a été porté d'abord par la Grèce qui l'a passé à l'Italie, qui l'a passé à la France. Divins peuples éclaireurs ! *Vitai lampada tradunt*[3].

Chose admirable, la poésie d'un peuple est l'élément de son progrès. La quantité de civilisation se mesure à la quantité d'imagination. Seulement un peuple civilisateur doit rester un peuple mâle. Corinthe, oui ; Sybaris, non. Qui s'efféminie s'abâtardit. Il ne faut être ni dilettante, ni virtuose ; mais il faut être artiste. En matière de civilisation, il ne faut pas raffiner, mais il faut sublimer. À cette condition, on donne au genre humain le patron de l'idéal.

---

3. « Ils se transmettent les flambeaux de la vie » : fin du vers cité au chapitre III, 4, 1 (note 15, p. 901), ici repris et complété, l'auteur prenant à son compte la foi révolutionnaire des personnages et poursuivant dans l'art — Corinthe — leur entreprise.

L'idéal moderne a son type dans l'art, et son moyen dans la science. C'est par la science qu'on réalisera cette vision auguste des poëtes, le beau social. On refera l'Éden par A + B. Au point où la civilisation est parvenue, l'exact est un élément nécessaire du splendide, et le sentiment artiste est non-seulement servi, mais complété par l'organe scientifique ; le rêve doit calculer. L'art, qui est le conquérant, doit avoir pour point d'appui la science, qui est le marcheur. La solidité de la monture importe. L'esprit moderne, c'est le génie de la Grèce ayant pour véhicule le génie de l'Inde ; Alexandre sur l'éléphant.

Les races pétrifiées dans le dogme ou démoralisées par le lucre sont impropres à la conduite de la civilisation. La génuflexion devant l'idole ou devant l'écu atrophie le muscle qui marche et la volonté qui va. L'absorption hiératique ou marchande amoindrit le rayonnement d'un peuple, abaisse son horizon, en abaissant son niveau, et lui retire cette intelligence à la fois humaine et divine du but universel, qui fait les nations missionnaires. Babylone n'a pas d'idéal ; Carthage n'a pas d'idéal. Athènes et Rome ont et gardent, même à travers toute l'épaisseur nocturne des siècles, des auréoles de civilisation.

La France est de la même qualité de peuple que la Grèce et l'Italie. Elle est athénienne par le beau et romaine par le grand. En outre elle est bonne. Elle se donne. Elle est plus souvent que les autres peuples en humeur de dévouement et de sacrifice. Seulement cette humeur la prend et la quitte. Et c'est là le grand péril pour ceux qui courent quand elle ne veut que marcher, ou qui marchent quand elle veut s'arrêter. La France a ses rechutes de matérialisme, et, à de certains instants, les idées qui obstruent ce cerveau sublime n'ont plus rien qui rappelle la grandeur française et sont de la dimension d'un Missouri et d'une Caroline du Sud. Qu'y faire ? La géante joue la naine ; l'immense France a ses fantaisies de petitesse. Voilà tout.

À cela rien à dire. Les peuples comme les astres ont le droit d'éclipse. Et tout est bien, pourvu que la lumière revienne et que l'éclipse ne dégénère pas en nuit. Aube et résurrection sont synonymes. La réapparition de la lumière est identique à la persistance du moi.

Constatons ces faits avec calme. La mort sur la barricade, ou la tombe dans l'exil, c'est pour le dévouement un en-cas acceptable [4]. Le vrai nom du dévouement, c'est désintéressement. Que les abandonnés se laissent abandonner, que les exilés se laissent exiler, et bornons-nous à supplier les grands peuples de ne pas reculer trop loin quand ils reculent. Il ne faut pas, sous prétexte de retour à la raison, aller trop avant dans la descente.

La matière existe, la minute existe, les intérêts existent, le ventre existe ; mais il ne faut pas que le ventre soit la seule sagesse. La vie momentanée a son droit, nous l'admettons, mais la vie permanente a le sien. Hélas ! être monté, cela n'empêche pas de tomber. On voit ceci dans l'histoire plus souvent qu'on ne voudrait. Une nation est illustre ; elle goûte à l'idéal, puis elle mort dans la fange, et elle trouve cela bon ; et si on lui demande d'où vient qu'elle abandonne Socrate pour Falstaff, elle répond : C'est que j'aime les hommes d'état.

Un mot encore avant de rentrer dans la mêlée.

Une bataille comme celle que nous racontons en ce moment n'est autre chose qu'une convulsion vers l'idéal. Le progrès entravé est maladif, et il a de ces tragiques épilepsies. Cette maladie du progrès, la guerre civile, nous avons dû la rencontrer sur notre passage. C'est là une des phases fatales, à la fois acte et entr'acte, de ce drame dont le pivot est un damné social, et dont le titre véritable est : *le Progrès*.

Le Progrès !

Ce cri que nous jetons souvent est toute notre pensée ; et, au point de ce drame où nous sommes, l'idée qu'il contient ayant encore plus d'une épreuve à subir, il nous est permis peut-être, sinon d'en soulever le voile, du moins d'en laisser transparaître nettement la lueur.

Le livre que le lecteur a sous les yeux en ce moment, c'est, d'un bout à l'autre, dans son ensemble et dans ses détails, quelles que soient les intermittences, les exceptions ou les défaillances, la marche du mal au bien, de

---

4. L'exil de Hugo est donc une insurrection — voir notes précédente et suivante.

l'injuste au juste, du faux au vrai, de la nuit au jour, de l'appétit à la conscience, de la pourriture à la vie, de la bestialité au devoir, de l'enfer au ciel, du néant à Dieu. Point de départ : la matière ; point d'arrivée : l'âme. L'hydre au commencement ; l'ange à la fin[5].

XXI

LES HÉROS

Tout à coup le tambour battit la charge.

L'attaque fut l'ouragan. La veille, dans l'obscurité, la barricade avait été approchée silencieusement comme par un boa. À présent, en plein jour, dans cette rue évasée, la surprise était décidément impossible, la vive force, d'ailleurs, s'était démasquée, le canon avait commencé le rugissement, l'armée se rua sur la barricade. La furie était maintenant l'habileté. Une puissante colonne d'infanterie de ligne, coupée à intervalles égaux de garde nationale et de garde municipale à pied, et appuyée sur des masses profondes qu'on entendait sans les voir, déboucha dans la rue au pas de course, tambour battant, clairon sonnant, bayonnettes croisées, sapeurs en tête, et, imperturbable sous les projectiles, arriva droit sur la barricade avec le poids d'une poutre d'airain sur un mur.

---

5. Sur cette dernière étape de l'autodéfinition du roman, voir IV, 7, 1, note 4, p. 1329. Ce chapitre achève une vaste méditation historique et philosophique qui part de la conclusion de « Waterloo », traverse la « parenthèse » du couvent, se développe au premier livre de la quatrième partie — « Quelques pages d'histoire » —, pénètre l'analyse de l'argot et la conclut (pp. 1347-1354), revient sur « le fond de la question » (pp. 1417 et suiv.), explique les deux barricades de 1848 (pp. 1577 et suiv.) et s'achève ici avant l'agonie des derniers « héros ». Tant dans le ton que dans la nature des positions affirmées, on assiste à un long *crescendo*, parallèle à l'accentuation épique du récit : progression pédagogique — pour un public qui n'est pas unanime sur l'opportunité des barricades — mais aussi logique et poétique.

Le mur tint bon.

Les insurgés firent feu impétueusement. La barricade escaladée eut une crinière d'éclairs. L'assaut fut si forcené qu'elle fut un moment inondée d'assaillants ; mais elle secoua les soldats ainsi que le lion les chiens, et elle ne se couvrit d'assiégeants que comme la falaise d'écume, pour reparaître, l'instant d'après, escarpée, noire et formidable.

La colonne, forcée de se replier, resta massée dans la rue, à découvert, mais terrible, et riposta à la redoute par une mousqueterie effrayante. Quiconque a vu un feu d'artifice se rappelle cette gerbe faite d'un croisement de foudres qu'on appelle le bouquet. Qu'on se représente ce bouquet, non plus vertical, mais horizontal, portant une balle, une chevrotine ou un biscaïen à la pointe de chacun de ses jets de feu, et égrenant la mort dans ses grappes de tonnerres. La barricade était là-dessous.

Des deux parts résolution égale. La bravoure était là presque barbare et se compliquait d'une sorte de férocité héroïque qui commençait par le sacrifice de soi-même. C'était l'époque où un garde national se battait comme un zouave. La troupe voulait en finir ; l'insurrection voulait lutter. L'acceptation de l'agonie en pleine jeunesse et en pleine santé fait de l'intrépidité une frénésie. Chacun dans cette mêlée avait le grandissement de l'heure suprême. La rue se joncha de cadavres.

La barricade avait à l'une de ses extrémités Enjolras et à l'autre Marius. Enjolras, qui portait toute la barricade dans sa tête, se réservait et s'abritait ; trois soldats tombèrent l'un après l'autre sous son créneau sans l'avoir même aperçu ; Marius combattait à découvert. Il se faisait point de mire. Il sortait du sommet de la redoute plus qu'à mi-corps. Il n'y a pas de plus violent prodigue qu'un avare qui prend le mors aux dents ; il n'y a pas d'homme plus effrayant dans l'action qu'un songeur. Marius était formidable et pensif. Il était dans la bataille comme dans un rêve. On eût dit un fantôme qui fait le coup de fusil.

Les cartouches des assiégés s'épuisaient ; leurs sarcasmes non. Dans ce tourbillon du sépulcre où ils étaient, ils riaient.

Courfeyrac était nu-tête.

— Qu'est-ce que tu as donc fait de ton chapeau ? lui demanda Bossuet.

Courfeyrac répondit :

— Ils ont fini par me l'emporter à coups de canon.

Ou bien ils disaient des choses hautaines.

— Comprend-on, s'écriait amèrement Feuilly, ces hommes — (et il citait les noms, des noms connus, célèbres même, quelques-uns de l'ancienne armée) — qui avaient promis de nous rejoindre et fait serment de nous aider, et qui s'y étaient engagés d'honneur, et qui sont nos généraux, et qui nous abandonnent.

Et Combeferre se bornait à répondre avec un grave sourire :

— Il y a des gens qui observent les règles de l'honneur comme on observe les étoiles, de très loin.

L'intérieur de la barricade était tellement semé de cartouches déchirées qu'on eût dit qu'il y avait neigé.

Les assaillants avaient le nombre ; les insurgés avaient la position. Ils étaient en haut d'une muraille, et ils foudroyaient à bout portant les soldats trébuchant dans les morts et les blessés et empêtrés dans l'escarpement. Cette barricade, construite comme elle l'était et admirablement contrebutée, était vraiment une de ces situations où une poignée d'hommes tient en échec une légion. Cependant, toujours recrutée et grossissant sous la pluie de balles, la colonne d'attaque se rapprochait inexorablement, et maintenant, peu à peu, pas à pas, mais avec certitude, l'armée serrait la barricade comme la vis le pressoir.

Les assauts se succédèrent. L'horreur alla grandissant.

Alors éclata sur ce tas de pavés, dans cette rue de la Chanvrerie, une lutte digne d'une muraille de Troie. Ces hommes hâves, déguenillés, épuisés, qui n'avaient pas mangé depuis vingt-quatre heures, qui n'avaient pas dormi, qui n'avaient plus que quelques coups à tirer, qui tâtaient leurs poches vides de cartouches, presque tous blessés, la tête ou le bras bandé d'un linge rouillé et noirâtre, ayant dans leurs habits des trous d'où le sang coulait, à peine armés de mauvais fusils et de vieux sabres ébréchés, devinrent des Titans. La barricade fut dix fois abordée, assaillie, escaladée, et jamais prise.

Pour se faire une idée de cette lutte, il faudrait se figurer le feu mis à un tas de courages terribles, et qu'on regarde l'incendie. Ce n'était pas un combat, c'était le dedans d'une fournaise ; les bouches y respiraient de la flamme ; les visages y étaient extraordinaires. La forme humaine y semblait impossible, les combattants y flamboyaient, et c'était formidable de voir aller et venir dans cette fumée rouge ces salamandres de la mêlée. Les scènes successives et simultanées de cette tuerie grandiose, nous renonçons à les peindre. L'épopée seule a le droit de remplir douze mille vers avec une bataille.

On eût dit cet enfer du brahmanisme, le plus redoutable des dix-sept abîmes, que le Véda appelle la Forêt des Épées.

On se battait corps à corps, pied à pied, à coups de pistolet, à coups de sabre, à coups de poing, de loin, de près, d'en haut, d'en bas, de partout, des toits de la maison, des fenêtres du cabaret, des soupiraux des caves où quelques-uns s'étaient glissés. Ils étaient un contre soixante. La façade de Corinthe, à demi démolie, était hideuse. La fenêtre, tatouée de mitraille, avait perdu vitres et châssis et n'était plus qu'un trou informe, tumultueusement bouché avec des pavés. Bossuet fut tué ; Feuilly fut tué ; Courfeyrac fut tué ; Joly fut tué ; Combeferre, traversé de trois coups de bayonnette dans la poitrine au moment où il relevait un soldat blessé, n'eut que le temps de regarder le ciel, et expira.

Marius, toujours combattant, était si criblé de blessures, particulièrement à la tête, que son visage disparaissait dans le sang et qu'on eût dit qu'il avait la face couverte d'un mouchoir rouge.

Enjolras seul n'était pas atteint. Quand il n'avait plus d'arme, il tendait la main à droite ou à gauche et un insurgé lui mettait une arme quelconque au poing. Il n'avait plus qu'un tronçon de quatre épées ; une de plus que François Ier à Marignan.

Homère dit[1] : « Diomède égorge Axyle, fils de Teuthranis, qui habitait l'heureuse Arisba ; Euryale, fils de Mécistée, extermine Drésos, et Opheltios, Ésèpe, et ce

---

1. Traduction libre des vers 12-36 du chant VI de l'*Iliade*.

Pédasus que la naïade Abarbarée conçut de l'irréprochable Boucolion ; Ulysse renverse Pidyte de Percose ; Antiloque, Ablère ; Polypætès, Astyale ; Polydamas, Otos de Cyllène ; et Teucer, Arétaon. Méganthios meurt sous les coups de pique d'Euripyle. Agamemnon, roi des héros, terrasse Élatos né dans la ville escarpée que baigne le sonore fleuve Satnoïs. » Dans nos vieux poëmes de gestes, Esplandian attaque avec une bisaiguë de feu le marquis géant Swantibore, lequel se défend en lapidant le chevalier avec des tours qu'il déracine. Nos anciennes fresques murales nous montrent les deux ducs de Bretagne et de Bourbon, armés, armoriés et timbrés en guerre, à cheval, et s'abordant, la hache d'armes à la main, masqués de fer, bottés de fer, gantés de fer, l'un caparaçonné d'hermine, l'autre drapé d'azur ; Bretagne avec son lion entre les deux cornes de sa couronne, Bourbon, casqué d'une monstrueuse fleur de lys à visière. Mais pour être superbe, il n'est pas nécessaire de porter, comme Yvon, le morion ducal, d'avoir au poing, comme Esplandian, une flamme vivante, ou comme Phylès, père de Polydamas, d'avoir rapporté d'Éphyre une bonne armure présent du roi des hommes Euphète ; il suffit de donner sa vie pour une conviction ou pour une loyauté. Ce petit soldat naïf, hier paysan de la Beauce ou du Limousin, qui rôde, le coupe-chou au côté, autour des bonnes d'enfants dans le Luxembourg, ce jeune étudiant pâle penché sur une pièce d'anatomie ou sur un livre, blond adolescent qui fait sa barbe avec des ciseaux, prenez-les tous les deux, soufflez-leur un souffle de devoir, mettez-les en face l'un de l'autre dans le carrefour Boucherat ou dans le cul-de-sac Planche-Mibray, et que l'un combatte pour son drapeau, et que l'autre combatte pour son idéal, et qu'ils s'imaginent tous les deux combattre pour la patrie ; la lutte sera colossale ; et l'ombre que feront, dans ce grand champ épique où se débat l'humanité, ce pioupiou et ce carabin aux prises, égalera l'ombre que jette Mégaryon, roi de la Lycie pleine de tigres, étreignant corps à corps l'immense Ajax, égal aux dieux.

XXII

PIED À PIED

Quand il n'y eut plus de chefs vivants qu'Enjolras et Marius aux deux extrémités de la barricade, le centre, qu'avaient si longtemps soutenu Courfeyrac, Joly, Bossuet, Feuilly et Combeferre, plia. Le canon, sans faire de brèche praticable, avait assez largement échancré le milieu de la redoute ; là, le sommet de la muraille avait disparu sous le boulet, et s'était écroulé, et les débris qui étaient tombés, tantôt à l'intérieur, tantôt à l'extérieur, avaient fini, en s'amoncelant, par faire, des deux côtés du barrage, deux espèces de talus, l'un au dedans, l'autre au dehors. Le talus extérieur offrait à l'abordage un plan incliné.

Un suprême assaut y fut tenté et cet assaut réussit. La masse hérissée de bayonnettes et lancée au pas gymnastique arriva irrésistible, et l'épais front de bataille de la colonne d'attaque apparut dans la fumée au haut de l'escarpement. Cette fois, c'était fini. Le groupe d'insurgés qui défendait le centre recula pêle-mêle.

Alors le sombre amour de la vie se réveilla chez quelques-uns. Couchés en joue par cette forêt de fusils, plusieurs ne voulurent plus mourir. C'est là une minute où l'instinct de la conservation pousse des hurlements et où la bête reparaît dans l'homme. Ils étaient acculés à la haute maison à six étages qui faisait le fond de la redoute. Cette maison pouvait être le salut. Cette maison était barricadée et comme murée du haut en bas. Avant que la troupe de ligne fût dans l'intérieur de la redoute, une porte avait le temps de s'ouvrir et de se fermer, la durée d'un éclair suffisait pour cela, et la porte de cette maison, entre-bâillée brusquement et refermée tout de suite, pour ces désespérés c'était la vie. En arrière de cette maison, il y avait les rues, la fuite possible, l'espace. Ils se mirent à frapper contre cette porte à coups de crosse et à coups de pied, appelant, criant, suppliant, joignant les mains.

Personne n'ouvrit. De la lucarne du troisième étage la tête
morte les regardait.

Mais Enjolras et Marius, et sept ou huit ralliés autour
d'eux, s'étaient élancés et les protégeaient. Enjolras avait
crié aux soldats : N'avancez pas ! et un officier n'ayant
pas obéi, Enjolras avait tué l'officier. Il était maintenant
dans la petite cour intérieure de la redoute, adossé à la
maison de Corinthe, l'épée d'une main, la carabine de
l'autre, tenant ouverte la porte du cabaret qu'il barrait aux
assaillants. Il cria aux désespérés : — Il n'y a qu'une
porte ouverte. Celle-ci. — Et, les couvrant de son corps,
faisant à lui seul face à un bataillon, il les fit passer derrière lui. Tous s'y précipitèrent. Enjolras, exécutant avec
sa carabine, dont il se servait maintenant comme d'une
canne, ce que les bâtonnistes appellent la rose couverte,
rabattit les bayonnettes autour de lui et devant lui, et entra
le dernier ; et il y eut un instant horrible, les soldats voulant pénétrer, les insurgés voulant fermer. La porte fut
close avec une telle violence qu'en se remboîtant dans
son cadre, elle laissa voir coupés et collés à son chambranle les cinq doigts d'un soldat qui s'y était cramponné.

Marius était resté dehors. Un coup de feu venait de lui
casser la clavicule ; il sentit qu'il s'évanouissait et qu'il
tombait. En ce moment, les yeux déjà fermés, il eut la
commotion d'une main vigoureuse qui le saisissait, et son
évanouissement, dans lequel il se perdit, lui laissa à peine
le temps de cette pensée mêlée au suprême souvenir de
Cosette : — Je suis fait prisonnier. Je serai fusillé.

Enjolras, ne voyant pas Marius parmi les réfugiés du
cabaret, eut la même idée. Mais ils étaient à cet instant
où chacun n'a que le temps de songer à sa propre mort.
Enjolras assujettit la barre de la porte, et la verrouilla, et
en ferma à double tour la serrure et le cadenas, pendant
qu'on la battait furieusement au dehors, les soldats à
coups de crosse, les sapeurs à coups de hache. Les assaillants s'étaient groupés sur cette porte. C'était maintenant
le siége du cabaret qui commençait.

Les soldats, disons-le, étaient pleins de colère.

La mort du sergent d'artillerie les avait irrités, et puis,
chose plus funeste, pendant les quelques heures qui

avaient précédé l'attaque, il s'était dit parmi eux que les insurgés mutilaient les prisonniers, et qu'il y avait dans le cabaret le cadavre d'un soldat sans tête. Ce genre de rumeur fatale est l'accompagnement ordinaire des guerres civiles, et ce fut un faux bruit de cette espèce qui causa plus tard la catastrophe de la rue Transnonain.

Quand la porte fut barricadée, Enjolras dit aux autres :

— Vendons-nous cher.

Puis il s'approcha de la table où étaient étendus Mabeuf et Gavroche. On voyait sous le drap noir deux formes droites et rigides, l'une grande, l'autre petite, et les deux visages se dessinaient vaguement sous les plis froids du suaire. Une main sortait de dessous le linceul et pendait vers la terre. C'était celle du vieillard.

Enjolras se pencha et baisa cette main vénérable, de même que la veille il avait baisé le front.

C'étaient les deux seuls baisers qu'il eût donnés dans sa vie.

Abrégeons. La barricade avait lutté comme une porte de Thèbes, le cabaret lutta comme une maison de Saragosse. Ces résistances-là sont bourrues. Pas de quartier. Pas de parlementaire possible. On veut mourir pourvu qu'on tue. Quand Suchet dit : — Capitulez, — Palafox répond : « Après la guerre au canon, la guerre au couteau. » Rien ne manqua à la prise d'assaut du cabaret Hucheloup ; ni les pavés pleuvant de la fenêtre et du toit sur les assiégeants et exaspérant les soldats par d'horribles écrasements, ni les coups de feu des caves et des mansardes, ni la fureur de l'attaque, ni la rage de la défense, ni enfin, quand la porte céda, les démences frénétiques de l'extermination. Les assaillants, en se ruant dans le cabaret, les pieds embarrassés dans les panneaux de la porte enfoncée et jetée à terre, n'y trouvèrent pas un combattant. L'escalier en spirale, coupé à coups de hache, gisait au milieu de la salle basse, quelques blessés achevaient d'expirer, tout ce qui n'était pas tué était au premier étage, et là, par le trou du plafond, qui avait été l'entrée de l'escalier, un feu terrifiant éclata. C'étaient les dernières cartouches. Quand elles furent brûlées, quand ces agonisants redoutables n'eurent plus ni poudre ni

balles, chacun prit à la main deux de ces bouteilles réservées par Enjolras et dont nous avons parlé, et ils tinrent
tête à l'escalade avec ces massues effroyablement fragiles. C'étaient des bouteilles d'eau-forte. Nous disons
telles qu'elles sont ces choses sombres du carnage. L'as-
siégé, hélas, fait arme de tout. Le feu grégeois n'a pas
déshonoré Archimède, la poix bouillante n'a pas déshonoré Bayard. Toute la guerre est de l'épouvante, et il n'y
a rien à y choisir. La mousqueterie des assiégeants,
quoique gênée et de bas en haut, était meurtrière. Le
rebord du trou du plafond fut bientôt entouré de têtes
mortes d'où ruisselaient de longs fils rouges et fumants.
Le fracas était inexprimable ; une fumée enfermée et brû-
lante faisait presque la nuit sur ce combat. Les mots manquent pour dire l'horreur arrivée à ce degré. Il n'y avait
plus d'hommes dans cette lutte maintenant infernale. Ce
n'étaient plus des géants contre des colosses. Cela ressemblait plus à Milton et à Dante qu'à Homère. Des
démons attaquaient, des spectres résistaient.

C'était l'héroïsme monstre.

XXIII

ORESTE À JEUN ET PYLADE IVRE [1]

Enfin, se faisant la courte échelle, s'aidant du squelette
de l'escalier, grimpant aux murs, s'accrochant au plafond,
écharpant, au bord de la trappe même, les derniers qui
résistaient, une vingtaine d'assiégeants, soldats, gardes
nationaux, gardes municipaux, pêle-mêle, la plupart défi-
gurés par des blessures au visage dans cette ascension
redoutable, aveuglés par le sang, furieux, devenus sauvages, firent irruption dans la salle du premier étage. Il
n'y avait plus là qu'un seul homme qui fût debout, Enjol-

---

1. Ces noms ont déjà été donnés à Enjolras et Grantaire : III, 4,
1 ; p. 907.

ras. Sans cartouches, sans épée, il n'avait plus à la main que le canon de sa carabine dont il avait brisé la crosse sur la tête de ceux qui entraient. Il avait mis le billard entre les assaillants et lui ; il avait reculé à l'angle de la salle, et là, l'œil fier, la tête haute, ce tronçon d'arme au poing, il était encore assez inquiétant pour que le vide se fût fait autour de lui. Un cri s'éleva :

— C'est le chef. C'est lui qui a tué l'artilleur. Puisqu'il s'est mis là, il y est bien. Qu'il y reste. Fusillons-le sur place.

— Fusillez-moi, dit Enjolras.

Et, jetant le tronçon de sa carabine, et croisant les bras, il présenta sa poitrine.

L'audace de bien mourir émeut toujours les hommes. Dès qu'Enjolras eut croisé les bras, acceptant la fin, l'assourdissement de la lutte cessa dans la salle, et ce chaos s'apaisa subitement dans une sorte de solennité sépulcrale. Il semblait que la majesté menaçante d'Enjolras désarmé et immobile pesât sur ce tumulte, et que, rien que par l'autorité de son regard tranquille, ce jeune homme, qui seul n'avait pas une blessure, superbe, sanglant, charmant, indifférent comme un invulnérable, contraignît cette cohue sinistre à le tuer avec respect. Sa beauté, en ce moment-là augmentée de sa fierté, était un resplendissement, et, comme s'il ne pouvait pas plus être fatigué que blessé, après les effrayantes vingt-quatre heures qui venaient de s'écouler, il était vermeil et rose. C'était de lui peut-être que parlait le témoin qui disait plus tard devant le conseil de guerre : « Il y avait un insurgé que j'ai entendu nommer Apollon. » Un garde national qui visait Enjolras abaissa son arme en disant : « Il me semble que je vais fusiller une fleur [2]. »

Douze hommes se formèrent en peloton à l'angle opposé à Enjolras, et apprêtèrent leurs fusils en silence.

Puis un sergent cria : — Joue.

Un officier intervint.

---

2. Ainsi se confirme la gémellité d'Enjolras-Apollon et de Montparnasse, « mirliflore du sépulcre » — voir texte III, 7, 3 et note 6 ; p. 993. Sur l'invocation d'un témoignage, voir note générale 1.

— Attendez.

Et s'adressant à Enjolras :

— Voulez-vous qu'on vous bande les yeux ?

— Non.

— Est-ce bien vous qui avez tué le sergent d'artillerie ?

— Oui.

Depuis quelques instants Grantaire s'était réveillé.

Grantaire, on s'en souvient, dormait depuis la veille dans la salle haute du cabaret, assis sur une chaise, affaissé sur une table.

Il réalisait, dans toute son énergie, la vieille métaphore : ivre mort. Le hideux philtre absinthe-stout-alcool l'avait jeté en léthargie. Sa table étant petite, et ne pouvant servir à la barricade, on la lui avait laissée. Il était toujours dans la même posture, la poitrine pliée sur la table, la tête appuyée à plat sur les bras, entouré de verres, de chopes et de bouteilles. Il dormait de cet écrasant sommeil de l'ours engourdi et de la sangsue repue. Rien n'y avait fait, ni la fusillade, ni les boulets, ni la mitraille qui pénétrait par la croisée dans la salle où il était, ni le prodigieux vacarme de l'assaut. Seulement, il répondait quelquefois au canon par un ronflement. Il semblait attendre là qu'une balle vînt lui épargner la peine de se réveiller. Plusieurs cadavres gisaient autour de lui ; et, au premier coup d'œil, rien ne le distinguait de ces dormeurs profonds de la mort.

Le bruit n'éveille pas un ivrogne, le silence le réveille. Cette singularité a été plus d'une fois observée. La chute de tout, autour de lui, augmentait l'anéantissement de Grantaire ; l'écroulement le berçait. — L'espèce de halte que fit le tumulte devant Enjolras fut une secousse pour ce pesant sommeil. C'est l'effet d'une voiture au galop qui s'arrête court. Les assoupis s'y réveillent. Grantaire se dressa en sursaut, étendit les bras, se frotta les yeux, regarda, bâilla, et comprit.

L'ivresse qui finit ressemble à un rideau qui se déchire. On voit, en bloc et d'un seul coup d'œil, tout ce qu'elle cachait. Tout s'offre subitement à la mémoire ; et l'ivrogne, qui ne sait rien de ce qui s'est passé depuis vingt-quatre heures, n'a pas achevé d'ouvrir les paupières qu'il est au fait. Les idées lui reviennent avec une lucidité brusque ; l'effacement de l'ivresse, sorte de buée qui aveuglait le cerveau, se dissipe, et fait place à la claire et nette obsession des réalités.

Relégué qu'il était dans un coin et comme abrité derrière le billard, les soldats, l'œil fixé sur Enjolras, n'avaient pas même aperçu Grantaire, et le sergent se préparait à répéter l'ordre : En joue ! quand tout à coup ils entendirent une voix forte crier à côté d'eux :

— Vive la république ! J'en suis.

Grantaire s'était levé.

L'immense lueur de tout le combat qu'il avait manqué, et dont il n'avait pas été, apparut dans le regard éclatant de l'ivrogne transfiguré.

Il répéta : Vive la république ! traversa la salle d'un pas ferme, et alla se placer devant les fusils debout près d'Enjolras.

— Faites-en deux d'un coup, dit-il.

Et, se tournant vers Enjolras avec douceur, il lui dit :

— Permets-tu ?

Enjolras lui serra la main en souriant.

Ce sourire n'était pas achevé que la détonation éclata.

Enjolras, traversé de huit coups de feu, resta adossé au mur comme si les balles l'y eussent cloué. Seulement il pencha la tête.

Grantaire, foudroyé, s'abattit à ses pieds.

Quelques instants après, les soldats délogeaient les derniers insurgés réfugiés au haut de la maison. Ils tiraillaient à travers un treillis de bois dans le grenier. On se battait dans les combles. On jetait des corps par les fenêtres, quelques-uns vivants. Deux voltigeurs, qui essayaient de relever l'omnibus fracassé, étaient tués de deux coups de carabine tirés des mansardes. Un homme en blouse en était précipité, un coup de bayonnette dans le ventre, et râlait à terre. Un soldat et un insurgé glissaient ensemble sur le talus de tuiles du toit, et ne voulaient pas se lâcher, et tombaient, se tenant embrassés d'un embrassement féroce. Lutte pareille dans la cave. Cris, coups de

feu, piétinement farouche. Puis le silence. La barricade
était prise.

Les soldats commencèrent la fouille des maisons
d'alentour et la poursuite des fuyards.

XXIV

PRISONNIER

Marius était prisonnier en effet. Prisonnier de Jean
Valjean.

La main qui l'avait étreint par derrière au moment où
il tombait, et dont, en perdant connaissance, il avait senti
le saisissement, était celle de Jean Valjean.

Jean Valjean n'avait pas pris au combat d'autre part
que de s'y exposer[1]. Sans lui, à cette phase suprême de
l'agonie, personne n'eût songé aux blessés. Grâce à lui,
partout présent dans le carnage comme une providence,
ceux qui tombaient étaient relevés, transportés dans la
salle basse, et pansés. Dans les intervalles, il réparait la
barricade. Mais rien qui pût ressembler à un coup, à une
attaque, ou même à une défense personnelle, ne sortit de
ses mains. Il se taisait et secourait. Du reste, il avait à
peine quelques égratignures. Les balles n'avaient pas
voulu de lui. Si le suicide faisait partie de ce qu'il avait
rêvé en venant dans ce sépulcre, de ce côté-là il n'avait
point réussi. Mais nous doutons qu'il eût songé au suicide, acte irréligieux.

Jean Valjean, dans la nuée épaisse du combat, n'avait
pas l'air de voir Marius ; le fait est qu'il ne le quittait pas
des yeux. Quand un coup de feu renversa Marius, Jean

---

1. Ce fut, en décembre 1851, la conduite de Hugo lui-même,
répondant à un résistant qui lui proposait un fusil : « Non, lui dis-je.
Je resterai ici sans fusil. Je n'entre qu'à moitié dans la guerre civile.
Je veux bien y mourir, je ne veux pas y tuer. » (*Histoire d'un crime*).

Valjean bondit avec une agilité de tigre, s'abattit sur lui comme sur une proie, et l'emporta.

Le tourbillon de l'attaque était en cet instant-là si violemment concentré sur Enjolras et sur la porte du cabaret que personne ne vit Jean Valjean, soutenant dans ses bras Marius évanoui, traverser le champ dépavé de la barricade et disparaître derrière l'angle de la maison de Corinthe.

On se rappelle cet angle qui faisait une sorte de cap dans la rue ; il garantissait des balles et de la mitraille, et des regards aussi, quelques pieds carrés de terrain. Il y a ainsi parfois dans les incendies une chambre qui ne brûle point, et dans les mers les plus furieuses, en deçà d'un promontoire ou au fond d'un cul-de-sac d'écueils, un petit coin tranquille. C'était dans cette espèce de repli du trapèze intérieur de la barricade qu'Éponine avait agonisé.

Là Jean Valjean s'arrêta, il laissa glisser à terre Marius, s'adossa au mur, et jeta les yeux autour de lui.

La situation était épouvantable.

Pour l'instant, pour deux ou trois minutes peut-être, ce pan de muraille était un abri, mais comment sortir de ce massacre ? Il se rappelait l'angoisse où il s'était trouvé rue Polonceau, huit ans auparavant, et de quelle façon il était parvenu à s'échapper ; c'était difficile alors, aujourd'hui c'était impossible. Il avait devant lui cette implacable et sourde maison à six étages qui ne semblait habitée que par l'homme mort penché à sa fenêtre ; il avait à sa droite la barricade assez basse qui fermait la Petite-Truanderie ; enjamber cet obstacle paraissait facile, mais on voyait au-dessus de la crête du barrage une rangée de pointes de bayonnettes. C'était la troupe de ligne, postée au delà de cette barricade, et aux aguets. Il était évident que franchir la barricade c'était aller chercher un feu de peloton, et que toute tête qui se risquerait à dépasser le haut de la muraille de pavés servirait de cible à soixante coups de fusil. Il avait à sa gauche le champ du combat. La mort était derrière l'angle du mur.

Que faire ?

Un oiseau seul eût pu se tirer de là.

Et il fallait se décider sur-le-champ, trouver un expédient, prendre un parti. On se battait à quelques pas de lui ; par bonheur tous s'acharnaient sur un point unique, sur la porte du cabaret ; mais qu'un soldat, un seul, eût l'idée de tourner la maison, ou de l'attaquer en flanc, tout était fini.

Jean Valjean regarda la maison en face de lui, il regarda la barricade à côté de lui, puis il regarda la terre, avec la violence de l'extrémité suprême, éperdu, et comme s'il eût voulu y faire un trou avec ses yeux.

À force de regarder, on ne sait quoi de vaguement saisissable dans une telle agonie se dessina et prit forme à ses pieds, comme si c'était une puissance du regard de faire éclore la chose demandée. Il aperçut à quelques pas de lui, au bas du petit barrage si impitoyablement gardé et guetté au dehors, sous un écroulement de pavés qui la cachait en partie, une grille de fer posée à plat et de niveau avec le sol. Cette grille, faite de forts barreaux transversaux, avait environ deux pieds carrés. L'encadrement de pavés qui la maintenait avait été arraché, et elle était comme descellée. À travers les barreaux on entrevoyait une ouverture obscure, quelque chose de pareil au conduit d'une cheminée ou au cylindre d'une citerne. Jean Valjean s'élança. Sa vieille science des évasions lui monta au cerveau comme une clarté. Écarter les pavés, soulever la grille, charger sur ses épaules Marius inerte comme un corps mort, descendre, avec ce fardeau sur les reins, en s'aidant des coudes et des genoux, dans cette espèce de puits heureusement peu profond, laisser retomber au-dessus de sa tête la lourde trappe de fer sur laquelle les pavés ébranlés croulèrent de nouveau, prendre pied sur une surface dallée à trois mètres au-dessous du sol, cela fut exécuté comme ce qu'on fait dans le délire, avec une force de géant et une rapidité d'aigle ; cela dura quelques minutes à peine.

Jean Valjean se trouva, avec Marius toujours évanoui, dans une sorte de long corridor souterrain.

Là, paix profonde, silence absolu, nuit.

L'impression qu'il avait autrefois éprouvée en tombant de la rue dans le couvent, lui revint. Seulement, ce qu'il emportait aujourd'hui, ce n'était plus Cosette, c'était Marius[2].

C'est à peine maintenant s'il entendait au-dessus de lui comme un vague murmure, le formidable tumulte du cabaret pris d'assaut.

2. Voir II, 5, 6 ; p. 638. Sur le système formé par les évasions de Jean Valjean — et avoué ici — voir II, 2, 3, note 14 ; p. 521. En relèvent aussi l'évasion de Thénardier et l'entrée symétrique de Gavroche dans l'éléphant — voir IV, 6, 2, note 14 ; p. 1295 et IV, 6, 3, note 1, p. 1308.

LIVRE DEUXIÈME

L'INTESTIN DE LÉVIATHAN [1]

1. Sur la signification du livre, voir plus haut note 1 de V, 1, 5 ; p. 1600 ; ci-après note 2 de V, 2, 2 ; p. 1689 et la note générale 15.

L'une des sources documentaires de Hugo est la *Statistique des égouts de Paris*, publiée en 1837. L'idée d'employer les déjections des égouts à la fertilisation des sols n'est pas propre à Hugo ; elle avait été développée par P. Leroux, entre autres.

I

LA TERRE APPAUVRIE PAR LA MER

Paris jette par an vingt-cinq millions à l'eau. Et ceci sans métaphore. Comment, et de quelle façon ? jour et nuit. Dans quel but ? sans aucun but. Avec quelle pensée ? sans y penser. Pourquoi faire ? pour rien. Au moyen de quel organe ? au moyen de son intestin. Quel est son intestin ? c'est son égout.

Vingt-cinq millions, c'est le plus modéré des chiffres approximatifs que donnent les évaluations de la science spéciale.

La science, après avoir longtemps tâtonné, sait aujourd'hui que le plus fécondant et le plus efficace des engrais, c'est l'engrais humain. Les chinois, disons-le à notre honte, le savaient avant nous. Pas un paysan chinois, c'est Eckeberg qui le dit, ne va à la ville sans rapporter, aux deux extrémités de son bambou, deux seaux pleins de ce que nous nommons immondices. Grâce à l'engrais humain, la terre en Chine est encore aussi jeune qu'au temps d'Abraham. Le froment chinois rend jusqu'à cent vingt fois la semence. Il n'est aucun guano comparable en fertilité au détritus d'une capitale. Une grande ville est le plus puissant des stercoraires. Employer la ville à fumer la plaine, ce serait une réussite certaine. Si notre or est fumier, en revanche, notre fumier est or.

Que fait-on de cet or fumier ? On le balaye à l'abîme.

On expédie à grands frais des convois de navires afin de récolter au pôle austral la fiente des pétrels et des pingouins, et l'incalculable élément d'opulence qu'on a sous la main, on l'envoie à la mer. Tout l'engrais humain et animal que le monde perd, rendu à la terre au lieu d'être jeté à l'eau, suffirait à nourrir le monde.

Ces tas d'ordures du coin des bornes, ces tombereaux de boue cahotés la nuit dans les rues, ces affreux tonneaux de la voirie, ces fétides écoulements de fange souterraine que le pavé vous cache, savez-vous ce que c'est ? C'est de la prairie en fleur, c'est de l'herbe verte, c'est du serpolet et du thym et de la sauge, c'est du gibier, c'est du bétail, c'est le mugissement satisfait des grands bœufs le soir, c'est du foin parfumé, c'est du blé doré, c'est du pain sur votre table, c'est du sang chaud dans vos veines, c'est de la santé, c'est de la joie, c'est de la vie. Ainsi le veut cette création mystérieuse qui est la transformation sur la terre et la transfiguration dans le ciel.

Rendez cela au grand creuset ; votre abondance en sortira. La nutrition des plaines fait la nourriture des hommes.

Vous êtes maîtres de perdre cette richesse, et de me trouver ridicule par-dessus le marché. Ce sera là le chef-d'œuvre de votre ignorance [1].

La statistique a calculé que la France à elle seule fait tous les ans à l'Atlantique par la bouche de ses rivières un versement d'un demi-milliard. Notez ceci : avec ces cinq cents millions on payerait le quart des dépenses du budget. L'habileté de l'homme est telle qu'il aime mieux se débarrasser de ces cinq cents millions dans le ruisseau. C'est la substance même du peuple qu'emportent, ici goutte à goutte, là à flots, le misérable vomissement de nos égouts dans les fleuves et le gigantesque ramassement de nos fleuves dans l'océan. Chaque hoquet de nos cloaques nous coûte mille francs. À cela deux résultats : la terre appauvrie et l'eau empestée. La faim sortant du sillon et la maladie sortant du fleuve.

---

1. Unique dans ce roman pédagogique, cette prise à partie du lecteur enregistre la bizarrerie du thème et l'étrangeté du symbole. Elle ponctue la série des interventions d'autocommentaire.

Il est notoire, par exemple, qu'à cette heure, la Tamise empoisonne Londres[2].

Pour ce qui est de Paris, on a dû, dans ces derniers temps, transporter la plupart des embouchures d'égouts en aval au-dessous du dernier pont.

Un double appareil tubulaire, pourvu de soupapes et d'écluses de chasse, aspirant et refoulant, un système de drainage élémentaire, simple comme le poumon de l'homme, et qui est déjà en pleine fonction dans plusieurs communes d'Angleterre, suffirait pour amener dans nos villes l'eau pure des champs et pour renvoyer dans nos champs l'eau riche des villes, et ce facile va-et-vient, le plus simple du monde, retiendrait chez nous les cinq cents millions jetés dehors. On pense à autre chose.

Le procédé actuel fait le mal en voulant faire le bien. L'intention est bonne, le résultat est triste. On croit expurger la ville, on étiole la population. Un égout est un malentendu. Quand partout le drainage, avec sa fonction double, restituant ce qu'il prend, aura remplacé l'égout, simple lavage appauvrissant, alors, ceci étant combiné avec les données d'une économie sociale nouvelle, le produit de la terre sera décuplé, et le problème de la misère sera singulièrement atténué. Ajoutez la suppression des parasitismes[3], il sera résolu.

En attendant, la richesse publique s'en va à la rivière, et le coulage a lieu. Coulage est le mot. L'Europe se ruine de la sorte par épuisement.

Quant à la France, nous venons de dire son chiffre. Or, Paris contenant le vingt-cinquième de la population française totale, et le guano parisien étant le plus riche de tous, on reste au-dessous de la vérité en évaluant à vingt-cinq millions la part de perte de Paris dans le demi-milliard que la France refuse annuellement. Ces vingt-cinq

---

2. Lieu commun d'époque, dont Hugo se fait l'écho, en 1859, dans sa correspondance à sa femme et à sa fille, alors en séjour à Londres. Nous sommes alors à la grande époque de la phobie des « miasmes » et de « l'hygiène aérienne » : fenêtres ouvertes, « bon air ».

3. *Quatrevingt-treize* précise : « Supprimez les parasitismes ; le parasitisme du prêtre, le parasitisme du juge, le parasitisme du soldat. »

millions, employés en assistance et en jouissance, double-
raient la splendeur de Paris. La ville les dépense en
cloaques. De sorte qu'on peut dire que la grande prodigalité de Paris, sa fête merveilleuse, sa folie Beaujon[4], son
orgie, son ruissellement d'or à pleines mains, son faste,
son luxe, sa magnificence, c'est son égout.

C'est de cette façon que, dans la cécité d'une mauvaise
économie politique, on noie et on laisse aller à vau-l'eau
et se perdre dans les gouffres le bien-être de tous. Il
devrait y avoir des filets de Saint-Cloud pour la fortune
publique.

Économiquement, le fait peut se résumer ainsi : Paris
panier percé.

Paris, cette cité modèle, ce patron des capitales bien
faites dont chaque peuple tâche d'avoir une copie, cette
métropole de l'idéal, cette patrie auguste de l'initiative,
de l'impulsion et de l'essai, ce centre et ce lieu des
esprits, cette ville nation, cette ruche de l'avenir, ce
composé merveilleux de Babylone et de Corinthe, ferait,
au point de vue que nous venons de signaler, hausser les
épaules à un paysan du Fo-Kian.

Imitez Paris, vous vous ruinerez.

Au reste, particulièrement en ce gaspillage immémorial
et insensé, Paris lui-même imite.

Ces surprenantes inepties ne sont pas nouvelles ; ce
n'est point là de la sottise jeune. Les anciens agissaient
comme les modernes. « Les cloaques de Rome, dit Lie-
big, ont absorbé tout le bien-être du paysan romain. »
Quand la campagne de Rome fut ruinée par l'égout
romain, Rome épuisa l'Italie, et quand elle eut mis l'Italie
dans son cloaque, elle y versa la Sicile, puis la Sardaigne,
puis l'Afrique. L'égout de Rome a engouffré le monde.
Ce cloaque offrait son engloutissement à la cité et à l'univers. *Urbi et orbi*[5]. Ville éternelle, égout insondable.

---

4. Non pas le centre de détention de la police parisienne célèbre
en mai 68, mais le parc d'attractions déjà cité dans « En l'année
1817 » (I, 3, 4, note 4, p. 195).
5. Les mots qui précèdent traduisent cette formule qui commence
la grande bénédiction papale et sert ordinairement à la désigner.

Pour ces choses-là, comme pour d'autres, Rome donne l'exemple.

Cet exemple, Paris le suit, avec toute la bêtise propre aux villes d'esprit.

Pour les besoins de l'opération sur laquelle nous venons de nous expliquer, Paris a sous lui un autre Paris ; un Paris d'égouts ; lequel a ses rues, ses carrefours, ses places, ses impasses, ses artères et sa circulation, qui est de la fange, avec la forme humaine de moins.

Car il ne faut rien flatter, pas même un grand peuple ; là où il y a tout, il y a l'ignominie à côté de la sublimité ; et, si Paris contient Athènes, la ville de lumière, Tyr, la ville de puissance, Sparte, la ville de vertu, Ninive, la ville de prodige, il contient aussi Lutèce, la ville de boue [6].

D'ailleurs le cachet de sa puissance est là aussi, et la titanique sentine de Paris réalise, parmi les monuments, cet idéal étrange réalisé dans l'humanité par quelques hommes tels que Machiavel, Bacon et Mirabeau, le grandiose abject.

Le sous-sol de Paris, si l'œil pouvait en pénétrer la surface, présenterait l'aspect d'un madrépore colossal. Une éponge n'a guère plus de pertuis et de couloirs que la motte de terre de six lieues de tour sur laquelle repose l'antique grande ville. Sans parler des catacombes, qui sont une cave à part, sans parler de l'inextricable treillis des conduits du gaz, sans compter le vaste système tubulaire de la distribution d'eau vive qui aboutit aux bornes-fontaines, les égouts à eux seuls font sous les deux rives un prodigieux réseau ténébreux ; labyrinthe qui a pour fil sa pente.

Là apparaît, dans la brume humide, le rat, qui semble le produit de l'accouchement de Paris.

---

6. Une étymologie habituelle faisait dériver Lutèce du mot latin, *lutum*, désignant la boue.

II

L'HISTOIRE ANCIENNE DE L'ÉGOUT

Qu'on s'imagine Paris ôté comme un couvercle, le réseau souterrain des égouts, vu à vol d'oiseau, dessinera sur les deux rives une espèce de grosse branche greffée au fleuve. Sur la rive droite l'égout de ceinture sera le tronc de cette branche, les conduits secondaires seront les rameaux, et les impasses seront les ramuscules.

Cette figure n'est que sommaire et à demi exacte, l'angle droit, qui est l'angle habituel de ce genre de ramifications souterraines, étant très rare dans la végétation.

On se fera une image plus ressemblante de cet étrange plan géométral en supposant qu'on voie à plat sur un fond de ténèbres quelque bizarre alphabet d'orient brouillé comme un fouillis, et dont les lettres difformes seraient soudées les unes aux autres, dans un pêle-mêle apparent et comme au hasard, tantôt par leurs angles, tantôt par leurs extrémités.

Les sentines et les égouts jouaient un grand rôle au moyen âge, au Bas-Empire et dans le vieil orient. La peste y naissait, les despotes y mouraient. Les multitudes regardaient presque avec une crainte religieuse ces lits de pourriture, monstrueux berceaux de la mort. La fosse aux vermines de Bénarès n'est pas moins vertigineuse que la fosse aux lions de Babylone. Téglath-Phalasar, au dire des livres rabbiniques, jurait par la sentine de Ninive. C'est de l'égout de Munster que Jean de Leyde faisait sortir sa fausse lune, et c'est du puits-cloaque de Kekhscheb que son ménechme oriental, Mokannâ, le prophète voilé du Khorassan, faisait sortir son faux soleil.

L'histoire des hommes se reflète dans l'histoire des cloaques. Les gémonies racontaient Rome. L'égout de Paris a été une vieille chose formidable. Il a été sépulcre, il a été asile. Le crime, l'intelligence, la protestation sociale, la liberté de conscience, la pensée, le vol, tout ce que les lois humaines poursuivent ou ont poursuivi, s'est caché dans ce trou ; les maillotins au quatorzième siècle, les tire-laine au quinzième, les huguenots au seizième, les illuminés de Morin au dix-septième, les chauffeurs[1] au dix-huitième. Il y a cent ans, le coup de poignard nocturne en sortait, le filou en danger y glissait ; le bois avait la caverne, Paris avait l'égout. La truanderie, cette *picareria* gauloise, acceptait l'égout comme succursale de la Cour des Miracles, et le soir, narquoise et féroce, rentrait sous le vomitoire Maubuée comme dans une alcôve.

Il était tout simple que ceux qui avaient pour lieu de travail quotidien le cul-de-sac Vide-Gousset ou la rue Coupe-Gorge eussent pour domicile nocturne le ponceau du Chemin-Vert ou le cagnard Hurepoix. De là un four-millement de souvenirs. Toutes sortes de fantômes hantent ces longs corridors solitaires ; partout la putridité et le miasme ; çà et là un soupirail où Villon dedans cause avec Rabelais dehors.

L'égout, dans l'ancien Paris, est le rendez-vous de tous les épuisements et de tous les essais. L'économie politique y voit un détritus, la philosophie sociale y voit un résidu.

L'égout, c'est la conscience de la ville[2]. Tout y converge et s'y confronte. Dans ce lieu livide, il y a des ténèbres, mais il n'y a plus de secrets. Chaque chose a sa forme vraie, ou du moins sa forme définitive. Le tas d'or-

---

1. Bandits qui, sous le Directoire, faisaient rôtir les pieds de leurs victimes jusqu'à ce qu'elles disent où était caché leur argent. Dans le Midi, ils furent en accointances avec la Terreur blanche.

2. C'est dire en clair ce que dit tout le roman : que la misère est la conscience de la société et que, dans l'individu, la conscience est ce à quoi le « moi » refuse de s'assimiler — voir notes générales 17 et 25. L'égout rejoint par là la barricade. Celle-ci élève la misère en monument, celui-là en draine les hontes. L'une est l'idée et l'imaginaire, l'autre la mémoire.

La proximité de cette topologie avec celle de Freud surprend plus encore si l'on observe qu'elle vaut aussi bien, chez Hugo, pour la société que pour l'individu, qu'elle met en communication les escarpements de la barricade et la fluidité de l'égout composés tous deux de déchets, enfin que la question posée est toujours celle de la récupération par l'instance centrale des énergies qu'elle produit, qu'elle rejette et qui la menacent.

dures a cela pour lui qu'il n'est pas menteur. La naïveté
s'est réfugiée là. Le masque de Basile s'y trouve, mais
on en voit le carton, et les ficelles, et le dedans comme
le dehors, et il est accentué d'une boue honnête. Le faux
nez de Scapin l'avoisine. Toutes les malpropretés de la
civilisation, une fois hors de service, tombent dans cette
fosse de vérité où aboutit l'immense glissement social.
Elles s'y engloutissent, mais elles s'y étalent. Ce pêle-
mêle est une confession. Là, plus de fausse apparence,
aucun plâtrage possible, l'ordure ôte sa chemise, dénudation absolue, déroute des illusions et des mirages, plus
rien que ce qui est, faisant la sinistre figure de ce qui
finit. Réalité et disparition. Là, un cul de bouteille avoue
l'ivrognerie, une anse de panier raconte la domesticité ;
là, le trognon de pomme qui a eu des opinions littéraires
redevient le trognon de pomme ; l'effigie du gros sou se
vert-de-grise franchement, le crachat de Caïphe rencontre
le vomissement de Falstaff, le louis d'or qui sort du tripot
heurte le clou où pend le bout de corde du suicide, un
fœtus livide roule enveloppé dans des paillettes qui ont
dansé le mardi gras dernier à l'Opéra, une toque qui a
jugé les hommes se vautre près d'une pourriture qui a été
la jupe de Margoton ; c'est plus que de la fraternité, c'est
du tutoiement. Tout ce qui se fardait se barbouille. Le
dernier voile est arraché. Un égout est un cynique. Il dit
tout.

Cette sincérité de l'immondice nous plaît, et repose
l'âme. Quand on a passé son temps à subir sur la terre le
spectacle des grands airs que prennent la raison d'état, le
serment, la sagesse politique, la justice humaine, les pro-
bités professionnelles, les austérités de situation, les robes
incorruptibles, cela soulage d'entrer dans un égout et de
voir de la fange qui en convient.

Cela enseigne en même temps. Nous l'avons dit tout à
l'heure, l'histoire passe par l'égout. Les Saint-Barthélemy
y filtrent goutte à goutte entre les pavés. Les grands assas-
sinats publics, les boucheries politiques et religieuses, traversent ce souterrain de la civilisation et y poussent leurs
cadavres. Pour l'œil du songeur, tous les meurtriers historiques sont là, dans la pénombre hideuse, à genoux, avec

un peu de leur suaire pour tablier, épongeant lugubrement leur besogne. Louis XI y est avec Tristan, François Ier y est avec Duprat, Charles IX y est avec sa mère, Richelieu y est avec Louis XIII, Louvois y est, Letellier y est, Hébert et Maillard y sont, grattant les pierres et tâchant de faire disparaître la trace de leurs actions. On entend sous ces voûtes le balai de ces spectres. On y respire la fétidité énorme des catastrophes sociales. On voit dans des coins des miroitements rougeâtres. Il coule là une eau terrible où se sont lavées des mains sanglantes.

L'observateur social doit entrer dans ces ombres. Elles font partie de son laboratoire. La philosophie est le microscope de la pensée. Tout veut la fuir, mais rien ne lui échappe. Tergiverser est inutile. Quel côté de soi montret-on en tergiversant ? le côté honte. La philosophie poursuit de son regard probe le mal, et ne lui permet pas de s'évader dans le néant. Dans l'effacement des choses qui disparaissent, dans le rapetissement des choses qui s'évanouissent, elle reconnaît tout. Elle reconstruit la pourpre d'après le haillon et la femme d'après le chiffon. Avec le cloaque elle refait la ville ; avec la boue elle refait les mœurs. Du tesson elle conclut l'amphore, ou la cruche. Elle reconnaît à une empreinte d'ongle sur un parchemin la différence qui sépare la juiverie de la Judengasse de la juiverie du Ghetto. Elle retrouve dans ce qui reste ce qui a été, le bien, le mal, le faux, le vrai, la tache de sang du palais, le pâté d'encre de la caverne, la goutte de suif du lupanar, les épreuves subies, les tentations bien venues, les orgies vomies, le pli qu'ont fait les caractères en s'abaissant, la trace de la prostitution dans les âmes que leur grossièreté en faisait capables, et sur la veste des portefaix de Rome la marque du coup de coude de Messaline [3].

3. L'insatiable épouse, aux mœurs déplorables, de l'empereur romain Claude.

III

BRUNESEAU

L'égout de Paris, au moyen âge, était légendaire. Au seizième siècle, Henri II essaya un sondage qui avorta. Il n'y a pas cent ans, le cloaque, Mercier[1] l'atteste, était abandonné à lui-même et devenait ce qu'il pouvait.

Tel était cet ancien Paris, livré aux querelles, aux indécisions et aux tâtonnements. Il fut longtemps assez bête. Plus tard, 89 montra comment l'esprit vient aux villes. Mais, au bon vieux temps, la capitale avait peu de tête ; elle ne savait faire ses affaires ni moralement ni matériellement, et pas mieux balayer les ordures que les abus. Tout était obstacle, tout faisait question. L'égout, par exemple, était réfractaire à tout itinéraire. On ne parvenait pas plus à s'orienter dans la voirie qu'à s'entendre dans la ville ; en haut l'inintelligible, en bas l'inextricable ; sous la confusion des langues il y avait la confusion des caves ; Dédale doublait Babel.

Quelquefois, l'égout de Paris se mêlait de déborder, comme si ce Nil méconnu était subitement pris de colère. Il y avait, chose infâme, des inondations d'égout. Par moments, cet estomac de la civilisation digérait mal, le cloaque refluait dans le gosier de la ville, et Paris avait l'arrière-goût de sa fange. Ces ressemblances de l'égout avec le remords avaient du bon ; c'étaient des avertissements ; fort mal pris du reste ; la ville s'indignait que sa boue eût tant d'audace, et n'admettait pas que l'ordure revînt. Chassez-la mieux.

L'inondation de 1802[2] est un des souvenirs actuels des

---

1. Louis-Sébastien Mercier (1740-1814), auteur du célèbre *Tableau de Paris* (1781-1788).
2. Est-ce par ce Nil de fange que fut porté et déposé un nouveau Moïse, Victor Hugo, qui n'avait pas laissé ignorer la date de sa naissance : « Ce siècle avait deux ans... » ? Ce Waterloo mythique produirait logiquement l'homme destiné à être la conscience de son siècle.
Dans l'ensemble des chapitres suivants, Bruneseau (personnage

parisiens de quatrevingts ans. La fange se répandit en croix place des Victoires, où est la statue de Louis XIV ; elle entra rue Saint-Honoré par les deux bouches d'égout des Champs-Élysées, rue Saint-Florentin, par l'égout Saint-Florentin, rue Pierre-à-Poisson par l'égout de la Sonnerie, rue Popincourt par l'égout du Chemin-Vert, rue de la Roquette par l'égout de la rue de Lappe ; elle couvrit le caniveau de la rue des Champs-Élysées jusqu'à une hauteur de trente-cinq centimètres ; et, au midi, par le vomitoire de la Seine faisant sa fonction en sens inverse, elle pénétra rue Mazarine, rue de l'Échaudé, et rue des Marais, où elle s'arrêta à une longueur de cent neuf mètres, précisément à quelques pas de la maison qu'avait habitée Racine, respectant, dans le dix-septième siècle, le poëte plus que le roi. Elle atteignit son maximum de profondeur rue Saint-Pierre où elle s'éleva à trois pieds au-dessus des dalles de la gargouille, et son maximum d'étendue rue Saint-Sabin où elle s'étala sur une longueur de deux cent trente-huit mètres.

Au commencement de ce siècle, l'égout de Paris était encore un lieu mystérieux. La boue ne peut jamais être bien famée ; mais ici le mauvais renom allait jusqu'à l'ef-froi. Paris savait confusément qu'il avait sous lui une cave terrible. On en parlait comme de cette monstrueuse souille de Thèbes où fourmillaient des scolopendres de quinze pieds de long et qui eût pu servir de baignoire à Béhémoth. Les grosses bottes des égoutiers ne s'aventu-raient jamais au delà de certains points connus. On était encore très voisin du temps où les tombereaux des boueurs, du haut desquels Sainte-Foix fraternisait avec le marquis de Créqui[3], se déchargeaient tout simplement dans l'égout. Quant au curage, on confiait cette fonction

---

historique et dont Hugo a effectivement consulté les rapports), qui est aux généraux de l'Empire et de Waterloo ce que Jean Valjean est aux héros de la barricade, apparaît comme un prédécesseur et une figure de Hugo lui-même, architecte-égoutier de toutes les misères.

3. Sans doute s'agit-il de Saint-Foix (1698-1776), écrivain secon-daire mais figure parisienne au milieu du siècle précédent. La famille des Créqui était de haute noblesse, apparentée aux Rohan, aux Mont-morency.

aux averses, qui encombraient plus qu'elles ne balayaient. Rome laissait encore quelque poésie à son cloaque et l'appelait Gémonies ; Paris insultait le sien et l'appelait le Trou punais. La science et la superstition étaient d'accord pour l'horreur. Le Trou punais ne répugnait pas moins à l'hygiène qu'à la légende. Le Moine bourru était éclos sous la voussure fétide de l'égout Mouffetard ; les cadavres des Marmousets avaient été jetés dans l'égout de la Barillerie ; Fagon avait attribué la redoutable fièvre maligne de 1685 au grand hiatus de l'égout du Marais qui resta béant jusqu'en 1833 rue Saint-Louis, presque en face de l'enseigne du Messager galant. La bouche d'égout de la rue de la Mortellerie était célèbre par les pestes qui en sortaient ; avec sa grille de fer à pointes qui simulait une rangée de dents, elle était dans cette rue fatale comme une gueule de dragon soufflant l'enfer sur les hommes. L'imagination populaire assaisonnait le sombre évier parisien d'on ne sait quel hideux mélange d'infini. L'égout était sans fond. L'égout, c'était le barathrum[4]. L'idée d'explorer ces régions lépreuses ne venait pas même à la police. Tenter cet inconnu, jeter la sonde dans cette ombre, aller à la découverte dans cet abîme, qui l'eût osé ? C'était effrayant. Quelqu'un se présenta pourtant. Le cloaque eut son Christophe Colomb.

Un jour, en 1805, dans une de ces rares apparitions que l'empereur faisait à Paris, le ministre de l'intérieur, un Decrès ou un Crétet quelconque, vint au petit lever du maître. On entendait dans le Carrousel le traînement des sabres de tous ces soldats extraordinaires de la grande république et du grand empire ; il y avait encombrement de héros à la porte de Napoléon ; hommes du Rhin, de l'Escaut, de l'Adige et du Nil ; compagnons de Joubert, de Desaix, de Marceau, de Hoche, de Kléber ; aérostiers de Fleurus, grenadiers de Mayence, pontonniers de Gênes, hussards que les Pyramides avaient regardés, artilleurs qu'avait éclaboussés le boulet de Junot, cuirassiers qui avaient pris d'assaut la flotte à l'ancre dans le Zuyder-

---

4. Latinisation du mot grec désignant la profonde fosse naturelle où étaient jetés les corps des condamnés à mort à Athènes.

zée ; les uns avaient suivi Bonaparte sur le pont de Lodi, les autres avaient accompagné Murat dans la tranchée de Mantoue, les autres avaient devancé Lannes dans le chemin creux de Montebello. Toute l'armée d'alors était là, dans la cour des Tuileries, représentée par une escouade ou par un peloton, et gardant Napoléon au repos ; et c'était l'époque splendide où la grande armée avait derrière elle Marengo et devant elle Austerlitz. — Sire, dit le ministre de l'intérieur à Napoléon, j'ai vu hier l'homme le plus intrépide de votre empire. — Qu'est-ce que cet homme ? dit brusquement l'empereur, et qu'est-ce qu'il a fait ? — Il veut faire une chose, sire. — Laquelle ? — Visiter les égouts de Paris.

Cet homme existait et se nommait Bruneseau.

IV

DÉTAILS IGNORÉS

La visite eut lieu. Ce fut une campagne redoutable ; une bataille nocturne contre la peste et l'asphyxie. Ce fut en même temps un voyage de découvertes. Un des survivants de cette exploration, ouvrier intelligent, très jeune alors, en racontait encore il y a quelques années les curieux détails que Bruneseau crut devoir omettre dans son rapport au préfet de police, comme indignes du style administratif. Les procédés désinfectants étaient à cette époque très rudimentaires. À peine Bruneseau eut-il franchi les premières articulations du réseau souterrain, que huit des travailleurs sur vingt refusèrent d'aller plus loin. L'opération était compliquée ; la visite entraînait le curage ; il fallait donc curer, et en même temps arpenter ; noter les entrées d'eau, compter les grilles et les bouches, détailler les branchements, indiquer les courants à points de partage, reconnaître les circonscriptions respectives des divers bassins, sonder les petits égouts greffés sur l'égout principal, mesurer la hauteur sous clef de chaque couloir, et la largeur, tant à la naissance des voûtes qu'à fleur du radier, enfin déterminer les ordonnées du nivellement au droit de chaque entrée d'eau, soit du radier de l'égout, soit du sol de la rue. On avançait péniblement. Il n'était pas rare que les échelles de descente plongeassent dans trois pieds de vase. Les lanternes agonisaient dans les miasmes. De temps en temps, on emportait un égoutier évanoui. À de certains endroits, précipice. Le sol s'était effondré, le dallage avait croulé, l'égout s'était changé en puits perdu ; on ne trouvait plus le solide ; un homme disparut brusquement ; on eut grand'peine à le retirer. Par le conseil de Fourcroy, on allumait de distance en distance, dans les endroits suffisamment assainis, de grandes cages pleines d'étoupe imbibée de résine. La muraille, par places, était couverte de fongus difformes, et l'on eût dit des tumeurs ; la pierre elle-même semblait malade dans ce milieu irrespirable.

Bruneseau, dans son exploration, procéda d'amont en aval. Au point de partage des deux conduites d'eau du Grand-Hurleur, il déchiffra sur une pierre en saillie la date 1550 ; cette pierre indiquait la limite où s'était arrêté Philibert Delorme, chargé par Henri II de visiter la voirie souterraine de Paris. Cette pierre était la marque du seizième siècle à l'égout ; Bruneseau retrouva la main-d'œuvre du dix-septième dans le conduit du Ponceau et dans le conduit de la rue Vieille-du-Temple, voûtés entre 1600 et 1650, et la main-d'œuvre du dix-huitième dans la section ouest du canal collecteur, encaissée et voûtée en 1740. Ces deux voûtes, surtout la moins ancienne, celle de 1740, étaient plus lézardées et plus décrépites que la maçonnerie de l'égout de ceinture, laquelle datait de 1412, époque où le ruisseau d'eau vive de Ménilmontant fut élevé à la dignité de Grand Égout de Paris, avancement analogue à celui d'un paysan qui deviendrait premier valet de chambre du roi ; quelque chose comme Gros-Jean transformé en Lebel.

On crut reconnaître çà et là, notamment sous le Palais de justice, des alvéoles d'anciens cachots pratiqués dans l'égout même. *In pace* hideux. Un carcan de fer pendait dans l'une de ces cellules. On les mura toutes. Quelques trouvailles furent bizarres ; entre autres le squelette d'un orang-outang disparu du Jardin des Plantes en 1800, disparition probablement connexe à la fameuse et incontestable apparition du diable rue des Bernardins dans la dernière année du dix-huitième siècle. Le pauvre diable avait fini par se noyer dans l'égout.

Sous le long couloir cintré qui aboutit à l'Arche-Marion, une hotte de chiffonnier, parfaitement conservée, fit l'admiration des connaisseurs. Partout, la vase, que les égoutiers en étaient venus à manier intrépidement, abondait en objets précieux, bijoux d'or et d'argent, pierreries, monnaies. Un géant qui eût filtré ce cloaque eût eu dans son tamis la richesse des siècles. Au point de partage des deux branchements de la rue du Temple et de la rue Sainte-Avoye, on ramassa une singulière médaille huguenote en cuivre, portant d'un côté un porc coiffé d'un chapeau de cardinal et de l'autre un loup la tiare en tête.

La rencontre la plus surprenante fut à l'entrée du Grand Égout. Cette entrée avait été autrefois fermée par une grille dont il ne restait plus que les gonds. À l'un de ces gonds pendait une sorte de loque informe et souillée qui, sans doute arrêtée là au passage, y flottait dans l'ombre et achevait de s'y déchiqueter. Bruneseau approcha sa lanterne et examina ce lambeau. C'était de la batiste très fine, et l'on distinguait à l'un des coins moins rongé que le reste une couronne héraldique brodée au-dessus de ces sept lettres : LAVBESP. La couronne était une couronne de marquis et les sept lettres signifiaient *Laubespine*. On reconnut que ce qu'on avait sous les yeux était un morceau du linceul de Marat. Marat, dans sa jeunesse, avait eu des amours. C'était quand il faisait partie de la maison du comte d'Artois en qualité de médecin des écuries. De ces amours, historiquement constatés, avec une grande dame, il lui était resté ce drap de lit. Épave ou souvenir. À sa mort, comme c'était le seul linge un peu fin qu'il eût chez lui, on l'y avait enseveli. De vieilles femmes avaient emmaillotté pour la tombe, dans ce lange où il y avait eu de la volupté, le tragique Ami du peuple.

Bruneseau passa outre. On laissa cette guenille où elle

était ; on ne l'acheva pas. Fut-ce mépris ou respect ?
Marat méritait les deux. Et puis, la destinée y était assez
empreinte pour qu'on hésitât à y toucher. D'ailleurs, il
faut laisser aux choses du sépulcre la place qu'elles choisissent. En somme, la relique était étrange. Une marquise
y avait dormi ; Marat y avait pourri ; elle avait traversé
le Panthéon pour aboutir aux rats de l'égout. Ce chiffon
d'alcôve, dont Watteau eût jadis joyeusement dessiné
tous les plis, avait fini par être digne du regard fixe de
Dante [1].

La visite totale de la voirie immonditielle souterraine
de Paris dura sept ans, de 1805 à 1812. Tout en cheminant, Bruneseau désignait, dirigeait et mettait à fin des
travaux considérables ; en 1808, il abaissait le radier du
Ponceau, et, créant partout des lignes nouvelles, il poussait l'égout, en 1809, sous la rue Saint-Denis jusqu'à la
fontaine des Innocents ; en 1810, sous la rue Froidman-
teau et sous la Salpêtrière ; en 1811, sous la rue Neuve-
des-Petits-Pères, sous la rue du Mail, sous la rue de
l'Écharpe, sous la place Royale ; en 1812, sous la rue de
la Paix et sous la chaussée d'Antin. En même temps, il
faisait désinfecter et assainir tout le réseau. Dès la
deuxième année, Bruneseau s'était adjoint son gendre
Nargaud.

C'est ainsi qu'au commencement de ce siècle la vieille
société cura son double-fond et fit la toilette de son égout.
Ce fut toujours cela de nettoyé.

Tortueux, crevassé, dépavé, craquelé, coupé de fondrières, cahoté par des coudes bizarres, montant et descendant sans logique, fétide, sauvage, farouche, submergé
d'obscurité, avec des cicatrices sur ses dalles et des balafres
sur ses murs, épouvantable, tel était, vu rétrospectivement,
l'antique égout de Paris. Ramifications en tous sens, croise-
ments de tranchées, branchements, pattes d'oie, étoiles,
comme dans les sapes, cœcums, culs-de-sac, voûtes salpê-
trées, puisards infects, suintements dartreux sur les parois,

---

1. Marat est pour Hugo l'incarnation fascinante de la misère populaire comme comble de l'abjection et revendication irrécusable de
justice et de droit.

gouttes tombant des plafonds, ténèbres ; rien n'égalait l'horreur de cette vieille crypte exutoire, appareil digestif de Babylone, antre, fosse, gouffre percé de rues, taupinière titanique où l'esprit croit voir rôder à travers l'ombre, dans de l'ordure qui a été de la splendeur, cette énorme taupe aveugle, le passé.

Ceci, nous le répétons, c'était l'égout d'autrefois.

V

PROGRÈS ACTUEL

Aujourd'hui l'égout est propre, froid, droit, correct. Il réalise presque l'idéal de ce qu'on entend en Angleterre par le mot « respectable ». Il est convenable et grisâtre[1] ; tiré au cordeau ; on pourrait presque dire à quatre épingles. Il ressemble à un fournisseur devenu conseiller d'état. On y voit presque clair. La fange s'y comporte décemment. Au premier abord, on le prendrait volontiers pour un de ces corridors souterrains si communs jadis et si utiles aux fuites des monarques et des princes, dans cet ancien bon temps « où le peuple aimait ses rois ». L'égout actuel est un bel égout ; le style pur y règne ; le classique alexandrin rectiligne qui, chassé de la poésie, paraît s'être réfugié dans l'architecture, semble mêlé à toutes les pierres de cette longue voûte ténébreuse et blanchâtre ; chaque dégorgeoir est une arcade ; la rue de Rivoli fait école jusque dans le cloaque. Au reste, si la ligne géométrique est quelque part à sa place, c'est à coup sûr dans la tranchée stercoraire d'une grande ville. Là, tout doit être subordonné au chemin le plus court. L'égout a pris aujourd'hui un certain aspect officiel. Les rapports mêmes de police dont il est quelquefois l'objet ne lui

---

1. Par métaphore, banale depuis les années 1830 : « classique » (comme la langue des tribunaux), l'égout moderne obéit au refus de la couleur, aimée des romantiques.

manquent plus de respect. Les mots qui le caractérisent dans le langage administratif sont relevés et dignes. Ce qu'on appelait boyau, on l'appelle galerie ; ce qu'on appelait trou, on l'appelle regard. Villon ne reconnaîtrait plus son antique logis en-cas. Ce réseau de caves a bien toujours son immémoriale population de rongeurs, plus pullulante que jamais ; de temps en temps, un rat, vieille moustache, risque sa tête à la fenêtre de l'égout et examine les parisiens ; mais cette vermine elle-même s'apprivoise, satisfaite qu'elle est de son palais souterrain. Le cloaque n'a plus rien de sa férocité primitive. La pluie, qui salissait l'égout d'autrefois, lave l'égout d'à présent. Ne vous y fiez pas trop pourtant. Les miasmes l'habitent encore. Il est plutôt hypocrite qu'irréprochable. La préfecture de police et la commission de salubrité ont eu beau faire. En dépit de tous les procédés d'assainissement, il exhale une vague odeur suspecte, comme Tartuffe après la confession [2].

Convenons-en, comme, à tout prendre, le balayage est un hommage que l'égout rend à la civilisation, et comme, à ce point de vue, la conscience de Tartuffe est un progrès sur l'étable d'Augias, il est certain que l'égout de Paris s'est amélioré.

C'est plus qu'un progrès ; c'est une transmutation. Entre l'égout ancien et l'égout actuel, il y a une révolution. Qui a fait cette révolution ?

L'homme que tout le monde oublie, et que nous avons nommé, Bruneseau.

---

2. Comme le logement de Mgr Myriel, le tribunal d'Arras, le couvent, la place de la Bastille, l'égout résume l'histoire des temps modernes. Son aspect caractérise ici la société du Second Empire dont Hugo fait sentir plusieurs fois l'odeur de « propreté sale » (V, 5, 6 ; p. 1805). Tant en matière politique que religieuse, le Hugo des *Misérables* évite une polémique que la destination universelle et l'esprit œcuménique du roman interdisent. Mais il ne renonce pas à donner à l'actualité une présence suffisante pour que le roman offre le tableau de l'histoire du siècle (note générale 31) et pour faire jouer le mode d'énonciation spécifique que confère au livre l'exil de son auteur — voir IV, 1, 3, note 2, p. 1129.

VI

PROGRÈS FUTUR

Le creusement de l'égout de Paris n'a pas été une petite besogne. Les dix derniers siècles y ont travaillé sans le pouvoir terminer, pas plus qu'ils n'ont pu finir Paris. L'égout, en effet, reçoit tous les contre-coups de la croissance de Paris. C'est, dans la terre, une sorte de polype ténébreux aux mille antennes qui grandit dessous en même temps que la ville dessus. Chaque fois que la ville perce une rue, l'égout allonge un bras. La vieille monarchie n'avait construit que vingt-trois mille trois cents mètres d'égouts ; c'est là que Paris en était le 1er janvier 1806. À partir de cette époque, dont nous reparlerons tout à l'heure, l'œuvre a été utilement et énergiquement reprise et continuée ; Napoléon a bâti, ces chiffres sont curieux, quatre mille huit cent quatre mètres ; Louis XVIII, cinq mille sept cent neuf ; Charles X, dix mille huit cent trente-six ; Louis-Philippe, quatrevingt-neuf mille vingt ; la république de 1848, vingt-trois mille trois cent quatrevingt-un, le régime actuel, soixante-dix mille cinq cents ; en tout, à l'heure qu'il est, deux cent vingt-six mille six cent dix mètres ; soixante lieues d'égouts ; entrailles énormes de Paris. Ramification obscure toujours en travail ; construction ignorée et immense.

Comme on le voit, le dédale souterrain de Paris est aujourd'hui plus que décuple de ce qu'il était au commencement du siècle. On se figure malaisément tout ce qu'il a fallu de persévérance et d'efforts pour amener ce cloaque au point de perfection relative où il est maintenant. C'était à grand'peine que la vieille prévôté monarchique et, dans les dix dernières années du dix-huitième siècle, la mairie révolutionnaire étaient parvenues à forer les cinq lieues d'égouts qui existaient avant 1806. Tous les genres d'obstacles entravaient cette opération, les uns propres à la nature du sol, les autres inhérents aux préjugés mêmes de la population laborieuse de Paris. Paris est bâti sur un gisement étrangement rebelle à la pioche, à la houe, à la sonde, au maniement humain. Rien de plus difficile à percer et à pénétrer que cette formation géologique à laquelle se superpose la merveilleuse formation historique, nommée Paris ; dès que, sous une forme quelconque, le travail s'engage et s'aventure dans cette nappe d'alluvions, les résistances souterraines abondent. Ce sont des argiles liquides, des sources vives, des roches dures, de ces vases molles et profondes que la science spéciale appelle moutardes. Le pic avance laborieusement dans des lames calcaires alternées de filets de glaises très minces et de couches schisteuses aux feuillets incrustés d'écailles d'huîtres contemporaines des océans préadamites. Parfois un ruisseau crève brusquement une voûte commencée et inonde les travailleurs ; ou c'est une coulée de marne qui se fait jour et se rue avec la furie d'une cataracte, brisant comme verre les plus grosses poutres de soutènement. Tout récemment, à la Villette, quand il a fallu, sans interrompre la navigation et sans vider le canal, faire passer l'égout collecteur sous le canal Saint-Martin, une fissure s'est faite dans la cuvette du canal, l'eau a abondé subitement dans le chantier souterrain, au delà de toute la puissance des pompes d'épuisement ; il a fallu faire chercher par un plongeur la fissure qui était dans le goulet du grand bassin et on ne l'a point bouchée sans peine. Ailleurs, près de la Seine, et même assez loin du fleuve, comme par exemple à Belleville, Grande-Rue et passage Lunière, on rencontre des sables sans fond où l'on s'enlise et où un homme peut fondre à vue d'œil. Ajoutez l'asphyxie par les miasmes, l'ensevelissement par les éboulements, les effondrements subits. Ajoutez le typhus, dont les travailleurs s'imprègnent lentement. De nos jours, après avoir creusé la galerie de Clichy, avec banquette pour recevoir une conduite maîtresse d'eau de l'Ourcq, travail exécuté en tranchée, à dix mètres de profondeur ; après avoir, à travers les éboulements, à l'aide des fouilles, souvent putrides, et des étrésillonnements, voûté la Bièvre du boulevard de l'Hôpital jusqu'à la Seine ; après avoir, pour délivrer Paris des eaux torrentielles de Montmartre et pour donner écoulement à cette mare fluviale de neuf hectares, qui croupissait près de la barrière des Martyrs, après avoir, disons-nous, construit la ligne d'égouts de la barrière Blanche au chemin d'Aubervilliers, en quatre mois, jour et nuit, à une profondeur de onze mètres ; après avoir, chose qu'on n'avait pas vue encore, exécuté souterrainement un égout rue Barre-du-Bec, sans tranchée, à six mètres au-dessous du sol, le conducteur Monnot est mort. Après avoir voûté trois mille mètres d'égouts sur tous les points de la ville, de la rue Traversière-Saint-Antoine à la rue de l'Ourcine, après avoir, par le branchement de l'Arbalète, déchargé des inondations pluviales le carrefour Censier-Mouffetard, après avoir bâti l'égout Saint-Georges sur enrochement et béton dans des sables fluides, après avoir dirigé le redoutable abaissement de radier du branchement Notre-Dame-de-Nazareth, l'ingénieur Duleau est mort. Il n'y a pas de bulletin pour ces actes de bravoure-là, plus utiles pourtant que la tuerie bête des champs de bataille.

Les égouts de Paris, en 1832, étaient loin d'être ce qu'ils sont aujourd'hui. Bruneseau avait donné le branle, mais il fallait le choléra pour déterminer la vaste reconstruction qui a eu lieu depuis. Il est surprenant de dire, par exemple, qu'en 1821, une partie de l'égout de ceinture, dit Grand Canal, comme à Venise, croupissait encore à ciel ouvert, rue des Gourdes. Ce n'est qu'en 1823 que la ville de Paris a trouvé dans son gousset les deux cent soixante-six mille quatre-vingts francs six centimes nécessaires à la couverture de cette turpitude. Les trois puits absorbants du Combat, de la Cunette et de Saint-Mandé, avec leurs dégorgeoirs, leurs appareils, leurs puisards et leurs branchements dépuratoires, ne datent que de 1836. La voirie intestinale de Paris a été refaite à neuf et, comme nous l'avons dit, plus que décuplée depuis un quart de siècle.

Il y a trente ans, à l'époque de l'insurrection des 5 et 6 juin, c'était encore, dans beaucoup d'endroits, presque l'ancien égout. Un très grand nombre de rues, aujourd'hui bombées, étaient alors des chaussées fendues. On voyait très souvent, au point déclive où les versants d'une rue ou d'un carrefour aboutissaient, de larges grilles carrées à gros barreaux dont le fer luisait fourbi par les pas de la foule, dangereuses et glissantes aux voitures et faisant abattre les chevaux. La langue officielle des ponts et chaussées donnait à ces points déclives et à ces grilles le nom expressif de *cassis*. En 1832, dans une foule de rues, rue de l'Étoile, rue Saint-Louis, rue du Temple, rue Vieille-du-Temple, rue Notre-Dame-de-Nazareth, rue Folie-Méricourt, quai aux Fleurs, rue du Petit-Musc, rue de Normandie, rue Pont-aux-Biches, rue des Marais, faubourg Saint-Martin, rue Notre-Dame-des-Victoires, faubourg Montmartre, rue Grange-Batelière, aux Champs-Élysées, rue Jacob, rue de Tournon, le vieux cloaque gothique montrait encore cyniquement ses gueules. C'étaient d'énormes hiatus de pierre à cagnards, quelquefois entourés de bornes, avec une effronterie monumentale.

Paris, en 1806, en était encore presque au chiffre d'égouts constaté en mai 1663, cinq mille trois cent vingt-huit toises. Après Bruneseau, le 1ᵉʳ janvier 1832, il en avait quarante mille trois cents mètres. De 1806 à 1831, on avait bâti annuellement, en moyenne, sept cent cinquante mètres ; depuis on a construit tous les ans huit et même dix mille mètres de galeries, en maçonnerie de petits matériaux à bain de chaux hydraulique sur fondation de béton. À deux cents francs le mètre, les soixante lieues d'égouts du Paris actuel représentent quarante-huit millions.

Outre le progrès économique que nous avons indiqué en commençant, de graves problèmes d'hygiène publique se rattachent à cette immense question, l'égout de Paris.

Paris est entre deux nappes, une nappe d'eau et une nappe d'air. La nappe d'eau, gisante à une assez grande profondeur souterraine, mais déjà tâtée par deux forages, est fournie par la couche de grès vert située entre la craie et le calcaire jurassique ; cette couche peut être représentée par un disque de vingt-cinq lieues de rayon ; une foule de rivières et de ruisseaux y suintent ; on boit la Seine, la Marne, l'Yonne, l'Oise, l'Aisne, le Cher, la Vienne et la Loire dans un verre d'eau du puits de Grenelle. La nappe d'eau est salubre, elle vient du ciel d'abord, de la terre ensuite ; la nappe d'air est malsaine, elle vient de l'égout.

Tous les miasmes du cloaque se mêlent à la respiration de la ville ; de là cette mauvaise haleine. L'air pris au-dessus d'un fumier, ceci a été scientifiquement constaté, est plus pur que l'air pris au-dessus de Paris. Dans un temps donné, le progrès aidant, les mécanismes se perfectionnant, et la clarté se faisant, on emploiera la nappe d'eau à purifier la nappe d'air. C'est-à-dire à laver l'égout. On sait que par lavage de l'égout, nous entendons restitution de la fange à la terre ; renvoi du fumier au sol et de l'engrais aux champs. Il y aura, par ce simple fait, pour toute la communauté sociale, diminution de misère et augmentation de santé. À l'heure où nous sommes, le rayonnement des maladies de Paris va à cinquante lieues autour du Louvre, pris comme moyeu de cette roue pestilentielle.

On pourrait dire que, depuis dix siècles, le cloaque est la maladie de Paris. L'égout est le vice que la ville a dans le sang. L'instinct populaire ne s'y est jamais trompé. Le métier d'égoutier était autrefois presque aussi périlleux, et presque aussi répugnant au peuple, que le métier d'équarisseur si longtemps frappé d'horreur et abandonné au bourreau. Il fallait une haute paye pour décider un maçon à disparaître dans cette sape fétide ; l'échelle du puisatier hésitait à s'y plonger ; on disait proverbialement : *descendre dans l'égout, c'est entrer dans la fosse* ; et toutes sortes de légendes hideuses, nous l'avons dit, couvraient d'épouvante ce colossal évier ; sentine redoutée qui a la trace des révolutions du globe comme des révolutions des hommes, et où l'on trouve des vestiges de tous les cataclysmes depuis le coquillage du déluge jusqu'au haillon de Marat.

LIVRE TROISIÈME

LA BOUE, MAIS L'ÂME

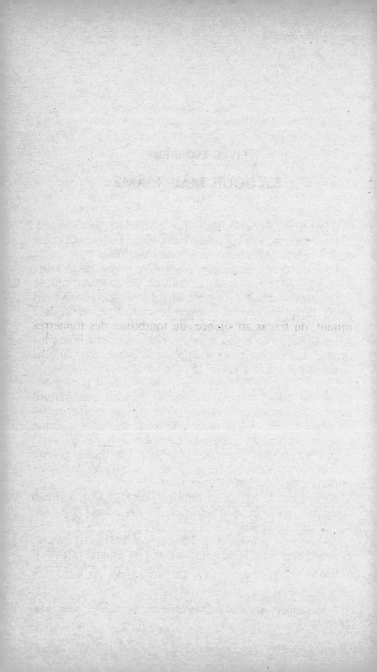

I

LE CLOAQUE ET SES SURPRISES

C'est dans l'égout de Paris que se trouvait Jean Valjean.

Ressemblance de plus de Paris avec la mer. Comme dans l'océan, le plongeur peut y disparaître.

La transition était inouïe. Au milieu même de la ville, Jean Valjean était sorti de la ville, et, en un clin d'œil, le temps de lever un couvercle et de le refermer, il avait passé du plein jour à l'obscurité complète, de midi à minuit, du fracas au silence, du tourbillon des tonnerres à la stagnation de la tombe, et, par une péripétie bien plus prodigieuse encore que celle de la rue Polonceau, du plus extrême péril à la sécurité la plus absolue.

Chute brusque dans une cave ; disparition dans l'oubliette de Paris ; quitter cette rue où la mort était partout pour cette espèce de sépulcre où il y avait la vie, ce fut un instant étrange. Il resta quelques secondes comme étourdi ; écoutant, stupéfait. La chausse-trape du salut s'était subitement ouverte sous lui. La bonté céleste l'avait en quelque sorte pris par trahison. Adorables embuscades de la providence !

Seulement, le blessé ne remuait point, et Jean Valjean ne savait pas si ce qu'il emportait dans cette fosse était un vivant ou un mort [1].

Sa première sensation fut l'aveuglement. Brusquement, il ne vit plus rien. Il lui sembla aussi qu'en une minute il était devenu sourd. Il n'entendait plus rien. Le frénétique

---

1. Incertitude qui est le baptême de la misère, voir note générale 24.

orage de meurtre qui se déchaînait à quelques pieds au-
dessus de lui n'arrivait jusqu'à lui, nous l'avons dit, grâce
à l'épaisseur de terre qui l'en séparait, qu'éteint et indistinct, et comme une rumeur dans une profondeur. Il sentait que c'était solide sous ses pieds ; voilà tout ; mais
cela suffisait. Il étendit un bras, puis l'autre, et toucha le
mur des deux côtés, et reconnut que le couloir était étroit ;
il glissa, et reconnut que la dalle était mouillée. Il avança
un pied avec précaution, craignant un trou, un puisard,
quelque gouffre ; il constata que le dallage se prolongeait.
Une bouffée de fétidité l'avertit du lieu où il était.

Au bout de quelques instants, il n'était plus aveugle.
Un peu de lumière tombait du soupirail par où il s'était
glissé, et son regard s'était fait à cette cave. Il commença
à distinguer quelque chose. Le couloir où il s'était terré,
nul autre mot n'exprime mieux la situation, était muré
derrière lui. C'était un de ces culs-de-sac que la langue
spéciale appelle branchements. Devant lui, il y avait un
autre mur, un mur de nuit. La clarté du soupirail expirait
à dix ou douze pas du point où était Jean Valjean, et
faisait à peine une blancheur blafarde sur quelques mètres
de la paroi humide de l'égout. Au delà, l'opacité était
massive ; y pénétrer paraissait horrible, et l'entrée y semblait un engloutissement. On pouvait s'enfoncer pourtant
dans cette muraille de brume, et il le fallait. Il fallait
même se hâter. Jean Valjean songea que cette grille, aper-
çue par lui sous les pavés, pouvait l'être par les soldats,
et que tout tenait à ce hasard. Ils pouvaient descendre eux
aussi dans le puits et le fouiller. Il n'y avait pas une
minute à perdre. Il avait déposé Marius sur le sol, il le
ramassa, ceci est encore le mot vrai, le reprit sur ses
épaules et se mit en marche. Il entra résolûment dans cette
obscurité.

La réalité est qu'ils étaient moins sauvés que Jean Valjean ne le croyait. Des périls d'un autre genre et non
moins grands les attendaient peut-être. Après le tourbillon
fulgurant du combat, la caverne des miasmes et des piè-
ges ; après le chaos, le cloaque. Jean Valjean était tombé
d'un cercle de l'enfer dans l'autre.

Quand il eut fait cinquante pas, il fallut s'arrêter. Une

question se présenta. Le couloir aboutissait à un autre boyau qu'il rencontrait transversalement. Là s'offraient deux voies. Laquelle prendre ? fallait-il tourner à gauche ou à droite ? Comment s'orienter dans ce labyrinthe noir ? Ce labyrinthe, nous l'avons fait remarquer, a un fil ; c'est sa pente. Suivre la pente, c'est aller à la rivière.

Jean Valjean le comprit sur-le-champ.

Il se dit qu'il était probablement dans l'égout des halles ; que, s'il choisissait la gauche et suivait la pente, il arriverait avant un quart d'heure à quelque embouchure sur la Seine entre le pont au Change et le Pont-Neuf, c'est-à-dire à une apparition en plein jour sur le point le plus peuplé de Paris. Peut-être aboutirait-il à quelque cagnard de carrefour. Stupeur des passants de voir deux hommes sanglants sortir de terre sous leurs pieds. Survenue des sergents de ville, prise d'armes du corps de garde voisin. On serait saisi avant d'être sorti. Il valait mieux s'enfoncer dans le dédale, se fier à cette noirceur, et s'en remettre à la providence quant à l'issue.

Il remonta la pente et prit à droite.

Quand il eut tourné l'angle de la galerie, la lointaine lueur du soupirail disparut, le rideau d'obscurité retomba sur lui et il redevint aveugle. Il n'en avança pas moins, et aussi rapidement qu'il put. Les deux bras de Marius étaient passés autour de son cou et les pieds pendaient derrière lui. Il tenait les deux bras d'une main et tâtait le mur de l'autre. La joue de Marius touchait la sienne et s'y collait, étant sanglante. Il sentait couler sur lui et pénétrer sous ses vêtements un ruisseau tiède qui venait de Marius. Cependant une chaleur humide à son oreille que touchait la bouche du blessé indiquait de la respiration, et par conséquent de la vie. Le couloir où Jean Valjean cheminait maintenant était moins étroit que le premier. Jean Valjean y marchait assez péniblement. Les pluies de la veille n'étaient pas encore écoulées et faisaient un petit torrent au centre du radier, et il était forcé de se serrer contre le mur pour ne pas avoir les pieds dans l'eau. Il allait ainsi ténébreusement. Il ressemblait aux êtres de nuit tâtonnant dans l'invisible et souterrainement perdus dans les veines de l'ombre.

Pourtant, peu à peu, soit que des soupiraux lointains envoyassent un peu de lueur flottante dans cette brume opaque, soit que ses yeux s'accoutumassent à l'obscurité, il lui revint quelque vision vague, et il recommença à se rendre confusément compte, tantôt de la muraille à laquelle il touchait, tantôt de la voûte sous laquelle il passait. La pupille se dilate dans la nuit et finit par y trouver du jour, de même que l'âme se dilate dans le malheur et finit par y trouver Dieu.

Se diriger était malaisé.

Le tracé des égouts répercute, pour ainsi dire, le tracé des rues qui lui est superposé. Il y avait dans le Paris d'alors deux mille deux cents rues. Qu'on se figure là-dessous cette forêt de branches ténébreuses qu'on nomme l'égout. Le système d'égouts existant à cette époque, mis bout à bout, eût donné une longueur de onze lieues. Nous avons dit plus haut que le réseau actuel, grâce à l'activité spéciale des trente dernières années, n'a pas moins de soixante lieues.

Jean Valjean commença par se tromper. Il crut être sous la rue Saint-Denis, et il était fâcheux qu'il n'y fût pas. Il y a sous la rue Saint-Denis un vieil égout en pierre qui date de Louis XIII et qui va droit à l'égout collecteur dit Grand Égout, avec un seul coude, à droite, à la hauteur de l'ancienne cour des Miracles, et un seul embranchement, l'égout Saint-Martin, dont les quatre bras se coupent en croix. Mais le boyau de la Petite-Truanderie dont l'entrée était près du cabaret de Corinthe n'a jamais communiqué avec le souterrain de la rue Saint-Denis ; il aboutit à l'égout Montmartre, et c'est là que Valjean était engagé. Là, les occasions de se perdre abondaient. L'égout Montmartre est un des plus dédaléens du vieux réseau. Heureusement Jean Valjean avait laissé derrière lui l'égout des halles dont le plan géométral figure une foule de mâts de perroquet enchevêtrés ; mais il avait devant lui plus d'une rencontre embarrassante et plus d'un coin de rue — car ce sont des rues — s'offrant dans l'obscurité comme un point d'interrogation ; première-ment, à sa gauche, le vaste égout Plâtrière, espèce de casse-tête chinois, poussant et brouillant son chaos de T et de Z sous l'hôtel des Postes et sous la rotonde de la halle aux blés jusqu'à la Seine où il se termine en Y ; deuxièmement, à sa droite, le corridor courbe de la rue du Cadran avec ses trois dents qui sont autant d'impasses ; troisièmement, à sa gauche, l'embranchement du Mail, compliqué, presque à l'entrée, d'une espèce de fourche, et allant de zigzag en zigzag aboutir à la grande crypte exutoire du Louvre tronçonnée et ramifiée dans tous les sens ; enfin, à droite, le couloir cul-de-sac de la rue des Jeûneurs, sans compter de petits réduits çà et là, avant d'arriver à l'égout de ceinture, lequel seul pouvait le conduire à quelque issue assez lointaine pour être sûre.

Si Jean Valjean eût eu quelque notion de tout ce que nous indiquons ici, il se fût vite aperçu, rien qu'en tâtant la muraille, qu'il n'était pas dans la galerie souterraine de la rue Saint-Denis. Au lieu de la vieille pierre de taille, au lieu de l'ancienne architecture, hautaine et royale jusque dans l'égout, avec radier et assises courantes en granit et mortier de chaux grasse, laquelle coûtait huit cents livres la toise, il eût senti sous sa main le bon marché contemporain, l'expédient économique, la meulière à bain de mortier hydraulique sur couche de béton qui coûte deux cents francs le mètre, la maçonnerie bourgeoise dite à *petits matériaux* ; mais il ne savait rien de tout cela.

Il allait devant lui, avec anxiété, mais avec calme, ne voyant rien, ne sachant rien, plongé dans le hasard, c'est-à-dire englouti dans la providence.

Par degrés, disons-le, quelque horreur le gagnait. L'ombre qui l'enveloppait entrait dans son esprit. Il marchait dans une énigme. Cet aqueduc du cloaque est redoutable ; il s'entre-croise vertigineusement. C'est une chose lugubre d'être pris dans ce Paris de ténèbres. Jean Valjean était obligé de trouver et presque d'inventer sa route sans la voir. Dans cet inconnu, chaque pas qu'il risquait pouvait être le dernier. Comment sortirait-il de là ? Trouverait-il une issue ? La trouverait-il à temps ? Cette colossale éponge souterraine aux alvéoles de pierre se laisserait-elle pénétrer et percer ? Y rencontrerait-on quelque nœud inattendu d'obscurité ? Arriverait-on à l'inextricable et à l'infranchissable ? Marius y mourrait-il d'hémorrhagie, et lui de faim ? Finiraient-ils par se perdre là tous les deux, et par faire deux squelettes dans un coin de cette nuit ? Il l'ignorait. Il se demandait tout cela et ne pouvait se répondre. L'intestin de Paris est un précipice. Comme le prophète, il était dans le ventre du monstre.

Il eut brusquement une surprise. À l'instant le plus imprévu, et sans avoir cessé de marcher en ligne droite, il s'aperçut qu'il ne montait plus ; l'eau du ruisseau lui battait les talons au lieu de lui venir sur la pointe des pieds. L'égout maintenant descendait. Pourquoi ? Allait-il donc arriver soudainement à la Seine ? Ce danger était grand, mais le péril de reculer l'était plus encore. Il continua d'avancer.

Ce n'était point vers la Seine qu'il allait. Le dos d'âne que fait le sol de Paris sur la rive droite vide un de ses versants dans la Seine et l'autre dans le Grand Égout. La crête de ce dos d'âne qui détermine la division des eaux dessine une ligne très capricieuse. Le point culminant, qui est le lieu de partage des écoulements, est, dans l'égout Sainte-Avoye, au delà de la rue Michelle-Comte, dans l'égout du Louvre, près des boulevards, et, dans l'égout Montmartre, près des halles. C'est à ce point culminant que Jean Valjean était arrivé. Il se dirigeait vers l'égout de ceinture ; il était dans le bon chemin. Mais il n'en savait rien.

Chaque fois qu'il rencontrait un embranchement il en tâtait les angles, et s'il trouvait l'ouverture qui s'offrait moins large que le corridor où il était, il n'entrait pas et continuait sa route, jugeant avec raison que toute voie plus étroite devait aboutir à un cul-de-sac et ne pouvait que l'éloigner du but, c'est-à-dire de l'issue. Il évita ainsi le quadruple piége qui lui était tendu dans l'obscurité par les quatre dédales que nous venons d'énumérer.

À un certain moment il reconnut qu'il sortait de dessous le Paris pétrifié par l'émeute, où les barricades avaient supprimé la circulation, et qu'il rentrait sous le Paris vivant et normal. Il eut subitement au-dessus de sa tête comme un bruit de foudre, lointain, mais continu. C'était le roulement des voitures.

Il marchait depuis une demi-heure environ, du moins au calcul qu'il faisait lui-même, et n'avait pas encore songé à se reposer ; seulement il avait changé la main qui soutenait Marius. L'obscurité était plus profonde que jamais, mais cette profondeur le rassurait.

Tout à coup il vit son ombre devant lui. Elle se découpait sur une faible rougeur presque indistincte qui empourprait vaguement le radier à ses pieds et la voûte sur sa tête, et qui glissait à sa droite et à sa gauche sur les deux murailles visqueuses du corridor. Stupéfait, il se retourna.

Derrière lui, dans la partie du couloir qu'il venait de dépasser, à une distance qui lui parut immense, flamboyait, rayant l'épaisseur obscure, une sorte d'astre horrible qui avait l'air de le regarder.

C'était la sombre étoile de la police qui se levait dans l'égout.

Derrière cette étoile remuaient confusément huit ou dix formes noires, droites, indistinctes, terribles.

II

EXPLICATION

Dans la journée du 6 juin, une battue des égouts avait été ordonnée. On craignit qu'ils ne fussent pris pour refuge par les vaincus, et le préfet Gisquet dut fouiller le Paris occulte pendant que le général Bugeaud balayait le Paris public ; double opération connexe qui exigea une double stratégie de la force publique représentée en haut par l'armée et en bas par la police. Trois pelotons d'agents et d'égoutiers explorèrent la voirie souterraine de Paris, le premier, rive droite, le deuxième, rive gauche, le troisième, dans la Cité.

Les agents étaient armés de carabines, de casse-tête, d'épées et de poignards.

Ce qui était en ce moment dirigé sur Jean Valjean, c'était la lanterne de la ronde de la rive droite.

Cette ronde venait de visiter la galerie courbe et les trois impasses qui sont sous la rue du Cadran. Pendant qu'elle promenait son falot au fond de ces impasses, Jean Valjean avait rencontré sur son chemin l'entrée de la galerie, l'avait reconnue plus étroite que le couloir principal et n'y avait point pénétré. Il avait passé outre. Les hommes de police, en ressortant de la galerie du Cadran, avaient cru entendre un bruit de pas dans la direction de l'égout de ceinture. C'étaient les pas de Jean Valjean en effet. Le sergent chef de la ronde avait élevé sa lanterne, et l'escouade s'était mise à regarder dans le brouillard du côté d'où était venu le bruit.

Ce fut pour Jean Valjean une minute inexprimable.

Heureusement, s'il voyait bien la lanterne, la lanterne le voyait mal. Elle était la lumière et il était l'ombre. Il était très loin, et mêlé à la noirceur du lieu. Il se rencogna le long du mur et s'arrêta.

Du reste, il ne se rendait pas compte de ce qui se mouvait là derrière lui. L'insomnie, le défaut de nourriture, les émotions, l'avaient fait passer, lui aussi, à l'état visionnaire. Il voyait un flamboiement, et, autour de ce flamboiement, des larves. Qu'était-ce ? Il ne comprenait pas.

Jean Valjean s'étant arrêté, le bruit avait cessé.

Les hommes de la ronde écoutaient et n'entendaient rien, ils regardaient et ne voyaient rien. Ils se consultèrent.

Il y avait à cette époque sur ce point de l'égout Montmartre une espèce de carrefour dit *de service* qu'on a supprimé depuis à cause du petit lac intérieur qu'y formait, en s'y engorgeant dans les forts orages, le torrent des eaux pluviales. La ronde put se pelotonner dans ce carrefour.

Jean Valjean vit ces larves faire une sorte de cercle. Ces têtes de dogues se rapprochèrent et chuchotèrent.

Le résultat de ce conseil tenu par les chiens de garde

fut qu'on s'était trompé, qu'il n'y avait pas eu de bruit, qu'il n'y avait là personne, qu'il était inutile de s'engager dans l'égout de ceinture, que ce serait du temps perdu, mais qu'il fallait se hâter d'aller vers Saint-Merry, que s'il y avait quelque chose à faire et quelque « bousingot » à dépister, c'était dans ce quartier-là.

De temps en temps les partis remettent des semelles neuves à leurs vieilles injures. En 1832, le mot *bousingot* faisait l'intérim entre le mot *jacobin* qui était éculé, et le mot *démagogue* alors presque inusité et qui a fait depuis un si excellent service.

Le sergent donna l'ordre d'obliquer à gauche vers le versant de la Seine. S'ils eussent eu l'idée de se diviser en deux escouades et d'aller dans les deux sens, Jean Valjean était saisi. Cela tint à ce fil. Il est probable que les instructions de la préfecture, prévoyant un cas de combat et les insurgés en nombre, défendaient à la ronde de se morceler. La ronde se remit en marche, laissant derrière elle Jean Valjean. De tout ce mouvement, Jean Valjean ne perçut rien sinon l'éclipse de la lanterne qui se retourna subitement.

Avant de s'en aller, le sergent, pour l'acquit de la conscience de la police, déchargea sa carabine du côté qu'on abandonnait, dans la direction de Jean Valjean. La détonation roula d'écho en écho dans la crypte comme le borborygme de ce boyau titanique. Un plâtras qui tomba dans le ruisseau et fit clapoter l'eau à quelques pas de Jean Valjean, l'avertit que la balle avait frappé la voûte au-dessus de sa tête.

Des pas mesurés et lents résonnèrent quelque temps sur le radier, de plus en plus amortis par l'augmentation progressive de l'éloignement, le groupe des formes noires s'enfonça, une lueur oscilla et flotta, faisant à la voûte un cintre rougeâtre qui décrut, puis disparut, le silence redevint profond, l'obscurité redevint complète, la cécité et la surdité reprirent possession des ténèbres ; et Jean Valjean, n'osant encore remuer, demeura longtemps adossé au mur, l'oreille tendue, la prunelle dilatée, regardant l'évanouissement de cette patrouille de fantômes.

III

L'HOMME FILÉ

Il faut rendre à la police de ce temps-là cette justice que, même dans les plus graves conjonctures publiques, elle accomplissait imperturbablement son devoir de voirie et de surveillance. Une émeute n'était point à ses yeux un prétexte pour laisser aux malfaiteurs la bride sur le cou, et pour négliger la société par la raison que le gouvernement était en péril. Le service ordinaire se faisait correctement à travers le service extraordinaire, et n'en était pas troublé. Au milieu d'un incalculable événement politique commencé, sous la pression d'une révolution possible, sans se laisser distraire par l'insurrection et la barricade, un agent « filait » un voleur.

C'était précisément quelque chose de pareil qui se passait dans l'après-midi du 6 juin au bord de la Seine, sur la berge de la rive droite, un peu au delà du pont des Invalides.

Il n'y a plus là de berge aujourd'hui. L'aspect des lieux a changé.

Sur cette berge, deux hommes séparés par une certaine distance semblaient s'observer, l'un évitant l'autre. Celui qui allait en avant tâchait de s'éloigner, celui qui venait par derrière tâchait de se rapprocher.

C'était comme une partie d'échecs qui se jouait de loin et silencieusement. Ni l'un ni l'autre ne semblait se presser, et ils marchaient lentement tous les deux, comme si chacun d'eux craignait de faire par trop de hâte doubler le pas à son partenaire.

On eût dit un appétit qui suit une proie, sans avoir l'air de le faire exprès. La proie était sournoise et se tenait sur ses gardes.

Les proportions voulues entre la fouine traquée et le dogue traqueur étaient observées. Celui qui tâchait d'échapper avait peu d'encolure et une chétive mine ;

celui qui tâchait d'empoigner, gaillard de haute stature, était de rude aspect et devait être de rude rencontre.

Le premier, se sentant le plus faible, évitait le second ; mais il l'évitait d'une façon profondément furieuse ; qui eût pu l'observer eût vu dans ses yeux la sombre hostilité de la fuite, et toute la menace qu'il y a dans la crainte.

La berge était solitaire ; il n'y avait point de passant ; pas même de batelier ni de débardeur dans les chalands amarrés çà et là.

On ne pouvait apercevoir aisément ces deux hommes que du quai en face, et pour qui les eût examinés à cette distance, l'homme qui allait devant eût apparu comme un être hérissé, déguenillé et oblique, inquiet et grelottant sous une blouse en haillons, et l'autre comme une personne classique et officielle, portant la redingote de l'autorité boutonnée jusqu'au menton.

Le lecteur reconnaîtrait peut-être ces deux hommes, s'il les voyait de plus près.

Quel était le but du dernier ?

Probablement d'arriver à vêtir le premier plus chaudement.

Quand un homme habillé par l'état poursuit un homme en guenilles, c'est afin d'en faire aussi un homme habillé par l'état. Seulement la couleur est toute la question. Être habillé de bleu, c'est glorieux ; être habillé de rouge, c'est désagréable.

Il y a une pourpre d'en bas.

C'est probablement quelque désagrément et quelque pourpre de ce genre que le premier désirait esquiver.

Si l'autre le laissait marcher devant et ne le saisissait pas encore, c'était, selon toute apparence, dans l'espoir de le voir aboutir à quelque rendez-vous significatif et à quelque groupe de bonne prise. Cette opération délicate s'appelle « la filature ».

Ce qui rend cette conjecture tout à fait probable, c'est que l'homme boutonné, apercevant de la berge sur le quai un fiacre qui passait à vide, fit signe au cocher ; le cocher comprit, reconnut évidemment à qui il avait affaire, tourna bride et se mit à suivre au pas du haut du quai les deux hommes. Ceci ne fut pas aperçu du personnage louche et déchiré qui allait en avant.

Le fiacre roulait le long des arbres des Champs-Élysées. On voyait passer au-dessus du parapet le buste du cocher, son fouet à la main.

Une des instructions secrètes de la police aux agents contient cet article : — « Avoir toujours à portée une voiture de place, en cas ».

Tout en manœuvrant chacun de leur côté avec une stratégie irréprochable, ces deux hommes approchaient d'une rampe du quai descendant jusqu'à la berge qui permettait alors aux cochers de fiacre arrivant de Passy de venir à la rivière faire boire leurs chevaux. Cette rampe a été supprimée depuis, pour la symétrie ; les chevaux crèvent de soif, mais l'œil est flatté.

Il était vraisemblable que l'homme en blouse allait monter par cette rampe afin d'essayer de s'échapper dans les Champs-Élysées, lieu orné d'arbres, mais en revanche fort croisé d'agents de police, et où l'autre aurait aisément main-forte.

Ce point du quai est fort peu éloigné de la maison apportée de Moret à Paris en 1824 par le colonel Brack, et dite maison de François Ier [1]. Un corps de garde est là tout près.

À la grande surprise de son observateur, l'homme traqué ne prit point par la rampe de l'abreuvoir. Il continua de s'avancer sur la berge le long du quai.

Sa position devenait visiblement critique.

À moins de se jeter dans la Seine, qu'allait-il faire ?

Aucun moyen désormais de remonter sur le quai ; plus de rampe et pas d'escalier ; et l'on était tout près de l'endroit, marqué par le coude de la Seine vers le pont d'Iéna, où la berge, de plus en plus rétrécie, finissait en langue mince et se perdait sous l'eau. Là il allait inévitablement se trouver bloqué entre le mur à pic à sa droite, la rivière à gauche et en face, et l'autorité sur ses talons.

Il est vrai que cette fin de la berge était masquée au regard par un monceau de déblais de six à sept pieds de

---

1. Cette maison, reconstruite pour Mademoiselle Mars en 1823, existe toujours, à l'angle de la rue Bayard et du cours Albert Ier.

haut, produit d'on ne sait quelle démolition. Mais cet homme espérait-il se cacher utilement derrière ce tas de gravats qu'il suffisait de tourner ? L'expédient eût été puéril. Il n'y songeait certainement pas. L'innocence des voleurs ne va point jusque-là.

Le tas de déblais faisait au bord de l'eau une sorte d'éminence qui se prolongeait en promontoire jusqu'à la muraille du quai.

L'homme suivi arriva à cette petite colline et la doubla, de sorte qu'il cessa d'être aperçu par l'autre.

Celui-ci, ne voyant pas, n'était pas vu ; il en profita pour abandonner toute dissimulation et pour marcher très rapidement. En quelques instants il fut au monceau de déblais et le tourna. Là, il s'arrêta stupéfait. L'homme qu'il chassait n'était plus là.

Éclipse totale de l'homme en blouse.

La berge n'avait guère à partir du monceau de déblais qu'une longueur d'une trentaine de pas, puis elle plongeait sous l'eau qui venait battre le mur du quai.

Le fuyard n'aurait pu se jeter à la Seine ni escalader le quai sans être vu par celui qui le suivait. Qu'était-il devenu ?

L'homme à la redingote boutonnée marcha jusqu'à l'extrémité de la berge, et y resta un moment pensif, les poings convulsifs, l'œil furetant. Tout à coup il se frappa le front. Il venait d'apercevoir, au point où finissait la terre et où l'eau commençait, une grille de fer large et basse, cintrée, garnie d'une épaisse serrure et de trois gonds massifs. Cette grille, sorte de porte percée au bas du quai, s'ouvrait sur la rivière autant que sur la berge. Un ruisseau noirâtre passait dessous. Ce ruisseau se dégorgeait dans la Seine.

Au delà de ses lourds barreaux rouillés on distinguait une sorte de corridor voûté et obscur.

L'homme croisa les bras et regarda la grille d'un air de reproche.

Ce regard ne suffisant pas, il essaya de la pousser ; il la secoua, elle résista solidement. Il était probable qu'elle venait d'être ouverte, quoiqu'on n'eût entendu aucun bruit, chose singulière d'une grille si rouillée ; mais il était certain qu'elle avait été refermée. Cela indiquait que celui devant qui cette porte venait de tourner avait non un crochet, mais une clef.

Cette évidence éclata tout de suite à l'esprit de l'homme qui s'efforçait d'ébranler la grille et lui arracha cet épiphonème indigné :

— Voilà qui est fort ! une clef du gouvernement !

Puis, se calmant immédiatement, il exprima tout un monde d'idées intérieures par cette bouffée de monosyllabes accentués presque ironiquement :

— Tiens ! tiens ! tiens ! tiens !

Cela dit, espérant on ne sait quoi, ou voir ressortir l'homme, ou en voir entrer d'autres, il se posta aux aguets derrière le tas de déblais, avec la rage patiente du chien d'arrêt.

De son côté, le fiacre, qui se réglait sur toutes ses allures, avait fait halte au-dessus de lui près du parapet. Le cocher, prévoyant une longue station, emboîta le museau de ses chevaux dans le sac d'avoine humide en bas, si connu des parisiens, auxquels les gouvernements, soit dit par parenthèse, le mettent quelquefois. Les rares passants du pont d'Iéna, avant de s'éloigner, tournaient la tête pour regarder un moment ces deux détails du paysage immobiles, l'homme sur la berge, le fiacre sur le quai.

IV

LUI AUSSI PORTE SA CROIX [1]

Jean Valjean avait repris sa marche et ne s'était plus arrêté.

Cette marche était de plus en plus laborieuse. Le niveau de ces voûtes varie ; la hauteur moyenne est d'en-

---

1. L'assimilation du héros au Christ (note générale 6), jusqu'alors indirecte, est maintenant explicite. Mais la montée au Golgotha se retourne en descente dans l'égout par une antiphrase comparable au « Christus nos liberavit » (I, 5, 11 ; p. 274).

viron cinq pieds six pouces, et a été calculée pour la taille
d'un homme ; Jean Valjean était forcé de se courber pour
ne pas heurter Marius à la voûte ; il fallait à chaque instant se baisser, puis se redresser, tâter sans cesse le mur.
La moiteur des pierres et la viscosité du radier en faisaient
de mauvais points d'appui, soit pour la main, soit pour le
pied. Il trébuchait dans le hideux fumier de la ville. Les
reflets intermittents des soupiraux n'apparaissaient qu'à
de très longs intervalles, et si blêmes que le plein soleil
y semblait clair de lune ; tout le reste était brouillard,
miasme, opacité, noirceur. Jean Valjean avait faim et
soif ; soif surtout ; et c'est là, comme la mer, un lieu plein
d'eau où l'on ne peut boire. Sa force, qui était prodigieuse, on le sait, et fort peu diminuée par l'âge, grâce à
sa vie chaste et sobre, commençait pourtant à fléchir. La
fatigue lui venait, et la force en décroissant faisait croître
le poids du fardeau. Marius, mort peut-être, pesait comme
pèsent les corps inertes. Jean Valjean le soutenait de
façon que la poitrine ne fût pas gênée et que la respiration
pût toujours passer le mieux possible. Il sentait entre ses
jambes le glissement rapide des rats. Un d'eux fut effaré
au point de le mordre. Il lui venait de temps en temps par
les bavettes des bouches de l'égout un souffle d'air frais
qui le ranimait.

Il pouvait être trois heures de l'après-midi quand il
arriva à l'égout de ceinture.

Il fut d'abord étonné de cet élargissement subit. Il se
trouva brusquement dans une galerie dont ses mains étendues n'atteignaient point les deux murs et sous une voûte
que sa tête ne touchait pas. Le Grand Égout en effet a
huit pieds de large sur sept de haut.

Au point où l'égout Montmartre rejoint le Grand
Égout, deux autres galeries souterraines, celle de la rue
de Provence et celle de l'Abattoir, viennent faire un carrefour. Entre ces quatre voies, un moins sagace eût été indécis. Jean Valjean prit la plus large, c'est-à-dire l'égout
de ceinture. Mais ici revenait la question : descendre, ou
monter ? Il pensa que la situation pressait, et qu'il fallait,
à tout risque, gagner maintenant la Seine. En d'autres
termes, descendre. Il tourna à gauche.

Bien lui en prit. Car ce serait une erreur de croire que l'égout de ceinture a deux issues, l'une vers Bercy, l'autre vers Passy, et qu'il est, comme l'indique son nom, la ceinture souterraine du Paris de la rive droite. Le Grand Égout, qui n'est, il faut s'en souvenir, autre chose que l'ancien ruisseau Ménilmontant, aboutit, si on le remonte, à un cul-de-sac, c'est-à-dire à son ancien point de départ, qui fut sa source, au pied de la butte Ménilmontant. Il n'a point de communication directe avec le branchement qui ramasse les eaux de Paris à partir du quartier Popincourt, et qui se jette dans la Seine par l'égout Amelot au-dessus de l'ancienne île Louviers. Ce branchement, qui complète l'égout collecteur, en est séparé, sous la rue Ménilmontant même, par un massif qui marque le point de partage des eaux en amont et en aval. Si Jean Valjean eût remonté la galerie, il fût arrivé, après mille efforts, épuisé de fatigue, expirant, dans les ténèbres, à une muraille. Il était perdu.

À la rigueur, en revenant un peu sur ses pas, en s'engageant dans le couloir des Filles-du-Calvaire, à la condition de ne pas hésiter à la patte d'oie souterraine du carrefour Boucherat, en prenant le corridor Saint-Louis, puis, à gauche, le boyau Saint-Gilles, puis en tournant à droite et en évitant la galerie Saint-Sébastien, il eût pu gagner l'égout Amelot, et de là, pourvu qu'il ne s'égarât point dans l'espèce d'F qui est sous la Bastille, atteindre l'issue sur la Seine près de l'Arsenal. Mais, pour cela, il eût fallu connaître à fond, et dans toutes ses ramifications et dans toutes ses percées, l'énorme madrépore de l'égout. Or, nous devons y insister, il ne savait rien de cette voirie effrayante où il cheminait ; et, si on lui eût demandé dans quoi il était, il eût répondu : dans la nuit.

Son instinct le servit bien. Descendre, c'était en effet le salut possible.

Il laissa à sa droite les deux couloirs qui se ramifient en forme de griffe sous la rue Laffitte et la rue Saint-Georges et le long corridor bifurqué de la chaussée d'Antin.

Un peu au delà d'un affluent qui était vraisemblablement le branchement de la Madeleine, il fit halte. Il était très bas. Un soupirail assez large, probablement le regard de la rue d'Anjou, donnait une lumière presque vive. Jean Valjean, avec la douceur de mouvements qu'aurait un frère pour son frère blessé, déposa Marius sur la banquette de l'égout. La face sanglante de Marius apparut sous la lueur blanche du soupirail comme au fond d'une tombe. Il avait les yeux fermés, les cheveux appliqués aux tempes comme des pinceaux séchés dans de la couleur rouge, les mains pendantes et mortes, les membres froids, du sang coagulé au coin des lèvres. Un caillot de sang s'était amassé dans le nœud de la cravate ; la chemise entrait dans les plaies, le drap de l'habit frottait les coupures béantes de la chair vive. Jean Valjean, écartant du bout des doigts les vêtements, lui posa la main sur la poitrine ; le cœur battait encore. Jean Valjean déchira sa chemise, banda les plaies le mieux qu'il put et arrêta le sang qui coulait ; puis, se penchant dans ce demi-jour sur Marius toujours sans connaissance et presque sans souffle, il le regarda avec une inexprimable haine [2].

En dérangeant les vêtements de Marius, il avait trouvé dans les poches deux choses, le pain qui y était oublié depuis la veille, et le portefeuille de Marius. Il mangea le pain et ouvrit le portefeuille. Sur la première page, il trouva les quatre lignes écrites par Marius. On s'en souvient :

« Je m'appelle Marius Pontmercy. Porter mon cadavre chez mon grand-père M. Gillenormand, rue des Filles-du-Calvaire, nº 6, au Marais. »

Jean Valjean lut, à la clarté du soupirail, ces quatre lignes, et resta un moment comme absorbé en lui-même, répétant à demi-voix : Rue des Filles-du-Calvaire, numéro

---

2. Il ne faut pas reconstituer une représentation classique de l'individu en hiérarchisant les motifs du héros : suprématie de l'amour de Cosette et du devoir sur la jalousie. Car cette « vérité psychologique » contredirait la vérité éthique du texte, cohérente avec une vérité « métapsychologique » déjà rencontrée. ____

Dans *Les Misérables*, une critique constante de l'unité du sujet passe par ces circonstances où un personnage agit contre ses intérêts, contre ses décisions et ses sentiments, malgré lui-même, où l'action, au lieu de provenir du « moi », le brise et postule un autre « je » qu'elle fait advenir. Que l'acte puisse être meilleur que celui qui le fait, c'est la condition logique de toute pensée du progrès.

six, monsieur Gillenormand. Il replaça le portefeuille dans la poche de Marius. Il avait mangé, la force lui était revenue ; il reprit Marius sur son dos, lui appuya soigneusement la tête sur son épaule droite, et se remit à descendre l'égout.

Le Grand Égout, dirigé selon le thalweg de la vallée de Ménilmontant, a près de deux lieues de long. Il est pavé sur une notable partie de son parcours.

Ce flambeau du nom des rues de Paris dont nous éclairons pour le lecteur la marche souterraine de Jean Valjean, Jean Valjean ne l'avait pas. Rien ne lui disait quelle zone de la ville il traversait, ni quel trajet il avait fait. Seulement la pâleur croissante des flaques de lumière qu'il rencontrait de temps en temps lui indiquait que le soleil se retirait du pavé et que le jour ne tarderait pas à décliner ; et le roulement des voitures au-dessus de sa tête, étant devenu de continu intermittent, puis ayant presque cessé, il en conclut qu'il n'était plus sous le Paris central et qu'il approchait de quelque région solitaire, voisine des boulevards extérieurs ou des quais extrêmes. Là où il y a moins de maisons et moins de rues, l'égout a moins de soupiraux. L'obscurité s'épaississait autour de Jean Valjean. Il n'en continua pas moins d'avancer, tâtonnant dans l'ombre.

Cette ombre devint brusquement terrible.

V

POUR LE SABLE COMME POUR LA FEMME
IL Y A UNE FINESSE QUI EST PERFIDIE

Il sentit qu'il entrait dans l'eau, et qu'il avait sous ses pieds, non plus du pavé, mais de la vase[1].

Il arrive parfois, sur de certaines côtes de Bretagne ou

---

1. Ce chapitre et celui qui suit combinent en une ultime synthèse les trois grandes images de la société et de la misère — la noyade de « L'Onde et l'Ombre » (I, 2, 8 ; p. 145), la progression souterraine

d'Écosse, qu'un homme, un voyageur ou un pêcheur, cheminant à marée basse sur la grève loin du rivage, s'aperçoit soudainement que depuis plusieurs minutes il marche avec quelque peine. La plage est sous ses pieds comme de la poix ; la semelle s'y attache ; ce n'est plus du sable, c'est de la glu. La grève est parfaitement sèche, mais à chaque pas qu'on fait, dès qu'on a levé le pied, l'empreinte qu'il laisse se remplit d'eau. L'œil, du reste, ne s'est aperçu d'aucun changement ; l'immense plage est unie et tranquille, tout le sable a le même aspect, rien ne distingue le sol qui est solide du sol qui ne l'est plus ; la petite nuée joyeuse des pucerons de mer continue de sauter tumultueusement sur les pieds du passant. L'homme suit sa route, va devant lui, appuie vers la terre, tâche de se rapprocher de la côte. Il n'est pas inquiet. Inquiet de quoi ? Seulement, il sent quelque chose comme si la lourdeur de ses pieds croissait à chaque pas qu'il fait. Brusquement il enfonce. Il enfonce de deux ou trois pouces. Décidément il n'est pas dans la bonne route ; il s'arrête pour s'orienter. Tout à coup il regarde à ses pieds. Ses pieds ont disparu. Le sable les couvre. Il retire ses pieds du sable, il veut revenir sur ses pas, il retourne en arrière, il enfonce plus profondément. Le sable lui vient à la cheville, il s'en arrache et se jette à gauche, le sable lui vient à mi-jambe, il se jette à droite, le sable lui vient aux jarrets. Alors il reconnaît avec une indicible terreur qu'il est engagé dans de la grève mouvante, et qu'il a sous lui le milieu effroyable où l'homme ne peut pas plus marcher que le poisson n'y peut nager. Il jette son fardeau, s'il en a un, il s'allège comme un navire en détresse ; il n'est déjà plus temps, le sable est au-dessus de ses genoux.

Il appelle, il agite son chapeau ou son mouchoir, le sable le gagne de plus en plus ; si la grève est déserte, si la terre

---

de « Les Mines et les Mineurs » (III, 7, 1 ; p. 985) et la circulation de l'égout sous la ville — avec deux motifs majeurs de l'action : l'enfouissement du mort-vivant (voir note générale 16) et la christophorie (note générale 32). La permanence et l'éclaircissement progressif, tout au long du roman, de ces images et de ces thèmes confèrent maintenant une pertinence et une force décisives à leur conjonction en ces chapitres mémorables. Voir note générale 15.

est trop loin, si le banc de sable est trop mal famé, s'il n'y a pas de héros dans les environs, c'est fini, il est condamné à l'enlizement. Il est condamné à cet épouvantable enterrement long, infaillible, implacable, impossible à retarder ni à hâter, qui dure des heures, qui n'en finit pas, qui vous prend debout, libre et en pleine santé, qui vous tire par les pieds, qui, à chaque effort que vous tentez, à chaque clameur que vous poussez, vous entraîne un peu plus bas, qui a l'air de vous punir de votre résistance par un redoublement d'étreinte, qui fait rentrer lentement l'homme dans la terre en lui laissant tout le temps de regarder l'horizon, les arbres, les campagnes vertes, les fumées des villages dans la plaine, les voiles des navires sur la mer, les oiseaux qui volent et qui chantent, le soleil, le ciel. L'enlizement, c'est le sépulcre qui se fait marée et qui monte du fond de la terre vers un vivant. Chaque minute est une ensevelisseuse inexorable. Le misérable essaye de s'asseoir, de se coucher, de ramper ; tous les mouvements qu'il fait l'enterrent ; il se redresse, il enfonce ; il se sent engloutir ; il hurle, implore, crie aux nuées, se tord les bras, désespère. Le voilà dans le sable jusqu'au ventre ; le sable atteint la poitrine, il n'est plus qu'un buste. Il élève les mains, jette des gémissements furieux, crispe ses ongles sur la grève, veut se retenir à cette cendre, s'appuie sur les coudes pour s'arracher à cette gaîne molle, sanglote frénétiquement ; le sable monte. Le sable atteint les épaules, le sable atteint le cou ; la face seule est visible maintenant. La bouche crie, le sable l'emplit ; silence. Les yeux regardent encore, le sable les ferme ; nuit. Puis le front décroît, un peu de chevelure frissonne au-dessus du sable ; une main sort, troue la surface de la grève, remue et s'agite, et disparaît. Sinistre effacement d'un homme.

Quelquefois le cavalier s'enlize avec le cheval ; quelquefois le charretier s'enlize avec la charrette ; tout sombre sous la grève. C'est le naufrage ailleurs que dans l'eau. C'est la terre noyant l'homme. La terre, pénétrée d'océan, devient piége. Elle s'offre comme une plaine et s'ouvre comme une onde. L'abîme a de ces trahisons.

Cette funèbre aventure, toujours possible sur telle ou telle plage de la mer, était possible aussi, il y a trente ans, dans l'égout de Paris.

Avant les importants travaux commencés en 1833, la voirie souterraine de Paris était sujette à des effondrements subits.

L'eau s'infiltrait dans de certains terrains sous-jacents, particulièrement friables ; le radier, qu'il fût de pavé, comme dans les anciens égouts ou de chaux hydraulique sur béton, comme dans les nouvelles galeries, n'ayant plus de point d'appui, pliait. Un pli dans un plancher de ce genre, c'est une fente, c'est l'écroulement. Le radier croulait sur une certaine longueur. Cette crevasse, hiatus d'un gouffre de boue, s'appelait dans la langue spéciale *fontis*. Qu'est-ce qu'un fontis ? C'est le sable mouvant des bords de la mer tout à coup rencontré sous terre ; c'est la grève du mont Saint-Michel dans un égout. Le sol, détrempé, est comme en fusion ; toutes ses molécules sont en suspension dans un milieu mou ; ce n'est pas de la terre et ce n'est pas de l'eau. Profondeur quelquefois très grande. Rien de plus redoutable qu'une telle rencontre. Si l'eau domine, la mort est prompte, il y a engloutissement ; si la terre domine, la mort est lente, il y a enlizement.

Se figure-t-on une telle mort ? si l'enlizement est effroyable sur une grève de la mer, qu'est-ce dans le cloaque ? Au lieu du plein air, de la pleine lumière, du grand jour, de ce clair horizon, de ces vastes bruits, de ces libres nuages d'où pleut la vie, de ces barques aperçues au loin, de cette espérance sous toutes les formes, des passants probables, du secours possible jusqu'à la dernière minute, au lieu de tout cela, la surdité, l'aveuglement, une voûte noire, un dedans de tombe déjà tout fait, la mort dans la bourbe sous un couvercle ! l'étouffement lent par l'immondice, une boîte de pierre où l'asphyxie ouvre sa griffe dans la fange et vous prend à la gorge ; la fétidité mêlée au râle ; la vase au lieu de la grève, l'hydrogène sulfuré au lieu de l'ouragan, l'ordure au lieu de l'océan ! et appeler, et grincer des dents, et se tordre, et se débattre, et agoniser, avec cette ville énorme qui n'en sait rien, et qu'on a au-dessus de sa tête[2] !

2. Sur ce fantasme, voir note générale 16.

Inexprimable horreur de mourir ainsi ! La mort rachète quelquefois son atrocité par une certaine dignité terrible. Sur le bûcher, dans le naufrage, on peut être grand ; dans la flamme comme dans l'écume, une attitude superbe est possible ; on s'y transfigure en s'y abîmant. Mais ici point. La mort est malpropre. Il est humiliant d'expirer. Les suprêmes visions flottantes sont abjectes. Boue est synonyme de honte. C'est petit, laid, infâme. Mourir dans une tonne de malvoisie, comme Clarence, soit ; dans la fosse du boueur, comme d'Escoubleau, c'est horrible. Se débattre là-dedans est hideux ; en même temps qu'on agonise, on patauge. Il y a assez de ténèbres pour que ce soit l'enfer, et assez de fange pour que ce ne soit que le bourbier, et le mourant ne sait pas s'il va devenir spectre ou s'il va devenir crapaud.

Partout ailleurs le sépulcre est sinistre ; ici il est difforme.

La profondeur des fontis variait, et leur longueur, et leur densité, en raison de la plus ou moins mauvaise qualité du sous-sol. Parfois un fontis était profond de trois ou quatre pieds, parfois de huit ou dix ; quelquefois on ne trouvait pas le fond. La vase était ici presque solide, là presque liquide. Dans le fontis Lunière, un homme eût mis un jour à disparaître, tandis qu'il eût été dévoré en cinq minutes par le bourbier Phélippeaux. La vase porte plus ou moins selon son plus ou moins de densité. Un enfant se sauve où un homme se perd. La première loi de salut, c'est de se dépouiller de toute espèce de chargement. Jeter son sac d'outils, ou sa hotte ou son auge, c'était par là que commençait tout égoutier qui sentait le sol fléchir sous lui.

Les fontis avaient des causes diverses : friabilité du sol ; quelque éboulement à une profondeur hors de la portée de l'homme ; les violentes averses de l'été ; l'ondée incessante de l'hiver ; les longues petites pluies fines. Parfois le poids des maisons environnantes sur un terrain marneux ou sablonneux chassait les voûtes des galeries souterraines et les faisait gauchir, ou bien il arrivait que le radier éclatait et se fendait sous cette écrasante poussée. Le tassement du Panthéon a oblitéré de cette façon, il y a un siècle, une partie des caves de la montagne Sainte-Geneviève. Quand un égout s'effondrait sous la pression des maisons, le désordre, dans certaines occasions, se traduisait en haut dans la rue par une espèce d'écarts en dents de scie entre les pavés ; cette déchirure se développait en ligne serpentante dans toute la longueur de la voûte lézardée, et alors, le mal étant visible, le remède pouvait être prompt. Il advenait aussi que souvent le ravage intérieur ne se révélait par aucune balafre au dehors. Et, dans ce cas-là, malheur aux égoutiers. Entrant sans précautions dans l'égout défoncé, ils pouvaient s'y perdre. Les anciens registres font mention de quelques puisatiers ensevelis de la sorte dans les fontis. Ils donnent plusieurs noms ; entre autres celui de l'égoutier qui s'enliza dans un effondrement sous le cagnard de la rue Carême-Prenant, un nommé Blaise Poutrain ; ce Blaise Poutrain était frère de Nicolas Poutrain qui fut le dernier fossoyeur du cimetière dit charnier des Innocents en 1785, époque où ce cimetière mourut.

Il y eut aussi ce jeune et charmant vicomte d'Escoubleau dont nous venons de parler, l'un des héros du siége de Lérida où l'on donna l'assaut en bas de soie, violons en tête. D'Escoubleau, surpris une nuit chez sa cousine, la duchesse de Sourdis, se noya dans une fondrière de l'égout Beautreillis où il s'était réfugié pour échapper au duc. Madame de Sourdis, quand on lui raconta cette mort, demanda son flacon, et oublia de pleurer à force de respirer des sels. En pareil cas, il n'y a pas d'amour qui tienne ; le cloaque l'éteint. Héro refuse de laver le cadavre de Léandre. Thisbé se bouche le nez devant Pyrame et dit : Pouah !

VI

LE FONTIS

Jean Valjean se trouvait en présence d'un fontis.

Ce genre d'écroulement était alors fréquent dans le sous-sol des Champs-Élysées, difficilement maniable aux travaux hydrauliques et peu conservateur des constructions souterraines à cause de son excessive fluidité. Cette fluidité dépasse l'inconsistance des sables même du quartier Saint-Georges, qui n'ont pu être vaincus que par un enrochement sur béton, et des couches glaiseuses infectées de gaz du quartier des Martyrs, si liquides que le passage n'a pu être pratiqué sous la galerie des Martyrs qu'au moyen d'un tuyau en fonte. Lorsqu'en 1836 on a démoli sous le faubourg Saint-Honoré, pour le reconstruire, le vieil égout en pierre où nous voyons en ce moment Jean Valjean engagé, le sable mouvant, qui est le sous-sol des Champs-Élysées jusqu'à la Seine, fit obstacle, au point que l'opération dura près de six mois, au grand récri des riverains, surtout des riverains à hôtels et à carrosses. Les travaux furent plus que malaisés ; ils furent dangereux. Il est vrai qu'il y eut quatre mois et demi de pluie et trois crues de la Seine.

Le fontis que Jean Valjean rencontrait avait pour cause l'averse de la veille. Un fléchissement du pavé mal soutenu par le sable sous-jacent avait produit un engorgement d'eau pluviale. L'infiltration s'étant faite, l'effondrement avait suivi. Le radier, disloqué, s'était affaissé dans la vase. Sur quelle longueur ? Impossible de le dire. L'obscurité était là plus épaisse que partout ailleurs. C'était un trou de boue dans une caverne de nuit.

Jean Valjean sentit le pavé se dérober sous lui. Il entra dans cette fange. C'était de l'eau à la surface, de la vase au fond. Il fallait bien passer. Revenir sur ses pas était impossible. Marius était expirant et Jean Valjean exténué. Où aller d'ailleurs ? Jean Valjean avança. Du reste la fondrière parut peu profonde aux premiers pas. Mais à mesure qu'il avançait, ses pieds plongeaient. Il eut bientôt de la vase jusqu'à mi-jambe et de l'eau plus haut que les genoux. Il marchait, exhaussant de ses deux bras Marius le plus qu'il pouvait au-dessus de l'eau. La vase lui venait maintenant aux jarrets et l'eau à la ceinture. Il ne pouvait déjà plus reculer. Il enfonçait de plus en plus. Cette vase, assez dense pour le poids d'un homme, ne pouvait évidemment en porter deux. Marius et Jean Valjean eussent eu chance de s'en tirer isolément. Jean Valjean continua d'avancer, soutenant ce mourant qui était un cadavre peut-être.

L'eau lui venait aux aisselles ; il se sentait sombrer ; c'est à peine s'il pouvait se mouvoir dans la profondeur de bourbe où il était. La densité, qui était le soutien, était aussi l'obstacle. Il soulevait toujours Marius, et, avec une dépense de force inouïe, il avançait ; mais il enfonçait. Il n'avait plus que la tête hors de l'eau, et ses deux bras élevant Marius. Il y a, dans les vieilles peintures du déluge, une mère qui fait ainsi de son enfant.

Il enfonça encore, il renversa sa face en arrière pour échapper à l'eau et pouvoir respirer ; qui l'eût vu dans cette obscurité eût cru voir un masque flottant sur de l'ombre ; il apercevait vaguement au-dessus de lui la tête pendante et le visage livide de Marius ; il fit un effort désespéré, et lança son pied en avant ; son pied heurta on ne sait quoi de solide, un point d'appui. Il était temps.

Il se dressa et se tordit et s'enracina avec une sorte de furie sur ce point d'appui. Cela lui fit l'effet de la première marche d'un escalier remontant à la vie.

Ce point d'appui, rencontré dans la vase au moment suprême, était le commencement de l'autre versant du radier, qui avait plié sans se briser et s'était courbé sous l'eau comme une planche et d'un seul morceau. Les pavages bien construits font voûte et ont de ces fermetés-là. Ce fragment du radier, submergé en partie, mais solide, était une véritable rampe, et, une fois sur cette rampe, on était sauvé. Jean Valjean remonta ce plan incliné et arriva de l'autre côté de la fondrière.

En sortant de l'eau, il se heurta à une pierre et tomba sur les genoux. Il trouva que c'était juste, et y resta quelque temps, l'âme abîmée dans on ne sait quelle parole à Dieu.

Il se redressa, frissonnant, glacé, infect, courbé sous ce mourant qu'il traînait, tout ruisselant de fange, l'âme pleine d'une étrange clarté.

VII

QUELQUEFOIS ON ÉCHOUE OÙ L'ON CROIT DÉBARQUER

Il se remit en route encore une fois.

Du reste, s'il n'avait pas laissé sa vie dans le fontis, il semblait y avoir laissé sa force. Ce suprême effort l'avait épuisé. Sa lassitude était maintenant telle, que tous les trois ou quatre pas il était obligé de reprendre haleine, et s'appuyait au mur. Une fois, il dut s'asseoir sur la banquette pour changer la position de Marius, et il crut qu'il demeurerait là. Mais si sa vigueur était morte, son énergie ne l'était point. Il se releva.

Il marcha désespérément, presque vite, fit ainsi une centaine de pas, sans dresser la tête, presque sans respirer, et tout à coup se cogna au mur. Il était parvenu à un coude de l'égout, et, en arrivant tête basse au tournant, il avait rencontré la muraille. Il leva les yeux, et à l'extrémité du souterrain, là-bas devant lui, loin, très loin, il aperçut une lumière. Cette fois, ce n'était pas la lumière terrible ; c'était la lumière bonne et blanche. C'était le jour.

Jean Valjean voyait l'issue.

Une âme damnée qui, du milieu de la fournaise, apercevrait tout à coup la sortie de la géhenne, éprouverait ce qu'éprouva Jean Valjean. Elle volerait éperdument avec le moignon de ses ailes brûlées vers la porte radieuse. Jean Valjean ne sentit plus la fatigue, il ne sentit plus le poids de Marius, il retrouva ses jarrets d'acier. Il courut plus qu'il ne marcha. À mesure qu'il approchait, l'issue se dessinait de plus en plus distinctement. C'était une arche cintrée, moins haute que la voûte qui se restreignait par degrés et moins large que la galerie qui se resserrait en même temps que la voûte s'abaissait. Le tunnel finissait en intérieur d'entonnoir ; rétrécissement vicieux, imité des guichets de maisons de force, logique dans une prison, illogique dans un égout, et qui a été corrigé depuis.

Jean Valjean arriva à l'issue.

Là, il s'arrêta.

C'était bien la sortie, mais on ne pouvait sortir.

L'arche était fermée d'une forte grille, et la grille, qui, selon toute apparence, tournait rarement sur ses gonds oxydés, était assujettie à son chambranle de pierre par une serrure épaisse qui, rouge de rouille, semblait une énorme brique. On voyait le trou de la clef, et le pêne robuste profondément plongé dans la gâche de fer. La serrure était visiblement fermée à double tour. C'était une de ces serrures de Bastilles que le vieux Paris prodiguait volontiers.

Au delà de la grille, le grand air, la rivière, le jour, la berge très étroite, mais suffisante pour s'en aller, les quais lointains, Paris, ce gouffre où l'on se dérobe si aisément, le large horizon, la liberté. On distinguait à droite, en aval, le pont d'Iéna, et à gauche, en amont, le pont des Invalides ; l'endroit eût été propice pour attendre la nuit et s'évader. C'était un des points les plus solitaires de Paris ; la berge qui fait face au Gros-Caillou. Les mouches entraient et sortaient à travers les barreaux de la grille.

Il pouvait être huit heures et demie du soir. Le jour baissait.

Jean Valjean déposa Marius le long du mur sur la partie sèche du radier, puis marcha à la grille et crispa ses deux poings sur les barreaux ; la secousse fut frénétique, l'ébranlement nul. La grille ne bougea pas. Jean Valjean saisit les barreaux l'un après l'autre, espérant pouvoir arracher le moins solide et s'en faire un levier pour soulever la porte ou pour briser la serrure. Aucun barreau ne remua. Les dents d'un tigre ne sont pas plus solides dans leurs alvéoles. Pas de levier ; pas de pesée possible. L'obstacle était invincible. Aucun moyen d'ouvrir la porte.

Fallait-il donc finir là ? Que faire ? que devenir ? Rétrograder ; recommencer le trajet effrayant qu'il avait déjà parcouru ; il n'en avait pas la force. D'ailleurs, comment traverser de nouveau cette fondrière d'où l'on ne s'était tiré que par miracle ? Et après la fondrière, n'y avait-il pas cette ronde de police à laquelle, certes, on n'échapperait pas deux fois ? Et puis où aller ? quelle direction prendre ? Suivre la pente, ce n'était point aller au but. Arrivât-on à une autre issue, on la trouverait obstruée d'un tampon ou d'une grille. Toutes les sorties étaient indubitablement closes de cette façon. Le hasard avait descellé la grille par laquelle on était entré, mais évidemment toutes les autres bouches de l'égout étaient fermées. On n'avait réussi qu'à s'évader dans une prison.

C'était fini. Tout ce qu'avait fait Jean Valjean était inutile. L'épuisement aboutissait à l'avortement.

Ils étaient pris l'un et l'autre dans la sombre et immense toile de la mort, et Jean Valjean sentait courir sur ces fils noirs tressaillant dans les ténèbres l'épouvantable araignée.

Il tourna le dos à la grille, et tomba sur le pavé, plutôt terrassé qu'assis, près de Marius toujours sans mouvement, et sa tête s'affaissa entre ses genoux. Pas d'issue. C'était la dernière goutte de l'angoisse.

À qui songeait-il dans ce profond accablement ? Ni à lui-même, ni à Marius. Il pensait à Cosette [1].

---

1. Cette litote prend toute sa force comparée à la distraction du héros au tribunal d'Arras, dite dans les mêmes termes quoique toute différente — voir I, 7, 8, texte annoté 2, p. 374.

VIII

LE PAN DE L'HABIT DÉCHIRÉ

Au milieu de cet anéantissement, une main se posa sur son épaule, et une voix qui parlait bas lui dit :

— Part à deux.

Quelqu'un dans cette ombre ? Rien ne ressemble au rêve comme le désespoir, Jean Valjean crut rêver. Il n'avait point entendu de pas. Était-ce possible ? Il leva les yeux.

Un homme était devant lui.

Cet homme était vêtu d'une blouse ; il avait les pieds nus ; il tenait ses souliers dans sa main gauche ; il les avait évidemment ôtés pour pouvoir arriver jusqu'à Jean Valjean, sans qu'on l'entendît marcher.

Jean Valjean n'eut pas un moment d'hésitation. Si imprévue que fût la rencontre, cet homme lui était connu. Cet homme était Thénardier.

Quoique réveillé, pour ainsi dire, en sursaut, Jean Valjean, habitué aux alertes et aguerri aux coups inattendus qu'il faut parer vite, reprit possession sur-le-champ de toute sa présence d'esprit. D'ailleurs la situation ne pouvait empirer ; un certain degré de détresse n'est plus capable de crescendo, et Thénardier lui-même ne pouvait ajouter de la noirceur à cette nuit.

Il y eut un instant d'attente.

Thénardier, élevant sa main droite à la hauteur de son front, s'en fit un abat-jour, puis il rapprocha les sourcils en clignant les yeux, ce qui, avec un léger pincement de la bouche, caractérise l'attention sagace d'un homme qui cherche à en reconnaître un autre. Il n'y réussit point. Jean Valjean, on vient de le dire, tournait le dos au jour, et était d'ailleurs si défiguré, si fangeux et si sanglant qu'en plein midi il eût été méconnaissable. Au contraire, éclairé de face par la lumière de la grille, clarté de cave, il est vrai, livide, mais précise dans sa lividité, Thénardier, comme dit l'énergique métaphore banale, sauta tout de

suite aux yeux de Jean Valjean. Cette inégalité de conditions suffisait pour assurer quelque avantage à Jean Valjean dans ce mystérieux duel qui allait s'engager entre les
deux situations et les deux hommes. La rencontre avait
lieu entre Jean Valjean voilé et Thénardier démasqué.

Jean Valjean s'aperçut tout de suite que Thénardier ne
le reconnaissait pas.

Ils se considérèrent un moment dans cette pénombre,
comme s'ils se prenaient mesure. Thénardier rompit le
premier le silence.

— Comment vas-tu faire pour sortir ?

Jean Valjean ne répondit pas.

Thénardier continua :

— Impossible de crocheter la porte. Il faut pourtant
que tu t'en ailles d'ici.

— C'est vrai, dit Jean Valjean.

— Eh bien, part à deux.

— Que veux-tu dire ?

— Tu as tué l'homme ; c'est bien. Moi, j'ai la clef.

Thénardier montrait du doigt Marius. Il poursuivit :

— Je ne te connais pas, mais je veux t'aider. Tu dois
être un ami.

Jean Valjean commença à comprendre. Thénardier le
prenait pour un assassin.

Thénardier reprit :

— Écoute, camarade. Tu n'as pas tué cet homme sans
regarder ce qu'il avait dans ses poches. Donne-moi ma
moitié. Je t'ouvre la porte.

Et, tirant à demi une grosse clef de dessous sa blouse
toute trouée, il ajouta :

— Veux-tu voir comment est faite la clef des champs ?
Voilà.

Jean Valjean « demeura stupide », le mot est du vieux
Corneille[1], au point de douter que ce qu'il voyait fût réel.
C'était la providence apparaissant horrible, et le bon ange
sortant de terre sous la forme de Thénardier.

Thénardier fourra son poing dans une large poche

---

1. Dans *Cinna*.

cachée sous sa blouse, en tira une corde et la tendit à Jean Valjean.

— Tiens, dit-il, je te donne la corde par-dessus le marché.

— Pourquoi faire, une corde ?

— Il te faut aussi une pierre, mais tu en trouveras dehors. Il y a là un tas de gravats.

— Pourquoi faire, une pierre ?

— Imbécile, puisque tu vas jeter le pantre à la rivière, il te faut une pierre et une corde, sans quoi ça flotterait sur l'eau.

Jean Valjean prit la corde. Il n'est personne qui n'ait de ces acceptations machinales.

Thénardier fit claquer ses doigts comme à l'arrivée d'une idée subite.

— Ah çà, camarade, comment as-tu fait pour te tirer là-bas de la fondrière ? je n'ai pas osé m'y risquer. Peuh ! tu ne sens pas bon.

Après une pause, il ajouta :

— Je te fais des questions, mais tu as raison de ne pas y répondre. C'est un apprentissage pour le fichu quart d'heure du juge d'instruction. Et puis, en ne parlant pas du tout, on ne risque pas de parler trop haut. C'est égal, parce que je ne vois pas ta figure et parce que je ne sais pas ton nom, tu aurais tort de croire que je ne sais pas qui tu es et ce que tu veux. Connu. Tu as un peu cassé ce monsieur ; maintenant tu voudrais le serrer quelque part. Il te faut la rivière, le grand cache-sottise. Je vas te tirer d'embarras. Aider un bon garçon dans la peine, ça me botte.

Tout en approuvant Jean Valjean de se taire, il cherchait visiblement à le faire parler. Il lui poussa l'épaule, de façon à tâcher de le voir de profil, et s'écria sans sortir pourtant du médium où il maintenait sa voix :

— À propos de la fondrière, tu es un fier animal. Pourquoi n'y as-tu pas jeté l'homme ?

Jean Valjean garda le silence.

Thénardier reprit en haussant jusqu'à sa pomme d'Adam la loque qui lui servait de cravate, geste qui complète l'air capable d'un homme sérieux :

— Au fait, tu as peut-être agi sagement. Les ouvriers

demain en venant boucher le trou auraient, à coup sûr, trouvé le pantinois oublié là, et on aurait pu fil à fil, brin à brin, pincer la trace, et arriver jusqu'à toi. Quelqu'un a passé par l'égout. Qui ? par où est-il sorti ? l'a-t-on vu sortir ? La police est pleine d'esprit. L'égout est traître et vous dénonce. Une telle trouvaille est une rareté, cela appelle l'attention, peu de gens se servent de l'égout pour leurs affaires, tandis que la rivière est à tout le monde. La rivière, c'est la vraie fosse. Au bout d'un mois, on vous repêche l'homme aux filets de Saint-Cloud. Eh bien, qu'est-ce que cela fiche ? c'est une charogne, quoi ! Qui a tué cet homme ? Paris. Et la justice n'informe même pas. Tu as bien fait.

Plus Thénardier était loquace, plus Jean Valjean était mort. Thénardier lui secoua de nouveau l'épaule.

— Maintenant, concluons l'affaire. Partageons. Tu as vu ma clef, montre-moi ton argent.

Thénardier était hagard, fauve, louche, un peu menaçant, pourtant amical.

Il y avait une chose étrange ; les allures de Thénardier n'étaient pas simples ; il n'avait pas l'air tout à fait à son aise ; tout en n'affectant pas d'air mystérieux, il parlait bas ; de temps en temps il mettait son doigt sur sa bouche et murmurait : chut ! Il était difficile de deviner pourquoi. Il n'y avait là personne qu'eux deux. Jean Valjean pensa que d'autres bandits étaient peut-être cachés dans quelque recoin, pas très loin, et que Thénardier ne se souciait pas de partager avec eux.

Thénardier reprit :

— Finissons. Combien le pantre[2] avait-il dans ses profondes ?

Jean Valjean se fouilla.

C'était, on s'en souvient, son habitude, d'avoir toujours de l'argent sur lui[3]. La sombre vie d'expédients à laquelle il était condamné lui en faisait une loi. Cette fois pourtant

---

2. Traduit et commenté par le texte en IV, 7, 2 ; p. 1342.

3. Habitude signalée chez M. Madeleine (I, 5, 3 ; p. 244) mais pour la charité ; et lorsqu'il vient chez Thénardier, M. Leblanc n'a plus que 5 F en poche (III, 8, 9 ; p. 1037).

il était pris au dépourvu. En mettant, la veille au soir, son uniforme de garde national, il avait oublié, lugubrement absorbé qu'il était, d'emporter son portefeuille. Il n'avait que quelque monnaie dans le gousset de son gilet. Il retourna sa poche, toute trempée de fange, et étala sur la banquette du radier un louis d'or, deux pièces de cinq francs et cinq ou six gros sous.

Thénardier avança la lèvre inférieure avec une torsion de cou significative.

— Tu l'as tué pour pas cher, dit-il.

Il se mit à palper, en toute familiarité, les poches de Jean Valjean et les poches de Marius. Jean Valjean, préoccupé surtout de tourner le dos au jour, le laissait faire. Tout en maniant l'habit de Marius, Thénardier, avec une dextérité d'escamoteur, trouva moyen d'en arracher, sans que Jean Valjean s'en aperçût, un lambeau qu'il cacha sous sa blouse, pensant probablement que ce morceau d'étoffe pourrait lui servir plus tard à reconnaître l'homme assassiné et l'assassin. Il ne trouva du reste rien de plus que les trente francs.

— C'est vrai, dit-il, l'un portant l'autre, vous n'avez pas plus que ça.

Et, oubliant son mot : *part à deux*, il prit tout.

Il hésita un peu devant les gros sous. Réflexion faite, il les prit aussi en grommelant :

— N'importe ! c'est suriner les gens à trop bon marché.

Cela fait, il tira de nouveau la clef de dessous sa blouse.

— Maintenant, l'ami, il faut que tu sortes. C'est ici comme à la foire, on paye en sortant. Tu as payé, sors.

Et il se mit à rire.

Avait-il, en apportant à un inconnu l'aide de cette clef et en faisant sortir par cette porte un autre que lui, l'intention pure et désintéressée de sauver un assassin ? c'est ce dont il est permis de douter[4].

---

4. A la différence de Jean Valjean, « mendiant qui fait l'aumône », bourgeois-forçat, père et mère d'une enfant qui n'est pas la sienne, insurgé en habit de garde national, à la différence aussi des amis de l'A B C, fils de famille et émeutiers, Thénardier « joue le jeu ». Il a accepté sa place dans le couple pénalité-charité (note générale 34) dont son « système » (II, 3, 2, note 2, p. 530) consiste à exploiter

Thénardier aida Jean Valjean à replacer Marius sur ses épaules, puis il se dirigea vers la grille sur la pointe de ses pieds nus, faisant signe à Jean Valjean de le suivre, il regarda au dehors, posa le doigt sur sa bouche, et demeura quelques secondes comme en suspens ; l'inspection faite, il mit la clef dans la serrure. Le pêne glissa et la porte tourna. Il n'y eut ni craquement, ni grincement. Cela se fit très doucement. Il était visible que cette grille et ces gonds, huilés avec soin, s'ouvraient plus souvent qu'on ne l'eût pensé. Cette douceur était sinistre ; on y sentait les allées et venues furtives, les entrées et les sorties silencieuses des hommes nocturnes, et les pas de loup du crime. L'égout était évidemment en complicité avec quelque bande mystérieuse. Cette grille taciturne était une recéleuse.

Thénardier entre-bâilla la porte, livra tout juste passage à Jean Valjean, referma la grille, tourna deux fois la clef dans la serrure, et replongea dans l'obscurité, sans faire plus de bruit qu'un souffle. Il semblait marcher avec les pattes de velours du tigre. Un moment après, cette hideuse providence était rentrée dans l'invisible.

Jean Valjean se trouva dehors.

---

non les failles mais la logique. On ne s'étonne donc pas de sa coopération directe avec Javert, déjà anticipée par le relais de Claquesous en IV, 12, 8 ; pp. 1501-1502.

Si Thénardier, qui a été soldat, est le double inversé de Javert, fils d'un galérien, on comprend que Mme Thénardier, herculéenne, lise des « romans sentimentaux et blafards » : l'appareil idéologique d'Etat épouse l'appareil répressif.

Enfin, au moment où Javert va renoncer et disparaître, le récit prépare son remplacement par Thénardier devenu, de gibier, limier.

IX

MARIUS FAIT L'EFFET D'ÊTRE MORT
À QUELQU'UN QUI S'Y CONNAÎT

Il laissa glisser Marius sur la berge.

Ils étaient dehors !

Les miasmes, l'obscurité, l'horreur, étaient derrière lui. L'air salubre, pur, vivant, joyeux, librement respirable, l'inondait. Partout autour de lui le silence, mais le silence charmant du soleil couché en plein azur. Le crépuscule s'était fait ; la nuit venait, la grande libératrice, l'amie de tous ceux qui ont besoin d'un manteau d'ombre pour sortir d'une angoisse. Le ciel s'offrait de toutes parts comme un calme énorme. La rivière arrivait à ses pieds avec le bruit d'un baiser. On entendait le dialogue aérien des nids qui se disaient bonsoir dans les ormes des Champs-Élysées. Quelques étoiles, piquant faiblement le bleu pâle du zénith et visibles à la seule rêverie, faisaient dans l'immensité de petits resplendissements imperceptibles. Le soir déployait sur la tête de Jean Valjean toutes les douceurs de l'infini.

C'était l'heure indécise et exquise qui ne dit ni oui ni non. Il y avait déjà assez de nuit pour qu'on pût s'y perdre à quelque distance, et encore assez de jour pour qu'on pût s'y reconnaître de près.

Jean Valjean fut pendant quelques secondes irrésistiblement vaincu par toute cette sérénité auguste et caressante ; il y a de ces minutes d'oubli ; la souffrance renonce à harceler le misérable ; tout s'éclipse dans la pensée ; la paix couvre le songeur comme une nuit ; et, sous le crépuscule qui rayonne, et à l'imitation du ciel qui s'illumine, l'âme s'étoile. Jean Valjean ne put s'empêcher de contempler cette vaste ombre claire qu'il avait au-dessus de lui ; pensif, il prenait dans le majestueux silence du ciel éternel un bain d'extase et de prière. Puis, vivement, comme si le sentiment d'un devoir lui revenait, il se courba vers Marius, et, puisant de l'eau dans le creux de sa main, il lui en jeta doucement quelques gouttes sur le visage. Les paupières de Marius ne se soulevèrent pas ; cependant sa bouche entr'ouverte respirait.

Jean Valjean allait plonger de nouveau sa main dans la rivière, quand tout à coup il sentit je ne sais quelle gêne, comme lorsqu'on a, sans le voir, quelqu'un derrière soi.

Nous avons déjà indiqué ailleurs cette impression, que tout le monde connaît.

Il se retourna.

Comme tout à l'heure, quelqu'un en effet était derrière lui.

Un homme de haute stature, enveloppé d'une longue redingote, les bras croisés, et portant dans son poing droit un casse-tête dont on voyait la pomme de plomb, se tenait debout à quelques pas en arrière de Jean Valjean accroupi sur Marius.

C'était, l'ombre aidant, une sorte d'apparition. Un homme simple en eût eu peur à cause du crépuscule, et un homme réfléchi à cause du casse-tête.

Jean Valjean reconnut Javert[1].

Le lecteur a deviné sans doute que le traqueur de Thénardier n'était autre que Javert. Javert, après sa sortie inespérée de la barricade, était allé à la préfecture de police, avait rendu verbalement compte au préfet en personne, dans une courte audience, puis avait repris immédiatement son service, qui impliquait, on se souvient de la note saisie sur lui[2], une certaine surveillance de la

---

1. Dans la poursuite de Jean Valjean par Javert — de l'humanité misérable par la société acharnée à arrêter sa descente aussi bien que son ascension —, cette rencontre est symétrique de celles des deux premières parties. Le héros porte Marius comme il a porté la charrette Fauchelevent et le sauve en se dénonçant comme il a fait pour Champmathieu. Dans quelques instants, il demandera un délai à Javert presque dans les mêmes termes que ceux employés pour la même demande lorsqu'il s'agissait de Cosette, dix ans plus tôt (I, 8, 4 ; p. 414).

Ces redites ne sont pas signe de carence d'imagination chez Hugo. Elles correspondent à la structure du roman et à son sens : le progrès s'apprécie — et consiste — dans la petite différence qui perturbe la répétition.

2. En IV, 12, 7 ; p. 1495.

berge de la rive droite aux Champs-Élysées, laquelle depuis un certain temps éveillait l'attention de la police. Là, il avait aperçu Thénardier et l'avait suivi. On sait le reste.

On comprend aussi que cette grille, si obligeamment ouverte devant Jean Valjean, était une habileté de Thénardier. Thénardier sentait Javert toujours là ; l'homme guetté a un flair qui ne le trompe pas ; il fallait jeter un os à ce limier. Un assassin, quelle aubaine ! C'était la part du feu, qu'il ne faut jamais refuser. Thénardier, en mettant dehors Jean Valjean à sa place, donnait une proie à la police, lui faisait lâcher sa piste, se faisait oublier dans une plus grosse aventure, récompensait Javert de son attente, ce qui flatte toujours un espion, gagnait trente francs, et comptait bien, quant à lui, s'échapper à l'aide de cette diversion.

Jean Valjean était passé d'un écueil à l'autre.

Ces deux rencontres coup sur coup, tomber de Thénardier en Javert, c'était rude.

Javert ne reconnut pas Jean Valjean qui, nous l'avons dit, ne se ressemblait plus à lui-même. Il ne décroisa pas les bras, assura son casse-tête dans son poing par un mouvement imperceptible, et dit d'une voix brève et calme :

— Qui êtes-vous ?

— Moi.

— Qui, vous ?

— Jean Valjean.

Javert mit le casse-tête entre ses dents, ploya les jarrets, inclina le torse, posa ses deux mains puissantes sur les épaules de Jean Valjean, qui s'y emboîtèrent comme dans deux étaux, l'examina, et le reconnut. Leurs visages se touchaient presque. Le regard de Javert était terrible.

Jean Valjean demeura inerte sous l'étreinte de Javert comme un lion qui consentirait à la griffe d'un lynx.

— Inspecteur Javert, dit-il, vous me tenez. D'ailleurs, depuis ce matin je me considère comme votre prisonnier. Je ne vous ai point donné mon adresse pour chercher à vous échapper. Prenez-moi. Seulement, accordez-moi une chose.

Javert semblait ne pas entendre. Il appuyait sur Jean

Valjean sa prunelle fixe. Son menton froncé poussait ses lèvres vers son nez, signe de rêverie farouche. Enfin, il lâcha Jean Valjean, se dressa tout d'une pièce, reprit à plein poignet le casse-tête, comme dans un songe, murmura plutôt qu'il ne prononça cette question :

— Que faites-vous là ? et qu'est-ce que c'est que cet homme ?

Il continuait de ne plus tutoyer Jean Valjean.

Jean Valjean répondit, et le son de sa voix parut réveiller Javert :

— C'est de lui précisément que je voulais vous parler. Disposez de moi comme il vous plaira ; mais aidez-moi à le rapporter chez lui. Je ne vous demande que cela.

La face de Javert se contracta comme cela lui arrivait toutes les fois qu'on semblait le croire capable d'une concession. Cependant il ne dit pas non.

Il se courba de nouveau, tira de sa poche un mouchoir qu'il trempa dans l'eau, et essuya le front ensanglanté de Marius.

— Cet homme était à la barricade, dit-il à demi-voix et comme se parlant à lui-même. C'est celui qu'on appelait Marius.

Espion de première qualité, qui avait tout observé, tout écouté, tout entendu et tout recueilli, croyant mourir ; qui épiait même dans l'agonie, et qui, accoudé sur la première marche du sépulcre, avait pris des notes.

Il saisit la main de Marius, cherchant le pouls.

— C'est un blessé, dit Jean Valjean.

— C'est un mort, dit Javert.

Jean Valjean répondit :

— Non. Pas encore.

— Vous l'avez donc apporté de la barricade ici ? observa Javert.

Il fallait que sa préoccupation fût profonde pour qu'il n'insistât point sur cet inquiétant sauvetage par l'égout et pour qu'il ne remarquât même pas le silence de Jean Valjean après sa question.

Jean Valjean, de son côté, semblait avoir une pensée unique. Il reprit :

— Il demeure au Marais, rue des Filles-du-Calvaire, chez son aïeul... — Je ne sais plus le nom.

Jean Valjean fouilla dans l'habit de Marius, en tira le portefeuille, l'ouvrit à la page crayonnée par Marius, et le tendit à Javert.

Il y avait encore dans l'air assez de clarté flottante pour qu'on pût lire. Javert, en outre, avait dans l'œil la phosphorescence féline des oiseaux de nuit. Il déchiffra les quelques lignes écrites par Marius, et grommela :

— Gillenormand, rue des Filles-du-Calvaire, numéro 6.

Puis il cria : — Cocher !

On se rappelle le fiacre qui attendait, en cas.

Javert garda le portefeuille de Marius.

Un moment après, la voiture, descendue par la rampe de l'abreuvoir, était sur la berge, Marius était déposé sur la banquette du fond, et Javert s'asseyait près de Jean Valjean sur la banquette de devant.

La portière refermée, le fiacre s'éloigna rapidement, remontant les quais dans la direction de la Bastille.

Ils quittèrent les quais et entrèrent dans les rues. Le cocher, silhouette noire sur son siége, fouettait ses chevaux maigres. Silence glacial dans le fiacre. Marius, immobile, le torse adossé au coin du fond, la tête abattue sur la poitrine, les bras pendants, les jambes roides, paraissait ne plus attendre qu'un cercueil ; Jean Valjean semblait fait d'ombre, et Javert, de pierre ; et dans cette voiture pleine de nuit, dont l'intérieur, chaque fois qu'elle passait devant un réverbère, apparaissait lividement blêmi comme par un éclair intermittent, le hasard réunissait et semblait confronter lugubrement les trois immobilités tragiques, le cadavre, le spectre, la statue [3].

---

3. Marius proie de Jean Valjean, Jean Valjean proie de Javert, Javert déjà proie de son « déraillement », sont ici tous trois pétrifiés par la misère dans cette voiture pleine de nuit, morts en sursis de mort ou de résurrection.

X

RENTRÉE DE L'ENFANT PRODIGUE DE SA VIE

À chaque cahot du pavé, une goutte de sang tombait des cheveux de Marius.

Il était nuit close quand le fiacre arriva au numéro 6 de la rue des Filles-du-Calvaire.

Javert mit pied à terre le premier, constata d'un coup d'œil le numéro au-dessus de la porte cochère, et, soulevant le lourd marteau de fer battu, historié à la vieille mode d'un bouc et d'un satyre qui s'affrontaient, frappa un coup violent. Le battant s'entr'ouvrit, et Javert le poussa. Le portier se montra à demi, bâillant, vaguement réveillé, une chandelle à la main.

Tout dormait dans la maison. On se couche de bonne heure au Marais, surtout les jours d'émeute. Ce bon vieux quartier, effarouché par la révolution, se réfugie dans le sommeil, comme les enfants, lorsqu'ils entendent venir Croquemitaine, cachent bien vite leur tête sous leur couverture.

Cependant Jean Valjean et le cocher tiraient Marius du fiacre, Jean Valjean le soutenant sous les aisselles et le cocher sous les jarrets.

Tout en portant Marius de la sorte, Jean Valjean glissa sa main sous les vêtements qui étaient largement déchirés, tâta la poitrine et s'assura que le cœur battait encore. Il battait même un peu moins faiblement, comme si le mouvement de la voiture avait déterminé une certaine reprise de la vie.

Javert interpella le portier du ton qui convient au gouvernement, en présence du portier d'un factieux.

— Quelqu'un qui s'appelle Gillenormand ?

— C'est ici. Que lui voulez-vous ?

— On lui rapporte son fils.

— Son fils ? dit le portier avec hébétement.

— Il est mort.

Jean Valjean, qui venait, déguenillé et souillé, derrière

Javert, et que le portier regardait avec quelque horreur, lui fit signe de la tête que non.

Le portier ne parut comprendre ni le mot de Javert, ni le signe de Jean Valjean.

Javert continua :

— Il est allé à la barricade, et le voilà.

— À la barricade ! s'écria le portier.

— Il s'est fait tuer. Allez réveiller le père.

Le portier ne bougeait pas.

— Allez donc ! reprit Javert.

Et il ajouta :

— Demain il y aura ici de l'enterrement.

Pour Javert, les incidents habituels de la voie publique étaient classés catégoriquement, ce qui est le commencement de la prévoyance et de la surveillance, et chaque éventualité avait son compartiment ; les faits possibles étaient en quelque sorte dans des tiroirs d'où ils sortaient, dans l'occasion, en quantités variables ; il y avait, dans la rue, du tapage, de l'émeute, du carnaval, de l'enterrement [1].

Le portier se borna à réveiller Basque. Basque réveilla Nicolette ; Nicolette réveilla la tante Gillenormand. Quant au grand-père, on le laissa dormir, pensant qu'il saurait toujours la chose assez tôt.

On monta Marius au premier étage, sans que personne, du reste, s'en aperçût dans les autres parties de la maison, et on le déposa sur un vieux canapé dans l'antichambre de M. Gillenormand ; et tandis que Basque allait chercher un médecin et que Nicolette ouvrait les armoires au linge, Jean Valjean sentit Javert qui lui touchait l'épaule. Il comprit, et redescendit, ayant derrière lui le pas de Javert qui le suivait.

---

1. M. Roman (voir Bibliographie) observe que le livre brouille savamment les catégories de Javert : l'enterrement du général Lamarque s'achève en insurrection, le carnaval croise une noce, le tapage de Gavroche au quartier du Temple vaut émeute et celui de Fantine, à Montreuil-sur-Mer, enterrement. De quoi le faire « dérailler » et, déjà, il s'obstine à laisser en liberté l'insurgé blessé.

Le portier les regarda partir comme il les avait regardés arriver, avec une somnolence épouvantée.

Ils remontèrent dans le fiacre, et le cocher sur son siége.

— Inspecteur Javert, dit Jean Valjean, accordez-moi encore une chose.

— Laquelle ? demanda rudement Javert.

— Laissez-moi rentrer un moment chez moi. Ensuite vous ferez de moi ce que vous voudrez.

Javert demeura quelques instants silencieux, le menton rentré dans le collet de sa redingote, puis il baissa la vitre de devant.

— Cocher, dit-il, rue de l'Homme-Armé, numéro 7.

XI

ÉBRANLEMENT DANS L'ABSOLU

Ils ne desserrèrent plus les dents de tout le trajet.

Que voulait Jean Valjean ? Achever ce qu'il avait commencé ; avertir Cosette, lui dire où était Marius, lui donner peut-être quelque autre indication utile, prendre, s'il le pouvait, de certaines dispositions suprêmes. Quant à lui, quant à ce qui le concernait personnellement, c'était fini ; il était saisi par Javert et n'y résistait pas ; un autre que lui, en une telle situation, eût peut-être vaguement songé à cette corde que lui avait donnée Thénardier et aux barreaux du premier cachot où il entrerait ; mais, depuis l'évêque, il y avait dans Jean Valjean devant tout attentat, fût-ce contre lui-même, insistons-y, une profonde hésitation religieuse.

Le suicide, cette mystérieuse voie de fait sur l'inconnu, laquelle peut contenir dans une certaine mesure la mort de l'âme, était impossible à Jean Valjean.

À l'entrée de la rue de l'Homme-Armé, le fiacre s'arrêta, cette rue étant trop étroite pour que les voitures puissent y pénétrer. Javert et Jean Valjean descendirent.

Le cocher représenta humblement à « monsieur l'inspecteur » que le velours d'Utrecht de sa voiture était tout taché par le sang de l'homme assassiné et par la boue de l'assassin. C'était là ce qu'il avait compris. Il ajouta qu'une indemnité lui était due. En même temps, tirant de sa poche son livret, il pria monsieur l'inspecteur d'avoir la bonté de lui écrire dessus « un petit bout d'attestation comme quoi ».

Javert repoussa le livret que lui tendait le cocher, et dit :

— Combien te faut-il, y compris ta station et ta course ?

— Il y a sept heures et quart, répondit le cocher, et mon velours était tout neuf. Quatrevingts francs, monsieur l'inspecteur.

Javert tira de sa poche quatre napoléons et congédia le fiacre.

Jean Valjean pensa que l'intention de Javert était de le conduire à pied au poste des Blancs-Manteaux ou au poste des Archives qui sont tout près.

Ils s'engagèrent dans la rue. Elle était comme d'habitude déserte. Javert suivait Jean Valjean. Ils arrivèrent au numéro 7. Jean Valjean frappa. La porte s'ouvrit.

— C'est bien, dit Javert. Montez.

Il ajouta avec une expression étrange et comme s'il faisait effort en parlant de la sorte :

— Je vous attends ici.

Jean Valjean regarda Javert. Cette façon de faire était peu dans les habitudes de Javert. Cependant, que Javert eût maintenant en lui une sorte de confiance hautaine, la confiance du chat qui accorde à la souris une liberté de la longueur de sa griffe, résolu qu'était Jean Valjean à se livrer et à en finir, cela ne pouvait le surprendre beaucoup. Il poussa la porte, entra dans la maison, cria au portier qui était couché et qui avait tiré le cordon de son lit : C'est moi ! et monta l'escalier.

Parvenu au premier étage, il fit une pause. Toutes les voies douloureuses ont des stations. La fenêtre du palier, qui était une fenêtre-guillotine, était ouverte. Comme dans beaucoup d'anciennes maisons, l'escalier prenait jour et avait vue sur la rue. Le réverbère de la rue, situé précisément en face, jetait quelque lumière sur les marches, ce qui faisait une économie d'éclairage.

Jean Valjean, soit pour respirer, soit machinalement, mit la tête à cette fenêtre. Il se pencha sur la rue. Elle est courte et le réverbère l'éclairait d'un bout à l'autre. Jean Valjean eut un éblouissement de stupeur ; il n'y avait plus personne.

Javert s'en était allé.

XII

L'AÏEUL

Basque et le portier avaient transporté dans le salon Marius toujours étendu sans mouvement sur le canapé où on l'avait déposé en arrivant. Le médecin, qu'on avait été chercher, était accouru. La tante Gillenormand s'était levée.

La tante Gillenormand allait et venait, épouvantée, joignant les mains, et incapable de faire autre chose que de dire : Est-il Dieu possible ! Elle ajoutait par moments : Tout va être confondu de sang ! Quand la première horreur fut passée, une certaine philosophie de la situation se fit jour jusqu'à son esprit et se traduisit par cette exclamation : Cela devait finir comme ça ! Elle n'alla point jusqu'au : *Je l'avais bien dit !* qui est d'usage dans les occasions de ce genre.

Sur l'ordre du médecin, un lit de sangle avait été dressé près du canapé. Le médecin examina Marius, et, après avoir constaté que le pouls persistait, que le blessé n'avait à la poitrine aucune plaie pénétrante, et que le sang du coin des lèvres venait des fosses nasales, il le fit poser à plat sur le lit, sans oreiller, la tête sur le même plan que le corps, et même un peu plus basse, le buste nu, afin de faciliter la respiration. Mademoiselle Gillenormand, voyant qu'on déshabillait Marius, se retira. Elle se mit à dire son chapelet dans sa chambre.

Le torse n'était atteint d'aucune lésion intérieure ; une balle, amortie par le portefeuille, avait dévié et fait le tour des côtes avec une déchirure hideuse, mais sans profondeur, et par conséquent sans danger. La longue marche souterraine avait achevé la dislocation de la clavicule cassée, et il y avait là de sérieux désordres. Les bras étaient sabrés. Aucune balafre ne défigurait le visage ; la tête pourtant était comme couverte de hachures. Que deviendraient ces blessures à la tête ? s'arrêtaient-elles au cuir chevelu ? entamaient-elles le crâne ? On ne pouvait le dire encore. Un symptôme grave, c'est qu'elles avaient causé l'évanouissement, et l'on ne se réveille pas toujours de ces évanouissements-là. L'hémorrhagie, en outre, avait épuisé le blessé. À partir de la ceinture, le bas du corps avait été protégé par la barricade.

Basque et Nicolette déchiraient des linges et préparaient des bandes ; Nicolette les cousait, Basque les roulait. La charpie manquant, le médecin avait provisoirement arrêté le sang des plaies avec des galettes d'ouate. À côté du lit, trois bougies brûlaient sur une table où la trousse de chirurgie était étalée. Le médecin lava le visage et les cheveux de Marius avec de l'eau froide. Un seau plein fut rouge en un instant. Le portier, sa chandelle à la main, éclairait.

Le médecin semblait songer tristement. De temps en temps, il faisait un signe de tête négatif comme s'il répondait à quelque question qu'il s'adressait intérieurement. Mauvais signe pour le malade, ces mystérieux dialogues du médecin avec lui-même.

Au moment où le médecin essuyait la face et touchait légèrement du doigt les paupières toujours fermées, une porte s'ouvrit au fond du salon, et une longue figure pâle apparut.

C'était le grand-père.

L'émeute, depuis deux jours, avait fort agité, indigné et préoccupé M. Gillenormand. Il n'avait pu dormir la nuit précédente, et il avait eu la fièvre toute la journée. Le soir, il s'était couché de très bonne heure, recommandant qu'on verrouillât tout dans la maison, et, de fatigue, il s'était assoupi.

Les vieillards ont le sommeil fragile ; la chambre de M. Gillenormand était contiguë au salon, et, quelques précautions qu'on eût prises, le bruit l'avait réveillé. Surpris de la fente de lumière qu'il voyait à sa porte, il était sorti de son lit et était venu à tâtons.

Il était sur le seuil, une main sur le bec-de-cane de la porte entre-bâillée, la tête un peu penchée en avant et branlante, le corps serré dans une robe de chambre blanche, droite et sans pli comme un suaire, étonné ; et il avait l'air d'un fantôme qui regarde dans un tombeau.

Il aperçut le lit, et sur le matelas ce jeune homme sanglant, blanc d'une blancheur de cire, les yeux fermés, la bouche ouverte, les lèvres blêmes, nu jusqu'à la ceinture, taillardé partout de plaies vermeilles, immobile, vivement éclairé.

L'aïeul eut de la tête aux pieds tout le frisson que peuvent avoir des membres ossifiés, ses yeux dont la cornée était jaune à cause du grand âge se voilèrent d'une sorte de miroitement vitreux, toute sa face prit en un instant les angles terreux d'une tête de squelette, ses bras tombèrent pendants comme si un ressort s'y fût brisé, et sa stupeur se traduisit par l'écartement des doigts de ses deux vieilles mains toutes tremblantes, ses genoux firent un angle en avant, laissant voir par l'ouverture de la robe de chambre ses pauvres jambes nues hérissées de poils blancs, et il murmura :

— Marius !

— Monsieur, dit Basque, on vient de rapporter monsieur. Il est allé à la barricade, et...

— Il est mort ! cria le vieillard d'une voix terrible. Ah ! le brigand !

Alors une sorte de transfiguration sépulcrale redressa ce centenaire droit comme un jeune homme.

— Monsieur, dit-il, c'est vous le médecin. Commencez par me dire une chose. Il est mort, n'est-ce pas ?

Le médecin, au comble de l'anxiété, garda le silence.

M. Gillenormand se tordit les mains avec un éclat de rire effrayant.

— Il est mort ! il est mort ! Il s'est fait tuer aux barricades ! en haine de moi ! C'est contre moi qu'il a fait ça ! Ah ! buveur de sang ! c'est comme cela qu'il me revient ! Misère de ma vie, il est mort !

Il alla à une fenêtre, l'ouvrit toute grande comme s'il étouffait, et, debout devant l'ombre, il se mit à parler dans la rue à la nuit :

— Percé, sabré, égorgé, exterminé, déchiqueté, coupé en morceaux ! voyez-vous ça, le gueux ! Il savait bien que je l'attendais, et que je lui avais fait arranger sa chambre, et que j'avais mis au chevet de mon lit son portrait du temps qu'il était petit enfant ! Il savait bien qu'il n'avait qu'à revenir, et que depuis des ans je le rappelais, et que je restais le soir au coin de mon feu les mains sur mes genoux ne sachant que faire, et que j'en étais imbécile ! Tu savais bien cela, que tu n'avais qu'à rentrer et qu'à dire : C'est moi, et que tu serais le maître de la maison, et que je t'obéirais, et que tu ferais tout ce que tu voudrais de ta vieille ganache de grand-père ! Tu le savais bien, et tu as dit : Non, c'est un royaliste, je n'irai pas ! Et tu es allé aux barricades, et tu t'es fait tuer par méchanceté ! pour te venger de ce que je t'avais dit au sujet de monsieur le duc de Berry ![1] C'est ça qui est infâme ! Couchez-vous donc et dormez tranquillement ! Il est mort. Voilà mon réveil.

Le médecin, qui commençait à être inquiet de deux côtés, quitta un moment Marius et alla à M. Gillenormand, et lui prit le bras. L'aïeul se retourna, le regarda avec des yeux qui semblaient agrandis et sanglants, et lui dit avec calme :

— Monsieur, je vous remercie. Je suis tranquille, je suis un homme, j'ai vu la mort de Louis XVI, je sais porter les événements. Il y a une chose qui est terrible, c'est de penser que ce sont vos journaux qui font tout le mal. Vous aurez des écrivassiers, des parleurs, des avocats, des orateurs, des tribunes, des discussions, des pro-

---

1. Voir IV, 8, 7 ; p. 1393.

grès, des lumières, des droits de l'homme, de la liberté
de la presse, et voilà comment on vous rapportera vos
enfants dans vos maisons. Ah ! Marius ! c'est abominable ! Tué ! mort avant moi ! Une barricade ! Ah ! le bandit ! Docteur, vous demeurez dans le quartier, je crois ?
Oh ! je vous connais bien. Je vois de ma fenêtre passer
votre cabriolet. Je vais vous dire. Vous auriez tort de
croire que je suis en colère. On ne se met pas en colère
contre un mort. Ce serait stupide. C'est un enfant que j'ai
élevé. J'étais déjà vieux, qu'il était encore tout petit. Il
jouait aux Tuileries avec sa petite pelle et sa petite chaise,
et, pour que les inspecteurs ne grondassent pas, je bou-
chais à mesure avec ma canne les trous qu'il faisait dans
la terre avec sa pelle[2]. Un jour il a crié : À bas
Louis XVIII ! et s'en est allé. Ce n'est pas ma faute. Il
était tout rose et tout blond. Sa mère est morte. Avez-
vous remarqué que tous les petits enfants sont blonds ? À
quoi cela tient-il ? C'est le fils d'un de ces brigands de la
Loire, mais les enfants sont innocents des crimes de leurs
pères. Je me le rappelle quand il était haut comme ceci.
Il ne pouvait pas parvenir à prononcer les *d*. Il avait un
parler si doux et si obscur qu'on eût cru un oiseau. Je me
souviens qu'une fois, devant l'Hercule Farnèse, on faisait
cercle pour s'émerveiller et l'admirer, tant il était beau,
cet enfant ! C'était une tête comme il y en a dans les
tableaux. Je lui faisais ma grosse voix, je lui faisais peur
avec ma canne, mais il savait bien que c'était pour rire.
Le matin, quand il entrait dans ma chambre, je bougon-
nais, mais cela me faisait l'effet du soleil. On ne peut pas
se défendre contre ces mioches-là. Ils vous prennent, ils
vous tiennent, ils ne vous lâchent plus. La vérité est qu'il
n'y avait pas d'amour comme cet enfant-là. Maintenant,
qu'est-ce que vous dites de vos Lafayette, de vos Benja-

---

2. Dans cette image resurgie du passé, Gillenormand atteint, pour
quelques instants, l'amour sublime et misérable de Jean Valjean à
son dernier moment : « Un jour, je t'ai donné une raquette en osier
et un volant avec des plumes jaunes, bleues, vertes. Tu l'as oublié,
toi. » (V, 9, 5 ; p. 1944). Plus loin il échappe à Gillenormand un
alexandrin et demi : « Il avait un parler si doux et si obscur qu'on
eût cru un oiseau ».

min Constant, et de vos Tirecuir de Corcelles[3], qui me le
tuent ! Ça ne peut pas passer comme ça.

Il s'approcha de Marius toujours livide et sans mouvement, et auquel le médecin était revenu, et il recommença
à se tordre les bras. Les lèvres blanches du vieillard
remuaient comme machinalement, et laissaient passer,
comme des souffles dans un râle, des mots presque indistincts qu'on entendait à peine : — Ah ! sans cœur !
Ah ! clubiste ! Ah ! scélérat ! Ah ! septembriseur !
— Reproches à voix basse d'un agonisant à un cadavre.

Peu à peu, comme il faut toujours que les éruptions
intérieures se fassent jour, l'enchaînement des paroles
revint, mais l'aïeul paraissait n'avoir plus la force de les
prononcer, sa voix était tellement sourde et éteinte qu'elle
semblait venir de l'autre bord d'un abîme :

— Ça m'est bien égal, je vais mourir aussi, moi. Et
dire qu'il n'y a pas dans Paris une drôlesse qui n'eût été
heureuse de faire le bonheur de ce misérable ! Un gredin
qui, au lieu de s'amuser et de jouir de la vie, est allé se
battre et s'est fait mitrailler comme une brute ! Et pour
qui ? Pourquoi ? Pour la république ! Au lieu d'aller danser à la Chaumière, comme c'est le devoir des jeunes
gens ! C'est bien la peine d'avoir vingt ans. La république, belle fichue sottise ! Pauvres mères, faites donc
de jolis garçons ! Allons, il est mort. Ça fera deux enterre-
ments sous la porte cochère. Tu t'es donc fait arranger
comme cela pour les beaux yeux du général Lamarque !
Qu'est-ce qu'il t'avait fait, ce général Lamarque ? Un
sabreur ! un bavard ! Se faire tuer pour un mort ! S'il n'y
a pas de quoi rendre fou ! Comprenez cela ! À vingt ans !
Et sans retourner la tête pour regarder s'il ne laissait rien
derrière lui ! Voilà maintenant les pauvres vieux bonshommes qui sont forcés de mourir tout seuls. Crève dans
ton coin, hibou ! Eh bien, au fait, tant mieux, c'est ce que
j'espérais, ça va me tuer net. Je suis trop vieux, j'ai cent
ans, j'ai cent mille ans, il y a longtemps que j'ai le droit

_____

3. Va pour La Fayette, mais Benjamin Constant était mort depuis
deux ans et Tirecuir de Corcelles est fautif — volontairement ? —
pour Tirecuy de Corcelles.

d'être mort. De ce coup-là, c'est fait. C'est donc fini, quel bonheur ! À quoi bon lui faire respirer de l'ammoniaque et tout ce tas de drogues ? Vous perdez votre peine, imbécile de médecin ! Allez, il est mort, bien mort. Je m'y connais, moi qui suis mort aussi. Il n'a pas fait la chose à demi. Oui, ce temps-ci est infâme, infâme, infâme, et voilà ce que je pense de vous, de vos idées, de vos systèmes, de vos maîtres, de vos oracles, de vos docteurs, de vos garnements d'écrivains, de vos gueux de philosophes, et de toutes les révolutions qui effarouchent depuis soixante ans les nuées de corbeaux des Tuileries ! Et puisque tu as été sans pitié en te faisant tuer comme cela, je n'aurai même pas de chagrin de ta mort, entends-tu, assassin !

En ce moment, Marius ouvrit lentement les paupières, et son regard, encore voilé par l'étonnement léthargique, s'arrêta sur M. Gillenormand.

— Marius ! cria le vieillard. Marius ! mon petit Marius ! mon enfant ! mon fils bien aimé ! Tu ouvres les yeux, tu me regardes, tu es vivant, merci !

Et il tomba évanoui [4].

---

4. Cette scène, toute théâtrale, donne son développement au motif, récurrent dans le théâtre de Hugo (voir A. Ubersfeld, Bibliographie) et déjà rencontré, du regard sur une personne endormie, voir note générale 35.

L'épisode est symétrique de celui qui suit : Gillenormand déraille, mais son discours est d'une autre folie que la dernière correspondance administrative du policier.

LIVRE QUATRIÈME

JAVERT DÉRAILLÉ

JAVERT DÉRAILLÉ

Javert s'était éloigné à pas lents de la rue de l'Homme-Armé.

Il marchait la tête baissée, pour la première fois de sa vie, et, pour la première fois de sa vie également, les mains derrière le dos.

Jusqu'à ce jour, Javert n'avait pris, dans les deux attitudes de Napoléon, que celle qui exprime la résolution, les bras croisés sur la poitrine ; celle qui exprime l'incertitude, les mains derrière le dos, lui était inconnue. Maintenant, un changement s'était fait ; toute sa personne, lente et sombre, était empreinte d'anxiété.

Il s'enfonça dans les rues silencieuses.

Cependant il suivait une direction.

Il coupa par le plus court vers la Seine, gagna le quai des Ormes, longea le quai, dépassa la Grève, et s'arrêta, à quelque distance du poste de la place du Châtelet, à l'angle du pont Notre-Dame. La Seine fait là, entre le pont Notre-Dame et le pont au Change d'une part, et d'autre part entre le quai de la Mégisserie et le quai aux Fleurs, une sorte de lac carré traversé par un rapide.

Ce point de la Seine est redouté des mariniers. Rien n'est plus dangereux que ce rapide, resserré à cette époque et irrité par les pilotis du moulin du pont, aujourd'hui démoli. Les deux ponts, si voisins l'un de l'autre, augmentent le péril ; l'eau se hâte formidablement sous les arches. Elle y roule de larges plis terribles ; elle s'y accumule et s'y entasse ; le flot fait effort aux piles des ponts comme pour les arracher avec de grosses cordes liquides. Les hommes qui tombent là ne reparaissent pas ; les meilleurs nageurs s'y noient.

Javert appuya ses deux coudes sur le parapet, son menton dans ses deux mains, et, pendant que ses ongles se crispaient machinalement dans l'épaisseur de ses favoris, il songea.

Une nouveauté, une révolution, une catastrophe venait de se passer au fond de lui-même ; et il y avait de quoi s'examiner.

Javert souffrait affreusement.

Depuis quelques heures Javert avait cessé d'être simple [1]. Il était troublé ; ce cerveau, si limpide dans sa cécité, avait perdu sa transparence ; il y avait un nuage dans ce cristal. Javert sentait dans sa conscience le devoir se dédoubler, et il ne pouvait se le dissimuler. Quand il avait rencontré si inopinément Jean Valjean sur la berge de la Seine, il y avait eu en lui quelque chose du loup qui ressaisit sa proie et du chien qui retrouve son maître.

Il voyait devant lui deux routes également droites toutes deux, mais il en voyait deux ; et cela le terrifiait, lui qui n'avait jamais connu dans sa vie qu'une ligne droite. Et, angoisse poignante, ces deux routes étaient contraires. L'une de ces deux lignes droites excluait l'autre. Laquelle des deux était la vraie ?

Sa situation était inexprimable [2].

Devoir la vie à un malfaiteur, accepter cette dette et la rembourser, être, en dépit de soi-même, de plain-pied avec un repris de justice, et lui payer un service avec un autre service ; se laisser dire : Va-t'en, et lui dire à son tour : Sois libre ; sacrifier à des motifs personnels le devoir, cette obligation générale, et sentir dans ces motifs

---

1. Voir V, 1, 6, texte annoté, p. 1607.
2. Deux métaphores construisent ce texte : le déraillement — la voie divisée en deux écartelant le convoi — et l'éclatement d'un crâne par surpression interne ou enfoncement d'un coin. Elles se confondent dans l'image de la locomotive trouvant son chemin de Damas — qui ne va pas sans ironie. Toutes deux figurent la dualité intérieure en quoi consiste la conscience (voir notes générales 23 et 25). C'est elle qui tue Javert, individu absorbé dans sa fonction, sujet classico-féodal par excellence (note générale 7), héros de l'identité : de l'adhésion de soi à soi et de la permanence de soi, victime de la logique du tiers exclu. Bien d'autres, avant Javert, ont déraillé — voir I, 1, 4, texte annoté 2, p. 40 et I, 7, 3, note 15, p. 331.

personnels quelque chose de général aussi, et de supérieur peut-être ; trahir la société pour rester fidèle à sa conscience ; que toutes ces absurdités se réalisassent et qu'elles vinssent s'accumuler sur lui-même, c'est ce dont il était atterré.

Une chose l'avait étonné, c'était que Jean Valjean lui eût fait grâce, et une chose l'avait pétrifié, c'était que, lui Javert, il eût fait grâce à Jean Valjean.

Où en était-il ? Il se cherchait et ne se trouvait plus.

Que faire maintenant ? Livrer Jean Valjean, c'était mal ; laisser Jean Valjean libre, c'était mal. Dans le premier cas, l'homme de l'autorité tombait plus bas que l'homme du bagne ; dans le second, un forçat montait plus haut que la loi et mettait le pied dessus. Dans les deux cas, déshonneur pour lui Javert. Dans tous les partis qu'on pouvait prendre, il y avait de la chute. La destinée a de certaines extrémités à pic sur l'impossible et au delà desquelles la vie n'est plus qu'un précipice. Javert était à une de ces extrémités-là.

Une de ses anxiétés, c'était d'être contraint de penser. La violence même de toutes ces émotions contradictoires l'y obligeait. La pensée, chose inusitée pour lui, et singulièrement douloureuse.

Il y a toujours dans la pensée une certaine quantité de rébellion intérieure ; et il s'irritait d'avoir cela en lui.

La pensée, sur n'importe quel sujet en dehors du cercle étroit de ses fonctions, eût été pour lui, dans tous les cas, une inutilité et une fatigue ; mais la pensée sur la journée qui venait de s'écouler était une torture. Il fallait bien cependant regarder dans sa conscience après de telles secousses, et se rendre compte de soi-même à soi-même.

Ce qu'il venait de faire lui donnait le frisson. Il avait, lui Javert, trouvé bon de décider, contre tous les règlements de police, contre toute l'organisation sociale et judiciaire, contre le code tout entier, une mise en liberté ; cela lui avait convenu ; il avait substitué ses propres affaires aux affaires publiques ; n'était-ce pas inqualifiable ? Chaque fois qu'il se mettait en face de cette action sans nom qu'il avait commise, il tremblait de la tête aux pieds. À quoi se résoudre ? Une seule ressource lui restait : retourner en hâte rue de l'Homme-Armé, et faire écrouer Jean Valjean. Il était clair que c'était cela qu'il fallait faire. Il ne pouvait.

Quelque chose lui barrait le chemin de ce côté-là.

Quelque chose ? Quoi ? Est-ce qu'il y a au monde autre chose que les tribunaux, les sentences exécutoires, la police et l'autorité ? Javert était bouleversé.

Un galérien sacré ! un forçat imprenable à la justice ! et cela par le fait de Javert !

Que Javert et Jean Valjean, l'homme fait pour sévir, l'homme fait pour subir, que ces deux hommes, qui étaient l'un et l'autre la chose de la loi, en fussent venus à ce point de se mettre tous les deux au-dessus de la loi, est-ce que ce n'était pas effrayant ?

Quoi donc ! de telles énormités arriveraient et personne ne serait puni ! Jean Valjean, plus fort que l'ordre social tout entier, serait libre, et lui Javert continuerait de manger le pain du gouvernement !

Sa rêverie devenait peu à peu terrible.

Il eût pu à travers cette rêverie se faire encore quelque reproche au sujet de l'insurgé rapporté rue des Filles-du-Calvaire ; mais il n'y songeait pas. La faute moindre se perdait dans la plus grande. D'ailleurs cet insurgé était évidemment un homme mort, et, légalement, la mort éteint la poursuite.

Jean Valjean, c'était là le poids qu'il avait sur l'esprit.

Jean Valjean le déconcertait. Tous les axiomes qui avaient été les points d'appui de toute sa vie s'écroulaient devant cet homme. La générosité de Jean Valjean envers lui Javert l'accablait. D'autres faits, qu'il se rappelait et qu'il avait autrefois traités de mensonges et de folies, lui revenaient maintenant comme des réalités. M. Madeleine reparaissait derrière Jean Valjean, et les deux figures se superposaient de façon à n'en plus faire qu'une, qui était vénérable. Javert sentait que quelque chose d'horrible pénétrait dans son âme, l'admiration pour un forçat. Le respect d'un galérien, est-ce que c'est possible ? Il en frémissait, et ne pouvait s'y soustraire. Il avait beau se débattre, il était réduit à confesser dans son for intérieur la sublimité de ce misérable. Cela était odieux.

Un malfaiteur bienfaisant, un forçat compatissant, doux, secourable, clément, rendant le bien pour le mal, rendant le pardon pour la haine, préférant la pitié à la vengeance, aimant mieux se perdre que de perdre son ennemi, sauvant celui qui l'a frappé, agenouillé sur le haut de la vertu, plus voisin de l'ange que de l'homme ! Javert était contraint de s'avouer que ce monstre existait.

Cela ne pouvait durer ainsi.

Certes, et nous y insistons, il ne s'était pas rendu sans résistance à ce monstre, à cet ange infâme, à ce héros hideux, dont il était presque aussi indigné que stupéfait. Vingt fois, quand il était dans cette voiture face à face avec Jean Valjean, le tigre légal avait rugi en lui. Vingt fois il avait été tenté de se jeter sur Jean Valjean, de le saisir et de le dévorer, c'est-à-dire de l'arrêter. Quoi de plus simple, en effet ? Crier au premier poste devant lequel on passe : — Voilà un repris de justice en rupture de ban ! appeler les gendarmes et leur dire : — Cet homme est pour vous ! ensuite s'en aller, laisser là ce damné, ignorer le reste, et ne plus se mêler de rien. Cet homme est à jamais le prisonnier de la loi ; la loi en fera ce qu'elle voudra. Quoi de plus juste ? Javert s'était dit tout cela ; il avait voulu passer outre, agir, appréhender l'homme, et, alors comme à présent, il n'avait pas pu ; et chaque fois que sa main s'était convulsivement levée vers le collet de Jean Valjean, sa main, comme sous un poids énorme, était retombée, et il avait entendu au fond de sa pensée une voix, une étrange voix qui lui criait : — C'est bien. Livre ton sauveur. Ensuite fais apporter la cuvette de Ponce-Pilate, et lave-toi les griffes.

Puis sa réflexion retombait sur lui-même, et à côté de Jean Valjean grandi, il se voyait, lui Javert, dégradé.

Un forçat était son bienfaiteur !

Mais aussi pourquoi avait-il permis à cet homme de le laisser vivre ? Il avait, dans cette barricade, le droit d'être tué. Il aurait dû user de ce droit. Appeler les autres insurgés à son secours contre Jean Valjean, se faire fusiller de force, cela valait mieux.

Sa suprême angoisse, c'était la disparition de la certitude. Il se sentait déraciné. Le code n'était plus qu'un tronçon dans sa main. Il avait affaire à des scrupules d'une espèce inconnue. Il se faisait en lui une révélation sentimentale entièrement distincte de l'affirmation légale, son unique mesure jusqu'alors. Rester dans l'ancienne honnêteté, cela ne suffisait plus. Tout un ordre de faits inattendus surgissait et le subjuguait. Tout un monde nouveau apparaissait à son âme, le bienfait accepté et rendu, le dévouement, la miséricorde, l'indulgence, les violences faites par la pitié à l'austérité, l'acception de personnes, plus de condamnation définitive, plus de damnation, la possibilité d'une larme dans l'œil de la loi, on ne sait quelle justice selon Dieu allant en sens inverse de la justice selon les hommes. Il apercevait dans les ténèbres l'effrayant lever d'un soleil moral inconnu ; il en avait l'horreur et l'éblouissement. Hibou forcé à des regards d'aigle.

Il se disait que c'était donc vrai, qu'il y avait des exceptions, que l'autorité pouvait être décontenancée, que la règle pouvait rester court devant un fait, que tout ne s'encadrait pas dans le texte du code, que l'imprévu se faisait obéir, que la vertu d'un forçat pouvait tendre un piége à la vertu d'un fonctionnaire, que le monstrueux pouvait être divin, que la destinée avait de ces embuscades-là, et il songeait avec désespoir que lui-même n'avait pas été à l'abri d'une surprise.

Il était forcé de reconnaître que la bonté existait. Ce forçat avait été bon. Et lui-même, chose inouïe, il venait d'être bon. Donc il se dépravait.

Il se trouvait lâche. Il se faisait horreur.

L'idéal pour Javert, ce n'était pas d'être humain, d'être grand, d'être sublime ; c'était d'être irréprochable.

Or il venait de faillir.

Comment en était-il arrivé là ? comment tout cela s'était-il passé ? Il n'aurait pu se le dire à lui-même. Il prenait sa tête dans ses deux mains, mais il avait beau faire, il ne parvenait pas à se l'expliquer.

Il avait certainement toujours eu l'intention de remettre Jean Valjean à la loi dont Jean Valjean était le captif, et dont lui, Javert, était l'esclave. Il ne s'était pas avoué un seul instant pendant qu'il le tenait qu'il eût la pensée de le laisser aller. C'était en quelque sorte à son insu que sa main s'était ouverte et l'avait lâché.

Toutes sortes de nouveautés énigmatiques s'entr'ouvraient devant ses yeux. Il s'adressait des questions, et il se faisait des réponses, et ses réponses l'effrayaient. Il se demandait : Ce forçat, ce désespéré, que j'ai poursuivi jusqu'à le persécuter, et qui m'a eu sous son pied, et qui pouvait se venger, et qui le devait tout à la fois pour sa rancune et pour sa sécurité, en me laissant la vie, en me faisant grâce, qu'a-t-il fait ? Son devoir. Non. Quelque chose de plus. Et moi, en lui faisant grâce à mon tour, qu'ai-je fait ? Mon devoir. Non. Quelque chose de plus. Il y a donc quelque chose de plus que le devoir ? Ici il s'effarait ; sa balance se disloquait ; l'un des plateaux tombait dans l'abîme, l'autre s'en allait dans le ciel, et Javert n'avait pas moins d'épouvante de celui qui était en haut que de celui qui était en bas. Sans être le moins du monde ce qu'on appelle voltairien, ou philosophe, ou incrédule, respectueux au contraire, par instinct, pour l'église établie, il ne la connaissait que comme un fragment auguste de l'ensemble social ; l'ordre était son dogme et lui suffisait ; depuis qu'il avait âge d'homme et de fonctionnaire, il mettait dans la police à peu près toute sa religion ; étant, et nous employons ici les mots sans la moindre ironie et dans leur acception la plus sérieuse, étant, nous l'avons dit, espion comme on est prêtre. Il avait un supérieur, M. Gisquet ; il n'avait guère songé jusqu'à ce jour à cet autre supérieur, Dieu.

Ce chef nouveau, Dieu, il le sentait inopinément, et en était troublé.

Il était désorienté de cette présence inattendue ; il ne savait que faire de ce supérieur-là, lui qui n'ignorait pas que le subordonné est tenu de se courber toujours, qu'il ne doit ni désobéir, ni blâmer, ni discuter, et que, vis-à-vis d'un supérieur qui l'étonne trop, l'inférieur n'a d'autre ressource que sa démission.

Mais comment s'y prendre pour donner sa démission à Dieu ?

Quoi qu'il en fût, et c'était toujours là qu'il en revenait, un fait pour lui dominait tout, c'est qu'il venait de commettre une infraction épouvantable. Il venait de fermer les yeux sur un condamné récidiviste en rupture de ban. Il venait d'élargir un galérien. Il venait de voler aux lois un homme qui leur appartenait. Il avait fait cela. Il ne se comprenait plus. Il n'était pas sûr d'être lui-même. Les raisons mêmes de son action lui échappaient, il n'en avait que le vertige. Il avait vécu jusqu'à ce moment de cette foi aveugle qui engendre la probité ténébreuse. Cette foi le quittait, cette probité lui faisait défaut. Tout ce qu'il avait cru se dissipait. Des vérités dont il ne voulait pas l'obsédaient inexorablement. Il fallait désormais être un autre homme. Il souffrait les étranges douleurs d'une conscience brusquement opérée de la cataracte. Il voyait ce qu'il lui répugnait de voir. Il se sentait vidé, inutile, disloqué de sa vie passée, destitué, dissous. L'autorité était morte en lui. Il n'avait plus de raison d'être.

Situation terrible ! être ému.

Être le granit, et douter ! être la statue du châtiment fondue tout d'une pièce dans le moule de la loi, et s'apercevoir subitement qu'on a sous sa mamelle de bronze quelque chose d'absurde et de désobéissant qui ressemble presque à un cœur ! en venir à rendre le bien pour le bien, quoiqu'on se soit dit jusqu'à ce jour que ce bien-là c'est le mal ! être le chien de garde, et lécher ! être la glace, et fondre ! être la tenaille, et devenir une main ! se sentir tout à coup des doigts qui s'ouvrent ! lâcher prise, chose épouvantable !

L'homme projectile ne sachant plus sa route, et reculant !

Être obligé de s'avouer ceci : l'infaillibilité n'est pas infaillible, il peut y avoir de l'erreur dans le dogme, tout n'est pas dit quand un code a parlé, la société n'est pas parfaite, l'autorité est compliquée de vacillation, un craquement dans l'immuable est possible, les juges sont des hommes, la loi peut se tromper, les tribunaux peuvent se méprendre ! voir une fêlure dans l'immense vitre bleue du firmament !

Ce qui se passait dans Javert, c'était le Fampoux [3] d'une

---

3. L'une des premières grandes catastrophes ferroviaires, en 1846, sur la ligne du Nord, un mois après son inauguration.

conscience rectiligne, la mise hors de voie d'une âme, l'écrasement d'une probité irrésistiblement lancée en ligne droite et se brisant à Dieu. Certes, cela était étrange, que le chauffeur de l'ordre, que le mécanicien de l'autorité, monté sur l'aveugle cheval de fer à voie rigide, puisse être désarçonné par un coup de lumière ! que l'incommutable, le direct, le correct, le géométrique, le passif, le parfait, puisse fléchir ! qu'il y ait pour la locomotive un chemin de Damas !

Dieu, toujours intérieur à l'homme, et réfractaire, lui la vraie conscience, à la fausse, défense à l'étincelle de s'éteindre, ordre au rayon de se souvenir du soleil, injonction à l'âme de reconnaître le véritable absolu quand il se confronte avec l'absolu fictif, l'humanité imperdable, le cœur humain inamissible, ce phénomène splendide, le plus beau peut-être de nos prodiges intérieurs [4], Javert le comprenait-il ? Javert le pénétrait-il ? Javert s'en rendait-il compte ? Évidemment non. Mais sous la pression de

---

4. C. Habib (voir Bibliographie) a montré comment Hugo retourne le mythe d'Epiméthée, sous-jacent ici. Toutes les espèces, selon ce mythe du *Protagoras*, ont reçu le moyen d'assurer leur conservation sauf les hommes qui naissent nus et désarmés, victimes de l'étourderie d'Epiméthée ; celui-ci, par mégarde, ne les a pas comptés dans le partage des attributs. Prométhée et Zeus réparent cet oubli : l'un leur donne le feu, l'autre le sens de l'honneur et de la justice.
Tout se passe comme si Hugo récusait la seconde partie de ce mythe. Son humanité, sujette d'elle-même, produit non seulement ses moyens d'exister, mais son propre bien. Le seul article de la loi morale est son absence : il n'est de bien que dans l'affirmation de soi comme sujet de bien. Mais de mal aussi puisque ce geste méconnaîtrait l'autonomie morale d'autrui, et donc indirectement celle du sujet. Javert et Thénardier en sont la preuve, tous deux régressant à l'animalité, l'un par prétention d'appliquer la loi, ce qui revient à dénier à autrui comme à soi la qualité d'homme, l'autre par prétention de l'édicter absolument seul. La résolution de cette antinomie réside dans la représentation de la conscience comme autre en soi qui va de pair avec une psychologie du non-moi, une éthique de la dépossession et une morale du sacrifice.
De là, paradoxalement, la grandeur de Javert en qui l'abdication du « moi » préfigure — sur le mode de l'aliénation — le dévouement libérateur de Jean Valjean et des amis de l'A B C. Le résultat est le même : une mort qui s'apparente au suicide. Les certitudes des *Misérables* s'arrêtent à cette perplexité.

cet incompréhensible incontestable, il sentait son crâne s'entr'ouvrir.

Il était moins le transfiguré que la victime de ce prodige. Il le subissait, exaspéré. Il ne voyait dans tout cela qu'une immense difficulté d'être. Il lui semblait que désormais sa respiration était gênée à jamais.

Avoir sur sa tête de l'inconnu, il n'était pas accoutumé à cela.

Jusqu'ici tout ce qu'il avait au-dessus de lui avait été pour son regard une surface nette, simple, limpide ; là rien d'ignoré, ni d'obscur ; rien qui ne fût défini, coordonné, enchaîné, précis, exact, circonscrit, limité, fermé ; tout prévu ; l'autorité était une chose plane ; aucune chute en elle, aucun vertige devant elle. Javert n'avait jamais vu de l'inconnu qu'en bas. L'irrégulier, l'inattendu, l'ouverture désordonnée du chaos, le glissement possible dans un précipice, c'était là le fait des régions inférieures, des rebelles, des mauvais, des misérables. Maintenant Javert se renversait en arrière, et il était brusquement effaré par cette apparition inouïe : un gouffre en haut.

Quoi donc ! on était démantelé de fond en comble ! on était déconcerté, absolument ! À quoi se fier ? Ce dont on était convaincu s'effondrait !

Quoi ! le défaut de la cuirasse de la société pouvait être trouvé par un misérable magnanime ! Quoi ! un honnête serviteur de la loi pouvait se voir tout à coup pris entre deux crimes, le crime de laisser échapper un homme, et le crime de l'arrêter ! Tout n'était pas certain dans la consigne donnée par l'état au fonctionnaire ! Il pouvait y avoir des impasses dans le devoir ! Quoi donc ! tout cela était réel ! était-il vrai qu'un ancien bandit, courbé sous les condamnations, pût se redresser, et finir par avoir raison ? était-ce croyable ? y avait-il donc des cas où la loi devait se retirer devant le crime transfiguré en balbutiant des excuses ?

Oui, cela était ! et Javert le voyait ! et Javert le touchait ! et non seulement il ne pouvait le nier, mais il y prenait part. C'étaient des réalités. Il était abominable que les faits réels pussent arriver à une telle difformité.

Si les faits faisaient leur devoir, ils se borneraient à

être les preuves de la loi ; les faits, c'est Dieu qui les envoie. L'anarchie allait-elle donc maintenant descendre de là-haut ?

Ainsi, — et dans le grossissement de l'angoisse, et dans l'illusion d'optique de la consternation, tout ce qui eût pu restreindre et corriger son impression s'effaçait, et la société, et le genre humain, et l'univers se résumaient désormais à ses yeux dans un linéament simple et terrible, — ainsi la pénalité, la chose jugée, la force due à la législation, les arrêts des cours souveraines, la magistrature, le gouvernement, la prévention et la répression, la sagesse officielle, l'infaillibilité légale, le principe d'autorité, tous les dogmes sur lesquels repose la sécurité politique et civile, la souveraineté, la justice, la logique découlant du code, l'absolu social, la vérité publique, tout cela, décombre, monceau, chaos ; lui-même Javert, le guetteur de l'ordre, l'incorruptibilité au service de la police, la providence-dogue de la société, vaincu et terrassé ; et sur toute cette ruine un homme debout, le bonnet vert sur la tête et l'auréole au front ; voilà à quel bouleversement il en était venu ; voilà la vision effroyable qu'il avait dans l'âme.

Que cela fût supportable. Non.

État violent, s'il en fut. Il n'y avait que deux manières d'en sortir. L'une d'aller résolûment à Jean Valjean, et de rendre au cachot l'homme du bagne. L'autre...

Javert quitta le parapet, et, la tête haute cette fois, se dirigea d'un pas ferme vers le poste indiqué par une lanterne à l'un des coins de la place du Châtelet.

Arrivé là, il aperçut par la vitre un sergent de ville, et entra. Rien qu'à la façon dont ils poussent la porte d'un corps de garde, les hommes de police se reconnaissent entre eux. Javert se nomma, montra sa carte au sergent, et s'assit à la table du poste où brûlait une chandelle. Il y avait sur la table une plume, un encrier de plomb, et du papier en cas pour les procès-verbaux éventuels et les consignations des rondes de nuit.

Cette table, toujours complétée par sa chaise de paille, est une institution ; elle existe dans tous les postes de police ; elle est invariablement ornée d'une soucoupe en buis pleine de sciure de bois et d'une grimace en carton pleine de pains à cacheter rouges, et elle est l'étage inférieur du style officiel. C'est à elle que commence la littérature de l'état[5].

Javert prit la plume et une feuille de papier et se mit à écrire. Voici ce qu'il écrivit :

QUELQUES OBSERVATIONS POUR LE BIEN DU SERVICE

« Premièrement : je prie monsieur le préfet de jeter les yeux.

« Deuxièmement : les détenus arrivant de l'instruction ôtent leurs souliers et restent pieds nus sur la dalle pendant qu'on les fouille. Plusieurs toussent en rentrant à la prison. Cela entraîne des dépenses d'infirmerie.

« Troisièmement : la filature est bonne, avec relais des agents de distance en distance, mais il faudrait que, dans les occasions importantes, deux agents au moins ne se perdissent pas de vue, attendu que, si, pour une cause quelconque, un agent vient à faiblir dans le service, l'autre le surveille et le supplée.

« Quatrièmement : on ne s'explique pas pourquoi le règlement spécial de la prison des Madelonnettes interdit au prisonnier d'avoir une chaise, même en la payant.

« Cinquièmement : aux Madelonnettes, il n'y a que deux barreaux à la cantine, ce qui permet à la cantinière de laisser toucher sa main aux détenus.

« Sixièmement : les détenus, dits aboyeurs, qui appellent les autres détenus au parloir, se font payer deux sous par le prisonnier pour crier son nom distinctement. C'est un vol.

---

5. Comparer aux réflexions sur la littérature judiciaire lors de l'affaire Champmathieu (I, 7, 9 et note 6, p. 379). Sur le montage des discours allogènes, voir note générale 3, et, sur la présence de documents, note générale 1.
   L'écart entre le testament dérisoire et la mort tragique reproduit la divergence intérieure qui fait dérailler Javert, et que le lecteur éprouve dans ce hiatus littéraire.

« Septièmement : pour un fil courant, on retient dix sous au prisonnier dans l'atelier des tisserands ; c'est un abus de l'entrepreneur, puisque la toile n'est pas moins bonne.

« Huitièmement : il est fâcheux que les visitants de la Force aient à traverser la cour des mômes pour se rendre au parloir de Sainte-Marie-l'Égyptienne.

« Neuvièmement : il est certain qu'on entend tous les jours des gendarmes raconter dans la cour de la préfecture des interrogatoires de prévenus par les magistrats. Un gendarme, qui devrait être sacré, répéter ce qu'il a entendu dans le cabinet de l'instruction, c'est là un désordre grave.

« Dixièmement : Mme Henry est une honnête femme ; sa cantine est fort propre ; mais il est mauvais qu'une femme tienne le guichet de la souricière du secret. Cela n'est pas digne de la Conciergerie d'une grande civilisation. »

Javert écrivit ces lignes de son écriture la plus calme et la plus correcte, n'omettant pas une virgule, et faisant fermement crier le papier sous la plume. Au-dessous de la dernière ligne il signa :

« JAVERT.

« Inspecteur de Ire classe.

« Au poste de la place du Châtelet.

« 7 juin 1832, environ une heure du matin. »

Javert sécha l'encre fraîche sur le papier, le plia comme une lettre, le cacheta, écrivit au dos : *Note pour l'administration*, le laissa sur la table, et sortit du poste. La porte vitrée et grillée retomba derrière lui.

Il traversa de nouveau diagonalement la place du Châtelet, regagna le quai, et revint avec une précision automatique au point même qu'il avait quitté un quart d'heure auparavant, il s'y accouda, et se retrouva dans la même attitude sur la même dalle du parapet. Il semblait qu'il n'eût pas bougé.

L'obscurité était complète. C'était le moment sépulcral qui suit minuit. Un plafond de nuages cachait les étoiles. Le ciel n'était qu'une épaisseur sinistre. Les maisons de la Cité n'avaient plus une seule lumière ; personne ne passait ; tout ce qu'on apercevait des rues et des quais était désert ; Notre-Dame et les tours du Palais de justice semblaient des linéaments de la nuit. Un réverbère rougissait la margelle du quai. Les silhouettes des ponts se déformaient dans la brume les unes derrière les autres. Les pluies avaient grossi la rivière.

L'endroit où Javert s'était accoudé était, on s'en souvient, précisément situé au-dessus du rapide de la Seine, à pic sur cette redoutable spirale de tourbillons qui se dénoue et se renoue comme une vis sans fin.

Javert pencha la tête et regarda. Tout était noir. On ne distinguait rien. On entendait un bruit d'écume ; mais on ne voyait pas la rivière. Par instants, dans cette profondeur vertigineuse, une lueur apparaissait et serpentait vaguement, l'eau ayant cette puissance, dans la nuit la plus complète, de prendre la lumière on ne sait où et de la changer en couleuvre. La lueur s'évanouissait, et tout redevenait indistinct. L'immensité semblait ouverte là. Ce qu'on avait au-dessous de soi, ce n'était pas de l'eau, c'était du gouffre. Le mur du quai, abrupt, confus, mêlé à la vapeur, tout de suite dérobé, faisait l'effet d'un escarpement de l'infini.

On ne voyait rien, mais on sentait la froideur hostile de l'eau et l'odeur fade des pierres mouillées. Un souffle farouche montait de cet abîme. Le grossissement du fleuve plutôt deviné qu'aperçu, le tragique chuchotement du flot, l'énormité lugubre des arches du pont, la chute imaginable dans ce vide sombre, toute cette ombre était pleine d'horreur.

Javert demeura quelques minutes immobile, regardant cette ouverture de ténèbres ; il considérait l'invisible avec une fixité qui ressemblait à de l'attention. L'eau bruissait. Tout à coup, il ôta son chapeau et le posa sur le rebord du quai. Un moment après, une figure haute et noire, que de loin quelque passant attardé eût pu prendre pour un fantôme, apparut debout sur le parapet, se courba vers la Seine, puis se redressa, et tomba droite dans les ténèbres ; il y eut un clapotement sourd ; et l'ombre seule fut dans le secret des convulsions de cette forme obscure disparue sous l'eau [6].

---

6. L'effacement de l'homme dans l'onde et l'ombre et l'impossible spectacle de ses « convulsions » — « Buvard, bavard » (p. 1547) commence sur ce mot et « *Immortale jecur* » s'achève sur cette contradiction (note 7, p. 1852) — signalent avec force que Javert rejoint sa vraie patrie, la foule invisible des misérables.

LIVRE CINQUIÈME

LE PETIT-FILS ET LE GRAND-PÈRE [1]

---

1. L'inversion du titre du livre 3 de la troisième partie — « Le grand-père et le petit-fils » — est expliquée par le texte : « il était le petit-fils de son petit-fils » (V, 5, 2 ; p. 1786).

I

OÙ L'ON REVOIT L'ARBRE À L'EMPLÂTRE DE ZINC

Quelque temps après les événements que nous venons de raconter, le sieur Boulatruelle eut une émotion vive.

Le sieur Boulatruelle est ce cantonnier de Montfermeil qu'on a déjà entrevu dans les parties ténébreuses de ce livre.

Boulatruelle, on s'en souvient peut-être, était un homme occupé de choses troubles et diverses. Il cassait des pierres et endommageait des voyageurs sur la grande route. Terrassier et voleur, il avait un rêve, il croyait aux trésors enfouis dans la forêt de Montfermeil. Il espérait quelque jour trouver de l'argent dans la terre au pied d'un arbre ; en attendant, il en cherchait volontiers dans les poches des passants.

Néanmoins, pour l'instant, il était prudent. Il venait de l'échapper belle. Il avait été, on le sait, ramassé dans le galetas Jondrette avec les autres bandits[1]. Utilité d'un vice : son ivrognerie l'avait sauvé. On n'avait jamais pu éclaircir s'il était là comme voleur ou comme volé. Une ordonnance de non-lieu, fondée sur son état d'ivresse bien constaté dans la soirée du guet-apens, l'avait mis en liberté. Il avait repris la clef des bois. Il était revenu à son chemin de Gagny à Lagny faire, sous la surveillance

---

1. Il n'a pourtant été nommé qu'une seule fois (III, 8, 20 ; p. 1088) et désigné indirectement une autre (p. 1085) durant tout l'épisode du guet-apens. Mais son nom figurait, incongrûment, dans la liste de Patron-Minette (III, 7, 4 ; p. 995). A Montfermeil (II, 2, 2 ; p. 509), sa découverte du trésor de Jean Valjean était confirmée en II, 3, 6 ; p. 547. Sur les effets de cette dramaturgie complexe, pleine d'ombres et de surprises attendues, voir note générale 37.

administrative, de l'empierrement pour le compte de l'état, la mine basse, fort pensif, un peu refroidi pour le vol, qui avait failli le perdre, mais ne se tournant qu'avec plus d'attendrissement vers le vin, qui venait de le sauver.

Quant à l'émotion vive qu'il eut peu de temps après sa rentrée sous le toit de gazon de sa hutte de cantonnier, la voici :

Un matin, Boulatruelle, en se rendant comme d'habitude à son travail, et à son affût peut-être, un peu avant le point du jour, aperçut parmi les branches un homme dont il ne vit que le dos, mais dont l'encolure, à ce qu'il lui sembla, à travers la distance et le crépuscule, ne lui était pas tout à fait inconnue. Boulatruelle, quoique ivrogne, avait une mémoire correcte et lucide, arme défensive indispensable à quiconque est un peu en lutte avec l'ordre légal.

— Où diable ai-je vu quelque chose comme cet homme-là ? se demanda-t-il.

Mais il ne put rien se répondre, sinon que cela ressemblait à quelqu'un dont il avait confusément la trace dans l'esprit.

Boulatruelle, du reste, en dehors de l'identité qu'il ne réussissait point à ressaisir, fit des rapprochements et des calculs. Cet homme n'était pas du pays. Il y arrivait. À pied, évidemment. Aucune voiture publique ne passe à ces heures-là à Montfermeil. Il avait marché toute la nuit. D'où venait-il ? De pas loin. Car il n'avait ni havre-sac, ni paquet. De Paris sans doute. Pourquoi était-il dans ce bois ? pourquoi y était-il à pareille heure ? qu'y venait-il faire ?

Boulatruelle songea au trésor. À force de creuser dans sa mémoire, il se rappela vaguement avoir eu déjà, plusieurs années auparavant, une semblable alerte au sujet d'un homme qui lui faisait bien l'effet de pouvoir être cet homme-là.

Tout en méditant, il avait, sous le poids même de sa méditation, baissé la tête, chose naturelle, mais peu habile. Quand il la releva, il n'y avait plus rien. L'homme s'était effacé dans la forêt et dans le crépuscule.

— Par le diantre, dit Boulatruelle, je le retrouverai. Je découvrirai la paroisse de ce paroissien-là. Ce promeneur de patron-minette a un pourquoi, je le saurai. On n'a pas de secret dans mon bois sans que je m'en mêle.

Il prit sa pioche qui était fort aiguë.

— Voilà, grommela-t-il, de quoi fouiller la terre et un homme.

Et, comme on rattache un fil à un autre fil, emboîtant le pas de son mieux dans l'itinéraire que l'homme avait dû suivre, il se mit en marche à travers le taillis.

Quand il eut fait une centaine d'enjambées, le jour, qui commençait à se lever, l'aida. Des semelles empreintes sur le sable çà et là, des herbes foulées, des bruyères écrasées, de jeunes branches pliées dans les broussailles et se redressant avec une gracieuse lenteur comme les bras d'une jolie femme qui s'étire en se réveillant, lui indiquèrent une sorte de piste. Il la suivit, puis il la perdit. Le temps s'écoulait. Il entra plus avant dans le bois et parvint sur une espèce d'éminence. Un chasseur matinal qui passait au loin dans un sentier en sifflant l'air de Guillery lui donna l'idée de grimper sur un arbre. Quoique vieux il était agile. Il y avait là un hêtre de grande taille, digne de Tityre et de Boulatruelle. Boulatruelle monta sur le hêtre, le plus haut qu'il put.

L'idée était bonne. En explorant la solitude du côté où le bois est tout à fait enchevêtré et farouche, Boulatruelle aperçut tout à coup l'homme.

À peine l'eut-il aperçu qu'il le perdit de vue.

L'homme entra, ou plutôt se glissa, dans une clairière assez éloignée, masquée par de grands arbres, mais que Boulatruelle connaissait très bien, pour y avoir remarqué, près d'un gros tas de pierres meulières, un châtaignier malade pansé avec une plaque de zinc clouée à même sur l'écorce. Cette clairière est celle qu'on appelait autrefois le fonds Blaru[2]. Le tas de pierres, destiné à on ne sait

---

2. La clairière n'avait pas encore reçu ce nom qui est celui sous lequel Léonie d'Aunet, épouse Biard, signait ses livres : Thérèse de Blaru. Elle accompagnait peut-être Hugo lors du voyage qui le fit passer à Montfermeil en septembre 1845, juste avant qu'il ne commence *Les Misérables*. Ainsi aurait-elle profité d'une brève liberté entre sa sortie de prison où l'avait conduite pour deux mois le flagrant délit d'adultère et son entrée au couvent où elle devait

quel emploi, qu'on y voyait il y a trente ans, y est sans doute encore. Rien n'égale la longévité d'un tas de pierres, si ce n'est celle d'une palissade en planches. C'est là provisoirement. Quelle raison pour durer !

Boulatruelle, avec la rapidité de la joie, se laissa tomber de l'arbre plutôt qu'il n'en descendit. Le gîte était trouvé, il s'agissait de saisir la bête. Ce fameux trésor rêvé était probablement là.

Ce n'était pas une petite affaire d'arriver à cette clairière. Par les sentiers battus, qui font mille zigzags taquinants, il fallait un bon quart d'heure. En ligne droite, par le fourré, qui est là singulièrement épais, très épineux et très agressif, il fallait une grande demi-heure. C'est ce que Boulatruelle eut le tort de ne point comprendre. Il crut à la ligne droite ; illusion d'optique respectable, mais qui perd beaucoup d'hommes. Le fourré, si hérissé qu'il fût, lui parut le bon chemin.

— Prenons par la rue de Rivoli des loups, dit-il.

Boulatruelle, accoutumé à aller de travers, fit cette fois la faute d'aller droit.

Il se jeta résolûment dans la mêlée des broussailles.

---

purger six mois le reste de sa peine. On a déjà signalé (I, 5, 13, note 1, p. 279) ce que la genèse des *Misérables* doit peut-être au retentissement de cette expérience vécue.

Ajoutons que, de vingt ans plus jeune que V. Hugo, l'âge de Léonie lorsque Hugo la rencontre la rapproche de sa fille, Léopoldine, bien plus que de Juliette ou d'Adèle. Son nom aussi. Et puis cette confusion de toutes les formes de l'amour que Hugo fait vivre à Jean Valjean est le propre de toute passion. De là peut-être que se soient mêlés au cœur de Hugo lui-même la « tendresse énorme » pour l'enfant si longtemps adorée et perdue et « l'amour proprement dit » de la bien-aimée, dans le remords de n'avoir su protéger ni l'une de la mort, ni l'autre d'une flétrissure irréparable, et dans le vertige de toutes ces vies en ruine.

Nul inceste donc en tout ceci, ni pour l'auteur ni pour son héros, mais l'effarement de voir comment ce qu'il y a en nous de meilleur et de plus vivifiant peut côtoyer, ouvrir peut-être, de sombres abîmes. Hugo n'a pas connu la pauvreté, mais il a fait l'expérience de cette misère-là. Ou refait. La contradiction — de ses affections filiales, de la tendresse pour Adèle et de l'amitié pour Sainte-Beuve, des affections familiales et de l'amour donné par Juliette — avait depuis longtemps marqué son destin.

Il eut affaire à des houx, à des orties, à des aubépines, à des églantiers, à des chardons, à des ronces fort irascibles. Il fut très égratigné.

Au bas du ravin, il trouva de l'eau qu'il fallut traverser.

Il arriva enfin à la clairière Blaru, au bout de quarante minutes, suant, mouillé, essoufflé, griffé, féroce.

Personne dans la clairière.

Boulatruelle courut au tas de pierres. Il était à sa place. On ne l'avait pas emporté.

Quant à l'homme, il s'était évanoui dans la forêt. Il s'était évadé. Où ? de quel côté ? dans quel fourré ? Impossible de le deviner.

Et, chose poignante, il y avait derrière le tas de pierres, devant l'arbre à la plaque de zinc, de la terre toute fraîche remuée, une pioche oubliée ou abandonnée, et un trou.

Ce trou était vide.

— Voleur ! cria Boulatruelle en montrant les deux poings à l'horizon.

II

MARIUS, EN SORTANT DE LA GUERRE CIVILE, S'APPRÊTE À LA GUERRE DOMESTIQUE

Marius fut longtemps ni mort ni vivant. Il eut durant plusieurs semaines une fièvre accompagnée de délire, et d'assez graves symptômes cérébraux causés plutôt encore par les commotions des blessures à la tête que par les blessures elles-mêmes.

Il répéta le nom de Cosette pendant des nuits entières dans la loquacité lugubre de la fièvre et avec la sombre opiniâtreté de l'agonie. La largeur de certaines lésions fut un sérieux danger [1], la suppuration des plaies larges pouvant toujours se résorber, et par conséquent tuer le

---

1. Souvenir probable du grave anthrax dont Hugo souffrit tout l'été 1858.

malade, sous de certaines influences atmosphériques ; à chaque changement de temps, au moindre orage, le médecin était inquiet. — Surtout que le blessé n'ait aucune émotion, répétait-il. Les pansements étaient compliqués et difficiles, la fixation des appareils et des linges par le sparadrap n'ayant pas encore été imaginée à cette époque. Nicolette dépensa en charpie un drap de lit « grand comme un plafond », disait-elle. Ce ne fut pas sans peine que les lotions chlorurées et le nitrate d'argent vinrent à bout de la gangrène. Tant qu'il y eut péril, M. Gillenormand, éperdu au chevet de son petit-fils, fut comme Marius ; ni mort ni vivant.

Tous les jours, et quelquefois deux fois par jour, un monsieur en cheveux blancs, fort bien mis, tel était le signalement donné par le portier, venait savoir des nouvelles du blessé, et déposait pour les pansements un gros paquet de charpie.

Enfin, le 7 septembre, quatre mois, jour pour jour[2], après la douloureuse nuit où on l'avait rapporté mourant chez son grand-père, le médecin déclara qu'il répondait de lui. La convalescence s'ébaucha. Marius dut pourtant rester encore plus de deux mois étendu sur une chaise longue, à cause des accidents produits par la fracture de la clavicule. Il y a toujours comme cela une dernière plaie qui ne veut pas se fermer et qui éternise les pansements, au grand ennui du malade.

Du reste, cette longue maladie et cette longue convalescence le sauvèrent des poursuites. En France, il n'y a pas de colère, même publique, que six mois n'éteignent. Les émeutes, dans l'état où est la société, sont tellement la faute de tout le monde qu'elles sont suivies d'un certain besoin de fermer les yeux.

Ajoutons que l'inqualifiable ordonnance Gisquet, qui enjoignait aux médecins de dénoncer les blessés, ayant indigné l'opinion, et non-seulement l'opinion, mais le roi tout le premier, les blessés furent couverts et protégés par cette

---

2. Y. Gohin note que ce lapsus — quatre mois pour trois — fait figurer le jour de la mort de Léopoldine (4 septembre) à côté de la date (7 septembre) à laquelle V. Hugo l'apprit.

indignation ; et, à l'exception de ceux qui avaient été faits prisonniers dans le combat flagrant, les conseils de guerre n'osèrent en inquiéter aucun. On laissa donc Marius tranquille.

M. Gillenormand traversa toutes les angoisses d'abord, et ensuite toutes les extases. On eut beaucoup de peine à l'empêcher de passer toutes les nuits près du blessé ; il fit apporter son grand fauteuil à côté du lit de Marius ; il exigea que sa fille prît le plus beau linge de la maison pour en faire des compresses et des bandes. Mademoiselle Gillenormand, en personne sage et aînée, trouva moyen d'épargner le beau linge, tout en laissant croire à l'aïeul qu'il était obéi. M. Gillenormand ne permit pas qu'on lui expliquât que pour faire de la charpie la batiste ne vaut pas la grosse toile, ni la toile neuve la toile usée. Il assistait à tous les pansements dont mademoiselle Gillenormand s'absentait pudiquement. Quand on coupait les chairs mortes avec des ciseaux, il disait : aïe ! aïe ! Rien n'était touchant comme de le voir tendre au blessé une tasse de tisane avec son doux tremblement sénile. Il accablait le médecin de questions. Il ne s'apercevait pas qu'il recommençait toujours les mêmes.

Le jour où le médecin lui annonça que Marius était hors de danger, le bonhomme fut en délire. Il donna trois louis de gratification à son portier. Le soir, en rentrant dans sa chambre, il dansa une gavotte, en faisant des castagnettes avec son pouce et son index, et il chanta une chanson que voici :

> Jeanne est née à Fougère[3],
> Vrai nid d'une bergère ;
> J'adore son jupon
>   Fripon.
>
> Amour, tu vis en elle ;
> Car c'est dans sa prunelle
> Que tu mets ton carquois,
>   Narquois !

---

3. Juliette Drouet aussi.

> Moi, je la chante, et j'aime
> Plus que Diane même,
> Jeanne et ses durs tetons
>   Bretons.

Puis il se mit à genoux sur une chaise, et Basque, qui l'observait par la porte entr'ouverte, crut être sûr qu'il priait.

Jusque-là, il n'avait guère cru en Dieu[4].

À chaque nouvelle phase du mieux, qui allait se dessinant de plus en plus, l'aïeul extravaguait. Il faisait un tas d'actions machinales pleines d'allégresse, il montait et descendait les escaliers sans savoir pourquoi. Une voisine, jolie du reste, fut toute stupéfaite de recevoir un matin un gros bouquet ; c'était M. Gillenormand qui le lui envoyait. Le mari fit une scène de jalousie. M. Gillenormand essayait de prendre Nicolette sur ses genoux. Il appelait Marius monsieur le baron. Il criait : Vive la république !

À chaque instant, il demandait au médecin : N'est-ce pas qu'il n'y a plus de danger ? Il regardait Marius avec des yeux de grand'mère. Il le couvait quand il mangeait. Il ne se connaissait plus, il ne se comptait plus, Marius était le maître de la maison, il y avait de l'abdication dans sa joie, il était le petit-fils de son petit-fils.

Dans cette allégresse où il était, c'était le plus vénérable des enfants. De peur de fatiguer ou d'importuner le convalescent, il se mettait derrière lui pour lui sourire. Il était content, joyeux, ravi, charmant, jeune. Ses cheveux blancs ajoutaient une majesté douce à la lumière gaie qu'il avait sur le visage. Quand la grâce se mêle aux rides, elle est adorable. Il y a on ne sait quelle aurore dans de la vieillesse épanouie.

Quant à Marius, tout en se laissant panser et soigner, il avait une idée fixe, Cosette.

Depuis que la fièvre et le délire l'avaient quitté, il ne prononçait plus ce nom, et l'on aurait pu croire qu'il n'y

---

4. Voir III, 2, 6, texte et note 5, p. 834.

songeait plus. Il se taisait, précisément parce que son âme était là.

Il ne savait ce que Cosette était devenue, toute l'affaire de la rue de la Chanvrerie était comme un nuage dans son souvenir, des ombres presque indistinctes flottaient dans son esprit, Éponine, Gavroche, Mabeuf, les Thénardier, tous ses amis lugubrement mêlés à la fumée de la barricade ; l'étrange passage de M. Fauchelevent dans cette aventure sanglante lui faisait l'effet d'une énigme dans une tempête ; il ne comprenait rien à sa propre vie, il ne savait comment ni par qui il avait été sauvé, et personne ne le savait autour de lui ; tout ce qu'on avait pu lui dire, c'est qu'il avait été rapporté la nuit dans un fiacre rue des Filles-du-Calvaire ; passé, présent, avenir, tout n'était plus en lui que le brouillard d'une idée vague, mais il y avait dans cette brume un point immobile, un linéament net et précis, quelque chose qui était en granit, une résolution, une volonté : retrouver Cosette. Pour lui, l'idée de la vie n'était pas distincte de l'idée de Cosette, il avait décrété dans son cœur qu'il n'accepterait pas l'une sans l'autre, et il était inébranlablement décidé à exiger de n'importe qui voudrait le forcer à vivre, de son grand-père, du sort, de l'enfer, la restitution de son éden disparu.

Les obstacles, il ne se les dissimulait pas.

Soulignons ici un détail : il n'était point gagné et était peu attendri par toutes les sollicitudes et toutes les tendresses de son grand-père. D'abord il n'était pas dans le secret de toutes ; ensuite, dans ses rêveries de malade, encore fiévreuses peut-être, il se défiait de ces douceurs-là comme d'une chose étrange et nouvelle ayant pour but de le dompter. Il y restait froid. Le grand-père dépensait en pure perte son pauvre vieux sourire[5]. Marius se disait que c'était bon tant que lui Marius ne parlait pas et se laissait faire ; mais que, lorsqu'il s'agirait de Cosette, il

---

5. La résurrection de Gillenormand contraste avec l'agonie dans laquelle Jean Valjean a commencé de descendre et s'abîmera au livre suivant. Mais le refus d'amour de Marius rapproche un instant ces deux paternités.

trouverait un autre visage, et que la véritable attitude de l'aïeul se démasquerait. Alors ce serait rude ; recrudescence des questions de famille, confrontation des positions, tous les sarcasmes et toutes les objections à la fois, Fauchelevent, Coupelevent, la fortune, la pauvreté, la misère, la pierre au cou, l'avenir. Résistance violente ; conclusion, refus. Marius se roidissait d'avance.

Et puis, à mesure qu'il reprenait vie, ses anciens griefs reparaissaient, les vieux ulcères de sa mémoire se rouvraient, il resongeait au passé, le colonel Pontmercy se replaçait entre M. Gillenormand et lui Marius, il se disait qu'il n'avait aucune vraie bonté à espérer de qui avait été si injuste et si dur pour son père. Et avec la santé, il lui revenait une sorte d'âpreté contre son aïeul. Le vieillard en souffrait doucement.

M. Gillenormand, sans en rien témoigner d'ailleurs, remarquait que Marius, depuis qu'il avait été rapporté chez lui et qu'il avait repris connaissance, ne lui avait pas dit une seule fois mon père. Il ne disait point monsieur, cela est vrai ; mais il trouvait moyen de ne dire ni l'un ni l'autre, par une certaine manière de tourner ses phrases.

Une crise approchait évidemment.

Comme il arrive presque toujours en pareil cas, Marius, pour s'essayer, escarmoucha avant de livrer bataille. Cela s'appelle tâter le terrain. Un matin il advint que M. Gillenormand, à propos d'un journal qui lui était tombé sous la main, parla légèrement de la Convention et lâcha un épiphonème royaliste sur Danton, Saint-Just et Robespierre. — Les hommes de 93 étaient des géants, dit Marius avec sévérité. Le vieillard se tut et ne souffla point du reste de la journée.

Marius, qui avait toujours présent à l'esprit l'inflexible grand-père de ses premières années, vit dans ce silence une profonde concentration de colère, en augura une lutte acharnée, et augmenta dans les arrière-recoins de sa pensée ses préparatifs de combat.

Il arrêta qu'en cas de refus il arracherait ses appareils, disloquerait sa clavicule, mettrait à nu et à vif ce qu'il lui restait de plaies, et repousserait toute nourriture. Ses plaies, c'étaient ses munitions. Avoir Cosette ou mourir.

Il attendit le moment favorable avec la patience sournoise des malades.

Ce moment arriva.

III

MARIUS ATTAQUE

Un jour, M. Gillenormand, tandis que sa fille mettait en ordre les fioles et les tasses sur le marbre de la commode, était penché sur Marius, et lui disait de son accent le plus tendre :

— Vois-tu, mon petit Marius, à ta place je mangerais maintenant plutôt de la viande que du poisson. Une sole frite, cela est excellent pour commencer une convalescence, mais, pour mettre le malade debout, il faut une bonne côtelette [1].

Marius, dont presque toutes les forces étaient revenues, les rassembla, se dressa sur son séant, appuya ses deux poings crispés sur les draps de son lit, regarda son grandpère en face, prit un air terrible, et dit :

— Ceci m'amène à vous dire une chose.

— Laquelle ?

— C'est que je veux me marier.

— Prévu, dit le grand-père. Et il éclata de rire.

— Comment, prévu ?

— Oui, prévu. Tu l'auras, ta fillette.

Marius, stupéfait et accablé par l'éblouissement, trembla de tous ses membres.

M. Gillenormand continua :

— Oui, tu l'auras, ta belle jolie petite fille. Elle vient tous les jours sous la forme d'un vieux monsieur savoir de tes nouvelles. Depuis que tu es blessé, elle passe son

---

1. Ironie de cette côtelette, comparée à l'autre : III, 5, 1 ; p. 934.

temps à pleurer et à faire de la charpie. Je me suis
informé. Elle demeure rue de l'Homme-Armé, numéro
sept. Ah, nous y voilà ! Ah ! tu la veux. Eh bien, tu l'auras. Ça t'attrape. Tu avais fait ton petit complot, tu t'étais
dit : — Je vais lui signifier cela carrément à ce grand-
père, à cette momie de la régence et du directoire, à cet
ancien beau, à ce Dorante devenu Géronte ; il a eu ses
légèretés aussi, lui, et ses amourettes, et ses grisettes, et
ses Cosettes ; il a fait son frou-frou, il a eu ses ailes, il a
mangé du pain du printemps ; il faudra bien qu'il s'en
souvienne. Nous allons voir. Bataille. Ah ! tu prends le
hanneton par les cornes. C'est bon. Je t'offre une côtelette, et tu me réponds : À propos, je veux me marier.
C'est ça qui est une transition ! Ah ! tu avais compté sur
de la bisbille ! Tu ne savais pas que j'étais un vieux lâche.
Qu'est-ce que tu dis de ça ? Tu bisques. Trouver ton
grand-père encore plus bête que toi, tu ne t'y attendais
pas, tu perds le discours que tu devais me faire, monsieur
l'avocat, c'est taquinant. Eh bien, tant pis, rage. Je fais ce
que tu veux, ça te la coupe, imbécile ! Écoute. J'ai pris
des renseignements, moi aussi je suis sournois ; elle est
charmante, elle est sage, le lancier n'est pas vrai, elle a
fait des tas de charpie, c'est un bijou ; elle t'adore. Si tu
étais mort, nous aurions été trois ; sa bière aurait accompagné la mienne. J'avais bien eu l'idée, dès que tu as été
mieux, de te la camper tout bonnement à ton chevet, mais
il n'y a que dans les romans qu'on introduit tout de go
les jeunes filles près du lit des jolis blessés qui les intéressent[2]. Ça ne se fait pas. Qu'aurait dit ta tante ? Tu étais
tout nu les trois quarts du temps, mon bonhomme.
Demande à Nicolette, qui ne t'a pas quitté une minute,
s'il y avait moyen qu'une femme fût là[3]. Et puis qu'aurait
dit le médecin ? Ça ne guérit pas la fièvre, une jolie fille.
Enfin, c'est bon, n'en parlons plus, c'est dit, c'est fait,
c'est bâclé, prends-la. Telle est ma férocité. Vois-tu, j'ai

---

2. Voir texte IV, 9, 2 et note 1, p. 1403.
3. Persistance de la misère : après avoir refusé son nom à Nicolette
(III, 2, 5 ; p. 832), Gillenormand lui refuse tranquillement d'être
femme.

vu que tu ne m'aimais pas, j'ai dit : Qu'est-ce que je pourrais donc faire pour que cet animal-là m'aime ? J'ai dit : Tiens, j'ai ma petite Cosette sous la main, je vais la lui donner, il faudra bien qu'il m'aime alors un peu, ou qu'il dise pourquoi. Ah ! tu croyais que le vieux allait tempêter, faire la grosse voix, crier non, et lever la canne sur toute cette aurore. Pas du tout. Cosette, soit. Amour, soit. Je ne demande pas mieux. Monsieur, prenez la peine de vous marier. Sois heureux, mon enfant bien-aimé.

Cela dit, le vieillard éclata en sanglots.

Et il prit la tête de Marius, et il la serra dans ses deux bras contre sa vieille poitrine, et tous deux se mirent à pleurer. C'est là une des formes du bonheur suprême.

— Mon père ! s'écria Marius.

— Ah ! tu m'aimes donc ? dit le vieillard.

Il y eut un moment ineffable. Ils étouffaient et ne pouvaient parler.

Enfin le vieillard bégaya :

— Allons ! le voilà débouché. Il m'a dit : Mon père.

Marius dégagea sa tête des bras de l'aïeul, et dit doucement :

— Mais, mon père, à présent que je me porte bien, il me semble que je pourrais la voir.

— Prévu encore, tu la verras demain.

— Mon père !

— Quoi ?

— Pourquoi pas aujourd'hui ?

— Eh bien, aujourd'hui. Va pour aujourd'hui. Tu m'as dit trois fois « mon père », ça vaut bien ça. Je vais m'en occuper. On te l'amènera. Prévu, te dis-je. Ceci a déjà été mis en vers. C'est le dénouement de l'élégie du *Jeune malade*[4] d'André Chénier, d'André Chénier qui a été égorgé par les scélér... — par les géants de 93.

M. Gillenormand crut apercevoir un léger froncement du sourcil de Marius, qui, en vérité, nous devons le dire, ne l'écoutait plus, envolé qu'il était dans l'extase, et pensant beaucoup plus à Cosette qu'à 1793. Le grand-père,

---

4. XXIVème *Bucolique*. Cette pièce s'appelait « Le Malade » jusqu'à l'édition de 1862.

tremblant d'avoir introduit si mal à propos André Chénier, reprit précipitamment :

— Égorgé n'est pas le mot. Le fait est que les grands génies révolutionnaires, qui n'étaient pas méchants, cela est incontestable, qui étaient des héros, pardi ! trouvaient qu'André Chénier les gênait un peu, et qu'ils l'ont fait guillot... — C'est-à-dire que ces grands hommes, le sept thermidor, dans l'intérêt du salut public, ont prié André Chénier de vouloir bien aller...

M. Gillenormand, pris à la gorge par sa propre phrase, ne put continuer ; ne pouvant ni la terminer, ni la rétracter, pendant que sa fille arrangeait derrière Marius l'oreiller, bouleversé de tant d'émotions, le vieillard se jeta, avec autant de vitesse que son âge le lui permit, hors de la chambre à coucher, en repoussa la porte derrière lui, et, pourpre, étranglant, écumant, les yeux hors de la tête, se trouva nez à nez avec l'honnête Basque qui cirait les bottes dans l'antichambre. Il saisit Basque au collet et lui cria en plein visage avec fureur : — Par les cent mille Javottes du diable, ces brigands l'ont assassiné !

— Qui, monsieur ?

— André Chénier !

— Oui, monsieur, dit Basque épouvanté.

IV

MADEMOISELLE GILLENORMAND
FINIT PAR NE PLUS TROUVER MAUVAIS
QUE M. FAUCHELEVENT SOIT ENTRÉ
AVEC QUELQUE CHOSE SOUS LE BRAS

Cosette et Marius se revirent.

Ce que fut l'entrevue, nous renonçons à le dire. Il y a des choses qu'il ne faut pas essayer de peindre ; le soleil est du nombre.

Toute la famille, y compris Basque et Nicolette, était

réunie dans la chambre de Marius au moment où Cosette entra.

Elle apparut sur le seuil ; il semblait qu'elle était dans un nimbe.

Précisément à cet instant-là, le grand-père allait se moucher, il resta court, tenant son nez dans son mouchoir et regardant Cosette par-dessus :

— Adorable ! s'écria-t-il.

Puis il se moucha bruyamment.

Cosette était enivrée, ravie, effrayée, au ciel. Elle était aussi effarouchée qu'on peut l'être par le bonheur. Elle balbutiait, toute pâle, toute rouge, voulant se jeter dans les bras de Marius, et n'osant pas. Honteuse d'aimer devant tout ce monde. On est sans pitié pour les amants heureux ; on reste là quand ils auraient le plus envie d'être seuls. Ils n'ont pourtant pas du tout besoin des gens.

Avec Cosette et derrière elle, était entré un homme en cheveux blancs, grave, souriant néanmoins, mais d'un vague et poignant sourire. C'était « monsieur Fauchelevent » ; c'était Jean Valjean.

Il était *très bien mis*, comme avait dit le portier, entièrement vêtu de noir et de neuf et en cravate blanche.

Le portier était à mille lieues de reconnaître dans ce bourgeois correct, dans ce notaire probable, l'effrayant porteur de cadavres qui avait surgi à sa porte dans la nuit du 7 juin, déguenillé, fangeux, hideux, hagard, la face masquée de sang et de boue, soutenant sous les bras Marius évanoui ; cependant son flair de portier était éveillé. Quand M. Fauchelevent était arrivé avec Cosette, le portier n'avait pu s'empêcher de confier à sa femme cet aparté : Je ne sais pourquoi je me figure toujours que j'ai déjà vu ce visage-là.

M. Fauchelevent, dans la chambre de Marius, restait comme à l'écart près de la porte. Il avait sous le bras un paquet assez semblable à un volume in-octavo, enveloppé dans du papier. Le papier de l'enveloppe était verdâtre et semblait moisi.

— Est-ce que ce monsieur a toujours comme cela des livres sous le bras ? demanda à voix basse à Nicolette mademoiselle Gillenormand qui n'aimait point les livres[1].

— Eh bien, répondit du même ton M. Gillenormand qui l'avait entendue, c'est un savant. Après ? Est-ce sa faute ? Monsieur Boulard[2], que j'ai connu, ne marchait jamais sans un livre, lui non plus, et avait toujours comme cela un bouquin contre son cœur.

Et, saluant, il dit à haute voix :

— Monsieur Tranchelevent...

Le père Gillenormand ne le fit pas exprès, mais l'inattention aux noms propres était chez lui une manière aristocratique.

— Monsieur Tranchelevent, j'ai l'honneur de vous demander pour mon petit-fils, monsieur le baron Marius Pontmercy, la main de mademoiselle.

« Monsieur Tranchelevent » s'inclina.

— C'est dit, fit l'aïeul.

Et, se tournant vers Marius et Cosette, les deux bras étendus et bénissant, il cria :

— Permission de vous adorer.

Ils ne se le firent pas dire deux fois. Tant pis ! le gazouillement commença. Ils se parlaient bas, Marius accoudé sur sa chaise longue, Cosette debout près de lui.

— Ô mon Dieu ! murmurait Cosette, je vous revois. C'est toi ! c'est vous ! Être allé se battre comme cela ! Mais pourquoi ? C'est horrible. Pendant quatre mois, j'ai été morte. Oh ! que c'est méchant d'avoir été à cette bataille ! Qu'est-ce que je vous avais fait ? Je vous pardonne, mais vous ne le ferez plus. Tout à l'heure, quand on est venu nous dire de venir, j'ai encore cru que j'allais mourir,

---

1. Ce contresens fait surgir la figure de Mabeuf (voir IV, 9, 3 ; pp. 1407-1410) ; il confirme une interprétation des « verroteries noires » (I, 5, 1, note 4, p. 238) ; il n'est pas sans ironie chez un auteur qui avait acheté sa maison en vendant *Les Contemplations* et allait vendre *Les Misérables* exactement la moitié de la valeur de ce « livre ».

2. Antoine-Marie-André Boulard (1754-1825) fut l'exécuteur testamentaire de La Harpe et l'éditeur d'une partie de son *Cours de littérature*. Mais il fut plus connu comme bibliophile ; à sa mort sa bibliothèque réunissait 500 000 volumes. C'est le double — inversé — de Mabeuf.

mais c'était de joie. J'étais si triste ! Je n'ai pas pris le temps de m'habiller, je dois faire peur. Qu'est-ce que vos parents diront de me voir une collerette toute chiffonnée ? Mais parlez donc ! Vous me laissez parler toute seule. Nous sommes toujours rue de l'Homme-Armé. Il paraît que votre épaule, c'était terrible. On m'a dit qu'on pouvait mettre le poing dedans. Et puis il paraît qu'on a coupé les chairs avec des ciseaux. C'est ça qui est affreux. J'ai pleuré, je n'ai plus d'yeux. C'est drôle qu'on puisse souffrir comme cela. Votre grand-père a l'air très bon ! Ne vous dérangez pas, ne vous mettez pas sur le coude, prenez garde, vous allez vous faire du mal. Oh ! comme je suis heureuse ! C'est donc fini, le malheur ! Je suis toute sotte. Je voulais vous dire des choses que je ne sais plus du tout. M'aimez-vous toujours ? Nous demeurons rue de l'Homme-Armé. Il n'y a pas de jardin. J'ai fait de la charpie tout le temps ; tenez, monsieur, regardez, c'est votre faute, j'ai un durillon aux doigts. — Ange ! disait Marius.

Ange est le seul mot de la langue qui ne puisse s'user. Aucun autre mot ne résisterait à l'emploi impitoyable qu'en font les amoureux[3].

Puis, comme il y avait des assistants, ils s'interrompirent et ne dirent plus un mot, se bornant à se toucher tout doucement la main.

M. Gillenormand se tourna vers tous ceux qui étaient dans la chambre et cria :

— Parlez donc haut, vous autres. Faites du bruit, la cantonnade. Allons, un peu de brouhaha, que diable ! que ces enfants puissent jaser à leur aise.

Et, s'approchant de Marius et de Cosette, il leur dit tout bas :

— Tutoyez-vous. Ne vous gênez pas.

La tante Gillenormand assistait avec stupeur à cette irruption de lumière dans son intérieur vieillot. Cette stupeur n'avait rien d'agressif ; ce n'était pas le moins du monde le regard scandalisé et envieux d'une chouette à

---

3. Et Hugo, prêt à se désavouer avec autant de tendresse que Gillenormand.

deux ramiers ; c'était l'œil bête d'une pauvre innocente de cinquante-sept ans ; c'était la vie manquée regardant ce triomphe, l'amour.

— Mademoiselle Gillenormand aînée, lui disait son père, je t'avais bien dit que cela t'arriverait.

Il resta un moment silencieux et ajouta :

— Regarde le bonheur des autres.

Puis il se tourna vers Cosette :

— Qu'elle est jolie ! qu'elle est jolie ! C'est un Greuze. Tu vas donc avoir cela pour toi seul, polisson ! Ah ! mon coquin, tu l'échappes belle avec moi, tu es heureux, si je n'avais pas quinze ans de trop, nous nous battrions à l'épée à qui l'aurait. Tiens ! je suis amoureux de vous, mademoiselle. C'est tout simple. C'est votre droit. Ah ! la belle jolie charmante petite noce que cela va faire ! C'est Saint-Denis du Saint-Sacrement qui est notre paroisse, mais j'aurai une dispense pour que vous vous épousiez à Saint-Paul [4]. L'église est mieux. C'est bâti par les jésuites. C'est plus coquet. C'est vis-à-vis la fontaine du cardinal de Birague. Le chef-d'œuvre de l'architecture jésuite est à Namur [5]. Ça s'appelle Saint-Loup. Il faudra y aller quand vous serez mariés. Cela vaut le voyage. Mademoiselle, je suis tout à fait de votre parti, je veux que les filles se marient, c'est fait pour ça. Il y a une certaine sainte Catherine que je voudrais voir toujours décoiffée. Rester fille, c'est beau, mais c'est froid. La Bible dit : Multipliez. Pour sauver le peuple, il faut Jeanne d'Arc ; mais, pour faire le peuple, il faut la mère Gigogne. Donc, mariez-vous, les belles. Je ne vois vraiment pas à quoi bon rester fille ? Je sais bien qu'on a une chapelle à part dans l'église et qu'on se rabat sur la confrérie de la Vierge ; mais, sapristi, un joli mari, brave garçon, et, au bout d'un an, un gros mioche blond qui

4. Cette « dispense » est une licence poétique : Hugo avait marié Léopoldine dans cette église le 15 février 1843 — veille du dixième anniversaire de la rencontre de Juliette (voir texte et notes de V, 6, 1 : pp. 1822-1826).

5. Où Hugo était passé lors du voyage du *Rhin* et repassé durant l'été 1861.

vous tette gaillardement, et qui a de bons plis de graisse
aux cuisses, et qui vous tripote le sein à poignées dans
ses petites pattes roses en riant comme l'aurore, cela vaut
pourtant mieux que de tenir un cierge à vêpres et de chanter *Turris eburnea* ! [6]

Le grand-père fit une pirouette sur ses talons de quatre-
vingt-dix ans, et se remit à parler, comme un ressort qui
repart :

— Ainsi, bornant le cours de tes rêvasseries,
Alcippe, il est donc vrai, dans peu tu te maries [7].

À propos !
— Quoi, mon père ?
— N'avais-tu pas un ami intime ?
— Oui, Courfeyrac.
— Qu'est-il devenu ?
— Il est mort.
— Ceci est bon.

Il s'assit près d'eux, fit asseoir Cosette, et prit leurs
quatre mains dans ses vieilles mains ridées.

— Elle est exquise, cette mignonne. C'est un chef-
d'œuvre, cette Cosette-là ! Elle est très petite fille et très
grande dame. Elle ne sera que baronne, c'est déroger ;
elle est née marquise. Vous a-t-elle des cils ! Mes enfants,
fichez-vous bien dans la caboche que vous êtes dans le
vrai. Aimez-vous. Soyez-en bêtes. L'amour, c'est la
bêtise des hommes et l'esprit de Dieu. Adorez-vous. Seulement, ajouta-t-il rembruni tout à coup, quel malheur !
Voilà que j'y pense ! Plus de la moitié de ce que j'ai est
en viager ; tant que je vivrai, cela ira encore, mais après
ma mort, dans une vingtaine d'années d'ici, ah ! mes
pauvres enfants, vous n'aurez pas le sou ! Vos belles

---

6. « Tour d'ivoire » : une des invocations des Litanies de la
Vierge.
7. Pour Marius, plus rêveur que galant, Gillenormand corrige le
vers de Boileau (*Satires*) où il y a « galanteries » et non « rêvasseries ».

mains blanches, madame la baronne, feront au diable l'honneur de le tirer par la queue.

Ici on entendit une voix grave et tranquille qui disait :

— Mademoiselle Euphrasie Fauchelevent a six cent mille francs[8].

C'était la voix de Jean Valjean.

Il n'avait pas encore prononcé une parole, personne ne semblait même plus savoir qu'il était là, et il se tenait debout et immobile derrière tous ces gens heureux.

— Qu'est-ce que c'est que mademoiselle Euphrasie en question ? demanda le grand-père effaré.

— C'est moi, répondit Cosette.

— Six cent mille francs ! reprit M. Gillenormand.

— Moins quatorze ou quinze mille francs peut-être, dit Jean Valjean.

Et il posa sur la table le paquet que la tante Gillenormand avait pris pour un livre.

Jean Valjean ouvrit lui-même le paquet ; c'était une liasse de billets de banque. On les feuilleta et on les compta. Il y avait cinq cents billets de mille francs et cent soixante-huit de cinq cents. En tout cinq cent quatrevingt-quatre mille francs.

— Voilà un bon livre, dit M. Gillenormand.

— Cinq cent quatrevingt-quatre mille francs ! murmura la tante.

— Ceci arrange bien des choses, n'est-ce pas, mademoiselle Gillenormand aînée ? reprit l'aïeul. Ce diable de Marius, il vous a déniché dans l'arbre des rêves une grisette millionnaire ! Fiez-vous donc maintenant aux amourettes des jeunes gens ! Les étudiants trouvent des étudiantes de six cent mille francs. Chérubin travaille mieux que Rothschild.

— Cinq cent quatrevingt-quatre mille francs ! répétait

8. Constamment dans *Les Misérables*, les rapports purement sociaux se concrétisent immédiatement en rapports d'argent. Jean Valjean n'y échappe pas, soit qu'on ne le laisse rien dire d'autre — comme ici, et il en ira de même jusqu'à la fin du roman —, soit qu'il en prenne l'initiative — voir texte II, 5, 9 annoté 1 ; pp. 645-646.

à demi voix mademoiselle Gillenormand. Cinq cent quatrevingt-quatre ! autant dire six cent mille, quoi !

Quant à Marius et à Cosette, ils se regardaient pendant
ce temps-là ; ils firent à peine attention à ce détail.

V

DÉPOSEZ PLUTÔT VOTRE ARGENT DANS TELLE FORÊT QUE CHEZ TEL NOTAIRE

On a sans doute compris, sans qu'il soit nécessaire de
l'expliquer longuement, que Jean Valjean, après l'affaire
Champmathieu, avait pu, grâce à sa première évasion de
quelques jours, venir à Paris, et retirer à temps de chez
Laffitte la somme gagnée par lui, sous le nom de monsieur Madeleine, à Montreuil-sur-Mer ; et que, craignant
d'être repris, ce qui lui arriva en effet peu de temps après,
il avait caché et enfoui cette somme dans la forêt de
Montfermeil au lieu dit le fonds Blaru. La somme, six
cent trente mille francs, toute en billets de banque, avait
peu de volume et tenait dans une boîte ; seulement, pour
préserver la boîte de l'humidité, il l'avait placée dans un
coffret en chêne plein de copeaux de châtaignier. Dans le
même coffret, il avait mis son autre trésor, les chandeliers
de l'évêque. On se souvient qu'il avait emporté ces chandeliers en s'évadant de Montreuil-sur-Mer. L'homme
aperçu un soir une première fois par Boulatruelle, c'était
Jean Valjean. Plus tard, chaque fois que Jean Valjean
avait besoin d'argent, il venait en chercher à la clairière
Blaru. De là les absences dont nous avons parlé. Il avait
une pioche quelque part dans les bruyères, dans une
cachette connue de lui seul. Lorsqu'il vit Marius convalescent, sentant que l'heure approchait où cet argent pourrait être utile, il était allé le chercher ; et c'était encore
lui que Boulatruelle avait vu dans le bois, mais cette fois
le matin et non le soir. Boulatruelle hérita de la pioche.

La somme réelle était cinq cent quatrevingt-quatre mille cinq cents francs. Jean Valjean retira les cinq cents francs pour lui. — Nous verrons après, pensa-t-il [1].

La différence entre cette somme et les six cent trente mille francs retirés de chez Laffitte représentait la dépense de dix années, de 1823 à 1833. Les cinq années de séjour au couvent n'avaient coûté que cinq mille francs.

Jean Valjean mit les deux flambeaux d'argent sur la cheminée où ils resplendirent à la grande admiration de Toussaint.

Du reste, Jean Valjean se savait délivré de Javert. On avait raconté devant lui, et il avait vérifié le fait dans le *Moniteur*, qui l'avait publié, qu'un inspecteur de police nommé Javert avait été trouvé noyé sous un bateau de blanchisseuses entre le pont au Change et le Pont-Neuf, et qu'un écrit laissé par cet homme, d'ailleurs irréprochable et fort estimé de ses chefs, faisait croire à un accès d'aliénation mentale et à un suicide. — Au fait, pensa Jean Valjean, puisque, me tenant, il m'a laissé en liberté, c'est qu'il fallait qu'il fût déjà fou [2].

VI

LES DEUX VIEILLARDS FONT TOUT, CHACUN À LEUR FAÇON, POUR QUE COSETTE SOIT HEUREUSE

On prépara tout pour le mariage. Le médecin consulté déclara qu'il pourrait avoir lieu en février. On était en décembre. Quelques ravissantes semaines de bonheur parfait s'écoulèrent.

---

1. Il n'y aura donc pas d'après et ces cinq cents francs resteront intacts, voir texte en V, 9, 5 annoté p. 1943.
2. Le galérien reparaît. Utilement, car l'horreur de soi qu'exprimera bientôt Jean Valjean devant Marius (V, 7, 1 ; p. 1858) y trouve un de ses fondements.

Le moins heureux n'était pas le grand-père. Il restait des quarts d'heure en contemplation devant Cosette.

— L'admirable jolie fille ! s'écriait-il. Et elle a l'air si douce et si bonne ! Il n'y a pas à dire mamie mon cœur, c'est la plus charmante fille que j'aie vue de ma vie. Plus tard, ça vous aura des vertus avec odeur de violette. C'est une grâce, quoi ! On ne peut que vivre noblement avec une telle créature. Marius, mon garçon, tu es baron, tu es riche, n'avocasse pas, je t'en supplie.

Cosette et Marius étaient passés brusquement du sépulcre au paradis. La transition avait été peu ménagée, et ils en auraient été étourdis s'ils n'en avaient été éblouis.

— Comprends-tu quelque chose à cela ? disait Marius à Cosette.

— Non, répondait Cosette, mais il me semble que le bon Dieu nous regarde.

Jean Valjean fit tout, aplanit tout, concilia tout, rendit tout facile. Il se hâtait vers le bonheur de Cosette avec autant d'empressement, et, en apparence, de joie, que Cosette elle-même.

Comme il avait été maire, il sut résoudre un problème délicat dans le secret duquel il était seul, l'état civil de Cosette. Dire crûment l'origine, qui sait ? cela eût pu empêcher le mariage. Il tira Cosette de toutes les difficultés. Il lui arrangea une famille de gens morts, moyen sûr de n'encourir aucune réclamation. Cosette était ce qui restait d'une famille éteinte ; Cosette n'était pas sa fille à lui, mais la fille d'un autre Fauchelevent. Deux frères Fauchelevent avaient été jardiniers au couvent du Petit-Picpus. On alla à ce couvent ; les meilleurs renseignements et les plus respectables témoignages abondèrent ; les bonnes religieuses, peu aptes et peu enclines à sonder les questions de paternité, et n'y entendant pas malice, n'avaient jamais su bien au juste duquel des deux Fauchelevent la petite Cosette était la fille. Elles dirent ce qu'on voulut, et le dirent avec zèle. Un acte de notoriété fut dressé. Cosette devint devant la loi mademoiselle Euphrasie Fauchelevent. Elle fut déclarée orpheline de père et de mère. Jean Valjean s'arrangea de façon à être désigné, sous le nom de Fauchelevent, comme tuteur de Cosette, avec M. Gillenormand comme subrogé tuteur.

Quant aux cinq cent quatrevingt-quatre mille francs, c'était un legs fait à Cosette par une personne morte qui désirait rester inconnue. Le legs primitif avait été de cinq cent quatrevingt-quatorze mille francs ; mais dix mille francs avaient été dépensés pour l'éducation de mademoiselle Euphrasie, dont cinq mille francs payés au couvent même. Ce legs, déposé dans les mains d'un tiers, devait être remis à Cosette à sa majorité ou à l'époque de son mariage. Tout cet ensemble était fort acceptable, comme on voit, surtout avec un appoint de plus d'un demi-million. Il y avait bien çà et là quelques singularités, mais on ne les vit pas ; un des intéressés avait les yeux bandés par l'amour, les autres par les six cent mille francs.

Cosette apprit qu'elle n'était pas la fille de ce vieux homme qu'elle avait si longtemps appelé père. Ce n'était qu'un parent ; un autre Fauchelevent était son père véritable. Dans tout autre moment, cela l'eût navrée. Mais à l'heure ineffable où elle était, ce ne fut qu'un peu d'ombre, un rembrunissement, et elle avait tant de joie que ce nuage dura peu. Elle avait Marius. Le jeune homme arrivait, le bonhomme s'effaçait ; la vie est ainsi.

Et puis, Cosette était habituée depuis longues années à voir autour d'elle des énigmes ; tout être qui a eu une enfance mystérieuse est toujours prêt à de certains renoncements [1].

Elle continua pourtant de dire à Jean Valjean : Père.

Cosette, aux anges, était enthousiasmée du père Gillenormand. Il est vrai qu'il la comblait de madrigaux et de cadeaux. Pendant que Jean Valjean construisait à Cosette une situation normale dans la société et une possession d'état inattaquable, M. Gillenormand veillait à la corbeille de noces. Rien ne l'amusait comme d'être magnifique. Il avait donné à Cosette une robe de guipure de Binche qui lui venait de sa propre grand'mère à lui. — Ces modes-là renaissent, disait-il, les antiquailles font fureur, et les

---

1. L'allusion autobiographique est à la fois claire et un peu mystérieuse (note générale 38).

jeunes femmes de ma vieillesse s'habillent comme les vieilles femmes de mon enfance.

Il dévalisait ses respectables commodes de laque de Coromandel à panse bombée qui n'avaient pas été ouvertes depuis des ans. — Confessons ces douairières, disait-il ; voyons ce qu'elles ont dans la bedaine. Il violait bruyamment des tiroirs ventrus pleins des toilettes de toutes ses femmes, de toutes ses maîtresses, et de toutes ses aïeules. Pékins, damas, lampas, moires peintes, robes de gros de Tours flambé, mouchoirs des Indes brodés d'un or qui peut se laver, dauphines sans envers en pièces, points de Gênes et d'Alençon, parures en vieille orfévrerie, bonbonnières d'ivoire ornées de batailles microscopiques, nippes, rubans, il prodiguait tout à Cosette. Cosette, émerveillée, éperdue d'amour pour Marius et effarée de reconnaissance pour M. Gillenormand, rêvait un bonheur sans bornes vêtu de satin et de velours. Sa corbeille de noces lui apparaissait soutenue par les séraphins. Son âme s'envolait dans l'azur avec des ailes de dentelle de Malines[2].

L'ivresse des amoureux n'était égalée, nous l'avons dit, que par l'extase du grand-père. Il y avait comme une fanfare dans la rue des Filles-du-Calvaire.

Chaque matin, nouvelle offrande de bric-à-brac du grand-père à Cosette. Tous les falbalas possibles s'épanouissaient splendidement autour d'elle.

Un jour Marius, qui, volontiers, causait gravement à travers son bonheur, dit à propos de je ne sais quel incident :

— Les hommes de la révolution sont tellement grands, qu'ils ont déjà le prestige des siècles, comme Caton et comme Phocion, et chacun d'eux semble une mémoire antique.

— Moire antique ! s'écria le vieillard. Merci, Marius. C'est précisément l'idée que je cherchais.

---

2. On ne devinerait pas, sous ce ton à la Flaubert, que Léopoldine fit sa première communion avec une robe taillée dans une de celles de Juliette.

Et le lendemain une magnifique robe de moire antique couleur thé s'ajoutait à la corbeille de Cosette.

Le grand-père extrayait de ces chiffons une sagesse.

— L'amour, c'est bien ; mais il faut cela avec. Il faut de l'inutile dans le bonheur. Le bonheur, ce n'est que le nécessaire. Assaisonnez-le-moi énormément de superflu. Un palais et son cœur. Son cœur et le Louvre. Son cœur et les grandes eaux de Versailles. Donnez-moi ma bergère, et tâchez qu'elle soit duchesse. Amenez-moi Philis couronnée de bleuets et ajoutez-lui cent mille livres de rente. Ouvrez-moi une bucolique à perte de vue sous une colonnade de marbre. Je consens à la bucolique et aussi à la féerie de marbre et d'or. Le bonheur sec ressemble au pain sec. On mange, mais on ne dîne pas. Je veux du superflu, de l'inutile, de l'extravagant, du trop, de ce qui ne sert à rien. Je me souviens d'avoir vu dans la cathédrale de Strasbourg une horloge haute comme une maison à trois étages qui marquait l'heure, qui avait la bonté de marquer l'heure, mais qui n'avait pas l'air faite pour cela ; et qui, après avoir sonné midi ou minuit, midi, l'heure du soleil, minuit, l'heure de l'amour, ou toute autre heure qu'il vous plaira, vous donnait la lune et les étoiles, la terre et la mer, les oiseaux et les poissons, Phébus et Phébé, et une ribambelle de choses qui sortaient d'une niche, et les douze apôtres, et l'empereur Charles-Quint, et Éponine et Sabinus, et un tas de petits bonshommes dorés qui jouaient de la trompette, par-dessus le marché. Sans compter de ravissants carillons qu'elle éparpillait dans l'air à tout propos sans qu'on sût pourquoi. Un méchant cadran tout nu qui ne dit que les heures vaut-il cela ? Moi je suis de l'avis de la grosse horloge de Strasbourg, et je la préfère au coucou de la Forêt-Noire.

M. Gillenormand déraisonnait spécialement à propos de la noce, et tous les trumeaux du dix-huitième siècle passaient pêle-mêle dans ses dithyrambes.

— Vous ignorez l'art des fêtes. Vous ne savez pas faire un jour de joie dans ce temps-ci, s'écriait-il. Votre dix-neuvième siècle est veule. Il manque d'excès. Il ignore le riche, il ignore le noble. En toute chose, il est tondu ras. Votre tiers état est insipide, incolore, inodore et informe. Rêves de vos bourgeoises qui s'établissent, comme elles disent : un joli boudoir fraîchement décoré, palissandre et calicot. Place ! place ! le sieur Grigou épouse la demoiselle Grippesou. Somptuosité et splendeur ! on a collé un louis d'or à un cierge. Voilà l'époque. Je demande à m'enfuir au delà des sarmates. Ah ! dès 1787, j'ai prédit que tout était perdu le jour où j'ai vu le duc de Rohan, prince de Léon, duc de Chabot, duc de Montbazon, marquis de Soubise, vicomte de Thouars, pair de France, aller à Longchamp en tapecu ![3] Cela a porté ses fruits. Dans ce siècle on fait des affaires, on joue à la Bourse, on gagne de l'argent, et l'on est pingre. On soigne et on vernit sa surface ; on est tiré à quatre épingles, lavé, savonné, ratissé, rasé, peigné, ciré, lissé, frotté, brossé, nettoyé au dehors, irréprochable, poli comme un caillou, discret, propret, et en même temps, vertu de ma mie ! on a au fond de la conscience des fumiers et des cloaques à faire reculer une vachère qui se mouche dans ses doigts. J'octroie à ce temps-ci cette devise : Propreté sale [4]. Marius, ne te fâche pas, donne-moi la permission de parler, je ne dis pas de mal du peuple, tu vois, j'en ai plein la bouche de ton peuple, mais trouve bon que je flanque un peu une pile à la bourgeoisie. J'en suis. Qui aime bien cingle bien. Sur ce, je le dis tout net, aujourd'hui on se marie, mais on ne sait plus se marier. Ah ! c'est vrai, je regrette la gentillesse des anciennes mœurs. J'en regrette tout. Cette élégance, cette chevalerie, ces façons courtoises et mignonnes, ce luxe réjouissant que chacun avait, la musique faisant partie de la noce, symphonie en haut, tambourinage en bas, les danses, les joyeux visages attablés, les madrigaux alambiqués, les chansons, les fusées d'artifice, les francs

---

3. Hugo n'a pas vu cela. Mais il avait été lié au fils de ce personnage, le futur cardinal déjà évoqué en II, 6, 5 (voir note 6, p. 686), qui l'avait reçu au château familial de La Roche-Guyon l'été du voyage à Dreux (voir III, 3, 2, note 6, p. 852).

4. Il s'agit autant, sous la plume de Hugo, du Second Empire que, dans la bouche de Gillenormand, de la monarchie de Juillet. Voir aussi note 2 et texte en V, 2, 5 ; p. 1700.

rires, le diable et son train, les gros nœuds de rubans. Je
regrette la jarretière de la mariée. La jarretière de la
mariée est cousine de la ceinture de Vénus. Sur quoi roule
la guerre de Troie ? Parbleu, sur la jarretière d'Hélène.
Pourquoi se bat-on, pourquoi Diomède le divin fracasse-
t-il sur la tête de Mérionée ce grand casque d'airain à dix
pointes, pourquoi Achille et Hector se pignochent-ils à
grands coups de pique ? Parce que Hélène a laissé prendre
à Pâris sa jarretière. Avec la jarretière de Cosette, Homère
ferait l'Iliade. Il mettrait dans son poëme un vieux bavard
comme moi, et il le nommerait Nestor[5]. Mes amis, autrefois, dans cet aimable autrefois, on se mariait savamment ; on faisait un bon contrat, ensuite une bonne
boustifaille. Sitôt Cujas sorti, Gamache entrait[6]. Mais,
dame ! c'est que l'estomac est une bête agréable qui
demande son dû, et qui veut avoir sa noce aussi. On sou-
pait bien, et l'on avait à table une belle voisine sans
guimpe qui ne cachait sa gorge que modérément ! Oh !
les larges bouches riantes, et comme on était gai dans ce
temps-là ! la jeunesse était un bouquet ; tout jeune
homme se terminait par une branche de lilas ou par une
touffe de roses ; fût-on guerrier, on était berger ; et, si par
hasard, on était capitaine de dragons, on trouvait moyen
de s'appeler Florian[7]. On tenait à être joli. On se brodait,
on s'empourprait. Un bourgeois avait l'air d'une fleur, un
marquis avait l'air d'une pierrerie. On n'avait pas de
sous-pieds, on n'avait pas de bottes. On était pimpant,
lustré, moiré, mordoré, voltigeant, mignon, coquet, ce qui
n'empêchait pas d'avoir l'épée au côté. Le colibri a bec
et ongles. C'était le temps des *Indes galantes*. Un des
côtés du siècle était le délicat, l'autre était le magnifique ;
et, par la vertu-chou ! on s'amusait. Aujourd'hui on est
sérieux. Le bourgeois est avare, la bourgeoise est prude ;

  5. Désinvolte mais ambitieuse autoqualification de son œuvre par
l'auteur.
  6. Cujas : grand juriste de la Renaissance ; Gamache : personnage
de paysan, dans *Don Quichotte*, dont les noces sont l'occasion d'un
festin devenu proverbial.
  7. Le fabuliste était, effectivement, capitaine de dragons.

votre siècle est infortuné. On chasserait les Grâces comme trop décolletées. Hélas ! on cache la beauté comme une laideur. Depuis la révolution, tout a des pantalons, même les danseuses[8] ; une baladine doit être grave ; vos rigodons sont doctrinaires. Il faut être majestueux. On serait bien fâché de ne pas avoir le menton dans sa cravate. L'idéal d'un galopin de vingt ans qui se marie, c'est de ressembler à monsieur Royer-Collard. Et savez-vous à quoi l'on arrive avec cette majesté-là ? à être petit. Apprenez ceci : la joie n'est pas seulement joyeuse ; elle est grande. Mais soyez donc amoureux gaîment, que diable ! mariez-vous donc, quand vous vous mariez, avec la fièvre et l'étourdissement et le vacarme et le tohu-bohu du bonheur ! De la gravité à l'église, soit. Mais, sitôt la messe finie, sarpejeu ! il faudrait faire tourbillonner un songe autour de l'épousée. Un mariage doit être royal et chimérique ; il doit promener sa cérémonie de la cathédrale de Reims à la pagode de Chanteloup. J'ai horreur d'une noce pleutre. Ventre-goulette ! soyez dans l'olympe, au moins ce jour-là. Soyez des dieux. Ah ! l'on pourrait être des sylphes, des Jeux et des Ris, des argyraspides[9] ; on est des galoupiats ! Mes amis, tout nouveau marié doit être le prince Aldobrandini. Profitez de cette minute unique de la vie pour vous envoler dans l'empyrée avec les cygnes et les aigles, quitte à retomber le lendemain dans la bourgeoisie des grenouilles[10]. N'économisez point sur l'hyménée, ne lui rognez pas ses splendeurs ; ne liardez pas le jour où vous rayonnez. La noce n'est pas le ménage. Oh ! si je faisais à ma fantaisie, ce serait galant. On entendrait des violons dans les arbres. Voici

---

8. En effet, depuis le début du siècle, les femmes, à l'initiative des danseuses et des cocottes, prennent l'habitude de porter des pantalons de dessous, indéfiniment raccourcis jusqu'à nos jours.

9. Troupe d'élite de l'armée macédonienne antique. Gillenormand décline la littérature : romantique (sylphes), renaissante (les Jeux et les Ris), classique (ces argyraspides), moderne tendance Paul de Kock, les « galoupiats », qui sont la même chose que nos galapiats.

10. Celles qui demandent un roi et à qui Jupiter donne « Soliveau » selon La Fontaine (*Fables*), Louis-Philippe pour Gillenormand (et nombre de romantiques).

mon programme : bleu de ciel et argent. Je mêlerais à la
fête les divinités agrestes, je convoquerais les dryades et
les néréides. Les noces d'Amphitrite, une nuée rose, des
nymphes bien coiffées et toutes nues, un académicien
offrant des quatrains à la déesse, un char traîné par des
monstres marins.

> Triton trottait devant, et tirait de sa conque
> Des sons si ravissants qu'il ravissait quiconque !

— Voilà un programme de fête, en voilà un, ou je ne
m'y connais pas, sac à papier.

Pendant que le grand-père, en pleine effusion lyrique,
s'écoutait lui-même, Cosette et Marius s'enivraient de se
regarder librement.

La tante Gillenormand considérait tout cela avec sa
placidité imperturbable. Elle avait eu depuis cinq ou six
mois une certaine quantité d'émotions ; Marius revenu,
Marius rapporté sanglant, Marius rapporté d'une barricade, Marius mort, puis vivant, Marius réconcilié, Marius
fiancé, Marius se mariant avec une pauvresse, Marius se
mariant avec une millionnaire [11]. Les six cent mille francs
avaient été sa dernière surprise. Puis son indifférence de
première communiante lui était revenue. Elle allait régu-
lièrement aux offices, égrenait son rosaire, lisait son
eucologe [12], chuchotait dans un coin de la maison des *Ave*
pendant qu'on chuchotait dans l'autre des *I love you*, et,
vaguement, voyait Marius et Cosette comme deux
ombres. L'ombre, c'était elle.

Il y a un certain état d'ascétisme inerte où l'âme, neu-
tralisée par l'engourdissement, étrangère à ce qu'on pourrait appeler l'affaire de vivre, ne perçoit, à l'exception
des tremblements de terre et des catastrophes, aucune des

---

11. Ce résumé, digne d'une lectrice de romans du goût de
Mme Thénardier, est une façon d'interdire la réduction du texte au
schéma proposé.

12. Livre de prières donnant le texte des offices des dimanches et
fêtes ; le mot est archaïque, même au XIXe siècle, même pour Mlle Gillenormand.

impressions humaines, ni les impressions plaisantes, ni les impressions pénibles. — Cette dévotion-là, disait le père Gillenormand à sa fille, correspond au rhume de cerveau. Tu ne sens rien de la vie. Pas de mauvaise odeur, mais pas de bonne.

Du reste, les six cent mille francs avaient fixé les indécisions de la vieille fille. Son père avait pris l'habitude de la compter si peu qu'il ne l'avait pas consultée sur le consentement au mariage de Marius. Il avait agi de fougue, selon sa mode, n'ayant, despote devenu esclave, qu'une pensée, satisfaire Marius. Quant à la tante, que la tante existât, et qu'elle pût avoir un avis, il n'y avait pas même songé, et, toute moutonne qu'elle était, ceci l'avait froissée. Quelque peu révoltée dans son for intérieur, mais extérieurement impassible, elle s'était dit : Mon père résout la question du mariage sans moi ; je résoudrai la question de l'héritage sans lui. Elle était riche, en effet, et le père ne l'était pas. Elle avait donc réservé là-dessus sa décision. Il est probable que, si le mariage eût été pauvre, elle l'eût laissé pauvre. Tant pis pour monsieur mon neveu ! Il épouse une gueuse, qu'il soit gueux. Mais le demi-million de Cosette plut à la tante et changea sa situation intérieure à l'endroit de cette paire d'amoureux. On doit de la considération à six cent mille francs, et il était évident qu'elle ne pouvait faire autrement que de laisser sa fortune à ces jeunes gens, puisqu'ils n'en avaient plus besoin [13].

Il fut arrangé que le couple habiterait chez le grand-père. M. Gillenormand voulut absolument leur donner sa chambre, la plus belle de la maison. — *Cela me rajeunira*, déclarait-il. *C'est un ancien projet. J'avais toujours eu l'idée de faire la noce dans ma chambre.* Il meubla cette chambre d'un tas de vieux bibelots galants. Il la fit plafonner et tendre d'une étoffe extraordinaire qu'il avait en pièce et qu'il croyait d'Utrecht, fonds satiné boutons-d'or avec fleurs de velours oreilles-d'ours. — C'est de cette étoffe-là, disait-il, qu'était drapé le lit de la duchesse

---

13. Formulation simple des règles de l'accumulation du capital, voir note générale 30.

d'Anville à La Roche-Guyon [14]. — Il mit sur la cheminée une figurine de Saxe portant un manchon sur son ventre nu.

La bibliothèque de M. Gillenormand devint le cabinet d'avocat dont avait besoin Marius ; un cabinet, on s'en souvient, étant exigé par le conseil de l'ordre.

VII

LES EFFETS DE RÊVE MÊLÉS AU BONHEUR

Les amoureux se voyaient tous les jours. Cosette venait avec M. Fauchelevent. — C'est le renversement des choses, disait mademoiselle Gillenormand, que la future vienne à domicile se faire faire la cour comme ça. — Mais la convalescence de Marius avait fait prendre l'habitude, et les fauteuils de la rue des Filles-du-Calvaire, meilleurs aux tête-à-tête que les chaises de paille de la rue de l'Homme-Armé, l'avaient enracinée. Marius et M. Fauchelevent se voyaient, mais ne se parlaient pas. Il semblait que cela fût convenu. Toute fille a besoin d'un chaperon. Cosette n'aurait pu venir sans M. Fauchelevent. Pour Marius, M. Fauchelevent était la condition de Cosette. Il l'acceptait. En mettant sur le tapis, vaguement et sans préciser, les matières de la politique, au point de vue de l'amélioration générale du sort de tous, ils parvenaient à se dire un peu plus que oui et non. Une fois, au sujet de l'enseignement, que Marius voulait gratuit et obligatoire, multiplié sous toutes les formes, prodigué à tous comme l'air et le soleil, en un mot, respirable au peuple tout entier, ils furent à l'unisson et causèrent presque. Marius remarqua à cette occasion que M. Fauchelevent parlait bien, et même avec une certaine élévation de langage. Il lui manquait pourtant on ne sait quoi.

---

14. Détail conforme au souvenir de Hugo (voir ci-dessus note 3, p. 1805) tel que le rapporte le *Victor Hugo raconté*.

M. Fauchelevent avait quelque chose de moins qu'un homme du monde, et quelque chose de plus.

Marius, intérieurement et au fond de sa pensée, entourait de toutes sortes de questions muettes ce M. Fauchelevent qui était pour lui simplement bienveillant et froid. Il lui venait par moments des doutes sur ses propres souvenirs. Il y avait dans sa mémoire un trou, un endroit noir, un abîme creusé par quatre mois d'agonie. Beaucoup de choses s'y étaient perdues. Il en était à se demander s'il était bien réel qu'il eût vu M. Fauchelevent, un tel homme si sérieux et si calme, dans la barricade.

Ce n'était pas d'ailleurs la seule stupeur que les apparitions et les disparitions du passé lui eussent laissée dans l'esprit. Il ne faudrait pas croire qu'il fût délivré de toutes ces obsessions de la mémoire qui nous forcent, même heureux, même satisfaits, à regarder mélancoliquement en arrière. La tête qui ne se retourne pas vers les horizons effacés ne contient ni pensée ni amour. Par moments, Marius prenait son visage dans ses mains et le passé tumultueux et vague traversait le crépuscule qu'il avait dans le cerveau. Il revoyait tomber Mabeuf, il entendait Gavroche chanter sous la mitraille, il sentait sous sa lèvre le froid du front d'Éponine, Enjolras, Courfeyrac, Jean Prouvaire, Combeferre, Bossuet, Grantaire, tous ses amis, se dressaient devant lui, puis se dissipaient. Tous ces êtres chers, douloureux, vaillants, charmants ou tragiques, étaient-ce des songes ? avaient-ils en effet existé ? L'émeute avait tout roulé dans sa fumée. Ces grandes fièvres ont de grands rêves. Il s'interrogeait ; il se tâtait ; il avait le vertige de toutes ces réalités évanouies. Où étaient-ils donc tous ? était-ce bien vrai que tout fût mort ? Une chute dans les ténèbres avait tout emporté, excepté lui. Tout cela lui semblait avoir disparu comme derrière une toile de théâtre. Il y a de ces rideaux qui s'abaissent dans la vie. Dieu passe à l'acte suivant.

Et lui-même, était-il bien le même homme ? Lui, le pauvre, il était riche ; lui, l'abandonné, il avait une famille ; lui, le désespéré, il épousait Cosette. Il lui semblait qu'il avait traversé une tombe, et qu'il y était entré noir, et qu'il en était sorti blanc[1]. Et cette tombe, les autres y étaient restés. À de certains instants, tous ces êtres du passé, revenus et présents, faisaient cercle autour de lui et l'assombrissaient ; alors il songeait à Cosette, et redevenait serein ; mais il ne fallait rien moins que cette félicité pour effacer cette catastrophe.

M. Fauchelevent avait presque place parmi ces êtres évanouis. Marius hésitait à croire que le Fauchelevent de la barricade fût le même que ce Fauchelevent en chair et en os, si gravement assis près de Cosette. Le premier était probablement un de ces cauchemars apportés et remportés par ses heures de délire. Du reste, leurs deux natures étant escarpées, aucune question n'était possible de Marius à M. Fauchelevent. L'idée ne lui en fût pas même venue. Nous avons indiqué déjà ce détail caractéristique.

Deux hommes qui ont un secret commun, et qui, par une sorte d'accord tacite, n'échangent pas une parole à ce sujet, cela est moins rare qu'on ne pense.

Une fois seulement, Marius tenta un essai. Il fit venir dans la conversation la rue de la Chanvrerie, et, se tournant vers M. Fauchelevent, il lui dit :

— Vous connaissez bien cette rue-là ?

— Quelle rue ?

— La rue de la Chanvrerie ?

— Je n'ai aucune idée du nom de cette rue-là, répondit M. Fauchelevent du ton le plus naturel du monde.

La réponse, qui portait sur le nom de la rue, et point sur la rue elle-même, parut à Marius plus concluante qu'elle ne l'était.

— Décidément, pensa-t-il, j'ai rêvé. J'ai eu une hallucination. C'est quelqu'un qui lui ressemblait. M. Fauchelevent n'y était pas.

----

1. Voir déjà texte de V, 3, 1 annoté 1, p. 1709, et note générale 24.

VIII

DEUX HOMMES IMPOSSIBLES À RETROUVER

L'enchantement, si grand qu'il fût, n'effaça point dans l'esprit de Marius d'autres préoccupations.

Pendant que le mariage s'apprêtait et en attendant l'époque fixée, il fit faire de difficiles et scrupuleuses recherches rétrospectives.

Il devait de la reconnaissance de plusieurs côtés ; il en devait pour son père, il en devait pour lui-même.

Il y avait Thénardier ; il y avait l'inconnu qui l'avait rapporté, lui Marius, chez M. Gillenormand.

Marius tenait à retrouver ces deux hommes, n'entendant point se marier, être heureux, et les oublier, et craignant que ces dettes du devoir non payées ne fissent ombre sur sa vie, si lumineuse désormais. Il lui était impossible de laisser tout cet arriéré en souffrance derrière lui, et il voulait, avant d'entrer joyeusement dans l'avenir, avoir quittance du passé.

Que Thénardier fût un scélérat, cela n'ôtait rien à ce fait qu'il avait sauvé le colonel Pontmercy. Thénardier était un bandit pour tout le monde, excepté pour Marius.

Et Marius, ignorant la véritable scène du champ de bataille de Waterloo, ne savait pas cette particularité, que son père était vis-à-vis de Thénardier dans cette situation étrange de lui devoir la vie sans lui devoir de reconnaissance.

Aucun des divers agents que Marius employa ne parvint à saisir la piste de Thénardier. L'effacement semblait complet de ce côté-là. La Thénardier était morte en prison pendant l'instruction du procès. Thénardier et sa fille Azelma, les deux seuls qui restassent de ce groupe lamentable, avaient replongé dans l'ombre. Le gouffre de l'Inconnu social s'était silencieusement refermé sur ces êtres. On ne voyait même plus à la surface ce frémissement, ce tremblement, ces obscurs cercles concentriques qui annoncent que quelque chose est tombé là, et qu'on peut y jeter la sonde.

La Thénardier étant morte, Boulatruelle étant mis hors de cause, Claquesous ayant disparu, les principaux accusés s'étant échappés de prison, le procès du guet-apens de la masure Gorbeau avait à peu près avorté. L'affaire était restée assez obscure. Le banc des assises avait dû se contenter de deux subalternes, Panchaud, dit Printanier, dit Bigrenaille, et Demi-Liard, dit Deux Milliards, qui avaient été condamnés contradictoirement à dix ans de galères. Les travaux forcés à perpétuité avaient été prononcés contre leurs complices évadés et contumaces. Thénardier, chef et meneur, avait été, par contumace également, condamné à mort. Cette condamnation était la seule chose qui restât sur Thénardier, jetant sur ce nom enseveli sa lueur sinistre, comme une chandelle à côté d'une bière.

Du reste, en refoulant Thénardier dans les dernières profondeurs par la crainte d'être ressaisi, cette condamnation ajoutait à l'épaississement ténébreux qui couvrait cet homme.

Quant à l'autre, quant à l'homme ignoré qui avait sauvé Marius, les recherches eurent d'abord quelque résultat, puis s'arrêtèrent court. On réussit à retrouver le fiacre qui avait rapporté Marius rue des Filles-du-Calvaire dans la soirée du 6 juin. Le cocher déclara que le 6 juin, d'après l'ordre d'un agent de police, il avait « stationné », depuis trois heures de l'après-midi jusqu'à la nuit, sur le quai des Champs-Élysées, au-dessus de l'issue du Grand Égout ; que, vers neuf heures du soir, la grille de l'égout qui donne sur la berge de la rivière s'était ouverte ; qu'un homme en était sorti, portant sur ses épaules un autre homme, qui semblait mort ; que l'agent, lequel était en observation sur ce point, avait arrêté l'homme vivant et saisi l'homme mort ; que, sur l'ordre de l'agent, lui cocher avait reçu « tout ce monde-là » dans son fiacre ; qu'on était allé d'abord rue des Filles-du-Calvaire ; qu'on y avait déposé l'homme mort ; que l'homme mort, c'était monsieur Marius, et que lui, cocher, le reconnaissait bien, quoiqu'il fût vivant « cette fois-ci » ; qu'ensuite on était remonté dans sa voiture, qu'il avait fouetté ses chevaux, que, à quelques pas de la porte des Archives, on lui avait crié de s'arrêter, que là, dans la rue, on l'avait payé et quitté, et que l'agent avait emmené l'autre homme ; qu'il ne savait rien de plus ; que la nuit était très noire.

Marius, nous l'avons dit, ne se rappelait rien. Il se souvenait seulement d'avoir été saisi en arrière par une main énergique au moment où il tombait à la renverse dans la barricade ; puis tout s'effaçait pour lui. Il n'avait repris connaissance que chez M. Gillenormand.

Il se perdait en conjectures.

Il ne pouvait douter de sa propre identité. Comment se faisait-il pourtant que, tombé rue de la Chanvrerie, il eût été ramassé par l'agent de police sur la berge de la Seine, près du pont des Invalides ? Quelqu'un l'avait emporté du quartier des halles aux Champs-Élysées. Et comment ? Par l'égout. Dévouement inouï !

Quelqu'un ? qui ?

C'était cet homme que Marius cherchait.

De cet homme, qui était son sauveur, rien ; nulle trace ; pas le moindre indice.

Marius, quoique obligé de ce côté-là à une grande réserve, poussa ses recherches jusqu'à la préfecture de police. Là, pas plus qu'ailleurs, les renseignements pris n'aboutirent à aucun éclaircissement. La préfecture en savait moins que le cocher de fiacre. On n'y avait connaissance d'aucune arrestation opérée le 6 juin à la grille du Grand Égout ; on n'y avait reçu aucun rapport d'agent sur ce fait qui, à la préfecture, était regardé comme une fable. On y attribuait l'invention de cette fable au cocher. Un cocher qui veut un pourboire est capable de tout, même d'imagination. Le fait, pourtant, était certain, et Marius n'en pouvait douter, à moins de douter de sa propre identité, comme nous venons de le dire.

Tout, dans cette étrange énigme, était inexplicable.

Cet homme, ce mystérieux homme, que le cocher avait vu sortir de la grille du Grand Égout portant sur son dos Marius évanoui, et que l'agent de police aux aguets avait arrêté en flagrant délit de sauvetage d'un insurgé,

qu'était-il devenu ? qu'était devenu l'agent lui-même ?
Pourquoi cet agent avait-il gardé le silence ? l'homme
avait-il réussi à s'évader ? avait-il corrompu l'agent ?
Pourquoi cet homme ne donnait-il aucun signe de vie à
Marius qui lui devait tout ? Le désintéressement n'était
pas moins prodigieux que le dévouement. Pourquoi cet
homme ne reparaissait-il pas ? Peut-être était-il au-dessus
de la récompense, mais personne n'est au-dessus de la
reconnaissance. Était-il mort ? quel homme était-ce ?
quelle figure avait-il ? Personne ne pouvait le dire. Le
cocher répondait : La nuit était très noire. Basque et Nicolette, ahuris, n'avaient regardé que leur jeune maître tout
sanglant. Le portier, dont la chandelle avait éclairé la tragique arrivée de Marius, avait seul remarqué l'homme en
question, et voici le signalement qu'il en donnait : « Cet
homme était épouvantable. »

Dans l'espoir d'en tirer parti pour ses recherches,
Marius fit conserver les vêtements ensanglantés qu'il
avait sur le corps, lorsqu'on l'avait ramené chez son aïeul.
En examinant l'habit, on remarqua qu'un pan était bizarrement déchiré. Un morceau manquait.

Un soir, Marius parlait, devant Cosette et Jean Valjean,
de toute cette singulière aventure, des informations sans
nombre qu'il avait prises et de l'inutilité de ses efforts.
Le visage froid de « monsieur Fauchelevent » l'impatientait. Il s'écria avec une vivacité qui avait presque la vibration de la colère :

— Oui, cet homme-là, quel qu'il soit, a été sublime.
Savez-vous ce qu'il a fait, monsieur ? Il est intervenu
comme l'archange. Il a fallu qu'il se jetât au milieu du
combat, qu'il me dérobât, qu'il ouvrît l'égout, qu'il m'y
traînât, qu'il m'y portât ! Il a fallu qu'il fît plus d'une
lieue et demie dans d'affreuses galeries souterraines,
courbé, ployé, dans les ténèbres, dans le cloaque, plus
d'une lieue et demie, monsieur, avec un cadavre sur le
dos ! Et dans quel but ? Dans l'unique but de sauver ce
cadavre. Et ce cadavre, c'était moi. Il s'est dit : Il y a
encore là peut-être une lueur de vie ; je vais risquer mon
existence à moi pour cette misérable étincelle ! Et son
existence, il ne l'a pas risquée une fois, mais vingt ! Et

chaque pas était un danger. La preuve, c'est qu'en sortant de l'égout il a été arrêté. Savez-vous, monsieur, que cet homme a fait tout cela ? Et aucune récompense à attendre. Qu'étais-je ? Un insurgé. Qu'étais-je ? Un vaincu. Oh ! si les six cent mille francs de Cosette étaient à moi...

— Ils sont à vous, interrompit Jean Valjean.

— Eh bien, reprit Marius, je les donnerais pour retrouver cet homme !

Jean Valjean garda le silence.

LIVRE SIXIÈME

LA NUIT BLANCHE

I

LE 16 FÉVRIER 1833

La nuit du 16 au 17 février 1833 fut une nuit bénie. Elle eut au-dessus de son ombre le ciel ouvert. Ce fut la nuit de noces de Marius et de Cosette.

La journée avait été adorable.

Ce n'avait pas été la fête bleue rêvée par le grand-père, une féerie avec une confusion de chérubins et de cupidons au-dessus de la tête des mariés, un mariage digne de faire un dessus de porte ; mais cela avait été doux et riant.

La mode du mariage n'était pas en 1833 ce qu'elle est aujourd'hui. La France n'avait pas encore emprunté à l'Angleterre cette délicatesse suprême d'enlever sa femme, de s'enfuir en sortant de l'église, de se cacher avec honte de son bonheur, et de combiner les allures d'un banqueroutier avec les ravissements du cantique des cantiques. On n'avait pas encore compris tout ce qu'il y a de chaste, d'exquis et de décent à cahoter son paradis en chaise de poste, à entrecouper son mystère de clic-clacs, à prendre pour lit nuptial un lit d'auberge, et à laisser derrière soi, dans l'alcôve banale à tant par nuit, le plus sacré des souvenirs de la vie pêle-mêle avec le tête-à-tête du conducteur de diligence et de la servante d'auberge.

Dans cette seconde moitié du dix-neuvième siècle où nous sommes, le maire et son écharpe, le prêtre et sa chasuble, la loi et Dieu, ne suffisent plus, il faut les compléter par le postillon de Longjumeau ; veste bleue aux retroussis rouges et aux boutons grelots, plaque en brassard, culotte de peau verte, jurons aux chevaux normands à la queue nouée, faux galons, chapeau ciré, gros cheveux poudrés, fouet énorme et bottes fortes. La France ne pousse pas encore l'élégance jusqu'à faire, comme la nobility anglaise, pleuvoir sur la calèche de poste des mariés une grêle de pantoufles éculées et de vieilles savates, en souvenir de Churchill, depuis Marlborough, ou Malbrouck, assailli le jour de son mariage par une colère de tante qui lui porta bonheur. Les savates et les pantoufles ne font point encore partie de nos célébrations nuptiales ; mais, patience, le bon goût continuant à se répandre, on y viendra.

En 1833, il y a cent ans, on ne pratiquait pas le mariage au grand trot.

On s'imaginait encore à cette époque, chose bizarre, qu'un mariage est une fête intime et sociale, qu'un banquet patriarcal ne gâte point une solennité domestique, que la gaîté, fût-elle excessive, pourvu qu'elle soit honnête, ne fait aucun mal au bonheur, et qu'enfin il est vénérable et bon que la fusion de ces deux destinées d'où sortira une famille commence dans la maison, et que le ménage ait désormais pour témoin la chambre nuptiale.

Et l'on avait l'impudeur de se marier chez soi.

Le mariage se fit donc, suivant cette mode maintenant caduque, chez M. Gillenormand.

Si naturelle et si ordinaire que soit cette affaire de se marier, les bans à publier, les actes à dresser, la mairie, l'église, ont toujours quelque complication. On ne put être prêt avant le 16 février.

Or, nous notons ce détail pour la pure satisfaction d'être exact[1], il se trouva que le 16 était un mardi gras.

---

1. En un sens — si cette exactitude est celle de la gratitude. Car c'est aussi par un pluvieux matin de Mardi gras que Victor Hugo sortit, heureux pour la première fois, de chez Juliette Drouet, le 17 février 1833 — le 20 selon les érudits, mais on peut adopter l'erreur du poëte. Chaque année, durant cinquante ans, Victor et elle célébraient cet anniversaire, celui, dit Hugo, de sa seconde naissance. Cette date et ce titre sont un cadeau.

Mais la référence autobiographique indique la complexité du sens qu'elle sert à élaborer. Plusieurs éléments assimilent le mariage des héros à celui de V. Hugo lui-même avec Adèle, d'autres à celui de sa fille Léopoldine. Si bien que Hugo unifie ainsi les contradictions les plus crucifiantes de sa vie (note générale 38).

Hésitations, scrupules, particulièrement de la tante Gillenormand.

— Un mardi gras ! s'écria l'aïeul, tant mieux. Il y a un proverbe :

> Mariage un mardi gras
> N'aura point d'enfants ingrats.

Passons outre. Va pour le 16 ! Est-ce que tu veux retarder, toi, Marius ?

— Non, certes ! répondit l'amoureux.

— Marions-nous, fit le grand-père.

Le mariage se fit donc le 16, nonobstant la gaîté publique. Il pleuvait ce jour-là, mais il y a toujours dans le ciel un petit coin d'azur au service du bonheur, que les amants voient, même quand le reste de la création serait sous un parapluie.

La veille, Jean Valjean avait remis à Marius, en présence de M. Gillenormand, les cinq cent quatrevingt-quatre mille francs.

Le mariage se faisant sous le régime de la communauté, les actes avaient été simples.

Toussaint était désormais inutile à Jean Valjean ; Cosette en avait hérité et l'avait promue au grade de femme de chambre.

Quant à Jean Valjean, il y avait dans la maison Gillenormand une belle chambre meublée exprès pour lui, et Cosette lui avait si irrésistiblement dit : « Père, je vous en prie », qu'elle lui avait fait à peu près promettre qu'il viendrait l'habiter.

Quelques jours avant le jour fixé pour le mariage, il était arrivé un accident à Jean Valjean ; il s'était un peu écrasé le pouce de la main droite. Ce n'était point grave ; et il n'avait pas permis que personne s'en occupât, ni le pansât, ni même vît son mal, pas même Cosette. Cela pourtant l'avait forcé de s'emmitoufler la main d'un

---

Elles se font jour dans la suite : antithèse de la noce et du carnaval, de la nuit blanche de Marius avec la nuit noire de Jean Valjean, et y trouvent sens.

linge, et de porter le bras en écharpe, et l'avait empêché
de rien signer. M. Gillenormand, comme subrogé tuteur
de Cosette, l'avait suppléé.

Nous ne mènerons le lecteur ni à la mairie ni à l'église.
On ne suit guère deux amoureux jusque-là, et l'on a l'habitude de tourner le dos au drame dès qu'il met à sa boutonnière un bouquet de marié. Nous nous bornerons à
noter un incident qui, d'ailleurs inaperçu de la noce, marqua le trajet de la rue des Filles-du-Calvaire à l'église
Saint-Paul.

On repavait à cette époque l'extrémité nord de la rue
Saint-Louis. Elle était barrée à partir de la rue du Parc-
Royal. Il était impossible aux voitures de la noce d'aller
directement à Saint-Paul. Force était de changer l'itinéraire, et le plus simple était de tourner par le boulevard.
Un des invités fit observer que c'était le mardi gras, et
qu'il y aurait là encombrement de voitures. — Pourquoi ?
demanda M. Gillenormand. — À cause des masques.
— À merveille, dit le grand-père. Allons par là. Ces
jeunes gens se marient ; ils vont entrer dans le sérieux de
la vie. Cela les préparera de voir un peu de mascarade.

On prit par le boulevard. La première des berlines de
la noce contenait Cosette et la tante Gillenormand,
M. Gillenormand et Jean Valjean. Marius, encore séparé
de sa fiancée, selon l'usage, ne venait que dans la
seconde. Le cortége nuptial, au sortir de la rue des Filles-
du-Calvaire, s'engagea dans la longue procession de voitures qui faisait la chaîne sans fin de la Madeleine à la
Bastille et de la Bastille à la Madeleine.

Les masques abondaient sur le boulevard. Il avait beau
pleuvoir par intervalles, Paillasse, Pantalon et Gille s'obs-
tinaient. Dans la bonne humeur de cet hiver de 1833,
Paris s'était déguisé en Venise. On ne voit plus de ces
mardis gras-là aujourd'hui. Tout ce qui existe étant un
carnaval répandu, il n'y a plus de carnaval [2].

Les contre-allées regorgeaient de passants et les
fenêtres de curieux. Les terrasses qui couronnent les péri-
styles des théâtres étaient bondées de spectateurs. Outre

---

2. Voir note 8 de V, 1, 16 ; p. 1642.

les masques, on regardait ce défilé, propre au mardi gras comme à Longchamps, de véhicules de toutes sortes, citadines, tapissières, carrioles, cabriolets, marchant en ordre, rigoureusement rivés les uns aux autres par les règlements de police et comme emboîtés dans des rails. Quiconque est dans un de ces véhicules-là est tout à la fois spectateur et spectacle. Des sergents de ville maintenaient sur les bas côtés du boulevard ces deux interminables files parallèles se mouvant en mouvement contrarié, et surveillaient, pour que rien n'entravât leur double courant, ces deux ruisseaux de voitures coulant, l'un en aval, l'autre en amont, l'un vers la chaussée d'Antin, l'autre vers le faubourg Saint-Antoine. Les voitures armoriées des pairs de France et des ambassadeurs tenaient le milieu de la chaussée, allant et venant librement. De certains cortéges magnifiques et joyeux, notamment le Bœuf Gras, avaient le même privilége. Dans cette gaîté de Paris, l'Angleterre faisait claquer son fouet ; la chaise de poste de lord Seymour, harcelée d'un sobriquet populacier, passait à grand bruit[3].

Dans la double file, le long de laquelle des gardes municipaux galopaient comme des chiens de berger, d'honnêtes berlingots de famille, encombrés de grand' tantes et d'aïeules, étalaient à leurs portières de frais groupes d'enfants déguisés, pierrots de sept ans, pierrettes de six ans, ravissants petits êtres, sentant qu'ils faisaient officiellement partie de l'allégresse publique, pénétrés de la dignité de leur arlequinade et ayant une gravité de fonctionnaires.

De temps en temps un embarras survenait quelque part dans la procession des véhicules ; l'une ou l'autre des deux files latérales s'arrêtait jusqu'à ce que le nœud fût

---

3. On rapporte que Seymour (1805-1860), lord excentrique et assez bien encanaillé pour avoir mérité le sobriquet de « milord l'Arsouille », s'était amusé, dans le défilé descendant de la Courtille, à lancer à la foule des pièces d'or frites. Autre exemple de la collusion entre l'ordre social le plus inégalitaire ou le plus répressif et son envers illusoire du Mardi gras. De quel côté la noce de Marius se trouve-t-elle ?

dénoué ; une voiture empêchée suffisait pour paralyser toute la ligne. Puis on se remettait en marche.

Les carrosses de la noce étaient dans la file allant vers la Bastille et longeant le côté droit du boulevard. À la hauteur de la rue du Pont-aux-Choux, il y eut un temps d'arrêt. Presque au même instant, sur l'autre bas côté, l'autre file qui allait vers la Madeleine s'arrêta également. Il y avait à ce point-là de cette file une voiture de masques [4].

Ces voitures, ou, pour mieux dire, ces charretées de masques sont bien connues des parisiens. Si elles manquaient à un mardi gras ou à une mi-carême, on y entendrait malice, et l'on dirait : *Il y a quelque chose là-dessous. Probablement le ministère va changer*. Un entassement de Cassandres, d'Arlequins et de Colombines, cahoté au-dessus des passants, tous les grotesques possibles depuis le turc jusqu'au sauvage, des hercules supportant des marquises, des poissardes qui feraient boucher les oreilles à Rabelais de même que les ménades faisaient baisser les yeux à Aristophane, perruques de filasse, maillots roses, chapeaux de faraud, lunettes de grimacier, tricornes de Janot taquinés par un papillon, cris jetés aux piétons, poings sur les hanches, postures hardies, épaules nues, faces masquées, impudeurs démuselées ; un chaos d'effronteries promené par un cocher coiffé de fleurs ; voilà ce que c'est que cette institution.

La Grèce avait besoin du chariot de Thespis, la France a besoin du fiacre de Vadé [5].

Tout peut être parodié, même la parodie. La saturnale, cette grimace de la beauté antique, arrive, de grossissement en grossissement, au mardi gras ; et la bacchanale,

---

4. Hugo tire parti d'un contraste qu'il avait observé au petit matin du 17 février entre son vrai bonheur et la fausse joie du carnaval, et qui s'apprécie maintenant dans l'analogie du Mardi gras avec la scène de la cadène — où Jean Valjean n'était plus aux côtés de Cosette mais en face, mêlé aux bagnards — et en référence aussi à ce Mardi gras lointain où la fille de Champmathieu ne faisait pas la noce (I, 7, 10 ; p. 386 et note 5).

5. Joseph Vadé (1719-1757) passe pour le créateur de la littérature polissonne de nuance « poissarde ».

jadis couronnée de pampres, inondée de soleil, montrant des seins de marbre dans une demi-nudité divine, aujourd'hui avachie sous la guenille mouillée du nord, a fini par s'appeler la chie-en-lit.

La tradition des voitures de masques remonte aux plus vieux temps de la monarchie. Les comptes de Louis XI allouent au bailli du palais « vingt sous tournois pour trois coches de mascarades ès carrefours ». De nos jours, ces monceaux bruyants de créatures se font habituellement charrier par quelque ancien coucou dont ils encombrent l'impériale, ou accablent de leur tumultueux groupe un landau de régie dont les capotes sont rabattues. Ils sont vingt dans une voiture de six. Il y en a sur le siège, sur le strapontin, sur les joues des capotes, sur le timon. Ils enfourchent jusqu'aux lanternes de la voiture. Ils sont debout, couchés, assis, jarrets recroquevillés, jambes pendantes. Les femmes occupent les genoux des hommes. On voit de loin sur le fourmillement des têtes leur pyramide forcenée. Ces carrossées font des montagnes d'allégresse au milieu de la cohue. Collé, Panard et Piron[6] en découlent, enrichis d'argot. On crache de là-haut sur le peuple le catéchisme poissard. Ce fiacre, devenu démesuré par son chargement, a un air de conquête. Brouhaha est à l'avant, Tohubohu est à l'arrière. On y vocifère, on y vocalise, on y hurle, on y éclate, on s'y tord de bonheur ; la gaîté y rugit, le sarcasme y flamboie, la jovialité s'y étale comme une pourpre ; deux haridelles y traînent la farce épanouie en apothéose ; c'est le char de triomphe du Rire.

Rire trop cynique pour être franc. Et en effet ce rire est suspect. Ce rire a une mission. Il est chargé de prouver aux parisiens le carnaval.

Ces voitures poissardes, où l'on sent on ne sait quelles

---

6. Collé : voir III, 4, 1, note 20, p. 905. Piron était son ami et son pareil, tout comme Panard, surnommé « le La Fontaine du Vaudeville ». Ils illustrent, avec Restif de la Bretonne (exécuté en IV, 7, 3 ; p. 1347) tout ce que le romantisme déteste dans le siècle précédent. Mais, en 1862, Hugo vise indirectement la gaudriole moderne, la « fête impériale ».

ténèbres, font songer le philosophe. Il y a du gouvernement là-dedans. On touche là du doigt une affinité mystérieuse entre les hommes publics et les femmes publiques.

Que des turpitudes échafaudées donnent un total de
gaîté, qu'en étageant l'ignominie sur l'opprobre on
affriande un peuple, que l'espionnage servant de cariatide
à la prostitution amuse les cohues en les affrontant, que
la foule aime à voir passer sur les quatre roues d'un fiacre
ce monstrueux tas vivant, clinquant-haillon, mi-parti
ordure et lumière, qui aboie et qui chante, qu'on batte des
mains à cette gloire faite de toutes les hontes, qu'il n'y
ait pas de fête pour les multitudes si la police ne promène
au milieu d'elles ces espèces d'hydres de joie à vingt
têtes, certes, cela est triste. Mais qu'y faire ? Ces tombereaux de fange enrubannée et fleurie sont insultés et
amnistiés par le rire public. Le rire de tous est complice
de la dégradation universelle. De certaines fêtes malsaines désagrègent le peuple et le font populace[7]. Et aux
populaces comme aux tyrans il faut des bouffons. Le roi
a Roquelaure, le peuple a Paillasse. Paris est la grande
ville folle, toutes les fois qu'il n'est pas la grande cité
sublime. Le carnaval y fait partie de la politique. Paris,
avouons-le, se laisse volontiers donner la comédie par
l'infamie. Il ne demande à ses maîtres, — quand il a des
maîtres, — qu'une chose : fardez-moi la boue. Rome était
de la même humeur. Elle aimait Néron. Néron était un
débardeur titan.

Le hasard fit, comme nous venons de le dire, qu'une de
ces difformes grappes de femmes et d'hommes masqués,
trimballée dans une vaste calèche, s'arrêta à gauche du
boulevard pendant que le cortége de la noce s'arrêtait à
droite. D'un bord du boulevard à l'autre, la voiture où

---

7. Il faut ajouter au carnaval le spectacle des exécutions capitales,
celui du transfert des forçats et aussi les faits divers publics, telle
l'arrestation de Fantine.

Roquelaure était un courtisan de Louis XIV ; Paillasse un personnage bouffon de souffre-douleur et d'ahuri dans les spectacles
forains.

étaient les masques aperçut vis-à-vis d'elle la voiture où était la mariée.

— Tiens ! dit un masque, une noce.

— Une fausse noce, reprit un autre. C'est nous qui sommes la vraie.

Et, trop loin pour pouvoir interpeller la noce, craignant d'ailleurs le holà des sergents de ville, les deux masques regardèrent ailleurs.

Toute la carrossée masquée eut fort à faire au bout d'un instant, la multitude se mit à la huer, ce qui est la caresse de la foule aux mascarades ; et les deux masques qui venaient de parler durent faire front à tout le monde avec leurs camarades, et n'eurent pas trop de tous les projectiles du répertoire des halles pour répondre aux énormes coups de gueule du peuple. Il se fit entre les masques et la foule un effrayant échange de métaphores.

Cependant, deux autres masques de la même voiture, un espagnol au nez démesuré avec un air vieillot et d'énormes moustaches noires, et une poissarde maigre, et toute jeune fille, masquée d'un loup, avaient remarqué la noce, eux aussi, et, pendant que leurs compagnons et les passants s'insultaient, avaient un dialogue à voix basse.

Leur aparté était couvert par le tumulte et s'y perdait. Les bouffées de pluie avaient mouillé la voiture toute grande ouverte ; le vent de février n'est pas chaud ; tout en répondant à l'espagnol, la poissarde, décolletée, grelottait, riait, et toussait [8].

Voici le dialogue :

— Dis donc.

— Quoi, daron * ?

— Vois-tu ce vieux ?

— Quel vieux ?

— Là, dans la première roulotte ** de la noce, de notre côté.

— Qui a le bras accroché dans une cravate noire ?

* *Daron*, père.
** *Roulotte*, voiture.

8. Comme Éponine et Fantine, mais elle n'en mourra pas.

— Oui.

— Eh bien ?

— Je suis sûr que je le connais.

— Ah !

— Je veux qu'on me fauche le colabre et n'avoir de
ma vioc dit vousaille, tonorgue ni mézig, si je ne colombe
pas ce pantinois-là *.

— C'est aujourd'hui que Paris est Pantin.

— Peux-tu voir la mariée en te penchant ?

— Non.

— Et le marié ?

— Il n'y a pas de marié dans cette roulotte-là.

— Bah !

— À moins que ce ne soit l'autre vieux.

— Tâche donc de voir la mariée en te penchant bien.

— Je ne peux pas.

— C'est égal, ce vieux qui a quelque chose à la patte,
j'en suis sûr, je connais ça.

— Et à quoi ça te sert-il de le connaître ?

— On ne sait pas. Des fois !

— Je me fiche pas mal des vieux, moi.

— Je le connais.

— Connais-le à ton aise.

— Comment diable est-il à la noce ?

— Nous y sommes bien, nous.

— D'où vient-elle, cette noce ?

— Est-ce que je sais ?

— Écoute.

— Quoi ?

— Tu devrais faire une chose.

— Quoi ?

— Descendre de notre roulotte et filer ** cette noce-là.

— Pourquoi faire ?

— Pour savoir où elle va, et ce qu'elle est. Dépêche-
toi de descendre, cours, ma fée ***, toi qui es jeune.

---

* Je veux qu'on me coupe le cou, et n'avoir de ma vie dit vous,
toi, ni moi, si je ne connais pas ce parisien-là.

** *Filer*, suivre.

*** *Fée*, fille.

— Je ne peux pas quitter la voiture.

— Pourquoi ça ?

— Je suis louée.

— Ah fichtre !

— Je dois ma journée de poissarde à la préfecture.

— C'est vrai.

— Si je quitte la voiture, le premier inspecteur qui me voit m'arrête. Tu sais bien.

— Oui, je sais.

— Aujourd'hui, je suis achetée par Pharos *.

— C'est égal. Ce vieux m'embête.

— Les vieux t'embêtent. Tu n'es pourtant pas une jeune fille.

— Il est dans la première voiture.

— Eh bien ?

— Dans la roulotte de la mariée.

— Après ?

— Donc il est le père.

— Qu'est-ce que cela me fait ?

— Je te dis qu'il est le père.

— Il n'y a pas que ce père-là.

— Écoute.

— Quoi ?

— Moi, je ne peux guère sortir que masqué. Ici, je suis caché, on ne sait pas que j'y suis. Mais demain, il n'y a plus de masques. C'est mercredi des cendres. Je risque de tomber **. Il faut que je rentre dans mon trou. Toi, tu es libre.

— Pas trop.

— Plus que moi toujours.

— Eh bien, après ?

— Il faut que tu tâches de savoir où est allée cette noce-là ?

— Où elle va ?

— Oui.

— Je le sais.

— Où va-t-elle donc ?

---

* *Pharos*, le gouvernement.
** *Tomber*, être arrêté.

— Au Cadran Bleu.

— D'abord ce n'est pas de ce côté-là.

— Eh bien ! à la Râpée.

— Ou ailleurs.

— Elle est libre. Les noces sont libres.

— Ce n'est pas tout ça. Je te dis qu'il faut que tu tâches de me savoir ce que c'est que cette noce-là, dont est ce vieux, et où cette noce-là demeure.

— Plus souvent ! voilà qui sera drôle. C'est commode de retrouver, huit jours après, une noce qui a passé dans Paris le mardi gras. Une tiquante * dans un grenier à foin ! Est-ce que c'est possible ?

— N'importe, il faudra tâcher. Entends-tu, Azelma ?

Les deux files reprirent des deux côtés du boulevard leur mouvement en sens inverse, et la voiture des masques perdit de vue « la roulotte » de la mariée.

II

JEAN VALJEAN A TOUJOURS SON BRAS EN ÉCHARPE

Réaliser son rêve. À qui cela est-il donné ? Il doit y avoir des élections pour cela dans le ciel ; nous sommes tous candidats à notre insu ; les anges votent. Cosette et Marius avaient été élus.

Cosette, à la mairie et dans l'église, était éclatante et touchante. C'était Toussaint, aidée de Nicolette, qui l'avait habillée.

Cosette avait sur une jupe de taffetas blanc sa robe de guipure de Binche, un voile de point d'Angleterre, un collier de perles fines, une couronne de fleurs d'oranger ; tout cela était blanc, et, dans cette blancheur, elle rayonnait. C'était une candeur exquise se dilatant et se transfi-

---

* *Tiquante*, épingle.

gurant dans de la clarté. On eût dit une vierge en train de devenir déesse.

Les beaux cheveux de Marius étaient lustrés et parfumés ; on entrevoyait çà et là, sous l'épaisseur des boucles, des lignes pâles qui étaient les cicatrices de la barricade.

Le grand-père, superbe, la tête haute, amalgamant plus que jamais dans sa toilette et dans ses manières toutes les élégances du temps de Barras, conduisait Cosette. Il remplaçait Jean Valjean qui, à cause de son bras en écharpe, ne pouvait donner la main à la mariée.

Jean Valjean, en noir, suivait et souriait.

— Monsieur Fauchelevent, lui disait l'aïeul, voilà un beau jour. Je vote la fin des afflictions et des chagrins. Il ne faut plus qu'il y ait de tristesse nulle part désormais. Pardieu ! je décrète la joie ! Le mal n'a pas le droit d'être. Qu'il y ait des hommes malheureux, en vérité, cela est honteux pour l'azur du ciel. Le mal ne vient pas de l'homme, qui, au fond, est bon. Toutes les misères humaines ont pour chef-lieu et pour gouvernement central l'enfer, autrement dit les Tuileries du diable. Bon, voilà que je dis des mots démagogiques à présent ! Quant à moi, je n'ai plus d'opinion politique ; que tous les hommes soient riches, c'est-à-dire joyeux, voilà à quoi je me borne.

Quand, à l'issue de toutes les cérémonies, après avoir prononcé devant le maire et devant le prêtre tous les oui possibles, après avoir signé sur les registres à la municipalité et à la sacristie, après avoir échangé leurs anneaux, après avoir été à genoux coude à coude sous le poêle de moire blanche dans la fumée de l'encensoir, ils arrivèrent se tenant par la main, admirés et enviés de tous, Marius en noir, elle en blanc, précédés du suisse à épaulettes de colonel frappant les dalles de sa hallebarde, entre deux haies d'assistants émerveillés, sous le portail de l'église ouvert à deux battants, prêts à remonter en voiture et tout étant fini, Cosette ne pouvait encore y croire. Elle regardait Marius, elle regardait la foule, elle regardait le ciel ; il semblait qu'elle eût peur de se réveiller. Son air étonné et inquiet lui ajoutait on ne sait quoi d'enchanteur. Pour s'en retourner, ils montèrent ensemble dans la même voi-

ture, Marius près de Cosette ; M. Gillenormand et Jean
Valjean leur faisaient vis-à-vis. La tante Gillenormand
avait reculé d'un plan, et était dans la seconde voiture.
— Mes enfants, disait le grand-père, vous voilà monsieur
le baron et madame la baronne avec trente mille livres de
rente. Et Cosette, se penchant tout contre Marius, lui
caressa l'oreille de ce chuchotement angélique : — C'est
donc vrai. Je m'appelle Marius. Je suis madame Toi [1].

Ces deux êtres resplendissaient. Ils étaient à la minute
irrévocable et introuvable, à l'éblouissant point d'intersection de toute la jeunesse et de toute la joie. Ils réali-
saient le vers de Jean Provaire ; à eux deux, ils n'avaient
pas quarante ans [2]. C'était le mariage sublimé ; ces deux
enfants étaient deux lys. Ils ne se voyaient pas, ils
se contemplaient. Cosette apercevait Marius dans une
gloire ; Marius apercevait Cosette sur un autel. Et sur cet
autel et dans cette gloire, les deux apothéoses se mêlant,
au fond, on ne sait comment, derrière un nuage pour
Cosette, dans un flamboiement pour Marius, il y avait la
chose idéale, la chose réelle, le rendez-vous du baiser et
du songe, l'oreiller nuptial.

Tout le tourment qu'ils avaient eu leur revenait en enivrement. Il leur semblait que les chagrins, les insomnies,
les larmes, les angoisses, les épouvantes, les désespoirs,
devenus caresses et rayons, rendaient plus charmante
encore l'heure charmante qui approchait ; et que les tristesses étaient autant de servantes qui faisaient la toilette
de la joie. Avoir souffert, comme c'est bon ! Leur malheur faisait auréole à leur bonheur. La longue agonie de
leur amour aboutissait à une ascension.

C'était dans ces deux âmes le même enchantement,
nuancé de volupté dans Marius et de pudeur dans Cosette.
Ils se disaient tout bas : Nous irons revoir notre petit
jardin de la rue Plumet. Les plis de la robe de Cosette
étaient sur Marius.

Un tel jour est un mélange ineffable de rêve et de certitude. On possède et on suppose. On a encore du temps

---

1. Voir note générale 41.
2. Dans « En attendant » (IV, 12, 6 ; p. 1490).

devant soi pour deviner. C'est une indicible émotion ce jour-là d'être à midi et de songer à minuit. Les délices de ces deux cœurs débordaient sur la foule et donnaient de l'allégresse aux passants.

On s'arrêtait rue Saint-Antoine devant Saint-Paul pour voir à travers la vitre de la voiture trembler les fleurs d'oranger sur la tête de Cosette.

Puis ils rentrèrent rue des Filles-du-Calvaire, chez eux. Marius, côte à côte avec Cosette, monta, triomphant et rayonnant, cet escalier où on l'avait traîné mourant. Les pauvres, attroupés devant la porte et se partageant leurs bourses, les bénissaient. Il y avait partout des fleurs. La maison n'était pas moins embaumée que l'église ; après l'encens, les roses. Ils croyaient entendre des voix chanter dans l'infini ; ils avaient Dieu dans le cœur ; la destinée leur apparaissait comme un plafond d'étoiles ; ils voyaient au-dessus de leurs têtes une lueur de soleil levant. Tout à coup l'horloge sonna. Marius regarda le charmant bras nu de Cosette et les choses roses qu'on apercevait vaguement à travers les dentelles de son corsage, et Cosette, voyant le regard de Marius, se mit à rougir jusqu'au blanc des yeux.

Bon nombre d'anciens amis de la famille Gillenormand avaient été invités ; on s'empressait autour de Cosette. C'était à qui l'appellerait madame la baronne.

L'officier Théodule Gillenormand, maintenant capitaine, était venu de Chartres où il tenait garnison, pour assister à la noce de son cousin Pontmercy. Cosette ne le reconnut pas.

Lui, de son côté, habitué à être trouvé joli par les femmes, ne se souvint pas plus de Cosette que d'une autre.

— Comme j'ai eu raison de ne pas croire à cette histoire de lancier ! disait à part soi le père Gillenormand.

Cosette n'avait jamais été plus tendre avec Jean Valjean. Elle était à l'unisson du père Gillenormand ; pendant qu'il érigeait la joie en aphorismes et en maximes, elle exhalait l'amour et la bonté comme un parfum. Le bonheur veut tout le monde heureux.

Elle retrouvait, pour parler à Jean Valjean, des

inflexions de voix du temps qu'elle était petite fille. Elle le caressait du sourire.

Un banquet avait été dressé dans la salle à manger.

Un éclairage à giorno est l'assaisonnement nécessaire d'une grande joie. La brume et l'obscurité ne sont point acceptées par les heureux. Ils ne consentent pas à être noirs. La nuit, oui ; les ténèbres, non. Si l'on n'a pas de soleil, il faut en faire un.

La salle à manger était une fournaise de choses gaies. Au centre, au-dessus de la table blanche et éclatante, un lustre de Venise à lames plates, avec toutes sortes d'oiseaux de couleur, bleus, violets, rouges, verts, perchés au milieu des bougies ; autour du lustre des girandoles, sur le mur des miroirs-appliques à triples et quintuples branches ; glaces, cristaux, verreries, vaisselles, porcelaines, faïences, poteries, orfévreries, argenteries, tout étincelait et se réjouissait. Les vides entre les candélabres étaient comblés par les bouquets, en sorte que, là où il n'y avait pas une lumière, il y avait une fleur.

Dans l'antichambre trois violons et une flûte jouaient en sourdine des quatuors de Haydn.

Jean Valjean s'était assis sur une chaise dans le salon, derrière la porte, dont le battant se repliait sur lui de façon à le cacher presque. Quelques instants avant qu'on se mît à table, Cosette vint, comme par coup de tête, lui faire une grande révérence en étalant de ses deux mains sa toilette de mariée, et, avec un regard tendrement espiègle, elle lui demanda :

— Père, êtes-vous content ?

— Oui, dit Jean Valjean, je suis content.

— Eh bien, riez alors.

Jean Valjean se mit à rire.

Quelques instants après, Basque annonça que le dîner était servi.

Les convives, précédés de M. Gillenormand donnant le bras à Cosette, entrèrent dans la salle à manger, et se répandirent, selon l'ordre voulu, autour de la table.

Deux grands fauteuils y figuraient, à droite et à gauche de la mariée, le premier pour M. Gillenormand, le second pour Jean Valjean. M. Gillenormand s'assit. L'autre fauteuil resta vide.

On chercha des yeux « monsieur Fauchelevent ».

Il n'était plus là.

M. Gillenormand interpella Basque.

— Sais-tu où est monsieur Fauchelevent ?

— Monsieur, répondit Basque. Précisément. Monsieur Fauchelevent m'a dit de dire à monsieur qu'il souffrait un peu de sa main malade, et qu'il ne pourrait dîner avec monsieur le baron et madame la baronne. Qu'il priait qu'on l'excusât, qu'il viendrait demain matin. Il vient de sortir.

Ce fauteuil vide refroidit un moment l'effusion du repas de noces. Mais, M. Fauchelevent absent, M. Gillenormand était là, et le grand-père rayonnait pour deux. Il affirma que M. Fauchelevent faisait bien de se coucher de bonne heure, s'il souffrait, mais que ce n'était qu'un « bobo ». Cette déclaration suffit. D'ailleurs, qu'est-ce qu'un coin obscur dans une telle submersion de joie ? Cosette et Marius étaient dans un de ces moments égoïstes et bénis où l'on n'a pas d'autre faculté que de percevoir le bonheur. Et puis, M. Gillenormand eut une idée. — Pardieu, ce fauteuil est vide. Viens-y, Marius. Ta tante, quoiqu'elle ait droit à toi, te le permettra. Ce fauteuil est pour toi. C'est légal, et c'est gentil. Fortunatus près de Fortunata. — Applaudissement de toute la table. Marius prit près de Cosette la place de Jean Valjean ; et les choses s'arrangèrent de telle sorte que Cosette, d'abord triste de l'absence de Jean Valjean, finit par en être contente. Du moment où Marius était le remplaçant [3], Cosette n'eût pas regretté Dieu. Elle mit son doux petit pied chaussé de satin blanc sur le pied de Marius.

Le fauteuil occupé, M. Fauchelevent fut effacé ; et rien

---

3. Remplacement évidemment symbolique qui renvoie — hélas ! — aussi au chapitre « Le Remplaçant » (III, 5, 6 ; p. 953) et qui a force de loi dans le statut de la femme au XIXᵉ siècle, passant sans transition de la tutelle paternelle à la tutelle conjugale. On en tiendra compte pour apprécier la conduite de Cosette et la « jalousie » de Jean Valjean.

ne manqua. Et, cinq minutes après, la table entière riait
d'un bout à l'autre avec toute la verve de l'oubli.

Au dessert, M. Gillenormand debout, un verre de vin
de champagne en main, à demi plein pour que le tremblement de ses quatrevingt-douze ans ne le fît pas déborder,
porta la santé des mariés.

— Vous n'échapperez pas à deux sermons, s'écria-t-il.
Vous avez eu le matin celui du curé, vous aurez le soir
celui du grand-père. Écoutez-moi ; je vais vous donner
un conseil : adorez-vous. Je ne fais pas un tas de giries,
je vais au but, soyez heureux. Il n'y a pas dans la création
d'autres sages que les tourtereaux. Les philosophes
disent : Modérez vos joies. Moi je dis : Lâchez-leur la
bride, à vos joies. Soyez épris comme des diables. Soyez
enragés. Les philosophes radotent. Je voudrais leur faire
rentrer leur philosophie dans la gargoine[4]. Est-ce qu'il
peut y avoir trop de parfums, trop de boutons de rose
ouverts, trop de rossignols chantants, trop de feuilles
vertes, trop d'aurore dans la vie ? est-ce qu'on peut trop
s'aimer ? est-ce qu'on peut trop se plaire l'un à l'autre ?
Prends garde, Estelle, tu es trop jolie ! Prends garde,
Némorin, tu es trop beau ! La bonne balourdise ! Est-ce
qu'on peut trop s'enchanter, trop se cajoler, trop se char-
mer ? est-ce qu'on peut trop être vivant ? est-ce qu'on
peut trop être heureux ? Modérez vos joies. Ah ouiche !
À bas les philosophes ! La sagesse, c'est la jubilation.
Jubilez, jubilons. Sommes-nous heureux parce que nous
sommes bons, ou sommes-nous bons parce que nous
sommes heureux ? Le Sancy[5] s'appelle-t-il le Sancy
parce qu'il a appartenu à Harlay de Sancy, ou parce qu'il
pèse cent six carats ? Je n'en sais rien ; la vie est pleine
de ces problèmes-là ; l'important, c'est d'avoir le Sancy,
et le bonheur. Soyons heureux sans chicaner. Obéissons
aveuglément au soleil. Qu'est-ce que le soleil ? C'est

---

4. Le gosier.

5. Diamant fameux (50 carats) ayant appartenu à plusieurs
familles royales et, finalement, en 1835, à la famille Demidoff
— dont était membre le prince Demidoff, amant régulier de Juliette
lorsque Hugo la rencontra.

l'amour. Qui dit amour, dit femme. Ah ! ah ! voilà une toute-puissance, c'est la femme. Demandez à ce démagogue de Marius s'il n'est pas l'esclave de cette petite tyranne de Cosette. Et de son plein gré, le lâche ! La femme ! Il n'y a pas de Robespierre qui tienne, la femme règne. Je ne suis plus royaliste que de cette royauté-là. Qu'est-ce qu'Adam ? C'est le royaume d'Ève. Pas de 89 pour Ève. Il y avait le sceptre royal surmonté d'une fleur de lys, il y avait le sceptre impérial surmonté d'un globe, il y avait le sceptre de Charlemagne qui était en fer, il y avait le sceptre de Louis le Grand qui était en or, la révolution les a tordus entre son pouce et son index, comme des fétus de paille de deux liards ; c'est fini, c'est cassé, c'est par terre, il n'y a plus de sceptre ; mais faites-moi donc des révolutions contre ce petit mouchoir brodé qui sent le patchouli ! Je voudrais vous y voir. Essayez. Pourquoi est-ce solide ? Parce que c'est un chiffon. Ah ! vous êtes le dix-neuvième siècle ? Eh bien, après ? Nous étions le dix-huitième, nous ! Et nous étions aussi bêtes que vous. Ne vous imaginez pas que vous ayez changé grand'chose à l'univers, parce que votre trousse-galant[6] s'appelle le choléra-morbus, et parce que votre bourrée s'appelle la cachucha. Au fond, il faudra bien toujours aimer les femmes. Je vous défie de sortir de là. Ces diablesses sont nos anges. Oui, l'amour, la femme, le baiser, c'est un cercle dont je vous défie de sortir ; et, quant à moi, je voudrais bien y rentrer. Lequel de vous a vu se lever dans l'infini, apaisant tout au-dessous d'elle, regardant les flots comme une femme, l'étoile Vénus, la grande coquette de l'abîme, la Célimène de l'océan ? L'océan, voilà un rude Alceste. Eh bien, il a beau bougonner, Vénus paraît, il faut qu'il sourie. Cette bête brute se soumet. Nous sommes tous ainsi. Colère, tempête, coups de foudre, écume jusqu'au plafond. Une femme entre en scène, une étoile se lève ; à plat ventre ! Marius se battait il y a six mois ; il se marie aujourd'hui. C'est bien fait. Oui, Marius, oui, Cosette, vous avez raison.

---

6. Ancien nom du choléra parce qu'il était capable d'emporter (« trousser ») l'homme le plus vigoureux.

Existez hardiment l'un pour l'autre, faites-vous des mamours, faites-nous crever de rage de n'en pouvoir faire autant, idolâtrez-vous. Prenez dans vos deux becs tous les petits brins de félicité qu'il y a sur la terre, et arrangez-vous-en un nid pour la vie. Pardi, aimer, être aimé, le beau miracle quand on est jeune ! Ne vous figurez pas que vous ayez inventé cela. Moi aussi, j'ai rêvé, j'ai songé, j'ai soupiré ; moi aussi, j'ai eu une âme clair de lune. L'amour est un enfant de six mille ans. L'amour a droit à une longue barbe blanche. Mathusalem est un gamin près de Cupidon. Depuis soixante siècles, l'homme et la femme se tirent d'affaire en aimant. Le diable, qui est malin, s'est mis à haïr l'homme ; l'homme, qui est plus malin, s'est mis à aimer la femme. De cette façon, il s'est fait plus de bien que le diable ne lui a fait de mal. Cette finesse-là a été trouvée dès le paradis terrestre. Mes amis, l'invention est vieille, mais elle est toute neuve. Profitez-en. Soyez Daphnis et Chloé en attendant que vous soyiez Philémon et Baucis. Faites en sorte que, quand vous êtes l'un avec l'autre, rien ne vous manque, et que Cosette soit le soleil pour Marius, et que Marius soit l'univers pour Cosette. Cosette, que le beau temps, ce soit le sourire de votre mari ; Marius, que la pluie, ce soit les larmes de ta femme. Et qu'il ne pleuve jamais dans votre ménage. Vous avez chipé à la loterie le bon numéro, l'amour dans le sacrement ; vous avez le gros lot, gardez-le bien, mettez-le sous clef, ne le gaspillez pas, adorez-vous, et fichez-vous du reste. Croyez ce que je dis là. C'est du bon sens. Bon sens ne peut mentir. Soyez-vous l'un pour l'autre une religion. Chacun a sa façon d'adorer Dieu. Saperlotte ! la meilleure manière d'adorer Dieu, c'est d'aimer sa femme. Je t'aime ! voilà mon catéchisme. Quiconque aime est orthodoxe. Le juron de Henri IV met la sainteté entre la ripaille et l'ivresse. Ventre-saint-gris ! je ne suis pas de la religion de ce juron-là. La femme y est oubliée. Cela m'étonne de la part du juron de Henri IV. Mes amis, vive la femme ! je suis vieux, à ce qu'on dit ; c'est étonnant comme je me sens en train d'être jeune. Je voudrais aller écouter des musettes dans les bois. Ces enfants-là qui réussissent à être beaux et contents, cela me grise. Je me marierais bellement si quelqu'un voulait. Il est impossible de s'imaginer que Dieu nous ait fait pour autre chose que ceci : idolâtrer, roucouler, adoniser, être pigeon, être coq, becqueter ses amours du matin au soir, se mirer dans sa petite femme, être fier, être triomphant, faire jabot ; voilà le but de la vie. Voilà, ne vous en déplaise, ce que nous pensions, nous autres, dans notre temps dont nous étions les jeunes gens. Ah ! vertu-bamboche ! qu'il y en avait donc de charmantes femmes, à cette époque-là, et des minois, et des tendrons ! J'y exerçais mes ravages. Donc aimez-vous. Si l'on ne s'aimait pas, je ne vois pas vraiment à quoi cela servirait qu'il y eût un printemps ; et, quant à moi, je prierais le bon Dieu de serrer toutes les belles choses qu'il nous montre, et de nous les reprendre, et de remettre dans sa boîte les fleurs, les oiseaux et les jolies filles. Mes enfants, recevez la bénédiction du vieux bonhomme.

La soirée fut vive, gaie, aimable. La belle humeur souveraine du grand-père donna l'ut à toute la fête, et chacun se régla sur cette cordialité presque centenaire. On dansa un peu, on rit beaucoup ; ce fut une noce bonne enfant. On eût pu y convier le bonhomme Jadis. Du reste il y était dans la personne du père Gillenormand.

Il y eut tumulte, puis silence.

Les mariés disparurent.

Un peu après minuit la maison Gillenormand devint un temple.

Ici nous nous arrêtons. Sur le seuil des nuits de noce est un ange debout, souriant, un doigt sur la bouche.

L'âme entre en contemplation devant ce sanctuaire où se fait la célébration de l'amour.

Il doit y avoir des lueurs au-dessus de ces maisons-là. La joie qu'elles contiennent doit s'échapper à travers les pierres des murs en clarté et rayer vaguement les ténèbres. Il est impossible que cette fête sacrée et fatale n'envoie pas un rayonnement céleste à l'infini. L'amour, c'est le creuset sublime où se fait la fusion de l'homme et de la femme ; l'être un, l'être triple, l'être final, la trinité humaine en sort. Cette naissance de deux âmes en une

doit être une émotion pour l'ombre. L'amant est prêtre ;
la vierge ravie s'épouvante. Quelque chose de cette joie
va à Dieu. Là où il y a vraiment mariage, c'est-à-dire où
il y a amour, l'idéal s'en mêle. Un lit nuptial fait dans les
ténèbres un coin d'aurore. S'il était donné à la prunelle
de chair de percevoir les visions redoutables et charmantes de la vie supérieure, il est probable qu'on verrait
les formes de la nuit, les inconnus ailés, les passants bleus
de l'invisible, se pencher, foule de têtes sombres, autour
de la maison lumineuse, satisfaits, bénissants, se montrant
les uns aux autres la vierge épouse doucement effarée, et
ayant le reflet de la félicité humaine sur leurs visages
divins. Si, à cette heure suprême, les époux éblouis de
volupté, et qui se croient seuls, écoutaient, ils enten-
draient dans leur chambre un bruissement d'ailes
confuses. Le bonheur parfait implique la solidarité des
anges. Cette petite alcôve obscure a pour plafond tout le
ciel. Quand deux bouches, devenues sacrées par l'amour,
se rapprochent pour créer, il est impossible qu'au-dessus
de ce baiser ineffable il n'y ait pas un tressaillement dans
l'immense mystère des étoiles.

Ces félicités sont les vraies. Pas de joie hors de ces
joies-là. L'amour, c'est là l'unique extase. Tout le reste
pleure.

Aimer ou avoir aimé, cela suffit. Ne demandez rien
ensuite. On n'a pas d'autre perle à trouver dans les plis
ténébreux de la vie. Aimer est un accomplissement [7].

---

7. Sur cette fin possible du roman, voir I, 1, 13, texte annoté 5 ;
p. 92 et note 12 de II, 8, 9 ; p. 787. Sur la théorie hugolienne de
l'amour, voir IV, 5, 4, note 1, p. 1260.

Et puis, le mot est amer, car ce qui suit le justifie mieux encore
que ce qui précède.

III

L'INSÉPARABLE

Qu'était devenu Jean Valjean ?

Immédiatement après avoir ri, sur la gentille injonction de Cosette, personne ne faisant attention à lui, Jean Valjean s'était levé, et, inaperçu, il avait gagné l'antichambre. C'était cette même salle où, huit mois auparavant, il était entré noir de boue, de sang et de poudre, rapportant le petit-fils à l'aïeul. La vieille boiserie était enguirlandée de feuillages et de fleurs ; les musiciens étaient assis sur le canapé où l'on avait déposé Marius. Basque en habit noir, en culotte courte, en bas blancs et en gants blancs, disposait des couronnes de roses autour de chacun des plats qu'on allait servir. Jean Valjean lui avait montré son bras en écharpe, l'avait chargé d'expliquer son absence, et était sorti.

Les croisées de la salle à manger donnaient sur la rue. Jean Valjean demeura quelques minutes debout et immobile dans l'obscurité sous ces fenêtres radieuses. Il écoutait. Le bruit confus du banquet venait jusqu'à lui. Il entendait la parole haute et magistrale du grand-père, les violons, le cliquetis des assiettes et des verres, les éclats de rire, et dans toute cette rumeur gaie il distinguait la douce voix joyeuse de Cosette.

Il quitta la rue des Filles-du-Calvaire et s'en revint rue de l'Homme-Armé.

Pour s'en retourner, il prit par la rue Saint-Louis, la rue Culture-Sainte-Catherine et les Blancs-Manteaux ; c'était un peu le plus long, mais c'était le chemin par où, depuis trois mois, pour éviter les encombrements et les boues de la rue Vieille-du-Temple, il avait coutume de venir tous les jours, de la rue de l'Homme-Armé à la rue des Filles-du-Calvaire, avec Cosette.

Ce chemin où Cosette avait passé excluait pour lui tout autre itinéraire.

Jean Valjean rentra chez lui. Il alluma sa chandelle et

monta. L'appartement était vide. Toussaint elle-même n'y était plus. Le pas de Jean Valjean faisait dans les chambres plus de bruit qu'à l'ordinaire. Toutes les armoires étaient ouvertes. Il pénétra dans la chambre de Cosette. Il n'y avait pas de draps au lit. L'oreiller de coutil, sans taie et sans dentelles, était posé sur les couvertures pliées au pied de matelas dont on voyait la toile et où personne ne devait plus coucher. Tous les petits objets féminins auxquels tenait Cosette avaient été emportés ; il ne restait que les gros meubles et les quatre murs. Le lit de Toussaint était également dégarni. Un seul lit était fait et semblait attendre quelqu'un, c'était celui de Jean Valjean.

Jean Valjean regarda les murailles, ferma quelques portes d'armoires, alla et vint d'une chambre à l'autre.

Puis il se retrouva dans sa chambre, et il posa sa chandelle sur une table.

Il avait dégagé son bras de l'écharpe, et il se servait de sa main droite comme s'il n'en souffrait pas.

Il s'approcha de son lit, et ses yeux s'arrêtèrent, fut-ce par hasard ? fut-ce avec intention ?[1] sur l'*inséparable*, dont Cosette avait été jalouse, sur la petite malle qui ne le quittait jamais. Le 4 juin, en arrivant rue de l'Homme-Armé, il l'avait déposée sur un guéridon près de son chevet. Il alla à ce guéridon avec une sorte de vivacité, prit dans sa poche une clef, et ouvrit la valise.

Il en tira lentement[2] les vêtements avec lesquels, dix ans auparavant, Cosette avait quitté Montfermeil ;

---

1. Sur une telle incertitude du narrateur, voir IV, 3, 4, texte annoté 4, p. 1207. Pour « l'inséparable », relique d'un amour indéfectible, voir texte II, 8, 9 et note 2, p. 778. Le mot laisse ici percer une discrète accusation : on pouvait croire que Cosette et Jean Valjean étaient inséparables. Au reste, ils le sont en définitive dans la mémoire du lecteur, et le roman venge son héros.

2. Cette lenteur de la désolation, le rythme de l'énumération, la nostalgie de l'imparfait, les souvenirs de l'enfance, la pauvreté des merveilles disparues, le regret de ce qui ne devait rien qu'au cœur, le contraste même de ce bonheur avec l'hostilité du monde, chacun connaît assez tout cela pour pleurer avec Jean Valjean. Et nos petites larmes sont transfigurées de ce que les sanglots de Jean Valjean, plus purs, soient « effrayants ».

d'abord la petite robe noire, puis le fichu noir, puis les
bons gros souliers d'enfant que Cosette aurait presque pu
mettre encore, tant elle avait le pied petit, puis la brassière
de futaine bien épaisse, puis le jupon de tricot, puis le
tablier à poche, puis les bas de laine. Ces bas, où était
encore gracieusement marquée la forme d'une petite
jambe, n'étaient guère plus longs que la main de Jean
Valjean. Tout cela était de couleur noire. C'était lui qui
avait apporté ces vêtements pour elle à Montfermeil. À
mesure qu'il les ôtait de la valise, il les posait sur le lit.
Il pensait. Il se rappelait. C'était en hiver, un mois de
décembre très froid, elle grelottait à demi nue dans des
guenilles, ses pauvres petits pieds tout rouges dans des
sabots. Lui, Jean Valjean, il lui avait fait quitter ces haillons pour lui faire mettre cet habillement de deuil. La
mère avait dû être contente dans sa tombe de voir sa fille
porter son deuil, et surtout de voir qu'elle était vêtue et
qu'elle avait chaud. Il pensait à cette forêt de Montfermeil ; ils l'avaient traversée ensemble, Cosette et lui ; il
pensait au temps qu'il faisait, aux arbres sans feuilles, au
bois sans oiseaux, au ciel sans soleil ; c'est égal, c'était
charmant [3]. Il rangea les petites nippes sur le lit, le fichu
près du jupon, les bas à côté des souliers, la brassière à
côté de la robe, et il les regarda l'une après l'autre. Elle
n'était pas plus haute que cela, elle avait sa grande poupée dans ses bras, elle avait mis son louis d'or dans la
poche de ce tablier, elle riait, ils marchaient tous les deux
se tenant par la main, elle n'avait que lui au monde.

Alors sa vénérable tête blanche tomba sur le lit, ce
vieux cœur stoïque se brisa, sa face s'abîma pour ainsi
dire dans les vêtements de Cosette, et si quelqu'un eût
passé dans l'escalier en ce moment, on eût entendu d'effrayants sanglots.

---

3. Voir l'emploi, déjà, du même mot en I, 7, 3, texte annoté 19,
p. 339.

IV

IMMORTALE JECUR [1]

La vieille lutte formidable, dont nous avons déjà vu plusieurs phases, recommença [2].

Jacob ne lutta avec l'ange qu'une nuit. Hélas ! combien de fois avons-nous vu Jean Valjean saisi corps à corps

---

1. « Le foie indestructible » : pour les Anciens le foie était le siège des sentiments vitaux comme pour nous le cœur. La tragédie d'Eschyle, *Prométhée enchaîné*, montre comment, pris de pitié devant la misère des hommes, ce Titan leur fit don du feu et en fut puni par Zeus : un vautour lui déchirait éternellement le foie. La pensée romantique a fait sien ce mythe où l'humanité ne doit rien à son créateur souverain et tout à elle-même, voir V, 4, note 4, p. 1769.
Hugo le reprend en ce sens et le corrige, faisant de la souffrance du héros non pas la punition de son don, mais ce don lui-même. La référence mythologique n'a donc pas seulement valeur de grandissement épique ; elle s'inscrit dans la logique de la misère : renversement du mal en bien (voir note générale 14) et sacrifice nécessaire des misérables qui n'ont rien d'autre à offrir qu'eux-mêmes — voir note générale 22.
2. Les épisodes auxquels Hugo renvoie lui-même, soulignant ainsi que l'effet de « stéréophonie discursive » (voir note générale 26) a partie liée avec le principe de répétition et appartient à la signification même du roman (voir note 1 de V, 3, 9 ; p. 1744), sont les nombreux jalons de cette histoire d'une conscience : « Le dedans du désespoir » (I, 2, 7 ; p. 136) ; hésitation devant Mgr Bienvenu endormi (I, 2, 10 et 11 ; p. 149) ; illumination de la conscience après le vol de Petit-Gervais (I, 2, 13 ; p. 166) ; hésitation devant la charrette Fauchelevent (I, 5, 6 ; p. 256) ; tout l'épisode de l'affaire Champmathieu dont la « tempête sous un crâne » (note générale 23) mais aussi plusieurs retours en arrière telle la fuite dans les couloirs du palais de justice d'Arras (I, 7, 8 ; p. 374) ; indication d'une possible régression en II, 4, 3 (p. 611) ; méditation au couvent : II, 8, 9 (p. 782) ; résolution douloureuse de le quitter : IV, 3, 1 (p. 1191) ; première angoisse devant Cosette grandie : IV, 3, 7 et 8 (p. 1217) ; « effondrement intérieur » du chapitre « Buvard, bavard » (IV, 15, 1 ; p. 1547).
En ce moment décisif, le texte se récapitule, amasse son propre poids et le jette au lecteur avec la même violence qui frappe le héros accablé de souvenirs et de l'injustice de son destin.

dans les ténèbres par sa conscience, et luttant éperdument contre elle ! [3]

Lutte inouïe ! À de certains moments, c'est le pied qui glisse ; à d'autres instants, c'est le sol qui croule. Combien de fois cette conscience, forcenée au bien, l'avait-elle étreint et accablé ! Combien de fois la vérité, inexorable, lui avait-elle mis le genou sur la poitrine ! Combien de fois, terrassé par la lumière, lui avait-il crié grâce ! Combien de fois cette lumière implacable, allumée en lui et sur lui par l'évêque, l'avait-elle ébloui de force lorsqu'il souhaitait être aveuglé ! Combien de fois s'était-il redressé dans le combat, retenu au rocher, adossé au sophisme, traîné dans la poussière, tantôt renversant sa conscience sous lui, tantôt renversé par elle ! Combien de fois, après une équivoque, après un raisonnement traître et spécieux de l'égoïsme, avait-il entendu sa conscience irritée lui crier à l'oreille : Croc-en-jambe ! misérable ! Combien de fois sa pensée réfractaire avait-elle râlé convulsivement sous l'évidence du devoir ! Résistance à Dieu. Sueurs funèbres. Que de blessures secrètes, que lui seul sentait saigner ! Que d'écorchures à sa lamentable existence ! Combien de fois s'était-il relevé sanglant, meurtri, brisé, éclairé, le désespoir au cœur, la sérénité dans l'âme ! et, vaincu, il se sentait vainqueur. Et, après l'avoir disloqué, tenaillé et rompu, sa conscience, debout au-dessus de lui, redoutable, lumineuse, tranquille, lui disait : Maintenant, va en paix !

Mais, au sortir d'une si sombre lutte, quelle paix lugubre, hélas !

Cette nuit-là pourtant, Jean Valjean sentit qu'il livrait son dernier combat.

Une question se présentait, poignante.

Les prédestinations ne sont pas toutes droites, elles ne se

---

3. Le combat avec l'ange image une représentation de la conscience comme altérité intérieure. Elle a été posée dès « Petit-Gervais » et « Une tempête sous un crâne » — voir notes générales 17 et 23. Préparée par tout le roman, la clarté de la métaphore est telle que le texte peut ne plus dissocier le récit et l'autocommentaire comme il le faisait encore dans « Une tempête sous un crâne » (voir I, 7, 3, note 3, p. 320).

développent pas en avenue rectiligne devant le prédestiné ; elles ont des impasses, des cœcums, des tournants obscurs, des carrefours inquiétants offrant plusieurs voies. Jean Valjean faisait halte en ce moment au plus périlleux de ces carrefours.

Il était parvenu au suprême croisement du bien et du mal. Il avait cette ténébreuse intersection sous les yeux. Cette fois encore, comme cela lui était déjà arrivé dans d'autres péripéties douloureuses, deux routes s'ouvraient devant lui ; l'une tentante, l'autre effrayante. Laquelle prendre ?

Celle qui effrayait était conseillée par le mystérieux doigt indicateur que nous apercevons tous chaque fois que nous fixons nos yeux sur l'ombre.

Jean Valjean avait, encore une fois, le choix entre le port terrible et l'embûche souriante.

Cela est-il donc vrai ? l'âme peut guérir ; le sort, non. Chose affreuse ! une destinée incurable !

La question qui se présentait, la voici :

De quelle façon Jean Valjean allait-il se comporter avec le bonheur de Cosette et de Marius ? Ce bonheur, c'était lui qui l'avait voulu, c'était lui qui l'avait fait ; il se l'était lui-même enfoncé dans les entrailles, et à cette heure, en le considérant, il pouvait avoir l'espèce de satisfaction qu'aurait un armurier qui reconnaîtrait sa marque de fabrique sur un couteau, en se le retirant tout fumant de la poitrine.

Cosette avait Marius, Marius possédait Cosette. Ils avaient tout, même la richesse. Et c'était son œuvre.

Mais ce bonheur, maintenant qu'il existait, maintenant qu'il était là, qu'allait-il en faire, lui Jean Valjean ? S'imposerait-il à ce bonheur ? Le traiterait-il comme lui appartenant ? Sans doute Cosette était à un autre ; mais lui Jean Valjean retiendrait-il de Cosette tout ce qu'il en pourrait retenir ? Resterait-il l'espèce de père, entrevu, mais respecté, qu'il avait été jusqu'alors ? S'introduirait-il tranquillement dans la maison de Cosette ? Apporterait-il, sans dire mot, son passé à cet avenir ? Se présenterait-il là comme ayant droit, et viendrait-il s'asseoir, voilé, à ce lumineux foyer ? Prendrait-il, en leur souriant, les mains de ces innocents dans ses deux mains tragiques ? Poserait-il sur les paisibles chenets du salon Gillenormand ses pieds qui traînaient derrière eux l'ombre infamante de la loi ? Entrerait-il en participation de chances avec Cosette et Marius ? Épaissirait-il l'obscurité sur son front et le nuage sur le leur ? Mettrait-il en tiers avec leurs deux félicités sa catastrophe ? Continuerait-il de se taire ? En un mot serait-il, près de ces deux êtres heureux, le sinistre muet de la destinée ?

Il faut être habitué à la fatalité et à ses rencontres pour oser lever les yeux quand de certaines questions nous apparaissent dans leur nudité horrible. Le bien ou le mal sont derrière ce sévère point d'interrogation. Que vas-tu faire ? demande le sphinx.

Cette habitude de l'épreuve, Jean Valjean l'avait. Il regarda le sphinx fixement.

Il examina l'impitoyable problème sous toutes ses faces.

Cosette, cette existence charmante, était le radeau de ce naufragé. Que faire ? S'y cramponner, ou lâcher prise ?

S'il s'y cramponnait, il sortait du désastre, il remontait au soleil, il laissait ruisseler de ses vêtements et de ses cheveux l'eau amère, il était sauvé, il vivait[4].

Allait-il lâcher prise ?

Alors, l'abîme.

Il tenait ainsi douloureusement conseil avec sa pensée. Ou, pour mieux dire, il combattait ; il se ruait, furieux, au dedans de lui-même, tantôt contre sa volonté, tantôt contre sa conviction.

Ce fut un bonheur pour Jean Valjean d'avoir pu pleurer. Cela l'éclaira peut-être. Pourtant le commencement fut farouche. Une tempête, plus furieuse que celle qui autrefois l'avait poussé vers Arras, se déchaîna en lui. Le passé lui revenait en regard du présent ; il comparait et il sanglotait. Une fois l'écluse des larmes ouverte, le désespéré se tordit.

Il se sentait arrêté.

---

4. Nouvelle actualisation, après bien d'autres, de la métaphore initiale de « L'Onde et l'Ombre » — voir texte et note I, 2, 8 ; p. 145.

Hélas ! dans ce pugilat à outrance entre notre égoïsme et notre devoir, quand nous reculons ainsi pas à pas devant notre idéal incommutable, égarés, acharnés, exaspérés de céder, disputant le terrain, espérant une fuite possible, cherchant une issue, quelle brusque et sinistre résistance derrière nous que le pied du mur !

Sentir l'ombre sacrée qui fait obstacle !

L'invisible inexorable, quelle obsession !

Donc avec la conscience on n'a jamais fini. Prends-en ton parti, Brutus ; prends-en ton parti, Caton. Elle est sans fond, étant Dieu. On jette dans ce puits le travail de toute sa vie, on y jette sa fortune, on y jette sa richesse, on y jette son succès, on y jette sa liberté ou sa patrie, on y jette son bien-être, on y jette son repos, on y jette sa joie. Encore ! encore ! Videz le vase ! penchez l'urne ! Il faut finir par y jeter son cœur.

Il y a quelque part dans la brume des vieux enfers un tonneau comme cela.

N'est-on pas pardonnable de refuser enfin ? Est-ce que l'inépuisable peut avoir un droit ? Est-ce que les chaînes sans fin ne sont pas au-dessus de la force humaine ? Qui donc blâmerait Sisyphe et Jean Valjean de dire : c'est assez !

L'obéissance de la matière est limitée par le frottement ; est-ce qu'il n'y a pas une limite à l'obéissance de l'âme ? Si le mouvement perpétuel est impossible, est-ce que le dévouement perpétuel est exigible ?

Le premier pas n'est rien ; c'est le dernier qui est difficile. Qu'était-ce que l'affaire Champmathieu à côté du mariage de Cosette et de ce qu'il entraînait ? Qu'est-ce que ceci : rentrer dans le bagne, à côté de ceci : entrer dans le néant ?

Ô première marche à descendre, que tu es sombre ! Ô seconde marche, que tu es noire !

Comment ne pas détourner la tête cette fois ?

Le martyre est une sublimation, sublimation corrosive. C'est une torture qui sacre. On peut y consentir la première heure ; on s'assied sur le trône de fer rouge, on met sur son front la couronne de fer rouge, on accepte le globe de fer rouge, on prend le sceptre de fer rouge, mais il reste encore à vêtir le manteau de flamme, et n'y a-t-il pas un moment où la chair misérable se révolte, et où l'on abdique le supplice ?[5]

Enfin Jean Valjean entra dans le calme de l'accablement.

Il pesa, il songea, il considéra les alternatives de la mystérieuse balance de lumière et d'ombre.

Imposer son bagne à ces deux enfants éblouissants, ou consommer lui-même son irrémédiable engloutissement. D'un côté le sacrifice de Cosette, de l'autre le sien propre.

À quelle solution s'arrêta-t-il ?

Quelle détermination prit-il ? Quelle fut, au dedans de lui-même, sa réponse définitive à l'incorruptible interrogatoire de la fatalité ? Quelle porte se décida-t-il à ouvrir ? Quel côté de sa vie prit-il le parti de fermer et de condamner ? Entre tous ces escarpements insondables qui l'entouraient, quel fut son choix ? Quelle extrémité accepta-t-il ? Auquel de ces gouffres fit-il un signe de tête ?

Sa rêverie vertigineuse dura toute la nuit.

Il resta là jusqu'au jour, dans la même attitude, ployé en deux sur ce lit, prosterné sous l'énormité du sort, écrasé peut-être, hélas ! les poings crispés, les bras étendus à angle droit comme un crucifié décloué qu'on aurait jeté la face contre terre. Il demeura douze heures, les douze heures d'une longue nuit d'hiver, glacé, sans relever la tête et sans prononcer une parole. Il était immobile comme un cadavre, pendant que sa pensée se roulait à terre et s'envolait, tantôt comme l'hydre, tantôt comme l'aigle. À le voir ainsi sans mouvement on eût dit un mort ; tout à coup il tressaillait convulsivement et sa

---

5. En 1821, Hugo avait noté le thème de ce conte (référence inconnue) en lui donnant une signification légèrement différente mais connexe : « Un chef hongrois avait ambitionné le trône. On l'enchaîna sur un trône de fer rouge, puis on orna sa tête d'une couronne de fer rouge, sa poitrine et son cou d'un collier de fer rouge, on chargea sa main d'un sceptre de fer rouge. Voilà l'homme de génie dans sa gloire. » Le manteau de flamme est, lui, emprunté au supplice d'Hercule. Toutes les mythologies du sacrifice sont invoquées et couronnées par celle, singulièrement déformée, du Christ.

bouche, collée aux vêtements de Cosette, les baisait[6] ;
alors on voyait qu'il vivait.

Qui ? on ? puisque Jean Valjean était seul et qu'il n'y
avait personne là ?

Le On qui est dans les ténèbres[7].

---

6. En un singulier effet de miroir, souligné par l'ambiguïté du titre
« La nuit blanche », voici Jean Valjean étendu, à demi agenouillé,
sur les vêtements noirs vides du corps blanc de Cosette, au moment
où il est donné à Marius. L'amour, la prière, la « réparation » ont à
peu près les mêmes gestes et les mêmes pensées.

Jean Valjean est aussi comme un Christ tombé du crucifix face
contre terre.

On sait que, le soir des noces de son frère, Eugène Hugo fut
emporté par un accès de démence plus violent que les précédents et
interné dans un asile dont il ne ressortit plus vivant. Il dut arriver
aussi à Victor Hugo d'être jaloux.

Les anecdotes importent moins que le sens : par quelle fatalité
faut-il que le paradis des uns soit l'enfer des autres ? S'il en est
vraiment ainsi, ne faut-il pas désespérer de tout progrès et, pire,
condamner tout bonheur ? La fin du roman désormais, se dérobant
aux commodités consolantes du *happy end*, fixe obstinément cette
hantise. Et l'aggrave, car le contentement des jeunes mariés n'égale
pas l'intensité du malheur de Jean Valjean. Sa souffrance est plus
lourde que leur insouciance. Si bien que cette surcharge même
inverse la balance, dont seule l'égalité, à la Flaubert, eût été vraiment
désespérante. Tout entier placé du côté du regard et du cœur du héros,
le roman fait préférer sa solitude et sa désolation, mobilisant ainsi au
service du bien et de l'acceptation des nécessités misérables de la vie
— elle dure par la procréation et la mort — tout le plaisir des larmes,
tous les fantasmes d'abandon.

7. Etonnante provocation. Elle condense et avoue la stratégie religieuse du roman — voir note générale 5.

Nulle part plus clairement qu'ici ne s'observe le jeu sur les positions narratives (note générale 8) dont la signification est explicite :
le narrateur tout-puissant prend la place du Tout-Puissant — et donc
la lui rend, ici, à la fin.

Ce texte, enfin, avoue et pratique la stratégie visuelle de tout le
roman. En reconnaissant l'inaccessibilité du point de vue divin et en
le désignant, il parvient à l'englober dans son propre horizon — voir
note générale 37.

LIVRE SEPTIÈME

LA DERNIÈRE GORGÉE DU CALICE [1]

---

1. Allusion à la prière du Christ au jardin des Oliviers : « Père, si vous voulez, éloignez de moi ce calice ! Toutefois que votre volonté soit faite et non la mienne. » L'arrivée de Cosette accomplit le verset suivant : « Alors un ange du ciel lui apparut, pour le fortifier. »

I

LE SEPTIÈME CERCLE ET LE HUITIÈME CIEL [1]

Les lendemains de noce sont solitaires. On respecte le recueillement des heureux. Et aussi un peu leur sommeil attardé. Le brouhaha des visites et des félicitations ne recommence que plus tard. Le matin du 17 février, il était un peu plus de midi quand Basque, la serviette et le plumeau sous le bras, occupé « à faire son antichambre », entendit un léger frappement à la porte. On n'avait point sonné, ce qui est discret un pareil jour. Basque ouvrit et vit M. Fauchelevent. Il l'introduisit dans le salon, encore encombré et sens dessus dessous, et qui avait l'air du champ de bataille des joies de la veille.

— Dame, monsieur, observa Basque, nous nous sommes réveillés tard.

— Votre maître est-il levé ? demanda Jean Valjean.

— Comment va le bras de monsieur ? répondit Basque.

— Mieux. Votre maître est-il levé ?

— Lequel ? l'ancien ou le nouveau ?

— Monsieur Pontmercy.

— Monsieur le baron ? fit Basque en se redressant.

On est surtout baron pour ses domestiques. Il leur en revient quelque chose ; ils ont ce qu'un philosophe appellerait l'éclaboussure du titre, et cela les flatte. Marius, pour le dire en passant, républicain militant, et il l'avait

---

1. L'ambiguïté de ce titre résume celle de la fin du roman : est-ce Marius qui est au huitième ciel et Jean Valjean au septième cercle de l'enfer ? ou bien est-ce le héros qui touche à la fois le fond de l'abîme et le seuil du sublime ? Ambiguïté partielle : dans les deux cas le lumineux déborde d'un degré le ténébreux.

prouvé, était maintenant baron malgré lui. Une petite révolution s'était faite dans la famille sur ce titre. C'était à présent M. Gillenormand qui y tenait et Marius qui s'en détachait. Mais le colonel Pontmercy avait écrit : *Mon fils portera mon titre*. Marius obéissait. Et puis Cosette, en qui la femme commençait à poindre, était ravie d'être baronne.

— Monsieur le baron ? répéta Basque. Je vais voir. Je vais lui dire que monsieur Fauchelevent est là.

— Non. Ne lui dites pas que c'est moi. Dites-lui que quelqu'un demande à lui parler en particulier, et ne lui dites pas de nom.

— Ah ! fit Basque.

— Je veux lui faire une surprise.

— Ah ! reprit Basque, se donnant à lui-même son second Ah ! comme explication du premier.

Et il sortit.

Jean Valjean resta seul.

Le salon, nous venons de le dire, était tout en désordre. Il semblait qu'en prêtant l'oreille on eût pu y entendre encore la vague rumeur de la noce. Il y avait sur le parquet toutes sortes de fleurs tombées des guirlandes et des coiffures. Les bougies brûlées jusqu'au tronçon ajoutaient aux cristaux des lustres des stalactites de cire. Pas un meuble n'était à sa place. Dans des coins, trois ou quatre fauteuils, rapprochés les uns des autres et faisant cercle, avaient l'air de continuer une causerie. L'ensemble était riant. Il y a encore une certaine grâce dans une fête morte. Cela a été heureux. Sur ces chaises en désarroi, parmi ces fleurs qui se fanent, sous ces lumières éteintes, on a pensé de la joie. Le soleil succédait au lustre, et entrait gaîment dans le salon.

Quelques minutes s'écoulèrent. Jean Valjean était immobile à l'endroit où Basque l'avait quitté. Il était très pâle. Ses yeux étaient creux et tellement enfoncés par l'insomnie sous l'orbite qu'ils y disparaissaient presque. Son habit noir avait les plis fatigués d'un vêtement qui a passé la nuit. Les coudes étaient blanchis de ce duvet que laisse au drap le frottement du linge. Jean Valjean regardait à ses pieds la fenêtre dessinée sur le parquet par le soleil.

Un bruit se fit à la porte, il leva les yeux.

Marius entra, la tête haute, la bouche riante, on ne sait quelle lumière sur le visage, le front épanoui, l'œil triomphant. Lui aussi n'avait pas dormi.

— C'est vous, père ! s'écria-t-il en apercevant Jean Valjean ; cet imbécile de Basque qui avait un air mystérieux ! Mais vous venez de trop bonne heure. Il n'est encore que midi et demi. Cosette dort.

Ce mot : Père, dit à M. Fauchelevent par Marius, signifiait : Félicité suprême [2]. Il y avait toujours eu, on le sait, escarpement, froideur et contrainte entre eux ; glace à rompre ou à fondre. Marius était à ce point d'enivrement que l'escarpement s'abaissait, que la glace se dissolvait, et que M. Fauchelevent était pour lui, comme pour Cosette, un père.

Il continua ; les paroles débordaient de lui, ce qui est propre à ces divins paroxysmes de la joie :

— Que je suis content de vous voir ! Si vous saviez comme vous nous avez manqué hier ! Bonjour, père. Comment va votre main ? Mieux, n'est-ce pas ?

Et, satisfait de la bonne réponse qu'il se faisait à lui-même, il poursuivit :

— Nous avons bien parlé de vous tous les deux. Cosette vous aime tant ! Vous n'oublierez pas que vous avez votre chambre ici. Nous ne voulons plus de la rue de l'Homme-Armé. Nous n'en voulons plus du tout. Comment aviez-vous pu aller demeurer dans une rue comme ça, qui est malade, qui est grognon, qui est laide, qui a une barrière à un bout, où l'on a froid, où l'on ne peut pas entrer ? Vous viendrez vous installer ici. Et dès aujourd'hui. Ou vous aurez affaire à Cosette. Elle entend nous mener tous par le bout du nez, je vous en préviens. Vous avez vu votre chambre, elle est tout près de la nôtre, elle donne sur les jardins ; on a fait arranger ce qu'il y avait à la serrure, le lit est fait, elle est toute prête, vous n'avez qu'à arriver. Cosette a mis près de votre lit une

---

2. De même que pour Gillenormand (IV, 8, 7 ; pp. 1394-1395).

grande vieille bergère en velours d'Utrecht, à qui elle a dit : tends-lui les bras. Tous les printemps, dans le massif d'acacias qui est en face de vos fenêtres, il vient un rossignol. Vous l'aurez dans deux mois. Vous aurez son nid à votre gauche et le nôtre à votre droite. La nuit il chantera, et le jour Cosette parlera. Votre chambre est en plein midi. Cosette vous y rangera vos livres, votre voyage du capitaine Cook, et l'autre, celui de Vancouver, toutes vos affaires. Il y a, je crois, une petite valise à laquelle vous tenez, j'ai disposé un coin d'honneur pour elle. Vous avez conquis mon grand-père, vous lui allez. Nous vivrons ensemble. Savez-vous le whist ? vous comblerez mon grand-père, si vous savez le whist. C'est vous qui mènerez promener Cosette mes jours de palais, vous lui donnerez le bras, vous savez, comme au Luxembourg, autrefois. Nous sommes absolument décidés à être très heureux. Et vous en serez, de notre bonheur, entendez-vous, père. Ah çà, vous déjeunez avec nous aujourd'hui ?

— Monsieur, dit Jean Valjean, j'ai une chose à vous dire. Je suis un ancien forçat[3].

La limite des sons aigus perceptibles peut être tout aussi bien dépassée pour l'esprit que pour l'oreille. Ces mots : *Je suis un ancien forçat*, sortant de la bouche de M. Fauchelevent et entrant dans l'oreille de Marius, allaient au delà du possible. Marius n'entendit pas. Il lui

---

3. Parler suppose qu'on ait ce droit minimum à le faire qu'est l'identité ; celle du héros est inavouable, forme romanesque de son absence. De là que, lorsqu'il parle — en entrant chez Myriel (I, 2, 3 ; p. 117), à Arras (I, 7, 11 ; p. 394), devant Montparnasse (IV, 4, 2 ; p. 1245) et maintenant —, ce soit d'abord pour dire qui il est, mais dans un acte de parole tel que la revendication d'identité comporte ou entraîne sa négation. Ce discours esquisse pourtant un progrès : un mode d'existence, nocturne et à demi anonyme, est inventé pour Jean Valjean. Aussi le héros parle-t-il plus longuement que jamais auparavant et si clairement que toutes les significations du roman s'explicitent en une auto-explication du personnage et du texte.

Il ne reste plus au roman qu'à renoncer à cette demi-vérité : à glisser du même mouvement vers la mort du personnage et vers son propre silence, vers l'effacement simultané du héros et du livre dans la misère (voir V, 9, 6, note 3, p. 1946).

sembla que quelque chose venait de lui être dit ; mais il ne sut quoi. Il resta béant.

Il s'aperçut alors que l'homme qui lui parlait était effrayant. Tout à son éblouissement, il n'avait pas jusqu'à ce moment remarqué cette pâleur terrible.

Jean Valjean dénoua la cravate noire qui lui soutenait le bras droit, défit le linge roulé autour de sa main, mit son pouce à nu et le montra à Marius.

— Je n'ai rien à la main, dit-il.

Marius regarda le pouce.

— Je n'y ai jamais rien eu, reprit Jean Valjean.

Il n'y avait en effet aucune trace de blessure.

Jean Valjean poursuivit :

— Il convenait que je fusse absent de votre mariage. Je me suis fait absent le plus que j'ai pu. J'ai supposé cette blessure pour ne point faire un faux, pour ne pas introduire de nullité dans les actes du mariage, pour être dispensé de signer.

Marius bégaya.

— Qu'est-ce que cela veut dire ?

— Cela veut dire, répondit Jean Valjean, que j'ai été aux galères.

— Vous me rendez fou ! s'écria Marius épouvanté.

— Monsieur Pontmercy, dit Jean Valjean, j'ai été dix-neuf ans aux galères. Pour vol. Puis j'ai été condamné à perpétuité. Pour vol. Pour récidive. À l'heure qu'il est, je suis en rupture de ban.

Marius avait beau reculer devant la réalité, refuser le fait, résister à l'évidence, il fallait s'y rendre. Il commença à comprendre, et comme cela arrive toujours en cas pareil, il comprit au delà. Il eut le frisson d'un hideux éclair intérieur ; une idée qui le fit frémir, lui traversa l'esprit. Il entrevit dans l'avenir, pour lui-même, une destinée difforme.

— Dites tout, dites tout ! cria-t-il. Vous êtes le père de Cosette !

Et il fit deux pas en arrière avec un mouvement d'indicible horreur.

Jean Valjean redressa la tête dans une telle majesté d'attitude qu'il sembla grandir jusqu'au plafond.

— Il est nécessaire que vous me croyiez ici, monsieur ; et, quoique notre serment à nous autres ne soit pas reçu en justice...

Ici il fit un silence, puis, avec une sorte d'autorité souveraine et sépulcrale, il ajouta en articulant lentement et en pesant sur les syllabes :

— ... Vous me croirez. Le père de Cosette, moi ! devant Dieu, non. Monsieur le baron Pontmercy, je suis un paysan de Faverolles. Je gagnais ma vie à émonder des arbres. Je ne m'appelle pas Fauchelevent, je m'appelle Jean Valjean. Je ne suis rien à Cosette. Rassurez-vous.

Marius balbutia :

— Qui me prouve ?...

— Moi. Puisque je le dis.

Marius regarda cet homme. Il était lugubre et tranquille. Aucun mensonge ne pouvait sortir d'un tel calme. Ce qui est glacé est sincère. On sentait le vrai dans cette froideur de tombe.

— Je vous crois, dit Marius.

Jean Valjean inclina la tête comme pour prendre acte, et continua :

— Que suis-je pour Cosette ? un passant. Il y a dix ans, je ne savais pas qu'elle existât. Je l'aime, c'est vrai. Une enfant qu'on a vue petite, étant soi-même déjà vieux, on l'aime. Quand on est vieux, on se sent grand-père pour tous les petits enfants. Vous pouvez, ce me semble, supposer que j'ai quelque chose qui ressemble à un cœur. Elle était orpheline. Sans père ni mère. Elle avait besoin de moi. Voilà pourquoi je me suis mis à l'aimer. C'est si faible les enfants, que le premier venu, même un homme comme moi, peut être leur protecteur. J'ai fait ce devoir-là vis-à-vis de Cosette. Je ne crois pas qu'on puisse vraiment appeler si peu de chose une bonne action ; mais si c'est une bonne action, eh bien, mettez que je l'ai faite. Enregistrez cette circonstance atténuante. Aujourd'hui Cosette quitte ma vie ; nos deux chemins se séparent. Désormais je ne puis plus rien pour elle. Elle est madame Pontmercy. Sa providence a changé. Et Cosette gagne au change. Tout est bien. Quant aux six cent mille francs, vous ne m'en parlez pas, mais je vais au-devant de votre pensée, c'est un dépôt. Comment ce dépôt était-il entre mes mains ? Qu'importe ? Je rends le dépôt. On n'a rien de plus à me demander. Je complète la restitution en disant mon vrai nom. Ceci encore me regarde. Je tiens, moi, à ce que vous sachiez qui je suis.

Et Jean Valjean regarda Marius en face.

Tout ce qu'éprouvait Marius était tumultueux et incohérent. De certains coups de vent de la destinée font de ces vagues dans notre âme.

Nous avons tous eu de ces moments de trouble dans lesquels tout se disperse en nous ; nous disons les premières choses venues, lesquelles ne sont pas toujours précisément celles qu'il faudrait dire. Il y a des révélations subites qu'on ne peut porter et qui enivrent comme un vin funeste. Marius était stupéfié de la situation nouvelle qui lui apparaissait, au point de parler à cet homme presque comme quelqu'un qui lui en aurait voulu de cet aveu.

— Mais enfin, s'écria-t-il, pourquoi me dites-vous tout cela ? Qu'est-ce qui vous y force ? Vous pouviez vous garder le secret à vous-même. Vous n'êtes ni dénoncé, ni poursuivi, ni traqué. Vous avez une raison pour faire, de gaîté de cœur, une telle révélation. Achevez. Il y a autre chose. À quel propos faites-vous cet aveu ? Pour quel motif ?

— Pour quel motif ? répondit Jean Valjean d'une voix si basse et si sourde qu'on eût dit que c'était à lui-même qu'il parlait plus qu'à Marius. Pour quel motif, en effet, ce forçat vient-il dire : Je suis un forçat ? Eh bien oui ! le motif est étrange. C'est par honnêteté. Tenez, ce qu'il y a de malheureux, c'est un fil que j'ai là dans le cœur et qui me tient attaché. C'est surtout quand on est vieux que ces fils-là sont solides. Toute la vie se défait alentour ; ils résistent. Si j'avais pu arracher ce fil, le casser, dénouer le nœud ou le couper, m'en aller bien loin, j'étais sauvé, je n'avais qu'à partir ; il y a des diligences rue du Bouloy ; vous êtes heureux, je m'en vais. J'ai essayé de le rompre, ce fil, j'ai tiré dessus, il a tenu bon, il n'a pas cassé, je m'arrachais le cœur avec. Alors j'ai dit : Je ne

puis pas vivre ailleurs que là. Il faut que je reste. Eh bien
oui, mais vous avez raison, je suis un imbécile, pourquoi
ne pas rester tout simplement ? Vous m'offrez une
chambre dans la maison, madame Pontmercy m'aime
bien, elle dit à ce fauteuil : tends-lui les bras, votre grand-
père ne demande pas mieux que de m'avoir, je lui vas,
nous habiterons tous ensemble, repas en commun, je donnerai le bras à Cosette... — à madame Pontmercy, pardon,
c'est l'habitude, — nous n'aurons qu'un toit, qu'une
table, qu'un feu, le même coin de cheminée l'hiver, la
même promenade l'été, c'est la joie cela, c'est le bonheur
cela, c'est tout, cela. Nous vivrons en famille. En
famille !

À ce mot, Jean Valjean devint farouche. Il croisa les
bras, considéra le plancher à ses pieds comme s'il voulait
y creuser un abîme, et sa voix fut tout à coup éclatante :

— En famille ! non. Je ne suis d'aucune famille, moi.
Je ne suis pas de la vôtre. Je ne suis pas de celle des
hommes. Les maisons où l'on est entre soi, j'y suis de
trop. Il y a des familles, mais ce n'est pas pour moi. Je
suis le malheureux, je suis dehors. Ai-je eu un père et une
mère ? j'en doute presque[4]. Le jour où j'ai marié cette
enfant, cela a été fini, je l'ai vue heureuse, et qu'elle était
avec l'homme qu'elle aime, et qu'il y avait là un bon
vieillard, un ménage de deux anges, toutes les joies dans
cette maison, et que c'était bien, je me suis dit : Toi,
n'entre pas[5]. Je pouvais mentir, c'est vrai, vous tromper
tous, rester monsieur Fauchelevent. Tant que cela a été

---

4. Comme l'enfant anonyme du couvent — voir texte II, 6, 4
annoté 3 ; p. 680.

5. Pourquoi ? Car le lecteur éprouve une gêne devant la conduite
du héros, traduite par la question : pourquoi ne dit-il pas à Marius
que c'est lui qui l'a sauvé dans l'égout ? C'est que le héros ne
demande pas l'accueil de la gratitude — extension à autrui de l'instinct de conservation —, mais la reconnaissance de soi. Reconnaissance impossible, qui exigerait la méconnaissance du principe du
« tiers exclu », Jean Valjean étant à la fois Barrabas et le Christ, le
père et l'amant de Cosette.

Marius prétend choisir de l'acceptable en Jean Valjean mais, l'histoire de Fantine l'a montré (I, 5, 10, note 1, p. 268), la destruction
de l'autre commence par le choix qu'on y fait.

pour elle, j'ai pu mentir ; mais maintenant ce serait pour moi, je ne le dois pas. Il suffisait de me taire, c'est vrai, et tout continuait. Vous me demandez ce qui me force à parler ? une drôle de chose, ma conscience. Me taire, c'était pourtant bien facile. J'ai passé la nuit à tâcher de me le persuader ; vous me confessez, et ce que je viens vous dire est si extraordinaire que vous en avez le droit ; eh bien, oui, j'ai passé la nuit à me donner des raisons, je me suis donné de très bonnes raisons, j'ai fait ce que j'ai pu, allez. Mais il y a deux choses où je n'ai pas réussi ; ni à casser le fil qui me tient par le cœur fixé, rivé et scellé ici, ni à faire taire quelqu'un qui me parle bas quand je suis seul. C'est pourquoi je suis venu vous avouer tout ce matin. Tout, ou à peu près tout. Il y a de l'inutile à dire qui ne concerne que moi ; je le garde pour moi. L'essentiel, vous le savez. Donc j'ai pris mon mystère, et je vous l'ai apporté. Et j'ai éventré mon secret sous vos yeux. Ce n'était pas une résolution aisée à prendre. Toute la nuit je me suis débattu. Ah ! vous croyez que je ne me suis pas dit que ce n'était point là l'affaire Champmathieu, qu'en cachant mon nom je ne faisais de mal à personne, que le nom de Fauchelevent m'avait été donné par Fauchelevent lui-même en reconnaissance d'un service rendu, et que je pouvais bien le garder, et que je serais heureux dans cette chambre que vous m'offrez, que je ne gênerais rien, que je serais dans mon petit coin, et que, tandis que vous auriez Cosette, moi j'aurais l'idée d'être dans la même maison qu'elle. Chacun aurait eu son bonheur proportionné. Continuer d'être monsieur Fauchelevent, cela arrangeait tout. Oui, excepté mon âme. Il y avait de la joie partout sur moi, le fond de mon âme restait noir. Ce n'est pas assez d'être heureux, il faut être content[6]. Ainsi je serais resté monsieur Fauchelevent, ainsi mon vrai visage, je l'aurais caché, ainsi, en présence de votre épanouissement, j'aurais eu une énigme, ainsi, au milieu de votre plein jour,

6. En refusant de prétendre à ce cumul — « le moi si enflé qu'il ferme l'âme » (IV, 7, 4 ; p. 1354) —, Jean Valjean répond à l'étonnement des gens du peuple à Montreuil-sur-Mer (I, 5, 3 ; p. 246).

j'aurais eu des ténèbres ; ainsi, sans crier gare, tout bonnement, j'aurais introduit le bagne à votre foyer, je me serais assis à votre table avec la pensée que, si vous saviez qui je suis, vous m'en chasseriez, je me serais laissé servir par des domestiques qui, s'ils avaient su, auraient dit : Quelle horreur ! Je vous aurais touché avec mon coude dont vous avez droit de ne pas vouloir, je vous aurais filouté vos poignées de main ! Il y aurait eu dans votre maison un partage de respect entre des cheveux blancs vénérables et des cheveux blancs flétris ; à vos heures les plus intimes, quand tous les cœurs se seraient crus ouverts jusqu'au fond les uns pour les autres, quand nous aurions été tous quatre ensemble, votre aïeul, vous deux, et moi, il y aurait eu là un inconnu ! J'aurais été côte à côte avec vous dans votre existence, ayant pour unique soin de ne jamais déranger le couvercle de mon puits terrible. Ainsi, moi, un mort, je me serais imposé à vous qui êtes des vivants[7]. Elle, je l'aurais condamnée à moi à perpétuité. Vous, Cosette et moi, nous aurions été trois têtes dans le bonnet vert ! Est-ce que vous ne frissonnez pas ? Je ne suis que le plus accablé des hommes, j'en aurais été le plus monstrueux. Et ce crime, je l'aurais commis tous les jours ! Et ce mensonge, je l'aurais fait tous les jours ! Et cette face de nuit, je l'aurais eue sur mon visage tous les jours ! Et ma flétrissure, je vous en aurais donné votre part tous les jours ! tous les jours ! à vous mes bien-aimés, à vous mes enfants, à vous mes innocents ! Se taire n'est rien ? garder le silence est simple ? Non, ce n'est pas simple. Il y a un silence qui ment. Et mon mensonge, et ma fraude, et mon indignité, et ma lâcheté, et ma trahison, et mon crime, je l'aurais bu goutte à goutte, je l'aurais recraché, puis rebu, j'aurais fini à minuit et recommencé à midi, et mon bonjour aurait menti, et mon bonsoir aurait menti, et j'aurais dormi là-dessus, et j'aurais mangé cela avec mon pain, et j'aurais regardé Cosette en face, et j'aurais répondu au sourire de l'ange par le sourire du damné, j'aurais été un

---

7. « Le mort saisit le vif » : ce motif inverse celui du mort-vivant (note générale 16).

fourbe abominable ! Pourquoi faire ? pour être heureux. Pour être heureux, moi ! Est-ce que j'ai le droit d'être heureux ? Je suis hors de la vie, monsieur.

Jean Valjean s'arrêta. Marius écoutait. De tels enchaînements d'idées et d'angoisses ne se peuvent interrompre. Jean Valjean baissa la voix de nouveau, mais ce n'était plus la voix sourde, c'était la voix sinistre.

— Vous demandez pourquoi je parle ? je ne suis ni dénoncé, ni poursuivi, ni traqué, dites-vous. Si ! je suis dénoncé ! si ! je suis poursuivi ! si ! je suis traqué ! Par qui ? par moi. C'est moi qui me barre à moi-même le passage, et je me traîne, et je me pousse, et je m'arrête, et je m'exécute, et quand on se tient soi-même, on est bien tenu.

Et, saisissant son propre habit à poigne-main et le tirant vers Marius :

— Voyez donc ce poing-ci, continua-t-il. Est-ce que vous ne trouvez pas qu'il tient ce collet-là de façon à ne pas le lâcher ? Eh bien ! c'est bien un autre poignet, la conscience ! Il faut, si l'on veut être heureux, monsieur, ne jamais comprendre le devoir ; car, dès qu'on l'a compris, il est implacable. On dirait qu'il vous punit de le comprendre ; mais non ; il vous en récompense ; car il vous met dans un enfer où l'on sent à côté de soi Dieu. On ne s'est pas si tôt déchiré les entrailles qu'on est en paix avec soi-même.

Et, avec une accentuation poignante, il ajouta :

— Monsieur Pontmercy, cela n'a pas le sens commun, je suis un honnête homme. C'est en me dégradant à vos yeux que je m'élève aux miens. Ceci m'est déjà arrivé une fois, mais c'était moins douloureux ; ce n'était rien. Oui, un honnête homme. Je ne le serais pas si vous aviez, par ma faute, continué de m'estimer ; maintenant que vous me méprisez, je le suis. J'ai cette fatalité sur moi que, ne pouvant jamais avoir que de la considération volée, cette considération m'humilie et m'accable intérieurement, et que, pour que je me respecte, il faut qu'on me méprise. Alors je me redresse. Je suis un galérien qui obéit à sa conscience. Je sais bien que cela n'est pas ressemblant [8]. Mais que voulez-vous que j'y fasse ? cela est. J'ai pris des engagements envers moi-même ; je les tiens. Il y a des rencontres qui nous lient, il y a des hasards qui nous entraînent dans des devoirs. Voyez-vous, monsieur Pontmercy, il m'est arrivé des choses dans ma vie.

Jean Valjean fit encore une pause, avalant sa salive avec effort comme si ses paroles avaient un arrière-goût amer, et il reprit :

— Quand on a une telle horreur sur soi, on n'a pas le droit de la faire partager aux autres à leur insu, on n'a pas le droit de leur communiquer sa peste, on n'a pas le droit de les faire glisser dans son précipice sans qu'ils s'en aperçoivent, on n'a pas le droit de laisser traîner sa casaque rouge sur eux, on n'a pas le droit d'encombrer sournoisement de sa misère le bonheur d'autrui. S'approcher de ceux qui sont sains et les toucher dans l'ombre avec son ulcère invisible, c'est hideux. Fauchelevent a eu beau me prêter son nom, je n'ai pas le droit de m'en servir ; il a pu me le donner, je n'ai pas pu le prendre. Un nom, c'est un moi [9]. Voyez-vous, monsieur, j'ai un peu pensé, j'ai un peu lu, quoique je sois un paysan ; et vous voyez que je m'exprime convenablement. Je me rends compte des choses. Je me suis fait une éducation à moi. Eh bien oui, soustraire un nom et se mettre dessous, c'est déshonnête. Des lettres de l'alphabet, cela s'escroque comme une bourse ou comme une montre. Être une fausse signature en chair et en os, être une fausse clef vivante, entrer chez d'honnêtes gens en trichant leur serrure, ne plus jamais regarder, loucher toujours, être infâme au dedans de moi, non ! non ! non ! non ! Il vaut mieux souffrir, saigner, pleurer, s'arracher la peau de la chair avec les ongles, passer les nuits à se tordre dans les angoisses, se ronger le ventre et l'âme. Voilà pourquoi je

---

8. Voir la même autocritique du texte par le personnage en I, 7, 3 annoté 17 ; p. 334, et, pour le mot « ressemblant », le portrait de Myriel (I, 1, 2 ; p. 32).

9. Clef de l'anonymat des misérables, jusqu'à la tombe — voir le dernier chapitre et la note générale 2.

viens vous raconter tout cela. De gaîté de cœur, comme vous dites.

Il respira péniblement, et jeta ce dernier mot :

— Pour vivre, autrefois, j'ai volé un pain ; aujourd'hui, pour vivre, je ne veux pas voler un nom.

— Pour vivre ! interrompit Marius. Vous n'avez pas besoin de ce nom pour vivre ?

— Ah ! je m'entends, répondit Jean Valjean, en levant et en abaissant la tête lentement plusieurs fois de suite.

Il y eut un silence. Tous deux se taisaient, chacun abîmé dans un gouffre de pensées. Marius s'était assis près d'une table et appuyait le coin de sa bouche sur un de ses doigts replié. Jean Valjean allait et venait. Il s'arrêta devant une glace et demeura sans mouvement. Puis, comme s'il répondait à un raisonnement intérieur, il dit en regardant cette glace où il ne se voyait pas :

— Tandis qu'à présent, je suis soulagé !

Il se remit à marcher et alla à l'autre bout du salon. À l'instant où il se retourna, il s'aperçut que Marius le regardait marcher. Alors il lui dit avec un accent inexprimable :

— Je traîne un peu la jambe. Vous comprenez maintenant pourquoi.

Puis il acheva de se tourner vers Marius.

— Et, maintenant, monsieur, figurez-vous ceci : Je n'ai rien dit, je suis resté monsieur Fauchelevent, j'ai pris ma place chez vous, je suis des vôtres, je suis dans ma chambre, je viens déjeuner le matin en pantoufles, les soirs nous allons au spectacle tous les trois, j'accompagne madame Pontmercy aux Tuileries et à la place Royale, nous sommes ensemble, vous me croyez votre semblable ; un beau jour, je suis là, vous êtes là, nous causons, nous rions, tout à coup vous entendez une voix crier ce nom : Jean Valjean ! et voilà que cette main épouvantable, la police, sort de l'ombre et m'arrache mon masque brusquement ! [10]

---

10. On reconnaît le schéma central de *Ruy Blas* et de *L'Homme qui rit*.

Il se tut encore ; Marius s'était levé avec un frémissement. Jean Valjean reprit :

— Qu'en dites-vous ?

Le silence de Marius répondait.

Jean Valjean continua :

— Vous voyez bien que j'ai raison de ne pas me taire. Tenez, soyez heureux, soyez dans le ciel, soyez l'ange d'un ange, soyez dans le soleil, et contentez-vous-en, et ne vous inquiétez pas de la manière dont un pauvre damné s'y prend pour s'ouvrir la poitrine et faire son devoir ; vous avez un misérable homme devant vous, monsieur.

Marius traversa lentement le salon, et quand il fut près de Jean Valjean, lui tendit la main.

Mais Marius dut aller prendre cette main qui ne se présentait point, Jean Valjean se laissa faire, et il sembla à Marius qu'il étreignait une main de marbre.

— Mon grand-père a des amis, dit Marius ; je vous aurai votre grâce.

— C'est inutile, répondit Jean Valjean. On me croit mort, cela suffit. Les morts ne sont pas soumis à la surveillance. Ils sont censés pourrir tranquillement. La mort, c'est la même chose que la grâce.

Et, dégageant sa main que Marius tenait, il ajouta avec une sorte de dignité inexorable :

— D'ailleurs, faire mon devoir, voilà l'ami auquel j'ai recours ; et je n'ai besoin que d'une grâce, celle de ma conscience.

En ce moment, à l'autre extrémité du salon, la porte s'entr'ouvrit doucement et dans l'entre-bâillement la tête de Cosette apparut. On n'apercevait que son doux visage, elle était admirablement décoiffée, elle avait les paupières encore gonflées de sommeil. Elle fit le mouvement d'un oiseau qui passe sa tête hors du nid, regarda d'abord son mari, puis Jean Valjean, et leur cria en riant, on croyait voir un sourire au fond d'une rose :

— Parions que vous parlez politique. Comme c'est bête, au lieu d'être avec moi !

Jean Valjean tressaillit.

— Cosette !... balbutia Marius. — Et il s'arrêta. On eût dit deux coupables.

Cosette, radieuse, continuait de les regarder tous les deux. Il y avait dans ses yeux comme des échappées de paradis.

— Je vous prends en flagrant délit, dit Cosette. Je viens d'entendre à travers la porte mon père Fauchelevent qui disait : — La conscience... — Faire son devoir... — C'est de la politique, ça. Je ne veux pas. On ne doit pas parler politique dès le lendemain. Ce n'est pas juste.

— Tu te trompes, Cosette, répondit Marius. Nous parlons affaires. Nous parlons du meilleur placement à trouver pour tes six cent mille francs... [11]

— Ce n'est pas tout ça, interrompit Cosette. Je viens. Veut-on de moi ici ?

Et, passant résolûment la porte, elle entra dans le salon. Elle était vêtue d'un large peignoir blanc à mille plis et à grandes manches qui, partant du cou, lui tombait jusqu'aux pieds. Il y a, dans les ciels d'or des vieux tableaux gothiques, de ces charmants sacs à mettre un ange.

Elle se contempla de la tête aux pieds dans une grande glace, puis s'écria avec une explosion d'extase ineffable :

— Il y avait une fois un roi et une reine. Oh ! comme je suis contente !

Cela dit, elle fit la révérence à Marius et à Jean Valjean.

— Voilà, dit-elle, je vais m'installer près de vous sur un fauteuil, on déjeune dans une demi-heure, vous direz tout ce que vous voudrez, je sais bien qu'il faut que les hommes parlent, je serai bien sage.

Marius lui prit le bras, et lui dit amoureusement :

— Nous parlons affaires.

— À propos, répondit Cosette, j'ai ouvert ma fenêtre, il vient d'arriver un tas de pierrots dans le jardin. Des

---

11. Cosette dit le vrai, sans s'en douter. Marius également : toute la question est de savoir s'il placera ou non l'argent de Cosette, s'il continuera l'entreprise du héros : l'intégration du capital de misère au capital productif — voir note générale 30.

oiseaux, pas des masques. C'est aujourd'hui mercredi des cendres ; mais pas pour les oiseaux.

— Je te dis que nous parlons affaires, va, ma petite Cosette, laisse-nous un moment. Nous parlons chiffres. Cela t'ennuierait.

— Tu as mis ce matin une charmante cravate, Marius. Vous êtes fort coquet, monseigneur. Non, cela ne m'ennuiera pas.

— Je t'assure que cela t'ennuiera.

— Non. Puisque c'est vous. Je ne vous comprendrai pas, mais je vous écouterai. Quand on entend les voix qu'on aime, on n'a pas besoin de comprendre les mots qu'elles disent. Être là ensemble, c'est tout ce que je veux. Je reste avec vous, bah !

— Tu es ma Cosette bien-aimée ! Impossible.

— Impossible !

— Oui.

— C'est bon, reprit Cosette. Je vous aurais dit des nouvelles. Je vous aurais dit que grand-père dort encore, que votre tante est à la messe, que la cheminée de la chambre de mon père Fauchelevent fume, que Nicolette a fait venir le ramoneur[12], que Toussaint et Nicolette se sont déjà disputées, que Nicolette se moque du bégayement de Toussaint. Eh bien, vous ne saurez rien. Ah ! c'est impossible ? Moi aussi, à mon tour, vous verrez, monsieur, je dirai : c'est impossible. Qui est-ce qui sera attrapé ? Je t'en prie, mon petit Marius, laisse-moi ici avec vous deux.

— Je te jure qu'il faut que nous soyons seuls.

— Eh bien, est-ce que je suis quelqu'un ?[13]

Jean Valjean ne prononçait pas une parole. Cosette se tourna vers lui :

— D'abord, père, vous, je veux que vous veniez m'embrasser. Qu'est-ce que vous faites là à ne rien dire au lieu de prendre mon parti ? qui est-ce qui m'a donné un père comme ça ? Vous voyez bien que je suis très

---

12. Petit-Gervais ?
13. Voir note générale 41 et texte annoté IV, 8, 4 ; p. 1375.

malheureuse en ménage. Mon mari me bat. Allons, embrassez-moi tout de suite.

Jean Valjean s'approcha.

Cosette se tourna vers Marius.

— Vous, je vous fais la grimace.

Puis elle tendit son front à Jean Valjean.

Jean Valjean fit un pas vers elle.

Cosette recula.

— Père, vous êtes pâle. Est-ce que votre bras vous fait mal ?

— Il est guéri, dit Jean Valjean.

— Est-ce que vous avez mal dormi ?

— Non.

— Est-ce que vous êtes triste ?

— Non.

— Embrassez-moi. Si vous vous portez bien, si vous dormez bien, si vous êtes content, je ne vous gronderai pas.

Et de nouveau elle lui tendit son front.

Jean Valjean déposa un baiser sur ce front où il y avait un reflet céleste.

— Souriez.

Jean Valjean obéit. Ce fut le sourire d'un spectre.

— Maintenant défendez-moi contre mon mari.

— Cosette !... fit Marius.

— Fâchez-vous, père. Dites-lui qu'il faut que je reste. On peut bien parler devant moi. Vous me trouvez donc bien sotte. C'est donc bien étonnant ce que vous dites ! des affaires, placer de l'argent à une banque, voilà grand' chose. Les hommes font les mystérieux pour rien. Je veux rester. Je suis très jolie ce matin. Regarde-moi, Marius.

Et avec un haussement d'épaules adorable et on ne sait quelle bouderie exquise, elle regarda Marius. Il y eut comme un éclair entre ces deux êtres. Que quelqu'un fût là, peu importait.

— Je t'aime ! dit Marius.

— Je t'adore ! dit Cosette.

Et ils tombèrent irrésistiblement dans les bras l'un de l'autre.

— À présent, reprit Cosette en rajustant un pli de son peignoir avec une petite moue triomphante, je reste.

— Cela, non, répondit Marius d'un ton suppliant. Nous avons quelque chose à terminer.

— Encore non ?

Marius prit une inflexion de voix grave :

— Je t'assure, Cosette, que c'est impossible.

— Ah ! vous faites votre voix d'homme, monsieur. C'est bon. On s'en va. Vous, père, vous ne m'avez pas soutenue. Monsieur mon mari, monsieur mon papa, vous êtes des tyrans. Je vais le dire à grand-père. Si vous croyez que je vais revenir et vous faire des platitudes, vous vous trompez. Je suis fière. Je vous attends à présent. Vous allez voir que c'est vous qui allez vous ennuyer sans moi. Je m'en vais, c'est bien fait.

Et elle sortit.

Deux secondes après, la porte se rouvrit, sa fraîche tête vermeille passa encore une fois entre les deux battants, et elle leur cria :

— Je suis très en colère.

La porte se referma et les ténèbres se refirent.

Ce fut comme un rayon de soleil fourvoyé qui, sans s'en douter, aurait traversé brusquement de la nuit [14].

Marius s'assura que la porte était bien refermée.

— Pauvre Cosette ! murmura-t-il, quand elle va savoir...

À ce mot, Jean Valjean trembla de tous ses membres. Il fixa sur Marius un œil égaré.

— Cosette ! oh oui, c'est vrai, vous allez dire cela à Cosette. C'est juste. Tiens, je n'y avais pas pensé. On a de la force pour une chose, on n'en a pas pour une autre. Monsieur, je vous en conjure, je vous en supplie, monsieur, donnez-moi votre parole la plus sacrée, ne le lui dites pas. Est-ce qu'il ne suffit pas que vous le sachiez,

---

14. Voir la même métaphore dès I, 2, 6 ; pp. 134-135. Elle appartient à tout un système du dedans et du dehors, de l'ouvert et du fermé, de la nuit et du jour, du ciel étoilé et du ciel obscur, logiquement construit dès lors que la misère est conçue comme exclusion des hommes hors d'une humanité figée en société close, et qui entraîne la stratégie et la visibilité propre au roman — voir note générale 37.

vous ? J'ai pu le dire de moi-même sans y être forcé, je l'aurais dit à l'univers, à tout le monde, ça m'était égal. Mais elle, elle ne sait pas ce que c'est, cela l'épouvanterait. Un forçat, quoi ! on serait forcé de lui expliquer, de lui dire : C'est un homme qui a été aux galères. Elle a vu un jour passer la chaîne. Oh mon Dieu ! [15]

Il s'affaissa sur un fauteuil et cacha son visage dans ses deux mains. On ne l'entendait pas, mais aux secousses de ses épaules, on voyait qu'il pleurait. Pleurs silencieux, pleurs terribles.

Il y a de l'étouffement dans le sanglot. Une sorte de convulsion le prit, il se renversa en arrière sur le dossier du fauteuil comme pour respirer, laissant pendre ses bras et laissant voir à Marius sa face inondée de larmes, et Marius l'entendit murmurer si bas que sa voix semblait être dans une profondeur sans fond : — Oh ! je voudrais mourir !

— Soyez tranquille, dit Marius, je garderai votre secret pour moi seul.

Et, moins attendri peut-être qu'il n'aurait dû l'être, mais obligé depuis une heure de se familiariser avec un inattendu effroyable, voyant par degrés un forçat se superposer sous ses yeux à M. Fauchelevent, gagné peu à peu par cette réalité lugubre, et amené par la pente naturelle de la situation à constater l'intervalle qui venait de se faire entre cet homme et lui, Marius ajouta :

— Il est impossible que je ne vous dise pas un mot du dépôt que vous avez si fidèlement et si honnêtement remis. C'est là un acte de probité. Il est juste qu'une récompense vous soit donnée. Fixez la somme vous-même, elle vous sera comptée. Ne craignez pas de la fixer très haut [16].

— Je vous en remercie, monsieur, répondit Jean Valjean avec douceur.

Il resta pensif un moment, passant machinalement le

---

15. IV, 3, 8 ; pp. 1223 et suiv.
16. Hugo, qui s'efforcera d'innocenter Marius — voir V, 9, 1 ; p. 1905 — l'accable par ce seul mot. Sur la priorité des rapports d'argent, voir V, 5, 4 et note 8, p. 1798.

bout de son index sur l'ongle de son pouce, puis il éleva la voix :

— Tout est à peu près fini. Il me reste une dernière chose...

— Laquelle ?

Jean Valjean eut comme une suprême hésitation, et, sans voix, presque sans souffle, il balbutia plus qu'il ne dit :

— À présent que vous savez, croyez-vous, monsieur, vous qui êtes le maître, que je ne dois plus voir Cosette ?

— Je crois que ce serait mieux, répondit froidement Marius.

— Je ne la verrai plus, murmura Jean Valjean.

Et il se dirigea vers la porte.

Il mit la main sur le bec-de-cane, le pêne céda, la porte s'entre-bâilla, Jean Valjean l'ouvrit assez pour pouvoir passer, demeura une seconde immobile, puis referma la porte et se retourna vers Marius.

Il n'était plus pâle, il était livide. Il n'y avait plus de larmes dans ses yeux, mais une sorte de flamme tragique. Sa voix était redevenue étrangement calme.

— Tenez, monsieur, dit-il, si vous voulez, je viendrai la voir. Je vous assure que je le désire beaucoup. Si je n'avais pas tenu à voir Cosette, je ne vous aurais pas fait l'aveu que je vous ai fait, je serais parti ; mais voulant rester dans l'endroit où est Cosette et continuer de la voir, j'ai dû honnêtement tout vous dire. Vous suivez mon raisonnement, n'est-ce pas ? c'est là une chose qui se comprend. Voyez-vous, il y a neuf ans passés que je l'ai près de moi. Nous avons demeuré d'abord dans cette masure du boulevard, ensuite dans le couvent, ensuite près du Luxembourg. C'est là que vous l'avez vue pour la première fois. Vous vous rappelez son chapeau de peluche bleue. Nous avons été ensuite dans le quartier des Invalides où il y avait une grille et un jardin. Rue Plumet. J'habitais une petite arrière-cour d'où j'entendais son piano. Voilà ma vie. Nous ne nous quittions jamais. Cela a duré neuf ans et des mois [17]. J'étais comme son

---

17. Les ans valent des mois : autre indice symbolique de la maternité de Jean Valjean (voir II, 3, 10, note 4, p. 589 et IV, 3, 4, texte

père, et elle était mon enfant. Je ne sais pas si vous me comprenez, monsieur Pontmercy, mais s'en aller à présent, ne plus la voir, ne plus lui parler, n'avoir plus rien, ce serait difficile. Si vous ne le trouvez pas mauvais, je viendrai de temps en temps voir Cosette. Je ne viendrais pas souvent. Je ne resterais pas longtemps. Vous diriez qu'on me reçoive dans la petite salle basse. Au rez-de-chaussée. J'entrerais bien par la porte de derrière, qui est pour les domestiques, mais cela étonnerait peut-être. Il vaut mieux, je crois, que j'entre par la porte de tout le monde. Monsieur, vraiment. Je voudrais bien voir encore un peu Cosette. Aussi rarement qu'il vous plaira. Mettez-vous à ma place, je n'ai plus que cela. Et puis, il faut prendre garde. Si je ne venais plus du tout, il y aurait un mauvais effet, on trouverait cela singulier. Par exemple, ce que je puis faire, c'est de venir le soir, quand il commence à être nuit.

— Vous viendrez tous les soirs, dit Marius, et Cosette vous attendra.

— Vous êtes bon, monsieur, dit Jean Valjean.

Marius salua Jean Valjean, le bonheur reconduisit jusqu'à la porte le désespoir, et ces deux hommes se quittèrent.

II

LES OBSCURITÉS QUE PEUT CONTENIR
UNE RÉVÉLATION

Marius était bouleversé.

L'espèce d'éloignement qu'il avait toujours eu pour l'homme près duquel il voyait Cosette lui était désormais expliqué. Il y avait dans ce personnage un on ne sait quoi

---

annoté 3 ; p. 1207. Du coup, le langage du héros change et se place à mi-chemin entre celui de Fantine suppliant Javert (I, 5, 13 ; p. 281) et celui de Champmathieu (I, 7, 10 ; p. 385).

énigmatique dont son instinct l'avertissait. Cette énigme, c'était la plus hideuse des hontes, le bagne. Ce M. Fauchelevent était le forçat Jean Valjean.

Trouver brusquement un tel secret au milieu de son bonheur, cela ressemble à la découverte d'un scorpion dans un nid de tourterelles.

Le bonheur de Marius et de Cosette était-il condamné désormais à ce voisinage ? Était-ce là un fait accompli ? L'acceptation de cet homme faisait-elle partie du mariage consommé ? N'y avait-il plus rien à faire ?

Marius avait-il épousé aussi le forçat ?

On a beau être couronné de lumière et de joie, on a beau savourer la grande heure de pourpre de la vie, l'amour heureux, de telles secousses forceraient même l'archange dans son extase, même le demi-dieu dans sa gloire, au frémissement.

Comme il arrive toujours dans les changements à vue de cette espèce, Marius se demandait s'il n'avait pas de reproche à se faire à lui-même ? Avait-il manqué de divination ? Avait-il manqué de prudence ? S'était-il étourdi involontairement ? Un peu, peut-être. S'était-il engagé, sans assez de précaution pour éclairer les alentours, dans cette aventure d'amour qui avait abouti à son mariage avec Cosette ? Il constatait, — c'est ainsi, par une suite de constatations successives de nous-mêmes sur nous-mêmes, que la vie nous amende peu à peu, — il constatait le côté chimérique et visionnaire de sa nature, sorte de nuage intérieur propre à beaucoup d'organisations, et qui, dans les paroxysmes de la passion et de la douleur, se dilate, la température de l'âme changeant, et envahit l'homme tout entier, au point de n'en plus faire qu'une conscience baignée d'un brouillard. Nous avons plus d'une fois indiqué cet élément caractéristique de l'individualité de Marius. Il se rappelait que, dans l'enivrement de son amour, rue Plumet, pendant ces six ou sept semaines extatiques, il n'avait pas même parlé à Cosette de ce drame du bouge Gorbeau où la victime avait eu un si étrange parti pris de silence pendant la lutte et d'évasion après. Comment se faisait-il qu'il n'en eût point parlé à Cosette ? Cela pourtant était si proche et si effroyable ! Comment se faisait-il qu'il ne lui eût pas même nommé les Thénardier, et, particulièrement, le jour où il avait rencontré Éponine ? Il avait presque peine à s'expliquer maintenant son silence d'alors. Il s'en rendait compte cependant. Il se rappelait son étourdissement, son ivresse de Cosette, l'amour absorbant tout, cet enlèvement de l'un par l'autre dans l'idéal, et peut-être aussi, comme la quantité imperceptible de raison mêlée à cet état violent et charmant de l'âme, un vague et sourd instinct de cacher et d'abolir dans sa mémoire cette aventure redoutable dont il craignait le contact, où il ne voulait jouer aucun rôle, à laquelle il se dérobait, et où il ne pouvait être narrateur ni témoin sans être accusateur. D'ailleurs, ces quelques semaines avaient été un éclair ; on n'avait eu le temps de rien, que de s'aimer. Enfin, tout pesé, tout retourné, tout examiné, quand il eût raconté le guet-apens Gorbeau à Cosette, quand il lui eût nommé les Thénardier, quelles qu'eussent été les conséquences, quand même il eût découvert que Jean Valjean était un forçat, cela l'eût-il changé, lui Marius ? cela l'eût-il changée, elle Cosette ? Eût-il reculé ? L'eût-il moins adorée ? L'eût-il moins épousée ? Non. Cela eût-il changé quelque chose à ce qui s'était fait ? Non. Rien donc à regretter, rien à se reprocher. Tout était bien. Il y a un dieu pour ces ivrognes qu'on appelle les amoureux. Aveugle, Marius avait suivi la route qu'il eût choisie clairvoyant. L'amour lui avait bandé les yeux, pour le mener où ? Au paradis.

Mais ce paradis était compliqué désormais d'un côtoiement infernal.

L'ancien éloignement de Marius pour cet homme, pour ce Fauchelevent devenu Jean Valjean, était à présent mêlé d'horreur.

Dans cette horreur, disons-le, il y avait quelque pitié, et même une certaine surprise.

Ce voleur, ce voleur récidiviste, avait restitué un dépôt. Et quel dépôt ? Six cent mille francs. Il était seul dans le secret du dépôt. Il pouvait tout garder, il avait tout rendu.

En outre, il avait révélé de lui-même sa situation. Rien ne l'y obligeait. Si l'on savait qui il était, c'était par lui.

Il y avait dans cet aveu plus que l'acceptation de l'humiliation, il y avait l'acceptation du péril. Pour un condamné, un masque n'est pas un masque, c'est un abri. Il avait renoncé à cet abri. Un faux nom, c'est de la sécurité ; il avait rejeté ce faux nom. Il pouvait, lui galérien, se cacher à jamais dans une famille honnête ; il avait résisté à cette tentation. Et pour quel motif ? par scrupule de conscience. Il l'avait expliqué lui-même avec l'irrésistible accent de la réalité. En somme, quel que fût ce Jean Valjean, c'était incontestablement une conscience qui se réveillait. Il y avait là on ne sait quelle mystérieuse réhabilitation commencée ; et, selon toute apparence, depuis longtemps déjà le scrupule était maître de cet homme. De tels accès du juste et du bien ne sont pas propres aux natures vulgaires. Réveil de conscience, c'est grandeur d'âme.

Jean Valjean était sincère. Cette sincérité, visible, palpable, irréfragable, évidente même par la douleur qu'elle lui faisait, rendait les informations inutiles et donnait autorité à tout ce que disait cet homme. Ici, pour Marius, interversion étrange des situations. Que sortait-il de M. Fauchelevent ? la défiance. Que se dégageait-il de Jean Valjean ? la confiance.

Dans le mystérieux bilan de ce Jean Valjean que Marius pensif dressait, il constatait l'actif, il constatait le passif, et il tâchait d'arriver à une balance[1]. Mais tout cela était comme dans un orage. Marius, s'efforçant de se faire une idée nette de cet homme, et poursuivant, pour ainsi dire, Jean Valjean au fond de sa pensée, le perdait et le retrouvait dans une brume fatale.

Le dépôt honnêtement rendu, la probité de l'aveu, c'était bien. Cela faisait comme une éclaircie dans la nuée, puis la nuée redevenait noire.

Si troubles que fussent les souvenirs de Marius, il lui en revenait quelque ombre.

Qu'était-ce décidément que cette aventure du galetas

---

1. La forme même de la délibération — enquête et jugement — en comporte d'avance l'issue : une condamnation. Voir déjà ce processus en I, 2, 7 ; p. 139 et note 1.

Jondrette ? Pourquoi, à l'arrivée de la police, cet homme, au lieu de se plaindre, s'était-il évadé ? Ici Marius trouvait la réponse. Parce que cet homme était un repris de justice en rupture de ban.

Autre question : Pourquoi cet homme était-il venu dans la barricade ? Car à présent Marius revoyait distinctement ce souvenir, reparu dans ces émotions comme l'encre sympathique au feu. Cet homme était dans la barricade. Il n'y combattait pas. Qu'était-il venu y faire ? Devant cette question un spectre se dressait, et faisait la réponse. Javert. Marius se rappelait parfaitement à cette heure la funèbre vision de Jean Valjean entraînant hors de la barricade Javert garrotté, et il entendait encore derrière l'angle de la petite rue Mondétour l'affreux coup de pistolet. Il y avait, vraisemblablement, haine entre cet espion et ce galérien. L'un gênait l'autre. Jean Valjean était allé à la barricade pour se venger. Il y était arrivé tard. Il savait probablement que Javert y était prisonnier. La vendette corse a pénétré dans de certains bas-fonds et y fait loi ; elle est si simple qu'elle n'étonne pas les âmes à demi retournées vers le bien ; et ces cœurs-là sont ainsi faits qu'un criminel, en voie de repentir, peut être scrupuleux sur le vol et ne l'être pas sur la vengeance. Jean Valjean avait tué Javert. Du moins, cela semblait évident.

Dernière question enfin ; mais à celle-ci pas de réponse. Cette question, Marius la sentait comme une tenaille. Comment se faisait-il que l'existence de Jean Valjean eût coudoyé si longtemps celle de Cosette ? Qu'était-ce que ce sombre jeu de la providence qui avait mis cet enfant en contact avec cet homme ? Y a-t-il donc aussi des chaînes à deux forgées là-haut, et Dieu se plaît-il à accoupler l'ange avec le démon ? Un crime et une innocence peuvent donc être camarades de chambrée dans le mystérieux bagne des misères ? Dans ce défilé de condamnés qu'on appelle la destinée humaine, deux fronts peuvent passer l'un près de l'autre, l'un naïf, l'autre formidable, l'un tout baigné des divines blancheurs de l'aube, l'autre à jamais blêmi par la lueur d'un éternel éclair ? Qui avait pu déterminer cet appareillement inexplicable ? De quelle façon, par suite de quel prodige, la communauté de vie avait-elle pu s'établir entre cette céleste petite et ce vieux damné ? Qui avait pu lier l'agneau au loup, et, chose plus incompréhensible encore, attacher le loup à l'agneau ? Car le loup aimait l'agneau, car l'être farouche adorait l'être faible, car, pendant neuf années, l'ange avait eu pour point d'appui le monstre. L'enfance et l'adolescence de Cosette, sa venue au jour, sa virginale croissance vers la vie et la lumière, avaient été abritées par ce dévouement difforme. Ici, les questions s'exfoliaient, pour ainsi parler, en énigmes innombrables, les abîmes s'ouvraient au fond des abîmes, et Marius ne pouvait plus se pencher sur Jean Valjean sans vertige. Qu'était-ce donc que cet homme précipice ?

Les vieux symboles génésiaques sont éternels ; dans la société humaine, telle qu'elle existe, jusqu'au jour où une clarté plus grande la changera, il y a à jamais deux hommes, l'un supérieur, l'autre souterrain ; celui qui est selon le bien, c'est Abel ; celui qui est selon le mal, c'est Caïn. Qu'était-ce que ce Caïn tendre ?[2] Qu'était-ce que ce bandit religieusement absorbé dans l'adoration d'une vierge, veillant sur elle, l'élevant, la gardant, la dignifiant et l'enveloppant, lui impur, de pureté ? Qu'était-ce que ce cloaque qui avait vénéré cette innocence au point de ne pas lui laisser une tache ? Qu'était-ce que ce Jean Valjean faisant l'éducation de Cosette ? Qu'était-ce que cette figure de ténèbres ayant pour unique soin de préserver de toute ombre et de tout nuage le lever d'un astre ?

Là était le secret de Jean Valjean ; là aussi était le secret de Dieu.

Devant ce double secret, Marius reculait. L'un en quelque sorte le rassurait sur l'autre. Dieu était dans cette aventure aussi visible que Jean Valjean. Dieu a ses instruments. Il se sert de l'outil qu'il veut. Il n'est pas responsable devant l'homme. Savons-nous comment Dieu s'y prend ?

---

2. Le couple fraternel et hostile est si constant dans l'œuvre de Hugo et si intimement lié à sa rivalité avec son frère Eugène, qu'on ne peut pas ne pas donner à cette formule une valeur autobiographique, confirmée par le rêve de Jean Valjean (voir notes générales 25 et 38).

Jean Valjean avait travaillé à Cosette. Il avait un peu fait cette âme. C'était incontestable. Eh bien, après ? L'ouvrier était horrible ; mais l'œuvre était admirable. Dieu produit ses miracles comme bon lui semble. Il avait construit cette charmante Cosette, et il y avait employé Jean Valjean. Il lui avait plu de se choisir cet étrange collaborateur. Quel compte avons-nous à lui demander ? Est-ce la première fois que le fumier aide le printemps à faire la rose ?

Marius se faisait ces réponses-là et se déclarait à lui-même qu'elles étaient bonnes. Sur tous les points que nous venons d'indiquer, il n'avait pas osé presser Jean Valjean, sans s'avouer à lui-même qu'il ne l'osait pas. Il adorait Cosette, il possédait Cosette, Cosette était splendidement pure. Cela lui suffisait. De quel éclaircissement avait-il besoin ? Cosette était une lumière. La lumière a-t-elle besoin d'être éclaircie ? Il avait tout ; que pouvait-il désirer ? Tout, est-ce que ce n'est pas assez ? Les affaires personnelles de Jean Valjean ne le regardaient pas. En se penchant sur l'ombre fatale de cet homme, il se cramponnait à cette déclaration solennelle du misérable : *Je ne suis rien à Cosette. Il y a dix ans, je ne savais pas qu'elle existât.*

Jean Valjean était un passant. Il l'avait dit lui-même. Eh bien, il passait. Quel qu'il fût, son rôle était fini. Il y avait désormais Marius pour faire les fonctions de la providence près de Cosette. Cosette était venue retrouver dans l'azur son pareil, son amant, son époux, son mâle céleste. En s'envolant, Cosette, ailée et transfigurée, laissait derrière elle à terre, vide et hideuse, sa chrysalide, Jean Valjean.

Dans quelque cercle d'idées que tournât Marius, il en revenait toujours à une certaine horreur de Jean Valjean. Horreur sacrée peut-être, car, nous venons de l'indiquer, il sentait un *quid divinum*[3] dans cet homme. Mais, quoi qu'on fît, et quelque atténuation qu'on y cherchât, il fallait bien toujours retomber sur ceci : c'était un forçat ;

---

3. C'est la formule qui caractérise les grands combats épiques : Waterloo (voir II, 1, 5, titre et note 2, p. 446) et la barricade (V, 1, 12 ; p. 1625).

c'est-à-dire, l'être qui, dans l'échelle sociale, n'a même
pas de place, étant au-dessous du dernier échelon. Après
le dernier des hommes vient le forçat. Le forçat n'est plus,
pour ainsi dire, le semblable des vivants. La loi l'a destitué de toute la quantité d'humanité qu'elle peut ôter à un
homme. Marius, sur les questions pénales, en était encore,
quoique démocrate, au système inexorable, et il avait, sur
ceux que la loi frappe, toutes les idées de la loi. Il n'avait
pas encore accompli, disons-le, tous les progrès. Il n'en
était pas encore à distinguer entre ce qui est écrit par
l'homme et ce qui est écrit par Dieu, entre la loi et le
droit. Il n'avait point examiné et pesé le droit que prend
l'homme de disposer de l'irrévocable et de l'irréparable.
Il n'était pas révolté du mot *vindicte*. Il trouvait simple
que de certaines effractions de la loi écrite fussent suivies
de peines éternelles, et il acceptait, comme procédé de
civilisation, la damnation sociale. Il en était encore là,
sauf à avancer infailliblement plus tard, sa nature étant
bonne, et au fond toute faite de progrès latent.

Dans ce milieu d'idées, Jean Valjean lui apparaissait
difforme et repoussant. C'était le réprouvé. C'était le forçat. Ce mot était pour lui comme un son de la trompette
du jugement ; et, après avoir considéré longtemps Jean
Valjean, son dernier geste était de détourner la tête. *Vade
retro* [4].

Marius, il faut le reconnaître et même y insister, tout
en interrogeant Jean Valjean au point que Jean Valjean
lui avait dit : *vous me confessez*, ne lui avait pourtant
pas fait deux ou trois questions décisives. Ce n'était pas
qu'elles ne se fussent présentées à son esprit, mais il en
avait eu peur. Le galetas Jondrette ? La barricade ?
Javert ? Qui sait où se fussent arrêtées les révélations ?
Jean Valjean ne semblait pas homme à reculer, et qui sait
si Marius, après l'avoir poussé, n'aurait pas souhaité le
retenir ? Dans de certaines conjonctures suprêmes, ne
nous est-il pas arrivé à tous, après avoir fait une question,
de nous boucher les oreilles pour ne pas entendre la

---

4. « Arrière, [Satan] », dit Jésus au démon de la tentation au
désert.

réponse ? C'est surtout quand on aime qu'on a de ces lâchetés-là. Il n'est pas sage de questionner à outrance les situations sinistres, surtout quand le côté indissoluble de notre propre vie y est fatalement mêlé. Des explications désespérées de Jean Valjean, quelque épouvantable lumière pouvait sortir, et qui sait si cette clarté hideuse n'aurait pas rejailli jusqu'à Cosette ? Qui sait s'il n'en fût pas resté une sorte de lueur infernale sur le front de cet ange ? L'éclaboussure d'un éclair, c'est encore de la foudre. La fatalité a de ces solidarités-là, où l'innocence elle-même s'empreint de crime par la sombre loi des reflets colorants. Les plus pures figures peuvent garder à jamais la réverbération d'un voisinage horrible. À tort ou à raison, Marius avait eu peur. Il en savait déjà trop. Il cherchait plutôt à s'étourdir qu'à s'éclairer. Éperdu, il emportait Cosette dans ses bras en fermant les yeux sur Jean Valjean.

Cet homme était de la nuit, de la nuit vivante et terrible. Comment oser en chercher le fond ? C'est une épouvante de questionner l'ombre. Qui sait ce qu'elle va répondre ? L'aube pourrait en être noircie pour jamais.

Dans cette situation d'esprit, c'était pour Marius une perplexité poignante de penser que cet homme aurait désormais un contact quelconque avec Cosette. Ces questions redoutables, devant lesquelles il avait reculé, et d'où aurait pu sortir une décision implacable et définitive, il se reprochait presque à présent de ne pas les avoir faites. Il se trouvait trop bon, trop doux, disons le mot, trop faible. Cette faiblesse l'avait entraîné à une concession imprudente. Il s'était laissé toucher. Il avait eu tort. Il aurait dû purement et simplement rejeter Jean Valjean. Jean Valjean était la part du feu, il aurait dû la faire, et débarrasser sa maison de cet homme. Il s'en voulait, il en voulait à la brusquerie de ce tourbillon d'émotions qui l'avait assourdi, aveuglé, et entraîné. Il était mécontent de lui-même.

Que faire maintenant ? Les visites de Jean Valjean lui répugnaient profondément. À quoi bon cet homme chez lui ? que faire ? Ici il s'étourdissait, il ne voulait pas creuser, il ne voulait pas approfondir ; il ne voulait pas se

sonder lui-même. Il avait promis, il s'était laissé entraîner
à promettre ; Jean Valjean avait sa promesse ; même à un
forçat, surtout à un forçat, on doit tenir sa parole. Toutefois, son premier devoir était envers Cosette. En somme,
une répulsion, qui dominait tout, le soulevait.

Marius roulait confusément tout cet ensemble d'idées
dans son esprit, passant de l'une à l'autre, et remué par
toutes. De là un trouble profond. Il ne lui fut pas aisé de
cacher ce trouble à Cosette, mais l'amour est un talent, et
Marius y parvint.

Du reste, il fit, sans but apparent, des questions à
Cosette, candide comme une colombe est blanche, et ne
se doutant de rien ; il lui parla de son enfance et de sa
jeunesse, et il se convainquit de plus en plus que tout ce
qu'un homme peut être de bon, de paternel et de respectable, ce forçat l'avait été pour Cosette. Tout ce que
Marius avait entrevu et supposé était réel. Cette ortie
sinistre avait aimé et protégé ce lys.

LIVRE HUITIÈME

LA DÉCROISSANCE CRÉPUSCULAIRE

LA CHAMBRE D'EN BAS

Le lendemain, à la nuit tombante, Jean Valjean frappait à la porte cochère de la maison Gillenormand. Ce fut Basque qui le reçut. Basque se trouvait dans la cour à point nommé, et comme s'il avait eu des ordres. Il arrive quelquefois qu'on dit à un domestique : Vous guetterez monsieur un tel, quand il arrivera.

Basque, sans attendre que Jean Valjean vînt à lui, lui adressa la parole :

— Monsieur le baron m'a chargé de demander à monsieur s'il désire monter ou rester en bas ?

— Rester en bas, répondit Jean Valjean.

Basque, d'ailleurs absolument respectueux, ouvrit la porte de la salle basse et dit : Je vais prévenir madame.

La pièce où Jean Valjean entra était un rez-de-chaussée voûté et humide, servant de cellier dans l'occasion, donnant sur la rue, carrelé de carreaux rouges, et mal éclairé d'une fenêtre à barreaux de fer[1].

Cette chambre n'était pas de celles que harcèlent le houssoir, la tête de loup et le balai. La poussière y était tranquille. La persécution des araignées n'y était pas organisée. Une belle toile, largement étalée, bien noire, ornée de mouches mortes, faisait la roue sur une des vitres de la fenêtre. La salle, petite et basse, était meublée d'un tas de bouteilles vides amoncelées dans un coin. La muraille, badigeonnée d'un badigeon d'ocre jaune,

---

1. Retour au « soupirail » du bagne, à la salle où les religieuses font la « réparation », à l'égout, et, dans le paragraphe suivant, à la masure Gorbeau.

s'écaillait par larges plaques. Au fond, il y avait une cheminée de bois peinte en noir à tablette étroite. Un feu y
était allumé ; ce qui indiquait qu'on avait compté sur la
réponse de Jean Valjean : *Rester en bas*.

Deux fauteuils étaient placés aux deux coins de la cheminée. Entre les fauteuils était étendue, en guise de tapis,
une vieille descente de lit montrant plus de corde que de
laine.

La chambre avait pour éclairage le feu de la cheminée
et le crépuscule de la fenêtre.

Jean Valjean était fatigué. Depuis plusieurs jours il ne
mangeait ni ne dormait. Il se laissa tomber sur un des
fauteuils.

Basque revint, posa sur la cheminée une bougie allumée et se retira. Jean Valjean, la tête ployée et le menton
sur la poitrine, n'aperçut ni Basque, ni la bougie.

Tout à coup, il se dressa comme en sursaut. Cosette
était derrière lui.

Il ne l'avait pas vue entrer, mais il avait senti qu'elle
entrait.

Il se retourna. Il la contempla. Elle était adorablement
belle. Mais ce qu'il regardait de ce profond regard, ce
n'était pas la beauté, c'était l'âme.

— Ah bien, s'écria Cosette, père, je savais que vous
étiez singulier, mais jamais je ne me serais attendue à
celle-là. Voilà une idée ! Marius me dit que c'est vous
qui voulez que je vous reçoive ici.

— Oui, c'est moi.

— Je m'attendais à la réponse. Bien. Je vous préviens
que je vais vous faire une scène. Commençons par le
commencement. Père, embrassez-moi.

Et elle tendit sa joue.

Jean Valjean demeura immobile.

Vous ne bougez pas. Je le constate. Attitude de
coupable. Mais c'est égal, je vous pardonne. Jésus-Christ
a dit : Tendez l'autre joue. La voici.

Et elle tendit l'autre joue.

Jean Valjean ne remua pas. Il semblait qu'il eût les
pieds cloués dans le pavé.

— Ceci devient sérieux, dit Cosette. Qu'est-ce que je

vous ai fait ? Je me déclare brouillée. Vous me devez
mon raccommodement. Vous dînez avec nous.

— J'ai dîné.

— Ce n'est pas vrai. Je vous ferai gronder par monsieur Gillenormand. Les grands-pères sont faits pour tan-
cer les pères. Allons. Montez avec moi dans le salon.
Tout de suite.

— Impossible.

Cosette ici perdit un peu de terrain. Elle cessa d'ordonner et passa aux questions.

— Mais pourquoi ? Et vous choisissez pour me voir la
chambre la plus laide de la maison. C'est horrible ici.

— Tu sais...

Jean Valjean se reprit.

— Vous savez, madame, je suis particulier, j'ai mes
lubies.

Cosette frappa ses petites mains l'une contre l'autre.

— Madame !... vous savez !... encore du nouveau !
Qu'est-ce que cela veut dire ?

Jean Valjean attacha sur elle ce sourire navrant auquel
il avait parfois recours.

— Vous avez voulu être madame. Vous l'êtes.

— Pas pour vous, père.

— Ne m'appelez plus père.

— Comment ?

— Appelez-moi monsieur Jean. Jean, si vous voulez.

— Vous n'êtes plus père ? je ne suis plus Cosette ?
monsieur Jean ? Qu'est-ce que cela signifie ? mais c'est
des révolutions, ça ! que s'est-il donc passé ? regardez-
moi donc un peu en face. Et vous ne voulez pas demeurer
avec nous ! Et vous ne voulez pas de ma chambre !
Qu'est-ce que je vous ai fait ? qu'est-ce que je vous ai
fait ? Il y a donc eu quelque chose ?

— Rien.

— Eh bien alors ?

— Tout est comme à l'ordinaire.

— Pourquoi changez-vous de nom ?

— Vous en avez bien changé, vous.

Il sourit encore de ce même sourire et ajouta :

— Puisque vous êtes madame Pontmercy, je puis bien être monsieur Jean[2].

— Je n'y comprends rien. Tout cela est idiot. Je demanderai à mon mari la permission que vous soyez monsieur Jean. J'espère qu'il n'y consentira pas. Vous me faites beaucoup de peine. On a des lubies, mais on ne fait pas du chagrin à sa petite Cosette. C'est mal. Vous n'avez pas le droit d'être méchant, vous qui êtes bon.

Il ne répondit pas.

Elle lui prit vivement les deux mains, et, d'un mouvement irrésistible, les élevant vers son visage, elle les pressa contre son cou sous son menton, ce qui est un profond geste de tendresse.

— Oh ! lui dit-elle, soyez bon !

Et elle poursuivit :

— Voici ce que j'appelle être bon : être gentil, venir demeurer ici, il y a des oiseaux ici comme rue Plumet, vivre avec nous, quitter ce trou de la rue de l'Homme-Armé, ne pas nous donner des charades à deviner, être comme tout le monde, dîner avec nous, déjeuner avec nous, être mon père.

Il dégagea ses mains.

— Vous n'avez plus besoin de père, vous avez un mari.

Cosette s'emporta.

— Je n'ai plus besoin de père ! Des choses comme ça qui n'ont pas le sens commun, on ne sait que dire vraiment !

— Si Toussaint était là, reprit Jean Valjean comme quelqu'un qui en est à chercher des autorités et qui se rattache à toutes les branches, elle serait la première à convenir que c'est vrai que j'ai toujours eu mes manières

---

2. Ce dialogue, et le « sourire navrant auquel il avait parfois recours », ne sont pas dépourvus de la coquetterie triste et du ton d'impossible intimité persistante qui existent entre amants séparés. Le changement d'identité demandé par Jean Valjean est logique : dans l'équilibre de la misère, Cosette ayant trouvé un nom, lui doit perdre le sien.

à moi. Il n'y a rien de nouveau. J'ai toujours aimé mon coin noir.

— Mais il fait froid ici. On n'y voit pas clair. C'est abominable, ça, de vouloir être monsieur Jean. Je ne veux pas que vous me disiez vous.

— Tout à l'heure, en venant, répondit Jean Valjean, j'ai vu rue Saint-Louis un meuble. Chez un ébéniste. Si j'étais une jolie femme, je me donnerais ce meuble-là. Une toilette très bien ; genre d'à présent. Ce que vous appelez du bois de rose, je crois. C'est incrusté. Une glace assez grande. Il y a des tiroirs. C'est joli.

— Hou ! le vilain ours ! répliqua Cosette.

Et avec une gentillesse suprême, serrant les dents et écartant les lèvres, elle souffla contre Jean Valjean. C'était une Grâce copiant une chatte.

— Je suis furieuse, reprit-elle. Depuis hier vous me faites tous rager. Je bisque beaucoup. Je ne comprends pas. Vous ne me défendez pas contre Marius. Marius ne me soutient pas contre vous. Je suis toute seule. J'arrange une chambre gentiment. Si j'avais pu y mettre le bon Dieu, je l'y aurais mis. On me laisse ma chambre sur les bras. Mon locataire me fait banqueroute. Je commande à Nicolette un bon petit dîner. On n'en veut pas de votre dîner, madame. Et mon père Fauchelevent veut que je l'appelle monsieur Jean, et que je le reçoive dans une affreuse vieille laide cave moisie où les murs ont de la barbe, et où il y a, en fait de cristaux, des bouteilles vides, et en fait de rideaux, des toiles d'araignées ! Vous êtes singulier, j'y consens, c'est votre genre, mais on accorde une trêve à des gens qui se marient. Vous n'auriez pas dû vous remettre à être singulier tout de suite. Vous allez donc être bien content dans votre abominable rue de l'Homme-Armé. J'y ai été bien désespérée, moi ! Qu'est-ce que vous avez contre moi ? Vous me faites beaucoup de peine. Fi !

Et, sérieuse subitement, elle regarda fixement Jean Valjean, et ajouta :

— Vous m'en voulez donc de ce que je suis heureuse ?

La naïveté, à son insu, pénètre quelquefois très avant.

Cette question, simple pour Cosette, était profonde pour Jean Valjean. Cosette voulait égratigner ; elle déchirait.

Jean Valjean pâlit. Il resta un moment sans répondre, puis, d'un accent inexprimable et se parlant à lui-même, il murmura :

— Son bonheur, c'était le but de ma vie. À présent Dieu peut me signer ma sortie[3]. Cosette, tu es heureuse ; mon temps est fait.

— Ah ! vous m'avez dit *tu* ! s'écria Cosette.

Et elle lui sauta au cou.

Jean Valjean, éperdu, l'étreignit contre sa poitrine avec égarement. Il lui sembla presque qu'il la reprenait.

— Merci, père ! lui dit Cosette.

L'entraînement allait devenir poignant pour Jean Valjean. Il se retira doucement des bras de Cosette, et prit son chapeau.

— Eh bien ? dit Cosette.

Jean Valjean répondit :

— Je vous quitte, madame, on vous attend.

Et, du seuil de la porte, il ajouta :

— Je vous ai dit tu. Dites à votre mari que cela ne m'arrivera plus. Pardonnez-moi.

Jean Valjean sortit, laissant Cosette stupéfaite de cet adieu énigmatique.

II

AUTRES PAS EN ARRIÈRE

Le jour suivant, à la même heure, Jean Valjean vint.

Cosette ne lui fit pas de questions, ne s'étonna plus, ne s'écria plus qu'elle avait froid, ne parla plus du salon ; elle évita de dire ni père ni monsieur Jean. Elle se laissa dire vous. Elle se laissa appeler madame. Seulement elle

---

3. Voir texte annoté 7 en IV, 7, 1 ; p. 1334. Mais la formule n'est pas tout à fait métaphorique pour un condamné à perpétuité évadé.

avait une certaine diminution de joie. Elle eût été triste, si la tristesse lui eût été possible.

Il est probable qu'elle avait eu avec Marius une de ces conversations dans lesquelles l'homme aimé dit ce qu'il veut, n'explique rien, et satisfait la femme aimée. La curiosité des amoureux ne va pas très loin au delà de leur amour.

La salle basse avait fait un peu de toilette. Basque avait supprimé les bouteilles, et Nicolette les araignées.

Tous les lendemains qui suivirent ramenèrent à la même heure Jean Valjean. Il vint tous les jours, n'ayant pas la force de prendre les paroles de Marius autrement qu'à la lettre. Marius s'arrangea de manière à être absent aux heures où Jean Valjean venait. La maison s'accoutuma à la nouvelle manière d'être de M. Fauchelevent. Toussaint y aida. *Monsieur a toujours été comme ça*, répétait-elle. Le grand-père rendit ce décret : — C'est un original. Et tout fut dit. D'ailleurs, à quatre vingt-dix ans il n'y a plus de liaison possible ; tout est juxtaposition ; un nouveau venu est une gêne. Il n'y a plus de place ; toutes les habitudes sont prises. M. Fauchelevent, M. Tranchelevent, le père Gillenormand ne demanda pas mieux que d'être dispensé de « ce monsieur ». Il ajouta : — Rien n'est plus commun que ces originaux-là. Ils font toutes sortes de bizarreries. De motif point. Le marquis de Canaples était pire. Il acheta un palais pour se loger dans le grenier. Ce sont des apparences fantasques qu'ont les gens.

Personne n'entrevit le dessous sinistre. Qui eût d'ailleurs pu deviner une telle chose ? Il y a de ces marais dans l'Inde ; l'eau semble extraordinaire, inexplicable, frissonnante sans qu'il y ait de vent, agitée là où elle devrait être calme. On regarde à la superficie ces bouillonnements sans cause ; on n'aperçoit pas l'hydre qui se traîne au fond.

Beaucoup d'hommes ont ainsi un monstre secret, un mal qu'ils nourrissent, un dragon qui les ronge, un désespoir qui habite leur nuit. Tel homme ressemble aux autres, va, vient. On ne sait pas qu'il a en lui une effroyable douleur parasite aux mille dents, laquelle vit dans ce misérable, qui en meurt. On ne sait pas que cet homme est un gouffre. Il est stagnant, mais profond. De temps en temps un trouble auquel on ne comprend rien se fait à sa surface. Une ride mystérieuse se plisse, puis s'évanouit, puis reparaît ; une bulle d'air monte et crève. C'est peu de chose, c'est terrible. C'est la respiration de la bête inconnue. [1]

De certaines habitudes étranges, arriver à l'heure où les autres partent, s'effacer pendant que les autres s'étalent, garder dans toutes les occasions ce qu'on pourrait appeler le manteau couleur de muraille, chercher l'allée solitaire, préférer la rue déserte, ne point se mêler aux conversations, éviter les foules et les fêtes, sembler à son aise et vivre pauvrement, avoir, tout riche qu'on est, sa clef dans sa poche et sa chandelle chez le portier, entrer par la petite porte, monter par l'escalier dérobé, toutes ces singularités insignifiantes, rides, bulles d'air, plis fugitifs à la surface, viennent souvent d'un fond formidable.

Plusieurs semaines se passèrent ainsi. Une vie nouvelle s'empara peu à peu de Cosette ; les relations que crée le mariage, les visites, le soin de la maison, les plaisirs, ces grandes affaires. Les plaisirs de Cosette n'étaient pas coûteux ; ils consistaient en un seul : être avec Marius. Sortir avec lui, rester avec lui, c'était là la grande occupation de sa vie. C'était pour eux une joie toujours toute neuve de sortir bras dessus bras dessous, à la face du soleil, en pleine rue, sans se cacher, devant tout le monde, tous les deux tout seuls. Cosette eut une contrariété. Toussaint ne put s'accorder avec Nicolette, le soudage de deux vieilles filles étant impossible, et s'en alla [2]. Le grand-père se portait bien ; Marius plaidait çà et là quelques causes ; la tante Gillenormand menait paisiblement près du nouveau

---

1. Autoportrait sans doute, mais, en Hugo, quel est le « dessous sinistre », le « fond formidable », la « bête inconnue » ?

2. Version mineure de l'éloignement de Jean Valjean selon un principe de composition déjà observé — voir IV, 12, 8, note 1, p. 1497 —, qui transpose dans le roman l'idée de l'unité structurelle du monde — voir V, 3, 3, note 3, p. 1790.

ménage cette vie latérale qui lui suffisait. Jean Valjean venait tous les jours.

Le tutoiement disparu, le vous, le madame, le monsieur Jean, tout cela le faisait autre pour Cosette. Le soin qu'il avait pris lui-même de la détacher de lui, lui réussissait. Elle était de plus en plus gaie et de moins en moins tendre. Pourtant elle l'aimait toujours bien, et il le sentait. Un jour elle lui dit tout à coup : Vous étiez mon père, vous n'êtes plus mon père, vous étiez mon oncle, vous n'êtes plus mon oncle, vous étiez monsieur Fauchelevent, vous êtes Jean. Qui êtes-vous donc ? Je n'aime pas tout ça. Si je ne vous savais pas si bon, j'aurais peur de vous.

Il demeurait toujours rue de l'Homme-Armé, ne pouvant se résoudre à s'éloigner du quartier qu'habitait Cosette.

Dans les premiers temps il ne restait près de Cosette que quelques minutes, puis s'en allait.

Peu à peu il prit l'habitude de faire ses visites moins courtes. On eût dit qu'il profitait de l'autorisation des jours qui s'allongeaient ; il arriva plus tôt et partit plus tard.

Un jour il échappa à Cosette de lui dire : Père. Un éclair de joie illumina le vieux visage sombre de Jean Valjean. Il la reprit : Dites Jean. — Ah ! c'est vrai, répondit-elle avec un éclat de rire, monsieur Jean. — C'est bien, dit-il. Et il se détourna pour qu'elle ne le vît pas essuyer ses yeux.

III

ILS SE SOUVIENNENT DU JARDIN
DE LA RUE PLUMET

Ce fut la dernière fois. À partir de cette dernière lueur, l'extinction complète se fit. Plus de familiarité, plus de bonjour avec un baiser, plus jamais ce mot si profondé-

ment doux : mon père ! il était, sur sa demande et par
sa propre complicité, successivement chassé de tous ses
bonheurs ; et il avait cette misère qu'après avoir perdu
Cosette tout entière en un jour, il lui avait fallu ensuite la
reperdre en détail.

L'œil finit par s'habituer aux jours de cave. En somme,
avoir tous les jours une apparition de Cosette, cela lui
suffisait. Toute sa vie se concentrait dans cette heure-là.
Il s'asseyait près d'elle, il la regardait en silence, ou bien
il lui parlait des années d'autrefois, de son enfance, du
couvent, de ses petites amies d'alors.

Une après-midi, — c'était une des premières journées
d'avril, déjà chaude, encore fraîche, le moment de la
grande gaîté du soleil, les jardins qui environnaient les
fenêtres de Marius et de Cosette avaient l'émotion du
réveil, l'aubépine allait poindre, une bijouterie de giro-
flées s'étalait sur les vieux murs, les gueules-de-loup
roses bâillaient dans les fentes des pierres, il y avait dans
l'herbe un charmant commencement de pâquerettes et de
boutons-d'or, les papillons blancs de l'année débutaient,
le vent, ce ménétrier de la noce éternelle, essayait dans
les arbres les premières notes de cette grande symphonie
aurorale que les vieux poëtes appelaient le renouveau,
— Marius dit à Cosette : — Nous avons dit que nous
irions revoir notre jardin de la rue Plumet. Allons-y. Il ne
faut pas être ingrats [1]. — Et ils s'envolèrent comme deux
hirondelles vers le printemps. Ce jardin de la rue Plumet
leur faisait l'effet de l'aube. Ils avaient déjà derrière eux
dans la vie quelque chose qui était comme le printemps
de leur amour. La maison de la rue Plumet, étant prise à
bail, appartenait encore à Cosette. Ils allèrent à ce jardin
et à cette maison. Ils s'y retrouvèrent, ils s'y oublièrent.
Le soir, à l'heure ordinaire, Jean Valjean vint rue des
Filles-du-Calvaire.   Madame est sortie avec Monsieur,
et n'est pas rentrée encore, lui dit Basque. — Il s'assit en
silence et attendit une heure. Cosette ne rentra point. Il
baissa la tête et s'en alla.

Cosette était si enivrée de sa promenade à « leur jar-

---

1. Voir V, 7, 1, note 16, p. 1873.

din » et si joyeuse d'avoir « vécu tout un jour dans son passé » qu'elle ne parla pas d'autre chose le lendemain. Elle ne s'aperçut pas qu'elle n'avait point vu Jean Valjean.

— De quelle façon êtes-vous allés là ? lui demanda Jean Valjean.

— À pied.

— Et comment êtes-vous revenus ?

— En fiacre.

Depuis quelque temps Jean Valjean remarquait la vie étroite que menait le jeune couple. Il en était importuné. L'économie de Marius était sévère, et le mot pour Jean Valjean avait son sens absolu. Il hasarda une question :

— Pourquoi n'avez-vous pas une voiture à vous ? Un joli coupé ne vous coûterait que cinq cents francs par mois. Vous êtes riches.

— Je ne sais pas, répondit Cosette.

— C'est comme Toussaint, reprit Jean Valjean. Elle est partie. Vous ne l'avez pas remplacée. Pourquoi ?

— Nicolette suffit.

— Mais il vous faudrait une femme de chambre.

— Est-ce que je n'ai pas Marius ?

— Vous devriez avoir une maison à vous, des domestiques à vous, une voiture, loge au spectacle. Il n'y a rien de trop beau pour vous. Pourquoi ne pas profiter de ce que vous êtes riches ? La richesse, cela s'ajoute au bonheur.

Cosette ne répondit rien.

Les visites de Jean Valjean ne s'abrégeaient point. Loin de là. Quand c'est le cœur qui glisse, on ne s'arrête pas sur la pente.

Lorsque Jean Valjean voulait prolonger sa visite et faire oublier l'heure, il faisait l'éloge de Marius ; il le trouvait beau, noble, courageux, spirituel, éloquent, bon. Cosette enchérissait. Jean Valjean recommençait. On ne tarissait pas. Marius, ce mot était inépuisable ; il y avait des volumes dans ces six lettres. De cette façon Jean Valjean parvenait à rester longtemps. Voir Cosette, oublier près d'elle, cela lui était si doux ! C'était le pansement de sa plaie. Il arriva plusieurs fois que Basque vint dire à deux reprises : Monsieur Gillenormand m'envoie rappeler à madame la baronne que le dîner est servi.

Ces jours-là, Jean Valjean rentrait chez lui très pensif.

Y avait-il donc du vrai dans cette comparaison de la chrysalide qui s'était présentée à l'esprit de Marius ? Jean Valjean était-il en effet une chrysalide qui s'obstinerait, et qui viendrait faire des visites à son papillon ?

Un jour il resta plus longtemps encore qu'à l'ordinaire. Le lendemain, il remarqua qu'il n'y avait point de feu dans la cheminée. — Tiens ! pensa-t-il. Pas de feu. — Et il se donna à lui-même cette explication : — C'est tout simple. Nous sommes en avril. Les froids ont cessé.

— Dieu ! qu'il fait froid ici ! s'écria Cosette en entrant.

— Mais non, dit Jean Valjean.

— C'est donc vous qui avez dit à Basque de ne pas faire de feu ?

— Oui. Nous sommes en mai tout à l'heure.

— Mais on fait du feu jusqu'au mois de juin. Dans cette cave-ci, il en faut toute l'année.

— J'ai pensé que le feu était inutile.

— C'est bien là une de vos idées ! reprit Cosette.

Le jour d'après, il y avait du feu. Mais les deux fauteuils étaient rangés à l'autre bout de la salle près de la porte. — Qu'est-ce que cela veut dire ? pensa Jean Valjean.

Il alla chercher les fauteuils, et les remit à leur place ordinaire près de la cheminée.

Ce feu rallumé l'encouragea pourtant. Il fit durer la causerie plus longtemps encore que d'habitude. Comme il se levait pour s'en aller, Cosette lui dit :

— Mon mari m'a dit une drôle de chose hier.

— Quelle chose donc ?

— Il m'a dit : Cosette, nous avons trente mille livres de rente. Vingt-sept que tu as, trois que me fait mon grand-père. J'ai répondu : Cela fait trente. Il a repris : Aurais-tu le courage de vivre avec les trois mille ? J'ai répondu : Oui, avec rien. Pourvu que ce soit avec toi. Et puis j'ai demandé : Pourquoi me dis-tu ça ? Il m'a répondu : Pour savoir.

Jean Valjean ne trouva pas une parole. Cosette attendait probablement de lui quelque explication ; il l'écouta
dans un morne silence. Il s'en retourna rue de l'Homme-
Armé ; il était si profondément absorbé qu'il se trompa
de porte, et qu'au lieu de rentrer chez lui, il entra dans la
maison voisine. Ce ne fut qu'après avoir monté presque
deux étages qu'il s'aperçut de son erreur et qu'il redescendit.

Son esprit était bourrelé de conjectures. Il était évident
que Marius avait des doutes sur l'origine de ces six cent
mille francs, qu'il craignait quelque source non pure, qui
sait ? qu'il avait même peut-être découvert que cet argent
venait de lui Jean Valjean, qu'il hésitait devant cette fortune suspecte, et répugnait à la prendre comme sienne,
aimant mieux rester pauvres, lui et Cosette, que d'être
riches d'une richesse trouble.

En outre, vaguement, Jean Valjean commençait à se
sentir éconduit.

Le jour suivant, il eut, en pénétrant dans la salle basse,
comme une secousse. Les fauteuils avaient disparu. Il n'y
avait pas même une chaise.

— Ah çà, s'écria Cosette en entrant, pas de fauteuils !
Où sont donc les fauteuils ?

— Ils n'y sont plus, répondit Jean Valjean.

— Voilà qui est fort !

Jean Valjean bégaya :

— C'est moi qui ai dit à Basque de les enlever.

— Et la raison ?

— Je ne reste que quelques minutes aujourd'hui.

— Rester peu, ce n'est pas une raison pour rester
debout.

— Je crois que Basque avait besoin des fauteuils pour
le salon.

— Pourquoi ?

— Vous avez sans doute du monde ce soir.

— Nous n'avons personne.

Jean Valjean ne put dire un mot de plus.

Cosette haussa les épaules.

— Faire enlever les fauteuils ! L'autre jour vous faites
éteindre le feu. Comme vous êtes singulier !

— Adieu, murmura Jean Valjean.

Il ne dit pas : Adieu, Cosette. Mais il n'eut pas la force de dire : Adieu, madame.

Il sortit accablé.

Cette fois il avait compris.

Le lendemain il ne vint pas. Cosette ne le remarqua que le soir.

— Tiens, dit-elle, monsieur Jean n'est pas venu aujourd'hui.

Elle eut comme un léger serrement de cœur, mais elle s'en aperçut à peine, tout de suite distraite par un baiser de Marius.

Le jour d'après, il ne vint pas.

Cosette n'y prit pas garde, passa sa soirée et dormit sa nuit, comme à l'ordinaire, et n'y pensa qu'en se réveillant. Elle était si heureuse ! Elle envoya bien vite Nicolette chez monsieur Jean savoir s'il était malade, et pourquoi il n'était pas venu la veille. Nicolette rapporta la réponse de monsieur Jean. Il n'était point malade. Il était occupé. Il viendrait bientôt. Le plus tôt qu'il pourrait. Du reste, il allait faire un petit voyage. Que madame devait se souvenir que c'était son habitude de faire des voyages de temps en temps. Qu'on n'eût pas d'inquiétude. Qu'on ne songeât point à lui.

Nicolette, en entrant chez monsieur Jean, lui avait répété les propres paroles de sa maîtresse. Que madame envoyait savoir « pourquoi monsieur Jean n'était pas venu la veille ». — Il y a deux jours que je ne suis venu, dit Jean Valjean avec douceur.

Mais l'observation glissa sur Nicolette qui n'en rapporta rien à Cosette.

IV

L'ATTRACTION ET L'EXTINCTION

Pendant les derniers mois du printemps et les premiers mois de l'été de 1833, les passants clairsemés du Marais, les marchands des boutiques, les oisifs sur le pas des portes, remarquaient un vieillard proprement vêtu de noir, qui, tous les jours, vers la même heure, à la nuit tombante, sortait de la rue de l'Homme-Armé, du côté de la rue Sainte-Croix-de-la-Bretonnerie, passait devant les Blancs-Manteaux, gagnait la rue Culture-Sainte-Catherine, et, arrivé à la rue de l'Écharpe, tournait à gauche, et entrait dans la rue Saint-Louis.

Là il marchait à pas lents, la tête tendue en avant, ne voyant rien, n'entendant rien, l'œil immuablement fixé sur un point toujours le même, qui semblait pour lui étoilé, et qui n'était autre que l'angle de la rue des Filles-du-Calvaire [1]. Plus il approchait de ce coin de rue, plus son œil s'éclairait ; une sorte de joie illuminait ses prunelles comme une aurore intérieure, il avait l'air fasciné et attendri, ses lèvres faisaient des mouvements obscurs, comme s'il parlait à quelqu'un qu'il ne voyait pas, il souriait vaguement, et il avançait le plus lentement qu'il pouvait. On eût dit que, tout en souhaitant d'arriver, il avait peur du moment où il serait tout près. Lorsqu'il n'y avait plus que quelques maisons entre lui et cette rue qui paraissait l'attirer, son pas se ralentissait au point que par instants on pouvait croire qu'il ne marchait plus. La vacillation de sa tête et la fixité de sa prunelle faisaient songer à l'aiguille qui cherche le pôle. Quelque temps qu'il mît à faire durer l'arrivée, il fallait bien arriver ; il atteignait la rue des Filles-du-Calvaire ; alors il s'arrêtait, il tremblait, il passait sa tête avec une sorte de timidité sombre au delà du coin de la dernière maison, et il regardait dans cette rue, et il y avait dans ce tragique regard quelque

---

1. Le nom de cette rue prend son sens : Cosette est fille du calvaire de Jean Valjean.

chose qui ressemblait à l'éblouissement de l'impossible et à la réverbération d'un paradis fermé. Puis une larme, qui s'était peu à peu amassée dans l'angle des paupières, devenue assez grosse pour tomber, glissait sur sa joue, et quelquefois s'arrêtait à sa bouche. Le vieillard en sentait la saveur amère. Il restait ainsi quelques minutes comme s'il eût été de pierre ; puis il s'en retournait par le même chemin et du même pas, et, à mesure qu'il s'éloignait, son regard s'éteignait.

Peu à peu, ce vieillard cessa d'aller jusqu'à l'angle de la rue des Filles-du-Calvaire ; il s'arrêtait à mi-chemin dans la rue Saint-Louis ; tantôt un peu plus loin, tantôt un peu plus près. Un jour, il resta au coin de la rue Culture-Sainte-Catherine, et regarda la rue des Filles-du-Calvaire de loin. Puis il hocha silencieusement la tête de droite à gauche, comme s'il se refusait quelque chose, et rebroussa chemin.

Bientôt il ne vint même plus jusqu'à la rue Saint-Louis. Il arrivait jusqu'à la rue Pavée, secouait le front, et s'en retournait ; puis il n'alla plus au delà de la rue des Trois-Pavillons ; puis il ne dépassa plus les Blancs-Manteaux. On eût dit un pendule qu'on ne remonte plus et dont les oscillations s'abrégent en attendant qu'elles s'arrêtent.

Tous les jours, il sortait de chez lui à la même heure, il entreprenait le même trajet, mais il ne l'achevait plus, et, peut-être sans qu'il en eût conscience, il le raccourcissait sans cesse. Tout son visage exprimait cette unique idée : À quoi bon ? La prunelle était éteinte ; plus de rayonnement. La larme aussi était tarie ; elle ne s'amassait plus dans l'angle des paupières ; cet œil pensif était sec. La tête du vieillard était toujours tendue en avant ; le menton par moments remuait ; les plis de son cou maigre faisaient de la peine. Quelquefois, quand le temps était mauvais, il avait sous le bras un parapluie, qu'il n'ouvrait point. Les bonnes femmes du quartier disaient : C'est un innocent. Les enfants le suivaient en riant.

LIVRE NEUVIÈME

SUPRÊME OMBRE, SUPRÊME AURORE

I

PITIÉ POUR LES MALHEUREUX, MAIS INDULGENCE POUR LES HEUREUX

C'est une terrible chose d'être heureux ! Comme on s'en contente ! Comme on trouve que cela suffit ! Comme, étant en possession du faux but de la vie, le bonheur, on oublie le vrai but, le devoir !

Disons-le pourtant, on aurait tort d'accuser Marius [1].

Marius, nous l'avons expliqué, avant son mariage, n'avait pas fait de questions à M. Fauchelevent, et, depuis, il avait craint d'en faire à Jean Valjean. Il avait regretté la promesse à laquelle il s'était laissé entraîner. Il s'était beaucoup dit qu'il avait eu tort de faire cette concession au désespoir. Il s'était borné à éloigner peu à peu Jean Valjean de sa maison et à l'effacer le plus pos-

_____

1. Ce chapitre laisse entière l'incertitude de l'appréciation morale portée sur Marius. Les excuses et les raisons, l'affirmation même de l'innocence des « pauvres enfants » équilibrent à peine la charge émotive de la « décroissance crépusculaire ». Le texte refuse, évidemment, de suivre la conduite de Marius envers le héros — voir V, 7, 2 texte annoté ; p. 1878. Il soustrait ses personnages au jugement du lecteur pour ne les livrer qu'à l'admiration ou à la répulsion. Son effet moralisateur exige aussi que son système de valeurs reste « ouvert » (voir I, 8, 5, note 9, p. 418). La logique de la misère, enfin, demande ce suspens du jugement : les individus « responsables » échappent à la morale du texte parce qu'ils n'en produisent aucune ; les misérables, en deçà et au-delà du bien et du mal, peuvent seuls être bons ou mauvais parce que leur non-responsabilité leur permet d'être créateurs du Bien. Surtout le texte évite ainsi qu'une trop facile condamnation des personnes tranche la question des destinées — voir V, 6, 4, note 1, p. 1846.

sible dans l'esprit de Cosette. Il s'était en quelque sorte
toujours placé entre Cosette et Jean Valjean, sûr que de
cette façon elle ne l'apercevrait pas et n'y songerait point.
C'était plus que l'effacement, c'était l'éclipse.

Marius faisait ce qu'il jugeait nécessaire et juste. Il
croyait avoir, pour écarter Jean Valjean, sans dureté, mais
sans faiblesse, des raisons sérieuses qu'on a vues déjà et
d'autres encore qu'on verra plus tard. Le hasard lui ayant
fait rencontrer, dans un procès qu'il avait plaidé, un
ancien commis de la maison Laffitte, il avait eu, sans les
chercher, de mystérieux renseignements qu'il n'avait pu,
à la vérité, approfondir, par respect même pour ce secret
qu'il avait promis de garder, et par ménagement pour la
situation périlleuse de Jean Valjean. Il croyait, en ce
moment-là même, avoir un grave devoir à accomplir, la
restitution des six cent mille francs à quelqu'un qu'il
cherchait le plus discrètement possible. En attendant, il
s'abstenait de toucher à cet argent.

Quant à Cosette, elle n'était dans aucun de ces secrets-
là ; mais il serait dur de la condamner, elle aussi.

Il y avait de Marius à elle un magnétisme tout-puissant,
qui lui faisait faire, d'instinct et presque machinalement,
ce que Marius souhaitait. Elle sentait, du côté de « monsieur Jean », une volonté de Marius ; elle s'y conformait.
Son mari n'avait eu rien à lui dire ; elle subissait la pression vague, mais claire, de ses intentions tacites, et obéissait aveuglément. Son obéissance ici consistait à ne pas
se souvenir de ce que Marius oubliait. Elle n'avait aucun
effort à faire pour cela. Sans qu'elle sût elle-même pourquoi, et sans qu'il y ait à l'en accuser, son âme était tellement devenue celle de son mari, que ce qui se couvrait
d'ombre dans la pensée de Marius s'obscurcissait dans la
sienne.

N'allons pas trop loin cependant ; en ce qui concerne
Jean Valjean, cet oubli et cet effacement n'étaient que
superficiels. Elle était plutôt étourdie qu'oublieuse. Au
fond, elle aimait bien celui qu'elle avait si longtemps
nommé son père. Mais elle aimait plus encore son mari.
C'est ce qui avait un peu faussé la balance de ce cœur,
penché d'un seul côté.

Il arrivait parfois que Cosette parlait de Jean Valjean et s'étonnait. Alors Marius la calmait : — Il est absent, je crois. N'a-t-il pas dit qu'il partait pour un voyage ? — C'est vrai, pensait Cosette. Il avait l'habitude de disparaître ainsi. Mais pas si longtemps. — Deux ou trois fois elle envoya Nicolette s'informer rue de l'Homme-Armé si monsieur Jean était revenu de son voyage. Jean Valjean fit répondre que non.

Cosette n'en demanda pas davantage, n'ayant sur la terre qu'un besoin, Marius.

Disons encore que, de leur côté, Marius et Cosette avaient été absents. Ils étaient allés à Vernon. Marius avait mené Cosette au tombeau de son père.

Marius avait peu à peu soustrait Cosette à Jean Valjean. Cosette s'était laissé faire [2].

Du reste, ce qu'on appelle beaucoup trop durement, dans de certains cas, l'ingratitude des enfants, n'est pas toujours une chose aussi reprochable qu'on le croit. C'est l'ingratitude de la nature. La nature, nous l'avons dit ailleurs, « regarde devant elle ». La nature divise les êtres vivants en arrivants et en partants. Les partants sont tournés vers l'ombre, les arrivants vers la lumière. De là un écart qui, du côté des vieux, est fatal, et, du côté des jeunes, involontaire. Cet écart, d'abord insensible, s'accroît lentement comme toute séparation de branches. Les rameaux, sans se détacher du tronc, s'en éloignent. Ce n'est pas leur faute. La jeunesse va où est la joie, aux fêtes, aux vives clartés, aux amours. La vieillesse va à la fin. On ne se perd pas de vue, mais il n'y a plus d'étreinte. Les jeunes gens sentent le refroidissement de la vie ; les vieillards celui de la tombe. N'accusons pas ces pauvres enfants.

---

2. Quoique « se laisser faire » soit le contraire d'une conduite morale, Hugo s'efforce moins de disculper Cosette qu'il ne la met hors jeu. Sur le traitement du féminin, voir note générale 41.

II

DERNIÈRES PALPITATIONS DE LA LAMPE
SANS HUILE

Un jour Jean Valjean descendit son escalier, fit trois pas dans la rue, s'assit sur une borne, sur cette même borne où Gavroche, dans la nuit du 5 au 6 juin, l'avait trouvé songeant ; il resta là quelques minutes, puis remonta. Ce fut la dernière oscillation du pendule. Le lendemain, il ne sortit pas de chez lui. Le surlendemain, il ne sortit pas de son lit.

Sa portière, qui lui apprêtait son maigre repas, quelques choux ou quelques pommes de terre avec un peu de lard, regarda dans l'assiette de terre brune et s'exclama :

— Mais vous n'avez pas mangé hier, pauvre cher homme !

— Si fait, répondit Jean Valjean.

— L'assiette est toute pleine.

— Regardez le pot à l'eau. Il est vide.

— Cela prouve que vous avez bu ; cela ne prouve pas que vous avez mangé.

— Eh bien, fit Jean Valjean, si je n'ai eu faim que d'eau ?

— Cela s'appelle la soif, et, quand on ne mange pas en même temps, cela s'appelle la fièvre.

— Je mangerai demain.

— Ou à la Trinité. Pourquoi pas aujourd'hui ? Est-ce qu'on dit : Je mangerai demain ! Me laisser tout mon plat sans y toucher ! Mes viquelottes qui étaient si bonnes !

Jean Valjean prit la main de la vieille femme :

— Je vous promets de les manger, lui dit-il de sa voix bienveillante.

— Je ne suis pas contente de vous, répondit la portière.

Jean Valjean ne voyait guère d'autre créature humaine que cette bonne femme. Il y a dans Paris des rues où personne ne passe et des maisons où personne ne vient.

Il était dans une de ces rues-là et dans une de ces maisons-là.

Du temps qu'il sortait encore, il avait acheté à un chaudronnier pour quelques sous un petit crucifix de cuivre qu'il avait accroché à un clou en face de son lit. Ce gibet-là est toujours bon à voir.

Une semaine s'écoula sans que Jean Valjean fît un pas dans sa chambre. Il demeurait toujours couché. La portière disait à son mari : — Le bonhomme de là-haut ne se lève plus, il ne mange plus, il n'ira pas loin. Ça a des chagrins, ça. On ne m'ôtera pas de la tête que sa fille est mal mariée.

Le portier répliqua avec l'accent de la souveraineté maritale :

— S'il est riche, qu'il ait un médecin. S'il n'est pas riche, qu'il n'en ait pas. S'il n'a pas de médecin, il mourra.

— Et s'il en a un ?

— Il mourra, dit le portier.

La portière se mit à gratter avec un vieux couteau de l'herbe qui poussait dans ce qu'elle appelait son pavé, et tout en arrachant l'herbe, elle grommelait :

— C'est dommage. Un vieillard qui est si propre ! Il est blanc comme un poulet.

Elle aperçut au bout de la rue un médecin du quartier qui passait ; elle prit sur elle de le prier de monter.

— C'est au deuxième, lui dit-elle. Vous n'aurez qu'à entrer. Comme le bonhomme ne bouge plus de son lit, la clef est toujours à la porte.

Le médecin vit Jean Valjean et lui parla.

Quand il redescendit, la portière l'interpella :

— Eh bien, docteur ?

— Votre malade est bien malade.

— Qu'est-ce qu'il a ?

— Tout et rien. C'est un homme qui, selon toute apparence, a perdu une personne chère. On meurt de cela.

— Qu'est-ce qu'il vous a dit ?

— Il m'a dit qu'il se portait bien.

— Reviendrez-vous, docteur ?

— Oui, répondit le médecin. Mais il faudrait qu'un autre que moi revînt [1].

III

UNE PLUME PÈSE À QUI SOULEVAIT LA CHARRETTE FAUCHELEVENT

Un soir Jean Valjean eut de la peine à se soulever sur le coude ; il se prit la main et ne trouva pas son pouls ; sa respiration était courte et s'arrêtait par instants ; il reconnut qu'il était plus faible qu'il ne l'avait encore été. Alors, sans doute sous la pression de quelque préoccupation suprême, il fit un effort, se dressa sur son séant et s'habilla. Il mit son vieux vêtement d'ouvrier. Ne sortant plus, il y était revenu, et il le préférait. Il dut s'interrompre plusieurs fois en s'habillant ; rien que pour passer les manches de la veste, la sueur lui coulait du front.

Depuis qu'il était seul, il avait mis son lit dans l'antichambre, afin d'habiter le moins possible cet appartement désert.

Il ouvrit la valise et en tira le trousseau de Cosette.

Il l'étala sur son lit.

Les chandeliers de l'évêque étaient à leur place sur la cheminée. Il prit dans un tiroir deux bougies de cire et les mit dans les chandeliers. Puis, quoiqu'il fît encore grand jour, c'était en été, il les alluma. On voit ainsi quelquefois des flambeaux allumés en plein jour dans les chambres où il y a des morts.

---

1. Ainsi parlait déjà le médecin de Fantine qui mourait aussi, mieux entourée, d'avoir perdu Cosette (I, 7, 6 ; p. 366). Toute la mort de Jean Valjean est un écho amorti — comme si sa faiblesse gagnait le texte — de celle de Fantine, de « Buvard, bavard » (IV, 15, 1 ; p. 1547) et des derniers chapitres de « La nuit blanche » (V, 6, 3 ; pp. 1843 et suiv.).

Chaque pas qu'il faisait en allant d'un meuble à l'autre l'exténuait, et il était obligé de s'asseoir. Ce n'était point de la fatigue ordinaire qui dépense la force pour la renouveler ; c'était le reste des mouvements possibles ; c'était la vie épuisée qui s'égoutte dans des efforts accablants qu'on ne recommencera pas.

Une des chaises où il se laissa tomber était placée devant le miroir, si fatal pour lui, si providentiel pour Marius, où il avait lu sur le buvard l'écriture renversée de Cosette. Il se vit dans ce miroir, et ne se reconnut pas. Il avait quatrevingts ans ; avant le mariage de Marius, on lui eût à peine donné cinquante ans ; cette année avait compté trente. Ce qu'il avait sur le front, ce n'était plus la ride de l'âge, c'était la marque mystérieuse de la mort. On sentait là le creusement de l'ongle impitoyable. Ses joues pendaient ; la peau de son visage avait cette couleur qui ferait croire qu'il y a déjà de la terre dessus ; les deux coins de sa bouche s'abaissaient comme dans ce masque que les anciens sculptaient sur les tombeaux ; il regardait le vide avec un air de reproche ; on eût dit un de ces grands êtres tragiques qui ont à se plaindre de quelqu'un.

Il était dans cette situation, la dernière phase de l'accablement, où la douleur ne coule plus ; elle est pour ainsi dire coagulée ; il y a sur l'âme comme un caillot de désespoir.

La nuit était venue. Il traîna laborieusement une table et le vieux fauteuil près de la cheminée, et posa sur la table une plume, de l'encre et du papier.

Cela fait, il eut un évanouissement. Quand il reprit connaissance, il avait soif. Ne pouvant soulever le pot à l'eau, il le pencha péniblement vers sa bouche, et but une gorgée.

Puis il se tourna vers le lit, toujours assis, car il ne pouvait rester debout, il regarda la petite robe noire et tous ces chers objets.

Ces contemplations-là durent des heures qui semblent des minutes. Tout à coup il eut un frisson, il sentit que le froid lui venait ; il s'accouda à la table que les flambeaux de l'évêque éclairaient, et prit la plume.

Comme la plume ni l'encre n'avaient servi depuis

longtemps, le bec de la plume était recourbé, l'encre était
desséchée, il fallut qu'il se levât et qu'il mît quelques
gouttes d'eau dans l'encre, ce qu'il ne put faire sans s'arrêter et s'asseoir deux ou trois fois, et il fut forcé d'écrire
avec le dos de la plume. Il s'essuyait le front de temps
en temps.

Sa main tremblait. Il écrivit lentement quelques lignes
que voici[1] :

« Cosette, je te bénis. Je vais t'expliquer. Ton mari a
eu raison de me faire comprendre que je devais m'en
aller ; cependant il y a un peu d'erreur dans ce qu'il a
cru, mais il a eu raison. Il est excellent. Aime-le toujours
bien quand je serai mort. Monsieur Pontmercy, aimez
toujours mon enfant bien-aimé. Cosette, on trouvera ce
papier-ci, voici ce que je veux te dire, tu vas voir les
chiffres, si j'ai la force de me les rappeler, écoute bien,
cet argent est bien à toi. Voici toute la chose. Le jais
blanc vient de Norvége, le jais noir vient d'Angleterre, la
verroterie noire vient d'Allemagne. Le jais est plus léger,
plus précieux, plus cher. On peut faire en France des imi-
tations comme en Allemagne. Il faut une petite enclume
de deux pouces carrés et une lampe à esprit de vin pour
amollir la cire. La cire autrefois se faisait avec de la résine
et du noir de fumée et coûtait quatre francs la livre. J'ai
imaginé de la faire avec de la gomme laque et de la téré-
benthine. Elle ne coûte plus que trente sous, et elle est
bien meilleure. Les boucles se font avec un verre violet
qu'on colle au moyen de cette cire sur une petite mem-
brure en fer noir. Le verre doit être violet pour les bijoux
de fer et noir pour les bijoux d'or. L'Espagne en achète
beaucoup. C'est le pays du jais... »

Ici il s'interrompit, la plume tomba de ses doigts, il
lui vint un de ces sanglots désespérés qui montaient par
moments des profondeurs de son être, le pauvre homme
prit sa tête dans ses deux mains, et songea.

---

1. Sur le pathétique de cet effort désespéré pour transmettre un
héritage refusé, pour que quelque chose de soi aille à l'être bien-aimé
— alors même que l'essentiel, la vie, est donné —, voir à nouveau
plus loin : V, 9, 5 et note 6, p. 1942.

— Oh ! s'écria-t-il au dedans de lui-même (cris lamentables, entendus de Dieu seul[2]), c'est fini. Je ne la verrai plus. C'est un sourire qui a passé sur moi. Je vais entrer dans la nuit sans même la revoir. Oh ! une minute, un instant, entendre sa voix, toucher sa robe, la regarder, elle, l'ange ! et puis mourir ! Ce n'est rien de mourir, ce qui est affreux, c'est de mourir sans la voir. Elle me sourirait, elle me dirait un mot. Est-ce que cela ferait du mal à quelqu'un ? Non, c'est fini, jamais. Me voilà tout seul. Mon Dieu ! mon Dieu ! je ne la verrai plus.

En ce moment on frappa à sa porte.

IV

BOUTEILLE D'ENCRE QUI NE RÉUSSIT QU'À BLANCHIR[1]

Ce même jour, ou, pour mieux dire, ce même soir, comme Marius sortait de table et venait de se retirer dans son cabinet, ayant un dossier à étudier, Basque lui avait remis une lettre en disant : La personne qui a écrit la lettre est dans l'antichambre.

Cosette avait pris le bras du grand-père et faisait un tour dans le jardin.

Une lettre peut, comme un homme, avoir mauvaise tournure. Gros papier, pli grossier, rien qu'à les voir, de certaines missives déplaisent. La lettre qu'avait apportée Basque était de cette espèce.

Marius la prit. Elle sentait le tabac. Rien n'éveille un

---

2. Voir les dernières phrases de V, 6, 4 et la note 7, p. 1852.
1. Le titre du chapitre résume aussi celui qui précède. Le plaisir pris à cette scène de comédie — utile à détendre l'émotion pour la porter plus tard à son comble — repose sur l'inutilité des manœuvres laborieuses du méchant, sur le retournement du « système Thénardier », sur l'extraordinaire concours de circonstances qui permet au fils tout à la fois de revivre l'aventure de son père, d'en payer la dette et d'en tirer vengeance. De là la jubilation du lecteur.

souvenir comme une odeur. Marius reconnut ce tabac. Il regarda la suscription : *À monsieur, monsieur le baron Pommerci. En son hôtel.* Le tabac reconnu lui fit reconnaître l'écriture. On pourrait dire que l'étonnement a des éclairs. Marius fut comme illuminé d'un de ces éclairs-là.

L'odorat, le mystérieux aide-mémoire, venait de faire revivre en lui tout un monde. C'était bien là le papier, la façon de plier, la teinte blafarde de l'encre, c'était bien là l'écriture connue, surtout c'était là le tabac. Le galetas Jondrette lui apparaissait.

Ainsi, étrange coup de tête du hasard ! une des deux pistes qu'il avait tant cherchées, celle pour laquelle dernièrement encore il avait fait tant d'efforts et qu'il croyait à jamais perdue, venait d'elle-même s'offrir à lui.

Il décacheta avidement la lettre, et il lut :

« Monsieur le baron,

« Si l'Être Suprême m'en avait donné les talents, j'aurais pu être le baron Thénard[2], membre de l'institut (académie des ciences), mais je ne le suis pas. Je porte seulement le même nom que lui, heureux si ce souvenir me recommande à l'excellence de vos bontés. Le bienfait dont vous m'honnorerez sera réciproque. Je suis en posession d'un secret consernant un individu. Cet individu vous conserne. Je tiens le secret à votre disposition désirant avoir l'honneur de vous être hutile. Je vous donnerai le moyen simple de chaser de votre honorable famille cet individu qui n'y a pas droit, madame la baronne étant de haute naissance. Le sanctuaire de la vertu ne pourrait coabiter plus longtemps avec le crime sans abdiquer.

« J'atends dans l'entichambre les ordres de monsieur le baron.

Avec respect. »

La lettre était signée « Thénard ».

---

2. Il y eut, effectivement, un baron Thénard (1777-1857), chimiste, membre de l'Académie des sciences. Aveu de la source du nom donné au personnage ?

Cette signature n'était pas fausse. Elle était seulement un peu abrégée.

Du reste l'amphigouri et l'orthographe achevaient la révélation. Le certificat d'origine était complet. Aucun doute n'était possible.

L'émotion de Marius fut profonde. Après le mouvement de surprise, il eut un mouvement de bonheur. Qu'il trouvât maintenant l'autre homme qu'il cherchait, celui qui l'avait sauvé lui Marius, et il n'aurait plus rien à souhaiter.

Il ouvrit un tiroir de son secrétaire, y prit quelques billets de banque, les mit dans sa poche, referma le secrétaire et sonna. Basque entre-bâilla la porte.

— Faites entrer, dit Marius.

Basque annonça :

— Monsieur Thénard.

Un homme entra.

Nouvelle surprise pour Marius. L'homme qui entra lui était parfaitement inconnu.

Cet homme, vieux du reste, avait le nez gros, le menton dans la cravate, des lunettes vertes à double abat-jour de taffetas vert sur les yeux, les cheveux lissés et aplatis sur le front au ras des sourcils comme la perruque des cochers anglais de high life. Ses cheveux étaient gris. Il était vêtu de noir de la tête aux pieds, d'un noir très râpé, mais propre ; un trousseau de breloques, sortant de son gousset, y faisait supposer une montre. Il tenait à la main un vieux chapeau. Il marchait voûté, et la courbure de son dos s'augmentait de la profondeur de son salut.

Ce qui frappait au premier abord, c'est que l'habit de ce personnage, trop ample, quoique soigneusement boutonné, ne semblait pas fait pour lui. Ici une courte digression est nécessaire.

Il y avait à Paris, à cette époque, dans un vieux logis borgne, rue Beautreillis, près de l'Arsenal, un juif ingénieux qui avait pour profession de changer un gredin en honnête homme. Pas pour trop longtemps, ce qui eût pu être gênant pour le gredin. Le changement se faisait à vue, pour un jour ou deux, à raison de trente sous par jour, au moyen d'un costume ressemblant le plus possible à l'honnêteté de tout le monde. Ce loueur de costumes s'appelait *le Changeur* ; les filous parisiens lui avaient donné ce nom, et ne lui en connaissaient pas d'autre. Il avait un vestiaire assez complet. Les loques dont il affublait les gens étaient à peu près possibles. Il avait des spécialités et des catégories ; à chaque clou de son magasin, pendait, usée et fripée, une condition sociale ; ici l'habit de magistrat, là l'habit de curé, là l'habit de banquier, dans un coin l'habit de militaire en retraite, ailleurs l'habit d'homme de lettres, plus loin l'habit d'homme d'état. Cet être était le costumier du drame immense que la friponnerie joue à Paris. Son bouge était la coulisse d'où le vol sortait et où l'escroquerie rentrait. Un coquin déguenillé arrivait à ce vestiaire, déposait trente sous, et choisissait, selon le rôle qu'il voulait jouer ce jour-là, l'habit qui lui convenait, et, en redescendant l'escalier, le coquin était quelqu'un. Le lendemain les nippes étaient fidèlement rapportées, et le Changeur, qui confiait tout aux voleurs, n'était jamais volé. Ces vêtements avaient un inconvénient, ils « n'allaient pas », n'étant point faits pour ceux qui les portaient, ils étaient collants pour celui-ci, flottants pour celui-là, et ne s'ajustaient à personne. Tout filou qui dépassait la moyenne humaine en petitesse ou en grandeur, était mal à l'aise dans les costumes du Changeur. Il ne fallait être ni trop gras ni trop maigre. Le Changeur n'avait prévu que les hommes ordinaires. Il avait pris mesure à l'espèce dans la personne du premier gueux venu, lequel n'est ni gros, ni mince, ni grand, ni petit. De là des adaptations quelquefois difficiles dont les pratiques du Changeur se tiraient comme elles pouvaient. Tant pis pour les exceptions ! L'habit d'homme d'état, par exemple, noir du haut en bas, et par conséquent convenable, eût été trop large pour Pitt et trop étroit pour Castelcicala. Le vêtement d'*homme d'état* était désigné comme il suit dans le catalogue du Changeur ; nous copions : « Un habit de drap noir, un pantalon de cuir de laine noir, un gilet de soie, des bottes et du linge. » Il y avait en marge : *Ancien ambassadeur*, et une note que nous transcrivons également : « Dans une boîte séparée, une perruque proprement frisée, des lunettes vertes, des breloques, et deux petits tuyaux de plume d'un pouce de long enveloppés de coton. » Tout cela revenait à l'homme d'état, ancien ambassadeur. Tout ce costume était, si l'on peut parler ainsi, exténué ; les coutures blanchissaient, une vague boutonnière s'entr'ouvrait à l'un des coudes ; en outre, un bouton manquait à l'habit sur la poitrine ; mais ce n'est qu'un détail ; la main de l'homme d'état, devant toujours être dans l'habit et sur le cœur, avait pour fonction de cacher le bouton absent.

Si Marius avait été familier avec les institutions occultes de Paris, il eût tout de suite reconnu, sur le dos du visiteur que Basque venait d'introduire, l'habit d'homme d'état emprunté au Décroche-moi-ça du changeur.

Le désappointement de Marius, en voyant entrer un homme autre que celui qu'il attendait, tourna en disgrâce pour le nouveau venu. Il l'examina des pieds à la tête, pendant que le personnage s'inclinait démesurément, et lui demanda d'un ton bref :

— Que voulez-vous ?

L'homme répondit avec un rictus aimable dont le sourire caressant d'un crocodile donnerait quelque idée :

— Il me semble impossible que je n'aie pas déjà eu l'honneur de voir monsieur le baron dans le monde. Je crois bien l'avoir particulièrement rencontré, il y a quelques années, chez madame la princesse Bagration et dans les salons de sa seigneurie le vicomte Dambray, pair de France.

C'est toujours une bonne tactique en coquinerie que d'avoir l'air de reconnaître quelqu'un qu'on ne connaît point.

Marius était attentif au parler de cet homme. Il épiait l'accent et le geste, mais son désappointement croissait ; c'était une prononciation nasillarde, absolument différente du son de voix aigre et sec auquel il s'attendait. Il était tout à fait dérouté.

— Je ne connais, dit-il, ni madame Bagration, ni M. Dambray. Je n'ai de ma vie mis le pied ni chez l'un ni chez l'autre.

La réponse était bourrue. Le personnage, gracieux quand même, insista.

— Alors ce sera chez Chateaubriand que j'aurai vu monsieur ! Je connais beaucoup Chateaubriand. Il est très affable. Il me dit quelquefois : Thénard, mon ami,... est-ce que vous ne buvez pas un verre avec moi ?

Le front de Marius devint de plus en plus sévère :

— Je n'ai jamais eu l'honneur d'être reçu chez monsieur de Chateaubriand. Abrégeons. Qu'est-ce que vous voulez ?

L'homme, devant la voix plus dure, salua plus bas.

— Monsieur le baron, daignez m'écouter. Il y a en Amérique, dans un pays qui est du côté de Panama, un village appelé la Joya. Ce village se compose d'une seule maison. Une grande maison carrée de trois étages en briques cuites au soleil, chaque côté du carré long de cinq cents pieds, chaque étage en retraite de douze pieds sur l'étage inférieur de façon à laisser devant soi une terrasse qui fait le tour de l'édifice, au centre une cour intérieure où sont les provisions et les munitions, pas de fenêtres, des meurtrières, pas de porte, des échelles, des échelles pour monter du sol à la première terrasse, et de la première à la seconde, et de la seconde à la troisième, des échelles pour descendre dans la cour intérieure, pas de portes aux chambres, des trappes, pas d'escaliers aux chambres, des échelles ; le soir on ferme les trappes, on retire les échelles, on braque des tromblons et des carabines aux meurtrières ; nul moyen d'entrer ; une maison le jour, une citadelle la nuit, huit cents habitants, voilà ce village. Pourquoi tant de précautions ? c'est que ce pays est dangereux ; il est plein d'anthropophages. Alors pourquoi y va-t-on ? c'est que ce pays est merveilleux ; on y trouve de l'or.

— Où voulez-vous en venir ? interrompit Marius qui du désappointement passait à l'impatience.

— À ceci, monsieur le baron. Je suis un ancien diplomate fatigué. La vieille civilisation m'a mis sur les dents. Je veux essayer des sauvages.

— Après ?

— Monsieur le baron, l'égoïsme est la loi du monde.

La paysanne prolétaire qui travaille à la journée se retourne quand la diligence passe, la paysanne propriétaire qui travaille à son champ ne se retourne pas. Le chien du pauvre aboie après le riche, le chien du riche aboie après le pauvre. Chacun pour soi. L'intérêt, voilà le but des hommes. L'or, voilà l'aimant.

— Après ? Concluez.

— Je voudrais aller m'établir à la Joya. Nous sommes trois. J'ai mon épouse et ma demoiselle ; une fille qui est fort belle. Le voyage est long et cher. Il me faut un peu d'argent.

— En quoi cela me regarde-t-il ? demanda Marius.

L'inconnu tendit le cou hors de sa cravate, geste propre au vautour, et répliqua avec un redoublement de sourire :

— Est-ce que monsieur le baron n'a pas lu ma lettre ?

Cela était à peu près vrai. Le fait est que le contenu de l'épître avait glissé sur Marius. Il avait vu l'écriture plus qu'il n'avait lu la lettre. Il s'en souvenait à peine. Depuis un moment un nouvel éveil venait de lui être donné. Il avait remarqué ce détail : mon épouse et ma demoiselle. Il attachait sur l'inconnu un œil pénétrant. Un juge d'instruction n'eût pas mieux regardé. Il le guettait presque. Il se borna à lui répondre :

— Précisez.

L'inconnu inséra ses deux mains dans ses deux goussets, releva sa tête sans redresser son épine dorsale, mais en scrutant de son côté Marius avec le regard vert de ses lunettes.

— Soit, monsieur le baron. Je précise. J'ai un secret à vous vendre.

— Un secret ?

— Un secret.

— Qui me concerne ?

— Un peu.

— Quel est ce secret ?

Marius examinait de plus en plus l'homme, tout en l'écoutant.

— Je commence gratis, dit l'inconnu. Vous allez voir que je suis intéressant.

— Parlez.

— Monsieur le baron, vous avez chez vous un voleur et un assassin.

Marius tressaillit.

— Chez moi ? non, dit-il.

L'inconnu, imperturbable, brossa son chapeau du coude, et poursuivit :

— Assassin et voleur. Remarquez, monsieur le baron, que je ne parle pas ici de faits anciens, arriérés, caducs, qui peuvent être effacés par la prescription devant la loi et par le repentir devant Dieu. Je parle de faits récents, de faits actuels, de faits encore ignorés de la justice à cette heure. Je continue. Cet homme s'est glissé dans votre confiance, et presque dans votre famille, sous un faux nom. Je vais vous dire son nom vrai. Et vous le dire pour rien.

— J'écoute.

— Il s'appelle Jean Valjean.

— Je le sais.

— Je vais vous dire, également pour rien, qui il est.

— Dites.

— C'est un ancien forçat.

— Je le sais.

— Vous le savez depuis que j'ai eu l'honneur de vous le dire.

— Non. Je le savais auparavant.

Le ton froid de Marius, cette double réplique *je le sais*, son laconisme réfractaire au dialogue, remuèrent dans l'inconnu quelque colère sourde. Il décocha à la dérobée à Marius un regard furieux, tout de suite éteint. Si rapide qu'il fût, ce regard était de ceux qu'on reconnaît quand on les a vus une fois ; il n'échappa point à Marius. De certains flamboiements ne peuvent venir que de certaines âmes ; la prunelle, ce soupirail de la pensée, s'en embrase ; les lunettes ne cachent rien ; mettez donc une vitre à l'enfer.

L'inconnu reprit en souriant :

— Je ne me permets pas de démentir monsieur le baron. Dans tous les cas, vous devez voir que je suis renseigné. Maintenant ce que j'ai à vous apprendre n'est connu que de moi seul. Cela intéresse la fortune de

madame la baronne. C'est un secret extraordinaire. Il est
à vendre. C'est à vous que je l'offre d'abord. Bon marché.
Vingt mille francs.

— Je sais ce secret-là comme je sais les autres, dit
Marius.

Le personnage sentit le besoin de baisser un peu son
prix :

— Monsieur le baron, mettez dix mille francs, et je
parle.

— Je vous répète que vous n'avez rien à m'apprendre.
Je sais ce que vous voulez me dire.

Il y eut dans l'œil de l'homme un nouvel éclair, il
s'écria :

— Il faut pourtant que je dîne aujourd'hui. C'est un
secret extraordinaire, vous dis-je. Monsieur le baron, je
vais parler. Je parle. Donnez-moi vingt francs.

Marius le regarda fixement :

— Je sais votre secret extraordinaire ; de même que je
savais le nom de Jean Valjean, de même que je sais votre
nom.

— Mon nom ?

— Oui.

— Ce n'est pas difficile, monsieur le baron. J'ai eu
l'honneur de vous l'écrire et de vous le dire. Thénard.

— Dier.

— Hein ?

— Thénardier.

— Qui ça ?

Dans le danger, le porc-épic se hérisse, le scarabée fait
le mort, la vieille garde se forme en carré ; cet homme se
mit à rire.

Puis il épousseta d'une chiquenaude un grain de poussière sur la manche de son habit.

Marius continua :

— Vous êtes aussi l'ouvrier Jondrette, le comédien
Fabantou, le poëte Genflot, l'espagnol don Alvarès, et la
femme Balizard.

— La femme quoi ?

— Et vous avez tenu une gargote à Montfermeil.

— Une gargote ! Jamais.

— Et je vous dis que vous êtes Thénardier.

— Je le nie.

— Et que vous êtes un gueux. Tenez.

Et Marius, tirant de sa poche un billet de banque, le lui jeta à la face.

— Merci ! pardon ! cinq cents francs ! monsieur le baron !

Et l'homme, bouleversé, saluant, saisissant le billet, l'examina.

— Cinq cents francs ! reprit-il, ébahi. Et il bégaya à demi-voix : Un fafiot sérieux !

Puis brusquement :

— Eh bien, soit, s'écria-t-il. Mettons-nous à notre aise.

Et, avec une prestesse de singe, rejetant ses cheveux en arrière, arrachant ses lunettes, retirant de son nez et escamotant les deux tuyaux de plume dont il a été question tout à l'heure, et qu'on a d'ailleurs déjà vus à une autre page de ce livre[3], il ôta son visage comme on ôte son chapeau.

L'œil s'alluma ; le front inégal, raviné, bossu par endroits, hideusement ridé en haut, se dégagea, le nez redevint aigu comme un bec ; le profil féroce et sagace de l'homme de proie reparut.

— Monsieur le baron est infaillible, dit-il d'une voix nette et d'où avait disparu tout nasillement, je suis Thénardier.

Et il redressa son dos voûté.

Thénardier, car c'était bien lui, était étrangement surpris ; il eût été troublé s'il avait pu l'être. Il était venu apporter de l'étonnement, et c'était lui qui en recevait. Cette humiliation lui était payée cinq cents francs, et, à tout prendre, il l'acceptait ; mais il n'en était pas moins abasourdi.

Il voyait pour la première fois ce baron Pontmercy, et, malgré son déguisement, ce baron Pontmercy le reconnaissait, et le reconnaissait à fond. Et non-seulement ce

---

3. C'est Montparnasse, en IV, 6, 2 (p. 1291), qui portait cette quincaillerie romanesque (Sue, Vidocq et Balzac), sans impressionner Gavroche : « Fais-nous Porrichinelle ! »

baron était au fait de Thénardier, mais il semblait au fait de Jean Valjean. Qu'était-ce que ce jeune homme presque imberbe, si glacial et si généreux, qui savait les noms des gens, qui savait tous leurs noms, et qui leur ouvrait sa bourse, qui malmenait les fripons comme un juge et qui les payait comme une dupe ?

Thénardier, on se le rappelle, quoique ayant été voisin de Marius, ne l'avait jamais vu, ce qui est fréquent à Paris ; il avait autrefois entendu vaguement ses filles parler d'un jeune homme très pauvre appelé Marius qui demeurait dans la maison. Il lui avait écrit, sans le connaître, la lettre qu'on sait. Aucun rapprochement n'était possible dans son esprit entre ce Marius-là et M. le baron Pontmercy.

Quant au nom de Pontmercy, on se rappelle que, sur le champ de bataille de Waterloo, il n'en avait entendu que les deux dernières syllabes, pour lesquelles il avait toujours eu le légitime dédain qu'on doit à ce qui n'est qu'un remercîment.

Du reste, par sa fille Azelma, qu'il avait mise à la piste des mariés du 16 février, et par ses fouilles personnelles, il était parvenu à savoir beaucoup de choses, et, du fond de ses ténèbres, il avait réussi à saisir plus d'un fil mystérieux. Il avait, à force d'industrie, découvert, ou, tout au moins, à force d'inductions, deviné quel était l'homme qu'il avait rencontré un certain jour dans le Grand Égout. De l'homme, il était facilement arrivé au nom. Il savait que madame la baronne Pontmercy, c'était Cosette. Mais de ce côté-là, il comptait être discret. Qui était Cosette ? Il ne le savait pas au juste lui-même. Il entrevoyait bien quelque bâtardise, l'histoire de Fantine lui avait toujours semblé louche ; mais à quoi bon en parler ? Pour se faire payer son silence ? Il avait, ou croyait avoir, à vendre mieux que cela. Et, selon toute apparence, venir faire, sans preuve, cette révélation au baron Pontmercy : *Votre femme est bâtarde*, cela n'eût réussi qu'à attirer la botte du mari vers les reins du révélateur.

Dans la pensée de Thénardier, la conversation avec Marius n'avait pas encore commencé. Il avait dû reculer, modifier sa stratégie, quitter une position, changer de front ; mais rien d'essentiel n'était encore compromis, et il avait cinq cents francs dans sa poche. En outre, il avait quelque chose de décisif à dire, et même contre ce baron Pontmercy si bien renseigné et si bien armé, il se sentait fort. Pour les hommes de la nature de Thénardier, tout dialogue est un combat. Dans celui qui allait s'engager, quelle était sa situation ? Il ne savait pas à qui il parlait, mais il savait de quoi il parlait. Il fit rapidement cette revue intérieure de ses forces, et après avoir dit : *Je suis Thénardier*, il attendit.

Marius était resté pensif. Il tenait donc enfin Thénardier. Cet homme qu'il avait tant désiré retrouver, était là. Il allait donc pouvoir faire honneur à la recommandation du colonel Pontmercy. Il était humilié que ce héros dût quelque chose à ce bandit, et que la lettre de change tirée du fond du tombeau par son père sur lui, Marius, fût jusqu'à ce jour protestée. Il lui paraissait aussi, dans la situation complexe où était son esprit vis-à-vis de Thénardier, qu'il y avait lieu de venger le colonel du malheur d'avoir été sauvé par un tel gredin. Quoi qu'il en fût, il était content. Il allait donc enfin délivrer de ce créancier indigne l'ombre du colonel, et il lui semblait qu'il allait retirer de la prison pour dettes la mémoire de son père.

À côté de ce devoir, il en avait un autre, éclaircir, s'il se pouvait, la source de la fortune de Cosette. L'occasion semblait se présenter. Thénardier savait peut-être quelque chose. Il pouvait être utile de voir le fond de cet homme. Il commença par là.

Thénardier avait fait disparaître le « fafiot sérieux » dans son gousset, et regardait Marius avec une douceur presque tendre.

Marius rompit le silence.

— Thénardier, je vous ai dit votre nom. À présent, votre secret, ce que vous veniez m'apprendre, voulez-vous que je vous le dise ? J'ai mes informations aussi, moi. Vous allez voir que j'en sais plus long que vous. Jean Valjean, comme vous l'avez dit, est un assassin et un voleur. Un voleur, parce qu'il a volé un riche manufacturier dont il a causé la ruine, M. Madeleine. Un assassin, parce qu'il a assassiné l'agent de police Javert.

— Je ne comprends pas, monsieur le baron, fit Thénardier.

— Je vais me faire comprendre. Écoutez. Il y avait, dans un arrondissement du Pas-de-Calais, vers 1822, un homme qui avait eu quelque ancien démêlé avec la justice, et qui, sous le nom de M. Madeleine, s'était relevé et réhabilité. Cet homme était devenu dans toute la force du terme un juste. Avec une industrie, la fabrique des verroteries noires, il avait fait la fortune de toute une ville. Quant à sa fortune personnelle, il l'avait faite aussi, mais secondairement et, en quelque sorte, par occasion. Il était le père nourricier des pauvres. Il fondait des hôpitaux, ouvrait des écoles, visitait les malades, dotait les filles, soutenait les veuves, adoptait les orphelins ; il était comme le tuteur du pays. Il avait refusé la croix, on l'avait nommé maire. Un forçat libéré savait le secret d'une peine encourue autrefois par cet homme ; il le dénonça et le fit arrêter, et profita de l'arrestation pour venir à Paris et se faire remettre par le banquier Laffitte, — je tiens le fait du caissier lui-même, — au moyen d'une fausse signature, une somme de plus d'un demi-million qui appartenait à M. Madeleine. Ce forçat qui a volé M. Madeleine, c'est Jean Valjean. Quant à l'autre fait, vous n'avez rien non plus à m'apprendre. Jean Valjean a tué l'agent Javert ; il l'a tué d'un coup de pistolet. Moi qui vous parle, j'étais présent.

Thénardier jeta à Marius le coup d'œil souverain d'un homme battu qui remet la main sur la victoire et qui vient de regagner en une minute tout le terrain qu'il avait perdu. Mais le sourire revint tout de suite ; l'inférieur vis-à-vis du supérieur doit avoir le triomphe câlin, et Thénardier se borna à dire à Marius :

— Monsieur le baron, nous faisons fausse route.

Et il souligna cette phrase en faisant faire à son trousseau de breloques un moulinet expressif.

— Quoi ! repartit Marius, contestez-vous cela ? Ce sont des faits.

— Ce sont des chimères. La confiance dont monsieur le baron m'honore me fait un devoir de le lui dire. Avant tout la vérité et la justice. Je n'aime pas voir accuser les

gens injustement. Monsieur le baron, Jean Valjean n'a
point volé M. Madeleine, et Jean Valjean n'a point tué
Javert.

— Voilà qui est fort ! comment cela ?

— Pour deux raisons.

— Lesquelles ? parlez.

— Voici la première : il n'a pas volé M. Madeleine,
attendu que c'est lui-même Jean Valjean qui est
M. Madeleine.

— Que me contez-vous là ?

— Et voici la seconde : il n'a pas assassiné Javert,
attendu que celui qui a tué Javert, c'est Javert.

— Que voulez-vous dire ?

— Que Javert s'est suicidé.

— Prouvez ! prouvez ! cria Marius hors de lui.

Thénardier reprit en scandant sa phrase à la façon d'un
alexandrin antique :

— L'agent-de-police-Ja-vert-a-été-trouvé-no-yé-sous-
un-bateau-du-pont-au-Change.

— Mais prouvez donc !

Thénardier tira de sa poche de côté une large enveloppe
de papier gris qui semblait contenir des feuilles pliées de
diverses grandeurs.

— J'ai mon dossier, dit-il avec calme.

Et il ajouta :

— Monsieur le baron, dans votre intérêt, j'ai voulu
connaître à fond Jean Valjean. Je dis que Jean Valjean et
Madeleine, c'est le même homme, et je dis que Javert n'a
eu d'autre assassin que Javert, et quand je parle, c'est que
j'ai des preuves. Non des preuves manuscrites, l'écriture
est suspecte, l'écriture est complaisante, mais des preuves
imprimées.

Tout en parlant, Thénardier extrayait de l'enveloppe
deux numéros de journaux jaunis, fanés et fortement
saturés de tabac. L'un de ces deux journaux, cassé à tous
les plis et tombant en lambeaux carrés, semblait beaucoup
plus ancien que l'autre.

— Deux faits, deux preuves, fit Thénardier. Et il tendit
à Marius les deux journaux déployés.

Ces deux journaux, le lecteur les connaît. L'un, le plus

ancien, un numéro du *Drapeau blanc* du 25 juillet 1823, dont on a pu voir le texte à la page 105 du tome deuxième de ce livre [4], établissait l'identité de M. Madeleine et de Jean Valjean. L'autre, un *Moniteur* du 15 juin 1832, constatait le suicide de Javert, ajoutant qu'il résultait d'un rapport verbal de Javert au préfet que, fait prisonnier dans la barricade de la rue de la Chanvrerie, il avait dû la vie à la magnanimité d'un insurgé qui, le tenant sous son pistolet, au lieu de lui brûler la cervelle, avait tiré en l'air.

Marius lut. Il y avait évidence, date certaine, preuve irréfragable, ces deux journaux n'avaient pas été imprimés exprès pour appuyer les dires de Thénardier ; la note publiée dans le *Moniteur* était communiquée administrativement par la préfecture de police. Marius ne pouvait douter. Les renseignements du commis-caissier étaient faux, et lui-même s'était trompé. Jean Valjean, grandi brusquement, sortait du nuage. Marius ne put retenir un cri de joie :

— Eh bien alors, ce malheureux est un admirable homme ! toute cette fortune était vraiment à lui ! c'est Madeleine, la providence de tout un pays ! c'est Jean Valjean, le sauveur de Javert ! c'est un héros ! c'est un saint !

— Ce n'est pas un saint, et ce n'est pas un héros, dit Thénardier. C'est un assassin et un voleur.

Et il ajouta du ton d'un homme qui commence à se sentir quelque autorité : — Calmons-nous.

Voleur, assassin, ces mots que Marius croyait disparus, et qui revenaient, tombèrent sur lui comme une douche de glace.

— Encore ! dit-il.

— Toujours, fit Thénardier. Jean Valjean n'a pas volé Madeleine, mais c'est un voleur. Il n'a pas tué Javert, mais c'est un meurtrier.

— Voulez-vous parler, reprit Marius, de ce misérable vol d'il y a quarante ans, expié, cela résulte de vos jour-

---

4. Références de l'édition reproduite ; ici, p. 503. Le *Moniteur* a déjà été cité, incomplètement, V, 5, 6 ; p. 1800. Ici encore l'effet de réel est poussé à la limite de son annulation.

naux mêmes, par toute une vie de repentir, d'abnégation et de vertu ?

— Je dis assassinat et vol, monsieur le baron. Et je répète que je parle de faits actuels. Ce que j'ai à vous révéler est absolument inconnu. C'est de l'inédit. Et peut-être y trouverez-vous la source de la fortune habilement offerte par Jean Valjean à madame la baronne. Je dis habilement, car, par une donation de ce genre, se glisser dans une honorable maison dont on partagera l'aisance, et, du même coup, cacher son crime, jouir de son vol, enfouir son nom, et se créer une famille, ce ne serait pas très maladroit.

— Je pourrais vous interrompre ici, observa Marius, mais continuez.

— Monsieur le baron, je vais dire tout, laissant la récompense à votre générosité. Ce secret vaut de l'or massif. Vous me direz : Pourquoi ne t'es-tu pas adressé à Jean Valjean ? Par une raison toute simple ; je sais qu'il s'est dessaisi, et dessaisi en votre faveur, et je trouve la combinaison ingénieuse ; mais il n'a plus le sou, il me montrerait ses mains vides, et, puisque j'ai besoin de quelque argent pour mon voyage à la Joya, je vous préfère, vous qui avez tout, à lui qui n'a rien. Je suis un peu fatigué, permettez-moi de prendre une chaise.

Marius s'assit et lui fit signe de s'asseoir.

Thénardier s'installa sur une chaise capitonnée, reprit les deux journaux, les replongea dans l'enveloppe et murmura en becquetant avec son ongle le *Drapeau blanc* : Celui-ci m'a donné du mal pour l'avoir. Cela fait, il croisa les jambes et s'étala sur le dos, attitude propre aux gens sûrs de ce qu'ils disent, puis entra en matière, gravement et en appuyant sur les mots :

— Monsieur le baron, le 6 juin 1832, il y a un an environ, le jour de l'émeute, un homme était dans le Grand Égout de Paris, du côté où l'égout vient rejoindre la Seine, entre le pont des Invalides et le pont d'Iéna.

Marius rapprocha brusquement sa chaise de celle de Thénardier. Thénardier remarqua ce mouvement et continua avec la lenteur d'un orateur qui tient son interlocuteur et qui sent la palpitation de son adversaire sous ses paroles :

— Cet homme, forcé de se cacher, pour des raisons du reste étrangères à la politique, avait pris l'égout pour domicile et en avait une clef. C'était, je le répète, le 6 juin ; il pouvait être huit heures du soir. L'homme entendit du bruit dans l'égout. Très surpris, il se blottit et guetta. C'était un bruit de pas, on marchait dans l'ombre, on venait de son côté. Chose étrange, il y avait dans l'égout un autre homme que lui. La grille de sortie de l'égout n'était pas loin. Un peu de lumière qui en venait lui permit de reconnaître le nouveau venu et de voir que cet homme portait quelque chose sur son dos. Il marchait courbé. L'homme qui marchait courbé était un ancien forçat, et ce qu'il traînait sur ses épaules était un cadavre. Flagrant délit d'assassinat, s'il en fut. Quant au vol, il va de soi ; on ne tue pas un homme gratis. Ce forçat allait jeter ce cadavre à la rivière. Un fait à noter, c'est qu'avant d'arriver à la grille de sortie, ce forçat, qui venait de loin dans l'égout, avait nécessairement rencontré une fondrière épouvantable où il semble qu'il eût pu laisser le cadavre ; mais, dès le lendemain, les égoutiers, en travaillant à la fondrière, y auraient retrouvé l'homme assassiné, et ce n'était pas le compte de l'assassin. Il avait mieux aimé traverser la fondrière, avec son fardeau, et ses efforts ont dû être effrayants, il est impossible de risquer plus complètement sa vie ; je ne comprends pas qu'il soit sorti de là vivant.

La chaise de Marius se rapprocha encore. Thénardier en profita pour respirer longuement. Il poursuivit :

— Monsieur le baron, un égout n'est pas le Champ de Mars. On y manque de tout, et même de place. Quand deux hommes sont là, il faut qu'ils se rencontrent. C'est ce qui arriva. Le domicilié et le passant furent forcés de se dire bonjour, à regret l'un et l'autre. Le passant dit au domicilié : — *Tu vois ce que j'ai sur le dos, il faut que je sorte, tu as la clef, donne-la-moi.* Ce forçat était un homme d'une force terrible. Il n'y avait pas à refuser. Pourtant celui qui avait la clef parlementa, uniquement pour gagner du temps. Il examina ce mort, mais il ne put rien voir, sinon qu'il était jeune, bien mis, l'air d'un riche, et tout défiguré par le sang. Tout en causant, il trouva moyen de déchirer et d'arracher par derrière, sans que l'assassin s'en aperçût, un morceau de l'habit de l'homme assassiné. Pièce à conviction, vous comprenez ; moyen de ressaisir la trace des choses et de prouver le crime au criminel. Il mit la pièce à conviction dans sa poche. Après quoi il ouvrit la grille, fit sortir l'homme avec son embarras sur le dos, referma la grille et se sauva, se souciant peu d'être mêlé au surplus de l'aventure et surtout ne voulant pas être là quand l'assassin jetterait l'assassiné à la rivière. Vous comprenez à présent. Celui qui portait le cadavre, c'est Jean Valjean ; celui qui avait la clef vous parle en ce moment ; et le morceau de l'habit...

Thénardier acheva la phrase en tirant de sa poche et en tenant, à la hauteur de ses yeux, pincé entre ses deux pouces et ses deux index, un lambeau de drap noir déchiqueté, tout couvert de taches sombres.

Marius s'était levé, pâle, respirant à peine, l'œil fixé sur le morceau de drap noir, et, sans prononcer une parole, sans quitter ce haillon du regard, il reculait vers le mur et, de sa main droite étendue derrière lui, cherchait en tâtonnant sur la muraille une clef qui était à la serrure d'un placard près de la cheminée. Il trouva cette clef, ouvrit le placard, et y enfonça son bras sans y regarder, et sans que sa prunelle effarée se détachât du chiffon que Thénardier tenait déployé.

Cependant Thénardier continuait :

— Monsieur le baron, j'ai les plus fortes raisons de croire que le jeune homme assassiné était un opulent étranger attiré par Jean Valjean dans un piège et porteur d'une somme énorme.

— Le jeune homme était moi, et voici l'habit ! cria Marius, et il jeta sur le parquet un vieil habit noir tout sanglant.

Puis, arrachant le morceau des mains de Thénardier, il s'accroupit sur l'habit, et rapprocha du pan déchiqueté le morceau déchiré. La déchirure s'adaptait exactement, et le lambeau complétait l'habit.

Thénardier était pétrifié. Il pensa ceci : Je suis épaté.

Marius se redressa frémissant, désespéré, rayonnant.

Il fouilla dans sa poche, et marcha, furieux, vers Thénardier, lui présentant et lui appuyant presque sur le visage son poing rempli de billets de cinq cents francs et de mille francs.

— Vous êtes un infâme ! vous êtes un menteur, un calomniateur, un scélérat. Vous veniez accuser cet homme, vous l'avez justifié ; vous vouliez le perdre, vous n'avez réussi qu'à le glorifier. Et c'est vous qui êtes un voleur ! Et c'est vous qui êtes un assassin ! Je vous ai vu, Thénardier Jondrette, dans ce bouge du boulevard de l'Hôpital. J'en sais assez sur vous pour vous envoyer au bagne, et plus loin même, si je voulais. Tenez, voilà mille francs, sacripant que vous êtes !

Et il jeta un billet de mille francs à Thénardier.

— Ah ! Jondrette Thénardier, vil coquin ! que ceci vous serve de leçon, brocanteur de secrets, marchand de mystères, fouilleur de ténèbres, misérable ! Prenez ces cinq cents francs, et sortez d'ici ! Waterloo vous protège.

— Waterloo, grommela Thénardier, en empochant les cinq cents francs avec les mille francs.

— Oui, assassin ! vous y avez sauvé la vie à un colonel...

— À un général, dit Thénardier, en relevant la tête.

— À un colonel ! reprit Marius avec emportement. Je ne donnerais pas un liard pour un général. Et vous veniez ici faire des infamies ! Je vous dis que vous avez commis tous les crimes. Partez ! disparaissez ! Soyez heureux seulement, c'est tout ce que je désire. Ah ! monstre ! Voilà encore trois mille francs. Prenez-les. Vous partirez dès demain, pour l'Amérique, avec votre fille ; car votre femme est morte, abominable menteur. Je veillerai à votre départ, bandit, et je vous compterai à ce moment-là vingt mille francs. Allez vous faire pendre ailleurs !

— Monsieur le baron, répondit Thénardier en saluant jusqu'à terre, reconnaissance éternelle.

Et Thénardier sortit, n'y concevant rien, stupéfait et ravi de ce doux écrasement sous des sacs d'or et de cette foudre éclatant sur sa tête en billets de banque.

Foudroyé, il l'était, mais content aussi ; et il eût été très fâché d'avoir un paratonnerre contre cette foudre-là.

Finissons-en tout de suite avec cet homme. Deux jours après les événements que nous racontons en ce moment, il partit, par les soins de Marius, pour l'Amérique, sous un faux nom, avec sa fille Azelma, muni d'une traite de vingt mille francs sur New-York. La misère morale de Thénardier, le bourgeois manqué, était irrémédiable ; il fut en Amérique ce qu'il était en Europe. Le contact d'un méchant homme suffit quelquefois pour pourrir une bonne action et pour en faire sortir une chose mauvaise. Avec l'argent de Marius, Thénardier se fit négrier[5].

Dès que Thénardier fut dehors, Marius courut au jardin où Cosette se promenait encore.

— Cosette ! Cosette ! cria-t-il. Viens ! viens vite. Partons. Basque, un fiacre ! Cosette, viens. Ah ! mon Dieu ! C'est lui qui m'avait sauvé la vie ! Ne perdons pas une minute ! Mets ton châle.

Cosette le crut fou, et obéit.

Il ne respirait pas, il mettait la main sur son cœur pour en comprimer les battements. Il allait et venait à grands pas, il embrassait Cosette : — Ah ! Cosette ! je suis un malheureux ! disait-il.

Marius était éperdu. Il commençait à entrevoir dans ce Jean Valjean on ne sait quelle haute et sombre figure. Une vertu inouïe lui apparaissait, suprême et douce,

---

5. Singulier destin du capital (note générale 30) cumulé de la bourgeoisie et de la misère ! Mais il était peut-être dans la nature des mots que le profit tiré des « verroteries noires » serve un jour à échanger de la verroterie contre des Noirs. Et sûrement dans celle de Thénardier, « bourgeois manqué » (voir II, 3, 10, texte annoté 2, p. 587-588), de continuer en grand l'esclavage de Cosette et la prostitution d'Eponine. Cette notation prend tout son sens si l'on tient compte qu'à la publication du roman la guerre de Sécession est engagée depuis plus d'un an. Enfin, si la « verroterie noire » désigne aussi l'écriture (I, 5, 1, note 4, p. 238), le « nègre » étant l'esclave d'un écrivain, il y a peut-être quelque chose de Hugo lui-même, trafiquant de son propre labeur, dans cet homme enrichi, parti pour l'Ouest accompagné d'une seule de ses filles, laissant l'autre, morte, en France. Culpabilité ? ironie ? dénégation ? En tout cas aucun angélisme.

humble dans son immensité. Le forçat se transfigurait en Christ. Marius avait l'éblouissement de ce prodige. Il ne savait pas au juste ce qu'il voyait, mais c'était grand.

En un instant, un fiacre fut devant la porte.

Marius y fit monter Cosette et s'y élança.

— Cocher, dit-il, rue de l'Homme-Armé, numéro 7.

Le fiacre partit.

— Ah ! quel bonheur ! fit Cosette, rue de l'Homme-Armé. Je n'osais plus t'en parler. Nous allons voir monsieur Jean.

— Ton père ! Cosette, ton père plus que jamais. Cosette, je devine. Tu m'as dit que tu n'avais jamais reçu la lettre que je t'avais envoyée par Gavroche. Elle sera tombée dans ses mains. Cosette, il est allé à la barricade pour me sauver. Comme c'est son besoin d'être un ange, en passant, il en a sauvé d'autres ; il a sauvé Javert. Il m'a tiré de ce gouffre pour me donner à toi. Il m'a porté sur son dos dans cet effroyable égout. Ah ! je suis un monstrueux ingrat. Cosette, après avoir été ta providence, il a été la mienne. Figure-toi qu'il y avait une fondrière épouvantable, à s'y noyer cent fois, à se noyer dans la boue, Cosette ! il me l'a fait traverser. J'étais évanoui ; je ne voyais rien, je n'entendais rien, je ne pouvais rien savoir de ma propre aventure. Nous allons le ramener, le prendre avec nous, qu'il le veuille ou non, il ne nous quittera plus. Pourvu qu'il soit chez lui ! Pourvu que nous le trouvions ! Je passerai le reste de ma vie à le vénérer. Oui, ce doit être cela, vois-tu, Cosette ? C'est à lui que Gavroche aura remis ma lettre. Tout s'explique. Tu comprends.

Cosette ne comprenait pas un mot.

— Tu as raison, lui dit-elle.

Cependant le fiacre roulait.

V

NUIT DERRIÈRE LAQUELLE IL Y A LE JOUR [1]

Au coup qu'il entendit frapper à sa porte, Jean Valjean se retourna.

— Entrez, dit-il faiblement.

La porte s'ouvrit. Cosette et Marius parurent.

Cosette se précipita dans la chambre.

Marius resta sur le seuil, debout, appuyé contre le montant de la porte.

— Cosette ! dit Jean Valjean, et il se dressa sur sa chaise, les bras ouverts et tremblants, hagard, livide, sinistre, une joie immense dans les yeux.

Cosette, suffoquée d'émotion, tomba sur la poitrine de Jean Valjean.

— Père ! dit-elle.

Jean Valjean, bouleversé, bégayait :

— Cosette ! elle ! vous, madame, c'est toi ! Ah mon Dieu !

Et, serré dans les bras de Cosette, il s'écria :

— C'est toi ! tu es là ! Tu me pardonnes donc !

Marius, baissant les paupières pour empêcher ses larmes de couler, fit un pas et murmura entre ses lèvres contractées convulsivement pour arrêter les sanglots :

— Mon père !

— Et vous aussi, vous me pardonnez ! dit Jean Valjean.

Marius ne put trouver une parole, et Jean Valjean ajouta : — Merci.

Cosette arracha son châle et jeta son chapeau sur le lit.

— Cela me gêne, dit-elle.

Et, s'asseyant sur les genoux du vieillard, elle écarta

---

1. J. Seebacher (voir Bibliographie) a donné la brillante explication de cette scène dont le sens s'établit en référence à la mort du père Goriot, mais aussi à toutes les morts du roman : du conventionnel G., de Fantine, d'Eponine, de Mabeuf, de Gavroche et de Javert.

ses cheveux blancs d'un mouvement adorable, et lui baisa le front.

Jean Valjean se laissait faire, égaré.

Cosette, qui ne comprenait que très confusément, redoublait ses caresses, comme si elle voulait payer la dette de Marius.

Jean Valjean balbutiait :

— Comme on est bête ! Je croyais que je ne la verrais plus. Figurez-vous, monsieur Pontmercy, qu'au moment où vous êtes entré, je me disais : C'est fini. Voilà sa petite robe, je suis un misérable homme, je ne verrai plus Cosette, je disais cela au moment même où vous montiez l'escalier. Étais-je idiot ! Voilà comme on est idiot ! Mais on compte sans le bon Dieu. Le bon Dieu dit : Tu t'imagines qu'on va t'abandonner, bêta ! Non. Non, ça ne se passera pas comme ça. Allons, il y a là un pauvre bonhomme qui a besoin d'un ange. Et l'ange vient ; et l'on revoit sa Cosette ! et l'on revoit sa petite Cosette ! Ah ! j'étais bien malheureux !

Il fut un moment sans pouvoir parler, puis il poursuivit :

— J'avais vraiment besoin de voir Cosette une petite fois de temps en temps. Un cœur, cela veut un os à ronger. Cependant je sentais bien que j'étais de trop. Je me donnais des raisons : Ils n'ont pas besoin de toi, reste dans ton coin, on n'a pas le droit de s'éterniser. Ah ! Dieu béni, je la revois ! Sais-tu, Cosette, que ton mari est très beau ? Ah ! tu as un joli col brodé, à la bonne heure. J'aime ce dessin-là. C'est ton mari qui l'a choisi, n'est-ce pas ? Et puis, il te faudra des cachemires. Monsieur Pontmercy, laissez-moi la tutoyer. Ce n'est pas pour longtemps.

Et Cosette reprenait :

— Quelle méchanceté de nous avoir laissés comme cela ! Où êtes-vous donc allé ? pourquoi avez-vous été si longtemps ? Autrefois vos voyages ne duraient pas plus de trois ou quatre jours. J'ai envoyé Nicolette, on répondait toujours : Il est absent. Depuis quand êtes-vous revenu ? Pourquoi ne pas nous l'avoir fait savoir ? Savez-vous que vous êtes très changé ? Ah ! le vilain père ! il a

été malade et nous ne l'avons pas su ! Tiens, Marius, tâte
sa main comme elle est froide !

— Ainsi vous voilà ! Monsieur Pontmercy, vous me
pardonnez ! répéta Jean Valjean.

À ce mot, que Jean Valjean venait de redire, tout ce
qui se gonflait dans le cœur de Marius trouva une issue,
il éclata :

— Cosette, entends-tu ? il en est là ! il me demande
pardon. Et sais-tu ce qu'il m'a fait, Cosette ? il m'a sauvé
la vie. Il a fait plus. Il t'a donnée à moi. Et après m'avoir
sauvé, et après t'avoir donnée à moi, Cosette, qu'a-t-il
fait de lui-même ? il s'est sacrifié. Voilà l'homme[2]. Et, à
moi l'ingrat, à moi l'oublieux, à moi l'impitoyable, à moi
le coupable, il me dit : Merci ! Cosette, toute ma vie passée aux pieds de cet homme, ce sera trop peu. Cette barricade, cet égout, cette fournaise, ce cloaque, il a tout
traversé pour moi, pour toi, Cosette ! Il m'a emporté à
travers toutes les morts qu'il écartait de moi et qu'il
acceptait pour lui. Tous les courages, toutes les vertus,
tous les héroïsmes, toutes les saintetés, il les a ! Cosette,
cet homme-là, c'est l'ange !

— Chut ! chut ! dit tout bas Jean Valjean. Pourquoi
dire tout cela ?

— Mais vous ! s'écria Marius avec une colère où il y
avait de la vénération, pourquoi ne l'avez-vous pas dit ?
C'est votre faute aussi. Vous sauvez la vie aux gens, et
vous le leur cachez ! Vous faites plus, sous prétexte de
vous démasquer, vous vous calomniez. C'est affreux.

— J'ai dit la vérité, répondit Jean Valjean.

— Non, reprit Marius, la vérité, c'est toute la vérité ;
et vous ne l'avez pas dite. Vous étiez monsieur Madeleine, pourquoi ne pas l'avoir dit ? Vous aviez sauvé
Javert, pourquoi ne pas l'avoir dit ? Je vous devais la vie,
pourquoi ne pas l'avoir dit ?

— Parce que je pensais comme vous. Je trouvais que
vous aviez raison. Il fallait que je m'en allasse. Si vous

_____

2. La familiarité de l'expression n'efface pas tout à fait — c'est
une beauté — la traduction du mot de l'Evangile déjà rencontré à
deux reprises, voir III, 1, 10, note 1, p. 809.

aviez su cette affaire de l'égout, vous m'auriez fait rester près de vous. Je devais donc me taire. Si j'avais parlé, cela aurait tout gêné.

— Gêné quoi ? gêné qui ? repartit Marius. Est-ce que vous croyez que vous allez rester ici ? Nous vous emmenons. Ah ! mon Dieu ! quand je pense que c'est par hasard que j'ai appris tout cela ! Nous vous emmenons. Vous faites partie de nous-mêmes. Vous êtes son père et le mien. Vous ne passerez pas dans cette affreuse maison un jour de plus. Ne vous figurez pas que vous serez demain ici.

— Demain, dit Jean Valjean, je ne serai pas ici, mais je ne serai pas chez vous.

— Que voulez-vous dire ? répliqua Marius. Ah çà, nous ne permettons plus de voyage. Vous ne nous quitterez plus. Vous nous appartenez. Nous ne vous lâchons pas.

— Cette fois-ci, c'est pour de bon, ajouta Cosette. Nous avons une voiture en bas. Je vous enlève. S'il le faut, j'emploierai la force.

Et, riant, elle fit le geste de soulever le vieillard dans ses bras.

— Il y a toujours votre chambre dans notre maison, poursuivit-elle. Si vous saviez comme le jardin est joli dans ce moment-ci ! Les azalées y viennent très bien. Les allées sont sablées avec du sable de rivière ; il y a de petits coquillages violets. Vous mangerez de mes fraises. C'est moi qui les arrose. Et plus de madame, et plus de monsieur Jean, nous sommes en république, tout le monde se dit *tu*, n'est-ce pas, Marius ? Le programme est changé. Si vous saviez, père, j'ai eu un chagrin, il y avait un rouge-gorge qui avait fait son nid dans un trou du mur, un horrible chat me l'a mangé. Mon pauvre joli petit rouge-gorge qui mettait sa tête à sa fenêtre et qui me regardait ! J'en ai pleuré. J'aurais tué le chat ![3] Mais

---

3. La référence à l'Agnès de Molière — « le petit chat est mort » — est doublement cruelle ; elle signale tout ce qui sépare Jean Valjean d'Arnolphe — et ce qui l'en rapproche ; elle indique, chez Cosette, la limite de la tendresse et de la bienveillance.

maintenant personne ne pleure plus. Tout le monde rit,
tout le monde est heureux. Vous allez venir avec nous.
Comme le grand-père va être content ! Vous aurez votre
carré dans le jardin, vous cultiverez, et nous verrons si
vos fraises sont aussi belles que les miennes. Et puis, je
ferai tout ce que vous voudrez, et puis, vous m'obéirez
bien.

Jean Valjean l'écoutait sans l'entendre. Il entendait la
musique de sa voix plutôt que le sens de ses paroles ; une
de ces grosses larmes qui sont les sombres perles de
l'âme, germait lentement dans son œil. Il murmura :

— La preuve que Dieu est bon, c'est que la voilà.

— Mon père ! dit Cosette.

Jean Valjean continua :

— C'est bien vrai que ce serait charmant de vivre
ensemble. Ils ont des oiseaux plein leurs arbres. Je me
promènerais avec Cosette. Être des gens qui vivent, qui
se disent bonjour, qui s'appellent dans le jardin, c'est
doux. On se voit dès le matin. Nous cultiverions chacun
un petit coin. Elle me ferait manger ses fraises, je lui
ferais cueillir mes roses. Ce serait charmant[4]. Seulement...

Il s'interrompit et dit doucement :

— C'est dommage.

La larme ne tomba pas, elle rentra, et Jean Valjean la
remplaça par un sourire.

Cosette prit les deux mains du vieillard dans les
siennes.

— Mon Dieu ! dit-elle, vos mains sont encore plus
froides. Est-ce que vous êtes malade ? Est-ce que vous
souffrez ?

— Moi ? non, répondit Jean Valjean, je suis très bien.
Seulement...

Il s'arrêta.

— Seulement quoi ?

— Je vais mourir tout à l'heure.

Cosette et Marius frissonnèrent.

— Mourir ! s'écria Marius.

---

4. Voir I, 7, 3, note 19, p. 339.

— Oui, mais ce n'est rien, dit Jean Valjean.

Il respira, sourit et reprit :

— Cosette, tu me parlais, continue, parle encore, ton petit rouge-gorge est donc mort, parle que j'entende ta voix !

Marius pétrifié regardait le vieillard.

Cosette poussa un cri déchirant.

— Père ! mon père ! vous vivrez. Vous allez vivre. Je veux que vous viviez, entendez-vous !

Jean Valjean leva la tête vers elle avec adoration.

— Oh oui, défends-moi de mourir. Qui sait ? j'obéirai peut-être. J'étais en train de mourir quand vous êtes arrivés. Cela m'a arrêté, il m'a semblé que je renaissais.

— Vous êtes plein de force et de vie, s'écria Marius. Est-ce que vous vous imaginez qu'on meurt comme cela ? Vous avez eu du chagrin, vous n'en aurez plus. C'est moi qui vous demande pardon, et à genoux encore ! Vous allez vivre, et vivre avec nous, et vivre longtemps. Nous vous reprenons. Nous sommes deux ici qui n'aurons désormais qu'une pensée, votre bonheur !

— Vous voyez bien, reprit Cosette tout en larmes, que Marius dit que vous ne mourrez pas.

Jean Valjean continuait de sourire.

— Quand vous me reprendriez, monsieur Pontmercy, cela ferait-il que je ne sois pas ce que je suis ? Non, Dieu a pensé comme vous et moi, et il ne change pas d'avis ; il est utile que je m'en aille. La mort est un bon arrangement. Dieu sait mieux que nous ce qu'il nous faut. Que vous soyez heureux, que monsieur Pontmercy ait Cosette, que la jeunesse épouse le matin, qu'il y ait autour de vous, mes enfants, des lilas et des rossignols, que votre vie soit une belle pelouse avec du soleil, que tous les enchantements du ciel vous remplissent l'âme, et maintenant, moi qui ne suis bon à rien, que je meure ; il est sûr que tout cela est bien. Voyez-vous, soyons raisonnables, il n'y a plus rien de possible maintenant, je sens tout à fait que c'est fini. Il y a une heure, j'ai eu un évanouissement. Et puis, cette nuit, j'ai bu tout ce pot d'eau qui est là. Comme ton mari est bon, Cosette ! tu es bien mieux qu'avec moi.

Un bruit se fit à la porte. C'était le médecin qui entrait.

— Bonjour et adieu, docteur, dit Jean Valjean. Voici mes pauvres enfants.

Marius s'approcha du médecin. Il lui adressa ce seul mot : Monsieur ?... mais dans la manière de le prononcer, il y avait une question complète.

Le médecin répondit à la question par un coup d'œil expressif.

— Parce que les choses déplaisent, dit Jean Valjean, ce n'est pas une raison pour être injuste envers Dieu.

Il y eut un silence. Toutes les poitrines étaient oppressées.

Jean Valjean se tourna vers Cosette. Il se mit à la contempler comme s'il voulait en prendre pour l'éternité. À la profondeur d'ombre où il était déjà descendu, l'extase lui était encore possible en regardant Cosette. La réverbération de ce doux visage illuminait sa face pâle [5]. Le sépulcre peut avoir son éblouissement.

Le médecin lui tâta le pouls.

— Ah ! c'est vous qu'il lui fallait ! murmura-t-il en regardant Cosette et Marius.

Et, se penchant à l'oreille de Marius, il ajouta très bas :

— Trop tard.

Jean Valjean, presque sans cesser de regarder Cosette, considéra Marius et le médecin avec sérénité. On entendit sortir de sa bouche cette parole à peine articulée :

— Ce n'est rien de mourir ; c'est affreux de ne pas vivre.

Tout à coup il se leva. Ces retours de force sont quelquefois un signe même de l'agonie. Il marcha d'un pas ferme à la muraille, écarta Marius et le médecin qui voulaient l'aider, détacha du mur le petit crucifix de cuivre qui y était suspendu, revint s'asseoir avec toute la liberté de mouvement de la pleine santé, et dit d'une voix haute en posant le crucifix sur la table :

— Voilà le grand martyr.

---

5. En I, 2, 11 (p. 154), c'était une lumière divine qui illuminait Myriel endormi. Le livre a progressé. Dans un instant les flambeaux éclaireront le visage de Jean Valjean, la lumière de l'infini d'en bas se confondant avec celle de l'infini d'en haut.

Puis sa poitrine s'affaissa, sa tête eut une vacillation, comme si l'ivresse de la tombe le prenait, et ses deux mains, posées sur ses genoux, se mirent à creuser de l'ongle l'étoffe de son pantalon.

Cosette lui soutenait les épaules, et sanglotait, et tâchait de lui parler sans pouvoir y parvenir. On distinguait, parmi les mots mêlés à cette salive lugubre qui accompagne les larmes, des paroles comme celles-ci : — Père ! ne nous quittez pas. Est-il possible que nous ne vous retrouvions que pour vous perdre ?

On pourrait dire que l'agonie serpente. Elle va, vient, s'avance vers le sépulcre, et se retourne vers la vie. Il y a du tâtonnement dans l'action de mourir.

Jean Valjean, après cette demi-syncope, se raffermit, secoua son front comme pour en faire tomber les ténèbres, et redevint presque pleinement lucide. Il prit un pan de la manche de Cosette et le baisa.

— Il revient ! docteur, il revient ! cria Marius.

— Vous êtes bons tous les deux, dit Jean Valjean. Je vais vous dire ce qui m'a fait de la peine. Ce qui m'a fait de la peine, monsieur Pontmercy, c'est que vous n'aviez pas voulu toucher à cet argent. Cet argent-là est bien à votre femme. Je vais vous expliquer, mes enfants, c'est même pour cela que je suis content de vous voir. Le jais noir vient d'Angleterre, le jais blanc vient de Norvège. Tout ceci est dans le papier que voilà, que vous lirez. Pour les bracelets, j'ai inventé de remplacer les coulants en tôle soudée par des coulants en tôle rapprochée. C'est plus joli, meilleur, et moins cher. Vous comprenez tout l'argent qu'on peut gagner. La fortune de Cosette est donc bien à elle. Je vous donne ces détails-là pour que vous ayiez l'esprit en repos.

La portière était montée et regardait par la porte entre-bâillée. Le médecin la congédia, mais il ne put empêcher qu'avant de disparaître cette bonne femme zélée ne criât au mourant :

— Voulez-vous un prêtre ?

— J'en ai un, répondit Jean Valjean.

Et, du doigt, il sembla désigner un point au-dessus de sa tête où l'on eût dit qu'il voyait quelqu'un.

Il est probable que l'évêque en effet assistait à cette agonie.

Cosette, doucement, lui glissa un oreiller sous les reins. Jean Valjean reprit :

— Monsieur Pontmercy, n'ayez pas de crainte, je vous en conjure. Les six cent mille francs sont bien à Cosette [6]. J'aurais donc perdu ma vie si vous n'en jouissiez pas ! Nous étions parvenus à faire très bien cette verroterie-là. Nous rivalisions avec ce qu'on appelle les bijoux de Berlin. Par exemple, on ne peut pas égaler le verre noir d'Allemagne. Une grosse, qui contient douze cents grains très bien taillés, ne coûte que trois francs.

Quand un être qui nous est cher va mourir, on le regarde avec un regard qui se cramponne à lui et qui voudrait le retenir. Tous deux, muets d'angoisse, ne sachant que dire à la mort, désespérés et tremblants, étaient debout devant lui, Cosette donnant la main à Marius.

D'instant en instant, Jean Valjean déclinait. Il baissait ; il se rapprochait de l'horizon sombre. Son souffle était devenu intermittent ; un peu de râle l'entrecoupait. Il avait de la peine à déplacer son avant-bras, ses pieds avaient perdu tout mouvement, et en même temps que la misère des membres et l'accablement du corps croissait, toute la majesté de l'âme montait et se déployait sur son front. La lumière du monde inconnu était déjà visible dans sa prunelle.

Sa figure blêmissait et souriait. La vie n'était plus là, il y avait autre chose. Son haleine tombait, son regard grandissait. C'était un cadavre auquel on sentait des ailes.

Il fit signe à Cosette d'approcher, puis à Marius ; c'était évidemment la dernière minute de la dernière heure, et il se mit à leur parler d'une voix si faible qu'elle

---

6. Radotage navrant et vérité essentielle, non seulement parce que la vie et la mort de Jean Valjean n'ont effectivement pas de sens si Cosette n'en bénéficie pas, mais surtout, parce qu'au-delà d'elle, la misère des misérables — l'exploitation du prolétariat — serait tout à fait intolérable si elle ne servait pas au progrès, si elle devait être, au bout du compte, pur et simple assassinat et non sacrifice.

semblait venir de loin, et qu'on eût dit qu'il y avait dès à présent une muraille entre eux et lui.

— Approche, approchez tous deux. Je vous aime bien. Oh ! c'est bon de mourir comme cela ! Toi aussi, tu m'aimes, ma Cosette. Je savais bien que tu avais toujours de l'amitié pour ton vieux bonhomme. Comme tu es gentille de m'avoir mis ce coussin sous les reins ! Tu me pleureras un peu, n'est-ce pas ? Pas trop. Je ne veux pas que tu aies de vrais chagrins. Il faudra vous amuser beaucoup, mes enfants. J'ai oublié de vous dire que sur les boucles sans ardillons on gagnait encore plus que sur tout le reste. La grosse, les douze douzaines, revenait à dix francs, et se vendait soixante. C'était vraiment un bon commerce. Il ne faut donc pas s'étonner des six cent mille francs, monsieur Pontmercy. C'est de l'argent honnête. Vous pouvez être riches tranquillement. Il faudra avoir une voiture, de temps en temps une loge aux théâtres, de belles toilettes de bal, ma Cosette, et puis donner de bons dîners à vos amis, être très heureux. J'écrivais tout à l'heure à Cosette. Elle trouvera ma lettre. C'est à elle que je lègue les deux chandeliers qui sont sur la cheminée. Ils sont en argent ; mais pour moi ils sont en or, ils sont en diamant ; ils changent les chandelles qu'on y met, en cierges. Je ne sais pas si celui qui me les a donnés est content de moi là-haut. J'ai fait ce que j'ai pu. Mes enfants, vous n'oublierez pas que je suis un pauvre, vous me ferez enterrer dans le premier coin de terre venu sous une pierre pour marquer l'endroit. C'est là ma volonté. Pas de nom sur la pierre. Si Cosette veut venir un peu quelquefois, cela me fera plaisir. Vous aussi, monsieur Pontmercy. Il faut que je vous avoue que je ne vous ai pas toujours aimé ; je vous en demande pardon. Maintenant, elle et vous, vous n'êtes plus qu'un pour moi. Je vous suis très reconnaissant. Je sens que vous rendez Cosette heureuse. Si vous saviez, monsieur Pontmercy, ses belles joues roses, c'était ma joie ; quand je la voyais un peu pâle, j'étais triste. Il y a dans la commode un billet de cinq cents francs. Je n'y ai pas touché[7]. C'est pour les

---

7. Voir V, 5, 5, texte annoté, p. 1800.

pauvres. Cosette, vois-tu ta petite robe, là, sur le lit ? la reconnais-tu ? Il n'y a pourtant que dix ans de cela. Comme le temps passe ! Nous avons été bien heureux. C'est fini. Mes enfants, ne pleurez pas, je ne vais pas très loin. Je vous verrai de là. Vous n'aurez qu'à regarder quand il fera nuit, vous me verrez sourire. Cosette, te rappelles-tu Montfermeil ? Tu étais dans le bois, tu avais bien peur ; te rappelles-tu quand j'ai pris l'anse du seau d'eau ? C'est la première fois que j'ai touché ta pauvre petite main. Elle était si froide ! Ah ! vous aviez les mains rouges dans ce temps-là, mademoiselle, vous les avez bien blanches, maintenant. Et la grande poupée ! te rappelles-tu ? Tu la nommais Catherine. Tu regrettais de ne pas l'avoir emmenée au couvent ! Comme tu m'as fait rire des fois, mon doux ange ! Quand il avait plu, tu embarquais sur les ruisseaux des brins de paille, et tu les regardais aller. Un jour, je t'ai donné une raquette en osier, et un volant avec des plumes jaunes, bleues, vertes. Tu l'as oublié, toi. Tu étais si espiègle toute petite ! Tu jouais. Tu te mettais des cerises aux oreilles. Ce sont là des choses du passé. Les forêts où l'on a passé avec son enfant, les arbres où l'on s'est promené, les couvents où l'on s'est caché, les jeux, les bons rires de l'enfance, c'est de l'ombre [8]. Je m'étais imaginé que tout cela m'appartenait. Voilà où était ma bêtise. Ces Thénardier ont été méchants. Il faut leur pardonner. Cosette, voici le moment venu de te dire le nom de ta mère. Elle s'appelait Fantine. Retiens ce nom-là : Fantine. Mets-toi à genoux toutes les fois que tu le prononceras. Elle a bien souffert. Et t'a bien aimée. Elle a eu en malheur tout ce que tu as en bonheur. Ce sont les partages de Dieu. Il est là-haut, il nous voit tous, et il sait ce qu'il fait au milieu de ses grandes étoiles. Je vais donc m'en aller, mes enfants. Aimez-vous bien toujours. Il n'y a guère autre chose que cela dans le monde : s'aimer. Vous penserez quelquefois au pauvre

---

8. Voir II, 3, 11, texte annoté 3, p. 593 et V, 6, 3 ; pp. 1844-1845. Dans la lettre à Lacroix accompagnant l'envoi de la fin du manuscrit, Hugo avait écrit : « Si cette fin n'émeut pas, je renonce à écrire à jamais. » Sans doute lui-même était ému en la relisant.

vieux qui est mort ici. Ô ma Cosette ! ce n'est pas ma faute, va, si je ne t'ai pas vue tous ces temps-ci, cela me fendait le cœur ; j'allais jusqu'au coin de la rue, je devais faire un drôle d'effet aux gens qui me voyaient passer, j'étais comme fou, une fois je suis sorti sans chapeau. Mes enfants, voici que je ne vois plus très clair, j'avais encore des choses à dire, mais c'est égal. Pensez un peu à moi. Vous êtes des êtres bénis. Je ne sais pas ce que j'ai, je vois de la lumière. Approchez encore. Je meurs heureux. Donnez-moi vos chères têtes bien-aimées, que je mette mes mains dessus.

Cosette et Marius tombèrent à genoux[9], éperdus, étouffés de larmes, chacun sur une des mains de Jean Valjean. Ces mains augustes ne remuaient plus.

Il était renversé en arrière, la lueur des deux chandeliers l'éclairait ; sa face blanche regardait le ciel, il laissait Cosette et Marius couvrir ses mains de baisers ; il était mort.

La nuit était sans étoiles et profondément obscure[10]. Sans doute, dans l'ombre, quelque ange immense était debout, les ailes déployées, attendant l'âme.

VI

L'HERBE CACHE ET LA PLUIE EFFACE

Il y a, au cimetière du Père-Lachaise, aux environs de la fosse commune, loin du quartier élégant de cette ville des sépulcres, loin de tous ces tombeaux de fantaisie qui étalent en présence de l'éternité les hideuses modes de la

---

9. Sur ce geste, voir note générale 21.
10. Telle était aussi la nuit de « La petite toute seule » (II, 3, 5 ; pp. 541 et 544). Peut-être une phrase de *Philosophie — Commencement d'un livre* établit-elle l'exact rapport de cette nuit à la tombe qu'on va voir : « Oh ! le ciel est un évanouissement d'astres, le cimetière est une constellation de tombeaux. »

mort, dans un angle désert, le long d'un vieux mur, sous un grand if auquel grimpent les liserons, parmi les chiendents et les mousses, une pierre. Cette pierre n'est pas plus exempte que les autres des lèpres du temps, de la moisissure, du lichen, et des fientes d'oiseaux. L'eau la verdit, l'air la noircit. Elle n'est voisine d'aucun sentier, et l'on n'aime pas aller de ce côté-là, parce que l'herbe est haute et qu'on a tout de suite les pieds mouillés[1]. Quand il y a un peu de soleil, les lézards y viennent. Il y a, tout autour, un frémissement de folles avoines. Au printemps, les fauvettes chantent dans l'arbre.

Cette pierre est toute nue. On n'a songé en la taillant qu'au nécessaire de la tombe, et l'on n'a pris d'autre soin que de faire cette pierre assez longue et assez étroite pour couvrir un homme.

On n'y lit aucun nom[2].

Seulement, voilà de cela bien des années déjà, une main y a écrit au crayon ces quatre vers qui sont devenus peu à peu illisibles sous la pluie et la poussière, et qui probablement sont aujourd'hui effacés :

> Il dort. Quoique le sort fût pour lui bien étrange,
> Il vivait. Il mourut quand il n'eut plus son ange ;
> La chose simplement d'elle-même arriva,
> Comme la nuit se fait lorsque le jour s'en va[3].

---

1. Très étrangement, en ce moment pathétique, la voix de Hugo se double de celle de Thénardier qui a déjà dit cela : III, 8, 6 ; p. 1025.
2. Voir notes générales 2 et 24.
3. Image en abyme de l'énorme roman résumé en quatre lignes, cette improbable épitaphe opère sur le livre tout entier le geste d'effacement dont elle est elle-même l'objet. Sans auteur, illisible, et non pas même effacée — ce qui serait au moins une certitude — mais « probablement » effacée, l'inscription volatile manifeste l'impossibilité, l'irréalité, du roman qu'elle annule en le recommençant. Elle livre *Les Misérables* au destin des misérables.

Et avec le livre son lecteur. A lui de refaire, dans le savoir, l'amour ou l'action, le chemin de Jean Valjean, ou bien — à défaut — d'en relire « l'histoire mélancolique ».

DOSSIER

LETTRE À M. DAELLI

ÉDITEUR DE LA TRADUCTION ITALIENNE
DES *MISÉRABLES* À MILAN

Hauteville-House, 18 octobre 1862.

Vous avez raison, monsieur, quand vous me dites que le livre *les Misérables* est écrit pour tous les peuples. Je ne sais s'il sera lu par tous, mais je l'ai écrit pour tous. Il s'adresse à l'Angleterre autant qu'à l'Espagne, à l'Italie autant qu'à la France, à l'Allemagne autant qu'à l'Irlande, aux républiques qui ont des esclaves aussi bien qu'aux empires qui ont des serfs. Les problèmes sociaux dépassent les frontières. Les plaies du genre humain, ces larges plaies qui couvrent le globe, ne s'arrêtent point aux lignes bleues ou rouges tracées sur la mappemonde. Partout où l'homme ignore et désespère, partout où la femme se vend pour du pain, partout où l'enfant souffre faute d'un livre qui l'enseigne et d'un foyer qui le réchauffe, le livre *les Misérables* frappe à la porte et dit : Ouvrez-moi, je viens pour vous.

À l'heure, si sombre encore, de la civilisation où nous sommes, le misérable s'appelle L'HOMME ; il agonise sous tous les climats, et il gémit dans toutes les langues.

Votre Italie n'est pas plus exempte du mal que notre France. Votre admirable Italie a sur la face toutes les misères. Est-ce que le banditisme, cette forme furieuse du paupérisme, n'habite pas vos montagnes ? Peu de nations sont rongées plus profondément que l'Italie par cet ulcère des couvents que j'ai tâché de sonder. Vous avez beau avoir Rome, Milan, Naples, Palerme, Turin, Florence, Sienne, Pise, Mantoue, Bologne, Ferrare, Gênes, Venise, une histoire héroïque, des ruines sublimes, des monuments magnifiques, des villes superbes, vous êtes, comme nous, des pauvres. Vous êtes couverts de merveilles et de vermines. Certes le soleil de l'Italie est splendide, mais, hélas, l'azur sur le ciel n'empêche pas le haillon sur l'homme.

Vous avez comme nous des préjugés, des superstitions, des tyrannies, des fanatismes, des lois aveugles prêtant main-forte à des mœurs ignorantes. Vous ne goûtez rien du présent ni de l'avenir sans qu'il s'y mêle un arrière-goût du passé. Vous avez un barbare, le moine, et un sauvage, le lazzarone. La question sociale est la même pour vous comme pour nous. On meurt un peu moins de faim chez vous, et un peu plus de fièvre ; votre hygiène sociale n'est pas beaucoup meilleure que la nôtre ; les ténèbres, protestantes en Angleterre, sont catholiques en Italie ; mais, sous des noms différents, le *vescovo* est identique au *bishop*, et c'est toujours là de la nuit, et à peu près de même qualité. Mal expliquer la Bible ou mal comprendre l'Évangile, cela se vaut.

Faut-il insister ? faut-il constater plus complètement encore ce parallélisme lugubre ? Est-ce que vous n'avez pas d'indigents ? Regardez en bas. Est-ce que vous n'avez pas de parasites ? Regardez en haut. Cette balance hideuse dont les deux plateaux, paupérisme et parasitisme, se font si douloureusement équilibre, est-ce qu'elle n'oscille pas devant vous comme devant nous ?

Où est votre armée de maîtres d'école, la seule armée qu'avoue la civilisation ? Où sont vos écoles gratuites et obligatoires ? Tout le monde sait-il lire dans la patrie de Dante et de Michel-Ange ? Avez-vous fait des prytanées de vos casernes ? N'avez-vous pas, comme nous, un budget de la guerre opulent et un budget de l'enseignement dérisoire ? N'avez-vous pas, vous aussi, l'obéissance passive qui, si aisément, tourne au soldatesque ? N'avez-vous pas un militarisme qui pousse la consigne jusqu'à faire feu sur Garibaldi, c'est-à-dire sur l'honneur vivant de l'Italie ? Faisons passer son examen à votre ordre social, prenons-le où il en est et tel qu'il est, voyons son flagrant délit, montrez-moi la femme et l'enfant. C'est à la quantité de protection qui entoure ces deux êtres faibles que se mesure le degré de civilisation. La prostitution est-elle moins poignante à Naples qu'à Paris ? Quelle est la quantité de vérité qui sort de vos lois et la quantité de justice qui sort de vos tribunaux ? Auriez-vous par hasard le bonheur d'ignorer le sens de ces mots sombres : vindicte publique, infamie légale, bagne, échafaud, bourreau, peine de mort ? Italiens, chez vous comme chez nous, Beccaria est mort et Farinace est vivant. Et puis, voyons votre raison d'état. Avez-vous un gouvernement qui comprenne l'identité de la morale et de la politique ? Vous en êtes à amnistier les héros ! On a fait en France quelque chose d'à peu près pareil. Tenez, passons la revue des misères, que chacun apporte son tas, vous êtes aussi riches que nous. N'avez-vous pas, comme nous, deux damnations, la damnation religieuse prononcée par le prêtre et la damnation sociale décrétée par le juge ? Ô grand peuple d'Italie, tu es semblable au grand peuple de France. Hélas ! nos frères, vous êtes comme nous « des Misérables ».

Du fond de l'ombre où nous sommes et où vous êtes, vous ne voyez pas beaucoup plus distinctement que nous les radieuses et lointaines portes de l'éden. Seulement les prêtres se trompent. Ces portes saintes ne sont pas derrière nous, mais devant nous.

Je me résume. Ce livre, *les Misérables*, n'est pas moins votre miroir que le nôtre. Certains hommes, certaines castes, se révoltent contre ce livre, je le comprends. Les miroirs, ces diseurs de vérités, sont haïs ; cela ne les empêche pas d'être utiles.

Quant à moi, j'ai écrit pour tous, avec un profond amour pour mon pays, mais sans me préoccuper de la France plus que d'un autre peuple. À mesure que j'avance dans la vie je me simplifie, et je deviens de plus en plus patriote de l'humanité.

Ceci est d'ailleurs la tendance de notre temps et la loi de rayonnement de la révolution française ; les livres, répondre à l'élargissement croissant de la civilisation, doivent cesser d'être exclusivement français, italiens, allemands, espagnols, anglais, et devenir européens ; je dis plus, humains.

De là une nouvelle logique de l'art, et de certaines nécessités de composition qui modifient tout, même les conditions, jadis étroites, de goût et de langue, lesquelles doivent s'élargir comme le reste.

En France, certains critiques m'ont reproché, à ma grande joie, d'être en dehors de ce qu'ils appellent le goût français ; je voudrais que cet éloge fût mérité.

En somme, je fais ce que je peux, je souffre de la souffrance universelle, et je tâche de la soulager, je n'ai que les chétives forces d'un homme, et je crie à tous : aidez-moi !

Voilà, monsieur, ce que votre lettre me provoque à vous dire ; je vous le dis pour vous, et pour votre pays. Si j'ai tant insisté, c'est à cause d'une phrase de votre lettre. Vous m'écrivez : — « Il y a des italiens, et beaucoup, qui disent : ce livre, *les Misérables*, est un livre français. Cela ne nous regarde pas. Que les français le lisent comme une histoire, nous le lisons comme un roman. » — Hélas ! je le répète, italiens ou français, la misère nous regarde tous. Depuis que l'histoire écrit et que la philosophie médite, la misère est le vêtement du genre humain ; le moment serait enfin venu d'arracher cette guenille, et de remplacer, sur les membres nus de l'Homme-Peuple, la loque sinistre du passé par la grande robe pourpre de l'aurore.

Si cette lettre vous paraît bonne à éclairer quelques esprits et à dissiper quelques préjugés, vous pouvez la publier, monsieur. Recevez, je vous prie, la nouvelle assurance de mes sentiments très distingués.

VICTOR HUGO.

NOTES GÉNÉRALES

par
Guy Rosa

N.B. Le numéro de la note concernée n'est pas précisé lorsque c'est la première ou la seule de la page.

1. TÉMOIGNAGES ET DOCUMENTS

Toutes sortes de documents, souvent fictifs mais pas toujours, tantôt invoqués — et il arrive que leur absence même le soit (I, 2, 13, annoté 11 ; p. 170) —, tantôt cités ou reproduits, viennent attester la fiction, parfois aux limites de l'effet de réel (voir exemple en IV, 1, 5 ; p. 1147). Le roman s'ancre ainsi dans une réalité sociale d'expérience courante dont il tend à n'apparaître, sur le mode des « enquêtes », que comme l'exploitation et l'organisation.

Il en va de même des témoignages oraux dont la fiction se constitue en recueil. Ils concourent toujours à l'héroïsation des personnages. Lorsqu'il s'agit d'un souvenir collectif, cette rumeur populaire fait du livre l'écho d'une saga anonyme dont l'existence résout la contradiction inhérente à un roman de la misère : montrant à la société ce qu'elle rejette dans l'innommable et l'invisible.

Il arrive enfin — c'est le cas limite de ces procédés de « réalisation » (voir ci-dessous note 13) — que le héros lui-même devienne le premier narrateur d'une sorte de pré-roman dont le texte se donne pour l'enregistrement.

Toutes ces techniques « réalistes » étaient familières, excepté la reproduction d'un document et, plus encore, celle d'une simple image. La nouveauté est le mode de leur emploi. Au lieu que la fiction s'autorise tout entière d'une seule d'entre elles (roman par lettres, manuscrit « trouvé », récit oral reproduit), elles sont employées localement et le sont toutes. Surtout elles interviennent dans un mode général de récit à narrateur omniscient, logiquement peu compatible avec elles et qui, normalement, n'y fait pas appel. On est donc là en présence d'une procédure de déstabilisation de la narration à laquelle concourent d'autres aspects du texte — voir ci-dessous note 8.

Textes et notes connexes : pp. 28 ; 61 ; 122 ; 132, note 12 ; 341 ; 394, note 3 ; 404 ; 419, note 4 ; 503 ; 592 ; 642 ; 683, note 3 ; 777, note 3 ; 779 ; 1005 et suiv. ; 1142 et suiv. ; 1501, note 4 ; 1571 ; 1673 ; 1772.

2. ONOMASTIQUE, ANONYMAT

Le signe de la misère, dissolvant tout lien familial et social, est l'anonymat. Anonymat qui rencontre l'effacement de l'individualité (voir ci-dessous note 7) : « Un nom, c'est un moi », dit Jean Valjean. Celui de Fantine, redoublé de celui de son « parrain », souligné par ses surnoms et, en contraste, par la surcharge nominative affectée aux bourgeois (Félix Tholomyès de Toulouse), est d'autant plus sûrement significatif que Hugo avait d'abord donné un « vrai » nom à son personnage. Elle s'appelait Marguerite Louet — location ou louange — d'où dérivait le surnom de sa fille, l'Alouette.

L'effet de ces noms rejoint la logique de leur formation. Venus d'un imaginaire délivré des contraintes de la nomination — admirons, à l'inverse, la pertinence onomastique, sociale et géographique, des noms donnés aux bourgeois — , ils ouvrent au lecteur l'accès à une identification fantasmatique avec les personnages. Dépouillés des barrières de l'identité et de l'état civil, comme les héros des contes, ils nous dépouillent des nôtres. On ne rêverait pas de Cosette si elle s'appelait tout de suite Mlle Euphrasie Fauchelevent.

Du coup, pas d'arbitraire du nom : Fantine, c'est « enfantine », décapité. Premier indice du manque et de la perte sur lesquels le personnage est construit. Une longue rêverie onomastique parcourt donc *Les Misérables* : le nom, porteur de l'identité, associe la misère comme dénuement à la misère comme condition des hommes ; surtout, objet de langage, il est le lieu où le roman prend la plus grande emprise sur le réel. On suivra le cours de cette rêverie avec A. Ubersfeld (voir Bibliographie).

Textes et notes connexes : pp. 32, note 3 ; 46 ; 65, note 2 ; 129, note 2 ; 185, note 2 ; 225, note 9 ; 229, note 5 ; 233, note 5 ; 538 ; 735 ; 778, note 3 ; 821 ; 906-907 ; 964 ; 995, note 2 ; 1193 ; 1862 ;1866, note 9 ; 1946.

3. Collages discursifs

Juge, policier, aubergiste, prostituée, mère supérieure d'un couvent, fossoyeur, « portière » ou « principale locataire »... les personnages des *Misérables* figurent dans le roman avec leur langage, oral ou écrit. Dans ce « réalisme langagier », Hugo dépasse de loin Balzac et même Stendhal — aussi doué mais pour les hautes classes seulement. Il arrive même que les textes figurent seuls, sans leurs auteurs : les journalistes sont absents, pas les journaux, plusieurs fois pastichés. Souvent est reproduite la rumeur des voix anonymes.

F. Vernier l'a montré (voir Bibliographie), tout le roman opère un montage systématique des discours sociaux « sous un éclairage tel que leur artifice, leur arbitraire, leur historicité, éclatent ». Un langage vrai tire-t-il les fruits de cette critique réciproque pour s'instaurer, lui, dans l'absolu ? F. Vernier ne le croit pas : « Il n'y a pas de lieu stable de l'énonciation dans *Les Misérables* » et le roman se soumet à la critique à laquelle il expose les autres langages (voir aussi ci-dessous note 8).

Nul relativisme sceptique pourtant, car le livre prend parti. Non pour un langage transcendant, mais pour le langage double de la misère : celui, réel, des pauvres — Champmathieu, Gavroche, Fauchelevent —, et son envers idéal, le langage de la poésie, irréel parce que personne ne le parle et réel pourtant, à faire et non à employer. Tels sont « Un cœur sous une pierre », les poèmes inclus dans le roman, les moments de grande prose lyrique. Le plus souvent, la langue à la fois populaire et poétique de la narration réalise la synthèse, provisoire mais viable, de ces deux limites. De là l'écriture si originale des *Misérables*, livre modéré et comme classique en comparaison de l'âpreté des autres romans de l'exil, *L'Homme qui rit* en particulier.

Textes et notes connexes : pp. 37, note 1 ; 379, note 6 ; 741 ; 1005-1009 ; 1142 et suiv. ; 1159-1160 ; 1286 ; 1772.

4. Images de l'auteur

L'identité de l'auteur se compromet autant qu'elle s'affiche dans plusieurs surprenants homonymes. Chacun de ces étranges clins d'œil a sa valeur. Hogu, nègre du grand poète et bandit, avoue tout un envers pervers de Hugo, comme déjà le passant de Waterloo devenu à Paris « rôdeur de barrières » (p. 799). Tous participent à un grand travail de tout le livre sur son destinateur, travail de variation, de dispersion, de mise à mort et de sublimation du sujet, auquel concourent plusieurs procédures.

De la déclaration d'intention la plus ambitieuse — « Ce livre est un drame dont le premier personnage est l'infini » — à la présence la plus modeste — « celui qui écrit ces lignes » —, du familier de Louis-Philippe à l'exilé nostalgique, de « l'homme probe » représentant la souveraineté nationale qui allait aux barricades en juin 1848 au « fantôme », la figure de Hugo prend tant d'aspects dans le roman qu'elle s'y dissout.

La variation systématique du mode de la narration (voir ci-dessous note 8) démultiplie, elle, le sujet interne du texte et, au lieu de s'instituer solidement dans la superposition stable du narrateur et de l'auteur, l'instance destinatrice du texte se décompose dans l'écartèlement de ses bases mouvantes.

La construction d'un personnage autobiographique sousjacent au texte (voir ci-dessous note 38) achève l'opération. C'est une dé-construction, non seulement parce que l'auteur s'incarne dans un personnage, mais parce qu'il se distribue sur plusieurs — sans égard à l'âge, ni même au sexe.

Au bout du compte, le roman rend inassignable la figure omniprésente de son auteur, cercle dont le centre est partout et la circonférence nulle part. La sur-signature du poète protéiforme s'effrite en anonymat. Non sans raison. Car le texte fait ainsi partager à son auteur le destin du héros, celui des misérables : pauvreté tournant à l'apothéose. Il plie sa nature à celle de son objet. Dans cette aventure du « moi », le lecteur se trouve entraîné, destinataire dont le statut dans l'acte de lecture répond à celui du destinateur.

Tel est le mécanisme de l'effet moral des *Misérables*. Si leur lecture est si émouvante en même temps que roborative, c'est que l'on y est contraint — sauf à ricaner et à cesser de lire — de renoncer à la misère du « moi » et de la convertir dans l'énergique anonymat du *je-on* de l'auteur, *je* moins éclaté que pulvérisé dans lequel se réalise une sorte de « moi de l'infini ».

Textes et notes connexes : pp. 45, note 3 ; 83 ; 429, note 1 ; 431, note 2 ; 441 ; 481, note 3 ; 597 ; 678, note 2 ; 799 ; 813, note 6 ; 849 ; 961 ; 988 ; 996, annoté 3 ; 338, note 1 ; 1131 ; 1132 ; 1133, note 5 ; 1147, note 5 ; 1420, note 5 ; 1508 ; 1583, annoté 6.

5. Dieu, le « moi de l'infini », la religion

La double définition de « Parenthèse » (p. 715) reprend littéralement et complète celle déjà mise dans la bouche du conventionnel G. (p. 77), auquel l'auteur s'identifie. Dans les deux cas, Hugo prend soin que l'exigence religieuse soit dite d'un point de vue incontestablement républicain et progressiste ; dans les deux cas, elle est prononcée devant — et contre — les plus purs représentants du catholicisme. Mais les deux credo ne sont pas identiques : de l'un à l'autre l'histoire de Jean Valjean a permis un progrès. En un beau chassé-croisé, l'absolu de la transcendance divine était pris en charge par un homme d'action face à un héros de la charité, tandis que, face aux héroïnes de la contemplation, le poète affirme l'immanence de la divinité à l'humanité. Le « moi de l'infini d'en haut » n'est pas supérieur au « moi de l'infini d'en bas » ; l'âme humaine égale Dieu.

Religion de l'humanité ? Hugo s'est toujours opposé aux auteurs de la formule, P. Leroux en particulier. La religion de Hugo n'est pas en effet une religion de l'humanité si l'on entend par humanité une réalité existante. C'en est une, si l'on conçoit l'humanité comme virtuelle, extérieure à elle-même et doublement infinie : en chacun parce que l'âme déborde le « moi » et lui échappe, en tous parce que son progrès est illimité. En ce sens l'humanité est sujet de sa propre essence, réalité défective — en cela réside sa misère —, toujours à faire et vers laquelle les hommes ne peuvent que tendre. L'humanité réelle, le genre humain en chaque homme, ne remplit jamais sa nature parce qu'elle est incessamment apte à s'en donner une supérieure.

Ce terme impensable et jamais atteint de l'effort humain — effort de la conscience se saisissant elle-même dans une altérité de soi à soi inépuisable, effort collectif de transformation de la société en communauté — est le Dieu de Hugo autant que l'est le « moi de l'infini » du monde extérieur.

Peu après avoir entrepris d'achever *Les Misérables*, Hugo écrit à Nefftzer (12 juin 1860) : « Nous contestions sur Dieu autrefois ; je suis sûr que nous serions d'accord aujourd'hui. Il faut détruire toutes les religions afin de reconstruire Dieu. J'entends : le reconstruire dans l'homme. Dieu, c'est la vérité, c'est la justice, c'est la bonté ; c'est le droit et c'est l'amour... »

Dans le texte, cette reconstruction est le but et l'effet d'une stratégie romanesque qui consiste pour le narrateur à gagner le point de vue de Dieu et à y faire accéder le lecteur, puis à rompre l'illusion : à vider le ciel de son occupant pour que le lecteur ait à l'y réinstaller ou à y retourner lui-même par ses propres forces. À la fin de « La nuit blanche » (p. 1852) comme dans la prière de Cosette (p. 547), les forces de l'émotion sont employées à faire exister Dieu.

Textes et notes connexes : pp. 77 ; 155, note 2 ; 324, annoté 8 ; 547 ; 705 ; 714-715 ; 1201 ; 1261, 1566 ; 1774 ; 1852, note 7 ; 1913.

6. Jean Valjean Christ

Vie cachée à Faverolles, tentation au désert du bagne, prédication par l'exemple et épreuves avec cet unique apôtre — Jean et Judas à la fois — qu'est Cosette, nuit des Oliviers et crucifixion : Jean Valjean est un Christ. Peu catholique pourtant car le Christ est un Dieu fait homme et le héros un homme devenant divin. Dès le début l'accueil fait au héros démarque étroitement le récit de la Nativité mais non sans ironie : le chien se montre moins hospitalier à Valjean que le bœuf et l'âne au Christ. Nous ne sommes plus sensibles à de tels confins du blasphème ; les contemporains l'étaient et *Les Misérables*, quoique d'une moralité parfaite, restent à l'Index. **Textes et notes connexes** : pp. 99 ; 341, note 20 ; 526, note 3 ; 738 ; 770 ; 1537, note 1 ; 1722 ; 1852, note 6 ; 1853.

7. Individu et sujet

Le destin de Jean Valjean le montre fait de mort. La vertu, lorsqu'elle exige l'abandon de l'identité vénérée de M. Madeleine ; l'amour, lorsque, incapable de toute possession, il doit se résoudre en « lueur ineffable » ; la mort, lorsqu'elle ne conduit qu'à l'épitaphe effacée d'une tombe anonyme : telles sont les étapes d'un progrès tout entier déceptif et soustractif. Du début, où il est « quelque chose d'assez endormi et d'assez insignifiant », à la fin, Jean Valjean s'appauvrit et se vide. Virginité, veuvage, silence et dépossession : le « héros » se réalise dans la disparition et s'accomplit dans l'éviction. En lui, l'âme croît en proportion inverse du « moi ». Il ne s'agit ni d'auto-destruction, ni même d'ascèse, mais de l'accession de l'individu à un mode d'existence dépersonnalisé qui est la réponse hugolienne au problème de l'altérité posé par cette grande invention romantique qu'est l'institution de l'individu en sujet.

Aux idées et aux pratiques des siècles classiques, où le sujet n'est pas l'individu mais d'autres instances (la famille, les communautés professionnelles ou géogra-

phiques, les Anciens et Aristote, le Roi, l'Église) toutes
fondées dans le Grand Sujet, Dieu, où l'individu n'est
donc que le support neutre et composite des qualités que
lui confère son appartenance à ces instances, le romantisme, conséquence de la Révolution, avait achevé de substituer un ensemble de représentations où l'individu est
sujet : sujet d'art — donc pas de règles —, de vérité
— pas de révélation —, et de Bien — qu'on pense à
Stendhal chez qui les « bons » sont ceux qui ne tiennent
que d'eux-mêmes leur loi morale quels que soient leurs
crimes. C'est ce qu'on appelle, mal, l'individualisme
romantique.

Une telle vision du monde se heurte nécessairement
à l'altérité dont le romantisme fait la découverte et
l'épreuve en même temps qu'il invente l'individu-
sujet. Si je suis auteur de mon éthique, comment penser
qu'autrui le soit aussi de la sienne et que ce puisse ne
pas être la même ? et comment concevoir la Société ? À
cette aporie le romantisme offre des solutions : l'amour
— résolution « naturelle » de l'altérité —, le double
— scission interne au « je » d'un « moi » propre et
d'un « moi » autre. Hugo ne les ignore pas. Mais il
innove en proposant un individu-sujet nouveau : ductile,
flottant, non pas impersonnel mais a-personnel ou non-
personnel, dont la perte du « moi » propre — c'est la
phase douloureuse d'une mort intérieure — est compen-
sée par l'absorption de tous les autres non-moi, hommes
et objets du monde, jusqu'à se fondre avec le « moi
de l'infini ».

Cet individu-sujet nouveau est de programme — en
morale, le sacrifice et, en politique, la démocratie — mais
aussi d'expérience. Il se forme dans la poésie, dans la
contemplation, dans l'amour et dans le désespoir des « effondrements intérieurs », dans la fraternité des combats
généreux, dans l'exil, bref, dans la misère qui dépossède
l'individu de toute propriété : objets et êtres « chers »,
identité propre, langage approprié, mais aussi conscience
de soi comme soi — ainsi Jean Valjean étranger à lui-
même — et même conscience du bien (voir ci-dessous
note 17).

C'est pourquoi la misère est enfer : en dehors d'une société d'individus-sujets de droit, en même temps que paradis : préfiguration d'une humanité accomplie parce que la conscience de soi de chacun serait devenue co-extensive à celle de tous.

La célèbre formule de la Préface des *Contemplations* « insensé qui crois que je ne suis pas toi » doit se comprendre en ce sens : insensé qui crois non seulement que (passe encore) ton « moi » est le vrai, mais aussi (là est la folie dangereuse) qu'il est le tien.

Textes et notes connexes : pp. 112 ; 130, note 6 ; 168, note 8 ; 331 ; 378, note 2 ; 607, note 3 ; 611, note 12 ; 728, note 5 ; 835, note 1 ; 889 ; 968 ; 1120 ; 1168, note 5 ; 1214, note 2 ; 1252 ; 1555 ; 1601 ; 1762, note 2.

8. Narration polymorphe

L'incessante variation des modes de la narration est une des principales caractéristiques des *Misérables*. Elle répond, dans un roman exceptionnellement long, à un souci de diversité, mais elle constitue aussi un défaut littéraire au regard de la norme implicite qui veut un mode dominant de narration par rapport auquel ne sont admis que de faibles écarts.

Ce polymorphisme narratif n'est pas sans raisons. Il tourne d'abord la difficulté opposée au roman par son objet. Indiscernable et multiple, la misère ne peut être qu'entrevue, par échappées, dans un constant va-et-vient entre l'effort accompli pour la voir et l'aveu de son opacité. Surtout, la variation du mode narratif tend à donner à ce sujet particulier qu'est le narrateur le statut — plus exactement l'absence de statut — que la misère confère au héros. Le narrateur a autant d'identités, toutes fausses, que Thénardier ou Jean Valjean ; son ubiquité est une dépossession du « moi » narratif qui réalise littérairement l'anonymat de la misère.

Cette instabilité narrative n'est qu'un cas particulier de l'écriture des *Misérables*. Elle circule entre les différents modes énonciatifs comme elle fait à l'intérieur de la narration. Souvent, l'émotion induite par le récit ouvre une méditation lyrico-philosophique qui, en quelques lignes ou dans un chapitre entier (« L'Onde et l'Ombre », « *Christus nos liberavit* », « Choses de la nuit »), commente l'anecdote et l'étend aux dimensions du monde — nature, humanité et transcendance —, mobilisant l'énergie du fantasme et l'élan de la pensée. Lorsque le fil se rompt — apparemment — entre l'histoire racontée et de tels développements, on est en présence des fameuses « digressions ».

La même diversité affecte la présence de l'auteur (voir ci-dessus note 4) et jusqu'à l'appartenance générique du texte : roman, mais qui fond en lui toutes les sortes de romans — d'aventures et d'analyse, picaresque, historique, policier. Roman, mais aussi drame, histoire de la France contemporaine (1815-1862), analyse sociologique et collection de « physiologies », essai philosophique et Bible de l'Humanité autant que manuel scolaire de leçons de choses ou d'instruction civique, bref grand égout littéraire et barricade — c'est tout un.

Textes et notes connexes : pp. 105 ; 123 ; 145 ; 170 ; 244, note 2 ; 272 ; 312, note 2 ; 535, note 9 ; 546 ; 611, note 12 ; 782, note 9 ; 870, note 3 ; 940 ; 943, note 4 ; 964, note 2 ; 1378 ; 1516 ; 1726 ; 1852, note 7.

9. LA MISÈRE : ENFER ET CIEL

La dénaturation des individus dans leur identité, dans leurs liens familiaux et sociaux, dans leur âge et leur sexe : dans leur appartenance même à l'humanité, définit la misère. Non ses effets anecdotiques mais son essence. C'est ce que dit la question initiale à laquelle le programme du livre est de répondre : « L'âme peut-elle être refaite tout d'une pièce par la destinée, et devenir mauvaise, la destinée étant mauvaise ? »

La force des *Misérables* est de ne pas l'éluder : les pauvres n'y ont ni grosse tête, ni grand cœur, ni belle gueule. Et de ne pas non plus la trancher, mais de la poser correctement et d'en laisser la réponse à la liberté des hommes : à leur conduite et d'abord à celle, élémentaire, de la lecture du livre. Car, dans la dépossession et la diminution d'humanité auxquelles la misère expose, le roman propose de voir aussi le moyen, et même la condition, de la désappropriation du « moi », sans laquelle il n'est ni amour, ni pitié, ni non plus de démocratie, et de la reconnaissance de « l'autre en soi » qui est le geste même de la conscience — voir ci-dessous note 23.

De là l'ambiguïté de la misère : épreuve rédemptrice et communion des saints (pour employer un langage dont le rejet est la raison d'être du livre) en même temps qu'impensable naufrage dans les hommes de tout ce qui les fait tels. Jusqu'à la « moralité » comprise. Comme les enfants, les misérables auxquels « ni le bien ni le mal ne sont plus possibles » sont retournés à un état préadamique de l'humanité : en deçà, et du même coup virtuellement au-delà, du bien et du mal. De cette non-conscience morale ils ne peuvent, comme Adam, sortir que par la « chute ». Ainsi Jean Valjean lors de la rencontre de Petit-Gervais (voir ci-dessous note 17).

Cela fait de la misère un outil « métaphysique » de première importance. Elle permet de ne pas poser les problèmes du « négatif » dans les termes ordinaires, qui servent accessoirement à les rendre théoriquement insolubles et, principalement, à éviter leur solution concrète. Aux métaphysiciens du « problème du mal », aux économistes de la « question sociale », aux philosophes de la régression de l'histoire vers la théocratie ou du progrès automatique, Hugo oppose non seulement une idée unique, la misère, mais une idée dont l'ambiguïté fait qu'elle n'a de sens que pratique : une idée bonne à rien d'autre qu'à être mise en œuvre, vraie seulement une fois réalisée ; bref, une idée qui est moins une thèse qu'un programme — pour l'écriture, pour la lecture, pour l'action — et moins un programme à appliquer qu'une alternative à trancher.

Encore ne la propose-t-il pas à proprement parler. Abandonnant à d'autres le soin de formuler les théories de sa pratique, il prouve le mouvement en marchant, et ne laisse au lecteur que le choix de le suivre — et d'éprouver qu'il y a bien là du mouvement — ou de le planter là, pour pouvoir prétendre ensuite qu'il n'y en a pas. L'effet moral, larmes comprises, des *Misérables* n'est pas une prime de plaisir, il est inclus dans leur signification.

Textes et notes connexes : pp. 133, note 14 ; 111, notes ; 312, note 3 ; 360 ; 406, note 2 ; 532 ; 536, note 1 ; 558, note 3 ; 680 ; 767, note 2 ; 1013 ; 1322, note 7 ; 1344.

10. ÉCONOMIE 1 : LES ÉCHANGES

Par divers épisodes, dont l'histoire de Fantine est le plus mémorable, *Les Misérables* procèdent à une vaste critique de la valeur qui se cristallise sur Thénardier le tarificateur (voir pp. 534-535) mais le déborde. Elle souligne le petit scandale de la vente d'un arbre de Waterloo (pp. 449-450) ; dans la « descente » de Mabeuf, elle incrimine l'abstraction faite, dans l'échange, de la réalité des objets et des hommes. Ce n'est en effet qu'illusoirement qu'une chose peut avoir la même valeur pour qui en a besoin et qui s'en passe. Cette égalité n'existe qu'entre contractants égaux, concrètement entre possédants. De là que la misère dégrade à tout coup l'échange en vol, ou le sublime en don et en sacrifice (voir ci-dessous note 22). M. Madeleine reconnaît cette disproportion des valeurs en achetant à Fauchelevent sa charrette et son cheval plusieurs fois leur valeur marchande.

Il en va de même du travail, considéré par l'économie politique classique comme une marchandise. Il n'y a pas, dans *Les Misérables*, de travail salarié : librement échangé contre sa valeur en argent ; mais, toujours, la misère impose une surcharge de peine ou retranche au salaire, de sorte que le « salarié » doit compléter son salaire par sa vie : la dépenser pour survivre. En quittant le bagne, Jean Valjean n'a pas été entièrement payé et il rencontre le même comportement auprès de l'entrepreneur de Grasse (p. 148). Économiquement, il ne sort pas du bagne. Fantine y entre de fait, lorsque la concurrence d'un entrepreneur des prisons réduit le tarif des ouvrières libres à celui des prisonnières. Tant que la misère existe, le bagne et la prostitution sont la vérité du salariat, comme le don et le vol sont celle de l'échange.

Critique absurde de ce qui fonde toute économie ? Rien n'est moins sûr. Ne se peut-il pas que la valeur d'échange soit un concept non seulement moralement contestable, mais économiquement critiquable ? Nos modernes « prélèvements obligatoires » introduisent bien une correction économique de la valeur d'échange analogue à celle que pratique M. Madeleine.

Textes et notes connexes : pp. 131, note 7 ; 260, note 2 ; 268, note 1 ; 449-450 ; 535, note 7 ; 583, note 2 ; 613, note 4 ; 794, note 1 ; 832 ; 1030, note 2 ; 1408 ; 1416, note 2.

11. Économie 2 : la valeur

Les sommes d'argent que le texte affiche avec une grande précision — et parfois non sans quelque inutilité apparente — sont calculées de manière à miner l'idée d'une continuité des valeurs. Elles se distribuent selon trois ordres de grandeur : de l'ordre du franc et souvent notées en sous, c'est le salaire journalier d'un ouvrier ; de l'ordre du millier de francs, ce sont les rentes ou fortunes privées dont la plus grande est celle de M. Madeleine ; au-delà, les dépenses collectives se comptent en millions : du million dépensé en charité par M. Madeleine aux 2,5 milliards de la dette du Trésor à la mort de Louis XIV. Ces sommes inimaginables valent pour les autres : elles disent concrètement qu'il y a le même écart entre un bourgeois et un État qu'entre un misérable et un bourgeois, qu'aux yeux d'un misérable, le moindre possédant est un État à lui tout seul.

Ce dispositif enraie la représentation commune de l'argent, disqualifie l'adage de l'égalité des citoyens devant le droit de propriété et de la neutralité de la valeur : « un sou est un sou ». Il montre que l'argent applique une illusoire commune mesure à des réalités disproportionnées. Le texte met donc l'argent au pluriel : il n'y en a pas un, le même pour tous — comme devrait l'être la loi, Fantine en sait quelque chose —, mais trois. Ou plutôt deux : celui de la société — États et possédants (seuls à payer l'impôt alors) — qui se compte en francs, et celui des misérables « sans le sou » (0,05 F).

Textes et notes connexes : pp. 131, note 8 ; 512 ; 564, note 8 ; 613, note 4 ; 794, note 1 ; 1098 ; 1416.

12. Personnages disparaissants

Le roman balzacien, roman de l'unité de la société et de la fonctionalité de tous ses rouages, avait inventé les personnages reparaissants. Roman de l'humanité infinie débordant la société, *Les Misérables* multiplient les personnages disparaissants.

Ils sont au personnel romanesque ce que le pullulement des « petits romans » est à l'intrigue. Voir ci-dessous note 20.

Textes et notes connexes : pp. 135, note 17 ; 349 ; 370, note 3 ; 435 ; 820, note 4 ; 985, note 2 ; 1475, note 9.

13. Réalisme, irréalisme et réalisation

Les questions posées dans « Le dedans du désespoir » — « L'homme créé bon par Dieu peut-il être fait méchant par l'homme ? L'âme peut-elle être refaite tout d'une pièce par la destinée, et devenir mauvaise, la destinée étant mauvaise ?... » — explicitent le champ d'action moral et métaphysique du roman dont elles définissent aussi la nature. Posées avant même le début de l'intrigue, elles montrent en lui une solution expérimentale à une interrogation qui, sans lui, demeurerait métaphysique et insoluble. Il s'éloigne en effet autant de la « méditation » philosophique — qu'il provoque et accueille dans cette petite digression mais à laquelle le héros ne participe pas — que du roman réaliste visé par le « physiologiste observateur » qui se serait détourné d'un tel sujet.

Les Misérables se donnent ainsi pour un théorème en action, un axiome vérifié par la fiction. Pour prouver la présence de l'« élément divin » en tout homme, il faut et il suffit que puisse être écrite, lue et éprouvée comme vraie l'histoire invraisemblable du salut d'une conscience soumise à la « pression » d'une « misère irrémédiable », qu'une apparente utopie — fiction qui tire sa vertu critique de son impossibilité même — soit reconnue comme une image exacte de la réalité présente, ou en germe.

En ce sens on qualifiera la démarche du roman par le mot d'irréalisme, entendu comme réalisme du réel possible, comme effectuation d'une vérité encore virtuelle, comme réalisation — fictive mais déjà effective dans l'assentiment du lecteur — d'une vérité à venir.

Textes et notes connexes : pp. 23, note 1 ; 139, note 2 ; 140, note 4 ; 245 ; 386, note 5 ; 397, note 7 ; 557, note 1 ; 610, note 11 ; 718, note 5 ; 849 ; 985, note 2 ; 1295, note 13 ; 1328 ; 1378.

14. Ascension-chute : retournement en son contraire

Le roman multiplie l'ambivalence des mouvements : toute ascension y est une chute et toute chute un progrès (et réciproquement) parce qu'au regard de l'infini, humain et divin, une différence relative, négative ou positive, est nulle.

Ce schéma du retournement en son contraire, qui informe quantité d'épisodes ou de structures narratives, doit peu aux préceptes évangéliques — « les premiers seront les derniers » — et tout à l'effort pour briser les catégories communes de la pensée : celles du sujet, de Dieu, du Bien, que Hugo emploie faute d'autres, mais sans respecter le principe de non-contradiction de sorte qu'elles servent à une représentation du monde où elles sont, en réalité, transgressées.

Textes et notes connexes : pp. 141, annoté 5 ; 167 ; 237, note 2 ; 462, note 4 ; 520, note 11 ; 521, note 14 ; 666, note 5 ; 785 ; 1175 ; 1269 ; 1295, note 14 ; 1846, note 1 ; 1852, note 6.

15. Misère et société

« L'Onde et l'Ombre » (p. 145), « Les Mines et les Mineurs » (p. 985) et « L'intestin de Léviathan » (p. 1681) dessinent ensemble une grande image, une « figure » de la société et de la misère. Par son moyen le roman s'efforce de répondre à la « question sociale » : à

la grande interrogation sur la nature même de la société
que posaient, après la Révolution et la Terreur, l'apparition d'une couche sociale nouvelle, aussi misérable, mais
tout autrement, que les franges affamées de l'ancienne
paysannerie, et, surtout, le spectacle de la fragilité de
l'ordre, non plus de l'ordre politique, rétabli désormais
ou indifférent, mais de l'ordre social.

Pour prendre acte de cette sécession virtuelle des
classes laborieuses et dangereuses sans renoncer au droit
et aux évidences de la conscience, c'est-à-dire sans céder
aux hantises agressives suscitées par les premiers affron-
tements sanglants entre le prolétariat et la bourgeoisie,
Hugo construit une sorte de modèle topologique où la
société n'apparaît ni comme simplement coextensive à
l'humanité, ni comme dissociée en deux corps étrangers
l'un à l'autre et en état de guerre permanente, mais
comme édifiée sur et contre la misère qui est à la fois son
produit, sa base, son envers et sa menace — société close
flottant sur l'infini de l'humanité misérable.

La misère est donc ce dont triomphe la société
— comme le navire de l'océan —, ce que sa destination
est de vaincre, mais aussi son élément naturel, ce sur quoi
elle s'appuie, sa fondation, et, en même temps, ce que
son existence même produit, ce qu'elle rejette — son
égout — et dont elle doit se préserver pour survivre. La
construction sociale repose sur un sol miné qui forme tout
à la fois sa matière première — ces mines peuvent être
aussi, comme à Paris, les carrières —, son support, la
promesse de sa destruction et le moteur de son progrès.

De là que la misère soit à la fois supérieure et inférieure à la société : supérieure parce qu'elle la déborde,
étant l'humanité, et la devance, étant son progrès ; inférieure parce qu'elle est l'état primitif brut, en même
temps que le sous-produit de la transformation de la
matière humaine en corps social. Dans les mines — Hugo
fait ce qu'il peut pour conjurer l'idée mais cède à la
rigueur de sa propre logique —, Babet voisine Babeuf et
travaille avec lui.

Le mérite d'une telle représentation de la misère est
dans la dissymétrie qu'elle institue : société d'une part,

humanité misérable de l'autre. Ainsi la « question sociale » peut-elle ne pas être dissociée de toutes les autres :
philosophique, religieuse, historique, morale, « individuelle ». Elle a l'unité du progrès pour postulat et conséquence.
Textes et notes connexes : pp. 140, note 4 ; 145 ; 782,
note 9 ; 985, note 1 ; 989, note 3 ; 1137 ; 1600 ; 1681 ;
1726-1727.

16. MOTIF DE L'ENFOUISSEMENT

Ce fantasme concrétise la hantise de l'indifférenciation
du sujet avec le monde extérieur, l'horreur de la perte de
la propriété du « moi », envahi ou écrasé par le non-moi.
Ses variantes sont les fantasmes digestifs et vorateurs
esquissés dans la référence à Ugolin (p. 988) ou dans le
mot de Thénardier « qui allons-nous manger ? » (p. 1322)
et qui culminent dans « L'intestin de Léviathan », ventre
et tombe à la fois, comme plus tard la pieuvre des *Travailleurs de la mer*.
Le motif de l'enfouissement est donc parent de celui
du mort-vivant, souvent imagé comme cadavre conscient
au fond de sa tombe — voir ci-dessous note 24. Le
célèbre poème *La Conscience* donne à ces scènes de
l'imaginaire l'aboutissement le plus explicite en les asso-
ciant à la représentation de la conscience comme présence
de l'autre en soi. C'est aussi le schéma et le sens du rêve
de Jean Valjean — voir ci-dessous note 25.
Textes et notes connexes : pp. 143 ; 280, note 2 ; 496 ;
530, note 1 ; 710 ; 764, note 2 ; 988, note 1 ; 1726 ;
1729 ; 1864, note 7.

17. GENÈSE DE LA CONSCIENCE

Au début de la « Tempête sous un crâne » (p. 320) *Les
Misérables* affirment leur ambition d'être « le poème de
la conscience humaine ». Conscience, c'est-à-dire tout à
la fois conscience morale et conscience de soi, et cette
unité de la conscience est une des plus profondes et des
plus originales vérités du roman.

Elle implique que la conscience ne peut surgir que de l'inconscience et du mal. La mise en scène de cette non-conscience dans « Petit-Gervais » (yeux troubles, surdité, fatigue, désordre, accablement et, surtout, paysages), soulignée en contraste par l'exactitude réaliste la plus minutieuse (gestes et paroles de Petit-Gervais, rencontre hagarde du prêtre apeuré), est d'une acuité aussi confondante que la rigueur logique par laquelle Hugo démontre la nécessité du passage par une action méchante — ce vol est l'unique crime de Jean Valjean — et l'insuffisance de la charité. On l'oublie trop volontiers, la « conversion » du héros ne résulte pas de la rencontre de Myriel, qui n'empêche pas l'attentat sur Petit-Gervais, mais de leur conjonction : la conscience est conscience du mal en soi-même, conscience d'une altérité intérieure. Après avoir commis l'action dont il n'est « déjà plus capable », Jean Valjean se reconnaît successivement dans l'immonde galérien qu'il n'est plus et dans le « juste » qu'il n'est pas encore.

À mi-chemin — pour ainsi dire car, en réalité, il est ailleurs — de la psychanalyse et de la spiritualité chrétienne, Hugo découvre — exactement, invente — l'âme, concrétisant sa définition rousseauiste demeurée abstraite : instinct divin. On la touche ici du doigt. Peut-être parce qu'elle surgit, comme notre « moi », de la dénégation et de la reconnaissance de l'enfance. La brusque apparition de Petit-Gervais et sa disparition complète, aussi décevante pour le héros et le lecteur que celle du neveu de Jean Valjean, sa mystérieuse réincarnation en Gavroche, étoile filante lui aussi, donnent au personnage le statut fascinant d'un irréel objectif : impression de déjà-vu, souvenir d'on ne sait quelle annonciation par un archange enfantin à qui le soleil couchant met « des fils d'or dans les cheveux ».

Textes et notes connexes : pp. 160-171 ; 782, note 9 ; 912 ; 1558, note 3 ; 1689, note 2 ; 1847.

18. ENFANCE

L'assimilation constante de l'enfant à l'oiseau et à l'ange montre en lui un occupant naturel de la sphère céleste, mal acclimaté à l'existence terrestre. De fait, par touches successives, *Les Misérables* mettent en place une théorie originale de l'enfance.

Hugo croit à une préexistence du « je », de l'âme, symétrique en amont de la vie terrestre à sa permanence après la mort. Plus encore qu'innocent, l'enfant est donc divin : tout imprégné des « souffles profonds de l'éternité », étranger aux hommes dont il ne partage ni les préoccupations, ni les intérêts. De là sa légèreté et sa grâce, son amour, sa vocation à l'esprit, à l'humour, à l'invention poétique. De là aussi sa souffrance. Déplacé, marginal, nécessairement incompris et ignoré, il souffre d'un essentiel abandon : son entrée dans la vie est un exil.

Cela fait de l'enfant, par nature, un misérable. « En dehors de tout » parce qu'il lui reste quelque chose du ciel qu'il vient de quitter, il est à la fois au-dessous de la vie des hommes à laquelle il est inapte, et au-dessus.

Lorsque de surcroît il est pauvre et réellement abandonné, il réunit en lui les deux misères : celle de la condition des hommes et celle de la société. Si en outre il appartient à cet être historique, à la fois boue de la ville et loi du monde, en qui se cristallise l'avenir messianique du peuple, s'il est parisien, il est le gamin complet : Gavroche.

Textes et notes connexes : pp. 170, note 10 ; 224, note 8 ; 295, note 4 ; 535, note 9 ; 609, notes 6 et 7 ; 640, note 3 ; 683, note 1 ; 793, note 2 ; 795, note 2 ; 1265 ; 1322 ; 1334, note 7.

19. CONSTRUCTION ROMANESQUE DÉDUCTIVE

L'importance des « préparations » dans *Les Misérables* dépasse leur utilité pour la vraisemblance. L'insistance, la fréquence et la rigueur de l'anticipation impliquent une relation de nécessité logique entre les événements ou entre les traits distinctifs des personnages et leur comportement. Ce qui suit apparaît comme déduit de ce qui est initialement posé. Par là le roman s'offre non plus comme représentation du réel mais comme construction d'un monde intelligible. À juste titre, puisque *Les Misérables* ne sont pas le reflet concurrentiel, comme chez Balzac, du réel, mais sa correction ou son dépassement. Ce « constructivisme » est donc un des moyens de ce qu'on a appelé « irréalisme » — voir ci-dessus note 13.

Textes et notes connexes : pp. 186, note 3 ; 218, notes 3 et 4 ; 227 ; 261, note 1 ; 312, note 3 ; 495, note 7 ; 674 ; 782, note 9 ; 818, note 1 ; 940 ; 1494.

20. Les petits romans

Les Misérables fourmillent d'idées de nouvelles : petits romans esquissés, romans avortés, souvent parce qu'ils sont ceux de la misère.

De la grande histoire complète (ou presque, voir I, 2, 6) qui est celle de Jean Valjean à ces livres possibles, le texte étale tout le dégradé des histoires achevées mais non commencées (Thénardier, Gillenormand, Myriel), commencées et inachevées (Marius, Cosette), dessinées seulement (Mabeuf), suggérées (les enfants de la Magnon), esquissées (la Magnon elle-même, l'épouse du colonel Pontmercy), à peine indiquées : celle de la mère de Favourite, celles des amours de Joly et de Musichetta ou de Favourite avec un avoué féru d'art lyrique et fils d'un ancien chantre de Saint-Jacques-du-Haut-Pas.

Cette profusion créatrice de vie équilibre l'allure démonstrative du texte. Surtout elle casse le romanesque et contribue à la stratégie de « réalisation » (voir ci-dessus) en ôtant tout privilège, sinon d'exemplarité, à l'action principale, en indiquant que toute la vie, toute la misère dans son infinitude, a vocation à être écrite. Cet aspect du roman est donc complémentaire de la présence fugace des personnages disparaissants — voir ci-dessus note 12.

Textes et notes connexes : pp. 199, note 2 ; 686 ; 920, note 7 ; 1279, note 4 ; 1319.

21. À genoux — l'ange

Dès le début du roman, la clef de ce geste, souvent répété ensuite, est donnée par une phrase de Myriel disant à propos de la faute : « C'est une chute, mais une chute sur les genoux, qui peut s'achever en prière » (p. 38). Aveu de faiblesse, humiliation, offre de soi à l'autre, l'agenouillement, et plus exactement la « chute à genoux », est la victoire de l'âme, le mouvement par lequel chacun renonce à l'autonomie et à la finitude du « moi » et, dans l'amour-prière, devient infini par irruption en soi de l'autre.

Ce geste est donc souvent associé à un autre motif visuel et philosophique cher au Hugo des *Misérables*, celui de l'ange. Image pour la bien-aimée, pour l'accueil fait à l'âme après la mort et pour l'enfance, l'ange est la sainteté à l'état naturel, le *quid divinum* présent en chaque homme étendu à tout son être. Il figure toute la quantité d'infini que peut recevoir un être fini.

Textes et notes connexes : pp. 171 ; 259 ; 290, note 11 ; 295, note 4 ; 403 ; 421 ; 610, note 8 ; 640, note 4 ; 1208, note 5 ; 1212, note 5 ; 1261, note 2 ; 1945, note 9.

22. Don = Sacrifice

Avec une constance parfaite, la logique des actions dans le roman obéit à cette loi économique et morale qu'il n'y ait de solidarité qu'entre les misérables et de don qu'offert par ceux qui n'ont rien. En sorte que toujours le don se double d'un sacrifice. Venant de qui ne renonce qu'au superflu, la charité n'est, au mieux, qu'une juste redistribution — Jean Valjean achetant dix fois leur prix la charrette et le cheval de Fauchelevent ne fait que le dédommager d'un préjudice dont il est responsable —, au pire, qu'un achat déguisé — ainsi Myriel achetant l'âme du héros.

Exclus des rapports marchands, les misérables n'entretiennent que des rapports humains : destructeurs — violence et vol, servitude de Cosette — ou créateurs — fraternels ou paternels —, mais toujours sacrificiels puisque la loi fera payer au criminel plus cher que le prix de son crime et que l'obligé — Cosette, les frères de Gavroche, Mabeuf, Marius, Thénardier — ne pourra rendre le bienfait reçu.

Textes et notes connexes : pp. 267, note 3 ; 570, note 13 ; 611, note 12 ; 612, note 1 ; 650, note 4 ; 1042 ; 1177, note 2 ; 1846, note 1.

23. « Une tempête sous un crâne »

Son titre participe à la célébrité de cet épisode : il implique — comme les premières lignes de « Buvard, bavard » (p. 1547) — l'ampleur cosmique des événements de la conscience et, surtout, son extériorité à elle-même. Elle est spectatrice et victime des mouvements dont elle est le siège, et non formatrice des idées qu'elle arbitrerait.

Le texte bouleverse la conception classique du sujet d'autant plus sûrement qu'il semble respecter la forme du débat intérieur dans lequel elle s'inscrivait. Car, France Vernier (voir Bibliographie) l'a brillamment montré, au lieu d'aboutir, comme dans les stances cornéliennes, à la résolution des antinomies, la discussion et la réflexion restent vaines : Jean Valjean s'endort et se réveille sans avoir rien décidé. Toute une conception du « jugement » et de la maîtrise du sujet sur ses actes est ici concrètement récusée.

Au conflit des devoirs, à la contradiction des passions et de la raison, au libre arbitre et à l'enchaînement délibération-jugement-volonté-acte, Hugo oppose la réalité de la crise, non comme antinomie apparente et soluble par dissipation des affects, mais comme épreuve. La conscience morale n'y est plus le rapport rationnel entre un principe et une situation, mais une force du « moi » — plus exactement, du non-moi : une extériorité indéfinie (et, en cela, l'infini même) incluse en chacun.

Cette expérience de « l'autre en soi » — qui est aussi celle de l'amour, de la prière, de la démocratie, de la poésie : de toute forme de sacrifice —, Jean Valjean la fait dans l'épisode de Petit-Gervais (voir ci-dessus) et la refait dans « *Immortale jecur* » (p. 1846) ; sœur Simplice la connaît (pp. 420-421), Grantaire (p. 1675) et Gillenormand aussi, sur le mode mineur ; et même Javert, lorsqu'on le voit « déraillé » (p. 1761).

Textes et notes connexes : pp. 320, note 1 ; 782, note 9 ; 1168, note 5 ; 1333, note 6 ; 1762, note 2 ; 1846, note 2 ; 1847.

24. TOMBE ET MORT-VIVANT

Morts vivants, les misérables le sont concrètement : physiquement détruits et destinés à mourir jeunes, exclus de la vie sociale et privés des qualités et des biens constitutifs de l'humanité (voir supra note 9). Ils le sont aussi symboliquement. Mais la valeur des termes s'inverse alors pour désigner le double aspect de la misère : leur mort sociale est un au-delà de la vie, une renaissance, et la destruction en eux de l'humanité autorise son accomplissement.

Aussi l'image de la tombe est-elle omniprésente dans le roman. La fosse commune de Fantine et le tombeau anonyme de Jean Valjean disent le scandaleux déni de la persistance du « moi » : l'énigme, commune à la mort et à la misère, d'un homme sans nom, sans vie et pourtant vivant, et dénoncent la folle affirmation de la propriété du « moi » qui fait inscrire des noms jusque sur les pierres tombales bourgeoises au Père-Lachaise.

Dans l'épisode du couvent, l'entrée au Petit-Picpus exige passage par le tombeau. Jean Valjean y aura, dans le cercueil de la mère Crucifixion, la place qu'il avait refusé de donner à Champmathieu dans le sien (p. 326). Là et en bien d'autres endroits (« Un enterrement : occasion de renaître »), le motif de la résurrection est donc logiquement lié à cette thématique de la tombe. Il l'inverse et la répète : les misérables sont, selon la perspective, des vivants déjà morts ou des morts déjà ressuscités.

Textes et notes connexes : pp. 326, note 12 ; 402 ; 424, note 10 ; 521, note 16 ; 593, note 2 ; 663, note 2 ; 722, note 4 ; 1027, note 6 ; 1375, note 3 ; 1425, note 1 ; 1709 ; 1729 ; 1811 ; 1946, note 2.

25. LE RÊVE DE JEAN VALJEAN

La situation à laquelle se rapporte le rêve — dire qui l'on est — et son contenu — le statut du mort-vivant — exigent et interdisent à la fois que Jean Valjean use du *je* : l'écrit assume cette contradiction. Ce rêve (A. Ubersfeld, voir Bibliographie, en a donné un commentaire décisif) met en scène l'identité des deux issues de sa situation. L'existence de Champmathieu enterre de toute manière Jean Valjean : enseveli soit au bagne, soit sous la fausse identité de M. Madeleine.

La présence de l'autre-en-soi est nécessairement mortelle pour le « moi » incapable de saturer le *je* ; inversement, l'appropriation du *je* par le « moi » est, au choix, suicidaire — Madeleine tuerait Jean Valjean s'il envoyait Champmathieu au bagne — ou meurtrière : Javert, Bamatabois, Tholomyès sont tous plus ou moins assassins pour avoir refusé toute altérité intérieure. Si ce n'est pas soi que l'on tue en soi-même, on le tue en autrui.

Textes et notes connexes : pp. 341 ; 593, note 2 ; 1689, note 2 ; 1762, note 2 ; 1880.

26. STÉRÉOPHONIE DISCURSIVE

Il arrive souvent que le texte reprenne sous une autre modalité d'énonciation — description après récit, discours après description — un matériau déjà disposé. C'est là un important et fréquent procédé de l'écriture des *Misérables*.

Cet effet de « stéréophonie discursive » est un moyen de persuasion et une technique d'attestation, mais son principal effet est de « réaliser » (voir supra note 13) la fiction. À répéter ce que le lecteur sait déjà — au lieu de le compléter ou de dissimuler la redite — le roman change de statut et prend relief, parce qu'il semble sortir du livre qui devient son référent.

Dans la conscience du lecteur, en effet, le second texte donne rétroactivement aux objets du premier l'aspect d'une réalité parce que leur souvenir devient souvenir de choses vraies et non de choses lues, du seul fait qu'elles sont maintenant lues. Inversement, l'affaiblissement de la valeur informative du second énoncé oriente sa lecture vers son énonciation, en améliore l'écoute et accentue la présence de la voix qui le dit, la réalité donc du personnage ou du narrateur qui le prononce.

Celles des digressions qui procèdent à l'exégèse du récit et les moments d'élargissement lyrique d'un épisode font bénéficier l'auteur lui-même, le *je* sujet du livre, des effets de ce procédé.

Textes et notes connexes : pp. 348 ; 394, note 3 ; 503 ; 553, note 7 ; 557, note 1 ; 638, note 1 ; 831, note 1 ; 868 ; 884 ; 1056 ; 1173 ; 1244, note 5 ; 1265, note 5 ; 1475, note 10 ; 1553 ; 1846, note 2.

27. POÈMES

Plus encore que les lettres et documents — voir supra note 1 —, les poèmes font hésiter la lecture, provoquant un effet de réel singulier, d'autant plus fort que son moyen relève visiblement de l'art. La forme versifiée elle-même, faisant tache dans la prose, semble attester une authenticité que le métier de l'auteur fait suspecter. Au reste, tous ne sont pas de Hugo : les lecteurs en reconnaissaient plusieurs, et il arrive que l'attribution demeure incertaine.

Indépendamment donc de sa qualité propre et de sa pertinence à son contexte, chacun de ces poèmes tend à perdre son appartenance à la « littérature », à s'offrir comme un objet brut, un de ces faits de langage apparemment recueillis — en réalité forgés, mais pas tous — par le roman en si grand nombre (voir ci-dessus note 3).

Sans doute est-ce ce statut anonyme, populaire, objectif, que Hugo souhaitait pour sa poésie et qu'il voulut donner en particulier aux nombreux poèmes intitulés *Chanson*. En insérer dans *Les Misérables*, c'était anticiper par la fiction cette reprise à son compte de la poésie par le peuple. Plusieurs de ces poèmes, mis en musique, sont restés dans les mémoires, réalisant ainsi cette fiction.

Textes et notes connexes : pp. 194, annoté 3 ; 219, annoté 5 ; 362, annoté 3 ; 1016, annoté 6 ; 1064 ; 1109 ; 1376 ; 1444, note 1 ; 1489 ; 1521 ; 1532 ; 1537 ; 1565-1570 ; 1632-1634 ; 1785-1786 ; 1791 ; 1797 ; 1946.

28. Histoire du siècle 1 — Napoléon

« Waterloo » est aux *Misérables* ce qu'est la Genèse à l'histoire du peuple élu.

Origine de l'un des fils de l'action et point de départ chronologique pour ses événements, il tire l'intrigue hors du cadre privé et met en perspective sous le signe de la misère tous les épisodes historiques qui font du roman une grande fresque de la première moitié du siècle : la Restauration : I, 3, 1 et III, 3 et 4 ; la guerre d'Espagne de 1823 : II, 2 ; la révolution de 1830 et celle de février 48 derrière les émeutes de juin 1832 : IV, 1 et 10 et V, 1, 1 ; le Second Empire par la présence constante de l'auteur. Dans Waterloo, décrit comme une immense fosse commune — extension historique de celle de Fantine —, Hugo montre une misère de l'histoire et dans l'histoire une misère. Son progrès ne s'exerce pas en ligne droite mais à travers des catastrophes qui sont comme le précipité formé par la rencontre de l'idéal, terme du progrès, et du réel. Leçon valable pour 1830, pour les émeutes et pour le présent : Waterloo prophétise un quelconque futur Sedan qu'il faudra « trouver bon ».

Il ne faut donc pas voir de simples coïncidences dans la longue série des détails qui font de Jean Valjean un double antithétique de l'Empereur, un Napoléon de la misère. Hugo dit ainsi ce qui fonde sa conduite politique et littéraire depuis 1830 et qui est un constat autant qu'un programme : la substitution des questions sociales aux questions politiques. En 1815, la liberté fait, quoi qu'il semble, un pas décisif en avant ; à quand le même recul de la misère ? Indirectement et par différence avec l'intrigue et avec les émeutes, Waterloo montre quels seront les champs de bataille, autrement sanglants mais aussi grandioses, de l'avenir.

Dans ce livre, *Les Misérables* désignent leur ambition : être un Waterloo de la misère.

Textes et notes connexes : pp. 97, note 1 ; 99, note 2 ; 132, note 11 ; 175 ; 250, note 1 ; 427, note 1 ; 454, note 3 ; 512 ; 859 ; 923, note 1 ; 948 ; 1425, note 2 ; 1436, note 4 ; 1450 ; 1461, note 1.

29. Inscriptions

La prédilection de Hugo pour les inscriptions et les écriteaux s'apparente à son goût des mots entendus dans la rue — souvent dans la bouche de gamins. Le pittoresque n'en fait pas toute la valeur : l'inscription est un langage fait chose. Ce langage anonyme parfois artiste et profond, sorte de poésie immanente et, si l'on peut dire, par défaut, est à l'œuvre de l'écrivain ce que l'innocence d'un enfant est aux vertus des hommes. Sa polysémie hasardeuse et réifiée est une version populaire et quotidienne des « mots d'enfants » et de l'argot.

Textes et notes connexes : pp. 429, note 2 ; 721, note 1 ; 1171 ; 1461, note 1 ; 1465 ; 1946, note 3.

30. Économie 3 : le capital

Toute l'histoire des 600 000 F de M. Madeleine peut se lire comme une critique complète et précise du capitalisme au XIXe siècle. Né de la rencontre des restes du patrimoine de l'Église et de la noblesse avec une tradition industrielle renouvelée, le capital est aussi un produit de la misère : Jean Valjean, Fantine et les autres travailleurs. Son accroissement est limité par cette contradiction. En 1823 — à peu près au début d'une crise économique qui dura jusqu'en 1850 — cette antinomie met fin à l'expérience : on revient à une économie précapitaliste : l'antique thésaurisation. Il faut que la misère soit physiquement détruite ou exportée — mort de Jean Valjean, barricade et trafic de nègres entrepris par Thénardier — pour qu'en 1830-1832, date symboliquement superposée dans le roman à 1848-1851, le capital soit remis en circulation par Marius.

Textes et notes connexes : pp. 238, note 4 ; 506, note 4 ; 588, note 2 ; 826, note 3 ; 1030, note 2 ; 1809, note 13 ; 1869 ; 1932.

31. Histoire du siècle 2

La suite des digressions par lesquelles chaque partie commence, forme un tableau de la société doublé de l' histoire complète de l'ère moderne : l'Église, l'Ancien Régime et la Révolution dans le portrait de Mgr Bienvenu ; l'Armée, Waterloo et 1815 en II ; la Bourgeoisie et la Restauration au début de « Marius » ; le Pouvoir, 1830 et la monarchie de Juillet au premier livre de IV, « Quelques pages d'histoire » ; le Peuple révolutionnaire et 1848 en V. Schéma très simplifié que compliquent d'autres épisodes historiques : « L'Année 1817 » (I, 3), la guerre d'Espagne de 1823 (II, 2), le couvent (II, 6 et 7), « Le 5 juin 1832 » (IV, 10), et que complète, en basse continue, une représentation directe ou indirecte du peuple : paysannerie misérable et société carcérale en I ; le monde ignoré des femmes — Fantine et le couvent — en II ; le Peuple parisien au début de III et les « classes dangereuses » à la fin ; l'intelligentsia progressiste et les nouvelles générations dans les amis de l'A B C. Ces formes et fractions du peuple sont reprises dans le récit et les images symboliques de la quatrième partie et des deux premiers livres de la cinquième, et fondues alors dans l'élan commun du peuple révolutionnaire.

Élan brisé et unité fragile. L'insurrection de 1832, la révolution de 1848 et les journées de Juin figurent ce trou où tombe l'histoire lorsque la déhiscence des formes politiques et des forces sociales creuse une faille — un ravin d'Ohain — devant la marche du progrès. Ce sont les antécédents et les images du fossé historique béant ouvert par le coup d'État, que le seul nom de l'auteur et quelques allusions suffisent à profiler au-delà de l'action du livre.

Son principe de retournement s'applique ici également. Cette superposition du passé et du présent et la présence prophétique de l'auteur ouvrent la certitude d'un avenir neuf au-delà « des impasses, des cæcums, des tournants obscurs, des carrefours inquiétants offrant plusieurs voies ». Certitude gagée sur le livre lui-même : sur ce qu'il représente (quel progrès, de la condamnation lamentable du héros ou de la mort de Fantine, à la barricade meurtrière mais fraternelle !), sur ce qu'il suscite dans le lecteur : la conscience, et sur la perfection à laquelle *Les Misérables* accèdent.

Textes et notes connexes : pp. 49 ; 175 ; 512 ; 695, note 4 ; 696, note 1 ; 779, note 5 ; 1113 ; 1135 ; 1294, note 12 ; 1417, note 1 ; 1577, note 1 ; 1700.

32. La « réparation » : Jean Valjean Christ, Christophe, cariatide

Depuis le temps où il vole pour que ses neveux aient à manger sans voler eux-mêmes, Jean Valjean, Christ, Christophe ou cariatide, prend la place des souffrants et porte la peine d'autrui : la charrette de Fauchelevent, Cosette — son seau ou elle-même —, la condamnation de Champmathieu, le marin de l'*Orion*, bientôt la mère Crucifixion au cimetière légal et impie, enfin Marius dans l'égout. L'anecdote initiale de la cariatide de Puget (p. 142) avait donc valeur d'annonce et de symbole.

Textes et notes connexes : pp. 256 ; 518, note 9 ; 523, note 1 ; 547, note 6 ; 671, note 3 ; 1727, note 1.

33. Économie 4 : la pièce de 5 f

Il y a, dans *Les Misérables*, tant de pièces de 5 F, engagées dans des échanges en ligne si continue, que le roman pourrait s'intituler *Histoire d'une pièce de 5 francs*. De fait, la valeur de cette pièce — une semaine à un jour de salaire ouvrier — en fait l'unique point de contact entre l'argent bourgeois et l'argent des misérables (voir ci-dessus note 11).

Si bien qu'elle est toujours le signe ou l'occasion d'un événement. Donnée par Marius aux Thénardier, par Marius à Éponine, par M. Leblanc à Thénardier, par Jean Valjean à Gavroche, refusée par Éponine (p. 1185), sa circulation met en communication les personnes, permet les rencontres, fait d'elle l'outil infime et quotidien d'un destin.

Textes et notes connexes : pp. 564, note 8 ; 953 ; 1018 ; 1037 ; 1045 ; 1065 ; 1164, note 2 ; 1185, note 5 ; 1536 ; 1559-1560.

34. Pénalité-Charité

L'aide apportée à Fauchelevent dénonce Jean Valjean à Javert ; celui-ci se déguise en mendiant pour surprendre le héros au moment où il lui fera la charité ; Thénardier vole Pontmercy qui se croit secouru, escroque Fantine en prétendant l'aider, attire la philanthropie de M. Leblanc dans le « guet-apens », etc. L'action bonne des misérables se retourne contre eux en crime dont ils sont victimes ou en infraction dont on les châtie. Cette perversion du bien a une raison économique et des implications morales (voir ci-dessus note 22) mais correspond aussi au dispositif qui règle le rapport de la société avec les misérables.

Tout au long du roman en effet, Hugo, précurseur de Michel Foucault, montre comment la société dispose, à sa jonction avec la misère, une clôture, sorte de membrane semi-perméable formée de deux institutions : la pénalité et la charité.

Elles sont chargées d'interdire la pénétration des misérables dans la société et, à défaut que chacune puisse toujours les conserver sous son contrôle, elles se les renvoient. Si bien que recevoir ou faire la charité expose à l'infraction ou en entraîne une, et qu'inversement l'infraction est parfois punie de charité — ainsi Montparnasse face à Jean Valjean.

L'histoire du héros peut se lire comme un sinistre jeu de ping-pong entre l'appareil pénal et l'appareil charitable : entrant à Digne, il va de la prison qui ne veut pas de lui chez Mgr Myriel et y revient bientôt avec accompagnement de gendarmes ; du bagne il passe au patronat charitable, revient au bagne, sauve Cosette et tombe dans la masure Gorbeau construite par un procureur au Châtelet et sise boulevard de l'Hôpital. Après le couvent, bagne bénévole et charitable, il habite la maison de la rue Plumet, construite par un magistrat, et la rue de l'Homme-Armé où il meurt « quand il n'eut plus son ange » :

Cosette, ange gardien et dame de charité. À défaut de Javert suicidé, il est resté fermement maintenu hors de la société par Marius, qui a continué l'enquête et qui est avocat.

Non que pénalité et charité soient elles-mêmes le propos du roman, mais son effort est de montrer cette donnée irréductible : son objet, la misère, est « innommable », lui échappe et ne peut donc être perçu qu'au travers des institutions qui lui donnent sa forme socialisée, une forme mensongère dont on ne s'affranchit qu'en la reconnaissant.

Textes et notes connexes : pp. 251 ; 252, note 5 ; 301, note 2 ; 601 ; 614 ; 628 ; 1049 ; 1065 ; 1107 ; 1495 ; 1741.

35. REGARD SUR UN SOMMEIL

La contemplation d'une personne endormie concrétise les contradictions de l'altérité : transparence et opacité d'autrui, interdiction de soi par l'autre, et, en particulier, la contradiction de la possession amoureuse qui ne saisit jamais qu'une personne absente d'elle-même. À ce paradigme appartiennent, chaque fois avec une valeur particulière, plusieurs scènes d'une grande intensité : regard de Jean Valjean sur Myriel endormi du sommeil du « juste » (p. 155), sur Fantine (p. 403), sur Cosette (pp. 576 et 605).

Dans la scène entre Gillenormand et Marius — comme déjà lorsque Jean Valjean regardait Cosette en léthargie (pp. 643 et 645) —, le texte joue sur l'ambiguïté du sommeil, demi-mort. Le regard sur la personne endormie trouve en effet sa limite, et son sens, dans le regard sur le cadavre — Jean Valjean devant Fantine (p. 416) — et son inverse dans le « paradis de ténèbres » où vit l'aveugle aimé (p. 248).

Textes et notes connexes : pp. 155, note 2 ; 403 ; 605, note 1 ; 643, note 1 ; 729, note 9 ; 1725 ; 1758 ; 1941.

36. Misère de la paternité

Une malédiction pèse, dans toute l'œuvre de Hugo, sur la famille naturelle, représentée ici au complet par les seuls Thénardier. La vraie paternité est donc la fausse, celle de l'adoption, de l'élection. Ainsi de Jean Valjean envers Cosette, mais aussi — contre les liens du sang ou en dépit d'eux — de Gavroche envers ses frères (IV, 6, 2 ; p. 1281, et V, 1, 16 ; p. 1635) et même envers son propre père (IV, 6, 3 ; p. 1308) ; ou encore — cette fois l'élection rencontre la filiation mais trop tard — de Marius envers le baron Pontmercy.

Il existe pourtant une paternité heureuse : celle du grand-père envers ses petits-enfants. Forme naturalisée et socialisée de la paternité élective, elle est choisie et non socialement imposée. Surtout — *L'Art d'être grand-père* en fera la théorie politique et morale — elle est dépourvue de tout pouvoir. L'histoire de Gillenormand est celle du passage d'une paternité usurpée — elle l'est nécessairement dans la perspective de Hugo — à cette grand-paternité. L'âge de Jean Valjean, la différence des sexes et le relais des religieuses la réalisent d'emblée pour Cosette.

L'expérience personnelle n'est pas pour rien dans ce redressement des configurations familiales. Enfant, Victor Hugo n'aura eu de père effectif — d'homme présent au foyer, désignant et incarnant les valeurs de la société, enseignant le latin aux garçons (filles et femmes l'ignorent au XIXᵉ siècle) — que celui donné par l'amour et par l'asile offert contre la persécution du pouvoir : son parrain, Lahorie. Son père ne se manifeste à lui que comme une autorité malfaisante : geôlier — Collège des Nobles et pension Cordier —, ennemi de la mère, complice des assassins de Lahorie. Ce père, il ne le retrouve qu'après son propre mariage et non sans une forte construction mythologique, sur le mode du choix, de la rencontre affective et idéologique. Alors, les âges et les situations (naissance des enfants de Victor dont s'occupe Léopold lui-même remarié, conseils et protection sociale allant du fils au père) sont tels que la paternité s'est à la fois retournée et décalée, faisant du général Hugo le grand-père et l'enfant de son fils.

Textes et notes connexes : pp. 610, note 9 ; 732, note 12 ; 781 ; 821, note 5 ; 939 ; 947, note 4 ; 988, note 1 ; 1295, note 14 ; 1322 ; 1560 ; 1635, note 1 ; 1641, note 7 ; 1645, note 1 ; 1787.

37. VISIBILITÉ : ESPACE ET DRAMATURGIE

Roman de la conscience, qui est un regard spectateur de lui-même, *Les Misérables* sont, comme le couvent, « un des appareils d'optique appliqués par l'homme sur l'infini ».

À qui, en effet, ne croit pas à la cécité et à la faute originelles, l'hypothèse — ou l'acte de foi — d'une vision divine parfaite et infinie pose la question des limites de la vue humaine et de leur légitimité. Où et pourquoi le regard humain est-il arrêté ? qu'est-ce que l'ombre, si elle est lumineuse à l'œil divin ? Quelle vue, sans cela nécessairement incomplète et fausse, peut se saisir elle-même dans son champ de vision ?

De là un vaste travail, analysé par J. Neefs (voir Bibliographie), où l'écriture reconnaît les limites qui partagent le réel — visible/invisible, ombre/lumière, anonyme/nommé, inconnu/identifié —, mais fait effort, et met en scène cet effort, pour « se faire elle-même enveloppe de ce seuil » qui l'arrête. Il s'agit « d'inscrire dans la représentation elle-même les horizons de la représentation » et les points de vue qui les délimitent, afin de les franchir ou de les reculer à l'infini : jusqu'à Dieu.

L'aveu de ce qu'a d'inconnaissable la misère ou la conscience d'un misérable, l'abandon de la narration pour la méditation ou l'exclamation lyrique, la substitution au narrateur d'un autre observateur, réel ou irréel, et, d'une manière générale, le tourniquet des points de vue adoptés par le narrateur (voir supra notes 1 et 8) concourent à cette stratégie de limitation et d'auto-dépassement de la vision par elle-même. Souvent enfin, la représentation directe des gestes de regard image cette entreprise. Ainsi « l'espace esthétique se fait interrogation sur l'horizon du social et du monde, il est la sollicitation d'une sorte de transcendance horizontale pour penser ce qui (nous) enveloppe ».

J. Neefs assimile justement les rencontres et coups de hasard dont se construit l'intrigue à la mise en scène des espaces de visibilité. La combinaison de fausses et de vraies surprises, l'obstination du narrateur à ne pas dévoiler l'identité d'un personnage reconnu depuis longtemps par le lecteur, l'abandon de personnages, certains disparaissant pour toujours, d'autres revenant au moment où ils sont le moins attendus — ainsi Boulatruelle, p. 995, produisent une « opacité narrative », une incertitude du lecteur sur la maîtrise de l'intrigue par le narrateur, comparable dans la succession des actions à l'invisibilité des espaces tour à tour dissipée et exposée, et de même valeur qu'elle dans la stratégie du sens conduite, et de la sorte exposée, par le roman.

Textes et notes connexes : pp. 588, note 3 ; 665, note 4 ; 715, note 2 ; 722, note 3 ; 757 ; 799, note 1 ; 1033 ; 1058 ; 1080 ; 1175 ; 1191 ; 1269 ; 1402 ; 1779 ; 1852, note 7 ; 1872.

38. Références autobiographiques

Fréquentes dans tous les textes de fiction de Hugo mais exceptionnellement nombreuses dans *Les Misérables*, elles ont une fonction personnelle pour l'auteur qui y ressaisit, ordonne et oriente sa propre existence — comme il le fait dans les textes lyriques — et la confronte à un monde qui ne fut jamais le sien, celui de la misère.

Les plus massives, visibles aux contemporains — l'autoportrait contenu dans le personnage et l'évolution politique de Marius —, contribuent au sens du roman en posant la figure individuelle de celui qui y parle. Elles valent alors non pas tant par elles-mêmes que comme éléments du travail de tout le livre sur son destinateur (voir supra note 4).

Souvent elles sont, comme pour les noms des religieuses du couvent, si secrètes — accessibles aux intimes voire au seul Hugo lui-même —, qu'on doute qu'elles fassent sens. Leur repérage est pourtant utile. Pour l'auteur, en effet, elles ne se distinguent pas des autres : lui-même ignorait ce que les différentes couches de son public — des étrangers très peu informés à ses amis, des contemporains à nous — savaient ou sauraient de lui, et il ne pouvait donc que traiter tout du même geste.

Cette homogénéité des allusions autobiographiques vaut également pour leur signification locale. Chacune, les secrètes comme les publiques, entretient aux yeux de l'auteur un rapport nécessairement pertinent au roman et cohérent avec le sens du texte où elle figure (sauf à imaginer que l'auteur se paie la tête de son lecteur, ce qui, en soi, n'est pas impensable mais paralyse toute interprétation). La double contradiction, par exemple, qui existe dans le recours aux souvenirs de maîtresses rivales pour la description d'un couvent rejoint et prolonge — et, pour Hugo, sert à élaborer — la contradiction générale sur laquelle est construite l'image du couvent. De même les noms donnés aux religieuses (pp. 691-692), où Juliette est de nouveau présente et où le couple, lui-même divisé, des parents, également incroyants tous deux, remplace celui des femmes aimées. En outre, toute l'enfance de Hugo, déchirée de séparations, de voyages et de fuites jusqu'à la halte heureuse des Feuillantines, s'investit et se reflète dans celle de Cosette dont le couvent répare — et consacre — l'abandon.

On se gardera donc devant ces allusions, moins secrètes que discrètes et nullement cryptées, de céder à la tentation herméneutique : Hugo ne cache rien, aucun trésor dont il serait seul possesseur et que le critique-biographe viendrait lui ravir. En donnant sa vie à ses personnages il ne fait rien d'autre que nous inviter à leur donner la nôtre et tire les conséquences d'une vérité formulée fortement et simplement dans la *Préface* des *Contemplations* : « Nul de nous n'a l'honneur d'avoir une vie qui soit à lui. »

Textes et notes connexes : pp. 43, note 1 ; 133, note 13 ; 175 ; 231 ; 691, note 1 ; 756 ; 813, note 6 ; 825, note 1 ; 827, note 4 ; 845, notes 3 et 1 ; 852 ; 970 ; 1133, notes 4 et 5 ; 1194, note 1 ; 1481 ; 1577, note 1 ; 1583 ; 1624 ; 1692, note 2 ; 1781 ; 1784 ; 1796, note 4 ; 1802 ; 1803 ; 1822 ; 1826, note 4 ; 1852, note 6 ; 1880 .

39. Construction du roman

À la fin de la deuxième partie, après la Nativité de Montfermeil et cette sorte de Fuite en Égypte qui aboutit au Petit-Picpus, l'Évangile de la misère se tait sur la vie cachée au couvent de Cosette et de Jean Valjean. Moins qu'il n'y paraît pourtant, puisque l'éducation de Cosette — et du héros — se résume dans le sens métaphorique du dernier mot (« Cosette grandissait ») et, surtout, dans la longue description du couvent qui vaut pour récit des années qu'elle y passe. Enfin les enfances contrastées du gamin et de Marius viennent caractériser indirectement celle de Cosette, par analogie et différence. Le personnage, qui disparaît jusqu'au début de la quatrième partie (IV, 3, 1 ; p. 1189), reste donc dessiné en creux dans les figures des deux garçons avant de l'être sous le regard de Marius.

Il reste que le chapitre « Clôture » marque un profond hiatus dans la continuité de l'intrigue, remarquable à l'introduction de deux nouveaux personnages destinés à devenir les protagonistes d'un second cycle des aventures de Cosette et de Jean Valjean. Tout se passe comme si le roman aurait pu prendre fin au couvent et, de fait, Hugo devra longuement justifier les motifs psychologiques qui déterminent le héros à renoncer à cet asile (pp. 1192-1193). C'est que la nécessité des livres suivants n'est pas psychologique, ni dramatique. On touche là au principe de la construction cycloïde du roman, comparable à celle du poème *Dieu*.

De Myriel à Jean Valjean, puis dans le destin du héros, chaque progrès, chaque sommet, découvre un autre abîme et la même ascension est à (re)faire. M. Madeleine est un autre Myriel, mais qui a souffert de l'injustice sociale et qui remédie à la misère non par la seule redistribution des richesses, mais par leur création. Cette réussite repose sur une fausse identité : sur la fausseté du principe d'identité manifestée par l'épisode Champmathieu. Elle est annulée. Car dans l'histoire — de Waterloo à l'insurrection —, dans l'amour — Marius et Jean Valjean —, dans la succession même des générations — Cosette et Jean Valjean —, nul ne peut prétendre vivre en tant que lui-même. C'est ce que découvre Jean Valjean au couvent. Partiellement seulement : il a encore Cosette auprès de lui. Il devra aller, à travers la ruine historique (1832) et la ruine de l'amour, jusqu'au bout de la dépossession de soi.

Ainsi le roman se construit selon deux directions : celle, horizontale, d'un plan thématique où sont successivement parcourus tous les champs de l'activité humaine (religion et morale, question sociale, histoire et politique, amour — pour les grandes lignes) ; et celle, verticale, d'une progression du statut du sujet (sujet défini sur le mode classico-féodal par ses devoirs et son état : Myriel, Jean Valjean, Petit-Gervais, Fantine, Marius enfant ; sujet individuel selon le schéma romantique : M. Madeleine, Marius bonapartiste, Thénardier ; sujet évidé et multi-personnel : Marius amoureux, les amis de l'A B C, Jean Valjean perdant Cosette).

L'innovation hugolienne — innovation idéologique et morale — réside surtout dans cette troisième phase, comme le prouvent *a contrario* toutes les adaptations du roman. Elles arrêtent l'histoire de Jean Valjean à M. Madeleine et mettent alors à la retraite le héros devenu simple spectateur des aventures qui suivent — qui, du coup, perdent une bonne part de leur signification.

40. L'ARGOT

Le livre « L'Argot » (IV, 7) est l'aboutissement et la théorie d'une série de notations mettant explicitement en cause les différences entre les langages socialement institués, tels que les montrent les discours ou le mutisme des personnages.

L'argot est la limite de ces écarts de langage puisque son principe est moins la spécialisation d'une langue pliée à des usages particuliers que la non-communication. Cette ségrégation langagière et surtout cette négation dans la langue de sa propre nature (qu'est-ce qu'une langue faite pour être incomprise ?) font voir dans l'argot la misère faite langage.

Comme tel, il est la face nocturne de la langue dont la

face lumineuse est la poésie. De part et d'autre des langages sociaux assujettis à la communication, la poésie et l'argot sont les deux absolus de la langue : son incessante destruction et sa perfection immuable.

Le livre IV, 7 indique donc le sens et la limite de l'effort des *Misérables*. Pour être fidèle à son objet, le roman de la misère devrait être tout entier écrit en argot : dans cette langue sans écriture, mobile, incompréhensible à ceux qui savent lire. Il faudrait deux textes : l'un illisible, l'autre faux. (Ou bien il ne faudrait qu'un poème — et l'on sait que Hugo désigne lui-même dans le poème *Melancholia des Contemplations* la « source » du roman.)

Les Misérables s'efforcent de surmonter cette aporie — c'est un des aspects majeurs de leur irréalisme — par l'invention d'une écriture populaire, commune aux lettrés et aux analphabètes (longtemps ils ont été lus à haute voix dans les familles ou les veillées) et par un usage poétique de l'argot dont Gavroche est l'Orphée. Mais sans illusion : les pouvoirs de l'écriture sont autant consacrés ici à montrer la contradiction qu'à la surmonter. Au moins ne sont-ils pas employés à la masquer, contrairement à ce qu'entreprennent, dès cette époque, les institutions scolaires et culturelles qui s'efforcent de faire disparaître l'argot et les patois, l'argot des villes et celui des champs, tous deux réduits au « pittoresque ». Zola, qui se fait accompagner d'un interprète pour lui traduire le ch'timi des mineurs, ne s'embarrasse pas de ces scrupules ; Balzac et Sue n'avaient vu dans l'argot qu'un moyen d'exotisme social (voir Bibliographie).

Textes et notes connexes : pp. 302, note 3 ; 478 ; 728, note 6 ; 730, note 10 ; 1287 ; 1304 ; 1317 ; 1325 et suiv. ; 1444, note 1 ; 1644, note 9.

41. LE FÉMININ

À travers la duplicité de Cosette, enfant misérable et femme un peu fade pour notre goût moderne, Hugo produit un personnage contradictoire : conjuguant les deux aspects du féminin considéré comme misère. Que soit en cause l' « éternel féminin » — l'exclusivité des intérêts affectifs — ou seulement la sujétion sociale des femmes, le statut de sujet leur est refusé ou se pervertit en elles. Elles n'en approchent que dans la maternité ou l'amour, et c'est toujours soit en victimes (Fantine, la mère de Marius, Éponine), soit en bourreaux (Mme Thénardier, Cosette) ; lorsqu'elles sont sujets, c'est du refus de la féminité elle-même qui fait d'elles leur propre victime et leur propre bourreau (Baptistine, les religieuses du Petit-Picpus, Mlle Gillenormand, Mme Victurnien et toutes les portières et vieilles femmes).

Les deux images que le roman fixe de Cosette — la petite toute seule et la rose armée en machine de guerre — s'excluent donc moins qu'elles ne se complètent : aucune ne la montre autonome et sujette d'elle-même. Abandonnée et non aimée ici, sur-aimée et abandonnant là, vraie « misérable » aux deux sens du terme, Cosette existe, mais n'existe pas seule. C'est tout à son honneur.

Textes et notes connexes : pp. 565-566, notes 9 et 10 ; 781, note 8 ; 951 ; 1211, note 3 ; 1277 ; 1561, note 5 ; 1834 ; 1870, note 13 ; 1907.

COMMENTAIRES

par
Nicole Savy

L'originalité de l'œuvre

Le titre est devenu archétype, au point qu'il saute aux yeux. Mais il ne se laisse point pour autant réduire : rarement titre de roman a si bien désigné, dans sa plénitude, son sujet.

Sujet peu séduisant, pour les lecteurs d'aujourd'hui qui lui préféreraient, dit-on, l'élégance stendhalienne ou la diversité de la sociologie balzacienne. C'est du malheur que parle Hugo, sous son espèce sociale la plus nombreuse et la plus ingrate : bagnards, mouchards et zonards, sans oublier les femmes et les enfants. Le bon goût s'effare de cette grisaille, quand elle n'a pas le rayonnement lugubre de l'aube sur un champ de bataille ou au fond d'un égout.

Cette exploration sévère conduit le lecteur dans un univers social parfaitement désuet : le premier roman de la misère est le dernier roman de la France préindustrielle, saisie au moment précis où une société encore à demi paysanne s'étonne de ce qui est déjà sa prolifération urbaine, et même faubourienne, et du matériau humain nouveau et difficile à maîtriser qui la constitue — pas encore regroupé et organisé en grandes concentrations ouvrières. Hugo a vu de près cette misère dans les caves de Lille, visitées avec Blanqui en 1851 ; et depuis longtemps adversaire de la peine de mort, il étudie l'appareil judiciaire qui fonctionne à proximité de ces bas-fonds.

Pour autant, l'océan de la misère ne s'éclaire pas de sa

seule lumière. L'amplitude des sujets traités et des lieux traversés est immense, et la variété des récits en conséquence. L'Histoire vient soutenir la fiction et s'y mêler : des souvenirs révolutionnaires à l'épopée impériale jusqu'en ses catastrophes ; de l'enthousiasme royaliste de la jeune Restauration aux barricades désespérées de la jeune monarchie de Juillet, vues à la lumière des barricades de 1848 ; le tout écrit dans l'exil de Guernesey, imposé par la dictature de Napoléon III — pour la version définitive du roman. Histoire épique, comptant moins de palais que de champs de bataille et de rues. La religion ensuite : un évêque qui ne veut plus être un prince, un couvent qui contrevient aux règlements de police, bref un clergé révolté contre le siècle bourgeois par souci d'authenticité spirituelle. La société enfin dans une réelle diversité : Tuileries de Louis-Philippe, aristocratie des Rohan et des salons fréquentés par le grand bourgeois Gillenormand ; bourgeoisies diverses, parfois provinciales, du militaire en retraite Pontmercy au futur notable toulousain Tholomyès, en passant par M. Madeleine, capitaine d'industrie, philanthrope et maire de Montreuil-sur-Mer. Surtout, un petit peuple nombreux d'aubergistes, d'artisans, de boutiquiers, de domestiques, de portières, avant d'arriver au prolétariat rural ou urbain qui risque de glisser à tout instant dans le chômage, le vol, le crime ou la prostitution, abandonnant ses enfants aux destins les plus obscurs. Mais les grisettes se font belles, les étudiants chantent au cabaret, les gamins rient dans les rues ; on voit des roses et des lilas dans les parties de campagne, des jardins dans Paris, des intérieurs humbles et sages, un carnaval et une noce.

Car *Les Misérables* sont aussi un roman d'amour, le conte de fées d'une enfance martyrisée qui rencontre la passion et l'accomplit, dans les dentelles et les chants d'oiseaux. Bonheur de Cosette et de Marius, censé terminer le roman en apothéose, tandis que Fantine et Éponine sont mortes par amour, et que Jean Valjean se prépare aussi à mourir, payant très cher le bonheur de Cosette. C'est une autre histoire d'amour, plus forte peut-être, celle du bagnard et de l'Alouette, dans ce roman où la famille est montrée comme une impossibilité en cas de misère, et comme un échec plus ou moins monstrueux dans tous les cas.

Hugo effectue un autre parcours, moins reconnu. On voit affleurer, en plusieurs endroits du roman, les strates, à profondeurs diverses, de l'inconscient individuel. Au-delà du débat de la conscience torturée — la « Tempête sous un crâne » —, le regard se fixe, phobique, sur le bouton de porte du tribunal de la dénonciation, sans autre explication ; Baptistine écrit une lettre pour dire combien elle approuve et admire son frère l'évêque, et la lettre dit toute sa frustration sociale et amoureuse ; au cœur de l'amour paternel de Jean Valjean pour Cosette court un filon d'inceste qui le tord de douleur et de jalousie ; l'étonnante chasteté du roman souligne la violence du désir. Ailleurs Hugo invente tout naturellement le récit de rêve, pour décrire l'angoisse : c'est « Formes que prend la souffrance pendant le sommeil ». La psychanalyse aurait sans doute à dire sur l'obstination de Hugo à faire de ses héros — Marius jusqu'au mariage, Jean Valjean, Javert, Enjolras, Mabeuf — des hommes vierges. Bref, si l'auteur économise la psychologie explicite de ses personnages, il les investit d'une charge fantasmatique puissante.

L'originalité formelle n'est pas moins grande. S'impose d'abord la dimension de l'ensemble, poids et volume, selon une combinaison très hugolienne de la masse et des détails. Hugo affectionne la grande fresque épique et l'action surhumaine : qu'on pense à Waterloo, à l'égout ou à la barricade ; mais l'épopée s'organise autour des mots d'esprit et des farces de Gavroche, moucheron grandiose dans la tempête. Et le roman semble écrit à des vitesses différentes ; il se lit de même, tantôt comme un récit haletant, tantôt avec la lenteur d'une méditation, tantôt comme un poème. On en lit souvent, non sans dommage, des fragments. Le tout selon une variété de niveaux de lecture qui explique l'immensité du public qu'il a atteint.

Le plus frappant est sans doute la variété des moyens romanesques utilisés. Les genres sont mêlés, et ne se limitent pas à la combinaison ordinaire de récit et de description qui caractérise le roman du xixe siècle. S'y ajoutent d'abord de vastes digressions, plages savantes ou rêveuses où l'auteur épanche son savoir, ses opinions ou ses débats de conscience ; pas toujours pour cautionner son récit ; il lui arrive de le contredire, ou au moins d'en modifier les perspectives et le sens, par exemple dans la « Parenthèse » de la deuxième partie, respectueuse de la foi et anticléricale, qui condamne historiquement les couvents alors que le Petit-Picpus de la fiction apparaît comme exil salvateur pour Jean Valjean et Cosette. Le récit se réfléchit, aux deux sens, dans la digression, à laquelle on ne peut se contenter d'accorder un statut périphérique. Elle prend parfois allure de bavardage ; parfois de leçon, d'histoire ou d'argot, de théologie ou de sociologie urbaine. Elle est toujours longue, à l'échelle de l'ensemble.

Les Misérables offrent nombre d'exemples d'autres formes extra-romanesques, mais utilisées avec une ampleur moindre : dialogues de théâtre — Balzac utilise déjà ce procédé — ; lettres écrites par un personnage et venant prendre place dans le récit selon une stratégie du « naturel », ou remplaçant le récit sans prévenir, comme dans un roman épistolaire — « Un cœur sous une pierre » — ; chansons, dont certaine connut le succès que l'on sait ; inscriptions, poèmes, dessins, papiers qui viennent figurer autrement le langage et le réel dans le roman.

Parallèlement, le ton et la langue utilisés se transforment et se multiplient. Les moyens de l'épopée ne peuvent être ceux du lyrisme amoureux, ni la langue de la méditation métaphysique celle du mélodrame. On peut retenir deux caractéristiques principales : d'abord l'invention d'une rhétorique proprement hugolienne, le plus souvent sévère et impérative, qui tient, autant qu'au sujet, à la position de l'auteur par rapport à son roman : narrateur et juge, il parle encore en voix off, autorisé au prophétisme par son grandissement d'exilé. L'effet de cette parole quasi biblique recouvre, de son autorité, tout le roman. Deuxième particularité, plus précisément linguistique : le roman de la misère, c'est-à-dire de l'envers de la société, ne peut se contenter de la langue littéraire de la bourgeoisie. Lors de son procès, Champmathieu médusé ne comprend pas ce qu'on lui dit. Le peuple parle une autre langue, et les bandits s'en inventent une troisième pour ne pas être entendus. Tout ceci coexiste dans *Les Misérables*, avec encore la prose de procès-verbal et la poésie : les effets du mélange sont, en matière d'académisme, dissolvants. On voit Gavroche dans la jubilation de l'acte de parole et du langage à l'état naissant.

C'est de ces contradictions et dissensions internes que le roman tire son sens, selon une économie aussi soigneusement hétéroclite que celle de la barricade qui peut lui servir d'emblème, ou aussi anti-racinienne — Hugo détestait Racine — que son auteur eût pu le désirer.

Enfin la grande originalité des *Misérables*, et qui inspira Dostoïevski, c'est d'être un roman à la fois réaliste et métaphysique. Ce roman théologique et parfaitement antichrétien reprend les procédés du réalisme chrétien figuratif du Moyen Âge. Il s'ordonne autour d'un axe double : horizontalement, la chaîne narrative et ses événements concrets ; verticalement, l'ascension vers Dieu de la conscience humaine, s'arrachant à tous ses conformismes pour trouver sa vérité la plus haute, fût-ce au prix d'un supplément de misère. Cet axe vertical informe la narration : les événements, ou les personnages, accomplissent et dépassent des événements et personnages précédents, qui les préfigurent, et le sens se produit dans cette jonction de deux réels successifs, selon les règles de la figuration biblique et médiévale. Par exemple, M. Madeleine à Montreuil-sur-Mer devient un autre Mgr Myriel ; conforme à son modèle dans l'ordre de la charité, l'ancien forçat pourrait se contenter de l'immense chemin social et moral parcouru, et de la bonne conscience gagnée au bien fait autour de lui. Il se dénonce et reprend sa véritable identité pour éviter à un autre de le remplacer au bagne. En se défroquant, le forçat quitte l'évêque et le dépasse : pour accomplir le modèle, il faut le nier. On voit donc le récit s'ordonner autant selon ses exigences narratives propres que selon une transcendance éthique et religieuse. Chacun des épisodes de la lutte contre la misère, qui se confond avec la recherche de Dieu, prend sa vérité de la lumière des épisodes précédents.

L'éditeur du roman, Lacroix, a le premier souligné les effets de lecture de cette Bible des temps modernes, en écrivant naïvement à Hugo que la lecture des *Misérables* rendait meilleur. L'œuvre même est naïve, autant que rusée ; la passion de l'auteur implique intensément le lecteur dans cette aventure morale qu'est la lecture des *Misérables*. Cette force magnétique a conquis au roman le public pour lequel il avait été écrit et publié : universel, de l'enfance à la critique universitaire, en passant par le public populaire, qui n'a cessé de retrouver, devant Gavroche mourant sur la barricade, son identité nationale.

Les personnages

La pratique des personnages est remise en question par *Les Misérables*. Le titre suffit à annoncer qu'ils sont nombreux, et le roman ne peut se satisfaire de quelques échantillons représentatifs, bien découpés sur une toile de fond composée de figurants indistincts. Toute l'échelle de l'importance des personnages est utilisée : héros principaux, héros secondaires, personnages secondaires, personnages d'arrière-plan, puis anonymes individualisés ou non. Tout cela selon un système de dépense généreuse et douloureuse de personnages disparaissants, à l'inverse du système de *La Comédie humaine*. Le tout produit un effet de masse et de fusion, mais le risque de noyade des personnages est évité par un agencement complexe ; par exemple un système subtil de redoublement : Tholomyès et Courfeyrac sont deux versions de la jeunesse bourgeoise, l'un corrompu et l'autre pur, comme Théodule et Montparnasse incarnent la même élégance frelatée, le lancier et l'escarpe également avantageux l'un dans les salons familiaux, l'autre dans la nuit du crime.

D'autre part, des personnages collectifs jouent un rôle essentiel, sans pour autant réduire leur épaisseur concrète en un concept abstrait. Le couvent du Petit-Picpus fonctionne comme un personnage, une grande figure maternelle aussi douce pour Cosette et Jean Valjean qu'elle est funèbre pour qui l'examine. C'est surtout dans l'épopée que se développent les personnages-Protée : par exemple les cuirassiers de Milhaud se fondent en une formidable couleuvre avant de périr tragiquement dans le chemin creux d'Ohain, gigantesque plage narrative lyrique où les hommes et les chevaux se confondent et métamorphosent. De même les amis de l'A B C ou les bagnards de la cadène, réunis, fusionnés dans leurs départs d'apocalypse.

Hugo traite même comme personnages des réalités sociales — Paris —, des choses ou des lieux — l'égout, la barricade —, par la saisie de l'unité complexe du vivant.

Autre remise en question, la dissimulation des personnages historiques en personnages fictifs. Si Napoléon ou Louis-Philippe interviennent bien dans le roman en tant qu'eux-mêmes, Auguste de Rohan, au Petit-Picpus, figure comme les autres personnages du couvent : comme s'il n'avait pas réellement existé. Seule la notoriété de son nom signale l'anomalie fictionnelle. Du roman réaliste au roman historique, Hugo n'hésite pas à convoquer tous les moyens, et, parfois, à les subvertir.

Enfin ce n'est pas jeu de mots d'auteur que d'écrire : « Ce livre est un drame dont le premier personnage est l'infini. L'homme est le second » (II, 7, 1). Ce recul philosophique pris devant le roman et ses enjeux métaphysiques dit la condition commune des misérables : quête, combat, ignorance ou démission, tous sont aux prises avec les forces du mal et attachés des mêmes fils aux autres hommes et à l'infini. Ne varie que la quantité de lumière à laquelle chacun parvient. La masse, elle, reste dans l'ombre.

Si l'on reprend pourtant l'étude des personnages entendus au sens habituel et que l'on tente de saisir leur loi de gravitation, on constate la tendance de Hugo à les organiser en système triangulaire : système fluide d'associations non psychologiques mais narratives ou symboliques, chaque personnage pouvant participer successivement de plusieurs systèmes.

L'exemple le plus frappant est la trilogie des hommes mûrs, grandes figures autour desquelles s'ordonne le roman : le forçat, le prêtre et le policier — la même que Balzac avait réunie, dans *La Comédie humaine*, dans le personnage de Vautrin et qui, différence significative, se résorbait dans l'engagement de celui-ci au service de la « grande maison ». Au centre, Jean Valjean : on lit volontiers *Les Misérables* comme la Passion de ce nouveau Christ dont l'ascension se fait à travers une série de chutes douloureuses, et dont l'identité se gagne à tout perdre. Pour lui, le bien se retourne en mal, et le mal en bien : le crime innocent d'un pain volé pour des enfants lui vaut dix-neuf ans de bagne, et le vol mauvais de l'argenterie d'un saint évêque lui vaut la découverte de Dieu. La rédemption entreprise à Montreuil-sur-Mer ne peut se poursuivre que par la reprise volontaire de son matricule de forçat, et l'adoration qu'il a pour Cosette par le dépouillement déchirant de la donner à un autre. Lugubre destin qui exige de lui des forces surhumaines, et devant lequel il manque plusieurs fois capituler, tordu de révolte et de souffrance ; mais ce vieillard prométhéen est doué, à l'instar de son auteur, d'une force singulière, et il meurt dans le sacrifice en prononçant encore des paroles de tendresse. Avant, il agit mais parle fort peu ; on le voit alternativement dans l'éclair de l'exploit héroïque, et dans l'interminable silence des débats intérieurs, où Hugo l'éclaire d'une psychologie souterraine étrangement perçante. C'est à tort qu'on est convenu de considérer les grands personnages de Hugo comme des figures emblématiques, psychologiquement vides, même si l'on ne peut les déchiffrer à l'aune du réalisme balzacien.

Grande figure romantique du moi, déchiré par la misère, Jean Valjean ne connaît jamais qu'une solitude radicale. Deux autres solitaires encadrent et déterminent ce destin de paria.

L'évêque de Digne, monseigneur Myriel, ouvre le roman en même temps que les yeux du héros, par une leçon de charité et d'amour. Bien des lecteurs, dont George Sand, se sont inquiétés d'un commencement aussi édifiant : mais nulle Imitation ne suit ; Jean Valjean ne devient pas catholique ; il retient Dieu et non le prêtre.

L'évêque Myriel, parfaitement évangélique, est lui-même d'une orthodoxie assez tremblante : conscient de son trouble face aux convictions révolutionnaires du conventionnel G., pour qui la grandeur de l'histoire humaine atteint à la grandeur divine, cet homme d'ordre et d'Ancien Régime a des indulgences et des sévérités parfaitement anticonformistes en ce début de Restauration. Il est surtout un modèle provisoire en ce que son œuvre de charité, meilleure négociation individuelle possible avec la misère, ne résout finalement rien, et ne lui survit pas plus que l'œuvre économique et sociale de M. Madeleine à sa présence à Montreuil-sur-Mer. Hugo montre dans la charité et la philanthropie des palliatifs éphémères, sinon dérisoires, sans pourtant retrancher à leur valeur morale : significative est la fin du livre I où la figure du penseur vient saluer et effacer l'image de l'évêque, lumineuse mais historiquement périmée.

À l'autre bord, dans l'ombre, se dresse Javert, incarnation pétrifiée de la loi. Issu de la délinquance et des bas-fonds sociaux, il y demeure et s'en venge en se choisissant instrument aveugle de la justice, de l'ordre et de l'État. Nul débat de conscience pour ce fonctionnaire impeccable, préfiguration en redingote gris-de-fer des automatismes absurdes de la justice kafkaïenne. Il rêve de déshumanisation absolue et se l'applique à lui-même avec une sévérité d'ascète. Bref, pur et probe, un totalitariste louis-philippard.

Son intervention dans le roman se fait selon des modalités très différentes de celle de l'évêque : non pas rencontre initiale et unique de Jean Valjean, mais rencontre récurrente, obsédante, inexorablement reconduite par un hasard perspicace et romanesque. Chaque infraction à la loi au nom de la conscience morale du héros convoque Javert, ancien garde-chiourme au bagne de Toulon, qui se charge personnellement de punir son ancien forçat. Mais que Jean Valjean sauve la vie de Javert qui veut la sienne, et celui-ci sort du champ du compréhensible ; le policier, vaincu, déraille et se jette à la Seine, ratifiant l'échec de la justice à laquelle il s'était voué. Féroce homme d'honneur, Javert est sauvé par sa fin, seul moyen qui lui reste d'admettre, paradoxalement, l'humanité.

Le roman offre d'autres exemples de figures d'hommes mûrs ou de vieillards de la même trempe : le colonel Pontmercy, double de Jean Valjean par son mélange d'héroïsme et d'amour paternel, ou Mabeuf, équivalent laïque et pauvre de Myriel, grandiose et effaré dans un idéalisme total. Personnages-linéaments, que Hugo a pensé « creuser », et qui sont finalement restés en retrait par rapport à la trilogie du prêtre, du forçat et du policier.

La génération qui suit a aussi sa grandeur : jeune génération romantique de 1830, décimée, dans le roman, sur les barricades de juin 1832. Il ne faut pas y chercher un autoportrait absolument exact de l'auteur, qui n'eût pas, à cette époque, fait partie des amis de l'A B C, aux côtés d'Enjolras, de Combeferre, de Courfeyrac et de leurs amis. Mais certes une jeunesse idéale, diverse en son humanité et réunie par son enthousiasme républicain. L'ange Enjolras, qui la mène, est de la race marmoréenne des Saint-Just ; mais s'il incarne la Liberté, tournée vers la République universelle autant que vers 93, il est aussi un guérillero réaliste, comptant les hommes et les cartouches, et un enfant capable de pleurer sur la sauvagerie de la mort. La barricade de la rue de la Chanvrerie est racontée comme une grande crise tragique : l'issue en est d'avance désespérée, le peuple n'étant pas prêt à soutenir les républicains. Ses héros en font un oratorio où se récitent des vers et des chansons d'amour dans les intervalles de la mitraille. Gavroche meurt en chantant, poursuivant une grande tradition populaire entre *La Carmagnole* et *Le Temps des cerises*. Grandeur glorieuse, tandis que les vainqueurs provisoires de la barricade sont encore les élégants, les Tholomyès et les Théodule, vieille jeunesse vaine dans sa prospérité, capable au plus d'envoyer au bagne le muscadin du crime, Montparnasse, pour le punir d'avoir prétendu lui ressembler.

Marius est aux côtés des républicains à la fois par hasard et par idéalisme. S'il respecte la République, il n'est pas républicain : comme Hugo, il a découvert son père en même temps que la grandeur impériale, et en est resté ébloui. C'est le désespoir qui l'envoie mourir sur la barricade, mais il commence par la sauver. La conjonction d'un double amour le perd : son amour pour Cosette qu'il croit à jamais perdue ; et l'amour d'Éponine, qui l'envoie à la mort plutôt que de le laisser à une autre. Mais aussi le sauve : Éponine meurt à sa place, et Jean Valjean, le cœur plein de haine, porte Marius blessé à travers les égouts — pour Cosette.

À la différence des personnages précédents, Marius, qui a de l'avenir, accomplit son destin par inadvertance. Il passe à côté de l'amour de son père, par la faute de son grand-père ; et à côté de l'amour de son grand-père : M. Gillenormand qui adore Marius mais, homme de l'autre siècle, ne lui ressemble que pour la maladresse. Et Marius passerait bien à côté de l'amour de Cosette si Jean Valjean ne se chargeait — pour lui affreuse besogne — de les réunir ; exploit dont il ne finit par lui être reconnaissant que parce que Thénardier le lui apprend. Entre-temps, le baron Marius Pontmercy a pour le moins des réticences face à celui qui ne lui a révélé que son identité de forçat. Marius à la fin du roman, comme Cosette, est diminué par un bonheur égoïste et bourgeois. Il est plus lumineux dans la période précédente, où l'intransigeance, la pauvreté et la passion lui viennent tout droit du Victor Hugo de 1820. Encore a-t-il une paresse au travail et à la pensée que ne connaissait guère l'amoureux d'Adèle Foucher : Marius n'est pas un écrivain.

Jusque-là tous les personnages participent d'un système de valeurs : ils cherchent un statut social, ou un sens à l'Histoire ; dans le cas de Jean Valjean, les deux. Système globalement miné de l'intérieur même du roman. À l'autre bout de la société et de l'humanité, d'autres font un travail de sape ; misérables aux deux sens : privés de tout, et du coup dignes de rien. Hugo dessine toute une topographie sociale souterraine : d'abord les penseurs, les philosophes, les révolutionnaires, chercheurs d'absolu qui ébauchent mystérieusement l'avenir et le progrès, cherchent à détruire la société pour mieux la reconstruire. Plus bas sont les mineurs noirs de l'ignorance et de la faim, qui s'en prennent à tout le reste, les mineurs de l'étage supérieur compris : ce sont les gouverneurs du crime, les ombres terrifiantes des bas-fonds, Patron-Minette et Thénardier. Misérables envers de la société qui les sécrète et les rejette du même mouvement, protégés par l'ombre et parfois par la police, s'agitent Gueulemer, Babet, Claquesous et Montparnasse, le quatuor protéiforme de Patron-Minette. Hugo les peint d'un trait hyperréaliste, leur fait des trognes saisissantes ; mais ils sont des personnages aussi idéaux, dans le négatif, que les personnages-étoiles précédents. Le destin logique de Jean Valjean était le leur ; et Montparnasse sent bien qu'il reste, comme eux, un misérable : lutter contre la misère entraîne plus encore de souffrance qu'y rester, car elle est restée invincible après Waterloo, juin 1832 et juin 1848.

Hugo avait écrit un beau développement sur les amours des bandits et des filles, qu'il a finalement écarté du roman. L'amour atteste encore l'humanité dans la misère : en témoigne la passion d'Éponine pour Marius, ou encore cette fidélité obscure de la Thénardier pour son mari. Couple inséparable, où chacun est le revers monstrueux de l'autre. À elle la force physique, la maternité bestiale, le sentiment ; à lui l'astuce, les mauvais coups, les masques miteux du comédien qui n'a pas de chance et qui s'en venge par l'exercice d'une autorité familiale impitoyable. L'essence de Thénardier, figure de la misère morale sans remède, est d'être méprisable ; mais de tous les personnages du roman, nul ne fustige plus violemment et plus justement l'injustice sociale. En ce seul sens il mérite son fils Gavroche, car *Les Misérables* ne sont pas faits avec de bons sentiments.

Tout roman — ce ne serait pas vrai du drame — hugolien étant essentiellement un roman d'hommes, les personnages féminins de premier plan sont moins nombreux. Eux aussi se détachent sur une fresque abondante : domestiques, paysannes, filles du peuple, cousettes, parfois prostituées ; religieuses comme sœur Simplice, vieilles filles bourgeoises ou nobles comme Baptistine ou Mlle Gillenormand, portières parisiennes et mendiantes de tous âges. Mais les quatre héroïnes ont en commun d'être originaires de la même zone sociale dangereuse qui sépare — ou plutôt, pour les femmes, ne sépare pas — le peuple des misérables. Leurs symétries et leurs différences dessinent la part qu'ont, dans les existences féminines, les déterminismes sociaux, la liberté des hommes et le hasard.

Ce sont deux couples mère-fille : d'abord la Thénardier et Éponine, redoublée, il est vrai, de la pâle Azelma. De ce côté, la misère sans espoir, qui dénature les êtres jusqu'à leur ôter la féminité et l'humanité ; une inéluctable descente aux enfers que le roman mène à son terme. De l'autre, Fantine et Cosette, la beauté miraculeusement reconduite de la mère à la fille, et un itinéraire à la Cendrillon qui fait de la pauvre orpheline, fille d'une prostituée, une baronne riche et heureuse. Les destins eussent pu s'échanger : enfant, Éponine est plus belle que Cosette, servante pathétiquement exploitée des Thénardier. Mais l'une sombre dans le désastre familial, tandis que l'autre rencontre sur son chemin Jean Valjean, qui, à force d'amour, en fait une jeune fille idéale, ou presque. Fantine a vendu son travail, ses cheveux, ses dents, son corps pour payer la pension de Cosette ; elle est morte d'avoir naïvement aimé Tholomyès. Histoire mélodramatique de femme séduite et abandonnée ; mais la violence de l'accusation portée par Hugo contre la société qui s'en arrange la grandit jusqu'au tragique. Comme est tragique l'inoubliable figure enfantine de Cosette, association de souffrance et d'enfance plus destinée à révolter le lecteur qu'à l'attendrir.

Cosette est donc un personnage double ; l'adolescente qu'on retrouve après un silence narratif de quelques années est mièvre par rapport à l'enfant qui précède. Éclairée, certes, par la lumière romantique du souvenir de Léopoldine ; mais dure dans son égoïsme de jeune mariée qui oublie jusqu'à l'existence de son père. Ce qui a sa vraisemblance : en fait de mère, elle n'a pratiquement connu que les religieuses du couvent. Et, en supplément, beaucoup d'argent vient la consoler.

Éponine a une autre stature. Courageuse et sauvage, elle vient mourir sur la barricade, travestie en garçon ; par amour, et pour quitter librement l'ignoble destin maternel et familial. Elle méprise ses parents, se fabrique un code d'honneur farouche et, voleuse et prostituée déguenillée, choisit sans autre réflexion, comme son petit frère, le côté des pauvres. Héroïne authentique, Éponine n'est pas un personnage politique : il ne faut pas voir en elle quelque allégorie grandiose de la République ; elle ne connaît que la misère.

Hugo tient dans *Les Misérables* un discours nettement féministe. La société est coupable de produire une misère féminine qui engendre la prostitution ; de punir impitoyablement celles qui ont librement aimé ; de se fonder sur la famille, que le roman représente de façon toute négative. Ce qui s'accompagne des pruderies ordinaires de son siècle, et de l'idéalisation romantique de la Femme : aporie apparemment insoluble. Le discours féministe de Hugo sur les femmes contredit son discours poétique et romanesque sur la Femme. Du coup il arrive à cet anticlérical de dire que, la société étant ce qu'elle est, un couvent peut être une solution de moindre mal à la question féminine. À toutes ces difficultés et contradictions, Hugo s'était heurté en rencontrant Juliette Drouet, notoirement entretenue, puis Léonie Biard, emprisonnée à la suite du flagrant délit qui découvrait scandaleusement leur liaison. Quelques mois plus tard, Hugo entreprend la rédaction des *Misérables*, à la suite de cette expérience décisive où il provoquait pour Léonie la misère dont il avait sauvé Juliette.

Une autre souffrance à laquelle Hugo fut particulièrement sensible est celle des enfants : elle est dite par Cosette. Mais si Hugo a aimé l'une de ses créatures, ce doit être le très mal élevé Gavroche, le gamin-fée dont la mort, comme celle de Mabeuf, d'Enjolras, de Javert ou de Jean Valjean, prouve que la misère interdit l'accomplissement des qualités humaines. Peu après le *David Copperfield* de Dickens, *Les Misérables* sont le premier grand roman français à parler des enfants. Ce n'est pas là un de ses moindres mérites : autre façon de donner la parole à ceux qui, ordinairement, ne l'avaient pas. Et l'on sait avec quel talent Gavroche la prend... Quand les adultes sont défaillants, quand les parents abandonnent les enfants, c'est Gavroche qui s'en charge, leur assure le gîte et le couvert, avec les moyens du bord. Étrange paternité ; en plus, il ignore que les deux gamins sont ses frères ; peu importe, il sait ce que vaut la famille, ayant été lui-même jeté à la rue. Les charités de la comtesse de Ségur sont aux antipodes de la solidarité de Gavroche, qui jette sur le monde un regard terriblement ironique. Sa générosité est son luxe, car Gavroche a du génie, du bonheur et la liberté.

Enfin Victor Hugo lui-même est un personnage des *Misérables* : il se met en scène comme témoin garantissant, çà et là, la véracité de son propre récit, par exemple à Waterloo ; et, toujours, comme juge, tout-puissant jusque dans le doute. Entre cet amont et cet aval, le récit est tout tissé de biographie. Des souvenirs, comme tout romancier, tel celui de la prostituée de la rue Taitbout, le 9 janvier 1841, en faveur de qui Hugo témoigne courageusement, au risque d'un scandale : il est académicien depuis exactement deux jours. N'importe, c'est exactement la scène de Fantine aux prises avec Bamatabois, Javert, la neige et la phtisie, et l'auteur tient le rôle du maire de Montreuil. Surtout Hugo inscrit ses drames les plus intimes dans le roman, parfois de façon perceptible, interdisant à Jean Valjean l'amour de Cosette comme lui était interdit celui de Léopoldine, ou prêtant une solitude déchirante à nombre de ses personnages ; parfois de façon cachée, sans que le lecteur en soit destinataire, et là l'investissement personnel se donne libre cours. Il emprunte des noms propres à l'histoire de son père, de Juliette ou de Léonie, mélange tout ce à quoi il tient, invente le matricule de Jean Valjean au bagne à partir de la date présumée de sa propre conception, ou l'adresse du couvent à partir de la date de son soixantième anniversaire, bref, double le roman de tout un système chiffré que ses intimes mêmes ne peuvent déchiffrer que partiellement. On peut juger le jeu puéril ; seul compte le résultat, l'effet de vérité. C'est ainsi que Hugo fabrique, dans son laboratoire romanesque, le très plausible et tranquille Petit-Picpus, dont il est le héros souterrain, bien dissimulé.

Le travail de l'écrivain

La genèse des *Misérables* est fort mal connue. On est sûr d'une chose : la prise de conscience, dès la jeunesse de Hugo, de la question sociale, liée à sa répulsion violente pour la peine de mort, et à son intérêt passionné pour le système carcéral et pénal. L'appareil judiciaire lui sert d'instrument optique pour voir, dans un premier temps, la société dans son ensemble. Il passe vite à la mise en accusation : c'est l'itinéraire qu'il suit du *Dernier Jour d'un condamné*, en 1829 — œuvre militant contre la peine de mort —, à *Claude Gueux*, en 1834, où la société est dénoncée comme responsable des crimes qu'elle pousse, par la misère, à commettre, et donc qu'elle punit. *Les Misérables* sont l'aboutissement de cette réflexion, prise en charge pour l'essentiel par la forme romanesque, quoique les recueils poétiques contemporains en portent aussi les traces.

Dès lors il importe peu de savoir si tel fragment de 1835 sur la famille de Miollis, Myriel dans le roman, ou telle note sur l'industrie des verroteries noires en 1840, sont gardés intentionnellement, ou utilisés après coup. L'œuvre est ébauchée en 1839, en même temps que Hugo visite, en prenant des notes, le bagne de Toulon. Il se met au travail pendant l'été de 1845 ; la rédaction suivie commence le 17 novembre.

Le roman est écrit en deux périodes : la première va de là au 21 février 1848, où la révolution vient interrompre la rédaction. Le titre projeté est *Les Misères* ; les héros s'appellent Jean Tréjean, Anna Louet ; Julien, puis Thomas, pour Marius. Hugo rédige jusqu'à l'actuelle fin de la IVᵉ partie. Il dispose déjà de la totalité du canevas du roman, et reprend ce qu'il a écrit avec une première série d'additions nombreuses, au point d'en être, pour certains passages comme la IIᵉ partie, livre 6 sur le couvent, à la deuxième version. Il écrit lentement en 1846, plus vite ensuite, laissant la poésie pour se consacrer exclusivement à son roman.

Vient une longue période de silence. Non qu'il se désintéresse du sujet : le discours sur *La Misère*, du

9 juillet 1849, suffit à le prouver. Mais la tempête quarante-huitarde, puis l'exil commencent par refaire de lui un poète. C'est à la suite de cette période créatrice inouïe que, le 25 avril 1860, il décide de sortir le roman de la « malle aux manuscrits ». Son titre définitif est annoncé, pour la première fois, en novembre 1853, sur la couverture de *Châtiments*.

Il relit, réfléchit, unifie, et se remet à écrire. Il poursuit son récit et épaissit ce qui existait déjà d'ajouts parfois très importants ; il établit in extremis les divisions et les titres de chapitres, s'amusant à en découper 365. Il termine le 30 juin 1861 ; signe le 4 octobre un contrat avec les éditeurs belges Lacroix et Verboeckoven ; entreprend de relire les épreuves, effectue les ultimes corrections et additions. Il termine à la mi-juin 1862. Le 30 juin, la publication du roman, commencée en avril, s'achève. Cet immense mûrissement de plus de vingt ans est accompli, et Hugo se dit qu'il peut mourir.

Mieux que la genèse du roman, on connaît en partie le travail de l'écrivain : en tout cas la transformation de l'avant-texte de 1845-1848 en texte définitif. Le prophète républicain de Guernesey ne pouvait s'en tenir aux projets humanitaires du bourgeois parvenu de 1845, et entre-temps Hugo avait réussi l'inscription douloureuse de la mort de Léopoldine dans *Les Contemplations* ; ce grandissement public, poétique et intime lui imposait une œuvre quasiment nouvelle dans son sens.

Alors le romancier se met à l'œuvre et transforme son récit en un formidable chantier ; il veut en faire une machine de guerre pour « détruire Carthage ». La méthode suivie ? Il faut relire les conseils donnés par Gavroche aux républicains qui dressent la barricade : « Mettez-y tout, flanquez-y tout, fichez-y tout. Cassez la maison » (IV, 12, 4). Hugo prend son manuscrit antérieur et y empile, formidable opération de bricolage et de ruse, d'innombrables ajouts : renseignements provenant de sources érudites ou personnelles — Juliette Drouet et Léonie Biard lui écrivent de longs textes pour le rensei-

gner sur les couvents ; il mêle ces textes et l'histoire
ecclésiastique, pour obtenir le Petit-Picpus — dont il se
sert moins dans une perspective réaliste que pour obtenir
l'effet du vrai ; et digressions, vastes massifs méditatifs
qui viennent non seulement casser le rythme narratif,
mais donner sens au récit, et parfois même en changer le
sens. La méthode explique le résultat : l'ampleur du
roman mais surtout sa modernité entendue comme ouverture du sens. De grands blocs erratiques, parfois contradictoires, s'y entrechoquent, que Hugo refuse de justifier
de façon schématique. Qu'on se demande par exemple,
au terme de la lecture des *Misérables*, ce qu'il pensait de
la religion. La volonté affirmée de s'en prendre à la
misère lui impose, comme régime romanesque, la liberté,
autant qu'on peut en prendre au moment où il écrit.

Les Misérables *et la critique*

« Rarement roman fut plus commenté, discuté, loué,
fêté, glorifié, attaqué, vilipendé, que ne le furent *Les
Misérables* », écrivait G. Simon dans l'édition de l'Imprimerie nationale. Le succès de librairie fut immédiat et
énorme, assuré en partie par un public très populaire ; une
partie de la critique se montra très hostile.

Les partisans de Hugo saluèrent le chef-d'œuvre. Jules
Claretie parle d'une « œuvre évangélique et qui seule
pouvait venir d'un génie immense », et explique : « C'est
que la France est là, c'est que le peuple revit en ces pages
superbes... » Pour Paul Voituron, c'est le roman « le plus
véritablement spiritualiste et le plus utile au progrès des
idées modernes », et il se félicite, comme beaucoup
d'autres, du « sentiment moral et bienfaisant que sa lecture inspire ». Tous admirent — même les détracteurs —
la forme, qui « a atteint cette tranquillité majestueuse qui
coule les œuvres en bronze, pour la postérité » (Mario
Proth).

Barbey d'Aurevilly, à l'inverse, déclare très imprudem-
ment que « ce livre (...) va s'engloutir dans la nécropole
des *œuvres complètes*. » Violent ennemi de ce « petit
roman », d'une conception « méprisable », il est le porte-

parole de ceux qui considèrent que *Les Misérables* sont un livre dangereux et d'autant plus dangereux que Hugo y a mis tout son génie. On lui reproche de menacer l'ordre social, de faire de la publicité pour le socialisme, parfois même en se couvrant d'un manteau religieux, et d'atteindre tous les publics : « Les délicats le lisent parce qu'il a un vrai style, les illettrés le recherchent parce qu'il parle aux instincts des masses un langage éclatant et passionné » (Cuvillier-Fleury). Veuillot l'accuse d'inventer les faits : « Ce n'est pas aujourd'hui qu'on chasserait une bonne ouvrière de n'importe quelle manufacture, parce que l'on viendrait à découvrir qu'elle a un enfant. » Enfin l'insulte la plus haineuse fleurit, comme chez E. de Mérecourt, ancien adorateur de Hugo : « C'est un livre sans conscience, une élucubration mal digérée, mal conçue », etc.

Les écrivains contemporains, autour de Hugo, renâclèrent. Avec son autorisation, Lamartine publie une critique du roman qui est la principale ombre à leur amitié, et que Hugo baptise « Essai de morsure par un cygne ». S'il applaudit des passages « sublimes » ou « superbes », il s'effraie de ce « roman du peuple » qui culpabilise la société et innocente des scélérats comme Jean Valjean. Il juge, comme la droite, le roman dangereux « non seulement parce qu'il fait trop craindre aux heureux, mais parce qu'il fait trop espérer aux malheureux ».

Sainte-Beuve apprécie méchamment ce qu'il considère comme un tour de force : « Ce qu'il invente de faux et d'absurde, il le fait être et paraître à tous les yeux. » D'autres, par considération pour Hugo, préfèrent se taire, comme Flaubert qui réserve son avis pour sa correspondance : « Par rage socialiste, Hugo a calomnié l'Église comme il a calomnié la misère. » Baudelaire fait un article élogieux, puis écrit à sa mère : « Ce livre est immonde et inepte. »

Tandis que le roman connaît une formidable carrière internationale, influençant par exemple Dostoïevski et Tolstoï de façon déterminante, les écrivains et la critique prennent le parti de faire la fine bouche, et pas seulement à droite : Vallès, Zola ou France s'agacent volontiers de

Hugo. Brunetière, puis Lanson dans des termes plus durs, lui reprochent une construction anarchique, des personnages vides, une psychologie nulle, le mélange du pire et du meilleur. « Cette œuvre immense, fastidieuse ou ridicule par endroits, est souvent admirable », écrit Lanson ; « par malheur, le symbolisme prétentieux de l'œuvre y répand souvent une fade ou puérile irréalité. » Il lui reconnaît tout de même l'amour de l'humanité, et la pitié sociale.

Le XXᵉ siècle, d'une guerre à l'autre, se montre aussi condescendant. Le mot de Gide est trop connu pour être répété ; encore ne concerne-t-il que Hugo poète, que les surréalistes aussi pensèrent redécouvrir. Claudel ne s'intéresse guère aux romans hugoliens ; Valéry s'exaspère du « calcul de tirer les larmes, de fondre les cœurs », qu'il impute à l'auteur des *Misérables*. Seuls des écrivains socialistes ou communistes le défendent, Romain Rolland, puis Paul Eluard qui écrit : « Comment aussi lui pardonnerait-on le mauvais goût d'avoir chanté, mieux et plus haut que personne, les misérables, avec des mots étincelants, avec vérité et bonté... » C'est bien au nom du bon goût que la critique universitaire a, jusqu'à aujourd'hui, largement évité Hugo dans ses travaux sur le roman.

La situation s'est pourtant modifiée à partir des années 50, où Henri Guillemin a joué un rôle déterminant dans le renouveau des études hugoliennes, suivi de Pierre Albouy, Guy Robert et René Journet, de l'édition Massin des *Œuvres complètes*, et de la critique actuelle, du centenaire des *Misérables* à celui de la mort de Hugo. Mouvement qui tend enfin à s'accorder à la lecture populaire de l'œuvre, poursuivie depuis sa publication, à l'échelle mondiale. On peut le mesurer par le nombre des éditions, des adaptations pour le théâtre, le cinéma ou la télévision, non seulement en France, aux États-Unis et en U.R.S.S., mais aussi au Mexique, en Égypte, en Inde ou au Japon. Émile Ajar l'a bien compris, qui inscrivit *Les Misérables* au cœur de *La Vie devant soi* où Momo, nouveau Gavroche du Belleville de l'immigration, ne connaît de la littérature que ce roman irrécupérable.

Chronologie des Misérables

1824.   Hugo se renseigne sur le bagne de Toulon.

1829.   Publication du *Dernier Jour d'un condamné*, violent réquisitoire contre la peine de mort.

1833.   En février, Juliette Drouet entre dans son existence : ils ne se quitteront plus. Hugo place la nuit de noces de Marius et de Cosette à la même date, le 16-17 février 1833.

1834.   Publication de *Claude Gueux*, première œuvre sur la misère. Juliette dessine un plan de Digne, qui porte le nom de « Jean Tréjean ».

1835.   Notes sur la biographie de la famille de Miollis. Il y est plus question du général que de son frère l'évêque.

1837.   Au cours d'un de ses voyages annuels avec Juliette, Hugo passe à Montreuil-sur-Mer qui ne le retient pas particulièrement.

1839.   Visite, cette fois intentionnelle, du bagne de Toulon. Sans doute première ébauche des futurs *Misérables*.

1840.   Note sur l'industrie des verroteries noires, qui fera dans le roman la fortune de Jean Valjean.

1841.   Après cinq ans d'efforts vains, Hugo est enfin élu académicien. Intervention en faveur d'une prostituée accusée de troubler l'ordre public, au poste de police de la rue Taitbout : origine de Fantine.

1843.   Léopoldine Hugo, mariée à Charles Vacquerie depuis quelques mois, se noie à Villequier le 4 septembre. Hugo l'apprend en ouvrant le journal, le 7, à Rochefort, devant Juliette bouleversée.

1845.   Récemment nommé pair de France, Hugo se fait surprendre en flagrant délit d'adultère avec Léonie Biard. Le scandale est étouffé ; il se cache chez lui pour écrire, tandis qu'elle est envoyée en prison, puis dans un couvent. Il travaille sans doute aux futurs *Misérables*. Le 17 novembre, début de la rédaction suivie. Le roman s'appelle provisoirement *Jean Tréjean*.

1846. Le 22 février, Hugo note la scène vue d'un pauvre qui a volé un pain, qu'on arrête et qui regarde, dans un landau de velours, une duchesse et son enfant.

Il commence probablement à écrire *Melancholia*, terminé vers 1854, poème qui figurera dans *Les Contemplations* et dont il dit qu'il contient, en germe, son roman.

1847. Hugo travaille toute l'année aux *Misères*. Le 30 décembre, il signe un contrat avec les éditeurs Renduel et Gosselin, pour la première partie du roman.

1848. Le 21 février, il s'interrompt « pour cause de révolution ». Il en est à IV, 15, 1. Ce qui est écrit l'a parfois été en deux versions successives, ou révisé et enrichi d'additions.

Député de Paris, il se consacre surtout à l'activité parlementaire et politique.

1849. Le 9 juillet, discours sur *La Misère* : discours antisocialiste, mais qui explique qu'on peut détruire « cette chose sans nom ».

1851. En février, visite des caves de Lille. À l'automne, projet de reprise des *Misères* ; les circonstances politiques l'en empêchent. Après une tentative de résistance au coup d'État du 2 décembre, Hugo doit s'exiler. Il part pour Bruxelles et commence l'*Histoire d'un crime*.

1852. *Napoléon-le-Petit*. En août, départ pour Jersey.

1853. *Châtiments*. Sur la couverture est annoncé un roman qui s'intitule *Les Misérables*, mais pendant les années qui suivent Hugo se consacre à la poésie, écrivant, outre les recueils qu'il va publier, *Dieu, La Fin de Satan, L'Âne, La Pitié suprême* (1854-1858).

1855. Expulsion de Jersey et départ pour Guernesey.

1856. *Les Contemplations*. L'argent gagné lui permet d'installer Hauteville-House.

1859. À l'amnistie offerte par Napoléon III, Hugo répond : « Quand la liberté rentrera, je rentrerai. » *La Légende des siècles*, première série.

1860. Le 25 avril, Hugo sort le manuscrit de sa malle ; il le relit du 26 avril au 21 mai. En août, il écrit *Philosophie*, qu'il pense utiliser comme préface ; le 14, il se remet au roman. Additions au texte existant. Le 30 décembre, il reprend la suite du récit suspendu depuis février 1848.

1861. Du 22 mai au 30 juin, Hugo termine *Les Misérables* près du champ de bataille de Waterloo, à Mont-Saint-Jean. En septembre, il entreprend la révision. Le 4 octobre, il signe, à Guernesey, un contrat avec l'éditeur Lacroix, de Bruxelles : 300 000 F pour douze ans d'exploitation. La publication se fera simultanément à Bruxelles et à Paris.

1862. Au fur et à mesure de l'envoi du manuscrit et du retour des épreuves, Hugo relit et se livre à un ultime travail d'additions. « Waterloo » (II, 1), « Les cimetières... » (II, 8), « Parenthèse » (II, 7), « Les Amis de l'A B C » (III, 4) datent, entre autres, de fin 1861-début 1862. Hugo écrit le 19 mai : « J'ai fini ce matin la révision totale des *Misérables*. » En fait, il termine vers le 15 juin. La publication du roman, commencée en avril avec les deux premiers volumes, se poursuit en mai avec quatre autres, et s'achève le 30 juin, par les quatre derniers.

Bibliographie

Une bibliographie plus complète se trouve dans G. Rosa, *Victor Hugo, Les Misérables*, Klincksieck, « Parcours critique », 1995.

Texte

Il n'existe pas encore d'édition critique des *Misérables*, mais le manuscrit et l'histoire de la publication sont étudiés de manière approfondie dans :

R. Journet et G. Robert, *Le Manuscrit des « Misérables »*, Les Belles Lettres, 1963.

R. JOURNET, *Le Dossier des « Misérables »* dans le volume *Chantier* des *Œuvres complètes* de Hugo, R. Laffont, « Bouquins », 1990.

B. LEUILLIOT, *V. Hugo publie Les « Misérables »*, Klincksieck, 1970.

Les Misérables prennent naturellement place dans les collections d'œuvres complètes de V. Hugo, en particulier les deux plus récentes :

Édition chronologique sous la direction de J. Massin, CFL, 1967-1970, t. X. Cette collection n'est plus disponible en librairie ; le volume des *Misérables* contient les études brillantes de B. Leuilliot, J. Gaudon, R. Ricatte, H. Meschonnic, les trois dernières reproduites dans le « Parcours critique » de Klincksieck.

Œuvres complètes (dir. J. Seebacher et G. Rosa), R. Laffont, collection « Bouquins », 1985-1989, *Romans*, t. II, présentation d'A. Rosa, notices et notes de G. et A. Rosa.

Leurs commentaires, leurs annotations ou leurs dossiers documentaires rendent également précieuses les éditions courantes procurées par :

M.-F. GUYARD, Garnier, « Classiques Garnier », 1957.

R. JOURNET, Garnier-Flammarion, 1967.

Y. GOHIN, Gallimard, « Folio », 1972.

A. LASTER, Presses Pocket, « Lire et voir les classiques », 1992.

Études

Les principaux ouvrages récents et disponibles sont :

V. BROMBERT, traduit de l'américain par H. Neefs, *Victor Hugo et le roman visionnaire*, PUF, « Écrivains », 1995.

G. PIROUÉ, *Victor Hugo romancier ou les dessus de l'inconnu*, Denoël, 1964 et 1985.

et, exclusivement consacrés aux *Misérables* :

C. GÉLY, *Les « Misérables » de Victor Hugo*, Mont-de-Marsan, Éditions Interuniversitaires, 1995.

P. LAFORGUE, *Gavroche — Études sur Les « Misérables »*, SEDES, 1994.

M. ROMAN et M.-C. BELLOSTA, *Les « Misérables », roman pensif*, Belin, « Belin Sup Lettres », 1995.

M. ROMAN, *Du « drame dans les faits » au « drame dans les idées » — Les romans de V. Hugo comme romans philosophiques*, Champion (sous presses).

ainsi que cinq importants recueils d'études :

Lire « Les Misérables », dir. A. Ubersfeld et G. Rosa, contributions de J. Acher, J. Delabroy, J. Gaudon, Y. Gohin, B. Leuilliot, C. Habib, J. Neefs, G. Rosa, N. Savy, J. Seebacher, A. Ubersfeld, F. Vernier ; Librairie J. Corti, 1985.

Hugo, Les Misérables, dir. P. Brunel pour l'École doctorale de l'Université Paris IV, contributions de C. Gély, C. Cadet-Gangate, J. Gaudon, B. Leuilliot, G. Woolen, P. Laforgue, J.-P. Reynaud, A. Szebrat, G. Rosa, M.-F. Guyard, C. Rétat, J. Maurel, R. de Smirnoff ; Mont-de-Marsan, Éditions Interuniversitaires, 1994.

Victor Hugo, Les Misérables — « La preuve par les abîmes », dir. J.-L. Diaz pour la Société des Études romantiques, contributions de F. Chenet, J. Gaudon, K. M. Grossman, P. Laforgue, B. Leuilliot, J. Maurel, P. Popovic, G. Rosa, P. Régnier, N. Savy, A. Spiquel, A. Ubersfeld, F. Vernier ; SEDES, 1994.

Les Misérables — Nommer l'innommable, dir. G. Chamarat, contributions de D. Charles, P. Laforgue, V. Laisney, C. Millet, P. Petitier, A. Spiquel, A. Ubersfeld ; Orléans, Paradigme, 1994.

Victor Hugo, Les Misérables, éd. G. Rosa, travaux de J. Delabroy, J. Gaudon, J.-P. Jossua, B. Leuilliot, P. Malandain, H. Meschonnic, R. Ricatte, J.-P. Richard, G. Rosa, N. Savy, J. Seebacher, A. Ubersfeld, F. Vernier ; Klincksieck, « Parcours critique », 1995.

Les références complètes des articles cités dans l'annotation sont les suivantes :

P. ALBOUY, « Hugo fantôme », publié dans *Littérature*, nº 13, 1973, réédité dans *Mythographies*, J. Corti, 1976.

J. Delabroy, « *Cæcum* ou Préalable à la philosophie de l'histoire dans *Les Misérables*, dans *Lire « Les Misérables »* ci-dessus.

J. Delabroy, « 1848 et *Les Misérables* de V. Hugo », dans *Lendemains*, n° 28, Pahl-Rugenstein Verlag, Berlin, 1982, réédité dans le « Parcours critique » de Klincksieck ci-dessus.

Y. Gohin, « Une histoire qui date », dans *Lire « Les Misérables »*.

Y. Gohin, « Les réalités du crime et de la justice pour Hugo avant 1829 », dans *Édition chronologique J. Massin*, ci-dessus.

C. Habib, « Autant en emporte le ventre », dans *Lire « Les Misérables »*.

P. Laforgue, « Mythe, révolution et histoire. La reprise des *Misérables* en 1860 », dans *Gavroche. Études sur « Les Misérables »*, ci-dessus.

B. Leuilliot, « Présentation de Jean Valjean », dans *Centenaire des « Misérables »*, Les Belles Lettres, 1962, réédité dans le « Parcours critique » de Klincksieck.

C. Millet, « Amphibologie : le génie, le passant, la philosophie, l'opinion », dans *Les Misérables — Nommer l'innommable*, ci-dessus.

J. Neefs, « L'espace démocratique du roman », dans *Lire « Les Misérables »*.

P. Petitier, « Le nombre dans *Les Misérables* : une opération de conscience », dans *Les Misérables — Nommer l'innommable*.

J.-P. Richard, « Petite lecture de Javert », dans *Revue des Sciences humaines*, 1974, réédité dans le « Parcours critique » de Klincksieck.

G. Rosa, « *Jean Valjean* (I, 2, 6) : réalisme et irréalisme dans *Les Misérables* », dans *Lire « Les Misérables »*.

G. Rosa, « Le *quid obscurum* des batailles : Waterloo chez Hugo et Stendhal », *Elseneur*, n° 10, *Hugo moderne ?*, Presses universitaires de Caen, 1995.

G. Rosa, « Le vaisseau, la mine, l'égout : images de la société dans *Les Misérables* », dans *Victor Hugo, Les Misérables — « La preuve par les abîmes »*, ci-dessus.

G. Rosa, « Essais sur l'argot. Balzac (*Splendeurs et misères*

des courtisanes) et Hugo (*Les Misérables* ;
IV, 7) », dans *Hugo, Les Misérables*, ci-dessus.

N. SAVY, « Cosette, un personnage qui n'existe pas », dans
Lire « Les Misérables ».

N. SAVY, « V. Hugo féministe ? », dans *La Pensée*, 1985.

J. SEEBACHER, « Le tombeau de Gavroche ou *Magnitudo
parvuli* », dans *Lire « Les Misérables »*, réédité dans *Victor Hugo ou le calcul des profondeurs*, PUF, « Écrivains », 1993.

J. SEEBACHER, « La mort de Jean Valjean », dans *Centenaire des Misérables*, réédité dans *Victor Hugo ou le calcul des profondeurs* ci-dessus.

J. SEEBACHER, « Évêques et conventionnels ou la critique en présence d'une lumière inconnue », dans *Europe*, 1962.

J. SEEBACHER, « Misère de la coupure, coupure des *Misérables* », dans *Revue des Sciences humaines*, 1974, réédité dans *Victor Hugo ou le calcul des profondeurs* ci-dessus.

A. UBERSFELD, « Nommer la misère », dans *Revue des Sciences humaines*, 1974, réédité dans *Paroles de Hugo*, Messidor, 1985.

A. UBERSFELD, « Le rêve de Jean Valjean », dans *L'Arc,* n° 57, 1974, réédité dans *Paroles de Hugo* ci-dessus.

A. UBERSFELD, « « *Les Misérables* », théâtre-roman », dans *Lire « Les Misérables »*.

F. VERNIER, « *Les Misérables* : ce livre est dangereux », dans *L'Arc*, n° 57, 1974.

F. VERNIER, « *Les Misérables* : un texte intraitable », dans *Lire « Les Misérables »*.

Pour mesurer la pertinence des *Misérables* aux réalités sociales du XIXe siècle, et comparer Hugo à ses contemporains, Balzac, Zola et E. Sue, on se reportera au livre classique de L. CHEVALIER, *Classes laborieuses et classes dangereuses à Paris, pendant la première moitié du XIXe siècle* (Plon, 1958, rééd. Hachette, Le Livre de Poche, « Pluriel », 1978).

Enfin, A. Laster a donné la filmographie complète des adaptations des *Misérables* au cinéma dans le numéro de *L'Avant-Scène Cinéma* de janvier 1995.

Table

Table

QUATRIÈME PARTIE

L'IDYLLE RUE PLUMET
ET L'ÉPOPÉE RUE SAINT-DENIS

LIVRE PREMIER. QUELQUES PAGES D'HISTOIRE

LIVRE DEUXIÈME. ÉPONINE

Table

Table

Table

CINQUIÈME PARTIE

JEAN VALJEAN

LIVRE PREMIER. LA GUERRE ENTRE QUATRE MURS

Table

Table

DOSSIER

Composition réalisée par NORD COMPO

Imprimé en France sur Presse Offset par

BRODARD & TAUPIN

GROUPE CPI

La Flèche (Sarthe).
N° d'imprimeur : 18621 – Dépôt légal Éditeur 34769-07/2003
Édition 03
LIBRAIRIE GÉNÉRALE FRANÇAISE - 43, quai de Grenelle - 75015 Paris.
ISBN : 2 - 253 - 09634 - 2

♦ 30/9634/4